DOST

Les Possédés

TRADUCTION
PAR
ELISABETH GUERTIK

PRÉFACE ET COMMENTAIRES
DE GEORGES PHILIPPENKO

LE LIVRE DE POCHE

PREFACE

DOSTOIEVSKI aimait à répéter que ce qu'il cherchait dans l'homme, c'était l'homme. Et son œuvre reflète de part en part cette quête infatigable, à travers ce qu'il y a de plus humain en l'homme, c'est-à-dire sa pensée.

Dostoievski est avant tout romancier de l'*idée*. Exemple à peu près unique dans la littérature du XIXᵉ siècle, ce n'est pas un écrivain « à idées », un auteur de romans « à thèse », mais le peintre de l'aventure intellectuelle. Les personnages de Dostoievski ne sont pas soumis aux déterminations de la psychologie, de la vie sociale ; ils obéissent aux lois propres de l'idée qui s'incarne en eux et se révèle à travers leur destin. En un sens les personnages de tous les romans de Dostoievski sont *possédés* par des idées, en proie à des conflits idéologiques, au même titre que les personnages de Balzac sont soumis aux lois de la dynamique sociale et ceux de Tolstoï aux mécanismes de la vie psychique et organique.

Au centre de chaque roman de Dostoievski il y a donc conflit autour d'une idée, et c'est l'évolution de ce conflit qui détermine la logique du développement de l'œuvre. Mais il ne s'agit pas de concepts abstraits, de catégories générales, il s'agit d'une véritable *incarnation* de l'idée qui vit dans les personnages, non point conçue, mais *sentie* par eux — pour reprendre le mot placé par Dostoievski dans la bouche de Stavroguine. Cet enracinement de l'idée dans l'homme constitue le trait original de l'univers romanesque de Dostoievski : ses personnages sont avant tout des êtres qui *parlent* et c'est de l'entrechoquement de leurs points de vue contradictoires que naît la tension dramatique. Comme l'a si bien montré Bakhtine, Dostoievski laisse parler ses personnages, il laisse les idées vivre et s'approfondir jusqu'à leurs conséquences ultimes. Contrairement à la quasi-totalité des romanciers de son temps, il ne superpose pas sa voix à celle des personnages qu'il crée, il n'impose pas d'emblée une vision du monde, sa vision du monde, mais se fait l'écho d'un nombre infini de clameurs discordantes, du questionnement incessant qui est le fond de la vie elle-même.

De tout cela, *Les Possédés* offrent une illustration éclatante.

Défenseur du conservatisme politique, de l'Orthodoxie, partisan d'un nationalisme intransigeant, Dostoievski se préparait à pourfendre, dans un pamphlet virulent, ses adversaires idéologiques, les socialistes athées. Il allait donc opposer dans le roman des personnages « négatifs » (les socialistes, les révolutionnaires) à des personnages « positifs » illustrant ses propres positions idéologiques. Mais dans le processus de la création, Dostoievski, fidèle à sa méthode, commença par « laisser la parole » à ses ennemis. Et cette parole fut si puissante, si impétueuse, qu'elle finit par envahir le roman, occuper tout au long du déroulement de l'œuvre le devant de la scène, rendant impossible l'expression de la position idéologique de l'auteur. Ce n'était plus un roman sur la lutte des « bons » avec les « mauvais », mais une vision apocalyptique d'un monde entièrement livré aux démons. Fait caractéristique, révélé par sa correspondance, Dostoievski se demandait toujours avec inquiétude, au moment d'aborder la réfutation des idées qu'il avait lui-même investies dans ses personnages « négatifs », si les arguments qu'il se préparait à leur opposer seraient « à la hauteur ». Dans *Les Possédés* cette réfutation ne put même pas se faire. Angoisse de l'apprenti-sorcier ou déchirement intime de la conscience ? Toute l'œuvre de Dostoievski reflète cette dualité tragique, depuis la nouvelle de jeunesse qui s'intitulait *Le Double* (et à propos de laquelle l'auteur déclarait qu'il s'était efforcé d'y exprimer « l'essentiel »), jusqu'à son dernier grand roman *Les Frères Karamazov*.

Cela signifie-t-il que l'écrivain Dostoievski n'était en fin de compte que le témoin impuissant des contradictions qui tourmentaient l'homme Dostoievski ? Que l'œuvre du grand romancier n'était qu'un réceptacle aux parois sonores, au fond duquel s'entrechoquaient les débris d'une conscience éclatée ? Certes non. Devant l'impossibilité de constituer en un tout organique sa vision du monde, l'écrivain a recours à toutes les ruses : il s'agrippe aux idées avec une férocité désespérée, il les tord dans tous les sens, il les pousse jusqu'à leurs conséquences ultimes, jusqu'à l'absurde : il engage avec les idées des autres comme avec ses propres idées une polémique incessante, présente jusque dans chacun des mots qu'il emploie, mots à double sens, flèches décochées à chaque instant dans toutes les directions. De là vient cette trépidation incessante du texte, cette atmosphère de tension toujours au bord de l'éclatement qui frappe à la lecture de n'importe quelle page de Dostoïevski, prise au hasard.

Cet acharnement à « venir à bout de l'idée », à lui arracher son secret éclate dans toute son œuvre. Obsédé par l'idée de la décomposition de l'Occident, de sa culture, de ses valeurs — dont la Russie avait tardivement goûté les fruits empoisonnés —, Dostoïevski s'efforçait, dans un effort titanesque, de redonner vie au grand cadavre de la pensée occidentale qui, selon lui, pesait sur le monde moderne et la Russie en particulier, et les étouffait petit à petit. Pour cela il fallait chasser les démons qui avaient pris possession des hommes, « extirper l'élément corrompu » de leur pensée. Dans Les Possédés, c'est à travers la figure centrale de Stavroguine que s'opère cette interrogation. Un seul problème est posé dans ce roman, mais il est posé sous toutes ses formes, sous tous les éclairages possibles, à tous les niveaux de la pensée. Cette problématique qui donne le ton est exprimée par la formule lapidaire de Chigalev, clef de voûte de son système d'organisation de l'Etat : « Parti de la liberté infinie, j'ai abouti à l'infini despotisme. » Les lignes de force qui parcourent le roman partent toutes de là, des efforts désespérés que déploient le héros maléfique Stavroguine et les personnages qui gravitent autour de lui pour essayer de sortir de ce cercle vicieux.

Or Stavroguine, un être d'une trempe quasiment surhumaine, capable de plier à sa volonté, d'envoûter tous ceux qui l'approchent, ne trouve pas de limite à son immense orgueil, sinon dans l'existence de Dieu, c'est-à-dire d'un principe supérieur qui, en donnant un sens à sa vie, la place du même coup dans un état de dépendance, de responsabilité vis-à-vis de la Loi divine. Entre l'absurdité de la liberté dans le chaos (« si Dieu n'existe pas, tout est permis », dira un personnage des *Frères Karamazov*) et l'humiliation qu'il éprouve à se soumettre à un ordre transcendant, Stavroguine choisit la première solution. Dès lors, comme par l'effet d'une malédiction, c'est un véritable retournement qui se produit dans sa condition : toutes ses pensées, toutes ses actions se transforment en leur contraire : la toute-puissance s'épuise sans trouver de point d'application, la liberté disparaît devant l'infini des possibilités ; Stavroguine ne peut tenter d'être bon sans commettre aussitôt une mauvaise action, d'être humble sans manifester aussitôt un orgueil suprême, d'être grand sans paraître aussitôt ridicule et rampant. Prisonnier de ce mécanisme inexorable, il ne lui reste qu'une solution : se détruire.

Stavroguine est l'une des figures les plus réussies de la démonologie dostoïevskienne : personnage fantomatique au visage impassible et froid comme un masque, au regard inexpressif, c'est un mort-vivant qui sort de chez lui la nuit venue pour aller rôder dans les mauvais lieux. Il frappe le regard par sa beauté, mais cette beauté a « quelque chose de repoussant » ; son sang-froid, sa maîtrise extraordinaire de lui-même ne dissimulent qu'une immense indifférence ; personnage parfaitement vide, il aspire vers son néant tout ce qui l'approche ; comme le diable, il n'est qu'une négation qui effraie et fascine, car sa ruse suprême est de se nier elle-même ; c'est un usurpateur qui a volé sa place parmi les vivants ; comme le diable, il n'existe que par son orgueil ; partout où il passe, il sème le désarroi, la folie, la mort, mais il est fondamentalement impuissant. Dostoïevski sait à merveille créer une aura de mystère impénétrable autour de son héros : l'apparition de Stavroguine est préparée par des renseignements biographiques incomplets et vagues, des allusions qui renvoient à des éclaircissements ultérieurs (procédé cher à Dostoïevski) qui ne seront en fait jamais donnés, des actions bizarres ou incompréhensibles qui ne s'expliquent qu'après-coup et indirectement. Avec le narrateur, jeune homme quelque peu naïf ou qui ne dit pas tout, perplexe et manquant d'information, nous nous efforçons de percer le mystère de Stavroguine et nous n'y parvenons jamais complètement. Ruse suprême du diable (et de l'auteur), le roman s'achève, laissant le mystère du héros inéclairci et la question qui se pose à travers lui en suspens.

Si le destin de Stavroguine révèle l'essentiel du débat, la vie des autres personnages en montre les multiples variantes : leurs entreprises, leurs espoirs, les conflits qui les opposent les uns aux autres ou les déchirent de l'intérieur ne sont que les formes dérivées de ceux de Stavroguine lui-même. Le grand démon est en effet entouré d'une constellation de diablotins plus ou moins dérisoires et chacun d'entre eux reflète une partie de l'âme de leur maître. Au premier rang se trouvent les trois « disciples » de Stavroguine, véritables émanations de celui-ci, investis chacun d'un des aspects fondamentaux de sa propre personnalité : Chatov — la déréliction, P.S. Verkhovenski — la rage de détruire, Kirilov — la perversion religieuse. Puis vient la piétaille des démons de troisième ordre, les révolutionnaires à la petite semaine : Chigalev, Lipoutine, Virginski, Erkel, les « nôtres ». Ils se débattent dans les mêmes contradictions que leur maître, mais, contrairement à lui, c'est à leur propre insu : victimes autant que coupables, ce sont les éternels damnés de la médiocrité.

Le projet initial de Dostoievski — écrire un roman sur la dégradation de la société russe de son temps — se greffe ainsi directement sur cette problématique de l'impossible liberté sans Dieu ; car le socialisme athée — selon Dostoievski — pétri de bonnes intentions, rêvant d'organiser le bonheur et la liberté de l'homme au moyen de ses seules ressources et en premier lieu au moyen de la raison, ne peut aboutir qu'à l'asservissement et à la destruction du genre humain dans tout ce qu'il a d'humain. Quiconque aurait, ne serait-ce qu'une fois dans sa vie, succombé à la tentation de la liberté sans Dieu, est voué aux châtiments éternels.

L'originalité de Dostoievski dans ce débat qu'il a ouvert sans parvenir à le fermer, est d'avoir montré que le destin de Stavroguine et de ses comparses n'est pas le fruit du hasard, de contingences malheureuses ou d'erreurs passagères, mais le résultat d'un processus inévitable, inhérent à la nature même de l'idée mise en jeu : sitôt que l'homme renonce à sa liberté, même pour s'incliner devant les évidences de la raison et de l'histoire, il est perdu, happé immédiatement par les rouages de la machine infernale et broyé.

Pour faire cette démonstration, Dostoievski mobilise toutes les ressources de son art. On a souvent écrit que l'auteur de *Crime et Châtiment* était un précurseur du roman policier ; nul mieux que lui, en effet, ne sait tenir le lecteur en haleine d'un bout à l'autre du roman, ménageant mystères et révélations fracassantes, créant le pressentiment d'une catastrophe toujours imminente, mais savamment retardée jusqu'au point culminant où tout s'écroule dans un embrasement apocalyptique.

La composition de l'œuvre est remarquablement concentrée : tout gravite autour du personnage de Stavroguine qui constitue à lui seul, tout au long du roman et même au-delà, l'énigme à résoudre. Pas un seul épisode, pas une seule réplique qui ne soient directement reliés au mystère central ; les multiples séquences sont comme les pièces d'un dossier, disparates en apparence, que l'enquêteur-chroniqueur analyse et commente devant les juges. La tension dramatique s'accroît selon un schéma identique pour les trois parties du roman : après une période d'attente où les fils dispersés de l'intrigue se nouent petit à petit, une série de révélations fracassantes amène la catastrophe qui bouleverse toutes les données et plonge les personnages dans une nouvelle attente angoissée. Le roman s'achève dans un embrasement général où périssent les principaux protagonistes, sans que le mystère soit véritablement éclairci.

Dans *Les Possédés*, comme dans les autres romans de Dostoievski, l'écriture est impétueuse, tourbillonnante. L'art dostoievskien est un art du mouvement : pas de longues descriptions, pas de contemplation statique. Ce qui intéresse avant tout le grand écrivain, ce sont les hommes et leurs rapports, ce sont les idées, la pensée faite vie. Dans ce roman, le plus controversé — sur le plan idéologique — de Dostoievski, l'auteur atteint l'apogée de son génie pour créer la tension dramatique, le désir insoutenable de la catastrophe.

Et, après cent ans, le témoignage qu'il apporte est, plus que jamais, d'actualité.

G. Philippenko.

LES POSSÉDÉS

Dans la nuit impénétrable
Sous la neige nous errons,
On voit que c'est le diable
Qui nous fait tourner en rond.

. . . .

Où vont-ils ? Que vont-ils faire ?
Pourquoi chantent-ils en chœur ?
Fêtent-ils les noces d'une sorcière ?
Enterrent-ils un des leurs ?

A. POUCHKINE.

Or, il y avait là un assez grand troupeau de porcs qui paissaient sur la montagne ; et ils lui firent cette prière : qu'il leur permît d'entrer en eux ; et il le leur permit. Sortant de l'homme, les démons entrèrent dans les porcs ; et le troupeau, prenant sa course, se précipita par les pentes escarpées dans le lac, et s'y noya. Ceux qui le gardaient, à la vue de ce qui venait d'arriver, s'enfuirent, et ils racontèrent (la chose) dans la ville et dans la campagne. Ils sortirent pour voir ce qui était arrivé : ils vinrent à Jésus et trouvèrent l'homme de qui les démons étaient sortis, assis aux pieds de Jésus, vêtu et dans son bon sens ; ils furent saisis de frayeur. Ceux qui avaient vu leur racontèrent comment avait été guéri celui qui avait été possédé du démon.

Evangile selon saint Luc, VIII, 32-37.

PREMIÈRE PARTIE

CHAPITRE PREMIER

EN GUISE D'INTRODUCTION :
QUELQUES DÉTAILS BIOGRAPHIQUES
SUR LE TRÈS HONORÉ
STEPAN TROFIMOVITCH VERKHOVENSKI

1

EN entreprenant de raconter les récents et si étranges événements survenus dans notre ville qui jusqu'alors ne s'était distinguée en rien, je suis obligé, faute de savoir-faire, de remonter un peu en arrière, c'est-à-dire de commencer par quelques détails biographiques sur le talentueux et très honoré Stepan Trofimovitch Verkhovenski. Que ces détails servent seulement d'introduction à la présente chronique ; l'histoire proprement dite que j'ai l'intention de raconter est encore à venir.

Je le dirai franchement : Stepan Trofimovitch a toujours joué parmi nous certain rôle particulier et pour ainsi dire civique, et ce rôle il l'aimait passionnément, au point qu'il me semble même qu'il n'aurait pu vivre sans le jouer. Non que je le compare à un acteur sur le théâtre : Dieu m'en garde ! d'autant plus que je le respecte moi-même. Ce pouvait être simplement chez lui une question d'habitude ou, pour mieux dire, un constant et noble penchant, depuis l'enfance, à rêver agréablement à une belle attitude civique. Ainsi il tenait à l'extrême à sa situation de « persécuté » et, pour ainsi dire, d'« exilé ». Dans ces deux petits mots il y a comme une beauté classique qui l'avait séduit une fois pour toutes et le rehaussant peu à peu dans sa propre opinion, au cours de ses nombreuses années, avait fini par le placer sur une sorte de piédestal fort élevé et bien agréable à l'amour-propre. Dans un roman satirique anglais du siècle dernier, un certain Gulliver, au retour du pays des Lilliputiens où les hommes avaient une taille d'à peine deux pouces, s'était si bien habitué à se considérer parmi eux comme un géant que, même marchant dans les rues de Londres, il criait malgré lui aux passants et aux voitures de se ranger et de prendre garde de ne pas se faire écraser par lui, s'imaginant toujours être un géant et voyant en eux des nains. On riait de lui, on l'injuriait et des cochers grossiers allaient jusqu'à cingler le géant de coups de fouet : mais est-ce juste ? Jusqu'où ne peut en effet aller l'habitude ? L'habitude avait mené Stepan Trofimovitch presque au même point, encore que sous une forme plus innocente et plus inoffensive, si l'on peut s'exprimer ainsi, car c'était un excellent homme.

Je pense même qu'à la fin il avait été oublié partout et de tout le monde ; mais on ne peut cependant dire qu'il fût toujours complètement ignoré. Incontestablement, il avait lui aussi appartenu pendant un certain temps à la célèbre pléiade d'hommes publics de notre précédente génération et, à un moment donné — pendant un tout petit instant d'ailleurs — son nom était prononcé par nombre de gens trop pressés à égalité avec ceux de Tchaadaev, de Belinski, de Granovski et de Hertzen, qui débutait alors à peine à l'étranger. Mais l'activité de Stepan Trofimovitch prit fin presque aussitôt commencée par suite pour ainsi dire d'un « tourbillon de circonstances ». Or il apparut plus tard qu'il n'y avait eu ni « tourbillon » ni même « circonstances », du moins dans le cas qui nous occupe. Maintenant seulement, il y a quelques jours, j'ai appris avec la plus grande surprise mais de source absolument sûre, que non seulement Stepan Trofimovitch ne vivait pas dans notre province en exilé, comme il était convenu de le penser chez nous, mais qu'il n'avait même jamais été l'objet d'une surveillance. Quelle n'est donc pas, après cela, la puissance de l'imagination ! Lui-même crut sincèrement toute sa vie que, dans certaines sphères, on n'avait jamais cessé de le craindre, que tous ses pas étaient toujours connus et comptés, et que chacun des trois gouverneurs qui se succédèrent chez nous durant ces vingt dernières années apportait déjà en arrivant une certaine idée particulière et inquiète à son sujet, idée inspirée d'en haut et avant toute chose lors de sa nomination. Quelqu'un eût-il persuadé alors le très honnête Stepan Trofimovitch, avec des preuves irréfutables à l'appui, qu'il n'avait rien à craindre, il aurait certainement été vexé. Et cependant c'était un homme des plus intelligents et des plus doués, même pour ainsi dire un homme de science, quoiqu'en ce qui concerne la science... enfin, en un mot, en ce qui concerne la science il n'avait pas fait tant que cela et même, semble-t-il, rien du tout. Mais c'est bien ce qui arrive fréquemment aux hommes de science chez nous en Russie.

Il revint de l'étranger et jeta un éclat en qualité de lecteur à l'Université, tout à la fin des années 1840. Il n'eut le temps de faire que quelques conférences et cela, semble-t-il, sur les Arabes ; il put également soutenir une brillante thèse sur l'importance civique et hanséatique que commençait à prendre, entre 1413 et 1428, la petite ville allemande de Hanau, et en même temps sur les raisons particulières et obscures qui l'avaient empêchée de prendre cette importance. Cette thèse blessa adroitement et au vif les slavophiles d'alors et d'un coup lui valut parmi eux des ennemis nombreux et acharnés. Ensuite — une fois sa chaire perdue d'ailleurs — il publia (pour ainsi dire à titre de vengeance et pour montrer qui l'on avait perdu en lui), dans une revue nouvelle et progressiste qui traduisait Dickens et prêchait George Sand, le début d'une très profonde étude sur les causes, semble-t-il, de l'extraordinaire noblesse morale de je ne sais quels chevaliers à je ne sais quelle époque, ou quelque chose de ce genre. Du moins, il s'y développait une idée élevée et remarquablement noble. On devait dire plus tard que la suite de l'étude avait été interdite en toute hâte et même que la revue progressiste avait eu des ennuis pour en avoir publié la première moitié. Cela est fort possible car que n'arrivait-il pas alors ? Mais en l'occurrence, il est plus vraisemblable qu'il n'arriva rien et que l'auteur avait eu lui-même la paresse de terminer son étude. Quant au cours sur les Arabes, s'il y mit fin c'est qu'on ne sait qui ni comment (sans doute un de ses ennemis rétrogrades) avait intercepté une lettre adressée à une certaine personne et exposant certaines « circonstances », à la suite de quoi l'on ne sait qui lui demanda on ne sait quelles explications. Je ne sais pas si c'est exact, mais on affirmait encore que, dans le même temps, avait été découverte à Pétersbourg une immense société dirigée contre la nature et contre l'Etat — société comptant quelque treize membres —

qui avait failli ébranler l'édifice. On disait qu'ils auraient eu l'intention de traduire Fourier lui-même. Comme un fait exprès, en même temps fut saisi à Moscou un poème que Stepan Trofimovitch avait composé six ans auparavant, à Berlin, à l'époque de sa première jeunesse, et qui circulait en copie de la main à la main entre deux amateurs et un étudiant. Ce poème, je l'ai moi aussi dans un tiroir de ma table ; je l'ai reçu, pas plus tard que l'an dernier, de Stepan Trofimovitch lui-même, tout récemment recopié de sa propre main, orné de sa dédicace et magnifiquement relié en maroquin rouge. Au demeurant, ce poème ne manque pas de poésie et même d'un certain talent ; il est étrange, mais à cette époque (c'est-à-dire plus exactement autour de 1830) on écrivait souvent de cette façon. Il me serait difficile d'en raconter le sujet car, à dire vrai, je n'y comprends rien. C'est une sorte d'allégorie, sous une forme lyrico-dramatique, qui rappelle la seconde partie de *Faust*. Le rideau se lève sur un chœur de femmes, puis apparaît un chœur d'hommes, puis je ne sais quelles forces élémentaires et, à la fin, le chœur des âmes qui n'ont pas encore vécu mais auraient bien envie de vivre. Tous ces chœurs chantent quelque chose de vague, la plupart du temps sur la malédiction d'on ne sait qui, mais avec une nuance d'humour supérieur. Mais la scène change soudain et commence une « Fête de la vie », où les insectes eux-mêmes chantent, où apparaît une tortue qui prononce des paroles sacramentelles en latin et où même, si je me souviens bien, chante un minéral, c'est-à-dire un objet vraiment tout à fait inanimé. En général, tous chantent sans arrêt et s'ils se parlent, c'est pour jurer vaguement mais toujours avec une nuance de signification supérieure. Enfin la scène change encore pour faire place à un endroit sauvage, et parmi les rochers erre un jeune homme civilisé qui arrache des herbes qu'il suce, et à la question d'une fée qui lui demande pourquoi il suce ces herbes, il répond que sentant en lui un trop-plein de vie, il cherche l'oubli et le trouve dans le suc de ces herbes, mais que son principal désir est de perdre au plus vite la raison (désir peut-être superflu). Puis arrive soudain sur un cheval noir un adolescent d'une beauté indicible et, le suivant, une énorme foule de tous les peuples. L'adolescent figure la mort et tous les peuples y aspirent. Et enfin, dans la toute dernière scène, apparaît subitement la tour de Babel, des athlètes l'achèvent enfin au chant d'un nouvel espoir et lorsqu'ils en sont au faîte, le possesseur — disons de l'Olympe — s'enfuit d'un air grotesque et l'humanité qui a compris, prenant soudain sa place, inaugure sur-le-champ une vie nouvelle avec une pénétration nouvelle des choses. Eh bien, c'est ce poème-là qu'on avait jugé dangereux à cette époque. J'ai, l'an dernier, proposé à Stepan Trofimovitch de le publier, étant donné son caractère parfaitement anodin de nos jours, mais il déclina ma proposition avec un mécontentement visible. Qu'on pût le tenir pour parfaitement anodin lui déplut et c'est même à cela que j'attribue une certaine froideur qu'il me témoigna et qui dura deux bons mois. Or, brusquement, à peu près au moment où je lui proposais de le publier ici, on publie notre poème « là-bas », c'est-à-dire à l'étranger, dans un des recueils révolutionnaires, et absolument à l'insu de Stepan Trofimovitch. Il en fut d'abord effrayé, se précipita chez le gouverneur et écrivit à Pétersbourg la plus noble des lettres de justification qu'il me lut deux fois mais qu'il n'envoya pas, ne sachant à qui l'adresser. En un mot, il fut tout agité pendant un mois entier ; mais je suis convaincu que dans les replis secrets de son cœur, il en était extrêmement flatté. C'est tout juste s'il ne dormait avec l'exemplaire du recueil qu'on lui avait envoyé et, dans la journée, il le cachait sous le matelas, ne permettant même pas à la servante de refaire son lit, et quoiqu'il attendît chaque jour un télégramme on ne sait d'où, il avait un air hautain. Aucun télégramme ne vint. C'est alors aussi qu'il se réconcilia avec moi, ce qui témoigne de l'extrême bonté de son cœur doux et sans rancune.

2

Je n'affirme nullement qu'il n'eût eu aucun ennui : je suis seulement tout à fait convaincu aujourd'hui qu'il aurait pu continuer tant qu'il voulait à s'occuper de ses Arabes en se bornant à donner les explications nécessaires. Mais il s'était montré trop intransigeant et avec une hâte particulière s'était arrangé pour se persuader une fois pour toutes que sa carrière était à jamais brisée par le « tourbillon des circonstances ». Et s'il faut dire toute la vérité, la cause réelle du changement de sa carrière fut une proposition déjà ancienne — et renouvelée alors de la façon la plus délicate — que lui fit Varvara Petrovna Stavroguine, femme d'un lieutenant-général et personne fort riche, qui lui demandait de se charger de l'éducation et de la formation intellectuelle de son fils unique, en qualité de pédagogue et d'ami, sans même parler d'une brillante rétribution. Cette proposition lui avait été faite pour la première fois encore à Berlin, au moment où il venait de perdre sa première femme. Celle-ci était une jeune fille évaporée de notre province qu'il avait épousée au temps de sa prime jeunesse irréfléchie, et il semble qu'avec cette personne, d'ailleurs séduisante, il eût connu beaucoup de chagrin, faute de moyens de subvenir à ses besoins et pour d'autres raisons encore, plus délicates celles-là. Elle mourut à Paris, après avoir vécu les trois dernières années séparée de lui, et lui laissant un fils de cinq ans, « fruit du premier amour joyeux et encore sans nuage », selon l'expression qui échappa un jour devant moi à Stepan Trofimovitch dans un moment de tristesse. L'enfant, envoyé aussitôt en Russie, fut élevé par des tantes éloignées, quelque part au fin fond de la province. Stepan Trofimovitch avait décliné à ce moment l'offre de Varvara Petrovna et bientôt, avant même qu'un an ne se fût écoulé, s'était remarié, sans aucune nécessité particulière d'ailleurs, avec une Allemande taciturne de Berlin. Mais d'autres raisons encore étaient intervenues pour lui faire refuser la place de précepteur : il était tenté par la gloire retentissante à l'époque d'un professeur d'inoubliable mémoire, et à son tour il vola vers la chaire pour laquelle il s'était préparé, afin d'essayer lui aussi ses ailes d'aigle. Et c'est alors que, les ailes roussies, il se souvint tout naturellement de la proposition qui, auparavant déjà, avait ébranlé sa résolution. La mort subite de sa seconde femme, moins d'un an après leur mariage, arrangea définitivement les choses. Je le dirai franchement : tout fut tranché grâce à l'intérêt ardent et à l'amitié précieuse, pour ainsi dire classique, que lui portait Varvara Petrovna, s'il est permis de s'exprimer ainsi sur l'amitié. Il se jeta dans les bras de cette amitié et la chose fut scellée pour plus de vingt ans. J'ai employé l'expression « se jeta dans les bras », mais Dieu préserve quelqu'un de penser à mal : il faut entendre ces bras dans le sens le plus hautement moral. Le lien le plus subtil et le plus délicat unit à jamais ces deux êtres si remarquables.

La place de précepteur fut encore acceptée parce que la propriété — très petite — laissée par la première épouse de Stepan Trofimovitch était située tout à côté de Skvorechniki, le superbe domaine suburbain que les Stavroguine possédaient dans notre province. En outre, il lui restait toujours possible, dans le silence de son cabinet de travail, et sans plus se laisser distraire par l'immensité des occupations universitaires, de se consacrer à la science et d'enrichir la littérature nationale par les études les plus profondes. Il n'y eut pas d'études ; mais en revanche il put tout le reste de sa vie, pendant plus de vingt ans, se dresser pour ainsi dire en un « reproche incarné » devant la patrie, selon l'expression du poète national :

> TEL UN REPROCHE INCARNÉ
>
> . . . .
>
> TU TE DRESSAIS DEVANT LA PATRIE,
> LIBÉRAL IDÉALISTE

Mais le personnage dont parlait le poète national avait peut-être le droit de poser ainsi toute sa vie s'il le voulait, quoique ce soit ennuyeux. Tandis que notre Stepan Trofimovitch n'était à vrai dire qu'un imitateur en comparaison de ces personnages-là, d'ailleurs il était parfois fatigué de rester debout et bien souvent se couchait sur le flanc. Mais, encore qu'il fût sur le flanc, l'incarnation du reproche subsistait jusque dans la position couchée — il faut lui rendre cette justice — d'autant plus que, pour la province, c'était bien suffisant. Vous auriez dû le voir chez nous au club, quand il se mettait à jouer aux cartes. Toute son attitude disait : « Les cartes ! Je joue avec vous au whist ! Est-ce admissible ? Qui donc en est responsable ? Qui a brisé mon activité et l'a réduite à une partie de whist ? Eh, périsse la Russie ! » et il jouait noblement les cœurs.

A vrai dire, il adorait jouer aux cartes, ce qui, surtout les derniers temps, lui valait de fréquents et désagréables démêlés avec Varvara Petrovna, d'autant qu'il perdait constamment. Mais nous reviendrons là-dessus. Je ferai seulement remarquer que c'était un homme scrupuleux (c'est-à-dire qu'il l'était parfois), aussi s'attristait-il souvent. Au cours de toute son amitié avec Varvara Petrovna qui dura vingt ans, il eut régulièrement, trois ou quatre fois par an, des accès de ce que nous appelions entre nous « douleur civique », c'est-à-dire simplement d'hypocondrie, mais ce mot plaisait à la très honorée Varvara Petrovna. Par la suite, outre la douleur civique, il s'adonna aussi au champagne ; mais la sensible Varvara Petrovna le préserva toute sa vie de tout penchant trivial. Au surplus, il avait besoin d'une bonne d'enfant car il se montrait parfois très étrange : au milieu de la douleur la plus élevée, il se mettait soudain à rire d'une façon tout à fait populaire. Il y avait des moments où, même sur son propre compte, il se prenait à s'exprimer dans un sens humoristique. Or Varvara Petrovna ne craignait rien tant que le sens humoristique. C'était une femme d'esprit classique, une femme-mécène qui n'agissait qu'au nom de considérations élevées. L'influence que, pendant vingt ans, cette dame supérieure exerça sur son pauvre ami fut capitale. Il faudrait parler d'elle en particulier, ce que je vais faire.

3

Il est des amitiés étranges : deux amis ont presque envie de s'entre-dévorer, passent ainsi toute leur vie, et cependant ne peuvent se séparer. Même il leur est tout à fait impossible de se séparer : l'ami qui, pris d'un caprice, aurait rompu le lien tomberait tout le premier malade et en mourrait peut-être. Je sais positivement qu'à plusieurs reprises, et parfois après les effusions les plus intimes en tête-à-tête avec Varvara Petrovna, Stepan Trofimovitch, celle-ci partie, bondit soudain de son divan et se prit à marteler le mur à coups de poing.

Cela arrivait sans la moindre allégorie, au point qu'une fois il érafla même le plâtre du mur. Peut-être demandera-t-on comment j'ai pu apprendre un détail si intime ? Et si j'en avais été témoin moi-même ? Si Stepan Trofimovitch avait sangloté plus d'une fois sur mon épaule en me peignant sous de vives couleurs toute son histoire ? (Et que ne disait-il pas en ces occasions !) Mais voici ce qui arrivait presque toujours après ces sanglots : dès le lendemain, il était prêt à se crucifier pour son ingratitude ; il me faisait venir en toute hâte ou accourait chez moi lui-même, uniquement pour m'annoncer que Varvara Petrovna était « un ange d'honneur et de délicatesse, et lui tout le contraire ». Non seulement il accourait chez moi, mais souvent il lui décrivait tout cela à elle-même dans les plus éloquentes des missives et lui avouait en signant en toutes lettres que pas plus tard, par exemple, que la veille il avait raconté à un tiers qu'elle le gardait par vanité, qu'elle était jalouse de son érudition et de ses talents ; qu'elle le haïssait et que si elle n'osait pas montrer ouvertement sa haine c'était uniquement de crainte qu'il ne la quittât et ne nuisît ainsi à sa réputation littéraire ; que par suite il se méprisait et était décidé à mettre fin à ses jours, qu'il attendait d'elle un dernier mot qui déciderait de tout, et ainsi de suite, etc., etc., le tout dans le même genre. On peut imaginer après cela jusqu'à quelle hystérie allaient parfois les explosions nerveuses de cet enfant, le plus innocent de tous les enfants quinquagénaires ! J'ai lu moi-même un jour une de ces lettres, écrite après je ne sais quelle querelle survenue entre eux pour une cause insignifiante mais qui devint venimeuse par le ton. J'en ai été épouvanté et j'ai supplié de ne pas envoyer la lettre.

— Impossible... c'est plus honnête... le devoir... je mourrai si je ne lui avoue pas tout, tout ! répondit-il presque en proie au délire, et il envoya quand même la lettre.

C'est bien en cela qu'était la différence entre eux : Varvara Petrovna n'aurait jamais envoyé une lettre pareille. Il est vrai qu'il adorait écrire, qu'il lui écrivait même lorsqu'ils habitaient la même maison et, dans les moments hystériques, jusqu'à deux lettres par jour. Je sais pour sûr qu'elle lisait toujours ces lettres avec la plus grande attention, même quand il y en avait deux par jour, et après avoir lu les rangeait dans un coffret spécial, datées et classées ; en outre, elle les rangeait dans son cœur. Ensuite, après avoir laissé son ami toute une journée sans réponse, elle le revoyait comme si depuis la veille il ne s'était rien passé de particulier. Peu à peu, elle l'avait si bien dressé qu'il n'osait plus rappeler les incidents de la veille, se contentant pendant quelque temps de chercher son regard. Mais elle n'oubliait rien, au lieu qu'il oubliait parfois trop vite et souvent le jour même, rassuré par son calme, riait et s'amusait en prenant le champagne si des amis survenaient. Quels regards venimeux ne devait-elle pas lui jeter à ces moments, et lui qui ne remarquait rien ! Tout au plus, une semaine, un mois ou même six mois plus tard, en quelque occasion spéciale, se remémorant par hasard telle expression d'une de ces lettres, et puis toute la lettre avec toutes les circonstances, il brûlait soudain de honte et se tourmentait parfois au point d'avoir un de ses accès de cholérine. Ces accès qui lui étaient propres, analogues à la cholérine, étaient dans certains cas l'issue ordinaire de ses bouleversements nerveux et représentaient dans leur genre une curieuse particularité de sa constitution.

En fait, Varvara Petrovna le haïssait certainement et bien souvent ; mais il y avait une chose que jusqu'à la fin il ne sut pas voir en elle, c'est qu'il était finalement devenu pour elle son fils, sa créature, on peut même dire son invention ; qu'il était devenu la chair de sa chair et que ce n'était nullement par simple « jalousie de ses talents » qu'elle le gardait et l'entretenait. Combien ne devait-elle pas être offensée par de pareilles suppositions !

En elle vivait une sorte d'amour intolérable pour lui, mêlé à une haine constante, à la jalousie et au mépris. Elle le préserva de tout grain de poussière, le choya vingt-deux ans durant, elle n'aurait pas dormi des nuits entières s'il s'était agi de sa réputation de poète, de savant, d'homme public. Elle l'avait inventé et, la première, avait cru elle-même à son invention. Il était quelque chose comme son rêve... Mais en retour elle exigeait en effet beaucoup de lui, parfois jusqu'à l'esclavage. Quant à être rancunière, elle l'était à un degré incroyable. A ce propos je vais raconter deux incidents.

4

Un jour, au temps des premiers bruits sur l'affranchissement des paysans, alors que toute la Russie était soudain dans l'allégresse et s'apprêtait à renaître, Varvara Petrovna reçut la visite d'un baron pétersbourgeois de passage chez nous, un homme aux plus hautes relations et touchant de fort près au gouvernement. Varvara Petrovna tenait à l'extrême à de telles visites, car ses relations dans la haute société, depuis la mort de son époux, se relâchaient de plus en plus, pour cesser tout à fait à la fin. Le baron passa chez elle une heure et prit le thé. Il n'y avait personne d'autre, mais Varvara Petrovna avait invité Stepan Trofimovitch et l'avait mis en vedette. Le baron avait entendu parler de lui ou feignit d'en avoir entendu parler, mais pendant le thé il ne lui adressa guère la parole. Certes, Stepan Trofimovitch ne pouvait perdre la face et d'ailleurs ses manières étaient des plus distinguées. Quoiqu'il fût d'origine, semble-t-il, assez modeste, il avait été élevé depuis son plus jeune âge dans une noble famille de Moscou et, par conséquent, élevé convenablement ; il parlait français comme un Parisien. Aussi le baron aurait-il dû comprendre dès l'abord de quelle sorte de gens Varvara Petrovna s'entourait, même dans sa retraite provinciale. Il en fut cependant tout autrement. Lorsque le baron eut confirmé l'absolue exactitude des premiers bruits qui venaient de se répandre sur la grande réforme, Stepan Trofimovitch ne put soudain y tenir et cria hourra ! en faisant même de la main un geste qui marquait son enthousiasme. Il n'avait pas crié fort et l'avait fait d'ailleurs d'une manière distinguée, peut-être même l'enthousiasme était-il prémédité et le geste spécialement étudié devant la glace, une demi-heure avant le thé ;

mais quelque chose dut y sonner faux car le baron se permit un imperceptible sourire, bien qu'aussitôt et avec une politesse extrême il glissât une phrase sur l'attendrissement général et justifié de tous les cœurs russes devant le grand événement. Il ne tarda pas à partir et en partant n'oublia pas de tendre deux doigts à Stepan Trofimovitch. Revenue dans le salon, Varvara Petrovna resta d'abord silencieuse pendant deux ou trois minutes, semblant chercher quelque chose sur la table ; puis soudain elle se tourna vers Stepan Trofimovitch et pâle, les yeux étincelants, scanda à voix basse :

— Je ne vous pardonnerai jamais cela !

Le lendemain elle revit son ami comme s'il ne s'était rien passé ; elle ne parla plus jamais de l'incident. Mais, treize ans plus tard, dans une minute tragique, elle s'en souvint et le lui reprocha, et elle pâlit exactement comme elle l'avait fait treize ans plus tôt en le lui reprochant pour la première fois. Deux fois seulement de toute sa vie, elle lui dit : « Je ne vous pardonnerai jamais cela ! » L'incident avec le baron était le second en date ; mais le premier était également si caractéristique et il semble avoir tant marqué dans le destin de Stepan Trofimovitch que je me décide à le rapporter aussi.

C'était au printemps de 1855, au mois de mai, juste après que fut parvenue à Skvorechniki la nouvelle de la fin du lieutenant-général Stavroguine, vieillard frivole, décédé à la suite d'un dérangement d'estomac alors qu'il se rendait en hâte en Crimée où il avait été nommé dans l'armée active. Varvara Petrovna resta veuve et se mit en grand deuil. A vrai dire, elle ne pouvait avoir beaucoup de chagrin ; car les quatre dernières années elle avait vécu complètement séparée de son mari, par suite d'incompatibilité d'humeur, et lui avait servi une pension. (Le lieutenant-général ne possédait lui-même que cent cinquante âmes et sa solde, ainsi que la naissance et des relations ; toute la fortune et Skvorechniki étaient à Varvara Petrovna, fille unique d'un très riche concessionnaire d'Etat.) Néanmoins elle fut bouleversée par la soudaineté de la nouvelle et se retira dans une solitude complète. Bien entendu, Stepan Trofimovitch ne la quitta pas un instant.

Mai était en plein épanouissement ; les soirées étaient exquises. Les merisiers commençaient à fleurir. Les deux amis se retrouvaient chaque soir dans le jardin et restaient jusqu'à la nuit sous la tonnelle, se confiant mutuellement leurs sentiments et leurs pensées. Il y eut des instants poétiques. Varvara Petrovna, sous le coup du changement de son sort, parlait plus que d'ordinaire. Elle semblait tout attirée vers le cœur de son ami, et il en fut ainsi durant plusieurs soirées. Soudain une étrange pensée frappa Stepan Trofimovitch : « Ne serait-ce pas que la veuve inconsolable compte sur lui et attend, à la fin de son année de deuil, une demande en mariage de sa part ? » Pensée cynique ; mais c'est qu'une organisation élevée favorise parfois un même penchant aux pensées cyniques, ne fût-ce qu'à raison même de sa complexité. Il approfondit la question et trouva qu'il semblait bien en être ainsi. Il devint songeur : « La fortune est immense ; c'est vrai, mais... » En effet, Varvara Petrovna n'était pas précisément ce que l'on appelle une beauté : c'était une grande femme jaune, osseuse, avec un visage démesurément long qui avait quelque chose de chevalin. De plus en plus, Stepan Trofimovitch hésitait et était torturé de doutes ; il pleura même une ou deux fois dans son irrésolution (il pleurait assez souvent). Le soir, c'est-à-dire sous la tonnelle, son visage exprimait maintenant comme malgré lui quelque chose de capricieux et de railleur, quelque chose de coquet et en même temps de hautain. Cela se fait comme par hasard, malgré soi, et même plus l'homme est noble, plus cela se voit. Dieu sait ce qu'il faut en penser, mais le plus vraisemblable est que rien ne naissait dans le cœur de Varvara Petrovna qui pût justifier pleinement les soupçons de Stepan Trofimovitch. Et puis, elle n'aurait pas échangé son nom de Stavroguine contre le sien, quelque glorieux qu'il fût. Peut-être n'y avait-il de sa part qu'un jeu féminin, la manifestation d'un inconscient besoin, si naturel chez une femme dans certaines circonstances exceptionnelles. Au demeurant, je ne jurerais de rien ; insondables sont les profondeurs du cœur féminin, même aujourd'hui encore ! Mais je continue.

Il faut croire qu'elle eut tôt fait de deviner le sens de l'étrange expression du visage de son ami ; elle était intuitive et observatrice, et il était souvent, quant à lui, trop candide. Mais les soirées continuaient comme auparavant et les conversations étaient aussi poétiques et intéressantes. Et voilà qu'une fois, à la tombée de la nuit, après une conversation des plus animées et des plus poétiques, ils se séparèrent amicalement en se serrant chaleureusement la main au perron du pavillon où logeait Stepan Trofimovitch. Chaque été il quittait l'énorme maison de Skvorechniki pour s'installer dans ce petit pavillon situé presque en plein jardin. Il était à peine entré chez lui et, plongé dans des réflexions soucieuses, prenant un cigare et n'ayant pas encore eu le temps de l'allumer, s'était arrêté, fatigué et immobile, devant la fenêtre ouverte en regardant les petits nuages blancs, légers comme du duvet, qui glissaient autour de la lune limpide, quand soudain un faible bruit le fit tressaillir et se retourner. Varvara Petrovna, qu'il avait quittée depuis quatre minutes à peine, se tenait devant lui. Son visage jaune avait presque bleui, ses lèvres étaient serrées et tremblaient aux commissures. Pendant dix bonnes secondes, sans mot dire, elle le regarda dans les yeux d'un regard ferme, implacable, et soudain elle chuchota dans un murmure rapide :

— Je ne vous pardonnerai jamais cela !

Lorsque Stepan Trofimovitch, dix ans plus tard, me racontait cette triste histoire à voix basse, après avoir fermé au préalable les portes, il me jurait qu'il avait été saisi au point de n'avoir ni vu ni entendu Varvara Petrovna disparaître. Comme, plus tard, elle ne fit pas une fois allusion à ce qui s'était passé et que tout continua comme si de rien n'était, il fut toute sa vie porté à croire que tout cela n'avait été qu'une hallucination précédant la maladie, d'autant que, la nuit même, il tomba malade et fut souffrant deux bonnes semaines, ce qui par la même occasion mit fin aux rendez-vous sous la tonnelle.

Mais tout en rêvant que ce n'avait été qu'une hallucination, chaque jour, durant toute sa vie, il parut attendre la suite et, pour ainsi dire, le dénouement de cet incident. Il ne pouvait croire qu'il fût vraiment fini ! Et puisqu'il en était ainsi, quels étranges regards ne devait-il pas jeter parfois à son amie !

5

ELLE avait même composé pour lui un costume qu'il porta toute sa vie. Ce costume était élégant et plein de caractère : il se composait d'une redingote à longues basques, boutonnée jusqu'en haut mais qui lui allait à ravir ; d'un chapeau mou à larges bords (l'été il était en paille) ; d'une cravate en batiste blanche à grand nœud à bouts flottants ; d'une canne à pommeau d'argent ; avec cela les cheveux jusqu'aux épaules. Il était châtain et ses cheveux ne commencèrent à blanchir un peu que les tout derniers temps. Il se rasait la moustache et la barbe. On dit que, dans sa jeunesse, il avait été extrêmement beau. Mais, à mon avis, dans sa vieillesse aussi il était on ne peut plus imposant. D'ailleurs peut-on parler de vieillesse, à cinquante-trois ans ? Pourtant, par une sorte de coquetterie civique, loin de chercher à se rajeunir, on eût même dit qu'il tirait vanité de son âge, et, dans son costume, grand, maigre, les cheveux aux épaules, il ressemblait à un patriarche ou, mieux encore, au portrait du poète Koukolnik dont une lithographie orne une des éditions des œuvres de celui-ci publiées vers 1830. Cela surtout lorsque, en été, Stepan Trofimovitch était assis sur un banc dans le jardin, sous des lilas en fleurs, appuyé des deux mains sur sa canne, un livre ouvert à côté de lui, et méditant poétiquement sur le coucher du soleil. A propos de livres, je ferai remarquer qu'il finit par se détacher de la lecture. Du reste ce ne fut que tout à la fin. Les journaux et les revues que Varvara Petrovna faisait venir en quantité, il les lut toujours. Il ne cessa jamais non plus de s'intéresser aux succès de la littérature russe, quoique sans rien perdre de sa dignité. A un moment donné, il s'était passionné pour l'étude de notre haute politique contemporaine, intérieure et extérieure, mais bientôt il abandonna cette entreprise. Il lui arrivait aussi d'emporter dans le jardin Tocqueville tout en ayant dans sa poche Paul de Kock. D'ailleurs ce sont là des vétilles.

Je dirai entre parenthèses, à propos du portrait de Koukolnik, que cette image était venue pour la première fois entre les mains de Varvara Petrovna quand, toute jeune encore, elle se trouvait dans un pensionnat pour jeunes filles nobles de Moscou. Elle s'éprit aussitôt du portrait, selon l'habitude de toutes les petites filles dans les pensionnats, qui s'éprennent de n'importe quoi et en même temps de leurs professeurs, principalement de ceux de calligraphie et de dessin. Mais ce qu'il y a là de curieux, ce ne sont pas les traits de caractère d'une petite fille mais le fait que, même à cinquante ans, Varvara Petrovna conservait cette image au nombre de ses autres trésors les plus intimes, si bien que c'est peut-être uniquement pour cette raison qu'elle avait composé pour Stepan Trofimovitch un costume ayant une certaine ressemblance avec celui de l'image. Mais c'est là aussi, naturellement, un tout petit détail.

Dans les premières années ou, plus exactement, durant la première moitié de son séjour chez Varvara Petrovna, Stepan Trofimovitch songeait encore à écrire je ne sais quel ouvrage et, chaque jour, se proposait sérieusement de s'y mettre. Mais dans la seconde moitié, il en oublia probablement tout. De plus en plus souvent, il nous disait : « Il semble bien que je suis prêt à me mettre à l'œuvre, la documentation est rassemblée, mais voilà, je n'arrive pas à travailler ! Rien ne vient ! » et il baissait la tête, découragé. A n'en pas douter, c'est cela précisément qui devait lui conférer à nos yeux encore plus de grandeur, comme à un martyr de la science ; mais lui-même désirait quelque chose d'autre. « On m'a oublié, personne n'a besoin de moi ! » laissa-t-il échapper plus d'une fois. Cette intense hypocondrie s'empara particulièrement de lui tout à la fin des années 1850. Varvara Petrovna comprit enfin que c'était sérieux. Au surplus, elle ne pouvait supporter l'idée que son ami était oublié et inutile. Afin de le distraire et en même temps pour raviver sa gloire, elle l'emmena à Moscou où elle avait quelques relations distinguées dans les milieux littéraires et scientifiques ; mais il apparut que Moscou ne donnait pas non plus satisfaction.

L'époque était alors singulière ; quelque chose de nouveau était né qui ne ressemblait en rien à l'ancien calme, quelque chose de vraiment très étrange mais qu'on ressentait partout, même à Skvorechniki. Divers bruits nous parvenaient. Les faits étaient connus, plus ou moins, mais il était évident qu'outre les faits il y avait des idées nouvelles qui les accompagnaient, et cela à profusion. Or c'est là ce qui était troublant : on ne parvenait pas à s'adapter et à savoir ce que ces idées signifiaient au juste. Varvara Petrovna, selon sa nature féminine, voulait absolument y voir un secret. Elle se mit en devoir de lire elle-même journaux et revues, ainsi que les publications interdites qui paraissaient à l'étranger, et jusqu'aux tracts qui commençaient alors à circuler (tout cela lui était envoyé) ; mais le seul résultat fut que la tête lui en tourna. Elle se prit à écrire des lettres ; on lui répondit peu et plus cela allait, plus les réponses devenaient incompréhensibles. Stepan Trofimovitch fut solennellement invité à lui expliquer « toutes ces idées » une fois pour toutes, mais elle resta franchement mécontente de ses explications. L'opinion de Stepan Trofimovitch sur le mouvement général était des plus hautaines ; pour lui, tout se réduisait au fait qu'il était oublié et que personne n'avait besoin de lui. Enfin on se souvint de lui aussi, d'abord dans les publications paraissant à l'étranger, comme d'un martyr en exil, puis aussitôt à Pétersbourg, comme d'une étoile qui avait fait partie jadis d'une constellation connue ; on le compara même, on ne sait pourquoi, à Radistchev. Ensuite quelqu'un annonça qu'il était mort et promit un article nécrologique. Stepan Trofimovitch ressuscita intantanément et reprit beaucoup d'assurance. Toute la hauteur dédaigneuse de ses vues sur ses contemporains le quitta en un clin d'œil et un rêve s'alluma en lui : se joindre au mouvement et montrer ses forces. Varvara Petrovna retrouva sur-le-champ sa foi en tout et s'agita beaucoup. Il fut décidé d'aller sans le moindre délai à Pétersbourg, de se renseigner sur tout sur place et, si possible, de s'engager entièrement et sans réserve dans la nouvelle activité. Entre autres, Varvara Petrovna annonça qu'elle était prête à fonder une revue à elle et à y consacrer désormais toute sa vie. Voyant que les choses en étaient là, Stepan Trofimovitch devint encore plus hautain et, en route, traita Varvara Petrovna de manière si protectrice qu'elle rangea aussitôt cela dans son cœur. Au demeurant, elle avait une autre raison importante pour faire ce voyage, à savoir celle de renouer ses hautes relations. Il fallait, autant que possible, se rappeler au souvenir du monde, tout au moins tenter de le faire. Mais le prétexte avoué du voyage fut son désir de revoir son fils unique qui terminait alors ses études au Lycée de Pétersbourg.

6

Ils firent le voyage et passèrent à Pétersbourg presque toute la saison d'hiver. Tout creva cependant comme une bulle de savon irisée vers l'époque du carême. Les rêves s'envolèrent et la confusion, au lieu de s'éclaircir, devint encore plus intolérable. Tout d'abord, le rétablissement des hautes relations ne réussit pas, sinon à un degré tout à fait microscopique et au prix d'humiliants efforts. Mortifiée, Varvara Petrovna se lança entièrement dans les « idées nouvelles » et donna des soirées. Elle invita les littérateurs et on lui en amena aussitôt une foule. Plus tard ils vinrent d'eux-mêmes, sans invitation ; l'un amenait l'autre. Jamais encore elle n'avait vu pareils littérateurs. Ils étaient incroyablement vaniteux, cela tout à fait ouvertement, comme s'ils remplissaient par là un devoir. Certains (quoique pas tous, et de loin) allaient jusqu'à se présenter ivres mais comme s'ils voyaient en cela une beauté particulière, découverte de la veille seulement. Ils étaient tous étrangement fiers de quelque chose. Sur tous les visages était écrit qu'ils venaient tout juste de découvrir quelque secret d'une importance capitale. Ils employaient un langage grossier et s'en faisaient honneur. Il était assez difficile de savoir ce qu'ils avaient écrit au juste ; pourtant il y avait là des critiques, des romanciers, des dramaturges, des satiriques, des pamphlétaires. Stepan Trofimovitch pénétra dans leur cercle le plus élevé, là d'où le mouvement était dirigé. Les dirigeants planaient incroyablement haut mais ils l'accueillirent cordialement, quoique, cela va, sans dire, aucun d'entre eux n'eût jamais entendu parler de lui et n'en sût rien sinon qu'il « représentait l'idée ». Il manœuvra tant et si bien que deux ou trois fois il les entraîna eux aussi dans le salon de Varvara Petrovna, en dépit de toute leur hauteur olympienne. Ceux-là étaient très sérieux et très polis ; ils se tenaient bien ; les autres les craignaient visiblement ; mais il était évident qu'ils n'avaient pas de temps à perdre. Vinrent aussi deux ou trois célébrités littéraires qui se trouvaient alors à Pétersbourg et avec qui Varvara Petrovna entretenait de longue date les relations les plus distinguées. Mais, à sa surprise, ces célébrités réelles et cette fois incontestables étaient très effacées et humbles tandis que certaines d'entre elles se pâmaient devant tout ce ramassis nouveau et lui faisaient honteusement la cour. Au début Stepan Trofimovitch eut de la chance ; on s'accrocha à lui et le mit en avant dans les réunions littéraires publiques. La première fois qu'il parut sur l'estrade, à l'une des lectures publiques à laquelle il devait participer, des applaudissements frénétiques éclatèrent qui durèrent près de cinq minutes. Il s'en souvenait avec des larmes neuf ans plus tard, plutôt d'ailleurs à cause de sa nature artistique que par reconnaissance. « Je vous jure et je parie, me disait-il lui-même (mais à moi seulement et en secret), que personne parmi tout ce public ne savait absolument rien de moi ! » Aveu remarquable : il avait donc bien une intelligence aiguë pour avoir pu, dès ce moment-là, sur l'estrade, comprendre si clairement sa situation, malgré tout son enivrement ; et il n'avait donc pas une intelligence aiguë si, même neuf ans plus tard, il ne pouvait s'en souvenir sans se sentir mortifié. On lui fit signer deux ou trois protestations (contre quoi, il l'ignorait) ; il signa. On fit aussi signer Varvara Petrovna pour protester contre on ne sait quelle « action abominable », et elle signa. Au reste, la plupart de ces hommes nouveaux avaient beau fréquenter chez Varvara Petrovna, ils se croyaient obligés, on ne sait pourquoi, de la considérer avec mépris et avec une ironie non dissimulée. Stepan Trofimovitch me laissait entendre plus tard, aux heures d'amertume, que c'était depuis ce temps-là qu'elle l'enviait. Elle comprenait certes qu'elle ne pouvait frayer avec ces gens mais elle ne les recevait pas moins avec avidité, avec toute l'impatience hystérique des femmes et, surtout, elle ne cessait d'attendre quelque chose. Aux soirées elle parlait peu, bien qu'elle eût pu parler ; mais elle écoutait plutôt. On parlait de la suppression de la censure et du signe dur final, de la substitution à l'alphabet russe de l'alphabet latin, de la déportation d'un tel survenue la veille, d'on ne sait quel scandale dans un passage, de l'utilité du démembrement de la Russie par minorités nationales avec un lien fédératif libre, de la suppression de l'armée et de la marine, de la restauration de la Pologne jusqu'au Dniéper, de la réforme paysanne et des tracts, de l'abolition des héritages, de la famille, des enfants et des prêtres, des droits de la femme, de la maison de Kraevski que personne n'avait jamais pu pardonner à M. Kraevski, etc., etc. Il était évident que, dans cette bande de gens nouveaux, il y avait beaucoup de coquins, mais il n'était pas douteux qu'il n'y eût aussi beaucoup de gens honnêtes et même très sympathiques, malgré certaines nuances qui ne laissaient tout de même pas de surprendre. Les honnêtes étaient beaucoup plus incompréhensibles que les malhonnêtes et les grossiers ; mais on ne savait pas lesquels d'entre eux menaient les autres. Quand Varvara Petrovna fit connaître son idée de publier une revue, l'affluence devint encore plus grande chez elle, mais aussitôt les accusations d'être une capitaliste et d'exploiter le travail se déversèrent ouvertement sur elle. Le sans-gêne des accusations n'avait d'égal que leur caractère inattendu. Le vieux général Ivan Ivanovitch Drozdov, ancien ami et compagnon d'armes du feu général Stavroguine, homme des plus dignes (mais à sa façon) et que nous connaissons tous ici, têtu et irascible à l'extrême, qui mangeait énormément et avait une peur terrible de l'athéisme, entama une discussion, à l'une des soirées de Varvara Petrovna, avec un jeune homme célèbre. Celui-ci lui dit dès le premier mot : « Vous devez être général pour parler ainsi », entendant par là qu'il ne pouvait trouver de mot plus injurieux que celui de général. Ivan Ivanovitch s'emporta à l'extrême : « Oui, Monsieur, je suis général, et même lieutenant-général, et j'ai servi mon empereur, tandis que toi, Monsieur, tu es un galopin et un sans-Dieu ! » Cela fit un scandale inouï. Le lendemain l'incident fut dénoncé dans la presse et l'on entreprit de recueillir des signatures pour une protestation collective contre la « conduite abominable » de Varvara Petrovna qui n'avait pas voulu chasser immédiatement le général. Un illustré publia une caricature représentant fielleusement Varvara Petrovna, le général et Stepan Trofimovitch sous l'aspect de trois amis rétrogrades ; le dessin s'accompagnait de vers composés spécialement pour la circonstance par un poète national. Je ferai remarquer pour ma part que nombreux sont en effet ceux qui, parvenus au grade de général, ont la ridicule habitude de dire : « J'ai servi mon empereur... » comme s'ils n'avaient pas le même empereur que nous, simples sujets, mais un empereur spécial, qui n'est qu'à eux.

Rester plus longtemps à Pétersbourg était bien entendu impossible, d'autant plus que Stepan Trofimovitch avait subi lui aussi un fiasco définitif. Il n'avait pu se retenir et s'était mis à affirmer les droits de l'art, de sorte qu'on rit de lui encore plus fort. A sa dernière lecture, il eut l'idée d'agir par son éloquence civique, s'imaginant toucher les cœurs et comptant sur le respect dû à son « exil ». Il reconnut sans discussion l'inutilité et le comique du mot « patrie » ; se dit également d'accord sur l'idée du rôle néfaste de la religion, mais déclara d'une voix haute et ferme que les bottes étaient inférieures à Pouchkine, et même de beaucoup. On le siffla impitoyablement, si bien que sur place, en public, sans quitter l'estrade, il fondit en larmes. Varvara Petrovna le ramena à la maison plus mort que vif. *On m'a traité comme un vieux bonnet de coton* * ! » balbutiait-il absurdement. Elle le veilla toute la nuit, lui fit prendre des gouttes de laurier-cerise et jusqu'à l'aube lui répéta : « Vous êtes encore utile, vous reparaîtrez encore ; on vous rendra encore justice... ailleurs. »

Dès le lendemain matin de bonne heure, cinq littérateurs se présentèrent chez Varvara Petrovna, dont trois tout à fait inconnus d'elle et qu'elle n'avait même jamais vus. D'un air sévère, ils lui annoncèrent qu'ils avaient examiné la question de sa revue et lui apportaient leur décision dans cette affaire. Varvara Petrovna n'avait jamais chargé personne d'examiner et de décider quoi que ce fût au sujet de sa revue. La décision consistait en ceci que la revue une fois fondée, elle devait aussitôt la remettre entre leurs mains avec les capitaux ; quant à elle, elle partirait pour Skvorechniki, sans oublier d'emmener Stepan Trofimovitch « qui n'était plus à la page ». Par délicatesse, ils acceptaient de lui reconnaître le droit de propriété et de lui envoyer tous les ans un

---

* Les passages en italique sont en français dans le texte.

sixième des bénéfices nets. Le plus touchant était que de ces cinq hommes, quatre ne poursuivaient certainement aucun but vénal et ne se préoccupaient que de « l'intérêt général ».

— Nous sommes partis tout hébétés, racontait Stepan Trofimovitch, j'étais incapable de rien comprendre ; et, je m'en souviens, je ne cessais de balbutier au bruit du wagon :

> « Sec et sec et Lev Cambec,
> Lev Cambec et sec et sec... »

et Dieu sait quoi encore, ainsi jusqu'à Moscou. C'est à Moscou seulement que je me suis ressaisi, comme si vraiment j'avais pu y trouver quelque chose d'autre ? Oh, mes amis ! s'exclamait-il parfois d'un air inspiré en s'adressant à nous, vous ne pouvez vous figurer quelle tristesse et quelle colère envahissent toute votre âme quand des ignares s'emparent d'une grande idée que vous vénérez religieusement depuis longtemps, la traînent vers des imbéciles comme eux, dans la rue, et que vous la retrouvez brusquement au marché aux puces, dans la boue, méconnaissable, placée absurdement de guingois, sans proportions, sans harmonie, jouet entre les mains de gosses stupides ! Non ! De notre temps il n'en était pas ainsi et ce n'est pas à cela que nous aspirions. Non, non, pas du tout à cela. Je ne reconnais plus rien... Notre temps reviendra et remettra dans la voie ferme tout ce qui vacille aujourd'hui. Sinon qu'arrivera-t-il ?...

7

Dès son retour de Pétersbourg, Varvara Petrovna envoya son ami à l'étranger : pour « se reposer » ; d'ailleurs ils avaient besoin de se séparer pour quelque temps, elle le sentait. Stepan Trofimovitch partit avec enthousiasme : « Là-bas je ressusciterai, s'exclamait-il, là-bas, enfin, je me mettrai à la science ! » Mais dès les premières lettres de Berlin, ce fut sa litanie habituelle : « Mon cœur est brisé, écrivait-il à Varvara Petrovna, je ne puis rien oublier ! Ici, à Berlin, tout me rappelle les jours anciens, mon passé, mes premiers enthousiasmes et mes premières souffrances. Où est-elle ? Où sont-elles maintenant toutes les deux ? Où êtes-vous, les deux anges dont je n'ai jamais été digne ? Où est mon fils, mon fils bien-aimé ? Où suis-je, enfin, moi-même, mon ancien moi, acier par la force et inébranlable comme un roc, quand maintenant un *Andrejeff* quelconque, *un bouffon orthodoxe à barbe, peut briser mon existence en deux* », etc., etc. Pour ce qui est du fils de Stepan Trofimovitch, il ne l'avait vu que deux fois dans sa vie, la première à sa naissance et la deuxième récemment, à Pétersbourg, où le jeune homme se préparait à entrer à l'Université. Toute sa vie l'enfant, ainsi qu'il a déjà été dit plus haut, fut élevé chez des tantes dans la province d'O. (aux frais de Varvara Petrovna), à sept cents verstes de Skvorechniki. Quant à *Andrejeff*, c'est-à-dire Andreev, c'était tout simplement un de nos marchands d'ici, un boutiquier, un grand original, archéologue autodidacte, collectionneur passionné d'antiquités russes, qui parfois rivalisait avec Stepan Trofimovitch d'érudition et, surtout, d'idées avancées. Ce respectable marchand à barbe blanche et aux grandes lunettes d'argent était resté devoir à Stepan Trofimovitch quatre cents roubles pour quelques hectares de bois de coupe qu'il lui avait achetés dans sa petite propriété (située à côté de Skvorechniki). Quoique Varvara Petrovna eût somptueusement pourvu son ami d'argent en l'envoyant à Berlin, Stepan Trofimovitch avait spécialement compté, avant son voyage, sur ces quatre cents roubles, sans doute pour ses dépenses secrètes, et il avait failli fondre en larmes lorsque *Andrejeff* lui avait demandé de patienter un mois, ayant, d'ailleurs, droit à ce délai, car il avait fait tous les premiers versements près de six mois d'avance, par suite de la gêne particulière dans laquelle se trouvait alors Stepan Trofimovitch. Varvara Petrovna lut avidement cette première lettre et soulignant au crayon l'exclamation : « Où êtes-vous toutes les deux ? » y mit la date et l'enferma dans son coffret. Il parlait, bien entendu, de ses deux défuntes épouses. Dans la deuxième lettre, reçue de Berlin, la chanson avait une variante : « Je travaille douze heures par jour (si encore c'était onze, grommela Varvara Petrovna), je fouille les bibliothèques, je vérifie, je prends des notes, je cours ; je suis allé chez les professeurs. J'ai renoué connaissance avec l'excellente famille Doundassov. Comme elle est charmante, cette Nadejda Nicolaevna, même aujourd'hui encore ! Elle vous envoie ses compliments. Son jeune mari et ses trois neveux sont à Berlin. Le soir nous causons avec la jeunesse jusqu'à l'aube et nous avons presque des soirées athéniennes, mais uniquement par la finesse et la distinction ; tout est noble : beaucoup de musique, airs espagnols, rêves de rénovation universelle, idée de la beauté éternelle, la

Madone Sixtine, la lumière coupée de ténèbres mais le soleil lui-même a des taches ! Oh, mon amie, ma noble, ma fidèle amie ! Je suis de cœur avec vous et à vous ; avec vous seule toujours, *en tout pays*, et même *dans le pays de Makar et de ses veaux* dont, vous vous souvenez, nous parlions souvent en tremblant à Pétersbourg avant notre départ. Je m'en souviens avec un sourire. La frontière franchie, je me suis senti en sécurité, sensation étrange, nouvelle, éprouvée pour la première fois depuis de si nombreuses années... » etc., etc.

— Allons, tout cela ce sont des sornettes ! décida Varvara Petrovna en rangeant aussi cette lettre, puisqu'il y a des soirées athéniennes jusqu'à l'aube, il ne passe donc pas des douze heures avec ses livres. Aurait-il été ivre en écrivant ? Cette Doundassov, comment ose-t-elle m'envoyer ses compliments ? D'ailleurs, qu'il s'amuse...

En ce qui concerne la phrase « *dans le pays de Makar et de ses veaux* », Stepan Trofimovitch faisait parfois exprès de traduire en français les proverbes et les locutions russes de la façon la plus stupide, bien qu'il sût certes les mieux comprendre et traduire ; mais il le faisait par une sorte de chic et trouvait cela spirituel.

Pourtant il ne s'amusa pas longtemps, n'y tint même pas quatre mois et accourut à Skvorechniki. Ses dernières lettres ne consistaient qu'en effusions du plus sensible amour pour son amie absente et étaient littéralement arrosées des larmes de la séparation. Il est des natures qui s'attachent passionnément à une maison, tels, les petits chiens d'appartement. L'entrevue des deux amis fut enthousiaste. Au bout de deux jours, tout avait repris son cours normal et même en plus ennuyeux. « Mon ami, me disait Stepan Trofimovitch en grand secret, quinze jours plus tard, mon ami, j'ai découvert une... chose terrible pour moi : *je suis un* simple pique-assiette *et rien de plus ! Mais r-r-rien de plus !* »

8

Ensuite il y eut chez nous une période de calme qui dura neuf ans presque sans interruption. Les explosions hystériques et les sanglots sur mon épaule qui se poursuivaient régulièrement ne troublaient en rien notre bien-être. Je m'étonne que Stepan Trofimovitch n'eût pas grossi pendant cette période. Seul son nez rougit un peu et il acquit encore plus de bénignité. Petit à petit un cercle d'amis s'était formé autour de lui, toujours peu nombreux d'ailleurs. Bien que Varvara Petrovna n'eût guère de contacts avec ce cercle, nous la reconnaissions tous pour notre patronnesse. Après la leçon de Pétersbourg, elle s'était définitivement fixée dans notre ville ; l'hiver elle habitait son hôtel, l'été son domaine des environs. Jamais elle n'eut tant de prestige et d'importance dans la société de notre province que les sept dernières années, c'est-à-dire jusqu'à la nomination de notre gouverneur actuel. Notre ancien gouverneur, l'inoubliable et doux Ivan Ossipovitch, était son proche parent à qui elle avait jadis rendu de nombreux services. Sa femme tremblait à la seule pensée de déplaire à Varvara Petrovna, et l'admiration de la société provinciale avait pris des proportions telles qu'elle semblait confiner au péché. Tout par conséquent allait bien pour Stepan Trofimovitch aussi. Il était membre du club, perdait avec prestance aux cartes et avait su mériter la considération générale, encore que nombre de gens ne le regardassent que comme un « savant ». Par la suite, quand Varvara Petrovna lui permit de loger dans une autre maison, nous fûmes encore plus libres. Nous nous réunissions chez lui deux ou trois fois par semaine ; la gaieté régnait, surtout quand il ne ménageait pas le champagne. Le vin venait de la boutique de ce même Andreev. C'était Varvara Petrovna qui réglait la note tous les six mois et le jour du règlement était presque toujours un jour de cholérine.

Le membre le plus ancien de notre groupe était Lipoutine, un fonctionnaire de la province, homme plus tout jeune, grand libéral et qui passait en ville pour être athée. Il était marié en secondes noces avec une jeune et jolie personne qu'il avait épousée pour sa dot, et en outre il avait trois grandes filles. Il tenait toute sa famille dans la crainte de Dieu et enfermée à la maison, était avare à l'excès et, à force d'épargner sur son traitement, s'était fait un capital et avait pu acheter une petite maison. C'était un homme inquiet, par surcroît de grade modeste ; en ville on ne l'estimait guère et la haute société ne le recevait pas. En outre, c'était un cancanier notoire qui avait été corrigé plus d'une fois, et corrigé durement, une fois par un officier, une autre par un respectable père de famille, propriétaire terrien. Mais nous aimions son intelligence aiguë, sa soif du savoir, sa gaieté particulière et méchante. Varvara Petrovna ne l'aimait pas mais, d'une façon ou d'une autre, il savait toujours se la concilier.

37

Elle n'aimait pas non plus Chatov, qui ne devint membre du groupe que la dernière année. Chatov était un ancien étudiant exclu de l'université après une histoire politique ; dans son enfance il avait été l'élève de Stepan Trofimovitch ; né serf de Varvara Petrovna, étant fils de son valet de chambre feu Paul Fedorov, il lui devait beaucoup. Elle ne l'aimait pas à cause de son orgueil et de son ingratitude, et ne pouvait lui pardonner de n'être pas venu aussitôt chez elle après son exclusion de l'université ; au contraire, il n'avait rien répondu à la lettre qu'elle lui avait tout spécialement adressée alors, et avait préféré s'asservir chez un marchand civilisé qui l'avait engagé pour instruire ses enfants. Avec la famille de ce marchand, il était parti pour l'étranger, en qualité de bonne d'enfant plutôt que de précepteur, mais il avait trop envie alors d'aller à l'étranger. Auprès des enfants il y avait aussi une gouvernante, une demoiselle russe pleine d'assurance, engagée elle aussi juste avant le départ et cela surtout à cause de la modicité de ses prétentions. Deux mois environ plus tard, le marchand la chassa « pour idées avancées ». Chatov la suivit et bientôt l'épousa à Genève. Ils vécurent ensemble à peu près trois semaines, puis se séparèrent en gens libres et n'étant liés par rien, et naturellement aussi par pauvreté. Longtemps ensuite il erra seul à travers l'Europe, vivant Dieu sait de quoi ; on dit qu'il cira les chaussures dans les rues et fut débardeur dans un port. Enfin, il y a environ un an, il revint chez nous, dans son pays natal, et s'installa avec une vieille tante qu'il enterra au bout d'un mois. Avec sa sœur Dacha, elle aussi élevée par Varvara Petrovna et qui vivait chez elle en favorite, il avait des rapports très espacés et distants. Parmi nous il était toujours morose et taciturne ; mais par moments, quand on touchait à ses convictions, il était pris d'une irritation maladive et se montrait fort incontinent de langage. « Avec Chatov, il faut d'abord le ligoter et ne discuter qu'ensuite », plaisantait parfois Stepan Trofimovitch ; mais il l'aimait bien. A l'étranger, Chatov avait radicalement changé certaines de ses anciennes convictions socialistes et avait sauté à l'autre extrême. C'était un de ces idéalistes russes que frappe soudain quelque forte pensée et qui d'un coup en sont comme assommés, parfois même pour toujours. Ils ne peuvent jamais l'assimiler complètement mais ils y croient passionnément, et dès lors toute leur vie se passe pour ainsi dire dans les ultimes convulsions, sous le poids de la pierre qui, tombée sur eux, les a à moitié écrasés. Le physique de Chatov correspondait pleinement à ses convictions : il était gauche, blond, hirsute, de petite taille, les épaules larges, le front plissé, le regard peu accueillant obstinément baissé et semblant honteux de quelque chose. Sur sa tête il y avait toujours une mèche rebelle qui se dressait. Il avait vingt-sept ou vingt-huit ans. « Je ne m'étonne plus que sa femme se soit enfuie », opina un jour Varnara Petrovna après l'avoir examiné attentivement. Il s'efforçait de s'habiller décemment, malgré son extrême pauque sa femme se soit enfuie », opina un jour Varvara Petrovna mais vécut de ce que Dieu lui envoyait ; il travailla aussi chez des marchands. Une fois il fut employé dans une boutique, une autre fois il faillit partir pour de bon comme aide-commis sur un bateau transportant des marchandises, mais tomba malade juste avant le départ. Il est difficile de se représenter le degré de misère qu'il était capable d'endurer sans même y penser. Varvara Petrovna, après sa maladie, lui fit parvenir secrètement et de façon anonyme cent roubles. Il perça cependant le secret, réfléchit, accepta l'argent et alla remercier Varvara Petrovna. Celle-ci le reçut chaleureusement mais, cette fois encore, il déçut honteusement son attente : il resta chez elle cinq minutes sans mot dire, les yeux rivés au sol et souriant sottement, et brusquement, sans l'écouter jusqu'au bout et au moment le plus intéressant de la conversation, il se leva, s'inclina de biais, gauchement, fut écrasé sous la honte, heurta et renversa une précieuse table à ouvrage en marqueterie qui se brisa, et sortit à demi mort de confusion. Lipoutine lui reprocha vivement plus tard de ne pas avoir repoussé avec mépris ces cent roubles comme venant de son ancienne propriétaire despote, et non seulement d'avoir accepté mais d'être même allé la remercier. Il vivait solitaire, au bout de la ville, et n'aimait pas qu'on allât le voir, fût-ce l'un de nous. Il venait régulièrement aux soirées de Stepan Trofimovitch et lui empruntait des journaux et des livres.

A ces soirées assistait aussi un autre jeune homme, un nommé Virguinski, qui, fonctionnaire de notre ville, présentait une certaine ressemblance avec Chatov tout en étant apparemment son contraire à tous les égards ; mais il était lui aussi « chef de famille ». C'était un jeune homme pitoyable et extrêmement effacé, âgé du reste d'une trentaine d'années, très instruit mais plutôt à la façon d'un autodidacte. Pauvre, il était marié, travaillait et entretenait une tante et la sœur de sa femme. Son épouse, comme du reste toutes ces dames, professait les idées les plus modernes, mais tout cela prenait chez elles une forme un peu grossière, il y avait là précisément « l'idée échouée dans la rue », selon l'expression employée un jour par Stepan Trofimovitch en une autre circonstance. Elles tiraient tout des livres et, au premier bruit venu des milieux progressistes de la capitale, étaient prêtes à tout envoyer promener par la fenêtre pour peu qu'on le conseillât. Mme Virguinski exerçait dans notre ville la profession de sage-femme ; avant son mariage, elle avait longtemps vécu à Pétersbourg. Virguinski, quant à lui, était un homme d'une extraordinaire pureté de cœur et j'ai rarement rencontré dans une âme une flamme plus honnête. « Je ne renoncerai jamais, jamais à ces clairs espoirs », me disait-il, les yeux rayonnants. De ces « clairs espoirs » il parlait toujours à voix basse, avec délice, dans un demi-murmure, comme secrètement. Il était assez grand mais très mince et étroit d'épaules, les cheveux extrêmement clairsemés d'une nuance roussâtre. Il acceptait avec douceur toutes les railleries hautaines de Stepan Trofimovitch au sujet de certaines de ses opinions, mais parfois lui répondait avec beaucoup de sérieux et, à bien des égards, l'acculait à une impasse. Stepan Trofimovitch le traitait affablement et en général se montrait paternel avec nous tous.

— Vous êtes tous des gens « à demi couvés », disait-il en plaisantant à Virguinski, vous et tous vos semblables, quoique chez vous, Virguinski, je n'aie pas remarqué cet esprit borné que j'ai rencontré à Pétersbourg *chez ces séminaristes*, mais tout de même vous êtes des gens « à demi couvés ». Chatov aurait bien voulu être complètement couvé mais lui non plus ne l'est pas.

— Et moi ? demandait Lipoutine.

— Vous, vous êtes tout simplement le juste milieu qui s'acclimatera partout... à sa façon.

Lipoutine était vexé.

On racontait sur Virguinski, et malheureusement avec raison, que sa femme, moins d'un an après leur mariage, lui avait soudain annoncé qu'il était destitué et qu'elle préférait Lebiadkine. Ce Lebiadkine, un étranger à notre ville, se révéla plus tard un personnage fort douteux et n'était nullement capitaine en retraite comme il s'intitulait lui-même. Il ne savait que tortiller sa moustache, boire et débiter les plus incroyables inepties qu'on puisse imaginer. Cet homme s'installa aussitôt chez eux avec un sans-gêne total, content de vivre aux crochets des autres, y mangea et y dormit, et finit par traiter son hôte de haut. On assurait que Virguinski, à l'annonce de sa destitution par sa femme, avait dit à cette dernière : « Mon amie, jusqu'à présent je t'avais seulement aimée, maintenant je t'estime » ; mais il est peu probable qu'une telle maxime digne de la Rome antique ait été prononcée ; au contraire, on dit qu'il avait éclaté en sanglots. Un jour, deux semaines environ après sa révocation, ils allèrent tous « en famille » dans un bois aux environs de la ville prendre le thé avec des amis. Virguinski fut d'une gaieté fébrile et prit part aux danses ; mais soudain et sans aucune dispute préalable, il empoigna des deux mains par les cheveux le géant Lebiadkine qui exécutait un solo de cancan, le courba et se mit à le traîner en pleurant et en poussant des glapissements, des cris. Le géant eut tellement peur qu'il ne se défendit même pas et, tout le temps qu'on le traîna, ne rompit presque pas le silence mais, l'exécution finie, se vexa avec toute l'ardeur d'un noble cœur. Virguinski, toute la nuit, implora à genoux le pardon de sa femme ; mais il ne l'obtint pas, car il refusa malgré tout de présenter des excuses à Lebiadkine ; en outre, il fut convaincu de pauvreté de convictions et de sottise ; cette dernière accusation parce qu'en s'expliquant avec une femme il était à genoux. Le capitaine disparut bientôt et ne reparut dans notre ville que ces tout derniers temps en compagnie de sa sœur et visant des buts nouveaux ; mais il sera question de lui plus tard. Il n'est pas étonnant que le pauvre « chef de famille » se soulageât le cœur chez nous et eût besoin de notre compagnie. De ses affaires personnelles il ne nous parlait d'ailleurs jamais. Une fois seulement, alors que nous revenions ensemble de chez Stepan Trofimovitch, il commença à parler indirectement de sa situation mais aussitôt, me saisissant le bras, il s'écria avec passion :

— Ce n'est rien ; un simple cas particulier ; cela ne gênera nullement, nullement, la « cause commune ».

Nous avions aussi dans notre petit cercle des hôtes d'occasion ; y venait le juif Liamchine, y venait le capitaine Kartouzov. Pendant un certain temps y venait un petit vieux désireux de s'instruire mais il mourut. Lipoutine amena un jour un prêtre polonais en exil, Sloncewski, et pendant quelque temps on le reçut par principe, mais ensuite on cessa de le recevoir.

9

A un moment donné, on raconta dans la ville que notre cercle était un foyer de libre pensée, de dépravation et d'impiété ; d'ailleurs ce bruit se maintint toujours. Et cependant il ne s'agissait chez nous que d'un joyeux bavardage libéral des plus inoffensifs, aimable, tout à fait russe. Le « haut libéralisme » et le « haut libéral », c'est-à-dire un libéral sans but aucun, ne sont possibles qu'en Russie. Stepan Trofimovitch, comme tout homme d'esprit avait absolument besoin d'avoir un auditoire, et en outre la conscience de remplir le haut devoir de propagande d'idées. Et enfin il fallait bien avoir quelqu'un avec qui boire le champagne tout en échangeant de joyeuses pensées d'un certain genre sur la Russie et « l'esprit russe », sur Dieu en général et le « Dieu russe » en particulier ; à qui répéter pour la centième fois de scandaleuses anecdotes russes archiconnues et rabâchées par tout le monde. Nous ne détestions pas non plus les cancans de la ville, à quelle occasion nous en venions parfois à émettre de sévères jugements de haute moralité. Nous abordions aussi les problèmes universels, discourant gravement sur le sort de l'Europe et de l'humanité ; nous prédisions d'un ton doctoral que la France, après le césarisme, tomberait aussitôt au rang d'Etat secondaire, et nous étions tout à fait certains que cela pouvait se faire très vite et très facilement. Au pape nous avions depuis longtemps prédit un rôle de simple métropolite dans l'Italie unifiée et nous étions absolument persuadés qu'en notre siècle d'humanisme, d'industrie et de chemins de fer, tout ce problème millénaire n'était qu'une bagatelle. Mais c'est que le « haut libéralisme russe » ne voit pas les choses autrement. Stepan Trofimovitch parlait parfois de l'art et le faisait fort bien mais de façon un peu abstraite. Il évoquait aussi parfois les amis de sa jeunesse — tous des personnages marquants dans l'histoire de notre évolution — il les évoquait avec attendrissement et respect mais, eût-on dit, non sans une certaine jalousie. Si l'on en venait à s'ennuyer vraiment trop, le juif Liamchine, un petit employé des postes, virtuose du piano, se mettait à jouer et, pendant les entractes, imitait le cochon, l'orage, un accouchement avec le premier cri de l'enfant, etc., etc. ; on ne l'invitait que pour cela. Si l'on avait vraiment beaucoup bu — et cela arrivait, quoique pas souvent — on était saisi d'enthousiasme et une fois même on chanta en chœur la *Marseillaise* avec l'accompagnement de Liamchine ; j'ignore seulement si ce fut bien réussi. Nous accueillîmes le grand jour du 19 février avec transport et, longtemps d'avance, nous portions déjà des toasts en son honneur. C'était il y a bien longtemps, nous n'avions parmi nous ni Chatov, ni Virguinski, et Stepan Trofimovitch habitait encore la même maison que Varvara Petrovna. Quelque temps avant le grand jour, Stepan Trofimovitch avait pris l'habitude de marmotter à part lui des vers connus quoique manquant un peu de naturel, composés sans doute par quelque ancien propriétaire terrien libéral :

> LES MOUJIKS AVANCENT ARMÉS DE HACHES,
> QUELQUE CHOSE DE TERRIBLE SE PRÉPARE.

Je crois que c'était à peu près dans ce genre, je ne me le rappelle pas textuellement. Varvara Petrovna, qui avait une fois surpris ces vers, lui cria : « Sottises, sottises ! » et sortit en colère. Lipoutine qui se trouvait là fit remarquer fielleusement à Stepan Trofimovitch :

— Ce serait dommage si dans leur joie les anciens serfs causaient quelque ennui à messieurs leurs propriétaires.

Et de l'index il fit un geste autour de son cou.

— *Cher ami*, lui dit Stepan Trofimovitch avec bénignité, croyez bien que cela (il refit le geste autour du cou) ne serait d'aucun profit ni à nos propriétaires ni à nous tous en général. Même sans tête nous ne saurons rien organiser, encore que ce soient surtout nos têtes qui nous empêchent le plus de comprendre.

Je ferai observer que beaucoup croyaient chez nous que, le jour du manifeste, il se passerait quelque chose d'extraordinaire, dans le genre de ce que prédisait Lipoutine ainsi que d'ailleurs tous les prétendus connaisseurs du peuple et de l'Etat. Il semble que Stepan Trofimovitch partageait aussi ces idées et cela au point que, presque à la veille du grand jour, il demanda soudain à Varvara Petrovna de le laisser partir pour l'étranger ; en un mot, il commença à s'inquiéter. Mais le grand jour passa, puis quelque temps passa encore, et le sourire hautain reparut sur les lèvres de Stepan Trofimovitch. Il émit devant nous quelques idées remarquables sur le caractère du Russe en général et sur celui du paysan russe en particulier.

— En gens pressés que nous sommes, nous avons montré trop de hâte avec nos braves moujiks, dit-il en conclusion de la série de ces remarquables idées ; nous les avons mis à la mode et toute une partie de la littérature, pendant plusieurs années de suite, leur a fait fête comme à un trésor nouvellement découvert. Nous avons ceint de couronnes de lauriers des têtes pouilleuses. La campagne russe, en mille ans, ne nous a donné que le kamarinski*. Un admirable poète russe, non dépourvu d'ailleurs d'esprit, voyant pour la première fois sur scène la grande Rachel, s'est exclamé enthousiasmé : « Je n'échangerais pas Rachel contre un moujik ! » Je suis prêt à aller plus loin : je n'échangerais pas tous les moujiks russes contre une seule Rachel. Il est temps de voir les choses plus sainement et de ne pas confondre notre rustaud goudron national avec le *bouquet de l'impératrice.*

Lipoutine en convint aussitôt mais fit observer qu'aller contre sa conscience et vanter les braves moujiks était néanmoins nécessaire alors pour être dans la note ; que les dames de la haute société elles-mêmes fondaient en larmes en lisant « Le malheureux Anton » et que certaines d'entre elles étaient allées jusqu'à écrire de Paris à leurs intendants en Russie pour leur prescrire de traiter les paysans à l'avenir le plus humainement possible.

Il advint, et comme exprès ce fut juste après les bruits sur Anton Petrov, que dans notre province aussi, à quinze verstes à peine de Skvorechniki, il y eut un malentendu — si bien que sur le moment on alla jusqu'à y envoyer la troupe. Cette fois Stepan Trofimovitch s'émut au point de nous effrayer à notre tour. Il criait au club qu'il fallait envoyer des renforts, en faire venir télégraphiquement du district voisin ; il courut chez le gouverneur et assura n'y être pour rien ; le pria de ne pas l'impliquer dans l'affaire en raison de ses antécédents et lui proposa d'informer sur-le-champ de sa déclaration qui de droit à Pétersbourg. Heureusement, tout s'arrangea bientôt et finit en queue de poisson ; seulement Stepan Trofimovitch m'a tout de même bien surpris alors.

Trois ans environ plus tard, on se mit à parler, comme on sait, de conscience nationale et une « opinion publique » naquit. Stepan Trofimovitch riait beaucoup.

— Mes amis, nous enseignait-il, notre conscience nationale, si tant est qu'elle soit vraiment « née » comme on nous l'assure maintenant dans les journaux, est encore à l'école, dans quelque Peterschule allemande, devant un livre allemand et rabâchant son éternelle leçon d'allemand, et le maître allemand la fait au besoin mettre à genoux. Pour le maître allemand je l'approuve ; mais le plus vraisemblable est que rien n'est arrivé,

* Danse populaire.

44

qu'il n'est rien né de tel et que tout continue comme par le passé, c'est-à-dire à la grâce de Dieu. Cela devrait suffire à la Russie, *pour notre sainte Russie*. Au surplus, tous ces panslavismes et nationalismes, tout cela est trop vieux pour être nouveau. La conscience nationale, si vous voulez, n'est même jamais apparue chez nous autrement qu'en tant que lubie de ces messieurs des cercles, et de Moscou seulement. Je ne parle pas bien entendu du temps d'Igor. Et enfin tout cela vient de l'oisiveté. Chez nous tout vient de l'oisiveté, et le bon et le beau. Tout vient de notre aimable oisiveté instruite, capricieuse de gentilshommes. Il y a trente mille ans que je le répète. Nous ne savons pas vivre de notre travail. Et qu'est-ce que tout ce bruit qu'on fait maintenant autour d'une opinion publique « née » chez nous — comme ça, tout d'un coup, sans rime ni raison, elle serait tombée du ciel ? Comment peuvent-ils ne pas comprendre que pour acquérir une opinion, il faut avant tout y parvenir par le travail, par son propre travail, sa propre initiative, sa propre expérience. On n'a jamais rien pour rien. Si nous travaillons, nous aurons une opinion à nous. Mais comme nous ne travaillerons jamais, ce sont ceux qui jusqu'à présent ont travaillé à notre place qui auront une opinion pour nous, c'est-à-dire toujours cette même Europe, toujours ces mêmes Allemands, nos maîtres depuis deux cents ans. Par surcroît, la Russie est un trop grand malentendu pour que nous puissions en venir à bout seuls, sans les Allemands et sans travailler. Voilà vingt ans que je sonne le tocsin et que j'appelle au travail ! J'ai consacré ma vie à cet appel et, insensé, j'y ai cru. Maintenant je n'y crois plus, mais je sonne et je sonnerai jusqu'à la fin, jusqu'à la tombe ; je tirerai la corde jusqu'à ce qu'on sonne mon propre glas !

Hélas ! nous nous contentions d'approuver. Nous applaudissions notre maître, et avec quelle ardeur ! Cependant, chers lecteurs, n'entend-on pas aujourd'hui encore, et par moments bien souvent, les mêmes vieilles sornettes russes, aussi « aimables », « intelligentes », « libérales » ?

Notre maître croyait en Dieu. — Je ne comprends pas pourquoi tout le monde me fait passer ici pour un mécréant, disait-il parfois, je crois en Dieu, *mais distinguons*, j'y crois comme en un Etre qui n'a conscience de Soi qu'en moi. Je ne peux tout de même pas croire comme ma Nastassia (sa servante) ou comme tel gentilhomme qui croit « à tout hasard », ou comme notre cher Chatov, d'ailleurs non, Chatov c'est autre chose, Chatov croit PAR FORCE, en tant que slavophile de Moscou. Pour ce qui est du christianisme, malgré tout le sincère respect que j'éprouve pour lui, je ne suis pas chrétien. Je suis plutôt un païen de l'antiquité, comme le grand Gœthe ou comme les Grecs anciens. Ne serait-ce que parce que le christianisme n'a pas compris la femme, ce que George Sand a si admirablement développé dans un de ses romans de génie. Quant aux génuflexions, aux jeûnes et à tout le reste, je ne comprends pas qui cela regarde ? Quels que soient les efforts de nos dénonciateurs d'ici, je ne veux pas être un jésuite. En 1847, Belinski étant à l'étranger a envoyé à Gogol sa fameuse lettre où il lui reprochait vivement de croire à « on ne sait quel Dieu ». *Entre nous soit dit,* je ne puis rien imaginer de plus comique que l'instant où Gogol (le Gogol d'alors !) lut cette expression et... toute la lettre ! Mais le côté comique mis à part, et comme je suis tout de même d'accord sur le fond de la question, je dirai : ça c'était des hommes ! Ils ont su, eux, aimer leur peuple, ils ont su, eux, souffrir pour lui, ils ont su, eux, tout lui sacrifier et, en être en même temps ne pas être d'accord avec lui quand il le fallait, ne pas l'encourager dans certaines idées. Belinski ne pouvait tout de même pas chercher le salut dans l'huile ou la rave noire et les haricots !

Mais ici intervenait Chatov.

— Jamais ces gens que vous admirez n'ont aimé le peuple ni souffert pour lui, et ils ne lui ont rien sacrifié, ils avaient beau se l'imaginer pour leur propre satisfaction, grommela-t-il d'un ton maussade, baissant les yeux et se tournant avec impatience sur sa chaise.

— Ce sont eux qui n'ont pas aimé le peuple ? hurla Stépan Trofimovitch, oh, comme ils aimaient la Russie !

— Ni la Russie ni le peuple, rugit Chatov, les yeux étincelants, on ne peut aimer ce qu'on ne connaît pas et ils ne comprenaient rien au peuple russe ! Eux tous et vous avec eux, vous avez perdu de vue le peuple russe, et Belinski surtout ; cela se voit ne serait-ce que par cette seule lettre à Gogol. Belinski, exactement comme le « Curieux » de Krylov, n'a pas remarqué l'éléphant au muséum mais a concentré toute son attention sur les insectes sociaux français ; et il s'en est tenu là. Et pourtant il se peut qu'il ait été le plus intelligent de vous tous ! Non seulement vous n'avez pas su voir le peuple, mais vous l'avez même traité avec un ignoble mépris, ne serait-ce que parce qu'en fait de peuple vous n'imaginiez que le peuple français, et encore les seuls

Parisiens, et que vous aviez honte que le peuple russe ne soit pas ainsi. C'est la vérité vraie ! Or qui n'a pas de peuple n'a pas de Dieu ! Soyez certain que tous ceux qui cessent de comprendre leur peuple et perdent tout lien avec lui, perdent aussitôt, au fur et à mesure, la foi de leurs pères, deviennent soit des athées, soit des indifférents. Je dis la vérité ! C'est un fait qui se vérifie. Voilà pourquoi vous tous et nous tous, nous sommes aujourd'hui ou d'ignobles athées ou des vauriens indifférents, dépravés, et rien de plus ! Et vous aussi, Stepan Trofimovitch, je ne vous en exclus pas, c'est même à votre sujet que j'ai parlé, sachez-le !

D'ordinaire, après avoir prononcé un semblable monologue (et cela lui arrivait souvent), Chatov saisissait sa casquette et se précipitait vers la porte, dans l'absolue conviction que maintenant tout était fini et qu'il avait rompu complètement et pour toujours ses relations amicales avec Stepan Trofimovitch. Mais celui-ci réussissait chaque fois à l'arrêter à temps.

— Si nous faisions la paix, Chatov, après toutes ces aimables paroles ? disait-il en lui tendant avec bénignité la main sans se lever de son fauteuil.

Gauche mais pudique, Chatov n'aimait pas les effusions. D'apparence, c'était un homme grossier mais, au fond de lui-même, des plus délicats, semble-t-il. Bien qu'il perdît souvent la mesure, il était le premier à en souffrir. Après avoir grommelé quelque chose dans sa barbe en réponse aux avances de Stepan Trofimovitch, et piétiné sur place comme un ours, il avait tout à coup un sourire inattendu, posait sa casquette et reprenait sa chaise, le regard obstinément baissé. Bien entendu, on servait du vin et Stepan Trofimovitch portait quelque toast de circonstance, par exemple à la mémoire d'un des hommes publics du passé.

CHAPITRE II

1

Il y avait au monde un autre être à qui Varvara Petrovna n'était pas moins attachée qu'à Stepan Trofimovitch, c'était son fils unique Nicolas Vsevolodovitch Stavroguine. C'est pour lui que Stepan Trofimovitch avait été invité en qualité de précepteur. L'enfant avait alors une huitaine d'années et l'étourdi général Stavroguine, son père, vivait déjà séparé de sa mère, si bien que l'enfant fut élevé uniquement par les soins de celle-ci. Il faut rendre cette justice à Stepan Trofimovitch, il sut s'attacher son pupille. Tout son secret consistait en ce qu'il était lui-même un enfant. Je ne le connaissais pas encore à cette époque, et il eut toujours besoin d'un vrai ami. Il n'hésita pas à se faire un ami d'un si petit être dès que celui-ci eut un peu grandi. Il arriva tout naturellement qu'il n'y eut aucune distance entre eux. Plus d'une fois Stepan Trofimovitch réveilla la nuit son ami de onze ou douze ans, uniquement pour lui confier, tout en larmes, ses sentiments blessés ou lui révéler quelque secret domestique sans s'apercevoir que cela était tout à fait inadmissible. Ils se jetaient dans les bras l'un de l'autre et pleuraient. L'enfant savait que sa mère l'aimait beaucoup mais il était peu probable qu'il l'aimât beaucoup lui-même. Elle lui parlait peu, il était rare qu'elle le gênât vraiment en quelque chose, mais avec une sorte de malaise il sentait toujours son regard fixe qui le suivait. Au reste, pour tout ce qui touchait son instruction et sa formation morale, la mère s'en remettait entièrement à Stepan Trofimovitch. A cette époque elle croyait encore implicitement en lui. Il est à présumer que le pédagogue avait quelque peu ébranlé les nerfs de son pupille. Lorsque, à l'âge de seize ans, on emmena celui-ci au lycée, il était chétif et pâle, étrangement silencieux et pensif. (Par la suite il se distingua par une force physique extraordinaire.) Il y a également lieu de croire que lorsque les amis pleuraient la nuit en se jetant dans les bras l'un de l'autre, ce n'était pas seulement à cause de petits ennuis domestiques. Stepan Trofimovitch avait su toucher dans le cœur de son ami les cordes les plus profondes et faire naître en lui le premier sentiment confus de cette éternelle nostalgie sacrée que telle âme d'élite, l'ayant une fois goûtée et connue, n'échangerait plus jamais contre de vulgaires satisfactions. (Il y a aussi des amateurs qui tiennent à cette nostalgie plus qu'à la plus radicale des satisfactions, si tant est que celle-ci soit possible.) Mais en tout cas ce fut un bien qu'on eût séparé, quoique tardivement, le pupille du précepteur.

Du lycée, le jeune homme revint les deux premières années pour les vacances. Lors du séjour de Varvara Petrovna et de Stepan Trofimovitch à Pétersbourg, il assistait parfois aux soirées littéraires de sa mère, écoutait et observait. Il parlait peu et était comme auparavant calme et timide. A Stepan Trofimovitch il témoignait les mêmes tendres égards, mais maintenant il y mettait plus de réserve : il évitait d'aborder avec lui les sujets élevés et les souvenirs du passé. Ses études terminées, il embrassa, conformément au désir de sa mère, la carrière des armes et bientôt fut transféré dans un des régiments les plus en vue de la garde à cheval. Il ne vint pas se montrer à sa mère en uniforme et depuis lors écrivit rarement de Pétersbourg. Varvara Petrovna lui envoyait de l'argent sans compter, bien qu'après la réforme les revenus de ses domaines eussent tant baissé que, les premiers temps, elle n'en touchait même pas la moitié. Elle s'était au demeurant constitué par des années d'épargne un assez important capital. Elle s'intéressait beaucoup aux succès de son fils dans la haute société de Pétersbourg. Ce en quoi elle avait échoué réussit au jeune officier riche et qui promettait. Il renoua certaines connaissances auxquelles elle ne pouvait même plus rêver et partout il était reçu avec grand plaisir. Mais très vite des bruits assez étranges commencèrent à parvenir à Varvara Petrovna : le jeune homme s'était subitement mis à faire une noce effrénée. Non qu'il jouât ou bût immodérément ; on parlait seulement d'un débordement sauvage, de gens écrasés par ses chevaux, de sa conduite abominable envers une dame de la haute société avec qui il avait eu une liaison et qu'il avait ensuite insultée publiquement. Il y avait même quelque chose de franchement malpropre dans cette affaire. On ajoutait encore que c'était une sorte de bretteur qui cherchait querelle aux gens et insultait pour le plaisir d'insulter. Varvara Petrovna s'inquiéta et s'affligea. Stepan Trofimovitch lui assurait que ce n'étaient que les premiers élans impétueux d'une nature trop riche, que la mer se calmerait et que tout cela ressemblait à la jeunesse du prince Harry faisant la noce avec Falstaff, Poins et Mrs. Quickly, jeunesse que nous a décrite Shakespeare. Varvara Petrovna ne cria pas cette fois : « Sottises, sottises ! » comme elle avait pris l'habitude de le faire les derniers temps à l'adresse de Stepan Trofimovitch, mais au contraire elle écouta très attentivement, se fit tout expliquer en détail, prit elle-même Shakespeare et lut l'immortelle chronique avec une attention extrême. Mais la chronique ne la rassura pas et d'ailleurs elle ne trouva pas tant de ressemblance. Elle attendait dans la fièvre les réponses à plusieurs lettres qu'elle avait écrites. Les réponses ne se firent pas attendre ; bientôt parvint une nouvelle funeste : le prince Harry avait eu deux duels presque coup sur coup, les torts étaient dans les deux cas de son côté, il avait tué l'un de ses adversaires et mutilé l'autre et, à la suite de ces faits, avait été traduit en justice. L'affaire se termina par sa dégradation au rang de soldat avec privation des droits et renvoi de la garde dans un des régiments d'infanterie, et encore ce fut par faveur spéciale.

En 1863, il réussit à se distinguer ; il fut décoré et promu sous-officier, puis bientôt officier. Pendant toute cette période, Varvara Petrovna expédia dans la capitale une centaine de lettres pour le moins, pleines de prières et de supplications. Elle se permit de s'humilier un peu dans des circonstances si exceptionnelles. Après sa promotion, le jeune homme donna brusquement sa démission, ne vint pas à Skvorechniki cette fois non plus, et cessa complètement d'écrire à sa mère. On apprit enfin indirectement qu'il était de nouveau à Pétersbourg mais qu'on ne le rencontrait plus dans la même société ; il semblait se cacher. On finit par savoir qu'il vivait dans un étrange milieu, frayait avec la lie de la population pétersbourgeoise, avec on ne sait quels va-nu-pieds d'employés, des militaires en retraite qui demandaient noblement l'aumône, des ivrognes ; qu'il rendait visite à leurs familles crasseuses, passait ses jours et ses nuits dans de sombres taudis et Dieu sait quels bouges, qu'il s'était laissé aller, était déguenillé et que par conséquent tout cela devait lui plaire. Il ne demandait pas d'argent à sa mère ; il avait une petite propriété à lui, l'ancien village du général Stavroguine, qui devait bien rapporter quelque chose et que, selon les bruits, il avait affermée à un Allemand de Saxe. Enfin, la mère le supplia de venir auprès d'elle et le prince Harry fit son apparition dans notre ville. C'est alors que j'eus l'occasion de l'examiner pour la première fois, ne l'ayant jamais encore vu auparavant.

C'était un très beau jeune homme de vingt-cinq ans et, je l'avoue, il me fit une forte impression. Je m'attendais à voir un loqueteux sale, épuisé par la débauche et sentant la vodka. Au contraire, c'était le plus élégant gentleman que j'eusse jamais eu l'occasion de voir, extrêmement bien mis, aux manières que seul peut avoir un monsieur habitué à la distinction la plus raffinée. Je ne fus pas le seul à m'étonner : l'étonnement fut général dans la ville, qui connaissait naturellement déjà toute la biographie de M. Stavroguine, cela dans de tels détails qu'il est impossible d'imaginer d'où l'on pouvait les tenir, le plus surprenant en étant que la moitié de ces détails devait se révéler juste. Toutes nos dames étaient folles du nouveau venu. Elles se divisèrent en deux camps nettement tranchés : dans l'un on l'adorait, dans l'autre on lui vouait une haine mortelle ; mais quant à en êtres folles, elles l'étaient les unes comme les autres. Ce qui séduisait particulièrement les unes, c'était que son âme recélait peut-être quelque secret fatal ; ce qui plaisait positivement à d'autres, c'était de le savoir un assassin. On constata d'autre part qu'il était fort convenablement instruit ; il possédait même une certaine érudition. De l'érudition, il n'en fallait certes pas beaucoup pour nous éblouir ; mais il savait aussi traiter de très intéressants sujets d'actualité brûlante et, chose précieuse entre toutes, le faire avec une remarquable pertinence. J'indiquerai à titre de curiosité que tout le monde chez nous, pour ainsi dire dès le premier jour, le considéra comme un homme extrêmement sensé. Il était peu bavard, élégant sans recherche, étonnamment modeste et en même temps hardi et sûr de lui comme personne chez nous. Nos élégants le regardaient avec envie et s'effaçaient complètement devant lui. Ce qui me frappa aussi fut son visage. Il semblait que ses cheveux fussent trop noirs, ses yeux clairs trop calmes et limpides, son teint trop délicat et blanc, l'incarnat de ses joues trop vif et pur, ses dents de perles, ses lèvres de corail — on l'eût dit d'une beauté parfaite, et pourtant il avait quelque chose de repoussant. On disait que son visage ressemblait à un masque ; on disait d'ailleurs beaucoup de choses, notamment sur son extraordinaire force physique. Il était presque grand de taille. Varvara Petrovna le regardait avec fierté mais ce n'était jamais sans inquiétude. Il passa chez nous six mois environ, indolent, calme, assez morose ; il allait dans le monde et observait avec beaucoup de soin toute notre étiquette provinciale. Par son père, il était apparenté au gouverneur et était reçu chez celui-ci comme un proche parent. Mais quelques mois passèrent, et brusquement le fauve montra ses griffes.

A propos, je signalerai entre parenthèses que notre cher et doux Ivan Ossipovitch, l'ancien gouverneur, ressemblait quelque peu à une femme du peuple, quoiqu'il fût d'excellente famille et eût de puissantes relations, ce qui explique qu'il pût rester chez nous tant d'années et se dérobant toujours aux devoirs de sa charge. Par son hospitalité, il aurait dû être un maréchal de la noblesse du bon vieux temps et non pas un gouverneur à une époque aussi agitée que la nôtre. On avait toujours dit en ville que ce n'était pas lui qui gouvernait la province mais Varvara Petrovna. Sans doute le mot était-il méchant mais c'était cependant un pur mensonge. Au reste combien d'esprit n'a-t-on pas prodigué chez nous à ce sujet. Au contraire, durant les dernières années, et en dépit de l'extrême respect que lui témoignait toute la société, Varvara Petrovna s'était tout spécialement et délibérément abstenue de tout rôle supérieur, se cantonnant de son plein gré dans les strictes limites qu'elle s'était assignées elle-même. Au lieu de jouer un rôle supérieur, elle entreprit soudain d'administrer ses biens et, en deux ou trois années, rétablit le rapport de ses terres presque à son niveau d'autrefois. Au lieu de ses anciennes aspirations poétiques (voyage à Pétersbourg, projet de revue, etc.), elle se mit à épargner et à lésiner. Elle éloigna même Stepan Trofimovitch, l'autorisant à louer un appartement dans une autre maison (ce que, sous divers prétextes, il lui demandait depuis longtemps avec insistance). Peu à peu Stepan Trofimovitch se prit à la traiter de femme prosaïque ou encore plus plaisamment, à l'appeler « sa prosaïque amie ». Il va de soi qu'il ne se permettait ces plaisanteries que sous une forme extrêmement respectueuse et en choisissant longtemps pour cela le moment propice.

Nous tous, son entourage, nous comprenions — et Stepan Trofimovitch mieux que tout autre — que son fils apparaissait maintenant à Varvara Petrovna comme une sorte d'espoir nouveau et même comme un rêve nouveau. Sa passion pour son fils datait du temps des succès de celui-ci dans le monde de Pétersbourg et avait particulièrement grandi au moment où l'on sut qu'il avait été remis soldat. Et cependant elle le craignait visiblement et était devant lui comme une esclave. On voyait qu'elle redoutait quelque chose de vague, de mystérieux, quelque chose qu'elle n'aurait pas su préciser elle-même, et bien des fois elle l'observait à la dérobée, cherchant à comprendre et à deviner... et voilà que — subitement le fauve montra ses griffes.

2

BRUSQUEMENT, sans aucune raison, notre prince fit à différentes personnes deux ou trois incroyables insolences, des insolences qui, surtout, étaient absolument inouïes, vraiment vilaines, ne ressemblaient à rien, n'ayant aucun rapport avec celles qui se pratiquent habituellement, et étaient faites le diable sait pourquoi, sans l'ombre d'un motif. L'un des doyens les plus respectables de notre club, Piotr Pavlovitch Gaganov, homme d'âge et même de mérite, avait pris l'innocente habitude d'ajouter avec feu à tout propos : « Non, on ne me mènera pas par le bout du nez ! » Il n'y aurait certes pas eu de mal à cela. Mais un jour, au club, lorsque, dans une discussion passionnée, il eut prononcé cet aphorisme devant un petit groupe d'habitués (tous gens importants) qui l'avaient entouré, Nicolas Vsévolodovitch, qui se tenait seul à l'écart et à qui personne n'avait même adressé la parole, s'approcha tout à coup de Piotr Pavlovitch, le saisit à l'improviste mais fermement de deux doigts par le nez et en le traînant lui fit faire deux ou trois pas dans la salle. Il ne pouvait avoir aucun grief contre M. Gaganov. On aurait pu croire que c'était là pure incartade de collégien, absolument impardonnable certes ; et pourtant on devait raconter par la suite que, dans l'instant même de cette opération, il était presque pensif, « comme s'il eût perdu la raison », mais c'est bien plus tard seulement que l'on s'en souvint et s'en rendit compte. Sur le coup, tout le monde ne retint que l'instant qui suivit, alors que certainement il comprenait fort bien ce qui se passait et que, loin de se troubler, il souriait méchamment et gaiement, « sans le moindre remords ». Un vacarme terrible se fit, on l'entoura. Nicolas Vsevolodovitch se retournait et jetait des regards autour de lui sans répondre à personne et en examinant avec curiosité ceux qui s'exclamaient. Enfin il parut soudain redevenir pensif — c'est du moins ce que l'on racontait — fronça le sourcil, s'approcha d'un pas ferme de l'offensé Piotr Pavlovitch et rapidement, avec un dépit visible, bredouilla :

— Excusez-moi, bien entendu... Je ne sais vraiment pas comment j'ai eu tout à coup envie... une bêtise.

La nonchalance de ces excuses équivalait à une nouvelle insulte. Le vacarme redoubla, Nicolas Vsevolodovitch haussa les épaules et sortit.

Tout cela était fort stupide, sans même parler du scandale calculé et voulu, à ce qu'il sembla au premier abord, et qui par conséquent constituait un affront délibéré et au plus haut point insolent à l'égard de toute notre société. C'est ainsi que tout le monde l'interpréta. On commença par exclure M. Stavroguine immédiatement et à l'unanimité du club ; ensuite on décida, au nom de tout le club, de s'adresser au gouverneur pour lui demander (sans attendre que l'affaire vînt en justice) de mater immédiatement le nuisible insolent, le « bretteur » de la capitale, « en vertu de son pouvoir administratif, et de mettre ainsi la tranquillité de tous les milieux honnêtes de notre ville à l'abri de dangereux attentats ». Avec une candeur maligne, on ajoutait que « même contre M. Stavroguine il se trouvera peut-être une loi ». Cette phrase, on la préparait spécialement pour le gouverneur afin de le piquer à cause de Varvara Petrovna, on s'étendait là-dessus avec délectation. Le gouverneur, comme par un fait exprès, était absent de la ville ; il s'était rendu, non loin de là, en qualité de parrain, au baptême de l'enfant d'une charmante veuve, restée dans une position intéressante après la mort toute récente de son mari ; mais on savait que le gouverneur ne tarderait pas à revenir. En attendant on fit à l'offensé, le respectable Piotr Pavlovitch, une véritable ovation : on l'étreignait et l'embrassait ; toute la ville lui rendit visite. On projetait même d'organiser en son honneur un dîner par souscription et seules ses prières instantes firent abandonner cette idée ; peut-être comprit-on à la fin qu'il avait tout de même été traîné par le nez et que par conséquent il n'y avait pas de quoi pavoiser.

Et pourtant, comment la chose était-elle arrivée ? Comment avait-elle pu arriver ? Ce qui est remarquable, c'est que personne dans notre ville n'attribua cet acte sauvage à la folie. On était donc vraiment enclin à attendre de Nicolas Vsevolodovitch qu'il agît ainsi, même en pleine possession de sa raison. Pour ma part, je ne sais encore aujourd'hui comment expliquer cela, en dépit même de l'incident qui suivit bientôt, qui sembla tout expliquer et qui apparemment apaisa tout le monde. J'ajouterai que, quatre ans plus tard, Nicolas Vsevolodovitch, à la question prudente que je lui posai au sujet de l'incident du club, me répondit en fronçant les sourcils : « Oui, je n'étais pas tout à fait bien portant alors. » Mais inutile d'anticiper.

Je trouvais, d'autre part, curieuse cette explosion générale de haine qui se déchaîna contre « l'insolent et le bretteur de la capitale ». On voulait à toute force voir là une impudente préméditation et une intention bien arrêtée d'insulter d'un coup toute la société. En vérité, il n'avait su plaire à personne ; au contraire, il avait dressé tout le monde contre lui, et pourtant qu'avait-il fait pour cela, semble-t-il ? Jusqu'au dernier incident, il ne s'était jamais querellé avec personne, n'avait offensé personne, et quant à être poli, il l'était comme une gravure de mode, si seulement celle-ci pouvait parler. J'imagine qu'on le haïssait à cause de son orgueil. Nos dames elles-mêmes qui avaient commencé par l'adorer criaient maintenant contre lui encore plus fort que les hommes.

Varvara Petrovna était atterrée. Elle avoua plus tard à Stepan Trofimovitch qu'elle avait pressenti tout cela depuis longtemps, chaque jour de ces six mois, et pressenti précisément quelque chose « de ce genre », aveu remarquable de la part d'une mère. — « Cela commence ! » pensa-t-elle en frissonnant. Le lendemain de la fameuse soirée au club, elle se mit en devoir, prudemment mais résolument, de s'expliquer avec son fils et pourtant, la pauvre, elle tremblait toute, en dépit de sa résolution. Elle n'avait pas dormi de la nuit et était même allée, le matin de bonne heure, conférer avec Stepan Trofimovitch, chez qui elle avait pleuré, ce qui ne lui était jamais encore arrivé devant témoin. Elle voulait que Nicolas, au moins, lui dît quelque chose, qu'il daignât au moins s'expliquer. Nicolas, toujours si poli et respectueux avec sa mère, l'écouta un moment d'un air sombre mais très sérieux ; brusquement, il se leva sans dire un mot, lui baisa la main et sortit. Et le jour même, dans la soirée, éclata comme exprès un autre scandale, bien moins grave et plus banal que le premier, mais qui, étant donné l'état d'esprit général, fit néanmoins redoubler les clameurs de la ville.

L'objet en fut cette fois notre ami Lipoutine. Il vint trouver Nivolas Vsevolodovitch aussitôt après l'explication de ce dernier avec sa mère et le pria instamment d'honorer de sa présence la soirée qu'il donnait le jour même à l'occasion de l'anniversaire de sa femme. Varvara Petrovna voyait depuis longtemps déjà avec effroi une si basse orientation des fréquentations de Nicolas Vsevolodovitch mais n'osait lui faire la moindre observation à ce sujet. En outre, il était allé jusqu'à nouer quelques relations dans la couche de troisième ordre de notre société et même encore plus bas ; mais tel était son penchant. Quant à Lipoutine, Nicolas Vsevolodovitch n'était encore jamais allé chez lui bien qu'il le rencontrât personnellement. Il devina que Lipoutine l'invitait à cause du scandale de la veille au club et qu'en tant que libéral, Lipoutine était ravi de ce scandale, qu'il croyait sincèrement que c'était ainsi qu'il fallait agir avec les doyens de clubs et que c'était très bien. Nicolas Vsevolodovitch rit et promit de venir.

Les invités furent très nombreux ; c'étaient des gens peu reluisants mais dégourdis. Envieux et plein d'amour-propre, Lipoutine n'invitait chez lui que deux fois par an, mais en ces occasions il ne lésinait pas. L'invité le plus important, Stepan Trofimovitch, pour raison de maladie, n'était pas venu. On servait le thé, il y avait des zakouski en abondance et de la vodka ; on jouait aux cartes à trois tables et la jeunesse, en attendant le souper, organisa des danses avec l'accompagnement du piano. Nicolas Vsevolodovitch invita Mme Lipoutine — une très jolie petite personne qu'il intimidait affreusement — fit avec elle deux tours, s'assit à ses côtés, la fit parler, rire. S'apercevant enfin combien elle était jolie quand elle riait, il lui prit soudain la taille et devant tous les invités l'embrassa sur la bouche, deux ou trois fois de suite, tout à son aise. La pauvre femme, effrayée, s'évanouit. Nicolas Vsevolodovitch prit son chapeau, s'approcha de l'époux, tout interdit au milieu de l'affolement général, se troubla lui-même en le regardant et bredouillant rapidement : « Ne vous fâchez pas », il sortit. Lipoutine courut après lui dans l'antichambre, l'aida de ses propres mains à mettre sa pelisse et le reconduisit en s'inclinant jusqu'au bas de l'escalier. Mais dès le lendemain, justement, cette histoire, au fond anodine, relativement parlant, eut une suite assez amusante qui, depuis lors, valut même à Lipoutine une certaine considération dont il sut pleinement tirer parti.

Vers dix heures du matin, Agafia, la servante de Lipoutine, se présenta chez Mme Stavroguine. C'était une fille hardie et rubiconde d'une trentaine d'années que son maître avait envoyée porter un message à Nicolas Vsevolodovitch et qui voulait absolument « le voir lui-même ». Celui-ci avait très mal à la tête mais la reçut. Varvara Petrovna put assister à la transmission du message.

— Serge Vassilitch (c'est-à-dire Lipoutine), débita hardiment Agafia, vous fait tout d'abord bien saluer et s'informe de votre santé, comment vous avez dormi après la soirée d'hier et comment vous vous sentez maintenant, depuis hier ?

Nicolas Vsevolodovitch sourit.

— Fais-lui mes compliments et dis de ma part à ton maître, Agafia, qu'il est l'homme le plus intelligent de toute la ville.

— Et à ça Monsieur vous fait répondre, reprit encore plus hardiment Agafia, qu'il le sait sans vous et qu'il vous souhaite la pareille.

— Tiens ! comment a-t-il pu savoir ce que je te dirais ?

— Ça j'en sais rien de quelle manière il l'a su, mais quand j'étais sortie et que j'avais déjà parcouru toute la ruelle, je l'entends qui me court après, sans casquette. « Agafiouchka, qu'il me dit, si par hasard on te fait dire : Dis à ton maître qu'il est l'homme le plus intelligent de la ville, réponds tout de suite, n'oublie pas : Nous le savons très bien nous-mêmes et nous vous souhaitons la pareille... »

3

ENFIN l'explication eut lieu avec le gouverneur. Notre cher et doux Ivan Ossipovitch venait de rentrer et avait eu à peine le temps d'entendre la plainte passionnée du club. Sans doute il fallait faire quelque chose mais il se troubla. Notre vieillard hospitalier semblait craindre lui aussi son jeune parent. Il décida néanmoins de lui faire présenter des excuses au club et à l'offensé, mais sous une forme satisfaisante et au besoin par écrit, puis de le persuader avec douceur de nous quitter pour faire un voyage, par exemple, par soif de s'instruire, en Italie et en général à l'étranger. Dans la salle où il entra pour y recevoir cette fois Nicolas Vsevolodovitch (qui d'habitude, en qualité de parent, se promenait librement dans toute la maison), Aliocha Teliatnikov, un fonctionnaire bien élevé en même temps qu'un familier du gouverneur, était en train de décacheter des plis dans un coin à une table ; dans la pièce suivante, près de la fenêtre la plus proche de la porte de la salle, un colonel de passage chez nous, gros et robuste, ami et ancien camarade d'Ivan Ossipovitch, lisait « La Voix », évidemment sans prêter aucune attention à ce qui se passait dans la salle ; il avait même le dos tourné. Ivan Ossipovitch aborda le sujet indirectement, presque en chuchotant, mais il ne cessait de s'embrouiller quelque peu. Nicolas avait l'air fort peu aimable, pas du tout familial, était pâle, restait assis les yeux baissés et écoutait en fronçant les sourcils comme s'il surmontait une violente douleur.

— Vous avez, Nicolas, un cœur bon et noble, dit entre autres choses le vieillard, vous êtes un garçon des plus instruits, vous avez fréquenté la plus haute société et ici aussi vous avez eu jusqu'à présent une conduite exemplaire et vous avez apaisé ainsi le cœur de votre mère, qui nous est chère à tous. Et voilà que maintenant tout se présente de nouveau sous un jour si mystérieux et si dangereux pour tout le monde ! Je vous parle en ami de votre famille, en parent et en homme âgé qui vous aime sincèrement et dont les paroles ne peuvent vous offenser... Dites-moi ce qui vous pousse à commettre des actions si violentes, hors de toute mesure et de toutes les convenances ? Que peuvent signifier de telles sorties qui se produisent comme dans le délire ?

Nicolas écoutait avec dépit et impatience. Soudain quelque chose de rusé et de railleur passa dans son regard.

— Je vais vous dire si vous voulez ce qui m'y pousse, dit-il d'une voix maussade, et jetant un regard autour de lui, il se pencha vers l'oreille d'Ivan Ossipovitch. Le bien élevé Aliocha Teliatnikov s'éloigna de deux ou trois pas vers la fenêtre et le colonel toussota derrière « La Voix ». Le pauvre Ivan Ossipovitch se hâta de tendre l'oreille en toute confiance ; il était extrêmement curieux. Et c'est alors que se produisit une chose tout à fait incroyable mais qui, par un autre côté, n'était que trop claire. Le vieillard sentit soudain que Nicolas, au lieu de lui murmurer quelque secret intéressant, saisissait brusquement avec ses dents la partie supérieure de son oreille et la serrait assez fort. Il se mit à trembler et eut le souffle coupé.

— Nicolas, qu'est-ce que ces plaisanteries ! gémit-il machinalement d'une voix altérée.

Aliocha et le colonel n'avaient encore rien pu comprendre, d'ailleurs ils ne voyaient pas bien et, jusqu'au bout, il leur sembla que les deux interlocuteurs se parlaient à voix basse ; pourtant le visage affolé du vieillard les inquiétait. Ils se regardaient, les yeux écarquillés, ne sachant s'ils devaient voler à son secours comme il avait été convenu, ou attendre encore. Nicolas s'en aperçut peut-être et serra encore plus fortement l'oreille.

— Nicolas, Nicolas ! gémit de nouveau la victime. Voyons... assez plaisanté...

Encore un instant et, certes, le pauvre homme serait mort de frayeur ; mais le monstre lui fit grâce et lâcha son oreille. Toute cette peur mortelle avait duré une bonne minute et le vieillard eut ensuite une sorte d'attaque. Mais une demi-heure plus tard, Nicolas était arrêté et conduit, provisoirement, au corps de garde, où il fut enfermé dans un cachot spécial, avec une sentinelle spéciale à la porte. Décision brutale, mais notre si doux gouverneur était dans une telle colère qu'il s'était résolu à en assumer la responsabilité même devant Varvara Petrovna. A la stupéfaction générale, cette dame, venue chez le gouverneur en toute hâte et avec irritation pour lui demander des explications, s'était vu refuser sa porte ; et c'est ainsi que, sans descendre de voiture, elle dut rentrer chez elle, n'en croyant pas ses oreilles.

Et enfin tout s'expliqua ! A deux heures de l'après-midi, le prisonnier, jusque-là étonnamment calme et qui avait même dormi, fit soudain du bruit, donna de frénétiques coups de poing contre la porte, arracha avec une force peu commune le grillage en fer, brisa la vitre et se blessa les mains. Lorsque l'officier de garde accourut avec ses hommes et les clefs et fit ouvrir le cachot afin de se jeter sur l'enragé et le lier, on constata que celui-ci était en proie à un accès des plus violents de fièvre chaude ; on le transporta chez sa mère. Tout s'expliquait d'un coup. Nos trois médecins furent d'avis que, trois jours plus tôt, le malade pouvait être déjà comme en proie au délire et que bien qu'il semblât posséder conscience et ruse, il n'avait plus ni bon sens ni volonté, ce qui au demeurant était confirmé par les faits. Ainsi donc, Lipoutine avait deviné avant tout le monde. Ivan Ossipovitch, homme délicat et sensible, fut très confus mais, chose curieuse, lui aussi avait donc cru Nicolas Vsevolodovitch capable de commettre n'importe quel acte de folie en toute lucidité. Au club, on se sentit également honteux et l'on s'étonna d'avoir pu ne pas remarquer une chose si évidente et d'avoir perdu de vue la seule explication plausible de tous ces événements incompréhensibles. Il y eut aussi, bien entendu, des sceptiques mais ils ne le restèrent pas longtemps.

Nicolas fut malade plus de deux mois. Un médecin connu fut mandé de Moscou en consultation ; toute la ville rendit visite à Varvara Petrovna. Elle pardonna. Lorsque, au printemps, Nicolas fut complètement rétabli et que sans élever la moindre objection il accepta la proposition de sa mère qui l'engageait à partir pour l'Italie, c'est encore elle qui obtint qu'il fît à tout le monde chez nous une visite d'adieu et à cette occasion, autant que possible et là où c'était nécessaire, présentât des excuses. Nicolas accepta de très bonne grâce. On sut au club qu'il avait eu avec Piotr Pavlovitch Gaganov une explication pleine de tact dont ce dernier était resté parfaitement satisfait. En faisant ces visites, Nicolas fut très sérieux et même un peu sombre. Partout on le reçut apparemment avec une entière compréhension mais tous étaient, on ne sait pourquoi, gênés et contents de le savoir partir pour l'Italie. Ivan Ossipovitch alla jusqu'à verser une larme mais n'osa l'embrasser même en lui disant adieu. En vérité, certains chez nous demeurèrent bel et bien convaincus que le vaurien s'était tout simplement moqué de tout le monde et que sa maladie n'avait été qu'une feinte. Il alla aussi chez Lipoutine.

— Dites-moi, lui demanda-t-il, comment avez-vous pu deviner que je parlerais de votre intelligence et munir Agafia d'une réponse ?

— C'est que, répondit Lipoutine en riant, je vous tiens moi aussi pour un homme intelligent, voilà pourquoi j'avais pu prévoir votre réponse.

— Tout de même la coïncidence est remarquable. Mais pourtant, permettez : vous me considériez donc comme un homme intelligent et non comme un fou lorsque vous avez envoyé Agafia ?

— Comme le plus intelligent et le plus sensé des hommes, et j'ai fait seulement semblant de croire que vous n'aviez pas toute votre raison... D'ailleurs vous-même vous avez immédiatement deviné ma pensée et m'avez fait délivrer par Agafia un brevet d'esprit.

— Ma foi, là vous vous trompez un peu ; j'ai été vraiment... souffrant, murmura Nicolas Vsevolodovitch en fronçant les sourcils ; bah ! s'écria-t-il, est-il possible que vous me croyiez vraiment capable de me jeter sur les gens en toute lucidité ? Mais pourquoi donc le ferais-je ?

Lipoutine grimaça et ne sut que répondre. Nicolas pâlit un peu, ou bien telle fut seulement l'impression de Lipoutine.

— En tout cas, vous avez une bien amusante tournure d'esprit, poursuivit Nicolas, et quant à Agafia, je comprends naturellement que vous l'aviez envoyée pour m'insulter.

— Je n'allais tout de même pas vous provoquer en duel !

— Ah, mais oui. J'ai en effet entendu dire que vous n'aimiez pas les duels.

— A quoi bon traduire du français ! dit Lipoutine en grimaçant de nouveau.

— Vous êtes partisan de l'autochtone ?

Lipoutine se recroquevilla encore davantage.

— Tiens, tiens ! Qu'est-ce que je vois ! s'écria Nicolas en apercevant, bien en vue sur la table, un volume de Considérant ; ne seriez-vous pas fouriériste par hasard ? On ne sait jamais ! Mais n'est-ce pas aussi une traduction du français ? et il rit en frappant des doigts sur le livre.

— Non, ce n'est pas une traduction du français ! s'écria Lipoutine avec une sorte d'emportement, en bondissant sur sa chaise, c'est une traduction de la langue universelle de l'humanité et pas de la française seulement ! De la langue de la république et de l'harmonie sociales universelles, voilà ce que c'est ! Et pas seulement du français !

— Que diable, mais cette langue n'existe même pas ! dit Nicolas qui continuait à rire.

Il arrive que même un menu détail frappe notre attention exclusivement et pour longtemps. Sur M. Stavroguine le principal reste à dire, mais je noterai pour l'instant, à titre de curiosité, que de toutes les impressions que lui valut son séjour dans notre ville, ce qui se grava le plus nettement dans sa mémoire fut la petite figure insignifiante et presque vile de ce petit fonctionnaire de province, ce jaloux et ce grossier tyran domestique, cet avare et usurier qui enfermait sous clef les restes des repas et les bouts de chandelle, et qui, en même temps, était un sectateur acharné de Dieu sait quelle future « harmonie sociale », qui la nuit s'enivrait de la contemplation des images fantastiques du phalanstère futur, à la réalisation imminente duquel en Russie et dans notre province il croyait comme à sa propre existence. Et cela à l'endroit même où, à force d'épargne, il avait acheté sa « petite maison », où il s'était marié en secondes noces avec une femme qui lui avait apporté une assez jolie dot, où, à cent verstes peut-être à la ronde, il n'y avait pas un être, à commencer par lui-même, qui ressemblât ne fût-ce qu'en apparence à un futur membre de la « république et de l'harmonie sociales universelles ».

« Dieu sait comment ces gens deviennent ainsi ! » pensait Nicolas, perplexe, en se souvenant parfois du fouriériste inattendu.

4

NOTRE prince voyagea pendant plus de trois ans, si bien qu'on l'oublia presque dans la ville. Quant à nous, nous savions par Stepan Trofimovitch qu'il avait parcouru toute l'Europe, était même allé en Égypte et avait visité Jérusalem, qu'ensuite il s'était joint à une expédition scientifique se rendant en Islande et y était effectivement allé. On racontait aussi que, durant un hiver, il avait suivi des cours dans une université allemande. Il écrivait peu à sa mère, une fois tous les six mois et même plus rarement, mais Varvara Petrovna n'était ni fâché ni offensée. Elle avait accepté sans amertume et avec soumission les relations qui s'étaient établies une fois pour toutes entre elle et son fils, mais elle ne cessait de se morfondre et de rêver à son Nicolas. Elle ne confiait à personne ses rêves ni ses plaintes. Même de Stepan Trofimovitch elle s'était, semble-t-il, un peu éloignée. Elle échafaudait des projets à part elle, paraissait être devenue encore plus avare et s'était prise à thésauriser avec encore plus de zèle, à se fâcher encore plus fort quand Stepan Trofimovitch perdait au jeu.

Enfin, en avril de cette année, elle reçut de Paris une lettre de la générale Prascovie Ivanovna Drozdov, son amie d'enfance. Dans cette lettre, Prascovie Ivanovna — que Varvara Petrovna n'avait pas revue et avec qui elle n'avait pas été en correspondance depuis une huitaine d'années — lui apprenait que Nicolas Vsevolodovitch était devenu un familier de la maison, qu'il s'était lié d'amitié avec Lisa (sa fille unique) et qu'il avait l'intention de les accompagner cet été en Suisse, à Verney-Montreux, quoique dans la famille du comte K. (personnage fort influent à Pétersbourg) qui séjournait actuellement à Paris, il fût reçu comme un fils, au point de vivre presque chez le comte. La lettre était brève et révélait clairement son but, bien qu'en dehors des faits sus-mentionnés elle ne contînt aucune conclusion. Varvara Petrovna ne réfléchit pas lòngtemps, se décida instantanément et fit ses préparatifs de départ, emmena sa pupille Dacha (la sœur de Chatov) et, au milieu d'avril, partit pour Paris, puis pour la Suisse. Elle revint en juillet, seule, ayant laissé Dacha chez les Drozdov ; quant aux Drozdov, selon la nouvelle qu'elle apportait, elles avaient promis de venir chez nous elles-mêmes à la fin d'août.

Les Drozdov étaient aussi des propriétaires de notre province, mais les fonctions du général Ivan Ivanovitch (ancien ami de Varvara Petrovna et compagnon d'armes de son mari) les avaient toujours empêchés de visiter leur magnifique domaine. A la mort du général survenue l'année précédente, l'inconsolable Prascovie Ivanovna était partie avec sa fille pour l'étranger, dans l'intention notamment de faire une cure uvale, justement à Verney-Montreux, dans la seconde moitié de l'été. A son retour dans son pays, elle comptait se fixer définitivement dans notre province. En ville elle possédait une grande maison inoccupée depuis de nombreuses années, aux contrevents cloués. C'étaient des gens riches. Prascovie Ivanovna, par son premier mariage Mme Touchine, était, de même que son amie de pension Varvara Petrovna, fille d'un de ces concessionnaires d'Etat de l'ancien temps et avait elle aussi apporté à son mari une importante dot. Le capitaine de cavalerie en retraite Touchine avait d'ailleurs lui-même de la fortune et ne manquait pas de certaines capacités. En mourant il avait laissé une jolie fortune à sa fille unique Lisa, alors âgée de sept ans. Maintenant qu'Elisabeth Nicolaevna avait près de vingt-deux ans, on pouvait évaluer sans hésiter sa seule fortune personnelle à deux cent mille roubles, sans parler de celle que devait lui laisser sa mère qui n'avait pas d'enfant du second lit. Varvara Petrovna paraissait très contente de son voyage. A son avis, elle avait réussi à se mettre d'accord avec Prascovie Ivanovna d'une façon satisfaisante et, dès son retour, elle mit Stepan Trofimovitch au courant de tout ; elle se montra même avec lui fort expansive, ce qui ne lui était pas arrivé depuis longtemps.

— Hourra ! s'écria Stepan Trofimovitch en faisant claquer ses doigts.

Il était absolument enthousiasmé, d'autant plus qu'il avait passé dans le plus grand abattement tout le temps de sa séparation avec son amie. En partant pour l'étranger, elle ne lui avait même pas dit adieu comme il convenait et n'avait rien confié de ses projets à cette « femmelette », craignant peut-être qu'il ne bavardât. Elle était alors fâchée contre lui à cause d'une importante perte de jeu qui venait soudainement de se découvrir. Mais, déjà en Suisse, elle avait senti dans son cœur qu'elle devait à son retour dédommager son ami abandonné, d'autant plus que, depuis longtemps déjà, elle le traitait avec rigueur. Cette soudaine et mystérieuse séparation frappa et tortura le cœur timide de Stepan Trofimovitch et, comme exprès, d'autres soucis surgirent du même coup. Il était tracassé par un très important et ancien engagement d'argent auquel, sans l'aide de Varvara Petrovna, il ne pourrait jamais faire face. En outre, au mois de mai de la présente année s'était enfin achevé le règne de notre bon et doux Ivan Ossipovitch ; il avait été relevé de ses fonctions de gouverneur, et même non sans ennuis. Ensuite, en l'absence de Varvara Petrovna, eut lieu l'arrivée de notre nouveau gouverneur, André Antonovitch von Lembke ; aussitôt un perceptible changement se fit dans l'attitude de presque toute notre société provinciale à l'égard de Varvara Petrovna et partant de Stepan Trofimovitch. Du moins, ce dernier avait-il déjà eu l'occasion de faire quelques observations désagréables quoique précieuses, et il parut fort effrayé de se trouver seul, sans Varvara Petrovna. Il soupçonnait, tout ému, qu'on l'avait déjà dénoncé au nouveau gouverneur comme un homme dangereux. Il avait appris de source sûre que certaines de nos dames avaient l'intention de cesser leurs visites à Varvara Petrovna. Au sujet de la femme du nouveau gouverneur (qu'on n'attendait chez nous qu'à l'automne), on répétait qu'elle avait beau être, paraît-il, une orgueilleuse, c'était en tout cas une vraie aristocrate et non pas comme « notre malheureuse Varvara Petrovna ». Tout le monde, Dieu sait comment, savait de science certaine que la femme du nouveau gouverneur et Varvara Petrovna s'étaient déjà rencontrées jadis dans le monde et s'étaient séparées dans des dispositions hostiles, si bien que, prétendait-on, la seule allusion à Mme von Lembke produisait sur Varvara Petrovna une impression pénible. L'air alerte et triomphant de Varvara Petrovna, l'indifférence dédaigneuse avec laquelle elle apprit l'opinion de nos dames et l'émotion de la société, firent remonter le moral défaillant de Stepan Trofimovitch et instantanément lui rendirent sa gaieté. Avec un humour particulier et joyeusement complaisant, il se mit en devoir de lui décrire l'arrivée de notre nouveau gouverneur.

— Vous savez sans doute, *excellente amie*, disait-il avec coquetterie en étirant élégamment les mots, ce qu'est un administrateur russe, généralement parlant, et ce qu'est en particulier un administrateur russe récent, c'est-à-dire frais émoulu, nouvellement nommé. *Ces interminables mots russes !* Mais je doute que vous ayez pu apprendre dans la pratique ce que c'est que l'enivrement administratif.

— L'enivrement administratif ? Je ne sais pas ce que c'est.

— C'est-à-dire... *Vous savez chez nous... En un mot*, chargez la dernière des nullités de la vente de vulgaires billets de chemin de fer, et quand vous irez prendre un billet cette nullité se croira aussitôt en droit de vous regarder comme si elle était Jupiter, *pour vous montrer son pouvoir.* « Attends, que je te montre le pouvoir que j'ai sur toi... » Et cela va chez ces gens jusqu'à l'enivrement administratif. *En un mot*, j'ai lu que dans une de nos églises à l'étranger, un sacristain — *mais c'est très curieux* — avait chassé une admirable famille anglaise, *des dames charmantes*, juste avant le commencement de l'office du carême, — *vous savez, ces chants et le livre de Job...* — sous l'unique prétexte que « c'est du désordre pour des étrangers de traîner dans les églises russes et qu'ils doivent revenir aux heures indiquées »... et il a si bien fait qu'il les a poussées jusqu'à l'évanouissement. Ce sacristain était en proie à un accès d'enivrement administratif *et il a montré son pouvoir*...

— Abrégez si vous pouvez, Stepan Trofimovitch.

— M. von Lembke est en train de faire une tournée dans la province. *En un mot*, cet André Antonovitch, quoique Allemand russifié de religion orthodoxe, et même — je le lui accorde — un remarquablement bel homme de quarante ans...

— Où prenez-vous que c'est un bel homme ? Il a des yeux de mouton.

— Au plus haut point. Mais je ferai cette concession, soit, à l'opinion de nos dames.

— Passons, Stepan Trofimovitch, je vous en prie. A propos, vous portez des cravates rouges, y a-t-il longtemps ?

— C'est... c'est aujourd'hui seulement...

— Et prenez-vous de l'exercice ? Faites-vous tous les

jours votre promenade de six verstes, comme vous l'a prescrit le médecin ?

— Pas... pas toujours.

— Je m'en doutais ! Je le pressentais déjà en Suisse ! s'écria-t-elle avec irritation, maintenant ce n'est pas six verstes que vous ferez mais dix ! Vous vous êtes terriblement laissé aller, terriblement, ter-ri-blement ! Ce n'est pas que vous ayez vieilli, vous êtes tout bonnement décrépit... J'ai été frappée tout à l'heure en vous voyant, malgré votre cravate rouge... *quelle idée rouge !* Continuez au sujet de von Lembke si vraiment il y a quelque chose à dire, et terminez une bonne fois, je vous en prie ; je suis fatiguée.

— *En un mot,* je voulais seulement dire que c'est un de ces administrateurs qui débutent à quarante ans, qui jusqu'à quarante ans ont végété dans le néant et puis soudain font leur chemin grâce à une épouse subitement acquise ou par quelque autre moyen non moins extrême. C'est-à-dire qu'il est maintenant parti... je veux dire qu'on lui a aussitôt glissé dans le creux de l'oreille que j'étais un corrupteur de la jeunesse et un propagateur d'athéisme dans la province... Il a entrepris immédiatement de s'informer.

— Mais est-ce bien vrai ?

— J'ai même pris des mesures. Lorsqu'on lui a « rap-por-té » à votre sujet que vous « gouverniez la province », *vous savez,* il s'est permis de dire qu'il « n'y aurait plus rien de tel ».

— C'est ce qu'il a dit ?

— Qu'il « n'y aurait plus rien de tel », et *avec cette morgue*... Son épouse, Julie Mikhaïlovna, nous la verrons ici à la fin d'août, elle viendra directement de Pétersbourg.

— De l'étranger. Nous nous y sommes rencontrées.

— *Vraiment ?*

— A Paris et en Suisse. C'est une parente des Drozdov.

— Une parente ? Quelle curieuse coïncidence ! On la dit ambitieuse et... il paraît qu'elle a de puissantes relations.

— Sottises, des relations de rien du tout ! Jusqu'à quarante-cinq ans elle est restée vieille fille sans le sou, et maintenant qu'elle a épousé son von Lembke, son seul but est naturellement de le faire arriver. Des intrigants tous les deux.

— Et on dit qu'elle a deux ans de plus que lui ?

— Cinq. Sa mère, à Moscou, a usé ses semelles à faire antichambre chez moi ; du temps de Vsevolod Nicolaevitch, elle quêtait les invitations à mes bals comme une aumône. Et quant à celle-là, il lui arrivait de passer toute la nuit assise seule dans un coin sans danser, sa mouche en turquoise sur le front, si bien que vers trois heures du matin, uniquement par pitié, je lui envoyais son premier danseur. Elle avait alors vingt-cinq ans déjà et on l'emmenait toujours dans le monde comme une petite fille, en robe courte. Il devenait indécent de les recevoir.

— Cette mouche, c'est comme si je la voyais.

— Je vous le dis, en arrivant je suis tombée en pleine intrigue. Vous venez de lire la lettre de la Drozdov, que pouvait-il y avoir de plus clair ? Et qu'est-ce que je trouve ? Cette imbécile de Drozdov — elle n'a jamais été qu'une imbécile — me regarde tout à coup d'un air interrogateur : pourquoi es-tu venue ? Vous pouvez vous figurer comme j'ai été surprise ! Je regarde et je vois cette Lembke qui se pavane et auprès d'elle ce cousin, le neveu du vieux Drozdov — tout est clair ! Bien entendu, j'ai renversé la situation en un tournemain et Prascovie était de nouveau de mon côté, mais quelle intrigue, quelle intrigue !

— Dont vous avez pourtant triomphé. Oh, vous êtes un Bismarck !

— Sans être un Bismarck, je suis cependant capable de discerner la fausseté et la sottise quand je les rencontre. Lembke c'est la fausseté et Prascovie la sottise. J'ai rarement rencontré une femme plus ramollie et par-dessus le marché elle a les jambes enflées, et par-dessus le marché elle est bonne. Que peut-il y avoir de plus bête que quelqu'un qui est bon et bête ?

— Un imbécile méchant, *ma bonne amie*, un imbécile méchant est encore plus bête, objecta noblement Stepan Trofimovitch.

— Vous avez peut-être raison, vous vous souvenez de Lisa, n'est-ce pas ?

— *Charmante enfant !*

— Mais maintenant ce n'est plus une *enfant*, c'est une femme, et une femme qui a du caractère. Elle est noble et ardente, et ce que j'aime en elle c'est qu'elle ne se laisse pas faire par sa mère, cette sotte confiante. A cause de ce cousin il a failli y avoir toute une histoire.

— Bah, c'est vrai qu'il n'y a aucune parenté entre lui et Elisabeth Nicolaevna... Aurait-il des vues sur elle ?

— Voyez-vous, c'est un jeune officier très taciturne, même modeste. Je tiens toujours à être juste. Il me semble qu'il est personnellement contre cette intrigue et ne prétend à rien, et que c'est cette Lembke qui manigance. Il avait beaucoup d'estime pour Nicolas. Vous comprenez, tout dépend de Lisa, mais je l'ai laissée en excellents termes avec Nicolas et il a promis de venir chez nous sans faute en novembre. Donc il n'y a que la Lembke qui intrigue et Prascovie n'est qu'une femme aveugle. Subitement elle me dit que tous mes soupçons n'étaient qu'imagination ; je lui ai répondu carrément qu'elle était une sotte. Je suis prête à le confirmer au jugement dernier. Et si Nicolas ne m'avait pas demandé de ne rien faire pour le moment, je ne serais pas partie sans avoir démasqué cette femme fausse. Elle recherchait, par l'intermédiaire de Nicolas, les bonnes grâces du comte K., elle voulait séparer le fils de la mère. Mais Lisa est de notre côté et je me suis mise d'accord avec Prascovie. Vous savez, Karmazinov est son parent ?

— Comment ? Le parent de Mme von Lembke ?

— Mais oui. Eloigné.

— Karmazinov, le romancier ?

— Mais oui, l'écrivain, qu'est-ce qui vous étonne ? Evidemment, il se croit lui-même un grand homme. Une créature bouffie de vanité. Ils sont arrivés ensemble et en ce moment elle mène grand tapage à son sujet à l'étranger. Elle a l'intention d'organiser quelque chose ici, je ne sais quelles réunions littéraires. Il viendra pour un mois, il veut vendre le dernier domaine qu'il a ici. J'ai failli le rencontrer en Suisse et je n'y tenais pas du tout. D'ailleurs j'espère que moi au moins, il daignera me reconnaître. Il m'écrivait jadis, il venait à la maison. Je voudrais que vous vous habilliez mieux, Stepan Trofimovitch ; vous devenez de jour en jour plus négligent... Oh, comme vous me tourmentez ! Que lisez-vous maintenant ?

— Je... je...

— Je comprends, comme toujours les amis, comme toujours les beuveries, le club et les cartes, et une réputation d'athée. Cette réputation ne me plaît pas, Stepan Trofimovitch. Je ne voudrais pas qu'on vous appelle athée, surtout en ce moment, je ne le voudrais pas. Je ne le voulais pas non plus auparavant parce que tout cela n'est que vain bavardage. Il faut bien le dire enfin.

— *Mais, ma chère...*

— Ecoutez, Stepan Trofimovitch, pour tout ce qui est savant je suis naturellement une ignorante à côté de vous, mais en revenant ici j'ai beaucoup pensé à vous. J'ai acquis une conviction.

— Laquelle donc ?

— Que nous ne sommes pas, vous et moi, les gens les plus intelligents du monde mais qu'il y a plus intelligent que nous.

— C'est subtil et vrai. S'il y a plus intelligent, il y en a donc aussi qui voient plus juste que nous et nous pouvons nous tromper, n'est-ce pas ? *Mais, ma bonne amie*, admettons que je me trompe, j'ai bien tout de même le droit universel, éternel, suprême de libre conscience ? J'ai bien le droit si je veux, de ne pas être un bigot et un fanatique, et pour cela je serai naturellement haï par différentes personnes jusqu'à la consommation des siècles. *Et puis comme on trouve toujours plus de moines que de raison*, et comme je suis tout à fait d'accord là-dessus...

— Comment, comment avez-vous dit ?

— J'ai dit : *on trouve toujours plus de moines que de raison*, et comme là-dessus je suis...

— Ce n'est certainement pas de vous ; vous avez dû le prendre quelque part ?

— C'est Pascal qui l'a dit.

— C'est bien ce que je pensais,.. que ce n'était pas vous ! Pourquoi ne parlez-vous jamais ainsi vous-même, d'une façon si brève et incisive, au lieu de traîner toujours en longueur ? C'est beaucoup mieux que ce que vous disiez tout à l'heure sur l'enivrement administratif...

— *Ma foi, chère*... pourquoi ? Premièrement, il est probable que c'est parce que je ne suis tout de même pas Pascal, *et puis*... deuxièmement, nous autres Russes nous ne savons rien dire dans notre langue... Du moins, jusqu'à présent nous n'avons encore rien dit...

— Hum ! Ce n'est peut-être pas vrai. En tout cas, vous devriez noter ces mots-là et les retenir, vous savez, pour vous en servir à l'occasion dans la conversation... Ah, Stepan Trofimovitch, je revenais avec l'intention de vous parler sérieusement, sérieusement.

— *Chère, chère amie !*

— Maintenant que tous ces Lembke, tous ces Karmazinov... Oh, Dieu, comme vous vous êtes laissé aller ! Oh, comme vous me tourmentez !... Je voudrais que tous ces gens éprouvent pour vous du respect parce qu'ils ne vous vont pas à la cheville, et voyez comment vous vous conduisez ! Que verront-ils ? Que leur montrerai-je ? Au lieu de vous dresser noblement en témoin, de perpétuer l'exemple, vous vous entourez de je ne sais quelles canailles, vous avez pris des habitudes impossibles, vous êtes devenu sénile, vous ne pouvez vous passer de vin et de cartes, vous ne lisez que Paul de Kock et vous n'écrivez rien, alors qu'ils écrivent tous ; tout votre temps se passe en bavardages. Est-il possible, est-il permis de se lier avec une canaille telle que votre inséparable Lipoutine ?

— En quoi est-il donc mien et inséparable ? protesta timidement Stepan Trofimovitch.

— Où est-il en ce moment ? poursuivit Varvara Petrovna d'un ton sévère et tranchant.

— Il... il vous respecte infiniment et il est parti pour S. recevoir l'héritage de sa mère.

— Il me semble qu'il ne fait que toucher de l'argent. Et Chatov ? Toujours le même ?

— *Irascible mais bon.*

— Je ne puis souffrir votre Chatov ; il est méchant et il a une haute opinion de lui-même.

— Comment va Daria Pavlovna ?

— C'est de Dacha que vous parlez ? Qu'est-ce qui vous prend ? dit Varvara Petrovna en le regardant avec curiosité. Elle se porte bien, je l'ai laissée chez les Drozdov... En Suisse j'ai entendu parler de votre fils, en mal, pas en bien.

— *Oh, c'est une histoire bien bête ! Je vous attendais, ma bonne amie, pour vous raconter...*

— Assez, Stepan Trofimovitch, laissez-moi en paix ; je suis à bout. Nous aurons tout le temps de parler, surtout de choses désagréables. Vous commencez à envoyer des postillons en riant, ça c'est vraiment de la décrépitude ! Et comme vous riez étrangement maintenant... Dieu, que de mauvaises habitudes vous avez accumulées ! Karmazinov ne voudra jamais aller vous voir ! Et ici, même sans cela, on se réjouit de tout... Vous vous êtes maintenant révélé tout entier... Allons, assez, assez, je suis fatiguée ! On pourrait tout de même à la fin épargner un être humain !

Stepan Trofimovitch « épargna l'être humain » mais s'en alla troublé.

5

DES mauvaises habitudes, notre ami en avait en effet contracté un bon nombre, surtout les tout derniers temps. Il s'était visiblement et rapidement laissé aller et, de fait, il était devenu peu soigneux. Il buvait davantage, avait la larme plus facile et était plus faible de nerfs ;

il devenait trop sensible au raffinement. Son visage avait acquis l'étrange faculté de changer avec une étonnante promptitude, passant par exemple de l'expression la plus solennelle à la plus comique et même à la plus sotte. Il ne supportait pas la solitude et brûlait sans cesse qu'on le distrayât au plus vite. Il fallait à tout prix lui raconter quelque potin de la ville, une anecdote, et que chaque jour ce fût du nouveau. Si l'on tardait à venir le voir, il errait d'une pièce à l'autre comme une âme en peine, s'approchait de la fenêtre, remuait pensivement les lèvres, poussait de profonds soupirs et en fin de compte c'est tout juste s'il ne pleurnichait pas. Il avait sans cesse quelque pressentiment, redoutait quelque chose d'inattendu, d'inéluctable ; il était devenu craintif ; il prêtait maintenant beaucoup d'attention aux rêves.

Il passa toute cette journée-là et toute la soirée dans une grande tristesse, m'envoya chercher, fut très agité, parla longuement, raconta longuement, mais toujours d'une manière assez décousue. Varvara Petrovna savait depuis longtemps qu'il ne me cachait rien. Il me parut enfin en proie à une préoccupation particulière que, peut-être, il ne parvenait pas à préciser lui-même. D'ordinaire, quand nous nous retrouvions en tête-à-tête et qu'il se prenait à se plaindre, presque toujours, au bout d'un certain temps, on apportait une bouteille et nous devenions beaucoup plus optimistes. Cette fois il n'y eut pas de vin et à plusieurs reprises il réprima visiblement l'envie d'en envoyer chercher.

— Et pourquoi se fâche-t-elle tout le temps ! se plaignait-il à tout instant comme un enfant. *Tous les hommes de génie et de progrès en Russie étaient, sont et seront toujours des* joueurs et des ivrognes *qui boivent en zapoï* *... et moi je ne suis même pas tellement joueur ni ivrogne... Elle me reproche de ne pas écrire ? Etrange idée !... De rester couché ? Vous devez, dit-elle, vous dresser « comme un exemple et un reproche ». *Mais, entre nous soit dit*, que peut donc faire un homme destiné à se dresser « comme un reproche » sinon rester couché — le sait-elle, cela ?

Et enfin j'eus l'explication de la principale et particulière inquiétude qui le tourmentait cette fois d'une façon si obsédante. Bien des fois au cours de la soirée, il s'était approché de la glace et s'y était longuement arrêté. Enfin il quitta la glace, se tourna vers moi et prononça avec une sorte d'étrange désespoir :

* Par accès violents.

— *Mon cher, je suis un* homme déchu !

Oui, en effet, il y avait eu jusqu'alors, jusqu'à ce jour-là même, une seule chose dont il était toujours demeuré certain, en dépit de toutes les « façons de voir nouvelles » et de tous les « changements d'idées » de Varvara Petrovna, c'était d'être toujours irrésistible pour son cœur de femme, c'est-à-dire non seulement en tant qu'exilé ou glorieux savant mais aussi en tant que bel homme. Pendant vingt ans, cette conviction flatteuse et rassurante l'avait habité et, de toutes ses convictions, peut-être était-ce celle à laquelle il lui aurait été le plus pénible de renoncer. Pressentait-il, ce soir-là, quelle immense épreuve se préparait pour lui dans un avenir si proche ?

6

J'EN arrive maintenant à l'événement, en partie oublié, par lequel commence en réalité ma chronique.

Tout à la fin d'août, les Drozdov revinrent enfin à leur tour. Leur arrivée précéda de peu celle de leur parente, la femme de notre nouveau gouverneur, que toute la ville attendait depuis longtemps, et en général produisit une impression considérable sur la société. Mais je parlerai de tous ces curieux événements plus tard ; pour le moment je me bornerai à dire que Prascovie Ivanovna apporta à Varvara Petrovna qui l'attendait avec tant d'impatience, la plus embarrassante des énigmes. Nicolas les avait quittées dès juillet et ayant rencontré sur les bords du Rhin le comte K., était parti avec lui et sa famille pour Pétersbourg. (N.-B. Les trois filles du comte étaient à marier.)

— Je n'ai rien pu tirer d'Elisabeth, orgueilleuse et rétive comme elle est, conclut Prascovie Ivanovna, mais j'ai vu de mes yeux qu'il s'était passé quelque chose entre elle et Nicolas Vsevolodovitch. Je n'en sais pas les raisons mais je crois qu'il vous faudra, mon amie Varvara Petrovna, demander ces raisons à votre Daria Pavlovna. A mon avis, Lisa a été froissée. Je suis absolument ravie de vous avoir enfin ramené votre favorite et de la remettre entre vos mains : bon débarras.

Ces paroles venimeuses furent prononcées avec une singulière irritation. On voyait que la « femme ramollie » les avait préparées et qu'elle en savourait d'avance l'effet. Mais Varvara Petrovna n'était pas de ceux qu'on peut embarrasser par des effets sentimentaux et des énigmes. Elle exigea sévèrement les explications les plus précises et les plus satisfaisantes. Prascovie Ivanovna baissa aussitôt le ton et finit même par fondre en larmes, puis se lança dans les épanchements les plus amicaux. De même que Stepan Trofimovitch, cette dame irritable mais sentimentale avait toujours besoin d'une amitié vraie, et son principal grief contre Elisabeth Nicolaevna était précisément que « sa fille n'était pas pour elle une amie ».

Mais de toutes ces explications et de tous ces épanchements ne se dégageait qu'une seule chose précise, et c'est qu'il y avait en effet eu une brouille quelconque entre Lisa et Nicolas, mais de quelle nature était cette brouille, Prascovie Ivanovna n'avait manifestement pas su s'en faire une idée. Quant aux accusations portées contre Daria Pavlovna, non seulement elle finit par les retirer complètement mais elle demanda même tout spécialement à Varvara Petrovna de n'attacher aucune importance à ses paroles prononcées « dans un moment d'irritation ». En un mot, tout apparaissait fort confus, même suspect. A l'entendre, la brouille avait eu pour cause première le caractère « rétif et moqueur » de Lisa ; et « le fier Nicolas Vsevolodovitch, bien que très amoureux, n'avait pu supporter ses moqueries et était devenu moqueur lui-même ». Peu de temps après, nous avons fait la connaissance d'un jeune homme, le neveu, paraît-il, de votre « professeur », et d'ailleurs il a le même nom...

— Son fils et non pas son neveu, rectifia Varvara Petrovna. Prascovie Ivanovna n'avait jamais pu, autrefois non plus, retenir le nom de Stepan Trofimovitch et l'appelait toujours « le professeur ».

— Eh bien, son fils, tant mieux, cela m'est bien égal. C'est un jeune homme quelconque, très vif et libre, mais il n'y a en lui rien de spécial. Ma foi, là Lisa a mal agi ; elle s'est attaché le jeune homme exprès pour éveiller la jalousie de Nicolas Vsevolodovitch. Je ne l'en blâme pas trop : c'est un procédé de jeune fille, un procédé courant, même sympathique. Seulement Nicolas Vsevolodovitch, au lieu d'être jaloux, s'est au contraire lié d'amitié avec ce jeune homme, comme s'il ne voyait rien et que cela lui fût égal. C'est ce qui a révolté Lisa. Le jeune homme est bientôt parti (il était très pressé d'aller quelque part), et Lisa s'est mise à chercher querelle à Nicolas Vsevolodovitch à tout propos. Elle s'est aperçue qu'il parlait parfois à Dacha, eh bien, cela l'a mise en colère et alors pour moi aussi, ma chère, ça n'a plus été une vie. Les médecins m'ont interdit de m'irriter et ce lac tant vanté, j'en étais excédée, je ne lui dois que des maux de dents, des rhumatismes. On écrit même que le lac de Genève donne des maux de dents, c'est une particularité qu'il a. Et là-dessus Nicolas Vsevolodovitch reçoit tout à coup une lettre de la comtesse et nous quitte sur-le-champ, il s'est préparé le jour-même. Ils se sont quittés bons amis et d'ailleurs en lui disant adieu Lisa est subitement devenue très gaie et étourdie et a beaucoup ri. Seulement tout cela était affecté. Après son départ, elle est devenue toute songeuse, a complètement cessé de parler de lui et ne me laissait pas non plus en dire un seul mot. A vous aussi, je vous conseillerais, chère Varvara Petrovna, de ne pas aborder pour l'instant la question avec Lisa, vous ne pourriez que tout compromettre. Et si vous gardez le silence, elle vous en parlera la première, vous en apprendrez alors davantage. A mon avis, ils renoueront si seulement Nicolas Vsevolodovitch ne tarde pas à venir comme il l'a promis.

— Je vais lui écrire tout de suite. Si tout s'est bien passé ainsi, c'est une brouille de rien du tout ; des sottises, tout cela ! Et puis je connais trop bien Daria, sottises.

— Au sujet de Dachenka, je le confesse, j'ai eu tort. Il n'y a eu que des conversations banales et encore à haute voix. Seulement alors, ma chère, tout cela m'avait démontée. Et d'ailleurs Lisa, je l'ai vu, lui a rendu toute son affection.

Varvara Petrovna écrivit le jour même à Nicolas et le supplia d'avancer son arrivée ne fût-ce que d'un mois. Mais il n'en demeurait pas moins là quelque chose de peu clair et d'inconnu pour elle. Elle réfléchit toute la soirée et toute la nuit. L'opinion de « Prascovie » lui semblait trop naïve et trop sentimentale. « Prascovie a été toute sa vie trop sensible, depuis la pension, pensait-elle, Nicolas n'est pas de ceux qui fuient les moqueries d'une gamine. Il y a là une autre raison, si tant est qu'il y ait eu brouille. Cet officier est pourtant ici, elles l'ont amené avec elles et il s'est installé chez elles comme un parent. Et d'ailleurs au sujet de Daria aussi Prascovie a fait trop vite amende honorable : elle a dû garder pour elle quelque chose qu'elle n'a pas voulu dire... »

Au matin, Varvara Petrovna avait élaboré dans son esprit un projet destiné à en finir d'un coup avec l'un du moins de ses soucis, projet remarquable par ce qu'il avait d'inattendu. Que se passait-il dans son cœur quand elle l'avait conçu ? il est difficile de le savoir et d'ailleurs je ne me chargerai pas d'expliquer d'avance toutes les contradictions dont il était fait. En ma qualité de chroniqueur, je me borne à présenter les événements avec exactitude, rigoureusement tels qu'ils s'étaient passés, et ce n'est pas ma faute s'ils paraissent invraisemblables. Mais je dois pourtant attester une fois de plus qu'il ne lui restait plus au matin aucun soupçon à l'encontre de Dacha et qu'en réalité elle n'en avait même jamais eu ; elle était trop sûre de celle-ci. Et puis elle ne pouvait admettre l'idée que son Nicolas pût s'éprendre de sa... « Daria ». Le matin, comme Daria Pavlovna, à table, versait le thé, Varvara Petrovna la regarda longuement et fixement et, pour la vingtième fois peut-être depuis la veille, se dit avec conviction :

— Sottises que tout cela !

Elle remarqua seulement que Dacha avait l'air fatigué et qu'elle était encore plus silencieuse qu'auparavant, encore plus apathique. Après le thé, selon une coutume établie une fois pour toutes, elles se mirent toutes deux à leur broderie. Varvara Petrovna se fit faire par Dacha un compte rendu complet de ses impressions de l'étranger, principalement sur la nature, les habitants, les villes, les coutumes, les arts, l'industrie, sur tout ce qu'elle avait pu observer. Pas une question sur les Drozdov et sa vie avec elles. Dacha, qui était assise auprès de Varvara Petrovna, devant la table à ouvrage, et l'aidait à broder, racontait depuis une demi-heure de sa voix égale, monotone mais un peu faible.

— Daria, l'interrompit soudain Varvara Petrovna, tu n'as rien de spécial à me dire ?

— Non, rien, répondit Dacha, après un bref instant de réflexion, et elle regarda Varvara Petrovna de ses yeux clairs.

— Rien dans l'âme, sur le cœur, sur la conscience ?

— Rien, répéta Dacha à voix basse mais avec une sorte de fermeté morose.

— Je le savais bien ! Sache, Daria, que je ne douterai jamais de toi. Maintenant, reste là et écoute. Prends cette chaise là-bas, assieds-toi en face de moi, je veux te voir toute. Comme ça. Ecoute, veux-tu te marier ?

Dacha répondit par un long regard interrogateur, pas trop étonné d'ailleurs.

— Attends, ne dis rien. Premièrement, il y a une différence d'âge, elle est très grande ; mais tu sais mieux que personne que cela ne veut rien dire. Tu es raisonnable et dans ta vie il ne doit pas y avoir d'erreurs. Du reste c'est encore un bel homme... En un mot, il s'agit de Stepan Trofimovitch que tu as toujours respecté. Eh bien ?

Dacha la regarda d'un air encore plus interrogateur et cette fois ce n'était plus seulement de la suprise, elle avait même visiblement rougi.

— Attends, tais-toi ; ne te presse pas ! Bien que tu aies de l'argent d'après mon testament, mais si je meurs que deviendras-tu, même avec de l'argent ? On te trompera et on t'enlèvera l'argent, eh bien, te voilà perdue. Tandis que mariée avec lui, tu es la femme d'un homme connu. Considère maintenant la chose d'un autre côté : que je vienne à mourir — quand même j'aurais assuré son existence, comme je compte le faire — que deviendra-t-il ? Mais si tu es là je compterai sur toi. Attends, je n'ai pas fini : il est léger, c'est une chiffe, il est cruel, égoïste, il a des habitudes vulgaires ; mais tu dois l'apprécier, d'abord ne serait-ce que parce qu'il y a bien pire. Ce n'est tout de même pas te marier à un coquin et me débarrasser de toi que je veux, te serais-tu imaginé quelque chose par hasard ? Et surtout, tu l'apprécieras parce que je te le demande, coupa-t-elle soudain avec irritation, tu entends ? Pourquoi donc te butes-tu ?

Dacha se taisait toujours et écoutait.

— Attends, attends encore. C'est une femmelette mais ça n'en vaut que mieux pour toi. Une femmelette pitoyable d'ailleurs ; il ne mériterait pas d'être aimé d'une femme. Mais il mérite qu'on l'aime parce qu'il est sans défense et tu ns qu'à l'aimer pour son manque de défense. Tu me comprends, n'est-ce pas ? Tu comprends ?

Dacha fit un signe de tête affirmatif.

— Je le savais bien, je n'en attendais pas moins de toi. Il t'aimera parce qu'il le doit, il le doit ; il doit t'adorer ! glapit Varvara Petrovna avec une sincère irritation, d'ailleurs il s'éprendra de toi même sans le devoir, je le connais. Au surplus, je serai là moi-même. Sois sans crainte, je serai toujours là. Il se plaindra de toi, il te calomniera, il fera au premier venu des confidences sur toi, il ne saura que geindre, que geindre éternellement ; il t'écrira des lettres d'une chambre à l'autre, deux lettres par jour, mais sans toi il ne pourra tout de même pas vivre, et c'est là le principal. Fais-toi obéir et si tu n'y arrives pas, tu seras une sotte. S'il veut se pendre, s'il menace de le faire, ne le crois pas ; ce ne sont que des sornettes ! Ne le crois pas, mais tout de même ouvre l'œil, on ne sait jamais, c'est à des gens comme çà que cela arrive ; ce n'est pas à cause de leur force qu'ils se pendent mais à cause de leur faiblesse ; aussi ne le pousse jamais à bout — et c'est là la première règle de la vie conjugale. Souviens-toi aussi que c'est un poète. Ecoute, Daria : il n'est pas de plus grand bonheur que de se sacrifier. Et en outre tu me feras un grand plaisir, et c'est l'essentiel. Ne crois pas que ce soit par bêtise que je viens de parler ; je sais ce que je dis. Je suis égoïste, sois égoïste toi aussi. Je ne te force pas ; tu es libre, ce sera comme tu diras. Eh bien, qu'attends-tu, dis quelque chose !

— Mais cela m'est égal, Varvara Petrovna, s'il faut absolument que je me marie, dit fermement Dacha.

— Absolument ? Que veux-tu laisser entendre ? dit Varvara Petrovna en fixant sur elle un regard sévère.

Dacha se taisait, tout en piquant machinalement l'aiguille dans le métier.

— Tu as beau être intelligente, tu viens de dire une bêtise. Bien qu'il soit vrai que je me suis mis en tête de te marier sans faute, ce n'est pas par nécessité mais seulement parce que telle est l'idée qui m'est venue, et avec Stepan Trofimovitch seulement. S'il n'y avait pas Stepan Trofimovitch, je n'aurais jamais songé à te marier maintenant, quoique tu aies déjà vingt ans... Eh bien ?

— Je ferai ce que vous voudrez, Varvara Petrovna.

— Donc, tu consens ! Attends, tais-toi, ne te presse pas, je n'ai pas fini : dans mon testament, je te laisse quinze mille roubles. Je te les remettrai dès maintenant, après la cérémonie. Là-dessus tu lui donneras huit mille roubles, c'est-à-dire pas à lui mais à moi. Il a une dette de huit mille roubles ; je la réglerai mais il faut qu'il sache que c'est avec ton argent à toi. Il te restera en main sept mille roubles, en aucun cas ne lui en donne jamais un seul. Ne paie jamais ses dettes. Si tu le fais une fois, tu n'en sortiras jamais plus. D'ailleurs je serai toujours là. Vous recevrez de moi tous les ans une pension de douze cents roubles et en ajoutant les dépenses extraordinaires, quinze cents, sans compter le logement et la nourriture qui seront à ma charge exactement comme il en a été jusqu'à présent pour lui. Vous aurez seulement à engager vos propres domestiques. L'argent pour toute une année je le verserai en une fois entre tes mains à toi. Mais aussi sois bonne ; de temps à autre donne-lui quelque chose à lui aussi, laisse ses amis venir, une fois par semaine, mais s'ils viennent plus souvent, chasse-les. Mais je serai là moi-même. Et si je viens à mourir, votre pension ne cessera d'être versée jusqu'à sa mort, tu entends, jusqu'à sa mort à lui seulement, parce que c'est sa pension et non la tienne. A toi, en dehors des sept mille roubles qui te resteront intégralement si tu n'es pas une sotte, je t'en laisserai encore huit mille dans mon testament. Et tu n'auras de moi rien d'autre, il faut que tu le saches. Eh bien, est-ce que tu consens ? Vas-tu enfin dire quelque chose ?

— J'ai déjà dit, Varvara Petrovna.

— Souviens-toi que tu es entièrement libre, ce sera comme tu auras voulu.

— Mais permettez, Varvara Petrovna, est-ce que Stepan Trofimovitch vous a déjà dit quelque chose ?

— Non, il n'a rien dit et il ne sait rien, mais... il va parler tout de suite !

Elle se leva brusquement et jeta sur ses épaules un châle noir. Dacha avait de nouveau légèrement rougi et la suivait d'un regard interrogateur. Varvara Petrovna se tourna soudain vers elle, le visage flambant de colère :

— Tu es une sotte ! dit-elle en s'attaquant à elle comme un épervier, une sotte et une ingrate ! Quelle idée as-tu derrière la tête ? Peux-tu croire que je te compromettrais en quoi que ce soit, ne serait-ce qu'un tant soit peu ! Mais il va lui-même se traîner à genoux en te suppliant, il doit mourir de bonheur, voilà comment ce sera arrangé ! Tu sais bien que je ne laisserai personne te faire du tort. Ou bien crois-tu qu'il t'épousera pour ces huit milles roubles et que je cours te vendre ? Sotte, sotte, vous êtes toutes des sottes et des ingrates ! Donne-moi mon parapluie !

Et elle se précipita à pied chez Stepan Trofimovitch, par les trottoirs de briques et les passerelles de bois détrempés.

7

C'est vrai qu'elle n'aurait jamais laissé personne faire du tort à « Daria » ; au contraire, c'est précisément maintenant qu'elle croyait être sa bienfaitrice. L'indignation la plus noble et la plus irréprochable s'était allumée dans son âme lorsqu'en mettant son châle elle avait surpris sur elle le regard troublé et défiant de sa pupille. Elle l'aimait sincèrement depuis sa tendre enfance. Prascovie Ivanovna appelait à bon droit Daria Pavlovna la favorite de Varvara Petrovna. Depuis longtemps déjà, Varvara Petrovna avait décidé une fois pour toutes que « le caractère de Daria ne ressemblait pas à celui de son frère » (c'est-à-dire d'Ivan Chatov), qu'elle était douce et docile, capable d'une grande abnégation, qu'elle se distinguait par son dévouement, une extraordinaire modestie, un rare bon sens et surtout par sa gratitude. Jusque-là apparemment, Dacha avait pleinement justifié son attente. « Dans cette vie il n'y aura pas d'erreurs », avait dit Varvara Petrovna alors que la fillette n'avait que douze ans, et comme il était dans son caractère de s'attacher obstinément et passionnément à chacun des rêves qui l'avaient conquise, à chacun de ses nouveaux projets, à chacune des idées qui lui paraissaient belles, elle avait aussitôt décidé d'élever Dacha comme sa propre fille. Dès lors elle lui réserva un certain capital et engagea une gouvernante, miss Criggs, qui resta dans la maison jusqu'à ce que son élève eût atteint seize ans, mais fut congédiée brusquement, on ne sait pourquoi. On fit venir des professeurs de lycée dont un authentique Français qui apprit à Dacha le français. Il fut lui aussi congédié brusquement, comme si on l'eût chassé. Une veuve pauvre et noble, étrangère à notre ville, lui donna des leçons de piano. Mais le principal pédagogue fut malgré tout Stepan Trofimovitch. En fait, c'est lui qui le premier avait découvert Dacha : il avait commencé à instruire la douce enfant alors que Varvara Petrovna ne pensait même pas encore à elle. Je le répéterai encore : il est étonnant comme les enfants s'attachaient à lui ! Elisabeth Nicolaevna Touchine avait été son élève de huit à onze ans (bien entendu, Stepan Trofimovitch l'instruisait gratuitement et n'aurait jamais accepté des cachets des Drozdov). Mais il s'était épris lui-même de l'exquise enfant et lui racontait je ne sais quels poèmes sur la formation du monde, de la terre, sur l'histoire de l'humanité. Les cours sur les peuples et l'homme primitifs étaient plus passionnants que les contes arabes. Lisa, qui se pâmait à ses récits, imitait avec beaucoup de drôlerie Stepan Trofimovitch chez elle. Il le découvrit et la surprit un jour. Lisa, confuse, se jeta dans ses bras et se mit à pleurer. Stepan Trofimovitch aussi, d'enthousiasme. Mais Lisa partit bientôt et seule resta Dacha. Lorsqu'on donna à Dacha des professeurs, Stepan Trofimovitch interrompit ses leçons et peu à peu cessa de faire attention à elle. Il en fut ainsi pendant assez longtemps. Un jour, alors qu'elle avait dix-sept ans, sa grâce le frappa soudain. Cela se passait à table, chez Varvara Petrovna. Il engagea la conversation avec la jeune fille, fut très satisfait de ses réponses et finit par proposer de lui faire un cours sérieux et détaillé de l'histoire de la littérature russe. Varvara Petrovna le complimenta et le remercia de cette excellente idée, tandis que Dacha, quant à elle, en était enthousiasmée. Stepan Trofimovitch prépara ses cours avec un soin tout particulier et enfin ils commencèrent. On débuta par la période la plus reculée ; la première leçon fut passionnante ; Varvara Petrovna y assistait. Lorsque Stepan Trofimovitch eut fini et qu'en partant il annonça à son élève que la fois suivante il entreprendrait l'analyse du « Dit de l'armée d'Igor », Varvara Petrovna se leva brusquement et déclara qu'il n'y aurait plus de cours. Stepan Trofimovitch fut froissé, mais ne dit rien. Dacha rougit ; l'entreprise en resta néanmoins là. Cela se passait trois ans exactement avant la subite fantaisie qui s'emparait maintenant de Varvara Petrovna.

Le pauvre Stepan Trofimovitch était seul à la maison et ne pressentait rien. En proie à de tristes réflexions, il jetait depuis longtemps des regards par la fenêtre dans l'espoir de voir survenir une personne de connaissance. Mais personne ne venait. Dehors il bruinait, il commençait à faire froid ; il fallait allumer le poêle ; Stepan Trofimovitch soupira. Soudain une terrible vision s'offrit à ses yeux. Varvara Petrovna, chez lui, par un temps pareil et à une heure si insolite ! Et à pied ! Sa stupeur fut telle qu'il oublia de changer de costume et la reçut comme il était : vêtu de son habituel gilet rose ouaté.

— *Ma bonne amie !...* cria-t-il faiblement en guise de salut.

— Vous êtes seul, j'en suis contente, je déteste vos amis ! Ce que cela peut être toujours enfumé chez vous ; Seigneur, quelle atmosphère ! Vous n'avez même pas fini de prendre le thé et il est onze heures passées ! Votre bonheur, c'est le désordre ! Votre délice, c'est la saleté ! Qu'est-ce que c'est que ces bouts de papier déchiré qui traînent par terre ? Nastassia, Nastassia ! Que fait votre Nastassia ? Ouvre, ma fille, les fenêtres, les vasistas, les portes, tout en grand. Nous allons passer dans la salle ; je suis venue vous voir pour affaire. Mais balaie donc une fois au moins dans ta vie, ma fille !

— Monsieur salit, dit Nastassia d'une petite voix irritée et plaintive.

— Et toi tu n'as qu'à balayer, balayer quinze fois par

jour ! Elle est vilaine, votre salle (cela quand ils furent entrés dans la pièce). Fermez bien la porte, elle va écouter. Il faut absolument changer le papier. Je vous avais bien envoyé un tapissier avec des échantillons, pourquoi n'avez-vous pas choisi ? Asseyez-vous et écoutez. Asseyez-vous donc à la fin, je vous en prie. Où allez-vous ! Où allez-vous donc ? Où allez-vous !

— Je.. je reviens tout de suite, cria Stepan Trofimovitch de l'autre pièce, me revoilà !

— Ah, vous avez changé de costume ! dit-elle en l'examinant d'un air moqueur. (Il avait passé une redingote par-dessus le gilet.) Ça conviendra en effet mieux... à notre conversation. Asseyez-vous donc enfin, je vous en prie.

Elle lui expliqua toute l'affaire d'un trait, d'une façon nette et convaincante. Elle fit aussi allusion aux huit mille roubles dont il avait un besoin urgent. Elle parla en détail de la dot. Stepan Trofimovitch écarquillait les yeux et tremblait. Il entendait tout mais ne parvenait pas à s'en rendre nettement compte. Il voulait parler mais chaque fois la voix lui manquait. Il savait seulement que tout se ferait comme elle disait, qu'il était vain de protester et de refuser, et qu'il était irrévocablement un homme marié.

— *Mais, ma bonne amie...* pour la troisième fois et à mon âge, et avec une telle enfant ! prononça-t-il enfin. *Mais c'est une enfant !*

— Une enfant qui a vingt ans, grâce à Dieu ! Ne roulez pas les prunelles, je vous en prie ; vous n'êtes pas sur le théâtre. Vous êtes très intelligent et très savant mais vous ne comprenez rien à la vie, vous avez besoin d'une bonne d'enfant qui s'occupe constamment de vous. Si je meurs, que deviendrez-vous ? Tandis qu'elle sera pour vous une excellente bonne enfant ; c'est une jeune fille modeste, ferme, raisonnable ; au surplus je serai là moi-même, ce n'est quand même pas tout de suite que je vais mourir. Elle est femme d'intérieur, c'est un ange de douceur. Cette heureuse idée me venait déjà en Suisse. Comprenez-vous, puisque je vous dis moi-même que c'est un ange de douceur ! s'écria-t-elle soudain avec rage. Vous vivez dans la saleté, elle fera régner la propreté, l'ordre, tout sera comme un miroir. Eh, vous ne vous imaginez tout de même pas que je devrais encore vous faire des grâces pour que vous acceptiez un pareil trésor, énumérer tous les avantages, faire la marieuse ! Mais c'est à genoux que vous devriez... oh, quel homme vain, vain, pusillanime !

— Mais... je suis déjà un vieillard !

— Que signifient vos cinquante-trois ans ! Cinquante ans, ce n'est pas la fin mais la moitié de la vie. Vous êtes un bel homme et vous le savez vous-même. Vous savez aussi combien elle vous respecte. Si je viens à mourir, que deviendra-t-elle ? Tandis que mariée avec vous, elle sera tranquille et je serai tranquille aussi. Vous êtes quelqu'un, vous avez un nom, un cœur aimant ; vous recevez une pension que je tiens pour mon devoir de vous servir. Vous la sauverez peut-être, vous la sauverez ! En tout cas vous lui ferez un honneur. Vous la formerez à la vie, vous développerez son cœur, vous dirigerez ses pensées ! Combien n'y en a-t-il pas aujourd'hui qui se perdent parce que leurs pensées ont été mal dirigées ! D'ici là votre ouvrage sera prêt et vous vous imposerez d'un coup.

— Précisément, balbutia-t-il, déjà conquis par l'adroite flatterie de Varvara Petrovna ; je compte précisément me mettre à mes « Récits de l'histoire d'Espagne »...

— Eh bien, vous voyez, ça tombe bien.

— Mais... elle ? Vous lui en avez parlé ?

— Ne vous inquiétez pas d'elle, et d'ailleurs vous n'avez pas à être curieux. Naturellement, vous devez vous-même la prier, la supplier de vous faire cet honneur, vous comprenez ? Mais ne vous inquiétez pas, je serai là moi-même. D'ailleurs vous l'aimez.

Stepan Trofimovitch eut le vertige ; les murs dansaient autour de lui. Il y avait là une idée terrible qu'il ne parvenait pas à refouler.

— *Excellente amie !* dit-il d'une voix soudain tremblante, je... je n'aurais jamais pu imaginer que vous vous décideriez à me marier... à une autre... femme !

— Vous n'êtes pas une jeune fille, Stepan Trofimovitch ; on ne marie que les jeunes filles, mais vous, vous vous mariez vous-même, siffla venimeusement Varvara Petrovna.

— *Oui, j'ai pris un mot pour un autre. Mais... c'est égal* répondit-il en fixant sur elle un regard désemparé.

— Je vois que *c'est égal*, dit-elle avec mépris. Seigneur ! mais il s'évanouit ! Nastassia, Nastassia ! De l'eau !

Mais l'eau fut inutile. Il revint à lui. Varvara Petrovna prit son parapluie.

— Je vois que ce n'est pas la peine de vous parler en ce moment...

— *Oui, oui, je suis incapable.*

— Mais d'ici demain vous vous reposerez et vous aurez réfléchi. Restez chez vous, si quelque chose arrive prévenez-moi, fût-ce la nuit. Ne m'écrivez pas de lettres, je ne les lirai même pas. Demain, à cette heure-ci, je viendrai moi-même, seule, chercher votre réponse définitive et j'espère qu'elle sera satisfaisante. Tâchez qu'il n'y ait personne chez vous et pas de saleté non plus, à quoi cela ressemble-t-il ? Nastassia, Nastassia !

Bien entendu, le lendemain il consentit ; d'ailleurs il ne pouvait faire autrement. Il y avait là une circonstance particulière...

8

CE que l'on appelait chez nous le domaine de Stepan Trofimovitch (une cinquantaine d'âmes selon les anciennes estimations, et attenant à Skvorechniki) n'était nullement à lui, mais à sa première femme et maintenant par conséquent à leur fils, Piotr Stepanovitch Verkhovenski. Stepan Trofimovitch n'agissait qu'en qualité de tuteur et, depuis la majorité de son fils, en vertu d'un pouvoir en règle qui lui avait été donné par celui-ci pour l'administration de ses terres. L'arrangement était avantageux pour le jeune homme ; il recevait de son père mille roubles de revenus par an d'une propriété qui, depuis la réforme, en rapportait à peine cinq cents (et peut-être moins). Dieu sait comment de telles relations avaient pu s'établir entre eux. D'ailleurs c'était Varvara Petrovna qui envoyait intégralement les mille roubles sans que Stepan Trofimovitch y participât d'un seul rouble. Au contraire, il gardait pour lui la totalité des revenus de la propriété qu'il avait en outre complètement ruinée en l'affermant à un industriel et, en cachette de Varvara Petrovna, en vendant pour la coupe un bois, c'est-à-dire ce qui en était la principale valeur. Ce bois, il le vendait depuis longtemps par lots. Il valait au moins huit mille roubles, au lieu que Stepan Trofimovitch en avait retiré seulement cinq mille. Mais il lui arrivait de trop perdre au club et il n'osait s'adresser à Varvara Petrovna. Elle grinça des dents lorsqu'à la fin elle apprit tout. Or maintenant le fils de Stepan Trofimovitch annonçait qu'il allait venir lui-même pour vendre coûte que coûte ses biens et chargeait son père de s'occuper sans délai de cette vente. Il est évident qu'étant donné la noblesse de sentiments et le désintéressement de Stepan Trofimovitch, celui-ci se sentit honteux envers *ce cher enfant* (qu'il avait vu pour la dernière fois neuf ans plus tôt, à Pétersbourg, alors qu'il était étudiant). Primitivement, la propriété avait pu valoir en tout treize ou quatorze mille roubles, actuellement il était douteux que quelqu'un en donnât cinq mille. Sans doute Stepan Trofimovitch avait parfaitement le droit, aux termes de son pouvoir, de vendre le bois et, tenant compte des mille roubles de revenus annuels inexistants envoyés régulièrement pendant tant d'années, de bien se couvrir lors de la liquidation des comptes. Mais Stepan Trofimovitch était un homme noble, plein d'aspirations élevées. Une idée admirable lui traversa l'esprit : à l'arrivée de Petroucha il poserait noblement devant lui le maximum du prix, c'est-à-dire quinze mille roubles, sans faire la moindre allusion aux sommes envoyées jusqu'alors, et, les larmes aux yeux, serrerait fort, bien fort *ce cher fils* sur sa poitrine, liquidant ainsi tous les comptes. Prudemment et avec précaution, il déroula ce tableau devant Varvara Petrovna. Il laissait entendre que cela conférerait on ne sait quelle nuance particulière de noblesse à leur amitié... à leur « idée ». Cela présenterait les parents et en général les hommes de l'ancienne génération sous un jour si désintéressé et généreux, par comparaison avec la jeunesse moderne frivole et imbue d'idées sociales. Il dit beaucoup de choses encore, mais Varvara Petrovna gardait toujours le silence. Enfin elle déclara sèchement qu'elle était prête à acheter leurs terres et qu'elle en donnerait le maximum, c'est-à-dire six ou sept mille roubles (on pouvait les avoir pour quatre). Quant aux autres huit mille roubles envolés avec le bois, elle n'en souffla mot.

Cela se passait un mois avant le projet de mariage. Stepan Trofimovitch en fut frappé et devint songeur. Jusque-là il pouvait encore y avoir quelque espoir que son fils ne viendrait peut-être pas, c'est-à-dire un espoir aux yeux d'un tiers. Stepan Trofimovitch, lui, en sa qualité de père, aurait repoussé avec indignation la possibilité même d'un pareil espoir. Quoi qu'il en soit, jusqu'alors des bruits étranges étaient parvenus chez nous sur Petroucha. D'abord, ses études à l'université terminées, six ans plus tôt, il avait traîné à Pétersbourg sans occupation. Tout à coup, nous apprîmes qu'il avait participé à la rédaction d'un tract clandestin et avait été impliqué dans l'affaire. Puis on le retrouvait à l'étranger, en Suisse, à Genève — il s'était peut-être enfui, sait-on jamais.

— Cela me surprend, nous déclarait alors Stepan Trofimovitch tout confus, Petroucha *c'est une si pauvre tête* ! Il est bon, noble, très sensible et j'ai été ravi à Pétersbourg en le comparant à la jeunesse moderne, mais *c'est un si pauvre sire tout de même...* Et, vous savez, tout cela vient de ce même manque de maturité, de la sentimentalité ! Ce qui les séduit, ce n'est pas le réalisme mais le côté sentimental, idéaliste du socialisme, pour ainsi dire sa nuance religieuse, poétique... par ouï-dire, bien entendu. Et pourtant quelle n'est pas ma situation à moi ! J'ai tant d'ennemis ici, encore plus LA-BAS, on attribuera cela à l'influence du père... Dieu ! Petroucha meneur ! En quels temps vivons-nous !

Petroucha n'avait d'ailleurs pas tardé à envoyer de Suisse son adresse exacte pour qu'on continuât à lui faire parvenir l'argent comme d'habitude : par conséquent, il n'était pas tout à fait un émigré. Et voici que maintenant, après un séjour de près de quatre ans à l'étranger, il reparaissait soudain dans sa patrie et annonçait son arrivée prochaine : par conséquent, il n'était l'objet d'aucune accusation. Bien mieux, on eût dit que quelqu'un s'intéressait à lui et le protégeait. Il écrivait cette fois du sud de la Russie où il se trouvait chargé d'une importante mission d'ordre privé dont il avait à s'occuper. Tout cela était bel et bon, mais où prendre cependant les sept ou huit mille roubles manquants pour parfaire le prix maximum convenable de la propriété ? Et s'il poussait les hauts cris, si, au lieu d'un tableau majestueux, on en venait à un procès ? Quelque chose disait à Stepan Trofimovitch que le sensible Petroucha ne céderait pas sur ses intérêts. « D'où vient, c'est une chose que j'ai remarquée, me souffla un jour Stepan Trofimovitch à cette époque, d'où vient que tous ces socialistes et communistes enragés soient en même temps si incroyablement ladres, amasseurs de biens, qu'ils aient un tel sens de la propriété, et cela au point que plus leurs idées sont avancées, plus est fort leur sens de la propriété... d'où cela vient-il ? Est-il possible que cela vienne aussi de leur sentimentalité ? » J'ignore s'il y a du vrai dans cette remarque de Stepan Trofimovitch ; je sais seulement que Petroucha avait eu connaissance de la vente du bois et d'autres choses, et que Stepan Trofimovitch le savait informé. Il m'arrivait aussi de lire les lettres de Petroucha à son père : il écrivait très rarement, une fois par an et encore moins. Ces derniers temps seulement, pour l'informer de sa prochaine arrivée, il lui envoya deux lettres, presque coup sur coup. Toutes ses lettres étaient courtes, sèches, ne contenaient que des ordres et comme, depuis leur rencontre à

Pétersbourg, le père et le fils se tutoyaient selon la mode, les lettres de Petroucha ressemblaient tout à fait à ces instructions que les propriétaires d'autrefois adressaient des capitales aux serfs chargés d'administrer leurs terres. Or voilà que tout à coup ces huit milles roubles décisifs tombaient du ciel grâce à la proposition de Varvara Petrovna, et par surcroît celle-ci laissait nettement entendre qu'ils ne pouvaient venir de nulle part ailleurs. Bien entendu, Stepan Trofimovitch donna son consentement.

Dès le départ de Varvara Petrovna, il m'envoya chercher et condamna sa porte à tous les autres pour toute la journée. Naturellement il pleura, parla beaucoup et bien, s'embrouilla aussi beaucoup, fit par hasard un calembour dont il resta très satisfait, puis eut un léger accès de cholérine — en un mot, tout se passa dans l'ordre. Après quoi il prit le portrait de son Allemande décédée depuis vingt ans, et se mit à clamer plaintivement : « Me pardonneras-tu ? » En général, il paraissait dérouté. De chagrin nous bûmes aussi un peu. Du reste il s'endormit bientôt d'un doux sommeil. Le lendemain matin, il noua sa cravate de main de maître, s'habilla avec soin et alla plusieurs fois se regarder dans la glace. D'ailleurs il n'avait parfumé que très légèrement son mouchoir et dès qu'il aperçut Varvara Petrovna par la fenêtre, il en prit vivement un autre et cacha le mouchoir parfumé sous son oreiller.

— Et c'est parfait ! approuva Varvara Petrovna en apprenant son consentement. Premièrement, c'est faire preuve d'un esprit de noble résolution, et deuxièmement vous avez écouté la voix de la raison que vous écoutez si rarement dans vos affaires personnelles. D'ailleurs il est inutile de se hâter, ajouta-t-elle en examinant le nœud de sa cravate blanche, pour le moment taisez-vous et je me tairai aussi. C'est bientôt votre anniversaire ; je viendrai chez vous avec elle. Offrez le thé le soir et, je vous en prie, pas de vin ni de zakouski ; du reste j'arrangerai tout moi-même. Invitez vos amis ; d'ailleurs nous ferons le choix ensemble. La veille vous vous entretiendrez avec elle s'il le faut ; et au cours de votre soirée nous n'annoncerons pas exactement la chose ni ne fêterons des fiançailles, mais nous y ferons seulement une allusion ou le ferons savoir, sans aucune solennité. Et alors, une quinzaine de jours après, nous célébrerons la noce, autant que possible sans aucun tapage... Vous pourriez même partir tous les deux pour quelque temps, aussitôt après la cérémonie, par exemple pour Moscou. Moi aussi j'irai peut-être avec vous... Mais surtout d'ici là taisez-vous.

Stepan Trofimovitch fut surpris. Il essaya de dire que cela était impossible, qu'il lui fallait bien s'entretenir avec sa fiancée, mais Varvara Petrovna s'en prit à lui avec irritation :

— Pourquoi cela ? D'abord il est encore possible que rien ne se fasse...

— Comment rien ! bredouilla le fiancé, cette fois tout à fait abasourdi.

— Comme ça. Je verrai encore... D'ailleurs tout se fera comme je l'ai dit, ne vous inquiétez pas, je la préparerai moi-même. Vous n'avez rien à faire là-bas. Tout le nécessaire sera dit et fait, et vous n'avez rien à faire là-bas. Pourquoi iriez-vous ? Pour jouer quel rôle ? Ne venez pas et n'écrivez pas de lettres. Ni vu ni connu, je vous en prie. Moi aussi je me tairai.

Elle ne voulait décidément pas s'expliquer et partit, visiblement démontée. Il semble que l'empressement excessif de Stepan Trofimovitch l'eût frappée. Hélas, il ne comprenait décidément rien à sa situation et la question ne lui avait pas encore apparu sous certains autres angles. Au contraire, il lui était venu un ton nouveau, quelque chose de triomphant et de frivole. Il plastronnait :

— J'aime ça ! s'écria-t-il en s'arrêtant devant moi et en écartant les bras, vous avez entendu ? Elle fera si bien qu'à la fin je ne voudrai plus. C'est que moi aussi je peux perdre patience et... ne plus vouloir ! « Restez chez vous et vous n'avez pas besoin d'aller là-bas », mais pourquoi à la fin dois-je absolument me marier ? Uniquement parce qu'une fantaisie ridicule lui est venue ? Mais je suis un homme sérieux et je peux ne pas vouloir me soumettre aux lubies d'une femme capricieuse ! J'ai des devoirs envers mon fils et... et envers moi-même ! Je fais un sacrifice — comprend-elle cela ? Si j'ai consenti, c'est peut-être que j'en ai assez de la vie et que cela m'est égal. Mais elle peut m'irriter et alors cela ne me sera plus égal ; je serai offensé et je refuserai. *Et enfin le ridicule...* Que dira-t-on au club ? Que dira Lipoutine ? « Il est encore possible que rien ne se fasse », voyez-vous ça ! Mais c'est le comble ! C'est... de quoi cela a-t-il l'air ? *Je suis un forçat, un Badinguet,* un homme acculé au mur!...

Et en même temps une sorte de fatuité capricieuse, quelque chose de frivole et de folâtre perçait sous toutes ces exclamations plaintives. Le soir nous bûmes de nouveau.

CHAPITRE III

1

UNE huitaine de jours s'écoulèrent et l'affaire commença à prendre quelque ampleur.

Je dirai en passant que, pendant cette malheureuse semaine, j'eus beaucoup à endurer en restant presque continuellement auprès de mon pauvre ami fiancé, en tant que son confident le plus intime. Ce qui lui pesait surtout, c'était la honte, quoique nous n'eussions vu personne pendant cette semaine, étant tout le temps restés seuls ; mais il avait honte même devant moi, au point que plus il se confiait à moi, plus il m'en voulait de cela. Dans sa méfiance, il s'imaginait que toute la ville était déjà au courant de tout et il n'osait se montrer non seulement au club mais encore parmi ses amis. Même pour faire sa promenade, exercice nécessaire, il ne sortait qu'après la tombée de la nuit, quand il faisait déjà tout à fait sombre.

Une semaine passa et il ne savait toujours pas s'il était ou non fiancé et ne parvenait pas à s'en assurer exactement, malgré tous ses efforts. Il n'avait pas encore vu sa fiancée, il ne savait même pas si elle était sa fiancée, il ne savait même pas s'il y avait dans tout cela quoi que ce fût de sérieux ! Pour une raison ou pour une autre, Varvara Petrovna ne voulait absolument pas le recevoir.

En réponse à une de ses premières lettres (et il lui en écrivit à profusion), elle le pria tout net de la dispenser pour le moment de toutes relations avec lui car elle était occupée, et comme elle avait elle-même beaucoup de choses importantes à lui dire, elle attendait d'avoir pour cela un moment de liberté plus grande qu'elle n'en avait maintenant et lui ferait savoir elle-même EN TEMPS VOULU quand il pourrait venir. Quant à ses lettres, elle lui promit de les lui renvoyer sans les décacheter, car « ce ne sont que des sottises ». Ce billet je l'ai lu moi-même ; c'est lui qui me le montra.

Et cependant toutes ces grossièretés et toute cette incertitude n'étaient rien en comparaison de son principal souci. Ce souci le tourmentait au plus haut point sans lui laisser de répit ; il en maigrissait et perdait courage. C'était quelque chose dont il avait honte par-dessus tout et dont il ne voulait absolument pas parler même à moi ; au contraire, il me mentait à l'occasion et louvoyait comme un gamin ; et pourtant c'est lui qui m'envoyait chercher tous les jours, il ne pouvait se passer de ma présence deux heures, ayant besoin de moi autant que d'eau ou d'air.

Une pareille conduite blessait un peu mon amour-propre... Il va de soi que j'avais depuis longtemps deviné à part moi ce principal secret et que je le perçais à jour. Selon la très profonde conviction que j'avais alors, la révélation de ce secret, de ce principal souci de Stepan Trofimovitch n'aurait rien ajouté à son honneur et c'est pourquoi, en homme encore jeune, j'étais assez indigné de la grossièreté de ses sentiments et de la laideur de certains de ses soupçons. Dans l'entraînement du moment — et, je l'avoue, par ennui d'être le confident — je l'accusais peut-être plus qu'il n'eût fallu. Dans ma cruauté, je voulais qu'il me confessât tout lui-même, tout en reconnaissant d'ailleurs qu'il lui était peut-être difficile d'avouer certaines choses. Il me perçait lui aussi à jour, c'est-à-dire qu'il voyait clairement que je le perçais à jour et que même je lui en voulais, et il m'en voulait de son côté de lui en vouloir et de le percer à jour. Peut-être mon irritation était-elle mesquine et stupide ; mais la solitude en tête-à-tête nuit parfois beaucoup à la vraie amitié. A un certain point de vue, il comprenait bien divers aspects de sa situation et la définissait même très subtilement sur les points dont il ne trouvait pas nécessaire de faire un secret.

— Oh, est-ce ainsi qu'elle était alors ! laissait-il échapper par moments en me parlant de Varvara Petrovna.

Est-ce ainsi qu'elle était autrefois quand nous parlions ensemble ?... Savez-vous qu'alors elle savait encore parler ? Pouvez-vous croire qu'elle avait alors des idées, des idées à elle ? Maintenant tout est changé ! Elle dit que tout cela n'est que du bavardage périmé ! Elle méprise le passé... Maintenant c'est une sorte de commis, d'économe, un être aigri, et elle se fâche tout le temps...

— Pourquoi donc se fâcherait-elle maintenant que vous avez fait ce qu'elle exigeait ? lui objectai-je.

Il me regarda finement.

— *Cher ami*, si je n'avais pas consenti elle serait entrée dans une colère terrible, ter-rible ! Mais tout de même moins que maintenant que j'ai consenti.

Ce petit mot lui plut beaucoup et nous vidâmes ce soir-là une bouteille. Mais ce ne fut qu'un instant ; le lendemain il était plus terrible et plus morose que jamais.

Mais ce qui me contrariait le plus chez lui, c'était qu'il n'osait même pas aller faire aux Drozdov la visite nécessaire pour renouer les relations, chose que, disait-on, elles désiraient elles-mêmes, car elles s'étaient déjà informées de lui, et qui le tourmentait aussi chaque jour. Il parlait d'Elisabeth Nicolaevna avec une sorte d'exaltation pour moi incompréhensible. Sans doute se rappelait-il en elle l'enfant qu'il avait tant aimée jadis ; mais en outre il s'imaginait, on ne sait pourquoi, qu'il trouverait incontinent auprès d'elle un soulagement à tous ses tourments actuels et même la solution de ses principaux doutes. Il pensait trouver en Elisabeth Nicolaevna un être exceptionnel. Néanmoins il n'allait pas la voir, quoiqu'il se proposât chaque jour de le faire. Ce qu'il y avait surtout, c'est qu'à ce moment j'avais moi-même le vif désir de lui être présenté et recommandé, et je ne pouvais compter pour cela que sur le seul Stepan Trofimovitch. Je la rencontrai fréquemment, bien entendu dans la rue, lorsque, vêtue en amazone, elle allait se promener sur un magnifique cheval, accompagnée d'un bel officier qu'on disait être son parent, le neveu de feu le général Drozdov, et ces rencontres me faisaient une impression extraordinaire. Mon aveuglement ne dura qu'un instant et je me rendis très vite compte de ce que mon rêve avait d'irréalisable — mais ne serait-ce qu'un instant, il fut réel, aussi peut-on imaginer combien je m'indignais parfois contre mon pauvre ami à cause de sa réclusion obstinée.

Tous les nôtres avaient été, dès le début, avertis officiellement que, pendant quelque temps, Stepan Trofimovitch ne recevrait personne et qu'il les priait de le laisser absolument tranquille. Il insista pour les en pré-venir par une circulaire, bien que je le lui eusse déconseillé. C'est encore moi qui, sur sa demande, fis la tournée et dis à tous que nous appelions Stepan Trofimovitch entre nous) d'un travail urgent, de mettre en ordre une correspondance de plusieurs années, qu'il s'était enfermé et que je l'aidais, etc., etc. Le seul chez qui je n'eus pas le temps d'aller fut Lipoutine ; je remet-tais toujours cette visite à plus tard ou, pour être plus juste, je craignais d'aller chez lui. Je savais d'avance qu'il ne croirait pas un mot de ce que je lui dirais, ne man-querait pas de s'imaginer qu'il y avait là un secret qu'on voulait cacher précisément à lui et, dès mon départ, irait aussitôt se renseigner et faire des commérages dans toute la ville. Pendant que je me représentais tout cela, je le rencontrai par hasard dans la rue. Je constatai qu'il avait déjà tout appris des nôtres que je venais d'avertir. Pour-tant, chose étrange, non seulement il ne se montra pas curieux et ne me posa pas de questions sur Stepan Tro-fimovitch, mais au contraire il m'interrompit lorsque je voulus m'excuser de n'être pas allé le voir plus tôt, pour passer aussitôt à un autre sujet. Il est vrai qu'il avait beaucoup à raconter ; il était dans un état de grande surexcitation et ravi d'avoir mis la main en ma personne sur un auditeur. Il parla des nouvelles de la ville, de l'arrivée de la femme du gouverneur « avec des sujets de conversation nouveaux », de l'opposition qui s'était déjà formée au club, du fait que tout le monde ne parlait que des idées nouvelles et comme cela leur allait bien à tous, etc., etc. Il parla pendant près d'un quart d'heure et de façon si amusante que je ne pus m'en arracher. Bien que je ne pusse le souffrir, je reconnais qu'il avait le don de se faire écouter, surtout quand il était en colère. Cet homme, selon moi, était un vrai espion, un espion né. Il savait toujours toutes les dernières nouvelles et tous les secrets de notre ville, surtout en fait de chronique scandaleuse, et l'on pouvait s'étonner de voir combien il prenait à cœur des choses qui parfois ne le concernaient en rien. Il m'a toujours semblé que le trait dominant de son caractère était l'envie. Lorsque, le soir même, je mis Stepan Trofimovitch au courant de ma rencontre du matin avec Lipoutine et de notre conver-sation, à ma grande surprise il s'en montra extrêmement ému et me posa cette question saugrenue : « Lipoutine sait-il ou ne sait-il pas ? » J'entrepris de lui démontrer qu'il lui eût été impossible de l'apprendre si vite et que d'ailleurs il n'avait pu l'apprendre de personne ; mais Stepan Trofimovitch n'en démordit pas.

— Croyez-moi ou ne me croyez pas, conclut-il enfin d'une façon inattendue, je suis persuadé que non seulement il connaît déjà NOTRE situation dans tous ses détails, mais qu'il sait encore quelque chose d'autre, chose que nous ne savons encore ni vous ni moi et que nous ne saurons peut-être jamais ou que nous ne saurons que lorsqu'il sera trop tard, lorsque tout sera irrévocablement fini !...

Je ne répondis rien mais ces paroles donnaient à entendre beaucoup de choses. Après cela, pendant cinq jours, nous ne dîmes plus un mot de Lipoutine ; il était évident pour moi que Stepan Trofimovitch regrettait vivement d'avoir trahi devant moi de pareils soupçons et de s'être laissé aller à trop parler.

2

UN matin — sept ou huit jours après que Stepan Trofimovitch eut consenti à se fiancer — vers onze heures, alors que, comme d'habitude, je me hâtais d'aller rejoindre mon ami affligé, une aventure m'arriva en chemin.

Je rencontrai Karmazinov, « l'illustre écrivain », comme l'appelait Lipoutine. Je lisais Karmazinov depuis mon enfance. Ses romans et ses nouvelles sont connus de toute la précédente génération et même de la nôtre ; quant à moi, je m'en enivrais ; ils avaient fait les délices de mon adolescence et de ma jeunesse. Dans la suite, ma passion pour sa plume se refroidit quelque peu ; les romans à thèse qu'il écrivait tous ces derniers temps m'avaient plu moins que ses premières œuvres, pleines de tant de poésie spontanée ; quant à ses tout derniers écrits, je ne les aimais pas du tout.

Généralement parlant, s'il m'est permis d'exprimer mon opinion sur une question si délicate, tous ces messieurs au talent moyen que, de leur vivant, c'est tout juste si l'on ne prend chez nous pour des génies, non seulement disparaissent subitement sans laisser de trace quand ils meurent, mais il arrive que, même de leur vivant, à peine grandie une nouvelle génération qui succède à celle de leurs contemporains, ils soient oubliés et dédaignés de tout le monde dans un laps de temps incroyablement bref. Cela se produit chez nous soudainement, comme les changements de décors au théâtre. Oh, il se passe là tout autre chose que pour des Pouchkine, des Gogol, des Molière, des Voltaire, pour tous ces hommes qui venaient apporter un message nouveau et bien à eux ! Il est certes également vrai que chez nous ces messieurs de talent moyen, au déclin de leurs jours respectables, se trouvent d'habitude avoir épuisé leur veine de la façon la plus lamentable et sans même s'en douter. Il arrive souvent qu'un écrivain à qui l'on a longtemps reconnu une extraordinaire profondeur et que l'on s'attendait à voir exercer une profonde et sérieuse influence sur l'évolution de la société, révèle à la fin une telle inconsistance et une telle minceur de sa petite idée fondamentale que nul ne regrette même qu'il ait pu venir si vite au bout de ses moyens. Mais les vieillards chenus ne s'en aperçoivent pas et se fâchent. Leur amour-propre, précisément au terme de leur carrière, prend parfois des proportions dignes d'étonnement. Dieu sait pour qui ils commencent à se prendre — au moins pour des dieux. Au sujet de Karmazinov, on racontait qu'il tenait à ses relations avec les gens puissants et la haute société presque plus qu'à son âme. On racontait qu'en vous rencontrant il vous cajole, vous ensorcelle, vous charme par sa simplicité, surtout si, pour une raison ou pour une autre, il a besoin de vous et plus encore, bien entendu, si vous lui avez été recommandé au préalable. Mais au premier prince, à la première comtesse, au premier venu qu'il craint, il tient pour son devoir le plus sacré de vous oublier avec le dédain le plus blessant, comme un fétu de paille, comme une mouche, avant que vous ayez eu le temps de vous éloigner ; il considère cela le plus sérieusement du monde comme une conduite du meilleur ton. En dépit de son absolue maîtrise de lui-même et de sa parfaite connaissance des bonnes manières, il a, dit-on, un tel amour-propre confinant à l'hystérie qu'il est incapable de dissimuler sa suscepti-bilité d'auteur jusque dans les milieux où l'on ne s'inté-resse guère à la littérature. Si par hasard quelqu'un le surprenait par son indifférence, il en était douloureuse-ment blessé et cherchait à se venger.

Il y a un an environ, j'ai lu dans une revue un article de lui écrit avec une terrible prétention à la poésie la plus naïve et de surcroît à la psychologie. Il décrivait le naufrage d'un navire, quelque part près des côtes de l'Angleterre, naufrage dont il avait été témoin et où il avait vu sauver des passagers et retirer des noyés. Tout cet article, assez long et verbeux, avait été écrit dans l'unique dessein de se mettre en valeur lui-même. On lisait littéralement entre les lignes : « Intéressez-vous à moi, voyez comme j'étais dans ces moments-là. Qu'avez-vous besoin de cette mer, de cette tempête, des rochers, de l'épave ? je vous ai assez décrit tout cela de ma plume puissante. Pourquoi regardez-vous cette noyée avec un enfant mort dans ses bras morts ? Regardez-moi plutôt, je n'ai pu supporter ce spectacle et m'en suis détourné. Me voilà le dos tourné ; me voilà plein d'horreur et incapable de jeter un regard en arrière ; je ferme les yeux — n'est-ce pas, comme c'est intéressant ? » Lorsque je dis à Stepan Trofimovitch ce que je pensais de l'article de Karmazinov, il fut de mon avis.

Quand, récemment, le bruit de l'arrivée de Karmazinov avait couru chez nous, j'eus bien entendu grande envie de le voir et, si possible, de faire sa connaissance. Je savais pouvoir y parvenir par l'intermédiaire de Stepan Trofimovitch ; ils avaient autrefois été amis. Et voici que soudain je le rencontre à un carrefour. Je le reconnus aussitôt ; on me l'avait déjà montré trois jours plus tôt, comme il passait en voiture avec la femme du gouverneur.

C'était un vieux monsieur gourmé, qui au demeurant n'avait pas plus de cinquante-cinq ans, de très petite taille, au petit visage assez fleuri, aux épaisses boucles blanches qui s'échappaient de son chapeau rond et s'enroulaient autour de ses petites oreilles bien propres et roses. Son visage bien lavé n'était pas précisément beau, avec sa bouche aux longues lèvres minces d'un pli rusé, son nez un peu charnu et ses petits yeux intelligents et perçants. Il était vêtu de façon démodée d'une pèlerine jetée sur les épaules, comme on en aurait porté en cette saison par exemple en Suisse ou en Italie du nord. Mais, du moins, tous les menus accessoires de sa toilette : boutons de manchettes, col, lorgnon d'écaille au bout d'un mince ruban noir, bague, étaient certainement ceux-là même que l'on trouve chez les gens d'une correction irréprochable. Je suis sûr qu'en été il porte des bottines de couleur en drap léger à boutons de nacre sur le côté. Quand nous nous rencontrâmes, il était arrêté au coin de la rue et regardait attentivement autour de lui. Voyant que je l'examinais avec curiosité, il me demanda d'une petite voix mielleuse quoique un peu criarde :

— Permettez-moi de vous demander le plus court chemin pour aller rue du Taureau ?

— Rue du Taureau ? Mais c'est ici, tout près, m'écriai-je en proie à une émotion extraordinaire. Suivez cette rue tout droit et puis la deuxième à gauche.

— Je vous suis bien reconnaissant.

Maudite soit cette minute : je crois avoir été inti-

midé et avoir eu l'air obséquieux ! Il s'aperçut instantanément de tout cela et, naturellement, comprit aussitôt
tout, c'est-à-dire que je savais déjà qui il était, que je le
lisais et le vénérais depuis l'enfance, que j'étais maintenant intimidé et le regardais obséquieusement. Il sourit,
me salua d'un signe de tête et s'en alla droit devant lui,
comme je le lui avais indiqué. Je ne sais pourquoi, je
rebroussai chemin pour le suivre ; je ne sais pourquoi,
je fis ainsi dix pas à ses côtés. Soudain il s'arrêta derechef.

— Ne pourriez-vous m'indiquer la station de fiacres
la plus proche ? me cria-t-il de nouveau.

Vilain cri ; vilaine voix !

— Les fiacres ? La plus proche station de fiacres... est
près de la cathédrale, il y en a toujours, — et me voilà sur
le point de courir chercher un fiacre. Je soupçonne que
c'est cela précisément qu'il attendait de moi. Il va sans
dire que je me ressaisis aussitôt et m'arrêtai, mais il avait
fort bien remarqué mon premier mouvement et m'observait avec le même vilain sourire. Ici se passa une chose
que je n'oublierai jamais.

Il laissa brusquement tomber un minuscule sac qu'il
tenait dans la main gauche. Au reste, ce n'était pas un sac
mais une petite boîte, ou plutôt un petit portefeuille, ou,
encore mieux, un petit réticule semblable à ceux que portaient autrefois les dames, d'ailleurs je ne sais pas ce que
c'était, je sais seulement que je me suis, je crois, précipité
pour le ramasser.

Je suis absolument convaincu de ne pas l'avoir
ramassé, mais mon premier mouvement était indéniable,
je ne pouvais le cacher et je rougis comme un sot. Le rusé
compère tira aussitôt de cette circonstance tout ce qu'il
pouvait en tirer.

— Ne vous dérangez pas, je vais le faire moi-même,
prononça-t-il de façon charmante, c'est-à-dire que lorsqu'il se fut définitivement rendu compte que je ne
ramasserais pas son réticule, il le ramassa comme pour
prévenir mon geste, me fit un nouveau signe de tête et
s'en alla, me laissant ridicule. C'était comme si je l'avais
ramassé moi-même. L'espace de cinq minutes, je me crus
parfaitement et à jamais déshonoré ; mais en arrivant
chez Stepan Trofimovitch j'éclatai soudain de rire. La
rencontre me parut si amusante que je décidai sur-le-
champ de divertir Stepan Trofimovitch en la lui racontant et même en mimant toute la scène.

MAIS cette fois, à ma surprise, je le trouvai extrêmement changé. Il est vrai qu'il se jeta sur moi avec une sorte d'avidité dès que je fus entré, et se mit à écouter, mais il le fit avec un air si désemparé qu'au début il ne comprit visiblement pas le sens de mes paroles. Mais à peine eus-je prononcé le nom de Karmazinov qu'il se mit soudain hors de lui.

— Ne m'en parlez pas, ne prononcez pas ce nom ! s'écria-t-il presque avec rage, tenez, tenez, regardez, lisez. Lisez !

Il ouvrit un tiroir et jeta sur la table trois petits bouts de papier griffonnés au crayon, tous de Varvara Petrovna. Le premier billet était de l'avant-veille, le deuxième de la veille et le dernier était arrivé le jour même, une heure à peine auparavant ; d'un contenu tout à fait insignifiant, tous les trois parlaient de Karmazinov et trahissaient l'émotion futile et ambitieuse dans laquelle plongeait Varvara Petrovna la crainte que Karmazinov n'oubliât de lui rendre visite. Voici le premier qui datait de l'avant-veille (il y en avait probablement eu un datant de quatre jours et peut-être même un autre de cinq jours) :

« S'il vous fait enfin l'honneur de venir aujourd'hui, pas un mot je vous prie à mon sujet. Pas la moindre allusion. N'en parlez pas le premier et ne lui rappelez rien.

« V. S. »

Celui de la veille :

« S'il se décide enfin à vous faire une visite ce matin, le plus noble serait, je crois, de ne pas le recevoir. Tel est mon avis, je ne sais pas quel est le vôtre.

« V. S. »

Celui d'aujourd'hui, le dernier :

« Je suis persuadée qu'il y a chez vous tout un tombereau de poussière et une incroyable tabagie. Je vais vous envoyer Maria et Fomouchka ; ils mettront tout en ordre en une demi-heure. Quant à vous, ne les gênez pas et allez dans la cuisine pendant qu'on fait le ménage. Je vous envoie un tapis de Boukhara et deux vases de Chine, il y a longtemps que je voulais vous les donner, et en outre mon Teniers (pour quelque temps). On peut mettre les vases sur le rebord de la fenêtre et quant au Teniers, accrochez-le à droite, sous le portrait de Gœthe, on y voit mieux et le matin il y a toujours de la lumière.

S'il vient enfin, recevez-le avec une courtoisie raffinée, mais tâchez de parler de futilités, de quelque chose de savant, et cela de l'air de vous être quittés la veille. Pas un mot à mon sujet. Je passerai peut-être jeter un coup d'œil chez vous ce soir.

« V. S. »

« P. S. — S'il ne vient pas aujourd'hui non plus, il ne viendra pas du tout. »

Je lus et m'étonnai de le voir si ému pour de telles vétilles. Lui jetant un regard interrogateur, je m'aperçus soudain que, pendant que je lisais, il avait eu le temps d'échanger son habituelle cravate blanche contre une rouge. Son chapeau et sa canne étaient sur la table. Il était pâle et même ses mains tremblaient.

— Je me moque de ses émotions ! s'écria-t-il avec véhémence en réponse à mon regard interrogateur. *Je m'en fiche !* Elle a le front de s'inquiéter de Karmazinov alors qu'elle ne répond pas à mes lettres ! Voici, tenez, ma lettre qu'elle a renvoyée hier sans la décacheter, tenez, elle est là, sur la table, sous ce livre, sous *L'Homme qui rit.* Qu'est-ce que cela me fait qu'elle se tourmente au sujet de son Nicolas ! *Je m'en fiche et je proclame ma liberté. Au diable le Karmazinoff ! Au diable la Lembke !* J'ai caché les vases dans l'antichambre et le Teniers dans la commode, et quant à elle, j'ai exigé aussitôt d'être reçu. Vous entendez, j'ai exigé ! Je lui ai envoyé par Nastassia un bout de papier comme le sien, au crayon, non cacheté, et j'attends. Je veux que Daria Pavlovna me le dise de sa propre bouche et à la face du ciel ou, du moins, devant vous. *Vous me seconderez, n'est-ce pas, comme ami et témoin.* Je ne veux pas rougir, je ne veux pas mentir, je ne veux pas de mystères, je n'admettrai pas de mystères dans cette affaire ! Qu'on m'avoue tout, franchement, simplement, noblement, et alors... alors j'étonnerai peut-être toute la génération par ma grandeur d'âme !... Suis-je ou non un misérable, Monsieur ? conclut-il tout à coup en me regardant d'un air menaçant, comme si ce fût moi qui le considérais comme un misérable.

Je le priai de boire de l'eau ; je ne l'avais jamais encore vu dans cet état. Pendant tout le temps qu'il parla, il arpenta vivement la pièce, mais brusquement il s'immobilisa devant moi dans une pose extraordinaire.

— Est-il possible que vous pensiez, reprit-il avec une douloureuse hauteur en me toisant des pieds à la tête, est-il possible que vous puissiez croire que moi, Stepan

Verkhovenski, je ne trouverais pas en moi assez de force morale pour prendre ma besace — ma besace de mendiant — et la jetant sur mes faibles épaules, franchir la porte et disparaître d'ici à jamais, quand l'honneur et le grand principe d'indépendance l'exigent ? Ce n'est pas la première fois que Stepan Verkhovenski a à opposer la grandeur d'âme au despotisme, fût-ce au despotisme d'une femme folle, c'est-à-dire au despotisme le plus blessant et le plus cruel qu'il puisse y avoir au monde, bien que vous vous soyez permis, je crois, de sourire à mes paroles, Monsieur ! Oh, vous ne croyez pas que je puisse trouver en moi assez de grandeur d'âme pour savoir finir mes jours comme précepteur chez un marchand ou mourir de faim sous une haie ! Répondez, répondez immédiatement : le croyez-vous ou ne le croyez-vous pas ?

Mais je gardais exprès le silence. Je fis même semblant de ne pas oser le blesser par une réponse négative tout en ne pouvant répondre affirmativement. Dans toute cette irritation il y avait quelque chose qui décidément me froissait, non pas personnellement, oh non ! Mais... je m'expliquerai plus tard.

Il pâlit même.

— Vous vous ennuyez peut-être avec moi, G. (tel est mon nom), et vous auriez voulu... ne plus venir chez moi ? prononça-t-il de ce ton de calme blême qui précède généralement quelque explosion extraordinaire. Je bondis sur mes pieds, effrayé ; au même instant Nastassia entra et en silence tendit à Stepan Trofimovitch un papier sur lequel quelque chose était écrit au crayon. Il y jeta un coup d'œil et me le lança. Sur le papier il n'y avait que trois mots de la main de Varvara Petrovna : « Restez chez vous. »

Stepan Trofimovitch saisit sans rien dire son chapeau et sa canne et se dirigea vivement vers la porte ; machinalement, je le suivis. Tout à coup des voix et un bruit de pas rapides se firent entendre dans le couloir. Il s'arrêta comme frappé par la foudre.

— C'est Lipoutine et je suis perdu ! murmura-t-il en me saisissant le bras.

Au même instant Lipoutine entra dans la pièce.

4

Pourquoi il pouvait être perdu à cause de Lipoutine, je l'ignorais et d'ailleurs je n'attachais aucune importance à ces mots ; j'attribuai tout cela à ses nerfs. Mais malgré tout sa frayeur était singulière et je décidai d'observer de près.

Le seul aspect de Lipoutine qui entrait annonçait que cette fois il avait le droit particulier d'entrer malgré toutes les consignes. Il amenait avec lui un monsieur inconnu, sans doute un nouveau venu chez nous. En réponse au regard hébété de Stepan Trofimovitch pétrifié, il s'écria aussitôt d'une voix forte :

— Je vous amène un visiteur, et un visiteur peu ordinaire ! Je me permets de rompre votre solitude. Monsieur Kirilov, ingénieur des ponts et chaussées des plus remarquables. Et surtout il connaît votre fils, le très estimé Piotr Stepanovitch ; fort intimement ; et il a pour vous un message de sa part. Il vient d'arriver.

— Au sujet du message vous avez ajouté cela vous-même, fit remarquer le visiteur d'un ton sec, il n'y a aucun message, mais je connais en effet Verkhovenski. Je l'ai laissé dans la province de X., avec dix jours d'avance sur nous.

Stepan Trofimovitch tendit machinalement la main et désigna des sièges ; il me regarda, regarda Lipoutine et soudain, comme s'il revenait à lui, se hâta de s'asseoir lui-même, mais gardant son chapeau et sa canne à la main et ne s'en apercevant pas.

— Bah, vous alliez sortir vous-même ! On m'avait pourtant dit que vous étiez tout à fait souffrant, à force d'occupations.

— Oui, je suis malade et, justement, je voulais aller faire une promenade, je... Stepan Trofimovitch s'arrêta, jeta vivement son chapeau et sa canne sur le divan et — rougit.

Cependant j'examinai en hâte le visiteur. C'était un homme encore jeune, de vingt-sept ans environ, correctement vêtu, brun, élancé et mince, au visage d'une pâleur un peu terreuse et aux yeux noirs sans éclat. Il avait l'air quelque peu songeur et distrait, parlait d'un ton saccadé et sans trop respecter la grammaire, déplaçait bizarrement les mots et s'embrouillait lorsqu'il devait faire une phrase un peu longue. Lipoutine avait parfaitement remarqué l'extrême frayeur de Stepan Trofimovitch et était visiblement content. Il s'assit sur une chaise de paille qu'il traîna jusqu'au milieu de la pièce pour être à égale distance de son hôte et du visiteur, qui avaient pris place l'un en face de l'autre sur deux divans se faisant vis-à-vis. Ses yeux perçants furetaient avec curiosité dans tous les coins.

— Je... il y a longtemps que je n'ai vu Petroucha...

Vous vous êtes rencontrés à l'étranger ? bredouilla tant bien que mal Stepan Trofimovitch à l'adresse du visiteur.

— Et ici et à l'étranger.

— Alexis Nilitch vient de rentrer lui-même de l'étranger après une absence de quatre ans, intervint Lipoutine ; il y était allé pour se perfectionner dans sa spécialité et il vient chez nous parce qu'il a des raisons d'espérer obtenir un emploi pour la construction de notre pont de chemin de fer, et maintenant il attend une réponse. Il connaît les Drozdov, Elisabeth Nicolaevna, par Piotr Stepanovitch.

L'ingénieur était assis comme ramassé sur lui-même et écoutait avec une impatience gênée. Il me sembla que quelque chose l'avait fâché.

— Il connaît aussi Nicolas Vsevolodovitch.

— Vous connaissez aussi Nicolas Vsevolodovitch ? s'enquit Stepan Trofimovitch.

— Celui-là aussi je le connais.

— Je... il y a extrêmement longtemps que je n'ai vu Petroucha et... je trouve que j'ai si peu droit au nom de père... *c'est le mot*, je... comment l'avez-vous laissé ?

— Mais comme ça... il va venir lui-même, dit M. Kirilov, de nouveau pressé d'en finir. Décidément, il était fâché.

— Il va venir ! Enfin, je... voyez-vous, il y a trop longtemps que je n'ai vu Petroucha ! Stepan Trofimovitch s'enlisa dans cette phrase. J'attends maintenant mon pauvre garçon envers qui... Oh, envers qui je suis si coupable ! C'est-à-dire que lorsque je l'ai quitté à Pétersbourg, je... en un mot, je le considérais comme un rien du tout, *quelque chose dans ce genre*. C'est un enfant nerveux, vous savez, très sensible et... craintif. En se couchant il se prosternait et faisait des signes de croix sur son oreiller pour ne pas mourir pendant la nuit... *je m'en souviens*. Enfin, aucun sens esthétique, c'est-à-dire rien d'élevé, de fondamental, aucun germe d'idée future... *c'était comme un petit idiot*. D'ailleurs je me suis je crois embrouillé, excusez-moi, je... vous m'avez pris au dépourvu...

— Vous dites sérieusement qu'il faisait des signes de croix sur l'oreiller ? s'enquit soudain l'ingénieur avec une sorte de curiosité particulière.

— Oui, il les faisait...

— Non, je ne demande que comme ça, continuez.

Stepan Trofimovitch jeta à Lipoutine un regard interrogateur.

— Je vous suis très reconnaissant de votre visite mais, je l'avoue, en ce moment je ne suis pas... en état... Permettez-moi pourtant de vous demander où vous logez ?

— Rue de l'Epiphanie, dans la maison de Philippov.

— Ah, c'est là où habite Chatov, fis-je observer malgré moi.

— Précisément, dans la même maison, s'écria Lipoutine, seulement Chatov loge en haut, dans la mansarde, et lui s'est installé en bas, chez le capitaine Lebiadkine. Il connaît aussi Chatov, et il connaît l'épouse de Chatov. Il était très intime avec elle à l'étranger.

— *Comment !* Se peut-il que vous sachiez quelque chose sur ce malheureux mariage *de ce pauvre ami* et que vous connaissiez cette femme ? s'exclama Stepan Trofimovitch, cédant soudain à son émotion, vous êtes la première personne que je rencontre qui la connaisse personnellement ; et si seulement...

— Quelle absurdité ! coupa l'ingénieur devenu tout rouge, comme vous en ajoutez, Lipoutine ! Je n'ai pas du tout vu la femme de Chatov ; une fois seulement de loin, et pas du tout intimement... Chatov, je le connais. Pourquoi donc ajoutez-vous différentes choses ?

Il se retourna brusquement sur le divan, saisit son chapeau, puis le posa de nouveau en reprenant la même position et avec une sorte de défi fixa sur Stepan Trofimovitch ses yeux noirs devenus brillants. Je ne parvenais pas à comprendre une si étrange irritabilité.

— Excusez-moi, dit gravement Stepan Trofimovitch, je comprends que cette affaire puisse être des plus délicates...

— Il n'y a là aucune affaire des plus délicates et c'est même honteux, et ce n'est pas à vous que j'ai crié « quelle absurdité » mais à Lipoutine, pourquoi en ajoute-t-il ? Excusez-moi si vous avez pris cela pour votre compte. Je connais Chatov mais je ne connais pas du tout sa femme... je ne la connais pas du tout !

— J'ai compris, j'ai compris, et si j'ai insisté ce n'est que parce que j'aime beaucoup notre pauvre ami, *notre irascible ami*, et je me suis toujours intéressé... Cet homme a changé trop brusquement, à mon avis, ses anciennes idées, peut-être trop jeunes mais tout de même justes. Et maintenant il crie tant au sujet de *notre Sainte Russie* que j'attribue depuis longtemps ce bouleversement de son organisme — je ne veux pas appeler cela autrement — à quelque grave choc familial et précisément à son malheureux mariage. Moi qui connais ma pauvre

Russie comme mes dix doigts et qui ai consacré ma vie au peuple russe, je puis vous assurer qu'il ne connaît pas le peuple russe, et de surcroît...

— Moi non plus je ne connais pas du tout le peuple russe et... je n'ai point le temps de l'étudier ! trancha de nouveau l'ingénieur et de nouveau il se retourna brusquement sur le divan. Stepan Trofimovitch resta court au milieu de sa phrase.

— Il l'étudie, il l'étudie ! intervint Lipoutine, il a déjà commencé l'étude et il écrit un article des plus curieux sur les causes de la multiplication des cas de suicide en Russie et en général sur les causes qui déterminent l'augmentation ou la diminution des suicides dans la société. Il est arrivé à des résultats étonnants.

L'ingénieur s'agita à l'extrême.

— Cela, vous n'avez absolument aucun droit, bredouilla-t-il avec colère, je n'écris aucun article. Je n'irais pas écrire des bêtises. Je vous ai demandé à titre confidentiel, tout à fait par hasard. Il ne s'agit point du tout d'un article ; je ne publie pas, et vous n'avez pas le droit...

Lipoutine se délectait visiblement.

— Désolé, il se peut que je me sois trompé en appelant article votre ouvrage littéraire. Il réunit seulement des observations et quant au fond de la question ou, pour ainsi dire, à son aspect moral, il n'y touche pas du tout et même il rejette tout de bon la morale elle-même et s'en tient au tout nouveau principe de la destruction universelle au nom du bien final. Il réclame déjà plus de cent millions de têtes pour l'instauration de la saine raison en Europe, beaucoup plus qu'on n'en réclamait au dernier congrès de la paix. Dans ce sens Alexis Nilitch est allé plus loin que tous les autres.

L'ingénieur écoutait avec un sourire méprisant et pâle. L'espace de trente secondes, tout le monde garda le silence.

— Tout cela est stupide, Lipoutine, dit enfin M. Kirilov avec une certaine dignité. Si je vous ai dit par hasard quelques points et si vous vous en êtes emparé, libre à vous. Mais vous n'avez pas le droit parce que je ne le dis jamais à personne. Je méprise de parler... Si on a des convictions, pour moi c'est clair... mais cela, vous avez agi sottement. Je ne discute pas sur les points où c'est tout à fait fini. J'ai horreur de discuter. Je ne veux jamais discuter...

— Et vous faites peut-être très bien, ne put s'empêcher de dire Stepan Trofimovitch.

— Je vous fais mes excuses mais je n'en veux à personne ici, poursuivit le visiteur rapidement et avec vivacité ; pendant quatre ans j'ai vu peu de monde... J'ai peu parlé pendant quatre ans et je m'efforçais de ne rencontrer personne, pour des raisons à moi, qui ne regardent personne, pendant quatre ans. Lipoutine a découvert cela et il rit. Je comprends et je n'y fais pas attention. Je ne suis pas susceptible, seulement son sans-gêne me contrarie. Et si je ne vous expose pas mes idées, conclut-il d'une façon inattendue en nous enveloppant tous d'un regard ferme, ce n'est pas du tout parce que je crains de votre part une dénonciation au gouvernement ; cela, non. Je vous en prie, ne vous imaginez pas des absurdités de ce genre...

A ces mots personne ne répondit plus rien et nous nous bornâmes à échanger un regard. Lipoutine lui-même oublia de rire.

— Messieurs, je regrette beaucoup, dit Stepan Trofimovitch en se levant résolument du divan, mais je me sens souffrant et démonté. Excusez-moi.

— Ah, c'est pour que nous partions, dit M. Kirilov, s'en avisant et saisissant sa casquette, vous avez bien fait de le dire, je suis oublieux !

Il se leva et d'un air ouvert s'approcha, la main tendue, de Stepan Trofimovitch.

— Dommage que vous soyez souffrant et que je sois venu.

— Je vous souhaite chez nous tout le succès possible, répondit Stepan Trofimovitch en lui serrant la main avec bienveillance et sans hâte. Je comprends que si, d'après ce que vous dites, vous avez vécu si longtemps à l'étranger en fuyant les gens pour des raisons personnelles, et si vous avez oublié la Russie, vous devez forcément nous regarder avec surprise, nous Russes de souche, et nous de même en ce qui vous concerne. *Mais cela passera.* Il n'y a qu'une chose qui m'embarrasse : vous voulez construire notre pont et en même temps vous vous déclarez partisan du principe de la destruction universelle. On ne vous laissera pas construire notre pont !

— Comment ? Comment avez-vous dit... ah, diable ! s'écria Kirilov stupéfait, et soudain il éclata du plus gai et du plus clair des rires. L'espace d'un instant, son visage prit une expression tout à fait enfantine qui me sembla lui aller fort bien. Lipoutine se frotta les mains d'enthousiasme à ce mot réussi de Stepan Trofimovitch. Quant à moi, je me demandais toujours à part moi pourquoi Stepan Trofimovitch avait eu tellement peur de Lipoutine et pourquoi il s'était écrié : « Je suis perdu » en l'entendant venir.

5

Nous nous tenions tous sur le seuil de la porte. C'était cet instant où hôtes et visiteurs échangent à la hâte les dernières et les plus aimables paroles puis s'en vont tranquillement chacun de son côté.

— S'il est si morose aujourd'hui, glissa soudain Lipoutine, une fois dehors et pour ainsi dire au vol, c'est qu'il a eu tout à l'heure une altercation avec le capitaine Lebiadkine au sujet de sa sœur. Le capitaine Lebiadkine cingle tous les jours sa charmante sœur, la folle, avec une cravache, une vraie cravache de cosaque, matin et soir. Au point qu'Alexis Nilitch s'est installé dans le pavillon de la même maison pour ne pas y être mêlé. Eh bien, au revoir.

— Sa sœur ? Une malade ? Avec une cravache ? s'écria Stepan Trofimovitch comme s'il eût reçu subitement lui-même un coup de cravache, quelle sœur ? Quel Lebiadkine ?

Sa frayeur de tout à l'heure le reprit instantanément.

— Lebiadkine ! C'est un capitaine en retraite, jadis il ne se donnait que du capitaine en second...

— Eh, que m'importe son grade ? Quelle sœur ? Mon Dieu... vous dites Lebiadkine ? Mais il y avait chez nous un Lebiadkine.

— C'est celui-là même, NOTRE Lebiadkine, vous vous souvenez, chez Virguinski ?

— Mais celui-là s'est fait prendre avec de faux billets ?

— Et le voilà revenu, depuis près de trois semaines et dans les circonstances les plus particulières.

— Mais c'est une canaille ?

— Comme s'il ne pouvait y avoir de canaille chez nous ? répondit Lipoutine en ricanant soudain, comme s'il tâtait Stepan Trofimovitch de ses petits yeux fourbes.

— Ah, mon Dieu, ce n'est pas du tout de cela que je parlais... quoique au sujet de cette canaille je sois tout à fait d'accord avec vous, précisément avec vous. Mais après, après ? Que vouliez-vous dire par là ? C'est qu'il faut absolument que vous ayez voulu dire quelque chose par là !

— Mais tout ça n'est rien... c'est-à-dire ce capitaine,

selon toute apparence, nous a alors quittés non pas à cause de faux billets mais uniquement pour retrouver cette sœur qui, paraît-il, se cachait de lui on ne sait où ; ma foi, et maintenant il l'a amenée, voilà toute l'histoire. Pourquoi paraissez-vous effrayé, Stepan Trofimovitch ? D'ailleurs je ne fais que répéter ses bavardages d'ivrogne, quand il est à jeun il se tait là-dessus. C'est un homme irascible et pour ainsi dire un esthète militaire mais de mauvais goût. Et quant à cette sœur, elle est non seulement folle mais encore boiteuse. Il paraît qu'elle a été séduite par quelqu'un et que pour cela M. Lebiadkine, depuis pas mal d'années, lèverait sur le séducteur un tribut annuel, en réparation de l'outrage à son honneur, c'est du moins ce qui ressort de son bavardage, mais selon moi ce ne sont que propos d'ivrogne. Tout simplement il se vante. Et puis ces choses-là se font à bien meilleur compte. Mais quant à avoir des sommes d'argent, il est absolument exact qu'il en a ; il y a dix jours, il n'avait pas de chaussettes et maintenant, je l'ai vu moi-même, il a des centaines de roubles entre les mains. Sa sœur a je ne sais quelles crises quotidiennes, elle crie et il la « fait rentrer dans l'ordre » à coups de cravache. Il faut, dit-il, imposer le respect à une femme. Ce que je ne comprends pas, c'est comment Chatov peut vivre au-dessus de chez eux. Alexis Nilitch n'est resté avec eux que trois jours, ils se connaissaient depuis Pétersbourg, et maintenant il loge dans le pavillon pour être plus tranquille.

— C'est vrai tout cela ? demanda Stepan Trofimovitch à l'ingénieur.

— Vous bavardez beaucoup, Lipoutine, marmonna celui-ci avec colère.

— Des mystères, des secrets ! D'où vient qu'il y ait tout à coup chez nous tant de mystères et de secrets ! s'exclamait Stepan Trofimovitch sans chercher à se retenir.

L'ingénieur fronça les sourcils, rougit, haussa les épaules et se dirigea vers la porte.

— Alexis Nilitch lui a même arraché sa cravache, l'a cassée et jetée par la fenêtre, et ils ont eu une violente querelle, ajouta Lipoutine.

— Pourquoi bavardez-vous, Lipoutine, c'est stupide, pourquoi ? dit Alexis Nilitch qui se retourna aussitôt.

— Pourquoi donc cacher, par modestie, les plus nobles mouvements de son âme, c'est-à-dire de votre âme, ce n'est pas de la mienne que je parle.

— Comme c'est stupide... et complètement inutile...

Lebiadkine est bête et tout à fait futile — et pour l'action inutile et... absolument nuisible. Pourquoi racontez-vous différentes choses ? Je m'en vais.

— Ah, quel dommage, s'écria Lipoutine avec un clair sourire, autrement je vous aurais fait rire, Stepan Trofimovitch, en vous racontant encore une petite anecdote. Même je suis venu avec l'intention de vous la raconter, quoique vous la connaissiez déjà sans doute. Allons, ce sera pour une autre fois, Alexis Nilitch est pressé... Au revoir. La petite anecdote concerne Varvara Petrovna, elle m'a bien fait rire avant-hier, elle m'avait envoyé chercher exprès, c'est vraiment à mourir de rire. Au revoir.

Mais cette fois Stepan Trofimovitch s'accrocha bel et bien à lui : il le saisit par les épaules, lui fit faire brusquement demi-tour et une fois rentré dans la pièce, le fit asseoir sur une chaise. Lipoutine en fut même effrayé.

— Mais comment donc, commença-t-il de lui-même en regardant Stepan Trofimovitch avec prudence, elle me fait tout à coup venir et me demande « confidentiellement » si, à mon avis personnel, Nicolas Vsevolodovitch est fou ou sain d'esprit. Comment ne pas s'étonner ?

— Vous perdez la raison ! bredouilla Stepan Trofimovitch, et soudain il parut hors de lui. — Lipoutine, vous savez parfaitement que vous n'êtes venu ici que pour me rapporter quelque abomination de ce genre et... quelque chose de pire encore !

En un éclair il me souvint de sa supposition que Lipoutine savait sur notre affaire non seulement plus long que nous mais encore quelque chose d'autre que nous ne saurions jamais.

— Voyons, Stepan Trofimovitch ! bredouillait Lipoutine comme s'il était terriblement effrayé, voyons...

— Taisez-vous et commencez ! Je vous prie instamment, Monsieur Kirilov, de revenir vous aussi et d'être présent, je vous en prie instamment ! Asseyez-vous. Et quant à vous, Lipoutine, commencez carrément, simplement... et sans la moindre dérobade.

— Si seulement j'avais pu savoir que cela vous frapperait tant, je n'aurais jamais commencé. Et moi qui pensais que vous saviez déjà tout de Varvara Petrovna elle-même !

— Vous ne l'avez jamais pensé ! Commencez, commencez donc, vous dis-je !

— Seulement ayez l'obligeance de vous asseoir aussi, comment voulez-vous que je reste assis et qu'ému comme vous êtes vous... courriez devant moi. Ça ne donnerait rien de bon.

Stepan Trofimovitch se contint et se laissa tomber avec dignité dans un fauteuil. L'ingénieur fixa les yeux au sol d'un air sombre. Lipoutine les observait avec une jouissance indescriptible.

— Comment commencer... vous m'avez tellement troublé...

6

— Tout a coup, avant-hier, elle m'envoie un domestique : vous êtes prié de venir demain à midi. Pouvez-vous vous figurer cela ? J'ai tout laissé là et, hier, à midi tapant, je sonne. On m'introduit dans le salon ; j'ai attendu une minute, elle entre ; elle me fait asseoir, s'assied elle-même en face de moi. Je suis là et je n'en crois pas mes yeux : vous savez comment elle m'a toujours traité ! Elle commence carrément, sans détour, selon sa manière habituelle. Vous vous souvenez, dit-elle, qu'il y a quatre ans, Nicolas Vsevolodovitch étant malade a commis quelques actes étranges, si bien que toute la ville était perplexe, jusqu'au moment où tout s'est expliqué. L'un de ces actes vous concernait personnellement. Nicolas Vsevolodovitch est allé vous voir une fois rétabli et à ma demande. Je sais aussi qu'avant cela il vous avait déjà parlé plusieurs fois. Dites-moi franchement et en toute sincérité comment vous... (là elle se troubla un peu) comment vous trouviez alors Nicolas Vsevolodovitch... Que pensiez-vous de lui et en général... quelle opinion avez-vous pu vous faire de lui et... quelle opinion avez-vous maintenant ?

Là elle se troubla complètement, au point qu'elle s'arrêta une bonne minute et rougit soudain. Je fus tout effrayé. Elle reprend d'un ton pas précisément touchant, ce n'est pas son genre, mais très persuasif :

« Je veux, dit-elle, que vous me compreniez bien et sans erreur possible. Je vous ai fait venir parce que je vous tiens pour un homme perspicace et intelligent, capable de faire des observations justes (quels compliments !). Vous comprendrez naturellement aussi, dit-elle, que c'est une mère qui vous parle... Nicolas Vsevolodovitch a éprouvé dans la vie certains malheurs et de nombreux bouleversements. Tout cela a pu influer sur son état d'esprit. Bien entendu, je ne parle pas de folie, cela

107

est tout à fait impossible ! (Ce fut dit fermement et avec fierté.) Mais il a pu y avoir quelque chose d'étrange, d'insolite, une certaine tournure d'esprit, un penchant à voir les choses d'une certaine façon (ce sont tout cela ses propres termes et j'ai admiré, Stepan Trofimovitch, la précision avec laquelle Varvara Petrovna sait expliquer les choses. C'est une dame d'une haute intelligence !). Du moins, dit-elle, j'ai remarqué moi-même chez lui une constante inquiétude et une tendance à certains penchants. Mais je suis sa mère, tandis que vous êtes un étranger, donc capable, avec votre intelligence, de vous faire une opinion plus indépendante. Je vous supplie enfin (c'est ce qui fut dit, je vous supplie) de me dire toute la vérité, sans aucune feinte, et si en outre vous me promettez de ne jamais oublier que je vous ai parlé à titre confidentiel, vous pourrez compter que désormais je serai entièrement et toujours prête à vous prouver en toute occasion ma reconnaissance. Eh bien, qu'en dites-vous ?

— Vous... vous m'avez tellement frappé... balbutia Stepan Trofimovitch, que je ne vous crois pas.

— Non, remarquez, remarquez, reprit Lipoutine comme s'il n'avait pas entendu Stepan Trofimovitch, quelle doit être son émotion et son inquiétude pour que, du haut de sa grandeur, elle s'adresse avec une pareille question à quelqu'un comme moi et qu'elle condescende au point de me demander elle-même le secret. Qu'est-ce que cela veut dire ? N'aurait-elle pas reçu des nouvelles inattendues au sujet de Nicolas Vsevolodovitch ?

— Je ne sais pas... il n'y a aucune nouvelle... nous ne nous sommes pas vus depuis plusieurs jours, mais... mais je vous ferai remarquer... balbutiait Stepan Trofimovitch qui avait visiblement peine à mettre de l'ordre dans ses pensées, mais je vous ferai remarquer, Lipoutine, que si cela vous a été dit confidentiellement et que maintenant, devant tout le monde, vous...

— Tout à fait confidentiellement ! Que Dieu me frappe si je... Et si j'en ai parlé ici... qu'est-ce que cela peut faire ? Sommes-nous donc des étrangers, prenez même Alexis Nilitch ?

— Je ne partage pas cette façon de voir ; sans doute nous trois qui sommes ici nous garderons le secret, mais vous, le quatrième, je vous crains et je n'ai aucune confiance en vous !

— Qu'est-ce qui vous prend ? Mais je suis le premier intéressé, puisqu'une reconnaissance éternelle m'a été promise ! Je voulais justement à ce propos attirer votre attention sur un fait extrêmement bizarre, pour ainsi dire psychologique plutôt que simplement bizarre. Hier soir, sous le coup de ma conversation avec Varvara Petrovna (vous pouvez vous imaginer quelle impression elle m'a faite), j'ai posé à Alexis Nilitch une question indirecte : vous avez, dis-je, connu Nicolas Vsevolodovitch déjà auparavant, à l'étranger et à Pétersbourg ; comment le trouvez-vous au point de vue de l'intelligence et des capacités ? Il me répond laconiquement, selon son habitude, que c'est un homme d'une intelligence subtile et d'un jugement sain. Et n'avez-vous jamais remarqué, au cours des ans, demandé-je, une sorte de déformation d'idées ou une tournure d'esprit particulière ou pour ainsi dire une certaine folie ? En un mot, je répète la question de Varvara Petrovna. Imaginez-vous, Alexis Nilitch s'est tout à coup mis à réfléchir et a grimacé exactement comme il le fait en ce moment : « Oui, a-t-il dit, j'ai parfois eu l'impression de quelque chose d'étrange. » Notez bien que si Alexis Nilitch a pu voir quelque chose d'étrange, qu'est-ce qui ne pourrait pas se révéler en réalité, n'est-ce pas ?

— Est-ce vrai ? demanda Stepan Trofimovitch à Alexis Nilitch.

— Je voudrais ne pas en parler, répondit Alexis Nilitch en relevant soudain la tête, les yeux étincelants, je veux contester votre droit, Lipoutine. Vous n'avez aucun droit de me mettre en cause. Je n'ai point dit toute mon opinion. Bien que je l'aie connu à Pétersbourg, c'était il y a longtemps, et maintenant, quoique je l'aie rencontré, je connais très peu Nicolas Stavroguine. Je vous prie de me laisser en dehors et... tout cela ressemble à des commérages.

Lipoutine écarta les bras d'un air d'innocence outragée.

— Un cancanier ! Pourquoi pas un espion ? Il vous est facile de critiquer, Alexis Nilitch, quand vous vous tenez à l'écart de tout. Vous ne le croirez pas, Stepan Trofimovitch, ce capitaine Lebiadkine, il a beau être bête... c'est-à-dire qu'on a honte de dire combien il est bête, il y a une comparaison russe qui en marque le degré ; et pourtant lui aussi il se considère comme offensé par Nicolas Vsevolodovitch, quoiqu'il admire son esprit. « Je suis frappé par cet homme, c'est un serpent subtil » (ce sont ses propres paroles). Moi, je lui dis (toujours sous le coup de la conversation d'hier et après celle que j'ai eue avec Alexis Nilitch) : qu'en pensez-vous, capitaine, pour votre part, est-il fou ou non, votre serpent subtil ? Eh bien, le croiriez-vous, c'est comme si sans sa permission je l'avais cinglé par-derrière d'un coup de fouet ; il n'a fait qu'un bond sur sa chaise : « Oui, dit-il... oui, seulement cela ne peut avoir d'influence... » avoir d'influence sur quoi il ne l'a pas dit, et là-dessus il s'absorba tellement dans des pensées si tristes que son ivresse le quitta. Nous étions dans le cabaret de Philippov. Et ce n'est qu'une demi-heure après peut-être qu'il assena brusquement un coup de poing sur la table : « Oui, dit-il, il se peut bien qu'il soit fou, seulement cela ne peut pas avoir d'influence... » et de nouveau il ne dit pas sur quoi cela ne peut avoir d'influence. Je ne vous donne, bien entendu, que la substance de la conversation, mais l'idée est pourtant claire : on peut demander à qui on veut, tout le monde a la même idée, bien qu'auparavant elle ne soit venue à personne : « Oui, dit-on, il est fou ; il est très intelligent mais il se peut aussi qu'il soit fou. »

Stepan Trofimovitch était songeur et réfléchissait intensément à quelque chose.

— Comment Lebiadkine le sait-il ?

— Quant à cela, vous voudrez bien le demander à Alexis Nilitch qui vient de me traiter ici d'espion. Je suis un espion et — je ne le sais pas, tandis qu'Alexis Nilitch sait toute l'histoire et il se tait.

— Je ne sais rien ou peu de chose, répondit l'ingénieur avec la même irritation, vous soûlez Lebiadkine pour savoir. Moi aussi vous m'avez amené ici pour savoir et pour que je parle. Par conséquent vous êtes un espion !

— Je ne l'ai pas encore soûlé et d'ailleurs il ne vaut pas tant d'argent, avec tous ses secrets, voilà ce qu'ils représentent pour moi ; je ne sais pas ce qu'ils représentent pour vous. Au contraire, c'est lui qui jette l'argent par les fenêtres, alors qu'il y a douze jours il est venu chez moi mendier cinquante kopeks, et c'est lui qui m'offre le champagne, pas moi. Mais vous me donnez une idée et en cas de besoin je le ferai boire, et justement pour savoir, il se peut que je les découvre... tous vos petits secrets, riposta hargneusement Lipoutine.

Stepan Trofimovitch, perplexe, regardait les deux disputeurs. Tous deux se trahissaient et, surtout, ils ne se gênaient pas. Il me vint à l'esprit que Lipoutine nous avait amené cet Alexis Nilitch précisément dans le dessein de le faire entraîner par un tiers dans la conversation voulue : sa manœuvre de prédilection.

— Alexis Nilitch connaît parfaitement Nicolas Vsevolodovitch, poursuivit-il avec irritation, il s'en cache seulement. Et quant à votre question au sujet du capitaine Lebiadkine, il a été le premier de nous tous à faire sa connaissance à Pétersbourg, il y a cinq ou six ans, à cette époque peu connue, si l'on peut s'exprimer ainsi, de la vie de Nicolas Vsevolodovitch, alors qu'il ne songeait même pas encore à nous honorer de sa visite ici. Notre prince, il faut en conclure, s'entourait alors à Pétersbourg de relations assez étrangement choisies. C'est alors aussi, je crois, qu'il a fait connaissance avec Alexis Nilitch.

— Prenez garde, Lipoutine, je vous préviens que Nicolas Vsevolodovitch comptait arriver bientôt lui-même et il sait se défendre.

— Mais qu'ai-je donc fait ? Je suis le premier à proclamer que c'est un homme d'une intelligence des plus subtiles et des plus distinguées, et j'ai complètement rassuré Varvara Petrovna hier dans ce sens. « C'est de son caractère, lui ai-je dit, que je ne peux pas répondre. » Lebiadkine disait aussi hier mot pour mot comme moi : « C'est de son caractère que je suis la victime. » Eh, Stepan Trofimovitch, il vous est facile de crier aux cancans et à l'espionnage, et cela, notez bien, une fois que vous avez tout tiré de moi, et même avec une curiosité excessive. Varvara Petrovna, elle, n'y est pas allée par quatre chemins hier : « Vous avez été, a-t-elle dit, personnellement intéressé à l'affaire, c'est pour cela que je m'adresse à vous. » Et comment donc ! A quoi bon vouloir m'attribuer des buts quelconques, alors que j'ai avalé, devant toute la société, un affront personnel de la part de Son Excellence ! Il me semble que j'ai des raisons de m'y intéresser autrement que pour faire des cancans. Aujourd'hui il vous serre la main et demain, sans aucune raison, pour vous remercier de votre hospitalité, c'est encore vous qu'il gifle devant toute l'honorable société, selon son bon plaisir. Il ne sait plus qu'inventer ! Et le principal pour eux c'est le beau sexe. Des papillons et de braves petits coqs ! Des gentilshommes avec de petites ailes, comme les amours antiques, des Petchorine bourreaux des cœurs ! Vous avez beau jeu, Stepan Trofimovitch, célibataire endurci que vous êtes, de parler ainsi et, pour défendre Son Excellence, de me traiter de cancanier. Mais que vous épousiez, puisque vous êtes encore un si bel homme, une fille jolie et jeune, il se peut que vous fermiez la porte au verrou devant notre prince et que vous dressiez des barricades dans votre propre maison ! Mais pourquoi aller chercher loin : si seulement cette Mlle Lebiadkine qu'on fouette n'était pas folle ni boiteuse, je vous jure que je croirais que c'est elle la victime des passions de notre général et que c'est de cela que le capitaine Lebiadkine a souffert « dans sa dignité familiale », pour parler comme lui. C'est peut-être seulement en contradiction avec son goût raffiné, mais cela non plus n'est pas un obstacle pour lui. Tout fruit est bon à cueillir, pourvu qu'il lui tombe sous la main dans un certain état d'esprit. Vous parlez, vous, de commérages, mais est-ce moi qui le crie sur les toits, quand dans toute la ville cela fait déjà du bruit et que je me contente, moi, d'écouter et d'approuver : il n'est tout de même pas interdit d'approuver.

— Cela fait du bruit dans la ville ? Qu'est-ce qui fait du bruit ?

— C'est-à-dire que c'est le capitaine Lebiadkine qui le crie sur les toits quand il est ivre, et, ma foi, n'est-ce pas comme si on le criait sur la place publique ? Où est ma faute ? Je ne m'y intéresse qu'entre amis, parce que je me considère tout de même comme étant ici entre amis — et il nous regarda d'un air innocent. Il s'est passé une chose, jugez-en donc : il paraît que Son Excellence a envoyé de Suisse, par une jeune fille des plus honorables et, pour ainsi dire, une modeste orpheline que j'ai l'honneur de connaître, trois cents roubles destinés au capitaine. Or Lebiadkine, peu de temps après, a appris d'une façon on ne peut plus sûre, je ne dirai pas de qui mais également d'une personne des plus honorables et donc parfaitement digne de foi, que ce n'est pas trois cents roubles qui ont été envoyés mais mille !... Par conséquent, crie Lebiadkine, la jeune fille m'a subtilisé sept cents roubles, et c'est tout juste s'il ne veut pas les lui réclamer par la police, du moins il menace de le faire et il fait du tapage à ce propos dans toute la ville...

— C'est ignoble, ignoble de votre part ! s'écria l'ingénieur en sautant soudain sur ses pieds.

— Mais c'est vous, cette personne des plus honorables qui a confirmé à Lebiadkine, de la part de Nicolas Vsevolodovitch, qu'il a été envoyé non pas trois cents roubles mais mille. C'est le capitaine qui me l'a dit lui-même étant ivre.

— C'est... c'est un malheureux malentendu. Quelqu'un s'est trompé et il en est résulté... C'est faux et vous, c'est ignoble de votre part !...

— Mais moi aussi je veux croire que c'est faux et j'écoute avec tristesse parce que, vous en direz ce que vous voudrez, une jeune fille des plus honorables est, premièrement, mêlée à l'affaire des sept cents roubles et, deuxièmement, convaincue d'une évidente intimité avec

Nicolas Vsevolodovitch. Mais qu'est-ce qu'il en coûte à Son Excellence de salir la plus noble des jeunes filles ou de déshonorer la femme d'un autre, comme cela m'est arrivé à moi ? Qu'il tombe sur un homme plein de générosité, il lui fera couvrir de son nom honnête les péchés d'autrui. C'est exactement ce que j'ai subi moi-même ; c'est de moi que je parle...

— Prenez garde, Lipoutine ! dit Stepan Trofimovitch en se dressant dans son fauteuil et en pâlissant.

— Ne le croyez pas, ne le croyez pas ! Quelqu'un s'est trompé et Lebiadkine est ivre... s'exclamait l'ingénieur en proie à une indicible émotion, tout s'expliquera, et moi je ne peux plus... et je considère comme une bassesse... et assez, assez !

Il se précipita dehors.

— Que faites-vous donc ? Moi aussi je viens avec vous ! s'écria Lipoutine tout agité ; il sauta sur ses pieds et courut après Alexis Nilitch.

7

Stepan Trofimovitch resta un instant songeur, me regarda pour ainsi dire sans me regarder, prit son chapeau, sa canne et sortit doucement de la pièce. Je le suivis de nouveau, comme tout à l'heure. Alors qu'il franchissait le portail, il dit en s'apercevant que je l'accompagnais :

— Ah oui, vous pouvez servir de témoin... *de l'accident. Vous m'accompagnerez, n'est-ce pas ?*

— Stepan Trofimovitch, est-il possible que vous alliez encore là-bas ? Songez à ce qui peut en résulter.

Avec un sourire pitoyable et désemparé, un sourire de honte et d'absolu désespoir en même temps qu'avec une sorte d'étrange exaltation, il me chuchota en s'arrêtant un instant :

— Je ne puis tout de même pas épouser les « péchés d'autrui » !

Je n'attendais que ce mot. Enfin ce petit mot secret que l'on me cachait était prononcé, après toute une semaine de tergiversations et de feintes. Je me mis décidément hors de moi.

— Et une idée si malpropre, si... basse a pu naître chez vous, chez Stepan Verkhovenski, dans votre esprit pur, dans votre bon cœur et... dès avant la visite de Lipoutine !

Il me regarda, ne répondit pas et poursuivit son chemin. Je ne voulais pas rester en arrière. Je voulais porter témoignage devant Varvara Petrovna. J'aurais pardonné à Stepan Trofimovitch si, dans sa faiblesse presque féminine, il s'était contenté de croire Lipoutine, mais il était maintenant clair qu'il avait trouvé tout cela bien avant la visite de Lipoutine et que Lipoutine n'avait fait que confirmer ses soupçons et verser de l'huile sur le feu. Il n'avait pas hésité à soupçonner la jeune fille dès le premier jour, sans avoir encore à cela aucune raison, pas même celles de Lipoutine. Il avait attribué la conduite despotique de Varvara Petrovna à son seul désir de couvrir à tout prix par le mariage avec un honnête homme les petits péchés aristocratiques de son inappréciable Nicolas ! Je voulais absolument qu'il en fût puni.

— O ! Dieu qui est si grand et bon ! Qui me réconfortera ! s'exclama-t-il après avoir fait encore une centaine de pas et s'être brusquement arrêté.

— Rentrons à la maison et je vous expliquerai tout ! m'écriai-je en lui faisant rebrousser chemin de force.

Une voix fraîche, vive, juvénile résonna comme une musique auprès de nous :

— C'est lui ! Stepan Trofimovitch, c'est vous ? Vous ? Nous n'avions rien vu, mais près de nous apparut soudain une amazone, Elisabeth Nicolaevna, avec son compagnon habituel. Elle arrêta son cheval.

— Venez, venez donc vite, appelait-elle d'une voix forte et gaie, il y a douze ans que je ne l'ai vu et je l'ai reconnu, tandis que lui... Est-il possible que vous ne me reconnaissiez pas ?

Stepan Trofimovitch saisit sa main tendue vers lui et la baisa avec ferveur. Il la regardait comme s'il faisait une prière et ne pouvait prononcer un mot.

— Il m'a reconnue et il est content ! Mavriki Nicolaevitch, il est ravi de me voir. Pourquoi n'êtes-vous pas venu pendant ces quinze longs jours ? Ma tante affirmait que vous étiez malade et qu'on ne pouvait vous déranger, mais je sais bien que ma tante ment. Je ne faisais que taper des pieds et pester contre vous, mais je voulais absolument, absolument que vous fussiez le premier à venir, c'est pourquoi je n'envoyais pas chez vous. Dieu, mais il n'a absolument pas changé ! disait-elle en l'examinant, penchée sur sa selle, il est ridiculement le même ! Ah si, il y a de petites rides, beaucoup de petites rides autour des yeux, et sur les joues, et des cheveux blancs aussi, mais les yeux sont les mêmes ! Et moi, ai-je changé ? Ai-je changé ? Mais pourquoi vous taisez-vous ?

Il me souvint à cet instant qu'on racontait qu'elle

était presque tombée malade lorsqu'on l'avait, à l'âge de onze ans, emmenée à Pétersbourg ; pendant sa maladie, elle pleurait et réclamait Stepan Trofimovitch.

— Vous... je... balbutiait-il maintenant d'une voix brisée de joie, je viens de m'écrier : « Qui me réconfortera ! » et votre voix a retenti... Je considère cela comme un miracle *et je commence à croire.*

— *En Dieu ! En Dieu, qui est là-haut et qui est si grand et si bon ?* Vous voyez, je sais toutes vos leçons par cœur. Mavriki Nicolaevitch, quelle foi il m'enseignait *en Dieu qui est si grand et si bon !* Et vous souvenez-vous que vous me racontiez comment Colomb découvrit l'Amérique et que tout le monde a crié : Terre, terre ! Ma nounou Aliona Frolovna dit qu'après cela j'ai divagué toute la nuit et que je criais dans mon sommeil : Terre, terre ! Et vous souvenez-vous comme vous me racontiez l'histoire du prince Hamlet ? Et vous souvenez-vous que vous me décriviez comment on transporte les pauvres émigrants d'Europe en Amérique ? Et tout cela est faux, j'ai su plus tard comment on les transporte, mais comme il me mentait bien, Mavriki Nicolaevitch, c'était presque plus beau que la vérité ! Pourquoi regardez-vous ainsi Mavriki Nicolaevitch ? C'est l'être le meilleur et le plus fidèle de tout le globe terrestre et vous devez absolument l'aimer comme vous m'aimez ! *Il fait tout ce que je veux.* Mais, cher Stepan Trofimovitch, vous êtes donc de nouveau malheureux si, au milieu de la rue, vous demandez tout haut qui vous réconfortera ? Vous êtes malheureux, c'est bien cela ? N'est-ce pas ?

— Maintenant je suis heureux...

— C'est ma tante qui vous fait des misères ? poursuivit-elle sans écouter, toujours la même tante méchante, injuste et qui nous est éternellement chère ! Vous souvenez-vous comme vous vous jetiez dans mes bras au jardin et comme je vous consolais en pleurant — mais n'ayez donc pas peur de Mavriki Nicolaevitch ; il sait tout, tout sur vous, depuis longtemps, vous pouvez pleurer tant que vous voudrez sur son épaule et il restera là tant que vous voudrez !... Soulevez votre chapeau, ôtez-le tout à fait un instant, tendez la tête, mettez-vous sur la pointe des pieds, je vais vous embrasser sur le front, comme je vous ai embrassé quand nous nous sommes dit adieu. Vous voyez cette jeune fille à la fenêtre qui nous admire... Allons, plus près, plus près ! Dieu, comme il a blanchi !

Et se penchant sur sa selle, elle l'embrassa sur le front.

— Eh bien, maintenant allons chez vous ! Je sais où

vous habitez. Je serai chez vous tout de suite, dans un instant. Je vais vous faire une visite la première, entêté que vous êtes, et ensuite je vous emmènerai pour toute la journée chez nous. Rentrez donc, préparez-vous à me recevoir.

Et elle partit avec son cavalier. Nous rentrâmes. Stepan Trofimovitch s'assit sur le divan et se mit à pleurer.

— *Dieu, Dieu !* s'exclamait-il, *enfin une minute de bonheur !*

Au bout de dix minutes à peine, elle arriva selon sa promesse, accompagnée de son Mavriki Nicolaevitch.

— *Vous et le bonheur, vous arrivez en même temps !* dit Stepan Trofimovitch en se levant pour l'accueillir.

— Voici un bouquet pour vous ; je viens de passer chez Mme Chevalier, elle aura tout l'hiver des bouquets pour les anniversaires. Je vous amène Mavriki Nicolaevitch, je vous prie de faire connaissance. Je voulais apporter un gâteau mais Mavriki Nicolaevitch assure que ce n'est pas dans les usages russes.

Ce Mavriki Nicolaevitch, un capitaine d'artillerie, était un grand bel homme irréprochablement correct de trente-trois ans environ, le visage imposant et même au premier abord sévère, malgré son étonnante et délicate bonté dont chacun s'apercevait presque aussitôt après avoir fait sa connaissance. Il était d'ailleurs taciturne, paraissait très maître de lui et n'imposait son amitié à personne. Beaucoup de gens devaient dire plus tard chez nous qu'il était peu intelligent : ce n'était pas tout à fait juste.

Je n'entreprendrai pas de décrire la beauté d'Elisabeth Nicolaevna. Toute la ville parlait déjà de sa beauté, encore que certaines de nos dames et de nos demoiselles protestassent avec indignation. Il y en avait parmi elles qui haïssaient déjà Elisabeth Nicolaevna, premièrement à cause de son orgueil : les Drozdov n'avaient pour ainsi dire pas encore commencé leurs visites, ce qui blessait la société, quoique le retard fût dû en fait à l'état de santé de Prascovie Ivanovna. Deuxièmement, on la haïssait parce qu'elle était une parente de la femme du gouverneur ; troisièmement, parce qu'elle se promenait chaque jour à cheval. Jusqu'alors il n'y avait jamais eu d'amazones chez nous ; il est naturel que l'apparition d'Elisabeth Nicolaevna se promenant à cheval et qui n'avait pas encore fait les visites dût offenser la société. Au demeurant tout le monde savait déjà qu'elle montait à cheval par ordre des médecins et à ce propos on parlait avec aigreur de sa mauvaise santé. Elle était en effet malade. Ce qui frappait en elle au premier regard, c'était son agitation maladive, nerveuse, incessante. Hélas ! La pauvrette souffrait beaucoup et tout devait s'expliquer plus tard. Aujourd'hui, évoquant le passé, je ne dirai plus qu'elle était une beauté, comme elle me paraissait alors. Peut-être même n'était-elle pas belle du tout. Grande, mince mais souple et forte, elle frappait par l'irrégularité de ses traits. Ses yeux étaient placés un peu à la kalmouk, en biais ; elle était pâle, maigre de visage, les pommettes saillantes ; mais il fallait bien pourtant qu'il y eût dans ce visage quelque chose qui subjuguait et attirait ! Je ne sais quelle puissance se révélait dans le regard ardent de ses yeux sombres ; elle apparaissait « comme une triomphatrice et pour triompher ». Elle semblait être orgueilleuse et parfois même impertinente ; je ne sais si elle réussissait à être bonne ; mais je sais qu'elle voulait passionnément l'être et souffrait en s'efforçant de l'être un peu. Dans cette nature il y avait certes beaucoup de belles aspirations et les intentions les plus justes ; mais tout en elle semblait toujours chercher son équilibre sans pouvoir le trouver, tout était chaos, inquiétude, agitation. Peut-être était-elle trop exigeante envers elle-même sans jamais trouver en elle la force de satisfaire à ces exigences.

Elle s'était assise sur le divan et examinait la pièce.

— Pourquoi en de tels moments suis-je toujours triste, expliquez, homme savant ? J'ai pensé toute ma vie que j'éprouverais Dieu sait quelle joie en vous revoyant et en me rappelant tout, et voilà qu'on dirait que je n'en ai aucune joie, bien que je vous aime... Ah, Dieu il a mon portrait au mur ! Donnez-le-moi, je m'en souviens, je m'en souviens !

Le portrait de Lisa à l'âge de douze ans, une excellente miniature à l'aquarelle, avait été envoyé à Stepan Trofimovitch par les Drozdov quelque neuf ans plus tôt. Depuis lors il était toujours resté accroché au mur.

— Est-il possible que j'aie été une si jolie enfant ? Est-il possible que ce soit mon visage ?

Elle se leva et, le portrait à la main, se regarda dans la glace.

— Vite, prenez-le ! s'écria-t-elle en rendant le portrait, ne l'accrochez pas maintenant, plus tard, je ne veux même pas le voir. Elle reprit sa place sur le divan. Une vie est passée, une autre a commencé, puis l'autre est passée, une troisième commence, et ainsi à l'infini. Tous les bouts sont coupés comme avec des ciseaux. Vous voyez quelles choses rebattues je raconte, et pourtant combien de vérité il y a là dedans !

Elle me regarda en souriant ; elle m'avait déjà regardé plusieurs fois, mais dans son émotion Stepan Trofimovitch avait oublié sa promesse de me présenter.

— Pourquoi avez-vous accroché mon portrait sous ces poignards ? Et pourquoi avez-vous tant de poignards et de sabres ?

Il avait en effet, je ne sais pourquoi, pendus au mur, deux yatagans croisés et, au-dessus, un vrai sabre circassien. En posant cette question elle me regardait si directement que je fus sur le point de répondre mais restai court. Stepan Trofimovitch s'en avisa enfin et me présenta.

— Je sais, je sais, dit-elle, je suis enchantée. Maman a aussi beaucoup entendu parler de vous. Je vous présente Mavriki Nicolaevitch, c'est un excellent garçon. Je m'étais déjà fait une drôle d'idée de vous : vous êtes, n'est-ce pas, le confident de Stepan Trofimovitch ?

Je rougis.

— Ah, je vous demande pardon, ce n'est pas du tout le mot que j'aurais dû employer, nullement drôle mais... (Elle rougit et se troubla.) D'ailleurs pourquoi donc avoir honte d'être un excellent homme ? Eh bien, il faut que nous partions, Mavriki Nicolaevitch ! Stepan Trofimovitch, je veux que dans une demi-heure vous soyez chez nous. Dieu, que de choses nous allons nous dire ! Maintenant c'est moi qui suis votre confident, et en tout, EN TOUT, vous comprenez ?

Stepan Trofimovitch en fut aussitôt effrayé.

— Oh, Mavriki Nicolaevitch sait tout, ne vous inquiétez pas de lui !

— Que sait-il donc ?

— Mais qu'avez-vous ! s'écria-t-elle stupéfaite. Bah, mais il est donc vrai qu'on le cache. Je ne voulais pas le croire. Dacha aussi on la cache. Tout à l'heure ma tante ne m'a pas laissé entrer chez Dacha, elle dit qu'elle a mal à la tête.

— Mais... mais comment avez-vous su ?

— Ah, Dieu, comme tout le monde. Ce n'est pas sorcier.

— Mais est-ce que tout le monde... ?

— Mais comment donc ? Maman, il est vrai, l'a d'abord appris par Aliona Frolovna, ma nounou ; votre Nastassia est accourue le lui dire. Vous en avez parlé à Nastassia, n'est-ce pas ? Elle prétend que vous lui en avez parlé vous-même.

— Je... je lui ai parlé une fois... balbutia Stepan Trofimovitch devenu tout rouge, mais... j'ai seulement fait une allusion... *J'étais si nerveux et malade, et puis...*

— Et puis il n'y avait pas de confident sous la main et Nastassia s'est trouvée là — eh bien, cela a suffi. Et elle a des commères dans toute la ville ! Mais voyons, cela n'a aucune importance ; on n'a qu'à le savoir, cela vaut même mieux. Venez donc vite, nous dînons de bonne heure... Au fait, j'oubliais — elle se rassit — écoutez, qu'est-ce que Chatov ?

— Chatov ? C'est le frère de Daria Pavlovna.

— Je sais que c'est son frère, comme vous êtes, vraiment, interrompit-elle avec impatience. Je veux savoir ce qu'il est, quel homme est-ce ?

— *C'est un pense-creux d'ici. C'est le meilleur et le plus irascible homme du monde.*

— J'ai entendu dire moi aussi qu'il était bizarre. D'ailleurs il ne s'agit pas de cela. On m'a dit qu'il sait trois langues dont l'anglais et qu'il peut se charger d'un travail littéraire. Dans ce cas j'ai beaucoup de travail pour lui ; j'ai besoin d'un collaborateur, et le plus tôt sera le mieux. Acceptera-t-il ce travail ? On me l'a recommandé...

— Oh, sûrement, *et vous ferez un bienfait...*

— Ce n'est pas du tout pour faire un *bienfait*, j'ai besoin moi-même d'un collaborateur.

— Je connais assez bien Chatov, dis-je, et si vous me chargez de la commission, j'irai le voir à l'instant même.

— Dites-lui de venir demain matin à midi. Merveilleux ! Je vous remercie. Mavriki Nicolaevitch, êtes-vous prêt ?

Ils partirent. Bien entendu, je courus aussitôt chez Chatov.

— *Mon ami !* dit Stepan Trofimovitch en me rattrapant sur le perron, soyez chez moi sans faute à dix ou onze heures, quand je reviendrai. Oh, je ne suis que trop, trop coupable envers vous et... envers tout le monde, tout le monde.

8

JE ne trouvai pas Chatov chez lui ; je revins deux heures plus tard : il n'était toujours pas là. Enfin, à sept heures passées, je retournai chez lui pensant soit le trouver, soit lui laisser un mot ; de nouveau je ne le trouvai pas. Sa porte était fermée et il vivait seul, sans aucun domestique. J'eus un instant l'idée de descendre chez le capitaine Lebiadkine pour m'informer de Chatov ; mais chez lui aussi tout était fermé et il n'y avait ni bruit ni lumière, comme si l'endroit eût été vide. Je passai avec curiosité devant la porte de Lebiadkine, sous l'impression de ce que j'avais entendu raconter tout à l'heure. En fin de compte je décidai de revenir le lendemain de bonne heure. Et puis à vrai dire je ne me fiais pas beaucoup à un billet. Chatov pouvait ne pas en tenir compte, il était si têtu, si timide. Maudissant ma malchance, j'allais franchir le portail quand je me heurtai soudain à M. Kirilov ; il entrait dans la maison et me reconnut le premier. Comme il commença de lui-même à me questionner, je le mis au courant en gros et lui dis que j'avais un billet.

— Venez, dit-il, je ferai le nécessaire.

Je me rappelai qu'au dire de Lipoutine, il occupait depuis le matin un pavillon en bois dans la cour. Dans ce pavillon, trop grand pour lui, logeait aussi une vieille femme sourde qui lui servait de domestique. Le propriétaire tenait un cabaret dans une autre maison lui appartenant, neuve celle-là, dans une autre rue, et cette vieille, une parente à lui, je crois, restait pour surveiller l'ancienne. Les pièces du pavillon étaient assez propres mais le papier était sale. Dans celle où nous entrâmes, le mobilier était hétéroclite et presque hors d'usage : deux tables de jeu, une commode en bois d'aulne, une grande table en bois blanc provenant d'une izba ou de quelque cuisine, des chaises et un divan aux dossiers cannés et garnis de durs coussins de cuir. Dans un coin, il y avait une icone ancienne devant laquelle la vieille avait allumé une veilleuse avant notre arrivée, et aux murs étaient accrochés deux grands portraits à l'huile ternis, l'un de feu l'empereur Nicolas Pavlovitch, peint apparemment vers 1820 ; l'autre de je ne sais quel évêque.

M. Kirilov alluma en entrant une bougie et de sa valise posée dans un coin et qu'il n'avait pas encore déballée tira une enveloppe, de la cire à cacheter et un cachet en cristal.

— Cachetez votre billet et mettez le nom sur l'enveloppe.

J'objectai que c'était inutile mais il insista. L'enveloppe faite, je pris ma casquette.

— Je pensais que vous prendriez le thé, dit-il, j'ai acheté du thé. En voulez-vous ?

Je ne refusai pas. La vieille apporta bientôt le thé, c'est-à-dire une énorme bouilloire d'eau chaude, une petite théière avec du thé très fort, deux grandes tasses en faïence grossièrement décorées, un pain de fantaisie et toute une assiette creuse de sucre en morceaux.

— J'aime le thé, dit-il, la nuit ; je marche beaucoup et j'en prends ; jusqu'à l'aube. A l'étranger le thé, la nuit, c'est incommode.

— Vous vous couchez à l'aube ?

— Toujours ; depuis longtemps. Je mange peu ; toujours le thé. Lipoutine est rusé mais impatient.

Je fus étonné qu'il voulût parler ; je décidai de profiter de l'occasion.

— Ce matin, il y a eu des malentendus désagréables, fis-je remarquer.

Il fronça fortement les sourcils.

— C'est une bêtise ; ce sont de vraies vétilles. Tout cela est insignifiant parce que Lebiadkine est ivre. Je n'ai rien dit à Lipoutine, j'ai seulement expliqué les vétilles ; parce que l'autre a tout embrouillé. Lipoutine a beaucoup d'imagination, il a fait d'un rien des montagnes. J'avais confiance en Lipoutine hier.

— Et aujourd'hui c'est en moi que vous avez confiance ? demandai-je en riant.

— C'est que vous savez déjà tout ; tout à l'heure Lipoutine était ou faible ou impatient ou nuisible ou... envieux.

Ce dernier mot me frappa.

— Vous avez posé tant de catégories qu'il n'est pas étonnant qu'on puisse le faire entrer dans l'une ou l'autre.

— Ou dans toutes à la fois.

— Oui, cela aussi est vrai, Lipoutine c'est un chaos ! Est-ce vrai ce qu'il racontait tout à l'heure, que vous voulez écrire un ouvrage ?

— Pourquoi donc ne serait-ce pas vrai ? dit-il en se renfrognant de nouveau, les yeux fixés à terre.

Je m'excusai et l'assurai que je ne voulais pas être indiscret. Il rougit.

— Il a dit la vérité, j'écris. Seulement, c'est égal.

Nous restâmes un instant silencieux ; il eut soudain le même sourire d'enfant que le matin.

— A propos des têtes, il l'a inventé, il a pris cela dans un livre et m'en a parlé le premier, et il comprend mal, tandis que moi je cherche seulement la raison pourquoi les gens n'osent pas se tuer ; voilà tout. Et cela aussi est égal.

— Comment, ils n'osent pas ? Est-ce qu'il y a peu de suicides ?

— Très peu.

— Vous le trouvez vraiment ?

Il ne répondit pas, se leva et, songeur, se mit à marcher de long en large.

— Qu'est-ce donc, à votre avis, qui retient les gens de se suicider ?

Il eut un regard distrait, comme s'il cherchait à se rappeler le sujet de notre conversation.

— Je... je sais peu encore... deux préjugés retiennent, deux choses ; deux seulement ; l'une très petite, l'autre très grande. Mais la petite est aussi très grande.

— Quelle est donc la petite ?

— La souffrance.

— La souffrance ? Est-ce donc si important... dans ce cas ?

— La première chose. Il y a deux catégories : ceux qui se tuent soit par grand chagrin, soit par dépit, soit les fous ou n'importe... ceux-là c'est subitement. Ceux-là pensent peu à la souffrance mais le font subitement. Et ceux qui le font par raison, ceux-là pensent beaucoup.

— Mais est-ce qu'il y en a qui le font par raison ?

— Enormément. S'il n'y avait pas le préjugé, il y en aurait davantage ; énormément ; tous.

— Vraiment tous ?

Il garda le silence.

— Mais est-ce qu'il n'y a pas des moyens de mourir sans souffrance ?

— Imaginez — il s'arrêta devant moi — imaginez une pierre de la taille d'une grande maison ; elle est suspendue et vous êtes dessous ; si elle tombe sur vous, sur votre tête, aurez-vous mal ?

— Une pierre grosse comme une maison ? Assurément, c'est effrayant.

— Je ne parle pas de la peur ; cela ferait-il mal ?

— Une pierre comme une montagne, d'un million de tonnes ? Bien entendu, cela ne ferait aucun mal.

— Mais mettez-vous-y pour de bon et pendant qu'elle sera suspendue, vous aurez grand-peur d'avoir mal. Le plus grand savant, le plus grand médecin, tous, tous auront grand-peur. Chacun saura qu'on ne sent rien et chacun aura grand-peur d'avoir mal.

— Eh bien, et la seconde raison, la grande ?

— L'autre monde.

— C'est-à-dire le châtiment ?

— C'est égal. L'autre monde ; l'autre monde seul.

— N'y a-t-il pas des athées qui ne croient pas du tout à l'autre monde ?

De nouveau il garda le silence.

— Vous jugez peut-être d'après vous-même ?

— Chacun ne peut juger que d'après soi-même, dit-il en rougissant. La liberté sera entière quand il sera indifférent de vivre ou de ne pas vivre. Voilà le but de tout.

— Le but ? Mais alors personne ne voudra peut-être vivre ?

— Personne, prononça-t-il résolument.

— L'homme a peur de la mort parce qu'il aime la vie, voilà comment je comprends cela, dis-je, et c'est la nature qui le veut.

— C'est lâche et là est toute la duperie — ses yeux étincelèrent —. La vie est souffrance, la vie est peur, et l'homme est malheureux. Aujourd'hui tout est souffrance et peur. Aujourd'hui l'homme aime la vie parce qu'il aime la souffrance et la peur. Et c'est ainsi que cela a été fait. La vie se donne aujourd'hui au prix de la souffrance et de la peur, et toute la duperie est là. Aujourd'hui l'homme n'est pas encore cet homme-là. Il y aura un homme nouveau, heureux et fier. Celui à qui il sera indifférent de vivre ou de ne pas vivre, celui-là sera l'homme nouveau. Celui qui vaincra la souffrance et la peur, celui-là sera lui-même dieu. Et l'autre Dieu ne sera plus.

— Par conséquent, l'autre Dieu existe bien, selon vous?

— Il n'existe pas mais il existe. Dans la pierre il n'y a pas de souffrance, mais c'est dans la peur de la pierre qu'est la souffrance. Dieu est la souffrance de la peur de la mort. Celui qui vaincra la souffrance et la peur, celui-là sera lui-même dieu. Il y aura alors une vie nouvelle, il y aura alors un homme nouveau, tout sera nouveau... Alors on divisera l'histoire en deux parties : du gorille à l'abolition de Dieu, et de l'abolition de Dieu à...

— Au gorille ?...

— ... à la transformation de la terre et de l'homme physiquement. L'homme sera dieu et il changera physiquement. Et le monde changera et les actes changeront, et les pensées et tous les sentiments. Qu'en pensez-vous, l'homme changera-t-il alors physiquement ?

— S'il devient indifférent de vivre ou de ne pas vivre, tous se tueront et voilà en quoi il y aura peut-être du changement.

— C'est égal. On aura tué la duperie. Quiconque veut

la principale liberté doit oser se tuer. Celui qui ose se tuer a découvert le secret de la duperie. Au-delà il n'est pas de liberté ; tout est là et au-delà il n'y a rien. Celui qui ose se tuer, celui-là est dieu. Aujourd'hui chacun peut faire qu'il n'y ait pas de Dieu et qu'il n'y ait rien. Mais personne ne l'a jamais encore fait.

— Il y a eu des millions de suicidés.

— Mais tous pour autre chose, toujours avec la peur et pour autre chose. Pas pour tuer la peur. Celui qui se tuera seulement pour tuer la peur, celui-là sera aussitôt un dieu.

— Il n'en aura pas le temps peut-être, remarquai-je.

— C'est égal, répondit-il doucement, avec une calme fierté, presque avec mépris. Je regrette que vous ayez l'air de rire, ajouta-t-il au bout d'un instant.

— Et moi il me semble étrange que vous ayez été si irritable ce matin et que maintenant vous soyez si calme bien que vous parliez avec chaleur.

— Ce matin ? Ce matin c'était ridicule, répondit-il avec un sourire ; je n'aime pas blâmer et je ne ris jamais, ajouta-t-il tristement.

— Oui, elles ne sont pas gaies, les nuits que vous passez en prenant le thé. Je me levai et pris ma casquette.

— Vous croyez ? dit-il en souriant et avec une certaine surprise, pourquoi donc ? Non, je... je ne sais pas — il se troubla tout à coup — je ne sais pas comment c'est pour les autres et je sens que je ne peux pas faire comme chacun. Chacun pense et puis aussitôt pense à autre chose. Je ne peux pas penser à autre chose, je pense toute ma vie à une seule chose. Dieu m'a tourmenté toute ma vie, conclut-il soudain avec une étonnante expansion.

— Dites-moi, si vous me permettez la question, pourquoi ne parlez-vous pas tout à fait correctement le russe ? Est-il possible que vous l'ayez oublié en cinq années passées à l'étranger ?

— Je ne parle donc pas correctement ? Je ne sais pas. Non, pas parce que j'étais à l'étranger. J'ai parlé comme ça toute ma vie... cela m'est égal.

— Encore une question, plus délicate : je vous crois absolument quand vous dites que vous ne tenez pas à rencontrer des gens et que vous parlez peu. Pourquoi m'avez-vous parlé maintenant ?

— A vous ? Vous avez eu une attitude très sympathique ce matin et vous... d'ailleurs c'est égal... vous ressemblez beaucoup à mon frère, beaucoup, extrême-

ment, dit-il en rougissant ; il est mort depuis sept ans ;
l'aîné, beaucoup, énormément.

— Il a dû avoir une grande influence sur votre
façon de penser.

— N-non, il parlait peu ; il ne disait rien. Je remettrai
votre billet.

Il m'accompagna avec une lanterne jusqu'au portail
pour fermer derrière moi. « Bien entendu, il est fou »,
décidai-je à part moi. Au portail il y eut une nouvelle
rencontre.

9

A PEINE avais-je posé le pied sur le haut seuil que
soudain une main vigoureuse s'abattit sur ma poitrine.

— Quel est celui-là ? rugit une voix, ami ou ennemi ?
Avoue !

— C'est un des nôtres, un des nôtres ! glapit tout à
côté la petite voix de Lipoutine, c'est Monsieur G., un
jeune homme d'éducation classique et reçu dans la plus
haute société.

— Je l'aime s'il est reçu dans la société, clas-si... donc
des plus ins-trui-its... capitaine en retraite Ignat Lebiadkine, au service du monde et des amis... s'ils sont fidèles,
s'ils sont fidèles, les salauds !

Le capitaine Lebiadkine, six pieds dix pouces environ,
gras, charnu, rouge, les cheveux bouclés, et extrêmement
ivre, avait peine à se tenir debout devant moi et articu-
lait les mots avec effort. Je l'avais d'ailleurs déjà aperçu
de loin.

— Ah, celui-là aussi ! rugit-il de nouveau en remarquant Kirilov qui était toujours là avec sa lanterne ; il
leva le poing mais l'abaissa aussitôt.

— Je lui pardonne pour son savoir ; Ignat Lebiadkine, des plus instr-ruits...

> D'AMOUR ARDENT LA GRENADE
> EXPLOSA DANS LE CŒUR D'IGNAT
> ET AVEC UNE AMÈRE DOULEUR
> LE MANCHOT PLEURE SÉBASTOPOL

— Bien que je n'aie pas été à Sébastopol et que je ne
sois même pas manchot, quelles rimes ! Il s'avançait
sur moi avec sa trogne avinée.

— Il n'a pas le temps, il n'a pas le temps, il rentre,

lui disait Lipoutine d'un ton persuasif, il va le répéter demain à Elisabeth Nicolaevna.

— Elisabeth ! hurla-t-il de nouveau, arrête, ne pars pas ! Une variante :

ET L'ÉTOILE VOLTIGE A CHEVAL
DANS LA RONDE D'AUTRES AMAZONES ;
ELLE ME SOURIT DU HAUT DE SA SELLE,
L'ENFANT ARIS-TO-CRATIQUE.

« A l'Etoile-amazone ».

— Mais c'est un hymne ! C'est un hymne si tu n'es pas un âne ! Les fainéants, ils ne comprennent pas ! Arrête ! Il se cramponna à mon pardessus malgré les efforts que je faisais pour franchir la porte. Dis-lui que je suis un chevalier de l'honneur, et Dachka... Dachka je l'écraserai avec deux doigts... c'est une esclave serve et elle n'a pas le droit.

A ce moment il tomba parce que je m'arrachai à lui et m'élançai dans la rue. Lipoutine m'emboîta le pas.

— Alexis Nilitch va le relever. Savez-vous ce que je viens d'apprendre de lui ? débitait-il en toute hâte, vous avez entendu les vers ? Eh bien, ces mêmes vers à « L'Etoile-amazone » il les a mis sous enveloppe et les enverra demain à Elisabeth Nicolaevna sous sa signature complète. Qu'en dites-vous ?

— Je parie que c'est vous qui lui en avez donné l'idée.

— Vous perdriez ! dit Lipoutine en éclatant de rire, il est amoureux, amoureux comme un matou, mais savez-vous que cela a commencé par la haine ? Au début il haïssait à ce point Elisabeth Nicolaevna parce qu'elle montait à cheval que c'est tout juste s'il ne l'injuriait pas tout haut dans la rue ; il l'injuriait bien d'ailleurs ! Avant-hier encore, il l'a injuriée alors qu'elle passait ; par bonheur, elle n'a pas entendu, et tout à coup aujourd'hui des vers ! Savez-vous qu'il veut se risquer à faire sa demande ? Sérieusement, sérieusement !

— Vous m'étonnez, Lipoutine ; partout où se mijote quelque saleté de ce genre, vous êtes toujours le meneur ! dis-je avec rage.

— Pourtant vous allez un peu loin, Monsieur G. ; ne serait-ce pas que votre petit cœur a fait un bond dans la crainte d'un rival, hein ?

— Quoi ? criai-je en m'arrêtant.

— Eh bien, pour vous punir, je ne dirai plus rien !

Et pourtant comme vous voudriez savoir ! Ne serait-ce que ceci que cet imbécile n'est plus un simple capitaine mais un propriétaire terrien de notre province, et assez important avec ça, parce que Nicolas Vsevolodovitch lui a vendu ces jours-ci son domaine, autrefois de deux cents âmes, et Dieu m'est témoin que je ne mens pas ! Je viens de l'apprendre, mais de source on ne peut plus sûre. Et maintenant vous n'avez qu'à découvrir le reste vous-même ; je ne dirai plus rien : au revoir !

10

Stepan Trofimovitch m'attendait avec une impatience hystérique. Il y avait près d'une heure déjà qu'il était rentré. Je le trouvai comme ivre ; les cinq premières minutes du moins, je le crus ivre. Hélas, sa visite chez les Drozdov avait achevé de lui brouiller l'esprit.

— *Mon ami*, j'ai tout à fait perdu le fil... Lise... j'aime et je respecte cet ange comme auparavant, précisément comme auparavant ; mais il me semble qu'elles m'attendaient toutes deux uniquement pour apprendre quelque chose de moi, c'est-à-dire tout simplement pour me tirer les vers du nez, et ensuite bon débarras... C'est ainsi.

— Comment n'avez-vous pas honte ! m'écriai-je, n'y tenant plus.

— Mon ami, je suis désormais absolument seul. *Enfin c'est ridicule.* Imaginez-vous, là-bas aussi tout est farci de mystères. Elles se sont littéralement jetées sur moi à propos de ces nez et de ces oreilles ainsi que de je ne sais quels secrets de Pétersbourg. C'est ici seulement qu'elles ont entendu parler pour la première fois des histoires que Nicolas Vsevolodovitch a eues chez nous, il y a quatre ans : « Vous étiez ici, vous avez vu, est-il vrai qu'il soit fou ? » D'où cette idée a pu seulement venir, je ne le comprends pas. Pourquoi Prascovie veut-elle absolument que Nicolas soit fou ? Elle le veut, cette femme, elle veut qu'il en soit ainsi ! *Ce Maurice*, ou comment donc, Mavriki Nicolaevitch, un *brave homme tout de même*, mais est-il possible que ce soit à son profit, et après avoir écrit elle-même de Paris *à cette pauvre amie...* Enfin, cette Prascovie, comme l'appelle *cette chère amie*, c'est un type, c'est l'immortelle Korobotchka * de Gogol, mais une Korobotchka méchante,

---

* Ce nom, celui d'un personnage des *Ames mortes*, de Gogol, signifie littéralement petite boîte.

une Korobotchka agressive, et sous forme infiniment agrandie.

— Mais cela ferait tout un coffre ; vraiment agrandie ?

— Ma foi, mettons diminuée, peu importe, seulement n'interrompez pas parce que tout cela tourne en moi. Elles sont tout à fait brouillées sauf Lise ; elle continue à dire : « tante, tante », mais Lise est rusée et il y a là autre chose encore. Des mystères. Mais avec la vieille elle est brouillée. *Cette pauvre tante*, c'est vrai, tyrannisait tout le monde... et puis il y a encore la femme du gouverneur, le manque d'égards de la société, le « manque d'égards » de Karmazinov, et puis tout à coup cette idée de folie, *ce Lipoutine, ce que je ne comprends pas...* et — et on dit qu'elle s'est mis des compresses de vinaigres sur la tête, et puis il y a vous et moi, avec nos doléances et nos lettres... Oh, que je l'ai tourmentée, et en un pareil moment ! *Je suis un ingrat !* Imaginez-vous, je rentre et je trouve une lettre d'elle, lisez, lisez ! Oh, comme cela manquait de générosité de ma part !

Il me tendit la lettre qu'il venait de recevoir de Varvara Petrovna. Celle-ci paraissait regretter son « restez chez vous » du matin. Le billet était poli quoique résolu et bref. Le surlendemain, un dimanche, elle invitait Stepan Trofimovitch à venir chez elle à midi précis et lui conseillait d'amener un de ses amis (mon nom figurait entre parenthèses). De son côté, elle promettait d'inviter Chatov, en sa qualité de frère de Daria Pavlovna. « Vous pourrez obtenir d'elle une réponse définitive : cela vous suffira-t-il ? Est-ce là la formalité sur laquelle vous insistiez tant ! »

— Remarquez cette phrase irritée à la fin au sujet de la formalité. La pauvre, la pauvre, l'amie de toute ma vie ! Je l'avoue, cette décision SOUDAINE de mon sort m'a comme écrasé... J'espérais encore, je l'avoue, et maintenant *tout est dit*, je sais maintenant que c'est fini ; *c'est terrible*. Oh, si ce dimanche pouvait ne jamais arriver et que tout soit comme avant : vous continueriez à venir et moi...

— Toutes ces abominations, ces racontars de Lipoutine vous ont égaré.

— Mon ami, vous venez de mettre votre doigt amical sur un autre point sensible. Ces doigts amicaux sont en général impitoyables et parfois maladroits, *pardon*, mais, le croiriez-vous, j'avais presque oublié tout cela, ces abominations, c'est-à-dire pas oublié mais, dans ma sottise, tout le temps que j'étais chez Lise je m'efforçais d'être heureux et je me persuadais que j'étais heureux.

Mais maintenant... oh, maintenant je pense à cette femme magnanime, humaine, indulgente à tous mes ignobles défauts — c'est-à-dire pas tout à fait indulgente mais, aussi, que suis-je moi-même, avec mon mauvais, mon futile caractère ! Je suis un enfant capricieux, avec tout l'égoïsme d'un enfant mais sans son innocence. Vingt ans durant elle a veillé sur moi comme une nou-nou, *cette pauvre* tante, comme l'appelle gracieusement Lise... Et tout à coup, après vingt ans, l'enfant a voulu se marier, mariez-moi, na ! il envoie lettre sur lettre, alors qu'elle a sur la tête des compresses de vinaigre, et... et voilà, il y est arrivé, dimanche ce sera un homme marié, c'est facile à dire... Et pourquoi ai-je insisté moi-même, pourquoi ai-je écrit des lettres ? Au fait, j'oubliais : Lise adore Daria Pavlovna, elle le dit tout au moins ; elle dit d'elle : « *c'est un ange*, mais un ange un peu renfermé ». Elles m'ont conseillé toutes les deux, même Prascovie... au reste, Prascovie n'a pas conseillé. Oh, que de poison enfermé dans cette petite boîte ! D'ailleurs Lise n'a pas conseillé non plus, à vrai dire : « Qu'avez-vous besoin de vous marier : les joies intellectuelles devraient vous suffire. » Elle riait aux éclats. Je lui ai pardonné son rire parce qu'elle a elle-même l'angoisse au cœur. Vous ne pouvez pourtant pas, disent-elles toutes deux, vous passer d'une femme. Les infirmités de l'âge approchent, elle vous en protégera, ou comment dit-on... *Ma foi*, moi-même, pendant tout le temps que nous avons passé enfermés ensemble, vous et moi, j'ai pensé à part moi que c'est la Providence qui me l'envoie au déclin de mes jours orageux et qu'elle me protégera, ou comment donc... *enfin*, que j'aurai besoin d'elle dans le ménage. Voyez quelle saleté il y a chez moi, regardez, tout cela traîne, j'ai dit tout à l'heure qu'il fallait le ramasser, et le livre qui est par terre. *La pauvre amie* se fâchait toujours parce qu'il y avait chez moi de la saleté... Oh, désormais sa voix ne se fera plus entendre ! *Vingt ans !* Et elles aussi reçoivent, paraît-il, des lettres anonymes, figurez-vous, Nicolas a, paraît-il, vendu sa propriété à Lebiadkine. *C'est un monstre, et enfin* qui est Lebiadkine ? Lise écoute, écoute, oh, comme elle écoute ! Je lui ai pardonné son rire, j'ai vu quel visage elle avait en écoutant, et *ce Maurice*... je n'aimerais pas être à sa place actuelle, *brave homme tout de même* mais un peu timide ; d'ailleurs laissons-le...

Il se tut ; il était fatigué et s'était embrouillé ; il resta assis la tête baissée, ses yeux las fixés à terre. Je profitai de la pause pour raconter ma visite à la maison de Philippov en exprimant d'un ton brusque et sec cette opinion que la sœur de Lebiadkine (que je n'avais pas vue) pouvait en effet avoir été autrefois une victime de Nicolas, à cette époque énigmatique de sa vie, selon l'expression de Lipoutine, et qu'il était fort possible que, pour une raison ou pour une autre, Lebiadkine reçût de l'argent de Nicolas, mais que c'était tout. Quant aux racontars concernant Daria Pavlovna, tout cela était absurde, ce n'étaient que des mensonges de cette canaille de Lipoutine, c'était du moins ce qu'affirmait avec feu Alexis Nilitch qu'il n'y avait aucune raison de ne pas croire. Stepan Trofimovitch écouta mes assurances avec un air distrait, comme si cela ne le concernait pas. Je mentionnai par la même occasion ma conversation avec Kirilov et j'ajoutai que Kirilov était peut-être fou.

— Il n'est pas fou mais il est de ces gens à idées toutes courtes, mâchonna-t-il mollement et comme à contrecœur. *Ces gens-là supposent la nature et la société humaine autres que Dieu ne les a faites et qu'elles ne sont réellement.* On leur fait des avances mais du moins ce n'est pas le cas de Stepan Verkhovenski. Je les ai vus à Pétersbourg *avec cette chère amie* (oh, comme je l'offensais alors !) et je n'ai eu peur ni de leurs injures ni même de leurs éloges. Je n'aurai pas davantage peur maintenant, *mais parlons d'autre chose...* j'ai fait, je crois, des choses affreuses ; imaginez-vous, j'ai envoyé hier une lettre à Daria Pavlovna et... comme je me maudis pour cela !

— Qu'avez-vous donc écrit ?

— Oh, mon ami, croyez bien que tout cela a été fait avec tant de noblesse. Je lui ai dit que j'ai écrit à Nicolas il y a cinq jours, et aussi avec noblesse.

— Je comprends maintenant ! m'écriai-je avec feu, et de quel droit faites-vous un rapprochement entre eux ?

— Mais, *mon cher,* ne m'écrasez donc pas définitivement, ne criez pas contre moi ; je suis déjà écrasé comme... comme une blatte, et enfin je crois que tout cela est si noble. Supposez qu'il y ait vraiment eu quelque chose là-bas... *en Suisse...* ou que quelque chose ait commencé. J'étais bien obligé d'interroger leurs cœurs au préalable, pour que... *enfin,* pour ne pas gêner leurs cœurs et ne pas me dresser comme un poteau en travers de leur chemin... Je l'ai fait uniquement par noblesse d'âme.

— Oh, Dieu, que vous avez agi sottement ! m'exclamai-je malgré moi.

— Oui, sottement, sottement, approuva-t-il avidement ;

vous n'avez jamais rien dit de plus intelligent, *c'était bête, mais que faire, tout est dit*. De toute façon je me marierai, fût-ce avec les « péchés d'autrui », qu'avais-je besoin d'écrire ? N'est-ce pas ?

— Vous recommencez !

— Oh, maintenant vous ne me ferez plus peur par vos cris, maintenant vous n'avez plus devant vous le même Stepan Verkhovenski ; l'autre est enterré ; *enfin tout est dit*. Et puis pourquoi criez-vous ? Uniquement parce que ce n'est pas vous qui vous mariez et qui devrez porter sur la tête un certain ornement. Vous êtes de nouveau choqué ? Mon pauvre ami, vous ne connaissez pas les femmes et moi je n'ai fait que les étudier. « Si tu veux vaincre le monde, vaincs-toi toi-même », c'est la seule chose qu'a réussi à bien dire un autre romantique comme vous, Chatov, le frère de mon épouse. Je lui emprunte volontiers sa maxime. Eh bien, moi aussi je suis prêt à me vaincre et je me marie, et pourtant que vais-je conquérir au lieu du monde entier ? Oh, mon ami, le mariage est la mort morale de toute indépendance. La vie conjugale me corrompra, m'enlèvera toute énergie, tout courage au service de la cause, viendront les enfants, et encore pas les miens peut-être, c'est-à-dire bien entendu pas les miens : le sage ne craint pas de regarder la vérité en face... Lipoutine me proposait tout à l'heure de me protéger contre Nicolas par des barricades ; il est bête, Lipoutine. La femme tromperait jusqu'à l'œil qui voit tout. *Le Bon Dieu* en créant la femme savait à quoi il s'exposait, mais je suis sûr que c'est elle qui l'a gêné et l'a forcé à la créer sous cet aspect et... avec de pareils attributs ; car qui donc voudrait se préparer de tels ennuis sans nécessité ? Nastassia, je le sais, se fâchera peut-être contre moi à cause de mon impiété mais... *Enfin tout est dit*.

Il n'aurait pas été lui-même s'il se fût passé de l'impiété de pacotille et à calembours qui florissait tant à son époque, du moins trouva-t-il une consolation dans son petit calembour, mais pas pour longtemps.

— Oh, pourquoi cet après-demain, ce dimanche ne peut-il pas ne jamais arriver ! s'exclama-t-il soudain, mais cette fois dans un désespoir absolu, pourquoi n'y aurait-il pas ne fût-ce que cette seule semaine sans dimanche — *si le miracle existe* ? Qu'en coûterait-il à la Providence de rayer du calendrier un seul dimanche, ne serait-ce que pour prouver sa puissance à un athée *et que tout soit dit* ! Oh, comme je l'aimais ! Vingt ans, pendant tous ces vingt ans ; et jamais elle ne m'a compris !

— Mais de qui parlez-vous ? Moi non plus je ne vous comprends pas ! demandai-je avec surprise.

— *Vingt ans !* Et pas une fois elle ne m'a compris, oh, c'est cruel ! Et peut-elle vraiment croire que je me marie par peur, par misère ? Oh, déshonneur ! Tante, tante, c'est pour toi que je le fais !... Oh, qu'elle sache, cette tante, qu'elle est la seule femme que j'ai adorée pendant vingt ans ! Elle doit l'apprendre, sinon cela ne se fera pas, sinon il faudra qu'on me traîne de force sous *ce qu'on appelle* la couronne nuptiale.

C'était la première fois que j'entendais cet aveu, et si énergiquement exprimé. Je ne cacherai pas que j'avais irrésistiblement envie de rire. J'avais tort.

— Il est le seul, le seul qui me reste maintenant, il est mon unique espoir ! s'écria-t-il en joignant tout à coup les mains, comme frappé brusquement d'une pensée nouvelle, maintenant c'est lui seul, mon pauvre garçon, qui me sauvera et — oh, que n'arrive-t-il donc pas ! Oh, mon fils, oh, mon Petroucha... et bien que je sois indigne du nom de père et que je mérite plutôt celui de tigre, mais... *laissez-moi, mon ami*, je vais m'étendre un peu pour rassembler mes idées... Je suis si las, si las, et pour vous aussi, je pense, il est temps d'aller vous coucher, *voyez-vous*, il est minuit...

CHAPITRE IV

LA BOITEUSE

1

CHATOV ne s'entêta pas et, conformément à mon billet,
vint à midi chez Elisabeth Nicolaevna. Nous entrâmes
presque ensemble ; je venais moi aussi faire ma première visite. Ils étaient tous, c'est-à-dire Lisa, maman et
Mavriki Nicolaevitch, dans le grand salon en train de
discuter. Maman avait voulu que Lisa jouât au piano une
valse et lorsque celle-ci eut commencé la valse réclamée,
elle avait assuré que ce n'était pas la bonne. Mavriki
Nicolaevitch, dans sa candeur, avait pris le parti de Lisa
et affirmé que c'était bien la valse demandée ; la vieille
dame pleura de dépit. Elle était malade et même ne
marchait qu'avec peine. Elle avait les jambes enflées et,
depuis plusieurs jours, ne cessait de faire des caprices
et s'en prendre à tout le monde. Lisa rougit de plaisir,
et me disant *merci*, bien entendu pour Chatov, alla à lui
en l'examinant avec curiosité.

Chatov s'arrêta gauchement à la porte. Après l'avoir
remercié d'être venu, elle le conduisit auprès de sa
mère.

— C'est Monsieur Chatov dont je vous ai parlé, et cela
c'est Monsieur G., un grand ami à moi et à Stepan Trofimovitch. Mavriki Nicolaevitch a fait aussi sa connaissance hier.

— Lequel est le professeur ?

— Il n'y a pas de professeur du tout, maman.

— Si, il y en a un, tu disais toi-même qu'il y aurait un professeur ; ce doit être celui-là, et elle indiqua dédaigneusement Chatov.

— Je vous ai jamais dit qu'il y aurait un professeur. Monsieur G. a un emploi et monsieur Chatov est un ancien étudiant.

— Étudiant, professeur, de toute façon ils sont tous de l'université. Tu ne demandes qu'à discuter. Celui de Suisse avait une moustache et une barbiche.

— C'est le fils de Stepan Trofimovitch que maman appelle toujours professeur, dit Lisa, et elle emmena Chatov jusqu'au divan, à l'autre bout du salon.

— Quand elle a les jambes enflées, elle est toujours ainsi, vous comprenez, elle est malade, dit-elle à Chatov à voix basse tout en continuant à l'examiner avec une extrême curiosité, surtout ses cheveux embroussaillés.

— Vous êtes militaire ? me demanda la vieille dame auprès de qui Lisa m'avait impitoyablement abandonné.

— Non, je travaille...

— Monsieur G. est un grand ami de Stepan Trofimovitch, intervint aussitôt Lisa.

— Vous êtes au service de Stepan Trofimovitch ? Lui aussi c'est un professeur, n'est-ce pas ?

— Ah, maman, vous devez rêver la nuit de professeur, cria Lisa avec dépit.

— Je n'en vois que trop dans la réalité. Et toi il faut toujours que tu contraries ta mère. Vous étiez ici pendant le séjour de Nicolas Vsevolodovitch, il y a quatre ans ?

Je répondis que oui.

— Et y avait-il un Anglais avec vous ?

— Non, il n'y en avait pas.

Lisa se mit à rire.

— Tu vois bien qu'il n'y avait aucun Anglais ; ce n'étaient donc que des mensonges. Varvara Petrovna et Stepan Trofimovitch mentent tous les deux. D'ailleurs tout le monde ment.

— C'est ma tante et hier Stepan Trofimovitch qui trouvaient, paraît-il, une ressemblance entre Nicolas Vsevolodovitch et le prince Harry dans le *Henri IV* de Shakespeare, et à cela maman répond qu'il n'y avait pas d'Anglais, nous expliqua Lisa.

— Du moment qu'il n'y avait pas de Harry, il n'y avait pas d'Anglais non plus. Il n'y avait que Nicolas Vsevolodovitch qui faisait des siennes.

— Je vous assure que maman le fait exprès, crut

nécessaire d'expliquer Lisa à l'intention de Chatov, elle
sait très bien qui est Shakespeare. Je lui ai lu moi-même
le premier acte d'*Othello*; mais elle souffre beaucoup
en ce moment. Maman, vous entendez, midi sonne, il
est l'heure de prendre votre médicament.

— Le docteur est là, annonça une femme de chambre
à la porte.

La vieille dame se souleva et appela son chien :
« Zemirka, Zemirka, viens avec moi toi au moins. »

Zemirka, un vilain et vieux chien, n'obéissait pas, il se
glissa sous le divan où était assise Lisa.

— Tu ne veux pas ? Alors moi non plus je ne veux
pas de toi. Adieu, Monsieur, je ne sais pas votre nom,
dit-elle en se tournant vers moi.

— Anton Lavrentievitch...

— Ma foi, peu importe, cela m'entre par une oreille
et cela sort par l'autre. Ne m'accompagnez pas, Mavriki
Nicolaevitch, je n'ai appelé que Zemirka. Dieu merci,
je peux encore marcher toute seule et demain je vais
faire une promenade en voiture.

Elle sortit du salon fâchée.

— Anton Lavrentievitch, causez en attendant avec
Mavriki Nicolaevitch ; je vous assure que vous gagnerez
tous les deux à mieux vous connaître, dit Lisa, et elle
sourit amicalement à Mavriki Nicolaevitch qui rayonna
tout entier sous son regard. Bon gré, mal gré je dus
rester à causer avec Mavriki Nicolaevitch.

2

L'AFFAIRE qu'Elisabeth Nicolaevna avait à discuter avec
Chatov était en effet, à ma surprise, purement littéraire.
Je ne sais pourquoi, j'avais cru qu'elle l'avait fait venir
pour une autre raison. Mavriki Nicolaevitch et moi,
voyant qu'on ne se cachait pas de nous et parlait à haute
voix, nous mîmes à prêter l'oreille, puis on nous invita
à nous joindre à la conférence. Elisabeth Nicolaevna
avait depuis longtemps l'idée de publier un livre qu'elle
croyait devoir être utile, mais étant donné son manque
absolu d'expérience, elle avait besoin d'un collaborateur.
Le sérieux avec lequel elle se mit à exposer son projet
à Chatov me surprit moi-même. « Elle doit être de la
nouvelle école, pensai-je, ce n'est pas pour rien qu'elle
a été en Suisse. » Chatov écoutait avec attention, les yeux
rivés à terre, et sans nullement s'étonner qu'une jeune

fille frivole du monde voulût entreprendre une tâche qui semblait si peu lui convenir.

Le projet littéraire en question était le suivant. On publie en Russie, dans la capitale et en province, un grand nombre de journaux et autres périodiques où une foule d'événements sont rapportés chaque jour. L'année écoulée, les journaux sont rangés partout dans des armoires, ou ils se perdent, se déchirent, servent à faire des paquets ou des bonnets. Bien des faits publiés produisent une certaine impression et restent dans la mémoire du public, mais avec les années finissent par s'oublier. Nombreux sont ceux qui voudraient s'y reporter par la suite, mais quel travail que de chercher dans cet océan de feuilles, souvent sans savoir la date, le lieu et même l'année de l'événement ! Cependant, si l'on réunissait tous les faits d'une année dans un livre, selon un certain plan et une certaine idée, avec une table des matières, des références, groupés par mois et par date, un tel recueil pourrait refléter tous les traits caractéristiques de la vie russe pour l'année entière, quoique les faits qui se publient ne représentent qu'une partie minime de tous ceux qui se produisent.

— Donc, au lieu d'une quantité de feuilles il y aurait quelques gros livres, voilà tout, fit observer Chatov.

Mais Elisabeth Nicolaevna défendait chaleureusement son projet, malgré la difficulté qu'elle avait à l'exposer et son inhabileté à s'exprimer. Il ne doit y avoir qu'un seul livre, et même pas très gros, assurait-elle. Mais même en admettant qu'il soit gros, il serait clair, parce que tout est dans le plan et la façon de présenter les faits. Naturellement, il ne s'agit pas de recueillir et de réimprimer tout. Les décrets, les actes du gouvernement, les arrêtés locaux, les lois, tous ces faits, pour importants qu'ils soient, peuvent être complètement omis de la publication projetée. On peut omettre beaucoup de choses et se borner à un choix de faits reflétant plus ou moins bien la vie morale intime du peuple, la personnalité du peuple russe à un moment donné. Naturellement, tout peut y entrer : curiosités, incendies, charités, toute action bonne ou mauvaise, tout discours et tout propos, peut-être même les nouvelles sur les inondations, peut-être même certains décrets du gouvernement, mais parmi tout cela on ne doit choisir que ce qui dépeint l'époque ; tout y entrerait sous un certain angle, avec des indications, une intention, une idée éclairant l'ensemble, tout le recueil. Et enfin le livre doit être intéressant même comme lecture d'agrément, sans compter qu'il doit être indispensable à titre de documentation. Ce serait pour ainsi dire le tableau de la vie spirituelle, morale, intime de la Russie pendant une année. « Il faut que tout le monde l'achète, il faut que cela devienne un livre de chevet, affirmait Lisa, je comprends que tout dépend du plan, c'est pourquoi je m'adresse à vous », conclut-elle. Elle s'était beaucoup animée et bien que ses explications fussent obscures et incomplètes, Chatov commençait à comprendre.

— Cela donnerait donc quelque chose à thèse, un choix de faits selon une certaine tendance, bredouilla-t-il, toujours sans lever la tête.

— Nullement, il ne faut pas choisir selon une tendance, et il ne faut pas de tendance du tout. L'impartialité seule, voilà la tendance.

— D'ailleurs la tendance n'est pas un mal, dit Chatov en s'animant, et puis on ne peut l'éviter dès que se manifeste le moindre choix. C'est le choix des faits qui indiquera comment on doit les comprendre. Votre idée n'est pas mauvaise.

— Alors c'est donc possible, un tel livre ? demanda Lisa contente.

— Il faut voir et réfléchir. C'est un travail énorme. On ne peut rien trouver d'un coup. Il faut de l'expérience. Et même quand nous aurons publié le livre, il est douteux que nous sachions comment nous y prendre. Peut-être après de nombreux tâtonnements seulement, mais l'idée se précise. L'idée est utile.

Il leva enfin ses yeux qui rayonnaient maintenant de plaisir, tant il était intéressé.

— C'est vous qui avez trouvé cela ? demanda-t-il à Lisa d'un ton amical et comme pudique.

— Trouver n'est rien, c'est le plan qui est difficile, dit Lisa en souriant, je ne comprends pas grand-chose et je ne suis pas très intelligente, et je ne poursuis que ce qui est clair pour moi.

— Vous poursuivez ?

— Ce n'est sans doute pas le mot ? s'enquit vivement Lisa.

— Ce mot peut aller aussi ; je ne dis rien.

— Il m'a semblé quand j'étais encore à l'étranger que moi aussi je pourrais être utile en quelque chose. J'ai de l'argent à moi et qui ne sert à rien, pourquoi donc ne travaillerais-je pas aussi dans l'intérêt général ? Au surplus, l'idée m'est venue subitement en quelque sorte d'elle-même ; je ne l'ai nullement cherchée et j'ai été ravie de l'avoir eue ; mais j'ai aussitôt vu que je ne pouvais me passer d'un collaborateur parce que je ne sais rien faire moi-même. Le collaborateur serait bien entendu coéditeur du livre. Nous partagerions par moitié : vous apportez le plan et votre travail, moi l'idée initiale et les fonds. Le livre couvrira les frais, n'est-ce pas ?

— Si nous découvrons le bon plan, le livre marchera.

— Je vous préviens que je ne cherche pas à faire des bénéfices ; mais je désire beaucoup une large diffusion du livre et je serais fière des bénéfices.

— Et moi, qu'est-ce que je viens faire là-dedans ?

— Mais c'est vous que j'invite à être mon collaborateur... à part égale. Vous établirez le plan.

— Comment savez-vous que je suis capable d'établir le plan ?

— On m'a parlé de vous, et ici je me suis laissé dire... je sais que vous êtes très intelligent et... que vous vous occupez de choses sérieuses et que vous pensez beaucoup ; Piotr Stepanovitch Verkhovenski m'a parlé de vous en Suisse, ajouta-t-elle précipitamment. C'est un homme très intelligent, n'est-ce pas ?

Chatov lui jeta un regard rapide qui l'effleura à peine, et aussitôt baissa les yeux.

— Nicolas Vsevolodovitch m'a aussi beaucoup parlé de vous.

Chatov rougit soudain.

— D'ailleurs voici des journaux, dit Lisa en prenant en hâte sur une chaise un paquet de journaux préparés et ficelés, j'ai essayé de marquer des faits à choisir, de les classer et j'ai mis des numéros... vous verrez.

Chatov prit le paquet.

— Emportez-les chez vous, regardez-les, où habitez-vous ?

— Rue de l'Epiphanie, dans la maison de Philippov.

— Je connais. C'est là qu'habite aussi un certain capitaine Lebiadkine, à côté de vous ? dit Lisa, toujours avec précipitation.

Chatov, tenant le paquet à la main tel qu'il l'avait pris, resta assis une bonne minute sans répondre, les yeux à terre.

— Pour ces choses-là vous feriez mieux de choisir quelqu'un d'autre, je ne vous conviendrai pas du tout, dit-il enfin en baissant étrangement la voix presque jusqu'au murmure.

Lisa rougit.

— De quelles choses parlez-vous ? Mavriki Nicolaevitch ! cria-t-elle, donnez la lettre de tout à l'heure, je vous prie.

Je suivis Mavriki Nicolaevitch jusqu'à la table.

— Regardez ceci, dit-elle en s'adressant tout à coup à moi et en dépliant la lettre avec beaucoup d'émotion. Avez-vous jamais rien vu de pareil ? Je vous en prie, lisez à haute voix, j'ai besoin que monsieur Chatov entende aussi.

Non sans stupeur, je lus à haute voix la missive suivante :

« A la perfection de la demoiselle Touchine.

Très honorée
Elisabeth Nicolaevna !

OH, QU'ELLE EST CHARMANTE
ELISABETH TOUCHINE
QUAND ELLE GALOPE A CHEVAL LÉGÈRE ET SOUPLE
ET QUE LE VENT AGITE SES BOUCLES,
OU QU'ELLE S'AGENOUILLE AVEC SA MÈRE A L'ÉGLISE
ET PRIE ARDEMMENT, ROUGISSANTE ET EXQUISE !
ALORS JE SOUHAITE LES JOIES DU MARIAGE LÉGITIME
ET MON REGARD LES SUIT AVEC AMOUR ET ESTIME.

« Composé par un ignorant au cours d'une discussion.

« Mademoiselle !

« De tous, c'est moi que je plains le plus de n'avoir pas perdu un bras pour la gloire à Sébastopol, n'y ayant point été mais ayant servi toute la campagne dans l'ignoble intendance, considérant cela comme une bassesse. Vous êtes une déesse de l'antiquité et moi je ne suis rien et j'ai pressenti l'infini. Regardez ceci comme un poème mais pas plus, car les poèmes sont quand même bêtises et justifient ce qui en prose serait considéré comme de l'insolence. Le soleil peut-il se fâcher contre l'infusoire si celui-ci compose des vers en son honneur avec une goutte d'eau où il y en a des quantités si on regarde au microscope ? Même le club protecteur du gros bétail, à Pétersbourg, dans la haute société, compatissant à bon droit envers le chien et le cheval, méprise le bref infusoire, n'en faisant aucune mention parce qu'il n'est pas assez grand. Moi non plus, je ne suis pas assez grand. L'idée du mariage semblerait désopilante ; mais j'aurai bientôt les ci-devant deux cents âmes, par l'intermédiaire d'un misanthrope que vous devriez mépriser. Je peux raconter beaucoup de choses et je m'offre à le faire avec des documents, même en risquant la Sibérie. Ne dédaignez pas la proposition. La lettre de l'infusoire doit s'entendre en vers.

> « Capitaine Lebiadkine, votre très
> obéissant ami et qui a des loisirs. »

— C'est un homme ivre et un vaurien qui a écrit cela ! m'écriai-je avec indignation, je le connais !

— J'ai reçu cette lettre hier, nous expliqua Lisa en rougissant et se hâtant, j'ai compris tout de suite moi-même qu'elle venait de quelque sot et je ne l'ai pas encore montrée à *maman* pour ne pas la démonter encore davantage. Mais s'il continue, je ne sais que faire. Mavriki Nicolaevitch veut aller le lui interdire. Puisque je vous considère comme mon collaborateur, dit-elle en s'adressant à Chatov, et que vous habitez là-bas, je voulais vous questionner pour savoir à quoi on peut encore s'attendre de sa part.

— C'est un ivrogne et un vaurien, grommela Chatov comme à contrecœur.

— Et il est toujours si bête ?

— Eh non, il n'est pas bête du tout quand il n'est pas ivre.

— J'ai connu un général qui écrivait des vers exactement pareils, dis-je en riant.

— Même d'après cette lettre on voit qu'il est roublard, intervint inopinément le taciturne Mavriki Nicolaevitch.

— On dit qu'il a avec lui une sœur ? demanda Lisa.

— Oui, une sœur.

— On dit qu'il la tyrannise, est-ce vrai ?

Chatov regarda de nouveau Lisa, fronça le sourcil et en grommelant : « est-ce que ça me regarde ! » se dirigea vers la porte.

— Ah, attendez, s'écria Lisa alarmée ; où allez-vous donc ? Il nous reste encore tant de choses à discuter.

— Qu'y a-t-il à discuter ? Je vous ferai savoir demain...

— Mais le principal, l'imprimerie. Croyez bien que ce n'est pas une plaisanterie mais que je veux travailler sérieusement, assurait Lisa avec une inquiétude croissante. Si nous décidons de publier, où faudra-t-il imprimer ? C'est vraiment la question la plus importante, parce que nous n'irons pas pour cela à Moscou et qu'il est impossible pour une publication de ce genre d'utiliser l'imprimerie d'ici. J'ai décidé depuis longtemps de monter une imprimerie à moi, à votre nom par exemple, et maman, je le sais, le permettra si c'est à votre nom.

— Comment savez-vous que je puis être imprimeur ? demanda Chatov maussade.

— Mais Piotr Stepanovitch, encore en Suisse, m'a spécialement parlé de vous comme pouvant diriger une imprimerie et connaissant la question. Il voulait même me donner un mot pour vous, mais j'ai oublié de le lui rappeler.

Chatov, je m'en souviens maintenant, changea de visage. Il resta encore quelques secondes immobile et brusquement sortit de la pièce.

Lisa se fâcha.

— C'est toujours comme ça qu'il sort ? demanda-t-elle en se tournant vers moi.

Je haussai les épaules, mais Chatov revint tout à coup, alla droit à la table et y déposa le paquet de journaux qu'il avait emporté.

— Je ne serai pas votre collaborateur, je n'ai pas le temps...

— Pourquoi donc, pourquoi donc ? Vous êtes fâché, je crois ? demanda Lisa d'une voix peinée et suppliante.

Le son de sa voix sembla le frapper ; pendant quelques instants il la regarda fixement comme s'il eût voulu pénétrer jusqu'au fond de son âme.

— Peu importe, murmura-t-il, je ne veux pas...

Et il partit pour de bon. Lisa était absolument consternée, même consternée outre mesure ; c'est ce qu'il me sembla.

— Quel homme étrange ! fit à haute voix Mavriki Nicolaevitch.

3

CERTES, « étrange » il l'était, mais dans tout cela il y avait beaucoup de choses qui n'étaient pas claires. Il y avait là un sous-entendu. Je ne croyais décidément pas à cette publication ; puis cette lettre stupide où l'on proposait trop clairement de dénoncer quelqu'un « avec des documents », et sur quoi tout le monde s'était tu en parlant de tout autre chose, enfin cette imprimerie et le brusque départ de Chatov, précisément parce que l'on avait parlé d'une imprimerie. Tout cela me donna à penser qu'avant moi déjà il s'était passé quelque chose que j'ignorais ; que par conséquent j'étais de trop et que tout cela ne me regardait pas. D'ailleurs il était temps de partir, cela suffisait pour une première visite. Je m'approchai d'Elisabeth Nicolaevna pour prendre congé.

Elle paraissait avoir oublié ma présence et se tenait toujours à la même place, près de la table, tout absorbée dans ses pensées, la tête baissée et regardant fixement un point sur le tapis.

— Ah, vous aussi, au revoir, balbutia-t-elle du ton affable qui lui était habituel. Faites mes amitiés à Stepan Trofimovitch et persuadez-le de venir me voir le plus tôt possible. Mavriki Nicolaëvitch, Anton Lavrentievitch s'en va. Excusez maman, elle ne peut venir vous dire au revoir.

Je sortis et j'avais même déjà descendu l'escalier quand tout à coup un laquais me rejoignit sur le perron :

— Madame vous prie instamment de revenir.

— Madame ou Elisabeth Nicolaevna ?

— Elle-même.

Je trouvai Lisa non plus dans le grand salon où nous nous étions tenus, mais dans la salle de réception attenante. La porte donnant sur le salon où Mavriki Nicolaevitch restait maintenant seul était soigneusement fermée.

Lisa me sourit mais elle était pâle. Elle se tenait debout au milieu de la pièce, en proie à une indécision visible, une lutte visible ; mais tout à coup elle me prit par le bras et en silence m'entraîna vivement vers la fenêtre.

— Je veux LA voir immédiatement, chuchota-t-elle en fixant sur moi un regard ardent, résolu, impatient, qui n'admettait pas l'ombre d'une contradiction ; il faut que je LA voie de mes propres yeux et je vous demande votre aide.

Elle était absolument hors d'elle et — au désespoir.

— Qui désirez-vous voir, Elisabeth Nicolaevna ? de-dandai-je effrayé.

— Cette Lebiadkine, la boiteuse... C'est vrai qu'elle est boiteuse ?

J'étais stupéfait.

— Je ne l'ai jamais vue mais j'ai entendu dire qu'elle est boiteuse, on me l'a encore dit hier, répondis-je avec empressement et en chuchotant moi aussi.

— Il faut absolument que je la voie. Pourriez-vous arranger cela aujourd'hui même ?

J'eus profondément pitié d'elle.

— C'est impossible et du reste je ne saurais absolument pas comment m'y prendre, commençai-je cherchant à la dissuader, je vais aller voir Chatov...

— Si vous n'arrangez pas cela d'ici à demain, j'irai la trouver moi-même, seule, parce que Mavriki Nicolaevitch a refusé. Je n'ai d'espoir qu'en vous et je n'ai personne d'autre ; j'ai parlé sottement à Chatov... Je suis sûre que vous êtes un parfait honnête homme et que vous m'êtes peut-être dévoué, seulement arrangez cela.

Le désir passionné me vint de l'aider en tout.

— Voici ce que je vais faire, dis-je après un instant de réflexion, j'irai moi-même et je la verrai aujourd'hui sûrement, SÛREMENT ! Je m'arrangerai pour la voir, je vous en donne ma parole d'honneur ; seulement, permettez-moi de prendre Chatov dans la confidence.

— Dites-lui que tel est mon désir et que je ne peux plus attendre, mais que je ne le trompais pas tout à l'heure. Il est peut-être parti parce qu'il est très honnête et qu'il lui a déplu que j'aie eu l'air de le tromper. Je ne le trompais pas, je veux vraiment publier et fonder une imprimerie.

— Il est honnête, il est honnête, confirmai-je avec chaleur.

— D'ailleurs si cela ne s'arrange pas d'ici à demain, j'irai moi-même, quelles qu'en soient les conséquences et dût tout le monde l'apprendre.

— Je ne puis être chez vous demain avant trois heures, répondis-je, me ressaisissant un peu.

— Alors à trois heures. J'ai donc eu raison de supposer hier chez Stepan Trofimovitch que vous m'êtes un peu dévoué ? dit-elle avec un sourire en me serrant hâtivement la main, pressée de rejoindre Mavriki Nicolaevitch abandonné.

Je sortis accablé par ma promesse et ne comprenant pas ce qui s'était passé. Je venais de voir une femme en proie à un vrai désespoir, qui n'avait pas craint de se compromettre en se confiant à quelqu'un qu'elle connaissait à peine. Son sourire de femme dans un moment si difficile pour elle, et son allusion au fait qu'elle avait déjà remarqué mes sentiments la veille, m'avaient été comme un coup au cœur ; mais je la plaignais, oui, je la plaignais — voilà tout ! Ses secrets étaient soudain devenus pour moi quelque chose de sacré et même si l'on avait voulu me les révéler maintenant, je me serais je crois bouché les oreilles et j'aurais refusé de rien entendre de plus. J'avais seulement un pressentiment... Et cependant je ne voyais absolument pas comment je pouvais arranger quelque chose. Bien mieux, je ne savais toujours pas ce qu'il fallait arranger au juste : une entrevue, mais quelle entrevue ? Et puis comment les mettre en présence ? Mon seul espoir était en Chatov, bien que je pusse être certain d'avance qu'il ne m'aiderait en rien. Mais je courus néanmoins chez lui.

4

Je ne le trouvai chez lui que le soir, à sept heures passées. A ma surprise, il avait du monde : Alexis Nilitch et un autre monsieur que je connaissais à peine, un certain Chigalev, frère de Mme Virguinski.

Ce Chigalev devait séjourner dans notre ville depuis deux mois ; je ne sais pas d'où il venait ; j'avais seulement entendu dire qu'il avait publié je ne sais quel article dans une revue progressiste de Pétersbourg. Virguinski me l'avait présenté par hasard, dans la rue. De ma vie je n'ai vu sur un visage humain tant de morosité, de maussaderie. On eût dit qu'il attendait la fin du monde, et cela non pas pour un jour, selon des prophéties qui pouvaient aussi bien ne jamais se réaliser, mais de façon tout à fait précise, disons pour après-demain matin à dix heures. Nous avions d'ailleurs à peine échangé un mot cette fois-là, nous contentant de nous serrer la main avec la mine de deux conspirateurs. Ce qui m'avait frappé le plus, c'était ses oreilles, d'une taille anormale, longues, larges et épaisses, décollées d'une façon très particulière. Ses mouvements étaient gauches et lents. Si Lipoutine avait jamais rêvé qu'un phalanstère pût se fonder dans notre province, celui-là savait à coup sûr le jour et l'heure où cela aurait lieu. Il m'avait fait une impression sinistre ; le rencontrant maintenant chez Chatov, j'en fus d'autant plus étonné que Chatov n'aimait pas les visites en général.

J'entendis de l'escalier qu'ils parlaient très fort, tous les trois à la fois, et qu'ils semblaient être engagés dans une discussion ; mais dès que je parus ils se turent. Ils avaient discuté debout, mais maintenant ils s'assirent subitement tous, de sorte que je dus m'asseoir aussi. Le silence stupide qui s'établit ne fut pas rompu avant trois bonnes minutes. Quoique Chigalev m'eût reconnu, il fit semblant de ne pas me connaître, non pas sans doute par hostilité mais sans aucune raison. Alexis Nilitch et moi échangeâmes un léger salut mais en silence et, je ne sais pourquoi, sans nous serrer la main. Chigalev se mit enfin à me regarder sévèrement et les sourcils froncés, avec la conviction la plus naïve que j'allais me lever brusquement et m'en aller. Enfin Chatov se leva de sa chaise et les autres sautèrent aussi sur leurs pieds. Ils sortirent sans prendre congé, seul Chigalev dit sur le seuil à Chatov qui les raccompagnait :

— Souvenez-vous que vous devez rendre des comptes.

— Je me moque de vos comptes et je n'en dois à personne, répondit Chatov en guise d'adieu, et il ferma la porte au crochet.

— Des malins ! dit-il en me regardant avec une sorte de sourire en biais.

Son visage était courroucé et il me sembla étrange qu'il eût parlé le premier. D'ordinaire, lorsque je passais le voir (très rarement d'ailleurs), il s'asseyait d'un air sombre dans un coin, répondait avec humeur et ce n'était qu'au bout d'un long moment qu'il s'animait et commençait à parler avec plaisir. En revanche, en vous disant adieu il ne manquait jamais de redevenir sombre et vous ouvrait la porte comme s'il chassait un ennemi personnel.

— J'ai pris le thé hier chez cet Alexis Nilitch, dis-je, il me paraît entiché d'athéisme.

— L'athéisme russe n'est jamais allé au-delà du calembour, grommela Chatov en mettant une nouvelle bougie à la place du bout qui se consumait.

— Non, il m'a semblé que celui-là n'est pas un faiseur de calembours, il ne sait même pas parler je crois, encore moins faire des calembours.

— Des gens factices ; tout cela vient de servilité d'esprit, dit calmement Chatov qui s'était assis sur une chaise dans le coin, la paume de ses deux mains appuyée sur les genoux.

— Il y a là aussi de la haine, dit-il après un instant de silence ; ils seraient les premiers à être terriblement malheureux si la Russie se transformait subitement, même selon leurs propres idées, et si elle devenait tout à coup immensément riche et heureuse. Ils n'auraient alors personne à haïr, personne sur qui cracher, rien de quoi se gausser ! Il n'y a là qu'une haine animale, infinie contre la Russie, une haine qui s'est incrustée dans leur organisme... Et nullement des larmes cachées sous l'apparence du rire ! Jamais parole plus fausse n'a été dite en Russie que celle qui concerne ces larmes cachées, s'écria-t-il presque avec rage.

— Allons, là vous dites Dieu sait quoi ! dis-je en riant.

— Et vous, vous êtes un « libéral modéré », répondit Chatov en souriant aussi. Savez-vous, reprit-il subitement, j'ai peut-être dit une sottise en parlant de « servi-lité d'esprit » ; vous allez sans doute me dire aussitôt : « C'est toi qui es né d'un laquais, moi je ne suis pas un laquais. »

— Je n'ai jamais voulu dire cela... quelle idée !

— Ne vous excusez donc pas, je n'ai pas peur de vous. Autrefois j'étais seulement né d'un laquais mais maintenant je suis devenu moi-même un laquais, tout comme vous. Notre libéral russe est avant tout un laquais et il ne cherche que quelqu'un à qui cirer les bottes.

— Quelles bottes ? Quelle est cette allégorie !

— Il s'agit bien d'allégorie ! Vous riez, je vois... Stepan Trofimovitch a eu raison de dire que je gis sous une pierre, assommé mais non écrasé, et que je ne fais que me débattre ; c'est une bonne comparaison qu'il a trou-vée là.

— Stepan Trofimovitch assure que vous ne jurez que par les Allemands, dis-je en riant, nous avons tout de même pris quelque chose aux Allemands.

— Nous avons pris vingt kopeks et nous leur avons donné cent roubles à nous.

Nous restâmes un instant silencieux.

— C'est en Amérique qu'il a contracté cela.

— Qui ? Contracté quoi ?

— Je parle de Kirilov. Nous y avons passé quatre mois ensemble, couchés par terre dans une cabane.

— Vous êtes donc allé en Amérique ? demandai-je surpris, vous n'en avez jamais rien dit.

— A quoi bon raconter. Il y a deux ans, nous sommes partis à trois sur un bateau d'émigrants pour les Etats-Unis d'Amérique, en y consacrant nos derniers sous, « afin d'éprouver par nous-mêmes la vie de l'ouvrier américain et de nous rendre ainsi compte par une expérience PERSONNELLE de l'état de l'homme placé dans sa condition sociale la plus dure ». Voilà quel était notre but en partant.

— Seigneur ! m'écriai-je en riant, vous auriez mieux fait d'aller quelque part dans notre province au moment des moissons, « pour connaître par une expérience per-sonnelle », au lieu de quoi vous voilà partis pour l'Amé-rique !

— Nous nous sommes embauchés là-bas comme ouvriers chez un exploiteur ; nous étions chez lui six Russes en tout, il y avait des étudiants, même des pro-priétaires terriens venus de leurs domaines, il y avait même des officiers, et tous dans le même dessein sublime. Eh bien, nous avons travaillé, trempés, peinant, nous fatiguant, enfin Kirilov et moi sommes partis, nous étions tombés malades, nous n'avions pu tenir. Le patron exploiteur nous grugea au moment du règlement, au lieu des trente dollars convenus il m'en paya huit et à lui quinze ; on nous y a aussi battus plus d'une fois. Eh bien, c'est alors que, resté sans travail, nous avons, Kirilov et moi, passé quatre mois dans ce trou, couchés côte à côte par terre ; il pensait à une chose et moi à une autre.

— Est-il possible, votre patron vous battait, et cela en Amérique ? Ma parole, comme vous avez dû le maudire !

— Pas du tout. Nous avions aussitôt décidé, Kirilov et moi, que « nous autres Russes, nous sommes des petits enfants à côté des Américains et qu'il faut être né en Amérique ou du moins avoir vécu de longues années avec les Américains pour atteindre à leur niveau ». Pensez donc : lorsque pour un objet d'un sou on nous demandait un dollar, nous payions non seulement avec plaisir mais même avec enthousiasme. Nous faisions l'éloge de tout : le spiritisme, la loi de Lynch, les revolvers, les vagabonds. Un jour que nous étions en voyage, un homme glissa la main dans ma poche, en tira ma brosse à cheveux et se mit à se coiffer ; nous nous sommes bornés à échanger un regard, Kirilov et moi, et nous avons décidé que c'était bien et que cela nous plaisait beaucoup...

— Ce qui est étrange, c'est que chez nous non seulement cela vient à l'esprit, mais se met encore en pratique, dis-je.

— Gens factices, répéta Chatov.

— Mais pourtant, traverser l'océan à bord d'un bateau d'émigrants, aller dans un pays inconnu, fût-ce dans le dessein « d'apprendre par une expérience personnelle », etc., il y faut, semble-t-il, une sorte de courage et de générosité... Mais comment donc vous en êtes-vous tiré ?

— J'ai écrit à un homme en Europe et il m'a envoyé cent roubles.

En parlant, Chatov, selon son habitude, regardait obstinément à terre, même quand il s'animait. Mais ici il releva la tête :

— Voulez-vous savoir le nom de cet homme ?

— Qui était-ce donc ?

— Nicolas Stavroguine.

Il se leva brusquement, se tourna vers sa table de travail, une table en tilleul, et se mit à y fouiller. Un bruit vague mais fondé circulait chez nous, selon lequel sa femme avait eu pendant un certain temps, à Paris, une liaison avec Nicolas Stavroguine, et cela précisément deux ans plus tôt, donc au moment où Chatov était en Amérique ; c'était, il est vrai, longtemps après qu'elle l'eut quitté à Genève. « Si c'est exact, qu'est-ce qui l'a poussé à révéler ce nom et à s'étendre là-dessus ? » pensai-je.

— Je ne l'ai pas encore remboursé, dit-il en se retournant soudain vers moi, et après m'avoir regardé fixement, il reprit sa place dans le coin en demandant d'une façon saccadée, d'une tout autre voix :

— Vous êtes naturellement venu pour quelque chose ; que voulez-vous ?

Je lui racontai immédiatement tout, dans l'ordre chronologique exact, et j'ajoutai que bien que j'eusse eu le temps de réfléchir, une fois la première émotion calmée, j'étais encore plus embarrassé : je comprenais qu'il s'agissait de quelque chose de très important pour Élisabeth Nicolaevna, j'aurais vivement voulu l'aider, mais le malheur était que je ne savais pas comment tenir la promesse que je lui avais faite, bien plus, je ne voyais même pas maintenant ce que je lui avais promis au juste. Puis je lui confirmai encore une fois avec force qu'il y avait eu malentendu et qu'elle avait été très peinée par son singulier départ de tout à l'heure.

Il écouta très attentivement.

— Peut-être en effet selon mon habitude ai-je fait une bêtise tout à l'heure... Enfin, si elle n'a pas compris pourquoi je suis parti ainsi... tant mieux pour elle.

Il se leva, s'approcha de la porte, l'entrebâilla et prêta l'oreille aux bruits de l'escalier.

— Vous voulez voir cette personne vous-même ?

— C'est bien ce qu'il faut, mais comment faire ? dis-je en me levant, enchanté.

— Allons-y tout simplement pendant qu'elle est seule. A son retour il la battra s'il apprend que nous sommes venus. J'y vais souvent en cachette. Je l'ai rossé tout à l'heure quand il s'est remis à la battre.

— Que dites-vous là ?

— Parfaitement ; je l'ai tiré par les cheveux loin d'elle ; il voulait m'assommer mais je lui ai fait peur, cela en est resté là. Je crains qu'il ne rentre ivre et qu'il ne s'en souvienne, il la battra alors comme plâtre.

Nous descendîmes sur-le-champ.

LA porte des Lebiadkine était seulement poussée mais non fermée à clef et nous entrâmes librement. Leur logement se composait en tout de deux méchantes petites pièces, aux murs enfumés, dont le papier sale pendait littéralement en lambeaux. Autrefois une auberge y avait été installée pendant quelques années, jusqu'au jour où le propriétaire, Philippov, l'eut transférée dans sa nouvelle maison. Les autres pièces qu'occupait autrefois l'auberge étaient maintenant fermées, tandis que ces deux-là avaient été louées à Lebiadkine. Le mobilier se composait de simples bancs et tables en bois blanc, à part un vieux fauteuil qui n'avait plus d'accoudoirs. Dans la deuxième pièce il y avait, dans un coin, un lit avec une couverture d'indienne qui était celui de Mlle Lebiadkine ; le capitaine, lui, en se couchant le soir s'affalait chaque fois par terre, souvent tout habillé. Tout était en désordre, sale, mouillé ; un grand et épais torchon tout trempé traînait au milieu de la première pièce et à côté, dans la même flaque, il y avait un vieux soulier éculé. On voyait que personne ne s'occupait de rien ici ; on n'allumait pas les poêles ; on ne faisait pas la cuisine ; ils n'avaient même pas de samovar, selon les détails que me donna Chatov. Le capitaine était arrivé chez nous avec sa sœur dans un complet dénuement et, comme le disait Lipoutine, avait effectivement commencé par aller mendier dans certaines maisons ; mais ayant reçu inopinément de l'argent, il s'était mis aussitôt à boire et avait été tellement abruti par la boisson qu'il n'avait plus la tête à s'occuper de son ménage.

Mlle Lebiadkine que je désirais tant voir était assise sur un banc, paisible et silencieuse, dans un coin de la deuxième pièce, devant une table de cuisine en bois blanc. Elle ne nous interpella pas quand nous ouvrîmes la porte, ne bougea même pas de sa place. Chatov disait que leur porte n'était jamais fermée, même la nuit, et qu'une fois elle était restée toute la nuit grande ouverte sur l'entrée. A la faible lueur d'une mince bougie plantée dans un bougeoir en fer, je distinguai une femme d'une trentaine d'années peut-être, d'une maigreur maladive, vêtue d'une vieille robe d'indienne foncée, son long cou découvert et ses rares cheveux sombres tordus sur la nuque en un chignon gros comme le poing d'un enfant de deux ans. Elle nous regarda assez gaiement ; outre le bougeoir il y avait devant elle sur la table un petit miroir rustique, un vieux jeu de cartes, un recueil de chansons tout usé et un petit pain blanc de fantaisie dans lequel on avait déjà mordu une ou deux fois. Il était visible que Mlle Lebiadkine se mettait du blanc et du rouge et qu'elle se fardait les lèvres. Elle noircissait aussi ses sourcils, déjà longs, minces et sombres. Sur son front étroit et haut, malgré le fard, trois longues rides se creusaient assez nettement. Je savais déjà qu'elle boitait mais cette fois elle ne se leva ni ne marcha en notre présence. A un moment donné, dans sa première jeunesse, ce visage amaigri pouvait avoir été joli ; mais ses yeux gris, doux, paisibles, étaient encore remarquables ; quelque chose de rêveur et de sincère brillait dans son regard calme, presque joyeux. Cette joie douce, sereine, qui se reflétait aussi dans son sourire, me surprit après tout ce que j'avais entendu raconter sur la cravache de cosaque et les excès de son frère. Chose étrange, au lieu de la répugnance pénible et même craintive que l'on éprouve d'ordinaire en présence de tous ces êtres déshérités, j'eus presque du plaisir à la regarder, dès le premier instant, et ce fut tout au plus de la pitié mais nullement de la répugnance qui s'empara de moi plus tard.

— C'est comme ça qu'elle passe son temps, et littéralement seule pendant des journées entières, et elle ne bouge pas, se tire les cartes ou se regarde dans le miroir, dit Chatov en me la montrant du seuil de la porte ; il ne la nourrit même pas. La vieille du pavillon lui apporte parfois quelque chose par charité ; comment peut-on la laisser seule avec une bougie !

A ma surprise, Chatov parlait tout haut, comme si elle n'eût pas été là.

— Bonjour, Chatouchka ! dit gentiment Mlle Lebiadkine.

— Je t'amène, Maria Timofeevna, un visiteur, dit Chatov.

— Eh bien, honneur au visiteur. Je ne sais pas qui tu m'amènes, je ne crois pas me le rappeler. Elle me regarda fixement de derrière la bougie et aussitôt se retourna vers Chatov (dès lors pendant toute la conversation elle ne s'occupa pas plus de moi que si je n'avais pas été à côté d'elle).

— Tu en a eu assez de te promener tout seul dans ta chambre ? demanda-t-elle en riant et en découvrant deux rangées de dents parfaites.

— J'en ai eu assez et puis j'avais envie de te faire une visite.

Chatov approcha un banc de la table, s'assit et me fit prendre place à côté de lui.

— Je suis toujours contente de faire la conversation, seulement tu m'amuses tout de même, Chatouchka, on dirait un moine. Quand t'es-tu peigné ? Laisse-moi te peigner encore. Elle tira un peigne de sa poche. Depuis que je t'ai coiffé, tu n'as sûrement pas touché à tes cheveux ?

— Je n'ai même pas de peigne, répondit Chatov en riant.

— Vraiment ? Alors je te donnerai le mien, pas celui-ci, un autre, rappelle-le-moi seulement.

Avec l'air le plus sérieux du monde, elle se mit en devoir de le coiffer, lui fit même une raie sur le côté, se rejeta un peu en arrière pour juger de l'effet et remit le peigne dans sa poche.

— Sais-tu, Chatouchka, dit-elle en hochant la tête, tu es peut-être quelqu'un de raisonnable et pourtant tu t'ennuies. Ça me fait drôle de vous regarder tous ; je ne comprends pas comment les gens peuvent s'ennuyer. La tristesse n'est pas l'ennui. Moi, je m'amuse.

— Avec ton frère tu t'amuses aussi ?

— C'est de Lebiadkine que tu parles ? Il est mon laquais. Et cela m'est tout à fait égal qu'il soit là ou non. Je lui crie : Lebiadkine, apporte de l'eau. Lebiadkine, apporte mes souliers, et il court ; parfois, c'est un tort, j'ai envie de rire en le regardant.

— Et c'est parfaitement exact, dit Chatov en me parlant de nouveau tout haut et sans se gêner ; elle le traite absolument comme un laquais ; je l'ai entendue moi-même lui crier : « Lebiadkine, apporte de l'eau », et en le disant elle riait aux éclats ; la seule différence est qu'au lieu de courir chercher de l'eau, il la bat ; mais elle ne le craint pas du tout. Elle a presque tous les jours des sortes de crises nerveuses qui lui enlèvent la mémoire, si bien qu'après elle oublie tout ce qui vient de se passer et perd toujours la notion du temps. Vous croyez qu'elle se rappelle comment nous sommes entrés ; il se peut qu'elle s'en souvienne, mais il est en tout cas certain qu'elle a tout arrangé à sa façon et nous prend maintenant pour tout autres que nous ne sommes, bien qu'elle se rappelle que je suis Chatouchka. Cela ne fait rien que je parle tout haut ; elle cesse aussitôt d'écouter ceux qui lui parlent et se lance sur-le-champ dans ses rêveries ; justement, elle se lance. C'est une extraordinaire rêveuse ; elle reste assise à la même place pendant huit heures, pendant des journées entières. Vous voyez ce petit pain, elle ne l'a peut-être qu'entamé depuis ce matin et ne le finira que demain. La voilà maintenant qui se tire les cartes.

— Je me tire bien les cartes, Chatouchka, seulement cela ne donne pas ce qu'il faut, dit tout à coup Maria Timofeevna en entendant le dernier mot, et sans le regarder elle tendit la main gauche vers le petit pain (ayant sans doute entendu aussi qu'on en parlait). Elle finit par saisir le petit pain, mais après l'avoir gardé un moment dans sa main gauche, et distraite de nouveau par la conversation qui reprenait, elle le reposa sur la table sans s'en apercevoir et sans y avoir mordu.

— Ça donne toujours la même chose : un voyage, un homme méchant, une perfidie, un lit de mort, une lettre, une nouvelle inattendue — des mensonges tout cela, je pense, Chatouchka, et toi, qu'en penses-tu ? Puisque les gens mentent pourquoi les cartes ne mentiraient-elles pas ? Elle brouilla brusquement les cartes. Je disais un jour la même chose à la mère Prascovie, c'est une femme respectable, elle accourait toujours dans ma cellule pour se faire tirer les cartes, en cachette de la mère supérieure. Du reste elle n'était pas la seule à venir. Elles poussent des soupirs, elles hochent la tête, elles parlent, discutent, et moi je ris : « Comment voulez-vous, dis-je, mère Prascovie, recevoir une lettre puisque vous n'en avez pas eu depuis douze ans ? » Sa fille avait été emmenée par son mari quelque part en Turquie et depuis douze ans n'avait pas donné signe de vie. Seulement voilà-t-il pas que le lendemain soir je prends le thé chez la mère supérieure (elle est de lignée princière, notre supérieure), il y avait aussi chez elle une dame de passage, une grande rêveuse, et un moine venu du mont Athos, un bonhomme assez drôle, à mon avis. Et crois-tu, Chatouchka, ce moine, le matin même, avait apporté de Turquie à la mère Prascovie une lettre de sa fille — voilà bien ce que c'est que le valet de carreau — une nouvelle inattendue ! Nous prenons le thé et voilà que le moine du mont Athos dit à la mère supérieure : « Et surtout, vénérée mère supérieure, le Seigneur a béni votre couvent parce que vous conservez dans son sein un si précieux trésor. » — « Quel trésor donc ? » demande la mère supérieure. « La mère Elisabeth la Bienheureuse. » Or cette Elisabeth la Bienheureuse est enfermée chez nous dans une cage de sept pieds de long et de sept pieds de haut, encastrée dans le mur, et elle est là derrière les barreaux de fer depuis seize ans, avec pour seul vêtement une chemise de chanvre, été comme hiver, et elle passe son temps à fourrer une paille ou une brindille, n'importe quoi, dans sa chemise, dans la toile, et elle ne dit rien, et ne se peigne pas et ne se lave pas depuis dix-sept ans. L'hiver on lui passe une peau de mouton et tous les jours un croûton de pain et une cruche d'eau. Les fidèles la regardent, s'exclament, soupirent, laissent de l'argent. « Vous en avez trouvé un trésor, répond la mère supérieure (elle était fâchée ; elle détestait Elisabeth). Elisabeth reste là par pure méchanceté, par pur entêtement, et tout cela n'est que feinte. » Cela m'a déplu ; je voulais alors me cloîtrer moi-même : « A mon avis, dis-je, Dieu et la nature c'est la même chose. » Ils me répondent tous d'une seule voix : « Voyez-vous ça! » La supérieure a éclaté de rire, a chuchoté quelque chose à la dame, m'a appelée auprès d'elle, m'a cajolée et la dame m'a fait cadeau d'un ruban rose, veux-tu que je te le montre ? Et puis le moine m'a sermonnée et il parlait si gentiment et avec tant d'humilité et tant d'intelligence, il faut croire ; j'écoute. « As-tu compris ? » demande-t-il. « Non, dis-je, je n'ai rien compris et laissez-moi, dis-je, tout à fait tranquille. » C'est depuis ce temps-là qu'on m'a laissée tout à fait tranquille, Chatouchka. Entre-temps, en sortant de l'église, une de nos vieilles femmes, elle faisait pénitence chez nous pour avoir fait des prophéties, me glissa à l'oreille : « La mère de Dieu, qu'est-ce que c'est d'après toi ? » « — La grande mère, répondis-je, l'espoir du genre « humain. — C'est ça, dit-elle, la Mère de Dieu est la « grande mère de la terre humide, et une grande joie « réside en cela pour l'homme. Et chaque chagrin terres- « tre et chaque larme terrestre nous sont une joie ; et « quand tu auras abreuvé la terre de tes larmes jusqu'à « un pied de profondeur, aussitôt tu seras dans l'allé- « gresse de tout. Et aucun, aucun de tes chagrins ne sera « plus, telle est la prophétie. » Cette parole s'est gravée dans ma mémoire. Depuis, chaque fois qu'en priant je me prosterne, j'ai pris l'habitude de baiser la terre, je la baise et je pleure. Et je vais te dire une chose, Chatouchka : il n'y a aucun mal à ces larmes : et même que tu n'aies aucun chagrin, les larmes coulent rien que de joie. Les larmes coulent toutes seules, c'est la vérité. Je m'en allais parfois au bord du lac : d'un côté il y a notre couvent, de l'autre notre montagne pointue, on l'appelle aussi comme ça, la montagne Pointue. Je gravissais cette montagne, je me tournais face à l'orient, je tombais à terre, je pleure, je pleure, je ne sais combien de temps je reste à pleurer, et je ne me souviens alors de rien et je ne sais rien. Puis je me relève, je me retourne et le soleil se couche et il est si grand, si beau, si glorieux, aimes-tu regarder le soleil, Chatouchka ? C'est beau et c'est triste. Je me tourne de nouveau vers l'orient et l'ombre, l'ombre de notre montagne court comme une flèche, étroite, longue, longue, sur le lac et jusqu'à une verste au-delà, jusqu'à l'île au milieu du lac, et cette île de pierre, elle la coupe net en deux, et subitement tout s'éteint. Alors je suis saisie de tristesse, alors tout à coup la mémoire me revient, j'ai peur de l'obscurité, Chatouchka. Et surtout je pleure mon petit enfant...

— Mais est-ce que tu en as un ? demanda Chatov en me poussant du coude ; il avait écouté avec une extrême attention.

— Mais voyons : un tout petit, rose, avec des ongles minuscules, et mon seul tourment est de ne pouvoir me rappeler si c'est un garçon ou une fille. Tantôt je me rappelle un garçon, tantôt une petite fille. Et quand je l'ai mis au monde, je l'ai immédiatement enveloppé dans de la batiste et des dentelles, je lui ai noué des rubans roses, je l'ai couvert de fleurs, je l'ai préparé, j'ai dit sur lui une prière, je l'ai emporté non baptisé, et ce qui me fait pleurer, c'est que je l'ai mis au monde mais que je ne connais pas le mari.

— Peut-être y en avait-il un ? demanda Chatov avec prudence.

— Tu me fais rire, Chatouchka, avec tes réflexions. Pour en avoir eu un j'en ai peut-être eu un, mais à quoi ça sert d'en avoir eu un si c'est comme s'il n'avait jamais existé ? Voilà pour toi une devinette, pas difficile, devine ! dit-elle en souriant.

— Où donc as-tu porté l'enfant ?

— Dans l'étang je l'ai porté, répondit-elle en soupirant. Chatov me poussa de nouveau du coude.

— Et si tu n'avais jamais eu d'enfant, si tout cela n'était que du délire, hein ?

— C'est une question difficile que tu me poses, Chatouchka, répondit-elle d'un air songeur et nullement surprise d'une pareille question. Là-dessus je ne te dirai rien, peut-être n'en ai-je pas eu ; à mon avis, ce n'est que de la curiosité de ta part ; de toute façon je ne cesserai de le pleurer, je n'ai tout de même pas rêvé ? Et de grosses larmes brillèrent dans ses yeux. Chatouchka, Chatouchka, est-ce vrai que ta femme s'est sauvée de chez toi ? Elle lui posa soudain les deux mains sur les épaules et le regarda d'un air apitoyé. Ne te fâche pas, j'ai moi-même gros sur le cœur. Sais-tu, Chatouchka, quel rêve j'ai fait : il revient chez moi, me fait signe, m'appelle : « Ma petite chatte, dit-il, ma petite chatte, viens auprès de moi ! » C'est cette « petite chatte » qui m'a fait le plus plaisir : il m'aime, pensé-je.

— Peut-être viendra-t-il aussi en réalité, murmura Chatov à mi-voix.

— Non, Chatouchka, ce n'est qu'un rêve... il ne viendra pas en réalité. Tu connais la chanson :

> POINT NE M'EST BESOIN D'UNE NOUVELLE DEMEURE,
> JE RESTERAI DANS CETTE PETITE CELLULE,
> J'Y VIVRAI POUR SAUVER MON AME,
> JE PRIERAI DIEU POUR TOI.

Oh, Chatouchka, Chatouchka mon cher, pourquoi ne me demandes-tu rien ?

— Mais tu ne diras rien, voilà pourquoi je ne demande pas.

— Je ne dirai rien, qu'on me tue, je ne dirai rien, répondit-elle vivement, qu'on me brûle, je ne dirai rien. Et quoi que je puisse avoir à souffrir, je ne dirai rien, les gens ne sauront rien !

— Tu vois bien, à chacun son destin, fit Chatov encore plus bas en penchant de plus en plus la tête.

— Mais si tu m'en priais, peut-être que je te le dirais ; peut-être que je le dirai ! répéta-t-elle avec exaltation. Pourquoi ne me demandes-tu pas ? Demande-le-moi, demande-le-moi bien, Chatouchka, peut-être que je te le dirai ; supplie-moi, Chatouchka, pour que j'y consente de mon plein gré... Chatouchka, Chatouchka !

Mais Chatouchka se taisait ; pendant une minute il y eut un silence général. Les larmes coulaient lentement sur ses joues fardées ; elle en avait oublié ses deux mains sur les épaules de Chatov mais ne le regardait pas.

— Eh, est-ce que cela me regarde ? dit Chatov en se levant brusquement du banc. Levez-vous ! ajouta-t-il en tirant avec humeur le banc sur lequel j'étais assis, et il le remit à sa place primitive.

— Quand il rentrera, c'est pour qu'il ne se doute de rien ; et nous, il est temps de nous en aller.

— Ah, tu parles encore de mon laquais ! s'écria Maria Timofeevna en éclatant de rire, tu as peur de lui ! Eh bien, adieu, chers visiteurs, mais écoute un instant ce que je vais te dire. Tout à l'heure ce Nilitch est venu ici avec Philippov, le propriétaire, une grosse barbe rouquine, et le mien s'était justement jeté sur moi. Le propriétaire l'a empoigné, l'a traîné dans la pièce et l'autre qui crie : « Ce n'est pas ma faute, je souffre par la faute d'un autre ! » Eh bien, croiras-tu, tous tant que nous étions nous sommes partis d'un éclat de rire...

— Eh, Timofeevna, c'est moi qui étais là et non pas le rouquin barbu, c'est moi qui tout à l'heure l'ai traîné par les cheveux loin de toi ; le propriétaire est venu avant-hier vous faire des histoires, tu as confondu.

— Attends, c'est bien vrai que j'ai confondu, c'était peut-être toi. Enfin, à quoi bon discuter de vétilles ; qu'est-ce que ça lui fait que ce soit l'un ou l'autre qui le corrige ? dit-elle en riant.

— Partons, me dit Chatov en me tirant brusquement par la manche, la porte a grincé ; s'il nous trouve ici, il la battra.

Et nous n'avions pas encore eu le temps de monter l'escalier que des cris avinés retentirent à la porte, accompagnés d'une bordée de jurons. Chatov, après m'avoir fait entrer chez lui, ferma la porte à clef...

— Vous allez être obligé d'attendre un instant si vous ne voulez pas d'histoire. Le voilà qui crie comme un cochon, il a dû encore buter contre le seuil ; il s'étale chaque fois.

Cela n'alla cependant pas sans histoire.

6

CHATOV se tenait devant la porte fermée et prêtait l'oreille aux bruits de l'escalier ; brusquement il fit un bond en arrière.

— Il vient ici, je le savais bien ! chuchota-t-il rageusement, il n'y aura sans doute plus moyen de se débarrasser de lui avant minuit.

Quelques coups de poing vigoureux retentirent contre la porte.

— Chatov, Chatov, ouvre ! hurla le capitaine. Chatov, ami !

> MON AMI, JE VIENS TE DIRE
> QUE DÉJA LE JOUR SE LÈVE,
> QUE SES CHAUDS RAYONS S'ÉTIRENT
> SUR... LES... ARBRES... SUR LES GRÈVES.
> DIRE — QUE LE DIABLE T'EMPORTE —
> QUE JE VEILLE SOUS... LES BRANCHES...

Comme sous les verges, ha, ha !

> QUE CHAQUE PETIT OISEAU... A SOIF...
> TE DIRE QUE JE VAIS BOIRE
> BOIRE... JE NE SAIS CE QUE JE VAIS BOIRE.

D'ailleurs le diable emporte cette stupide curiosité !
Chatov, comprends-tu comme il fait bon vivre au
monde !

— Ne me répondez pas, me chuchota de nouveau
Chatov.

— Ouvre donc ! Comprends-tu qu'il y a quelque
chose de plus élevé que la bagarre... entre humains ; il
y a des instants chez un homme d'hon-n-neur... Chatov,
je suis bon ; je te pardonnerai... Chatov, au diable les
tracts, hein ?

Silence.

— Comprends-tu, âne, que je suis amoureux, j'ai
acheté un habit de soirée, regarde, l'habit de l'amour,
quinze roubles. L'amour d'un capitaine exige les convenances mondaines... Ouvre ! rugit-il à tout rompre, et il
se remit à marteler furieusement la porte à coups de
poing.

— Va-t'en au diable ! rugit soudain Chatov à son tour.

— Es-clave ! Serf esclave, et ta sœur aussi est une
esclave et une serve... vol-leuse !

— Et toi tu l'as vendue, ta sœur.

— Tu mens ! Je souffre injustement quand je pourrais
par une seule explication... comprends-tu qui elle
est ?

— Qui ? demanda Chatov en s'approchant subitement
de la porte avec curiosité.

— Mais le comprends-tu ?

— Je le comprendrai bien, dis toujours qui elle
est ?

— J'ai le courage de le dire ! J'ai toujours le courage
de tout dire en public !...

— Ma foi, j'en doute, dit Chatov pour l'exciter, et il
me fit signe d'écouter.

— Je n'ai pas le courage ?

— A mon avis, non.

— Mais parle donc si tu n'as pas peur des verges
de ton maître... Tu es un poltron, tout capitaine que
tu es !

— Je... je... elle... elle est... balbutia le capitaine d'une
voix tremblante et émue.

— Eh bien ? demanda Chatov en tendant l'oreille.

Un silence se fit qui dura au moins trente secondes.

— Sa-a-alaud ! entendit-on enfin crier derrière la porte, et le capitaine se retira vivement en bas, soufflant comme un samovar et manquant bruyamment chaque marche.

— Non, il est malin, même ivre il ne se trahira pas, dit Chatov en s'éloignant de la porte.

— Qu'est-ce que cela veut dire ? demandai-je.

Chatov fit de la main un geste désabusé, ouvrit la porte et épia de nouveau les bruits de l'escalier ; il resta longtemps à écouter, descendit même doucement quelques marches. Enfin il revint.

— On n'entend rien, il ne l'a pas battue ; il s'est donc affalé et roupille. Il est temps de vous en aller.

— Ecoutez, Chatov, que dois-je conclure maintenant de tout cela ?

— Eh, concluez ce que vous voudrez ! répondit-il d'une voix lasse et dégoûtée, et il s'assit à sa table de travail.

Je partis. Une idée invraisemblable prenait de plus en plus corps dans mon imagination. Je pensais avec angoisse au lendemain...

7

LE « lendemain », c'est-à-dire le dimanche où devait se décider, cette fois irrévocablement, le sort de Stepan Trofimovitch, fut une des journées les plus mémorables de ma chronique. Ce fut une journée de surprises, une journée où se dénouèrent des événements passés et s'en nouèrent de nouveaux, une journée d'explications nettes et de confusion encore plus grande. Le matin, comme le lecteur le sait déjà, je devais accompagner mon ami chez Varvara Petrovna, selon les propres instructions de celle-ci, et, dès trois heures de l'après-midi, je devais être chez Elisabeth Nicolaevna pour lui raconter — je ne savais quoi, et l'aider — je ne savais en quoi. Et cependant tout se termina comme personne n'aurait pu le prévoir. En un mot, ce fut une journée de surprenantes coïncidences.

Pour commencer, Stepan Trofimovitch et moi, en arrivant chez Varvara Petrovna à midi précis comme elle l'avait fixé, ne la trouvâmes pas chez elle ; elle n'était pas encore revenue de la messe. Mon pauvre ami était ainsi disposé ou, pour mieux dire, si mal disposé que cette circonstance l'atterra aussitôt ; presque défaillant, il se laissa tomber dans un fauteuil du salon. Je lui offris un verre d'eau ; mais malgré sa pâleur et même le tremblement de ses mains, il refusa avec dignité. Soit dit en passant, sa mise était cette fois extraordinairement recherchée : linge de batiste brodé, presque du linge de bal, cravate blanche, chapeau neuf à la main, gants frais couleur paille, et même un soupçon de parfum. Nous venions à peine de nous asseoir quand Chatov fut introduit par le valet de chambre, et lui aussi, c'était évident, sur invitation formelle. Stepan Trofimovitch se souleva pour lui tendre la main, mais Chatov après nous avoir regardés attentivement tous les deux, se dirigea vers un coin, s'y assit et ne nous salua même pas d'un signe de tête. Stepan Trofimovitch me regarda de nouveau d'un air effrayé.

Nous passâmes ainsi quelques minutes encore dans un silence absolu. Stepan Trofimovitch se mit subitement à me chuchoter quelque chose très vite, mais je ne compris pas ; au demeurant, dans son émotion il ne put achever et y renonça lui-même. Le valet de chambre revint pour arranger quelque chose sur la table ; mais plus vraisemblablement pour jeter un coup d'œil sur nous. Chatov lui demanda soudain d'une voix forte :

— Alexis Egoritch, vous ne savez pas si Daria Pavlovna est partie avec elle ?

— Varvara Petrovna a bien voulu se rendre à la cathédrale toute seule et Daria Pavlovna est restée chez elle en haut, elle ne se sent pas tout à fait bien, annonça Alexis Egoritch d'un ton sentencieux et posé.

Mon pauvre ami me lança un nouveau regard rapide et inquiet, si bien que je finis par me détourner. Soudain le roulement d'une voiture se fit entendre devant le perron et un certain mouvement lointain dans la maison nous annonça le retour de notre hôtesse. Nous nous levâmes vivement de nos fauteuils, mais nouvelle surprise : nous entendîmes le bruit des pas de nombreuses personnes, donc la maîtresse de la maison n'était pas rentrée seule, ce qui était déjà assez étrange puisqu'elle nous avait fixé cette heure elle-même. Nous entendîmes enfin quelqu'un entrer avec une hâte singulière, comme en courant, or Varvara Petrovna ne pouvait entrer ainsi. Et tout à coup elle entra dans le salon presque en coup de vent, haletante et en proie à une émotion extrême. A sa suite, un peu en arrière et beaucoup plus lentement, entra Elisabeth Nicolaevna et avec

Elisabeth Nicolaevna, la main dans la main, — Maria Timofeevna Lebiadkine ! Si j'avais vu cela en rêve, même alors je ne l'aurais pas cru.

Pour expliquer cette chose absolument inattendue, il est indispensable de remonter en arrière d'une heure et de raconter plus en détail l'extraordinaire aventure arrivée à Varvara Petrovna à la cathédrale.

D'abord, presque toute la ville, c'est-à-dire bien entendu la couche supérieure de notre société, s'était réunie pour entendre la messe. On savait que la femme du gouverneur y assisterait pour la première fois depuis son arrivée chez nous. Je signalerai que le bruit courait déjà qu'elle était libre penseuse et acquise « aux principes nouveaux ». Toutes les dames savaient aussi qu'elle serait habillée avec beaucoup de luxe et une extraordinaire élégance ; c'est pourquoi les toilettes de nos dames brillaient cette fois par leur recherche et leur opulence. Seule Varvara Petrovna était modestement et comme toujours vêtue tout en noir ; elle s'habillait invariablement ainsi depuis quatre ans. En arrivant à la cathédrale elle s'installa à sa place habituelle, à gauche, au premier rang, et un valet de pied en livrée déposa devant elle un coussin de velours pour les génuflexions ; en un mot, tout était comme à l'ordinaire. Mais on remarqua aussi que cette fois, pendant tout le service, elle pria avec une ferveur extrême ; on assura même plus tard, quand on se fut tout rappelé, qu'elle avait eu les larmes aux yeux. La messe se termina enfin et notre prêtre, le père Pavel, parut pour prononcer un sermon solennel. On aimait chez nous ses sermons et on y attachait beaucoup de prix ; on insistait même pour qu'il les publiât mais il ne pouvait jamais s'y décider. Pourtant cette fois le sermon fut particulièrement long.

Et voici que, pendant le sermon, une dame arriva devant la cathédrale dans un drojki de louage à l'ancienne, c'est-à-dire un de ces véhicules où les dames ne pouvaient s'asseoir que de côté en se tenant à la ceinture du cocher et secouées par les cahots du fiacre comme un brin d'herbe verte par le vent. Ces fiacres circulent encore aujourd'hui dans notre ville. S'arrêtant à l'angle de la cathédrale — car devant le portail stationnaient de nombreuses voitures de maître et même de gendarmes — la dame sauta à terre et tendit au cocher quatre kopeks en argent.

— Alors ce n'est donc pas assez, Vania ! s'écria-t-elle en voyant la grimace qu'il faisait, c'est tout ce que j'ai, ajouta-t-elle plaintivement.

— Ma foi, ça ira comme ça ; je t'ai chargée sans convenir du prix, dit le cocher en faisant de la main un geste de résignation et en la regardant comme s'il pensait : « Et puis ce serait un péché que de te faire du tort », après quoi, glissant dans son gilet sa bourse de cuir, il mit les chevaux en marche et partit, accompagné des quolibets des cochers qui se trouvaient à proximité. Des quolibets et même de la surprise accompagnèrent aussi la dame pendant qu'elle se glissait vers la porte de la cathédrale, parmi les voitures et les laquais qui attendaient la sortie imminente de leurs maîtres. Au demeurant, il y avait en effet quelque chose d'insolite et d'inattendu pour tous dans l'apparition soudaine d'une telle personne, surgie on ne sait d'où dans la rue au milieu de la foule. Elle était d'une maigreur maladive et boitait, elle était violemment fardée, son long cou était tout à fait découvert, elle ne portait ni fichu ni manteau mais n'avait sur elle qu'une vieille robe sombre, malgré cette journée de septembre froide et venteuse quoique ensoleillée ; elle était nu-tête, les cheveux enroulés sur la nuque en un minuscule chignon, où était plantée, à droite, une seule rose artificielle, de celles dont on orne les chérubins de la fête des Rameaux. Un de ces chérubins, au front ceint d'une couronne de roses en papier, je l'avais précisément remarqué la veille dans le coin, sous les icônes, pendant ma visite à Maria Timofeevna. Pour comble, la dame allait les yeux modestement baissés mais en souriant gaiement et malicieusement. Si elle se fût tant soit peu attardée, on ne l'aurait peut-être pas laissé pénétrer dans la cathédrale... Mais elle réussit à se glisser jusqu'à la porte et, une fois dans l'église, elle s'avança inaperçue.

Bien qu'on en fût au milieu du sermon et que la foule qui emplissait l'église l'écoutât avec une attention entière et silencieuse, quelques yeux louchèrent néanmoins curieusement et avec perplexité vers la nouvelle venue. Elle se laissa tomber à genoux en inclinant jusqu'au plancher son visage fardé, resta longtemps ainsi et manifestement pleura, mais relevant la tête et se remettant debout se ressaisit bien vite et trouva des distractions. Gaiement, avec un plaisir visible et extrême, elle laissa son regard errer sur les visages autour d'elle, sur les murs de la cathédrale; avec une curiosité particulière elle examina certaines dames, se dressant même pour cela sur la pointe des pieds, et deux fois elle rit même d'un petit rire étrange. Mais le sermon prit fin et l'on présenta la croix. La femme du gouverneur fut la première à s'approcher pour la baiser, mais alors qu'elle en était à deux pas elle s'arrêta, visiblement désireuse de céder la place à Varvara Petrovna qui, de son côté, avançait tout droit, comme si elle ne remarquait personne devant elle. L'extraordinaire courtoisie de la femme du gouverneur renfermait une pointe évidente et en son genre spirituelle ; c'est ainsi que tous l'interprétèrent, c'est probablement ainsi que l'interpréta aussi Varvara Petrovna, mais toujours sans remarquer personne et d'un air de dignité imperturbable, elle baisa la croix et aussitôt se dirigea vers la sortie. Le valet de pied en livrée ouvrait le passage devant elle, quoique tout le monde se rangeât sans cela pour la laisser passer. Mais juste à la sortie, sur le parvis, un groupe compact lui barra un instant le chemin. Varvara Petrovna s'arrêta et soudain un être étrange, insolite, une femme avec une rose en papier sur la tête, se frayant un passage à travers la foule vint s'agenouiller devant elle. Varvara Petrovna, qu'il était difficile de démonter, surtout en public, la regarda d'un air important et sévère.

Je m'empresse de noter ici, aussi brièvement que possible, que Varvara Petrovna, bien que ces dernières années elle fût devenue, disait-on, économe à l'excès et même assez avare, ne regardait parfois pas à la dépense, surtout lorsqu'il s'agissait de charité. Elle était membre d'une société de bienfaisance de la capitale. Lors d'une récente année de famine, elle avait envoyé cinq cents roubles au comité central de secours aux affamés, à Pétersbourg, et de cela on avait parlé chez nous. Enfin, ces tout derniers temps, avant la nomination du nouveau gouverneur, elle avait été sur le point de fonder un comité local de dames ayant pour but l'aide aux femmes en couches les plus pauvres de la ville et de la province. On lui reprochait vivement chez nous d'être ambitieuse ; mais une certaine impétuosité dans le caractère de Varvara Petrovna et en même temps sa persévérance avaient été sur le point de triompher des obstacles ; la société était presque organisée et l'idée initiale prenait de plus en plus d'ampleur dans l'esprit enthousiasmé de la fondatrice : elle rêvait déjà de fonder le même comité à Moscou, d'en étendre progressivement l'action à toutes les provinces. Et voilà qu'avec le changement soudain de gouverneur tout était arrêté ; et la femme du nouveau gouverneur avait déjà, disait-on, trouvé moyen de faire dans la société quelques réflexions mordantes et, surtout, justes et fondées sur le caractère impraticable de l'idée fondamentale d'un pareil comité, ce qui, amplifié bien entendu, avait déjà été répété à Varvara Petrovna. Dieu seul sait le fond des cœurs, mais je suppose que ce n'est pas sans un certain plaisir que Varvara Petrovna s'arrêta maintenant à la porte même de l'église, sachant que la femme du gouverneur allait passer dans un instant, puis tous les autres, et « qu'elle voie donc elle-même le peu de cas que je fais de ce qu'elle pourrait penser et des plaisanteries qu'elle pourrait encore faire sur la vanité que je tire de ma bienfaisance. Voilà pour vous tous » !

— Qu'y a-t-il, ma chère, que demandez-vous ? dit Varvara Petrovna en examinant plus attentivement la solliciteuse agenouillée devant elle. Celle-ci la contemplait d'un regard profondément intimidé, confus mais presque fervent, et tout à coup elle eut le même petit rire étrange.

— Qu'a-t-elle ? Qui est-elle ? Varvara Petrovna parcourut les personnes présentes d'un regard impérieux et interrogateur. Tous se taisaient.

— Vous êtes malheureuse ? Vous avez besoin d'un secours ?

— J'ai besoin... je suis venue... balbutiait la « malheureuse » d'un voix brisée d'émotion. Je ne suis venue que pour vous baiser la main... et elle eut de nouveau un petit rire. Avec un regard tout à fait enfantin, comme en ont les enfants lorsqu'ils vous cajolent pour obtenir quelque chose, elle fit un mouvement pour prendre la main de Varvara Petrovna, mais comme saisie de peur, retira ses bras en arrière.

— Vous n'êtes venue que pour cela ? dit Varvara Petrovna avec un sourire compatissant, mais aussitôt elle tira de sa poche son porte-monnaie de nacre, y prit un billet de dix roubles et le tendit à l'inconnue. Celle-ci l'accepta. Varvara Petrovna était très intéressée et visiblement ne considérait pas l'inconnue comme une solliciteuse du peuple.

— Voyez-vous ça, elle a donné dix roubles, dit quelqu'un dans la foule.

— Votre main je vous prie, balbutiait la « malheureuse », tenant bien serré entre les doigts de sa main gauche le coin du billet de dix roubles qu'elle venait de recevoir et qui flottait au vent. Varvara Petrovna, on ne sait pourquoi, fronça légèrement le sourcil et d'un air sérieux, presque sévère, lui tendit la main ; l'autre la baisa avec ferveur. Son regard reconnaissant brilla même d'une sorte d'extase. C'est à cet instant précis que s'approcha la femme du gouverneur et qu'afflua toute une foule de dames et de nos plus importants notables. La femme du gouverneur fut forcée de s'arrêter un instant dans la cohue; beaucoup de personnes s'arrêtèrent aussi.

— Vous tremblez, vous avez froid ? demanda soudain Varvara Petrovna, et ôtant son manteau que le valet de pied saisit au vol, elle enleva de ses épaules son châle noir de grand prix et de ses propres mains en enveloppa le cou nu de la solliciteuse toujours agenouillée.

— Mais relevez-vous donc, ne restez pas à genoux, je vous en prie ! L'autre se leva.

— Où habitez-vous ? Se peut-il enfin que personne ne sache où elle habite ? demanda Varvara Petrovna en regardant de nouveau autour d'elle avec impatience. Mais le groupe de tout à l'heure n'était plus là : elle ne vit que des visages de connaissance, tous des gens du monde qui observaient la scène, les uns avec un étonnement sévère, les autres avec une curiosité maligne et en même temps avec l'innocent désir d'assister à un scandale, d'autres encore commençaient même à rire sous cape.

— Je crois qu'elle s'appelle Lebiadkine, hasarda enfin un brave homme en réponse à la question de Varvara Petrovna ; c'était notre marchand Andreev, homme respectable et respecté de beaucoup de gens, qui avait des lunettes, une barbe blanche, était vêtu à la russe et tenait en ce moment à la main un chapeau haut de forme ; elle habite la maison de Philippov, rue de l'Epiphanie.

— Lebiadkine ? La maison de Philippov ? Il me semble en avoir entendu parler... je vous remercie, Niçon Semenitch, mais qui est ce Lebiadkine ?

— Il se dit capitaine, c'est un homme, on devrait bien dire, imprudent. Et ça c'est pour sûr sa sœur. Elle a dû, il faut croire, tromper sa surveillance, dit Nicon Semenitch en baissant la voix, et il jeta à Varvara Petrovna un regard entendu.

— Je vous comprends ; merci, Nicon Semenitch. Vous êtes, ma chère, Madame Lebiadkine ?

— Non, je ne suis pas Lebiadkine.

— Alors c'est peut-être votre frère qui est Lebiadkine ?

— Mon frère est Lebiadkine.

— Voici ce que je vais faire, je vous emmène avec moi, ma chère, et de chez moi on vous reconduira dans votre famille ; voulez-vous venir avec moi ?

— Ah, je veux bien ! s'écria Mlle Lebiadkine en joignant les mains.

— Tante, tante ? Emmenez-moi aussi chez vous ! dit

la voix d'Elisabeth Nicolaevna. Je signalerai qu'Elisabeth Nicolaevna était venue à la messe avec la femme du gouverneur, tandis que Prascovie Ivanovna, sur l'ordre du médecin, faisait une promenade en voiture et, pour se distraire, avait emmené Mavriki Nicolaevitch. Lisa quitta brusquement la femme du gouverneur et courut à Varvara Petrovna.

— Ma chérie, tu le sais, je suis toujours contente de t'avoir, mais que dira ta mère ? commença Varvara Petrovna d'un air imposant ; mais tout à coup elle se troubla en s'apercevant de l'extraordinaire émotion de Lisa.

— Tante, tante, il faut absolument que je vienne maintenant avec vous, suppliait Lisa en embrassant Varvara Petrovna.

— *Mais qu'avez-vous donc, Lise !* dit la femme du gouverneur avec un étonnement expressif.

— Ah, pardonnez-moi, *chère cousine*, je vais maintenant chez ma tante, répondit Lisa en se retournant vivement vers la *chère cousine* désagréablement surprise, et elle l'embrassa deux fois.

— Et dites aussi à *maman* de venir tout de suite me chercher chez ma tante ; *maman* voulait absolument, absolument venir, elle me le disait elle-même tout à l'heure, j'ai oublié de vous prévenir, bavardait Lisa volubile, pardonnez-moi, ne vous fâchez pas, *Julie, chère... cousine...* tante, je suis prête !

— Si vous ne m'emmenez pas, tante, je courrai derrière votre voiture et je crierai, chuchota-t-elle rapidement et désespérément à l'oreille de Varvara Petrovna; il est encore heureux que personne ne l'entendît. Varvara Petrovna recula même d'un pas et lança un regard perçant à la folle jeune fille. Ce regard décida tout : elle résolut d'emmener Lisa coûte que coûte avec elle !

— Il faut y mettre fin, laissa-t-elle échapper. Bien, je t'emmène avec plaisir, Lisa, ajouta-t-elle aussitôt à haute voix, bien entendu si Julie Mikhaïlovna consent à te laisser venir, et d'un air ouvert et avec une franche dignité elle se tourna directement vers la femme du gouverneur.

— Oh, sans aucun doute : je ne voudrais pas la priver de ce plaisir, d'autant plus que moi-même... balbutia tout à coup Julie Mikhaïlovna avec une étonnante amabilité, je... je sais bien quelle petite tête fantasque, autoritaire nous avons sur nos épaules (Julie Mikhaïlovna eut un charmant sourire)...

— Je vous remercie infiniment, dit Varvara Petrovna avec un salut poli et cérémonieux.

— Et cela m'est d'autant plus agréable, poursuivit Julie Mikhaïlovna qui balbutiait maintenant presque avec exaltation rougissant même d'agréable émotion, qu'outre le plaisir d'être avec vous, Lisa est entraînée en ce moment par un sentiment si beau, je puis dire si élevé, la compassion... (elle jeta un regard sur la « malheureuse »)... et... et sur le parvis même de l'église...

— Une telle façon de voir vous fait honneur, approuva superbement Varvara Petrovna. Julie Mikhaïlovna tendit précipitamment la main et Varvara Petrovna la toucha des doigts avec une parfaite bonne volonté. L'impression générale fut excellente, les visages de certains des assistants rayonnèrent de plaisir, on vit apparaître quelques sourires doucereux et insinuants.

En un mot, il fut soudain clairement démontré à toute la ville que ce n'était pas Julie Mikhaïlovna qui avait jusque-là dédaigné Varvara Petrovna et ne lui avait pas rendu visite, mais qu'au contraire Varvara Petrovna avait « tenu Julie Mikhaïlovna à distance, alors que celle-ci serait accourue lui faire cette visite, peut-être même à pied, si seulement elle avait été sûre que Varvara Petrovna ne la chasserait pas ». Le prestige de Varvara Petrovna s'en accrut à l'extrême.

— Montez donc, ma chère, dit Varvara Petrovna en invitant Mlle Lebiadkine à prendre place dans la voiture qui s'était approchée ; la « malheureuse » courut joyeusement jusqu'à la portière où le valet de pied l'aida à monter.

— Comment ! Vous boitez ! s'écria Varvara Petrovna qui parut tout effrayée, et elle pâlit. (Chacun s'en aperçut à ce moment mais personne ne le comprit...)

La voiture s'ébranla. La maison de Varvara Petrovna se trouvait tout près de la cathédrale. Lisa me dit plus tard que Mlle Lebiadkine rit hystériquement pendant les trois minutes que dura le trajet, tandis que Varvara Petrovna restait assise « comme dans un sommeil magnétique », selon la propre expression de Lisa.

CHAPITRE V

LE SERPENT SUBTIL

1

Varvara Petrovna agita la sonnette et se jeta dans un fauteuil près de la fenêtre.

— Asseyez-vous ici, ma chère, dit-elle en indiquant à Maria Timofeevna un siège au milieu de la pièce, près d'une grande table ronde ; Stepan Trofimovitch, qu'est-ce que cela signifie ? Vous voyez, vous voyez ; regardez cette femme, qu'est-ce que cela signifie ?

— Je... je... balbutia Stepan Trofimovitch.

Mais un laquais parut.

— Une tasse de café, tout de suite, spécialement et le plus vite possible ! Qu'on ne dételle pas les chevaux !

— *Mais, chère et excellente amie, dans quelle inquiétude...* s'écria Stepan Trofimovitch d'une voix mourante.

— Ah ! du français, du français ! On voit tout de suite que c'est le grand monde ! s'exclama Maria Timofeevna en battant des mains et en se préparant avec ravissement à écouter une conversation en français. Varvara Petrovna fixa les yeux sur elle avec frayeur.

Nous nous taisions tous et attendions de voir comment cela finirait. Chatov ne leva pas la tête ; Stepan Trofimovitch, quant à lui, était en désarroi, comme si tout eût été sa faute ; la sueur lui perlait aux tempes. Je regardai Lisa (elle était assise dans un coin, presque à côté de Chatov). Ses yeux allaient vivement de Varvara

Petrovna à la boiteuse et retour ; ses lèvres se tordaient en un sourire, mais ce sourire n'était pas bon. Varvara Petrovna voyait ce sourire. Cependant Maria Timofeevna était absolument transportée : elle examinait avec délice et sans aucun embarras le beau salon de Varvara Petrovna, les meubles, les tapis, les tableaux aux murs, le plafond ancien à fresques, le grand crucifix de bronze dans un coin, la lampe en porcelaine, les albums, les bibelots sur la table.

— Alors toi aussi tu es là, Chatouchka ! s'exclamat-elle soudain, imagine-toi, il y a longtemps que je te vois, mais je me disais : ce n'est pas lui ! Comment se serait-il introduit ici ! et elle rit gaiement.

— Vous connaissez cette femme ? demanda Varvara Petrovna en se tournant aussitôt vers lui.

— Je la connais, bredouilla Chatov qui fit un mouvement pour se lever mais resta assis.

— Que savez-vous ? Je vous en prie, vite !

— Eh quoi... dit-il avec un sourire sans objet, et il s'arrêta court... vous voyez vous-même...

— Qu'est-ce que je vois ? Allons, dites donc quelque chose !

— Elle habite la même maison que moi... avec son frère... un officier.

— Eh bien ?

Chatov resta de nouveau court.

— Ce n'est pas la peine d'en parler... bredouilla-t-il, et il se tut résolument. Il rougit même de sa résolution.

— Naturellement, on ne peut attendre de vous rien d'autre ! trancha avec indignation Varvara Petrovna. Il était maintenant évident pour elle qu'ils savaient tous quelque chose, que pourtant ils avaient tous peur et se dérobaient à ses questions, voulaient lui cacher quelque chose.

Le laquais entra et lui présenta sur un petit plateau d'argent la tasse de café spécialement commandée, mais aussitôt, sur un signe d'elle, se dirigea vers Maria Timofeevna.

— Vous étiez toute transie tout à l'heure, ma chère, buvez vite et réchauffez-vous.

— *Merci*, dit Maria Timofeevna en prenant la tasse, et tout à coup elle éclata de rire à la pensée d'avoir dit *merci* à un laquais. Mais rencontrant le regard sévère de Varvara Petrovna, elle en fut tout intimidée et posa la tasse sur la table.

— Tante, vous n'êtes pas fâchée par hasard ? balbutia-t-elle avec une sorte d'enjouement frivole.

— Quoi ? s'écria Varvara Petrovna en sursautant et en se redressant dans son fauteuil, depuis quand suis-je votre tante ? Qu'entendez-vous par là ?

Maria Timofeevna qui ne s'attendait pas à un pareil courroux fut toute secouée de petits frissons convulsifs comme dans une crise de nerfs et se rejeta contre le dossier de son fauteuil.

— Je... je croyais que c'est comme ça qu'il fallait vous appeler, balbutia-t-elle en regardant Varvara Petrovna de tous ses yeux, c'est comme ça que vous appelait Lisa.

— Quelle Lisa encore ?

— Mais cette demoiselle là-bas, répondit Maria Timofeevna en la montrant du doigt.

— Alors elle est déjà pour vous Lisa ?

— Vous l'appeliez comme ça vous-même, tout à l'heure, répondit Maria Timofeevna en reprenant un peu courage. J'ai rêvé d'une beauté toute pareille, et elle sourit comme par hasard.

Varvara Petrovna comprit et se calma un peu ; elle sourit même très légèrement aux dernières paroles de Maria Timofeevna. Celle-ci, s'apercevant de son sourire, se leva de son fauteuil et en boitant s'approcha timidement d'elle.

— Prenez, j'avais oublié de vous le rendre, ne m'en veuillez pas de mon manque de politesse, dit-elle en enlevant de ses épaules le châle noir que Varvara Petrovna lui avait mis tout à l'heure.

— Remettez-le tout de suite et gardez-le pour toujours. Allez vous rasseoir, buvez votre café et, je vous en prie, n'ayez pas peur de moi, ma chère, calmez-vous. Je commence à vous comprendre.

— *Chère amie*... se permit de nouveau de dire Stepan Trofimovitch.

— Ah, Stepan Trofimovitch, même sans vous c'est à y perdre la raison, vous au moins épargnez-moi... Je vous en prie, agitez cette sonnette, à côté de vous, pour appeler une femme de chambre.

Un silence se fit. Le regard de Varvara Petrovna glissait soupçonneux et irrité sur nos visages à tous. Agacha, sa femme de chambre préférée, parut.

— Mon châle à carreaux que j'ai acheté en Suisse. Que fait Daria Pavlovna ?

— Elle ne se sent pas très bien.

— Va et prie-la de venir ici. Ajoute que je le lui demande instamment, même si elle ne se sent pas bien.

A cet instant on entendit de nouveau dans la pièce voisine un bruit insolite de pas et de voix, semblable à celui de tout à l'heure, et sur le seuil parut soudain Prascovie Ivanovna, essoufflée et « démontée ». Elle s'appuyait au bras de Mavriki Nicolaevitch.

— Oh, grands dieux, j'ai pu à peine me traîner jusqu'ici ; Lisa, que fais-tu, petite folle, de ta mère ! s'exclama-t-elle d'une voix aiguë, mettant dans ce cri, selon l'habitude de tous les gens faibles mais très irritables, toute son irritation accumulée.

— Varvara Petrovna ma chère, je viens chercher ma fille !

Varvara Petrovna lui jeta un regard en dessous, se leva à demi pour l'accueillir et dissimulant à peine sa contrariété, dit :

— Bonjour, Prascovie Ivanovna, fais-moi le plaisir de t'asseoir. Je savais bien que tu viendrais.

2

Pour Prascovie Ivanovna il ne pouvait rien y avoir d'inattendu dans un pareil accueil. Varvara Petrovna, depuis l'enfance, avait toujours traité son ancienne amie de pension d'une façon tyrannique et, sous l'apparence de l'amitié, presque avec mépris. Mais cette fois la situation elle-même était exceptionnelle. Depuis quelques jours, une rupture complète se préparait entre les deux maisons, comme je l'ai déjà mentionné en passant. Les causes de cette rupture étaient pour le moment un mystère pour Varvara Petrovna, ce qui par conséquent les rendait encore plus blessantes, mais le plus grave était que Prascovie Ivanovna avait réussi à prendre à son égard une attitude extraordinairement hautaine. Varvara Petrovna était bien entendu ulcérée et cependant à elle aussi certains bruits étranges commençaient déjà à parvenir, bruits qui l'irritaient à l'extrême, surtout par leur imprécision. Varvara Petrovna était d'un caractère droit et d'une franchise pleine de fierté, jointe à une certaine agressivité, s'il est permis de s'exprimer ainsi. Il n'y avait rien qu'elle pût moins souffrir que des accusations secrètes, qui se cachent ; elle préférait toujours la guerre ouverte. Quoi qu'il en soit, il y avait cinq jours que les deux dames ne s'étaient vues. La dernière visite avait été faite par Varvara Petrovna qui était partie de chez « cette Drozdov » vexée et troublée. Je peux dire sans risque de me tromper que Prascovie Ivanovna était venue en ce moment avec la naïve conviction que Varvara Petrovna devait, on ne sait pourquoi, perdre contenance devant elle ; cela se voyait rien qu'à l'expression de son visage. Mais, à n'en pas douter, c'est précisément quand elle pouvait soupçonner le moins du monde que, pour une raison ou pour une autre, on la croyait humiliée que le démon de l'orgueil le plus arrogant prenait possession de Varvara Petrovna. Prascovie Ivanovna, elle, comme beaucoup de personnes faibles qui se laissent longtemps maltraiter sans protester, se distinguait par une extrême ardeur dans l'attaque dès que la situation tournait tant soit peu à son avantage. Il est vrai qu'elle était en ce moment malade, et la maladie la rendait toujours plus irritable. J'ajouterai enfin que nous tous qui nous trouvions dans le salon ne pouvions guère gêner par notre présence les deux amies d'enfance si une querelle devait éclater entre elles ; on nous considérait comme des familiers, presque comme des subalternes. Je m'en rendis compte non sans appréhension dès ce moment-là. Stepan Trofimovitch, qui ne s'était pas assis depuis le retour de Varvara Petrovna, se laissa tomber sans force sur une chaise en entendant le cri aigu de Prascovie Ivanovna, et chercha avec désespoir à rencontrer mon regard. Chatov se retourna brusquement sur sa chaise et grommela quelque chose à part lui. Il me sembla qu'il voulait se lever et partir. Lisa se leva à moitié mais aussitôt se laissa retomber sur son siège sans même prêter toute l'attention voulue au cri de sa mère, non par « caractère rétif » mais parce que, de toute évidence, elle était entièrement sous l'empire d'une autre impression puissante. Elle regardait maintenant dans le vide, presque distraitement, et avait même cessé de faire attention à Maria Timofeevna.

3

— Oh, ici ! gémit Prascovie Ivanovna en désignant un fauteuil près de la table, et elle s'y laissa lourdement tomber avec l'aide de Mavriki Nicolaevitch ; je ne me serais pas assise chez vous, ma chère, n'étaient mes jambes ! ajouta-t-elle d'une voix brisée.

Varvara Petrovna leva légèrement la tête en appuyant d'un air de souffrance les doigts de sa main droite contre sa tempe droite où elle ressentait visiblement une vive douleur (*tic douloureux*).

— Pourquoi donc, Prascovie Ivanovna, pourquoi ne t'assiérais-tu pas chez moi ? J'ai eu pendant toute sa vie la sincère amitié de ton défunt mari et nous jouions ensemble à la poupée, toi et moi, étant gamines à la pension.

Prascovie Ivanovna agita les mains.

— Je le savais bien ! Vous commencez toujours à parler de la pension quand vous avez l'intention de me faire des reproches, c'est votre procédé habituel. Mais à mon avis ce n'est que pure éloquence. Je la déteste, votre pension.

— Tu es venue, je crois, de bien mauvaise humeur ; comment vont tes jambes ? Voici du café qu'on apporte, prends-en et ne te fâche pas.

— Varvara Petrovna, ma chère, vous me traitez comme une petite fille. Je ne veux pas de café, voilà !

Et elle fit un geste rageur vers le domestique qui apportait le café. (Les autres d'ailleurs refusèrent aussi, sauf Mavriki Nicolaevitch et moi. Stepan Trofimovitch prit une tasse mais la posa sur la table. Maria Timofeevna, bien qu'elle eût grande envie de prendre une deuxième tasse et qu'elle tendît même déjà la main, se ravisa et refusa avec dignité, visiblement satisfaite d'elle-même.)

Varvara Petrovna eut un sourire grimaçant.

— Sais-tu, mon amie Prascovie Ivanovna, tu te seras encore imaginé quelque chose, c'est pour cela que tu es venue. Toute ta vie tu n'as vécu que de ta seule imagination. Tu as été furieuse quand j'ai parlé à l'instant de la pension ; mais te souviens-tu comme en y arrivant tu as fait croire à toute la classe que le hussard Chablykine avait demandé ta main, et comme *Madame Lefebvre* t'a sur-le-champ convaincue de mensonge. Et pourtant tu ne mentais pas, tu avais tout simplement imaginé tout cela pour ta propre délectation. Allons, parle : qu'y a-t-il cette fois ? Que t'es-tu encore imaginé, de quoi es-tu mécontente ?

— Et vous à la pension vous êtes tombée amoureuse du pope chargé de l'instruction religieuse, voilà pour vous, puisque jusqu'à présent encore vous êtes si rancunière, ha, ha, ha !

Elle éclata d'un rire bilieux et fut prise d'une quinte de toux.

— A-ah, tu n'as pas oublié le pope... dit Varvara Petrovna en lui lançant un regard haineux.

Son visage verdit. Prascovie Ivanovna se rengorgea tout à coup.

— Moi, ma chère, je n'ai pas le cœur à rire en ce moment ; pourquoi avez-vous mêlé ma fille à votre scandale devant toute la ville, voilà ce qui m'amène ici ?

— A mon scandale ? répéta Varvara Petrovna en se redressant soudain d'un air menaçant.

— Maman, je vous prie instamment moi aussi de vous modérer, fit tout à coup Elisabeth Nicolaevna.

— Comment dis-tu ? demanda sa mère qui se préparait à pousser un nouveau cri, mais elle s'étrangla soudain sous le regard étincelant de sa fille.

— Comment pouvez-vous, maman, parler de scandale ? dit Lisa en se fâchant ; je suis venue de ma propre initiative, avec la permission de Julie Mikhaïlovna, parce que je voulais apprendre l'histoire de cette malheureuse pour pouvoir lui être utile.

— « L'histoire de cette malheureuse ! » répéta Prascovie Ivanovna d'une voix traînante et avec un rire méchant, est-il convenable que tu te mêles à des « histoires » semblables ? Oh, ma chère ! Nous en avons assez de votre despotisme ! ajouta-t-elle en se tournant avec fureur vers Varvara Petrovna. On dit, à tort ou à raison, que vous faites marcher toute la ville à la baguette, mais il faut croire que pour vous aussi votre heure est venue.

Varvara Petrovna était assise droite comme une flèche prête à s'élancer de l'arc. L'espace de dix secondes elle regarda Prascovie Ivanovna sévèrement et sans bouger.

— Eh bien, remercie Dieu, Prascovie, qu'il n'y ait ici que des amis, articula-t-elle avec un calme de mauvais augure. Tu as dit beaucoup de choses de trop.

— Moi, ma chère, je n'ai pas si grand-peur du qu'en-dira-t-on que certaines autres ; c'est vous qui, sous une apparence d'orgueil, tremblez devant l'opinion du monde. Et quant au fait qu'il n'y a ici que des amis, c'est mieux pour vous que si des étrangers entendaient.

— Serais-tu donc devenue plus intelligente depuis une semaine ?

— Je ne suis pas devenue plus intelligente depuis une semaine, mais il faut croire que la vérité est venue au jour cette semaine.

— Quelle vérité est venue au jour cette semaine ? Ecoute, Prascovie Ivanovna, ne m'irrite pas, explique-toi immédiatement, je te le demande instamment : quelle est cette vérité qui est venue au jour et qu'entends-tu par là ?

— Mais la voilà toute la vérité ! dit Prascovie Ivanovna en montrant du doigt Maria Timofeevna avec cette détermination farouche qui ne se soucie plus des conséquences pourvu qu'elle puisse faire son effet sur le moment. Maria Timofeevna, qui l'avait regardée pendant tout ce temps avec une curiosité pleine de gaieté, se mit à rire joyeusement à la vue du doigt de la dame irascible pointé vers elle et remua gaiement dans son fauteuil.

— Seigneur Jésus-Christ, ont-ils donc tous perdu la raison ! s'écria Varvara Petrovna, et en pâlissant elle se rejeta contre le dossier de son fauteuil.

Elle pâlit tellement qu'une agitation s'ensuivit. Stepan Trofimovitch se précipita le premier vers elle ; je m'approchai aussi ; Lisa elle-même se leva de sa place, bien qu'elle restât auprès de son fauteuil ; mais la plus effrayée fut Prascovie Ivanovna : elle poussa un cri, se leva comme elle le put et clama presque d'une voix éplorée :

— Varvara Petrovna, ma chère, pardonnez-moi ma bêtise méchante ! Mais apportez donc au moins de l'eau, quelqu'un !

— Ne pleurniche pas s'il te plaît, Prascovie Ivanovna, et écartez-vous, Messieurs, je vous en prie, je n'ai pas besoin d'eau ! articula Varvara Petrovna fermement quoique à voix basse, les lèvres pâlies.

— Ma chère ! poursuivit Prascovie Ivanovna un petit peu calmée, mon amie, Varvara Petrovna, bien que j'aie eu tort de dire des paroles imprudentes, ce sont ces lettres anonymes dont me bombardent je ne sais quelles vilaines gens qui m'ont le plus irritée ; si encore ils vous écrivaient à vous puisque c'est de vous qu'ils parlent, mais moi, ma chère, j'ai une fille !

Varvara Petrovna la regardait avec de grands yeux sans mot dire et l'écoutait avec surprise. A cet instant une porte s'ouvrit sans bruit dans un coin et Daria Pavlovna parut. Elle s'arrêta et jeta un regard autour d'elle ; notre trouble la frappa. Sans doute ne remarqua-t-elle pas tout de suite Maria Timofeevna de la présence de laquelle personne ne l'avait avertie. Stepan Trofimovitch l'aperçut le premier, fit un mouvement rapide, rougit et, on ne sait pourquoi, annonça : « Daria Pavlovna ! » si bien que tous les regards se tournèrent aussitôt vers la nouvelle venue.

— Comment, c'est donc cela votre Daria Pavlovna ! s'écria Timofeevna, eh bien, Chatouchka, elle ne te ressemble pas ta sœur ! Comment donc le mien peut-il traiter une telle merveille de fille serve Dachka !

Daria Pavlovna cependant s'était déjà approchée de Varvara Petrovna ; mais frappée de l'exclamation de Maria Timofeevna, elle se retourna vivement et resta immobile devant sa chaise, un long regard fixé sur l'innocente.

— Assieds-toi, Dacha, dit Varvara Petrovna avec un calme effrayant ; plus près, c'est cela ; assise, tu peux aussi voir cette femme. La connais-tu ?

— Je ne l'ai jamais vue, répondit doucement Dacha, et après un silence, elle ajouta : ce doit être la sœur malade d'un monsieur Lebiadkine.

— Moi aussi, mon cœur, c'est la première fois que je vous vois, bien qu'il y ait longtemps que je souhaite avec curiosité de vous connaître, parce que dans chacun de vos gestes je vois l'éducation, s'écria avec transport Maria Timofeevna. Et quant à mon laquais qui invective, est-il possible que vous lui ayez pris son argent, bien élevée et charmante comme vous êtes ? Parce que vous êtes charmante, charmante, charmante, c'est moi qui vous le dis ! conclut-elle avec exaltation en agitant la main devant elle.

— Y comprends-tu quelque chose ? demanda Varvara Petrovna avec une fière dignité.

— Je comprends tout...

— Tu as entendu, au sujet de l'argent ?

— Il s'agit sans doute de l'argent qu'à la demande de Nicolas Vsevolodovitch faite en Suisse, je me suis chargée de remettre à ce monsieur Lebiadkine, son frère.

Il y eut un silence.

— C'est Nicolas Vsevolodovitch qui t'a demandé lui-même de le remettre ?

— Il tenait beaucoup à faire parvenir cet argent, trois cents roubles en tout, à Monsieur Lebiadkine. Et comme il n'avait pas son adresse mais savait seulement qu'il devait venir dans notre ville, il m'a chargée de le lui remettre au cas où Monsieur Lebiadkine arriverait.

— Quel est donc cet argent... qui s'est perdu ? De quoi cette femme vient-elle de parler ?

— Cela je ne le sais pas ; il m'est également revenu que Monsieur Lebiadkine disait publiquement que je ne lui aurais pas tout transmis ; mais je ne comprends pas ces paroles. Il y avait trois cents roubles et je lui ai fait parvenir trois cents roubles.

Daria Pavlovna avait presque entièrement retrouvé son calme. En général, je dois dire qu'il était difficile d'étonner et de troubler longtemps cette jeune fille, quoi qu'elle pût ressentir au fond d'elle-même. Elle fit ces réponses sans hâte, répondant aussitôt à chaque question avec précision, d'une voix basse, égale, sans aucune trace de la soudaine émotion qu'elle avait manifestée au début et sans le moindre embarras qui pût témoigner qu'elle se sentait le moins du monde coupable. Le regard de Varvara Petrovna ne la quitta pas pendant tout le temps qu'elle parla. Varvara Petrovna réfléchit un instant.

— Si, prononça-t-elle enfin avec fermeté et visiblement

à l'intention des personnes présentes bien qu'elle ne regardât que Dacha, si Nicolas Vsevolodovitch ne s'est pas adressé même à moi mais t'a demandé de te charger de sa commission, c'est qu'il avait certainement ses raisons pour agir ainsi. Je ne me considère pas en droit de me montrer curieuse à ce sujet si on en fait un secret à mon égard. Mais ta seule participation à cette affaire me rassure pleinement là-dessus, sache-le, Daria, avant tout. Mais, vois-tu, mon amie, même la conscience tranquille tu as pu, par ignorance du monde, commettre quelque imprudence et tu l'as en effet commise en acceptant d'entrer en rapport avec un gredin. Les bruits répandus par ce gredin confirment que tu as eu tort. Mais je vais me renseigner sur lui et comme c'est à moi de te protéger, je saurai te défendre. Et maintenant il faut mettre fin à tout cela.

— Le mieux, quand il viendra chez vous, intervint tout à coup Maria Timofeevna en se penchant dans son fauteuil, envoyez-le à l'office. Qu'il y joue aux cartes avec les domestiques, assis sur le banc, pendant que nous prendrons le café ici. A la rigueur, on peut lui envoyer une tasse de café, mais je le méprise profondément.

Et elle fit un mouvement de tête expressif.

— Il faut en finir, répéta Varvara Petrovna après avoir écouté attentivement Maria Timofeevna, je vous prie, sonnez, Stepan Trofimovitch.

Stepan Trofimovitch sonna et soudain s'avança tout ému.

— Si... si je... balbutia-t-il avec fièvre, rougissant, s'interrompant et bégayant, si moi aussi j'ai entendu la plus répugnante histoire ou, pour mieux dire, calomnie, c'est... avec une indignation absolue... *enfin c'est un homme perdu et quelque chose comme un forçat évadé...*

Il s'arrêta brusquement et n'acheva pas. Varvara Petrovna, les yeux plissés, le toisa des pieds à la tête. Le digne Alexis Egoritch entra.

— La voiture, ordonna Varvara Petrovna, et toi, Alexis Egoritch, prépare-toi à reconduire Mademoiselle Lebiadkine chez elle ; elle t'indiquera elle-même où.

— Monsieur Lebiadkine attend depuis longtemps en bas et a beaucoup insisté pour qu'on l'annonce.

— C'est impossible, Varvara Petrovna, dit en s'avançant soudain Mavriki Nicolaevitch qui pendant tout ce temps avait gardé un silence imperturbable, si vous permettez, ce n'est pas un homme qui puisse être admis dans la société, c'est... c'est... c'est un homme impossible, Varvara Petrovna.

— Qu'on attende, dit Varvara Petrovna en s'adressant à Alexis Egoritch qui disparut.

— *C'est un homme malhonnête et je crois même que c'est un forçat évadé ou quelque chose dans ce genre,* bredouilla encore Stepan Trofimovitch qui de nouveau rougit et de nouveau resta court.

— Lisa, il est temps de partir, annonça d'un air dégoûté Prascovie Ivanovna en se levant de son siège. Elle regrettait déjà, eût-on dit, de s'être tout à l'heure, dans sa frayeur, traitée elle-même de sotte. Pendant que Daria Pavlovna parlait, elle l'avait cette fois écoutée avec un pli hautain aux lèvres. Mais ce qui me frappa le plus fut l'attitude d'Elisabeth Nicolaevna depuis l'entrée de Daria Pavlovna. La haine et le mépris brillaient dans ses yeux, vraiment trop peu dissimulés.

— Attends une minute, Prascovie Ivanovna, je t'en prie, dit Varvara Petrovna en l'arrêtant avec le même calme excessif, fais-moi le plaisir de t'asseoir, j'ai l'intention de tout tout dire et tu as mal aux jambes. C'est cela, je te remercie. Tout à l'heure je me suis emportée et je t'ai dit quelques paroles impatientes. Aie l'obligeance de me pardonner : cela a été stupide de ma part et je suis la première à le regretter, car j'aime la justice en tout. T'étant naturellement emportée toi aussi, tu as fait allusion à des lettres anonymes. Toute dénonciation anonyme est digne de mépris ne serait-ce que parce qu'elle n'est pas signée. Si tu comprends cela autrement, je ne t'envie pas. En tout cas, je n'irais pas à la place chercher de telles saletés dans ma poche, je n'irais pas me salir. Et toi tu t'es salie. Mais puisque tu as commencé toi-même, je te dirai que moi aussi j'ai reçu, il y a cinq ou six jours, une lettre anonyme bouffonne. Un gredin m'y assure que Nicolas Vsevolodovitch est devenu fou et que je dois craindre une femme boiteuse qui « jouera dans mon destin un rôle capital », j'ai retenu l'expression. Ayant réfléchi et sachant que Nicolas Vsevolodovitch a énormément d'ennemis, j'ai aussitôt envoyé chercher un individu d'ici, un de ses ennemis secrets, et le plus vindicatif et le plus méprisable de tous, et au cours de ma conversation avec lui, je me suis immédiatement convaincue de la méprisable origine de la lettre anonyme. Si toi aussi, ma pauvre Prascovie Ivanovna, on t'a inquiétée A CAUSE DE MOI et, selon ton expression, « bombardée », je suis naturellement la première à regretter d'en avoir été la cause involontaire. Voilà tout ce que je voulais te dire en guise d'explication. Je vois avec regret que tu es si fatiguée et hors de toi en ce moment. Au surplus je suis absolument décidée à LAISSER ENTRER maintenant cet individu suspect au sujet duquel Mavriki Nicolaevitch a employé un mot qui ne convient pas tout à fait : qu'on ne peut le RECEVOIR. Lisa tout particulièrement n'aura rien à faire ici. Viens auprès de moi, Lisa mon amie, et laisse-moi t'embrasser encore une fois.

Lisa traversa la pièce et en silence s'arrêta devant Varvara Petrovna. Celle-ci l'embrassa, lui prit les mains, l'écarta un peu, la regarda avec émotion, puis fit sur elle le signe de la croix et l'embrassa encore.

— Eh bien, adieu, Lisa (il y eut presque des larmes dans la voix de Varvara Petrovna), crois bien que je ne cesserai jamais de t'aimer, quoi que le destin puisse te réserver désormais... Dieu te garde. J'ai toujours béni Sa sainte main...

Elle voulut ajouter quelque chose encore mais se contint et se tut. Lisa allait regagner sa place, toujours aussi silencieuse et comme plongée dans ses pensées, mais soudain elle s'arrêta devant sa mère.

— Je ne pars pas encore, maman, je vais rester pour le moment chez ma tante, fit-elle à voix basse, mais dans ces paroles dites doucement résonnait une résolution de fer.

— Mon Dieu, qu'est-ce que ça veut dire ! clama Prascovie Ivanovna en joignant les mains dans un geste d'impuissance. Lisa ne répondit pas et parut même ne pas entendre ; elle alla se rasseoir dans le coin et se remit à regarder dans le vide.

Quelque chose de triomphant et de fier rayonna sur le visage de Varvara Petrovna.

— Mavriki Nicolaevitch, j'ai une grande prière à vous adresser, rendez-moi le service d'aller jeter un coup d'œil sur cet individu en bas et s'il est le moins du monde possible de le LAISSER ENTRER, amenez-le ici.

Mavriki Nicolaevitch s'inclina et sortit. Au bout d'un instant, il amena M. Lebiadkine.

4

J'AI parlé à un endroit du physique de ce monsieur : c'était un grand gaillard massif, dans la quarantaine, les cheveux bouclés, le visage cramoisi un peu bouffi et flasque, des joues qui tressautaient à chaque mouvement de la tête, de petits yeux injectés de sang, parfois assez rusés, une moustache, des favoris et un commencement de double menton charnu d'un aspect assez déplaisant. Mais ce qu'il y avait de plus frappant chez lui en ce moment c'était qu'il se présentait en frac et avec du linge propre. « Il y a des gens qui le linge propre est une indécence », avait répliqué Lipoutine à Stepan Trofimovitch un jour que celui-ci lui reprochait en plaisantant sa tenue négligée. Le capitaine avait même des gants noirs dont il tenait à la main le droit jamais encore mis, tandis que l'autre, étroitement serré et qu'il n'avait pu boutonner, recouvrait à moitié son épaisse patte gauche dans laquelle il tenait un chapeau rond luisant et flambant neuf qui servait sans doute pour la première fois. Il apparaissait donc que « l'habit de l'amour » dont il avait parlé la à grands cris à Chatov existait réellement. Tout cela, c'est-à-dire l'habit et le linge, avait été préparé (comme je devais l'apprendre plus tard) sur le conseil de Lipoutine dans je ne sais quels desseins mystérieux. Il n'était pas non plus douteux qu'il fût venu (dans une voiture de louage) à l'instigation et avec l'aide d'un tiers ; seul il n'aurait jamais pu avoir cette idée ni s'habiller, se préparer et prendre une pareille décision en trois quarts d'heure tout au plus, à supposer même qu'il eût eu aussitôt connaissance de la scène qui s'était déroulée sur le parvis. Il était non pas ivre mais dans cet état lourd, pesant, fumeux, de qui se réveille soudain après de longs jours d'ivresse. On eût dit qu'il aurait suffi de le secouer une ou deux fois par l'épaule pour qu'aussitôt il redevînt ivre.

Il s'élança dans le salon, mais à la porte trébucha tout à coup sur le tapis. Maria Timofeevna se tordit de rire. Il lui jeta un regard féroce et subitement fit quelques pas rapides vers Varvara Petrovna.

— Je viens, Madame... annonça-t-il d'une voix claironnante.

— Ayez l'obligeance, Monsieur, dit Varvara Petrovna en se redressant, de prendre place là, sur cette chaise. Je vous entendrai aussi bien de là-bas et d'ici je pourrai mieux vous regarder.

Le capitaine s'arrêta en regardant devant lui d'un air hébété, mais fit cependant demi-tour et s'assit sur le siège indiqué, tout près de la porte. Un grand manque de confiance en soi en même temps que l'insolence et une sorte d'irritabilité constante se trahissaient dans l'expression de son visage. Il était extrêmement intimidé, cela se voyait, mais son amour-propre souffrait aussi et l'on pouvait deviner que son amour-propre blessé pourrait à l'occasion le pousser, en dépit de sa lâcheté, à n'importe quelle insolence. Il craignait visiblement chaque mouvement de son corps maladroit. On sait que la pire souffrance pour tous les individus de cette espèce, lorsque par extraordinaire ils se montrent dans la société, vient de leurs mains dont ils ne savent que faire, sans cesser un seul instant d'en avoir conscience. Le capitaine se figea sur sa chaise, le chapeau et les gants à la main, sans détacher son regard stupide du visage sévère de Varvara Petrovna. Il avait peut-être envie de regarder plus attentivement autour de lui mais pour le moment il n'osait le faire. Maria Timofeevna, trouvant sans doute son aspect du plus haut comique, partit d'un nouvel éclat de rire, mais il ne broncha pas. Varvara Petrovna le tint dans cette position impitoyablement longtemps, une bonne minute, en l'examinant sans merci.

— D'abord permettez-moi d'apprendre votre nom de vous-même ? dit-elle d'une voix mesurée et expressive.

— Capitaine Lebiadkine, claironna le capitaine, je viens, Madame... il fit un nouveau mouvement.

— Permettez ! dit Varvara Petrovna l'arrêtant une fois de plus. Cette personne digne de pitié qui m'a tant intéressée est-elle vraiment votre sœur ?

— C'est ma sœur, Madame, qui a échappé à ma surveillance car elle est dans une position...

Il resta soudain court et devint écarlate.

— Ne le comprenez pas mal, Madame, dit-il affreusement démonté, un frère n'irait pas salir... dans une telle position cela ne veut pas dire une telle position... dans le sens qui flétrit une réputation... à la fin...

Il s'arrêta brusquement.

— Monsieur ! dit Varvara Petrovna en levant la tête.

— Voici dans quelle position ! conclut-il subitement en se frappant du doigt le milieu du front. Un bref silence suivit.

— Et il y a longtemps qu'elle en souffre ? demanda Varvara Petrovna d'une voix un peu traînante.

— Madame, je suis venu vous remercier de la grandeur d'âme dont vous avez fait preuve sur le parvis, à la russe, fraternellement...

— Fraternellement ?

— C'est-à-dire pas fraternellement, mais uniquement dans ce sens que je suis le frère de ma sœur et croyez bien, Madame, dit-il avec volubilité, redevenant cramoisi, que je ne suis pas si mal élevé que je peux en avoir l'air à première vue, dans votre salon. Ma sœur et moi, nous ne sommes rien, Madame, en comparaison du faste que nous remarquons ici. Ayant en outre des calomniateurs. Mais quant à la réputation, Lebiadkine est fier, Madame, et... et... je suis venu pour remercier... Voici l'argent, Madame.

Là-dessus il tira vivement de sa poche un portefeuille, y prit une liasse de billets et se mit à les feuilleter avec des doigts tremblants dans un accès d'impatience frénétique. On voyait qu'il lui tardait d'expliquer quelque chose et d'ailleurs c'était bien nécessaire ; mais sentant sans doute que sa manipulation de l'argent lui donnait un air encore plus stupide, il perdit les derniers vestiges de son empire sur lui-même : l'argent ne voulait pas se laisser compter, les doigts s'emmêlaient et, pour comble de honte, un billet vert s'échappant du portefeuille vola en zigzaguant sur le tapis.

— Vingt roubles, Madame, dit-il en sautant brusquement sur ses pieds, la liasse à la main et le visage transpirant de souffrance ; à la vue du billet tombé par terre, il se baissa pour le ramasser mais, pris on ne sait pourquoi de honte, y renonça.

— Pour vos gens, Madame, pour le laquais qui le ramassera ; qu'il se souvienne de Mademoiselle Lebiadkine !

— Je ne puis en aucun cas permettre cela, dit Varvara Petrovna précipitamment et avec une certaine frayeur.

— Dans ce cas...

Il se baissa, ramassa le billet, devint cramoisi et s'approchant soudain de Varvara Petrovna lui tendit l'argent qu'il venait de compter.

— Qu'est-ce que c'est ? dit-elle tout à fait effrayée enfin, et elle se recula même dans son fauteuil. Mavriki Nicolaevitch, Stepan Trofimovitch et moi fîmes chacun un pas en avant.

— Calmez-vous, calmez-vous, je ne suis pas fou, je vous jure que je ne suis pas fou ! assurait le capitaine, ému, en se tournant de tous les côtés.

— Si, Monsieur, vous avez perdu la raison.

— Madame, tout cela n'est pas ce que vous croyez ! Je suis naturellement un insignifiant chaînon... Oh, Madame, riche est votre palais mais pauvre le logis de Maria l'Inconnue, ma sœur, née Lebiadkine, mais que nous appellerons pour le moment Maria l'Inconnue, pour le moment, Madame, POUR LE MOMENT seulement, car Dieu lui-même ne permettra pas que ce soit pour toujours ! Madame, vous lui avez donné dix roubles et elle les a acceptés, mais parce que c'est VOUS, Madame ! Vous entendez, Madame ! De personne d'autre au monde elle n'accepterait, cette Maria l'Inconnue, sinon se retournerait dans sa tombe l'officier supérieur, son grand-père, tué au Caucase sous les yeux mêmes d'Ermolov, mais de vous, Madame, elle acceptera tout. Mais elle acceptera d'une main, tandis que de l'autre elle vous tendra cette fois vingt roubles, à titre d'obole pour l'un des comités de bienfaisance de la capitale dont vous êtes, Madame, membre... car vous avez vous-même, Madame, publié dans la « Gazette de Moscou » que vous tenez à la disposition de notre ville le registre de la société de bienfaisance où chacun peut souscrire...

Le capitaine s'interrompit brusquement ; il soufflait comme après un difficile exploit. Tout cela au sujet du comité de bienfaisance avait probablement été préparé d'avance, peut-être aussi sous la rédaction de Lipoutine. Il transpirait encore davantage ; des gouttes de sueur perlaient littéralement à ses tempes. Varvara Petrovna le scrutait d'un regard perçant.

— Ce registre, dit-elle sévèrement, se trouve toujours en bas chez mon suisse, vous pouvez y inscrire votre obole si vous voulez. Je vous prie donc de ranger votre argent et de ne pas l'agiter en l'air. C'est cela. Je vous demande aussi de reprendre votre place. C'est cela. Je regrette vivement, Monsieur, de m'être trompée au sujet de votre sœur et de lui avoir fait l'aumône alors qu'elle est si riche. Il n'y a qu'une chose que je ne comprends pas, pourquoi elle peut accepter de moi seule et ne voudrait jamais accepter des autres. Vous avez tant insisté là-dessus que je désire avoir une explication absolument précise.

— Madame, c'est un secret qui ne peut être enterré que dans la tombe ! répondit le capitaine.

— Pourquoi donc ? demanda Varvara Petrovna, cette fois avec moins d'assurance.

— Madame, Madame !...

Il se tut d'un air sombre, regardant à terre et la main droite appuyée sur son cœur. Varvara Petrovna attendait sans le quitter des yeux.

— Madame ! rugit-il soudain, me permettez-vous de vous poser une question, une seule, mais ouvertement, franchement, à la russe, du fond de l'âme ?

— Je vous en prie.

— Avez-vous souffert, Madame, dans la vie ?

— Vous voulez simplement dire que vous avez souffert ou que vous souffrez par la faute de quelqu'un.

— Madame, Madame ! et soudain il bondit de nouveau sur ses pieds, sans doute sans s'en apercevoir et se frappant la poitrine, ici, dans ce cœur, tant de choses se sont accumulées que Dieu lui-même sera surpris quand elles se révéleront au jugement dernier !

— Hum ! c'est fortement dit.

— Madame, je parle peut-être un langage irritable...

— Ne vous inquiétez pas, je sais moi-même quand il faudra vous arrêter.

— Puis-je vous poser encore une question, Madame ?

— Posez-la.

— Peut-on souffrir uniquement par la noblesse de son âme ?

— Je ne sais pas, je ne me le suis jamais demandé.

— Vous ne savez pas ! Vous ne vous l'êtes jamais demandé ! cria-t-il avec une ironie pathétique, puisqu'il en est ainsi, puisqu'il en est ainsi —

« SILENCE, CŒUR SANS ESPOIR ! »

et il se frappa furieusement la poitrine.

Maintenant il arpentait de nouveau la pièce. Le propre de ces gens c'est leur impuissance absolue à contenir leurs désirs ; ils ont au contraire une tendance irrésistible à les manifester, dans toute leur malpropreté, aussitôt nés. Lorsqu'un pareil individu se trouve dans une société qui n'est pas la sienne, il commence d'habitude timidement, mais que vous lui cédiez d'un pouce, et il passe aussitôt à l'impertinence. Le capitaine s'échauffait déjà, marchait de long en large, n'écoutait pas les questions qu'on lui posait, parlait de lui avec une telle volubilité que parfois sa langue lui refusait obéissance, et sans achever il sautait à une autre phrase. Il est vrai qu'il avait sans doute un peu bu ; il y avait là d'autre part Elisabeth Nicolaevna qu'il ne regarda pas une fois mais dont la présence semblait lui donner le vertige. Du reste ce n'est là cette fois qu'une supposition. Il devait bien y avoir une raison pour laquelle Varvara Petrovna, surmontant son dégoût, s'était décidée à écouter jusqu'au bout un pareil personnage. Prascovie Ivanovna tremblait tout bonnement de peur, sans bien comprendre il est vrai de quoi il s'agissait. Stepan Trofimovitch tremblait aussi, mais au contraire parce qu'il avait toujours tendance à tout comprendre avec exagération. Mavriki Nicolaevitch se tenait debout dans l'attitude du défenseur général. Lisa était pâle et ses yeux grands ouverts ne quittaient pas le frénétique capitaine. Chatov était toujours assis dans la même attitude, mais le plus étrange est que Maria Timofeevna avait non seulement cessé de rire mais était même devenue affreusement triste. Elle appuyait le bras droit sur la table et d'un long regard triste suivait son frère qui déclamait. Seule Daria Pavlovna me parut calme.

— Tout cela ce ne sont que d'absurdes allégories, dit Varvara Petrovna se fâchant enfin, vous n'avez pas répondu à ma question : pourquoi ? J'insiste pour une réponse.

— Je n'ai pas répondu « pourquoi·» ? Vous attendez une réponse au « pourquoi » ? répéta le capitaine en clignant de l'œil ; ce petit mot « pourquoi » est répandu dans tout l'univers depuis le premier jour de la création, Madame, et toute la nature crie à chaque instant à son Créateur : « Pourquoi ? » et depuis sept mille ans elle n'obtient pas de réponse. Est-ce donc au seul capitaine Lebiadkine de répondre et est-ce juste, Madame ?

— Tout cela est absurde et à côté de la question, dit Varvara Petrovna qui se fâchait et perdait patience, c'est une allégorie ; au surplus vous parlez trop pompeusement, Monsieur, ce que je tiens pour de l'insolence.

— Madame, poursuivit le capitaine sans l'écouter, j'aurais peut-être voulu m'appeler Ernest et pourtant je suis contraint de porter le nom grossier d'Ignat — pourquoi cela, qu'en pensez-vous ? J'aurais voulu m'appeler prince de Montbard et pourtant je ne suis que Lebiadkine, du mot cygne * — pourquoi cela ? Je suis poète, Madame, poète dans l'âme, j'aurais pu toucher des mille roubles d'un éditeur, et pourtant je suis contraint de vivre dans un baquet, pourquoi ? Madame ! A mon avis, la Russie est un jeu de la nature, pas plus !

— Vous ne pouvez décidément rien dire de plus précis ?

— Je peux vous réciter la pièce « Le Cafard », Madame !

— Quoi ?

— Madame, je ne suis pas encore fou ! Je deviendrai fou, je le deviendrai, certainement, mais je ne suis pas encore fou ! Madame, un de mes amis — une personne des plus no-o-obles — a écrit une fable de Krylov, intitulée « Le Cafard », puis-je la réciter ?

— Vous voulez réciter une fable de Krylov ?

— Non, ce n'est pas une fable de Krylov que je veux réciter, mais une fable à moi, ma propre fable, de ma composition ! Croyez bien, Madame, sans vous offenser, que je ne suis pas assez inculte et dépravé pour ne pas comprendre que la Russie possède le grand fabuliste Krylov, à qui le ministre de l'Instruction publique a

* *Lebied*, en russe.

élevé un monument au Jardin d'Eté, pour les jeux du jeune âge. Vous demandez, Madame, « pourquoi » ? La réponse est au fond de cette fable ; en lettres de feu !

— Dites votre fable.

UN CAFARD VIVAIT AU MONDE,
CAFARD DEPUIS L'ENFANCE,
DANS UN VERRE UN JOUR IL TOMBE
PLEIN DE MORT AUX MOUCHES.

— Seigneur, qu'est-ce que c'est ? s'écria Varvara Petrovna.

— C'est-à-dire que lorsqu'en été, dit le capitaine en toute hâte, agitant véhémentement les bras avec l'impatience irritable d'un auteur dérangé dans sa lecture, lorsqu'en été les mouches se mettent dans un verre, il s'ensuit la mort des mouches, n'importe quel imbécile le comprendrait, n'interrompez pas, vous verrez, vous verrez... (il agitait toujours les bras).

LE CAFARD A PRIS LA PLACE
LES MOUCHES MURMURENT,
IL EST TRÈS PLEIN, NOTRE VERRE,
CRIENT-ELLES VERS JUPITER.
ALORS SURVIENT NIKIFORE
LE PLUS NO-O-OBLE DES VIEILLARDS...

Là je n'ai pas encore fini, mais c'est égal, je vais raconter en prose ! jacassait le capitaine, Nikifore prend le verre et, malgré les cris, verse toute la comédie dans un baquet, et les mouches, et le cafard, ce qu'il aurait fallu faire depuis longtemps. Mais notez-le, notez-le, Madame, le cafard ne murmure pas ! Voilà la réponse à votre question : « pourquoi ? » s'écria-t-il triomphant. « Le ca-a-fard ne murmure pas ! » Pour ce qui est de Nikifore, il représente la nature, ajouta-t-il à toute vitesse, et content de lui, il se mit à marcher de long en large.

Varvara Petrovna entra dans une colère terrible.

— A propos de quel argent, permettez-moi de vous le demander, que vous auriez reçu de Nicolas Vsevolodovitch et qu'on vous aurait transmis en moins, avez-vous osé accuser une personne appartenant à ma maison ?

— Calomnie ! rugit Lebiadkine en levant le bras droit dans un geste tragique.

— Non, ce n'est pas une calomnie.

— Madame, il y a des circonstances qui obligent à supporter le déshonneur familial plutôt que de proclamer hautement la vérité. Lebiadkine ne bavardera pas, Madame !

— Sonnez, je vous prie, Stepan Trofimovitch, demanda Varvara Petrovna.

— Lebiadkine est malin, Madame ! dit Lebiadkine en clignant de l'œil avec un vilain sourire, il est malin, mais lui aussi a son obstacle, lui aussi a son seuil des passions ! Et ce seuil c'est la vieille bouteille des hussards chantée par Denis Davidov. C'est quand il est sur ce seuil, Madame, qu'il lui arrive d'envoyer une lettre en vers, ma-gni-fique, mais qu'il voudrait ensuite reprendre au prix des larmes de toute sa vie, car le sentiment du beau en est rompu. Mais l'oiseau s'est envolé, on ne peut pas l'attraper par la queue ! C'est sur ce seuil, Madame, que Lebiadkine a pu aussi parler d'une noble jeune fille, dans la noble indignation d'une âme révoltée par les offenses, ce dont les calomniateurs ont profité. Mais Lebiadkine est malin, Madame ! Et c'est en vain que le guette le loup sinistre, lui versant à tout instant à boire et attendant la fin ! Lebiadkine ne bavardera pas et, au fond de la bouteille, au lieu de ce qu'on attend, on trouve chaque fois — la ruse de Lebiadkine ! Mais assez, oh, assez ! Madame, votre splendide palais aurait pu appartenir au plus noble des personnages, mais le cafard ne murmure pas ! Remarquez, remarquez donc enfin qu'il ne murmure pas et reconnaissez son grand esprit !

À cet instant, un coup de sonnette retentit en bas, dans la loge du suisse, et presque aussitôt apparut Alexis Egoritch qui avait un peu tardé à répondre à l'appel de Stepan Trofimovitch. Le vieux et digne serviteur était dans un état d'extraordinaire émotion.

— Nicolas Vsevolodovitch a bien voulu arriver à l'instant et il vient ici, dit-il en réponse au regard interrogateur de Varvara Petrovna.

Je me souviens tout particulièrement d'elle à cet instant : d'abord elle pâlit, mais soudain ses yeux étincelèrent. Elle se redressa dans son fauteuil d'un air de résolution extraordinaire. D'ailleurs tout le monde était saisi. L'arrivée absolument inopinée de Nicolas Vsevolodovitch qu'on n'attendait chez nous que dans un mois au plus tôt, était étrange non seulement par ce qu'elle avait d'imprévu, mais surtout par sa coïncidence en quelque sorte fatidique avec le moment présent. Le capitaine lui-même resta planté comme un poteau au milieu de la pièce, bouche bée et regardant la porte d'un air parfaitement stupide.

Et voici que, dans le salon voisin, une grande pièce longue, résonna un bruit de pas rapides qui approchaient, de petits pas extrêmement pressés : quelqu'un semblait avancer comme s'il était sur des roulettes, et soudain dans le salon entra en coup de vent — point du tout Nicolas Vsevolodovitch, mais un jeune homme absolument inconnu de tous.

5

Je me permets de m'arrêter ici et, fût-ce à grands traits, d'esquisser ce personnage entré si brusquement en scène.

C'était un jeune homme de vingt-sept ans environ, d'une taille un peu au-dessus de la moyenne, aux cheveux blonds clairsemés et assez longs, à la moustache et à la barbiche floconneuses à peine marquées. Il était vêtu décemment et même à la mode, mais sans recherche ; au premier abord, il paraissait voûté et gauche, et pourtant il n'était nullement voûté et avait même une allure dégagée. On eût dit un original, et pourtant tout le monde chez nous trouva plus tard ses manières fort bonnes et sa conversation toujours pleine d'à-propos.

Personne ne le dirait laid, mais son visage ne plaît à personne. Sa tête est allongée vers la nuque et comme aplatie sur les côtés, si bien que son visage paraît pointu. Son front est haut et étroit, mais les traits sont menus ; l'œil est perçant, le nez petit et pointu, les lèvres longues et minces. L'expression du visage semble être maladive, mais ce n'est qu'une impression. Il a une sorte de pli sec sur les joues et près des pommettes, ce qui lui donne l'air de relever d'une grave maladie. Et cependant il est en parfaite santé, robuste et n'a même jamais été malade.

Il marche et se meut avec beaucoup de précipitation, mais rien ne le presse. Il semble que rien ne peut le troubler ; en toute circonstance et dans n'importe quelle société, il demeurera le même. Il y a en lui beaucoup de suffisance, mais il ne s'en aperçoit nullement lui-même.

Il parle rapidement, précipitamment, mais en même temps avec assurance et sans chercher ses mots. Ses idées sont calmes, en dépit de sa précipitation apparente, nettes et définitives — cela frappe particulièrement. Sa diction est étonnamment claire ; ses paroles s'égrènent comme de gros grains lisses, toujours choisis et toujours à votre disposition. Au début cela vous plaît, mais ensuite cela vous répugne et précisément à cause de cette diction trop nette, de ce chapelet de paroles toujours prêtes. On finit par se figurer en quelque sorte qu'il doit avoir une langue d'une forme spéciale, extraordinairement longue et mince, extrêmement rouge et avec un bout exceptionnellement pointu tournant sans arrêt et malgré lui.

Eh bien, c'est ce jeune homme qui entra en coup de vent dans le salon et vraiment il me semble encore aujourd'hui qu'il avait commencé à parler dès le salon voisin et était entré ainsi en parlant. Il se trouva en un clin d'œil devant Varvara Petrovna.

— ... Figurez-vous, Varvara Petrovna, disait-il comme s'il répandait des pois, j'entre et je m'attends à le trouver ici depuis déjà un quart d'heure ; il y a une heure et demie qu'il est arrivé ; nous nous sommes rencontrés chez Kirilov ; il est parti il y a une demi-heure pour venir directement ici et il m'a dit de venir aussi un quart d'heure plus tard...

— Mais qui ? Qui vous a dit de venir ici ? demanda Varvara Petrovna.

— Mais Nicolas Vsevolodovitch donc ! Se peut-il vraiment que vous ne l'appreniez que maintenant ? Mais ses bagages au moins ont dû arriver depuis longtemps, comment se fait-il qu'on ne vous l'ait pas dit ? Donc je suis le premier à l'annoncer. On pourrait pourtant envoyer quelqu'un à sa recherche ; d'ailleurs il va certainement arriver lui-même et, semble-t-il, au moment précis qui répond à certaines de ses attentes et, du moins pour autant que je puisse en juger, à certains de ses calculs. Ici il promena le regard autour de la pièce et l'arrêta avec une attention particulière sur le capitaine. Ah, Elisabeth Nicolaevna, je suis content de vous rencontrer dès le premier pas, enchanté de vous serrer la main, et il s'élança vers elle pour saisir la main que Lisa lui tendait en souriant gaiement ; et autant que je constate, la très honorée Prascovie Ivanovna n'a pas non plus oublié, je crois, son « professeur » et n'est même pas fâchée contre lui, comme elle se fâchait toujours en Suisse. Mais comment vont ici vos jambes, Prascovie Ivanovna, et les médecins suisses ont-ils eu raison de vous prescrire le climat natal ?... Comment ? Des compresses ? Cela doit faire beaucoup de bien. Mais comme j'ai regretté, Varvara Petrovna (il se retourna vivement), de vous avoir manquée à l'étranger et de n'avoir pu vous présenter personnellement mes respects, d'autant plus que j'avais tant de choses à vous dire... J'ai prévenu mon vieux ici, mais à son habitude je crois qu'il...

— Petroucha ! s'écria Stepan Trofimovitch, sortant à l'instant même de sa stupeur ; il joignit les mains et s'élança vers son fils. *Pierre, mon enfant,* je ne te reconnaissais pas ! il le serra dans ses bras et des larmes coulèrent de ses yeux.

— Allons, sois sérieux, sois sérieux, ne fais pas de gestes, allons, assez, assez, je t'en prie, marmonnait précipitamment Petroucha en cherchant à se dégager de son étreinte.

— J'ai toujours, toujours été coupable envers toi !

— Eh bien, cela suffit ; nous en parlerons plus tard. Je savais bien que tu ne serais pas sage. Allons, sois donc un peu plus réservé, je t'en prie.

— Mais il y a dix ans que je ne t'ai vu !

— Cela justifie d'autant moins les effusions...

— *Mon enfant !*

— Allons, je te crois, je te crois que tu m'aimes, retire tes mains. Tu gênes les autres... Ah, voici Nicolas Vsevolodovitch, mais sois donc sérieux je t'en prie, à la fin !

Nicolas Vsevolodovitch, en effet, était déjà dans la pièce ; il entra très doucement et s'arrêta un instant à la porte en promenant sur l'assemblée un regard tranquille.

De même que quatre ans plus tôt, lorsque je l'avais vu pour la première fois, ainsi aujourd'hui je fus frappé dès le premier regard jeté sur lui. Je ne l'avais aucunement oublié, mais il est, je crois, des visages qui, chaque fois, apportent quelque chose de nouveau que l'on n'avait pas encore remarqué, les eût-on vus cent fois déjà. Apparemment, il était le même que quatre ans auparavant : aussi élégant, aussi grave, il entrait du même air imposant qu'alors, même il était presque aussi jeune. Son léger sourire avait la même affabilité de commande et était aussi satisfait de soi ; son regard était aussi sévère, méditatif et comme distrait. En un mot, on eût dit que nous nous étions quittés la veille. Mais une chose me frappa : auparavant, quoiqu'on le trouvât beau, son visage en effet « ressemblait à un masque », selon l'expression de certaines mauvaises langues parmi nos dames. Or maintenant — maintenant, je ne sais pourquoi, il m'apparut dès le premier coup d'œil d'une absolue, d'une incontestable beauté, si bien qu'on n'aurait plus pu dire que son visage avait l'air d'un masque. N'était-ce pas qu'il était un peu plus pâle qu'auparavant et semblait avoir un peu maigri ? Ou peut-être quelque pensée nouvelle brillait-elle maintenant dans son regard ?

— Nicolas Vsevolodovitch ! s'écria Varvara Petrovna, se redressant de toute sa taille sans quitter son fauteuil, et l'arrêtant d'un geste impérieux, arrête-toi un instant !

Mais afin d'expliquer la terrible question qui suivit soudain ce geste et cette exclamation — question que, même de la part de Varvara Petrovna, je n'aurais pu croire possible — je prierai le lecteur de se rappeler ce qu'avait été toute sa vie le caractère de Varvara Petrovna et l'extraordinaire impulsivité dont elle faisait preuve à certains moments décisifs. Je le prie aussi de songer que, malgré son exceptionnelle fermeté d'âme, et la dose considérable de raison et de tact pratique, pour ainsi dire même domestique, qu'elle possédait, les moments n'étaient néanmoins pas rares dans sa vie auxquels elle se donnait soudain tout entière, sans réserve et, s'il est permis de s'exprimer ainsi, sans aucune retenue. Je demande enfin que l'on prenne en considération le fait que le moment présent pouvait vraiment être pour elle un de ceux où subitement, comme en un foyer lumineux, se concentre toute l'essence de la vie — tout le passé, tout le présent et peut-être tout l'avenir. Je rappellerai encore en passant la lettre anonyme qu'elle avait reçue et dont elle s'était laissée aller à parler avec tant d'irritation devant Prascovie Ivanovna, tout en taisant, semble-t-il, le contenu de cette lettre ; or c'est peut-être lui qui renfermait l'explication de la possibilité de la terrible question qu'elle posa tout à coup à son fils.

— Nicolas Vsevolodovitch, répéta-t-elle en martelant les mots d'une voix ferme où perçait un défi redoutable, je vous prie, dites immédiatement, sans quitter cette place, s'il est vrai que cette malheureuse femme qui boite — la voici, tenez, là-bas, regardez-la ! S'il est vrai qu'elle est... votre femme légitime ?

Je me souviens trop bien de cet instant ; il n'avait même pas sourcillé et regardait fixement sa mère ; son visage n'accusa pas le moindre changement. Enfin, il sourit lentement d'une sorte de sourire condescendant et, sans répondre un mot, s'approcha tranquillement de sa mère, lui prit la main, la porta respectueusement à ses lèvres et la baisa. Et si puissant était l'ascendant irrésistible qu'il exerçait toujours sur sa mère que, cette fois non plus, elle n'osa retirer sa main. Elle se contentait de le regarder, toute changée en question, et tout son aspect disait qu'un instant encore, et elle ne pourrait plus supporter l'incertitude.

Mais il continuait à se taire. Après lui avoir baisé la

main, il parcourut encore une fois toute la pièce du regard et, toujours sans se presser, se dirigea droit vers Maria Timofeevna. Il est très difficile de décrire la physionomie des gens à certains moments. Il me souvient par exemple que Maria Timofeevna, toute défaillante de frayeur, se leva à son approche et joignit les mains devant elle dans un geste d'imploration ; et en même temps il me souvient aussi de l'extase de son regard, une sorte d'extase folle qui altérait presque ses traits, une extase qu'il est difficile à un être humain de supporter. Peut-être y avait-il l'un comme l'autre, et la frayeur et l'extase ; mais je me souviens de m'être vivement rapproché d'elle (j'étais presque à côté), il m'avait semblé qu'elle allait s'évanouir.

— Vous ne pouvez rester ici, lui dit Nicolas Vsevolodovitch d'une voix affable, mélodieuse, et dans ses yeux brilla une extraordinaire tendresse. Il se tenait devant elle dans l'attitude la plus déférente et chacun de ses mouvements révélait le plus sincère respect. La pauvrette balbutia dans un demi-murmure précipité, haletante :

— Puis-je tout de suite... me mettre à genoux devant vous ?

— Non, c'est tout à fait impossible, répondit-il avec un sourire magnifique, si bien que soudain elle sourit joyeusement elle aussi. De la même voix mélodieuse et la raisonnant tendrement comme une enfant, il ajouta gravement :

— Songez que vous êtes une jeune fille et que bien que je sois votre ami le plus dévoué, je suis tout de même pour vous un étranger, je ne suis ni votre mari ni votre père ni votre fiancé. Donnez-moi donc le bras et partons ; je vais vous accompagner jusqu'à la voiture et si vous permettez, je vous reconduirai moi-même chez vous.

Elle l'écouta et, comme songeuse, pencha la tête.

— Partons, dit-elle avec un soupir en lui donnant le bras.

Mais à ce moment un petit malheur lui arriva. Sans doute s'était-elle tournée trop brusquement en s'appuyant sur sa jambe malade plus courte que l'autre ; elle retomba de côté dans le fauteuil et sans ce fauteuil se serait affalée par terre. Il la saisit immédiatement et la soutint, passa solidement son bras sous le sien et avec sollicitude la conduisit vers la porte. Elle était visiblement peinée de sa chute, se troubla, rougit, affreusement confuse. Regardant en silence à terre, boitant bas, elle le suivit clopin-clopant, presque suspendue à son bras. C'est ainsi qu'ils sortirent. Lisa, je le vis, sauta sur ses pieds pendant qu'ils sortaient et les suivit d'un regard immobile jusqu'à la porte. Puis elle se rassit en silence, mais dans son visage il y avait une sorte de mouvement convulsif, comme si elle eût touché un reptile.

Pendant que se déroulait cette scène entre Nicolas Vsevolodovitch et Maria Timofeevna, tous étaient restés muets de stupeur ; on aurait pu entendre voler une mouche ; mais à peine furent-ils sortis que tout le monde se mit subitement à parler.

6

ON parlait d'ailleurs moins qu'on ne s'exclamait. J'ai un peu oublié maintenant dans quel ordre tout cela s'est passé car une agitation se fit. Stepan Trofimovitch poussa une exclamation en français et joignit les mains, mais Varvara Petrovna n'avait pas l'esprit à s'occuper de lui. Mavriki Nicolaevitch lui-même bredouilla quelques mots d'un ton saccadé et rapide. Mais le plus surexcité de tous fut Piotr Stepanovitch ; il cherchait avec véhémence à persuader Varvara Petrovna de quelque chose à grand renfort de gestes, mais je fus longtemps sans pouvoir comprendre. Il s'adressait aussi à Prascovie Ivanovna et à Elisabeth Nicolaevna, dans l'entraînement du moment il cria même en passant quelque chose à son père, en un mot il se démena beaucoup dans la pièce. Varvara Petrovna, toute rouge, se leva de son siège et cria à Prascovie Ivanovna : « Tu as entendu, tu as entendu ce qu'il vient de dire ici ? » Mais l'autre ne pouvait même plus répondre et se contenta de murmurer quelque chose avec un geste de la main. La pauvre avait ses soucis : elle tournait à tout instant la tête vers Lisa et la regardait avec une peur irraisonnée, mais n'osait même pas songer à se lever et à partir aussi longtemps que sa fille ne se lèverait pas. Cependant le capitaine voulait certainement s'esquiver. Je m'en aperçus. Il était incontestablement en proie à une grande frayeur depuis l'instant où Nicolas Vsevolodovitch avait fait son apparition ; mais Piotr Stepanovitch le saisit par le bras et ne le laissa pas partir.

— C'est indispensable, indispensable, disait-il avec volubilité à Varvara Petrovna, cherchant toujours à la convaincre. Il se tenait devant elle et elle était maintenant de nouveau assise dans son fauteuil et, je m'en souviens, l'écoutait avidement ; il était parvenu quand même à s'emparer de son attention.

— C'est indispensable. Vous voyez vous-même, Varvara Petrovna, qu'il y a là un malentendu et, en apparence, beaucoup de choses bizarres, et pourtant l'affaire est claire comme eau de roche et simple comme bonjour. Je comprends trop bien que personne ne m'a chargé de raconter cela et que j'ai peut-être l'air ridicule en me mettant en avant. Mais, premièrement, Nicolas Vsevolodovitch lui-même n'attache aucune importance à cette histoire, et enfin il y a tout de même des cas où il est difficile de se décider à donner personnellement des explications et il faut absolument qu'un tiers s'en charge, à qui il est plus facile de dire certaines choses délicates. Croyez-moi, Varvara Petrovna, Nicolas Vsevolodovitch n'est nullement à blâmer de n'avoir pas répondu aussitôt à votre question de tout à l'heure par une explication radicale, bien que l'affaire soit absolument insignifiante ; je la connais depuis Pétersbourg. Et puis toute cette histoire ne peut que faire honneur à Nicolas Vsevolodovitch, si tant est qu'il faille absolument se servir de ce mot vague « honneur ».

— Vous voulez dire que vous avez été témoin d'un incident qui a été à l'origine... de ce malentendu ? demanda Varvara Petrovna.

— Témoin et acteur, confirma en hâte Piotr Stepanovitch.

— Si vous me donnez votre parole que cela ne blessera pas la délicatesse de Nicolas Vsevolodovitch dans ses sentiments pour moi à qui il ne cache rien... et si en outre vous êtes même sûr de lui faire plaisir ainsi...

— Cela lui fera certainement plaisir, c'est pourquoi je le tiens aussi pour un plaisir particulier. Je suis convaincu qu'il me le demanderait lui-même.

Il était assez étrange et peu en rapport avec les usages établis, le désir insistant de ce monsieur subitement tombé du ciel de raconter les affaires d'autrui. Mais il avait pris Varvara Petrovna à l'hameçon en touchant un endroit trop sensible. Je ne connaissais pas encore à ce moment le caractère de cet homme et encore moins ses intentions.

— On vous écoute, annonça avec réserve et prudence Varvara Petrovna qui souffrait quelque peu de sa faiblesse.

— La chose est brève ; même, si vous voulez, ce n'est pas à proprement parler une histoire. Du reste, un romancier pourrait par désœuvrement bâtir avec cela un roman. C'est une petite affaire assez intéressante, Prascovie Ivanovna, et je suis sûr qu'Elisabeth Nicolaevna l'écoutera avec curiosité, parce qu'il y a là beaucoup de choses sinon bizarres, du moins curieuses. Il y a environ cinq ans, à Pétersbourg, Nicolas Vsevolodovitch fit connaissance avec ce monsieur, ce même monsieur Lebiadkine qui se tient la bouche bée et qui, je crois, avait tout à l'heure l'intention de filer. Excusez-moi, Varvara Petrovna. Je ne vous conseille d'ailleurs pas de prendre le large, Monsieur l'employé de l'ancienne intendance, (vous voyez, je me souviens parfaitement de vous). Nous savons trop bien, Nicolas Vsevolodovitch et moi, quels ont été les tours que vous avez joués ici et dont, ne l'oubliez pas, vous devrez rendre compte. Encore une fois, je vous prie de m'excuser, Varvara Petrovna. Nicolas Vsevolodovitch, à cette époque, appelait ce monsieur son Falstaff ; ce doit être (expliquat-il subitement) un caractère *burlesque* d'autrefois dont tout le monde se moque et qui permet à tout le monde de se moquer de lui, pourvu qu'on lui donne de l'argent. Nicolas Vsevolodovitch menait alors à Pétersbourg une vie pour ainsi dire ironique — je ne puis la qualifier d'un autre terme parce qu'il n'est pas homme à sombrer dans la déception et il ne tenait pas alors à avoir une occupation. Je parle seulement de cette époque-là, Varvara Petrovna. Ce Lebiadkine avait une sœur, celle-là même qui était tout à l'heure ici. Le frère et la sœur n'avaient pas un coin à eux et logeaient tantôt chez les uns tantôt chez les autres. Il rôdait sous les arcades du Gostini Dvor, toujours dans son ancien uniforme, et abordait les passants bien mis, et ce qu'on lui donnait il le buvait. Quant à sa sœur, elle vivait comme un oiseau du ciel. Elle aidait les gens dans ces taudis et par misère leur servait de domestique. C'était un incroyable capharnaüm. Je passe sur le tableau de cette vie dans les taudis, vie à laquelle, par excentricité, Nicolas Vsevolodovitch se vouait alors aussi. Je ne parle que de cette époque-là, Varvara Petrovna ; quant à « l'excentricité », c'est sa propre expression. Il ne me cache pas grand-chose. Mademoiselle Lebiadkine qui, à un moment donné, eut de trop fréquentes occasions de rencontrer Nicolas Vsevolodovitch, fut frappée par son physique. C'était pour ainsi dire un diamant se détachant sur le fond sordide de sa vie. Je sais mal décrire les sentiments, aussi je passe là-dessus ; mais de vilaines gens se mirent aussitôt à se moquer d'elle et elle devint toute triste. En général on se moquait beaucoup d'elle là-bas, mais auparavant elle ne s'en était jamais aperçue. Alors déjà elle avait l'esprit dérangé, mais ce n'était tout de même pas encore comme aujourd'hui. On a des raisons de croire que, dans son enfance, grâce à une bienfaitrice, elle a failli recevoir une éducation. Nicolas Vsevolodovitch ne faisait jamais aucune attention à elle et, le plus souvent, passait son temps à jouer avec des employés à la « préférence », à un quart de kopek le point, avec de vieilles cartes crasseuses. Mais un jour qu'on la maltraitait (et sans en demander la raison) il saisit un employé au collet et le fit passer par la fenêtre du second étage. Il n'y avait là de sa part aucune indignation chevaleresque en faveur de l'innocence outragée : toute l'opération se déroula au milieu du rire général et Nicolas Vsevolodovitch rit lui-même plus que n'importe qui ; et quand tout se fut terminé sans mal, on fit la paix et on but du punch. Mais l'innocence opprimée n'oublia pas l'incident. Bien entendu, cela finit par un ébranlement définitif de ses facultés mentales. Je le répète, je sais mal décrire les sentiments, mais il s'agit ici avant tout d'un rêve. Or Nicolas Vsevolodovitch, comme à dessein, exacerbait encore ce rêve ; au lieu de rire, il se mit brusquement à traiter Mademoiselle Lebiadkine avec un respect inattendu. Kirilov qui se trouvait là (c'est un très grand original, Varvara Petrovna, et un garçon extrêmement brusque ; vous le verrez peut-être un jour, il est maintenant ici), eh bien, ce Kirilov donc, qui d'habitude ne dit jamais rien et qui alors s'échauffa subitement, fit remarquer, je m'en souviens, à Nicolas Vsevolodovitch qu'il traitait cette personne comme une marquise et qu'il lui portait ainsi le coup de grâce. J'ajouterai que Nicolas Vsevolodovitch avait une certaine estime pour ce Kirilov. Et que pensez-vous qu'il répondit ? « Vous croyez, Monsieur Kirilov, que je me moque d'elle ; détrompez-vous, je la respecte vraiment, car elle vaut mieux que nous tous. » Et, vous savez, il dit cela sur un ton si sérieux. Pourtant, au cours de ces deux ou trois mois, il n'avait pas échangé un mot avec elle en dehors de « bonjour » et d'« au revoir ». Moi qui me trouvais là, je me souviens parfaitement qu'elle en vint finalement à le tenir pour quelque chose comme son fiancé qui n'osait « l'enlever » uniquement parce qu'il avait beaucoup d'ennemis et d'empêchements d'ordre familial, ou quelque chose de ce genre. En a-t-on ri ! Finalement, lorsque Nicolas Vsevolodovitch dut partir pour ici, il prit des dispositions en sa faveur et lui assura une pension annuelle assez importante, de trois cents roubles je crois pour le moins, sinon davantage. En un mot, admettons que tout cela n'était de sa part qu'un caprice, qu'une fantaisie d'homme prématurément désabusé, admettons même enfin, comme le disait Kirilov, que c'était une nouvelle expérience d'un homme blasé, pour savoir jusqu'où l'on peut mener une infirme folle. « Vous avez choisi exprès, disait-il, la dernière des créatures, une infirme éternellement couverte de honte et de coups, sachant de surcroît que cette créature se meurt d'un amour comique pour vous, et brusquement vous vous mettez de propos délibéré à la berner, uniquement pour voir le résultat. » En quoi serait-on enfin tellement responsable des lubies d'une femme folle avec qui, notez bien, il est douteux que pendant tout ce temps il ait échangé deux phrases ! Il y a des choses, Varvara Petrovna, dont non seulement on ne peut pas parler intelligemment, mais dont il n'est même pas intelligent de commencer à parler. Enfin, mettons que ce soit de l'excentricité, mais on ne peut vraiment pas en dire davantage, et pourtant c'est de cela qu'on a maintenant fait toute une histoire... Je suis un peu au courant, Varvara Petrovna, de ce qui se passe ici.

Le narrateur s'interrompit brusquement et se tourna vers Lebiadkine, mais Varvara Petrovna l'arrêta ; elle était dans un état d'extrême exaltation.

— Vous avez fini ? demanda-t-elle.

— Pas encore, pour que ce soit complet il me faudrait, si vous permettez, poser quelques questions à ce monsieur... Vous verrez tout de suite de quoi il s'agit, Varvara Petrovna.

— Assez, tout à l'heure, arrêtez-vous un instant, je vous en prie. Oh, que j'ai bien fait de vous laisser parler !

— Et notez ceci, Varvara Petrovna, dit Piotr Stepanovitch tout animé, Nicolas Vsevolodovitch pouvait-il tout à l'heure vous expliquer tout cela lui-même, en réponse à votre question peut-être trop catégorique ?

— Oh oui, trop !

— Et n'avais-je pas raison de dire que dans certains cas il est bien plus facile à un tiers d'expliquer qu'à l'intéressé !

— Oui, oui... Mais sur un point vous vous êtes trompé et, je le vois avec regret, vous continuez de vous tromper.

— Vraiment ? Sur quoi donc ?

— Voyez-vous... D'ailleurs, si vous vous asseyiez, Piotr Stepanovitch ?

— Oh, comme vous voudrez, je suis fatigué du reste, je vous remercie.

Il avança instantanément un fauteuil et le tourna de façon qu'il se trouva entre Varvara Petrovna d'un côté, Prascovie Ivanovna à la table de l'autre, et face à M. Lebiadkine qu'il ne quittait pas un instant des yeux.

— Vous vous trompez sur ce que vous appelez son « excentricité ».

— Oh, si ce n'est que cela...

— Non, non, non, attendez, interrompit Varvara Petrovna, se préparant visiblement à parler beaucoup et avec ivresse. Piotr Stepanovitch, dès qu'il s'en aperçut, devint tout attention.

— Non, c'était quelque chose de plus élevé que de l'excentricité et même, je vous assure, quelque chose de sacré ! Un homme fier et précocement offensé qui en est arrivé à cette « ironie » dont vous avez parlé avec tant de justesse, en un mot le prince Harry, selon la magnifique comparaison qu'a faite à cette époque Stepan Trofimovitch, et qui eût été tout à fait exacte s'il ne ressemblait encore davantage à Hamlet, du moins à mon avis.

— *Et vous avez raison*, intervint Stepan Trofimovitch avec sentiment et force.

— Je vous remercie, Stepan Trofimovitch, je vous remercie tout particulièrement, et précisément de la foi que vous avez toujours eue en Nicolas, en l'élévation de son âme et de sa mission. Cette foi, vous l'avez même soutenue en moi quand je perdais courage.

— *Chère, chère...* Stepan Trofimovitch fit un pas en avant mais s'arrêta, s'avisant qu'il était dangereux d'interrompre.

— Et si Nicolas avait toujours eu auprès de lui — maintenant Varvara Petrovna chantait presque — un doux Horatio grand dans son humilité — une autre de vos belles expressions, Stepan Trofimovitch, — peut-être aurait-il été sauvé depuis longtemps du triste et « subit démon de l'ironie » qui l'a déchiré toute sa vie. Le démon de l'ironie, c'est encore une de vos étonnantes expressions, Stepan Trofimovitch. Mais Nicolas n'a jamais eu ni un Horatio ni une Ophélie. Il n'avait que sa mère, mais que peut une mère seule et dans de pareilles circonstances ? Vous savez, Piotr Stepanovitch, je comprends parfaitement maintenant qu'un être comme Nicolas ait pu se montrer même dans ces bas-fonds sordides dont vous avez parlé. Je me représente si nettement maintenant cette « ironie » de la vie (une expression étonnamment juste de votre part), cette soif inextinguible de contraste, ce sombre fond sur lequel il se détache comme un diamant, selon une autre de vos comparaisons, Piotr Stepanovitch. Et voilà qu'il y rencontre un être opprimé par tout le monde, une infirme à demi folle et qui en même temps est peut-être animée des plus nobles sentiments...

— Hum... oui, mettons.

— Et après cela vous trouvez incompréhensible qu'il ne se moque pas d'elle comme tous les autres ! Oh, les gens ! Vous trouvez incompréhensible qu'il la défende contre ses insulteurs, l'entoure de respect « comme une marquise » (ce monsieur Kirilov doit avoir une compréhension étonnamment profonde des hommes, bien qu'il n'ait pas compris Nicolas !). Si vous voulez, c'est précisément de ce contraste qu'est venu tout le mal. Si cette malheureuse avait vécu dans un autre milieu, peut-être n'en serait-elle pas venue à concevoir un rêve si insensé. Une femme, seule une femme peut comprendre cela, Piotr Stepanovitch, et quel dommage que vous... c'est-à-dire non que vous ne soyez pas une femme mais que vous ne le soyez pas au moins pour cette fois afin de pouvoir comprendre !

— C'est-à-dire dans ce sens que plus cela va mal, mieux cela vaut, je comprends, je comprends, Varvara Petrovna. C'est un peu comme pour la religion : plus l'homme vit mal ou plus opprimé et misérable est un peuple, plus obstinément il rêve à la récompense au paradis, et si en même temps cent mille prêtres s'en mêlent, attisant le rêve et spéculant là-dessus, alors... je vous comprends, Varvara Petrovna, soyez sans crainte.

— Ce n'est pas tout à fait cela à vrai dire, mais dites-moi, Nicolas, pour éteindre ce rêve dans ce malheureux organisme (pourquoi Varvara Petrovna employa ici le mot organisme, je ne pus le comprendre), aurait-il donc dû lui aussi se moquer d'elle et la traiter comme le faisaient ces employés ? Est-il possible que vous niiez cette haute compassion, ce noble frémissement de tout l'organisme avec lequel Nicolas répond soudain sévèrement à Kirilov : « Je ne me moque pas d'elle. » Grande, sainte réponse !

— *Sublime !* marmonna Stepan Trofimovitch.

— Et notez bien qu'il n'est pas du tout si riche que vous croyez ; c'est moi qui suis riche, pas lui, et il ne prenait presque rien de moi à ce moment.

— Je comprends, je comprends tout cela, Varvara Petrovna, dit Piotr Stepanovitch qui manifestait maintenant un peu d'impatience.

— Oh, c'est mon caractère ! Je me reconnais en Nicolas. Je reconnais cette jeunesse, cette possibilité d'élans violents, tumultueux... Et si un jour nous apprenons à nous mieux connaître, Piotr Stepanovitch, ce que pour ma part je souhaite sincèrement, d'autant plus que je vous suis déjà si obligée, vous comprendrez peut-être alors...

— Oh, croyez-moi, je le souhaite aussi de mon côté, marmotta Piotr Stepanovitch d'une voix saccadée.

— Vous comprendrez peut-être alors cet élan qui vous pousse, dans un aveuglement de générosité, à prendre soudain fût-ce un être indigne de vous à tous les égards, un être profondément incapable de vous comprendre, prêt à vous torturer à la première occasion, et, envers et contre tout, c'est sur un tel être, en qui l'on incarne son idéal, son rêve, qu'on concentre tous ses espoirs, on se prosterne devant lui, on l'aime toute sa vie absolument sans savoir pourquoi, peut-être précisément parce qu'il en est indigne... Oh, comme j'ai souffert toute ma vie, Piotr Stepanovitch !

Stepan Trofimovitch chercha d'un air douloureux à rencontrer mon regard ; mais je me dérobai à temps.

— Et récemment encore, récemment — oh, comme je suis coupable envers Nicolas !... Vous ne le croiriez pas, ils m'ont harcelée de tous côtés, tous, tous, et les ennemis, et des gens méprisables, et les amis ; les amis plus peut-être que les ennemis. Quand on m'a envoyé la première méprisable lettre anonyme, Piotr Stepanovitch, vous ne le croiriez pas, je n'ai finalement pas trouvé en moi assez de mépris à opposer à toute cette méchanceté... Jamais, jamais je ne me pardonnerai mon manque de courage.

— Il m'est déjà revenu certaines choses sur les lettres anonymes d'ici, dit Piotr Stepanovitch en s'animant soudain, et je vous en découvrirai les auteurs, soyez tranquille.

— Mais vous ne pouvez vous imaginer quelles intrigues ont commencé ici ! On a torturé même notre pauvre Prascovie Ivanovna, et pourtant qu'est-ce qu'elle vient faire là-dedans ? J'ai peut-être eu de très grands torts envers toi aujourd'hui, ma chère Prascovie Ivanovna, ajouta-t-elle dans un généreux élan d'attendrissement mais non sans une certaine ironie triomphante.

— Allons, ma chère, marmotta l'autre à contrecœur, à mon avis, il faudrait en finir avec tout cela, on n'a que trop parlé... et elle jeta un nouveau coup d'œil timide vers Lisa, mais celle-ci regardait Piotr Stepanovitch.

— Et cette pauvre, cette malheureuse créature, cette folle qui a tout perdu et qui n'a conservé que son cœur, j'ai maintenant l'intention de l'adopter moi-même, s'écria soudain Varvara Petrovna, c'est un devoir que j'ai l'intention de remplir pieusement. A partir de ce jour, je la prends sous ma protection !

— Et ce sera même fort bien, dans un sens ! dit Piotr Stepanovitch tout à fait ranimé. Excusez-moi, je n'ai pas fini tout à l'heure. Je veux justement parler de la protection. Pouvez-vous vous figurer que lorsque Nicolas Vsevolodovitch fut parti (je reprends à l'endroit précis où je me suis arrêté, Varvara Petrovna), ce monsieur, ce même monsieur Lebiadkine que voici, s'imagina instantanément qu'il était en droit de disposer sans réserve de la pension allouée à sa sœur ; et il en disposa. Je ne sais pas exactement comment Nicolas Vsevolodovitch avait arrangé tout cela, mais un an plus tard, alors qu'il était à l'étranger, il dut en apprenant ce qui se passait prendre d'autres dispositions. Encore une fois, je ne sais pas les détails, il vous les donnera lui-même, je sais seulement que l'intéressante personne fut placée quelque part dans un couvent lointain, fort confortablement d'ailleurs, mais sous une surveillance amicale, vous comprenez ? Et que croyez-vous que décide Monsieur Lebiadkine ? Il commence par mettre tout en œuvre pour découvrir où on lui cache sa source de revenus, c'est-à-dire sa sœur, n'atteint son but que tout dernièrement, la retire du couvent en faisant valoir je ne sais quels droits sur elle et l'amène directement ici. Ici il ne lui donne pas à manger, la bat, la tyrannise, enfin il reçoit de Nicolas Vsevolodovitch, par un moyen quelconque, une somme considérable, commence aussitôt à se soûler et, en guise de gratitude, finit par lancer à Nicolas Vsevolodovitch un insolent défi, lui adresse des exigences insensées, le menaçant, au cas où la pension ne serait pas désormais versée directement entre ses mains, de le poursuivre en justice. Ainsi il prend pour un tribut le don bénévole de Nicolas Vsevolodovitch, pouvez-vous vous figurer cela ? Monsieur Lebiadkine, TOUT ce que je viens de dire ici est-il vrai ?

Le capitaine, qui jusque-là était resté debout en silence et les yeux baissés, fit rapidement deux pas en avant et devint cramoisi.

— Piotr Stepanovitch, vous avez agi cruellement avec moi, dit-il abruptement.

— Comment cela cruellement et pourquoi ? Mais permettez, nous parlerons tout à l'heure de cruauté et de douceur, pour le moment je vous prie seulement de répondre à ma première question. TOUT ce que j'ai dit est-il vrai, oui ou non ? Si vous trouvez que ce n'est pas vrai, vous pouvez faire votre déclaration séance tenante.

— Je... vous le savez vous-même, Piotr Stepanovitch... bredouilla le capitaine qui resta court et se tut. Il est à remarquer que Piotr Stepanovitch était assis dans un fauteuil, les jambes croisées, tandis que le capitaine se tenait debout devant lui dans l'attitude la plus respectueuse.

Les hésitations de M. Lebiadkine parurent vivement déplaire à Piotr Stepanovitch ; une sorte de spasme de colère contracta son visage.

— Est-ce que par hasard vous voulez vraiment faire une déclaration ? demanda-t-il en regardant finement le capitaine, dans ce cas ayez l'obligeance de parler, on vous attend.

— Vous savez bien, Piotr Stepanovitch, que je ne peux rien dire.

— Non, je ne le sais pas, c'est même la première fois que j'en entends parler ; pourquoi donc ne pouvez-vous rien dire ?

Le capitaine se taisait, les yeux fixés à terre.

— Permettez-moi de m'en aller, Piotr Stepanovitch, dit-il résolument.

— Pas avant d'avoir fait une réponse à ma première question : TOUT ce que j'ai dit est-il vrai ?

— C'est vrai, fit sourdement Lebiadkine, et il leva rapidement les yeux sur son tourmenteur. La sueur perla même à ses tempes.

— TOUT est vrai ?

— Tout.

— Ne trouvez-vous pas quelque chose à ajouter, à faire observer ? Si vous sentez que nous sommes injustes, dites-le ; protestez, déclarez tout haut votre mécontentement.

— Non, je ne trouve rien.

— Avez-vous menacé récemment Nicolas Vsevolodovitch ?

— Cela... cela c'était plutôt la boisson, Piotr Stepanovitch. (Il releva la tête.) Piotr Stepanovitch ! Si l'honneur de la famille et la honte imméritée du cœur se mettent à clamer parmi les hommes, alors — est-il possible qu'alors aussi on soit coupable ? rugit-il, s'oubliant soudain comme tout à l'heure.

— Etes-vous à jeun en ce moment, Monsieur Lebiadkine ? demanda Piotr Stepanovitch en lui lançant un regard perçant.

— Je suis à jeun.

— Que veut dire cet honneur de la famille et la honte immméritée du cœur ?

— Je ne parlais de personne, je ne voulais faire allusion à personne. Il s'agissait de moi... dit le capitaine de nouveau effondré.

— Vous avez été très vexé, il me semble, de la façon dont je me suis exprimé sur vous et votre conduite ? Vous êtes très irritable. Monsieur Lebiadkine. Mais permettez, je n'ai pas encore commencé à parler de votre conduite telle qu'elle est vraiment. Je commencerai à parler de votre conduite telle qu'elle est vraiment. Je commencerai à parler, cela peut fort bien arriver, mais je n'ai pas encore commencé à en parler telle qu'elle est.

Lebiadkine tressaillit et fixa sur Piotr Stepanovitch un regard hébété.

— Piotr Stepanovitch, je commence seulement à me réveiller.

— Hum ! Et c'est moi qui vous ai réveillé ?

— Oui, c'est vous qui m'avez réveillé, Piotr Stepanovitch, j'ai dormi quatre ans avec une nuée suspendue au-dessus de ma tête. Puis-je enfin me retirer, Piotr Stepanovitch ?

— Maintenant vous le pouvez, si seulement Varvara Petrovna ne juge nécessaire...

Mais elle agita les mains en signe de protestation.

Le capitaine s'inclina, fit deux pas vers la porte, s'arrêta soudain, posa la main sur son cœur, voulut dire quelque chose mais ne le dit pas et s'élança dehors. Mais à la porte il se heurta à Nicolas Vsevolodovitch ; Celui-ci s'écarta ; le capitaine parut soudain se faire tout petit devant lui et se figea sur place sans en détacher les yeux, comme un lapin devant un boa constrictor. Après avoir attendu un instant, Nicolas Vsevolodovitch l'écarta légèrement de la main et entra dans le salon.

7

IL était gai et calme. Peut-être venait-il de lui arriver quelque chose de très heureux que nous ignorions encore ; il paraissait même particulièrement content.

— Me pardonneras-tu, Nicolas ? dit Varvara Petrovna

qui ne put y tenir et se leva précipitamment pour aller à sa rencontre.

Mais Nicolas se mit franchement à rire.

— C'est bien ce que je pensais ! s'écria-t-il avec une bonhomie enjouée, je vois que vous êtes déjà au courant de tout. En sortant d'ici je me suis mis à réfléchir dans la voiture : il aurait fallu tout au moins raconter une histoire, est-ce qu'on s'en va ainsi ? Mais quand je me suis rappelé que Piotr Stepanovitch vous restait, le souci s'est envolé.

En parlant il regardait vivement autour de lui.

— Piotr Stepanovitch nous a raconté un très vieil épisode pétersbourgeois de la vie d'un être fantasque, reprit Varvara Petrovna avec exaltation, d'un garçon capricieux et fou, mais aux sentiments toujours élevés, toujours chevaleresque et noble...

— Chevaleresque ? Seriez-vous donc allés si loin que cela ? Nicolas riait. D'ailleurs je suis pour cette fois reconnaissant à Piotr Stepanovitch de sa précipitation (ici il échangea avec celui-ci un regard rapide). Il faut que vous sachiez, *maman*, que Piotr Stepanovitch est le réconciliateur universel ; c'est son rôle, sa maladie, son dada, et je vous le recommande particulièrement à cet égard. Je devine ce qu'il vous a débité ici. Précisément, il débite quand il raconte ; il a dans la tête un bureau d'archives. Notez bien qu'en sa qualité de réaliste, il ne peut mentir et que la vérité lui est plus chère que le succès... bien entendu, sauf les cas spéciaux où le succès lui est plus cher que la vérité. (En disant cela il ne cessait de regarder autour de lui.) Ainsi vous voyez parfaitement, *maman*, que ce n'est pas à vous de me demander pardon et s'il y a là de la folie, c'est assurément avant tout de ma part et donc en fin de compte je suis tout de même fou : il faut bien soutenir la réputation que j'ai ici...

A ces mots, il enlaça tendrement sa mère.

— En tout cas, cette affaire est maintenant close et racontée, et on peut donc cesser d'en parler, ajouta-t-il, et une petite note sèche, ferme résonna dans sa voix. Varvara Petrovna perçut cette note ; mais son exaltation ne passait pas, bien au contraire.

— Je ne t'attendais pas avant un mois, Nicolas !

— Je vous expliquerai tout, *maman*, bien entendu, mais maintenant...

Et il se dirigea vers Prascovie Ivanovna.

Mais celle-ci tourna à peine la tête vers lui, bien qu'une demi-heure plus tôt elle eût été abasourdie à sa première apparition. Maintenant elle avait d'autres soucis : au moment où en sortant le capitaine s'était heurté sur le seuil à Nicolas Vsevolodovitch, Lisa s'était soudain mise à rire, d'abord doucement, par saccades, mais son rire se faisait de plus en plus fort et violent. Elle était devenue toute rouge. Le contraste avec son air sombre de tout à l'heure était frappant. Pendant que Nicolas Vsevolodovitch parlait à Varvara Petrovna, elle avait fait deux ou trois fois signe à Mavriki Nicolaevitch comme pour lui chuchoter quelque chose ; mais dès qu'il se penchait vers elle, elle partait d'un grand éclat de rire ; on aurait pu en conclure que c'était justement du pauvre Mavriki Nicolaevitch qu'elle riait. Elle s'efforçait d'ailleurs visiblement de se contenir et appliquait son mouchoir à ses lèvres. Nicolas Vsevolodovitch, avec l'air le plus innocent et le plus franc, se tourna vers elle pour la saluer.

— Excusez-moi je vous prie, répondit-elle rapidement, vous... vous avez naturellement rencontré Mavriki Nicolaevitch... Dieu, il n'est pas permis d'être si grand, Mavriki Nicolaevitch !

Et de rire encore. Mavriki Nicolaevitch était grand mais pas du tout plus qu'il n'est permis.

— Vous... il y a longtemps que vous êtes arrivé ? bredouilla-t-elle en se contenant de nouveau, devenant même confuse, mais les yeux étincelants.

— Il y a plus de deux heures, répondit Nicolas en l'observant attentivement. J'indiquerai qu'il était extrêmement réservé et courtois mais, la courtoisie mise à part, avait un air absolument indifférent, même apathique.

— Et où allez-vous habiter ?

— Ici.

Varvara Petrovna observait aussi Lisa, mais une idée la frappa soudain.

— Où as-tu donc été jusqu'à présent, Nicolas, pendant ces deux grandes heures, sinon plus ? demanda-t-elle en s'approchant, le train arrive à dix heures.

— J'ai d'abord déposé Piotr Stepanovitch chez Kirilov. Je l'avais rencontré à Matveevo (à trois stations d'ici), nous avons voyagé dans le même wagon.

— J'attendais à Matveevo depuis l'aube, intervint Piotr Stepanovitch, les wagons de queue de notre train avaient déraillé dans la nuit, nous avons failli avoir les jambes cassées.

— Les jambes cassées ! s'écria Lisa, maman, maman, et nous qui voulions aller à Matveevo la semaine dernière, nous aurions eu nous aussi les jambes cassées !

— Seigneur aie pitié de nous ! dit Prascovie Ivanovna en se signant.

— Maman, maman, chère maman, ne vous effrayez pas si je me casse vraiment les deux jambes ; cela peut très bien m'arriver, vous dites vous-même qu'en montant à cheval je galope tous les jours à me rompre le cou. Mavriki Nicolaevitch, me conduirez-vous quand je serai boiteuse? Elle se remit à rire. Si cela arrive, je ne laisserai personne d'autre que vous me conduire, vous pouvez y compter absolument. Enfin, mettons que je ne me casse qu'une seule jambe... Allons, soyez donc aimable, dites que vous tiendrez cela pour un bonheur.

— Quel bonheur peut-il y avoir avec une seule jambe ? répondit Mavriki Nicolaevitch en fronçant les sourcils d'un air sérieux.

— Mais en revanche vous serez le seul à me conduire, vous seul, personne d'autre !

— Même alors, c'est encore vous qui me conduirez, Elisabeth Nicolaevna, murmura Mavriki Nicolaevitch encore plus sérieusement.

— Dieu, mais il a voulu faire un calembour ! s'exclama Lisa presque avec effroi. Mavriki Nicolaevitch, ne vous lancez jamais dans cette voie ! Mais quel égoïste vous êtes ! je suis persuadée, c'est à votre honneur, que vous vous calomniez ; au contraire, vous m'assurerez alors du matin au soir que sans jambe je suis devenue plus séduisante ! Il y a une chose seulement qui est irréparable : vous êtes démesurément grand et moi sans jambe je serai toute petite : comment ferez-vous donc pour me donner le bras, nous formerons un beau couple !

Et elle éclata d'un rire nerveux. Ses plaisanteries et ses allusions étaient plates, mais manifestement elle n'était pas en état de chercher à se faire valoir.

— Une crise d'hystérie ! me chuchota Piotr Stepanovitch, vite un verre d'eau.

Il avait deviné juste, un instant plus tard tout le monde s'empressait, on apporta de l'eau. Lisa enlaçait sa mère, l'embrassait chaudement, pleurait sur son épaule et aussitôt après, se rejetant en arrière et la regardant dans les yeux, se remettait à rire aux éclats. La mère finit aussi par pleurnicher. Varvara Petrovna les emmena vite toutes les deux chez elle, par la porte par laquelle Daria Pavlovna était venue nous rejoindre tout à l'heure. Mais elles ne restèrent pas longtemps absentes, quatre minutes, pas plus...

J'essaie maintenant de me rappeler chaque détail des derniers instants de cette mémorable matinée. Je me souviens que lorsque nous fûmes demeurés seuls, sans les dames (sauf Daria Pavlovna qui n'avait pas bougé de sa place), Nicolas Vsevolodovitch fit le tour du salon et nous salua tous à l'exception de Chatov, qui restait assis dans son coin plus courbé encore que tout à l'heure. Stepan Trofimovitch commença de raconter à Nicolas Vsevolodovitch quelque chose d'extrêmement spirituel, mais celui-ci se dirigea en hâte vers Daria Pavlovna. Mais en chemin Piotr Stepanovitch l'arrêta presque de force et l'entraîna vers la fenêtre où il se mit à lui chuchoter rapidement quelque chose apparemment de très important, à en juger par l'expression de son visage et les gestes qui accompagnaient le chuchotement. Nicolas Vsevolodovitch écoutait très distraitement et avec indolence, son sourire de commande aux lèvres, et même à la fin avec impatience, semblant chercher sans cesse à s'échapper. Il s'éloigna de la fenêtre au moment précis où les dames revenaient. Varvara Petrovna installa Lisa à la même place, assurant qu'elle devait absolument attendre et se reposer au moins dix minutes, et que sans doute l'air du dehors n'était pas indiqué pour ses nerfs malades. Elle entourait Lisa de trop de sollicitude et s'assit elle-même auprès d'elle. Piotr Stepanovitch qui était maintenant libre courut aussitôt à elles et se lança dans une conversation rapide et gaie. C'est à ce moment que Nicolas Vsevolodovitch s'approcha enfin de Daria Pavlovna de son pas dépourvu de hâte ; Dacha s'agita toute à son approche et se leva vivement, en proie à un trouble visible et le visage en feu.

— On peut vous féliciter je crois... ou est-ce encore trop tôt ? dit-il avec une sorte de pli singulier sur son visage.

Dacha lui répondit quelque chose, mais il était difficile de l'entendre.

— Pardonnez mon indiscrétion, dit-il en élevant la voix, mais vous savez que j'ai été spécialement avisé... Le saviez-vous ?

— Oui, je sais que vous avez été spécialement avisé.

— J'espère cependant n'avoir rien dérangé par mes félicitations, dit-il en riant, et si Stepan Trofimovitch...

— De quoi, de quoi faut-il féliciter ? dit Piotr Stepanovitch qui se trouva subitement auprès d'eux, de quoi faut-il vous féliciter, Daria Pavlovna ? Bah ? Ne serait-ce pas de cela même ? Votre rougeur prouve que j'ai deviné. En effet, de quoi féliciterait-on nos belles et sages jeunes filles et quelles sont les félicitations qui les font le plus rougir ? Eh bien, acceptez aussi les miennes si j'ai deviné juste et payez votre pari : vous vous souvenez, vous avez parié en Suisse de ne jamais vous marier... Ah oui, à propos de la Suisse, où ai-je donc la tête ? Figurez-vous c'est à moitié pour cela que je suis venu et j'ai failli l'oublier : dis-moi — il se tourna vivement vers Stepan Trofimovitch — quand donc pars-tu pour la Suisse, toi ?

— Moi... pour la Suisse ? dit Stepan Trofimovitch surpris et troublé.

— Comment ? Tu ne pars donc pas ? Mais puisque toi aussi tu te maries... tu me l'as écrit ?

— *Pierre !* s'exclama Stepan Trofimovitch.

— Eh quoi *Pierre*... Vois-tu, si cela peut t'être agréable, j'accourais pour te déclarer que je ne suis pas du tout contre cela, puisque tu voulais absolument avoir mon opinion au plus vite ; mais si, jacassait-il, il faut te « sauver », comme tu l'écris en me suppliant dans la même lettre, là encore je suis à ta disposition. Est-ce vrai qu'il se marie, Varvara Petrovna ? Il se tourna vivement vers elle. J'espère que je ne suis pas indiscret ; il écrit lui-même que toute la ville le sait et que tout le monde le félicite, si bien que pour éviter cela il ne sort que la nuit. J'ai la lettre dans ma poche. Mais, le croiriez-vous, Varvara Petrovna, je n'y comprends rien ! Dis-moi seulement une chose, Stepan Trofimovitch, faut-il te féliciter ou te « sauver » ? Vous ne le croiriez pas, à côté de lignes respirant le plus grand bonheur, il y en a de plus désespérées. D'abord il me demande pardon ; enfin, passons, c'est son genre. D'ailleurs on ne peut pas ne pas le dire : figurez-vous, il m'a vu deux fois dans sa vie et encore par hasard, et subitement, maintenant qu'il contracte un troisième mariage, il s'imagine faillir ainsi à je ne sais quels devoirs paternels à mon égard, il me supplie à mille verstes de distance de ne pas lui en vouloir et de l'y autoriser ! Ne te vexe pas, Stepan Trofimovitch, je t'en prie, c'est un trait de l'époque, j'ai les idées larges et je ne te blâme pas, et admettons-le, cela te fait honneur, etc., etc., mais encore une fois, ce qui importe c'est que je ne comprends pas le principal. Il y a là quelque chose sur je ne sais quels « péchés commis en Suisse ». Je me marie, dit-il, pour les péchés ou à cause des péchés d'un autre ou quelque chose comme ça, en un mot, il s'agit de « péchés ». « La jeune fille, dit-il, est une perle et un diamant », et, bien entendu, « il est indigne » — c'est son style ; mais par suite de je ne sais quels péchés ou circonstances, il est « obligé de la conduire à l'autel et de partir pour la Suisse », aussi « laisse tout et accours pour me sauver ». Y comprenez-vous quelque chose, après cela ? Du reste, du reste, je m'aperçois à l'expression des visages (il se tourna de tous côtés, la lettre à la main, scrutant les visages avec un sourire innocent) qu'à mon habitude, j'ai, semble-t-il, fait une gaffe... à cause de ma stupide franchise ou, comme le dit Nicolas Vsevolodovitch, de ma précipitation. C'est que je croyais que nous étions ici entre amis, c'est-à-dire avec tes amis, Stepan Trofimovitch, tes amis à toi, moi au fond je suis un étranger, et je vois... je vois que tout le monde sait quelque chose et que moi justement je ne sais pas quelque chose.

Il continuait à regarder autour de lui.

— Stepan Trofimovitch vous a écrit tel quel qu'il épouse « les péchés d'autrui commis en Suisse » et que vous accouriez pour « le sauver », en propres termes ? demanda Varvara Petrovna qui s'approcha soudain, toute jaune, le visage altéré, les lèvres tremblantes.

— C'est-à-dire, voyez-vous, s'il y a là quelque chose que je n'ai pas compris, dit Piotr Stepanovitch d'un air effrayé et parlant encore plus vite, c'est bien entendu sa faute puisqu'il écrit ainsi. Voici la lettre. Vous savez, Varvara Petrovna, ses lettres sont interminables et incessantes, et depuis deux ou trois mois il y a eu lettre sur lettre et, je l'avoue, j'ai fini parfois par ne pas les lire jusqu'au bout. Pardonne-moi, Stepan Trofimovitch, mon stupide aveu, mais conviens je t'en prie que tout en me les adressant à moi, tu écrivais plutôt pour la postérité, si bien que cela doit t'être égal... Allons, allons, ne te vexe pas ; toi et moi au moins, nous sommes tout de même entre nous ! Mais cette lettre, Varvara Petrovna, cette lettre-ci je l'ai lue jusqu'au bout. Ces « péchés » — ces « péchés d'autrui » — ce sont certainement nos propres petits péchés et je parie qu'ils sont des plus véniels, mais que nous nous sommes tout à coup avisé d'en faire une terrible histoire avec une nuance de noblesse, justement nous l'avons faite à cause de cette nuance de noblesse. Il doit y avoir, voyez-vous, quelque chose qui cloche dans nos comptes, il faut bien l'avouer enfin. Nous avons, vous savez, un grand faible pour les cartes... d'ailleurs ceci est de trop, c'est tout à fait à côté de la question, pardon, je suis trop bavard, mais je vous le jure, Varvara Petrovna, il m'a fait peur et, dans une certaine mesure, je me préparais en effet à le « sauver ». J'ai à la fin des scrupules moi-même. Est-ce que je lui mets le couteau sur la gorge ? Est-ce que je suis un créancier impitoyable ? Il dit quelque chose d'une dot... Du reste, est-ce que tu te maries seulement, voyons,

Stepan Trofimovitch ? De cela aussi il serait capable, nous parlons, nous parlons, mais c'est plutôt pour le style... Ah, Varvara Petrovna, je suis sûr que vous aussi vous me blâmez peut-être maintenant, et justement aussi à cause du style...

— Au contraire, au contraire, je vois que vous êtes à bout de patience et bien certainement vous avez eu à cela des raisons, répondit Varvara Petrovna acerbe.

Elle avait écouté avec une délectation méchante le flot de paroles « sincères » de Piotr Stepanovitch qui jouait manifestement un rôle (lequel, je ne le savais pas alors, mais le rôle était évident, même il était joué d'une manière outrée).

— Au contraire, poursuivit-elle, je ne vous suis que trop reconnaissante d'avoir parlé ; sans vous je n'aurais jamais rien su. Pour la première fois depuis vingt ans, j'ouvre les yeux. Nicolas Vsevolodovitch, vous venez de dire que vous avez été spécialement avisé. Stepan Trofimovitch ne vous aurait-il pas écrit aussi dans le même genre ?

— J'ai reçu de lui une lettre des plus anodines et... et très noble...

— Vous êtes embarrassé, vous cherchez vos mots, cela suffit ! Stepan Trofimovitch, j'attends de vous un grand service, dit-elle en s'adressant soudain à celui-ci, les yeux étincelants, faites-moi la grâce de nous quitter sur-le-champ et à l'avenir ne remettez plus les pieds chez moi.

Je prie le lecteur de se rappeler sa récente « exaltation » qui maintenant encore n'était pas passée. Aussi bien, quels n'étaient pas les torts de Stepan Trofimovitch ! Mais ce qui me stupéfia vraiment alors, ce fut qu'il tint bon avec une étonnante dignité et sous les « révélations » de Petroucha, sans songer à les interrompre, et sous la « malédiction » de Varvara Petrovna. D'où lui venait tant de courage ? Je savais seulement une chose, qu'indiscutablement il avait été profondément blessé par les premiers instants de sa rencontre avec Petroucha, c'est-à-dire par la façon dont ils s'étaient embrassés tout à l'heure. C'était un chagrin profond et cette fois VRAI, du moins à ses yeux, pour son cœur. Il avait en ce moment encore un autre chagrin, la conscience cuisante de s'être montré lâche ; cela, il me l'avoua plus tard en toute franchise. Or un chagrin VRAI, indiscutable, est parfois capable de rendre sérieux et ferme même un homme d'une phénoménale légèreté, ne fût-ce que pour peu de temps ; bien mieux, sous l'effet d'un chagrin vrai et sincère, même des imbéciles sont parfois devenus intelligents, aussi, bien entendu, pour un temps. C'est là une propriété du chagrin. Et s'il en est ainsi, que ne pouvait-il arriver dans le cas d'un homme tel que Stepan Trofimovitch ? Une véritable révolution — bien entendu, pour un temps aussi.

Il s'inclina avec dignité devant Varvara Petrovna et ne prononça pas un mot (il est vrai qu'il ne lui restait rien d'autre à faire). Il voulait se retirer ainsi, mais ne put y tenir et s'approcha de Daria Pavlovna. On eût dit que celle-ci l'avait pressenti car aussitôt, tout effrayée, elle se mit à parler elle-même, comme si elle eût hâte de le devancer :

— Je vous en prie, Stepan Trofimovitch, pour l'amour de Dieu, ne dites rien, commença-t-elle d'une voix rapide et passionnée, avec une expression douloureuse sur son visage et lui tendant précipitamment la main, soyez certain que je vous respecte toujours autant... et que je vous apprécie toujours autant et... pensez aussi du bien de moi, Stepan Trofimovitch, et j'y serai très, très sensible...

Stepan Trofimovitch s'inclina très bas devant elle.

— Tu es libre, Daria Pavlovna, tu sais que dans toute cette affaire tu es entièrement libre ! Tu l'as été et tu l'es maintenant et à l'avenir, conclut avec force Varvara Petrovna.

— Bah ! Je comprends tout maintenant ! s'écria Piotr Stepanovitch en se frappant le front. Mais... mais dans quelle situation ai-je été mis après cela ? Daria Pavlovna, je vous en prie, excusez-moi !... Qu'as-tu fait de moi après cela, hein ? ajouta-t-il à l'adresse de son père.

— *Pierre*, tu pourrais t'exprimer autrement, n'est-ce pas, mon ami ? dit doucement Stepan Trofimovitch.

— Ne crie pas s'il te plaît, dit *Pierre* en agitant les mains vers lui, crois-moi, tout cela ce sont tes vieux nerfs malades et il ne te servira à rien de crier. Dis-moi plutôt, tu pouvais bien supposer que j'en parlerais dès le premier pas : comment donc as-tu pu ne pas m'avertir ?

Stepan Trofimovitch fixa sur lui un regard pénétrant.

— *Pierre*, toi qui sais tant de choses sur ce qui se passe ici, est-il possible que tu n'aies vraiment rien su, rien entendu dire de cette affaire !

— Quoi ? Voilà bien les gens ! Alors il ne suffit donc pas que nous soyons un vieil enfant, nous sommes encore un enfant méchant ? Varvara Petrovna, vous avez entendu ce qu'il dit ?

Un brouhaha se fit ; mais à ce moment éclata un incident auquel personne ne pouvait vraiment s'attendre.

AVANT tout, je dois dire que depuis deux ou trois minutes une nouvelle impulsion s'était emparée d'Elisabeth Nicolaevna ; elle chuchotait rapidement quelque chose à sa mère et à Mavriki Nicolaevitch penché vers elle. Son visage était inquiet mais en même temps il exprimait la résolution. Enfin elle se leva, visiblement pressée de partir, et pressant sa mère que Mavriki Nicolaevitch aida à se lever de son fauteuil. Mais apparemment il était dit qu'elles ne partiraient pas sans avoir tout vu jusqu'au bout.

Chatov, que tout le monde avait complètement oublié dans son coin (non loin d'Elisabeth Nicolaevna) et qui apparemment ne savait pas lui-même pourquoi il restait là au lieu de s'en aller, se leva soudain de sa chaise et, à travers toute la pièce, d'un pas lent mais ferme, se dirigea vers Nicolas Vsevolodovitch en le regardant bien en face. Celui-ci le vit approcher de loin et eut un très léger sourire, mais quand Chatov fut tout contre lui, il cessa de sourire.

Lorsque Chatov s'arrêta en silence devant lui sans le quitter des yeux, tout le monde s'en aperçut soudain et se tut, Piotr Stepanovitch le dernier ; Lisa et sa mère s'immobilisèrent au milieu de la pièce. Ainsi s'écoulèrent cinq secondes ; l'expression de hautaine perplexité fit place sur le visage de Nicolas Vsevolodovitch à la colère, il fronça les sourcils et soudain...

Et soudain Chatov leva son long bras pesant et de toutes ses forces le frappa en plein visage. Nicolas Vsevolodovitch vacilla fortement sur place.

Même pour frapper, Chatov s'y était pris d'une façon particulière, pas du tout comme il est d'habitude convenu de donner une gifle (si tant est qu'on puisse s'exprimer ainsi), non avec la paume de la main mais avec tout le poing ; or il avait un gros poing pesant, osseux, couvert de duvet roux et de taches de son. Si le coup eût porté sur le nez, il l'aurait broyé. Mais il porta sur la joue, atteignant le coin gauche de la lèvre et les dents du dessus, d'où le sang jaillit aussitôt.

Je crois qu'un cri soudain s'éleva, peut-être était-ce Varvara Petrovna qui cria, je ne m'en souviens pas, car aussitôt tout retomba dans le silence. D'ailleurs toute la scène n'avait pas duré plus de dix secondes.

Néanmoins, en ces dix secondes il se passa une foule de choses.

Je rappellerai au lecteur que Nicolas Vsevolodovitch était de ces natures qui ignorent la peur. Dans un duel, il pouvait affronter avec sang-froid le coup de feu de son adversaire, viser lui-même et tuer avec un calme féroce. Si quelqu'un l'eût giflé, il n'aurait même pas, me semble-t-il, provoqué son insulteur en duel mais l'aurait tué tout de suite, sur place ; il était précisément ainsi fait qu'il l'aurait tué en pleine conscience et non point étant hors de soi. Il me semble même qu'il n'avait jamais connu ces accès aveuglants de fureur où l'on n'est plus capable de raisonner. Dans les moments d'une colère sans borne qui s'emparait parfois de lui, il savait néanmoins toujours conserver tout son empire sur lui-même et par conséquent comprendre que pour un meurtre commis autrement qu'en duel, il serait certainement condamné au bagne ; néanmoins il aurait tué l'insulteur, et sans la moindre hésitation.

J'ai étudié Nicolas Vsevolodovitch tout ces derniers temps et, par suite de circonstances particulières, je sais sur lui, aujourd'hui que j'écris ceci, un grand nombre de faits. Je serais enclin à le comparer à certains personnages d'autrefois au sujet de qui des souvenirs légendaires subsistent dans notre société. On a raconté par exemple du décembriste L. que, toute sa vie, il avait délibérément recherché le danger, qu'il s'enivrait de cette sensation, en avait fait un besoin de sa nature ; dans sa jeunesse, il se battait en duel pour un rien ; en Sibérie, il chassait l'ours avec un couteau pour toute arme, il aimait à rencontrer dans les forêts sibériennes des bagnards évadés qui, soit dit en passant, sont plus redoutables que l'ours. Il n'est pas douteux que ces personnages légendaires étaient capables d'éprouver, et peut-être même à un degré élevé, le sentiment de la peur, sinon ils auraient été bien plus calmes et n'auraient pas transformé la sensation du danger en un besoin de leur nature. Mais vaincre en eux la lâcheté, voilà ce qui les attirait, bien entendu. L'incessante ivresse de la victoire et la conscience d'être invincibles, voilà ce qui les séduisait. Ce L., dès avant sa déportation, avait été pendant un certain temps aux prises avec la faim et avait gagné son pain par un dur labeur, uniquement parce qu'il ne voulait à aucun prix se soumettre aux exigences de son père très riche, les trouvant injustes. Par conséquent, il concevait la lutte sous de multiples aspects ; ce n'est pas seulement face à l'ours et dans les duels qu'il appréciait chez lui la fermeté et la force de caractère.

Mais tout de même il s'est écoulé depuis lors bien des années et la nature nerveuse, épuisée et dédoublée des hommes de notre époque n'admet même plus le besoin de ces sensations directes et sans mélange que recherchaient tant certains personnages inquiets du bon vieux temps. Nicolas Vsevolodovitch aurait peut-être traité L. de haut, l'aurait même taxé de poltron toujours plastronnant, de faraud : il est vrai qu'il ne l'aurait pas dit tout haut. Il aurait tué son adversaire en duel, il aurait affronté l'ours, le cas échéant, il se serait défendu contre un brigand dans la forêt, avec autant de succès et d'intrépidité que L., mais en revanche sans aucune sensation de volupté, uniquement par pénible nécessité, mollement, paresseusement, même avec ennui. En fait de colère, il y avait bien entendu progrès sur L., même sur Lermontov. De la colère, il y en avait peut-être en Nicolas Vsevolodovitch plus que dans les deux autres réunis, mais cette colère était froide, calme, et si l'on peut s'exprimer ainsi, RAISONNABLE, donc la plus répugnante et la plus terrible de toutes. Je le répète encore une fois : je le considérais alors et je le considère encore (maintenant que tout est fini) précisément comme un homme qui, eût-il reçu un coup en pleine figure ou subi un autre affront équivalent, aurait immédiatement tué son adversaire, séance tenante, sur place, et sans provocation en duel.

Et cependant, dans le cas présent, il arriva quelque chose d'autre et de surprenant.

A peine s'était-il redressé après avoir si honteusement vacillé de côté, presque de la moitié de sa hauteur, sous l'effet de la gifle reçue ; et alors que, semblait-il, ne s'était pas encore tu dans la pièce le bruit ignoble, comme mouillé du coup de poing au visage, qu'aussitôt il saisit Chatov des deux mains aux épaules ; mais presque au même instant il retira ses deux mains et les croisa dans le dos. Il se taisait, regardait Chatov et devenait pâle comme un linge. Pourtant, chose étrange, son regard semblait s'éteindre. Au bout de dix secondes, ses yeux étaient froids et — je suis sûr de ne pas mentir — calmes. Il était seulement extrêmement pâle. Bien entendu, je ne sais pas ce qui se passait en lui, je voyais l'extérieur. Il me semble que s'il existait un homme qui pût par exemple saisir une barre de fer rougie au feu et la serrer dans sa main afin d'éprouver sa fermeté, puis, pendant dix secondes, lutter pour surmonter une invincible douleur et finir par la surmonter, cet homme-là, me semble-t-il, éprouverait quelque chose d'analogue à ce qu'en ces dix secondes éprouva Nicolas Vsevolodovitch.

Le premier des deux à baisser les yeux fut Chatov, et cela visiblement parce qu'il fut obligé de les baisser. Puis il pivota lentement sur ses talons et se dirigea vers la porte, mais d'un pas tout différent de celui de tout à l'heure lorsqu'il s'était approché. Il s'en allait silencieusement, les épaules relevées d'une façon particulièrement gauche, la tête baissée et comme s'il raisonnait en lui-même. Il me semble qu'il murmurait quelque chose. Il gagna la porte avec précaution, sans rien heurter ni renverser ; il entrouvrit à peine la porte, de sorte qu'il se glissa par l'entrebâillement presque de biais. Quand il sortait, les cheveux qui se dressaient sur sa nuque attiraient particulièrement le regard.

Ensuite, avant tout autre cri, on entendit un cri terrible. Je vis Elisabeth Nicolaevna saisir sa mère par l'épaule et Mavriki Nicolaevitch par le bras, et les tirer deux ou trois fois de toutes ses forces pour les entraîner hors de la pièce, mais soudain elle poussa un cri et de tout son long s'abattit par terre évanouie. Aujourd'hui encore, il me semble l'entendre heurter le tapis de la nuque.

DEUXIÈME PARTIE

CHAPITRE PREMIER

LA NUIT

1

Huit jours s'écoulèrent. Maintenant que tout est passé et que j'écris cette chronique, nous savons de quoi il s'agissait ; mais alors nous ignorions encore tout et il est naturel que certaines choses nous parussent étranges. Du moins, Stepan Trofimovitch et moi nous enfermâmes, les premiers temps, et observâmes de loin avec frayeur. Moi, je sortais encore parfois, et comme par le passé, lui apportais différentes nouvelles dont il ne pouvait se passer.

Inutile de dire que les bruits les plus divers s'étaient répandus dans la ville, c'est-à-dire au sujet de la gifle, de l'évanouissement d'Elisabeth Nicolaevna et des autres événements de ce dimanche. Mais une chose nous étonnait : grâce à qui tout cela avait-il pu être connu si vite et avec tant de précision ? Aucune des personnes présentes n'aurait eu, semble-t-il, ni nécessité ni intérêt à trahir le secret de ce qui s'était passé. Les domestiques n'étaient alors pas là ; seul Lebiadkine aurait pu ébruiter quelque chose, non pas tant par rancune, parce qu'il était sorti en proie à une extrême terreur (et la peur de l'ennemi détruit jusqu'à la rancune à son égard), mais uniquement par incontinence verbale. Mais Lebiadkine avait disparu dès le lendemain avec sa sœur sans laisser de trace ; il n'était plus dans la maison de Philippov, il avait déménagé on ne savait où et s'était comme volatilisé. Chatov, auprès de qui je voulus m'informer de Maria Timofeevna, s'était enfermé chez lui et avait, je crois, passé toute cette semaine à la maison, ayant même interrompu ses occupations en ville. Il ne me reçut pas. Je passai chez lui le mardi et frappai à sa porte. Je n'obtins pas de réponse, mais convaincu d'après des indices certains qu'il était chez lui, je frappai encore une fois. Alors, sautant apparemment à bas de son lit, il s'approcha à grands pas de la porte et me cria à pleine voix : « Chatov n'est pas chez lui. » Je n'eus plus qu'à m'en aller.

Stepan Trofimovitch et moi, non sans effroi devant la hardiesse de notre supposition mais nous encourageant mutuellement, nous nous arrêtâmes finalement à une idée : nous décidâmes que le responsable des bruits répandus ne pouvait être que Piotr Stepanovitch, bien que, dans une conversation avec son père, il nous affirmât quelque temps plus tard qu'il avait déjà trouvé l'histoire sur toutes les lèvres, principalement au club, et qu'elle était parfaitement connue jusqu'en ses moindres détails de la femme du gouverneur et de son époux. Autre chose remarquable : dès le lendemain, le lundi soir, je rencontrai Lipoutine qui savait déjà tout de A à Z et qui par conséquent avait dû l'apprendre un des premiers.

Beaucoup de dames (et des plus mondaines) étaient intriguées par « l'énigmatique boiteuse », c'est ainsi qu'on appelait Maria Timofeevna. Il s'en était même trouvé qui voulaient absolument la rencontrer personnellement et faire sa connaissance, si bien que ceux qui s'étaient empressés de cacher les Lebiadkine avaient apparemment agi bien à propos. Mais c'était l'évanouissement d'Elisabeth Nicolaevna qui se trouvait néanmoins au premier plan et à cela s'intéressait tout le « monde », ne fût-ce que parce que cela concernait directement Julie Mikhaïlovna, en sa qualité de parente et de protectrice d'Elisabeth Nicolaevna. Et que ne racontait-on pas ! Les bavardages étaient aussi favorisés par le mystère qui entourait les événements : les deux maisons étaient hermétiquement closes ; Elisabeth Nicolaevna, racontait-on, était au lit avec une fièvre cérébrale ; on en affirmait autant de Nicolas Vsevolodovitch en ajoutant des détails répugnants sur sa dent qu'on prétendait cassée et sa fluxion. On disait même tout bas qu'il y aurait peut-être chez nous un assassinat, car Stavroguine n'était pas homme à souffrir une telle offense et qu'il tuerait Chatov, mais qu'il le ferait mystérieusement, comme dans une vendetta corse. Cette idée plaisait, mais la plupart de notre jeunesse mondaine écoutait avec mépris et avec la plus dédaigneuse indifférence, bien entendu affectée. En général, la vieille hostilité de notre société contre Nicolas Vsevolodovitch se manifestait violemment. Même les gens sérieux cherchaient à l'accuser sans trop savoir de quoi. On chuchotait qu'il avait déshonoré Elisabeth Nicolaevna et qu'il y avait eu entre eux une intrigue en Suisse. Naturellement, les gens prudents tenaient leur langue, mais tous n'en écoutaient pas moins avec avidité. On disait d'autres choses encore, non dans les conversations générales mais en privé, rarement et presque en secret, des choses extrêmement étranges et que je ne mentionne que pour avertir le lecteur, uniquement à raison des événements ultérieurs de mon récit. A savoir : d'aucuns disaient en fronçant le sourcil et en se fondant Dieu sait sur quoi que Nicolas Vsevolodovitch avait une mission extraordinaire à remplir dans notre province, que, par l'intermédiaire du comte K., il avait noué à Pétersbourg de hautes relations, qu'il était peut-être même nanti d'un poste officiel, à moins qu'il ne fût pourvu par on ne sait qui d'on ne sait quel mandat. Lorsque les gens vraiment sérieux et réservés souriaient à ce bruit en faisant remarquer avec pertinence qu'un homme qui vit de scandales et qui débute chez nous par une fluxion ne ressemble guère à un fonctionnaire, on leur répondait en chuchotant que ses fonctions étaient non pas précisément officielles mais pour ainsi dire confidentielles, et que dans ce cas le service lui-même exige qu'on ressemble aussi peu que possible à un fonctionnaire. Cette remarque faisait son effet ; on savait chez nous que dans la capitale on avait l'œil sur le zemstvo de notre province. Je le répète, ces rumeurs n'avaient fait que passer et s'étaient provisoirement évanouies sans laisser de trace à la première apparition de Nicolas Vsevolodovitch ; mais je ferai observer qu'à l'origine de beaucoup de bruits il y avait dans une certaine mesure quelques propos brefs mais méchants tenus au club, vaguement et d'un ton saccadé, par Arthème Pavlovitch Gaganov, capitaine de la garde en retraite, récemment revenu chez nous de Pétersbourg ; très important propriétaire terrien de notre province et de notre district, homme du monde répandu dans la société de la capitale, il était le fils de feu Pavel Pavlovitch Gaganov, cet honorable doyen de notre club avec qui, plus de quatre ans auparavant, Nicolas Vsevolodovitch avait eu cette altercation inouïe par sa grossièreté et sa soudaineté dont j'ai parlé au début de mon récit.

Tout le monde apprit aussitôt que Julie Mikhaïlovna était tout spécialement allée faire une visite à Varvara Petrovna et qu'à la porte de celle-ci on lui avait annoncé que Varvara Petrovna « étant souffrante ne pouvait la recevoir ». On savait de même que, deux jours après sa visite, Julie Mikhaïlovna avait fait prendre des nouvelles de Varvara Petrovna. Enfin elle s'était employée à « défendre » partout Varvara Petrovna, bien sûr au sens le plus élevé seulement, c'est-à-dire le plus vague. Toutes les premières allusions hâtives aux événements du dimanche, elle les écouta sévèrement et froidement, si bien que les jours suivants elles ne se renouvelèrent plus en sa présence. C'est ainsi que l'idée s'ancra partout que Julie Mikhaïlovna était non seulement au courant de toute cette mystérieuse histoire, mais qu'elle en connaissait aussi tout le sens mystérieux jusqu'en ses moindres détails, cela non en tiers mais pour y avoir participé. J'indiquerai à ce propos que peu à peu elle commençait déjà à acquérir chez nous cette haute influence qu'elle recherchait et convoitait sans nul doute, et à se voir « entourée ». Une partie de la société lui reconnaissait de l'intelligence pratique et du tact... mais nous y reviendrons. C'est aussi par sa protection que s'expliquaient en partie les très rapides succès de Piotr Stepanovitch dans notre société, succès qui frappaient particulièrement alors Stepan Trofimovitch.

Nous exagérions peut-être, lui et moi. Tout d'abord, Piotr Stepanovitch fit connaissance presque en un clin d'œil avec toute la ville, dès les quatre premiers jours de son arrivée. Il était arrivé le dimanche et, le mardi, je le rencontrai déjà en voiture avec Arthème Pavlovitch Gaganov, homme orgueilleux, irritable et arrogant, malgré tout son usage du monde, et avec qui, à raison de son caractère, il était assez difficile de faire bon ménage. Chez le gouverneur, Piotr Stepanovitch était aussi très bien reçu, au point qu'il s'y plaça tout de suite sur un pied d'intimité ou, pour ainsi dire, y joua le rôle d'un jeune homme choyé ; il dînait presque tous les jours chez Julie Mikhaïlovna. Il avait fait connaissance avec celle-ci encore en Suisse, mais son succès rapide dans la maison de Son Excellence avait vraiment quelque chose de curieux. Il passait bien à un moment donné pour un révolutionnaire émigré, à tort ou à raison ; il avait collaboré à des publications paraissant à l'étranger et pris part à des congrès, « ce dont on peut même trouver la preuve dans les journaux », comme me le dit en une occasion Aliocha Teliatnikov, aujourd'hui, hélas, petit fonctionnaire en retraite, mais qui autrefois avait été aussi un jeune homme choyé dans la maison de notre précédent gouverneur. Pourtant le fait demeurait : l'ancien révolutionnaire était rentré dans son aimable patrie non seulement sans avoir été le moins du monde inquiété, mais tout juste si ce n'est avec des encouragements ; par conséquent, il n'y avait peut-être rien eu. Lipoutine me glissa une fois dans le creux de l'oreille que, d'après les bruits qui couraient, Piotr Stepanovitch s'était confessé et avait reçu l'absolution en donnant quelques noms, et ainsi peut-être avait-il réussi à racheter sa faute en promettant d'être à l'avenir aussi utile à la patrie. Je répétai cette phrase venimeuse à Stepan Trofimovitch qui, bien que presque hors d'état de réfléchir, devint tout songeur. Par la suite, il apparut que Piotr Stepanovitch était venu chez nous muni de lettres d'introduction de beaucoup de poids ; du moins, il en avait apporté une pour la femme du gouverneur de la part d'une très importante vieille dame de Pétersbourg dont le mari était un des vieillards les plus éminents de la capitale. Cette vieille dame, marraine de Julie Mikhaïlovna, indiquait dans sa lettre que le comte K. connaissait bien lui aussi Piotr Stepanovitch ; il l'avait rencontré par l'intermédiaire de Nicolas Vsevolodovitch, l'avait reçu très cordialement et le considérait comme un « jeune homme de valeur en dépit de ses erreurs passés ». Julie Mikhaïlovna tenait à l'extrême à ses rares relations dans le « grand monde », entretenues au prix de tant d'efforts, et il va sans dire qu'elle ne pouvait qu'être enchantée de la lettre d'une si importante vieille dame ; mais il n'en demeurait pas moins là quelque chose de singulier. Elle était allée jusqu'à placer son époux dans des rapports presque familiers avec Piotr Stepanovitch, si bien que M. von Lembke s'en plaignait... mais sur cela aussi nous reviendrons. Je noterai encore pour mémoire que l'illustre écrivain s'était également montré très bienveillant envers Piotr Stepanovitch et l'avait aussitôt invité à venir le voir. Un pareil empressement de la part d'un homme si imbu de lui-même piqua Stepan Trofimovitch plus que tout le reste ; mais je me l'expliquai autrement : en attirant chez lui le nihiliste, M. Karmazinov avait bien certainement en vue les relations de celui-ci avec les jeunes gens progressistes des deux capitales. L'illustre écrivain tremblait maladivement devant notre jeunesse révolutionnaire et s'imaginant, dans son ignorance, qu'elle avait entre ses mains les clefs de l'avenir russe, il lui faisait des avances d'une façon d'autant plus humiliante qu'elle ne lui accordait, aucune attention.

2

PIOTR STEPANOVITCH passa aussi deux fois chez son père et, malheureusement pour moi, les deux fois en mon absence. La première fois, c'est le mercredi seulement qu'il lui rendit visite, c'est-à-dire quatre jours après leur première rencontre, et encore pour affaires. A propos, les comptes relatifs à la propriété avaient été réglés entre eux en toute discrétion. Varvara Petrovna s'était chargée de tout et avait tout payé, bien entendu en acquérant les terres : quant à Stepan Trofimovitch, elle l'informa seulement que tout était fini et l'envoyé de Varvara Petrovna, son valet de chambre Alexis Egoritch, lui apporta une pièce à signer, ce qu'il fit en silence et avec une extrême dignité. Je ferai observer, à propos de dignité, que je ne reconnaissais presque plus notre vieux en ces jours-là. Il se tenait comme il ne l'avait jamais fait auparavant, était devenu étonnamment silencieux, n'avait même pas écrit à Varvara Petrovna une seule lettre depuis ce dimanche, ce que j'aurais considéré jusque-là comme un miracle, et surtout, il était devenu calme. Il s'était affermi sur quelque idée définitive et extraordinaire qui lui donnait ce calme, cela se voyait. Il avait trouvé cette idée, il restait là et attendait quelque chose. Au début d'ailleurs, il avait été malade, surtout le lundi; il avait eu la cholérine. Il ne pouvait pas non plus, pendant tout ce temps, se passer de nouvelles, mais dès que, laissant les faits, j'abordais le fond de la question et émettais des hypothèses, il agitait aussitôt les mains pour me faire taire. Mais les deux entrevues avec son fils n'en eurent pas moins sur lui un effet douloureux, quoique sans l'ébranler. Ces deux jours-là, après ces entrevues, il resta allongé sur le divan, la tête enveloppée d'un mouchoir imbibé de vinaigre; mais dans un sens élevé, il demeurait calme.

Parfois, d'ailleurs, il n'agitait pas les mains pour me faire taire. Parfois aussi il me semblait que la mystérieuse décision qu'il avait prise l'abandonnait et qu'il commençait à lutter contre un nouvel afflux d'idées séduisantes. Cela durait un instant mais je le consigne néanmoins. Je soupçonnais qu'il avait grande envie de s'affirmer de nouveau, de sortir de sa solitude, de lancer un défi, de livrer l'ultime bataille.

— *Cher*, comme je les démolirais tous ! laissa-t-il échapper jeudi soir, après sa seconde entrevue avec Piotr Stepanovitch, alors qu'il était étendu sur le divan, la tête entourée d'une serviette de toilette.

Jusqu'à ce moment il n'avait pas encore échangé un mot avec moi de la journée.

— « *Fils, fils chéri !* » et ainsi de suite, je conviens que toutes ces expressions sont absurdes, que c'est du vocabulaire de cuisinière, eh bien, soit, je le vois maintenant moi-même. Je ne lui ai pas donné à boire et à manger, alors qu'il n'était qu'un enfant au sein je l'ai expédié de Berlin dans la province de..., par la poste, et tout ce qui s'ensuit, j'en conviens... « Tu ne m'as donné, dit-il, ni à boire ni à manger, tu m'as expédié par la poste, et par-dessus le marché tu m'as dépouillé ici. » Mais, malheureux, lui ai-je crié, j'ai souffert toute ma vie pour toi dans mon cœur, bien que ce fût par la poste ! *Il rit.* Mais j'en conviens, j'en conviens... bien que par la poste, conclut-il comme s'il délirait.

— *Passons*, reprit-il au bout de cinq minutes. Je ne comprends pas Tourguenev. Son Bazarov est un personnage fictif qui n'existe point ; ils ont été les premiers à le répudier comme ne ressemblant à rien. Ce Bazarov est un mélange confus de Nozdrev et de Byron, *c'est le mot !* Regardez-les attentivement : ils se roulent par terre et jappent de joie comme des chiots au soleil ; ils sont heureux, ils sont vainqueurs ! Que vient faire là-dedans Byron !... Et avec cela quelle platitude ! Quel amour-propre irritable de cuisinière, quel vulgaire besoin de *faire du bruit autour de son nom*, sans s'apercevoir que *son nom...* Oh, quelle caricature ! De grâce, lui criai-je, se peut-il que, tel que tu es, tu veuilles t'offrir aux hommes à la place du Christ ? *Il rit. Il rit beaucoup, il rit trop.* Il a un étrange sourire. Sa mère n'avait pas ce sourire. *Il rit toujours.*

De nouveau il y eut un silence.

— Ils sont rusés ; dimanche ils s'étaient concertés... lâcha-t-il tout à coup.

— Oh, sans doute, m'écriai-je dressant l'oreille, tout cela est un complot et cousu de fil blanc, et si mal joué.

— Je ne parle pas de cela. Savez-vous que tout cela était exprès cousu de fil blanc pour que s'en aperçoivent ceux... qui doivent voir. Le comprenez-vous ?

— Non, je ne comprends pas.

— *Tant mieux. Passons.* Je suis très irrité aujourd'hui.

— Mais pourquoi donc avez-vous discuté avec lui, Stepan Trofimovitch ? dis-je avec reproche.

— *Je voulais convertir.* Naturellement, riez. *Cette pauvre tante, elle entendra de belles choses !* Oh, mon ami, croiriez-vous que tout à l'heure je me suis senti patriote ! D'ailleurs je me suis toujours senti Russe... et un vrai Russe ne peut être autre que vous et moi. *Il y a là-dedans quelque chose d'aveugle et de louche.*

— Absolument, répondis-je.

— Mon ami, la vérité vraie est toujours invraisemblable, le savez-vous ? Pour rendre la vérité plus vraisemblable, il faut absolument y mêler du mensonge. C'est ce que les hommes ont toujours fait. Peut-être y a-t-il là quelque chose que nous ne comprenons pas. Qu'en pensez-vous, y a-t-il quelque chose que nous ne comprenons pas dans ce glapissement triomphant ? Je souhaiterais qu'il y eût quelque chose. Je le souhaiterais.

Je ne dis rien. Lui aussi resta très longtemps silencieux.

— On dit que c'est l'esprit français... balbutia-t-il soudain comme en proie à la fièvre, c'est un mensonge, il en a toujours été ainsi. Pourquoi calomnier l'esprit français ? Il y a là tout simplement la paresse russe, notre humiliante impuissance à engendrer une idée, notre répugnant parasitisme dans les rangs des nations. *Ils sont tout simplement des paresseux,* l'esprit français n'a rien à y voir. Oh, les Russes devraient être exterminés pour le bien de l'humanité comme de nuisibles parasites ! Ce n'est pas du tout à cela, pas du tout à cela que nous aspirions ; je n'y comprends rien. J'ai cessé de comprendre ! Mais comprends-tu, lui criai-je, comprends-tu que si vous avez mis la guillotine au premier plan, et avec tant d'enthousiasme, c'est uniquement parce que trancher les têtes est la chose la plus facile et avoir une idée est la chose la plus difficile ! *Vous êtes des paresseux ! Votre drapeau est une guenille, une impuissance !* Ces chariots, ou comment donc : « le bruit des chariots qui apportent du pain à l'humanité » est plus noble que la Madone Sixtine, ou comment disent-ils cela... *une bêtise de ce genre.* Mais comprends-tu, lui criai-je, comprends-tu qu'outre le bonheur et exactement de même, l'homme a un besoin tout aussi indispensable de malheur. *Il rit.* Tu fais, a-t-il dit, des bons mots en « te prélassant les membres (il s'est exprimé encore plus ignoblement) sur un divan de velours »... Et notez cette habitude qu'on a chez nous du tutoiement entre père et fils : c'est bien quand les deux sont d'accord, et s'ils se disputent ?

Il y eut de nouveau un moment de silence.

— *Cher*, conclut-il tout à coup en se dressant vivement, savez-vous que cela finira absolument d'une façon ou d'une autre ?

— Très certainement, dis-je.

— *Vous ne comprenez pas. Passons.* Mais... d'ordinaire rien ne finit au monde, mais ici il y aura une fin, absolument, absolument !

Il se leva, fit quelques pas dans la pièce en proie à une violente émotion et revenant auprès du divan, s'y laissa tomber sans force.

Le vendredi matin, Piotr Stepanovitch alla quelque part dans le district et y resta jusqu'au lundi. Je sus son départ par Lipoutine et en même temps, incidemment, au cours de la même conversation, celui-ci m'apprit que les Lebiadkine, le frère et la sœur, se trouvaient tous deux sur l'autre rive, dans le faubourg des Potiers. « C'est moi qui me suis occupé de leur déménagement », ajouta Lipoutine, et laissant là les Lebiadkine, il m'annonça tout à coup qu'Elisabeth Nicoleavna épousait Mavriki Nicolaevitch et que bien que ce ne fût pas officiel, les fiançailles avaient eu lieu et que l'affaire était réglée. Le lendemain je rencontrai Elisabeth Nicolaevna en compagnie de Mavriki Nicolaevitch ; elle sortait à cheval pour la première fois depuis sa maladie. Ses yeux lancèrent de loin un éclair vers moi, elle rit et me fit très amicalement un signe de tête. Je racontai tout cela à Stepan Trofimovitch ; il ne prêta quelque attention qu'à la nouvelle concernant les Lebiadkine.

Et maintenant que j'ai décrit l'énigmatique situation où nous nous trouvâmes durant ces huit jours alors que nous ne savions encore rien, je vais reprendre la suite de ma chronique, et cette fois, pour ainsi dire, en connaissance de cause, de la façon dont tous ces événements se sont révélés et expliqués après coup. Je commencerai à partir du huitième jour qui suivit le dimanche, c'est-à-dire du lundi soir, car c'est en réalité à partir de ce soir-là que commence une « nouvelle histoire ».

3

IL était sept heures du soir. Nicolas Vsevolodovitch était seul dans son cabinet de travail, une pièce qui avait toujours été sa préférée, au plafond haut, couverte de tapis, garnie d'un mobilier un peu lourd de style ancien.

Il était assis dans un coin du divan, habillé comme pour sortir, mais paraissait ne pas avoir l'intention de sortir. Sur la table devant lui il y avait une lampe abat-jour. Les côtés et les coins de la grande pièce restaient plongés dans l'ombre. Son regard était pensif et concentré, pas tout à fait calme ; son visage, fatigué et un peu amaigri. Il souffrait en effet d'une fluxion ; mais le bruit au sujet de la dent cassée était exagéré. La dent n'avait été qu'ébranlée mais était maintenant raffermie ; la lèvre supérieure avait également été fendue à l'intérieur mais elle aussi était cicatrisée. Quant à la fluxion, si elle avait duré toute la semaine c'est que le malade n'avait pas voulu recevoir le médecin et au lieu de la laisser inciser, avait attendu que l'abcès perçât de lui-même. Ce n'est pas seulement le médecin qu'il refusait de voir, mais même sa mère qu'il laissait entrer à peine un instant, une fois par jour et toujours à la tombée de la nuit, quand il faisait déjà sombre et que l'on n'avait pas encore apporté la lampe. Il ne recevait pas davantage Piotr Stepanovitch qui passait néanmoins deux et trois fois par jour chez Varvara Petrovna tant qu'il était resté en ville. Et voilà qu'enfin, rentrant le lundi matin après une absence de trois jours, ayant couru par toute la ville et dîné chez Julie Mikhaïlovna, Piotr Stepanovitch vint voir Varvara Petrovna qui l'attendait avec impatience. La consigne était levée, Nicolas Vsevolodovitch recevait. Varvara Petrovna conduisit elle-même le visiteur jusqu'à la porte du cabinet ; elle souhaitait depuis longtemps cette entrevue, et Piotr Stepanovitch lui avait promis de passer chez elle après avoir vu Nicolas et de la mettre au courant. Elle frappa timidement à la porte de Nicolas Vsevolodovitch et ne recevant pas de réponse se permit de l'entrouvrir de deux pouces.

— Nicolas, puis-je laisser entrer Piotr Stepanovitch ? demanda-t-elle d'une voix basse et contenue en s'efforçant de distinguer Nicolas Vsevolodovitch derrière la lampe.

— Mais oui, mais oui, bien sûr, mais oui ! cria gaiement Piotr Stepanovitch lui-même qui ouvrit la porte et entra.

Nicolas Vsevolodovitch n'avait pas entendu frapper, il avait seulement entendu la question timide de sa mère mais n'avait pas eu le temps de répondre. Il avait à ce moment devant lui une lettre qu'il venait de lire et qui l'avait plongé dans de profondes réflexions. Il tressaillit en entendant le cri soudain de Piotr Stepanovitch et se hâta de cacher la lettre sous le presse-papiers qui se trouvait à portée de sa main, mais n'y réussit pas complètement : tout un coin de la lettre et presque toute l'enveloppe dépassaient.

— J'ai crié exprès de toutes mes forces pour vous donner le temps de vous préparer, murmura précipitamment Piotr Stepanovitch avec une étonnante naïveté en accourant auprès de la table, et aussitôt il fixa les yeux sur le presse-papiers et le coin de la lettre.

— Et naturellement vous avez eu le temps de voir que j'étais en train de cacher de vous sous le presse-papiers une lettre que je viens de recevoir, dit Nicolas Vsevolodovitch avec calme sans bouger de sa place.

— Une lettre ? Allez en paix vous et votre lettre, que m'importe ! s'écria le visiteur, mais... le principal, ajouta-t-il en baissant de nouveau la voix et en se tournant avec un signe de tête vers la porte maintenant refermée.

— Elle n'écoute jamais aux portes, fit remarquer froidement Nicolas Vsevolodovitch.

— C'est-à-dire même si elle écoutait ! reprit immédiatement Piotr Stepanovitch en élevant gaiement la voix et en s'installant dans un fauteuil. Je n'y vois pas d'inconvénient, seulement je suis accouru cette fois pour vous parler en tête-à-tête. Enfin j'ai réussi à vous voir ! Avant tout, comment allez-vous ? Je vois que vous allez très bien et que demain vous vous montrerez peut-être, hein ?

— Peut-être.

— Déliez-les, déliez-moi ! dit-il en gesticulant à outrance d'un air enjoué et agréable. Si vous saviez tout ce que j'ai été obligé de leur débiter. D'ailleurs vous le savez. Il rit.

— Je ne sais pas tout. Ma mère m'a dit seulement que vous vous êtes beaucoup remué...

— C'est-à-dire que je n'ai rien dit de précis, répondit Piotr Stepanovitch, protestant comme s'il se défendait contre une terrible attaque, vous savez, j'ai seulement mis en circulation la femme de Chatov, c'est-à-dire les bruits sur les relations que vous aviez eues à Paris, ce qui a naturellement expliqué l'incident de dimanche... vous ne m'en voulez pas ?

— Je suis convaincu que vous vous êtes donné beaucoup de mal.

— Ma foi, c'est bien ce que je craignais. D'ailleurs qu'est-ce que cela veut dire : « vous vous êtes donné beaucoup de mal » ? C'est un reproche. Du reste vous abordez la chose de front, ce que je craignais le plus en venant ici c'est que vous ne vouliez pas aborder les choses de front.

— Je ne veux en effet rien aborder de front, dit Nicolas Vsevolodovitch avec une certaine irritation, mais aussitôt il sourit.

— Je ne parle pas de cela, pas de cela, ne vous y trompez pas, pas de cela ! s'écria Piotr Stepanovitch agitant les mains, égrenant les mots comme des pois et se réjouissant aussitôt de l'irritation de son hôte. Je ne vais pas vous ennuyer avec NOTRE affaire, surtout dans votre état actuel. Je suis venu pour parler seulement de l'incident de dimanche, et encore dans la stricte mesure où c'est indispensable, parce qu'on ne peut tout de même pas faire autrement. Je viens avec les explications les plus franches et c'est moi surtout qui en ai besoin, pas vous — ceci par égard pour votre amour-propre, mais en même temps c'est la vérité. Je suis venu pour être toujours franc désormais.

— Par conséquent, vous n'étiez pas franc jusqu'ici ?

— Vous le savez vous-même. J'ai rusé bien des fois... Vous souriez ; je suis très content de ce sourire comme d'un prétexte aux explications ; c'est exprès que j'ai provoqué votre sourire en employant le mot vaniteux « j'ai rusé » pour que vous vous fâchiez immédiatement : comment ai-je osé croire que je pouvais ruser ? et pour que je puisse aussitôt m'expliquer. Vous voyez, vous voyez comme je suis devenu franc ! Eh bien, vous plaît-il de m'écouter ?

Le visage de Nicolas Vsevolodovich, tranquillement méprisant et même railleur, malgré l'évident désir de son visiteur de l'irriter par l'insolence de ses naïvetés préparées d'avance et délibérément grossières, exprima enfin une curiosité un peu inquiète.

— Ecoutez donc, dit Piotr Stepanovitch en s'agitant encore davantage. En venant ici, c'est-à-dire ici en général, dans cette ville, il y a dix jours, j'avais naturellement décidé de prendre un rôle. La meilleure solution serait de ne jouer aucun rôle, de montrer son propre visage, n'est-ce pas ? Il n'y a rien de plus astucieux que son propre visage parce que personne n'y croit. J'ai voulu, je l'avoue, jouer le nigaud, parce qu'il est plus facile de faire le nigaud que de montrer son propre visage ; mais comme le nigaud est tout de même un cas extrême et que l'extrême provoque la curiosité, j'ai définitivement opté pour mon propre visage. Eh bien, quel est donc mon propre visage ? Le juste milieu : ni bête ni intelligent, assez peu doué et tombé de la lune, comme disent ici les gens raisonnables, n'est-il pas vrai ?

— Pourquoi pas, peut-être que oui, répondit Nicolas Vsevolodovitch avec un imperceptible sourire.

— Ah, vous êtes d'accord ; j'en suis très content, je savais d'avance que c'est ce que vous pensiez. Ne vous inquiétez pas, ne vous inquiétez pas, je ne vous en veux pas et si je me suis défini ainsi, ce n'est pas du tout pour provoquer vos protestations élogieuses : « non, vous n'êtes pas peu doué, non, vous êtes intelligent »... Ah, vous souriez encore !... Me voilà de nouveau attrapé. Vous n'auriez pas dit : « vous êtes intelligent », soit, j'admets tout. *Passons*, comme dit mon père, et, entre parenthèses, ne m'en veuillez pas de ma verbosité. A propos, voici un exemple : je parle toujours beaucoup, c'est-à-dire que je dis beaucoup de mots et que je me dépêche, et cela ne donne jamais rien. Et pourquoi dis-je beaucoup de mots sans que cela donne rien ? Parce que je ne sais pas parler. Ceux qui savent bien parler parlent brièvement. Voilà donc chez moi un manque de don, n'est-ce pas ? Mais comme ce manque de don est chez moi un don naturel, pourquoi ne m'en servirais-je pas artificiellement ? Et je m'en sers. Il est vrai qu'en venant ici j'avais d'abord pensé me taire ; mais savoir se taire est un grand talent et donc cela ne me sied pas, et ensuite se taire est tout de même dangereux ; eh bien, j'ai donc définitivement décidé que la meilleure solution est de parler, mais de parler justement en personne médiocre, c'est-à-dire beaucoup, beaucoup, beaucoup, de beaucoup se dépêcher, de démontrer, et à la fin de s'embrouiller dans ses propres arguments de façon que votre interlocuteur vous quitte avant la fin en haussant les épaules ou, encore mieux, en crachant. Le résultat en est d'abord que vous l'aurez convaincu de votre ingénuité, puis que vous l'aurez beaucoup ennuyé et que vous aurez été incompréhensible : tous les trois avantages d'un coup ! Voyons, qui après cela irait vous soupçonner de mystérieux desseins ? Chacun serait personnellement offensé si on lui disait que je nourris des desseins secrets. Et par surcroît je ferai parfois rire, et cela c'est vraiment précieux. Ils me pardonneront tout maintenant, ne serait-ce que parce que le sage qui publiait là-bas des tracts s'est révélé ici plus bête qu'eux, n'est-ce pas ? A votre sourire je vois que vous approuvez.

Nicolas Vsevolodovitch ne souriait d'ailleurs nullement, mais au contraire écoutait avec impatience et en fronçant les sourcils.

— Hein ? Comment ? Vous avez dit je crois : « c'est

égal ? » reprit vivement Piotr Stepanovitch. (Nicolas Vsevolodovitch n'avait absolument rien dit.) Bien sûr, bien sûr ; je vous assure que je ne le fais nullement pour vous compromettre avec ma camaraderie. Mais, vous savez, vous êtes aujourd'hui terriblement soupe au lait ; je suis accouru chez vous le cœur ouvert et gai, et vous chicanez sur les mots ; je vous assure qu'aujourd'hui je n'aborderai rien de délicat, je vous en donne ma parole, et je suis d'avance d'accord sur toutes vos conditions.

Nicolas Vsevolodovitch se taisait obstinément.

— Hein ? Comment ? Vous avez dit quelque chose ? Je vois, je vois que j'ai de nouveau dit, je crois, une bêtise ; vous n'avez pas posé de conditions et vous n'en poserez pas ; je vous crois, je vous crois, allons, rassurez-vous ; je sais bien qu'il ne vaut pas la peine de m'en poser, n'est-ce pas ? Je réponds d'avance pour vous et — naturellement par médiocrité ; de la médiocrité et encore de la médiocrité... Vous riez ? Hein ? Comment ?

— Rien, dit Nicolas Vsevolodovitch en souriant enfin, je viens de me rappeler que j'ai en effet dit un jour que vous étiez médiocrement doué, mais vous n'y étiez pas, on vous l'a donc rapporté... Je vous prierai d'en venir plus vite au fait.

— Mais j'y suis en plein, justement à propos de ce dimanche, jacassa Piotr Stepanovitch, eh bien, qu'ai-je, comment ai-je été dimanche, quel est votre avis ? Justement, j'ai été une médiocrité incapable et pressée, et de la façon la plus médiocre je me suis emparé de force de la conversation. Mais tout le monde m'a pardonné parce que, premièrement, je suis tombé de la lune, cela tout le monde ici, je crois, l'a maintenant décidé ; et deuxièmement, parce que j'ai raconté une jolie petite histoire et vous ai tous tirés d'embarras, n'est-ce pas, n'est-ce pas ?

— C'est-à-dire que vous avez précisément raconté de façon à laisser subsister un doute et à faire croire à une complicité et un accord entre nous, alors qu'il n'y avait pas complicité et que je ne vous avais absolument rien demandé.

— Justement, justement ! s'écria Piotr Stepanovitch comme enthousiasmé. J'ai justement fait en sorte que vous puissiez remarquer le ressort ; c'est pour vous surtout que j'ai joué la comédie, parce que je vous tendais un piège et voulais vous compromettre. Je voulais surtout savoir jusqu'à quel point vous avez peur.

— Il serait curieux de savoir pourquoi vous êtes si franc maintenant !

— Ne vous fâchez pas, ne vous fâchez pas, ne lancez pas des éclairs avec vos yeux... D'ailleurs vous n'en lancez pas. Vous êtes curieux de savoir pourquoi je suis si franc ? Mais justement parce que maintenant tout est changé, fini, passé et recouvert de sable. J'ai tout à coup changé toutes mes idées sur vous. L'ancien procédé est complètement fini ; maintenant je n'irai jamais plus vous compromettre par l'ancien procédé, maintenant ce sera une nouvelle manière.

— Vous avez changé de tactique ?

— Il n'y a pas de tactique. Maintenant vous êtes entièrement libre, c'est-à-dire si vous voulez, dites oui et si vous voulez, dites non. Voilà ma nouvelle tactique. Quant à NOTRE affaire, je ne vous en soufflerai pas mot tant que vous ne me l'aurez pas ordonné vous-même. Vous riez ? A votre aise, je ris moi-même. Mais maintenant je parle sérieusement, sérieusement, sérieusement, bien que celui qui se dépêche tant soit naturellement un médiocre, n'est-il pas vrai ? Peu importe, mettons que je sois un médiocre, mais je parle sérieusement, sérieusement.

Il parlait en effet sérieusement, d'un tout autre ton et avec une sorte d'émotion particulière, si bien que Nicolas Vsevolodovitch le regarda avec curiosité.

— Vous dites que vous avez changé d'idées à mon sujet ? demanda-t-il.

— J'ai changé d'idées sur vous au moment où, après le geste de Chatov, vous avez retiré les mains, et assez, assez, pas de questions je vous prie, je ne dirai rien de plus maintenant.

Il avait sauté sur ses pieds en agitant les bras comme pour se défendre contre les questions ; mais comme il n'y eut pas de questions et qu'il n'y avait pas de raison de partir, il se rassit dans le fauteuil, un peu calmé.

— A propos, entre parenthèses, reprit-il aussitôt jacassant à toute vitesse, certains prétendent ici que vous le tueriez et on tient des paris, si bien que Lembke pensait même alerter la police, mais Julie Mikhaïlovna le lui a défendu... Assez, assez là-dessus, ce que j'en dis c'est seulement pour vous mettre au courant. Encore à propos : j'ai fait passer les Lebiadkine le jour même de l'autre côté de l'eau, vous le savez ; vous avez reçu mon mot avec leur adresse ?

— Je l'ai reçu le jour même.

— Cette fois ce n'était pas de la « médiocrité », je l'ai fait sincèrement, par empressement à rendre service. Si le résultat est médiocre, c'était en revanche sincère.

— Cela ne fait rien, peut-être est-ce ce qu'il fallait, dit Nicolas Vsevolodovitch pensif ; seulement ne m'écrivez plus de billets, je vous en prie.

— Il était impossible de faire autrement, je n'en ai envoyé qu'un seul.

— Alors Lipoutine sait ?

— Il était impossible de l'éviter ; mais Lipoutine, vous le savez bien, n'osera pas... A propos, il faudrait aller chez les nôtres, c'est-à-dire chez eux, pas chez les NÔTRES, sinon vous allez encore me chicaner sur le mot. Mais soyez sans crainte, pas tout de suite, un jour. En ce moment il pleut. Je les préviendrai, ils se réuniront et nous irons un soir. Ils nous attendent le bec ouvert comme de jeunes choucas dans leur nid, pour voir quelle friandise nous apportons. Des gens qui s'emballent. Ils ont préparé des livres, ils ont l'intention de discuter. Virguinski est un universaliste, Lipoutine un fouriériste avec un fort penchant pour les affaires policières ; c'est, je vous dirai, un homme précieux à un égard, mais qu'à tous les autres égards il faut traiter avec sévérité ; et enfin l'autre, aux longues oreilles, celui-là donnera lecture de son propre système. Et, vous savez, ils sont vexés parce que je les traite négligemment et leur administre des douches froides, hé, hé ! Mais il faut absolument y aller.

— Vous m'y avez présenté comme je ne sais quel chef ? demanda Nicolas Vsevolodovitch le plus négligemment qu'il put. Piotr Stepanovitch lui jeta un regard rapide.

— A propos, enchaîna-t-il comme s'il n'eût pas entendu et passant rapidement à autre chose, je venais deux, trois fois par jour voir la très respectée Varvara Pétrovna et j'ai aussi été forcé de beaucoup parler.

— Je l'imagine.

— Non, n'imaginez rien, je disais seulement que vous ne tueriez pas et, ma foi, d'autres douceurs. Et figurez-vous, le lendemain elle savait déjà que j'avais envoyé Maria Timofeevna sur l'autre rive ; c'est vous qui le lui aviez dit ?

— Pas du tout.

— Je savais bien que ce n'était pas vous. Qui donc a pu le faire en dehors de vous ? C'est intéressant.

— Lipoutine, bien entendu.

— N-non, ce n'est pas Lipoutine, murmura Piotr Stepanovitch en fronçant les sourcils ; je saurai qui c'est. Cela ressemble à Chatov... D'ailleurs, sottises, laissons cela ! Au reste c'est terriblement important... A propos, je m'attendais tout le temps que Madame votre mère me poserait de but en blanc la question principale... Ah oui, tous ces jours-ci elle a d'abord été terriblement sombre et aujourd'hui j'arrive, elle est toute rayonnante. Qu'est-ce que ça veut dire ?

— C'est parce que je lui ai donné aujourd'hui ma parole de demander dans cinq jours la main d'Elisabeth Nicolaevna, dit soudain Nicolas Vsevolodovitch avec une franchise inattendue.

— Ah mais... oui, bien sûr, bredouilla Piotr Stepanovitch comme embarrassé ; on parle là-bas de fiançailles, vous le savez ? C'est pourtant vrai. Mais vous avez raison, elle accourrait de devant l'autel, vous n'auriez qu'à l'appeler. Vous ne m'en voulez pas de parler ainsi ?

— Non, je ne vous en veux pas.

— Je m'aperçois qu'il est aujourd'hui extrêmement difficile de vous fâcher et je commence à vous craindre. Je suis on ne peut plus curieux de voir comment vous vous montrerez demain. Vous avez dû préparer plus d'un tour. Vous ne m'en voulez pas de parler ainsi ?

Nicolas Vsevolodovitch ne répondit rien, ce qui cette fois irrita définitivement Piotr Stepanovitch.

— A propos, vous avez dit cela sérieusement à votre mère au sujet d'Elisabeth Nicolaevna ? demanda-t-il.

Nicolas Vsevolodovitch le regarda fixement et froidement.

— Ah, je comprends, seulement pour la rassurer, mais oui.

— Et si c'était sérieux ? demanda fermement Nicolas Vsevolodovitch.

— Pourquoi pas, Dieu vous bénisse, comme on dit dans ces cas-là, cela ne nuira pas à l'affaire (vous voyez, je n'ai pas dit nôtre affaire, vous n'aimez pas le mot « notre ») et moi... enfin, quant à moi, je suis à votre disposition, vous le savez bien.

— Vous croyez ?

— Je ne crois rien, rien, se hâta de répondre Piotr Stepanovitch en riant, parce que je sais que vous avez bien réfléchi à vos affaires et que vous avez tout prévu. Je voulais seulement dire que je suis sérieusement à votre disposition, toujours et partout et en toute circonstance, je dis bien en toute, comprenez-vous ?

Nicolas Vsevolodovitch bâilla.

— Je vous ennuie, dit Piotr Stepanovitch en se levant brusquement et en saisissant son chapeau rond tout neuf comme pour partir, mais il resta néanmoins et continua de parler sans arrêt, debout, marchant par moments dans la pièce et, aux endroits les plus animés de la conversation, se frappant le genou de son chapeau.

— Je pensais encore vous amuser en vous parlant des Lembke, s'écria-t-il gaiement.

— Non, plutôt une autre fois. Comment va pourtant Julie Mikhaïlovna ?

— Quelles façons mondaines vous avez quand même tous : vous vous moquez de sa santé comme de celle d'un chat gris et pourtant vous vous en préoccupez. J'approuve cela. Elle se porte bien et vous respecte jusqu'à la superstition ; elle attend superstitieusement beaucoup de vous. Sur l'incident de dimanche elle se tait et est sûre que vous triompherez de tout par votre seule apparition. Je vous jure qu'elle s'imagine maintenant que vous pouvez Dieu sait quoi. D'ailleurs vous êtes devenu un personnage énigmatique et plein de romantisme, plus que jamais : position extrêmement avantageuse. Tout le monde vous attend avec une incroyable impatience. Quand je suis parti, les esprits étaient échauffés, mais à présent ils le sont encore plus. A propos, merci encore pour la lettre. Ils ont tous peur du comte K. Savez-vous, ils vous considèrent, je crois, comme un espion ? Je dis comme eux, vous ne m'en voulez pas ?

— Cela ne fait rien.

— Cela ne fait rien ; c'est indispensable pour l'avenir. Ils ont ici leurs usages à eux. Je les encourage naturellement ; Julie Milkhaïlovna la première, Gaganov aussi... Vous riez ? Mais c'est que j'ai ma tactique, je bavarde, je bavarde, et tout à coup je dis une parole intelligente, au moment précis où ils l'attendent tous. Ils m'entourent et je recommence à bavarder. Tout le monde m'a déjà classé : « Il a des dons, dit-on, mais il est tombé de la « lune. » Lembke me propose un poste pour me réformer. Vous savez, je le maltraite terriblement, c'est-à-dire que je le compromets, il en ouvre de grands yeux. Julie Mikhaïlovna m'encourage. Oui, à propos, Gaganov vous en veut terriblement. Hier, à Doukhovo, il m'a dit beaucoup de mal de vous. J'ai passé toute la journée chez lui à Doukhovo. Une magnifique propriété, une belle maison.

— Mais est-ce qu'il est encore à Doukhovo ? demanda vivement Nicolas Vsevolodovitch en se levant et en faisant un violent mouvement en avant.

— Non, il m'a ramené ici ce matin, nous sommes revenus ensemble, dit Piotr Stepanovitch comme s'il n'eût rien remarqué de la subite émotion de Nicolas Vsevolodovitch. Qu'est-ce que c'est, j'ai fait tomber un livre, ajouta-t-il en se baissant pour ramasser le signet.

Les femmes de Balzac, avec des illustrations, dit-il en ouvrant le livre, je ne l'ai pas lu. Lembke écrit aussi des romans.

— Oui ? demanda Nicolas Vsevolodovitch comme si cela l'intéressait.

— En russe, en cachette bien entendu. Julie Mikhaïlovna le sait et le permet. Le bonhomme ne manque d'ailleurs pas de savoir-faire ; ils ont des traditions. Quelle rigueur de la forme, quel style soutenu ! Il nous faudrait quelque chose de ce genre.

— Vous louez l'administration ?

— Mais comment donc ! C'est la seule chose naturelle et acquise qu'il y ait en Russie... je me tais, je me tais, dit-il subitement agité, je ne parle pas de cela, pas un mot sur les sujets délicats. D'ailleurs adieu, vous êtes tout vert.

— J'ai la fièvre.

— On le croit sans peine, couchez-vous. A propos, il y a ici, dans le district, des Skoptzi, des gens curieux... D'ailleurs ce sera pour une autre fois. Mais voici encore une petite anecdote : il y a ici dans le district un régiment d'infanterie. Vendredi soir j'ai bu à B. avec les officiers. Nous y avons trois amis, *vous comprenez ?* Nous avons parlé athéisme et, bien entendu, nous avons destitué Dieu. Ils étaient ravis, ils jappaient de joie. A propos, Chatov affirme que si l'on veut déclencher la révolte en Russie, il faut absolument commencer par l'athéisme. C'est peut-être vrai. Un vieux capitaine à cheveux blancs est resté longtemps silencieux, il ne soufflait mot, subitement il va se placer au milieu de la pièce et, vous savez, il dit d'une voix forte comme s'il se parlait à lui-même : « S'il n'y a pas de Dieu, quel capitaine suis-je après « cela ? » Il a pris sa casquette et est sorti.

— Il a exprimé une idée assez cohérente, dit Nicolas Vsevolodovitch en bâillant pour la troisième fois.

— Oui ? Je ne l'avais pas compris ; je voulais vous le demander. Eh bien, que pourrais-je vous raconter encore : l'usine des Chpigouline est une chose intéressante ; il y a, comme vous savez, cinq cents ouvriers, c'est un foyer de choléra, cela n'a pas été nettoyé depuis quinze ans et on triche sur la paie des ouvriers ; ça appartient à des marchands millionnaires. Je vous assure que parmi les ouvriers il y en a qui ont une idée de l'*Internationale*. Vous souriez ? Vous verrez, laissez-moi seulement un petit, un tout petit délai ! Je vous ai déjà demandé un délai et maintenant j'en demande encore un, et alors... d'ailleurs pardon, je me tais, je me tais, je ne parle pas de cela, ne faites pas la grimace. Adieu. Qu'ai-je donc ? reprit-il en revenant brusquement sur ses pas, j'avais complètement oublié le principal : on vient de me dire que notre caisse est arrivée de Pétersbourg.

— C'est-à-dire ? demanda Nicolas Vsevolodovitch qui le regarda sans comprendre.

— C'est-à-dire votre caisse est arrivée, avec vos affaires, les habits de soirée, les pantalons et le linge. C'est vrai ?

— Oui, on m'a dit quelque chose tout à l'heure.

— Ah, ne pourrait-on pas les avoir aujourd'hui !

— Demandez à Alexis.

— Mettons demain, demain ? C'est qu'il y a parmi vos affaires mon veston, mon habit et trois pantalons, de chez Charmeur, faits sur votre recommandation, vous souvenez ?

— J'ai entendu dire que vous jouez ici le dandy ? dit Nicolas Vsevolodovitch en souriant. Est-il vrai que vous voulez prendre des leçons d'équitation ?

Piotr Stepanovitch sourit de travers.

— Vous savez, commença-t-il tout à coup avec une hâte extrême et d'une voix tremblante et entrecoupée, vous savez, Nicolas Vsevolodovitch, nous laisserons de côté les personnalités, n'est-ce pas, une fois pour toutes ? Vous êtes libre, bien entendu, de me mépriser tant qu'il vous plaira si cela vous amuse tellement, mais il vaudrait tout de même mieux ne pas faire de personnalités pendant un temps, n'est-ce pas ?

— Bien, je ne le ferai plus, dit Nicolas Vsevolodovitch. Piotr Stepanovitch sourit, se frappa le genou avec son chapeau, passa d'un pied sur l'autre et redevint comme il était auparavant.

— Il y en a ici qui me croient même votre rival auprès d'Elisabeth Nicolaevna, comment ne prendrais-je pas soin de ma tenue, dit-il en riant. Mais qui est-ce donc qui vous rapporte tout cela ? Hum. Il est huit heures juste, eh bien, en route : j'ai promis de passer chez Varvara Petrovna, mais je vais lui faire faux bond, et vous, couchez-vous et demain vous serez mieux. Dehors il pleut et il fait sombre, j'ai d'ailleurs un fiacre parce que les rues ne sont pas sûres ici la nuit... Ah, à propos : un certain Fedka le forçat, évadé de Sibérie, rôde en ce moment dans la ville et aux alentours, figurez-vous, c'est un de mes anciens serfs que mon père a donné au recrutement, il y a quinze ans, en empochant l'argent. Un personnage très remarquable.

— Vous... lui avez parlé ? demanda Nicolas Vsevolodovitch en levant vivement les yeux.

— Oui. Il ne se cache pas de moi. Un personnage prêt à tout ; pour de l'argent, bien entendu, mais il a aussi des convictions, à sa façon naturellement. Ah oui, voici encore une chose, à propos : si vous parliez sérieusement tout à l'heure de ce projet concernant Elisabeth Nicolaevna, je vous répète encore que moi aussi je suis un personnage prêt à tout, dans tous les genres, à volonté et tout à votre disposition. Qu'avez-vous, vous saisissez une canne ? Ah non, ce n'est pas une canne... Figurez-vous, il m'avait semblé que vous cherchiez une canne ?

Nicolas Vsevolodovitch ne cherchait rien et ne disait rien, mais il s'était en effet levé subitement avec une étrange crispation du visage.

— Si vous aviez aussi besoin de quelque chose au sujet de M. Gaganov, lâcha tout à coup Piotr Stepanovitch en montrant cette fois ouvertement le presse-papiers d'un signe de tête, je peux bien entendu tout arranger et je suis convaincu que vous ne pourrez vous passer de moi.

Il sortit brusquement sans attendre la réponse, mais passa encore une fois la tête par l'entrebâillement de la porte.

— Si je dis cela, cria-t-il volubile, c'est que Chatov par exemple n'avait pas non plus le droit de risquer sa vie dimanche quand il s'est approché de vous, n'est-ce pas ? Je désirerais que vous en preniez note.

Il disparut de nouveau sans attendre la réponse.

4

PEUT-ÊTRE croyait-il en disparaissant que Nicolas Vsevolodovitch, une fois seul, se mettrait à frapper le mur à coups de poing et, certes, il aurait été heureux de l'épier si cela avait été possible. Mais il se serait bien trompé : Nicolas Vsevolodovitch demeura calme. Une minute ou deux, il resta près de la table dans la même attitude, apparemment plongé dans de profondes réflexions ; mais bientôt un sourire pâle et froid s'esquissa sur ses lèvres. Il s'assit lentement sur le divan, à la même place, dans le coin, et ferma les yeux, comme fatigué. Le coin de la lettre dépassait toujours du presse-papiers mais il ne fit pas un geste pour l'arranger.

Bientôt il s'assoupit tout à fait. Varvara Petrovna, que

l'inquiétude rongeait depuis quelques jours, ne put y tenir et, après le départ de Piotr Stepanovitch qui lui avait promis de passer chez elle mais n'avait pas tenu sa promesse, elle se risqua à aller voir Nicolas en dépit de l'heure indue. Elle espérait sans cesse qu'il lui dirait peut-être enfin quelque chose de définitif. Doucement comme tout à l'heure, elle frappa à sa porte et ne recevant de nouveau pas de réponse, l'ouvrit elle-même. Voyant que Nicolas était un peu trop immobile, elle s'approcha prudemment, le cœur battant, du divan. Elle était comme frappée qu'il se fût endormi si vite et qu'il pût dormir de cette façon, assis si droit et immobile ; c'est à peine si l'on percevait sa respiration. Son visage était pâle et sévère mais tout à fait figé, immobile ; les sourcils étaient un peu rapprochés et froncés ; il ressemblait trait pour trait à une figure inanimée de cire. Elle resta penchée sur lui deux ou trois minutes en retenant son souffle, et soudain la peur la saisit ; elle sortit sur la pointe des pieds, s'arrêta un instant à la porte, fit en hâte sur lui le signe de la croix et s'éloigna sans avoir été remarquée, pleine d'une nouvelle sensation pénible et d'une nouvelle angoisse.

Il dormit longtemps, plus d'une heure, et toujours dans le même engourdissement : pas un muscle de son visage ne bougea, pas le moindre mouvement ne se manifesta dans son corps ; ses sourcils étaient toujours aussi sévèrement rapprochés. Si Varvara Petrovna était restée trois minutes de plus, elle n'aurait certainement pu supporter l'impression accablante de cette immobilité léthargique et l'aurait réveillé. Mais il ouvrit soudain les yeux lui-même et, toujours sans bouger, resta encore une dizaine de minutes comme s'il examinait fixement et avec curiosité quelque objet qui eût attiré son attention dans un coin de la pièce, bien qu'il n'y eût rien de nouveau ni d'insolite.

Enfin retentit le timbre doux, profond de la grande pendule qui sonna une fois. Avec une certaine inquiétude, il tourna la tête pour jeter un coup d'œil sur le cadran, mais presque au même instant la porte du fond qui donnait sur le couloir s'ouvrit et le valet de chambre Alexis Egoritch apparut. Il portait sur un bras un manteau chaud, une écharpe et un chapeau, dans l'autre main un petit plateau en argent sur lequel était posé un billet.

— Neuf heures et demie, annonça-t-il à voix basse, et déposant les vêtements apportés sur une chaise dans le coin, il présenta le billet sur le plateau, un petit papier non cacheté sur lequel il y avait deux lignes écrites au crayon. Ayant parcouru ces lignes, Nicolas Vsevolodovitch prit aussi un crayon sur la table, griffonna deux mots sur le même papier et le remit sur le plateau.

— A remettre dès que je serai sorti, et aide-moi à m'habiller, dit-il en se levant du divan.

S'apercevant qu'il avait sur lui un léger veston de velours, il réfléchit un instant et s'en fit apporter un autre en drap qu'il portait pour faire des visites plus cérémonieuses le soir. Enfin, tout habillé et le chapeau sur la tête, il ferma à clef la porte par laquelle Varvara Petrovna était entrée chez lui et tirant de dessous le presse-papiers la lettre cachée, il sortit en silence dans le couloir, suivi d'Alexis Egoritch. Du couloir ils prirent un étroit escalier de service et descendirent dans un vestibule qui donnait de plain-pied sur le parc. Dans un coin du vestibule étaient préparés une petite lanterne et un grand parapluie.

— Par suite d'une pluie exceptionnellement forte, il y a dans les rues une boue incroyable, annonça Alexis Egoritch en guise de dernière tentative indirecte pour détourner son maître de son expédition. Mais le maître, ouvrant le parapluie, sortit en silence dans le parc sombre comme une cave, humide et détrempé. Le vent soufflait et secouait les cimes des arbres à moitié dénudés, les étroits sentiers sablés étaient fangeux et glissants. Alexis Egoritch, tel qu'il était, en habit et sans chapeau, le précédait éclairant le chemin à trois pas en avant avec la petite lanterne.

— On ne nous verra pas ? demanda soudain Nicolas Vsevolodovitch.

— Des fenêtres on ne verra pas, sans compter que toutes les précautions ont été prises, répondit le serviteur d'une voix basse et mesurée.

— Ma mère est couchée ?

— Madame s'est enfermée à neuf heures juste selon son habitude de ces derniers temps et il lui est maintenant impossible de savoir quelque chose. A quelle heure faut-il attendre Monsieur ? ajouta-t-il, se permettant de poser une question.

— A une heure, une heure et demie, deux heures au plus tard.

— A vos ordres.

Après avoir traversé, par des sentiers sinueux, presque tout le parc qu'ils connaissaient par cœur tous les deux, ils atteignirent le mur de pierre et là, tout à l'angle du mur, trouvèrent une petite porte qui donnait sur une ruelle étroite et déserte, porte presque toujours fermée mais dont la clef était maintenant entre les mains d'Alexis Egoritch.

— Pourvu que la porte ne grince pas ? s'enquit de nouveau Nicolas Vsevolodovitch.

Mais Alexis Egoritch répondit qu'elle avait été graissée dès la veille, « et également aujourd'hui ». Il était déjà tout trempé. Après avoir ouvert la porte, il tendit la clef à Nicolas Vsevolodovitch.

— Si Monsieur entreprend une longue course, je me permets de signaler que je ne suis pas sûr des gens d'ici ; surtout dans les ruelles désertes et encore moins sur l'autre rive, ne put-il s'empêcher de dire encore. C'était un vieux serviteur qui avait autrefois bercé Nicolas Vsevolodovitch dans ses bras, un homme sérieux et austère qui aimait à entendre et à lire les ouvrages de piété.

— Ne t'inquiète pas, Alexis Egoritch.

— Que Dieu vous bénisse, Monsieur, mais seulement pour de bonnes entreprises.

— Comment ? demanda Nicolas Vsevolodovitch qui s'arrêta sur le seuil.

Alexis Egoritch répéta fermement son souhait ; jamais auparavant il n'aurait osé l'exprimer en ces termes et tout haut devant son maître.

Nicolas Vsevolodovitch ferma la porte, mit la clef dans sa poche et s'engagea dans la ruelle, s'enlisant à chaque pas de trois pouces dans la boue. Il déboucha enfin sur le pavé d'une rue longue et déserte. Il connaissait la ville sur le bout du doigt ; mais la rue de l'Epiphanie était encore loin. Il était plus de dix heures quand il s'arrêta enfin devant la porte cochère fermée de la vieille maison sombre des Philippov. Le rez-de-chaussée était, depuis le départ des Lebiadkine, complètement inhabité, des planches étaient clouées aux fenêtres, mais à la mansarde chez Chatov il y avait de la lumière. Comme il n'y avait pas de sonnette, il frappa de la main contre la porte. Une lucarne s'ouvrit et Chatov regarda dans la rue ; il faisait noir comme dans un four et il était difficile de distinguer quelque chose ; il regarda longtemps, près d'une minute.

— C'est vous ? demanda-t-il tout à coup.

— Moi, répondit le visiteur inattendu.

Chatov referma la fenêtre, descendit et ouvrit la porte. Nicolas Vsevolodovitch franchit le haut seuil et sans dire un mot, passa devant lui, se dirigeant droit vers le pavillon, chez Kirilov.

Là tout était ouvert et les portes n'étaient même pas poussées. L'entrée et les deux premières pièces étaient sombres, mais dans la dernière, où Kirilov vivait et prenait le thé, il y avait de la lumière et l'on entendait des rires et d'étranges exclamations. Nicolas Vsevolodovitch se dirigea vers la lumière mais sans entrer s'arrêta sur le seuil. Le thé était sur la table. Au milieu de la pièce se tenait la vieille parente du propriétaire, en cheveux, n'ayant sur elle qu'un jupon, un caraco en lièvre et les pieds nus dans ses souliers. Elle tenait dans les bras un bébé de dix-huit mois, vêtu seulement d'une chemise, ses petites jambes nues, les joues en feu, les cheveux blonds ébouriffés, que l'on avait à l'instant tiré de son berceau. Il venait sans doute de pleurer ; il y avait encore des larmes sous ses yeux ; mais en ce moment il battait des menottes et riait aux éclats comme rient les petits enfants, avec des sortes de sanglots. Devant lui, Kirilov jetait contre le plancher une grosse balle rouge en caoutchouc ; la balle rebondissait jusqu'au plafond, retombait, l'enfant criait : « ba, ba ! », Kirilov attrapait la « ba » et la lui donnait, il la jetait alors lui-même de ses petites mains maladroites et Kirilov courait de nouveau la ramasser. Enfin la « ba » roula sous l'armoire. « Ba, ba ! » criait l'enfant. Kirilov s'aplatit par terre et allongea le bras pour essayer d'atteindre la « ba » avec la main. Nicolas Vsevolodovitch entra dans la pièce ; le bébé se blottit à sa vue contre la vieille et éclata en longs sanglots d'enfant ; elle l'emporta aussitôt.

— Stavroguine ? dit Kirilov en se relevant, la balle à la main, nullement surpris de la visite inattendue, voulez-vous du thé ?

Il se mit debout.

— Bien volontiers, je ne refuserai pas s'il est chaud, dit Nicolas Vsevolodovitch, je suis tout trempé.

— Il est chaud, même bouillant, confirma Kirilov avec plaisir ; asseyez-vous : vous êtes sale, ça ne fait rien ; je passerai tout à l'heure sur le plancher un torchon mouillé.

Nicolas Vsevolodovitch s'assit et presque d'un trait vida la tasse que Kirilov lui avait versée.

— Encore ? demanda Kirilov.

— Je vous remercie.

Kirilov, qui ne s'était pas encore assis, prit aussitôt place en face de lui et demanda :

— Pourquoi êtes-vous venu ?

— Pour vous parler d'une affaire. Tenez, lisez cette lettre, elle est de Gaganov ; vous vous souvenez, je vous en ai parlé à Pétersbourg.

Kirilov prit la lettre, la lut, la posa sur la table, le regarda et attendit.

— Ce Gaganov, commença d'expliquer Nicolas Vsevolodovitch, je l'ai rencontré, comme vous savez, pour la première fois de ma vie il y a un mois à Pétersbourg. Nous nous sommes vus deux ou trois fois dans le monde. Sans que nous ayons été présentés l'un à l'autre et sans m'adresser la parole, il a malgré tout trouvé le moyen d'être très insolent. Je vous en ai parlé ; mais il y a une chose que vous ne savez pas : en quittant Pétersbourg avant moi il m'adressa tout à coup une lettre qui, si elle n'était pas comme celle-ci, n'en était pas moins au plus haut point inadmissible et étrange, ne serait-ce que parce qu'elle n'expliquait nullement pour quel motif elle avait été écrite. Je lui répondis aussitôt, également par lettre, et lui dis tout à fait franchement qu'il m'en voulait sans doute à cause de l'incident survenu ici il y a quatre ans, au club, entre son père et moi, et que pour ma part j'étais prêt à lui présenter toutes les excuses voulues, car j'avais agi sans préméditation et étant malade. Je le priais de prendre mes excuses en considération. Il ne répondit pas et partit ; or maintenant je le retrouve ici en proie à une véritable rage. On m'a répété quelques réflexions qu'il a faites publiquement sur mon compte, réflexions tout à fait injurieuses et comportant d'étonnantes accusations. Enfin aujourd'hui arrive cette lettre comme personne n'en a sans doute jamais reçu, avec des injures et des expressions telles que « votre « gueule giflée ». Je suis venu dans l'espoir que vous ne refuserez pas de me servir de témoin.

— Vous dites que personne n'a reçu de lettre pareille, fit remarquer Kirilov. Dans un accès de rage c'est possible ; on en a écrit plus d'une fois. Pouchkine a écrit à Hekern. Bien, j'irai. Dites-moi ce que vous voulez ?

Nicolas Vsevolodovitch expliqua qu'il voulait qu'il y allât dès le lendemain et ne manquât pas de commencer par renouveler ses excuses et même par promettre une deuxième lettre d'excuses, mais à condition toutefois que Gaganov promît de son côté de ne plus lui écrire. Quant à la lettre reçue, elle serait considérée comme nulle et non avenue.

— Trop de concessions, il n'acceptera pas, dit Kirilov.

— Je suis venu avant tout pour savoir si vous acceptériez de porter là-bas ces conditions ?

— Je les porterai. C'est votre affaire. Mais il n'acceptera pas.

— Je sais.

— Il veut se battre. Dites comment vous voulez vous battre.

— Ce qu'il y a justement, c'est que je voudrais absolument en finir demain. Vers neuf heures du matin, vous êtes chez lui. Il vous écoutera et refusera mais vous mettra en rapport avec son témoin, disons vers onze heures. Vous vous entendrez avec celui-ci et ensuite, à une heure ou à deux heures, que tout le monde soit sur place. Je vous en prie, tâchez de l'arranger ainsi. L'arme sera naturellement le pistolet et je vous demande tout particulièrement de convenir de ceci : fixer la distance entre les barrières à dix pas, puis vous nous placez chacun à dix pas des barrières et au signal nous nous avançons l'un vers l'autre. Chacun devra absolument aller jusqu'à la barrière mais pourra tirer même avant, en marche. Voilà tout, je crois.

— Dix pas entre les barrières, c'est trop près, fit observer Kirilov.

— Eh bien, douze, mais pas plus, vous comprenez qu'il veut se battre sérieusement. Savez-vous charger un pistolet ?

— Oui. J'ai des pistolets ; je donnerai ma parole que vous ne vous en êtes jamais servi, son témoin donnera aussi sa parole au sujet des siens ; quatre pistolets, et nous tirerons au sort pour savoir lesquels prendre, les siens ou les nôtres.

— Parfait.

— Voulez-vous voir les pistolets ?

— Je veux bien.

Kirilov s'accroupit dans le coin devant sa valise qui n'avait toujours pas été vidée et dont il tirait les objets au fur et à mesure de ses besoins. Il prit au fond un coffret en palmier garni à l'intérieur de velours rouge et en tira deux magnifiques pistolets de très grand prix.

— J'ai tout ce qu'il faut : poudre, balles, cartouches. J'ai encore un revolver ; attendez.

Il fouilla de nouveau dans la valise et en tira un autre coffret contenant un revolver américain à six coups.

— Vous avez beaucoup d'armes et qui coûtent très cher.

— Très cher. Extrêmement.

Pauvre, presque indigent, Kirilov, qui au demeurant

n'avait jamais remarqué sa misère, montrait maintenant avec un orgueil visible ses armes précieuses, acquises certainement au prix d'immenses sacrifices.

— Vous êtes toujours dans les mêmes idées ? demanda Stavroguine avec une certaine prudence après un instant de silence.

— Toujours les mêmes, répondit brièvement Kirilov, devinant aussitôt au son de la voix ce qu'on lui demandait, et il se mit en devoir de ranger les armes.

— Quand donc ? demanda Nicolas Vsevolodovitch avec encore plus de prudence, de nouveau après un certain silence.

Kirilov avait remis entre-temps les deux coffrets dans la valise et repris sa place.

— Cela ne dépend pas de moi, comme vous savez ; quand on me dira, bredouilla-t-il comme si cette question lui pesait un peu, mais en même temps visiblement prêt à répondre à toutes les autres. Il regardait Stavroguine de ses yeux noirs sans éclat avec un sentiment calme mais bon et bienveillant,

— Je comprends, bien sûr, qu'on se suicide, commença Nicolas Vsevolodovitch, les sourcils légèrement froncés, après un long silence pensif de trois minutes, je me le suis parfois représenté moi-même, et il y a là toujours une idée nouvelle : qu'on commette un crime ou, surtout, une chose honteuse, c'est-à-dire infamante, mais très lâche et... ridicule, de sorte que les hommes s'en souviennent pendant mille ans et crachent pendant mille ans, et tout à coup cette pensée : « Une balle dans la « tempe et il n'y aura rien. » Qu'importent alors les hommes et qu'ils crachent pendant mille ans, n'est-ce pas ?

— Vous appelez cela une idée neuve ? demanda Kirilov après un instant de réflexion.

— Je... je n'appelle pas... quand j'y ai pensé un jour, j'y ai senti une idée tout à fait neuve.

— « Vous avez senti une idée ? » répéta Kirilov, c'est bien. Il y a beaucoup d'idées qui ont toujours existé et qui soudain deviennent neuves. C'est exact. Je vois maintenant beaucoup de choses comme si c'était la première fois.

— Supposons que vous ayez vécu dans la lune, interrompit Stavroguine qui n'écoutait pas et suivait sa pensée, que vous y ayez commis, supposons, toutes ces vilenies ridicules... Vous savez à coup sûr, ici, que là-bas on se moquera de vous et qu'on crachera sur votre nom pendant mille ans, éternellement, sur toute la surface de la lune. Mais maintenant vous êtes ici et c'est d'ici que vous regardez la lune : que vous importe ici tout ce que vous avez fait là-bas et que les habitants de là-bas crachent sur vous pendant mille ans, n'est-il pas vrai ?

— Je ne sais pas, répondit Kirilov, je n'ai pas été dans la lune, ajouta-t-il sans aucune ironie, uniquement pour énoncer un fait.

— A qui est l'enfant de tout à l'heure ?

— La belle-mère de la vieille est arrivée ; non, la belle-fille... c'est égal. Depuis trois jours. Elle est malade, avec un enfant ; la nuit il crie beaucoup, le ventre. La mère dort et la vieille l'apporte, je l'amuse avec la balle. La balle vient de Hambourg. Je l'ai achetée à Hambourg pour la lancer et la rattraper ; cela fortifie le dos. Une petite fille.

— Vous aimez les enfants ?

— Oui, répondit Kirilov d'un ton d'ailleurs assez indifférent.

— Donc vous aimez aussi la vie ?

— Oui, j'aime aussi la vie, pourquoi ?

— Si vous avez décidé de vous brûler la cervelle.

— Et alors ? Pourquoi les deux ensemble ? La vie est à part et cela est à part. La vie existe et la mort n'existe point.

— Vous croyez maintenant à la future vie éternelle ?

— Non, pas à la vie éternelle future mais à la vie éternelle ici. Il y a des instants, vous arrivez à des instants, et tout à coup le temps s'arrête et il sera éternellement.

— Vous espérez atteindre un tel instant ?

— Oui.

— Je doute que ce soit possible de notre temps, répondit Nicolas Vsevolodovitch, lui aussi sans aucune ironie, parlant lentement et d'un air pensif. Dans l'Apocalypse l'ange jure qu'il n'y aura plus de temps.

— Je sais. Cela y est très vrai ; net et précis. Lorsque l'homme tout entier aura atteint le bonheur, il n'y aura plus de temps parce qu'il sera inutile. Une idée très juste.

— Où donc le cachera-t-on ?

— On ne le cachera nulle part. Le temps n'est pas un objet mais une idée. Il s'éteindra dans la raison.

— Vieux lieux communs philosophiques, toujours les mêmes depuis le commencement des siècles, grommela Stavroguine avec une sorte de regret dégoûté.

— Toujours les mêmes ! Toujours les mêmes depuis le commencement des siècles et il n'y en aura jamais d'autres ! reprit Kirilov, le regard étincelant, comme si cette idée renfermait presque une victoire.

— Vous êtes très heureux, il me semble, Kirilov ?

— Oui, très heureux, répondit celui-ci comme s'il faisait là la réponse la plus banale.

— Mais il y a si peu de temps encore, vous vous affligiez, vous fâchiez contre Lipoutine ?

— Hum... maintenant je ne blâme plus. Alors je ne savais pas encore que j'étais heureux. Avez-vous vu une feuille, une feuille d'arbre ?

— Oui.

— J'en ai vu dernièrement une jaune, un peu de vert, légèrement pourrie aux bords. Le vent l'emportait. Quand j'avais dix ans, je fermais exprès les yeux en hiver et je me représentais une feuille verte, éclatante, avec de petites nervures, et le soleil qui brille. Je rouvrais les yeux et je ne croyais pas à ce que je voyais parce que cela avait été très beau, et je les refermais.

— Qu'est-ce donc, une allégorie ?

— N-non... pourquoi ? Je ne fais pas d'allégorie, simplement une feuille, rien qu'une feuille. La feuille c'est bien. Tout est bien.

— Tout ?

— Tout. L'homme est malheureux parce qu'il ne sait pas qu'il est heureux ; uniquement à cause de cela. Tout est là, tout ! Celui qui l'apprendra sera aussitôt heureux, à l'instant même. Cette belle-mère va mourir et la petite fille restera — tout est bien. J'ai découvert cela subitement.

— Et celui qui meurt de faim, et celui qui fera du mal à la petite fille et la déshonorera, c'est bien ?

— C'est bien. Et celui qui lui fracassera le crâne à cause de l'enfant, cela aussi est bien ; et celui qui ne le fracassera pas, c'est bien aussi. Tout est bien, tout. Ceux-là tous sont heureux qui savent que tout est bien. S'ils savaient qu'ils sont heureux ils seraient heureux, mais tant qu'ils ne sauront pas qu'ils sont heureux ils ne seront pas heureux. Voilà toute l'idée, toute, il n'y en a aucune autre !

— Quand donc avez-vous appris que vous étiez si heureux ?

— La semaine dernière, mardi, non, mercredi, parce que c'était déjà mercredi, pendant la nuit.

— Et à quel propos ?

— Je ne me souviens pas, comme ça ; je me promenais dans la pièce...c'est égal. J'ai arrêté ma montre, il était deux heures trente-sept minutes.

— Comme symbole de ce que le temps doit s'arrêter ?

Kirilov ne répondit pas.

— Ils ne sont pas bons, reprit-il soudain, parce qu'ils ne savent pas qu'ils sont bons. Quand ils le sauront, ils ne violeront plus la petite fille. Il faut qu'ils apprennent qu'ils sont bons et aussitôt tous deviendront bons, tous, jusqu'au dernier.

— Vous l'avez appris, vous, donc vous êtes bon ?

— Je suis bon.

— Là-dessus je suis d'ailleurs d'accord, murmura sombrement Stavroguine.

— Celui qui enseignera que tous sont bons, celui-là parachèvera le monde.

— Celui qui l'enseignait, on L'a crucifié.

— Il viendra et son nom sera homme-dieu.

— Dieu-homme ?

— Homme-dieu, là est la différence.

— Ne serait-ce pas vous qui allumez la veilleuse ?

— Oui, c'est moi qui l'ai allumée.

— Vous avez maintenant la foi ?

— La vieille aime que la veilleuse... et elle n'a pas eu le temps aujourd'hui, bredouilla Kirilov.

— Et vous-même vous ne priez pas encore ?

— Je prie tout. Vous voyez, cette araignée qui grimpe le long du mur, je la regarde et je lui suis reconnaissant de grimper.

Ses yeux s'illuminèrent de nouveau. Il regardait toujours Stavroguine en face d'un regard ferme et inflexible. Stavroguine l'observait d'un air sombre et dégoûté, mais il n'y avait pas d'ironie dans son regard.

— Je parie que lorsque je reviendrai, vous croirez déjà en Dieu, dit-il en se levant et en prenant son chapeau.

— Pourquoi ? demanda Kirilov en se levant aussi.

— Si vous appreniez que vous croyez en Dieu, vous y croiriez ; mais comme vous ne savez pas encore que vous croyez en Dieu, vous n'y croyez pas, dit Nicolas Vsevolodovitch en souriant.

— Ce n'est pas cela, dit Kirilov après avoir réfléchi, vous avez retourné l'idée. Une plaisanterie mondaine. Souvenez-vous de ce que vous avez représenté dans ma vie, Stavroguine.

— Adieu, Kirilov.

— Venez la nuit ; quand ?

— N'auriez-vous pas oublié par hasard au sujet de demain ?

— Ah, si, j'avais oublié, soyez tranquille, je me

réveillerai à temps. Je sais me réveiller quand je veux. Je me couche en me disant : à sept heures, et je me réveille à sept heures ; à dix heures, et je me réveille à dix heures.

— Vous avez de remarquables qualités, dit Nicolas Vsevolodovitch en regardant son visage pâle.

— Je vais aller vous ouvrir la porte cochère.

— Ne vous dérangez pas, Chatov m'ouvrira.

— Ah, Chatov. Bien, adieu.

6

Au perron de la maison vide où logeait Chatov, la porte n'était pas fermée à clef, mais une fois dans l'antichambre, Stavroguine se trouva dans une obscurité complète et dut chercher à tâtons l'escalier de la mansarde. Tout à coup une porte s'ouvrit en haut et une lumière apparut ; Chatov ne sortit pas lui-même mais ouvrit seulement la porte. Lorsque Nicolas Vsevolodovitch fut sur le seuil de sa chambre, il l'aperçut dans un coin, près de la table, qui attendait debout.

— Vous me recevrez pour une affaire ? demanda-t-il du seuil.

— Entrez et asseyez-vous, répondit Chatov ; fermez la porte ; attendez, je vais le faire moi-même.

Il ferma la porte à clef, revint auprès de la table et s'assit en face de Nicolas Vsevolodovitch. Durant cette semaine, il avait maigri et maintenant il paraissait avoir la fièvre.

— Vous m'avez fait souffrir le martyre, dit-il dans un demi-murmure, les yeux baissés, pourquoi ne veniez-vous pas ?

— Vous étiez si certain que je viendrais ?

— Oui, attendez, je délirais... je délire peut-être encore... Attendez.

Il se leva et, sur le rayon supérieur de ses trois rayons de livres, au bord, prit un objet. C'était un revolver.

— Une nuit, je me suis imaginé que vous viendriez pour me tuer et, le lendemain matin de bonne heure, j'ai consacré mes derniers sous à acheter un revolver à ce fainéant de Liamchine ; je ne voulais pas me laisser faire. Puis je suis revenu à moi... Je n'ai ni poudre ni balles ; depuis il reste là sur le rayon. Attendez...

Il se leva et ouvrit le vasistas.

— Ne le jetez pas, pourquoi faire ? dit Nicolas

Vsevolodovitch en l'arrêtant, il vaut de l'argent et demain on commencerait à dire que des revolvers traînent sous la fenêtre de Chatov. Remettez-le en place, c'est cela, asseyez-vous. Dites-moi, pourquoi semblez-vous vous accuser devant moi d'avoir pensé que je viendrais vous tuer ? Maintenant ce n'est pas non plus pour faire la paix que je suis venu mais pour parler d'une chose indispensable. Expliquez-moi tout d'abord ceci, ce n'est pas à cause de ma liaison avec votre femme que vous m'avez frappé ?

— Vous savez bien que non ! répondit Chatov en baissant de nouveau les yeux.

— Et ce n'est pas non plus parce que vous avez ajouté foi au stupide racontar au sujet de Daria Pavlovna ?

— Non, non, bien sûr que non ! Sottises ! Ma sœur m'a dit dès le début... dit Chatov impatiemment et avec brusquerie en tapant même légèrement du pied.

— Donc, j'ai deviné et vous avez deviné aussi, poursuivit Stavroguine d'un ton tranquille, vous avez raison : Maria Timoféevna Lebiadkine est ma femme légitime que j'ai épousée à Pétersbourg, il y a quatre ans et demi. C'est bien à cause d'elle que vous m'avez frappé ?

Chatov, absolument abasourdi, écoutait et se taisait.

— Je l'avais deviné et je n'y croyais pas, murmura-t-il enfin en regardant étrangement Stavroguine.

— Et vous avez frappé ?

Chatov rougit et bredouilla des mots presque sans suite :

— C'est pour votre déchéance... pour le mensonge. Je ne me suis pas approché pour vous punir ; quand je m'approchais, je ne savais pas que je frapperais... Je l'ai fait parce que vous avez tant compté dans ma vie... Je...

— Je comprends, je comprends, ménagez vos paroles. Je regrette que vous ayez la fièvre ; j'ai à vous parler d'une affaire de la plus haute importance.

— Je vous ai attendu trop longtemps, dit Chatov, tout tremblant et se levant à demi, parlez de votre affaire, je parlerai aussi... après...

Il se rassit.

— Ce n'est pas une affaire du même genre, commença Nicolas Vsevolodovitch en l'examinant avec curiosité ; par suite de certaines circonstances, j'ai été forcé de choisir aujourd'hui même une pareille heure pour vous prévenir qu'on vous tuera peut-être.

Chatov le regarda abasourdi.

— Je sais que je pourrais être menacé d'un danger, dit-il lentement, mais vous, comment pouvez-vous le savoir ?

— C'est que moi aussi je fais partie de ces gens et que je suis membre de leur société comme vous.

— Vous... vous êtes membre de la société ?

— Je vois à vos yeux que vous vous attendiez à tout de ma part sauf à cela, dit Nicolas Vsevolodovitch avec un imperceptible sourire, mais permettez, vous saviez donc déjà qu'on projetait de vous tuer ?

— Pas du tout. Et je ne le crois pas davantage maintenant, malgré ce que vous me dites... quoique... qui pourrait . donc répondre de quelque chose avec ces imbéciles ! s'écria-t-il soudain avec fureur en frappant du poing sur la table. Je n'ai pas peur d'eux ! J'ai rompu avec eux. Il y en a un qui est passé quatre fois chez moi, et il disait que je le peux... mais — il regarda Stavroguine — que savez-vous donc au juste à ce sujet ?

— Soyez sans crainte, je ne vous trompe pas, poursuivit assez froidement Stavroguine de l'air de qui se borne à remplir un devoir. Vous m'interrogez sur ce que je sais ? Je sais que vous êtes entré dans cette société à l'étranger, il y a deux ans, et encore du temps de son ancienne organisation, juste avant votre voyage en Amérique, et, semble-t-il, aussitôt après notre dernière conversation dont vous m'avez tant parlé dans votre lettre d'Amérique. A propos, excusez-moi de ne vous avoir pas répondu aussi par une lettre et de m'être borné...

— A un envoi d'argent ; attendez, interrompit Chatov qui ouvrit précipitamment le tiroir de la table et prit sous des papiers un billet de banque irisé ; tenez, prenez, ce sont les cent roubles que vous m'avez envoyés, sans vous j'aurais été perdu là-bas. Je ne vous les aurais pas rendus de longtemps sans madame votre mère : ces cent roubles, c'est elle qui me les a donnés, il y a neuf mois, à cause de ma pauvreté, après ma maladie. Mais continuez je vous en prie...

Il étouffait.

— En Amérique, vous avez changé d'idées et, rentré en Suisse, vous avez voulu vous retirer. Ils ne vous ont rien répondu mais vous ont chargé de prendre livraison de je ne sais quelle presse typographique et de la garder jusqu'au moment où vous auriez à la remettre à la personne qui se présenterait chez vous de leur part. Je ne sais pas tous les détails mais, dans l'ensemble, je crois que c'est exact, n'est-ce pas ? Quant à vous, dans l'espoir ou à condition que ce serait leur dernière exigence et qu'après cela on vous rendrait définitivement votre liberté, vous avez accepté. Que tout cela soit vrai ou non, ce n'est pas d'eux que je le tiens, je l'ai appris tout à fait par hasard. Mais il y a une chose que vous ne savez pas encore, je crois ; ces gens n'ont nullement l'intention de vous laisser partir.

— C'est insensé ! hurla Chatov, je leur ai déclaré honnêtement que je me sépare d'eux en tout ! C'est mon droit, le droit de ma conscience et de la pensée... Je ne le tolérerai pas ! Il n'y a pas de force qui puisse...

— Vous savez, ne criez pas, l'interrompit sérieusement Nicolas Vsevolodovitch, ce Verkhovenski est un tel individu qu'il est capable de nous écouter en ce moment, lui-même ou par personne interposée, dans votre propre entrée peut-être. Jusqu'à cet ivrogne de Lebiadkine qui était presque tenu de vous surveiller, et réciproquement peut-être, n'est-ce pas ? Dites-moi plutôt : Verkhovenski s'est-il maintenant rendu à vos arguments ?

— Il s'y est rendu ; il a dit que c'était possible et que c'était mon droit...

— Eh bien, c'est qu'il vous trompe. Je sais que même Kirilov, qui n'appartient pratiquement pas à ces gens, a fourni des renseignements sur vous ; ils ont beaucoup d'agents dont certains ne savent même pas qu'ils servent la société. Vous avez toujours été surveillé. Piotr Verkhovenski, entre autres choses, est venu ici pour régler définitivement votre affaire et il a des pouvoirs pour cela, c'est-à-dire pour vous supprimer au bon moment parce que vous savez trop de choses et pourriez les dénoncer. Je vous répète que c'est certain : et permettez-moi d'ajouter qu'ils sont, je ne sais pourquoi, absolument persuadés que vous êtes un espion et que si vous ne les avez pas encore dénoncés, vous les dénoncerez à coup sûr. Est-ce vrai ?

La bouche de Chatov se tordit à cette question posée sur un ton si ordinaire.

— Même si j'étais un espion, à qui les dénoncerais-je ? dit-il avec colère sans répondre directement. Non, ne parlons plus de moi, que le diable m'emporte ! s'écriat-il, se raccrochant soudain à sa première pensée qui, selon toutes les apparences, l'avait trop bouleversé, infiniment plus que la nouvelle de son propre danger. Mais vous, Stavroguine, comment avez-vous pu vous fourrer dans cette absurdité de laquais, si impudente, si médiocre ! Vous, membre de leur société ! Est-ce là l'action d'éclat de Nicolas Stavroguine ! s'écria-t-il presque au désespoir.

Il joignit même les mains, comme si rien ne pouvait être plus amer et plus désolant pour lui que cette découverte.

— Excusez-moi, dit Nicolas Vsevolodovitch vraiment surpris, je crois que vous me considérez comme je ne sais quel soleil et que vous vous-prenez vous-même pour un pauvre insecte par comparaison avec moi. Je l'avais déjà remarqué dans votre lettre d'Amérique.

— Vous... vous savez... Ah, cessons plutôt complètement de vous occuper de moi, complètement ! interrompit soudain Chatov. Si vous pouvez expliquer quelque chose sur vous-même, expliquez-le... En réponse à ma question ! répétait-il avec fièvre.

— Avec plaisir. Vous demandez comment j'ai pu me fourrer dans un pareil repaire. Après la communication que je vous ai faite, je vous dois même une certaine franchise dans cette affaire. Voyez-vous, strictement parlant, je n'appartiens point à cette société, je n'y ai jamais appartenu et j'ai bien plus que vous le droit de les quitter puisque je n'y suis jamais entré. Au contraire, j'ai déclaré dès le début que je n'avais rien de commun avec eux, et si je les ai aidés à l'occasion, ce n'était que par désœuvrement. J'ai pris une certaine part à la réorganisation de la société selon un plan nouveau, c'est tout. Mais ils se sont maintenant ravisés et ont décidé à part eux qu'il serait dangereux de me rendre ma liberté, et je suis je crois condamné aussi.

— Oh, ils ne savent que cela, la peine de mort et tout est fondé sur des prescriptions, sur papier timbré, avec des cachets, signé par trois hommes et demi. Et vous croyez qu'ils sont en mesure de le faire !

— Là vous avez en partie raison, en partie tort, poursuivit Stavroguine avec la même indifférence, même avec apathie. Il n'est pas douteux qu'il n'y ait là beaucoup d'imagination, comme toujours en pareil cas : un petit groupe exagère son étendue et son importance. Si vous voulez, il n'y a là que le seul et unique Piotr Verkhovenski, et il est bien trop bon lorsqu'il se considère comme un simple agent de la société. D'ailleurs leur idée fondamentale n'est pas plus bête que d'autres du même genre. Ils ont des liens avec l'*Internationale ;* ils ont su recruter des agents en Russie, ils sont même tombés par hasard sur une méthode assez originale... mais, bien entendu, en théorie seulement. Quant à leurs intentions ici, le mouvement de notre organisation russe est chose si obscure et presque toujours si inattendue qu'on peut en effet tout essayer chez nous. Notez bien que Verkhovenski est tenace.

— C'est une punaise, un ignorant, un nigaud, qui ne comprend rien à la Russie ! s'écria rageusement Chatov.

— Vous ne le connaissez pas assez. Il est vrai qu'en général ils entendent peu de chose à la Russie, mais un peu moins seulement peut-être que vous et moi ; et au surplus Verkhovenski est un enthousiaste.

— Verkhovenski un enthousiaste ?

— Oh oui. Il y a un point où il cesse d'être un bouffon et devient... un demi-fou. Je vous prierai de vous rappeler une de vos propres expressions : « Savez-vous combien un seul homme peut être fort ? » Ne riez pas je vous prie, il est très capable de presser sur la détente. Ils sont persuadés que je suis aussi un espion. Ils adorent tous, faute de savoir mener leur barque, accuser les autres d'espionnage.

— Mais vous n'avez pas peur ?

— N-non... je n'ai pas tellement peur... Mais votre cas à vous est tout à fait différent. Je vous ai prévenu pour que vous l'ayez quand même en vue. A mon avis, il n'y a vraiment rien de vexant à être menacé d'un danger du fait d'imbéciles ; il ne s'agit pas de leur intelligence ; il y a eu d'autres que vous et moi sur qui leur main s'est levée. D'ailleurs il est onze heures un quart — il regarda sa montre et se leva — j'aimerais vous poser une question qui n'a rien à voir avec tout cela.

— Pour l'amour de Dieu ! s'écria Chatov en sautant aussitôt sur ses pieds.

— C'est-à-dire ? demanda Nicolas Vsevolodovitch avec un regard interrogateur.

— Posez, posez votre question, pour l'amour de Dieu, répétait Chatov en proie à une indicible émotion, mais à condition que moi aussi je vous en pose une. Je vous supplie de me le permettre... je n'en peux plus... Posez votre question !

Stavroguine attendit un peu et commença :

— J'ai entendu dire que vous aviez ici une certaine influence sur Maria Timofeevna et qu'elle aimait à vous voir et à vous écouter. Est-ce vrai ?

— Oui... elle m'écoutait... répondit Chatov un peu troublé.

— J'ai l'intention ces jours-ci de rendre public ici, dans la ville, mon mariage avec elle.

— Est-ce possible ? murmura Chatov presque épouvanté.

— C'est-à-dire dans quel sens l'entendez-vous ? Cela ne présente aucune difficulté ; les témoins du mariage sont ici. Tout cela s'est passé à Pétersbourg d'une manière parfaitement légale et paisible, et si la chose n'a pas été révélée jusqu'à présent, c'est uniquement parce que les deux seuls témoins du mariage, Kirilov et Piotr Verkhovenski, et enfin Lebiadkine lui-même (que j'ai maintenant le plaisir d'avoir pour parent), avaient donné leur parole de se taire.

— Ce n'est pas ce que je veux dire... Vous parlez si tranquillement... mais continuez ! Ecoutez, ce n'est tout de même pas de force qu'on vous a contraint à ce mariage ?

— Non, personne ne m'y a contraint de force, répondit Nicolas Vsevolodovitch en souriant de la précipitation agressive de Chatov.

— Et qu'est-ce donc qu'elle raconte au sujet de son enfant ? demanda Chatov avec une hâte fiévreuse et sautant à autre chose.

— Elle parle de son enfant ? Tiens ! Je ne le savais pas, c'est la première fois que j'en entends parler. Elle n'a pas eu d'enfant et n'a pas pu en avoir : Maria Timofeevna est vierge.

— Ah ! C'est bien ce que je pensais ! Ecoutez !

— Qu'avez-vous, Chatov ?

Chatov se couvrit le visage de ses mains, se détourna, mais soudain saisit fortement Stavroguine aux épaules.

— Savez-vous, savez-vous du moins, cria-t-il, pourquoi vous avez fait tout cela et pourquoi vous vous décidez maintenant à vous imposer un tel châtiment ?

— Votre question est intelligente et caustique, mais moi aussi j'ai l'intention de vous étonner : oui, je crois savoir pourquoi je me suis marié et pourquoi je me décide à m'imposer un tel châtiment, comme vous dites.

— Laissons cela... nous en parlerons plus tard, attendez avant de continuer ; parlons du principal, du principal : je vous ai attendu deux ans.

— Oui ?

— Je vous ai attendu trop longtemps, j'ai pensé à vous sans cesse. Vous êtes le seul à pouvoir... Je vous en ai déjà parlé dans ma lettre d'Amérique.

— Je me souviens trop bien de votre longue lettre.

— Trop longue pour être lue ? J'en conviens ; six grandes feuilles. Taisez-vous, taisez-vous ! Dites : pouvez-vous m'accorder encore dix minutes, mais maintenant tout de suite... Je vous ai attendu trop longtemps !

— Soit, je vous accorderai une demi-heure. mais pas plus, si cela est possible.

— Et à condition cependant, reprit Chatov avec violence, que vous changiez de ton. Vous entendez, j'exige alors que je devrais implorer... Comprenez-vous ce que signifie exiger quand on devrait implorer ?

— Je comprends que de cette façon vous vous placez, pour des fins supérieures, au-dessus des conventions, dit Nicolas Vsevolodovitch avec un imperceptible sourire ; je vois avec peine que vous avez la fièvre.

— Je demande le respect, je l'exige ! criait Chatov, pas pour ma personne, le diable l'emporte, mais pour autre chose, pendant cet instant seulement, pour quelques mots... Nous sommes deux êtres et nous nous sommes rencontrés dans l'infini... pour la dernière fois au monde. Laissez votre ton et prenez un ton humain ! Parlez, une fois au moins dans votre vie, d'une voix humaine. Je ne le demande pas pour moi mais pour vous. Comprenez-vous que vous devez me pardonner ce soufflet pour cette seule raison déjà que je vous ai ainsi fourni l'occasion de connaître votre force infinie... De nouveau vous souriez de votre sourire dégoûté et mondain. Oh, quand me comprendrez-vous ! Chassez le fils de famille ! Comprenez donc que je l'exige, que je l'exige, autrement je ne veux pas parler, je ne le ferai pour rien au monde !

Son exaltation confinait au délire ; Nicolas Vsevolodovitch fronça les sourcils et parut devenir plus prudent.

— Si je suis resté pour une demi-heure, dit-il avec force et sérieux, alors que mon temps est si précieux, croyez bien que c'est parce que j'ai l'intention de vous écouter au moins avec intérêt et... que je suis certain d'entendre de vous beaucoup de choses nouvelles.

Il se rassit.

— Asseyez-vous ! cria Chatov et il s'assit subitement lui-même.

— Permettez-moi pourtant de vous rappeler, dit Stavroguine y revenant encore une fois, que j'ai commencé à vous parler d'une prière que j'ai à vous adresser au sujet de Maria Timofeevna, prière qui, pour elle au moins, est très importante.

— Eh bien ? demanda Chatov en fronçant le sourcil de l'air d'un homme soudain interrompu au point le plus important et qui, bien qu'il vous regarde, n'a pas encore compris votre question.

— Et vous ne m'avez pas laissé achever, conclut en souriant Nicolas Vsevolodovitch.

— Eh, allons donc, sottises, plus tard ! répondit Chatov avec un geste dégoûté de la main, ayant enfin saisi ce qu'on voulait de lui, et il aborda directement son principal sujet.

7

— SAVEZ-VOUS, commença-t-il d'un ton presque impérieux, penché en avant sur sa chaise, le regard étincelant et l'index de la main droite levé devant lui (apparemment sans s'en apercevoir), savez-vous quel est aujourd'hui sur toute la terre l'unique peuple « porteur de Dieu », qui vient pour rénover et sauver le monde au nom d'un dieu nouveau et à qui seul sont donnés les clefs de la vie et du verbe nouveau... savez-vous quel est ce peuple et quel est son nom ?

— A la façon dont vous vous y prenez, je dois nécessairement conclure, et je crois au plus vite, que c'est le peuple russe...

— Et vous riez déjà, oh, quelle race ! s'écria Chatov en bondissant en avant.

— Calmez-vous je vous prie, au contraire, je m'attendais précisément à quelque chose de ce genre.

— Vous vous attendiez à quelque chose de ce genre ? Et à vous-même ces paroles ne sont-elles pas connues ?

— Très connues ; je vois trop bien à quoi vous voulez en venir. Toute votre phrase et l'expression peuple « porteur de Dieu » n'est que la conclusion de la conversation que nous avons eue il y a plus de deux ans, à l'étranger, peu de temps avant votre départ pour l'Amérique... Du moins autant que je puisse m'en souvenir aujourd'hui.

— C'est intégralement votre phrase, pas la mienne. Votre propre phrase et non pas seulement la conclusion de notre conversation. Il n'y a pas eu « notre » conversation : il y avait un maître qui proférait d'immenses paroles et un disciple ressuscité d'entre les morts. Je suis ce disciple, vous êtes ce maître.

— Mais si vous vous rappelez, c'est justement après mes paroles que vous êtes entré dans la société et ce n'est qu'ensuite que vous êtes parti pour l'Amérique.

— Oui, et je vous ai écrit à ce sujet d'Amérique ; je vous ai tout écrit. Oui, je ne pouvais d'un seul coup m'arracher avec du sang à ce à quoi j'étais soudé depuis l'enfance, vers quoi étaient allés tous les transports de mes espérances et toutes les larmes de ma haine... Il est difficile de changer de dieux. Je ne vous ai pas cru alors parce que je ne voulais pas croire, et pour la dernière fois je me suis raccroché à cet ignoble cloaque... Mais la semence est restée et elle a levé. Sérieusement, dites-le-moi sérieusement, vous n'avez pas lu jusqu'au bout ma lettre d'Amérique ? Peut-être ne l'avez-vous pas lue du tout ?

— J'en ai lu trois pages, les deux premières et la dernière, et en outre j'ai parcouru le milieu. D'ailleurs je me proposais toujours...

— Hé, c'est égal, laissez, au diable ! dit Chatov avec un geste de la main. Si vous désavouez aujourd'hui vos paroles d'alors sur le peuple, comment avez-vous pu les prononcer ?... Voilà ce qui m'accable à présent.

— Je ne plaisantais tout de même pas avec vous alors non plus ; en cherchant à vous convaincre je me préoccupais peut-être encore plus de moi que de vous, dit énigmatiquement Stavroguine.

— Vous ne plaisantiez pas ! En Amérique, j'ai passé trois mois couché sur la paille à côté d'un... malheureux et j'ai appris de lui qu'en même temps que vous implantiez Dieu dans mon cœur, peut-être même dans les mêmes jours, vous instilliez le poison dans le cœur de ce malheureux, de ce maniaque, de Kirilov... Vous fortifiiez en lui le mensonge et la calomnie, et vous avez poussé sa raison jusqu'au délire... Allez, regardez-le maintenant, c'est votre œuvre. D'ailleurs vous avez vu.

— D'abord je vous ferai remarquer que Kirilov vient de me dire lui-même qu'il est heureux et parfait. Vous avez presque raison de supposer que tout cela s'est passé en même temps, eh bien, qu'importe ? Je le répète, je ne vous trompais ni l'un ni l'autre.

— Vous êtes athée ? Maintenant vous êtes athée ?

— Oui.

— Et alors ?

— Alors tout de même que maintenant.

— Ce n'est pas pour moi que j'ai demandé le respect en commençant cette conversation ; avec votre intelligence, vous auriez pu le comprendre, bredouilla Chatov avec indignation.

— Je ne me suis pas levé à votre première parole, je n'ai pas mis fin à la conversation, je ne vous ai pas quitté, mais je suis toujours là et je réponds docilement à vos questions et... à vos cris, par conséquent je ne vous ai pas encore manqué de respect.

Chatov interrompit d'un geste de la main.

— Vous vous souvenez de votre expression : « un athée ne peut être Russe », « un athée cesse aussitôt d'être Russe », vous en souvenez-vous ?

— Oui ? dit Nicolas Vsevolodovitch d'un ton interrogateur.

— Vous le demandez ? Vous avez oublié ? Et cependant c'est une des indications les plus justes à une des principales particularités de l'esprit russe que vous aviez devinée. Vous n'avez pu l'oublier ! Je vous en rappellerai davantage ; vous avez dit à la même occasion : « celui qui n'est pas orthodoxe ne peut être Russe ».

— Je suppose que c'est une idée slavophile.

— Non, les slavophiles actuels la renieraient. Aujourd'hui les gens sont devenus plus intelligents. Mais vous alliez encore plus loin : vous professiez que le catholicisme romain n'est plus le christianisme, vous affirmiez que le Christ proclamé par Rome a succombé à la troisième tentation du diable et qu'en annonçant au monde entier que sans le royaume terrestre le Christ ne pouvait se maintenir sur terre, le catholicisme a par là même proclamé l'Antéchrist et causé la perte de tout le monde occidental. Vous indiquiez justement que si la France souffre, c'est uniquement par la faute du catholicisme, car elle a répudié le fétide dieu romain mais n'en a pas trouvé de nouveau. Voilà ce que vous pouviez dire alors ! Je me souviens de nos conversations.

— Si j'avais ma foi, nul doute que je le répéterais maintenant encore ; je ne mentais pas en parlant comme un croyant, dit très sérieusement Nicolas Vsevolodovitch. Mais je vous assure que d'entendre répéter ainsi mes pensées de jadis produit sur moi une impression trop désagréable. Ne pouvez-vous pas cesser ?

— Si vous aviez la foi ? s'écria Chatov sans prêter la moindre attention à cette demande. N'est-ce pas vous qui disiez que si l'on vous prouvait mathématiquement que la vérité est en dehors du Christ, vous préféreriez rester avec le Christ plutôt qu'avec la vérité ? Avez-vous dit cela ? L'avez-vous dit ?

— Mais permettez-moi enfin de vous demander à mon tour, dit Stavroguine en élevant la voix, à quoi mène cet interrogatoire impatient et... méchant ?

— Cet interrogatoire passera à jamais et ne vous sera plus jamais rappelé.

— Vous y insistez toujours, que nous sommes hors de l'espace et du temps.

— Taisez-vous ! cria soudain Chatov, je suis stupide

et maladroit, mais périsse mon nom dans le ridicule ! Me permettez-vous de répéter devant vous toute votre principale idée d'alors... Oh, dix lignes seulement, rien que la conclusion.

— Faites, s'il ne s'agit que de la conclusion.

Stavroguine fit le geste de regarder sa montre mais se retint et ne la regarda pas.

Chatov se pencha de nouveau en avant sur sa chaise et un instant leva même de nouveau l'index.

— Pas un peuple, commença-t-il comme s'il lisait dans un livre et en même temps continuant à poser sur Stavroguine un regard impérieux, pas un peuple ne s'est encore organisé selon les principes de la science et de la raison ; il n'y en a jamais eu d'exemple, sinon l'espace d'un instant, par sottise. Le socialisme, par son essence même, doit être un athéisme, car précisément il a proclamé dès le premier pas qu'il est une institution athée et a l'intention de s'organiser exclusivement sur les principes de la science et de la raison. La raison et la science, dans la vie des peuples, ont de tout temps, à présent et depuis le commencement des siècles, rempli seulement une fonction secondaire et subalterne ; et elles continueront de la remplir jusqu'à la fin des siècles. Les peuples sont formés et mus par une autre force qui commande et domine mais dont l'origine est inconnue et inexplicable. Cette force est la force du désir inextinguible d'arriver à une fin et qui en même temps nie la fin. C'est la force de l'affirmation constante et inlassable de son existence et de la négation de la mort. L'esprit de la vie, comme dit l'écriture, « les fleuves d'eau vive » du tarissement desquels nous menace tant l'Apocalypse. Le principe esthétique, comme disent les philosophes, le principe moral comme l'identifient les mêmes. « La quête de Dieu », comme je l'appelle plus simplement. Le but de tout le mouvement populaire, dans tout peuple et en toute période de son existence, est uniquement la quête de Dieu, d'un Dieu à lui, nécessairement de son Dieu propre, et la foi en lui comme dans le seul vrai. Dieu est la personnalité synthétique du peuple tout entier pris depuis son origine jusqu'à la fin. Il ne s'est jamais encore vu que tous les peuples ou plusieurs d'entre eux aient un Dieu commun, mais toujours chacun a eu le sien propre. C'est le signe de la destruction pour les nations lorsque leurs dieux deviennent communs. Lorsque les dieux deviennent communs, les dieux et la foi en eux meurent en même temps que les peuples eux-mêmes. Plus un peuple est fort, plus son dieu est particulier.

Jamais encore il n'y eut de peuple sans religion, c'est-à-dire sans la notion du bien et du mal. Chaque peuple a sa notion du bien et du mal, et ses propres bien et mal. Lorsque de nombreux peuples commencent d'avoir des notions communes du bien et du mal, alors les peuples s'éteignent, et la distinction même entre le bien et le mal commence de s'effacer et de disparaître. Jamais la raison n'a été capable de définir le mal et le bien, ni même de séparer le mal du bien, fût-ce approximativement ; au contraire, elle les a toujours honteusement et lamentablement confondus ; quant à la science, elle n'a fourni que des solutions du plus fort. S'est particulièrement distinguée en cela la demi-science, le plus terrible des fléaux de l'humanité, pire que la peste, la famine et la guerre, et qui était resté inconnu jusqu'à notre siècle. La demi-science est un despote comme il n'y en a jamais encore eu jusqu'à nos jours. Un despote qui a ses prêtres et ses esclaves, un despote devant qui tout s'est prosterné avec un amour et une superstition jusqu'alors inconcevables, devant qui la science elle-même tremble et pour qui honteusement elle a toutes les complaisances. Tout cela ce sont vos propres paroles, Stavroguine, sauf sur la demi-science, celles-là sont de moi, parce que moi-même je ne suis que demi-science et par conséquent je la hais particulièrement. Mais à vos idées et jusqu'à vos paroles je n'ai rien changé, pas un seul mot.

— Je ne pense pas que vous n'y ayez rien changé, remarqua Stavroguine avec prudence ; vous les avez recueillies avec passion et altérées avec passion sans vous en apercevoir. Le seul fait que vous réduisiez Dieu à un simple attribut de la nation...

Il se mit soudain à suivre Chatov avec une attention intense et toute particulière, et non pas tant les paroles de Chatov que lui-même.

— Je réduis Dieu à un attribut de la nation ? s'écria Chatov, au contraire, j'élève le peuple jusqu'à Dieu. Et en a-t-il jamais été autrement ? Le peuple, c'est le corps de Dieu. Tout peuple n'est un peuple que tant qu'il a son dieu propre et qu'il exclut tous les autres dieux sans aucune concession ; tant qu'il a foi qu'il vaincra par son dieu et qu'il chassera du monde tous les autres dieux. Ainsi tous ont cru, depuis le commencement des siècles, tous les grands peuples, du moins tous ceux qui ont tant soit peu marqué, tous ceux qui ont été à la tête de l'humanité. On ne peut aller à l'encontre du fait. Les juifs n'ont vécu que pour attendre le vrai Dieu et ils ont donné au monde le vrai Dieu. Les Grecs ont déifié la nature et ont légué au monde leur religion, c'est-à-dire la philosophie et les arts. Rome a déifié le peuple dans l'Etat et a légué aux peuples l'Etat. La France, au cours de sa longue histoire, n'a été que l'incarnation et le développement de l'idée du dieu romain, et si elle a enfin jeté son dieu romain aux orties et s'est lancée dans l'athéisme, qui pour le moment s'y appelle socialisme, c'est uniquement parce que l'athéisme est tout de même plus sain que le catholicisme romain. Si un grand peuple ne croit pas qu'en lui seul est la vérité (précisément en lui seul et précisément en lui exclusivement), s'il ne se croit pas seul capable, seul appelé à ressusciter et à sauver le monde par sa vérité, il dégénère aussitôt en matière ethnographique et cesse d'être un grand peuple. Un peuple vraiment grand ne peut jamais se résigner à jouer dans l'humanité un rôle secondaire ou même un rôle de premier plan, il faut que ce soit absolument et exclusivement le tout premier. Le peuple qui perd cette foi n'est plus un peuple. Mais il n'y a qu'une vérité, et par conséquent un seul parmi les peuples peut détenir le vrai Dieu, quand même les autres auraient leurs dieux particuliers et grands. L'unique peuple « porteur de Dieu » est le peuple russe et... et... et se peut-il que vous me preniez pour un imbécile, Stavroguine, hurla-t-il soudain avec frénésie, qui ne sait même plus discerner que ses paroles sont soit de vieilles, d'antiques sornettes moulues par tous les moulins slavophiles de Moscou, soit une parole tout à fait nouvelle, la dernière parole, l'unique parole de rénovation et de résurrection, et... et que m'importe votre rire en ce moment ! Que m'importe que vous ne me compreniez absolument pas, absolument, pas un mot, pas une syllabe !... Oh, comme je méprise en ce moment votre rire et votre regard orgueilleux !

Il bondit sur ses pieds ; il avait même l'écume aux lèvres.

— Au contraire, Chatov, au contraire, dit Stavroguine d'un ton étonnamment sérieux et réservé, sans se lever de son siège, au contraire, par vos ardentes paroles vous avez réveillé en moi beaucoup de souvenirs extrêmement puissants. Dans vos paroles je reconnais mon propre état d'esprit d'il y a deux ans, et maintenant je ne vous dirai plus comme tout à l'heure que vous avez exagéré mes idées d'alors. Il me semble même qu'elles étaient encore plus exclusives, plus absolues, et je vous assure pour la troisième fois que je voudrais beaucoup confirmer tout ce que vous venez de dire, jusqu'au dernier mot, mais...

— Mais c'est le lièvre qu'il vous faut ?

— Quoi ?

— C'est votre propre et ignoble expression, dit Chatov en riant méchamment et en se rasseyant, « pour faire un civet de lièvre, il faut un lièvre, pour croire en Dieu, il faut un Dieu », il paraît que vous répétiez cela à Pétersbourg, comme Nozdrev qui voulait attraper un lièvre par les pattes de derrière.

— Non, celui-là se vantait justement de l'avoir déjà attrapé. A propos, permettez-moi pourtant de vous poser une question, d'autant plus que maintenant j'y ai, il me semble, pleinement droit. Dites-moi, votre lièvre à vous est-il attrapé ou court-il encore ?

— Je vous interdis de me questionner en ces termes, demandez autrement, autrement ! s'écria Chatov tout tremblant.

— Soit, autrement, répondit Nicolas Vsevolodovitch en le regardant sévèrement ; je voudrais seulement savoir : vous-même, croyez-vous ou non en Dieu ?

— Je crois à la Russie, je crois à son orthodoxie... Je crois au corps du Christ... Je crois que c'est en Russie qu'aura lieu le nouvel avènement... Je crois... bégaya Chatov délirant.

— Mais en Dieu ? En Dieu ?

— Je... je croirai en Dieu.

Pas un muscle du visage de Stavroguine ne bougea. Chatov fixait sur lui un regard ardent, plein de défi, comme s'il eût voulu le brûler par ce regard.

— Je ne vous ai tout de même pas dit que je ne croyais pas du tout ! s'écria-t-il enfin ; je vous fais seulement savoir que je suis un misérable livre ennuyeux, et rien de plus, pour le moment, pour le moment... Mais périsse mon nom ! Il s'agit de vous, non de moi... Je suis un homme sans talent et je ne peux donner que mon sang et rien d'autre, comme tout homme sans talent. Périsse donc aussi mon sang ! Je parle de vous, je vous ai attendu ici deux ans. C'est pour vous que je danse tout nu depuis une demi-heure. Vous, vous seul pourriez lever cet étendard !...

Il n'acheva pas et, comme pris de désespoir, s'accouda à la table et posa la tête sur ses deux mains.

— Je vous ferai seulement, à propos, remarquer ceci comme une chose curieuse, interrompit soudain Stavroguine : pourquoi tout le monde m'impose-t-il je ne sais quel étendard ? Piotr Verkhovenski lui aussi est convaincu que je pourrais « lever pour eux l'étendard », du moins on m'a rapporté ses paroles. Il s'est mis dans l'idée que je pourrais jouer pour eux le rôle de Stenka

Razine, « par extraordinaire aptitude au crime » — ce sont aussi ses paroles.

— Comment ? demanda Chatov, « par extraordinaire aptitude au crime » ?

— Précisément.

— Hum. Et est-il vrai, reprit-il avec un sourire mauvais, est-il vrai que vous faisiez partie à Pétersbourg d'une ignoble société secrète de luxure ? Est-il vrai que vous auriez pu en remontrer au marquis de Sade ? Est-il vrai que vous attiriez et débauchiez des enfants ? Parlez, vous n'avez pas le droit de mentir, s'écria-t-il, complètement hors de lui, Nicolas Stavroguine ne peut mentir devant Chatov qui l'a frappé au visage ! Dites tout, et si c'est vrai, je vous tuerai tout de suite, à l'instant même, sur place !

— J'ai dit ces paroles, mais ce n'est pas moi qui ai outragé les enfants, dit Stavroguine, mais seulement après un trop long silence. Il avait pâli et ses yeux étincelaient.

— Mais vous l'avez dit ! continua impérieusement Chatov sans détacher de lui ses yeux flamboyants. Est-il vrai que vous assuriez ne pas voir de différence de beauté entre quelque acte de sensualité bestiale et n'importe quel haut fait, fût-ce même le sacrifice de sa vie au service de l'humanité ? Est-il vrai qu'aux deux pôles vous trouviez équivalence de beauté, identité de jouissance ?

— Il est impossible de répondre ainsi... je ne veux pas répondre, murmura Stavroguine, qui aurait très bien pu se lever et partir mais qui ne se levait ni ne s'en allait.

— Je ne sais pas non plus pourquoi le mal est laid et le bien beau, mais je sais pourquoi la sensation de cette distinction s'efface et se perd chez des messieurs comme les Stavroguine, poursuivit Chatov tout tremblant et qui ne lâchait pas prise, savez-vous pourquoi vous vous êtes marié si ignominieusement et si lâchement ? Précisément parce que l'ignominie et l'absurde y atteignaient au génie. Oh, vous ne faites pas les choses à moitié, vous vous lancez hardiment la tête la première. Vous vous êtes marié par passion du martyre, par passion du remords, par volupté morale. Il y avait là des nerfs exacerbés. Le défi au bon sens était trop tentant. Stavroguine et une vilaine, une misérable boiteuse faible d'esprit ! Lorsque vous avez mordu l'oreille du gouverneur, avez-vous éprouvé de la volupté ? L'avez-vous éprouvée ? Jeune seigneur oisif et flâneur, l'avez-vous éprouvée ?

— Vous êtes psychologue, dit Stavroguine de plus en

plus pâle, bien que sur les raisons de mon mariage vous vous soyez en partie mépris... Qui a pu d'ailleurs vous fournir tous ces renseignements, ajouta-t-il avec un sourire forcé. Se peut-il que ce soit Kirilov ? Mais il n'a pas pris part...

— Vous pâlissez ?

— Mais enfin que voulez-vous ? dit Nicolas Vsevolodovitch en élevant enfin la voix, j'ai passé une demi-heure sous votre fouet et à tout le moins vous auriez pu me laisser partir poliment... si vous n'avez effectivement aucun but raisonnable pour agir de la sorte avec moi.

— Un but raisonnable ?

— Sans doute. Il était de votre devoir, pour le moins, de me dire enfin quel est votre but. J'attendais tout le temps que vous le fassiez mais je n'ai trouvé qu'une méchanceté délirante. Je vous en prie, ouvrez-moi la porte cochère.

Il se leva. Chatov courut furieusement après lui.

— Baisez la terre, arrosez-la de vos larmes, demandez pardon ! s'écria-t-il en le saisissant à l'épaule.

— Je ne vous ai pourtant pas tué... l'autre matin... mais j'ai retiré les deux mains... dit Stavroguine presque avec souffrance en baissant les yeux.

— Dites tout, dites tout ! Vous êtes venu pour m'avertir d'un danger, vous m'avez permis de parler, demain vous voulez annoncer publiquement votre mariage ! Est-ce que je ne vois pas à votre visage que vous êtes la proie d'une idée nouvelle et redoutable... Stavroguine, pourquoi suis-je condamné à croire en vous de toute éternité ? Aurais-je pu parler ainsi à un autre ? J'ai de la pudeur, mais je n'ai pas eu peur de ma nudité, parce que je parlais à Stavroguine. Je n'ai pas craint de caricaturer une grande idée en y touchant, parce que c'était Stavroguine qui m'écoutait. Ne baiserai-je pas les traces de vos pas quand vous serez parti ? Je ne puis vous arracher de mon cœur, Nicolas Stavroguine !

— Je regrette de ne pouvoir vous aimer, Chatov, dit froidement Nicolas Vsevolodovitch.

— Je sais que vous ne le pouvez pas et je sais que vous ne mentez pas. Ecoutez, je peux tout réparer : je vous procurerai le lièvre.

Stavroguine se taisait.

— Vous êtes athée parce que vous êtes un gentilhomme, le dernier des gentilshommes. Vous avez perdu le critère du mal et du bien parce que vous avez cessé de reconnaître votre peuple... Une nouvelle génération vient, issue du cœur même du peuple, et vous ne la reconnaîtrez pas, ni vous, ni les Verkhovenski père et fils, ni moi, parce que je suis aussi un gentilhomme, moi, le fils de votre laquais serf Pachka... Écoutez, accédez à Dieu par le travail, tout est là, ou vous disparaîtrez comme une ignoble moisissure ; trouvez-le par le travail.

— Dieu par le travail ? Par quel travail ?

— Celui du paysan. Allez, abandonnez vos richesses... Ah ! vous riez, vous craignez que ce ne soit un tour de passe-passe ?

Mais Stavroguine ne riait pas.

— Vous croyez qu'on peut obtenir Dieu par le travail et justement par celui du paysan ? répéta-t-il après avoir réfléchi, comme s'il eût effectivement rencontré là quelque chose de nouveau et de sérieux qui méritait réflexion. A propos, ajouta-t-il, passant soudain à une pensée nouvelle, vous venez de me le rappeler : savez-vous que je ne suis pas du tout riche, si bien que je n'ai rien à abandonner ? Je ne suis même presque pas en mesure d'assurer l'avenir de Maria Timofeevna... Ceci encore : j'étais venu vous prier, si cela vous est possible, de ne pas abandonner Maria Timofeevna à l'avenir non plus, puisque vous seul pourriez avoir une certaine influence sur son pauvre cerveau. Je le dis à tout hasard.

— Bien, bien, vous parlez de Maria Timofeevna, dit Chatov agitant une main et tenant de l'autre la bougie, bien, plus tard, cela s'arrangera tout seul. Ecoutez, allez voir Tikhon.

— Qui ?

— Tikhon. Tikhon, l'ancien évêque, pour raison de santé il vit au repos ici dans la ville, dans l'enceinte de la ville, dans notre monastère de la Vierge de Saint-Efim.

— Qu'est-ce que cela veut dire ?

— Rien. On va beaucoup le voir. Allez-y ; qu'est-ce que cela peut vous faire ? Allons, qu'est-ce que cela peut vous faire ?

— J'en entends parler pour la première fois et... je n'ai jamais encore rencontré cette sorte de gens. Je vous remercie, j'irai.

— Par ici, dit Chatov éclairant l'escalier, allez — et il ouvrit toute grande la petite porte qui donnait sur la rue.

— Je ne reviendrai plus chez vous, Chatov, dit Stavroguine à voix basse en franchissant le seuil.

La nuit et la pluie continuaient.

CHAPITRE II

LA NUIT *(suite)*

1

Il suivit jusqu'au bout la rue de l'Epiphanie ; enfin ce fut la descente, ses pieds glissaient dans la boue et soudain s'ouvrit devant lui un large espace brumeux qui paraissait vide, le fleuve. Les maisons firent place aux masures, la rue se perdit en une multitude de ruelles et d'impasses désordonnées. Nicolas Vsevolodovitch marcha longtemps le long des clôtures sans s'éloigner de la berge, mais trouvant fermement son chemin et même sans doute n'y pensant guère. Il était occupé de tout autre chose et c'est avec surprise qu'il regarda autour de lui quand tout à coup, tiré de ses profondes pensées, il se vit presque au milieu de notre long pont de bateaux détrempé. Pas une âme alentour, si bien qu'il éprouva une impression étrange en entendant soudain tout près une voix poliment familière, assez agréable d'ailleurs, qui parlait avec cet accent doucereusement scandé qu'affectent chez nous les petits bourgeois trop civilisés ou les jeunes commis aux cheveux frisés des galeries marchandes.

— Voulez-vous me permettre, Monsieur, de profiter de votre parapluie ?

En effet, une forme se glissa ou voulut faire semblant de se glisser sous son parapluie. Le vagabond marchait presque à ses côtés, pour ainsi dire « le sentant du coude », comme disent les soldats. Ralentissant le pas, Nicolas Vsevolodovitch se pencha pour l'examiner autant que le permettait l'obscurité : c'était un homme de taille moyenne, aux allures de petit-bourgeois en goguette ; ses vêtements étaient trop légers et ne payaient pas de mine ; sur sa tête bouclée et ébouriffée était plantée une casquette en drap trempée, à la visière à demi arrachée. Il donnait l'impression d'être très brun, vigoureux, maigre et le teint basané ; les yeux étaient grands, certainement noirs, très brillants et à reflet jaune, comme chez les tziganes ; on le devinait même dans l'obscurité. Il devait avoir la quarantaine et n'était pas ivre.

— Tu me connais ? demanda Nicolas Vsevolodovitch.

— Monsieur Stavroguine, Nicolas Vsevolodovitch ; vous m'avez été indiqué, à la gare, dès l'arrêt du train, l'autre dimanche. Sans compter qu'on a déjà entendu parler de vous.

— Par Piotr Stepanovitch ? Tu... tu es Fedka le forçat ?

— J'ai été baptisé Fedor Fedorovitch ; jusqu'aujourd'hui j'ai encore ma mère dans ces parages, une petite vieille du bon Dieu, elle pousse vers le sol, jour et nuit elle prie Dieu pour moi pour ne pas perdre inutilement son temps de vieille sur le poêle.

— Tu t'es évadé du bagne ?

— J'ai changé de sort. J'ai remis les livres et les cloches et les affaires d'église, parce que j'avais été condamné à vie, alors il me fallait attendre trop longtemps la fin de ma peine.

— Que fais-tu ici ?

— Eh bien, voilà, un jour et une nuit, ça fait vingt-quatre heures de passées. Mon oncle aussi est décédé la semaine dernière dans la prison d'ici, pour cause de fausse monnaie, alors j'ai célébré la fête des morts, j'ai jeté deux dizaines de pierres aux chiens, voilà tout ce que nous avons eu à faire jusqu'à présent. En outre Piotr Stepanovitch nous promet un passeport pour toute la Russie, mettons un passeport de marchand, alors j'attends aussi sa grâce. Parce que, il dit, mon papa t'a perdu dans le temps aux cartes au club anglais ; et moi, qu'il dit, je la trouve injuste cette barbarie. Si c'était un effet de votre bonté, Monsieur, de me donner trois roubles pour me réchauffer ?

— Donc tu me guettais ici ; je n'aime pas cela. Sur l'ordre de qui ?

— Pour ce qui est d'un ordre, il n'y a eu d'ordre de

personne, c'est seulement que je sais votre esprit charitable bien connu du monde entier. Nos petits revenus, vous savez vous-même ce que c'est, ou bien une poignée de foin ou bien une fourche dans les reins. Je me suis vendredi empiffré de pâté comme Martin de savon et depuis, un jour je n'ai pas mangé, le deuxième jour j'ai attendu, le troisième j'ai encore jeûné. De l'eau dans la rivière, y en a à volonté, j'élève des carassins dans ma panse... Alors voilà, si c'était un effet de votre bonté et de votre générosité ; j'ai justement pas loin ma commère qui m'attend, seulement pas moyen de se présenter chez elle sans argent.

— Qu'est-ce qu'il t'a promis de ma part Piotr Stepanovitch ?

— C'est pas qu'il ait promis, il m'a dit comme ça que je pourrai peut-être être utile à Votre Grâce, si comme qui dirait ça se trouve, mais en quoi au juste, il ne l'a pas expliqué avec précision, parce que Piotr Stepanovitch, comme qui dirait, il éprouve ma patience de cosaque et n'a aucune confiance en moi.

— Pourquoi donc ?

— Piotr Stepanovitch est un astronome et il connaît toutes les planètes de Dieu, mais lui aussi est sujet à critique. Je suis devant vous, Monsieur, comme devant le Tout-Puissant parce qu'on a beaucoup entendu parler de vous. Lui, s'il a dit de quelqu'un : c'est un salaud, il ne sait plus rien d'autre de lui. Ou bien s'il a dit : c'est un imbécile, il n'a jamais d'autre nom pour lui. Et moi, il se peut que le mardi et le mercredi je ne sois qu'un imbécile et que le jeudi je sois plus intelligent que lui. Tenez, il sait en ce moment que je me languis beaucoup pour un passeport — parce que chez nous en Russie il n'y a pas moyen d'être sans document — alors, il croit déjà avoir réduit mon âme en esclavage. Piotr Stepanovitch, je vous dirai, Monsieur, il lui est très facile de vivre au monde parce qu'il voit les gens tels qu'il se les imagine et c'est avec ceux-là qu'il vit. De plus il est rudement avare. Il est de cet avis qu'en dehors de lui je n'oserais pas vous déranger, et moi je vous dis, Monsieur, comme devant le Tout-Puissant, voilà la quatrième nuit que j'attends Votre Grâce sur ce pont, comme quoi même sans lui je peux trouver mon propre chemin à pas feutrés. Vaut mieux, je me suis dit, m'incliner devant une botte que devant une savate.

— Et qui t'a dit que je passerais la nuit sur le pont ?

— Ça, il faut l'avouer, c'est venu indirectement, plutôt à cause de la bêtise du capitaine Lebiadkine, parce que quant à garder quelque chose pour lui, il n'y a rien à faire. Alors il me revient trois roubles de Votre Grâce comme qui dirait pour les trois jours et les trois nuits, pour l'ennui. Et pour ce qui est des vêtements trempés, je n'en dis rien, tellement c'est vexant.

— Je vais à gauche, toi à droite ; le pont est passé. Ecoute, Fedor, j'aime qu'on me comprenne une fois pour toutes : je ne te donnerai pas un kopek, à l'avenir ne te trouve plus sur mon chemin, ni sur le pont ni nulle part ailleurs, je n'ai pas et je n'aurai pas besoin de toi, et si tu n'obéis pas, je te ligoterai et te remettrai à la police. Allez, marche !

— Hé, ajoutez au moins quelque chose pour la compagnie, la route a été plus gaie.

— Va-t'en !

— Mais est-ce que vous savez seulement votre chemin ? C'est que vous allez tomber dans de telles ruelles... je pourrais vous guider, parce que cette ville c'est comme si le diable l'avait portée dans un panier et l'avait semée en route.

— Hé, je vais te ligoter ! dit Nicolas Vsevolodovitch en se retournant d'un air menaçant.

— Vous réfléchirez peut-être, Monsieur, est-ce long de faire du tort à un orphelin ?

— Non mais, ce que tu dois être sûr de toi !

— Je suis sûr de vous, Monsieur, pas tellement de moi.

— Je n'ai aucun besoin de toi, je l'ai dit !

— Mais moi j'ai besoin de vous, Monsieur, voilà ce qu'il y a ! Je vous attendrai sur le chemin du retour, tant pis.

— Je t'en donne ma parole d'honneur : si je te rencontre, je te ligoterai.

— Alors, je vais déjà préparer ma ceinture. Bonne route, Monsieur, vous avez tout de même réchauffé un orphelin sous votre parapluie, rien que pour ça je vous serai reconnaissant jusqu'à la tombe.

Il resta en arrière. Nicolas Vsevolodovitch arriva à destination soucieux. Cet homme tombé du ciel était absolument convaincu de lui être indispensable et s'était empressé de l'affirmer avec trop d'impudence. En général, on ne se gênait pas avec lui. Mais il se pouvait aussi que le vagabond n'eût pas menti et qu'il offrît vraiment ses services de lui-même et justement en cachette de Piotr Stepanovitch ; et cela c'était vraiment le plus curieux de tout.

La maison à laquelle arriva Nicolas Vsevolodovitch était située dans une ruelle déserte, entre des clôtures derrière lesquelles s'étendaient des potagers, tout au bout de la ville. C'était une maisonnette en bois complètement isolée, qui venait d'être construite et dont les murs n'étaient pas encore garnis de planches. A l'une des fenêtres, les volets avaient été laissés exprès ouverts et sur l'appui était posée une bougie, visiblement pour servir de phare au visiteur tardif que l'on attendait aujourd'hui. A une trentaine de pas de distance, Nicolas Vsevolodovitch distingua sur le petit perron la silhouette d'un homme de grande taille, sans doute le maître de céans, qui était sorti de son impatience pour scruter la route. Sa voix s'éleva aussi, impatiente et comme craintive :

— C'est vous ? Vous ?

— Moi, répondit Nicolas Vsevolodovitch, mais pas avant d'être arrivé au perron et en refermant son parapluie.

— Enfin ! — s'écria le capitaine Lebiadkine — c'était lui — en s'agitant sur place, veuillez me donner votre parapluie je vous prie ; il fait très humide ; je vais l'ouvrir ici, par terre, dans le coin ; entrez donc, entrez donc.

La porte donnant de l'entrée sur la pièce éclairée par deux bougies était grande ouverte.

— Sans votre promesse formelle de venir, j'aurais cessé d'y croire.

— Une heure moins un quart, dit Nicolas Vsevolodovitch en consultant sa montre comme il entrait dans la pièce.

— Et avec cela la pluie et une si intéressante distance... Je n'ai pas de montre et de la fenêtre on ne voit que des potagers, si bien que... on est en retard sur les événements... mais ce que j'en dis ce n'est pas pour me plaindre, parce que je n'oserai même pas, je n'oserai pas, mais uniquement par impatience qui m'a rongé toute la semaine pour être enfin... délivré.

— Comment ?

— Pour connaître mon sort, Nicolas Vsevolodovitch. Soyez le bienvenu.

Il s'inclina en désignant une place près d'une petite table devant le divan.

Nicolas Vsevolodovitch jeta un regard autour de lui ;

la pièce était minuscule, basse ; l'ameublement était réduit au strict nécessaire, des chaises en bois, un divan tout neuf également en bois, non recouvert et sans coussins, deux tables en tilleul, l'une près du divan, l'autre dans un coin, garnie d'une nappe, tout encombrée et recouverte d'une serviette immaculée. Toute la pièce était d'ailleurs visiblement entretenue dans un état de grande propreté. Il y avait une huitaine de jours que le capitaine Lebiadkine n'était plus ivre ; son visage était bouffi et jaune, son regard inquiet, curieux et manifestement perplexe : on voyait trop bien qu'il ne savait pas encore sur quel ton il pouvait parler et lequel il lui serait le plus avantageux de trouver d'emblée.

— Voilà, dit-il avec un geste circulaire, je vis comme Zossima. Tempérance, solitude et misère — vœu des anciens chevaliers.

— Vous croyez que les anciens chevaliers prononçaient de tels vœux ?

— Peut-être me suis-je trompé ? Hélas, plus de culture pour moi ! J'ai tout gâché ! Le croiriez-vous, Nicolas Vsevolodovitch, ici je me suis débarrassé pour la première fois de mes honteuses passions — pas un verre, pas une goutte ! J'ai un toit et, depuis six jours, j'éprouve le bien-être de la conscience. Même les murs sentent la résine rappelant la nature. Or qu'étais-je, qui étais-je ?

« LA NUIT GALOPANT SANS GÎTE,
LE JOUR LA LANGUE PENDANTE »,

selon la géniale expression du poète ! Mais... vous êtes tellement trempé... Vous plairait-il de prendre du thé ?

— Ne vous dérangez pas.

— Le samovar bouillait depuis huit heures, mais... il s'est éteint... comme tout au monde. Le soleil aussi, dit-on, s'éteindra à son tour... Du reste, s'il le faut je vais arranger ça. Agafia ne dort pas.

— Dites-moi, Maria Timofeevna...

— Elle est ici, elle est ici, dit aussitôt Lebiadkine dans un murmure, vous plairait-il de jeter un coup d'œil ?

Il montra la porte fermée qui menait dans l'autre pièce.

— Elle ne dort pas ?

— Oh non, non, est-il possible ? Au contraire, elle attend depuis le début de la soirée et dès qu'elle a su tout à l'heure, elle a immédiatement fait toilette, répondit-il en ébauchant un sourire badin, mais il s'arrêta aussitôt.

271

— Comment va-t-elle en général ? demanda Nicolas Vsevolodovitch.

— En général ? Vous savez bien (il haussa les épaules avec compassion), et maintenant... maintenant elle est en train de se tirer les cartes.

— Bien, tout à l'heure ; d'abord il faut en finir avec vous.

Nicolas Vsevolodovitch s'assit sur une chaise.

Le capitaine n'osa plus s'asseoir sur le divan, mais aussitôt approcha une autre chaise et, dans une attente frémissante, se pencha pour écouter.

— Qu'est-ce donc que vous avez là dans le coin, sous la nappe ? demanda Nicolas Vsevolodovitch, l'attention soudain attirée par la table.

— Ça ? dit Lebiadkine en se retournant aussi, ça c'est l'effet de vos propres libéralités, en guise, pour ainsi dire, de pendaison de crémaillère, prenant aussi en considération le chemin qui reste à faire et la fatigue naturelle, répondit-il avec un petit rire attendri, puis il se leva et s'approchant sur la pointe des pieds retira respectueusement et avec précaution la serviette qui recouvrait la table dans le coin. Il y avait là un souper : du jambon, du veau, des sardines, du fromage, un petit carafon verdâtre et une longue bouteille de bordeaux ; tout était arrangé proprement, avec compétence et presque coquettement.

— C'est vous qui vous êtes occupé de cela ?

— C'est moi. Dès hier, et j'ai fait tout ce que j'ai pu pour faire honneur... Maria Timofeevna, vous savez bien, est indifférente sur ce chapitre. Et surtout cela vient de vos libéralités, c'est à vous, puisque le maître ici c'est vous, pas moi, je ne suis pour ainsi dire que votre commis, car tout de même, tout de même, Nicolas Vsevolodovitch, je suis tout de même indépendant d'esprit ! Vous ne m'enlèverez tout de même pas ce dernier bien qui me reste ! conclut-il avec attendrissement.

— Hum !... si vous vous rasseyiez.

— Je suis recon-nais-sant, reconnaissant et indépendant ! (Il s'assit.) Ah, Nicolas Vsevolodovitch, tant de choses se sont accumulées dans ce cœur que je ne savais plus comment patienter jusqu'à votre arrivée ! Vous allez maintenant décider de mon sort et de celui... de cette malheureuse, et alors... alors, comme il arrivait jadis, au bon vieux temps, je m'épancherai devant vous, comme il y a quatre ans. Vous me faisiez alors l'honneur de m'écouter, nous lisions ensemble des strophes... Qu'importe que vous m'appeliez alors votre Falstaff de Shakespeare, vous avez tant compté dans mon destin... Or j'ai maintenant de très grandes craintes et c'est de vous seul que j'attends conseil et lumière. Piotr Stepanovitch agit abominablement avec moi !

Nicolas Vsevolodovitch écoutait avec curiosité et l'observait attentivement. Manifestement, quoique le capitaine Lebiadkine eût cessé de boire, il était loin d'être dans un état harmonieux. Chez les ivrognes invétérés de son espèce finit par s'installer pour toujours quelque chose d'incohérent, de fumeux, quelque chose pour ainsi dire de détraqué et de fou, quoiqu'ils soient capables de tromper, de ruser et de tricher presque aussi bien que les autres, au besoin.

— Je vois que vous n'avez pas du tout changé, capitaine, depuis plus de quatre ans, dit Nicolas Vsevolodovitch d'un ton un peu plus aimable. Il faut croire qu'il est vrai que toute la seconde moitié de la vie humaine n'est faite d'ordinaire que des habitudes contractées pendant la première.

— Les grandes paroles ! Vous résolvez l'énigme de la vie ! s'écria le capitaine avec un enthousiasme à moitié feint et à moitié sincère, car il était grand amateur de bons mots. De toutes vos paroles, Nicolas Vsevolodovitch, j'en ai principalement retenu une, vous l'avez prononcée à Pétersbourg : « Il faut vraiment être un grand homme pour savoir résister même au bon sens. » Voilà !

— Ma foi, ainsi qu'un imbécile.

— C'est ça, mettons aussi un imbécile, mais vous avez toute votre vie prodigué de l'esprit, et eux ? Que Lipoutine, que Piotr Stepanovitch profèrent donc quelque chose de semblable ! Oh, comme Piotr Stepanovitch a cruellement agi avec moi !...

— Mais vous-même pourtant, capitaine, comment vous êtes-vous conduit ?

— C'est l'état d'ivresse et en outre la foule de mes ennemis ! Mais maintenant tout est fini, tout, et je vais faire peau neuve comme un serpent. Nicolas Vsevolodovitch, savez-vous que je rédige mon testament et que je l'ai déjà rédigé ?

— C'est curieux. Qu'est-ce donc que vous laissez et à qui ?

— A la patrie, à l'humanité et aux étudiants. Nicolas Vsevolodovitch, j'ai lu dans les journaux la biographie d'un Américain. Il a laissé toute son immense fortune aux usines et aux sciences positives, son squelette aux étudiants, à la faculté de là-bas, et sa peau pour faire un tambour, à condition que jour et nuit on batte dessus l'hymne national américain. Hélas, nous sommes des pygmées en comparaison de l'envol de la pensée aux États-Unis d'Amérique du Nord. La Russie est un jeu de la nature mais non de l'esprit. Que j'essaie de léguer ma peau pour qu'on en fasse un tambour, par exemple au régiment d'infanterie d'Akmolinsk où j'ai eu l'honneur de faire mes débuts dans le service, à condition qu'on batte dessus sur le front du régiment l'hymne national russe, on considérerait cela comme du libéralisme, on interdirait ma peau... aussi me suis-je borné aux étudiants. Je veux léguer mon squelette à la faculté, mais à condition, à condition toutefois qu'on me colle à tout jamais sur le front une étiquette avec les mots : « un libre penseur repenti ». Voilà !

Le capitaine parlait avec ardeur et, bien entendu, il croyait vraiment à la beauté du testament américain, mais c'était en même temps un coquin et il avait aussi grande envie de faire rire Nicolas Vsevolodovitch auprès de qui il avait longtemps fait fonction de bouffon. Pourtant l'autre ne sourit même pas mais au contraire demanda d'un air soupçonneux :

— Vous avez donc l'intention de publier votre testament de votre vivant et d'obtenir pour cela une récompense ?

— Et quand cela serait, Nicolas Vsevolodovitch, quand cela serait ? répondit Lebiadkine en le regardant avec méfiance. Parce que quel est donc mon sort ! J'ai même cessé d'écrire des vers et pourtant ils vous amusaient jadis, mes petits vers, Nicolas Vsevolodovitch, vous vous souvenez, autour d'une bouteille ? Mais c'en est fait de ma plume. Je n'ai écrit qu'un seul poème, comme Gogol sa « Dernière nouvelle », vous vous souvenez, il annonçait même à la Russie qu'elle avait « jailli comme un chant » de sa poitrine. Moi de même, j'ai lancé mon chant et baste.

— Quelle est donc cette poésie ?

— « Au cas où elle se casserait une jambe ! »

— Quoi ?

Le capitaine n'attendait que cela. Il éprouvait un respect et une considération sans borne pour ses vers ; mais en même temps, étant donné la duplicité de son âme, il lui plaisait que Nicolas Vsevolodovitch eût toujours été amusé par ses vers et en eût parfois ri en se tenant les côtes. Il atteignait ainsi un double but, l'un poétique, l'autre de service ; mais maintenant il en avait un troisième, un but particulier et fort délicat : le capitaine en mettant en avant ses vers pensait pouvoir se justifier sur un point qu'il redoutait le plus et sur lequel il se sentait le plus coupable.

— « Au cas où elle se casserait une jambe », c'est-à-dire en cas de promenade à cheval. C'est une fantaisie, Nicolas Vsevolodovitch, du délire, du délire de poète : un jour il a été frappé en passant et en rencontrant une amazone, et il s'est posé cette question matérielle : « Qu'arriverait-il alors ? », c'est-à-dire dans ce cas. La chose est claire : tous les prétendants se défileraient, tous les fiancés battraient en retraite, ni vu ni connu, seul resterait fidèle le poète au cœur écrasé dans la poitrine. Nicolas Vsevolodovitch, même un pou pourrait être amoureux, à lui non plus les lois ne l'interdisent pas. Et pourtant la personne a été vexée et par la lettre et par le vers. Même vous, paraît-il, vous vous êtes fâché, est-ce vrai ? C'est navrant ; je n'ai même pas voulu y croire. Voyons, à qui pourrais-je faire du tort par ma seule imagination ? Au surplus, je le jure sur l'honneur, il y a là Lipoutine : « Envoie-les, mais envoie donc, tout homme a droit à la correspondance », alors j'ai envoyé.

— Vous vous êtes, je crois, proposé comme fiancé ?

— Ce sont mes ennemis, mes ennemis, mes ennemis !

— Dites les vers ! interrompit sévèrement Nicolas Vsevolodovitch.

— Du délire, du délire avant tout.

Cependant il se redressa, tendit le bras et commença :

LA BELLE ENTRE LES BELLES SE CASSA UN MEMBRE
ET DOUBLEMENT SÉDUISANTE ELLE DEVINT
ET DOUBLEMENT DEVINT AMOUREUX
L'AMOUREUX QUI DÉJA NE L'ÉTAIT PAS PEU.

— Allons, assez, dit Nicolas Vsevolodovitch l'arrêtant d'un geste.

— Je rêve de Pétersbourg, reprit Lebiadkine, sautant à un autre sujet comme s'il n'avait jamais été question de vers, je rêve de renaissance... Bienfaiteur ! Puis-je compter que vous ne me refuserez pas l'argent pour le voyage ? Je vous ai attendu toute la semaine comme le soleil.

— Ma foi non, excusez-moi bien, il ne me reste presque plus d'argent, et puis pourquoi vous en donne-rais-je ?

Nicolas Vsevolodovitch parut s'être soudain mis en colère. Sèchement et brièvement, il énuméra tous les crimes du capitaine : ivrognerie, mensonges, gaspillage de l'argent destiné à Maria Timoféevna, retrait de celle-ci du couvent, lettres insolentes menaçant de révéler le secret, conduite envers Daria Pavlovna, etc., etc. Le capitaine s'agitait, gesticulait, commençait à protester, mais Nicolas Vsevolodovitch l'arrêtait chaque fois impérieusement.

— Et permettez, dit-il enfin, vous parlez toujours dans vos lettres de « déshonneur familial ». Quel déshonneur y a-t-il donc pour vous dans le fait que votre sœur est légalement mariée à Stavroguine ?

— Mais le mariage est sous le boisseau, Nicolas Vsevolodovitch, le mariage est sous le boisseau, c'est un secret fatal. Je reçois de vous de l'argent et tout à coup on me pose la question : pourquoi cet argent ? Je suis lié et je ne peux répondre, au détriment de ma sœur, au détriment de la dignité familiale.

Le capitaine avait élevé la voix : il aimait ce sujet et comptait ferme sur lui. Hélas, il n'avait pas pressenti à quel point on allait l'assommer. Tranquillement et avec précision, comme s'il se fût agi de donner des instructions pour régler la plus banale affaire domestique, Nicolas Vsevolodovitch lui annonça que dans quelques jours, peut-être même demain ou après-demain, il avait l'intention de rendre son mariage public, « tant auprès de la police qu'auprès de la société », et que par conséquent tomberait d'elle-même la question de la dignité familiale et à la fois celle des subsides. Le capitaine écarquilla les yeux : il n'avait même pas compris ; il fallut lui expliquer.

— Mais elle est... folle ?

— Je prendrai les dispositions nécessaires.

— Mais... et madame votre mère ?

— Ma foi, elle fera comme elle voudra.

— Mais vous introduirez bien votre épouse dans votre maison ?

— Peut-être que oui. D'ailleurs ce n'est absolument pas votre affaire et cela ne vous concerne en rien.

— Comment ça ne me concerne pas ! s'écria le capitaine, et moi donc ?

— Ma foi, vous, bien entendu, vous n'entrerez pas dans la maison.

— Mais je suis votre parent.

— Les parents semblables, on les fuit. Pourquoi vous donnerais-je alors de l'argent, jugez vous-même ?

— Nicolas Vsevolodovitch, ce n'est pas possible, vous réfléchirez peut-être encore, vous ne voudrez pas m'assommer, que pensera-t-on, que dira-t-on dans le monde ?

— J'ai bien peur de votre monde. J'ai épousé votre sœur quand je l'ai voulu, après un dîner bien arrosé, pour gagner un pari d'une bouteille de vin, et maintenant je rendrai le mariage public... si cela m'amuse.

Il dit cela d'un ton particulièrement irrité, si bien que Lebiadkine commença avec épouvante d'y croire.

— Mais moi, qu'est-ce que je deviens, le principal là-dedans c'est moi !... Vous plaisantez peut-être, Nicolas Vsevolodovitch ?

— Non, je ne plaisante pas.

— Comme vous voudrez, Nicolas Vsevolodovitch, mais je ne vous crois pas... je présenterai alors une requête.

— Vous êtes affreusement bête, capitaine.

— Mettons, mais c'est tout ce qui me reste à faire ! répondit le capitaine s'embrouillant complètement, autrefois pour les services qu'elle rendait là-bas, on nous logeait au moins, mais maintenant que se passera-t-il si vous me laissez complètement tomber ?

— Puisque vous voulez aller à Pétersbourg pour changer de carrière. A propos, est-ce vrai, j'ai entendu dire que vous avez l'intention de partir pour dénoncer tous les autres dans l'espoir d'obtenir le pardon en les livrant ?

Le capitaine ouvrit la bouche, écarquilla les yeux et ne répondit pas.

— Ecoutez, capitaine, reprit Stavroguine avec un sérieux extrême en se penchant par-dessus la table. Jusqu'alors il avait parlé d'une façon assez ambiguë, si bien que jusqu'au dernier moment Lebiadkine, entraîné au rôle de bouffon, était tout de même resté un tout petit peu incertain : son maître était-il vraiment fâché ou plaisantait-il seulement, avait-il vraiment l'intention saugrenue de rendre son mariage public ou n'était-ce qu'un jeu ? Mais à présent l'air sévère de Nicolas Vsevolodovitch était si convaincant que le capitaine eut même froid dans le dos. — Ecoutez et dites la vérité, Lebiadkine, avez-vous déjà dénoncé ou ne l'avez-vous pas encore fait ? Avez-vous eu le temps de faire vraiment quelque chose ? N'avez-vous pas par bêtise envoyé une lettre ?

— Non, je n'ai eu le temps de rien faire et... je n'y ai jamais songé, répondit le capitaine fixant sur lui un regard immobile.

— Ma foi, vous mentez en disant que vous n'y avez jamais songé. C'est pour cela que vous demandez à aller à Pétersbourg. Si vous n'avez pas écrit, n'avez-vous pas bavardé ici ? Dites la vérité, j'ai eu vent de quelque chose.

— Etant ivre, à Lipoutine. Lipoutine est un traître. Je lui ai ouvert mon cœur, chuchota le pauvre capitaine.

— Le cœur est le cœur, mais il ne faut tout de même pas non plus être un nigaud. Si vous avez eu cette idée, vous auriez dû la garder pour vous : aujourd'hui les gens intelligents se taisent, ils ne parlent pas.

— Nicolas Vsevolodovitch ! s'écria le capitaine en tremblant, vous n'avez pris part à rien vous-même, ce n'est pas vous que je...

— Il est certain que vous n'auriez pas osé dénoncer votre vache à lait.

— Nicolas Vsevolodovitch, jugez-en, jugez-en !... et en proie au désespoir, tout en larmes, le capitaine entreprit de raconter hâtivement sa vie pendant ces quatre années. C'était la plus sotte histoire d'un imbécile qui s'était mêlé d'une affaire qui ne le concernait pas et qui n'en avait guère saisi l'importance jusqu'au tout dernier moment, à force d'ivresse et de débauche. Il raconta qu'à Pétersbourg il s'était au début « emballé, simplement par amitié, comme un vrai étudiant, quoique n'étant pas étudiant », et sans rien savoir, « en toute innocence », répandait différents papiers dans les escaliers, les laissait par dizaines sous les portes, près des sonnettes, les glissait en guise de journaux, les introduisait dans les théâtres, les fourrait dans les chapeaux, dans les poches. Par la suite, il avait reçu d'eux de l'argent, « parce que quelles sont donc mes ressources, mes ressources » ! Dans deux provinces, il avait répandu dans les districts « toutes sortes de saletés ». — Oh, Nicolas Vsevolodovitch, s'exclamait-il, ce qui m'indignait le plus c'était que c'est absolument contraire aux lois civiles et principalement celles de chez nous ! Il est imprimé tout à coup qu'on vienne avec des fourches et qu'on se rappelle que celui qui, le matin, est sorti pauvre pourra rentrer riche le soir — pensez donc ! Je tremble de peur mais je distribue. Ou bien, subitement, cinq ou six lignes d'appel à toute la Russie, sans rime ni raison : « fermez vite les églises, abolissez Dieu, rompez les mariages, supprimez le droit d'héritage, prenez des couteaux », et allez donc, et le diable sait quoi encore. C'est avec ce papier de cinq lignes que j'ai failli me faire prendre, au régiment les officiers m'ont rossé, puis, que Dieu leur prête vie, m'ont relâché. Et l'an dernier on a été sur le point de me prendre alors que je remettais à Korovaev des billets de cinquante roubles de fabrication française ; mais, Dieu merci, Korovaev étant ivre s'est noyé fort à propos dans un étang et on n'a rien pu prouver contre moi. Ici, chez

Virguinski, je proclamais la liberté de l'épouse sociale. Au mois de juin, j'ai de nouveau répandu des tracts dans le district de X. Il paraît qu'on m'obligera à le faire encore... Piotr Stepanovitch me fait subitement savoir que je dois obéir ; il me menace depuis longtemps. Comment il a agi avec moi l'autre dimanche ! Nicolas Vsevolodovitch, je suis un esclave, je suis un ver de terre, mais je ne suis pas Dieu, c'est par là seulement que je me distingue de Derjavine. Mais mes ressources, quelles sont donc mes ressources !

Nicolas Vsevolodovitch avait tout écouté avec curiosité.

— J'ignorais beaucoup de choses, dit-il ; bien entendu, à vous tout pouvait arriver... Ecoutez, dit-il après avoir réfléchi, si vous voulez, dites-leur, enfin, à vous de savoir à qui, que Lipoutine a menti et que vous vouliez seulement m'effrayer par des menaces de dénonciation, me supposant compromis moi aussi, et pour pouvoir ainsi me réclamer plus d'argent... Vous comprenez ?

— Nicolas Vsevolodovitch, mon cher, est-il possible qu'un tel danger me menace ? Je n'attendais que vous pour le demander.

Nicolas Vsevolodovitch sourit.

— On ne vous laissera naturellement pas partir pour Pétersbourg, quand même je vous donnerais l'argent du voyage... d'ailleurs il est temps que j'aille voir Maria Timofeevna, et il se leva.

— Nicolas Vsevolodovitch, et qu'en sera-t-il de Maria Timofeevna ?

— Il en sera comme je l'ai dit.

— Est-il possible que cela aussi soit vrai ?

— Vous n'y croyez pas encore ?

— Se peut-il que vous me rejetiez ainsi, comme un vieux soulier usé ?

— Je verrai, répondit Nicolas Vsevolodovitch en riant, allons, laissez-moi passer.

— Ne désirez-vous pas que j'aille sur le perron... pour ne pas entendre quelque chose par hasard... parce que les chambres sont minuscules.

— Bonne idée, allez sur le perron. Prenez mon parapluie.

— Le parapluie, le vôtre... est-ce que j'en suis digne ? dit le capitaine dans un accès d'humilité excessive.

— Chacun est digne d'un parapluie.

— Vous définissez d'un coup le minimum des droits humains...

Mais maintenant il parlait machinalement ; il était trop

accablé par les nouvelles et avait complètement perdu ses esprits. Et pourtant, presque aussitôt qu'il fut sorti sur le perron et eut ouvert le parapluie au-dessus de lui, son idée rassurante de toujours commença de nouveau à sourdre dans sa tête étourdie et friponne, l'idée qu'on rusait avec lui et lui mentait, et que s'il en était ainsi, ce n'était donc pas à lui d'avoir peur mais qu'on avait peur de lui.

« Si on ment et qu'on ruse, qu'y a-t-il au juste là-dessous ? » se tracassait-il. L'annonce publique du mariage lui semblait être une absurdité : « Il est vrai qu'avec un tel farceur on peut s'attendre à tout ; il vit pour faire du mal aux gens. Et si c'est lui au contraire qui a peur, depuis l'affront du dimanche, s'il a peur comme jamais encore ? Alors il est accouru pour m'assurer qu'il rendrait le mariage public, de crainte que je ne le fasse. Eh, ouvre l'œil, Lebiadkine ! Et pourquoi vient-il la nuit, en tapinois, puisqu'il veut le rendre public lui-même ? Et s'il a peur, c'est qu'il a peur maintenant, justement en ce moment, justement pour les quelques jours qui viennent... Eh, pas de gaffe, Lebiad-kine !

« Il veut m'effrayer avec Piotr Stepanovitch. Oh, là c'est effrayant, oh, c'est effrayant ; non, ça c'est vraiment effrayant ! Quel besoin ai-je eu de bavarder devant Lipoutine. Le diable sait ce qu'ils projettent, ces démons, je n'ai jamais rien pu y démêler. De nouveau ils se remuent comme il y a cinq ans. « N'avez-vous pas écrit « à quelqu'un par bêtise ? » Hum ! Donc on peut écrire, sous le couvert de la bêtise ? Ne serait-ce pas un conseil qu'il me donne ? « C'est pour cela que vous allez à « Pétersbourg. » Le fourbe, j'en ai seulement rêvé et lui a déjà deviné mon rêve ! On dirait qu'il me pousse lui-même à y aller. Il doit sûrement y avoir là de deux choses l'une : ou, encore une fois, il a peur parce qu'il a fait des siennes, ou... ou il n'a peur de rien pour lui-même et me pousse seulement à les dénoncer tous ! Oh, c'est effrayant, Lebiadkine, oh, ouvre l'œil !... »

Il était si absorbé dans ses pensées qu'il en avait même oublié d'écouter. D'ailleurs il eût été difficile d'en-tendre quelque chose ; la porte était épaisse, à un bat-tant, et on parlait sans élever la voix ; des sons indis-tincts parvenaient jusqu'à lui. Le capitaine cracha de dépit et retourna, tout songeur, siffler sur le perron.

La chambre de Maria Timofeevna était deux fois plus grande que celle qu'occupait le capitaine, garnie du même mobilier grossier ; mais la table devant le divan était couverte d'une jolie nappe de couleur ; une lampe y était allumée ; un magnifique tapis recouvrait entièrement le plancher ; le lit était dissimulé par un long rideau vert tendu sur toute la largeur de la pièce, et près de la table il y avait un grand fauteuil capitonné où cependant Maria Timofeevna ne s'asseyait jamais. Dans un coin, comme dans l'ancien logis, il y avait une icone devant laquelle brûlait une veilleuse, et sur la table étaient disposés toujours les mêmes objets indispensables : le jeu de cartes, le petit miroir, le recueil de chansons, même un petit pain au lait. En outre il y avait maintenant deux livres avec des images en couleur, l'un composé d'extraits d'un récit de voyage à succès adapté pour la jeunesse, l'autre un recueil de nouvelles de lecture facile, édifiantes et pour la plupart chevaleresques, destiné aux arbres de Noël et aux pensionnats de jeunes filles. Il y avait encore un album de photographies. Maria Timofeevna attendait certes le visiteur comme l'avait annoncé le capitaine, mais lorsque Nicolas Vsevolodovitch entra chez elle, elle dormait, à demi étendue sur le divan, la tête posée sur un coussin brodé de laine. Le visiteur referma doucement la porte derrière lui et sans bouger de sa place examina la dormeuse.

Le capitaine avait exagéré en disant qu'elle avait fait toilette. Elle portait la même robe foncée que dimanche chez Varvara Petrovna. Comme alors, ses cheveux étaient noués sur la nuque en un minuscule chignon ; comme alors, son long cou sec était nu. Le châle noir que lui avait donné Varvara Petrovna était posé, soigneusement plié, sur le divan. Comme auparavant, elle était grossièrement fardée. Nicolas Vsevolodovitch n'était pas là depuis une minute que soudain elle se réveilla, comme si elle eût senti son regard sur elle, ouvrit les yeux et se redressa vivement. Mais sans doute quelque chose d'étrange était aussi arrivé au visiteur : il était toujours à la même place, près de la porte ; immobile et silencieux, il scrutait son visage fixement et d'un regard perçant. Peut-être ce regard était-il trop dur, peut-être exprimait-il le dégoût, même une joie maligne de la frayeur qu'elle manifestait — à moins que ce ne fût une impression de Maria Timofeevna encore mal réveillée ; mais soudain, au bout de près d'une minute d'attente,

le visage de la pauvre femme refléta une véritable terreur : des convulsions le parcoururent, elle leva les mains
et subitement fondit en larmes, tout à fait comme un
enfant effrayé ; un instant encore, et elle aurait crié. Mais
le visiteur se ressaisit ; instantanément, son visage changea et il s'approcha de la table avec le sourire le plus
avenant et le plus cordial :

— Pardon, je vous ai effrayée, Maria Timofeevna, en
entrant à l'improviste, vous dormiez, dit-il en lui tendant
la main.

Le ton de ces aimables paroles produisit son effet, la
frayeur disparut, quoiqu'elle continuât à le regarder avec
crainte, s'efforçant visiblement de comprendre quelque
chose. C'est craintivement aussi qu'elle lui tendit la
main. Enfin un sourire apparut timidement sur ses lèvres.

— Bonjour, prince, murmura-t-elle en l'examinant d'un
regard étrange.

— Vous avez dû faire un mauvais rêve ? dit-il avec
un sourire de plus en plus aimable et cordial.

— Comment savez-vous que j'ai rêvé DE CELA ?...

Et brusquement elle se remit à trembler et se rejeta
vivement en arrière, levant la main devant elle comme
pour se protéger, et se préparant de nouveau à pleurer.

— Remettez-vous, voyons, qu'avez-vous à craindre,
se peut-il que vous ne m'ayez pas reconnu ? dit-il,
cherchant à la calmer, mais cette fois il fut longtemps
sans y parvenir : elle le regardait en silence, avec la
même poignante perplexité, avec une laborieuse pensée
dans sa pauvre tête et s'efforçant toujours de comprendre
quelque chose. Tantôt elle baissait les yeux, tantôt elle
l'enveloppait d'un regard rapide. Enfin non qu'elle se
calmât, elle parut plutôt avoir pris une décision.

— Asseyez-vous je vous prie près de moi pour que je
puisse ensuite vous regarder, dit-elle assez fermement,
poursuivant un but évident et nouveau. Pour le moment,
ne vous inquiétez pas, je ne vous regarderai pas, je
regarderai à terre. Vous non plus, ne me regardez pas
jusqu'à ce que je vous le demande moi-même. Asseyez-
vous donc, ajouta-t-elle presque avec impatience.

Une sensation nouvelle s'emparait visiblement d'elle
de plus en plus.

Nicolas Vsevolodovitch s'assit et attendit ; il y eut
un assez long silence.

— Hum! Tout cela me paraît étrange, murmura-t-elle
soudain presque avec dégoût, je suis, bien sûr, la proie
de mauvais rêves ; seulement vous, pourquoi ai-je rêvé de
vous sous ce même aspect ?

— Allons, laissons les rêves, dit-il impatiemment en se tournant vers elle malgré l'interdiction et, peut-être, la même expression que tout à l'heure passa-t-elle dans ses yeux. Il avait remarqué qu'à plusieurs reprises elle avait eu envie, et même grande envie, de jeter un regard sur lui, mais qu'elle se retenait obstinément et regardait à terre.

— Ecoutez, prince, dit-elle en élevant soudain la voix, écoutez, prince...

— Pourquoi vous détournez-vous, pourquoi ne me regardez-vous pas, à quoi sert cette comédie ? s'écria-t-il, n'y tenant plus.

Mais elle ne parut même pas l'entendre.

— Ecoutez, prince, répéta-t-elle pour la troisième fois, d'une voix ferme, avec une mine désagréable, préoccupée. Quand vous m'avez dit l'autre jour dans la voiture que notre mariage serait rendu public, j'ai tout de suite eu peur, parce que c'en serait fait du secret. A présent je ne sais plus ; j'y ai pensé tout le temps et je vois clairement que je ne conviens pas du tout. Me parer, je le saurais, recevoir je le peux peut-être aussi : est-ce une affaire que d'inviter les gens à prendre une tasse de thé, surtout quand on a des laquais. Mais tout de même qu'en pensera-t-on ? L'autre matin, dimanche, je me suis rendu compte de beaucoup de choses dans cette maison. Cette jolie demoiselle m'a regardée tout le temps, surtout quand vous êtes entré. C'est bien vous qui êtes entré, n'est-ce pas ? Sa mère est tout simplement une drôle de vieille dame du monde. Mon Lebiadkine aussi s'est distingué ; pour ne pas éclater de rire, j'ai tout le temps regardé le plafond, il y a de belles peintures à leur plafond. Sa mère est faite pour être une mère supérieure ; j'ai peur d'elle, bien qu'elle m'ait fait cadeau du châle noir. Sans doute elles m'ont toutes jugée d'un côté inattendu ; je ne leur en veux pas, seulement l'autre jour je me disais : comment pourrais-je être une parente pour eux ? Bien sûr, d'une comtesse on n'exige que des qualités morales — parce que pour les qualités domestiques elle a beaucoup de laquais — et peut-être encore de la coquetterie mondaine pour savoir recevoir les voyageurs étrangers. Mais tout de même l'autre dimanche elles me regardaient avec désespoir. Seule Dacha est un ange. J'ai bien peur qu'elles ne LUI aient fait de la peine par une remarque imprudente à mon sujet.

— N'ayez pas peur et ne vous inquiétez pas, dit Nicolas Vsevolodovitch en tordant la bouche.

— D'ailleurs cela ne me fera rien même s'il a un peu

honte de moi parce qu'il y a là toujours plus de pitié que de honte, selon les gens, naturellement. Je sais bien que c'est plutôt à moi d'avoir pitié d'eux.

— Ils vous ont beaucoup vexée je crois, Maria Timofeevna ?

— Qui, moi ? Non, dit-elle avec un sourire naïf. Pas du tout. Je vous ai tous bien regardés ce jour-là : tous vous vous fâchez, tous vous vous êtes disputés ; ils se réunissent et ils ne savent même pas rire de bon cœur. Tant de richesses et si peu de gaieté — tout cela me dégoûte. D'ailleurs je n'ai plus pitié de personne maintenant sauf de moi-même.

— J'ai entendu dire qu'avec votre frère vous avez eu la vie dure sans moi ?

— Qui vous l'a dit ? Sottises ; maintenant c'est bien pis ; maintenant j'ai de mauvais rêves et mes rêves sont devenus mauvais parce que vous êtes arrivé. On se demande pourquoi vous êtes arrivé, dites-le moi s'il vous plaît ?

— Ne voulez-vous pas retourner au couvent ?

— Allons, je pressentais bien qu'ils me proposeraient de nouveau le couvent ! En voilà une nouveauté que votre couvent ! Et puis pourquoi irais-je là-bas, avec quoi y entrerais-je à présent ? A présent je suis toute seule. Il est trop tard pour commencer une troisième vie.

— Il y a quelque chose qui vous fâche beaucoup, auriez-vous peur par hasard que je n'aie cessé de vous aimer ?

— De vous je ne me soucie pas du tout. J'ai peur moi-même de cesser complètement d'aimer quelqu'un.

Elle eut un sourire méprisant.

— Je dois être coupable envers LUI en quelque chose de très grave, ajouta-t-elle soudain comme pour elle-même, ce que j'ignore seulement c'est en quoi je suis coupable, c'est là mon éternel tourment. Toujours, toujours, pendant tous ces cinq ans, j'ai craint jour et nuit d'être coupable en quelque chose envers lui. Je priais, je priais et je pensais tout le temps à ma grande faute. Et voilà qu'il se trouve que c'était vrai.

— Mais qu'est-ce qui se trouve !

— Je crains seulement qu'il n'y ait là quelque chose de SON côté, poursuivit-elle sans répondre à la question, sans même l'avoir entendue. D'autre part, il n'a tout de même pas pu se lier avec des gens pareils. La comtesse serait contente de me manger, bien qu'elle m'ait fait monter en voiture avec elle. Tout le monde est du complot, est-il possible qu'il en soit aussi ? Est-il possible que lui aussi ait trahi ? (Son menton et ses lèvres tremblè-rent.) Ecoutez, avez-vous lu l'histoire de Grichka Otrepiev qui a été maudit dans sept conciles ?

Nicolas Vsevolodovitch garda le silence.

— Du reste, je vais maintenant me tourner vers vous et vous regarder, dit-elle paraissant tout à coup décidée ; tournez-vous aussi vers moi et regardez-moi, mais avec attention. Je veux m'assurer pour la dernière fois.

— Il y a longtemps déjà que je vous regarde.

— Hum ! fit Maria Timofeevna en le regardant inten-sément, vous avez beaucoup grossi...

Elle fut sur le point d'ajouter quelque chose mais brusquement, pour la troisième fois, la même frayeur contracta son visage et de nouveau elle se rejeta vio-lemment en arrière en levant la main devant elle.

— Qu'avez-vous ? s'écria Nicolas Vsevolodovitch pres-que avec rage.

Mais la frayeur ne dura qu'un instant ; son visage se tordit en une sorte d'étrange sourire soupçonneux, désa-gréable :

— Je vous en prie, prince, levez-vous et entrez, dit-elle tout à coup d'une voix ferme et insistante.

— Comment, entrez ? Où dois-je entrer ?

— Pendant ces cinq ans je n'ai fait que me représenter comment IL entrerait. Levez-vous et sortez par la porte dans l'autre pièce. Je resterai ici comme si je n'attendais rien et je prendrai en main un livre, et tout à coup vous entrez après cinq ans de voyage. Je veux voir comment ce sera.

Nicolas Vsevolodovitch grinça des dents à part lui et grommela quelque chose d'inintelligible.

— Assez, dit-il en frappant sur la table avec la paume de la main. Je vous prie, Maria Timofeevna, de m'écouter. Ayez l'obligeance de concentrer si vous le pouvez toute votre attention. Vous n'êtes tout de même pas complète-ment folle ! laissa-t-il échapper dans son impatience. Demain je rends notre mariage public. Vous n'habiterez jamais dans des palais, détrompez-vous. Voulez-vous vivre toute votre vie avec moi, mais très loin d'ici ? C'est dans la montagne, en Suisse, il y a là un endroit... Ne vous inquiétez pas, je ne vous abandonnerai jamais et je ne vous mettrai pas dans une maison de fous. J'aurai assez d'argent pour vivre sans rien demander à personne. Vous aurez une servante ; vous ne ferez aucun travail. Tout ce que vous désirerez de possible vous sera fourni. Vous prierez, vous irez où il vous plaira et ferez ce qu'il vous plaira. Je ne toucherai pas à vous. Moi non plus je ne bougerai pas de là-bas. Si vous voulez, je ne vous parlerai jamais de toute ma vie, si vous voulez vous me raconterez tous les soirs vos histoires, comme autrefois à Pétersbourg. Je vous lirai des livres si vous désirez. Mais en revanche, il en sera ainsi pour toute la vie, au même endroit, or cet endroit est maussade. Voulez-vous ? Vous y décidez-vous ? Vous ne le regretterez pas, vous ne m'accablerez pas de larmes, de malédictions ?

Elle l'avait écouté avec une extrême curiosité et longtemps se tut et réfléchit.

— Tout cela me paraît invraisemblable, dit-elle enfin avec ironie et dégoût. A ce compte-là, je pourrais bien vivre quarante ans dans ces montagnes. Elle rit.

— Eh bien, nous y vivrons quarante ans, dit Nicolas Vsevolodovitch en fronçant fortement les sourcils.

— Hum. Pour rien au monde je n'irai là-bas.

— Même pas avec moi ?

— Et qu'êtes-vous pour que je parte avec vous ? Passer avec lui quarante ans de suite sur une montagne — en voilà une proposition. Et, vraiment, ce que les gens sont devenus patients aujourd'hui ! Non, il n'est pas possible qu'un faucon se soit changé en hibou. Ce n'est pas ainsi qu'est mon prince ! dit-elle en relevant fièrement et solennellement la tête.

Ce fut pour lui comme un trait de lumière.

— Pourquoi m'appelez-vous prince et... pour qui me prenez-vous ? demanda-t-il vivement.

— Comment ? Est-ce que vous n'êtes pas un prince ?

— Je ne l'ai jamais été.

— Ainsi c'est vous, c'est vous-même qui m'avouez en face que vous n'êtes pas prince !

— Je vous dis que je ne l'ai jamais été.

— Seigneur ! s'écria-t-elle en joignant les mains, je m'attendais à tout de la part de ses ennemis mais à une telle audace, jamais ! Est-il en vie ? s'écria-t-elle hors d'elle en avançant sur Nicolas Vsevolodovitch, l'as-tu tué, oui ou non, avoue !

— Pour qui me prends-tu ? demanda-t-il en sautant sur ses pieds, le visage décomposé ; mais il était maintenant difficile de l'effrayer, elle triomphait.

— Qui sait qui tu es et d'où tu sors ! Seulement mon cœur, pendant ces cinq ans, mon cœur l'a sentie, toute l'intrigue ! Et moi qui suis là à m'étonner : qu'est-ce que c'est que ce hibou aveugle ? Non, mon cher, tu es un mauvais acteur, plus mauvais même que Lebiadkine. Salue bien la comtesse de ma part et dis-lui d'envoyer quelqu'un de plus habile que toi. Elle a loué tes services, dis ? Elle t'a pris par charité dans sa cuisine ! Toute votre imposture je l'ai percée à jour ! Je vous comprends tous jusqu'au dernier !

Il lui saisit avec force le bras au-dessus du coude ; elle lui éclata de rire au visage.

— Pour lui ressembler, tu lui ressembles beaucoup, il se peut même que tu sois son parent — les gens rusés ! Seulement le mien est un faucon lumineux et un prince, et toi tu es un hibou et un petit boutiquier ! Le mien, s'il veut il se prosternera devant Dieu et s'il ne veut pas il ne le fera pas, et toi, Chatouchka (mon cher, mon gentil, mon bon !) t'a frappé sur les joues, mon Lebiadkine me l'a raconté. Et de quoi as-tu eu peur en entrant ce jour-là ? Qui t'a effrayé ? Quand j'ai vu ton vil visage au moment où je suis tombée et que tu m'as retenue, c'est comme si un ver s'était glissé dans mon cœur : ce n'est pas LUI, ai-je pensé, ce n'est pas LUI. Il n'aurait jamais eu honte de moi, mon faucon, devant une jeune fille du monde ! Oh, Seigneur ! Si j'ai été heureuse tous ces cinq ans, c'était rien que de savoir que mon faucon vit quelque part là-bas, au-delà des montagnes, et qu'il plane, qu'il contemple le soleil... Dis, imposteur, t'a-t-on payé cher ? Est-ce pour beaucoup d'argent que tu as accepté ? Moi, je ne t'aurais pas donné un sou. Ha, ha, ha ! Ha, ha, ha !...

— Oh, idiote ! grinça Nicolas Vsevolodovitch, la tenant toujours fortement par le bras.

— Hors d'ici, imposteur ! s'écria-t-elle impérativement, je suis la femme de mon prince, je n'ai pas peur de ton couteau !

— Mon couteau !

— Oui, ton couteau. Tu as un couteau dans ta poche. Tu croyais que je dormais, mais je l'ai vu : quand tu es entré tout à l'heure, tu as tiré un couteau !

— Qu'as-tu dit, malheureuse, quels rêves fais-tu ! cria-t-il, et de toutes ses forces il la repoussa, si bien qu'elle se heurta douloureusement les épaules et la tête contre le divan. Il se précipita vers la porte ; mais elle se releva immédiatement et courut après lui en boitant et en sautillant, et sur le perron, retenue de toutes ses forces par Lebiadkine effrayé, elle put lui lancer encore dans l'obscurité, d'une voix stridente et en riant aux éclats :

— Grichka Ot-re-piev a-na-thè-me !

« LE couteau, le couteau ! » répétait-il dans une colère inextinguible, marchant à grandes enjambées dans la boue et les flaques sans prêter attention au chemin. Il est vrai que par moments il avait follement envie de rire, de rire bruyamment, furieusement, mais, on ne sait pourquoi, il se retenait et réprimait son rire. Il ne se ressaisit que sur le pont, juste à l'endroit où il avait rencontré Fedka ; le même Fedka l'y attendait maintenant encore, qui retira en l'apercevant sa casquette, sourit en découvrant joyeusement les dents et aussitôt se mit à jacasser hardiment et gaiement. Nicolas Vsevolodovitch passa d'abord sans s'arrêter, pendant un certain temps il n'écouta même pas le vagabond qui lui avait emboîté le pas. La pensée le frappa brusquement qu'il l'avait complètement oublié, et oublié précisément alors qu'il se répétait à chaque instant : « Le couteau, le couteau ! » Il saisit le vagabond au collet et, avec toute sa colère accumulée, le projeta de toutes ses forces à terre. Un instant, l'autre pensa riposter, mais s'avisant presque aussitôt que devant son adversaire qui par surcroît l'avait attaqué à l'improviste, il n'était pas plus qu'un fétu de paille, il se tint coi sans opposer la moindre résistance. A genoux, plaqué contre le sol, les coudes au dos, le rusé vagabond attendait tranquillement l'issue de l'incident sans semble-t-il croire le moins du monde au danger.

Il ne se trompait pas. Nicolas Vsevolodovitch avait déjà défait de la main gauche son épais cache-col pour lier les mains de son prisonnier, quand tout à coup, on ne sait pourquoi, il le lâcha et le repoussa loin de lui. L'autre sauta aussitôt sur ses pieds, se retourna et un court et large tranchet de cordonnier, surgi en un clin d'œil on ne sait d'où, brilla dans sa main.

— A bas le couteau, range-le, range-le tout de suite ! ORDONNA Nicolas Vsevolodovitch avec un geste impatient, et le couteau disparut aussi vite qu'il avait apparu.

Nicolas Vsevolodovitch reprit son chemin en silence et sans se retourner ; mais l'obstiné vagabond le suivit néanmoins, sans plus jacasser il est vrai, et observant même respectueusement une distance d'un bon pas derrière lui. Ils passèrent ainsi le pont et débouchèrent sur la berge, tournant cette fois à gauche, dans une ruelle également longue et déserte, mais par laquelle on arrivait au centre de la ville plus vite que par la rue de l'Epiphanie.

— Est-il vrai comme on le dit que tu as cambriolé

ces jours-ci une église quelque part par ici, dans le district ? demanda soudain Nicolas Vsevolodovitch.

— A proprement parler, j'y étais d'abord entré pour prier, répondit le vagabond posément et poliment, comme si rien ne se fût passé ; même pas posément mais presque avec dignité. De la familiarité « amicale » de tout à l'heure il ne restait plus trace. On voyait un homme pratique et sérieux, injustement offensé il est vrai, mais qui sait aussi oublier les offenses.

— Mais une fois que le Seigneur m'y a conduit, poursuivit-il, eh, quelle grâce céleste, je me dis ! C'est parce que je suis orphelin que c'est arrivé, cette affaire, parce que dans notre destinée il n'y a pas moyen de vivre sans subsides. Et croyez-moi, je vous le dis comme devant Dieu, Monsieur, ç'a été à perte, le Seigneur m'a puni pour mes péchés : de l'encensoir et de l'étole du diacre je n'ai tiré que douze roubles. Le collier de saint Nicolas, en argent massif, est parti pour rien ; c'est du simili, qu'on m'a dit.

— Tu as égorgé le gardien ?

— C'est-à-dire que c'est ensemble que nous y avons mis de l'ordre, ce gardien et moi, c'est après, au petit jour, près de la rivière, qu'une discussion réciproque s'est produite entre nous, à qui porterait le sac. J'ai péché, je l'ai allégé un tantinet.

— Egorge encore, vole encore.

— C'est aussi ce que me conseille Piotr Stepanovitch, mot pour mot comme vous, parce qu'il est extrêmement avare et qu'il a le cœur dur sur le chapitre des subsides. Sans parler qu'il ne croit plus pour un sou au Créateur céleste qui nous a créés avec le limon de la terre ; il dit que c'est la nature qui a tout fait, jusqu'à la dernière des bêtes soi-disant, il ne comprend même pas en outre que dans notre sort il nous est tout à fait impossible de nous passer d'une aide bienfaisante. Quand on se met à le lui expliquer, il vous regarde comme un mouton regarde l'eau, on ne peut que s'en étonner. Croiriez-vous, le capitaine Lebiadkine que vous avez bien voulu visiter à l'instant, quand, avant votre arrivée, il logeait encore chez Philippov, des fois la porte restait grande ouverte toute la nuit, lui-même il dort ivre mort et l'argent se répand de toutes ses poches par terre. Il m'est arrivé d'observer ça de mes propres yeux, parce que dans notre condition se passer de subsides, c'est tout à fait impossible.

— Comment de tes propres yeux ? Tu y allais donc la nuit ?

— Peut-être bien que j'y allais, seulement personne n'en sait rien.

— Pourquoi donc ne l'as-tu pas égorgé ?

— Ayant fait mes calculs, je me suis refréné. Parce que m'étant assuré une bonne fois que je pouvais toujours en tirer cent cinquante roubles, comment me serais-je lancé là-dedans, alors que je peux en avoir au moins quinze cents si seulement j'attends un peu ? Parce que le capitaine Lebiadkine (je l'ai entendu de mes propres oreilles) a toujours beaucoup compté sur vous en état d'ivresse et il n'y a pas ici un cabaret, même pas le dernier des débits, où il ne l'ait pas proclamé étant dans ce même état. Si bien qu'ayant entendu cela de la bouche de nombreuses personnes, j'ai commencé moi aussi à placer tout mon espoir en Votre Excellence. Je vous le dis, Monsieur, comme à un père ou à un frère, parce que Piotr Stepanovitch ne le saura jamais de moi, ni même âme qui vive. Alors, Votre Excellence, vous voudrez bien me donner trois roubles ? Si vous me fixiez, Monsieur, pour que je sache la vérité vraie, parce que sans secours rien à faire pour nous.

Nicolas Vsevolodovitch éclata de rire, et tirant de sa poche son porte-monnaie qui contenait une cinquantaine de roubles en menus billets, il lui lança un billet, puis un autre, un troisième, un quatrième. Fedka les attrapait au vol, se jetait de tous côtés, les billets tombaient dans la boue, Fedka les saisissait et criait : « Eh, eh ! » Nicolas Vsevolodovitch lui lança enfin toute la liasse et continuant à rire aux éclats s'éloigna dans la ruelle, cette fois seul. Le vagabond resta à chercher, en se déplaçant à genoux dans la boue, les billets dispersés par le vent et noyés dans les flaques, et pendant une bonne heure encore on put entendre dans l'obscurité ses exclamations entrecoupées : « Eh, eh ! »

CHAPITRE III

LE DUEL

1

Le lendemain, à deux heures de l'après-midi, le duel projeté eut lieu. A l'aboutissement rapide de l'affaire avait contribué le désir indomptable d'Arthème Pavlovitch Gaganov de se battre coûte que coûte. Il ne comprenait pas l'attitude de son adversaire et était en rage. Depuis un mois, il l'offensait impunément et pourtant il ne parvenait pas à lui faire perdre patience. Il était indispensable pour lui que la provocation en duel vînt de Nicolas Vsevolodovitch lui-même, car personnellement il n'avait pas à cela de prétexte avouable. Quant à ses motifs secrets, c'est-à-dire tout simplement la haine maladive qu'il nourrissait pour Stavroguine depuis l'insulte infligée quatre ans plus tôt à sa famille, il avait, on ne sait pourquoi, scrupule de les avouer. D'ailleurs il jugeait lui-même qu'un tel prétexte n'était pas valable, étant donné surtout les humbles excuses que Nicolas Vsevolodovitch avait déjà par deux fois proposé de présenter. Il avait décidé en lui-même que ce dernier était un impudent poltron ; il ne parvenait pas à comprendre qu'il eût pu encaisser la gifle de Chatov ; c'est ainsi qu'il avait fini par prendre le parti d'envoyer cette lettre inouïe par sa grossièreté qui avait finalement forcé Nicolas Vsevolodovitch à proposer lui-même une rencontre. Après avoir expédié cette lettre la veille, et attendant la provocation avec une impatience fébrile, supputant maladivement les chances de la recevoir, tantôt plein d'espoir, tantôt désespérant, il s'était à tout hasard assuré dès la veille au soir les services d'un témoin, à savoir Mavriki Nicolaevitch Drozdov, son ami, son camarade de classe et qu'il tenait en particulière estime. Ainsi Kirilov, se présentant le lendemain matin à neuf heures pour s'acquitter de sa mission, trouva le terrain déjà tout préparé. Toutes les excuses et concessions sans exemple de Nicolas Vsevolodovitch furent rejetées dès le premier mot et avec une extraordinaire violence. Mavriki Nicolaevitch, qui n'avait appris que la veille la tournure prise par l'affaire, ouvrit d'étonnement la bouche devant des propositions si inouïes et voulut insister aussitôt pour une réconciliation, mais s'apercevant qu'Arthème Pavlovitch qui avait deviné son intention s'était presque mis à trembler sur sa chaise, il garda le silence et ne dit rien. N'était la parole donnée à son camarade, il serait parti immédiatement ; il ne resta que dans l'espoir de pouvoir être tant soit peu utile au moment décisif. Kirilov transmit la provocation en duel ; toutes les conditions de la rencontre énoncées par Stavroguine furent aussitôt acceptées à la lettre, sans la moindre objection. Une condition fut seulement ajoutée, très cruelle au demeurant, c'est-à-dire : si le premier échange de balles ne donnait rien de décisif, les adversaires recommenceraient ; s'il n'y avait pas de résultat non plus, on recommencerait encore. Kirilov fronça les sourcils, marchanda au sujet de la troisième fois, mais n'ayant rien pu obtenir accepta, avec cette réserve toutefois que « trois rencontres étaient possibles mais en aucun cas quatre ». Sur ce point on céda. C'est ainsi qu'à deux heures de l'après-midi la rencontre eut lieu à Brykovo, c'est-à-dire dans un petit bois aux environs de la ville, entre Skvorechniki d'une part et l'usine des Chpigouline de l'autre. La pluie de la veille avait complètement cessé, mais tout était trempé, humide et il y avait du vent. Des nuages bas, troubles, déchiquetés fuyaient rapidement dans le ciel froid ; les arbres bruissaient sourdement de leurs cimes et craquaient sur leurs racines ; c'était une journée fort triste.

Gaganov et Mavriki Nicolaevitch arrivèrent sur le terrain dans un élégant char à bancs attelé de deux chevaux qu'Arthème Pavlovitch conduisait lui-même ; ils avaient avec eux un domestique. Presque au même instant apparurent Nicolas Vsevolodovitch et Kirilov, non pas en voiture mais à cheval, et eux aussi escortés d'un domestique monté. Kirilov, qui n'était jamais monté à cheval, se tenait hardiment et bien droit en selle, retenant de la main droite le lourd coffret aux pistolets qu'il n'avait pas voulu confier au domestique, tandis que de la gauche, par inexpérience, il ne cessait de tirer sur les rênes, si bien que le cheval secouait la tête et manifestait le désir de se cabrer, ce qui au demeurant n'effrayait nullement le cavalier. Ombrageux, s'offensant rapidement et profondément, Gaganov vit dans l'arrivée des cavaliers une nouvelle insulte, en ce sens que ses adversaires ne comptaient que donc trop sur le succès puisqu'ils ne pensaient pas avoir besoin d'une voiture au cas où il faudrait transporter le blessé. Il descendit de son char à bancs tout jaune de colère et sentit ses mains trembler, ce dont il fit part à Mavriki Nicolaevitch. Il ne répondit pas au salut de Nicolas Vsevolodovitch et se détourna. Les témoins tirèrent au sort : ce furent les pistolets de Kirilov qui sortirent. On mesura la distance entre les barrières, on fit prendre place aux adversaires, on renvoya la voiture et les chevaux avec les laquais à trois cents pas en arrière. Les armes furent chargées et remises aux adversaires.

Il est dommage qu'il faille conduire le récit plus vite sans avoir le temps de décrire ; mais il est pourtant impossible de ne rien noter du tout. Mavriki Nicolaevitch était triste et soucieux. En revanche, Kirilov était absolument calme et indifférent, très précis dans les détails des fonctions qu'il avait assumées, mais sans la moindre agitation et presque sans curiosité quant à l'issue fatale et si proche de l'affaire. Nicolas Vsevolodovitch était plus pâle que d'ordinaire ; assez légèrement vêtu, il portait un manteau et un chapeau de castor blanc. Il paraissait très fatigué, fronçait les sourcils et ne jugeait nullement utile de dissimuler sa mauvaise humeur. Mais c'était Arthème Pavlovitch qui était en ce moment le plus remarquable de tous, de sorte qu'il est vraiment impossible de ne pas en dire quelques mots tout à fait en particulier.

2

Nous n'avons pas eu l'occasion jusqu'à présent de parler de son physique. C'était un homme de trente-trois ans environ, grand, le teint clair, bien nourri, comme dit le peuple, presque gras, les cheveux blonds clairsemés, les traits du visage qu'on aurait pu dire beaux. Il avait pris sa retraite avec le grade de colonel et s'il fût allé jusqu'à celui de général, il aurait été encore plus imposant avec ce grade et il est fort possible qu'il eût fait un bon général de combat.

On ne peut omettre de noter, pour dépeindre le personnage, que le principal motif de sa retraite avait été la pensée, qui l'avait si longtemps et si douloureusement obsédé, de la honte résultant pour sa famille de l'offense faite à son père par Nicolas Stavroguine, quatre ans auparavant, au club. Il estimait en conscience qu'il eût été malhonnête de sa part de rester dans l'armée et il était certain au fond de lui-même qu'il déshonorait le régiment et ses camarades, bien qu'aucun d'eux ne sût rien de l'incident. Il est vrai qu'une fois déjà auparavant il avait voulu prendre sa retraite, longtemps avant l'affront en question et pour une tout autre raison, mais jusque-là il avait hésité. Si étrange que ce soit, cette première fois le prétexte ou plutôt l'impulsion qui l'y avait poussé avait été le manifeste du 19 février sur l'affranchissement des paysans. Arthème Pavlovitch, très riche propriétaire terrien de notre province, qui n'avait même pas beaucoup perdu du fait de ce manifeste, mieux encore, qui était capable de se rendre compte du caractère humain de cette mesure et presque de comprendre les avantages économiques de la réforme, se sentit brusquement, à la publication du manifeste, en quelque sorte personnellement offensé. C'était quelque chose d'inconscient, une sorte de sentiment, mais un sentiment d'autant plus fort qu'il était plus instinctif. Jusqu'à la mort de son père, il n'avait d'ailleurs rien osé entreprendre de décisif ; mais à Pétersbourg sa « noble » façon de voir le fit connaître de nombre de personnalités remarquables avec qui il entretenait assidûment des relations. C'était un homme renfermé, replié sur lui-même. Autre trait : il était de ces gentilshommes étranges mais que l'on rencontre encore en Russie, qui font grand cas de l'ancienneté et de la pureté de leur noble lignée et y portent un intérêt trop sérieux. En même temps il détestait l'histoire russe et en général trouvait toutes les coutumes russes plus ou moins dégoûtantes. Dès son enfance, dans cette école militaire spéciale réservée aux élèves nobles et riches où il eut l'honneur de commencer et de finir ses études, certains penchants poétiques s'étaient ancrés en lui : il avait été séduit par les châteaux, la vie du moyen âge, tout son côté opéra, la chevalerie ; alors déjà il était prêt à pleurer de honte à la pensée que le tsar pouvait, du temps de l'empire moscovite, infliger des châtiments corporels aux boyards russes et il rougissait de la comparaison. Cet homme dur, extrêmement sévère, qui connaissait et remplissait si remarquablement ses fonctions, était dans l'âme un rêveur. On affirmait qu'il aurait pu prendre la parole en public et qu'il avait des dons d'orateur ; néanmoins il se taisait depuis trente-trois ans. Même dans les importants milieux pétersbourgeois qu'il fréquentait ces derniers temps, il avait eu une attitude extrêmement hautaine. Sa rencontre à Pétersbourg avec Nicolas Vsevolodovitch qui venait de rentrer de l'étranger faillit le rendre fou. En ce moment, sur le terrain, il était en proie à une terrible inquiétude. Il lui semblait sans cesse que, pour une raison ou pour une autre, le duel n'aurait pas lieu, le moindre retard le faisait frémir. Une impression douloureuse se peignit sur ses traits lorsque Kirilov, au lieu de donner le signal du combat, prit soudain la parole, pour la forme il est vrai, comme il le déclara lui-même :

— Je ne parle que pour la forme ; maintenant que les pistolets sont en main et qu'il faut donner le signal, ne voulez-vous pas, pour la dernière fois, vous réconcilier ? C'est mon devoir de témoin.

Comme un fait exprès, Mavriki Nicolaevitch, qui jusque-là s'était tu mais qui, depuis la veille, souffrait secrètement de sa faiblesse et de sa complaisance, s'empara subitement de l'idée et dit lui aussi :

— Je m'associe entièrement aux paroles de M. Kirilov... l'idée qu'on ne peut se réconcilier sur le terrain est un préjugé bon pour les Français... D'ailleurs je ne comprends pas où est l'offense, ne vous en déplaise, je voulais le dire depuis longtemps... parce que toutes les excuses ont été offertes, n'est-ce pas ?

Il était tout rouge. Il lui arrivait rarement de parler tant et avec une telle émotion.

— Je confirme encore une fois mon offre de présenter toutes les excuses, intervint Nicolas Vsevolodovitch avec une extrême précipitation.

— Est-ce possible ? s'écria Gaganov avec véhémence en s'adressant à Mavriki Nicolaevitch et en frappant du pied avec rage, expliquez à cet homme, si vous êtes mon témoin et non mon ennemi, Mavriki Nicolaevitch (il pointa son pistolet dans la direction de Nicolas Vsevolodovitch), que de pareilles concessions ne font qu'aggraver l'offense ! Il ne croit pas possible d'être offensé par moi !... Il ne voit pas de déshonneur à me quitter sur le terrain ! Pour qui me prend-il donc après cela, sous vos yeux... et vous êtes encore mon témoin ! Vous ne faites que m'irriter pour que je le manque. Il frappa de nouveau du pied, la salive jaillissait de ses lèvres.

— Les pourparlers sont terminés. Je vous prie d'écouter le commandement ! s'écria de toutes ses forces Kirilov. Un ! Deux ! Trois !

Au mot trois, les adversaires se dirigèrent l'un vers l'autre. Gaganov leva aussitôt son pistolet et, au cinquième ou sixième pas, tira. Une seconde il s'arrêta et constatant qu'il avait manqué son coup, avança rapidement jusqu'à la barrière. Nicolas Vsevolodovitch approcha de son côté, le pistolet levé, mais très haut, eût-on dit, et tira presque sans viser. Puis il prit son mouchoir et en enveloppa le petit doigt de sa main droite. Alors seulement on s'aperçut qu'Arthème Pavlovitch ne l'avait pas tout à fait manqué, mais la balle n'avait qu'effleuré le doigt, les chairs autour de la jointure, sans atteindre l'os ; il en résultait une insignifiante égratignure. Kirilov déclara aussitôt que si les adversaires n'étaient pas satisfaits, le duel continuait.

— Je déclare, râla Gaganov (il avait la gorge sèche), s'adressant de nouveau à Mavriki Nicolaevitch, que cet homme (il pointa son arme du côté de Stavroguine) a tiré en l'air exprès... de propos délibéré... C'est une nouvelle insulte ! Il veut rendre le duel impossible !

— J'ai le droit de tirer comme je veux, pourvu que ce soit selon les règles, déclara fermement Nicolas Vsevolodovitch.

— Non, il ne l'a pas ! Expliquez-lui, expliquez-lui ! criait Gaganov.

— Je partage entièrement l'avis de Nicolas Vsevolodovitch, déclara Kirilov.

— Pourquoi m'épargne-t-il ? rageait Gaganov sans écouter. Je méprise sa clémence... Je crache dessus... Je...

— Je vous donne ma parole que je n'ai nullement voulu vous offenser, dit Nicolas Vsevolodovitch avec impatience, j'ai tiré en l'air parce que je ne veux plus tuer personne, que ce soit vous, que ce soit un autre, vous n'êtes pas personnellement en cause. Il est vrai que je ne me considère pas comme offensé et je regrette que cela vous fâche. Mais je ne permettrai à personne de s'immiscer dans mon droit.

— S'il a tellement peur du sang, demandez-lui pourquoi il m'a provoqué ? hurlait Gaganov s'adressant toujours à Mavriki Nicolaevitch.

— Comment donc pouvait-on ne pas vous provoquer ? intervint Kirilov, vous ne vouliez rien entendre, comment se débarrasser de vous !

— Je ferai seulement remarquer une chose, dit Mavriki Nicolaevitch qui discutait l'affaire avec effort et souffrance, si l'adversaire déclare d'avance qu'il tirera en l'air, le duel ne peut en effet continuer... pour des raisons délicates et... évidentes.

— Je n'ai nullement déclaré que je tirerai chaque fois en l'air ! s'écria Stavroguine, perdant cette fois complètement patience. Vous ne pouvez savoir ce que j'ai dans l'esprit et comment je vais tirer cette fois... je n'empêche en rien le duel.

— S'il en est ainsi, le duel peut continuer, dit Mavriki Nicolaevitch à l'adresse de Gaganov.

— Messieurs, reprenez vos places ! ordonna Kirilov.

De nouveau, ils s'avancèrent l'un vers l'autre, nouvelle balle manquée de la part de Gaganov et nouveau coup en l'air de la part de Stavroguine. Ces coups en l'air pouvaient d'ailleurs prêter à discussion : Nicolas Vsevolodovitch aurait pu affirmer résolument avoir tiré comme il fallait, s'il n'eût avoué lui-même avoir manqué Gaganov délibérément. Il ne braquait pas le pistolet franchement vers le ciel ou vers un arbre mais tout de même comme s'il visait son adversaire, quoiqu'il visât en réalité à deux pieds au-dessus du chapeau de celui-ci. Cette seconde fois, il avait même visé encore plus bas, d'une façon encore plus vraisemblable ; mais il n'était plus possible de dissuader Gaganov.

— Encore ! dit-il dans un grincement de dents ; peu importe ! J'ai été provoqué et j'use de mon droit. Je veux tirer une troisième fois... coûte que coûte.

— Vous en avez pleinement le droit, trancha Kirilov. Mavriki Nicolaevitch ne dit rien. On leur fit prendre place pour la troisième fois, le signal fut donné ; cette fois Gaganov alla jusqu'à la barrière et de la barrière, à douze pas, se mit à viser. Ses mains tremblaient trop pour qu'il pût tirer juste. Stavroguine, le pistolet abaissé, attendait, immobile, qu'il fît feu.

— Trop longtemps, vous visez trop longtemps ! cria impétueusement Kirilov ; tirez ! Ti-rez ! Mais le coup partit et, cette fois, le chapeau de castor blanc tomba de la tête de Nicolas Vsevolodovitch. Le coup avait été assez précis, la calotte du chapeau était traversée très bas ; un quart de pouce plus bas et tout était fini. Kirilov ramassa le chapeau et le tendit à Nicolas Vsevolodovitch.

— Tirez, ne faites pas attendre votre adversaire ! cria Mavriki Nicolaevitch en proie à une émotion extrême en voyant que Stavroguine semblait avoir oublié qu'il devait tirer et examinait le chapeau avec Kirilov.

Stavroguine tressaillit, regarda Gaganov, se détourna et, cette fois sans plus aucun égard, tira de côté, vers la forêt. Le duel était fini. Gaganov restait là comme assommé. Mavriki Nicolaevitch s'approcha de lui et lui parla, mais il parut ne pas comprendre. Kirilov en partant se découvrit et fit un signe de tête à Mavriki Nicolaevitch ; mais Stavroguine oublia sa courtoisie de tout à l'heure ; après avoir tiré en direction de la forêt, il ne se tourna même pas vers la barrière, passa son pistolet à Kirilov et se dirigea en hâte vers les chevaux. Son visage exprimait la colère, il se taisait. Kirilov se taisait aussi. Ils montèrent en selle et s'éloignèrent au galop.

3

— Pourquoi vous taisez-vous ? cria-t-il impatiemment à Kirilov alors qu'ils approchaient de la maison.

— Que voulez-vous ? répondit celui-ci qui faillit glisser de son cheval subitement cabré.

Stavroguine se contint.

— Je ne voulais pas offenser cet... imbécile, et je l'ai de nouveau offensé, dit-il à voix basse.

— Oui, vous l'avez de nouveau offensé, répondit sèchement Kirilov ; et en outre ce n'est pas un imbécile.

— J'ai cependant fait tout ce que j'ai pu.

— Non.

— Que fallait-il faire alors ?

— Ne pas le provoquer en duel.

— Encaisser encore une gifle ?

— Oui, encaisser aussi une gifle.

— Je commence à ne plus rien y comprendre ! dit Stavroguine avec colère, pourquoi tout le monde attend-il de moi quelque chose qu'on n'attend pas des autres ? Pourquoi dois-je supporter ce que personne ne supporte et m'imposer des fardeaux que personne ne peut porter ?

— Je croyais que vous cherchiez vous-même un fardeau.

— Je cherche un fardeau ?

— Oui.

— Vous... avez remarqué cela ?

— Oui.

— Cela se voit tant ?

— Oui.

Ils se turent un instant. Stavroguine avait l'air soucieux, était presque consterné.

— Si je n'ai pas tiré, c'est parce que je ne voulais pas tuer, il n'y avait rien d'autre, je vous assure, dit-il hâtivement et d'un air inquiet, comme pour se justifier.

— Il ne fallait pas offenser.

— Comment fallait-il faire alors ?

— Il fallait tuer.

— Vous regrettez que je ne l'aie pas tué ?

— Je ne regrette rien. Je pensais que vous vouliez vraiment le tuer. Vous ne savez pas ce que vous cherchez.

— Je cherche un fardeau, dit Stavroguine en riant.

— Puisque vous ne vouliez pas de sang, pourquoi lui avez-vous donné l'occasion de vous tuer ?

— Si je ne l'avais pas provoqué, il m'aurait tué comme ça, sans duel.

— Ce n'est pas votre affaire. Peut-être ne vous aurait-il pas tué.

— Seulement frappé ?

— Ce n'est pas votre affaire. Portez votre fardeau. Sinon il n'y a pas de mérite.

— Je me moque de votre mérite, je n'en cherche aux yeux de personne !

— Je croyais que vous le cherchiez, conclut Kirilov avec un extraordinaire sang-froid.

Ils pénétrèrent dans la cour de la maison.

— Voulez-vous entrer chez moi ? proposa Nicolas Vsevolodovitch.

— Non, je rentre, adieu. Il descendit de cheval et prit son coffret sous le bras.

— Vous au moins, vous ne m'en voulez pas ? demanda Stavroguine en lui tendant la main.

— Nullement ! dit Kirilov en revenant sur ses pas pour lui serrer la main ; si mon fardeau m'est léger parce que c'est de nature, il se peut que le vôtre vous soit plus lourd parce que telle est votre nature. Il n'y a pas à en éprouver beaucoup de honte mais seulement un peu.

— Je sais que je suis un pauvre caractère, mais je ne cherche pas à me faire passer pour fort.

— Et vous faites bien ; vous n'êtes pas fort. Venez prendre le thé.

Nicolas Vsevolodovitch rentra chez lui fort troublé.

4

IL apprit aussitôt par Alexis Egoritch que Varvara Petrovna, très contente de savoir que Nicolas Vsevolodovitch était sorti — pour la première fois après huit jours de maladie — faire une promenade à cheval, avait fait atteler et était partie seule « comme naguère, prendre l'air, car depuis huit jours elle ne savait plus ce que c'est que de prendre l'air ».

Nicolas Vsevolodovitch interrompit le vieillard par cette question rapide :

— Elle est partie seule ou avec Daria Pavlovna ? et il se rembrunit beaucoup en apprenant que Daria Pavlovna avait « refusé de l'accompagner étant souffrante et se trouvait à présent dans sa chambre ».

— Écoute, vieux, dit-il comme s'il venait soudain de se décider, surveille-la aujourd'hui toute la journée et si tu t'aperçois qu'elle vient chez moi, arrête-la tout de suite et dis-lui de ma part que, pendant quelques jours au moins, je ne peux pas la recevoir... que c'est moi qui l'en prie... et que je l'appellerai moi-même quand le moment sera venu, tu entends ?

— Je le dirai, répondit Alexis Egoritch avec de l'angoisse dans la voix et en baissant les yeux.

— Pas avant pourtant d'être sûr qu'elle vient chez moi elle-même.

— Ne vous inquiétez pas, il n'y aura pas d'erreur. C'est par mon intermédiaire que se faisaient jusqu'à présent les visites ; elle a toujours fait appel à moi.

— Je sais. Mais seulement si elle vient elle-même. Apporte-moi du thé si tu peux, le plus vite possible.

A peine le vieillard était-il sorti que, presque au même instant, la même porte se rouvrit et Daria Pavlovna apparut sur le seuil. Son regard était calme mais son visage pâle.

— D'où venez-vous ? s'écria Stavroguine.

— J'étais là et j'attendais qu'il fût sorti pour rentrer chez vous. J'ai entendu les instructions que vous lui avez données et quand il est sorti, je me suis cachée dans une encoignure et il ne m'a pas remarquée.

— Il y a longtemps que je voulais cesser de vous voir, Dacha... pour le moment... ces temps-ci. Je n'ai pu vous recevoir cette nuit malgré votre mot. Je voulais vous écrire moi-même mais je ne sais pas écrire, ajouta-t-il avec dépit, même avec une sorte de dégoût.

— J'ai pensé moi aussi qu'il fallait cesser de nous voir. Varvara Petrovna se doute trop de nos relations.

— Eh bien, à son aise.

— Il ne faut pas qu'elle s'inquiète. Il en sera donc maintenant ainsi jusqu'à la fin ?

— Vous attendez toujours qu'il y ait nécessairement une fin ?

— Oui, j'en suis sûre.

— Au monde rien ne finit.

— Ici il y aura une fin. Appelez-moi alors, je viendrai. Maintenant adieu.

— Et quelle fin y aura-t-il ? demanda Nicolas Vsevolodovitch en souriant.

— Vous n'êtes pas blessé et... vous n'avez pas versé le sang ? demanda-t-elle sans répondre à sa question sur la fin.

— Cela a été stupide ; je n'ai tué personne, ne vous inquiétez pas. D'ailleurs vous entendrez tout aujourd'hui même de la bouche de tout le monde. Je ne me sens pas très bien.

— Je m'en vais. Le mariage ne sera pas rendu public aujourd'hui ? ajouta-t-elle avec hésitation.

— Ce ne sera pas aujourd'hui ; ce ne sera pas demain ; après-demain je ne sais pas, peut-être mourrons-nous tous, et ce serait tant mieux. Laissez-moi, laissez-moi enfin.

— Vous ne perdrez pas l'autre... l'insensée ?

— Les insensées, je ne les perdrai ni l'une ni l'autre, mais la sensée il semble bien que je la perdrai : je suis si vil et si mauvais, Dacha, que je crois que je vous appellerai vraiment « en dernier ressort », comme vous dites, et vous, malgré votre raison, vous viendrez. Pourquoi vous perdrez-vous vous-même ?

— Je sais qu'en fin de compte je serai seule à rester avec vous et... j'attends cela.

— Et si en fin de compte je ne vous appelle pas et que je vous fuie ?

— Ce n'est pas possible, vous m'appellerez.

— Il y a là beaucoup de mépris pour moi.

— Vous savez qu'il n'y a pas seulement du mépris.

— Donc il y a tout de même du mépris ?

— Je me suis mal exprimée. Dieu m'est témoin que je souhaite de tout cœur que vous n'ayez jamais besoin de moi.

— Une phrase vaut l'autre. Moi aussi je souhaiterais de ne pas causer votre perte.

— Jamais, d'aucune façon, vous ne pourrez causer ma perte et vous le savez vous-même mieux que personne, dit Daria Pavlovna vivement et avec fermeté. Si je ne vais pas vous rejoindre, je me ferai infirmière, garde-malade, ou colporteuse pour vendre l'Evangile. J'y suis décidée. Je ne puis être la femme de personne ; je ne peux pas non plus vivre dans des maisons comme celle-ci... Ce n'est pas cela que je veux... Vous savez tout.

— Non, je n'ai jamais pu savoir ce que vous voulez ; il me semble que vous vous intéressez à moi comme certaines vieilles gardes-malades qui, on ne sait pourquoi, se prennent d'intérêt pour un malade parmi tous les autres, ou, mieux encore, comme certaines vieilles dévotes qui vont d'enterrement en enterrement et préfèrent certains cadavres plus avenants à d'autres. Pourquoi me regardez-vous d'un air si étrange ?

— Vous êtes très malade ? demanda-t-elle avec sympathie en le regardant fixement. Dieu ! Et cet homme veut se passer de moi !

— Ecoutez, Dacha, je vois tout le temps maintenant des fantômes. Un petit diable m'a proposé hier sur le pont d'égorger Lebiadkine et Maria Timofeevna pour en finir avec mon mariage légal et en faire disparaître toute trace. Il m'a demandé un acompte de trois roubles, mais a donné clairement à entendre que toute l'opération ne coûterait pas moins de quinze cents. Ça c'est vraiment un diable calculateur ! Un comptable ! Ha, ha !

— Mais êtes-vous absolument sûr que c'était un fantôme ?

— Oh non, ce n'était nullement un fantôme ! C'était tout simplement Fedka le forçat, un brigand évadé du bagne. Mais il ne s'agit pas de cela : que pensez-vous que j'aie fait ? Je lui ai donné tout l'argent que j'avais dans mon porte-monnaie et il est maintenant absolument convaincu que je lui ai versé un acompte !

— Vous l'avez rencontré la nuit et il vous a fait une pareille proposition ? Mais ne voyez-vous donc pas que vous êtes complètement pris dans leurs filets !

— Ma foi, à leur aise. Vous savez, vous avez une question sur le bout de la langue, je le vois à vos yeux, ajouta-t-il avec un sourire méchant et irrité.

Dacha eut peur.

— Il n'y a aucune question et absolument aucun doute, vous feriez mieux de vous taire ! s'écria-t-elle avec inquiétude comme pour se défendre de la question.

— C'est-à-dire que vous êtes sûre que je n'irai pas à l'officine de Fedka ?

— Oh, Dieu ! s'écria-t-elle en joignant les mains, qu'ai-je fait pour que vous me torturiez ainsi ?

— Eh bien, pardonnez-moi ma plaisanterie stupide, il faut croire que j'attrape leurs mauvaises manières. Vous savez, depuis cette nuit j'ai une envie folle de rire, de rire toujours, sans arrêt, longtemps, beaucoup. Je suis comme chargé de rire... Vous entendez ! Ma mère est arrivée ; je le reconnais toujours au bruit de sa voiture quand elle s'arrête devant le perron.

Dacha lui saisit le bras.

— Que Dieu vous protège contre votre démon et... appelez-moi, appelez-moi vite !

— Oh, mon démon ! C'est tout simplement un vilain petit diable scrofuleux, affligé d'un rhume, un avorton. Mais vous, Dacha, il y a de nouveau quelque chose que vous n'osez pas dire ?

Elle le regarda avec souffrance et reproche et se dirigea vers la porte.

— Ecoutez, cria-t-il avec un sourire mauvais, grimaçant. Si... eh bien, en un mot, si... vous comprenez, enfin, même si j'allais à l'officine et si après je vous appelais, viendriez-vous après l'officine ?

Elle sortit sans se retourner et sans répondre, le visage caché dans ses mains.

— Elle viendra même après l'officine ! murmura-t-il après un instant de réflexion, et un mépris dégoûté se peignit sur son visage. Une garde-malade ! Hum !... D'ailleurs peut-être est-ce justement ce qu'il me faut.

CHAPITRE IV

TOUT LE MONDE EST DANS L'ATTENTE

1

L'IMPRESSION produite dans toute notre société par l'histoire vite répandue du duel fut particulièrement remarquable par l'unanimité avec laquelle on s'empressa de prendre nettement parti pour Nicolas Vsevolodovitch. Beaucoup de ses anciens ennemis se déclarèrent résolument ses amis. La cause principale d'un revirement si inattendu de l'opinion publique résidait dans quelques paroles prononcées avec un remarquable à-propos par une personne qui n'avait pas pris position jusqu'alors et qui donnèrent d'un coup à l'événement une signification extrêmement intéressante aux yeux de la plupart des gens chez nous. Voici comment cela se passa : le lendemain de l'événement, toute la ville était réunie chez la femme du maréchal de la noblesse dont c'était la fête. Julie Mikhaïlovna y assistait aussi, ou plutôt présidait ; elle était arrivée avec Elisabeth Nicolaevna, rayonnante de beauté et surtout d'une gaieté particulière, ce qui dès l'abord parut singulièrement suspect à beaucoup de nos dames. Soit dit à propos, ses fiançailles avec Mavriki Nicolaevitch ne pouvaient plus faire aucun doute. A la question enjouée d'un général en retraite mais personnage important dont il sera parlé plus loin, Elisabeth Nicolaevna répondit franchement ce soir-là qu'elle était fiancée. Or aucune de nos dames ne voulut croire à ces fiançailles. Toutes continuaient à supposer on ne sait quel roman, on ne sait quel fatal secret de famille qui se serait passé en Suisse et auquel, on ne sait pourquoi, Julie Mikhaïlovna aurait nécessairement été mêlée. Il serait difficile de dire pourquoi tous ces bruits, ou pour mieux dire ces imaginations, persistaient si obstinément, et pourquoi on y mêlait si nécessairement Julie Mikhaïlovna. Dès qu'elle entra, tous se tournèrent vers elle avec d'étranges regards pleins d'attente. Il est à remarquer qu'étant donné le peu de temps écoulé depuis l'événement et certaines circonstances qui l'avaient accompagné, on n'en parlait à cette soirée qu'avec une certaine prudence, pas encore à haute voix. De plus, on ignorait les dispositions prises par les autorités. Ni l'un ni l'autre des duellistes, pour autant qu'on sût, n'avait été inquiété. Chacun savait par exemple qu'Arthème Pavlovitch était retourné le matin de bonne heure chez lui à Doukhovo, sans aucun empêchement. Cependant tout le monde brûlait, bien entendu, d'envie de voir quelqu'un aborder le sujet à haute voix et ouvrir ainsi la porte à l'impatience de la société. On comptait précisément sur le général dont il a été question plus haut, et l'on ne se trompait pas.

Ce général, l'un des membres les plus distingués de notre club, propriétaire terrien pas très riche, mais ayant une tournure d'esprit absolument incomparable, galant homme à l'ancienne mode, assidu auprès des demoiselles, adorait notamment, dans les grandes réunions, parler à haute voix, avec l'autorité d'un général, précisément de ce dont tous les autres ne parlaient encore que dans un murmure prudent. En cela consistait pour ainsi dire son rôle spécial dans notre société. En parlant il étirait particulièrement les mots qu'il prononçait d'un ton suave, habitude qui lui venait sans doute des Russes voyageant à l'étranger ou de ces propriétaires terriens autrefois riches qui avaient été le plus touchés par la réforme paysanne. Stepan Trofimovitch fit même observer un jour que plus un propriétaire était ruiné, plus suavement il zézayait et étirait les mots. Lui-même au demeurant zézayait et étirait doucereusement les mots, mais sans le remarquer dans son propre cas.

Le général prit la parole en personne compétente. Outre qu'il était un parent éloigné de Gaganov, bien que brouillé avec lui et même en procès, il avait eu autrefois deux duels et pour l'un d'eux avait même été exilé au Caucase et remis soldat. On parla de Varvara Petrovna qui sortait depuis deux jours « après la maladie », et non pas à proprement parler d'elle mais de l'excellent assortiment des quatre chevaux gris de sa calèche provenant du propre haras des Stavroguine. Le général fit brusquement remarquer qu'il avait rencontré aujourd'hui « le jeune Stravroguine », à cheval... Tout le monde se tut aussitôt. Le général remua les lèvres et subitement proclama en tournant entre ses doigts une tabatière en or, don de l'empereur :

— Je regrette de n'avoir pas été ici il y a quelques années... je veux dire que j'étais à Karlsbad... Hum. Je m'intéresse beaucoup à ce jeune homme sur qui j'ai entendu courir toutes sortes de bruits à mon retour. Hum. Est-il vrai qu'il soit fou ? On me l'a dit à ce moment-là. Et tout à coup j'apprends que je ne sais quel étudiant l'insulte ici, en présence de ses cousines, et qu'il s'est sauvé devant lui en se glissant sous la table ; et hier j'apprends de Stepan Vyssotzki que Stavroguine s'est battu avec ce... Gaganov. Et cela uniquement dans le galant dessein d'offrir son front pour cible à un enragé, pour se débarrasser de lui. Hum. C'est dans le goût des gardes des années 1820. Fréquente-t-il quelqu'un ici ?

Le général se tut comme pour attendre une réponse. La porte à l'impatience de la société était ouverte.

— Quoi de plus simple ? dit Julie Mikhaïlovna en élevant soudain la voix, irritée de voir tous les regards se tourner d'un coup vers elle comme au commandement. Peut-on s'étonner que Stavroguine se soit battu avec Gaganov et qu'il n'ait pas répondu à l'étudiant ? Il ne pouvait tout de même pas provoquer en duel son ancien serf !

Paroles chargées de sens ! Idée simple et claire, mais qui cependant n'était venue jusque-là à l'esprit de personne. Paroles qui eurent des conséquences extraordinaires. Tout le scandale et tous les racontars, tout le côté mesquin et toutes les anecdotes étaient d'un coup relégués à l'arrière-plan ; une autre signification était mise en avant. Un nouveau personnage se révélait sur qui l'on s'était trompé, un personnage aux principes d'une rigueur presque idéale. Mortellement offensé par un étudiant, c'est-à-dire un homme instruit et qui n'était plus un serf, il méprise l'offense parce que l'insulteur est un ancien serf. Cela provoque dans la société du bruit et des commérages ; la société frivole regarde avec mépris un homme frappé au visage ; il méprise l'opinion d'une société qui n'est pas encore à la hauteur des vrais principes et qui pourtant en discute.

— Et pendant ce temps, Ivan Alexandrovitch, nous sommes là vous et moi, à discuter des vrais principes, fait observer, dans un noble accès de mortification, un vieux membre du club à un autre.

— Oui, Pierre Mikhaïlovitch, oui, approuve l'autre avec délectation, allez donc après cela parler de la jeunesse.

— Il ne s'agit pas de la jeunesse, Ivan Alexandrovitch, intervient un troisième en se tournant vers eux, il ne s'agit pas de la jeunesse ; c'est un astre et non pas un jeune quelconque ; voilà comment il faut comprendre cela.

— C'est justement ce qu'il nous faut ; nous manquons d'hommes aujourd'hui.

Ce qu'il y avait surtout, c'est que « l'homme nouveau » non seulement se révélait un « indéniable gentilhomme », mais était par surcroît un des plus riches propriétaires terriens de la province et que par conséquent il ne pouvait pas ne pas être un allié actif. J'ai d'ailleurs déjà dit un mot en passant de l'état d'esprit de nos propriétaires terriens.

On se passionnait même.

— Non seulement il n'a pas provoqué l'étudiant en duel, mais il a même retiré les mains, notez cela spécialement, Excellence, soulignait l'un.

— Et il ne l'a pas non plus traîné devant les nouveaux tribunaux, enchérissait un autre.

— Bien que pour une offense PERSONNELLE faite à un gentilhomme les nouveaux tribunaux lui eussent adjugé quinze roubles, hé, hé, hé !

— Non, c'est moi qui vais vous dire le secret des nouveaux tribunaux, disait un troisième au comble de la surexcitation, si quelqu'un a commis un vol ou une escroquerie, s'il a été pris et nettement convaincu du forfait, il n'a qu'à courir vite chez lui pendant qu'il est encore temps et tuer sa mère. Instantanément on l'acquittera de tout et les dames des tribunes agiteront leurs petits mouchoirs de batiste ; c'est absolument vrai !

— C'est vrai, c'est vrai !

Cela ne put pas non plus aller sans anecdotes. On se souvint des relations de Nicolas Vsevolodovitch avec le comte K. Les opinions sévères et indépendantes que le comte K. professait sur les dernières réformes étaient connues. On connaissait aussi sa remarquable activité qui s'était un peu ralentie les tout derniers temps. Et voilà que soudain il devint évident pour tous que Nicolas Vsevolodovitch était fiancé avec une des filles du comte, bien que rien ne fournît de fondement précis à un pareil bruit. Quant à on ne sait quelles aventures fantastiques en Suisse et à Elisabeth Nicolaevna, les dames elles-mêmes cessèrent d'en parler. Indiquons à ce propos que les Drozdov venaient justement de faire toutes les visites en retard. Chacun trouvait maintenant qu'Elisabeth Nicolaevna était une jeune fille absolument comme toutes les autres, qui « tirait vanité » de ses nerfs malades. Son évanouissement le jour de l'arrivée de Nicolas Vsevolodovitch était maintenant mis simplement sur le compte de la frayeur que lui avait causée la monstrueuse conduite de l'étudiant. On allait jusqu'à enchérir sur le caractère prosaïque de cela même à quoi on s'était tant efforcé jusque-là de donner on ne sait quelle nuance fantastique ; quant à cette boiteuse, elle était complètement oubliée ; on avait même honte de s'en souvenir. « Et quand il y aurait eu cent boiteuses, qui n'a pas été jeune ! » On faisait état du respect de Nicolas Vsevolodovitch envers sa mère, on lui cherchait différentes vertus, on parlait avec sympathie de la culture qu'il avait acquise durant les quatre années passées dans les universités allemandes. La conduite d'Arthème Pavlovitch fut taxée une fois pour toutes de manque de tact : « Il n'avait pas su reconnaître un des siens » ; quant à Julie Mikhaïlovna, on lui reconnut définitivement une profonde perspicacité.

Ainsi lorsque, enfin, Nicolas Vsevolodovitch parut en personne, tout le monde l'accueillit avec le sérieux le plus naïf, dans tous les yeux fixés sur lui se lisait la plus impatiente attente. Nicolas Vsevolodovitch s'enferma aussitôt dans le plus sévère mutisme, ce qui, bien entendu, satisfit tout le monde bien mieux que s'il se fût répandu en un flot de paroles. En un mot, tout lui réussissait, il était à la mode. En province, une fois qu'on s'est montré dans la société, il n'est plus possible de se cacher. Nicolas Vsevolodovitch recommença d'observer tous les usages provinciaux jusqu'au raffinement. On ne le trouvait pas gai ; « c'est un homme qui a souffert, un homme qui n'est pas comme les autres ; il a matière à réflexion ». Même son orgueil et son attitude dédaigneusement inaccessible qui l'avaient tant fait haïr chez nous quatre ans auparavant étaient maintenant respectés et appréciés.

De tous c'était Varvara Petrovna qui triomphait le plus. Je ne saurais dire si elle était très affligée de l'effondrement de ses rêves au sujet d'Elisabeth Nicolaevna. L'orgueil de famille l'aida assurément à en prendre son parti. Une chose pourtant est étrange : Varvara Petrovna crut soudain fermement que Nicolas avait vraiment « fait son choix » dans la famille du comte K. mais, et c'est plus étrange que tout, elle y crut sur la foi des bruits qui étaient parvenus à elle de même qu'à tout le monde, comme portés par le vent ; elle craignait de poser franchement la question à Nicolas Vsevolodovitch. Deux ou trois fois pourtant, elle ne put y tenir et lui reprocha gaiement et sans avoir l'air d'y toucher de ne pas être tout à fait franc avec elle ; Nicolas Vsevolodovitch souriait et continuait à se taire. Son silence fut pris pour un signe d'assentiment. Et cependant avec tout cela elle n'oubliait jamais la boiteuse. Son souvenir lui pesait sur le cœur comme une pierre, comme un cauchemar, la torturait par des visions et de bizarres présages, le tout conjointement et simultanément avec ses rêves au sujet des filles du comte K. Mais de tout cela il sera question plus loin. Bien entendu, la société témoignait de nouveau à Varvara Petrovna un respect extrême et prévenant, mais elle n'en profitait guère et sortait très rarement.

Elle fit cependant une visite solennelle à la femme du gouverneur. Bien entendu, personne n'avait été plus séduit et charmé qu'elle par les mémorables paroles citées plus haut que Julie Mikhaïlovna avait prononcées à la soirée de la maréchale de la noblesse : elles avaient délivré son cœur de beaucoup d'angoisse et avaient résolu d'un coup bien des choses qui la tourmentaient tant depuis ce malheureux dimanche. « Je ne comprenais pas cette femme ! » déclara-t-elle, et dès l'abord, avec l'impétuosité qui lui était propre, elle annonça à Julie Mikhaïlovna qu'elle venait la REMERCIER. Julie Mikhaïlovna en fut flattée mais garda son indépendance. Elle commençait déjà à bien sentir alors sa valeur, peut-être même un peu trop. Elle déclara par exemple au cours de la conversation n'avoir jamais entendu parler de l'activité et de l'érudition de Stepan Trofimovitch.

— Naturellement je reçois le jeune Verkhovenski et je fais grand cas de lui. Il est déraisonnable mais il est encore jeune ; d'ailleurs il possède une solide instruction. Et en tout cas ce n'est pas je ne sais quel ancien critique à la retraite

Aussitôt Varvara Petrovna s'empressa de faire remarquer que Stepan Trofimovitch n'avait jamais été critique mais au contraire avait passé toute sa vie dans sa maison. Quant à sa renommée, elle était due aux circonstances du début de sa carrière qui n'étaient que « trop connues du monde entier », et, les tout derniers temps, à ses travaux sur l'histoire d'Espagne ; il voulait aussi écrire sur la situation actuelle des universités allemandes et, semblait-il, quelque chose encore sur la Madone de Dresde. En un mot, Varvara Petrovna ne voulut pas abandonner Stepan Trofimovitch à Julie Mikhaïlovna.

— Sur la Madone de Dresde ? C'est-à-dire la Madone Sixtine ? *Chère* Varvara Petrovna, je suis restée deux heures devant ce tableau et je suis partie déçue. Je n'y ai rien compris et j'ai été très étonnée. Karmazinov dit aussi qu'il est difficile de comprendre. A présent personne n'y trouve plus rien, ni les Russes, ni les Anglais. Toute sa gloire, ce sont les vieux qui l'ont claironnée.

— C'est une nouvelle mode alors ?

— Pour ma part, je pense qu'il ne faut pas non plus dédaigner notre jeunesse. On crie que ce sont des communistes mais, à mon avis, il faut les ménager et savoir les apprécier. Je lis tout maintenant, tous les journaux, tout sur les communes, les sciences naturelles ; je reçois tout parce qu'il faut bien savoir enfin où l'on vit et à qui l'on a affaire. On ne peut tout de même pas passer toute sa vie sur les cimes de son imagination. Je suis arrivée à cette conclusion et je me donne pour règle de montrer de la sympathie à la jeunesse et de la retenir ainsi au bord du danger. Croyez, Varvara Petrovna, que nous, la société, nous sommes les seuls à pouvoir, par une salutaire influence et précisément par la bienveillance, les retenir au bord de l'abîme où les pousse l'intolérance de tous ces vieillards racornis. D'ailleurs je suis contente que vous m'ayez mise au courant au sujet de Stepan Trofimovitch. Vous me donnez une idée : il pourra nous être utile pour notre matinée littéraire. J'organise, vous savez, toute une journée de réjouissances, par souscription, au profit des institutrices pauvres de notre province. Elles sont disséminées par toute la Russie ; on en compte six dans notre seul district ; en outre, deux employées du télégraphe font leurs études de médecine, les autres voudraient bien en faire autant mais n'en ont pas les moyens. Le sort de la femme russe est affreux, Varvara Petrovna ! On en fait maintenant un problème universitaire et il y a même eu à ce sujet une séance du conseil d'Empire. Dans notre étrange Russie on peut faire ce qu'on veut. C'est pourquoi, encore une fois, ce n'est que par la bienveillance et une chaude sympathie spontanée de toute la société que nous pour-

rons aiguiller dans la bonne voie cette grande cause. Oh,
Dieu, en avons-nous beaucoup de personnalités exaltan-
tes ! Bien sûr, il y en a, mais elles sont dispersées.
Unissons-nous donc et nous serons plus forts. J'aurai
d'abord une matinée littéraire, puis un léger déjeuner,
puis une pause et, le même soir, un bal. Nous voulions
d'abord commencer la soirée par des tableaux vivants,
mais cela entraînerait paraît-il trop de frais, aussi y
aura-t-il pour le public un ou deux quadrilles masqués et
en travestis figurant les courants littéraires les plus
connus. Cette idée humoristique a été suggérée par Karmazinov ; il m'aide beaucoup. Vous savez, il nous lira
sa dernière œuvre que personne ne connaît encore. Il
dépose la plume et n'écrira plus ; ce dernier essai est son
adieu au public. C'est une petite chose délicieuse intitulée « *Merci* ». Un titre en français, mais il trouve cela
plus spirituel et même plus subtil. Moi aussi, c'est
même moi qui l'ai conseillé. Je pense que Stepan Trofimovitch pourrait aussi lire quelque chose si c'est assez
court et... pas trop savant. Je crois que Piotr Stepanovitch et quelqu'un encore liront aussi. Piotr Stepanovitch passera chez vous et vous communiquera le
programme ; ou, mieux encore, permettez-moi de vous
l'apporter moi-même.

— Et vous, permettez-moi de mettre aussi mon nom
sur votre liste. Je parlerai à Stepan Trofimovitch et je
lui demanderai moi-même d'accepter.

Varvara Petrovna rentra chez elle définitivement
ensorcelée. Elle était de tout cœur pour Julie Mikhaïlovna et, on ne sait pourquoi, tout à fait fâchée contre
Stepan Trofimovitch ; quant à celui-ci, le pauvre, il ne
se doutait de rien en restant chez lui.

— Je suis amoureuse d'elle, je ne comprends pas comment j'ai pu me tromper à ce point sur cette femme,
dit-elle à Nicolas Vsevolodovitch et à Piotr Stepanovitch
qui passa dans la soirée.

— Il faut tout de même que vous vous réconciliiez avec
le vieux, dit Piotr Stepanovitch ; il est au désespoir.
Vous l'avez complètement relégué à la cuisine. Hier il a
croisé votre voiture, vous a saluée et vous vous êtes
détournée. Vous savez, nous le mettrons en avant ; j'ai
sur lui certaines vues et il peut encore être utile.

— Oh, il lira.

— Je ne parle pas seulement de cela. Je voulais
passer moi-même chez lui aujourd'hui. Alors faut-il le
lui dire ?

— Si vous voulez. Je ne sais pas du reste comment

vous arrangerez cela, dit-elle indécise. J'avais l'intention de m'expliquer avec lui moi-même et je voulais lui fixer un rendez-vous. Elle fronça fortement les sourcils.

— Ma foi, il n'est vraiment pas la peine de fixer un rendez-vous. Je le mettrai simplement au courant.

— Soit, faites-le. D'ailleurs ajoutez que je lui fixerai sans faute un rendez-vous. Ne manquez pas de l'ajouter.

Piotr Stepanovitch partit en souriant. Autant que je me rappelle, il se montrait en ce temps-là particulièrement mauvais et se permettait même des sorties extrêmement impatientes pour ainsi dire avec tout le monde. Il est étrange que tout le monde le lui pardonnât. D'une manière générale, on avait décidé qu'il fallait le considérer comme quelqu'un à part. Je noterai qu'il avait manifesté une extrême colère au sujet du duel de Nicolas Vsevolodovitch. Cela le prit au dépourvu ; il verdit même quand on le lui raconta. Peut-être son amour-propre était-il blessé : il ne l'apprit que le lendemain, alors que tout le monde était déjà au courant.

— Vous n'aviez pas le droit, vous savez, de vous battre, souffla-t-il à Stavroguine cinq jours plus tard, le rencontrant par hasard au club. Il est curieux que, pendant ces cinq jours, ils ne s'étaient rencontrés nulle part, bien que Piotr Stepanovitch fût passé presque quotidiennement chez Varvara Petrovna.

Nicolas Vsevolodovitch le regarda en silence d'un air distrait, comme s'il ne comprenait pas de quoi il s'agissait, et passa sans s'arrêter. Il traversait la grande salle pour se rendre au buffet.

— Vous êtes aussi allé chez Chatov... vous voulez rendre publique l'histoire avec Maria Timofeevna, dit Piotr Stepanovitch en courant après lui et, comme par distraction, il le saisit à l'épaule.

Nicolas Vsevolodovitch se dégagea d'une brusque secousse et se tourna vivement vers lui, les sourcils froncés d'un air menaçant. Piotr Stepanovitch le regarda en souriant d'un long sourire étrange. Le tout avait duré un instant. Nicolas Vsevolodovitch poursuivit son chemin.

2

Il passa chez le vieux directement en sortant de chez Varvara Petrovna et s'il se dépêchait tant, c'était uniquement par rancune, pour se venger d'une insulte dont je n'avais eu jusque-là aucune idée. En effet, lors de leur dernière entrevue, c'est-à-dire le jeudi de la semaine précédente, Stepan Trofimovitch, qui d'ailleurs avait engagé la discussion lui-même, avait fini par chasser Piotr Stepanovitch à coups de canne. Il m'avait alors caché ce fait ; mais maintenant, à peine Piotr Stepanovitch fut-il entré avec son habituel petit sourire si naïvement arrogant et avec un regard désagréablement curieux qui furetait dans tous les coins, qu'aussitôt Stepan Trofimovitch me fit discrètement signe de ne pas quitter la pièce. C'est ainsi que j'eus la révélation de leurs véritables relations, car cette fois j'assistai à toute la conversation.

Stepan Trofimovitch était allongé sur une couchette. Depuis le jeudi précédent, il avait maigri et jauni. Piotr Stepanovitch s'assit à côté de lui avec la plus grande familiarité, ramenant les jambes sous lui sans aucune cérémonie, et prit sur la couchette beaucoup plus de place que ne le permettait le respect dû à son père. Stepan Trofimovitch se poussa en silence et avec dignité.

Sur la table il y avait un livre ouvert. C'était le roman « Que faire ». Hélas, je dois confesser une étrange faiblesse de mon ami : le rêve qu'il devait sortir de sa solitude et livrer l'ultime bataille prenait de plus en plus le dessus dans son imagination séduite. Je devinais qu'il s'était procuré ce roman et qu'il l'ÉTUDIAIT uniquement pour assimiler d'avance, en cas de conflit inévitable avec les « glapisseurs », leurs méthodes et leurs arguments d'après leur propre catéchisme et, ainsi préparé, de les confondre solennellement à ses yeux à ELLE. Oh, comme ce livre le tourmentait ! Il l'abandonnait parfois avec désespoir et, sautant sur ses pieds, arpentait la pièce presque hors de lui :

— Je reconnais que l'idée fondamentale de l'auteur est juste, me disait-il avec fièvre, mais c'est d'autant plus terrible ! C'est notre idée, précisément la nôtre ; c'est nous, nous qui les premiers l'avons implantée, cultivée, préparée, et d'ailleurs que pourraient-ils dire de nouveau d'eux-mêmes, après nous ! Mais Dieu, comme tout cela est exprimé, comme tout cela a été faussé, mutilé ! s'exclamait-il en frappant des doigts sur le livre. Est-ce là les conclusions que nous aspirions d'atteindre ? Qui peut y reconnaître l'idée initiale ?

— Tu t'instruis ? demanda Piotr Stepanovitch avec un ricanement, prenant le livre sur la table et en lisant le titre. Il était grand temps. Je t'apporterai mieux encore si tu veux.

Stepan Trofimovitch garda de nouveau un digne silence. J'étais assis dans un coin sur le divan.

Piotr Stepanovitch expliqua rapidement l'objet de sa visite. Bien entendu, Stepan Trofimovitch en fut frappé outre mesure et écouta avec une frayeur mêlée d'une extrême indignation.

— Et cette Julie Mikhaïlovna compte que j'irai lire chez elle !

— C'est-à-dire qu'ils n'ont pas tant que ça besoin de toi. Au contraire, c'est pour être gentil avec toi et aussi pour flatter bassement Varvara Petrovna. Mais il va sans dire que tu n'oseras pas refuser de lire. Et puis je pense que toi-même tu en as envie, et il sourit ; vous autres vieux, vous avez tous une vanité de tous les diables. Mais écoute, il ne faut pas que ce soit trop ennuyeux. Qu'est-ce que c'est que tu as, quelque chose tiré de l'histoire d'Espagne ? Laisse-moi y jeter un coup d'œil deux ou trois jours d'avance, sinon tu serais bien capable d'endormir les gens.

La hâte, la grossièreté trop peu dissimulées de ces pointes étaient évidemment préméditées. Il se conduisait comme s'il eût été impossible de tenir à Stepan Trofimovitch un autre langage et d'échanger avec lui des idées plus subtiles. Stepan Trofimovitch continuait avec fermeté de ne pas remarquer les insultes. Mais les nouvelles qu'on lui apprenait produisaient sur lui une impression de plus en plus bouleversante.

— Et c'est elle, c'est ELLE-MÊME qui me fait dire cela par... VOUS ? demanda-t-il en pâlissant.

— C'est-à-dire, vois-tu, elle veut te fixer un rendez-vous pour une explication réciproque, ce sont les vestiges de vos sensibleries. Tu as coqueté avec elle pendant vingt ans et tu l'as habituée aux façons les plus ridicules. Mais ne t'inquiète pas, maintenant ce n'est plus du tout pareil ; elle répète elle-même à chaque instant qu'elle commence seulement à « ouvrir les yeux ». Je lui ai expliqué carrément que toute cette amitié entre vous n'est qu'un épanchement mutuel d'eaux sales. Elle m'a raconté beaucoup de choses, mon vieux ; pouah, quelles fonctions de laquais tu as remplies pendant tout ce temps ! Même moi j'ai rougi pour toi.

— J'ai rempli des fonctions de laquais ? dit Stepan Trofimovitch, ne pouvant plus y tenir.

— Pis, tu as été un pique-assiette, c'est-à-dire un laquais bénévole. Nous sommes trop paresseux pour travailler, mais pour l'argent nous avons de l'appétit. Tout cela elle le comprend maintenant ; du moins, c'est terrible tout ce qu'elle m'a raconté sur toi. Ma parole, mon vieux, ce que j'ai pu rire des lettres que tu lui écrivais ; c'est honteux et dégoûtant. Mais c'est que vous êtes si dépravé, si dépravé ! Il y a toujours dans la charité quelque chose qui corrompt à jamais, tu en es un exemple flagrant !

— Elle t'a montré mes lettres !

— Toutes. C'est-à-dire, naturellement, comment pourrait-on les lire ? Pouah, en as-tu noirci du papier, je pense qu'il doit y avoir là plus de deux mille lettres... Sais-tu, vieux, je crois qu'il y a eu entre vous un instant où elle aurait été prête à t'épouser ? Tu as laissé échapper l'occasion on ne peut plus stupidement ! En en parlant je me place naturellement à ton point de vue, mais cela aurait tout de même mieux valu que maintenant qu'on a failli te marier avec les « péchés d'autrui », comme un bouffon, par amusement, pour de l'argent.

— Pour de l'argent ! C'est elle, elle qui dit que c'est pour de l'argent ! clama douloureusement Stepan Trofimovitch.

— Et pourquoi donc alors ? Mais voyons, c'est encore moi qui ai pris ta défense. C'est bien ton unique moyen de te justifier. Elle a compris elle-même que tu avais besoin d'argent comme chacun et que de ce point de vue tu avais peut-être raison. Je lui ai prouvé comme deux fois deux font quatre que votre association était mutuellement avantageuse : pour elle, en tant que capitaliste et pour toi, en tant que bouffon sentimental à son service. D'ailleurs elle ne t'en veut pas pour l'argent, quoique tu l'aies traité comme une chèvre. Elle enrage seulement de t'avoir cru pendant vingt ans, de t'avoir laissé si bien la circonvenir avec la noblesse de tes sentiments et l'avoir obligée si longtemps à mentir. D'avoir menti elle-même elle ne l'avouera jamais, mais tu ne le paieras que deux fois plus cher. Je ne comprends pas que tu n'aies pas songé qu'il te faudrait un jour rendre des comptes. Tu avais bien tout de même tant soit peu d'intelligence. Je lui ai conseillé hier de te mettre dans un hospice, rassure-toi, dans un hospice convenable, cela n'aura rien d'humiliant ; c'est ce qu'elle fera, je crois. Tu te rappelles la dernière lettre que tu m'as envoyée dans la province de X., il y a trois semaines ?

— Est-il possible que tu la lui aies montrée ? s'écria Stepan Trofimovitch en sautant sur ses pieds avec épouvante.

— Et comment donc ! Tout de suite. Celle-là même

où tu m'apprenais qu'elle t'exploite, jalouse de ton talent, et, ma foi, où tu parlais des « péchés d'autrui ». Ma parole, mon vieux, soit dit en passant, tu en as un amour-propre tout de même ! Ce que j'ai pu rire. En général tes lettres sont assommantes ; tu as un style affreux. Souvent je ne les lisais pas du tout et il y en a une qui traîne encore non décachetée ; je te l'enverrai demain. Mais celle-là, cette dernière lettre, c'est le comble de la perfection ! Comme j'ai ri, comme j'ai ri !

— Monstre, monstre ! clama Stepan Trofimovitch.

— Pouah, que diable, il n'y a pas moyen de parler avec toi. Ecoute, tu te vexes encore comme l'autre jeudi.

Stepan Trofimovitch se redressa menaçant.

— Comment oses-tu me tenir pareil langage ?

— Quel langage ? Simple et clair ?

— Mais dis-moi donc enfin, monstre, si tu es ou non mon fils ?

— Ça c'est à toi de le savoir. Naturellement, tous les pères ont dans ces cas tendance à être aveuglés...

— Tais-toi, tais-toi ! cria Stepan Trofimovitch tout tremblant.

— Vois-tu, tu cries et tu invectives comme l'autre jeudi, tu as voulu lever ta canne, et moi j'ai trouvé ce jour-là un document. Par curiosité, j'ai passé toute la soirée à fouiller dans ma valise. Il est vrai qu'il n'y a rien de précis, tu peux te consoler. Ce n'est qu'un billet de ma mère au Polonais en question. Mais à en juger par son caractère...

— Un mot encore, et je te donne des gifles.

— Voilà bien les gens ! dit Piotr Stepanovitch en s'adressant soudain à moi. Voyez-vous, c'est comme ça entre nous depuis l'autre jeudi. Je suis content qu'aujourd'hui du moins vous soyez là, vous nous départagerez. Les faits d'abord : il me reproche de parler ainsi de ma mère, mais n'est-ce pas lui qui m'y a poussé ? A Pétersbourg, quand j'étais encore au lycée, n'est-ce pas lui qui me réveillait deux fois par nuit pour m'étreindre et pleurer comme une femmelette, et que croyez-vous qu'il me racontait, la nuit ? Ces mêmes histoires salées sur ma mère ! C'est de lui le premier que je les ai entendues.

— Oh, j'en parlais alors dans un sens élevé ! Oh, tu ne m'as pas compris. Tu n'as rien compris, rien !

— Mais tout de même de ta part c'est plus ignoble que de la mienne, plus ignoble, n'est-ce pas, avoue-le ! Moi, vois-tu, si tu veux, cela m'est égal. Je me place à ton point de vue. Quant au mien, ne t'inquiète pas : je ne blâme pas ma mère, que ce soit toi, que ce soit le Polonais, peu m'importe. Ce n'est pas ma faute si cela a tourné si bêtement entre vous à Berlin. Du reste est-ce que cela pouvait donner quelque chose de plus intelligent entre vous ? Ma parole, n'êtes-vous pas des drôles de gens après tout cela ! Et qu'est-ce que cela peut te faire que je sois ou non ton fils ? Ecoutez — il se tourna de nouveau vers moi — il n'a pas dépensé un sou pour moi de toute sa vie, jusqu'à ce que j'aie eu seize ans il ne m'a même pas connu, puis ici il m'a dépouillé, et maintenant il proclame que toute sa vie il a souffert pour moi dans son cœur et joue devant moi la comédie. Je ne suis tout de même pas Varvara Petrovna, voyons !

Il se leva et prit son chapeau.

— Je te maudis ! dit Stepan Trofimovitch, pâle comme la mort, en tendant le bras vers lui.

— Jusqu'à quel degré de bêtise peuvent aller les gens ! dit Piotr Stepanovitch vraiment surpris ; allons adieu, mon vieux, je ne reviendrai plus jamais chez toi. Envoie-moi ton article assez tôt, ne l'oublie pas, et tâche si tu peux qu'il n'y ait pas trop de sornettes : des faits, des faits et encore des faits, et surtout que ce soit court. Adieu.

3

D'AILLEURS il y avait là d'autres raisons en jeu. Piotr Stepanovitch avait en effet certaines vues sur son père. Selon moi, il comptait réduire le vieillard au désespoir et le pousser ainsi à se livrer à quelque scandale public, d'un certain genre. Il en avait besoin pour les fins à longue échéance qu'il poursuivait, fins étrangères à l'affaire et dont il sera parlé plus loin. Divers calculs et projets de ce genre s'étaient formés dans son esprit en nombre considérable — naturellement, presque tous fantastiques. Il avait aussi en vue une autre victime que Stepan Trofimovitch. En général, il avait passablement de victimes, comme on le sut plus tard ; mais sur celle-là il comptait tout particulièrement et c'était M. von Lembke en personne.

André Antonovitch von Lembke appartenait à cette race favorisée (par la nature) qui, d'après le calendrier, compte en Russie plusieurs centaines de milliers de représentants et qui ignore peut-être elle-même qu'elle y constitue en bloc une association rigoureusement organisée. Et il va sans dire qu'il s'agit d'une association qui n'a rien de voulu ni d'artificiel, mais qui existe à part, dans l'ensemble de la race, tacitement et sans contrat, comme une chose moralement obligatoire, et qui consiste dans l'entraide de tous les membres de cette race toujours, partout et en n'importe quelle circonstance. André Antonovitch avait eu l'honneur de faire ses études dans une de ces grandes écoles russes qui sont fréquentées par les jeunes gens appartenant à des familles nanties de relations et de fortune. Les élèves de cet établissement étaient, presque dès la fin de leurs études, nommés à des postes assez importants dans les services de l'Etat. André Antonovitch avait un oncle lieutenant-colonel du génie et un autre boulanger ; mais il avait réussi à se faire admettre dans cette école et y avait même rencontré un assez grand nombre de ses congénères. Il fut un camarade gai ; il était assez peu doué pour les études, mais tout le monde le prit en affection. Et alors que, dans les classes supérieures, beaucoup de jeunes gens, pour la plupart des Russes, avaient déjà appris à discuter de très hauts problèmes contemporains, et cela comme si, leurs études à peine terminées, ils apporteraient une solution à tout, André Antonovitch continuait encore à se livrer aux farces les plus innocentes. Il faisait rire tout le monde par des gamineries, tout à fait dépourvues de malice il est vrai, peut-être tout au plus cyniques, mais il s'était donné cela pour but. Tantôt il se mouchait d'une façon bizarre lorsque le professeur, en classe, lui posait une question, faisant ainsi rire et ses camarades et le professeur ; tantôt, au dortoir, il représentait quelque cynique tableau vivant, aux applaudissements de tous, tantôt il exécutait sur son seul nez (et assez habilement) l'ouverture de *Fra Diavolo*. Il se distinguait aussi par la négligence voulue de sa tenue, trouvant cela on ne sait pourquoi spirituel. Pendant la dernière année, il se mit à écrire des vers en russe. Sa propre langue, celle de sa race, il la savait d'une façon fort imparfaite, comme beaucoup d'autres représentants de cette race en Russie. Ce penchant pour les vers lui valut de se lier avec un camarade morose et comme accablé, fils d'un général sans fortune, un Russe, et qui passait dans l'établissement pour un futur grand littérateur. L'autre le traita en protégé. Mais il arriva que, trois ans après avoir quitté l'école, ce camarade morose, qui avait abandonné la carrière administrative pour se consacrer à la littérature et qui, par suite, se promenait déjà avec des souliers déchirés et claquait des dents dans un manteau d'été en plein automne, rencontra par hasard, près du pont Anitchkine, son ancien *protégé* « Lembka », comme tout le monde l'appelait d'ailleurs à l'école. Et que pensez-vous qu'il arriva ? Il ne le reconnut même pas au premier abord et s'arrêta surpris. Il avait devant lui un jeune homme irréprochablement mis, avec des favoris étonnamment soignés au reflet roux, en pince-nez, souliers vernis, des gants tout frais aux mains, un large pardessus de chez Charmeur et une serviette sous le bras. Lembke se montra cordial avec son camarade, lui donna son adresse et l'invita à venir le voir un soir. Il apparut aussi qu'il n'était plus « Lembka » mais von Lembke. Le camarade alla cependant le voir, peut-être uniquement par dépit. Dans l'escalier, assez laid et pas du tout cossu mais garni d'un tapis rouge, il fut accueilli et interrogé par un suisse. Un coup de sonnette sonore retentit en haut. Mais au lieu des richesses que le visiteur s'attendait à voir, il trouva son « Lembka » dans une toute petite pièce d'angle très sombre et vétuste, séparée en deux par un grand rideau vert foncé, garnie de meubles confortables quoique très vieux, avec des doubles rideaux vert foncé aux fenêtres étroites et hautes. Von Lembke logeait chez un parent très éloigné, un général dont il était le protégé. Il reçut cordialement son visiteur, fut sérieux et d'une politesse exquise. On parla aussi littérature, mais dans les limites convenables. Un laquais à cravate blanche apporta du thé assez faible avec de petits biscuits ronds. Le camarade, de dépit, demanda de l'eau de seltz. On lui en apporta, mais avec quelque retard, et Lembke parut un peu confus en rappelant le laquais pour lui donner ses ordres. D'ailleurs il demanda si son hôte ne voulait pas souper et fut visiblement content quand celui-ci refusa et enfin partit. Tout simplement, Lembke commençait sa carrière et vivait aux crochets du général qui, tout en étant son congénère, n'en était pas moins un personnage important.

Il soupirait à cette époque pour la cinquième fille du général et, semble-t-il, était payé de retour. Mais on n'en maria pas moins Amélie, le moment venu, à un vieux fabricant allemand, vieux camarade du vieux général. André Antonovitch ne pleura pas beaucoup, mais confectionna un théâtre en papier. Le rideau se levait, les acteurs sortaient, gesticulaient ; les loges étaient emplies de spectateurs, l'orchestre mû par un mécanisme passait l'archet sur les violons, le chef agitait son bâton, tandis qu'au parterre des messieurs et des officiers applaudissaient. Le tout était en papier, le tout était l'invention et l'œuvre de von Lembke lui-même ; il avait travaillé six mois à ce théâtre. Le général organisa tout exprès une petite soirée intime, le théâtre fut exhibé, les cinq filles du général, y compris Amélie la jeune mariée, son fabricant et de nombreuses demoiselles et dames avec leurs Allemands l'examinèrent attentivement et firent des compliments ; ensuite on dansa. Lembke fut très content et se consola bientôt.

Les années passèrent et sa carrière était maintenant assurée. Il occupait toujours des postes en vue et toujours sous les ordres de ses congénères, et il en arriva enfin à un grade fort important pour son âge. Depuis longtemps il désirait se marier et depuis longtemps il jetait les yeux autour de lui. En cachette de ses chefs, il envoya une nouvelle à la rédaction d'une revue, mais on ne la publia pas. En revanche, il confectionna tout un train de chemin de fer, et de nouveau ce fut une petite chose fort réussie : les voyageurs sortaient de la gare avec valises et sacs, avec enfants et chiens, et montaient dans les wagons. Les contrôleurs et les employés allaient et venaient, la cloche sonnait, le signal était donné et le train s'ébranlait. A cette chose ingénieuse il avait travaillé toute une année. Mais tout de même il fallait se marier. Le cercle de ses relations était assez étendu, pour la plupart dans les milieux allemands, mais il fréquentait aussi les sphères russes, bien entendu parmi ses chefs. Enfin, quand il eut trente-huit ans, il fit un héritage. Son oncle le boulanger était mort et lui avait laissé par testament treize mille roubles. Il ne manquait plus qu'un poste. M. von Lembke, en dépit de son rang assez élevé dans l'administration, était un homme fort modeste. Il se serait parfaitement contenté d'une bonne petite place officielle indépendante où il aurait présidé à la réception de bois de chauffage pour l'Etat, ou quelque chose de bien confortable du même genre, et ainsi jusqu'à la fin de ses jours. Mais au lieu de la Minna ou de l'Ernestine qu'il attendait, ce fut soudain Julie Mikhaïlovna qu'il trouva sur son chemin. D'un seul coup sa carrière se haussa d'un degré. Le modeste et méticuleux von Lembke sentit qu'il pouvait lui aussi avoir de l'amour-propre.

Julie Mikhaïlovna, d'après les anciennes estimations, possédait deux cents âmes, et en outre elle lui apportait de puissants appuis. D'autre part, von Lembke était bel homme, tandis qu'elle avait la quarantaine bien sonnée. Il est remarquable que peu à peu il s'éprit vraiment d'elle, à mesure qu'il se sentit de plus en plus fiancé. Le matin du mariage il lui envoya des vers. Tout cela plut beaucoup à Julie Mikhaïlovna : quarante ans ce n'est pas une plaisanterie. Bientôt il obtint un certain grade et une certaine décoration, puis fut nommé dans notre province.

Avant de venir chez nous, Julie Mikhaïlovna travailla soigneusement son époux. A son avis, il ne manquait pas de capacités, savait se présenter et représenter, savait écouter d'un air profond et garder le silence, avait adopté quelques attitudes fort correctes, même il possédait quelques bribes et bouts d'idées, et avait acquis le vernis de l'indispensable libéralisme dernier cri. Mais ce qui l'inquiétait néanmoins, c'était de le voir si peu ambitieux et, après une longue, une éternelle course aux emplois, commençant décidément d'éprouver le besoin du repos. Alors qu'elle avait envie de lui infuser son ambition, il entreprit tout à coup de confectionner un temple protestant : le pasteur montait en chaire pour prononcer son sermon, les fidèles écoutaient, les mains pieusement jointes, une dame s'essuyait les yeux avec un mouchoir, un vieillard se mouchait ; à la fin s'élevaient les accents d'un orgue spécialement commandé en Suisse, malgré la dépense. Julie Mikhaïlovna, presque avec effroi, confisqua tout ce travail dès qu'elle en eut connaissance et l'enferma à clef dans un tiroir ; par compensation, elle lui permit d'écrire un roman mais en cachette. Depuis lors elle ne compta plus que sur elle-même. Le malheur est qu'elle y mettait passablement d'étourderie et peu de mesure. Le destin l'avait trop longtemps fait rester vieille fille. Les idées se succédaient maintenant dans son esprit ambitieux et quelque peu surchauffé. Elle nourrissait des projets, voulait coûte que coûte gouverner la province, rêvait d'être aussitôt entourée, se choisit une nuance politique. Von Lembke en fut même un peu effrayé, quoiqu'il ne tardât pas à comprendre, avec son tact de fonctionnaire, qu'au fond il n'avait rien à redouter de sa charge de gouverneur. Les deux ou trois premiers mois s'écoulèrent même d'une façon fort satisfaisante. Mais alors était survenu Piotr Stepanovitch et des choses étranges commencèrent à se produire.

En effet, dès les premiers pas, Verkhovenski fit preuve envers André Antonovitch d'un manque absolu de respect et s'arrogea sur lui d'étranges droits, tandis que Julie Mikhaïlovna, toujours si jalouse du prestige de son époux, ne voulait point s'en apercevoir ; du moins, elle n'y attachait pas d'importance. Le jeune homme était devenu son favori, il mangeait, buvait et couchait presque dans la maison. Von Lembke essaya de se défendre, il l'appelait en public « jeune homme », lui frappait d'un air protecteur sur l'épaule, mais ne réussit pas à lui imposer : Piotr Stepanovitch semblait toujours lui rire au nez, même quand en apparence il lui parlait sérieusement, et, devant des tiers, il lui disait les choses les plus inattendues. Une fois, rentrant chez lui, Lembke trouva le jeune homme dans son cabinet de travail, endormi sur le divan. Celui-ci expliqua qu'il était venu le voir, mais ne l'ayant pas trouvé chez lui en avait « profité pour faire un somme ». Von Lembke se vexa et se plaignit de nouveau à son épouse ; elle se moqua de sa susceptibilité et déclara d'un ton mordant que cela prouvait qu'il ne savait pas se faire respecter ; du moins, avec elle « ce garçon » ne se permettait jamais de familiarités et d'ailleurs il était « naïf et plein de fraîcheur, quoique hors des conventions de la société ». Von Lembke bouda. Cette fois Julie Mikhaïlovna les réconcilia. Non que Piotr Stepanovitch présentât des excuses ; il s'en tira par une grossière plaisanterie qui, en d'autres circonstances, aurait pu être prise pour une nouvelle insulte, mais qui dans le cas présent fut acceptée pour du repentir. Le point faible consistait en ce que, dès le début, André Antonovitch avait commis une bévue, c'est-à-dire qu'il lui avait communiqué son roman. S'imaginant avoir affaire à un jeune homme ardent sensible à la poésie, et rêvant depuis longtemps d'avoir un auditeur, il lui en avait lu un soir deux chapitres quelques jours après avoir fait sa connaissance. L'autre écouta sans dissimuler son ennui, bâilla impoliment, ne fit pas un seul compliment, mais en partant insista pour emporter le manuscrit afin de pouvoir se faire une opinion à loisir, et André Antonovitch le lui confia. Depuis lors il n'avait pas rendu le manuscrit, bien qu'il vînt tous les jours, et se contentait de rire en réponse aux questions ; finalement il déclara l'avoir perdu dans la rue le jour même où il l'avait reçu. En apprenant cela, Julie Mikhaïlovna entra dans une terrible colère contre son époux.

— Ne lui as-tu pas par hasard parlé du temple ? dit-elle tout agitée et presque avec effroi.

Von Lembke se prit décidément à réfléchir. Or réfléchir n'était pas bon pour sa santé et lui était interdit par les médecins. Outre que la province lui donnait de nombreux soucis, ainsi que nous le dirons plus loin, il y avait là une question spéciale, on peut même dire que son cœur souffrait, et non pas son amour-propre de chef seulement. En se mariant André Antonovitch n'aurait jamais supposé la possibilité de dissensions et de conflits futurs dans son ménage. Ainsi s'était-il toute sa vie imaginé le mariage en rêvant à Minna et à Ernestine. Il se sentit incapable d'affronter les orages domestiques. Julie Mikhaïlovna s'expliqua enfin franchement avec lui.

— Tu ne peux te fâcher à cause de cela, dit-elle, ne serait-ce que parce que tu es deux fois plus raisonnable que lui et infiniment plus haut placé sur l'échelle sociale. Il reste encore chez ce garçon beaucoup de vestiges des allures de libre penseur et, selon moi, ce n'est que de la gaminerie ; mais on ne peut rien brusquer, il faut s'y prendre progressivement. On doit savoir apprécier notre jeunesse ; j'agis par la bonté et je les retiens au bord des folies.

— Mais il dit le diable sait quoi, objecta von Lembke. Je ne puis me montrer tolérant quand, devant les autres et en ma présence, il prétend que le gouvernement soûle exprès le peuple avec de la vodka pour l'abrutir et l'empêcher ainsi de se soulever. Représente-toi ma situation quand je suis obligé d'écouter cela devant tout le monde.

En parlant ainsi von Lembke pensait à une récente conversation qu'il avait eue avec Piotr Stepanovitch. Dans l'innocent dessein de le désarmer par son libéralisme, il lui avait montré sa collection personnelle de tracts de toute sorte parus en Russie et à l'étranger qu'il réunissait soigneusement depuis 1859, non pas en amateur mais par curiosité utile. Piotr Stepanovitch, devinant ses intentions, dit grossièrement que, dans une seule ligne de certains tracts, il y avait plus de sens que dans toute une chancellerie, « sans excepter peut-être la vôtre ».

Lembke fut scandalisé.

— Mais c'est trop tôt chez nous, trop tôt, dit-il d'un ton presque interrogateur en montrant les tracts.

— Non, pas trop tôt ; vous en avez peur, donc il n'est pas trop tôt.

— Mais tout de même il y a là par exemple un appel à la destruction des églises.

— Et pourquoi pas ? Vous êtes un homme intelligent et naturellement vous ne croyez pas vous-même, pourtant vous comprenez trop bien que vous avez besoin de la foi pour abrutir le peuple. La vérité est plus honnête que le mensonge.

— Je suis d'accord, je suis d'accord, je suis tout à fait d'accord avec vous, mais cela c'est trop tôt chez nous, trop tôt... répondit von Lembke en grimaçant.

— Alors quel fonctionnaire du gouvernement êtes-vous donc après cela si vous convenez vous-même qu'il faut démolir les églises et marcher avec des pieux sur Pétersbourg, et si toute la différence n'est pour vous que dans le délai ?

Pris à un piège si grossier, Lembke fut profondément ulcéré.

— Ce n'est pas cela, ce n'est pas cela, répondit-il, de plus en plus blessé dans son amour-propre, jeune comme vous êtes et surtout ignorant de nos desseins, vous faites erreur. Voyez-vous, très cher Piotr Stepanovitch, vous nous appelez des fonctionnaires du gouvernement ? C'est exact. Des fonctionnaires indépendants ? C'est exact. Mais, permettez, comment agissons-nous ? Nous avons des responsabilités, mais en fin de compte nous servons la chose publique comme vous. Nous ne faisons que maintenir ce que vous ébranlez et qui sans nous s'en irait de toutes parts. Nous ne sommes pas vos ennemis, pas du tout, nous vous disons : allez de l'avant, progressez, ébranlez même, c'est-à-dire ébranlez tout ce qui est vieux, tout ce qui doit être changé ; mais quand il le faudra, nous vous maintiendrons dans les limites nécessaires et vous sauverons ainsi de vous-mêmes, car sans nous vous ne feriez qu'ébranler la Russie en lui enlevant tout aspect décent, et notre tâche consiste précisément à veiller à lui conserver sa décence. Pénétrez-vous de ceci que nous avons besoin les uns des autres. En Angleterre, les whigs et les tories ont aussi besoin les uns des autres. Eh bien, nous sommes les tories, vous êtes les whigs, c'est justement ainsi que je vois les choses.

André Antonovitch devenait même lyrique. Il aimait, déjà à Pétersbourg, à parler intelligemment et en libéral et, surtout, cette fois personne n'épiait ses paroles. Piotr Stepanovitch se taisait et se montrait plus sérieux que de coutume. Cela stimula encore l'orateur.

— Savez-vous que moi, le « maître de la province », poursuivit-il en arpentant son cabinet, savez-vous qu'étant donné la multiplicité de mes attributions, je ne puis en remplir aucune, et d'autre part je peux tout aussi bien dire que je n'ai rien à faire ici. Le secret, c'est que tout dépend des vues du gouvernement. Que le gouvernement instaure fût-ce la république, mettons par politique ou pour apaiser les passions, et que d'autre part, parallèlement, il renforce le pouvoir des gouverneurs, nous avalerons la république, que dis-je la république, nous avalerons tout ce que vous voudrez ; moi du moins, je me sens prêt à le faire... En un mot, que le gouvernement me prescrive par télégraphe une *activité dévorante*, et je déploie une *activité dévorante*. J'ai déclaré ici tout net : « Messieurs, pour équilibrer et faire prospérer toutes les institutions de la province, une chose est indispensable : le renforcement du pouvoir des gouverneurs. » Voyez-vous, il faut que toutes ces institutions — les provinciales comme les judiciaires — aient pour ainsi dire une double existence, c'est-à-dire qu'il faut qu'elles existent (je conviens que c'est indispensable) et d'autre part il faut qu'elles n'existent pas. Toujours selon les vues du gouvernement. Que subitement les institutions apparaissent indispensables, et je les ferai aussitôt surgir. La nécessité passée, personne ne les retrouvera plus chez moi. Voilà ce que j'entends par *activité dévorante*, mais elle est impossible sans le renforcement du pouvoir des gouverneurs. Nous causons entre quatre yeux. J'ai déjà, vous savez, signalé à Pétersbourg la nécessité d'avoir un factionnaire spécial à la porte de la résidence du gouverneur. J'attends une réponse.

— A vous il vous en faut deux, dit Piotr Stepanovitch.

— Pourquoi deux ? demanda von Lembke en s'arrêtant devant lui.

— Il se peut bien qu'un seul ne suffise pas pour qu'on vous respecte. Il vous en faut absolument deux.

André Antonovitch grimaça.

— Vous... vous vous permettez Dieu sait quoi, Piotr Stepanovitch. Profitant de ma bonté, vous lancez des pointes et vous jouez je ne sais quel *bourru bienfaisant*...

— Ma foi, c'est comme vous voudrez, grommela Piotr Stepanovitch, mais en tout cas vous nous frayez le chemin et vous préparez notre succès.

— C'est-à-dire à qui donc à nous et quel succès ? demanda von Lembke en ouvrant sur lui des yeux étonnés, mais il n'obtint pas de réponse.

Julie Mikhaïlovna, mise au courant de la conversation, fut très mécontente.

— Mais je ne puis tout de même pas, se défendait von Lembke, traiter en chef ton favori, et encore en tête-à-tête... J'ai pu en dire trop... par bonté d'âme.

— Par trop de bonté. Je ne savais pas que tu avais une collection de tracts, aie l'obligeance de me la montrer.

— Mais... il a insisté pour l'emporter pour un jour.

— Et vous avez encore donné ! s'écria Julie Mikhaïlovna en se fâchant ; quel manque de tact !

— Je vais envoyer tout de suite la lui reprendre.

— Il ne la rendra pas.

— Je l'exigerai ! cria von Lembke bouillonnant, et il sauta même sur ses pieds. Qui est-il pour qu'on ait tellement peur de lui et qui suis-je pour ne rien oser faire ?

— Rasseyez-vous et calmez-vous, dit Julie Mikhaïlovna l'arrêtant, je vais répondre à votre première question : il m'a été très chaleureusement recommandé, il est doué et il dit parfois des choses extrêmement intelligentes. Karmazinov m'assure qu'il a des relations presque partout et qu'il exerce une très grande influence sur les jeunes de la capitale. Or si par lui je les attire tous et les groupe autour de moi, je les détournerai de leur perte en indiquant une voie nouvelle à leur ambition. Il m'est dévoué de tout cœur et m'écoute en tout.

— Mais pendant qu'on les flatte, le diable sait ce qu'ils peuvent faire. Bien sûr, c'est une idée... dit von Lembke se défendant vaguement, mais... mais j'apprends que des tracts circulent dans le district de X.

— Ce bruit a déjà couru cet été — des tracts, de faux billets, que ne raconte-t-on pas — pourtant jusqu'à présent on ne vous en a pas apporté un seul. Qui vous l'a dit ?

— Je le tiens de von Blumer.

— Ah, laissez-moi tranquille avec votre Blumer et ne me parlez jamais de lui !

Julie Mikhaïlovna bouillait et pendant une minute elle fut même incapable de parler. Von Blumer était un fonctionnaire attaché à la chancellerie du gouverneur qu'elle exécrait particulièrement. Nous y reviendrons plus loin.

— Je t'en prie, ne t'inquiète pas de Verkhovenski, dit-elle pour conclure la conversation, s'il prenait part à des histoires il ne parlerait pas comme il te parle à toi et comme il parle à tout le monde ici. Les phraseurs ne sont pas dangereux et je dirai même que si quelque chose arrivait, je serais la première à le savoir par lui. Il m'est fanatiquement dévoué, fanatiquement !

Je dirai, devançant les événements, que sans la présomption et l'ambition de Julie Mikhaïlovna, ces vilaines petites gens n'auraient peut-être pu faire tout ce qu'ils ont réussi à faire chez nous. En cela elle porte une grande part de responsabilité !

CHAPITRE V

1

La date de la fête par souscription que projetait Julie Mikhaïlovna au profit des institutrices pauvres de notre province avait déjà été plusieurs fois fixée et reculée. Autour de Julie Mikhaïlovna s'agitaient en permanence Piotr Stepanovitch, le petit fonctionnaire Liamchine qu'elle employait à faire les courses, ce Liamchine qui allait autrefois chez Stepan Trofimovitch et qui était subitement entré en faveur dans la maison du gouverneur grâce à ses dons de pianiste ; en partie Lipoutine dont Julie Mikhaïlovna comptait faire le rédacteur en chef du futur journal indépendant de la province ; quelques dames et demoiselles, et enfin Karmazinov lui-même qui, bien qu'il ne s'agitât pas, avait proclamé à haute voix et d'un air satisfait qu'il réservait à tout le monde une agréable surprise avec le quadrille de la littérature. Les souscripteurs et les donateurs se présentèrent très nombreux, toute la société choisie de la ville en était ; mais on acceptait aussi les gens les moins choisis pourvu qu'ils vinssent avec de l'argent. Julie Mikhaïlovna fit remarquer que parfois on devait même tolérer le mélange des classes, « autrement qui donc les éclairerait ? ». Un comité officieux se forma qui décida que la fête serait démocratique. L'abondance des souscriptions poussait à la dépense ; on voulait faire des merveilles : c'était la raison de tous les ajournements. On n'avait pas encore décidé où organiser le bal le soir : dans l'immense maison de la femme du maréchal de la noblesse que celle-ci prêtait pour la circonstance, ou chez Varvara Petrovna à Skvorechniki. A Skvorechniki ce serait un peu loin, mais beaucoup de membres du comité insistaient en disant qu'on y serait plus « à l'aise ». Varvara Petrovna elle-même tenait beaucoup à ce que ce fût chez elle. Il est difficile de dire pourquoi cette femme orgueilleuse en était presque à rechercher les bonnes grâces de Julie Mikhaïlovna. Il lui était sans doute agréable de voir celle-ci s'humilier à son tour devant Nicolas Vsevolodovitch et faire l'aimable avec lui comme avec personne. Je le répète encore : Piotr Stepanovitch continuait tout le temps et sans relâche d'implanter à voix basse dans la maison du gouverneur cette idée qu'il avait déjà lancée auparavant, que Nicolas Vsevolodovitch possédait les relations les plus mystérieuses dans le monde le plus mystérieux et que certainement il se trouvait ici chargé de quelque mission.

Il était étrange alors, l'état des esprits ici. Dans la société des dames, surtout, régnait une sorte d'insouciance et l'on ne peut pas dire qu'elle se fût installée peu à peu. Comme à la faveur du vent, quelques idées extrêmement désinvoltes avaient été lancées. Ce fut une période facile, légère, je ne dirai pas qu'elle fût toujours agréable. Un certain désordre des esprits était à la mode. Plus tard, quand tout fut fini, on accusa Julie Mikhaïlovna, son entourage et son influence ; mais il est douteux que tout fût venu de la seule Julie Mikhaïlovna. Au contraire, très nombreux étaient ceux qui, au début, louaient à l'envi la femme du gouverneur parce qu'elle savait unir la société et que la vie était devenue d'un coup plus gaie. Il y eut même quelques incidents scandaleux où Julie Mikhaïlovna n'était absolument pour rien, mais tout le monde se contenta alors d'en rire et de s'en amuser et il ne se trouva personne pour y mettre fin. Un nombre assez important de gens qui avaient une opinion bien à eux sur les événements d'alors réussirent, il est vrai, à rester à l'écart ; mais ceux-là non plus ne protestaient pas encore ; même ils souriaient.

Je me souviens que, comme tout naturellement, un cercle assez étendu s'était formé alors, qui avait peut-être vraiment pour centre le salon de Julie Mikhaïlovna. Dans ce petit groupe intime qui se pressait autour d'elle, bien entendu parmi les jeunes, il était permis et l'on avait même pris pour règle de se livrer à diverses plaisanteries — parfois en effet assez libres. Il y avait même dans ce cercle quelques dames tout à fait charmantes. La jeunesse organisait des pique-niques, des soirées, parfois on parcourait la ville en une véritable cavalcade, en équipages et à cheval. On recherchait des aventures, on allait jusqu'à en inventer et provoquer soi-même, uniquement pour avoir une histoire amusante à raconter. Notre ville était traitée comme je ne sais quelle ville de nigauds. Les habitants les taxaient d'ironistes ou persifleurs, car il y avait peu de chose qui les arrêtât. Il arriva par exemple qu'à une soirée la femme d'un sous-lieutenant, une brunette toute jeune quoique épuisée par la vie de privations qu'elle menait auprès de son mari, joua aux cartes à un taux élevé, dans l'espoir de gagner de quoi s'acheter une mantille ; et au lieu de gagner elle perdit quinze roubles. Craignant son mari et dans l'impossibilité de payer, elle fit appel à son courage de jadis et décida d'emprunter l'argent en cachette, à la soirée même, au fils de notre maire, un très vilain gamin fort usé pour son âge. Celui-ci non seulement refusa mais alla même le dire au mari en riant à gorge déployée. Le lieutenant, qui n'avait en effet pour toute ressource que sa solde, ramena son épouse à la maison et s'en donna à cœur joie, quoiqu'elle criât, le suppliât et lui demandât pardon à genoux. Cette révoltante histoire ne provoqua dans toute la ville que des rires, et bien que la pauvre femme du lieutenant ne fît pas partie de la société qui entourait Julie Mikhaïlovna, une des dames de cette « cavalcade », personne excentrique et délurée qui la connaissait par hasard, alla la chercher et sans autre forme de procès l'emmena chez elle. Là nos polissons s'emparèrent aussitôt d'elle, la cajolèrent, la couvrirent de cadeaux et la gardèrent quatre jours sans la rendre à son mari. Elle vécut chez la dame délurée, passant tout son temps avec elle et avec toute la société qui s'amusait en promenades dans la ville, prenant part aux distractions, aux danses. Chacun la poussait à traîner son mari en justice, à soulever une histoire. On l'assurait que tout le monde la soutiendrait, irait témoigner. Le mari se taisait, n'osant engager la lutte. La pauvrette se rendit enfin compte qu'elle s'était fourrée dans un guêpier et, le quatrième jour, à la tombée de la nuit, s'enfuit à demi morte de peur de chez ses protecteurs, pour rejoindre son lieutenant. On ne sait pas exactement ce qui se passa entre les époux ; en tout cas, deux volets de la petite maison basse en bois où logeait le lieutenant restèrent fermés pendant quinze jours. Julie Mikhaïlovna se fâcha contre les polissons quand elle eut tout appris et fut très mécontente de l'initiative de la dame délurée, bien que celle-ci lui eût présenté la femme du lieutenant dès le premier jour de son enlèvement. Au demeurant, on ne tarda pas à oublier tout cela.

Une autre fois, la fille d'un petit fonctionnaire, en apparence honorable père de famille, fut demandée en mariage par un jeune homme habitant un autre district et qui était de passage chez nous, lui aussi petit fonctionnaire ; cette fillette de dix-sept ans, une beauté, était connue de toute la ville. Mais soudain on apprit que, la nuit de noce, le nouvel époux s'était conduit avec la jeune beauté d'une façon fort impolie, vengeant son honneur flétri. Liamchine, qui en avait presque été témoin, car ayant beaucoup bu à la noce, il était resté coucher dans la maison, colporta dès l'aube la joyeuse nouvelle. En un clin d'œil une bande d'une dizaine de personnes se forma, tous à cheval, certains montant des chevaux de cosaques loués, comme par exemple Piotr Stepanovitch et Lipoutine qui, malgré ses cheveux blancs, prenait alors part à presque toutes les aventures scandaleuses de notre frivole jeunesse. Lorsque les jeunes mariés sortirent, dans un drojki attelé de deux chevaux, pour faire les visites, obligatoires selon nos usages dès le lendemain de la cérémonie, quelles que soient les circonstances, cette calvacade entoura le drojki avec des rires joyeux et les escorta toute la matinée à travers la ville. Il est vrai qu'ils ne les suivirent pas à l'intérieur mais attendirent à cheval devant la porte ; ils s'abstinrent aussi d'insulter trop ouvertement les jeunes mariés, mais firent néanmoins scandale. Toute la ville en parla. Bien entendu, tout le monde en faisait les gorges chaudes. Mais cette fois Lembke se fâcha et eut de nouveau une scène animée avec Julie Mikhaïlovna. Celle-ci entra aussi dans une vive colère et voulut un instant fermer sa porte aux polissons. Mais dès le lendemain elle leur pardonna à tous, cédant aux adjurations de Piotr Stepanovitch et à quelques mots dits par Karmazinov. Ce dernier trouvait la « plaisanterie » assez spirituelle.

— C'est dans les mœurs d'ici, dit-il, du moins cela a du caractère et... c'est hardi ; et voyez, tout le monde rit, vous êtes la seule à vous indigner.

Mais il y eut aussi des farces intolérables, comportant une certaine nuance.

Une colporteuse qui vendait l'Evangile, une femme respectable quoique d'humble extraction, vint en ville. On parla d'elle, car de curieux échos sur les colporteurs de livres venaient de paraître dans les journaux de la capitale. Ce fut de nouveau ce coquin de Liamchine qui, avec l'aide d'un séminariste désœuvré qui attendait d'être nommé maître d'école, glissa subrepticement dans le sac de la colporteuse, sous prétexte de lui acheter des livres, tout un paquet d'ignobles photographies obscènes venues de l'étranger qui lui avaient été données spécialement pour cela, comme on le sut par la suite, par un fort honorable vieillard dont je tairai le nom, décoré d'un ordre important et qui aimait, selon son expression, « le rire sain et la joyeuse plaisanterie ». Lorsque la pauvre femme se mit en devoir, dans les galeries marchandes, de retirer les livres saints de son sac, les photographies s'éparpillèrent. Des rires s'élevèrent, des murmures, la foule se rassembla, s'avança, des injures en partirent, on en serait venu aux coups si la police n'était arrivée à temps. On enferma la colporteuse au poste et le soir seulement, grâce aux efforts de Mavriki Nicolaevitch qui avait appris avec indignation les détails de cette vilaine histoire, on la relâcha et la conduisit hors de la ville. Cette fois, Julie Mikhaïlovna décida de chasser pour de bon Liamchine, mais le soir même toute la bande le lui amena en annonçant qu'il avait composé une petite pièce nouvelle pour piano et en la suppliant de vouloir bien l'écouter seulement. Cette petite pièce, cocassement intitulée « Guerre franco-prussienne », se trouva en effet être amusante. Elle commençait par les accents martiaux de la *Marseillaise* :

« Qu'un sang impur abreuve nos sillons. »

On entendait un défi grandiloquent, l'enivrement des futures victoires. Mais brusquement, en même temps que des variations magistrales sur les mesures de l'hymne, quelque part à côté, en bas, dans un coin, mais très près, se faisaient entendre les vilains accents de *Mein lieber Augustin*. La Marseillaise ne les remarque pas. La Marseillaise est au comble de l'ivresse devant sa propre grandeur ; mais *Augustin* se renforce, *Augustin* se fait toujours plus impudent, et voilà que les mesures d'*Augustin* commencent comme à l'improviste à coïncider avec celles de la Marseillaise. Celle-ci semble se fâcher ; elle remarque enfin *Augustin*, elle veut s'en débarrasser, le chasser comme une mouche importune, mais *Mein lieber Augustin* s'est solidement accroché à elle ; il est gai et sûr de lui ; il est joyeux et insolent ; et la Marseillaise devient tout à coup incroyablement bête ; elle ne cache plus qu'elle est irritée et offensée ; ce sont des clameurs d'indignation, ce sont des larmes et des serments, les bras tendus vers la Providence :

« *Pas un pouce de notre terrain, pas une de nos [forteresses.* »

Mais maintenant elle est contrainte de chanter en mesure avec *Mein lieber Augustin.* Ses accents se confondent le plus stupidement du monde avec *Augustin,* elle s'affaisse, s'éteint. Par moments seulement, par à-coups, on perçoit de nouveau : *qu'un sang impur...,* mais aussitôt cela retombe de la manière la plus humiliante dans la vilaine valse. Elle se soumet complètement : c'est Jules Favre sanglotant sur la poitrine de Bismarck et lui abandonnant tout, tout... Mais alors *Augustin* devient féroce à son tour ; on entend des sons éraillés, on sent la bière bue sans mesure, la fureur exacerbée de la vantardise, l'exigence de milliards, de cigares fins, de champagne et d'otages ; *Augustin* se mue en un rugissement forcené. La guerre franco-prussienne prend fin. Les nôtres applaudissent, Julie Mikhaïlovna sourit et-dit : « Voyons, comment le chasser ? » La paix est conclue. Le gredin avait vraiment un certain talent. Stepan Trofimovitch m'assurait un jour que les plus grands artistes peuvent être les derniers des gredins et que l'un n'empêche pas l'autre. Le bruit courut plus tard que Liamchine avait volé cette pièce à un jeune homme modeste et plein de talent qu'il avait connu alors que celui-ci était de passage chez nous, et qui demeura à jamais inconnu ; mais ceci est en dehors du sujet. Ce coquin de Liamchine qui, pendant plusieurs années, avait flatté Stepan Trofimovitch, représentant à ses soirées, sur demande, un juif, la confession d'une paysanne sourde ou une femme en couches, caricaturait parfois maintenant chez Julie Mikhaïlovna, de la façon la plus cocasse, Stepan Trofimovitch lui-même sous le titre : « Un libéral des années 1840 ». Tout le monde se tordait, si bien qu'à la fin il fut décidément impossible de le chasser : il s'était vraiment rendu indispensable. Par surcroît, il recherchait servilement les bonnes grâces de Piotr Stepanovitch qui à son tour avait déjà acquis alors une influence étrangement puissante sur Julie Mikhaïlovna.

Je n'aurais pas parlé spécialement de ce gredin et il ne méritait pas que l'on s'y attardât ; mais une révoltante histoire survint alors, à laquelle, assure-t-on, il prit part, et cette histoire, il m'est impossible de la passer sous silence dans ma chronique.

Un matin, la nouvelle se répandit dans toute la ville qu'une profanation monstrueuse et révoltante avait été commise. A l'entrée de notre vaste place du marché se trouve la vétuste église de la Nativité de la Vierge qui constitue un monument remarquablement ancien dans notre très vieille ville. Au portail du mur d'enceinte, il y avait depuis toujours une grande icone de la Vierge, encastrée dans le mur, derrière une grille. Et voici qu'une nuit l'icone fut saccagée, la vitre brisée, la grille démolie et la couronne et la garniture dépouillées de plusieurs pierres et perles ; j'ignore si elles avaient une très grande valeur. Mais le plus grave était qu'outre le vol un sacrilège gratuit, insultant avait été commis : derrière la vitre brisée de l'icone, on trouva, dit-on, au matin une souris vivante. On sait positivement aujourd'hui, quatre mois après l'incident, que le crime avait été commis par le bagnard Fedka, mais je ne sais pourquoi on met aussi en cause Liamchine. Sur le moment personne ne parla de Liamchine et on ne le soupçonna nullement, mais maintenant tout le monde affirme que c'était lui qui introduisit la souris. Je me souviens que toutes nos autorités perdirent un peu la tête. Le peuple se pressa sur le lieu du crime dès le matin. Il y avait constamment une foule, pas tellement nombreuse, mais tout de même composée d'une centaine de personnes. Les uns arrivaient, les autres s'en allaient. Les nouveaux venus se signaient, baisaient l'icone ; des dons furent faits et l'on apporta de l'église un plateau, un moine vint se placer près du plateau, et c'est vers trois heures de l'après-midi seulement que les autorités s'avisèrent que l'on pouvait interdire l'attroupement et prescrire aux gens de passer leur chemin après avoir prié, baisé l'icone et donné leur obole. Sur von Lembke cet incident navrant produisit la plus sombre impression. Julie Mikhaïlovna, ainsi qu'on me le raconta, déclara plus tard que c'est à partir de ce matin sinistre qu'elle commença à remarquer chez son époux cet étrange abattement qui ne le quitta plus jusqu'à son départ de notre ville — départ qui eut lieu il y a deux mois pour raisons de santé — et qui, paraît-il, l'accompagne encore aujourd'hui en Suisse, où il continue à se reposer après sa brève carrière dans notre province.

Je me rappelle que, vers une heure de l'après-midi, je passai sur la place ; la foule était silencieuse et les visages graves et sombres. Un marchand gras et jaune arriva dans un drojki, descendit de voiture, se prosterna, baisa l'icone, donna un rouble, remonta en soupirant dans le drojki et partit. Une calèche arriva ensuite, amenant deux de nos dames accompagnées de deux de nos polissons. Les jeunes gens (dont l'un n'était plus tout jeune) descendirent aussi de voiture et se frayèrent un chemin vers l'icone en écartant assez négligemment la foule. Tous deux gardèrent leur chapeau sur la tête et l'un d'eux mit son pince-nez. Des murmures s'élevèrent dans la foule, sourds il est vrai mais dépourvus de bienveillance. Le gaillard au pince-nez tira de son porte-monnaie bourré de billets de banque une pièce d'un kopek en cuivre et la jeta sur le plateau ; puis tous deux, riant et parlant tout haut, regagnèrent leur voiture. A ce moment, Elisabeth Nicolaevna arriva soudain à cheval en compagnie de Mavriki Nicolaevitch. Elle sauta à terre, jeta les rênes à son compagnon resté sur son ordre en selle, et s'approcha de l'icone au moment même où le kopek tombait dans le plateau. Le rouge de l'indignation lui envahit les joues ; elle enleva son chapeau rond, ses gants, tomba à genoux devant l'icone, en plein trottoir boueux, et se prosterna trois fois avec ferveur. Puis elle prit son porte-monnaie, mais voyant qu'il ne contenait que quelques pièces de dix kopeks, elle détacha aussitôt ses boucles d'oreille en diamants et les déposa sur le plateau.

— On peut ? On peut ? Pour l'ornement de l'icone ? demanda-t-elle tout émue au moine.

— C'est permis, répondit celui-ci ; toute offrande est bonne.

La foule se taisait sans manifester ni blâme ni approbation. Elisabeth Nicolaevna remonta en selle avec sa robe couverte de boue et s'éloigna.

2

Deux jours après l'incident que je viens de relater, je la rencontrai en nombreuse compagnie qui se rendait quelque part dans trois voitures entourées de cavaliers. Elle m'appela d'un signe de la main, fit arrêter la voiture et me demanda instamment de me joindre à eux. On me fit place dans la voiture et elle me présenta à ses compagnes, des dames élégantes, et m'expliqua qu'ils entreprenaient tous une très intéressante expédition. Elle riait aux éclats et paraissait vraiment un peu trop heureuse. Les tout derniers temps elle était devenue d'une gaieté qui confinait à l'exubérance. En effet, il s'agissait d'une entreprise excentrique : tous se rendaient sur l'autre rive, chez le marchand Sevastianov, dans un pavillon duquel

vivait, depuis une dizaine d'années, au repos, dans l'abondance et entouré de soins, notre bienheureux et vati-
cinant Semion Iacovlevitch, connu non seulement chez
nous mais encore dans les provinces voisines et jusque
dans les capitales. Tout le monde allait lui rendre visite,
surtout les gens de passage, cherchant à obtenir de lui
un mot de simple d'esprit, le vénérant et versant des
oboles. Ces oboles, parfois importantes, quand Semion
Iacovlevitch n'en disposait pas lui-même séance tenante,
étaient pieusement envoyées aux églises de Dieu et principalement à notre monastère de la Vierge ; à cette fin,
le monastère avait délégué un moine qui restait en permanence de service auprès de Semion Iacovlevitch. Tout
le monde se promettait beaucoup d'amusement. Personne
de cette bande n'avait encore vu Semion Iacovlevitch.
Seul Liamchine était autrefois allé le voir et assurait que
celui-ci l'avait fait chasser à coups de balai en lui lançant
de sa propre main deux grosses pommes de terre cuites.
Parmi les cavaliers, je remarquai aussi Piotr Stepanovitch, qui montait de nouveau un cheval de cosaque
loué sur lequel il se tenait fort mal, et Nicolas Vsevolodovitch, lui aussi à cheval. Ce dernier ne se dérobait pas
toujours aux distractions générales et, en ces occasions,
avait invariablement une mine convenablement gaie,
quoiqu'à son habitude il parlât peu et rarement. Lorsque,
descendant vers le pont, l'expédition arriva à la hauteur
de l'hôtel, quelqu'un annonça soudain que dans une
chambre de cet hôtel on venait de découvrir le cadavre
d'un voyageur qui s'était brûlé la cervelle, et que l'on
attendait la police. Aussitôt l'idée vint d'aller voir le
suicidé. On soutint l'idée : nos dames n'avaient jamais
vu de suicidés. Je me souviens qu'à cette occasion l'une
d'elles déclara à haute voix « qu'on en avait tellement
assez de tout qu'il n'y avait pas à faire les difficiles en fait
de distractions, pourvu que ce fût amusant ». Quelques-
unes seulement restèrent à attendre devant le perron ;
les autres pénétrèrent en foule dans le couloir sordide et
parmi elles, à ma surprise, je vis Elisabeth Nicolaevna.
La porte de la chambre du mort était ouverte et, bien
entendu, on n'osa pas nous en interdire l'entrée. C'était
un tout jeune homme de dix-neuf ans, certainement pas
plus, qui avait dû être très joli garçon, avec ses épais
cheveux blonds, son ovale régulier, son front admirablement pur. Il était déjà roide et son petit visage blanc
semblait être de marbre. Sur la table, il y avait un billet
écrit de sa main, où il disait que l'on ne devait accuser
personne de sa mort et qu'il se tuait parce qu'il avait

« dilapidé » quatre cents roubles. Le mot dilapidé figurait en toutes lettres dans le billet : ces quatre lignes contenaient trois fautes d'orthographe. Un gros homme, propriétaire terrien, probablement son voisin qui, venu en ville pour ses affaires, occupait la chambre à côté de la sienne, se lamentait particulièrement sur lui. Il apparut selon ses dires que le jeune garçon avait été envoyé par sa famille, sa mère veuve, ses sœurs et ses tantes, de leur propriété à la ville afin de faire, sous la conduite d'une parente qui y habitait, différents achats pour le trousseau de sa sœur aînée qui se mariait, et de les rapporter à la maison. On lui avait confié ces quatre cents roubles, fruit de dizaines d'années d'économies, en gémissant, en s'exclamant de peur et à grand renfort de recommandations interminables, de prières et de signes de croix. Le garçon avait été jusque-là modeste et digne de confiance. Arrivé trois jours plus tôt en ville, il descendit à l'hôtel et alla tout droit au club dans l'espoir de trouver dans une salle du fond un gros joueur de passage qui voulût bien tailler une banque, ou du moins quelque autre partenaire. Mais ce soir-là il n'y avait pas de gros joueur ni aucun partenaire. Regagnant sa chambre vers minuit, il se fit apporter du champagne, des cigares de La Havane et commanda un souper de six ou sept plats. Mais le champagne l'enivra, le cigare le fit vomir, si bien qu'il ne toucha même pas aux plats servis et se coucha presque sans connaissance. Se réveillant le lendemain frais comme une pomme, il se rendit aussitôt au campement de tziganes qui se trouvait sur l'autre rive dans un faubourg et dont il avait entendu parler la veille au club, et ne reparut plus à l'hôtel de deux jours. Enfin, hier, vers cinq heures de l'après-midi, il rentra ivre, se coucha aussitôt et dormit jusqu'à dix heures du soir. A son réveil, il commanda une côtelette, une bouteille de château-yquem et du raisin, du papier, de l'encre et sa note. Personne n'avait rien remarqué en lui de particulier ; il était calme, silencieux et aimable. Il avait dû se tuer vers minuit quoique, chose étrange, personne n'eût entendu la détonation. On ne s'était inquiété de lui qu'aujourd'hui, vers une heure de l'après-midi, et n'obtenant pas de réponse, on avait enfoncé la porte. La bouteille de château-yquem était à moitié pleine, de raisin il restait aussi une demi-assiette. La balle avait été tirée avec un petit revolver à deux coups droit au cœur. Il y avait eu très peu de sang ; le revolver était tombé des mains sur le tapis. Le jeune homme était à moitié étendu dans un coin sur le divan. La mort avait dû être instantanée ; aucune souffrance de l'agonie n'apparaissait sur le visage ; l'expression en était calme, presque heureuse, il semblait qu'il n'eût eu qu'à vivre. Les nôtres le contemplaient tous avec une curiosité avide. En général, dans tout malheur du prochain il y a toujours quelque chose qui réjouit l'œil d'un tiers, quel qu'il soit. Nos dames regardaient en silence tandis que leurs compagnons se distinguaient par leurs bons mots et une haute présence d'esprit. L'un d'eux dit que c'était la meilleure solution et que le jeune homme ne pouvait rien trouver de plus intelligent ; un autre conclut que, ne fût-ce qu'un instant, il avait du moins bien vécu. Un troisième se demanda brusquement pourquoi il arrivait maintenant si souvent chez nous qu'on se pendît ou se brûlât la cervelle, comme si l'on était déraciné, comme si le sol manquait sous les pieds de tous ? On lança au raisonneur des regards dépourvus d'aménité. En revanche, Liamchine, qui s'honorait de son rôle de bouffon, prit dans l'assiette une grappe de raisin, un autre l'imita en riant et un troisième tendit même la main vers la bouteille de château-yquem. Mais il fut arrêté dans son geste par l'arrivée du chef de police qui alla jusqu'à demander « qu'on évacuât la pièce ». Comme tout le monde en avait déjà assez vu, on sortit aussitôt sans discuter, bien que Liamchine s'accrochât au chef de police lui posant des questions. La gaieté générale, les rires et les conversations folâtres redoublèrent presque d'animation pendant toute la seconde moitié du trajet.

Nous arrivâmes chez Semion Iacovlevitch à une heure précise de l'après-midi. Le portail de l'assez vaste maison du marchand était grand ouvert et l'accès du pavillon était libre. Nous apprîmes aussitôt que Semion Iacovlevitch était en train de dîner mais qu'il recevait. Toute notre bande entra d'un coup. La pièce assez spacieuse dans laquelle le bienheureux recevait et où il dînait, avait trois fenêtres et était séparée en deux parties égales par un grillage de bois qui allait d'un mur à l'autre et arrivait jusqu'à mi-corps. Les visiteurs ordinaires restaient en deçà du grillage, tandis que les privilégiés étaient admis, selon les indications du bienheureux, à franchir la porte du grillage et à pénétrer dans la partie qui lui était réservée et où il les faisait asseoir, si tel était son bon plaisir, dans ses vieux fauteuils de cuir et sur le divan ; lui-même trônait invariablement dans un antique fauteuil Voltaire tout élimé. C'était un homme qui pouvait avoir cinquante-cinq ans, assez grand, blond et chauve, le visage bouffi et jaune, les cheveux clairsemés, sans barbe, la joue droite enflée et la bouche comme légèrement tordue, une grosse verrue près de la narine gauche, de petits yeux étroits et une expression calme, posée, endormie. Il était vêtu à l'allemande d'une redingote noire, mais sans gilet ni cravate. Sous sa redingote on pouvait voir une chemise assez grossière mais blanche ; ses pieds qui devaient être malades étaient chaussés de pantoufles. J'ai entendu dire qu'il avait autrefois été fonctionnaire et qu'il était pourvu d'un grade. Il venait de manger une légère soupe de poisson et attaquait son second plat, des pommes de terre en robe des champs avec du sel. Il ne mangeait jamais rien d'autre ; il buvait seulement beaucoup de thé dont il était amateur. Autour de lui allaient et venaient trois domestiques que lui fournissait le marchand ; l'un d'eux était en habit, l'autre ressemblait à un commis, le troisième à un sacristain. Il y avait encore un gamin fort dégourdi de seize ans. Outre les domestiques se trouvait là un vénérable moine aux cheveux blancs, un peu trop corpulent, qui tenait le tronc. Sur une des tables bouillait un énorme samovar, à côté d'un plateau avec peut-être deux douzaines de verres. Une autre table en face, était occupée par les offrandes : quelques paquets et pains de sucre, deux ou trois livres de thé, une paire de pantoufles brodées, un foulard, une coupe de drap, une pièce de toile, etc. Les dons en argent allaient presque tous dans le tronc du moine. Il y avait beaucoup de monde dans la pièce : les visiteurs à eux seuls étaient une douzaine, dont deux derrière la grille, auprès de Semion Iacovlevitch ; l'un était un petit vieillard aux cheveux blancs, un fidèle du « commun », l'autre un petit moine sec de passage, assis posément et les yeux baissés. Les autres visiteurs, tous debout en deçà de la grille, étaient aussi pour la plupart des gens du peuple, à l'exception d'un gros marchand venu du chef-lieu du district, un barbu habillé à la russe mais que l'on savait riche à centaines de mille roubles ; d'une dame noble et pauvre d'un certain âge et d'un propriétaire terrien. Tous attendaient leur chance sans oser parler les premiers. Quatre se tenaient à genoux, mais celui qui attirait le plus l'attention était le propriétaire, un gros homme de quarante-cinq ans, qui, agenouillé tout contre la grille, le plus en vue attendait pieusement un regard ou un mot bienveillant de Semion Iacovlevitch. Il y avait déjà près d'une heure qu'il était là, mais celui-ci ne le remarquait toujours pas.

Nos dames se massèrent tout contre la grille, chuchotant entre elles gaiement et en étouffant des rires.

Ceux qui se tenaient à genoux et tous les autres visiteurs furent repoussés ou masqués, sauf le propriétaire qui resta obstinément en vue, s'accrochant même des deux mains à la grille. Des regards gais et pleins d'une curiosité avide se fixèrent sur Semion Iacovlevitch, ainsi que les faces-à-main, les pince-nez et même des jumelles. Liamchine, du moins, l'examinait dans une jumelle. Semion Iacovlevitch, placidement et paresseusement, promena ses petits yeux sur tout le monde.

— Aimable vue ! daigna-t-il prononcer d'une petite basse rauque et avec une légère exclamation.

Tous les nôtres rirent : « Que veut dire aimable vue ? » Mais Semion Iacovlevitch s'était replongé dans le silence et finissait ses pommes de terre. Enfin il s'essuya avec une serviette et on lui servit le thé.

D'habitude il ne prenait pas le thé seul et en offrait aussi aux visiteurs, nullement à tous pourtant, mais désignant lui-même ceux d'entre eux à qui il voulait faire ce bonheur. Ces instructions frappaient toujours par leur imprévu. Négligeant les gens riches et les notables, il faisait parfois servir un paysan ou une très vieille femme ; d'autres fois, négligeant les pauvres, il désignait quelque gras et riche marchand. Il y avait aussi différentes façons de servir le thé : aux uns on l'offrait sucré, à d'autres avec le sucre à part et à d'autres encore sans sucre du tout. Cette fois les privilégiés furent le petit moine de passage qui reçut le thé sucré, et le vieux pèlerin à qui l'on ne donna pas de sucre. Quant au gros moine au tronc délégué par le monastère, on ne lui en servit pas, quoique jusqu'alors il eût reçu chaque jour son verre.

— Semion Iacovlevitch, dites-moi quelque chose, il y a si longtemps que je voulais faire votre connaissance, modula avec un sourire et en clignant des yeux cette dame élégante de notre voiture qui avait dit qu'il ne fallait pas faire les difficiles en fait de distractions pourvu que ce fût amusant. Semion Iacovlevitch ne la regarda même pas. Le propriétaire agenouillé poussa un soupir profond et sonore, comme si l'on eût fait fonctionner de grands soufflets.

— Sucré ! dit Semion Iacovlevitch en désignant tout à coup le marchand riche à centaines de mille roubles ; celui-ci s'avança et vint se placer à côté du propriétaire.

— Donnez-lui encore du sucre ! ordonna Semion Iacovlevitch, une fois le verre rempli ; on mit encore une portion. « Encore, encore ! » on en ajouta une troisième et enfin une quatrième. Le marchand se mit en devoir de boire son sirop sans protester.

— Seigneur ! chuchota le peuple en se signant. Le propriétaire poussa de nouveau un sonore et profond soupir.

— Mon père ! Semion Iacovlevitch ! lança une voix triste mais si aiguë qu'on ne l'eût pas attendue de la dame pauvre que les nôtres avaient repoussée contre le mur. Voilà une grande heure que j'attends la grâce. Parle-moi, conseille-moi, orpheline que je suis.

— Demande-lui, dit Semion Iacovlevitch en la désignant au domestique qui ressemblait à un sacristain. Celui-ci s'approcha de la grille :

— Avez-vous fait ce que Semion Iacovlevitch vous a ordonné la dernière fois ? demanda-t-il à la veuve d'une voix basse et mesurée.

— Comment veux-tu, mon cher, Semion Iacovlevitch, comment pourrait-on le faire avec eux ! glapit la veuve, ce sont des cannibales, ils portent plainte contre moi au tribunal, ils menacent d'aller devant le Sénat ; et c'est contre leur propre mère !...

— Qu'on le lui donne !... dit Semion Iacovlevitch en indiquant un pain de sucre. Le gamin se précipita, saisit le pain et le porta à la veuve.

— Oh père, grande est ta bonté. Qu'est-ce que je ferais de tout ça ? glapit la veuve.

— Encore ! encore ! disait Semion Iacovlevitch généreux.

On apporta un autre pain. « Encore, encore », ordonnait le bienheureux ; on en apporta un troisième et enfin un quatrième. La veuve était entourée de tous côtés de sucre. Le moine du monastère soupira : tout cela aurait pu être acheminé le jour même vers le monastère comme les autres fois.

— Mais qu'est-ce que je ferais de tout ça ? gémissait avec humilité la veuve, il y a de quoi avoir mal au cœur toute seule !... Mais ne serait-ce pas par hasard quelque prophétie, mon père ?

— C'est bien ça, une prophétie, dit quelqu'un dans la foule.

— Encore une livre, encore ! dit Semion Iacovlevitch qui ne se tenait toujours pas pour satisfait.

Un pain entier restait encore sur la table, mais Semion Iacovlevitch avait prescrit de donner une livre et l'on donna à la veuve une livre.

— Seigneur, Seigneur ! soupirait le peuple en se signant. C'est une prophétie évidente !

— Adoucissez d'abord votre cœur par la bonté et la miséricorde et ensuite seulement venez vous plaindre de vos propres enfants, l'os de vos os, voilà ce que signifie, il faut croire, ce symbole, dit à voix basse mais avec complaisance le gros moine du monastère, à qui l'on avait négligé de servir le thé et qui, dans un accès d'amour-propre blessé, se chargeait de l'interprétation.

— Mais que dis-tu là, mon père, s'écria la veuve se fâchant tout à coup, ils m'ont traînée au bout d'une corde dans le brasier quand le feu a pris chez les Verkhichine. Ils m'ont enfermé un chat crevé dans mon coffre, c'est-à-dire qu'ils sont prêts à n'importe quelle abomination...

— Chassez-la, chassez-la ! cria Semion Iacovlevitch en agitant les bras.

Le sacristain et le gamin se précipitèrent de l'autre côté de la grille. Le sacristain prit la veuve sous le bras et, se calmant, elle se dirigea vers la porte, se retournant vers les pains de sucre que le gamin traînait derrière elle.

— Reprends-en un, reprends ! ordonna Semion Iacovlevitch au commis resté auprès de lui. Celui-ci courut après ceux qui sortaient et les trois domestiques revinrent au bout d'un moment, rapportant un pain de sucre d'abord donné et maintenant repris à la veuve ; elle en emporta tout de même trois.

— Semion Iacovlevitch, dit une voix à l'arrière, tout près de la porte, j'ai rêvé d'un oiseau, un choucas, il est sorti de l'eau et s'est envolé dans le feu. Que signifie ce rêve ?

— Signe de gel, proféra Semion Iacovlevitch.

— Semion Iacovlevitch, pourquoi donc ne m'avez-vous rien répondu, il y a si longtemps que je m'intéresse à vous, reprit notre dame.

— Demande ! dit Semion Iacovlevitch sans l'écouter en indiquant subitement le propriétaire agenouillé.

Le moine du monastère qui était ainsi désigné s'approcha posément du propriétaire :

— En quoi avez-vous péché ? Et ne vous avait-on pas ordonné quelque chose ?

— De ne pas me battre ; de ne pas avoir la main leste, répondit le propriétaire d'une voix rauque.

— L'avez-vous fait ? demanda le moine.

— Je ne peux pas, ma propre force l'emporte.

— Chassez-le, chassez-le ! À coups de balai, à coups de balai ! cria Semion Iacovlevitch en agitant les bras. Le propriétaire, sans attendre le châtiment, sauta sur ses pieds et s'enfuit.

— Il a laissé une pièce d'or, annonça le moine en ramassant par terre une demi-impériale.

— Voilà à qui il faut la donner, décida Semion Iacovlevitch en pointant l'index vers le riche marchand. Celui-ci n'osa pas refuser et la prit.

— L'or va vers l'or, ne put s'empêcher de dire le moine du monastère.

— Et à celui-là du thé sucré, ordonna Semion Iacovlevitch en indiquant subitement Mavriki Nicolaevitch. Un domestique versa le thé et par erreur le présenta à un gandin à pince-nez.

— Au long, au long, rectifia Semion Iacovlevitch.

Mavriki Nicolaevitch prit le verre, esquissa le salut militaire et se mit à boire. Je ne sais pourquoi, tous les nôtres partirent d'un grand éclat de rire.

— Mavriki Nicolaevitch ! dit tout à coup Lisa, le monsieur qui était à genoux est parti, agenouillez-vous à sa place.

Mavriki Nicolaevitch la regarda, perplexe.

— Je vous en prie, vous me ferez un grand plaisir. Ecoutez, Mavriki Nicolaevitch, commença-t-elle soudain rapidement, d'un ton insistant, têtu, passionné ; il faut absolument que vous vous agenouilliez, je veux absolument voir comment vous serez à genoux. Si vous ne le faites pas, n'essayez même pas de revenir chez moi. Je le veux absolument, je le veux absolument !...

Je ne sais pas ce qu'elle voulait dire par là ; mais elle exigeait avec insistance, impitoyablement, comme dans une crise. Mavriki Nicolaevitch, ainsi que nous le verrons plus loin, attribuait ces accès capricieux, particulièrement fréquents chez elle les derniers temps, à des flambées de haine aveugle contre lui, et non pas précisément au ressentiment — au contraire, elle le respectait, l'aimait et l'estimait, et il le savait — mais à une sorte de haine particulière, inconsciente, que par moments elle ne parvenait pas à réprimer.

Il remit sa tasse sans mot dire à une vieille qui se trouvait derrière lui, ouvrit la porte du grillage, pénétra sans y être invité dans la partie réservée à Semion Iacovlevitch et se mit à genoux au milieu de la pièce, à la vue de tous. Je pense qu'il était trop bouleversé dans son âme délicate et simple par la sortie grossière, ridiculisante de Lisa sous les yeux de tout le monde. Peut-être pensait-il qu'elle aurait honte d'elle-même en voyant l'humiliation à laquelle elle insistait tant qu'il se soumît. Certes, personne d'autre que lui n'aurait osé réformer une femme par un moyen si naïf et si risqué. Il s'agenouilla avec son expression de gravité imperturbable, long, dégingandé, ridicule. Mais les nôtres ne riaient pas ; l'inattendu de la scène avait causé du malaise. Tous regardaient Lisa.

— Le saint chrème, le saint chrème ! marmotta Semion Iacovlevitch.

Lisa pâlit brusquement, poussa un cri et se précipita de l'autre côté de la grille. Là se déroula une scène rapide, hystérique : elle chercha de toutes ses forces à relever Mavriki Nicolaevitch, le tirant des deux mains par le coude.

— Levez-vous, levez-vous ! s'écriait-elle comme inconsciente, levez-vous tout de suite, tout de suite ! Comment avez-vous osé vous mettre à genoux !

Mavriki Nicolaevitch se mit debout. Elle lui serra des deux mains les bras au-dessus des coudes et le regarda fixement dans les yeux. Il y avait de la peur dans son regard.

— Aimable vue ! répéta encore une fois Semion Iacovlevitch.

Elle ramena enfin Mavriki Nicolaevitch de l'autre côté du grillage ; un fort mouvement se fit dans toute notre bande. La dame de la voiture, voulant sans doute dissiper l'impression produite, demanda pour la troisième fois à Semion Iacovlevitch d'une voix sonore et aiguë, toujours avec le même sourire maniéré :

— Alors, Semion Iacovlevitch, se peut-il que vous ne « proférez » pas quelque chose pour moi aussi ? Moi qui comptais tant sur vous.

— Va te faire f..., va te faire f...! prononça tout à coup Semion Iacovlevitch en s'adressant à elle et en employant une expression extrêmement grossière. Les mots furent dits d'un ton féroce et avec une effrayante netteté. Nos dames poussèrent un cri perçant et s'élancèrent à toutes jambes dehors, les cavaliers éclatèrent d'un rire homérique. Ainsi finit notre visite à Semion Iacovlevitch.

Et pourtant il se passa là, dit-on, un autre incident, tout à fait énigmatique et, je l'avoue, c'est à cause de cela surtout que je me suis tant étendu sur cette expédition.

On dit que lorsque tout le monde se précipita en foule dehors, Lisa, appuyée au bras de Mavriki Nicolaevitch, se trouva soudain à la porte, dans la bousculade, face à face avec Nicolas Vsevolodovitch. Il faut dire que depuis le dimanche matin et l'évanouissement, quoiqu'ils se fussent rencontrés plus d'une fois, ils ne s'étaient jamais abordés et ne s'étaient pas parlé. Je les vis se rencontrer à la porte ; il me sembla qu'un instant ils s'arrêtèrent tous deux et se regardèrent d'une façon étrange. Mais je voyais mal dans la foule. On assurait au contraire, et tout à fait sérieusement, que Lisa, après un regard sur Nicolas Vsevolodovitch, leva vivement la main à la hauteur du visage de celui-ci et qu'elle l'aurait certainement frappé s'il ne s'était écarté à temps. Peut-être l'expression de son visage ou un sourire de Stavroguine lui avait-il déplu, surtout en ce moment, après un tel épisode avec Mavriki Nicolaevitch. J'avoue n'avoir rien vu moi-même, mais en revanche tout le monde prétendit avoir vu, quoiqu'il soit impossible que tous eussent pu voir dans la bousculade, peut-être quelques-uns seulement. Mais je n'y crus pas alors. Je me souviens cependant que, pendant tout le trajet de retour, Nicolas Vsevolodovitch fut un peu pâle.

3

Presque en même temps, et justement le jour même, eut enfin lieu l'entrevue de Stepan Trofimovitch avec Varvara Petrovna que celle-ci avait depuis longtemps à l'esprit et qu'elle annonçait depuis longtemps à son ancien ami, mais que, pour une raison ou pour une autre, elle avait toujours remise jusqu'alors. Cela eu lieu à Skvorechniki. Varvara Petrovna arriva à la maison de campagne tout affairée : la veille il avait été définitivement décidé que la fête aurait lieu chez la maréchale de la noblesse. Mais Varvara Petrovna s'était aussitôt avisée, avec sa promptitude d'esprit habituelle, qu'après la fête rien ne l'empêchait d'en donner une autre à elle, cette fois à Skvorechniki, et d'inviter de nouveau toute la ville. Alors tout le monde pourrait juger en connaissance de cause laquelle des deux maisons était plus belle et où l'on savait mieux recevoir et donner un bal avec plus de goût. En général, on ne la reconnaissait plus. On eût dit qu'elle était toute transformée et que l'inaccessible « dame supérieure » (expression de Stepan Trofimovitch) de naguère avait fait place à la plus banale des femmes du monde écervelées. D'ailleurs ce pouvait n'être qu'une apparence.

A son arrivée dans la maison vide, elle parcourut toutes les pièces en compagnie de son fidèle et vieil Alexis Egoritch et de Fomouchka, homme d'expérience et spécialiste en matière de décoration. On tint conseil pour savoir quels meubles il fallait apporter de la maison de ville, quels objets, quels tableaux, où il fallait les placer, quel serait le meilleur parti à prendre au sujet des serres et des fleurs ; où poser de nouvelles draperies, où installer le buffet et s'il en fallait un ou deux, etc., etc. Et voilà qu'au beau milieu de ces occupations elle eut soudain l'idée d'envoyer une voiture chercher Stepan Trofimovitch.

Celui-ci était depuis longtemps averti et prêt, et chaque jour il s'attendait précisément à une invitation si inopinée. En montant en voiture il se signa ; son sort se décidait. Il trouva son amie dans le grand salon, assise sur un petit divan dans une niche, devant un guéridon de marbre, un crayon et un papier à la main ; Fomouchka mesurait la hauteur des tribunes et des fenêtres tandis que Varvara Petrovna inscrivait elle-même les chiffres et faisait des annotations dans la marge. Sans interrompre son travail, elle fit un signe de tête du côté de Stepan Trofimovitch et lorsque celui-ci murmura des mots de salutations, elle lui tendit la main en hâte et lui indiqua sans regarder une place près d'elle.

— J'ai attendu cinq ou six minutes, « comprimant mon cœur », me racontait-il plus tard. Je voyais une autre femme que celle que j'avais connue pendant vingt ans. La plus entière conviction que tout était fini me donna des forces qui la stupéfièrent elle-même. Je le jure, elle a été surprise de ma fermeté en cette dernière heure.

Varvara Petrovna posa soudain le crayon sur le guéridon et se tourna vivement vers Stepan Trofimovitch.

— Stepan Trofimovitch, nous avons à parler. Je suis sûre que vous avez préparé toutes vos phrases pompeuses et vos différents bons mots, mais il vaudrait mieux aller droit au fait, n'est-il pas vrai ?

Il fut choqué. Elle se hâtait trop d'affirmer le ton qu'elle entendait donner à la conversation, à quoi ne pouvait-on pas s'attendre dans la suite ?

— Attendez, taisez-vous, laissez-moi parler, vous parlerez ensuite, quoique je ne sache vraiment pas ce que vous pourriez me répondre, poursuivit-elle volubile. Les douze cents roubles de votre pension, je considère comme mon devoir sacré de vous les servir jusqu'à la fin de vos jours ; c'est-à-dire pourquoi parler de devoir sacré, disons tout simplement que c'est un arrangement, ce sera beaucoup plus réaliste, n'est-ce pas ? Si vous voulez, nous le mettrons par écrit. Pour le cas de ma mort, des dispositions spéciales ont été prises. Mais à présent vous recevez en outre de moi le logement et le service et tout l'entretien. Convertissons cela en argent, cela fait quinze cents roubles, n'est-ce pas ? J'ajoute encore trois cents roubles d'extra, soit trois mille en chiffres ronds. Est-ce que cela vous suffit par an ? Il semble que ce n'est pas peu ? Dans les cas les plus urgents d'ailleurs, j'augmenterai la somme. Ainsi donc, prenez cet argent, renvoyez-moi mes gens et vivez à part, où vous voudrez, à Pétersbourg, à Moscou, à l'étranger ou ici, seulement pas chez moi. Vous entendez ?

— Récemment, avec la même insistance et aussi rapidement, cette bouche me faisait connaître une autre exigence, dit Stepan Trofimovitch lentement et avec une triste netteté. Je me suis soumis... j'ai dansé le « cosaque » pour vous faire plaisir. *Oui, la comparaison peut être permise. C'était comme un petit cozak du Don qui sautait sur sa propre tombe.* Maintenant...

— Arrêtez-vous, Stepan Trofimovitch. Vous êtes terriblement verbeux. Vous ne dansiez pas, vous m'avez reçue avec une cravate neuve, du linge, des gants, pommadé et parfumé. Je vous assure que vous aviez vous-même grande envie de vous marier ; c'était écrit sur votre figure et, croyez-moi, c'était une expression qui manquait tout à fait d'élégance. Si je ne vous l'ai pas fait remarquer alors, c'est uniquement par délicatesse. Mais vous le désiriez, vous désiriez vous marier, malgré les horreurs que vous écriviez confidentiellement sur moi et sur votre fiancée. Maintenant il ne s'agit plus du tout de cela. Et que vient faire là le *Cozak du Don* sur votre tombe ? Je ne comprends pas cette comparaison. Au contraire, ne mourez pas, vivez ; vivez le plus longtemps possible, j'en serai enchantée.

— A l'hospice ?

— A l'hospice ? On ne va pas à l'hospice avec trois mille roubles de revenus. Ah, je me souviens, dit-elle en souriant, en effet, Piotr Stepanovitch a plaisanté une fois au sujet d'un hospice. Bah, il s'agit vraiment d'un hospice à part et qui mérite réflexion. Il est réservé aux personnages les plus honorables, il y a des colonels, il y a même un général qui veut y entrer. Si vous y entrez avec tout votre argent, vous y trouverez le repos, le bien-être, des domestiques. Vous vous y occuperez de sciences et vous pourrez toujours faire une partie de « préférence »...

— *Passons.*

— *Passons ?* répéta Varvara Petrovna choquée. Mais dans ce cas c'est tout ; vous êtes averti, à partir de maintenant nous vivons chacun de son côté.

— Et c'est tout ? Tout ce qui reste de vingt années ? C'est notre dernier adieu ?

— Vous adorez les exclamations, Stepan Trofimovitch. Aujourd'hui c'est tout à fait démodé. On parle grossièrement mais simplement. En tenez-vous pour ces vingt ans ! Vingt ans d'un amour-propre réciproque, et rien d'autre. Chacune des lettres que vous m'adressiez était écrite non pour moi mais pour la postérité. Vous êtes un styliste et non un ami, l'amitié n'est qu'un mot glorifié, mais en réalité ce n'est qu'un déversement mutuel d'eaux sales...

— Dieu, que de mots qui ne sont pas de vous ! Des leçons apprises par cœur ! A vous aussi, ils vous ont déjà fait endosser leur uniforme ! Vous aussi vous êtes dans la joie, vous aussi vous êtes au soleil ; *chère, chère,* contre quel plat de lentilles avez-vous troqué votre liberté !

— Je ne suis pas un perroquet pour répéter les paroles des autres, dit Varvara Petrovna s'emportant. Soyez assuré que des paroles à moi se sont accumulées en moi. Qu'avez-vous fait pour moi en ces vingt ans ? Vous me refusiez jusqu'aux livres que je faisais venir pour vous et qui sans le relieur n'auraient même pas été coupés. Que m'avez-vous donné à lire quand, les premières années, je vous avais prié de me guider ? Du Capefigue et encore du Capefigue. Vous étiez jaloux même de mon développement intellectuel et vous preniez vos précautions. Et pourtant c'est de vous que tout le monde rit. Je l'avoue, je vous ai toujours considéré comme un critique seulement ; vous êtes un critique littéraire et rien de plus. Lorsqu'en allant à Pétersbourg je vous ai parlé de mon intention de publier une revue et de lui consacrer toute ma vie, vous m'avez aussitôt regardée d'un air ironique et vous êtes tout à coup devenu terriblement hautain.

— Ce n'était pas cela, pas cela... nous craignions alors des persécutions...

— C'était cela même, et quant aux persécutions, vous n'aviez absolument pas à les craindre à Pétersbourg. Vous vous souvenez, plus tard, en février, quand la nouvelle s'est répandue, vous êtes subitement accouru chez moi tout affolé et vous avez exigé que je vous donne sur-le-champ une attestation sous forme de lettre déclarant que la revue projetée ne vous concernait en rien, que c'était moi que les jeunes gens venaient voir et non vous, et que vous n'étiez qu'un précepteur qui vivait dans ma maison parce qu'il n'avait pas été entièrement payé, n'est-il pas vrai ? Vous en souvenez-vous ? Vous vous êtes remarquablement distingué toute votre vie, Stepan Trofimovitch.

— Ce n'était qu'une minute de faiblesse, une minute en tête-à-tête, s'exclama-t-il douloureusement, mais se peut-il, se peut-il vraiment qu'il faille tout rompre à cause de si menues impressions ? Se peut-il que rien d'autre ne subsiste entre nous après de si longues années ?

— Vous êtes terriblement calculateur ; vous voulez toujours faire en sorte que je reste encore votre débitrice. Quand vous êtes revenu de l'étranger, vous me regardiez de haut et vous ne me laissiez pas placer un mot, et quand j'y suis allée moi-même et qu'ensuite j'ai voulu vous parler de mes impressions sur la Madone, vous n'avez pas écouté jusqu'au bout et vous avez souri avec hauteur dans votre cravate, comme si vraiment je ne pouvais pas avoir exactement les mêmes sentiments que vous.

— Ce n'était pas cela, probablement, pas cela... *J'ai oublié*.

— Si, c'était bien cela, et d'ailleurs il n'y avait pas de quoi vous vanter devant moi, parce que tout cela ce sont des sornettes et votre propre invention. Aujourd'hui personne, personne ne s'extasie plus devant la Madone et ne perd son temps à cela, sauf les vieillards racornis. C'est prouvé.

— Vraiment prouvé ?

— Elle ne sert absolument à rien. Ce gobelet est utile parce qu'on peut y verser de l'eau ; ce crayon est utile parce qu'il permet de tout inscrire, et là c'est un visage de femme plus laid que tous les autres dans la nature. Essayez de peindre une pomme et mettez à côté une vraie pomme — laquelle prendrez-vous ? Je suis bien sûre que vous ne vous y tromperez pas. Voilà à quoi se réduisent à présent toutes nos théories, dès que les a éclairées le premier rayon de la libre analyse.

— Bien, bien.

— Vous souriez ironiquement. Et que me disiez-vous par exemple de la charité ? Et pourtant la jouissance que procure la charité est une jouissance hautaine et immorale, la jouissance du riche devant sa fortune, son pouvoir et la comparaison entre son importance et celle du mendiant. La charité pervertit et celui qui la fait et celui qui la reçoit, et de surcroît elle n'atteint pas son but parce qu'elle ne fait qu'augmenter la mendicité. Des paresseux qui ne veulent pas travailler se pressent autour de ceux qui donnent comme des joueurs autour de la table de jeu qui espèrent gagner. Et pourtant les misérables sous qu'on leur jette ne suffisent pas pour un centième d'entre eux. Avez-vous donné beaucoup dans votre vie ? Quatre-vingts kopeks, pas plus, souvenez-vous. Tâchez de vous rappeler quand vous avez fait la charité pour la dernière fois ; il y a deux ans et peut-être même quatre. Vous criez et vous ne faites que gêner les autres. La charité devrait être interdite par la loi même dans la société actuelle. Dans la nouvelle organisation, il n'y aura plus de pauvres.

— Oh, quel flot de paroles qui ne sont pas de vous ! Alors vous en êtes déjà à la nouvelle organisation ? Malheureuse, que Dieu vous vienne en aide !

— Oui, nous en sommes là, Stepan Trofimovitch ; vous me cachiez soigneusement toutes ces idées nouvelles que chacun connaît maintenant, et vous le faisiez uniquement par jalousie, pour avoir prise sur moi. Mais maintenant mes yeux à moi aussi se sont ouverts. Je vous ai défendu, Stepan Trofimovitch, tant que j'ai pu ; tout le monde sans exception vous blâme.

— Assez ! dit-il en se levant, assez ! Et que vous souhaiterai-je encore, est-il possible que ce soit le repentir ?

— Asseyez-vous un instant, Stepan Trofimovitch. J'ai encore une question à vous poser. On vous a transmis l'invitation de lire à la matinée littéraire ; cela s'est arrangé grâce à moi. Dites-moi, que lirez-vous au juste ?

— Précisément sur cette reine entre les reines, sur cet idéal de l'humanité, la Madone Sixtine, qui ne vaut pas, selon vous, un verre ou un crayon.

— Ce ne sera donc pas quelque chose d'historique ? dit Varvara Petrovna avec une surprise navrée. Mais on ne vous écoutera pas. Vous en tenez pour cette Madone ! Quel plaisir aurez-vous si vous endormez tout le monde ? Soyez sûr, Stepan Trofimovitch, que je ne parle que dans votre intérêt. Ce serait tout autre chose si vous preniez quelque petite histoire moyenâgeuse de cœur, brève mais amusante, tirée de l'histoire de l'Espagne, ou, pour mieux dire, une anecdote, et que vous la truffiez encore d'anecdotes et de mots d'esprit à vous. Il y avait là des cours fastueuses, il y avait des dames, des empoisonnements. Karmazinov dit qu'il serait étrange que même de l'histoire d'Espagne on ne tire pas quelque chose d'intéressant.

— Karmazinov, ce sot vidé, me cherche des sujets !

— Karmazinov, ce cerveau, presque un cerveau d'homme d'Etat ! Vous avez un langage trop impertinent, Stepan Trofimovitch.

— Votre Karmazinov, c'est une vieille bonne femme vidée, aigrie ! *Chère, chère,* y a-t-il longtemps qu'ils vous ont tellement asservie, oh, Dieu !

— Je continue à ne pas pouvoir le souffrir pour l'air important qu'il se donne, mais je rends justice à son intelligence. Je le répète, je vous ai défendu de toutes mes forces tant que j'ai pu. Et pourquoi voulez-vous absolument vous montrer ridicule et ennuyeux ? Au contraire, vous paraîtrez sur l'estrade avec un respectable sourire, en qualité de représentant du siècle passé, et racontez-leur trois anecdotes, avec tout votre esprit, comme vous seul savez parfois raconter. Admettons que vous soyez un vieillard, admettons que vous apparteniez à un siècle révolu, admettons enfin que vous retardiez sur eux, mais vous le reconnaissez vous-même avec le sourire dans votre introduction, et tout le monde verra que vous êtes un débris charmant, bon, spirituel... En un mot, un homme de vieille roche et suffisamment moderne pour être capable d'apprécier à sa juste valeur toute la laideur de certaines idées qu'il avait suivies jusqu'ici. Allons, faites-moi ce plaisir, je vous en prie.

— *Chère,* assez ! Ne me le demandez pas, je ne puis. Je lirai sur la Madone, mais je soulèverai une tempête qui les écrasera tous, ou ne frappera que moi seul !

— Sûrement vous seul, Stepan Trofimovitch.

— Tel est mon sort. Je parlerai de ce vil esclave, de ce laquais puant et dépravé qui, le premier, se hissera sur une échelle avec des ciseaux à la main et lacérera la face divine du grand idéal, au nom de l'égalité, de l'envie et... de la digestion. Que ma malédiction retentisse, et alors, alors...

— La maison de fous ?

— Peut-être. Mais en tout cas, que je sorte vaincu ou vainqueur, le soir même je prendrai ma besace, ma besace de mendiant, j'abandonnerai tout ce que je possède, tous vos cadeaux, toutes les pensions et les promesses de biens futurs, et je m'en irai à pied pour finir mes jours comme précepteur chez un marchand, ou mourir de faim quelque part sous une haie. J'ai dit ! *Alea jacta est !*

Il se leva de nouveau.

— J'étais sûre, dit Varvara Petrovna en se levant aussi, les yeux étincelants, j'étais sûre depuis des années que vous ne viviez précisément que pour me désho-

norer à la fin, moi et ma maison, par des calomnies !
Qu'entendez-vous par ce précepteur chez un marchand
ou la mort sous une haie ? Méchanceté, calomnies, et
rien d'autre !

— Vous m'avez toujours méprisé ; mais je finirai
comme un chevalier fidèle à ma dame, car votre opinion
m'a toujours été plus précieuse que tout. A partir de cet
instant, je n'accepte plus rien et je vous vénère de façon
désintéressée.

— Comme c'est stupide !

— Vous ne m'avez jamais respecté. Je pouvais avoir
une foule de faiblesses. Oui, j'ai vécu chez vous en
pique-assiette ; je parle le langage du nihilisme ; mais
vivre en pique-assiette n'a jamais été le principe suprême
de mes actes. Cela s'est fait comme ça, de soi-même, je
ne sais pas comment... J'ai toujours pensé qu'il restait
entre nous quelque chose de plus élevé que la nourriture, et — jamais, jamais je n'ai été vil ! Ainsi donc en
route pour réparer les choses ! Route tardive, dehors
c'est le plein automne, le brouillard enveloppe les
champs, le givre glacé recouvre mon futur chemin et
le vent clame la tombe proche... Mais en avant, en avant,
sur la route nouvelle :

« PLEIN D'UN PUR AMOUR,
 FIDÈLE AU DOUX RÊVE... »

Oh, adieu mes rêves ! Vingt ans ! *Alea jacta est !*
 Son visage était baigné de larmes jaillies soudainement ; il prit son chapeau.

— Je ne comprends pas un mot de latin, dit Varvara
Petrovna, se raidissant de toutes ses forces.

Qui sait, peut-être avait-elle aussi envie de pleurer ;
mais l'indignation et le caprice l'emportèrent encore
une fois.

— Je sais seulement une chose, que ce sont tout cela
des enfantillages. Jamais vous ne serez capable de mettre
à exécution vos menaces pleines d'égoïsme. Vous n'irez
nulle part, chez aucun marchand, et vous finirez le plus
tranquillement du monde dans mes bras, touchant
votre pension et réunissant le mardi vos amis qui ne
ressemblent à rien. Adieu, Stepan Trofimovitch.

— *Alea jacta est !* répéta-t-il en s'inclinant profondément devant elle, et il rentra chez lui à demi mort
d'émotion.

CHAPITRE VI

PIOTR STEPANOVITCH A LA BESOGNE

1

La date de la fête avait été définitivement fixée, et von Lembke dèvenait de plus en plus triste et songeur. Il était plein d'étranges et sinistres pressentiments, et cela inquiétait vivement Julie Mikhaïlovna. Il est vrai que tout n'allait pas pour le mieux. Notre précédent gouverneur, homme d'un caractère doux, n'avait pas laissé son administration dans un ordre parfait ; en ce moment le·choléra menaçait ; à certains endroits il y avait une forte mortalité parmi le bétail ; tout l'été des incendies firent rage dans les villages et les villes, et la stupide rumeur qu'ils avaient été allumés par une main criminelle s'ancrait de plus en plus dans le peuple. Le nombre des vols avait doublé. Mais tout cela, bien entendu, aurait été plus que banal si d'autres causes plus graves n'étaient venues s'y ajouter pour troubler la tranquillité d'André Antonovitch jusqu'alors heureux.

Ce qui frappait le plus Julie Mikhaïlovna était que, de jour en jour, il devenait plus silencieux et, chose étrange, plus renfermé. Et pourtant qu'avait-il à cacher ? Certes, il la contrecarrait rarement et la plupart du temps lui obéissait absolument. Ainsi, sur les instances de Julie Mikhaïlovna, deux ou trois mesures fort risquées et presque illégales furent prises afin de renforcer le pouvoir du gouverneur. Quelques complaisances qui ne présageaient rien de bon furent commises dans le même dessein ; par exemple, des gens qui méritaient de passer en justice et d'être déportés en Sibérie furent, uniquement sur ses instances, proposés pour une récompense. A certaines plaintes et réclamations il fut décidé systématiquement de ne pas répondre. Tout cela se révéla dans la suite. Lembke non seulement signait tout, mais ne cherchait même pas à se rendre compte dans quelle mesure son épouse participait à l'accomplissement des devoirs de sa charge. En revanche, il y avait des moments où il se cabrait soudain pour de « véritables vétilles » et étonnait Julie Mikhaïlovna. Assurément, il éprouvait le besoin de se dédommager de ses journées d'obéissance par de brefs instants de rébellion. Malheureusement, Julie Mikhaïlovna, malgré toute sa perspicacité, ne pouvait comprendre cette noble subtilité d'un noble caractère. Hélas, elle n'avait pas l'esprit à cela et de nombreux malentendus en résultèrent.

Il ne m'appartient pas de raconter certaines choses et d'ailleurs je ne saurais le faire. M'étendre sur les fautes administratives n'est pas non plus mon affaire et, au demeurant, j'omettrai complètement tout ce côté administratif. En commençant ma chronique je me suis proposé d'autres tâches. De plus, l'enquête qui vient d'être prescrite dans notre province révélera bien des choses, il suffit d'attendre un peu. Toutefois, il est impossible de ne pas donner certains éclaircissements.

Mais je continue au sujet de Julie Mikhaïlovna. La pauvre dame (je la plains beaucoup) aurait pu obtenir tout ce qui l'attirait et la tentait si vivement (la gloire et le reste) sans aucune des actions si violentes et excentriques auxquelles elle s'était livrée chez nous dès le premier pas. Mais, soit par excès de poésie, soit en raison de la longue série des tristes échecs de sa première jeunesse, elle se sentit soudain, avec le changement de son sort, trop spécialement appelée, tout juste si ce n'est ointe, pour être celle « au-dessus de qui est apparue la langue de feu », et c'est précisément dans cette langue de feu qu'était le mal : ce n'est tout de même pas un chignon qui peut coiffer n'importe quelle tête de femme. Mais c'est là une vérité dont il est le plus difficile de convaincre une femme ; au contraire, celui qui dira comme elle, celui-là aura raison ; or tout le monde disait-à l'envi comme Julie Mikhaïlovna. La pauvrette se trouva être d'un coup le jouet des influences les plus diverses tout en s'imaginant être parfaitement originale. Bien des gens habiles se chauffèrent les mains auprès d'elle et profitèrent de sa naïveté pendant la courte durée de son règne. Et quel gâchis n'en résultait-il pas sous une apparence d'indépendance ! Elle était et pour la grande propriété terrienne, et pour l'élément aristocratique, et pour le renforcement du pouvoir des gouverneurs, et pour l'élément démocratique, et pour les nouvelles institutions, et pour l'ordre, et pour la libre pensée, et pour les idées sociales, et pour le ton strict des salons aristocratiques, et pour la désinvolture presque débraillée de la jeunesse qui l'entourait. Elle rêvait de DISPENSER LE BONHEUR et de concilier l'inconciliable ou, plus exactement, d'unir tout et tous dans l'adoration de sa propre personne. Elle avait aussi ses préférés ; Piotr Stepanovitch, qui entre autres moyens usait de la plus grossière flatterie, lui plaisait beaucoup. Mais il lui plaisait aussi pour une autre raison, la plus étonnante, et qui dépeint la pauvre dame de la façon la plus caractéristique : elle espérait toujours qu'il lui indiquerait tout un complot contre l'Etat ! Si difficile qu'il soit de se représenter cela, il en était pourtant ainsi. Il lui semblait, on ne sait pourquoi, qu'un complot contre l'Etat se tramait certainement dans la province. Piotr Stepanovitch, par son silence dans certains cas et ses allusions dans d'autres, contribuait à implanter en elle cette étrange idée. Elle s'imaginait qu'il était en rapport avec tout ce que la Russie compte de révolutionnaire, mais qu'en même temps il lui était dévoué jusqu'à l'adoration. La découverte du complot, la reconnaissance de Pétersbourg, la carrière à faire, son action par la « bienveillance » sur la jeunesse pour la retenir au bord de l'abîme, tout cela se conciliait parfaitement dans sa tête fantaisiste. Puisqu'elle avait sauvé, conquis Piotr Stepanovitch (de cela, on ne sait pourquoi, elle avait une conviction inébranlable), elle en sauverait aussi d'autres. Personne, personne d'entre eux ne périrait, elle les sauverait tous ; elle mettrait chacun à sa place ; elle présenterait leur cas sous un certain jour ; elle agirait dans l'intérêt de la plus haute justice et peut-être même l'histoire et tout le libéralisme russe béniraient-ils son nom ; et le complot n'en serait pas moins découvert. Tous les avantages à la fois.

Mais tout de même il fallait, au moins pour la fête, qu'André Antonovitch fût plus serein. Il fallait absolument le distraire et le rassurer. Dans ce dessein, elle lui dépêcha Piotr Stepanovitch, avec l'espoir qu'il le tirerait de son abattement par quelque moyen apaisant connu de lui. Peut-être même en lui donnant quelques nouvelles pour ainsi dire de première main. Elle s'en remettait entièrement à son habileté. Il y avait longtemps que Piotr Stepanovitch n'était entré dans le cabinet de M. von Lembke. Il tomba chez lui au moment où le patient était d'une humeur particulièrement difficile.

2

UN concours de circonstances s'était produit que M. Von Lembke ne parvenait pas à démêler. Dans un district (celui-là même où Piotr Stepanovitch avait récemment festoyé), un sous-lieutenant avait été l'objet d'un blâme verbal de la part de son supérieur immédiat. Cela se passait en présence de toute la compagnie. Le sous-lieutenant était un homme encore jeune, récemment arrivé de Pétersbourg, toujours taciturne et sombre, l'air important quoiqu'il fût petit, gros et haut en couleur. Il ne put supporter le blâme et brusquement, la tête bizarrement baissée, se jeta sur son supérieur en poussant un cri inattendu qui surprit toute la compagnie; il le frappa et de toutes ses forces le mordit à l'épaule, on eut grand-peine à lui faire lâcher prise. Il n'était pas douteux qu'il n'eût perdu la raison, du moins il se révéla que, les derniers temps, il s'était signalé par les plus incroyables bizarreries. Il avait par exemple jeté hors de son logement deux icones appartenant au propriétaire et en avait taillé une en pièces à coups de hache; dans sa chambre en revanche, il avait disposé sur trois supports, en guise de lutrins, les œuvres de Vogt, de Moleschott et de Büchner et, devant chaque lutrin, il allumait des cierges comme à l'église. D'après le nombre de livres trouvés chez lui, on pouvait conclure que c'était un lettré. S'il avait eu cinquante mille francs, il se serait peut-être embarqué pour les îles Marquises, comme ce « cadet » dont M. Hertzen parle avec tant de joyeux humour dans une de ses œuvres. Lorsqu'on l'arrêta, on trouva dans ses poches et dans son logement toute une liasse de tracts les plus virulents.

Les tracts eux aussi sont en soi choses sans grande importance et, selon moi, pas du tout embarrassante. En avons-nous vu ! Et puis, il ne s'agissait même pas de tracts nouveaux : c'étaient exactement les mêmes, comme on devait le dire plus tard, qui avaient été répandus récemment dans la province de X., et Lipoutine, qui était allé six semaines auparavant dans le district et dans la province voisine, assurait y avoir vu dès ce moment-là des feuilles toutes pareilles. Mais ce qui frappa le plus André Antonovitch, ce fut que le gérant de l'usine des Chpigouline avait, juste en même temps, apporté à la police deux ou trois liasses de tracts déposés la nuit à l'usine et absolument identiques à ceux que l'on avait trouvés chez le sous-lieutenant. Les liasses n'avaient même pas encore été défaites et personne parmi les ouvriers n'avait pu en lire aucun. Le fait était insignifiant, mais André Antonovitch devint profondément songeur. L'affaire lui apparaissait désagréablement compliquée.

Dans cette usine des Chpigouline venait de commencer alors cette « histoire » qui fit tant de bruit chez nous et qui, avec tant de variantes, fut reprise par les journaux de la capitale. Trois semaines environ plus tôt, un ouvrier y avait été atteint de choléra asiatique et en était mort ; puis quelques ouvriers encore tombèrent malades. Tout le monde prit peur en ville, car le choléra venait d'une province voisine. Je ferai remarquer que des mesures sanitaires aussi satisfaisantes que possible avaient été prises chez nous pour accueillir le visiteur indésirable. Mais d'une façon ou d'une autre on avait oublié l'usine des Chpigouline, millionnaires et gens influents. Et voici que subitement tout le monde se mit à crier que c'était en elle que se trouvait la source et le foyer de la maladie, que dans l'usine même et surtout dans les logements pour ouvriers régnait une saleté si invétérée que même s'il n'y avait pas eu de choléra, il aurait dû s'y déclarer spontanément. Bien entendu, des mesures furent aussitôt prises et André Antonovitch insista énergiquement sur leur application immédiate. On nettoya l'usine en trois semaines, mais les Chpigouline, pour une raison inconnue, la fermèrent. Un des frères Chpigouline vivait toujours à Pétersbourg et l'autre, après que les autorités eurent prescrit le nettoyage, partit pour Moscou. Le gérant procéda au règlement des ouvriers et, comme on le sait maintenant, les vola effrontément. Les ouvriers commencèrent à murmurer, exigeant un règlement équitable, commirent la sottise d'aller à la police, sans d'ailleurs trop de tapage, et ne s'agitaient pas autrement. C'est à ce moment qu'on apporta à André Antonovitch les tracts remis par le gérant.

Piotr Stepanovitch entra dans le cabinet en coup de vent sans se faire annoncer, en qualité d'ami intime et de familier de la maison, chargé qu'il était de surcroît d'une mission par Julie Mikhaïlovna. A sa vue, von Lembke se rembrunit et s'arrêta d'un air peu accueillant près de la table. Jusqu'alors il s'était promené dans son cabinet et avait discuté en tête-à-tête avec un fonctionnaire de sa chancellerie, Blum, un Allemand extrêmement gauche et morose, qu'il avait amené avec lui de Pétersbourg malgré la violente opposition de Julie Mikhaïlovna. A l'entrée de Piotr Stepanovitch, le fonctionnaire se retira vers la porte mais ne sortit pas. Piotr Stepanovitch eut même l'impression qu'il échangea avec son chef un regard chargé de sens.

— Oho, je vous tiens tout de même, chef invisible de la ville ! cria en riant Piotr Stepanovitch qui couvrit de la main un tract posé sur la table ; cela va enrichir votre collection, hein ?

André Antonovitch rougit. Il y eut soudain une crispation dans son visage.

— Laissez, laissez cela tout de suite ! s'écria-t-il en tressaillant de colère, et ne vous avisez pas... Monsieur...

— Qu'est-ce qui vous prend ? Vous vous fâchez, je crois ?

— Permettez-moi de vous faire remarquer, Monsieur, que désormais je n'ai nullement l'intention de tolérer votre *sans façon* et je vous prie de vous rappeler...

— Diable, mais c'est qu'il parle sérieusement !

— Taisez-vous donc, taisez-vous ! cria von Lembke en tapant du pied sur le tapis, et ne vous avisez pas...

Dieu sait jusqu'où cela serait allé. Hélas, il y avait en dehors de tout le reste encore une circonstance qu'ignorait tout à fait Piotr Stepanovitch et même Julie Mikhaïlovna. Le malheureux André Antonovitch était parvenu à un tel degré de désarroi que, les derniers jours, il s'était secrètement pris de jalousie au sujet de sa femme et de Piotr Stepanovitch. Dans la solitude, surtout la nuit, il passait des moments des plus pénibles.

— Et moi qui pensais que si deux jours de suite quelqu'un vous lit son roman en tête-à-tête jusqu'après minuit et veut avoir votre opinion, c'est que du moins il a renoncé à ces manières officielles... Julie Mikhaïlovna me reçoit sur un pied d'intimité ; comment voulez-vous qu'on s'y reconnaisse ? dit Piotr Stepanovitch avec une certaine dignité. Le voici, à propos, votre roman, ajouta-t-il en posant sur la table un grand et lourd cahier roulé en cylindre et entièrement enveloppé de papier bleu.

Lembke rougit, confondu.

— Où l'avez-vous retrouvé ? demanda-t-il prudemment, avec un afflux de joie qu'il était incapable de contenir mais qu'il n'en contenait pas moins de toutes ses forces.

— Imaginez-vous, tel qu'il était enroulé il avait glissé derrière un meuble. En rentrant j'ai dû le jeter maladroitement sur la commode. C'est avant-hier seulement qu'on l'a retrouvé, on lavait le plancher ; m'en avez-vous donné du travail tout de même !

Lembke baissa sévèrement les yeux.

— A cause de vous je n'ai pas fermé l'œil deux nuits de suite. On l'a retrouvé avant-hier et je l'ai gardé, je n'ai pas cessé de lire, dans la journée je n'ai pas le temps, alors je lisais la nuit. Eh bien, et — je suis mécontent : je ne partage pas l'idée. Mais je m'en moque du reste ; je n'ai jamais été critique ; pourtant je n'ai pu m'en arracher, quoique je sois mécontent ! Le quatrième et le cinquième chapitre c'est... c'est.... c'est... le diable sait quoi ! Et que d'humour vous y avez fourré, j'ai ri aux éclats. Comme vous savez tourner en ridicule *sans que cela paraisse !* Ma foi, dans le chapitre neuf, dix, il n'est question que d'amour, ce n'est pas mon affaire ; pourtant cela fait de l'effet ; la lettre d'Igrenev m'a presque fait pleurnicher, quoique vous l'ayez peint si subtilement... Vous savez, c'est émouvant, et pourtant on dirait que vous voulez le montrer sous un jour faux, n'est-ce pas ? Ai-je deviné ou non ? Et pour la fin je vous aurais tout simplement battu. Parce que quelle est donc votre thèse ? C'est toujours la vieille divinisation du bonheur familial, de la multiplication des enfants, des capitaux, ils vécurent heureux et amassèrent des biens, de grâce ! Vous charmerez le lecteur puisque même moi je n'ai pu m'en arracher, mais c'est d'autant plus grave. Le lecteur est bête comme toujours, il conviendrait que les gens intelligents le secouent, et vous... Mais assez, adieu. Une autre fois ne vous fâchez pas ; j'étais venu vous dire deux petits mots nécessaires ; mais vous êtes tout drôle...

André Antonovitch avait pendant ce temps pris son roman et l'avait mis sous clef dans une bibliothèque en chêne, tout en faisant signe à Blum de s'éclipser. Celui-ci disparut avec une figure longue et triste.

— Je ne suis pas drôle, je suis simplement... toujours des soucis, marmonna-t-il en fronçant les sourcils mais cette fois sans colère, et en s'asseyant à la table ; asseyez-vous et dites vos deux mots. Il y a longtemps que je ne vous avais vu, Piotr Stepanovitch, seulement n'entrez plus en coup de vent avec ces manières que vous avez... parfois quand on travaille c'est...

— Je n'ai que ces manières-là...

— Je sais et je crois que vous le faites sans intention, mais il arrive qu'on ait des soucis... Asseyez-vous donc.

Piotr Stepanovitch s'affala sur le divan et aussitôt ramena les pieds sous lui.

3

— QUEL genre de soucis donc, se peut-il que ce soient ces vétilles ? dit-il en montrant le tract d'un signe de tête. Je vous en apporterai tant que vous voudrez de ces feuilles-là, j'en ai fait la connaissance encore dans la province de X.

— C'est-à-dire à l'époque où vous y habitiez ?

— Ma foi, bien entendu, pas en mon absence. Il y en a même une avec une vignette, une hache dessinée en haut. Permettez (il prit le tract) ; mais oui, la hache y est aussi ; c'est la même, exactement.

— Oui, une hache. Vous voyez, une hache.

— Alors quoi, c'est la hache qui vous fait peur ?

— Ce n'est pas la hache... et je n'ai pas peur ; mais cette affaire... c'est une telle affaire, il y a là des circonstances.

— Lesquelles ? Parce qu'on les a apportées de l'usine ? Hé, hé. Mais savez-vous que dans cette usine les ouvriers rédigeront bientôt eux-mêmes des tracts ?

— Comment cela ? demanda von Lembke en le regardant sévèrement.

— Comme ça. Vous n'avez qu'à les surveiller. Vous êtes trop doux, André Antonovitch, vous écrivez des romans. Or il faudrait s'y prendre à l'ancienne manière.

— Qu'est-ce que c'est l'ancienne manière, qu'est-ce que c'est que ces conseils ? On a nettoyé l'usine ; je l'ai ordonné et elle a été nettoyée.

— Et parmi les ouvriers l'émeute gronde. Il faudrait les faire fouetter tous tant qu'ils sont, et ce serait fini.

— Une émeute ? C'est absurde ; je l'ai ordonné et elle a été nettoyée.

— Hé, André Antonovitch, vous êtes un homme doux !

— Premièrement, je ne suis pas si doux que cela, et deuxièmement... dit von Lembke de nouveau piqué. Il parlait au jeune homme avec effort, par curiosité, pour savoir s'il ne lui dirait pas quelque chose de nouveau.

— A-ah, encore une vieille connaissance ! interrompit Piotr Stepanovitch visant une autre feuille sous le presse-papiers, également une sorte de tract, évidemment imprimé à l'étranger mais en vers ; celle-là je la connais par cœur : UNE PERSONNALITÉ EXALTANTE ! Voyons un peu ; ma foi, c'est bien la Personnalité exaltante. Je connais cette personnalité depuis l'étranger, où l'avez-vous dénichée ?

— Vous dites que vous l'avez vue à l'étranger ? demanda von Lembke dressant l'oreille.

— Comment donc, il y a quatre mois ou même cinq.

— Que de choses vous avez vues à l'étranger, dit von Lembke en le regardant finement. Piotr Stepanovitch sans écouter déplia le papier et lut à haute voix ces vers :

Une Personnalité exaltante

> Il n'était point noble et riche,
> Fils du peuple au destin chiche,
> Poursuivi partout par l'ire
> Du vieux tsar et de ses sbires,
> Et promis a la souffrance,
> Aux tortures, aux vengeances.
> Il disait aux pauvres hères
> Que l'on est égaux et frères
> Et qu'ils gardent leurs récoltes,
> Il prêchait donc la révolte.
> Il dut fuir de sa cellule
> Loin de ceux qui nous jugulent.
> Mais le peuple entrait en lice,
> Indigné par l'injustice.
> De Smolensk jusqu'a Tachkent
> Il attendait l'étudiant,
> Son guide et son porte-parole
> Entouré d'une auréole,
> Pour chasser enfin les nobles
> Avec le tsarisme ignoble,
> Donner la terre aux communes,
> Reléguant aux vieilles lunes
> La famille avec l'Eglise
> Qui toujours nous paralysent.

— On a dû saisir cela chez cet officier, hein ? demanda Piotr Stepanovitch.

— Cet officier aussi vous le connaissez ?

— Et comment. J'ai festoyé deux jours là-bas avec lui. Il ne pouvait pas ne pas devenir fou.

— Il n'est peut-être pas devenu fou.

— Parce qu'il s'est mis à mordre ?

— Mais permettez, si vous avez vu ces vers à l'étranger et qu'ensuite on les retrouve ici, chez cet officier...

— Quoi ? C'est bien compliqué ! A ce que je vois, André Antonovitch, vous me faites subir un interrogatoire ? Voyez-vous, commença-t-il subitement avec une gravité extraordinaire. Ce que j'ai vu à l'étranger, je l'ai déjà expliqué à quelqu'un en revenant et mes explications ont été jugées satisfaisantes, autrement je n'aurais pas honoré cette ville de ma présence. Je considère que mes affaires en ce sens sont terminées et que je n'ai de comptes à rendre à personne. Et si elles sont terminées, ce n'est pas parce que je suis un dénonciateur, mais parce que je ne pouvais agir autrement. Ceux qui ont écrit à Julie Mikhaïlovna en connaissance de cause lui ont parlé de moi comme d'un honnête homme... Mais au diable tout cela, je suis venu pour vous dire une chose sérieuse et vous avez bien fait de renvoyer votre fumiste. L'affaire est importante pour moi, André Antonovitch ; j'ai une immense prière à vous adresser.

— Une prière ? Hum... je vous en prie, j'attends et, je l'avoue, avec curiosité. Et en général j'ajouterai que vous m'étonnez passablement, Piotr Stepanovitch.

Von Lembke était un peu ému. Piotr Stepanovitch croisa les jambes.

— A Pétersbourg, commença-t-il, j'ai été franc sur beaucoup de choses, mais sur certaines ou sur ceci par exemple (il frappa du doigt sur la Personnalité Exaltante) j'ai gardé le silence parce qu'il ne valait pas la peine d'en parler et ensuite parce que je n'ai parlé que de ce qu'on me demandait. Je n'aime pas dans ces cas-là prendre les devants ; c'est en cela que je vois la différence entre un gredin et un honnête homme tout simplement dépassé par les circonstances... Enfin, en un mot, laissons cela de côté. Et maintenant... maintenant que ces imbéciles... enfin, puisque tout est venu au jour et se trouve déjà entre vos mains, et que cela ne pourra, je le vois, vous être caché — car vous avez des yeux qui savent voir, seulement comment deviner d'avance ce que vous êtes — et puisque ces imbéciles continuent, je... je... enfin, en un mot, je suis venu vous demander de sauver un homme, un imbécile aussi, peut-être un fou, au nom de sa jeunesse, de ses malheurs, au nom de vos sentiments humains... Ce n'est tout de même pas seulement dans les romans de votre fabrication que vous êtes si humain ! conclut-il brusquement avec impatience et un grossier sarcasme.

En un mot, on voyait que c'était là un homme franc mais maladroit et sans finesse, par excès de sentiments humains et peut-être de scrupules, surtout un homme peu intelligent, comme von Lembke en jugea aussitôt avec une subtilité extrême et comme il le croyait depuis longtemps, particulièrement quand, cette dernière semaine, seul dans son cabinet, la nuit, il l'injuriait à part soi de toutes ses forces à cause de ses inexplicables succès auprès de Julie Mikhaïlovna.

— Pour qui donc intervenez-vous et que signifie tout cela ? s'enquit-il noblement en s'efforçant de dissimuler sa curiosité.

— C'est... c'est... diable... Ce n'est pas ma faute si je crois en vous ! En quoi est-ce ma faute si je vous tiens pour le plus noble des hommes et surtout pour un homme sensé... c'est-à-dire capable de comprendre... diable...

Le pauvre, manifestement, ne parvenait pas à maîtriser son émotion.

— Comprenez donc à la fin, poursuivit-il, comprenez qu'en vous disant son nom je vous le livre; car je vous le livre, n'est-ce pas ? N'est-ce pas ?

— Mais comment pourrai-je pourtant deviner si vous ne vous décidez pas à vous expliquer ?

— C'est justement, vous fauchez toujours tout par cette logique que vous avez, diable... enfin, diable... cette « personnalité exaltante », cet « étudiant », c'est Chatov... voilà tout !

— Chatov ? C'est-à-dire comment cela Chatov ?

— Chatov c'est « l'étudiant», celui dont il est question là-dedans. Il vit ici ; c'est un ancien serf, enfin c'est celui qui a donné la gifle...

— Je sais, je sais ! dit Lembke en plissant les yeux, mais permettez, de quoi au juste est-il accusé et vous, surtout, que demandez-vous ?

— Mais je vous demande de le sauver, comprenez-vous ! C'est qu'il y a huit ans que je le connais, c'est que j'ai peut-être été son ami, dit Piotr Stepanovitch qui se démenait. Enfin, je n'ai pas à vous rendre compte de ma vie passée, ajouta-t-il avec un geste de la main, tout cela est négligeable, tout cela c'est trois hommes et demi, et avec ceux de l'étranger on n'en trouverait même pas une dizaine, et surtout j'espérais en votre humanité, votre intelligence. Vous comprendrez et vous présenterez vous-même l'affaire non pas Dieu sait de quelle façon mais sous son vrai jour, comme le rêve stupide d'un insensé... dû à ses malheurs, notez-le, de longs malheurs, et non pas comme le diable sait quel complot contre l'Etat qui n'a jamais existé !...

Il étouffait presque.

— Hum. Je vois qu'il est responsable des tracts avec la hache, conclut Lembke presque avec majesté ; permettez, pourtant, s'il était seul, comment a-t-il pu les répandre et ici et dans les provinces et jusque dans le gouvernement de X., et... enfin, le plus important, où les a-t-il pris ?

— Mais puisque je vous dis que de toute évidence ils sont en tout et pour tout cinq, mettons dix ; comment le saurais-je ?

— Vous ne savez pas ?

— Mais pourquoi le saurais-je, le diable m'emporte ?

— Mais vous avez bien su pourtant que Chatov est un des complices ?

— Eh ! dit Piotr Stepanovitch avec un geste de la main, comme pour se protéger contre la perspicacité accablante de son interrogateur ; eh bien, écoutez, je vais vous dire toute la vérité : je ne sais rien des tracts, c'est-à-dire rien de rien, le diable m'emporte, comprenez-vous ce que veut dire rien ?... Naturellement, il y a ce sous-lieutenant et encore quelqu'un, et puis quelqu'un ici... et peut-être Chatov, et encore un autre, ma foi, c'est tout, c'est misère et néant... Mais c'est pour Chatov que je suis venu intercéder, il faut le sauver, parce que ces vers sont de lui, c'est son œuvre à lui et imprimée par lui à l'étranger ; voilà ce que je sais de sûr, mais au sujet des tracts je ne sais rigoureusement rien.

— Si les vers sont de lui, les tracts le sont certainement aussi. Pourtant quelles raisons avez-vous de soupçonner M. Chatov ?

Piotr Stepanovitch, de l'air d'un homme complètement à bout de patience, tira vivement son portefeuille de sa poche et y prit un billet.

— Voilà mes raisons ! cria-t-il en le jetant sur la table. Lembke déplia le papier ; c'était un billet écrit six mois plus tôt et adressé d'ici à l'étranger ; il n'avait que quelques mots :

« Je ne puis imprimer ici la Personnalité exaltante, ni rien d'ailleurs ; imprimez à l'étranger.

« Iv. Chatov. »

Lembke regarda fixement Piotr Stepanovitch. Varvara Petrovna avait raison de dire qu'il avait un peu un regard de mouton, par moments surtout.

— C'est-à-dire, voici, se hâta d'expliquer Piotr Stepanovitch, ça veut dire qu'il a écrit ces vers, ici, il y a six mois, mais n'a pu les imprimer sur place, enfin dans une imprimerie clandestine, et c'est pourquoi il demande qu'on les imprime à l'étranger... Il me semble que c'est clair ?

— Oui, c'est clair, mais à qui donc le demande-t-il ? Voilà ce qui n'est pas encore clair, fit remarquer Lembke avec une ironie des plus subtiles.

— Mais à Kirilov donc, à la fin ; le billet a été adressé à Kirilov à l'étranger... Vous ne le saviez pas ? L'ennui avec vous c'est que vous faites peut-être seulement semblant devant moi et qu'il y a beau temps que vous êtes au courant au sujet de ces vers, et de tout! Comment se sont-ils trouvés sur votre table ? Ils ont bien su s'y trouver ! Pourquoi donc me torturez-vous s'il en est ainsi ?

Il essuya convulsivement avec son mouchoir la sueur de son front.

— Il se peut que je sache quelque chose... dit Lembke se dérobant adroitement ; mais qui est donc ce Kirilov ?

— Ma foi, c'est l'ingénieur qui est arrivé ici, il a été le témoin de Stavroguine, c'est un maniaque, un fou ; votre sous-lieutenant n'est peut-être vraiment qu'atteint de fièvre chaude, mais celui-là est bel et bien fou, bel et bien, je vous le garantis. Eh, André Antonovitch, si le gouvernement savait quels gens ils sont tous, il n'aurait pas le courage de lever la main sur eux. Tous autant qu'ils sont il faudrait les enfermer dans une maison de fous; déjà en Suisse et aux congrès je les ai assez observés.

— Là d'où est dirigé le mouvement d'ici ?

— Mais qui donc le dirige ? Trois hommes avec la moitié d'un homme. C'est à mourir d'ennui que de les regarder. Et quel mouvement d'ici ? Les tracts peut-être ? Et puis qui a-t-on recruté, des sous-lieutenants atteints de fièvre chaude et deux ou trois étudiants ! Vous êtes un homme intelligent, je vais vous poser une question : pourquoi ne recrutent-ils pas des gens plus importants, pourquoi sont-ce toujours des étudiants et des blancs-becs de vingt-deux ans ? Et y en a-t-il beaucoup ? Je parie qu'un million de chiens les cherchent et en a-t-on trouvé beaucoup ? Sept. Je vous le dis, c'est à mourir d'ennui.

Lembke avait écouté avec attention, mais son expression disait : « on ne nourrit pas un rossignol avec des fables ».

— Permettez pourtant, vous affirmez que le billet a été adressé à l'étranger ; mais il n'y a pas d'adresse ici ; comment avez-vous su que ce billet a été adressé à M. Kirilov et, enfin, à l'étranger et... et... qu'il a été effectivement écrit par M. Chatov ?

— Procurez-vous donc tout de suite un échantillon de l'écriture de Chatov et comparez. Dans votre chancellerie on doit certainement pouvoir trouver sa signature. Et quant au fait qu'il était destiné à Kirilov, c'est Kirilov lui-même qui me l'a montré à ce moment-là.

— Par conséquent, vous-même...

— Mais oui, naturellement, par conséquent moi-même. Que ne m'a-t-on pas montré là-bas. Et quant à ces vers, ce serait feu Hertzen qui les aurait écrits pour Chatov, du temps que celui-ci errait encore à l'étranger, prétendument en souvenir de leur rencontre, à titre de louange, de recommandation, enfin, que diable... et Chatov les fait circuler parmi la jeunesse. Pour faire croire que c'est l'opinion qu'avait de lui Hertzen lui-même.

— Ta, ta, ta, fit Lembke comprenant enfin tout à fait, je me disais aussi : les tracts cela se comprend, mais pourquoi des vers ?

— Comment ne comprendriez-vous pas ? Et le diable sait pourquoi je vous ai fait ces confidences ! Ecoutez, rendez-moi Chatov et que le diable emporte tous les autres, y compris même Kirilov qui s'est enfermé dans la maison de Philippov où se terre aussi Chatov. Ils ne m'aiment pas parce que je suis revenu... mais promettez-moi Chatov et je vous les servirai tous sur la même assiette. Je pourrai vous être utile, André Antonovitch ! Je tiens que toute cette misérable bande se compose de neuf ou dix individus. Je les surveille moi-même, pour mon propre compte. Nous en connaissons déjà trois : Chatov, Kirilov et ce sous-lieutenant. Les autres, j'en suis encore à les EXAMINER... d'ailleurs je ne suis pas tout à fait myope. C'est comme dans la province de X. : on y a pris avec des tracts deux étudiants, un lycéen, deux nobles de vingt ans, un instituteur et un commandant en retraite dans la soixantaine, abruti par l'alcool. Voilà tout, et croyez bien que c'est vraiment tout ; on a même été étonné de voir que c'était tout. Mais il faut six jours. J'ai déjà fait mon compte ; six jours et pas avant. Si vous voulez un résultat, ne les alertez pas avant six jours et je vous les enfermerai dans le même sac ; si vous les alertez avant, la nichée s'envolera. Mais donnez-moi Chatov. Je plaide pour Chatov... Le mieux est de le convoquer secrètement et amicalement, fût-ce ici, dans ce cabinet, et de le soumettre à un interrogatoire en soulevant devant lui le voile... Il se jettera certainement à vos pieds et pleurera ! C'est un homme nerveux, malheureux ; sa femme fait la vie avec Stavroguine. Mettez-le à son aise et il révélera tout lui-même, mais il faut six jours... Et surtout, surtout, pas un demi-mot à Julie Mikhaïlovna. Le secret. Pouvez-vous garder un secret ?

— Comment ? dit Lembke en écarquillant les yeux, mais est-ce que vous n'avez rien... révélé à Julie Mikhaïlovna ?

— A elle ? Dieu m'en garde et m'en préserve. E-eh, André Antonovitch ! Voyez-vous, je tiens trop à son amitié et je la respecte profondément... enfin, et tout cela... mais je ne ferai pas cette gaffe. Je ne la contredis pas parce que la contredire, vous le savez vous-même, c'est dangereux. Je lui ai peut-être glissé un petit mot parce qu'elle aime cela, mais quant à lui livrer des noms comme je viens de le faire avec vous, ou quelque chose, e-eh, mon cher ami ! En effet, pourquoi m'adressé-je à vous ? Parce que vous êtes tout de même un homme, quelqu'un de sérieux, ayant une longue et solide expérience administrative. Vous avez vu pas mal de choses. Chaque pas dans ces sortes d'affaires, j'imagine que vous le connaissez par cœur d'après les précédents de Pétersbourg. Or que je lui dise ces deux noms par exemple, et elle les claironnerait à un point... C'est qu'elle veut d'ici étonner Pétersbourg. Non, elle est trop ardente, voilà ce qu'il y a.

— Oui, il y a en elle un peu de cette fougue, marmotta André Antonovitch non sans plaisir, tout en regrettant vivement que ce malappris osât, semblait-il, s'exprimer un peu trop librement sur le compte de Julie Mikhaïlovna. Quant à Piotr Stepanovitch, il trouvait sans doute que ce n'était pas encore assez et qu'il fallait en remettre pour flatter « Lembka » et achever de le conquérir.

— Justement, de la fougue, confirma-t-il, admettons-le, c'est peut-être une femme de génie, une femme littéraire, mais — elle ferait néanmoins fuir les moineaux. Elle ne tiendrait pas six heures, à plus forte raison six jours. E-eh, André Antonovitch, n'imposez pas à une femme un délai de six jours ! Vous me reconnaissez, n'est-ce pas, une certaine expérience, c'est-à-dire dans ce genre d'affaires ; je sais tout de même certaines choses et vous savez vous-même que je peux savoir certaines choses. Ce n'est pas pour m'amuser que je vous demande six jours mais dans l'intérêt de l'affaire.

— J'ai entendu dire... dit Lembke qui n'osait pas formuler sa pensée, j'ai entendu dire qu'en revenant de l'étranger vous aviez manifesté à qui de droit... une sorte de repentir ?

— Ma foi, peu importe.

— Moi non plus, bien entendu, je ne tiens pas à m'immiscer... mais il m'a toujours semblé que jusqu'à présent vous parliez dans un tout autre style, de la religion chrétienne par exemple, des institutions publiques et enfin du gouvernement.

— Peu importe ce que je disais. Je le dis encore, seulement il ne faut pas appliquer ces idées comme le font ces imbéciles, voilà ce qu'il y a. En effet, qu'est-ce que cela fait qu'on morde les gens à l'épaule ? Vous étiez vous-même d'accord avec moi, vous disiez seulement que c'était trop tôt.

— Ce n'est pas à proprement parler à ce sujet que j'étais d'accord et que j'ai dit que c'était trop tôt.

— Tout de même, vous contrôlez chacune de vos paroles, hé, hé ! Quel homme prudent ! remarqua soudain gaiement Piotr Stepanovitch. Ecoutez, il fallait bien que je fisse connaissance avec vous, eh bien, voilà pourquoi je parlais dans ce style. Ce n'est pas seulement avec vous mais avec beaucoup d'autres que je fais connaissance de cette façon. Il me fallait peut-être me rendre compte de votre caractère.

— Qu'avez-vous besoin de mon caractère ?

— Ma foi, est-ce que je sais (il se remit à rire). Voyez-vous, cher et très honoré André Antonovitch, vous êtes malin, mais nous n'en sommes pas encore là et nous n'y serons sans doute jamais, vous comprenez ? Peut-être que vous comprenez ? Bien que j'aie donné des explications à qui de droit en revenant de l'étranger, et je ne sais vraiment pas pourquoi un homme qui a certaines convictions ne pourrait pas agir dans l'intérêt de ses sincères convictions... mais personne LA-BAS ne m'a encore chargé de sonder votre caractère et je n'ai encore reçu de LA-BAS aucune commande de ce genre. Voyez vous-même : j'aurais bien pu ne pas vous révéler, à vous le premier, ces deux noms mais filer directement LA-BAS, c'est-à-dire là où j'ai fourni les premières explications ; et si je me donnais ce mal pour des raisons financières ou, mettons, pour en tirer un avantage quelconque, ce serait naturellement un mauvais calcul de ma part parce que c'est à vous et non à moi qu'ira maintenant la reconnaissance. Je ne me préoccupe que de Chatov, ajouta noblement Piotr Stepanovitch, du seul Chatov, en souvenir de notre amitié d'autrefois... Mais, ma foi, quand vous prendrez la plume pour écrire LA-BAS, eh bien, faites mon éloge si vous voulez... je ne vous contredirai pas, hé, hé ! *Adieu*, pourtant, je me suis attardé et je n'aurais pas dû tant bavarder ! ajouta-t-il non sans aménité, et il se leva du divan.

— Au contraire, je suis enchanté que l'affaire pour ainsi dire se précise, dit von Lembke en se levant à son tour, lui aussi avec un air aimable, visiblement sous l'effet des dernières paroles. J'accepte vos services avec reconnaissance et soyez certain que tout ce qui peut être fait de mon côté pour signaler votre zèle...

— Six jours, surtout, un délai de six jours, et que pendant ce temps vous ne bougiez pas, voilà ce qu'il me faut.

— Soit.

— Il va de soi que je ne vous lie pas les mains et d'ailleurs je ne me le permettrais pas. Vous ne pouvez tout de même pas ne pas les surveiller ; seulement n'effarouchez pas la nichée avant l'heure, voilà en quoi je compte sur votre intelligence et votre expérience. Mais vous devez avoir en réserve une jolie meute de chiens courants et de limiers de toute sorte, hé, hé ! lâcha Piotr Stepanovitch gaiement et avec l'étourderie d'un jeune homme.

— Ce n'est pas tout à fait exact, répondit Lembke, éludant aimablement la question. C'est un préjugé de la jeunesse de croire que nous sommes si bien préparés... Mais à propos, permettez-moi une petite question : si ce Kirilov a été le témoin de Stavroguine, dans ce cas M. Stavroguine aussi...

— Quoi Stavroguine ?

— C'est-à-dire s'ils sont tellement amis ?

— Eh, non, non, non ! Là vous faites erreur, tout perspicace que vous êtes. Et même vous m'étonnez. Je croyais que là-dessus vous n'étiez pas sans renseignements... Hum... Stavroguine c'est tout à fait le contraire, c'est-à-dire tout à fait... *Avis au lecteur !*

— Vraiment ! Et est-ce possible ? fit Lembke incrédule. Julie Mikhaïlovna m'a dit que d'après les renseignements qu'elle a reçus de Pétersbourg, il est muni pour ainsi dire de certaines instructions...

— Je ne sais rien, je ne sais rien, absolument rien. *Adieu. Avis au lecteur !* dit Piotr Stepanovitch, se dérobant soudain et ostensiblement.

Il s'élança vers la porte.

— Permettez, Piotr Stepanovitch, permettez, cria Lembke, encore une toute petite question et je ne vous retiendrai plus.

Il prit une enveloppe dans un tiroir de sa table.

— Voici un petit échantillon de la même catégorie, et je vous prouve par là que j'ai la plus grande confiance en vous. Tenez, et quelle est votre opinion ?

L'enveloppe contenait une lettre, une lettre étrange, anonyme, adressée à Lembke et que celui-ci avait reçue la veille seulement. Piotr Stepanovitch, à son extrême dépit, lut ce qui suit :

« Excellence !

« Car par votre grade vous l'êtes. Par la présente je vous annonce un attentat contre la vie de personnages généraux et de la patrie ; car cela y mène tout droit. Moi-même j'en ai distribué sans arrêt pendant de nombreuses années. Et aussi l'impiété. Une révolte se prépare, les tracts sont plusieurs milliers et derrière chacun cent individus courront la langue pendante s'ils ne sont pas confisqués d'avance par les autorités, car on a promis quantité de récompenses et l'homme du peuple est bête, et puis il y a la vodka. Le peuple, respectant le coupable, ruine l'un et l'autre, et craignant les deux côtés je me suis repenti de ce à quoi je n'ai pas pris part, car telles sont mes circonstances. Si vous voulez une dénonciation pour le salut de la patrie et aussi des églises et des icônes, je suis le seul à pouvoir. Mais à condition qu'on m'envoie immédiatement de la Troisième section le pardon par télégraphe, à moi seul de tous, et quant aux autres, qu'ils en répondent. Sur la fenêtre du portier comme signal mettez à sept heures chaque soir une bougie. En la voyant je croirai et je viendrai baiser la dextre miséricordieuse venue de la capitale, mais à condition qu'il y ait une pension, car de quoi vivrai-je ? Quant à vous, vous ne le regretterez pas parce que vous obtiendrez une étoile. Il faut agir en tapinois, autrement on me tordra le cou.

« De Votre Excellence l'homme désespéré.
Baise la trace de vos pas
le libre penseur repenti *Incognito*. »

Von Lembke expliqua que la lettre avait été déposée la veille dans la loge du suisse alors qu'il n'y avait personne.

— Alors, qu'en pensez-vous ? demanda Piotr Stepanovitch presque grossièrement.

— Je serais porté à croire que c'est une pasquinade anonyme, par dérision.

— Le plus vraisemblable est qu'il en est bien ainsi. On ne vous la fait pas.

— Je le crois surtout parce que c'est si bête.

— Avez-vous reçu ici d'autres pasquinades ?

— J'en ai reçu deux fois, anonymes.

— Naturellement, on n'irait pas les signer. De style différent ? D'écritures différentes ?

— De style et d'écritures différentes.

— Et il y en avait de bouffonnes, comme celle-ci ?

— Oui, bouffonnes, et, vous savez... très vilaines.

— Eh bien, s'il y en a déjà eu, ce doit être la même chose maintenant.

— Et surtout parce que c'est si bête. Car ces gens-là sont instruits et n'écriraient certainement pas si bêtement.

— Mais oui, mais oui.

— Et si c'était effectivement quelqu'un qui veut faire une dénonciation ?

— C'est invraisemblable, coupa sèchement Piotr Stepanovitch. Que veut dire le télégramme de la Troisième section et la pension ? C'est une pasquinade évidente.

— Oui, oui, confirma Lembke honteux.

— Savez-vous. Laissez-moi cela. Je vous en trouverai sûrement l'auteur. Plus vite que je ne trouverai les autres.

— Prenez, accepta von Lembke, non d'ailleurs sans une certaine hésitation.

— Vous l'avez montré à quelqu'un ?

— Non, comment est-ce possible, à personne.

— C'est-à-dire à Julie Mikhaïlovna ?

— Ah, Dieu m'en préserve et, pour l'amour de Dieu, ne le lui montrez pas vous-même ! s'écria Lembke avec frayeur. Elle serait si bouleversée... et elle se fâcherait terriblement contre moi.

— Oui, c'est vous qui seriez le premier attrapé, elle dirait que vous l'avez mérité si on vous écrit ainsi. Nous connaissons la logique féminine. Eh bien, adieu. Il se peut même que je vous présente l'auteur d'ici trois jours. Surtout, n'oubliez pas nos conventions.

4

Piotr Stepanovitch n'était peut-être pas un sot, mais Fedka le forçat avait raison de dire qu'il « voyait les gens tels qu'il se les imaginait et que c'était avec ceux-là qu'il vivait ». Il quitta von Lembke tout à fait certain de l'avoir rassuré pour six jours au moins ; or ce délai lui était indispensable. Mais cette opinion était fausse et ne reposait que sur l'idée que, depuis le début et une fois pour toutes, il s'était faite d'André Antonovitch qu'il prenait pour un véritable nigaud.

Comme tout homme maladivement soupçonneux, André Antonovitch, lorsqu'il sortait de l'incertitude, était toujours au premier moment extrêmement et joyeusement confiant. La nouvelle tournure que prenaient les choses lui apparut d'abord sous un aspect assez agréable, malgré certaines complications embarrassantes qui se présentaient de nouveau. Du moins, les anciens doutes tombaient en poussière. De plus, il était si fatigué depuis quelques jours, il se sentait si harassé et sans défense que malgré lui son âme aspirait au repos. Mais, hélas, de nouveau il n'était plus tranquille. Son long séjour à Pétersbourg avait laissé dans son âme des traces ineffaçables. L'histoire officielle et même secrète de la « nouvelle génération » lui était assez connue — il était curieux et collectionnait les tracts — mais il n'en avait jamais compris le premier mot. Maintenant il était comme perdu en pleine forêt : il pressentait de tout son instinct que les paroles de Piotr Stepanovitch renfermaient quelque chose de tout à fait incongru, en dehors de toutes les formes et conventions — « et pourtant le diable sait ce qui peut se passer dans cette « nouvelle génération », et le diable sait comment cela se produit chez eux ! » songeait-il, se perdant en conjectures.

A ce moment, comme un fait exprès, Blum passa la tête par l'entrebâillement de la porte. Pendant toute la visite de Piotr Stepanovitch, il avait attendu à proximité. Ce Blum était même un parent éloigné d'André Antonovitch, mais que toute la vie on cacha soigneusement et avec anxiété. Je demande pardon au lecteur de consacrer ne fût-ce que quelques mots à ce personnage insignifiant. Blum appartenait à l'étrange catégorie des Allemands « malchanceux » — non point du fait de son extrême médiocrité mais bien pour une raison inconnue. Les Allemands « malchanceux » ne sont pas un mythe, ils existent réellement, même en Russie, et ils ont leur type particulier. André Antonovitch avait toute sa vie témoigné à Blum le plus touchant intérêt et partout où il le pouvait, à mesure de ses propres succès dans sa carrière, l'avait poussé à de bons petits postes subalternes de son ressort ; mais l'autre n'avait de chance nulle part. Tantôt le poste était supprimé par suite de compression de personnel, tantôt la direction changeait, une fois même il faillit être déféré avec d'autres en justice. Il était méticuleux, mais pour ainsi dire, sombre sans raison et à son détriment : grand, roux, voûté, morne, il était même sensible et, malgré toute son humilité, obstiné et tenace comme un bœuf quoique toujours à contresens. Pour André Antonovitch, lui, sa femme et ses nombreux enfants nourrissaient depuis de longues années un sentiment d'attachement plein de vénération. En dehors d'André Antonovitch, personne ne l'avait jamais aimé. Julie Mikhaïlovna avait dès l'abord opposé son veto au sujet de Blum mais ne put vaincre la ténacité de son mari. Ce fut leur première querelle conjugale et elle éclata presque aussitôt après leur mariage, aux tout premiers jours de leur lune de miel, quand subitement se révéla à elle l'existence de Blum, qui jusqu'alors lui avait été soigneusement cachée, avec l'humiliant secret de leur parenté. André Antonovitch la supplia à mains jointes, lui raconta d'une façon émouvante toute l'histoire de Blum et l'amitié qui les liait depuis l'enfance, mais Julie Mikhaïlovna s'estima à jamais déshonorée et eut même recours aux évanouissements. Von Lembke ne céda pas d'une semelle et déclara que pour rien au monde il n'abandonnerait Blum et ne l'éloignerait de sa personne, de sorte qu'à la fin elle s'étonna et dut lui permettre de le garder. Il fut seulement décidé que la parenté serait cachée encore plus soigneusement que par le passé, si tant est que ce fût possible, et que même le prénom et le patronyme de Blum seraient changés, puisqu'il se trouvait qu'il s'appelait aussi André Antonovitch. Blum n'avait noué des relations avec personne chez nous à l'exception d'un pharmacien allemand, n'avait fait aucune visite et, selon son habitude, vivait chichement et retiré. Il était depuis longtemps au courant des petits péchés littéraires d'André Antonovitch. C'était lui de préférence qui était invité à écouter son roman en séances secrètes en tête-à-tête, où il passait six heures de suite, assis immobile comme un poteau, transpirant, faisant tous ses efforts pour ne pas s'endormir et pour sourire ; rentré chez lui, il se lamentait de concert avec sa femme, personne efflanquée aux longues jambes, sur le malheureux faible de leur bienfaiteur pour la littérature russe.

André Antonovitch regarda Blum avec souffrance.

— Je te prie, Blum, de me laisser tranquille, commença-t-il rapidement et avec inquiétude, voulant de toute évidence l'empêcher de reprendre la conversation interrompue par l'arrivée de Piotr Stepanovitch.

— Et pourtant cela peut se faire de la manière la plus délicate, sans la moindre publicité ; vous avez tous les pouvoirs, insista Blum respectueusement mais avec fermeté tandis que, le dos voûté, il s'avançait à petits pas vers André Antonovitch.

— Blum, tu m'es à ce point dévoué et si prêt à rendre service que je te regarde chaque fois hors de moi de peur.

— Vous dites toujours des choses spirituelles et, content de ce que vous avez dit, vous vous endormez tranquille, mais par là même vous vous faites du tort.

— Blum, je viens de me convaincre que ce n'est pas du tout cela, pas du tout cela.

— N'est-ce pas d'après ce que vous a dit ce jeune homme faux, dépravé, que vous soupçonnez vous-même ? Il vous a conquis par des flatteries au sujet de votre talent littéraire.

— Blum, tu n'y entends rien ; ton projet est une absurdité, te dis-je. Nous ne trouverons rien et cela provoquera des cris, puis des rires, et ensuite Julie Mikhaïlovna...

— Nous trouverons sans aucun doute ce que nous cherchons, dit Blum en faisant fermement un pas vers lui, la main droite sur le cœur ; nous ferons la perquisition à l'improviste, le matin de bonne heure, en observant toute la délicatesse voulue à l'égard de la personne et les formes légales dans toute leur rigueur. Les jeunes gens, Liamchine et Teliatnikov, assurent trop que nous trouverons tout ce qu'il nous faut. Ils sont allés maintes fois là-bas. Personne ne fait grand cas de M. Verkhovenski. La générale Stavroguine lui a ouvertement retiré sa faveur et tout honnête homme, si tant est qu'il en existe dans cette ville grossière, est convaincu que là-bas s'est toujours cachée la source de l'impiété et de la propagande sociale. Il possède tous les livres interdits, les « Pensées » de Ryleev, les œuvres complètes de Hertzen... J'ai à toutes fins utiles un catalogue approximatif.

— Oh, Dieu, ces livres, chacun les a, comme tu es naïf, mon pauvre Blum !

— Et de nombreux tracts, poursuivit Blum sans écouter cette remarque. Nous finirons infailliblement par tomber sur la piste des véritables tracts d'ici. Ce jeune Verkhovenski me paraît on ne peut plus suspect.

— Mais tu confonds le père avec le fils. Ils sont en mauvais termes ; le fils se moque ouvertement de son père.

— Ce n'est qu'un masque.

— Blum, tu as juré de me pousser à bout ! Réfléchis, c'est tout de même ici un personnage marquant. Il a été professeur d'université, c'est un homme connu, il poussera les hauts cris et aussitôt on se moquera dans toute la ville et, ma foi, nous manquerons tout... et pense à ce que ce sera pour Julie Mikhaïlovna...

Blum avançait toujours.

— Il n'a été que professeur adjoint, rien que professeur adjoint, et en fait de grade il n'a que celui d'assesseur de collège en retraite, dit-il en se frappant la poitrine, il n'a aucune distinction honorifique, il a été révoqué parce qu'on le soupçonnait de desseins hostiles au gouvernement. Il a été l'objet d'une surveillance secrète et l'est certainement encore. Et étant donné les désordres qui se manifestent actuellement, vous en avez incontestablement le devoir. Et vous, au contraire, vous laissez échapper l'occasion de vous distinguer en vous montrant complaisant envers le vrai coupable.

— Julie Mikhaïlovna ! Va-t'en, Blum ! s'écria soudain von Lembke qui venait d'entendre la voix de son épouse dans la pièce voisine.

Blum tressaillit mais ne se rendit pas.

— Permettez-le-moi, permettez-le, insista-t-il en pressant encore plus fort ses deux mains contre sa poitrine.

— Va-t'en ! grinça André Antonovitch, fais ce que tu veux... plus tard... Oh, mon Dieu !

La portière se souleva et Julie Mikhaïlovna parut. Elle s'arrêta majestueusement à la vue de Blum, le toisa d'un regard hautain et offensé, comme si la seule présence de cet homme eût été pour elle une insulte. Blum sans rien dire s'inclina profondément et respectueusement devant elle et, plié en deux par le respect, se dirigea vers la porte sur la pointe des pieds, les bras un peu écartés.

Etait-ce parce qu'il avait vraiment pris la dernière exclamation hystérique d'André Antonovitch pour une autorisation formelle d'agir comme il le demandait, ou avait-il rusé avec sa conscience dans l'intérêt direct de son bienfaiteur, trop assuré que le succès couronnerait l'affaire ; en tout cas, comme nous le verrons plus loin, de cette conversation du chef avec le subordonné résulta une chose tout à fait inattendue qui amusa beaucoup de gens, fit du bruit, provoqua la violente colère de Julie Mikhaïlovna et, pour toutes ces raisons, acheva de brouiller l'esprit d'André Antonovitch en le précipitant, au plus fort des événements, dans la plus lamentable indécision.

5

La journée fut chargée pour Piotr Stepanovitch. En

sortant de chez von Lembke, il courut en hâte rue de l'Epiphanie, mais en passant rue du Taureau devant la maison où logeait Karmazinov, il s'arrêta brusquement, sourit et entra. On lui répondit : « vous êtes attendu », ce qui l'intrigua beaucoup car il n'avait pas prévenu de sa visite.

Mais l'illustre écrivain l'attendait effectivement, et même depuis la veille et l'avant-veille. Quatre jours auparavant, il lui avait confié le manuscrit de son « *Merci* » (qu'il comptait lire à la matinée littéraire de la fête qu'organisait Julie Mikhaïlovna), et l'avait fait par amabilité, bien convaincu de flatter agréablement son amour-propre en lui permettant de connaître d'avance une grande chose. Piotr Stepanovitch remarquait depuis longtemps que ce monsieur vaniteux, gâté et outrageusement inaccessible aux non-élus, ce cerveau « presque d'homme d'Etat » recherchait tout simplement ses bonnes grâces, et même avec avidité. Il me semble que le jeune homme avait fini par deviner que si Karmazinov ne le considérait pas comme le chef de file de tout le mouvement révolutionnaire clandestin en Russie, du moins le prenait-il pour un des principaux initiés aux secrets de la révolution russe et pour quelqu'un qui exerçait une incontestable influence sur la jeunesse. Les dispositions d'esprit de « l'homme le plus intelligent de Russie » intéressaient Piotr Stepanovitch mais jusque-là, pour certaines raisons, il avait évité les explications.

L'illustre écrivain habitait chez sa sœur, mariée à un chambellan et propriétaire terrienne ; tous deux, et le mari et la femme, étaient en vénération devant leur célèbre parent, mais pendant le présent séjour de celui-ci chez nous, ils se trouvaient, à leur profond regret, à Moscou, si bien que l'honneur de le recevoir échut à une vieille et pauvre parente très éloignée du chambellan qui habitait chez eux et depuis longtemps faisait fonction de gouvernante. Toute la maison marchait sur la pointe des pieds depuis l'arrivée de M. Karmazinov. La vieille dame faisait savoir presque chaque jour à Moscou comment il avait dormi et ce qu'il avait bien voulu manger, et une fois elle envoya un télégramme pour annoncer qu'après un dîner prié chez le maire, il avait dû prendre une cuillerée d'un certain médicament. Elle n'osait que rarement entrer dans sa chambre bien qu'il fût avec elle poli, sec d'ailleurs, et ne lui parlât qu'en cas de nécessité. Lorsque Piotr Stepanovitch entra, il était en train de manger sa côtelette du matin arrosée d'un demi-verre de vin rouge. Piotr Stepanovitch était déjà venu chez lui et toujours l'avait trouvé attablé devant cette côtelette matinale qu'il mangeait en sa présence mais sans jamais rien lui offrir. Après la côtelette, on lui apportait encore une petite tasse de café. Le laquais qui servait était en habit, avec des souliers souples qui ne faisaient pas de bruit, et des gants.

— A-ah ! dit Karmazinov qui se souleva du divan en s'essuyant avec sa serviette et, avec une apparence de joie sincère, il étreignit le visiteur, habitude caractéristique chez les Russes quand ils sont par trop célèbres. Mais Piotr Stepanovitch savait par expérience que tout en faisant mine de l'embrasser, il lui présentait la joue, c'est pourquoi il fit cette fois de même ; les deux joues se rencontrèrent. Karmazinov, sans laisser voir qu'il l'avait remarqué, s'assit sur le divan et indiqua suavement à Piotr Stepanovitch un fauteuil en face de lui, dans lequel l'autre s'affala.

— Vous ne... Ne voulez-vous pas déjeuner ? demanda le maître de céans, dérogeant pour cette fois à son habitude, mais, bien entendu, d'un air qui suggérait clairement une réponse négative. Piotr Stepanovitch voulut aussitôt déjeuner. L'ombre d'une stupeur offensée assombrit le visage de son hôte mais l'espace d'un instant seulement ; il sonna nerveusement le domestique et, malgré toute son éducation, éleva dédaigneusement la voix en ordonnant de servir un autre déjeuner.

— Que désirez-vous, une côtelette ou du café ? s'enquit-il encore une fois.

— Et une côtelette, et du café, et faites aussi ajouter du vin, j'ai faim, répondit Piotr Stepanovitch en examinant avec une calme attention le costume de son hôte. M. Karmazinov portait une sorte de petite veste d'intérieur ouatée, dans le genre d'une jaquette, à boutons de nacre, mais trop courte, ce qui n'allait pas du tout à son petit ventre assez rebondi et à la partie bien arrondie du haut de ses cuisses ; mais tout le monde n'a pas les mêmes goûts. Sur ses genoux était déployé un plaid en laine à carreaux, bien qu'il fît assez chaud dans la pièce.

— Seriez-vous malade ? demanda Piotr Stepanovitch.

— Non, je ne suis pas malade, mais j'ai peur de le devenir dans ce climat, répondit l'écrivain de sa voix criarde en scandant d'ailleurs tendrement chaque mot et en blésant agréablement, à la manière des gentilshommes ; je vous attendais déjà hier.

— Pourquoi donc ? Je n'avais rien promis.

— Non, mais vous avez mon manuscrit. Vous... l'avez lu ?

— Un manuscrit ? Lequel ?

Karmazinov s'étonna profondément.

— Mais vous l'avez pourtant apporté ? dit-il, soudain si inquiet qu'il cessa même de manger et regarda Piotr Stepanovitch d'un air effrayé.

— Ah, c'est ce « *Bonjour* », ou comment donc...

— « *Merci* ».

— Ma foi, peu importe. Je l'avais complètement oublié et je ne l'ai pas lu, je n'ai pas le temps... il doit être sur ma table. Ne vous inquiétez pas, il se retrouvera.

— Non, j'aime mieux envoyer quelqu'un chez vous tout de suite. Il pourrait s'égarer, et enfin on pourrait le voler.

— Allons donc, qui en aurait besoin ! Mais pourquoi êtes-vous si effrayé, Julie Mikhaïlovna disait que vous faites toujours faire plusieurs copies, l'une déposée chez un notaire, une autre à Pétersbourg, une troisième à Moscou, puis vous en envoyez une, paraît-il, à une banque.

— Mais Moscou peut aussi brûler et avec elle mon manuscrit. Non, il vaut mieux que j'envoie quelqu'un tout de suite.

— Attendez, le voici ! et Piotr Stepanovitch tira de sa poche de derrière une liasse de feuilles de papier à lettres ; il est un peu chiffonné. Figurez-vous, tel que je l'avais emporté de chez vous l'autre jour, tel il est resté tout le temps dans ma poche de derrière avec mon mouchoir ; je l'avais oublié.

Karmazinov s'empara avidement du manuscrit, l'examina soigneusement, compta les feuillets et avec respect le déposa provisoirement près de lui, sur un guéridon à part, mais de façon à l'avoir à tout moment sous les yeux.

— Il me semble que vous ne lisez pas beaucoup ? siffla-t-il, ne pouvant se contenir.

— Non, pas tellement.

— Et en fait de littérature russe, rien ?

— En fait de littérature russe ? Permettez, j'ai lu quelque chose... « En cours de route »... ou « En route »... ou « A la croisée des chemins », je ne me souviens plus. Il y a longtemps que je l'ai lu, cinq ans. Je n'ai pas le temps.

Un certain silence suivit.

— En arrivant j'ai assuré à chacun que vous étiez

extrêmement intelligent et maintenant il paraît que tout le monde ici est fou de vous.

— Je vous remercie, répondit tranquillement Piotr Stepanovitch.

On apporta le déjeuner. Piotr Stepanovitch se jeta avec le plus grand appétit sur sa côtelette et l'engloutit en un clin d'œil, but le vin et avala le café.

« Ce malappris, se disait Karmazinov en le regardant pensivement du coin de l'œil tandis qu'il avalait la dernière bouchée et la dernière gorgée, ce malappris a certainement senti toute la causticité de ma dernière phrase... et pour ce qui est de mon manuscrit, il l'a naturellement lu avec avidité et il ne fait que mentir pour des raisons à lui. Mais il se peut qu'il ne mente pas et qu'il soit très sincèrement bête. J'aime qu'un homme de génie soit un peu bête. Ne serait-il pas réellement un génie parmi eux, le diable l'emporte du reste. »

Il se leva du divan et se mit à marcher de long en large pour se donner de l'exercice, ce qu'il faisait chaque fois après le déjeuner.

— Vous repartez bientôt ? demanda Piotr Stepanovitch de son fauteuil après avoir allumé une cigarette.

— Je suis venu à proprement parler pour vendre mes terres et je dépends maintenant de mon régisseur.

— Vous êtes je crois venu parce que vous vous attendiez là-bas à une épidémie après la guerre ?

— N-non, pas tout à fait pour cela, poursuivit M. Karmazinov, scandant bénignement ses phrases et, à chaque tour d'un coin vers l'autre, gigotant vaillamment du pied droit, à peine d'ailleurs. J'ai en effet l'intention — il sourit non sans fiel — de vivre le plus longtemps possible. Dans la noblesse russe, il y a quelque chose qui s'use extrêmement vite, à tous les égards. Mais je veux m'user le plus tard possible et maintenant je m'en vais définitivement à l'étranger ; le climat y est meilleur et l'édifice y est en pierre et tout est plus solide. L'Europe durera bien autant que moi, je pense. Qu'en pensez-vous ?

— Est-ce que je sais.

— Hum. Si vraiment Babylone s'écroule là-bas et si sa chute est retentissante (là-dessus je suis entièrement d'accord avec vous, bien que je pense qu'elle durera autant que moi), chez nous en Russie il n'y a même rien qui puisse s'écrouler, relativement parlant. Ce ne sont pas des pierres qui tomberont chez nous mais tout s'étalera dans la boue. La sainte Russie est la dernière au monde à pouvoir opposer une résistance à quelque chose.

Le peuple tient encore tant bien que mal grâce au Dieu Russe ; mais le Dieu Russe, aux dernières nouvelles, est extrêmement peu sûr et même contre la réforme paysanne il a pu tenir à peine, du moins il en a été fortement ébranlé. Et puis il y a les chemins de fer, et puis il y a vous... le Dieu Russe en tout cas, je n'y crois pas du tout.

— Et au Dieu Européen ?

— Je ne crois à aucun. On m'a calomnié auprès de la jeunesse russe. J'ai toujours sympathisé avec tous ses mouvements. On m'a montré ces tracts qui circulent ici. On les regarde avec perplexité parce que leur forme effraye tout le monde, mais tous sont cependant sûrs de leur puissance, fût-ce sans s'en rendre compte. Tout le monde s'effondre depuis longtemps et tout le monde sait depuis longtemps qu'il n'y a rien à quoi se raccrocher. Si je suis convaincu du succès de cette mystérieuse propagande, c'est ne serait-ce que parce que la Russie est actuellement par excellence l'endroit du monde où tout ce que l'on veut peut arriver sans rencontrer la moindre résistance. Je comprends trop bien pourquoi les Russes qui ont de la fortune se précipitent en foule à l'étranger, et de plus en plus chaque année. C'est simplement l'instinct. Quand le navire doit sombrer, les rats sont les premiers à le quitter. La sainte Russie est un pays en bois, misérable et... dangereux, un pays d'indigents vaniteux dans ses couches supérieures et qui, dans son immense majorité, vit dans des chaumières croulantes. Elle se réjouira de n'importe quelle issue, il suffit de le lui expliquer... Seul le gouvernement veut encore résister, mais il brandit un gourdin dans les ténèbres et frappe sur les siens. Ici tout est condamné et voué à sa perte. La Russie, telle qu'elle est, n'a pas d'avenir. Je suis devenu Allemand et je m'en fais honneur.

— Non, vous aviez commencé à parler des tracts ; dites tout, quel est votre avis à ce sujet ?

— Tout le monde en a peur, donc ils sont puissants. Ils dénoncent ouvertement l'imposture et démontrent que chez nous il n'y a rien à quoi se raccrocher et rien sur quoi s'appuyer. Ils parlent haut quand tout le monde se tait. Le plus victorieux en eux (malgré leur forme) c'est cette audace, jusqu'ici sans exemple, de regarder la vérité en face. Cette faculté de regarder la vérité en face n'appartient qu'à l'actuelle génération russe. Non, en Europe on n'est pas encore si audacieux : là-bas tout est en pierre, il y a encore sur quoi s'appuyer. Autant que je voie et que je puisse juger, le fond de l'idée révo-

lutionnaire russe consiste essentiellement dans la négation de l'honneur. Il me plaît que ce soit exprimé si
hardiment et courageusement. Non, en Europe on ne
comprendra pas encore cela, mais chez nous c'est justement là-dessus qu'on se jettera. Pour le Russe l'honneur
n'est qu'un fardeau encombrant. D'ailleurs cela lui a
toujours été un fardeau, au cours de toute son histoire.
C'est par le « droit ouvert au déshonneur » qu'on peut
l'entraîner le plus facilement. Je suis encore de la vieille
génération et, je l'avoue, je tiens encore à l'honneur,
mais ce n'est que par habitude. J'aime seulement les
vieilles formes, mettons par manque de courage ; il
faut bien terminer ses jours d'une façon ou d'une autre.

Il s'arrêta brusquement.

« Tout de même, je parle, je parle, pensa-t-il, et lui,
il se tait et observe. Il est venu pour que je lui pose une
question directe. Et je la poserai. »

— Julie Mikhaïlovna m'a demandé de vous arracher
le secret de la surprise que vous préparez pour le bal
d'après-demain, dit soudain Piotr Stepanovitch.

— Oui, ce sera vraiment une surprise et vraiment je
stupéfierai... répondit Karmazinov en se rengorgeant,
mais je ne vous dirai pas en quoi consiste le secret.

Piotr Stepanovitch n'insista pas.

— Il y a ici un certain Chatov, dit l'illustre écrivain et,
figurez-vous, je ne l'ai pas vu.

— Une excellente personnalité. Pourquoi ?

— Comme ça, il dit certaines choses. C'est bien lui qui
a giflé Stavroguine ?

— C'est lui.

— Et Stavroguine, que pensez-vous de lui ?

— Je ne sais pas ; un godelureau.

Karmazinov haïssait Stavroguine parce que celui-ci
avait pris l'habitude de ne point le remarquer.

— Ce godelureau, dit-il avec un petit rire, si un jour
vous faites ce que prêchent les tracts sera sans doute le
premier qu'on pendra.

— Peut-être même avant, dit tout à coup Piotr
Stepanovitch.

— Ce sera bien fait, approuva Karmazinov, cette fois
sans rire et d'un ton en quelque sorte trop sérieux.

— Vous l'avez déjà dit une fois et, vous savez, je le
lui ai répété.

— Comment, vous le lui avez vraiment répété ? dit
Karmazinov en riant de nouveau.

— Il a dit que s'il faut le pendre, il suffira quant à
vous de vous donner les verges, seulement pas pour la

frime, mais durement, comme on fouette un paysan.

Piotr Stepanovitch prit son chapeau et se leva. Karmazinov lui tendit les deux mains pour lui dire adieu.

— Dites donc, piailla-t-il soudain d'une petite voix mielleuse et avec une intonation particulière tout en gardant les mains de Piotr Stepanovitch dans les siennes, si tout ce qu'on... projette est destiné à s'accomplir... quand cela pourrait-il arriver ?

— Est-ce que je sais ? répondit un peu grossièrement Piotr Stepanovitch. Tous deux se regardèrent fixement dans les yeux.

— Par exemple ? A peu près ? piailla Karmazinov d'une voix encore plus suave.

— Vous aurez le temps de vendre vos terres et aussi de déguerpir, grommela Piotr Stepanovitch encore plus grossièrement. Tous deux se regardèrent encore plus fixement.

Il y eut une minute de silence.

— Cela commencera au début de mai et ce sera fini pour octobre, dit soudain Piotr Stepanovitch.

— Je vous remercie sincèrement, prononça Karmazinov d'une voix pénétrée en lui serrant les mains.

« Tu auras le temps, rat, de quitter le navire ! pensait Piotr Stepanovitch en sortant dans la rue. Ma foi, si même ce « quasi-cerveau d'homme d'Etat » s'informe avec tant d'assurance du jour et de l'heure et remercie si respectueusement du renseignement donné, il est certain qu'après cela nous ne pouvons plus douter de nous. (Il sourit.) Hum. Il n'est effectivement pas bête et... ce n'est qu'un rat qui se sauve ; celui-là ne dénoncera pas ! »

Il courut rue de l'Epiphanie, à la maison de Philippov.

6

PIOTR STEPANOVITCH alla d'abord chez Kirilov. Celui-ci, selon son habitude, était seul et, cette fois, faisait de la gymnastique au milieu de la pièce, c'est-à-dire que, les jambes écartées, il tournait d'une certaine façon les bras au-dessus de lui. Par terre il y avait une balle. Le thé du petit déjeuner, maintenant froid, était encore sur la table. Piotr Stepanovitch s'arrêta un instant sur le seuil.

— Tout de même, vous vous occupez beaucoup de votre santé, dit-il d'une voix forte et gaie en entrant dans la pièce ; quelle jolie balle, tiens, comme elle rebondit ; c'est aussi pour la gymnastique ?

Kirilov mit sa redingote.

— Oui, c'est aussi pour la santé, grommela-t-il sèchement ; asseyez-vous.

— Je viens pour une minute. D'ailleurs je vais m'asseoir. La santé est la santé, mais je viens vous rappeler notre accord. « Dans un certain sens » l'échéance approche, conclut-il avec un tortillement embarrassé.

— Quel accord ?

— Comment quel accord ? dit Piotr Stepanovitch soudain alarmé, même effrayé.

— Ce n'est pas un accord ni une obligation, je ne me suis lié en rien, il y a erreur de votre part.

— Ecoutez, que faites-vous donc là ? dit Piotr Stepanovitch en se levant cette fois complètement.

— Ma volonté.

— Laquelle ?

— L'ancienne.

— C'est-à-dire comment faut-il donc le comprendre ? Est-ce que cela signifie que vous êtes toujours dans les mêmes idées ?

— Oui. Seulement il n'y a pas d'accord et il n'y en a jamais eu, et je ne me suis lié en rien. Il n'y avait que ma volonté et maintenant il y a ma seule volonté.

Kirilov s'exprimait sur un ton tranchant et dédaigneux.

— Je suis d'accord, d'accord, mettons que ce soit votre volonté, pourvu que cette volonté ne change pas, dit Piotr Stepanovitch en se rasseyant d'un air satisfait. Vous vous fâchez pour des mots. Vous êtes devenu très irritable ces derniers temps ; c'est pour cela que j'évitais de venir vous voir. D'ailleurs j'étais tout à fait certain que vous ne trahiriez pas.

— Je ne vous aime pas du tout, mais vous pouvez en être absolument certain ! Bien que pour moi il n'existe pas de trahison ou non-trahison.

— Quand même, vous savez, dit Piotr Stepanovitch de nouveau alarmé, il faudrait mettre les choses au point pour ne pas se tromper. L'affaire exige de la précision, or vous m'assenez des coups de massue. Vous me permettez de parler ?

— Parlez, dit brièvement Kirilov en regardant vers un coin.

— Vous avez décidé depuis longtemps déjà de vous ôter la vie... c'est-à-dire que vous aviez cette idée. Me suis-je bien exprimé ? N'y a-t-il pas d'erreur ?

— Cette idée, je l'ai toujours.

— Parfait. Notez bien avec ça que personne ne vous y a forcé.

— Je pense bien ; comme vous parlez bêtement.

— Soit, soit, je me suis exprimé très bêtement. Sans doute il aurait été très bête de vous y forcer ; je continue : vous étiez membre de la société encore du temps de l'ancienne organisation et vous vous en êtes ouvert dès ce moment-là à l'un des membres de la société.

— Je ne m'en suis pas ouvert, je l'ai simplement dit.

— Soit. Et puis il aurait été ridicule de s'en « ouvrir », vous n'étiez tout de même pas à confesse. Vous l'avez simplement dit, et c'est parfait.

— Non, ce n'est pas parfait parce que vous traînez beaucoup en longueur. Je n'ai pas de comptes à vous rendre et mes idées, vous ne pouvez les comprendre. Je veux m'ôter la vie parce que telle est mon idée, parce que je ne veux pas de la peur de la mort, parce... parce que vous n'avez rien à en savoir... Qu'est-ce que vous cherchez ? Vous voulez du thé ? Il est froid. Que je vous apporte un autre verre.

Piotr Stepanovitch s'était en effet saisi de la théière et cherchait un récipient vide. Kirilov alla à l'armoire et apporta un verre propre.

— Je viens de déjeuner chez Karmazinov, fit remarquer le visiteur, puis je l'ai écouté parler et j'ai transpiré, et en accourant ici je me suis de nouveau mis en nage, je meurs de soif.

— Buvez. Le thé froid c'est bien.

Kirilov se rassit sur sa chaise et de nouveau regarda fixement vers le coin.

— L'idée est venue à la société, reprit-il de la même voix, que je pourrai être utile si je me tue et que lorsque vous aurez machiné quelque chose et qu'on cherchera les coupables, je me brûlerai la cervelle et laisserai une lettre disant que c'est moi qui ai tout fait, de façon que pendant toute une année on ne puisse vous soupçonner.

— Ne serait-ce que pendant quelques jours ; même un seul jour est précieux.

— Bien. En ce sens on m'a dit d'attendre si je veux. J'ai dit que j'attendrai que la société me fixe le jour parce que cela m'est égal.

— Oui, mais souvenez-vous que vous vous êtes engagé, lorsque vous rédigerez la lettre avant de mourir, à ne le faire qu'avec moi, et qu'en arrivant en Russie vous seriez à ma... enfin, en un mot, à ma disposition, c'est-à-dire uniquement pour ce cas, bien entendu, dans tous les autres cas vous êtes naturellement libre, ajouta Piotr Stepanovitch presque aimable.

— Je ne me suis pas engagé, j'ai accepté parce que cela m'est égal.

— Et c'est parfait, parfait, et je n'ai nullement l'intention de blesser votre amour-propre, mais...

— Il ne s'agit pas d'amour-propre.

— Mais rappelez-vous qu'on a réuni cent vingt thalers pour votre voyage, donc vous avez accepté de l'argent.

— Pas du tout, rétorqua Kirilov avec colère, l'argent n'était pas pour cela. Pour cela on n'en accepte pas.

— On en accepte parfois.

— Vous mentez. Je l'ai déclaré par lettre de Pétersbourg et à Pétersbourg je vous ai remboursé les cent vingt thalers, entre vos mains à vous... et ils ont été envoyés là-bas si seulement vous ne les avez pas gardés.

— Bien, bien, je ne conteste rien, ils ont été envoyés. L'essentiel c'est que vous êtes dans les mêmes idées.

— Dans les mêmes. Quand vous viendrez dire : « C'est le moment », je ferai tout. Alors, est-ce pour bientôt ?

— Il ne reste pas tant de jours que cela... Mais, souvenez-vous, nous rédigeons la lettre ensemble, la même nuit.

— Le jour même si on veut. Vous avez dit que je devais prendre sur moi les tracts ?

— Et autre chose encore.

— Je ne prendrai pas tout sur moi.

— Qu'est-ce donc que vous ne prendrez pas ? demanda Piotr Stepanovitch derechef alarmé.

— Ce que je ne voudrai pas ; assez. Je ne veux plus en parler.

Piotr Stepanovitch se contint et changea de conversation.

— Je parle d'autre chose, prévint-il, vous viendrez ce soir chez les nôtres ? C'est la fête de Virguinski, on se réunira sous ce prétexte.

— Je ne veux pas.

— Ayez l'obligeance de venir. Il le faut. Il faut imposer et par le nombre et par les figures... Vous avez une figure... en un mot, vous avez une figure fatale.

— Vous trouvez ? Kirilov rit. Bien, je viendrai : seulement pas pour la figure. Quand ?

— Oh, assez tôt, à six heures et demie. Et, vous savez, vous pouvez entrer, vous asseoir et ne parler à personne, si nombreux qu'on soit. Seulement, vous savez, n'oubliez pas d'emporter du papier et un crayon.

— Pourquoi cela ?

— Puisque cela vous est égal ; et c'est une chose que je vous demande tout particulièrement. Vous serez seulement là sans parler à personne, vous écouterez et de temps en temps vous ferez semblant de prendre des notes ; enfin, vous n'aurez qu'à dessiner si vous voulez.

— Quelle bêtise, pourquoi faire ?

— Mais enfin, puisque cela vous est égal ; vous dites toujours que cela vous est égal.

— Non, pourquoi faire ?

— Eh bien, parce que ce membre de la société, le contrôleur, s'éternise à Moscou, or j'ai annoncé à certains qu'il est possible que nous ayons la visite d'un contrôleur ; alors ils croiront que c'est vous le contrôleur et comme vous êtes ici depuis déjà trois semaines, ils s'étonneront d'autant plus.

— Des tours de passe-passe. Vous n'avez aucun contrôleur à Moscou.

— Eh bien, mettons que non, le diable l'emporte, mais... vous, qu'est-ce que cela vous fait et en quoi cela vous gênerait-il ? Vous êtes bien vous-même membre de la société.

— Dites-leur que je suis le contrôleur ; je serai là et je me tairai, mais le papier et le crayon je n'en veux pas.

— Mais pourquoi ?

— Je ne veux pas.

Piotr Stepanovitch se fâcha, verdit même, mais se contint derechef, se leva et prit son chapeau.

— L'autre est chez vous ? dit-il tout à coup à mi-voix.

— Chez moi.

— C'est bien. Je le ferai partir bientôt, ne vous inquiétez pas.

— Je ne m'inquiète pas. Il n'est là que la nuit. La vieille est à l'hôpital, la belle-fille est morte ; il y a deux jours que je suis seul. Je lui ai montré un endroit de la clôture où on peut enlever une planche ; il s'y glisse, personne ne le voit.

— Je m'en chargerai bientôt.

— Il disait qu'il a beaucoup d'endroits où coucher.

— Il ment, on le recherche et ici, pour le moment, il passe inaperçu. Mais est-ce que vous vous lancez dans des conversations avec lui ?

— Oui, toute la nuit. Il dit beaucoup de mal de vous. Je lui lisais la nuit l'Apocalypse, et puis le thé. Il écoutait avec beaucoup d'attention ; beaucoup même, toute la nuit.

— Ah, diable, mais vous allez le convertir à la foi chrétienne !

— Il est sans cela de foi chrétienne. Soyez sans crainte, il égorgera. Qui voulez-vous faire égorger ?

— Non, ce n'est pas pour cela que j'ai besoin de lui :

c'est pour autre chose... Et Chatov sait-il que Fedka est ici ?

— Je ne parle jamais à Chatov et je ne le vois pas.

— Serait-il fâché ?

— Non, nous ne sommes pas fâchés, nous nous détournons seulement l'un de l'autre. Nous sommes restés trop longtemps couchés côte à côte en Amérique.

— Je passerai chez lui tout à l'heure.

— Comme vous voudrez.

— Stavroguine et moi, nous passerons peut-être aussi chez vous en sortant de là-bas, disons vers dix heures.

— Venez.

— J'ai à lui parler de choses importantes... Vous savez, faites-moi donc cadeau de votre balle ; à quoi vous sert-elle maintenant ? Moi aussi c'est pour la gymnastique. Je vous la paierai si vous voulez.

— Prenez comme ça.

Piotr Stepanovitch mit la balle dans sa poche de derrière.

— Je ne vous fournirai rien contre Stavroguine, grommela Kirilov en laissant sortir son visiteur. Celui-ci le regarda avec surprise mais ne répondit pas.

Les derniers mots de Kirilov troublèrent Piotr Stepanovitch à l'extrême ; il n'avait pas encore eu le temps d'en comprendre le sens, mais dans l'escalier de Chatov il s'efforça déjà de remplacer son air mécontent par une expression aimable. Chatov était chez lui, un peu souffrant. Il était couché sur son lit, tout habillé d'ailleurs.

— En voilà une malchance ! s'écria Piotr Stepanovitch dès le seuil ; vous êtes sérieusement malade ?

L'expression aimable disparut subitement de son visage ; quelque chose de méchant brilla dans ses yeux.

— Nullement, répondit Chatov en sursautant nerveusement, je ne suis pas malade du tout, un peu mal à la tête...

Il avait même perdu contenance ; la soudaine apparition d'un pareil visiteur l'avait positivement effrayé.

— Je viens justement pour une affaire où il ne convient pas d'être malade, commença Piotr Stepanovitch rapidement et comme impérieusement ; permettez-moi de m'asseoir (il s'assit) et vous, asseyez-vous sur votre lit, c'est ça. Aujourd'hui, sous couvert de l'anniversaire de Virguinski, les nôtres se réunissent chez lui ; il n'y aura d'ailleurs pas d'autre nuance, les mesures sont prises. Je viendrai avec Nicolas Stavroguine. Vous, je ne vous traînerais certes pas là-bas, sachant votre actuelle façon de penser... c'est-à-dire pour ne pas vous tourmenter là-bas et non pas parce que nous pensons que vous dénonceriez. Mais il se trouve qu'il vous faudra y aller. Vous y rencontrerez ceux avec qui nous déciderons définitivement de quelle façon vous pourrez quitter la société et à qui remettre ce qui se trouve chez vous. Nous le ferons sans attirer l'attention ; je vous emmènerai dans un coin ; il y aura beaucoup de monde et tous n'ont pas besoin de savoir. J'avoue que j'ai été obligé d'user passablement de salive à cause de vous ; mais maintenant je crois qu'eux aussi ils sont d'accord, à condition bien entendu que vous restituiez la presse à imprimer et tous les papiers. Alors vous serez libre de faire ce qui vous plaît.

Chatov avait écouté les sourcils froncés et l'air irrité. Sa frayeur nerveuse de tout à l'heure l'avait complètement quitté.

— Je ne me reconnais pas pour tenu de rendre des comptes le diable sait à qui, dit-il d'un ton catégorique, personne ne peut disposer de ma liberté.

— Ce n'est pas tout à fait exact. On vous a confié beaucoup de choses. Vous n'aviez pas le droit de rompre tout net. Et enfin vous ne l'avez jamais dit nettement, si bien que vous les avez placés dans une fausse situation.

— A mon arrivée ici, je l'ai déclaré nettement par lettre.

— Non, pas nettement, contestait avec calme Piotr Stepanovitch, je vous ai envoyé par exemple La Personnalité exaltante pour l'imprimer ici et en garder les exemplaires chez vous jusqu'à nouvel ordre ; ainsi que deux tracts. Vous avez retourné le tout avec une lettre ambiguë qui ne précise rien.

— J'ai refusé carrément d'imprimer.

— Oui, mais pas carrément. Vous avez écrit : « Je ne peux pas » mais sans expliquer pour quelle raison. « Je ne peux pas » ne signifie pas « je ne veux pas ». On pouvait croire que vous ne le pouviez simplement pas pour des raisons d'ordre technique. C'est comme ça qu'on l'a compris et on a estimé que vous étiez néanmoins d'accord pour continuer vos liens avec la société ; et donc on pouvait vous confier de nouveau quelque chose, partant se compromettre. Ici on dit que vous vouliez tout simplement tromper la société avec l'intention, quand vous aurez reçu quelque importante communication, de dénoncer. Je vous ai défendu de toutes mes forces et j'ai montré votre réponse écrite de deux lignes comme pièce en votre faveur. Mais j'ai été obligé de convenir moi-même, en les relisant maintenant, que ces deux lignes ne sont pas claires et qu'elles induisent en erreur.

— Vous avez donc conservé si soigneusement cette lettre ?

— Cela ne fait rien que je l'ai conservée ; je l'ai encore.

— Eh, peu importe, que diable ! s'écria Chatov avec rage. Vos imbéciles n'ont qu'à croire que j'ai dénoncé, qu'est-ce que cela me fait ! Je voudrais bien voir ce que vous pouvez me faire.

— Vous seriez repéré et, au premier succès de la révolution, on vous pendrait.

— C'est quand vous vous serez emparés du pouvoir suprême et que vous aurez conquis la Russie ?

— Ne riez pas. Je le répète, je vous ai défendu. Quoi qu'il en soit, je vous conseille tout de même de venir aujourd'hui. A quoi servent de vaines paroles dictées par je ne sais quel faux orgueil ? Ne vaut-il pas mieux se séparer amicalement ? En tout cas, il vous faudra bien remettre la presse et les caractères et les vieux papiers, eh bien, c'est de cela que nous parlerons.

— Je viendrai, grommela Chatov en baissant pensivement la tête. Piotr Stepanovitch, de sa place, l'observait du coin de l'œil.

— Stavroguine y sera ? demanda soudain Chatov en relevant la tête.

— Il y sera certainement.

— Hé, hé !

De nouveau ils gardèrent un moment le silence. Chatov souriait dédaigneusement et avec irritation.

— Et votre ignoble « Personnalité exaltante » que je n'ai pas voulu imprimer ici, elle est imprimée ?

— Elle l'est.

— Pour persuader aux étudiants que c'est Hertzen lui-même qui l'a écrite dans votre album ?

— Hertzen lui-même.

Il y eut un nouveau silence de près de trois minutes. Chatov se leva enfin de son lit.

— Sortez de chez moi, je ne veux pas rester avec vous.

— Je m'en vais, dit Piotr Stepanovitch presque gaiement en se levant aussitôt, un mot seulement : Kirilov est maintenant tout seul je crois dans le pavillon, sans servante ?

— Tout seul. Partez, je ne peux pas rester dans la même pièce que vous.

« Eh bien, tu es dans un joli état ! pensa gaiement Piotr Stepanovitch en sortant dans la rue ; tu seras aussi dans un joli état ce soir, et c'est justement comme ça que j'ai besoin de toi et on ne peut souhaiter mieux, on ne peut souhaiter mieux ! Le Dieu Russe lui-même m'aide ! »

7

SANS doute il se remua beaucoup ce jour-là à faire différentes courses ; et probablement avec succès, ce qui se reflétait dans l'expression suffisante de son visage lorsque, le soir, à six heures précises, il se présenta chez Nicolas Vsevolodovitch. Mais on ne l'introduisit pas tout de suite ; Nicolas Vsevolodovitch venait de s'enfermer dans son cabinet avec Mavriki Nicolaevitch. Cette nouvelle le préoccupa aussitôt. Il s'assit tout à la porte du cabinet pour attendre la sortie du visiteur. On entendait parler mais l'on ne pouvait saisir les paroles. La visite ne dura pas longtemps ; bientôt du bruit se fit, une voix extrêmement forte et tranchante s'éleva, à la suite de quoi la porte s'ouvrit et Mavriki Nicolaevitch sortit, le visage absolument blanc. Il ne remarqua pas Piotr Stepanovitch et passa rapidement devant lui. Piotr Stepanovitch courut aussitôt dans le cabinet.

Je ne puis me dispenser de rendre compte en détail de cette entrevue extrêmement brève des deux « rivaux », entrevue apparemment impossible étant donné les circonstances, mais qui néanmoins eut lieu.

Cela se passa de la façon suivante. Nicolas Vsevolodovitch sommeillait après le dîner sur une couchette dans son cabinet, quand Alexis Egoritch vint annoncer le visiteur inattendu. Entendant son nom, il bondit de sa place et ne put y croire. Mais bientôt un sourire parut sur ses lèvres, un sourire de triomphe hautain en même temps que de stupeur comme hébétée et méfiante. Mavriki Nicolaevitch en entrant fut semble-t-il frappé par l'expression de ce sourire, du moins s'arrêta-t-il au milieu de la pièce comme s'il se demandait s'il devait aller plus loin ou revenir sur ses pas. Le maître de céans changea aussitôt de visage et avec un air sérieusement perplexe s'avança au-devant du visiteur. Celui-ci ne prit pas la main qui lui était tendue, approcha gauchement une chaise et sans mot dire s'assit avant son hôte et sans attendre l'invitation. Nicolas Vsevolodovitch s'assit en face de lui sur la couchette et tout en examinant Mavriki Nicolaevitch, se taisait et attendait.

— Si vous le pouvez, épousez Elisabeth Nicolaevna, dit subitement Mavriki Nicolaevitch, et ce qui était le plus curieux, il était impossible de reconnaître à l'intonation de sa voix si c'était là une prière, une recommandation, une concession ou un ordre.

Nicolas Vsevolodovitch continuait à se taire ; mais le visiteur avait apparemment dit tout ce qu'il avait à dire et le regardait fixement attendant une réponse.

— Si je ne m'abuse (d'ailleurs ce n'est que trop vrai), Elisabeth Nicolaevna est déjà fiancée avec vous, prononça enfin Stavroguine.

— Fiancée et officiellement fiancée, confirma fermement et nettement Mavriki Nicolaevitch.

— Vous... vous êtes brouillés ?... Excusez-moi, Mavriki Nicolaevitch.

— Non, elle « m'aime et m'estime », ce sont là ses paroles. Ses paroles sont plus précieuses que tout.

— Ce n'est pas douteux.

— Mais sachez que si elle se trouve devant l'autel et que vous l'appeliez, elle me laissera là, moi et tous les autres, et ira à vous.

— De devant l'autel ?

— Et après l'autel.

— Ne vous trompez-vous pas ?

— Non. Sous une haine incessante pour vous, sincère et la plus absolue, éclate à chaque instant l'amour et... la folie... l'amour le plus sincère et le plus infini et — la folie ! Au contraire, sous l'amour qu'elle éprouve pour moi, sincèrement aussi, éclate à chaque instant la haine — la plus grande ! Je n'aurais jamais pu imaginer auparavant toutes ces... métamorphoses.

— Mais je m'étonne cependant que vous puissiez venir et disposer de la main d'Elisabeth Nicolaevna. En avez-vous le droit ? Ou vous en a-t-elle chargé ?

Mavriki Nicolaevitch fronça les sourcils et un instant baissa la tête.

— Ce ne sont que des mots de votre part, dit-il soudain, des mots de vengeance et de triomphe ; je suis sûr que vous lisez entre les lignes et se peut-il qu'il y ait là place pour une vanité mesquine ? N'êtes-vous pas assez satisfait ? Faut-il donc vraiment s'étendre, mettre les points sur les i ? Soit, je vais mettre les points si vous avez tellement besoin de mon humiliation : je n'ai pas le droit, toute procuration est impossible ; Elisabeth Nicolaevna ne sait rien et son fiancé a perdu les derniers vestiges de sa raison et est bon pour la maison de fous et, pour comble, il vient lui-même vous l'annoncer. Seul dans le monde entier, vous pouvez la rendre heureuse, et moi seul je peux la rendre malheureuse. Vous la recherchez, vous la poursuivez mais, je ne sais pourquoi, vous

ne l'épousez pas. Si c'est une querelle d'amoureux survenue à l'étranger et que, pour y mettre fin, il faille me
sacrifier, sacrifiez-moi. Elle est trop malheureuse et je
ne puis le supporter. Mes paroles ne sont pas une autorisation, pas une prescription, et il n'y a donc rien qui
puisse blesser votre amour-propre. Si vous vouliez
prendre ma place devant l'autel, vous pouviez le faire
sans aucune permission de ma part et je n'aurais certes
pas eu à venir chez vous avec ma folie. D'autant plus
que notre mariage, après ma démarche actuelle, n'est
absolument plus possible. Je ne puis tout de même la
conduire à l'autel en étant un misérable. Ce que je fais
ici et le fait que je vous la livre à vous, peut-être le plus
irréconciliable de ses ennemis, est à mes yeux une
infamie telle que, bien entendu, je ne la supporterai
jamais.

— Vous vous brûlerez la cervelle pendant qu'on nous
mariera ?

— Non, beaucoup plus tard. A quoi bon souiller de
mon sang sa robe nuptiale ? Peut-être même ne me tue-
rai-je pas du tout, ni maintenant ni plus tard.

— En parlant ainsi vous voulez probablement me rassurer ?

— Vous ? Que peut vous importer une éclaboussure de
sang de plus ?

Il pâlit et ses yeux étincelèrent. Un silence d'une minute suivit.

— Excusez-moi de vous avoir posé ces questions,
reprit Stavroguine ; pour certaines d'entre elles je n'avais
aucun droit de vous les poser, mais il y en a une à
laquelle il me semble avoir pleinement droit : dites-moi
ce qui vous a amené à conclure au sujet de mes sentiments pour Elisabeth Nicolaevna ? J'entends du degré de
ces sentiments dont la certitude vous a permis de venir
chez moi... et de risquer une pareille proposition.

— Comment ? dit Mavriki Nicolaevitch en tressaillant
légèrement ; est-ce que vous ne la recherchiez pas ? Vous
ne la recherchiez pas et vous ne voulez pas la rechercher ?

— En général, je ne puis parler de mes sentiments
pour telle ou telle femme à un tiers et d'ailleurs à qui
que ce soit à l'exception de cette seule femme. Excusez-
moi, telle est l'étrangeté de mon organisation. Mais en
revanche je vais vous dire toute la vérité sur le reste :
je suis marié et il ne m'est plus possible de me marier
ou de « rechercher » quelqu'un.

Mavriki Nicolaevitch fut si stupéfait qu'il se rejeta

contre le dossier de son fauteuil et resta quelque temps à regarder immobile le visage de Stavroguine.

— Figurez-vous, je n'avais pas du tout pensé à cela, murmura-t-il, vous avez dit l'autre matin que vous n'étiez pas marié...

Il pâlissait affreusement ; soudain il assena de toutes ses forces un coup de poing sur la table.

— Si, après un pareil aveu, vous ne laissez pas Elisabeth Nicolaevna tranquille et que vous la rendiez malheureuse vous-même, je vous tuerai à coups de bâton, comme un chien sous une haie.

Il sauta sur ses pieds et sortit rapidement de la pièce. Piotr Stepanovitch en accourant trouva le maître de maison dans des dispositions d'esprit des plus inattendues.

— Ah, c'est vous ! dit Stavroguine en riant aux éclats ; il ne riait, eût-on dit, que de l'aspect de Piotr Stepanovitch accouru avec une curiosité impétueuse.

— Vous écoutiez à la porte ? Attendez, qu'est-ce qui vous amène ? Je vous avais promis quelque chose... Ah, bah ! Je me souviens : d'aller chez les « nôtres » ! Allons-y, je suis enchanté et vous ne pouviez rien imaginer de plus à propos.

Il prit son chapeau et tous deux quittèrent sans délai la maison.

— Vous riez d'avance parce que vous allez voir les « nôtres » ? s'empressait gaiement Piotr Stepanovitch, tantôt s'efforçant de marcher à côté de son compagnon, sur l'étroit trottoir de briques, tantôt même descendant sur la chaussée, en pleine boue, parce que son compagnon ne remarquait point qu'il marchait seul au beau milieu du trottoir et par conséquent l'occupait tout entier de sa seule personne.

— Je ne ris pas du tout, répondit Stavroguine d'une voix forte et gaie, au contraire, je suis persuadé que les gens que vous avez là-bas sont des plus sérieux.

— De « sombres crétins », comme vous vous êtes exprimé un jour.

— Rien de plus amusant que certains sombres crétins.

— Ah, c'est de Mavriki Nicolaevitch que vous parlez ! Je suis convaincu qu'il est venu tout à l'heure pour vous céder sa fiancée, hein ? C'est moi qui l'y ai poussé indirectement, figurez-vous. Et s'il ne la cède pas, nous la lui prendrons nous-mêmes, hein ?

Piotr Stepanovitch savait certes qu'il courait un risque en se lançant dans de pareils sujets, mais quand il était excité il aimait mieux risquer le tout pour le tout que de ne pas savoir à quoi s'en tenir. Nicolas Vsevolodovitch se contenta de rire.

— Vous comptez toujours m'aider ? demanda-t-il.

— Si vous m'appelez. Mais vous savez qu'il existe un moyen qui est le meilleur de tous ?

— Je connais votre moyen.

— Ma foi non, c'est un secret pour le moment. Seulement souvenez-vous que le secret vaut de l'argent.

— Je sais même combien il vaut, grommela Stavroguine à part lui, mais il se contint et se tut.

— Combien ? Qu'avez-vous dit ? s'écria Piotr Stepanovitch.

— J'ai dit : allez au diable vous et votre secret ! Dites-moi plutôt qui vous avez réuni là-bas. Je sais que nous allons à une fête mais qui y a-t-il au juste ?

— Oh, ce sera au plus haut point mélangé ! Même Kirilov y sera.

— Tous membres de groupes ?

— Diable, ce que vous êtes pressé ! Il ne s'est même pas encore constitué un seul groupe ici.

— Alors comment avez-vous fait pour répandre tant de tracts ?

— Là où nous allons il n'y a que quatre membres de groupe. Les autres en attendant s'espionnent à qui mieux mieux entre eux et me le rapportent. Des gens sûrs. Tout cela ce sont des matériaux qu'il faut organiser puis décamper. D'ailleurs vous avez rédigé vous-même les statuts, inutile de vous expliquer.

— Et alors, ça marche difficilement ? Quelque chose cloche ?

— Si ça marche ? On ne peut mieux. Je vais vous faire rire : la première chose qui agit énormément c'est l'uniforme. Il n'y a rien de plus fort que l'uniforme. J'invente exprès des grades et des fonctions : j'ai des secrétaires, des observateurs secrets, des trésoriers, des présidents, des registrateurs, leurs adjoints, cela plaît beaucoup et a parfaitement pris. Puis la force suivante c'est, bien entendu, la sentimentalité. Vous savez, le socialisme se répand chez nous principalement par sentimentalité. Mais là il y a un malheur, ces sous-lieutenants qui mordent ; un jour ou l'autre on a des histoires. Viennent ensuite les purs coquins ; ma foi, ceux-là il se peut que ce soient de braves gens, parfois ils sont très utiles, mais on perd beaucoup de temps avec eux, il y faut une surveillance de tous les instants. Et enfin la force principale — le ciment qui lie tout — c'est la honte de son opinion personnelle. Ça c'est une force ! Et qui

est-ce qui a pu travailler à cela, qui est ce « cher homme »
qui a peiné pour qu'il ne reste plus aucune idée personnelle dans la tête de personne ! On tient cela pour
honteux.

— Et s'il en est ainsi, pourquoi vous donnez-vous toute
cette peine ?

— Mais puisque c'est tout offert, comment ne pas le
ramasser ? Comme si vous ne croyiez pas sérieusement
que le succès soit possible ? Hé, la foi y est mais il faut
du vouloir. Oui, c'est justement avec des gens pareils
que le succès est possible. Je vous le dis, ils iront se jeter
au feu si je veux, il suffira de leur crier qu'ils ne sont pas
assez libéraux. Des imbéciles me reprochent de les avoir
tous mis dedans ici avec le comité central et les « innombrables ramifications ». Vous me l'avez une fois reproché
vous-même, mais où est la tromperie ? Le comité central
c'est vous et moi, et les ramifications il y en aura tant
qu'on voudra.

— Et toujours cette même racaille !

— Ce sont des matériaux. Ceux-là serviront aussi.

— Et moi, vous comptez toujours sur moi ?

— Vous êtes le chef, vous êtes la force ; moi je serai
seulement auprès de vous, votre secrétaire. Vous savez,
nous nous embarquerons sur une nef, avec des rames
d'érable, des voiles en soie, à la poupe une belle fille,
la très gracieuse Elisabeth Nicolaevna... ou comment
diable dit-on dans cette chanson...

— Le voilà qui ne sait plus, dit Stavroguine dans
un éclat de rire. Non, je vous raconterai plutôt un
conte. Vous êtes là à compter sur les doigts de
quelles forces se composent les groupes. Toute cette
bureaucratie et cette sentimentalité, tout cela c'est
de la bonne colle de pâte, mais il y a une chose
qui est encore meilleure : poussez quatre membres
d'un groupe à occire le cinquième, sous prétexte qu'il
les dénoncerait, et aussitôt par le sang versé vous
les aurez liés comme d'un nœud. Ils seront vos
esclaves, ils n'oseront pas se rebeller et demander des
comptes. Ha, ha, ha !

« Tout de même tu... tout de même tu devras me payer
ces paroles, pensa Piotr Stepanovitch, et pas plus tard
que ce soir. Tu te permets beaucoup trop. »

C'est cela ou presque cela que dut penser Piotr Stepanovitch. D'ailleurs ils arrivaient à la maison de Virguinski.

— Vous m'avez naturellement fait passer là-bas pour
je ne sais quel membre arrivé de l'étranger, en rapport

avec l'*Internationale*, un contrôleur ? demanda soudain Stavroguine.

— Non, pas pour un contrôleur ; ce n'est pas vous qui serez le contrôleur ; mais vous êtes un membre fondateur venu de l'étranger qui connaît les plus importants secrets, voilà votre rôle. Vous parlerez, bien sûr ?

— Où avez-vous pris cela ?

— Maintenant vous êtes obligé de parler.

Stavroguine s'arrêta d'étonnement au milieu de la rue, non loin d'un réverbère. Piotr Stepanovitch soutint son regard hardiment et avec calme. Stavroguine cracha de dépit et reprit son chemin.

— Et vous, vous parlerez ? demanda-t-il soudain à Piotr Stepanovitch.

— Non, moi je vous écouterai.

— Le diable vous emporte ! Vous me donnez vraiment une idée !

— Laquelle ? s'écria Piotr Stepanovitch.

— Là-bas il se peut bien que je parle, mais en revanche après je vous rosserai et, vous savez, je vous rosserai bien.

— A propos, j'ai raconté tout à l'heure à Karmazinov que vous auriez dit qu'il faut lui donner les verges, et pas seulement pour la frime mais comme on fouette les paysans, durement.

— Mais je ne l'ai jamais dit, ha, ha !

— Ça ne fait rien. *Se non e vero.*

— Eh bien, merci, je vous remercie sincèrement.

— Savez-vous ce que dit encore Karmazinov : qu'au fond notre doctrine est la négation de l'honneur et que c'est par le droit ouvert au déshonneur qu'on peut le plus facilement entraîner le Russe derrière soi.

— Excellentes paroles ! Paroles d'or ! s'écria Stavroguine ; il a mis en plein dans le mille ! Le droit au déshonneur — mais comme ça tout le monde accourra à nous, il ne restera personne là-bas ! Ecoutez, Verkhovenski, vous ne faites pas partie de la police secrète, hein ?

— Celui qui a dans la tête de pareilles questions ne les exprime pas.

— Je comprends, mais nous sommes entre nous.

— Non, pour le moment je ne fais pas partie de la police secrète. Assez, nous sommes arrivés. Composez donc votre physionomie, Stavroguine ; je me la compose toujours quand j'entre chez eux. Un air bien sombre et c'est tout, il ne faut rien d'autre ; ce n'est pas bien malin.

CHAPITRE VII

CHEZ LES NÔTRES

1

VIRGUINSKI demeurait dans une maison à lui, c'est-à-dire à sa femme, rue des Fourmis. C'était une maison en bois, à un étage, et où il n'y avait pas de locataires. Sous prétexte de fêter l'anniversaire du maître de céans, une quinzaine d'invités y étaient réunis ; mais la soirée ne ressemblait en rien à celles qu'on donne d'habitude en province à l'occasion d'un anniversaire. Dès le début de leur vie conjugale, les époux Virguinski avaient décrété d'un commun accord et une fois pour toutes qu'inviter des gens pour célébrer un anniversaire était tout à fait stupide et que d'ailleurs « il n'y avait pas de quoi se réjouir ». En quelques années ils avaient réussi à s'isoler de toute société. Quoiqu'il fût un homme assez capable et « pas pauvre du tout », il donnait à tout le monde l'impression d'être un original aimant la solitude et qui par-dessus le marché parlait « d'un ton hautain ». Quant à Mme Virguinski qui exerçait la profession de sage-femme, elle était par là même au plus bas de l'échelle sociale, au-dessous même de la femme du pope, malgré le rang de son mari dans l'administration. Mais elle ne manifestait pas l'ombre de l'humilité qui convenait à sa condition. Et depuis sa liaison stupide et impardonnable-ment affichée, par principe, avec un coquin, le capitaine Lebiadkine, même les plus indulgentes de nos dames lui avaient tourné le dos avec un remarquable dédain. Mais Mme Virguinski accepta tout cela comme si c'était précisément ce qu'elle voulait. Il est curieux que les mêmes dames des plus strictes, quand elles étaient dans une position intéressante, s'adressaient autant que possible à Arina Prokhorovna (c'est-à-dire Mme Virguinski) de préférence aux trois autres sages-femmes de notre ville. On l'envoyait chercher même des environs auprès des femmes de propriétaires terriens, tant on avait confiance en son savoir, sa chance et son adresse dans les cas critiques. En fin de compte, elle ne pratiqua plus que parmi les gens les plus riches ; or elle était avide d'argent. Une fois pleinement consciente de sa force, elle finit par ne plus se gêner pour donner libre cours à son caractère. Peut-être était-ce même à dessein qu'en exerçant dans les maisons les plus distinguées, elle effrayait les accouchées aux nerfs faibles par quelque oubli inouï et nihiliste des convenances ou en se moquant de « tout ce qui est sacré », et cela aux moments mêmes où le « sacré » aurait pu être le plus utile. Notre médecin Rosanov qui était aussi accoucheur attesta positivement qu'une fois, alors qu'une accouchée dans les douleurs criait et invoquait le nom tout-puissant de Dieu, c'est précisément une de ces saillies nihilistes d'Arina Prokhorovna, subites « comme un coup de feu », qui en agissant sur la patiente par la frayeur avait contribué à précipiter sa délivrance. Mais quoique nihiliste, Arina Prokhorovna ne dédaignait pas à l'occasion les coutumes les plus superstitieuses, non seulement mondaines mais même tout à fait désuètes, si celles-ci pouvaient la servir. Elle n'aurait manqué pour rien au monde par exemple le baptême d'un enfant qu'elle avait aidé à venir au monde, à quelle occasion elle revêtait une robe verte à traîne et ornait son chignon de boucles et d'anglaises, alors que tout le reste du temps elle se glorifiait de sa tenue négligée. Et quoique pendant la cérémonie elle gardât toujours « l'air le plus insolent » au point de choquer le clergé, la cérémonie terminée, elle ne manquait jamais de servir elle-même le champagne (c'est pour cela qu'elle venait et se parait), et vous n'auriez eu qu'à essayer, en prenant une coupe, de ne pas lui faire « son petit cadeau ».

Les invités réunis cette fois chez Virguinski (presque tous des hommes) avaient comme un air fortuit et exceptionnel. Il n'y avait ni souper ni partie de cartes. Au milieu du grand salon tapissé d'un papier bleu remarquablement sale, deux tables avaient été mises bout à bout et recouvertes d'une grande nappe, pas tout à fait propre d'ailleurs, et deux samovars y bouillaient. Un immense plateau avec vingt-cinq verres et une corbeille contenant du simple pain blanc coupé en de nombreuses tranches, comme cela se fait dans les pensionnats de jeunes gens et de jeunes filles nobles, occupaient une extrémité de la table. Le thé était versé par une vieille fille de trente ans, la sœur de la maîtresse de la maison, créature taciturne et venimeuse, sans sourcils et aux cheveux filasse, mais qui partageait les idées nouvelles et dont Virguinski lui-même avait une peur terrible dans l'intimité. En fait de femmes, il y en avait trois dans la pièce : la maîtresse de maison elle-même, sa sœur dépourvue de sourcils et la sœur de Virguinski, Mlle Virguinski, qui venait d'arriver de Pétersbourg. Arina Prokhorovna, une femme de belle prestance de vingt-sept ans, assez jolie, un peu débraillée, vêtue d'une robe de tous les jours en lainage verdâtre, promenait ses yeux hardis sur les invités, comme pressée de dire par son regard : « Vous voyez, je n'ai peur de rien. » Mlle Virguinski, étudiante et nihiliste, elle aussi assez bien de sa personne, grassouillette et ronde comme une petite boule, les joues très rouges, avait pris place à côté d'Arina Prokhorovna presque dans son costume de voyage, un rouleau de papier à la main, et examinait les invités avec des yeux impatients qui allaient rapidement de l'un à l'autre. Virguinski lui-même était ce soir un peu souffrant mais il vint néanmoins s'installer dans un fauteuil près de la table à thé. Tous les invités étaient également assis, et dans cette manière cérémonieuse dont ils s'étaient disposés sur des chaises autour de la table, on pressentait une séance. Visiblement tous attendaient quelque chose et, pour passer le temps, échangeaient à haute voix des propos indifférents. Lorsque Stavroguine et Verkhovenski parurent, tout se tut d'un coup.

Mais je me permettrai de donner quelques explications pour plus de précision.

Je pense que tous ces gens s'étaient réellement réunis dans l'agréable espoir d'entendre quelque chose de particulièrement curieux et qu'ils en avaient été avertis. Ils représentaient la fleur du libéralisme le plus rouge de notre très vieille ville et avaient été fort soigneusement choisis par Virguinski en vue de cette « séance ». Je dirai encore que certains d'entre eux (d'ailleurs très peu nombreux) n'étaient jamais encore venus chez lui. Naturellement, la plupart des invités ne savaient pas très bien pourquoi on les avait convoqués. Il est vrai qu'ils prenaient alors tous Piotr Stepanovitch pour un émissaire de l'étranger investi de pouvoirs ; cette idée s'était, on ne sait pourquoi, enracinée dès le début et, naturellement, elle les flattait. Pourtant, dans ce groupe de citoyens réunis sous couleur de célébrer une fête, il y en avait à qui des propositions précises avaient déjà été faites. Piotr Stepanovitch avait réussi à former chez nous un « groupe de cinq » à l'instar de celui qu'il avait déjà créé à Moscou et aussi, comme on le sait aujourd'hui, dans notre district, parmi les officiers. Ces cinq élus étaient maintenant assis autour de la table commune et avaient très habilement su se donner l'air de gens tout à fait ordinaires, de sorte que personne n'aurait pu les reconnaître pour ce qu'ils étaient. Il s'agissait — puisque ce n'est plus un secret — premièrement de Lipoutine, puis de Virguinski, de Chigalev, le personnage aux longues oreilles, le frère de Mme Virguinski, de Liamchine et enfin d'un certain Tolkatchenko, étrange individu d'une quarantaine d'années, réputé pour sa profonde connaissance du peuple, principalement des filous et des bandits, qui fréquentait exprès les cabarets (pas seulement d'ailleurs pour étudier le peuple) et faisait étalage parmi nous de ses vêtements usés, de ses bottes de roussi, de son clignement d'yeux rusé et de ses phrases populaires compliquées. Une ou deux fois Liamchine l'avait amené aux soirées de Stepan Trofimovitch où, au demeurant, il n'avait pas produit grand effet. Il faisait de temps à autre des apparitions dans la ville, surtout quand il était sans place ; il était employé de chemin de fer. Ces cinq-là avaient tous constitué leur premier groupe avec l'ardente conviction qu'il ne s'agissait que d'une unité parmi des centaines et des milliers d'autres groupes de cinq comme le leur disséminés dans toute la Russie, et que tous dépendaient de quelque lieu central, immense mais secret, qui à son tour était organiquement lié à la révolution universelle en Europe. Mais malheureusement je dois avouer que, dès ce moment-là, un désaccord commençait à se manifester entre eux. En effet, bien que depuis le printemps ils eussent attendu Piotr Verkhovenski dont la venue leur avait été annoncée d'abord par Tolkatchenko, puis par Chigalev à son arrivée ; bien qu'ils eussent attendu de lui des prodiges extraordinaires et eussent tous répondu à son premier appel sans élever la moindre critique, leur groupe de cinq à peine formé ils s'étaient aussitôt sentis comme offensés, et précisément, je pense, à cause de la promptitude de leur adhésion. Ils y étaient venus, bien entendu, mus par une honte généreuse, pour qu'on ne pût dire par la suite qu'ils n'avaient pas osé le faire ; mais Piotr Verkhovenski aurait dû malgré tout reconnaître leur noble héroïsme et tout au moins leur faire en récompense quelque très importante confidence. Mais Verkhovenski ne voulait aucunement satisfaire leur légitime curiosité et ne disait rien de plus que ce qu'il jugeait nécessaire; en général, il les traitait avec une remarquable sévérité et même avec désinvolture. Cela les avait positivement irrités et le membre Chigalev poussait déjà les autres à « exiger des comptes » mais, bien entendu, pas en ce moment chez Virguinski, où tant de tiers se trouvaient réunis.

A propos de ces tiers j'ai aussi une idée, c'est-à-dire que les membres indiqués ci-dessus du premier groupe de cinq avaient tendance à soupçonner ce soir-là qu'au nombre des invités de Virguinski il y avait des membres d'autres groupes inconnus d'eux, fondés dans la ville pour la même organisation secrète et par le même Verkhovenski, si bien qu'en fin de compte toutes les personnes présentes se soupçonnaient mutuellement et prenaient des airs les uns envers les autres, ce qui donnait à toute l'assistance un aspect fort déroutant et même romanesque. Au demeurant, il y avait là aussi des gens qui étaient à l'abri de tout soupçon. Ainsi, un major en activité, proche parent de Virguinski, personnage absolument en dehors de tout qui n'avait même pas été invité mais était venu de lui-même pour célébrer la fête, de sorte qu'on n'avait pas pu ne pas le recevoir. Mais Virguinski était néanmoins tranquille, car le major « était absolument incapable de dénoncer » ; en effet, malgré sa bêtise, il avait aimé toute sa vie à hanter tous les endroits où il y avait des libéraux les plus avancés ; personnellement, il ne partageait pas leurs idées mais aimait beaucoup les écouter. Bien plus, il avait même été compromis : il était arrivé que, dans sa jeunesse, des paquets entiers de « La Cloche » et de tracts lui avaient passé entre les mains et bien qu'il craignît même de les ouvrir, il n'en aurait pas moins considéré comme une véritable infamie de se refuser à les répandre — et c'est ainsi que sont certains Russes, même aujourd'hui. Les autres invités présentaient soit le type du noble amour-propre opprimé à en être fielleux, soit le type du premier et noble élan de l'ardente jeunesse. Tels étaient deux ou trois pédagogues dont l'un, boiteux, âgé de quarante-cinq ans, un professeur de lycée, était un individu très venimeux et remarquablement vaniteux, et deux ou trois officiers. Parmi ces derniers, un très jeune officier d'artillerie frais émoulu d'une école militaire, garçon silencieux et qui n'avait encore eu le temps de connaître personne, se trouvait subitement maintenant chez Virguinski, un crayon à la main, et presque sans se mêler à la conversation, prenait à tout instant des notes sur son carnet. Tout le monde le voyait mais chacun, on ne sait pourquoi, s'efforçait de faire semblant de ne pas le remarquer. Il y avait là encore le séminariste désœuvré qui avait aidé Liamchine à glisser dans le sac de la colporteuse de livres des photographies obscènes, grand gaillard aux allures dégagées quoique méfiantes, au sourire invariablement accusateur et qui en même temps avait un air de tranquille triomphe devant sa propre perfection. Il y avait là aussi, je ne sais pourquoi, le fils de notre maire, ce même vilain gamin prématurément usé dont j'ai déjà parlé à propos de l'aventure de la petite femme du sous-lieutenant. Celui-là ne dit pas un mot de la soirée. Et enfin, pour conclure, un collégien, garçon très exalté et ébouriffé de dix-huit ans, qui arborait l'air sombre d'un jeune homme offensé dans sa dignité et souffrant visiblement de ses dix-huit ans. Ce gosse était déjà chef d'un groupe indépendant de conspirateurs qui s'était formé dans la dernière classe du lycée, ce qui se sut plus tard à la surprise générale. Je n'ai pas parlé de Chatov : il s'était installé à l'autre bout de la table, sa chaise un peu en dehors de l'alignement général, tenait les yeux fixés à terre, gardait un sombre silence, refusa le thé et le pain et ne lâcha pas des mains sa casquette, comme pour marquer qu'il n'était pas là en invité mais pour affaires, et que lorsqu'il le voudrait, il se lèverait et s'en irait. Non loin de lui était assis Kirilov, également très silencieux, mais lui ne regardait pas à terre, au contraire, il examinait attentivement de son regard immobile et sans éclat chacun de ceux qui parlaient et écoutait tout sans la moindre émotion ni la moindre surprise. Certains des invités qui ne l'avaient jamais encore vu le regardaient à la dérobée d'un air pensif. J'ignore si Mme Virguinski connaissait l'existence du groupe de cinq. Je suppose qu'elle savait tout et précisément par son époux. L'étudiante, elle, était naturellement en dehors de tout, mais elle avait ses propres soucis : elle comptait ne rester qu'un jour ou deux, puis aller toujours plus loin, dans toutes les villes universitaires, pour « prendre part aux souffrances des étudiants pauvres et les inciter à protester ». Elle emportait avec elle une centaine d'exemplaires d'un appel lithographié dont, je crois, elle était l'auteur. Il est à remarquer que le collégien lui avait voué dès le premier coup d'œil une haine presque mortelle, bien qu'il la vît pour la première fois de sa vie. et elle lui rendait la pareille. Le major était l'oncle de l'étudiante qu'il rencontrait aujourd'hui pour la première fois depuis dix ans. Quand Stavroguine et Verkhovenski entrèrent, elle avait les joues rouges comme une pivoine : elle venait de se disputer avec son oncle au sujet de la question féministe.

2

VERKHOVENSKI s'affala avec une remarquable nonchalance sur la chaise au haut bout de la table, presque sans saluer personne. Il avait un air dégoûté et même hautain. Stavroguine s'inclina poliment, mais bien que tout le monde n'eût attendu qu'eux, tous, comme s'ils s'étaient donné le mot, firent semblant de les remarquer à peine. La maîtresse de maison s'adressa sévèrement à Stavroguine dès qu'il se fut assis.

— Stavroguine, voulez-vous du thé ?

— Je veux bien, répondit-il.

— Du thé pour Stavroguine, commanda-t-elle à sa sœur, et vous, en voulez-vous ? (ceci à l'adresse de Verkhovenski).

— Donnez, bien entendu, qui est-ce qui demande ça aux invités ? Et donnez-moi aussi de la crème, on sert toujours chez vous une telle lavasse en guise de thé ; et un jour de fête encore !

— Comment, pour vous aussi ça existe les fêtes ? dit tout à coup l'étudiante en riant ; on en parlait tout à l'heure.

— C'est de l'histoire ancienne, grommela le collégien à l'autre bout de la table.

— Qu'est-ce qui est de l'histoire ancienne ? Oublier les préjugés, même les plus anodins, n'est pas de l'histoire ancienne, au contraire, à notre honte à tous, c'est encore nouveau jusqu'à présent, riposta du tac au tac l'étudiante en bondissant en avant sur sa chaise. Au surplus, il n'y a pas de préjugés anodins, ajouta-t-elle avec véhémence.

— Je voulais seulement dire, répondit le collégien tout agité, que bien que les préjugés soient naturellement une vieille histoire et qu'il faille les extirper, pour les fêtes tout le monde sait déjà que ce sont des bêtises et une trop vieille histoire pour perdre à cela un temps précieux, déjà perdu sans cela par tout le monde, de sorte qu'on pourrait bien employer son esprit à un sujet qui en a davantage besoin.

— Vous traînez trop en longueur, on n'y comprend rien, cria l'étudiante.

— Il me semble que chacun a le droit de parole au même titre que les autres, et si je désire exprimer mon opinion comme n'importe qui, alors...

— Personne ne vous enlève votre droit de parole, coupa cette fois la maîtresse de maison elle-même, on vous invite seulement à ne pas mâchonner parce que personne ne peut vous comprendre.

— Pourtant, permettez-moi de vous faire observer que vous ne me respectez pas ; si je n'ai pu dire ma pensée jusqu'au bout, ce n'est pas parce que je n'ai pas d'idées mais plutôt par excès d'idées... bégaya le collégien presque au désespoir, et il s'embrouilla complètement.

— Si vous ne savez pas parler, vous n'avez qu'à vous taire, trancha l'étudiante.

Le collégien sauta même sur ses pieds.

— Je voulais seulement dire, cria-t-il, brûlant de honte et n'osant regarder autour de lui, que vous ne cherchiez qu'à faire étalage de votre intelligence parce que M. Stavroguine est entré — voilà !

— Votre pensée est malpropre et immorale, et elle révèle tout le néant de votre développement. Je vous prie de ne plus m'adresser la parole, débita l'étudiante.

— Stavroguine, commença la maîtresse de maison, avant votre arrivée on discutait ici des droits de la famille, tenez, c'est cet officier (elle indiqua d'un signe de tête son parent le major). Et ce n'est naturellement pas moi qui vous ennuierai avec de si vieilles fadaises depuis longtemps réglées. Mais d'où, pourtant, ont pu venir les droits et les devoirs de la famille dans le sens du préjugé qu'ils sont aujourd'hui ? Voilà la question. Votre opinion.

— Comment, d'où ils ont pu venir ? demanda Stavroguine.

— C'est-à-dire que nous savons par exemple que le préjugé concernant Dieu est venu du tonnerre et des éclairs, intervint l'étudiante, se lançant de nouveau et sautant pour ainsi dire des yeux sur Stavroguine ; on sait trop que l'humanité primitive, effrayée par le tonnerre et les éclairs, a divinisé l'ennemi invisible, sentant sa faiblesse par rapport à lui. Mais d'où est venu le préjugé de la famille ? D'où la famille elle-même a-t-elle pu venir ?

— Ce n'est pas tout à fait la même chose... intervint la maîtresse de maison voulant l'arrêter.

— J'imagine que la réponse à cette question serait scabreuse, répondit Stavroguine.

— Comment cela, dit l'étudiante se jetant en avant.

Mais dans le groupe des instituteurs s'élevèrent de petits rires auxquels firent aussitôt écho, à l'autre bout de la table, Liamchine et le collégien et, à leur suite, d'un gros rire rauque, le major parent de l'étudiante.

— Vous devriez écrire des vaudevilles, dit la maîtresse de maison à Stavroguine.

— Cela ne vous fait nullement honneur, je ne sais pas comment vous vous appelez, coupa l'étudiante absolument indignée.

— Et toi tu n'as qu'à te tenir tranquille, lança le major, tu es une demoiselle, tu dois te conduire modestement, et on dirait que tu es assise sur une aiguille.

— Veuillez vous taire et ne vous avisez plus de vous adresser à moi familièrement avec vos ignobles comparaisons. Je vous vois pour la première fois et je ne veux rien savoir de votre parenté.

— Mais puisque je suis ton oncle ; je t'ai portée dans mes bras quand tu n'étais qu'un bébé !

— Qu'est-ce que ça me fait, ce que vous avez porté dans vos bras. Je ne vous ai pas demandé de me porter, donc, Monsieur l'officier impoli, ça devait vous faire plaisir. Et permettez-moi de vous faire remarquer que vous n'avez pas le droit de me tutoyer, si ce n'est qu'en tant que citoyen, et je vous l'interdis une fois pour toutes.

— Voilà comment elles sont toutes ! dit le major en frappant du poing sur la table et en s'adressant à Stavroguine assis en face de lui. Non, permettez, j'aime le libéralisme et l'esprit moderne, et j'aime écouter une conversation intelligente mais, je vous en préviens, de la part des hommes. Mais de la part des femmes, mais de la part de ces péronnelles modernes, non, cela me fait mal ! Ne te tortille pas ! cria-t-il à l'étudiante qui bondissait de sa chaise, non, moi aussi je demande la parole, j'ai été offensé.

— Vous ne faites que gêner les autres et vous ne savez rien dire vous-même, grommela avec indignation la maîtresse de maison.

— Non, je dirai cette fois ce que j'ai à dire, répondit le major qui s'échauffait, en s'adressant à Stavroguine. Je compte sur vous, Monsieur Stavroguine, en qualité de nouveau venu, bien que je n'aie pas l'honneur de vous connaître. Sans les hommes elles périraient comme des mouches, voilà mon opinion. Tout leur problème féministe n'est que manque d'originalité. Je vous assure que tout ce problème féministe, ce sont les hommes qui l'ont inventé pour elles, par bêtise, pour leur propre malheur. Dieu soit loué, je ne suis pas marié ! Aucune variété, elles sont incapables d'inventer un nouveau dessin de broderie ; même les dessins de broderie, ce sont les hommes qui les inventent pour elles ! Tenez, je l'ai portée dans mes bras, quand elle avait dix ans, je dansais avec elle la mazurka, aujourd'hui elle arrive, naturellement je commence par la serrer dans mes bras et elle, dès le deuxième mot, elle me déclare qu'il n'y a pas de Dieu. Si encore c'était au troisième mot et non pas au deuxième, mais elle se dépêche ! Admettons-le, les gens intelligents n'ont pas la foi, mais cela vient de leur intelligence, et toi, dis-je, marmot, qu'est-ce que tu entends à Dieu ? C'est un étudiant qui te l'a appris, mais s'il t'avait appris à allumer les veilleuses devant les icônes, tu les allumerais aussi bien.

— Vous ne faites que mentir, vous êtes très méchant et tout à l'heure je vous ai démontré d'une façon concluante toute votre inconsistance, répondit l'étudiante avec mépris et comme dédaignant de s'expliquer plus longuement avec un tel homme. Je vous disais justement tout à l'heure qu'on nous a enseigné à tous d'après le catéchisme : « Si tu honores ton père et tes parents, tu vivras longtemps et seras riche. » C'est dans les dix commandements. Si Dieu a jugé nécessaire d'offrir une récompense pour l'amour, donc votre Dieu est immoral. Voilà dans quels termes je vous l'ai prouvé tout à l'heure, et non au deuxième mot, mais parce que vous faisiez valoir vos droits. A qui la faute si vous êtes obtus et que vous n'ayez pas encore compris ? Vous êtes vexé et vous vous fâchez, voilà toute l'explication de votre génération.

— Sotte ! dit le major.

— Et vous imbécile.

— Injurie-moi donc !

— Mais permettez, Capiton Maximovitch, vous m'avez dit vous-même que vous ne croyez pas en Dieu, piailla Lipoutine à l'autre bout de la table.

— Qu'importe que je l'aie dit, moi c'est autre chose ! Il se peut que je croie, mais pas tout à fait. Seulement j'ai beau ne pas croire tout à fait, je ne dirai quand même pas qu'il faut fusiller Dieu. Il m'arrivait déjà, quand je servais encore dans les hussards, de méditer sur Dieu. Dans tous les vers il est admis que le hussard boit et fait la noce ; c'est vrai, je buvais peut-être, mais, le croiriez-vous, je sautais la nuit à bas de mon lit, en chaussettes seulement, et je me mettais à faire le signe de la croix devant l'icône, pour que Dieu m'accorde la foi, parce que même alors je ne pouvais être tranquille sur la question de savoir si Dieu existe oui ou non. Tellement cela me tourmentait. Le matin, naturellement, on se distrait et de nouveau la foi semble disparaître, et en général j'ai remarqué que dans la journée la foi disparaît toujours un peu.

— N'auriez-vous pas un jeu de cartes ? demanda Verkhovenski à la maîtresse de maison en bâillant de toute sa bouche.

— Je ne comprends que trop, que trop votre question ! cria l'étudiante, pourpre d'indignation aux paroles du major.

— Nous perdons un temps précieux en écoutant des conversations stupides, coupa la maîtresse de maison et elle regarda sévèrement son mari.

L'étudiante se ramassa.

— Je voulais faire une déclaration à l'assemblée sur les souffrances des étudiants et leur protestation, mais puisqu'on perd le temps à des conversations immorales...

— Il n'y a ni moral ni immoral ! lança le collégien qui ne put se retenir dès que l'étudiante prit la parole.

— Cela je le savais, Monsieur le collégien, bien avant qu'on vous l'eût appris.

— Et moi j'affirme, rétorqua-t-il furieux, que vous êtes une enfant venue de Pétersbourg pour nous éclairer tous, alors que nous savons tout cela nous-mêmes. Au sujet du commandement : « Tes père et mère honoreras » que vous n'avez pas su citer, et qu'il soit immoral, tout le monde le sait en Russie depuis Belinski.

— Est-ce que cela va finir ? demanda résolument Mme Virguinski à son mari. En sa qualité de maîtresse de maison, elle rougissait de l'ineptie de la conversation, d'autant plus qu'elle avait remarqué quelques sourires et même de la perplexité parmi ceux qui étaient invités pour la première fois.

— Mesdames et Messieurs, dit Virguinski en élevant soudain la voix, si quelqu'un désire parler de quelque chose qui touche de plus près à notre affaire, ou a une communication à faire, je propose qu'il commence sans perdre de temps.

— Je me permettrai de poser une question, dit doucement le professeur boiteux qui s'était tu jusqu'alors et avait une attitude particulièrement digne ; je voulais savoir si nous constituons ici une séance ou si nous ne sommes qu'une réunion de simples mortels en visite ? Je le demande plutôt pour la bonne règle et pour savoir à quoi m'en tenir.

La question « astucieuse » fit impression ; tout le monde se regarda comme si chacun attendait une réponse de l'autre et brusquement, comme au commandement, tous les regards se portèrent sur Verkhovenski et Stavroguine.

— Je propose tout simplement de mettre aux voix la réponse à la question : sommes-nous ou non en séance ? dit Mme Virguinski.

— Je m'associe entièrement à la proposition, dit Lipoutine, bien qu'elle soit un peu vague.

— Je m'y associe aussi, et moi aussi, firent des voix.

— Moi aussi, il me semble qu'il y aurait ainsi plus d'ordre, approuva Virguinski.

— Donc, aux voix ! annonça la maîtresse de maison. Liamchine, je vous en prie, mettez-vous au piano : vous pourrez aussi bien donner votre voix de là quand on commencera à voter !

— Encore ! cria Liamchine ; j'ai assez tapé pour vous.

— Je vous le demande instamment, allez jouer ; vous ne voulez pas être utile ?

— Mais je vous assure, Arina Prokhorovna, que personne n'écoute. C'est pure imagination de votre part. D'ailleurs les fenêtres sont surélevées et personne n'y comprendrait rien, même si on écoutait.

— Nous-mêmes nous ne comprenons pas de quoi il est question, grommela une voix.

— Et moi je vous dis que les précautions sont toujours indispensables. C'est pour le cas où il y aurait des espions, expliqua-t-elle à Verkhovenski, on n'a qu'a entendre de la rue que nous fêtons un anniversaire et qu'il y a de la musique.

— Eh, diable ! jura Liamchine qui se mit au piano et commença à tambouriner une valse en tapant sur les touches au petit bonheur et presque à coups de poing.

— Je propose que ceux qui veulent que ce soit une séance lèvent la main droite, proposa Mme Virguinski.

Les uns levèrent la main, les autres non. Il y en eut aussi qui levèrent la main et puis la baissèrent. Ils la baissèrent et de nouveau la levèrent.

— Que diable ! Je n'ai rien compris, cria un officier.

— Moi non plus je ne comprends pas, cria un autre.

— Si, moi, je comprends, cria un troisième, si c'est oui, on lève la main.

— Mais que veut dire oui ?

— Cela veut dire la séance.

— Non, pas la séance.

— J'ai voté pour la séance, cria le collégien en s'adressant à Mme Virguinski.

— Alors pourquoi n'avez-vous pas levé la main ?

— Je vous regardais, vous ne l'avez pas levée, alors je ne l'ai pas levée non plus.

— Comme c'est bête, moi c'est parce que je l'ai proposé que je n'ai pas levé la main. Mesdames et Messieurs, je vous propose de voter de nouveau dans l'autre sens : que celui qui veut une séance reste assis et ne lève pas la main, et celui qui ne veut pas lèvera la main droite.

— Celui qui ne veut pas ? demanda le collégien.

— Mais vous le faites exprès, quoi ? cria Mme Virguinski en colère.

— Non, permettez, celui qui veut ou celui qui ne veut pas, parce qu'il faut mieux préciser cela ? dirent deux ou trois voix.

— Celui qui ne veut pas, NE veut pas.

— Eh bien oui, mais que faut-il faire, lever ou ne pas lever la main, si on NE veut pas ? cria un officier.

— Eh, nous ne sommes pas encore habitués au régime constitutionnel ! remarqua le major.

— Monsieur Liamchine, soyez bien aimable, vous faites tant de bruit qu'on ne s'entend pas, dit le professeur boiteux.

— Mais je vous le jure, Arina Prokhorovna, personne n'écoute, dit Liamchine en sautant sur ses pieds. Je vous dis que je ne veux pas jouer ! Je suis venu en visite et non pour taper !

— Messieurs, proposa Virguinski, répondez tous de vive voix : sommes-nous en séance, oui ou non ?

— En séance, en séance ! répondit-on de tous côtés.

— S'il en est ainsi, inutile de voter, cela suffit. Etes-vous satisfaits, faut-il encore voter ?

— Non, non, nous avons compris !

— Peut-être quelqu'un ne veut-il pas de séance ?

— Si, si, nous la voulons tous.

— Mais qu'est-ce que c'est qu'une séance ? cria une voix. On ne lui répondit pas.

— Il faut élire un président, cria-t-on de divers côtés.

— Le maître de céans, bien entendu, le maître de céans !

— Mesdames et Messieurs, puisqu'il en est ainsi, commença Virguinski élu, je renouvelle ma proposition de tout à l'heure : si quelqu'un veut parler de quelque chose qui soit en rapport avec ce qui nous intéresse ou si quelqu'un a une déclaration à faire, qu'il le fasse sans perdre de temps.

Silence général. Tous les regards se portèrent de nouveau sur Stavroguine et Verkhovenski.

— Verkhovenski, vous n'avez pas de déclaration à faire ? demanda carrément la maîtresse de maison.

— Absolument pas, répondit-il en bâillant et en s'étirant sur sa chaise. D'ailleurs je prendrais bien un verre de cognac.

— Stavroguine, vous ne voulez pas ?

— Merci, je ne bois pas.

— Je demande si vous voulez parler et non si vous désirez du cognac ?

— Parler, de quoi ? Non, je ne le désire pas.

— On va vous apporter du cognac, répondit-elle à Verkhovenski.

L'étudiante se leva. Elle avait déjà fait plusieurs bonds en avant.

— Je suis venue pour faire part des souffrances des malheureux étudiants et de la nécessité de les inciter à protester partout...

Mais elle resta court ; à l'autre bout de la table, un concurrent s'était déjà manifesté et tous les regards convergèrent vers lui. Chigalev, le personnage aux longues oreilles, l'air sombre et maussade, se leva lentement de son siège et posa mélancoliquement sur la table un gros cahier couvert d'une écriture extrêmement serrée. Il restait debout et se taisait. Beaucoup parmi les assistants regardaient le cahier avec effarement, mais Lipoutine, Virguinski et le professeur boiteux paraissaient contents de quelque chose.

— Je demande la parole, déclara Chigalev d'un air morose mais ferme.

— Je vous la donne, accorda Virguinski.

L'orateur se rassit, resta silencieux trente secondes et proféra d'une voix grave :

— Mesdames et Messieurs !

— Voici le cognac, interrompit d'un ton dégoûté et méprisant la parente qui avait versé le thé et était allée chercher le cognac, en posant la bouteille devant Verkhovenski avec le verre qu'elle avait apporté à la main, sans plateau ni assiette.

L'orateur interrompu s'arrêta avec dignité.

— Ce n'est rien, continuez, je n'écoute pas, cria Verkhovenski en se versant un verre.

— Mesdames et Messieurs, en faisant appel à votre attention, reprit Chigalev, et, comme vous le verrez plus loin, en sollicitant votre concours sur un point d'une importance capitale, je dois faire un préambule.

— Arina Prokhorovna, n'auriez-vous pas des ciseaux ? demanda soudain Piotr Stepanovitch.

— Pourquoi faire des ciseaux ? demanda celle-ci en écarquillant les yeux sur lui.

— J'ai oublié de me couper les ongles, il y a trois jours que je me propose de le faire, répondit-il en examinant paisiblement ses longs ongles sales.

Arina Prokhorovna rougit, mais quelque chose parut plaire à Mlle Virguinski.

— Il me semble les avoir vus tout à l'heure ici, sur la fenêtre, dit-elle en se levant de table ; elle alla chercher les ciseaux et les apporta aussitôt. Piotr Stepanovitch ne la regarda même pas, prit les ciseaux et se mit à la besogne. Arina Prokhorovna comprit que c'était là une façon de faire réaliste et eut honte de sa susceptibilité. L'assemblée échangeait des regards en silence. Le professeur boiteux observait Verkhovenski d'un air hostile et envieux. Chigalev poursuivit :

— Ayant consacré mon énergie à l'étude de l'organisation sociale de la société future qui remplacera l'état de choses actuel, je suis arrivé à la conviction que tous les bâtisseurs de systèmes sociaux, depuis les temps les plus reculés jusqu'à cette année 187..., étaient des rêveurs, des faiseurs de contes de fées, des sots qui se contredisaient eux-mêmes, n'entendaient rien à la science naturelle et à cet étrange animal qu'on appelle l'homme. Platon, Rousseau, Fourier sont des colonnes d'aluminium, tout cela est bon tout au plus pour les moineaux et non pour la société humaine. Mais comme la forme sociale future est indispensable justement maintenant que tous nous nous proposons enfin d'agir, pour qu'on n'ait plus à chercher, je propose mon propre système d'organisation du monde. Le voici ! — il frappa sur le cahier. — Je voulais exposer mon livre à l'assemblée sous une forme aussi abrégée que possible mais je vois qu'il me faudra ajouter encore quantité d'explications verbales, c'est pourquoi tout l'exposé demandera, pour le moins, dix soirées, d'après le nombre des chapitres de mon livre. (Des rires fusèrent.) En outre, je déclare d'avance que mon système n'est pas terminé. (Nouveaux rires.) Je me suis embrouillé dans mes propres données et ma conclusion est en contradiction directe avec l'idée initiale d'où je pars. Partant de la liberté illimitée j'aboutis au despotisme illimité. J'ajouterai cependant qu'en dehors de ma solution de la formule sociale il ne peut y en avoir aucune autre.

Les rires devenaient de plus en plus forts, mais c'étaient surtout les invités jeunes et pour ainsi dire peu initiés qui riaient. Les visages de la maîtresse de maison, de Lipoutine et du professeur boiteux exprimèrent un certain dépit.

— Si vous n'avez pas su vous-même mettre votre système debout et avez été pris de désespoir, qu'avons-nous à y faire ? dit avec prudence un officier.

— Vous avez raison, Monsieur l'officier, répondit Chigalev en se tournant brusquement vers lui, et surtout quand vous employez le mot désespoir. Oui, il m'est arrivé de désespérer ; néanmoins tout ce qui est exposé dans mon livre est irremplaçable et il n'y a pas d'autre solution ; personne ne trouvera rien. C'est pourquoi je me hâte sans perdre de temps d'inviter toutes les personnes présentes, après avoir écouté la lecture de mon livre pendant dix soirées, à donner leur opinion. Et si les membres ne veulent pas m'écouter, séparons-nous dès le début, les hommes pour entrer au service de l'Etat, les femmes pour retourner à leur cuisine, car ayant rejeté mon livre, ils ne trouveront pas d'autre solution. Aucu-ne ! Et en laissant échapper l'occasion, ils y perdront eux-mêmes car plus tard ils y reviendront inévitablement.

Un mouvement se fit : « Qu'est-ce donc, serait-il fou ? » dirent plusieurs voix.

— Donc, toute la question est dans le désespoir de Chigalev, conclut Liamchine, et le problème essentiel est de savoir s'il devra ou non désespérer.

— Que Chigalev soit près de désespérer, c'est une question personnelle, déclara le collégien.

— Je propose de voter pour savoir jusqu'à quel point le désespoir de Chigalev concerne la cause commune et en même temps s'il vaut ou non la peine de l'écouter, décida gaiement l'officier.

— Ce n'est pas de cela qu'il s'agit, intervint enfin le boiteux. Il parlait en général avec une sorte de sourire ironique, si bien qu'il était au fond difficile de savoir s'il parlait sincèrement ou s'il plaisantait. Ce n'est pas de cela qu'il s'agit, Mesdames et Messieurs. Monsieur Chigalev se consacre trop sérieusement à sa tâche et de plus il est trop modeste. Je connais son livre. Il propose, à titre de solution définitive du problème, le partage de l'humanité en deux parties inégales. Un dixième obtient la liberté individuelle et des droits illimités sur les neuf autres dixièmes. Ceux-ci doivent perdre leur individualité et devenir une sorte de troupeau et, par une obéissance absolue, parvenir, au moyen d'une série de transformations, à l'innocence primitive, quelque chose comme le paradis primitif, quoiqu'ils doivent cependant travailler. Les mesures que préconise l'auteur pour enlever la volonté aux neuf dixièmes de l'humanité et pour les transformer en un troupeau, au moyen de la rééducation de générations entières, sont très remarquables, fondés sur des donnés naturelles et fort logiques. On peut ne pas partager certaines de ses conclusions, mais il est difficile de mettre en doute l'intelligence et le savoir de l'auteur. Dommage que la condition des dix soirées soit tout à fait incompatible avec les circonstances, autrement nous pourrions entendre beaucoup de choses curieuses.

— Est-il possible que vous parliez sérieusement ? demanda Mme Virguinski au boiteux avec une certaine inquiétude. Si cet homme, ne sachant que faire des gens, en réduit les neuf dixièmes en esclavage ? Je le soupçonnais depuis longtemps.

— C'est-à-dire que vous parlez de votre frère ? demanda le boiteux.

— La parenté ? Vous vous moquez de moi ?

— Et puis travailler pour les aristocrates et leur obéir comme à des dieux, c'est une infamie ! dit rageusement l'étudiante.

— Je propose non pas une infamie mais un paradis, le paradis terrestre, et il ne peut y en avoir d'autre sur terre, conclut impérieusement Chigalev.

— Et moi, au lieu du paradis, s'écria Liamchine, je prendrais ces neuf dixièmes de l'humanité, si tant est qu'on ne sache qu'en faire, et je les ferais sauter, et je ne laisserais qu'une poignée de gens instruits qui commenceraient à vivre heureux scientifiquement.

— Seul un bouffon peut parler ainsi ! dit l'étudiante en s'emportant.

— C'est un bouffon, mais il est utile, lui chuchota Mme Virguinski.

— Et ce serait peut-être la meilleure solution du problème ! dit Chigalev avec ardeur en s'adressant à Liamchine ; vous ne savez naturellement même pas quelle chose profonde vous avez réussi à dire, Monsieur l'homme gai. Mais comme votre idée est presque irréalisable, il faut nous en tenir au paradis terrestre, puisque c'est ainsi qu'on l'appelle.

— Quand même, c'est passablement absurde ! dit Verkhovenski comme malgré lui. D'ailleurs il continuait à se couper les ongles avec une parfaite indifférence et sans lever les yeux.

— Pourquoi donc absurde ? reprit aussitôt le boiteux comme s'il n'eût attendu que son premier mot pour l'accrocher. Pourquoi serait-ce absurde ? M. Chigalev est quelque peu un fanatique de l'amour de l'humanité ; mais rappelez-vous que chez Fourier, chez Cabet surtout et même chez Proudhon, il y a quantité de solutions anticipées des plus despotiques et des plus fantaisistes de cette question. Il se peut même que M. Chigalev résolve le problème d'une manière beaucoup plus sensée qu'eux. Je vous assure que lorsqu'on a lu son livre il est presque impossible de ne pas être d'accord avec lui sur certaines choses. Il est peut-être celui qui s'est le moins écarté du réalisme et son paradis terrestre est presque le vrai, celui-là même dont la perte fait soupirer toute l'humanité, si tant est qu'il ait jamais existé.

— Ma parole, je savais bien que j'allais me créer des histoires, grommela de nouveau Verkhovenski.

— Permettez, dit le boiteux de plus en plus échauffé, les conversations et les discussions sur la future organisation sociale sont presque une nécessité vitale pour tous les hommes d'aujourd'hui qui pensent. Hertzen ne s'est pas préoccupé d'autre chose de toute sa vie. Belinski, je le sais de science certaine, passait des soirées entières avec ses amis à discuter et décider d'avance jusque dans les moindres détails, des détails pour ainsi dire domestiques, la future organisation sociale.

— Il y en a même qui en deviennent fous, fit subitement remarquer le major.

— On peut au moins arriver à quelque chose en parlant, au lieu de rester à se taire avec un air de dictateurs, siffla Lipoutine qui paraissait oser enfin passer à l'attaque.

— Ce n'est pas au sujet de Chigalev que j'ai dit que c'est absurde, mâchonna Verkhovenski. Voyez-vous, Mesdames et Messieurs — il leva un tout petit peu les yeux — à mon avis, tous ces livres, Fourier, Cabet, tous ces « droits au travail », le chigalevisme, tout cela est comme les romans dont on peut écrire cent mille. Un passe-temps esthétique. Je comprends que vous vous ennuyez dans ce trou, alors vous vous jetez sur le papier imprimé.

— Permettez, dit le boiteux en s'agitant sur sa chaise, nous avons beau être des provinciaux et, naturellement, nous sommes dignes de pitié, mais nous savons néanmoins qu'il ne s'est rien passé au monde de si nouveau que nous ayons à pleurer de l'avoir manqué. On nous propose, au moyen de différentes feuilles clandestines de fabrication étrangère, de nous unir et de créer des groupes dans l'unique dessein de destruction universelle, sous prétexte que quoi qu'on fasse pour soigner le monde, on ne le guérira jamais, tandis qu'en coupant radicalement cent millions de têtes et en nous allégeant ainsi nous-mêmes, on pourrait plus sûrement sauter le fossé. Excellente idée sans doute, mais pour le moins aussi incompatible avec la réalité que le « chigalevisme » dont vous venez de parler avec tant de mépris.

— Ma foi, je ne suis pas venu dans cette ville pour les discussions, dit Verkhovenski, laissant échapper un mot chargé de sens, et comme s'il ne remarquait nullement la bévue qu'il venait de commettre, il rapprocha la bougie pour mieux voir.

— Il est dommage, bien dommage que vous ne soyez pas venu pour les discussions, et il est bien dommage que vous soyez en ce moment si occupé par votre toilette.

— Qu'est-ce qu'elle vous a fait ma toilette ?

— Cent millions de têtes c'est aussi difficilement réalisable que de transformer le monde par la propagande. Peut-être même encore plus difficile, surtout en Russie risqua de nouveau Lipoutine.

— C'est justement sur la Russie qu'on compte maintenant, dit un officier.

— Qu'on compte sur elle, cela aussi nous l'avons entendu dire, rétorqua le boiteux, nous savons qu'un mystérieux *index* est pointé vers notre excellente patrie comme vers le pays le mieux capable d'accomplir la grande œuvre. Seulement il y a ceci : en cas de solution progressive du problème par la propagande, j'y gagnerais au moins quelque chose personnellement, mettons que je bavarderais agréablement, et du gouvernement je recevrais même de l'avancement pour les services rendus à la cause sociale. Or dans le second cas, la solution rapide au prix de cent millions de têtes, où serait donc mon avantage personnel ? Pour peu qu'on commence à faire de la propagande, on risque de se faire couper la langue.

— A vous on la coupera sûrement, dit Verkhovenski.

— Vous voyez. Et comme dans les circonstances les plus favorables, on ne pourrait venir à bout d'une pareille boucherie avant cinquante ans, mettons trente, parce que ce ne sont tout de même pas des moutons ces gens-là, et ils ne se laisseront peut-être pas égorger, ne vaudrait-il pas mieux, pliant bagage, s'en aller quelque part au-delà des mers paisibles vers des îles paisibles et y fermer les yeux en paix ? Croyez-moi — il frappa du doigt sur la table d'un air entendu — par une pareille propagande vous ne ferez que provoquer l'émigration et rien de plus !

Il acheva visiblement triomphant. C'était une forte tête de la province. Lipoutine souriait perfidement, Virguinski écoutait d'un air un peu abattu, tous les autres suivaient la discussion avec une extrême attention, surtout les dames et les officiers. Tous comprenaient que l'agent des cent millions de têtes était mis au pied du mur et attendaient ce qui en résulterait.

— Vous avez d'ailleurs bien dit cela, mâchonna Verkhovenski avec plus d'indifférence encore, même avec ennui. Emigrer est une bonne idée. Mais quand même, si malgré tous les évidents inconvénients que vous pressentez, les soldats de la cause commune se présentent chaque jour plus nombreux, on se passera de vous. Il y a là, mon cher Monsieur, une nouvelle religion qui vient remplacer l'ancienne, c'est pour cela que les soldats se présentent si nombreux, et cette affaire est d'envergure. Et vous, vous n'avez qu'à émigrer ! Et, vous savez, je vous conseille d'aller à Dresde et non pas aux îles paisibles. Premièrement, c'est une ville qui n'a jamais connu aucune épidémie, et comme vous êtes un homme cultivé, vous avez certainement peur de la mort ; deuxièmement, c'est près de la frontière russe, de sorte qu'on peut recevoir plus vite les revenus de l'aimable patrie ; troisièmement, elle renferme ce qu'on appelle des trésors d'art, et vous êtes un esthète, un ancien professeur de lettres, je crois ; et enfin elle possède sa propre Suisse de poche — cela c'est pour les inspirations poétiques parce que vous écrivez sans doute des vers. En un mot, un bijou dans un écrin !

Il y eut du mouvement ; les officiers s'agitèrent surtout. Un instant encore, et tout le monde aurait parlé à la fois. Mais le boiteux se jeta avec irritation sur l'appât :

— Non, il se peut bien encore que nous n'abandonnions pas la cause commune ! Il faut comprendre cela...

— Comment cela, vous feriez donc partie d'un groupe de cinq si je vous le proposais ? lâcha tout à coup Verkhovenski, et il posa les ciseaux sur la table.

Tous eurent comme un tressaillement. L'homme énigmatique s'était découvert trop brusquement. Il avait même parlé ouvertement des groupes de cinq.

— Chacun a le sentiment d'être un honnête homme

et personne ne se dérobera à l'œuvre commune, dit le boiteux en grimaçant, mais...

— Non, il ne s'agit plus de mais, interrompit Verkhovenski d'un ton impérieux et tranchant. Je vous déclare, Mesdames et Messieurs, qu'il me faut une réponse nette. Je comprends parfaitement qu'étant arrivé ici et vous ayant réunis moi-même, je vous dois des explications (encore une révélation inattendue), mais je ne puis vous en donner avant de savoir votre façon de penser. Laissant de côté les discussions — parce que nous n'allons tout de même pas continuer à palabrer pendant trente ans comme on a palabré jusqu'à présent pendant trente ans — je vous demande ce que vous aimez mieux : la manière lente qui consiste à écrire des romans sociaux et à régler d'une façon académique sur le papier les destinées humaines pour les mille ans à venir, tandis que le despotisme avalera les morceaux rotis qui vous tombent d'eux-mêmes dans la bouche et que vous laissez échapper, ou préférez-vous une solution rapide, quelle qu'elle soit, mais qui déliera enfin les mains et permettra à l'humanité tout à son aise de s'organiser socialement elle-même, et cette fois en fait et non sur le papier ? On crie : « cent millions de têtes » ; ce n'est peut-être qu'une métaphore, mais pourquoi en avoir peur si, avec les lentes rêveries sur le papier, le despotisme dévorera en cent ans au plus non pas cent mais cinq cent millions de têtes ? Notez bien aussi qu'un malade incurable ne guérira pas de toute façon, quelles que soient les ordonnances qu'on lui fait sur le papier, au contraire, si on tarde, il pourrira au point de nous infecter aussi, de gâter toutes les forces fraîches sur lesquelles on peut encore compter, de sorte que finalement nous nous effondrerons tous. Je suis tout à fait d'accord pour reconnaître que bavarder d'une façon libérale et éloquente est extrêmement agréable tandis qu'agir c'est ça le hic... Enfin, je ne sais d'ailleurs pas parler ; je suis venu ici avec des communications, aussi je prie toute l'honorable compagnie non pas de voter, mais de dire franchement et simplement ce qui vous tente davantage : avancer dans le marais à une allure de tortue ou traverser le marais à toute vapeur ?

— Je suis résolument pour la traversée à toute vapeur ! cria le collégien avec enthousiasme.

— Moi aussi, dit Liamchine.

— Le choix, bien entendu, ne fait pas de doute, murmura un officier, puis un autre à sa suite, puis encore quelqu'un. Ce qui avait surtout frappé chacun, c'était que

Verkhovenski avait des « communications à faire » et qu'il venait lui-même de promettre de parler maintenant.

— Mesdames et Messieurs, je vois que presque tous se décident dans l'esprit des tracts, dit-il en parcourant l'assistance du regard.

— Tous, tous, dit la majorité des voix.

— Moi, je l'avoue, je suis plutôt pour une solution plus humaine, dit le major, mais puisque tout le monde s'est prononcé, je me range à l'avis de tous.

— Il semble donc que vous non plus vous ne vous y opposez pas ? demanda Verkhovenski au boiteux.

— Ce n'est pas que je... répondit celui-ci en rougissant légèrement, mais si maintenant je me range à l'avis général, c'est uniquement pour ne pas troubler...

— C'est comme ça que vous êtes tous ! Il est prêt à discuter pendant six mois pour faire de l'éloquence libérale, et il finit pourtant par voter avec tout le monde ! Mesdames et Messieurs, réfléchissez cependant, est-il vrai que vous êtes tous prêts ?

(Prêts à quoi ? Question vague mais extrêmement tentante.)

— Naturellement tous... déclara-t-on. Tous d'ailleurs se regardaient.

— Mais peut-être serez-vous vexés plus tard d'avoir accepté si vite ? C'est bien ce qui arrive presque toujours avec vous.

On s'émut à des titres différents, on s'émut beaucoup. Le boiteux attaqua Verkhovenski :

— Permettez-moi pourtant de vous faire remarquer que les réponses à de pareilles questions sont conditionnelles. Si nous avons fait connaître une décision, notez bien que néanmoins une question posée d'une si étrange façon...

— De quelle façon étrange ?

— Etrange parce que de pareilles questions ne se posent pas ainsi.

— Instruisez-moi s'il vous plaît. Mais, vous savez, j'étais sûr que vous seriez le premier à vous vexer.

— Vous nous avez soutiré une réponse en nous demandant si nous sommes prêts pour l'action immédiate, mais quel droit aviez-vous pourtant d'agir ainsi ? Quel mandat pour poser de telles questions ?

— Vous auriez dû penser plus tôt à le demander ! Pourquoi donc avez-vous répondu ? Vous avez accepté, puis vous vous en avisez.

— A mon avis, la franchise étourdie de votre principale question me fait penser que vous n'avez aucun mandat ni droit et que c'était seulement de votre part de la curiosité personnelle.

— Mais de quoi parlez-vous, de quoi ? s'écria Verkhovenski comme s'il commençait d'être inquiet.

— De ceci que les affiliations, quelles qu'elles soient, se font, du moins, en tête-à-tête et non devant vingt personnes inconnues ! lâcha le boiteux. Il s'était complètement découvert, mais il était vraiment trop irrité. Verkhovenski se tourna vivement vers l'assistance avec un air d'inquiétude parfaitement joué.

— Mesdames et Messieurs, je considère comme un devoir de déclarer à tous que ce sont là des bêtises et que notre conversation est allée trop loin. Je n'ai encore affilié personne et personne n'a le droit de dire de moi que je fais des affiliations, nous avons simplement parlé d'opinions. N'est-ce pas ? Mais quoi qu'il en soit, vous m'inquiétez beaucoup — il se tourna de nouveau vers le boiteux — je n'ai jamais pensé qu'il fallût parler ici de choses si anodines en tête-à-tête. Ou bien craignez-vous une dénonciation ? Est-il possible qu'il puisse y avoir parmi nous un dénonciateur ?

Une émotion extrême se fit ; tout le monde commença à parler.

— Mesdames et Messieurs, s'il en était ainsi, reprit Verkhovenski, c'est moi qui me suis compromis plus que personne, c'est pourquoi je vous propose de répondre à une question, bien entendu si vous le voulez bien. Vous êtes parfaitement libres.

— Quelle question ? Quelle question ? cria chacun.

— Une question telle qu'après cela tout sera clair : si nous devons rester ensemble ou prendre en silence notre chapeau et nous en aller chacun de son côté.

— La question, la question ?

— Si chacun de vous était au courant d'un projet d'assassinat politique, irait-il le dénoncer, prévoyant toutes les conséquences, ou resterait-il chez lui à attendre les événements ? Les avis peuvent être partagés là-dessus. La réponse à cette question indiquera clairement si nous devons nous séparer ou rester ensemble et, dans ce cas, pas seulement pour cette soirée, loin de là. Permettez-moi de m'adresser à vous le premier, dit-il en se tournant vers le boiteux.

— Pourquoi donc à moi le premier ?

— Parce que c'est vous qui avez tout commencé. Je vous en prie, ne vous dérobez pas, l'habileté ne servirait à rien ici. D'ailleurs comme vous voudrez ; vous êtes parfaitement libre.

— Excusez-moi, mais une pareille question est même blessante.

— Non, il faudrait être plus précis, si vous voulez bien.

— Je n'ai jamais été un agent de la police secrète, répondit le boiteux encore plus grimaçant.

— Je vous en prie, soyez plus précis, ne nous faites pas perdre de temps.

Le boiteux se fâcha au point qu'il cessa même de répondre. En silence, il contemplait son persécuteur avec colère par-dessous ses lunettes.

— Oui ou non ? Dénonceriez-vous ou ne dénonceriez-vous pas ? cria Verkhovenski.

— Bien entendu, je NE dénoncerais pas ! cria le boiteux deux fois plus fort.

— Et personne ne dénoncerait, bien sûr, dirent de nombreuses voix.

— Permettez-moi de m'adresser à vous, Monsieur le major, dénonceriez-vous ou ne dénonceriez-vous pas ? poursuivit Verkhovenski. Et notez bien, c'est exprès que je m'adresse à vous.

— Je ne dénoncerais pas.

— Et si vous saviez que quelqu'un veut tuer et voler un autre, un simple mortel, vous le dénonceriez bien, vous avertiriez ?

— Naturellement, mais c'est un cas de droit commun, alors que là ce serait une dénonciation politique. Je n'ai jamais été un agent de la police secrète.

— Et personne ici ne l'a jamais été, dirent de nouveau des voix. C'est une question inutile. Tout le monde n'a qu'une réponse. Il n'y a pas de dénonciateurs ici !

— Pourquoi ce monsieur se lève-t-il ? cria l'étudiante.

— C'est Chatov. Pourquoi vous êtes-vous levé, Chatov ? cria la maîtresse de maison.

Chatov s'était en effet levé, il tenait son chapeau à la main et regardait Verkhovenski. Il semblait vouloir lui dire quelque chose mais hésitait. Son visage était pâle et en colère mais il tint bon, ne souffla mot et en silence se dirigea vers la porte.

— Chatov, c'est contraire à votre propre intérêt, lui cria énigmatiquement Verkhovenski.

— En revanche, c'est dans ton intérêt à toi, comme espion et salaud ! lui cria Chatov de la porte, et il sortit.

Nouveaux cris et nouvelles exclamations.

— La voilà l'épreuve ! cria une voix.

— Elle a servi à quelque chose ! cria une autre.

— N'est-ce pas trop tard qu'elle a servi ? dit une troisième.

— Qui l'a invité ? — Qui l'a admis ? — Qui est-ce ? — Qui est Chatov ? — Dénoncera-t-il ou ne dénoncera-t-il pas ? Les questions pleuvaient.

— Si c'était un dénonciateur, il nous aurait donné le change, au lieu de quoi il s'est moqué de tout et est parti, fit remarquer quelqu'un.

— Voilà Stavroguine qui se lève aussi, Stavroguine n'a pas non plus répondu à la question, cria l'étudiante.

Stavroguine s'était effectivement levé et en même temps que lui, à l'autre bout de la table, Kirilov s'était levé aussi.

— Permettez, Monsieur Stavroguine, lui dit la maîtresse de maison d'un ton tranchant, nous avons tous répondu à la question, cependant que vous, vous partez en silence ?

— Je ne vois pas la nécessité de répondre à la question qui vous intéresse, grommela Stavroguine.

— Mais nous nous sommes compromis et vous non, crièrent plusieurs voix.

— En quoi cela me regarde-t-il que vous vous soyez compromis ? dit Stavroguine en riant mais ses yeux étincelaient.

— Comment en quoi cela vous regarde ? Comment en quoi cela vous regarde ? s'exclama-t-on. Beaucoup sautèrent sur leurs pieds.

— Permettez, Mesdames et Messieurs, permettez, criait le boiteux, M. Verkhovenski n'a pas non plus répondu à la question, il l'a seulement posée.

Cette remarque produisit un effet saisissant. Tous se regardèrent. Stavroguine éclata de rire au nez du boiteux et sortit suivi de Kirilov. Verkhovenski courut après eux dans l'antichambre.

— Dans quelle situation me mettez-vous ? balbutia-t-il en saisissant le bras de Stavroguine qu'il serra de toutes ses forces dans sa main. Celui-ci se dégagea sans rien dire.

— Allez maintenant chez Kirilov, j'y viendrai... Cela m'est indispensable, indispensable.

— Cela ne m'est pas indispensable à moi ! trancha Stavroguine.

— Stavroguine y sera, décida Kirilov. Stavroguine, c'est nécessaire pour vous. Je vous le ferai voir là-bas.

Ils sortirent.

CHAPITRE VIII

LE TSAREVITCH IVAN

1

Ils sortirent. Piotr Stepanovitch voulut tout d'abord se précipiter à la « séance » pour apaiser le chaos, mais ayant probablement jugé qu'il ne valait pas la peine de se donner ce mal, il laissa tout là et, deux minutes plus tard, il volait déjà sur leurs talons. Tout en courant il se souvint d'une ruelle qui permettait de raccourcir encore le trajet jusqu'à la maison de Philippov ; s'enlisant dans la boue jusqu'au genou, il enfila la ruelle et en effet arriva au moment même où Stavroguine et Kirilov franchissaient le portail.

— Vous êtes déjà là ? dit Kirilov ; c'est bien. Entrez.

— Comment se fait-il que vous disiez que vous viviez seul ? demanda Stavroguine en passant dans l'antichambre devant un samovar préparé et qui commençait à bouillir.

— Vous allez voir avec qui je vis, murmura Kirilov, entrez.

Dès qu'ils furent entrés, Verkhovenski tira de sa poche la lettre anonyme qu'il avait emportée de chez Lembke et la posa devant Stavroguine. Tous trois s'assirent. Stavroguine lut la lettre en silence.

— Eh bien ? demanda-t-il.

— Ce vaurien fera comme il écrit, expliqua Verkhovenski. Puisqu'il est à votre disposition, dites-moi ce qu'il faut faire. Je vous assure qu'il ira peut-être chez Lembke dès demain.

— Eh bien, qu'il y aille.

— Comment qu'il y aille ? Surtout si on peut l'éviter.

— Vous vous trompez, il ne dépend pas de moi. Et puis cela m'est égal ; il ne me menace en rien, il ne menace que vous.

— Vous aussi.

— Je ne pense pas.

— Mais d'autres pourraient ne pas vous ménager, se peut-il que vous ne le compreniez pas ? Ecoutez, Stavroguine, c'est seulement jouer sur les mots. Est-il possible que vous regardiez à l'argent ?

— Il faut donc de l'argent ?

— Absolument, deux mille ou au minimum quinze cents. Donnez-les-moi demain ou même aujourd'hui, et d'ici demain soir je vous l'aurai expédié à Pétersbourg, il ne demande que cela. Si vous voulez, avec Maria Timofeevna, notez-le bien.

Il y avait en lui quelque chose de tout à fait égaré, il parlait, eût-on dit, imprudemment, des paroles inconsidérées lui échappaient. Stavroguine l'observait avec surprise.

— Je n'ai pas besoin de faire partir Maria Timofeevna.

— Peut-être ne le voulez-vous même pas ? demanda Piotr Stepanovitch avec un sourire ironique.

— Peut-être que non.

— En un mot : y aura-t-il de l'argent ou n'y en aura-t-il pas ? cria-t-il à Stavroguine avec une impatience irritée et d'un ton presque impérieux. Celui-ci le toisa d'un regard sérieux.

— Il n'y aura pas d'argent.

— Hé, Stavroguine ! Vous savez quelque chose ou vous avez déjà fait quelque chose ! Vous — jouez !

Son visage se contracta, les coins de ses lèvres frémirent et soudain il éclata d'un rire tout à fait sans objet, d'un rire qui ne correspondait à rien.

— Vous avez bien reçu de l'argent de votre père pour vos terres, dit tranquillement Nicolas Vsevolodovitch. *Maman* vous a versé six ou huit roubles pour Stepan Trofimovitch. Vous n'avez qu'à payer les quinze cents roubles de votre poche. Je ne veux pas à la fin payer pour les autres, j'ai déjà assez distribué, cela me vexe... et il sourit lui-même de ses paroles.

— Ah, vous commencez à plaisanter...

Stavroguine se leva de sa chaise, Verkhovenski bondit aussitôt sur ses pieds et machinalement s'adossa à la porte comme pour barrer le passage. Nicolas Vsevolodovitch faisait déjà un geste pour le repousser de la porte et sortir, mais soudain il s'arrêta.

— Je ne vous abandonnerai pas Chatov, dit-il. Piotr Stepanovitch tressaillit ; tous deux se regardèrent.

— Je vous ai dit tout à l'heure pourquoi vous avez besoin du sang de Chatov, poursuivit Stavroguine, les yeux étincelants. Vous voulez avec cet emplâtre cimenter vos groupes. Vous venez de vous y prendre excellemment pour chasser Chatov : vous saviez trop bien qu'il ne dirait pas : « je ne dénoncerais pas » et qu'il tiendrait pour une bassesse de vous mentir. Mais moi, pourquoi avez-vous besoin de moi maintenant ? Vous vous accrochez à moi presque depuis l'étranger. Les explications que vous m'avez données à ce sujet jusqu'à présent ne sont que du délire. Cependant vous me poussez, en donnant quinze cents roubles à Lebiadkine, à fournir à Fedka l'occasion de l'assassiner. Je sais, votre idée est que j'ai envie de faire assassiner par la même occasion ma femme. M'ayant lié par un crime, vous pensez naturellement acquérir sur moi du pouvoir, n'est-ce pas ? Pourquoi avez-vous besoin de ce pouvoir ? Pourquoi diable avez-vous besoin de moi ? Une fois pour toutes, regardez bien si je suis votre homme et laissez-moi tranquille.

— Fedka est venu chez vous lui-même ? dit Verkhovenski d'une voix oppressée.

— Oui, il est venu ; son prix est aussi de quinze cents roubles... Mais, tenez, il vous le confirmera lui-même, le voici... et Stavroguine tendit le bras.

Piotr Stepanovitch se retourna vivement. Sur le seuil, un nouveau personnage était sorti de l'ombre : c'était Fedka, en pelisse courte mais sans bonnet, comme on est chez soi. Il riait sous cape en découvrant ses dents blanches et régulières. Ses yeux noirs à reflet jaune furetaient prudemment dans la pièce, observant ces messieurs. Il y avait quelque chose qu'il ne comprenait pas ; manifestement il venait d'être amené par Kirilov et c'est à celui-ci que s'adressait son regard interrogateur ; il se tenait sur le seuil, mais ne voulait pas entrer dans la pièce.

— Vous l'avez probablement gardé ici pour qu'il entende notre marché ou même qu'il voie l'argent entre nos mains, n'est-ce pas ? demanda Stavroguine, et sans attendre la réponse, il sortit de la maison. Verkhovenski le rejoignit à la porte cochère dans un état proche de la folie.

— Halte ! Plus un pas ! cria-t-il en le saisissant par le coude. Stavroguine fit un violent mouvement pour se dégager mais n'y parvint pas. La rage s'empara de lui : saisissant Verkhovenski de la main gauche, par les cheveux il le projeta de toutes ses forces à terre et franchit la porte cochère. Mais il n'avait pas fait trente pas que l'autre le rejoignait de nouveau.

— Faisons la paix, faisons la paix, lui chuchota-t-il dans un murmure convulsif.

Nicolas Vsevolodovitch haussa les épaules mais ne s'arrêta ni ne se retourna.

— Ecoutez, je vous amènerai dès demain Elisabeth Nicolaevna, voulez-vous ? Non ? Pourquoi donc ne répondez-vous pas ? Dites ce que vous voulez, je le ferai. Ecoutez : je vous abandonnerai Chatov, voulez-vous ?

— Il est donc vrai que vous aviez décidé de le tuer ? s'écria Nicolas Vsevolodovitch.

— Voyons, qu'avez-vous besoin de Chatov ? Pourquoi faire ? continua le forcené d'une voix rapide et haletante, dépassant à tout instant Stavroguine et le saisissant par le coude, probablement sans s'en apercevoir. Ecoutez, je vous l'abandonnerai, faisons la paix. Votre compte est élevé, mais... faisons la paix !

Stavroguine jeta enfin un coup d'œil sur lui et fut saisi. Ce n'était pas le même regard, ce n'était pas la même voix que toujours ou que tout à l'heure dans la maison ; il avait devant lui presque un autre personnage. L'intonation de la voix était différente : Verkhovenski priait, implorait. C'était un homme qui ne s'était pas encore ressaisi, à qui on enlevait ou avait déjà enlevé son bien le plus précieux.

— Mais qu'avez-vous ? s'écria Stavroguine. L'autre ne répondit pas, mais courait derrière lui et fixait sur lui le même regard implorant et à la fois inflexible.

— Faisons la paix ! chuchota-t-il encore une fois. Ecoutez, j'ai caché comme Fedka un couteau dans ma botte, mais je ferai la paix avec vous.

— Mais qu'avez-vous besoin de moi à la fin, que diable ! s'écria Stavroguine, tout à fait en colère et stupéfait. Y aurait-il donc là quelque secret ? Suis-je pour vous un talisman ?

— Ecoutez, nous fomenterons des troubles, balbutiait l'autre rapidement et presque comme en proie au délire. Vous ne croyez pas que nous fomenterons des troubles ? Nous fomenterons de tels troubles que tout s'en ira sur ses bases. Karmazinoy a raison de dire qu'il n'y a rien à quoi se raccrocher. Karmazinov est très intelligent. Dix petits groupes seulement comme celui-ci à travers la Russie, et je suis insaisissable.

— Toujours des imbéciles comme ceux-là, laissa échapper Stavroguine à contrecœur.

— Oh, soyez plus bête, Stavroguine, soyez plus bête vous-même! Vous savez, vous n'êtes pas du tout assez intelligent pour pouvoir le souhaiter ; vous avez peur, vous n'y croyez pas, l'envergure vous effraye. Et pourquoi seraient-ils des imbéciles ? Ils ne sont pas si imbéciles que cela ; aujourd'hui personne n'a sa propre intelligence. Aujourd'hui il y a extrêmement peu d'esprits indépendants. Virguinski est un homme absolument pur, dix fois plus pur que des gens comme vous et moi ; tant mieux pour lui, du reste. Lipoutine est un coquin, mais je connais chez lui un point faible. Il n'y a pas de coquin qui n'ait son point faible. Seul Liamchine n'en a aucun, mais en revanche je l'ai en main. Encore quelques groupes comme celui-là et j'aurai partout des passeports et de l'argent, ne fût-ce que cela ? Ne fût-ce que cela ? Et des lieux sûrs, et on n'aura qu'à chercher. Qu'on extirpe un groupe, on se cassera les dents sur un autre. Nous déclencherons des troubles... Se peut-il que vous ne croyiez pas qu'à nous deux nous suffisons amplement ?

— Prenez Chigalev et laissez-moi en paix...

— Chigalev est un homme génial ! Savez-vous que c'est un génie dans le genre de Fourier ; mais plus hardi que Fourier, mais plus fort que Fourier ; je m'occuperai de lui. Il a inventé « l'égalité » !

« Il a la fièvre et il délire ; il lui est arrivé quelque chose d'extraordinaire », se dit Stavroguine en le regardant encore une fois. Tous deux marchaient sans s'arrêter.

— C'est bien dans son cahier, poursuivit Verkhovenski, il y a chez lui l'espionnage. Chez lui chaque membre de la société surveille les autres et est tenu de dénoncer. Chacun appartient à tous et tous à chacun. Tous des esclaves et dans l'esclavage tous égaux. Dans les cas extrêmes, la calomnie et l'assassinat mais, surtout, l'égalité. Tout d'abord on abaisse le niveau de l'instruction, des sciences et des talents. Un niveau élevé des sciences et des talents n'est accessible qu'aux esprits supérieurs, plus d'esprits supérieurs ! Les esprits supérieurs se sont toujours emparés du pouvoir et ont été des despotes. Les esprits supérieurs ne peuvent pas ne pas être des despotes et ils ont toujours perverti plus qu'ils n'ont été utiles ; on les chasse ou on les exécute. A Cicéron on coupe la langue, à Copernic on crève les yeux, Shakespeare est lapidé, voilà le chigalevisme ! Les esclaves doivent être égaux : sans despotisme il n'y a jamais encore eu ni liberté ni égalité, mais dans le troupeau il doit y avoir égalité, et voilà le chigalevisme ! Ha, ha, ha, cela vous paraît étrange ? Je suis pour le chigalevisme !

Stavroguine pressait le pas pour arriver chez lui au plus vite. « Si cet homme est ivre, où donc a-t-il trouvé moyen de s'enivrer ? pensait-il. Est-il possible que ce soit le cognac ? »

— Ecoutez, Stavroguine, niveler les montagnes est une bonne idée, elle n'est pas ridicule. Je suis pour Chigalev ! Pas besoin d'instruction, assez de la science ! Même sans la science il y aura assez de matériaux pour mille ans, mais il faut que s'organise l'obéissance. Il ne manque au monde qu'une chose, l'obéissance. La soif d'instruction est déjà une soif aristocratique. A peine y a-t-il famille ou amour, voilà déjà le désir de la propriété. Nous tuerons le désir : nous déchaînerons l'alcoolisme, la calomnie, la délation ; nous déchaînerons une débauche sans précédent ; nous étoufferons tout génie dans l'œuf. Tout réduit à un commun dénominateur, égalité absolue. « Nous avons appris un métier et nous sommes d'honnêtes gens, nous n'avons besoin de rien d'autre », voilà la réponse que firent récemment les ouvriers anglais. L'indispensable seul est indispensable, voilà désormais la devise du globe terrestre. Mais il faut aussi des convulsions ; nous y pourvoirons, nous, les chefs. Les esclaves doivent avoir des chefs. Une obéissance absolue, une impersonnalité absolue, mais une fois tous les trente ans Chigalev provoque aussi des convulsions, et tous commencent subitement à s'entre-dévorer, jusqu'à une certaine limite, uniquement pour éviter l'ennui. L'ennui est une sensation aristocratique ; dans le chigalevisme il n'y aura pas de désirs. Le désir et la souffrance seront pour nous, et pour les esclaves, le chigalevisme.

— Vous vous en excluez ? laissa de nouveau échapper Stavroguine.

— Et vous aussi. Vous savez, j'ai pensé à abandonner le monde au pape. Qu'il sorte nu-pieds et qu'il se montre à la plèbe : « Voilà à quoi on m'a réduit ! » et tout se précipitera en foule derrière lui, même l'armée. Le pape en haut, nous autour et au-dessous de nous le chigalevisme. Il faut seulement que l'*Internationale* accepte au sujet du pape ; elle le fera. Le vieux, lui, acceptera instantanément. Au reste, il n'a pas d'autre solution, vous verrez si j'ai raison, ha, ha, ha, c'est bête ? Dites, est-ce bête on non ?

— Assez, grommela Stavroguine avec dépit.

— Assez ! Ecoutez, jai laissé tomber le pape ! Au diable le chigalevisme ! Il faut de l'actualité brûlante et non le chigalevisme, car le chigalevisme est un article d'orfèvrerie. C'est un idéal, c'est dans l'avenir. Chigalev est orfèvre et il est bête comme tout philanthrope. Ce qu'il faut c'est du gros ouvrage et Chigalev méprise le gros ouvrage. Ecoutez : le pape sera à l'Occident, et chez nous, chez nous il y aura vous.

— Lâchez-moi, vous êtes ivre ! bredouilla Stavroguine, et il pressa le pas.

— Stavroguine, vous êtes beau ! s'écria Piotr Stepanovitch presque avec ivresse, savez-vous que vous êtes beau ! Chez vous ce qu'il y a de plus précieux, c'est que parfois vous ne le savez pas. Oh, je vous ai étudié ! Je vous observe souvent du coin de l'œil ! Même, il y a encore en vous de l'ingénuité et de la naïveté, savez-vous cela ? Il y en a encore, il y en a ! Vous souffrez sans doute, et souffrez sincèrement, de cette ingénuité. J'aime la beauté. Je suis nihiliste, mais j'aime la beauté. Est-ce que les nihilistes n'aiment pas la beauté ? Il n'y a que les idoles qu'ils n'aiment pas, ma foi, et moi j'aime une idole ! Vous êtes mon idole ! Vous n'offensez personne, et tout le monde vous hait ; vous traitez tout le monde d'égal à égal, et tous vous craignent, c'est bien. Personne ne s'approchera de vous pour vous taper sur l'épaule. Vous êtes un terrible aristocrate. Un aristocrate, quand il vient à la démocratie, est fascinant ! Il n'est rien pour vous de faire le sacrifice de la vie, et de la vôtre et de celle des autres. Vous êtes précisément celui qu'il faut. A moi, à moi il me faut précisément quelqu'un comme vous. Je ne connais personne d'autre que vous. Vous êtes le chef, vous êtes le soleil, et je suis votre ver de terre...

Il lui baisa subitement la main. Un frisson courut dans le dos de Stavroguine et il retira sa main avec effroi. Ils s'arrêtèrent.

— Un fou ! chuchota Stavroguine.

— Il se peut que je délire, il se peut que je délire ! reprit l'autre avec volubilité, mais j'ai inventé le premier pas. Jamais Chigalev n'inventerait le premier pas. Les Chigalev sont nombreux ! Mais un seul homme, un seul en Russie a inventé le premier pas et sait comment le faire. Cet homme c'est moi. Pourquoi me regardez-vous ? C'est de vous, de vous que j'ai besoin, sans vous je suis un zéro. Sans vous je suis une mouche, une idée dans un bocal, un Colomb sans Amérique.

Stavroguine, immobile, le regardait fixement dans ses yeux déments.

— Ecoutez, nous déclencherons d'abord des troubles, disait Verkhovenski avec une hâte fébrile, saisissant à tout instant Stavroguine par la manche gauche. Je vous l'ai déjà dit : nous pénétrerons jusqu'au cœur du peuple. Savez-vous que dès maintenant nous sommes terriblement forts ? Les nôtres ne sont pas seulement ceux qui égorgent et incendient, et ceux qui font le coup de feu classique et qui mordent. Ceux-là ne font que gêner. Sans discipline je ne comprends rien. C'est que je suis un escroc et non un socialiste, ha, ha ! Ecoutez, je les ai tous comptés : l'instituteur qui rit avec les enfants de leur Dieu et de leur berceau est déjà à nous. L'avocat qui défend l'assassin instruit en alléguant qu'il est plus évolué que ses victimes et que, pour se procurer de l'argent, il ne pouvait pas ne pas tuer, est déjà à nous. Les écoliers qui tuent un paysan pour éprouver des sensations sont à nous. Les jurés qui acquittent tous les criminels sans exception sont à nous. Le procureur qui tremble à l'audience de ne pas être assez libéral est à nous, à nous. Les administrateurs, les littérateurs, oh, les nôtres sont nombreux, extrêmement nombreux, et ils ne le savent pas eux-mêmes. D'un autre côté, l'obéissance des écoliers et des nigauds a atteint son comble ; les pédagogues ont un épanchement de bile ; partout une vanité incommensurable, un appétit féroce, inouï. Savez-vous, savez-vous combien nous en gagnerons avec les seules petites idées toutes faites ? Quand je suis parti, la thèse de Littré sévissait, qui veut que le crime soit une forme de la folie ; je rentre et déjà le crime n'est plus une folie mais c'est lui précisément le vrai bon sens, presque un devoir, du moins une noble protestation. « Comment un assassin instruit ne tuerait-il pas s'il a besoin d'argent ! » Mais ce ne sont que des fleurs. Le Dieu russe a déjà baissé pavillon devant la « camelote ». Le peuple est ivre, les mères sont ivres, les enfants sont ivres, les églises vides, et dans les tribunaux : « deux cents coups de verges ou amène une barrique ». Oh, laissez seulement la génération grandir. Dommage seulement qu'on ne puisse plus attendre, sans quoi ils auraient été encore plus ivres ! Ah, quel dommage qu'il n'y ait pas de prolétaires ! Mais il y en aura, il y en aura, nous en prenons le chemin...

— Dommage aussi que nous nous soyons abêtis, grommela Stavroguine, et il se remit en marche.

428

— Ecoutez, j'ai vu moi-même un enfant de six ans ramener à la maison sa mère ivre qui le couvrait de jurons obscènes. Vous croyez que j'en suis content ? Quand ils seront entre nos mains, il se peut que nous les guérissions... s'il en est besoin, nous les chasserons pour quarante ans dans le désert... Mais une ou deux générations de débauche sont pour le moment indispensables ; une débauche inouïe, sordide, où l'homme se transforme en une ordure ignoble, poltronne, cruelle, égoïste — voilà ce qu'il faut ! Et avec cela encore du « sang bien frais » pour qu'on s'habitue. Pourquoi riez-vous ? Je ne me contredis pas. Je contredis seulement les philanthropes et le chigalevisme, pas moi ! Je suis un escroc et non un socialiste. Ha, ha, ha ! Dommage seulement que nous manquions de temps. J'ai promis à Karmazinov de commencer en mai et de finir pour octobre. C'est tôt ? Ha, ha, ha ! Savez-vous ce que je vais vous dire, Stavroguine : dans le peuple russe il n'y a pas eu jusqu'à présent de cynisme, malgré ses jurons obscènes. Savez-vous que cet esclave, ce serf se respectait plus que Karmazinov ne se respecte ? On le battait mais il a su sauvegarder ses dieux, tandis que Karmazinov ne l'a pas su.

— Eh bien, Verkhovenski, c'est la première fois que je vous écoute et je vous écoute avec stupeur, dit Nicolas Vsevolodovitch, il est donc vrai que vous n'êtes pas un socialiste mais un... ambitieux politique ?

— Un escroc, un escroc. Cela vous tracasse de savoir qui je suis ? Je vais vous dire qui je suis, c'est là que j'en viens. Ce n'est tout de même pas pour rien que je vous ai baisé la main. Mais il faut que le peuple lui aussi croie que nous savons ce que nous voulons et que les autres ne font que « brandir le gourdin et frapper les leurs ». Eh, si nous avions le temps ! Le seul malheur est que nous n'avons pas le temps. Nous proclamerons la destruction... pourquoi, pourquoi, encore une fois, cette petite idée est-elle si séduisante ! Mais il le faut, il faut se dégourdir les membres. Nous allumerons des incendies... Nous répandrons des légendes... Là, chaque « groupe » teigneux pourra servir. Je vous trouverai dans ces mêmes groupes de tels amateurs qu'ils marcheront à chaque coup de feu et qu'ils seront encore reconnaissants de l'honneur. Ma foi, et le soulèvement commencera ! Ce sera un vacillement comme le monde n'en a jamais encore vu... La Russie s'enténébrera, la terre pleurera ses anciens dieux... Et c'est alors que nous lancerons... Qui ?

— Qui ?

— Le tsarevitch Ivan.

— Qui-i ?

— Le tsarevitch Ivan ; vous, vous !

Stavroguine réfléchit un instant.

— Un imposteur ? demanda-t-il soudain en regardant le forcené avec une profonde surprise. Eh, le voilà donc enfin votre plan !

— Nous dirons qu'il « se cache », dit Verkhovenski doucement, dans une sorte de murmure amoureux, comme s'il était en effet ivre. Savez-vous ce que signifie ce mot : « il se cache » ? Mais il paraîtra, il paraîtra. Nous lancerons une légende mieux que les Skoptzi. Il existe mais personne ne l'a vu. Oh, quelle légende on peut lancer ! Et surtout — une force nouvelle vient. Or c'est elle qu'il faut, c'est après elle qu'on pleure. Qu'est-ce qu'il y a en effet dans le socialisme : il a détruit les anciennes forces et il n'en a pas apporté de nouvelles. Tandis que là il y a une force, et quelle force encore, inouïe ! Que nous ayons une seule fois le levier en main et nous soulèverons la terre. Tout se soulèvera !

— Vous comptiez donc sérieusement sur moi ? dit Stavroguine en souriant méchamment.

— Pourquoi riez-vous, et si méchamment ? Ne m'effrayez pas. Je suis en ce moment comme un enfant, on peut m'effrayer à mort d'un seul sourire pareil. Ecoutez, je ne vous montrerai à personne, à personne : il le faut. Il existe, mais personne ne l'a vu, il se cache. Et savez-vous qu'on pourra même le montrer à un seul sur cent mille par exemple. Et le bruit emplira toute la terre : « on l'a vu, on l'a vu ». Ivan Philippovitch, le Dieu Sabaoth, on l'a bien vu monter au ciel dans un char devant les gens, on l'a vu de ses « propres » yeux. Et vous, vous n'êtes pas Ivan Philippovitch ; vous êtes beau, fier comme un dieu, qui ne cherche rien pour lui-même, avec l'auréole du sacrifice, « se cachant ». Surtout, ce qu'il faut c'est une légende ! Vous les vaincrez, vous jetterez un regard et vous vaincrez. Il apporte une vérité nouvelle et il « se cache ». Et avec cela nous rendrons deux ou trois jugements de Salomon. Et les groupes, les cinq — pas besoin de journaux ! Si sur dix mille requêtes on n'en satisfait qu'une, tout le monde viendra avec des requêtes. Dans chaque commune, chaque paysan saura qu'il y a quelque part un creux dans un arbre où il est prescrit de déposer les requêtes. Et la terre résonnera du bruit : « une nouvelle loi juste vient », et la mer se déchaînera, et la baraque s'écroulera, et alors nous penserons à élever un édifice de pierre. Pour la première fois ! C'est NOUS qui bâtirons, nous, nous seuls !

— Frénésie ! fit Stavroguine.

— Pourquoi, pourquoi ne voulez-vous pas ? Vous avez peur ? Mais si je me suis accroché à vous, c'est parce que vous n'avez peur de rien. Serait-ce déraisonnable ? C'est que je suis pour le moment un Colomb sans Amérique ; est-ce qu'un Colomb sans Amérique est raisonnable ?

Stavroguine se taisait. Cependant ils avaient atteint la maison et s'arrêtèrent devant le perron.

— Ecoutez, dit Verkhovenski en se penchant vers son oreille : je vous arrangerai tout sans argent ; j'en finirai demain avec Maria Timofeevna... sans argent, et dès demain je vous amènerai Lisa. Voulez-vous Lisa, dès demain ?

« Aurait-il vraiment perdu la raison ? » pensa Stavroguine en souriant. La porte d'entrée s'ouvrit.

— Stavroguine, elle est à nous, l'Amérique ? demanda Verkhovenski en le saisissant une dernière fois par le bras.

— Pourquoi faire ? dit Nicolas Vsevolodovitch sérieusement et sévèrement.

— Vous n'en avez pas envie, je le savais bien ! s'écria l'autre dans un accès de colère sans borne. Vous mentez, sale jeune seigneur débauché, déséquilibré, je ne vous crois pas, vous avez un appétit de loup !... Comprenez donc que votre compte est maintenant trop élevé, et je ne peux tout de même pas renoncer à vous ! Il n'y a pas sur terre un autre comme vous ! Je vous ai inventé encore à l'étranger ; inventé en vous regardant. Si je ne vous avais pas regardé de mon coin, rien ne me serait venu à l'esprit !...

Stavroguine sans répondre s'engagea dans l'escalier.

— Stavroguine ! lui cria Verkhovenski, je vous donne un jour... mettons deux... mettons trois ; il m'est impossible de vous en donner plus de trois, et alors il me faut votre réponse !

CHAPITRE IX

1

CEPENDANT un événement se produisit chez nous qui m'étonna et qui bouleversa Stepan Trofimovitch. Un matin à huit heures, Nastassia accourut chez moi de sa part pour m'annoncer que monsieur avait été l'objet d'une « saisie ». D'abord je n'y compris rien ; je pus seulement tirer d'elle que c'étaient des fonctionnaires qui avaient procédé à la « saisie », qu'ils étaient venus et avaient pris des papiers, qu'un soldat en avait fait un paquet et les avait « emportés dans une brouette ». La nouvelle était extravagante. Je courus aussitôt chez Stepan Trofimovitch.

Je le trouvai dans un état surprenant : démonté et en proie à une vive émotion, mais en même temps l'air incontestablement triomphant. Sur la table, au milieu de la pièce, bouillait un samovar et il y avait un verre de thé rempli mais auquel il n'avait pas été touché et qu'on avait oublié. Stepan Trofimovitch se promenait autour de la table et de long en large sans se rendre compte de ses mouvements. Il portait son habituel tricot rouge, mais en me voyant il se hâta de mettre son gilet et sa redingote, ce qu'il ne faisait jamais auparavant lorsqu'un ami le trouvait dans ce tricot. Il me saisit aussitôt la main avec chaleur.

— *Enfin un ami !* (Il respira du fond de la poitrine.)

Cher, vous êtes le seul que j'aie fait prévenir et personne ne sait rien. Il faut dire à Nastassia de fermer la porte et de ne laisser entrer personne, sauf EUX bien entendu... *Vous comprenez ?*

Il me regardait avec inquiétude comme dans l'attente d'une réponse. Bien entendu, je m'empressai de le questionner et tant bien que mal je démêlai dans ses paroles décousues, coupées d'arrêts et d'inutiles incidentes, qu'à sept heures du matin un fonctionnaire de la province était « tout à coup » venu chez lui.

— *Pardon, j'ai oublié son nom. Il n'est pas du pays,* mais je crois qu'il a été amené par Lembke, *quelque chose de bête et d'allemand dans la physionomie. Il s'appelle Rosenthal.*

— Ne serait-ce pas Blum ?

— Blum. C'est bien le nom qu'il a dit. *Vous le connaissez ? Quelque chose d'hébété et de très content dans la figure, pourtant très sévère, roide et sérieux.* La figure de quelqu'un de la police, un subalterne, *je m'y connais.* Je dormais encore et, imaginez-vous, il m'a demandé à « jeter un coup d'œil » sur mes livres et mes manuscrits, *oui, je m'en souviens, il a employé ce mot.* Il ne m'a pas arrêté, il a seulement pris les livres... *Il se tenait à distance,* et quand il a commencé à m'expliquer l'objet de sa visite, il avait l'air comme si je ... *enfin il avait l'air de croire que je tomberais sur lui immédiatement et que je commencerais à le battre comme plâtre. Tous ces gens de bas étage sont comme ça quand ils ont affaire à un* homme convenable. Il va de soi que j'ai immédiatement tout compris. *Voilà vingt ans que je m'y prépare.* Je lui ai ouvert tous les tiroirs et lui ai remis les clefs : c'est moi-même qui les lui ai remises, je lui ai tout remis. *J'étais digne et calme.* Parmi les livres, il a pris les éditions étrangères de Hertzen, l'exemplaire relié de « La Cloche » quatre copies de mon poème *et enfin tout ça.* Puis des papiers et des lettres *et quelques-unes de mes ébauches historiques, critiques et politiques.* Tout cela ils l'ont emporté. Nastassia dit qu'un soldat a transporté le tout dans une brouette qu'on a couverte d'un tablier ; *oui, c'est cela,* d'un tablier.

C'était du délire. Qui pouvait y comprendre quelque chose ? Je l'accablai de nouveau de questions : Blum était-il venu seul ou non ? Sur l'ordre de qui ? De quel droit ? Comment avait-il osé ? Quelle explication avait-il donnée ?

— *Il était seul, bien seul,* d'ailleurs il y avait encore quelqu'un *dans l'antichambre, oui, je m'en souviens, et puis...* Du reste, il y avait encore quelqu'un je crois, et dans l'entrée il y avait un garde. Il faut demander à Nastassia ; elle sait tout cela mieux que moi. *J'étais surexcité, voyez-vous. Il parlait, il parlait... un tas de choses...* D'ailleurs il a très peu parlé, c'est moi qui parlais... J'ai raconté toute ma vie, bien entendu de ce point de vue seulement... *J'étais surexcité mais digne, je vous l'assure.* Je crains d'ailleurs d'avoir, je crois, pleuré. La brouette, ils l'ont prise chez le boutiquier, à côté.

— Oh, Dieu, comment tout cela a-t-il pu arriver ! Mais pour l'amour de Dieu, parlez d'une manière plus précise, Stepan Trofimovitch, c'est un rêve que vous me racontez !

— *Cher*, moi-même je crois rêver... *Savez-vous ! Il a prononcé le nom de Teliatnikoff*, et je pense que c'est justement celui-là qui se cachait dans l'entrée. Oui, je me souviens maintenant, il proposait de faire venir le procureur et, je crois, Dmitri Mitritch... *qui me doit encore quinze roubles de* whist, *soit dit en passant. Enfin, je n'ai pas trop compris.* Mais j'ai été plus malin qu'eux et que m'importe Dmitri Mitritch. Je l'ai, je crois, beaucoup prié de cacher la chose, je l'ai beaucoup prié, beaucoup, je crains même de m'être humilié, *comment croyez-vous ? Enfin il a consenti...* Oui, je me souviens maintenant, c'est lui-même qui l'a demandé, il disait qu'il vaudrait mieux le cacher parce qu'il était simplement venu pour « jeter un coup d'œil » *et rien de plus*, et rien de plus, rien... et que si l'on ne trouve rien, il n'y aura rien. De sorte que nous avons fini *en amis, je suis tout à fait content.*

— Mais voyons, il vous offrait l'ordre et les garanties normales dans ces cas, et vous les avez refusés vous-même, m'écriai-je pris d'indignation amicale.

— Non, il vaut mieux que ce soit ainsi, sans garanties. Et à quoi bon faire un scandale ? Que tout se passe pour le moment *en amis... et puis à quoi bon ce procureur, ce cochon de notre procureur, qui deux fois m'a manqué de politesse et qu'on a rossé à plaisir l'autre année chez cette charmante et belle Nathalie Pavlovna, quand il se cacha dans son boudoir. Et puis, mon ami*, ne me contredisez pas et ne me découragez pas, je vous en prie, parce qu'il n'y a rien de plus insupportable quand on est malheureux que de voir justement alors cent amis vous démontrer que vous avez fait une bêtise. Asseyez-vous et prenez du thé, et, je l'avoue, je suis très fatigué... si je m'étendais et me mettais du vinaigre sur la tête, qu'en pensez-vous?

— Absolument, m'écriai-je, et même de la glace. Vous êtes très démonté. Vous êtes pâle et vos mains tremblent. Couchez-vous, reposez-vous et attendez avant de raconter. Je resterai auprès de vous et j'attendrai.

Il ne se décidait pas à se coucher, mais j'obtins gain de cause. Nastassia apporta du vinaigre dans une tasse, j'humectai une serviette et l'appliquai sur sa tête. Ensuite Nastassia monta sur une chaise et alluma une veilleuse devant l'icône dans le coin. Je le vis avec surprise ; il n'y avait jamais eu de veilleuse jusqu'alors, et maintenant tout à coup il s'en trouvait une.

— C'est moi qui en ai donné l'ordre tout à l'heure, dès que les autres furent partis, murmura Stepan Trofimovitch en me regardant d'un air rusé. *Quand on a de ces choses-là dans sa chambre et qu'on vient vous arrêter,* cela fait impression et ils sont bien obligés de rapporter ce qu'ils ont vu...

En ayant terminé avec la veilleuse, Nastassia s'arrêta sur le seuil de la porte, la paume de la main droite contre sa joue, et se mit à le regarder d'un air éploré.

— *Eloignez-la* sous un prétexte quelconque, me dit-il en me faisant du divan un signe de tête, je déteste cette pitié russe *et puis ça m'embête.*

Mais elle s'en alla elle-même. Je remarquai qu'il ne cessait de jeter des regards vers la porte et de tendre l'oreille du côté de l'antichambre.

— *Il faut être prêt, voyez-vous,* dit-il en me regardant d'un air entendu, *chaque moment...* on vient, on vous prend, et pfuit ! — disparu !

— Seigneur ! Qui est-ce qui viendra ? Qui vous prendra ?

— *Voyez-vous, mon cher,* je lui ai demandé carrément au moment où il s'en allait : que va-t-on faire de moi ?

— Vous auriez mieux fait de demander où l'on vous déportera ! m'écriai-je avec la même indignation.

— C'est ce que je sous-entendais en posant la question, mais il est parti et n'a rien répondu. *Voyez-vous :* pour le linge, les vêtements, les vêtements. chauds surtout, ce sera comme ils voudront, s'ils me disent de les prendre, bien, sinon ils m'expédieront aussi bien en capote de soldat. Mais il y a trente cinq roubles (il baissa subitement la voix en jetant des regards vers la porte par laquelle Nastassia était sortie) que j'ai glissés subrepticement dans la doublure décousue de la poche de mon gilet, les voici, tâtez-les... Je pense qu'ils n'iront pas m'enlever le gilet et, pour l'apparence, j'ai laissé dans mon porte-monnaie sept roubles, « c'est tout ce que je possède ». Vous savez il y a sur la table de la menue monnaie et des pièces de cuivre, si bien qu'ils ne devineront pas que j'ai caché de l'argent, ils penseront que tout est là. Parce que Dieu sait où il me faudra passer cette nuit.

Je baissai la tête devant pareille folie. De toute évidence, on ne pouvait ni arrêter quelqu'un ni perquisitionner comme il le racontait et, bien certainement, il s'embrouillait dans son récit. Il est vrai que tout cela se passait avant les dernières lois actuellement en vigueur. Il est vrai aussi qu'on lui avait proposé (il le disait lui-même) une procédure plus régulière, mais il avait joué au plus fin avec eux et avait refusé... Certes, autrefois, c'est-à-dire il y a si peu de temps encore, un gouverneur de province pouvait bien dans les cas extrêmes... Mais encore une fois, quel cas extrême pouvait-il y avoir là ? Voilà ce qui me déroutait.

— Il a dû y avoir un télégramme de Pétersbourg, dit soudain Stepan Trofimovitch.

— Un télégramme ! A votre sujet ? C'est à cause des œuvres de Hertzen et de votre poème, vous avez perdu la tête, est-ce une raison pour arrêter quelqu'un ?

Je me mis tout bonnement en colère. Il fit une grimace et fut visiblement offensé, non de mon apostrophe, mais parce que je pensais qu'il n'y avait pas de raison de l'arrêter.

— Qui saurait de nos jours pourquoi on peut l'arrêter ? murmura-t-il énigmatiquement. Une idée saugrenue, absolument absurde me traversa l'esprit.

— Stepan Trofimovitch, dites-moi comme à un ami, m'écriai-je, comme à un véritable ami, je ne vous trahirai pas : appartenez-vous ou non à quelque société secrète ?

Et voilà que, à ma surprise, de cela non plus il n'était pas sûr, s'il appartenait ou non à quelque société secrète.

— Cela dépend de la façon de considérer les choses, *voyez-vous*...

— Comment, de la façon de « considérer les choses » ?

— Lorsqu'on appartient de tout cœur au progrès et... qui pourrait s'en porter garant : on croit n'appartenir à rien et voilà qu'il se trouve qu'on appartient bien à quelque chose.

— Comment est-ce possible, il s'agit là de oui ou de non.

— *Cela date de Pétersbourg*, quand nous voulions, elle

et moi, y fonder une revue. Voilà où est la racine de tout. Nous leur avons échappé à ce moment-là et ils nous avaient oubliés, mais maintenant ils se sont souvenus. *Cher, cher*, est-ce que vous ne me connaissez pas ! s'exclama-t-il douloureusement : — et nous aussi on nous prendra, on nous mettra dans une kibitka et en route vers la Sibérie pour toute la vie, ou bien on nous oubliera dans une casemate.

Et il se mit soudain à pleurer à chaudes larmes. Les larmes jaillissaient à flots. Il se couvrit les yeux de son foulard rouge et sanglota, sanglota cinq minutes durant, convulsivement. J'en fus tout choqué. Cet homme qui, pendant vingt ans, avait été notre prophète, notre prédicateur, notre maître, notre patriarche, notre Koukolnik, qui planait si haut et si majestueusement au-dessus de nous tous, que nous admirions tant de toute notre âme, tenant cela pour un honneur — et voilà que subitement il sanglotait, sanglotait comme un tout petit garçon qui n'a pas été sage et qui attend les verges que le maître d'école est allé chercher. J'eus profondément pitié de lui. De toute évidence il croyait à la « kibitka » autant qu'à ma présence auprès de lui, et il l'attendait précisément ce matin, à l'instant même, et tout cela à cause des œuvres de Hertzen et d'un quelconque poème de lui ! Une si totale, si parfaite ignorance de la réalité quotidienne était attendrissante et avait quelque chose de répugnant.

Il cessa enfin de pleurer, se leva du divan et se remit à arpenter la pièce tout en poursuivant la conversation avec moi, mais non sans jeter à chaque instant un regard par la fenêtre et tendre l'oreille du côté de l'antichambre. Notre conversation se poursuivit à bâtons rompus. Toutes mes assurances et tout ce que je pouvais dire pour le tranquilliser rebondissaient comme des pois contre un mur. Il écoutait peu, mais il avait grand besoin d'être rassuré et de m'entendre parler sans arrêt dans ce sens. Je voyais qu'il ne pouvait plus se passer de moi et qu'à aucun prix il ne m'eût laissé partir. Je restai et nous passâmes ensemble plus de deux heures. Au cours de la conversation, il se souvint que Blum avait emporté deux tracts trouvés chez lui.

— Comment des tracts ! m'écriai-je effrayé par étourderie : est-ce que vous...

— Eh, on m'en avait déposé dix exemplaires, répondit-il avec dépit (il me parlait tantôt avec dépit et hauteur, tantôt d'un ton extrêmement plaintif et humble), mais j'avais déjà disposé de huit et Blum n'en a pris que deux...

Et brusquement il rougit d'indignation.

— *Vous me mettez avec ces gens-là* ! Se peut-il que vous imaginiez que je pourrais avoir partie liée avec ces canailles, avec ces libellistes, avec mon cher fils Piotr Stepanovitch, *avec ces esprits forts de la lâcheté* ! Oh, Dieu !

— Bah, on vous a peut-être confondu avec quelqu'un d'autre... D'ailleurs, c'est absurde, ce n'est pas possible ! remarquai-je.

— *Savez-vous*, laissa-t-il échapper soudain, je sens par moments *que je ferai là-bas quelque esclandre*. Oh, ne partez pas, ne me laissez pas seul ! *Ma carrière est finie aujourd'hui, je le sens*. Vous savez, je me précipiterai peut-être sur quelqu'un là-bas et je le mordrai comme ce sous-lieutenant...

Il posa sur moi un regard étrange — effrayé et à la fois comme désireux de faire peur. Il s'irritait en effet de plus en plus contre quelqu'un et quelque chose, à mesure que le temps passait et que les « kibitkas » n'arrivaient pas, il se fâchait même. Soudain Nastassia, passant pour une raison quelconque de la cuisine dans l'antichambre, heurta le porte-manteau et le fit tomber. Stepan Trofimovitch se mit à trembler et se figea sur place ; mais quand il sut de quoi il s'agissait, il hurla presque contre Nastassia et en tapant des pieds la chassa dans la cuisine. Une minute après, il dit en me regardant avec désespoir :

— Je suis perdu ! *Cher* — il s'assit brusquement à côté de moi et me regarda fixement dans les yeux d'un air on ne peut plus pitoyable — *cher*, ce n'est pas la Sibérie que je crains, je vous le jure, *oh, je vous jure* (les larmes lui vinrent même aux yeux), je crains autre chose...

Je devinai rien qu'à son expression qu'il voulait enfin me confier quelque chose de capital et que par conséquent il s'était jusque-là retenu de me dire.

— Je crains l'opprobre, murmura-t-il mystérieusement.

— Quel opprobre ? Mais au contraire ! Croyez-moi, Stepan Trofimovitch, tout cela s'expliquera aujourd'hui même et se terminera à votre avantage...

— Vous êtes tellement sûr qu'on me pardonnera ?

— Mais qu'est-ce qu'on « pardonnera » ! Quelles expressions ! Qu'avez-vous fait de si grave ? Je vous assure que vous n'avez rien fait !

— *Qu'en savez-vous* ; toute ma vie a été... *cher*... Ils se souviendront de tout... et s'ils ne trouvent rien, ce sera ENCORE PIS, ajouta-t-il soudain de façon inattendue.

— Comment encore pis ?

— Encore pis.

— Je ne comprends pas.

— Mon ami, mon ami, passe encore pour la Sibérie, Arkhangelsk, la privation des droits — périr pour périr ! Mais... c'est autre chose que je crains (de nouveau, chuchotement, air effrayé et mystère).

— Mais quoi donc, quoi ?

— On me fouettera, prononça-t-il, et il me jeta un regard de détresse.

— Qui vous fouettera ? Où ? Pourquoi ? m'écriai-je, craignant qu'il ne fût en train de perdre la raison.

— Où ? Eh bien, là... où cela se fait.

— Mais où donc cela se fait-il ?

— Eh, *cher*, me souffla-t-il presque à l'oreille, le plancher s'ouvre subitement sous vos pieds, vous descendez jusqu'à mi-corps... tout le monde sait cela.

— Des fables, m'écriai-je comprenant tout, de vieilles fables, se peut-il que vous y ayez cru jusqu'à présent ? J'éclatai de rire.

— Des fables ! Elles sont bien venues de quelque chose, ces fables ; celui qui a été fouetté ne racontera pas. Je me le suis représenté dix mille fois en imagination !

— Mais vous, pourquoi vous ? Puisque vous n'avez rien fait ?

— C'est encore pis, on verra que je n'ai rien fait et on me fouettera.

— Et vous êtes sûr qu'on vous emmènera ensuite à Pétersbourg !

— Mon ami, j'ai déjà dit que je ne regrette rien, *ma carrière est finie*. Depuis cette heure à Skvorechniki où elle m'a dit adieu, je n'attache plus d'importance à ma vie... mais l'opprobre, l'opprobre, *que dira-t-elle* si elle l'apprend ?

Il me regarda avec désespoir et, le pauvre, il devint tout rouge. Je baissai les yeux moi aussi.

— Elle n'apprendra rien parce qu'il ne vous arrivera rien. J'ai l'impression de vous parler pour la première fois de ma vie, Stepan Trofimovitch, tant vous m'avez étonné ce matin.

— Mon ami ce n'est pas la peur. Mais admettons même qu'on me pardonne, admettons qu'on me ramène ici et qu'on ne me fasse rien — et c'est là que je serai perdu. *Elle me soupçonnera toute sa vie...* moi, moi, le poète, le penseur, l'homme qu'elle a vénéré pendant vingt-deux ans !

— Cela ne lui viendra même pas à l'idée.

— Si, chuchota-t-il avec une profonde conviction. Nous en avons parlé plusieurs fois à Pétersbourg, pendant le carême, avant notre départ, quand nous craignions tous les deux... *Elle me soupçonnera toute sa vie*... et comment la détromper ? Ce sera invraisemblable. Et puis qui le croira ici, dans cette petite ville, *c'est invraisemblable*... *Et puis les femmes*. Elle s'en réjouira. Elle sera très peinée, très sincèrement, comme une vraie amie, mais en secret — elle s'en réjouira... Je lui aurai fourni une arme contre moi pour toute la vie. Oh, ma vie est ruinée ! Vingt ans d'un bonheur si plein avec elle... et voilà !

Il se couvrit le visage de ses mains.

— Stepan Trofimovitch, si vous avertissiez tout de suite Varvara Petrovna de ce qui s'est passé ? proposai-je.

— Dieu m'en garde ! Il tressaillit et sauta sur ses pieds. Pour rien au monde, jamais, après ce qui a été dit au moment des adieux à Skvorechniki, ja-mais !

Ses yeux étincelèrent.

Nous passâmes ensemble, je pense, encore une heure ou plus, attendant toujours quelque chose — telle était bien son idée. Il s'étendit de nouveau, ferma même les yeux et resta une vingtaine de minutes sans mot dire, si bien que je crus qu'il s'était endormi ou avait perdu connaissance. Soudain il se dressa précipitamment, arracha la serviette de son front, sauta à bas du divan, courut vers la glace, noua sa cravate avec des mains tremblantes et d'une voix de tonnerre cria à Nastassia de lui apporter son manteau, son chapeau neuf et sa canne.

— Je ne puis y tenir davantage, dit-il d'une voix entre-coupée, je ne peux pas, je ne peux pas... J'y vais moi-même.

— Où ? Je sautai aussi sur mes pieds.

— Chez Lembke. *Cher*, je le dois, j'y suis obligé. C'est un devoir. Je suis un citoyen et un homme, et non un fétu de paille, j'ai des droits, je veux mes droits... Pendant vingt ans je n'ai pas revendiqué mes droits, toute ma vie je les ai criminellement oubliés... mais maintenant je les revendiquerai. Il doit tout me dire, tout. Il a reçu un télégramme. Il n'a pas le droit de me tourmenter, ou alors qu'il m'arrête, qu'il m'arrête, qu'il m'arrête !

Il s'exclamait en poussant des cris aigus et en tapant des pieds.

— Je vous approuve, dis-je exprès le plus tranquille-ment que je pus, bien que je fusse très inquiet pour lui, vraiment c'est mieux que de rester dans une telle angoisse, mais je n'approuve pas votre humeur ; regardez de quoi vous avez l'air et dans quel état vous irez là-bas. *Il faut être digne et calme avec Lembke.* Effectivement vous êtes en ce moment capable de vous jeter sur quelqu'un là-bas et de le mordre.

— Je me livre moi-même. Je vais tout droit me jeter dans la gueule du loup.

— Moi aussi je viens avec vous.

— Je n'attendais pas moins de vous, j'accepte votre sacrifice, le sacrifice d'un vrai ami, mais jusqu'à la maison, jusqu'à la maison seulement : vous ne devez pas, vous n'avez pas le droit de vous compromettre plus longtemps dans ma compagnie. *Oh, croyez-moi, je serai calme !* J'ai conscience d'être en ce moment *à la hauteur de tout ce qu'il y a de plus sacré...*

— J'entrerai peut-être même avec vous, interrompis-je. On m'a fait savoir hier de la part de leur stupide comité, par l'intermédiaire de Vyssotzki, qu'on compte sur moi et qu'on m'invite à cette fête de demain au nombre des ordonnateurs ou comment les appelle-t-on... au nombre de ces six jeunes gens qui ont été désignés pour surveiller le service, faire la cour aux dames, indiquer leur place aux spectateurs et porter un nœud de rubans blancs et ponceau à l'épaule gauche. Je voulais refuser, mais maintenant pourquoi n'entrerais-je pas sous prétexte de m'expliquer avec Julie Mikhaïlovna en personne ?... C'est ainsi que nous entrerons ensemble.

Il écoutait en hochant la tête mais ne comprit rien, je crois. Nous étions sur le seuil.

— *Cher,* et il tendit le bras vers la veilleuse dans le coin, *cher,* je n'ai jamais cru à cela, mais soit, soit ! (Il se signa.) *Allons !*

« Eh bien, cela vaut mieux ainsi, pensai-je en sortant avec lui sur le perron, en route l'air frais nous fera du bien et nous nous calmerons un peu, nous rentrerons et irons nous coucher... »

Mais j'avais compté sans mon hôte. C'est précisément en route qu'arriva une aventure qui bouleversa encore davantage Stepan Trofimovitch et acheva de le décider... de sorte que, je l'avoue, je n'aurais même pas attendu de notre ami une intrépidité telle qu'il la manifesta subitement ce matin-là. Pauvre ami, bon ami !

CHAPITRE X

1

L'AVENTURE qui nous arriva en chemin était elle aussi surprenante. Mais il faut tout raconter dans l'ordre. Une heure avant que Stepan Trofimovitch et moi fussions sortis, un groupe de soixante-dix ouvriers de l'usine Chpigouline, et peut-être davantage, avait défilé à travers la ville non sans être remarqué avec curiosité par beaucoup de personnes. Ils étaient passés posément, presque en silence, intentionnellement en bon ordre. Plus tard on affirma que ces soixante-dix hommes étaient les délégués désignés par l'ensemble des ouvriers de l'usine Chpigouline, qui étaient au nombre de neuf cents, pour aller chez le gouverneur et, en l'absence des patrons, lui demander justice contre le gérant qui, en fermant l'usine et en congédiant les ouvriers, les avait tous impudemment grugés, fait qui n'est absolument plus mis en doute aujourd'hui. D'autres persistent encore à nier chez nous qu'il y ait eu élection, prétendant que soixante-dix hommes eussent été un trop grand nombre pour une délégation et que, tout simplement, cette foule était composée des plus gravement lésés qui venaient réclamer pour leur propre compte, si bien que « l'émeute » générale d'ouvriers dont on a tant parlé par la suite n'avait jamais eu lieu. D'autres encore assurent avec acharnement que ces soixante-dix hommes étaient non pas de simples révoltés mais de véritables émeutiers politiques, c'est-à-dire qu'étant parmi les plus turbulents, ils avaient sûrement été par surcroît excités par les tracts clandestins. En un mot, s'il y eut là influence ou provocation, on ne le sait pas exactement jusqu'à présent. À mon avis personnel, les ouvriers n'avaient jamais lu les tracts subversifs et même s'ils les avaient lus, ils n'en auraient pas compris un mot, ne fût-ce que parce que ceux qui les rédigent, malgré toute la crudité de leur style, écrivent d'une façon fort obscure. Mais comme les ouvriers se trouvaient effectivement dans une situation difficile et que la police à laquelle ils s'étaient adressés ne voulait pas entrer dans leurs doléances, quoi de plus naturel que l'idée qu'ils eurent de se rendre en foule chez le « général lui-même », si possible en portant une pétition sur la tête, de se ranger bien tranquillement devant son perron, et, dès qu'il se montrerait, de se jeter tous à genoux et de clamer vers lui comme vers la Providence ? Selon moi, il n'est besoin là ni d'émeute ni même de délégués, car c'est un vieux moyen, un moyen historique ; le peuple russe a de tout temps aimé parler au « général lui-même », ne serait-ce que pour le seul plaisir de le faire et même quel que fût le résultat de la conversation.

Et c'est pourquoi je suis absolument convaincu que bien que Piotr Stepanovitch, Lipoutine, peut-être quelqu'un d'autre encore, peut-être même Fedka, eussent fureté au préalable parmi les ouvriers (car sur ce point existent en effet des indications assez précises) et se fussent entretenus avec eux, ils n'avaient certainement eu affaire qu'à deux, à trois, mettons à cinq, uniquement à titre d'essai, et que ces conversations ne donnèrent aucun résultat. Pour ce qui est de l'émeute, même si les ouvriers avaient compris quelque chose à leur propagande, ils avaient certainement aussitôt cessé d'écouter, jugeant la chose stupide et ne leur convenant nullement. Il en était autrement pour Fedka : celui-ci eut, semble-t-il, plus de chance que Piotr Stepanovitch. Il est en effet incontestablement établi maintenant qu'à l'incendie qui éclata trois jours plus tard dans la ville prirent part avec Fedka deux ouvriers, et par la suite, un mois plus tard, trois autres anciens ouvriers furent arrêtés dans le district, eux aussi sous l'inculpation d'incendie volontaire et de pillage. Mais même si Fedka avait réussi à les gagner à l'action directe, il ne pouvait, encore une fois, s'agir que de ces cinq-là, car on n'a entendu rien dire de semblable au sujet des autres.

Quoi qu'il en soit, les ouvriers arrivèrent enfin en

bande sur la petite place devant la maison du gouverneur et se rangèrent posément et en silence. Puis ils se tournèrent bouche bée vers le perron et attendirent. On m'a dit qu'à peine alignés, ils auraient enlevé leurs bonnets, c'est-à-dire une demi-heure peut-être avant l'apparition du gouverneur, qui, comme par un fait exprès, n'était pas chez lui à ce moment. La police se montra aussitôt, d'abord individuellement, puis aussi au complet que possible ; elle le prit, bien entendu, de haut, sommant les ouvriers de se disperser. Mais les ouvriers s'accrochèrent au terrain comme un troupeau de moutons arrivés jusqu'à une clôture, et répondirent laconiquement qu'ils voulaient parler au « général lui-même » ; on voyait une ferme résolution. Les cris peu naturels de la police cessèrent ; ils firent place à la réflexion, à de mystérieux ordres chuchotés et à une préoccupation sévère et inquiète qui fit froncer les sourcils aux supérieurs. Le chef de police préféra attendre l'arrivée de von Lembke. Il est faux que celui-ci soit arrivé à fond de train en troïka et qu'avant même d'être descendu de voiture il ait commencé à frapper. Il filait en effet, il aimait à filer dans son drojki à caisse peinte en jaune, et à mesure que les « bricoliers poussés jusqu'à la frénésie » perdaient de plus en plus la tête, transportant d'enthousiasme tous les marchands de Gostini Dvor, il se mettait debout dans sa voiture, se redressait de toute sa taille, se tenant à la courroie spécialement fixée sur le côté, et tendant le bras gauche dans l'espace comme sur les monuments, contemplait ainsi la ville. Mais dans le cas présent il ne frappa personne et quoiqu'il ne pût tout de même pas en descendant de voiture se passer de lancer un juron, il ne le fit que pour ne pas perdre de sa popularité. Il est encore plus faux de dire qu'on avait fait venir des soldats, baïonnette au canon, et demandé par télégraphe l'envoi d'artillerie et de cosaques : ce sont des fables auxquelles ne croient même plus aujourd'hui leurs propres auteurs. Il est non moins faux que les pompiers eussent amené des tonneaux d'eau dont on arrosa la foule. Tout simplement, Ilia Ilitch avait crié dans son excitation que personne dans la foule ne sortirait sec de l'eau ; sans doute est-ce de cela qu'on fit des tonneaux, histoire qui passa ainsi dans les correspondances de presse de la capitale. La version la plus exacte, il faut croire, consistait en ceci que, pour commencer, la foule fut entourée du cordon des policiers qui s'étaient trouvés sous la main, et que l'on envoya à Lembke un messager, le commissaire du premier arrondissement, qui vola dans le drojki du chef de police vers Skvorechniki, sachant qu'une demi-heure plus tôt von Lembke s'y était rendu dans sa calèche...

Mais, je l'avoue, une question demeure néanmoins inexpliquée pour moi : comment d'une simple, d'une banale foule de pétitionnaires — au nombre de soixante-dix, il est vrai — avait-on fait d'emblée, dès le premier pas, une émeute menaçant d'ébranler l'édifice ? Pourquoi Lembke lui-même se jeta-t-il sur cette idée quand il arriva, vingt minutes plus tard, à la suite du messager ? Je serais enclin à supposer (mais encore une fois, c'est mon avis personnel) qu'Ilia Ilitch, qui était lié d'amitié avec le gérant de l'usine, avait même intérêt à présenter cette foule à von Lembke sous un tel jour, et cela pour l'empêcher d'approfondir l'affaire ; et que c'était par surcroît Lembke lui-même qui lui en avait donné l'idée. Les deux derniers jours, il avait eu avec lui deux entre-tiens mystérieux et extraordinaires, fort confus d'ailleurs, mais qui permirent néanmoins à Ilia Ilitch de conclure que son chef tenait obstinément à l'idée des tracts et de la provocation des ouvriers de Chpigouline à une révolte sociale, et cela si bien qu'il aurait peut-être regretté de voir l'instigation se révéler fausse. « Il veut se distinguer d'une façon ou d'une autre aux yeux de Pétersbourg, pensa le rusé Ilia Ilitch en sortant de chez von Lembke, pourquoi pas ? Cela nous arrange parfaitement. »

Mais je suis convaincu que le pauvre André Antono-vitch n'aurait pas souhaité une émeute même pour se dis-tinguer. C'était un fonctionnaire extrêmement conscien-cieux, qui était resté dans un état d'innocence jusqu'à son mariage. Au demeurant, était-ce bien sa faute si, au lieu de la réception d'innocents bois de chauffage pour l'Etat et d'une non moins innocente Minnchen, une princesse quadragénaire l'avait élevé jusqu'à elle ? Je sais d'une façon presque positive que c'est à partir de ce matin fatal que se manifestèrent les premiers symptômes patents de l'état qui, dit-on, mena le pauvre André Antonovitch dans certain établissement spécial en Suisse où, paraît-il, il rassemble actuellement de nouvelles for-ces. Mais pour peu que l'on admette que c'est précisé-ment à partir de ce matin que se manifestèrent des faits évidents dénotant QUELQUE CHOSE, on peut, selon moi, admettre que, dès la veille, des faits semblables avaient déjà pu se manifester, quoique de façon moins évidente. Je sais, d'une source des plus intimes (supposez si vous voulez que c'est Julie Mikhaïlovna elle-même qui, par la suite, et n'étant plus triomphante mais PRESQUE repen-tante — car une femme ne se repent jamais ENTIÈREMENT

— m'ait confié une parcelle de cette histoire), je sais qu'André Antonovitch se présenta chez son épouse la veille, tard dans la nuit, vers trois heures du matin, la réveilla et exigea qu'elle entendît « son ultimatum ». L'exigence était si péremptoire qu'elle fut obligée de se lever, indignée et en papillotes, et dut, assise sur une couchette, écouter malgré son mépris sarcastique. C'est alors seulement que, pour la première fois, elle comprit combien loin était allé son André Antonovitch et elle en fut épouvantée à part elle. Elle aurait dû, enfin, reprendre ses esprits et se radoucir, mais elle cacha son effroi et se buta encore plus obstinément. Elle avait (comme toute femme mariée, semble-t-il) sa manière d'agir avec André Antonovitch, manière plus d'une fois éprouvée et qui plus d'une fois avait poussé celui-ci jusqu'au délire. Cette manière d'agir de Julie Mikhaïlovna consistait en un silence méprisant pendant une heure, deux heures, vingt-quatre heures, tout juste si ce n'est trois jours ; un silence à tout prix, quoi qu'il dît, quoi qu'il fît, quand même il aurait essayé de se jeter par la fenêtre du troisième étage — manière insupportable pour un homme sensible ! Julie Mikhaïlovna punissait-elle son époux des bévues qu'il avait commises ces derniers jours et de l'envie jalouse qu'il ressentait en tant que gouverneur pour ses talents administratifs à elle ; était-elle indignée des critiques qu'il avait faites au sujet de sa conduite envers la jeunesse et envers toute notre société, sans comprendre la subtilité des buts politiques à longue portée qu'elle visait ; était-elle fâchée de le voir stupidement et absurdement jaloux de Piotr Stepanovitch ? quoi qu'il en soit, elle était résolue à ne pas se laisser attendrir maintenant non plus, en dépit des trois heures du matin et de l'émotion d'André Antonovitch comme elle ne lui en avait jamais encore vu. Hors de lui, se promenant de long en large sur les tapis du boudoir, il lui exposa tout, tout, d'une façon absolument incohérente il est vrai, mais en revanche TOUT ce qui s'était accumulé en lui, car cela avait « dépassé les bornes ». Il commença par dire que tout le monde se moquait de lui et le « menait par le bout du nez ». « Je me fiche de l'expression ! glapit-il aussitôt, surprenant le sourire de Julie Mikhaïlovna, « par le bout du nez », puisque c'est la vérité !... » « Non, Madame, le moment est venu ; sachez que maintenant il ne s'agit plus de rire et de mettre en œuvre la coquetterie féminine. Nous ne nous trouvons pas dans le boudoir d'une dame maniérée, nous sommes comme deux êtres abstraits dans un ballon sphérique qui se seraient rencontrés pour se dire la vérité. » (Il s'embrouillait, certes, et ne trouvait pas la forme appropriée à ses idées, d'ailleurs justes.) « C'est vous, Madame, qui m'avez fait sortir de mon ancienne condition et je n'ai accepté ce poste que pour vous, pour vos ambitions... Vous souriez avec sarcasme ? Ne triomphez pas, ne vous hâtez pas. Sachez, Madame, sachez que je pourrais, que je saurais m'en tirer dans ce poste, et non seulement dans ce poste mais dans dix postes semblables, car j'ai des capacités, mais avec vous, Madame, mais avec vous à mes côtés, il est impossible de réussir ; car avec vous à mes côtés je n'ai pas de capacités. Deux centres ne peuvent exister et vous en avez créé deux — l'un chez moi et l'autre dans votre boudoir — deux centres de pouvoir, Madame, mais je ne le permettrai pas, je ne le permettrai pas ! Dans le service comme dans le mariage, il doit y avoir un seul centre, deux sont impossibles... Comment m'avez-vous payé ? continuait-il de s'exclamer ; notre union n'a consisté qu'en ceci que le temps, à toute heure, vous me démontriez que je suis une nullité, un sot et même un lâche, et que moi tout le temps, à toute heure et d'une façon humiliante, j'étais obligé de vous démontrer que je ne suis pas une nullité, pas du tout un sot et que je stupéfie tout le monde par ma noblesse, voyons, n'est-ce pas humiliant des deux côtés ? » Ici il se prit à taper vivement des deux pieds sur le tapis, si bien que Julie Mikhaïlovna fut obligée de se lever avec une sévère dignité. Il se calma rapidement mais en revanche donna dans la sensibilité et se prit à sangloter (oui, à sangloter) en se frappant la poitrine pendant près de cinq minutes, mis hors de lui de plus en plus par le profond silence de Julie Mikhaïlovna. Enfin il commit l'ultime faute et laissa échapper qu'il était jaloux de Piotr Stepanovitch. S'avisant qu'il venait de faire une monumentale sottise, il entra en rage et cria qu'il « ne permettait pas qu'on nie Dieu », qu'il disperserait son « impudent salon sans foi », qu'un gouverneur est même tenu de croire en Dieu, « et par conséquent sa femme aussi » ; qu'il ne tolérerait pas les jeunes gens ; que « vous, vous, Madame, il vous conviendrait, par souci de dignité personnelle, de vous occuper de votre mari et de défendre son intelligence, fût-il un médiocre (et moi je ne suis pas du tout un médiocre !), et cependant c'est vous qui êtes la cause que tout le monde me méprise ici, c'est vous qui avez influencé tout le monde !... » Il criait qu'il détruirait le problème féministe, qu'il ferait passer cet esprit, que cette inepte fête par souscription au profit des institutrices (le diable les emporte !), il l'interdirait dès demain et disperserait tout le monde, que dès demain matin il chasserait de la province « escortée par un cosaque ! » la première institutrice qu'il rencontrerait. Exprès, exprès ! hurlait-il. « Savez-vous, savez-vous qu'à l'usine, vos vauriens excitent les ouvriers et que je ne l'ignore pas ? Savez-vous qu'ils répandent exprès des tracts, ex-près ! Savez-vous que je connais les noms de quatre de ces vauriens et que je perds la raison, que je perds définitivement la raison, définitivement !!!... » Mais ici Julie Mikhaïlovna rompit soudain le silence et déclara sévèrement qu'elle était depuis longtemps au courant des desseins criminels et que tout cela n'était que bêtises, qu'il le prenait trop au sérieux, et que pour ce qui était des polissons, elle ne connaissait pas seulement les quatre en question mais aussi tous les autres (elle mentait) ; qu'elle n'avait toutefois nulle intention d'en perdre la raison, qu'au contraire elle n'en croyait que davantage à sa raison et espérait mener toute l'affaire à une fin harmonieuse : réconforter les jeunes gens, leur faire entendre raison, leur démontrer soudain et à l'improviste que leurs desseins étaient connus et ensuite leur indiquer des buts nouveaux pour une activité raisonnable et plus exaltante. Oh, que devint à cet instant André Antonovitch ! Apprenant que Piotr Stepanovitch l'avait de nouveau roulé et s'était si grossièrement moqué de lui, qu'il lui avait révélé à elle bien plus de choses qu'à lui et bien avant de lui avoir parlé, et qu'enfin c'était peut-être Piotr Stepanovitch le principal instigateur de tous les desseins criminels, il fut saisi d'une fureur délirante. « Sache, femme absurde mais venimeuse, s'exclama-t-il, se déchaînant d'un coup, sache que je ferai arrêter immédiatement ton indigne amant, que je le ferai mettre aux fers et que je l'expédierai dans un ravelin, ou — moi-même je me jetterai tout de suite par la fenêtre sous tes yeux ! » A cette tirade, Julie Mikhaïlovna, verte de colère, éclata sans délai de rire, d'un rire long, sonore, modulé, en cascade, exactement comme sur le théâtre français, lorsqu'une actrice parisienne qu'on a fait venir pour cent mille roubles et qui joue les grandes coquettes, rit au nez du mari qui ose se montrer jaloux. Von Lembke se précipita vers la fenêtre, mais s'arrêta brusquement comme cloué sur place, joignit les mains sur sa poitrine et, pâle comme un mort, posa un regard sinistre sur celle qui riait : « Sais-tu, sais-tu, Julie... articula-t-il d'une voix étranglée et suppliante : sais-tu que moi aussi je suis capable de faire quelque chose ? » Mais à la nouvelle explosion de rire encore plus forte qui accueillit ses derniers mots, il, serra les dents, gémit et brusquement se jeta — non par la fenêtre mais sur son épouse, en brandissant le poing sur elle ! Il n'abattit pas le poing — non, trois fois non ; mais en revanche, il fut perdu là, sur place. Ne sentant plus le sol sous ses pieds, il courut jusqu'à son cabinet, tel qu'il était, tout habillé, se jeta à plat ventre sur le lit préparé pour lui, s'enfouit convulsivement la tête dans le drap et resta ainsi près de deux heures — sans dormir, sans penser à rien, une pierre sur le cœur et un désespoir morne, immobile dans l'âme. Par moments, tout son corps était parcouru d'un douloureux frisson de fièvre. Des souvenirs décousus, qui ne se rattachaient à rien, lui revenaient à la mémoire : tantôt il pensait par exemple à la vieille pendule qu'il avait, une quinzaine d'années auparavant, à Pétersbourg et à laquelle manquait l'aiguille qui marque les minutes ; tantôt au joyeux fonctionnaire Millebois et au moineau qu'ils avaient pris un jour ensemble dans le parc Alexandrovski ; après l'avoir attrapé ils s'étaient souvenus en riant aux éclats que l'un d'eux était déjà assesseur de collège. Je pense qu'il s'endormit vers sept heures du matin sans s'en apercevoir, dormit avec délice, en faisant des rêves charmants. Se réveillant vers dix heures, il sauta brusquement à bas de son lit, se rappela tout d'un seul coup et se frappa vigoureusement le front du plat de la main ; il refusa de déjeuner et ne voulut recevoir ni Blum, ni le chef de la police, ni le fonctionnaire venu lui rappeler que les membres du conseil de X. attendaient qu'il présidât la réunion, il n'entendait rien et ne voulait rien comprendre, mais courut comme un fou chez Julie Mikhaïlovna. Là Sophie Antonovna, une vieille dame noble qui vivait depuis longtemps chez Julie Mikhaïlovna, lui expliqua que celle-ci, dès dix heures, s'était rendue en nombreuse compagnie, dans trois voitures, à Skvorechniki chez Varvara Petrovna Stavroguine afin de visiter la maison pour une seconde fête qu'on projetait d'organiser dans deux semaines, et que cela était convenu depuis trois jours avec Varvara Petrovna. Consterné par cette nouvelle, André Antonovitch regagna son cabinet et fit précipitamment atteler. C'est à peine s'il put attendre. Son âme avait soif de Julie Mikhaïlovna — jeter seulement un regard sur elle, rester cinq minutes auprès d'elle ; elle le regarderait peut-être, le remarquerait, sourirait comme par le passé, pardonnerait — o-oh ! « Mais que deviennent donc les chevaux ? » Machinalement, il ouvrit un gros livre qui se trouvait sur la table (il lui arrivait de chercher un présage en l'ouvrant au hasard et en lisant à la page droite les trois lignes du haut). Voici ce que cela donna : « *Tout est pour le mieux dans le meilleur des mondes possibles.* » *Voltaire, Candide.* Il cracha et courut monter en voiture : « A Skvorechniki ! » Le cocher racontait que son maître le pressa tout le long du chemin, mais qu'à peine en vue de la maison de Skvorechniki, il ordonna brusquement de rebrousser chemin et de le ramener en ville : « Vite, je t'en prie, plus vite. » Peu avant d'arriver au rempart de la ville, « il m'a de nouveau fait arrêter, est descendu de voiture et traversant la route s'est engagé dans les champs, je pensais que c'était pour un besoin, mais non, il s'arrête et se met à examiner les fleurs ; il est resté comme ça un moment, c'était bizarre, vrai, j'ai été tout à fait pris de doutes ». Tel était le témoignage du cocher. Je me souviens du temps qu'il faisait ce matin-là : c'était une journée de septembre froide et claire mais venteuse ; devant André Antonovitch qui avait franchi la route s'étendait le paysage austère des champs dénudés depuis longtemps moissonnés ; le vent qui hurlait secouait les quelques pauvres restes de petites fleurs jaunes qui se mouraient... Voulait-il se comparer lui et son sort aux petites fleurs desséchées battues par l'automne et le gel ? Je ne le pense pas. Je suis même certain que non et qu'il ne se souvenait de rien au sujet de ces fleurs, malgré les témoignages du cocher et du commissaire du premier arrondissement, arrivé à ce moment dans le drojki du chef de police, qui affirmait plus tard avoir en effet trouvé le gouverneur avec un petit bouquet de fleurs jaunes à la main. Ce commissaire, Vassili Ivanovitch Flibustierov, personnage plein d'enivrement administratif, était depuis peu de temps dans notre ville mais s'était déjà distingué et illustré par son zèle incommensurable, une sorte de combativité dans toutes ses méthodes d'exécution et par son état d'ivresse congénitale. Sautant à bas du drojki et à la vue des occupations du gouverneur ne se doutant de rien, il lui annonça d'une traite, avec un air fou mais convaincu, que « la ville n'était pas calme ».

— Hein ? Comment ? demanda André Antonovitch qui se tourna vers lui, le visage sévère, mais sans aucune surprise ni aucun souvenir quant à la voiture et au cocher, comme s'il était dans son cabinet.

— Commissaire de police du premier arrondissement

Flibustierov, Excellence. Il y a une émeute en ville.

— Des flibustiers ? demanda André Antonovitch pensif.

— Oui, Excellence. Ce sont les ouvriers de Chpigouline qui se révoltent.

— Les ouvriers de Chpigouline !...

On eût dit que le nom de Chpigouline lui rappela quelque chose. Il tressaillit même et porta un doigt à son front : « Les ouvriers de Chpigouline ! » En silence mais toujours pensif, il alla sans hâte à sa calèche, monta et se fit conduire en ville. Le commissaire le suivit en drojki.

J'imagine qu'il se représenta vaguement pendant le trajet maintes choses fort intéressantes, sur de nombreux sujets, quoiqu'il soit douteux qu'il eût quelque idée précise ou quelque ferme intention en arrivant sur la place devant sa résidence. Mais à peine eut-il aperçu la foule des « émeutiers » alignés là et fermes, le cordon des gendarmes, le chef de police impuissant (et peut-être impuissant exprès) et l'attente générale dirigée vers lui, que tout son sang lui reflua au cœur. Pâle, il descendit de voiture.

— Bonnets bas ! articula-t-il d'une voix imperceptible et étranglée. A genoux ! glapit-il d'une façon inattendue, inattendue pour lui-même, et c'est dans cet inattendu qu'était peut-être tout le dénouement de l'affaire qui suivit. C'était comme sur les montagnes russes pendant le carnaval : comment le traîneau lancé d'en haut pourrait-il s'arrêter au milieu de la pente ? Par malheur, André Antonovitch avait toute sa vie fait preuve d'égalité d'humeur et n'avait jamais crié contre personne ni tapé des pieds ; or chez ces gens-là c'est plus dangereux s'il arrive un jour que leur traîneau, pour une raison ou pour une autre, dévale soudain la montagne. Tout tourna devant ses yeux.

— Flibustiers ! hurla-t-il d'une façon encore plus glapissante et plus absurde, et sa voix se brisa. Il s'arrêta sans savoir encore ce qu'il allait faire mais sachant et sentant de tout son être qu'il allait immanquablement faire quelque chose.

« Seigneur ! » dit-on dans la foule. Un gaillard se signa ; trois ou quatre hommes voulurent effectivement se mettre à genoux, mais les autres firent de toute leur masse trois pas en avant et brusquement tous braillèrent à la fois : « Votre Excellence... on nous avait embauchés à quarante... le gérant... toi, ne parle pas », etc., etc. On ne pouvait rien distinguer.

Hélas ! André Antonovitch ne pouvait plus chercher à distinguer quoi que ce fût : les fleurs étaient encore dans ses mains. L'émeute était évidente pour lui, comme tout à l'heure les kibitkas pour Stepan Trofimovitch. Et parmi la foule des « émeutiers » qui écarquillaient les yeux sur lui, il croyait voir passer sans cesse devant lui Piotr Stepanovitch qui les « excitait », Piotr Stepanovitch qui ne l'avait pas quitté un seul instant depuis la veille — Piotr Stepanovitch, ce Piotr Stepanovitch qu'il haïssait...

— Des verges ! cria-t-il d'une façon encore plus inattendue.

Un silence de mort se fit.

Voilà comment les choses s'étaient passées tout au début, à en juger par les renseignements les plus précis et d'après mes propres conjectures. Mais ensuite les renseignements deviennent moins précis, de même que mes conjectures. On possède, au demeurant, certains faits.

Tout d'abord, les verges firent leur apparition avec une précipitation un peu suspecte ; sans doute avaient-elles été tenues en réserve par l'avisé chef de police. Ne furent d'ailleurs punis que deux ouvriers, je ne pense pas qu'il y en eut trois ; j'insiste là-dessus. Il est de pure invention que tous les hommes ou tout au moins la moitié aient été châtiés. Il est également faux qu'une dame pauvre mais noble qui passait par là ait été empoignée et fouettée sur-le-champ pour on ne sait quel motif ; cependant j'ai lu moi-même, par la suite, le compte rendu de l'incident avec cette dame dans l'un des journaux de Pétersbourg. Beaucoup de gens parlaient chez nous de je ne sais quelle pensionnaire de l'hospice, Avdotia Petrovna Tarapiguine, qui, rentrant après une visite chez des amis et passant par la place, se serait, par curiosité bien naturelle, frayé un chemin parmi les spectateurs et à la vue de ce qui se passait, écriée en crachant : « Quelle honte ! » Ce pour quoi on l'aurait empoignée et également « soumise au châtiment ». Non seulement cet incident fut commenté dans la presse, mais dans l'emballement du moment on ouvrit même chez nous une souscription à son profit. J'ai souscrit moi-même vingt kopeks. Or, on sait aujourd'hui qu'il n'y avait jamais eu chez nous aucune Tarapiguine ! Je suis allé moi-même me renseigner à l'hospice près du cimetière ; on n'y avait jamais entendu parler d'une Tarapiguine ; bien plus, on s'y montra très vexé lorsque je parlai du bruit qui courait. Si je mentionne cette inexistante Avdotia Petrovna, c'est à vrai dire parce que presque la même chose qu'à elle (au cas où elle aurait réellement existé) faillit arriver à Stepan Trofimovitch ; peut-être même est-ce de là que sont venus tous ces bruits absurdes sur une Tarapiguine, c'est-à-dire qu'en se développant les rumeurs au sujet de Stepan Trofimovitch transformèrent tout simplement celui-ci en on ne sait quelle Tarapiguine. Surtout, je ne comprends pas comment il m'échappa dès que nous fûmes arrivés sur la place. Pressentant quelque catastrophe, je voulais lui faire faire le tour de la place directement vers la maison du gouverneur, mais je fus poussé moi-même par la curiosité et m'arrêtai juste un instant pour interroger le premier venu, quand soudain je vis que Stepan Trofimovitch n'était plus auprès de moi. D'instinct je courus aussitôt le chercher à l'endroit le plus dangereux ; j'avais comme le pressentiment que son traîneau à lui aussi venait de dévaler la montagne. Et en effet je le retrouvai au centre même des événements. Je me souviens de l'avoir saisi par le bras ; mais il me regarda paisiblement et fièrement avec une immense autorité.

— *Cher*, prononça-t-il d'une voix où vibra comme une corde brisée. Dès l'instant qu'ici, sur la place, devant nous, ils agissent tous avec tant de sans-gêne, que peut-on donc attendre fût-ce de CELUI-LA... s'il lui arrive d'agir de sa propre initative ?

Et, tremblant d'indignation, avec un immense désir de provocation, il pointa son doigt menaçant et accusateur vers Flibustierov qui se tenait à deux pas de nous et nous regardait en écarquillant les yeux.

— CELUI-LA ! s'exclama ce dernier ivre de colère. Qui ça celui-là ? Et toi, qui es-tu ? et il s'avança en serrant le poing. Qui es-tu ? rugit-il avec rage, douleur et désespoir (je ferai remarquer qu'il connaissait parfaitement Stepan Trofimovitch de vue). Un instant encore et, certes, il aurait saisi celui-ci au collet ; mais par bonheur, Lembke tourna à ce cri la tête. Avec perplexité mais fixement, il regarda Stepan Trofimovitch comme s'il cherchait à comprendre quelque chose, et soudain il agita impatiemment la main. Flibustierov se tut. J'entraînai Stepan Trofimovitch hors de la foule. Au reste, peut-être lui-même voulait-il déjà battre en retraite.

— Rentrons, rentrons, insistai-je, si on ne nous a pas malmené, c'est naturellement grâce à Lembke.

— Partez, mon ami, j'ai tort de vous exposer. Vous

avez un avenir et une carrière en son genre, alors que moi, *mon heure a sonné.*

Il monta fermement le perron de la maison du gouverneur. Le suisse me connaissait ; j'annonçai que nous venions tous les deux pour voir Julie Mikhaïlovna. Dans le salon de réception, nous nous assîmes et attendîmes. Je ne voulais pas quitter mon ami, mais trouvais superflu de lui dire encore quelque chose. Il avait l'air d'un homme qui s'est condamné pour ainsi dire à une mort certaine pour la patrie. Nous avions pris place non pas l'un à côté de l'autre, mais dans des coins différents, moi plus près de la porte, lui loin en face, la tête pensivement penchée et les deux mains légèrement appuyées sur sa canne. Il tenait de la main gauche son chapeau aux larges bords. Nous restâmes ainsi une dizaine de minutes.

2

LEMBKE entra soudain d'un pas rapide, accompagné du chef de police, nous regarda distraitement et, sans faire attention à nous, se dirigea à droite, vers son cabinet, mais Stepan Trofimovitch se dressa devant lui et lui barra le passage. La haute silhouette de Stepan Trofimovitch qui ne ressemblait point aux autres fit impression ; Lembke s'arrêta.

— Qui est-ce ? bredouilla-t-il perplexe, comme s'il adressait cette question au chef de police, sans d'ailleurs tourner la tête vers celui-ci et tout en continuant d'examiner Stepan Trofimovitch.

— L'assesseur de collège en retraite Stepan Trofimovitch Verkhovenski, Excellence, répondit Stepan Trofimovitch en inclinant noblement la tête. Son Excellence continuait à l'examiner d'un regard d'ailleurs fort hébété.

— A quel sujet ? et avec un laconisme de chef, il tendit d'un air dégoûté et impatient l'oreille vers Stepan Trofimovitch, le prenant enfin pour un solliciteur ordinaire venu apporter une requête écrite.

— J'ai été soumis aujourd'hui à une perquisition par un fonctionnaire qui agissait au nom de Votre Excellence ; c'est pourquoi je désirerais...

— Le nom ? Le nom ? demanda impatiemment Lembke qui semblait s'aviser soudain de quelque chose. Stepan Trofimovitch répéta son nom d'un air encore plus noble.

— A-a-ah ! C'est... c'est ce propagateur... Monsieur, vous vous êtes manifesté sous un tel jour... Vous êtes professeur d'université ? Professeur ?

— Autrefois j'ai eu l'honneur de faire quelques cours à la jeunesse de l'université de...

— A la jeu-nes-se ! Lembke parut tressaillir, bıen que je gage qu'il ne comprenait encore guère de quoi il s'agissait et peut-être même à qui il parlait.

— Monsieur, je ne tolérerai pas cela, dit-il entrant subitement dans une colère terrible. Je n'admets pas la jeunesse. Tout cela ce sont les tracts. C'est un assaut contre la société, Monsieur, un abordage, du flibustié-risme... Que demandez-vous ?

— C'est au contraire Madame votre épouse qui m'a demandé de lire demain à sa fête. Je ne demande rien, je suis venu revendiquer mes droits...

— A la fête ? Il n'y aura pas de fête. Je ne l'autoriserai pas, votre fête ! Des conférences ? Des conférences ? s'écria-t-il avec fureur.

— Je désirerais vivement que vous me parliez plus poliment, Excellence, que vous ne tapiez pas des pieds et ne criiez pas contre moi comme contre un gamin.

— Vous comprenez peut-être à qui vous parlez ? Lembke rougit.

— Parfaitement, Excellence.

— Je protège la société de ma personne, alors que vous la détruisez !... Vous la dé-trui-sez ! Vous... D'ailleurs je me souviens de vous : c'est vous qui avez été pré-cepteur chez la générale Stavroguine.

— Oui, j'ai été... précepteur... chez la générale Stavro-guine.

— Et pendant vingt ans vous avez été le propagateur de tout ce qui s'est accumulé maintenant... de tous les fruits... Il me semble vous avoir aperçu à l'instant sur la place. Prenez garde cependant, Monsieur, prenez garde, votre tendance d'esprit est connue. Soyez certain que je l'ai en vue. Je ne puis, Monsieur, tolérer vos conférences, je ne le puis. Avec de pareilles demandes adressez-vous à d'autres que moi.

Il voulut de nouveau passer.

— Je répète que vous faites erreur, Excellence : c'est Madame votre épouse qui m'a demandé de faire, non une conférence mais une lecture littéraire à la fête de demain. Mais moi-même je renonce maintenant à lire. Je vous prie vivement de m'expliquer si possible : comment, pour quel motif et pourquoi j'ai été l'objet de la perqui-sition d'aujourd'hui ? On m'a pris certains livres, des papiers, des lettres personnelles auxquelles je tiens, et on les a emportés à travers la ville dans une brouette...

— Qui a perquisitionné ? demanda Lembke en s'animant et en achevant de se ressaisir, et soudain il devint tout rouge. Il se tourna vivement vers le chef de police. A cet instant parut à la porte la longue silhouette gauche et voûtée de Blum.

— Tenez, c'est ce fonctionnaire que voici, dit Stepan Trofimovitch en le désignant. Blum s'avança avec un air coupable mais ne se rendant nullement.

— *Vous ne faites que des bêtises,* lui lança Lembke avec dépit et colère, et soudain il parut tout transformé et d'un coup reprit possession de lui-même.

— Excusez-moi... balbutia-t-il avec un extrême embarras et rougissant autant qu'il est possible de le faire, tout cela... tout cela n'a probablement été qu'une maladresse, un malentendu... rien qu'un malentendu.

— Excellence, dit Stepan Trofimovitch, dans ma jeunesse j'ai été témoin d'un incident caractéristique. Un jour, au théâtre, dans le couloir, un homme s'approcha de quelqu'un et lui donna devant tout le monde une gifle retentissante. S'apercevant aussitôt que la victime n'était pas du tout celui à qui la gifle était destinée mais lui ressemblait seulement un peu, il dit avec colère et en hâte, comme un homme qui ne peut perdre un temps précieux, exactement comme Votre Excellence vient de le faire : « Je me suis trompé... excusez-moi, c'est un malentendu, rien qu'un malentendu. » Et comme l'offensé continuait néanmoins à se montrer offensé et se mit à crier, il lui fit observer avec un extrême dépit : « Puisque je vous dis que c'est un malentendu, qu'avez-vous donc encore à crier ! »

— C'est... c'est naturellement très amusant... dit Lembke en souriant de travers, mais... mais ne voyez-vous donc pas combien je suis malheureux moi-même ?

Il avait presque crié et... et, semble-t-il, il voulut se cacher le visage dans ses mains.

Cette exclamation douloureuse et inattendue, presque un sanglot, était insoutenable. C'était sans doute chez lui, depuis la veille, le premier instant de conscience pleine, nette de tout ce qui s'était passé — et aussitôt après d'un désespoir absolu, humiliant, qui s'abandonne ; qui sait, un moment encore, et il aurait peut-être éclaté en sanglots. Stepan Trofimovitch le regarda d'abord abasourdi, puis soudain baissa la tête et d'une voix profondément pénétrée dit :

— Excellence, ne vous inquiétez pas davantage de ma plainte tracassière et faites-moi seulement rendre mes livres et mes lettres...

On l'interrompit. A cet instant précis, Julie Mikhaïlovna rentra bruyamment avec toute la bande qui l'accompagnait. Mais ici je voudrais décrire d'une façon aussi détaillée que possible.

3

Tout d'abord, tous à la fois, descendus des trois voitures, ils entrèrent en foule dans le salon de réception. Les appartements de Julie Mikhaïlovna avaient une entrée particulière directement du perron, à gauche ; mais cette fois tous s'y rendirent en traversant la salle et précisément, je le suppose, parce que Stepan Trofimovitch s'y trouvait et que tout ce qui lui était arrivé ainsi que l'incident avec les ouvriers de Chpigouline avait déjà été rapporté à Julie Mikhaïlovna à son retour en ville. Elle avait été instruite par Liamchine laissé chez lui pour quelque faute qu'il avait commise et qui n'avait pas été de l'expédition, ce qui lui avait permis de tout apprendre avant tout le monde. Avec une joie maligne, il se précipita sur une rosse de cosaque louée, par la route de Skvorechniki, au-devant de la cavalcade qui revenait pour annoncer les joyeuses nouvelles. Je pense que Julie Mikhaïlovna, malgré toute son audace supérieure, fut tout de même un peu troublée en entendant de si étonnantes nouvelles ; d'ailleurs cela ne dura sans doute qu'un instant. Le côté politique de la question par exemple ne pouvait la préoccuper : Piotr Stepanovitch lui avait déjà suggéré trois ou quatre fois qu'il faudrait faire fouetter toutes les fortes têtes de chez les Chpigouline, et Piotr Stepanovitch, depuis quelque temps, était en effet devenu pour elle une haute autorité. « Mais... quand même, il me paiera cela », pensa-t-elle certainement à part elle, « il » se rapportant naturellement à son époux. Je dirai en passant que cette fois Piotr Stepanovitch, comme par un fait exprès, ne prenait pas non plus part à cette course et que, depuis le matin, personne ne l'avait vu nulle part. J'indiquerai encore à ce propos que Varvara Petrovna, après avoir reçu ses hôtes, rentrait avec eux en ville (dans la même voiture que Julie Mikhaïlovna), car elle tenait absolument à assister à la dernière séance du comité relative à la fête du lendemain. Les nouvelles apportées par Liamchine au sujet de Stepan Trofimovitch devaient naturellement l'intéresser aussi et peut-être même l'inquiéter.

Le règlement de comptes avec André Antonovitch commença sans délai. Hélas, il le sentit au premier regard sur son excellente épouse. D'un air ouvert, avec un sourire enchanteur, elle s'approcha vivement de Stepan Trofimovitch, lui tendit une main exquisement gantée et le couvrit des plus flatteuses paroles d'accueil, comme si de toute la matinée elle n'eût eu d'autre souci que d'accourir au plus vite et de faire fête à Stepan Trofimovitch parce qu'elle le voyait enfin chez elle. Pas une allusion à la perquisition du matin, comme si elle n'en sût encore rien. Pas un mot à son mari, pas un regard de son côté, comme s'il n'était même pas dans la salle. Bien plus, elle confisqua aussitôt d'autorité Stepan Trofimovitch et l'emmena dans le salon, comme s'il n'eût eu aucune explication avec Lembke et que d'ailleurs il ne valût pas la peine de la poursuivre, si tant est qu'il y en eût une. Je le répète encore : il me semble qu'en cette occasion, malgré tout son ton supérieur, Julie Mikhaïlovna commit une fois de plus une grande faute. Y contribua particulièrement Karmazinov (qui avait pris part à l'expédition à la demande expresse de Julie Mikhaïlovna et avait ainsi, quoique indirectement, rendu enfin visite à Varvara Petrovna, ce dont celle-ci dans sa faiblesse était absolument ravie). Dès le seuil de la porte (il était entré après les autres), il poussa des cris en apercevant Stepan Trofimovitch et lui ouvrit les bras, interrompant même Julie Mikhaïlovna.

— Que d'années, que d'années ! Enfin... *Excellent ami.* Il se mit à l'embrasser et, bien entendu, présenta sa joue. Pris au dépourvu, Stepan Trofimovitch fut forcé de la baiser.

— *Cher,* me disait-il le même soir en me racontant tous les événements de la journée, j'ai pensé à ce moment : lequel de nous deux est le plus abject ? De lui qui m'étreint pour m'humilier aussitôt, ou de moi qui le méprise, lui et sa joue, et qui néanmoins l'embrasse bien que j'eusse pu me détourner... pouah !

— Allons, racontez donc, racontez tout, mâchonnait et zézayait Karmazinov, comme s'il était possible de lui raconter ainsi toute une vie depuis vingt-cinq ans. Mais cette futilité bébête était dans le ton « supérieur ».

— Souvenez-vous que nous nous sommes vus pour la dernière fois à Moscou, au dîner donné en l'honneur de Granovski, et que depuis lors vingt-quatre ans se sont passés... commença Stepan Trofimovitch fort pertinemment (et par conséquent pas du tout dans le ton supérieur).

— *Ce cher homme*, interrompit Karmazinov d'une voix criarde et avec familiarité en lui pressant un peu trop amicalement l'épaule de sa main, emmenez-nous donc vite chez vous, Julie Mikhaïlovna, il s'y installera et racontera tout.

— Et cependant je n'ai même jamais été intime avec cette bonne femme irritable, me disait Stepan Trofimovitch, toujours le même soir, continuant à se plaindre et tout tremblant de colère, nous étions presque des jeunes gens encore et alors déjà je commençais à le haïr... et réciproquement, bien entendu.

Le salon de Julie Mikhaïlovna s'emplit rapidement. Varvara Petrovna était dans un état particulièrement surexcité quoiqu'elle s'efforçât de paraître indifférente, mais je vis deux ou trois regards haineux qu'elle lança à Karmazinov et courroucés à Stepan Trofimovitch, courroucés d'avance, courroucés par jalousie, par affection : si cette fois Stepan Trofimovitch avait commis quelque maladresse et se fût laissé damé le pion par Karmazinov devant tout le monde, il me semble qu'elle aurait aussitôt sauté sur ses pieds et l'aurait battu. J'ai oublié de dire que Lisa était là elle aussi et jamais encore je ne l'avais vue plus joyeuse, d'une gaieté plus insouciante et plus heureuse. Il va sans dire que Mavriki Nicolaevitch était également présent. Puis, dans la foule des jeunes dames et des jeunes gens à demi relâchés qui composaient la suite habituelle de Julie Mikhaïlovna, et parmi lesquels ce laisser-aller passait pour de la gaieté et un cynisme de pacotille pour de l'intelligence, je remarquai deux ou trois visages nouveaux : un Polonais de passage très sémillant, un médecin allemand, vieillard robuste qui à tout instant riait bruyamment et avec délice de ses propres mots d'esprit, et enfin un très jeune prince de Pétersbourg, figure d'automate aux allures d'homme d'Etat et nanti d'un col étonnamment pointu. Mais on voyait que Julie Mikhaïlovna faisait grand cas de cet hôte et s'inquiétait même pour son salon..

— *Cher Monsieur Karmazinoff*, dit Stepan Trofimovitch en s'installant dans une pose pittoresque sur le divan et commençant subitement à zézayer non moins bien que Karmazinov, *cher Monsieur Karmazinoff*, la vie d'un homme de notre ancien temps et qui a certaines convictions, même quand elle s'étend sur une période de vingt-cinq ans, doit paraître monotone...

L'Allemand partit d'un rire sonore et saccadé semblable à un hennissement, croyant apparemment que Stepan Trofimovitch avait dit quelque chose d'extrêmement drôle. Celui-ci le regarda en affectant la stupeur, sans d'ailleurs produire sur lui aucun effet. Le prince regarda aussi l'Allemand, se tournant vers lui de tout son col et ajustant son pince-nez, quoique sans la moindre curiosité.

— ... doit paraître monotone, répéta exprès Stepan Trofimovitch, traînant sur chaque mot le plus longuement et avec le plus de sans-gêne possible. Telle fut aussi ma vie pendant tout ce quart de siècle, *et comme on trouve partout plus de moines que de raison*, et comme je suis entièrement d'accord là-dessus, il se trouve que pendant tout ce quart de siècle je...

— *C'est charmant, les moines*, murmura Julie Mikhaïlovna en se tournant vers Varvara Petrovna assise à côté d'elle.

Varvara Petrovna répondit par un regard plein de fierté. Mais Karmazinov ne put supporter le succès de la phrase française et interrompit vivement Stepan Trofimovitch d'une voix criarde :

— Quant à moi, je suis tranquille à ce sujet et voilà sept ans déjà que j'habite Karlsruhe. Et lorsque, l'an dernier, le conseil municipal a décidé de poser une nouvelle conduite d'eau, j'ai senti dans mon cœur que cette question de la canalisation de Karlsruhe m'est plus proche et plus chère que toutes les questions de mon aimable patrie... pendant toute la durée de ce qu'on appelle les réformes d'ici.

— Je suis obligé de sympathiser, quand ce serait à contrecœur, soupira Stepan Trofimovitch en inclinant la tête d'un air profondément entendu.

Julie Mikhaïlovna exultait : la conversation devenait à la fois profonde et à idées.

— Une conduite d'égout ? s'enquit le médecin à voix haute.

— La canalisation, docteur, la canalisation, et je les ai même aidés à rédiger le projet.

Le médecin éclata d'un rire fracassant. Beaucoup d'autres l'imitèrent et, eux, ce fut au nez du médecin qui ne le remarqua pas et fut ravi de voir tout le monde rire.

— Permettez-moi de ne pas être de votre avis, Karmazinov, se hâta de placer Julie Mikhaïlovna. Karlsruhe c'est parfait, mais vous aimez mystifier et, pour cette fois, nous ne vous croirons pas. Quel est celui parmi les Russes, les écrivains, qui a peint tant de types contemporains, deviné tant de problèmes contemporains, indiqué précisément les principaux traits contemporains dont se compose le type de l'homme d'action d'aujourd'hui ? C'est vous, vous seul et personne d'autre. Assurez-nous donc après cela de votre indifférence à l'égard de votre patrie et de l'intérêt passionné que vous portez à la canalisation de Karlsruhe ! Ha, ha !

— Oui, certes, zézaya Karmazinov, j'ai montré dans le type de Pogojev tous les défauts des slavophiles et dans celui de Nicodimov tous les défauts des occidentalistes...

— Vraiment TOUS... chuchota tout bas Liamchine.

— Mais je le fais en passant uniquement pour tuer le temps importun et... satisfaire à toutes ces exigences importunes des contemporains.

— Vous savez sans doute, Stepan Trofimovitch, poursuivit Julie Mikhaïlovna avec enthousiasme, que nous aurons demain l'immense plaisir d'entendre des lignes délicieuses... l'une des toutes dernières et exquises inspirations littéraires de Semion Egorovitch : cela s'appelle « Merci ». Il annonce dans cette pièce qu'il n'écrira plus, qu'il ne le fera plus pour rien au monde, dût un ange du ciel ou, pour mieux dire, toute la haute société le supplier de revenir sur sa décision. En un mot, il dépose la plume pour la vie et ce gracieux « Merci » est adressé au public pour le remercier du constant enthousiasme avec lequel il a suivi pendant tant d'années ses incessants efforts au service de l'honnête pensée russe.

Julie Mikhaïlovna était au comble de la félicité.

— Oui, je ferai mes adieux ; je dirai mon « Merci » et je partirai là-bas... à Karlsruhe... je fermerai les yeux, dit Karmazinov qui commençait peu à peu à fondre.

Comme beaucoup de nos grands écrivains (et chez nous les grands écrivains sont très nombreux), il ne résistait pas aux éloges et aussitôt commençait à fondre, en dépit de tout son esprit. Mais je pense que c'est pardonnable. On dit que l'un de nos Shakespeare déclara tel quel dans une conversation privée : « NOUS, GRANDS HOMMES, nous ne pouvons être autrement », etc., et encore ne s'en aperçut-il même pas.

— Là-bas, à Karlsruhe, je fermerai les yeux. A nous, grands hommes, il nous reste, après avoir rempli notre tâche, de fermer les yeux au plus vite sans chercher de récompense. C'est ce que je ferai aussi.

— Donnez-moi votre adresse et j'irai vous rendre

visite à Karlsruhe sur votre tombe, dit l'Allemand dans un éclat de rire énorme..

— Aujourd'hui on expédie les morts même par chemin de fer, dit inopinément l'un des jeunes gens insignifiants.

Liamchine en poussa de véritables rugissements d'enthousiasme. Julie Mikhaïlovna se rembrunit. Nicolas Stavroguine entra.

— Mais, on m'avait dit que vous aviez été emmené au poste ? dit-il à haute voix en s'adressant à Stepan Trofimovitch avant tous les autres.

— Non, ce n'était qu'un cas particulier*, dit Stepan Trofimovitch faisant un calembour.

— Mais j'espère qu'il n'influera en rien sur la prière que je vous ai faite, reprit de nouveau Julie Mikhaïlovna, j'espère que passant sur ce fâcheux ennui dont je n'ai pas la moindre idée jusqu'à présent, vous ne décevrez pas notre meilleure attente et ne nous priverez pas du grand plaisir d'entendre votre lecture à la matinée littéraire.

— Je ne sais, je... maintenant...

— Vraiment, je suis si malheureuse, Varvara Petrovna... et, figurez-vous, juste quand je brûlais de connaître personnellement l'un des esprits russes les plus remarquables et les plus indépendants, et voilà que soudain Stepan Trofimovitch manifeste l'intention de s'éloigner de nous.

— L'éloge a été prononcé à si haute voix que, naturellement, j'aurais dû ne pas l'entendre, martela Stepan Trofimovitch, mais je ne crois pas que mon humble personne soit si indispensable demain à votre fête. D'ailleurs je...

— Mais vous allez le gâter ! cria Piotr Stepanovitch, entrant en coup de vent dans la pièce. Je l'avais à peine pris en main et subitement, en une seule matinée, perquisition, arrestation, un policier qui le prend au collet, et voilà que maintenant les dames le bercent dans le salon du gouverneur ! Mais il se pâme de ravissement, il n'a jamais rêvé pareille fête. C'est maintenant qu'il commencera à dénoncer les socialistes !

— Ce n'est pas possible, Piotr Stepanovitch. Le socialisme est une trop grande idée pour que Stepan Trofimovitch n'en ait pas conscience, intervint avec énergie Julie Mikhaïlovna.

---

* Jeu de mots intraduisible sur *tchast*, part, mais aussi quartier, poste, et *tchastni*, particulier.

— L'idée est grande mais ceux qui la professent ne sont pas toujours des géants, *et brisons là, mon cher*, conclut Stepan Trofimovitch s'adressant à son fils et se levant noblement de son siège.

Mais ici survint la plus imprévue des circonstances. Von Lembke se trouvait depuis quelque temps déjà dans le salon sans que personne parût le remarquer bien que tout le monde l'eût vu entrer. Ancrée dans son idée première, Julie Mikhaïlovna continuait à l'ignorer. Il avait pris place près de la porte et écoutait les conversations sombrement, d'un air sévère. Entendant des allusions aux incidents de la matinée, il commença à se retourner avec inquiétude, regarda fixement le prince, visiblement frappé de son col fortement empesé et qui pointait en avant ; puis soudain il parut tressaillir en entendant la voix de Piotr Stepanovitch et en l'apercevant, et à peine Stepan Trofimovitch avait-il eu le temps de prononcer sa sentence sur les socialistes que subitement il s'approcha de lui, bousculant en chemin Liamchine qui aussitôt bondit de côté avec un geste et une stupeur feints en se frottant l'épaule comme s'il avait bien mal.

— Assez ! articula von Lembke en saisissant énergiquement le bras de Stepan Trofimovitch effrayé, et en le serrant de toutes ses forces dans sa main. Assez, les flibustiers de notre temps sont identifiés. Pas un mot de plus. Les mesures sont prises...

Il dit cela tout haut, d'une voix qu'on entendit dans toute la pièce, acheva énergiquement. L'impression produite fut pénible. Tous sentirent dans l'air quelque chose d'inquiétant. Je vis Julie Mikhaïlovna pâlir. La scène se termina par un hasard stupide. Après avoir annoncé que les mesures étaient prises, Lembke se retourna tout d'une pièce et alla vivement à la porte, mais au deuxième pas il trébucha sur le tapis, piqua du nez et faillit tomber. Un instant il s'arrêta, regarda l'endroit où il s'était pris le pied et prononçant à haute voix : « à changer », franchit la porte. Julie Mikhaïlovna courut après lui. Dès son départ un brouhaha se fit où il était difficile de distinguer quelque chose. On disait, les uns qu'il était « fatigué », les autres « dérangé ». D'autres encore portaient un doigt à leur front. Liamchine, dans son coin, éleva deux doigts au-dessus du sien. On faisait allusion à on ne sait quels incidents domestiques, le tout en chuchotant, bien entendu. Personne ne prenait son chapeau, tous attendaient. J'ignore ce que Julie Mikhaïlovna eut le temps de faire, mais au bout de cinq minutes elle revint en cherchant de toutes ses forces à paraître calme. Elle répondit évasivement qu'André Antonovitch était un peu ému mais que ce n'était rien, qu'il y était sujet depuis l'enfance, qu'elle savait tout cela « beaucoup mieux » et que naturellement la fête du lendemain le distrairait. Puis encore quelques paroles flatteuses mais uniquement par convenance à Stepan Trofimovitch et invitation tout haut aux membres du comité à ouvrir la séance dès maintenant, à l'instant même. Alors seulement ceux qui ne faisaient pas partie du comité se levèrent pour se retirer ; mais les pénibles aventures de cette journée funeste n'étaient pas encore terminées.

À l'instant même où Nicolas Vsevolodovitch était entré, j'avais remarqué que Lisa l'avait regardé vivement et fixement, et ensuite était longtemps restée sans le quitter des yeux, si longtemps que cela finit par attirer l'attention. Je vis Mavriki Nicolaevitch se pencher vers elle par-derrière et je crois qu'il voulut lui chuchoter quelque chose, mais visiblement il se ravisa et se redressa vivement en promenant les yeux sur tout le monde comme un coupable. Nicolas Vsevolodovitch éveilla aussi la curiosité : son visage était plus pâle que d'ordinaire et son regard étonnamment distrait. Après avoir lancé en entrant sa question à Stepan Trofimovitch, il parut l'oublier aussitôt et il me semble vraiment qu'il oublia bel et bien d'aller saluer la maîtresse de maison. A Lisa il ne jeta pas un seul regard, non parce qu'il ne le voulait pas mais parce que, je l'affirme, il ne l'avait point remarquée elle non plus. Et soudain, après le bref silence que suivit l'invitation faite par Julie Mikhaïlovna d'ouvrir sans perdre de temps la dernière séance, — soudain s'éleva la voix claire, intentionnellement forte de Lisa. Elle interpella Nicolas Vsevolodovitch.

— Nicolas Vsevolodovitch, un capitaine qui se dit votre parent, le frère de votre femme, un nommé Lebiadkine, m'écrit tout le temps des lettres inconvenantes et s'y plaint de vous, me proposant de me révéler sur vous je ne sais quels secrets. S'il est réellement votre parent, défendez-lui de m'insulter et épargnez-moi ces ennuis.

Un terrible défi résonnait dans ces paroles, tout le monde le comprit. L'accusation était formelle, quoique peut-être inattendue pour elle-même. Cela ressemblait à la résolution de qui, fermant les yeux, se jette du haut d'un toit.

Mais la réponse de Nicolas Stavroguine fut encore plus stupéfiante.

D'abord, il était déjà étrange qu'il ne s'étonnât nullement et eût écouté Lisa avec l'attention la plus tranquille. Son visage ne refléta ni trouble ni colère. Simplement, fermement, même avec l'air de la plus entière bonne volonté, il répondit à la question fatale :

— Oui, j'ai le malheur d'être apparenté à cet homme. Je suis le mari de sa sœur, née Lebiadkine, depuis bientôt cinq ans. Soyez assurée que je lui ferai part de vos exigences dans le plus bref délai, et je vous réponds qu'il ne vous importunera plus.

Jamais je n'oublierai l'épouvante qui se peignit sur le visage de Varvara Petrovna. D'un air égaré elle se mit debout en levant devant elle la main droite comme pour se protéger. Nicolas Vsevolodovitch la regarda, regarda Lisa, les spectateurs, et soudain sourit avec une hauteur infinie ; sans hâte il sortit de la pièce. Tout le monde vit Lisa se lever du divan à peine Nicolas Vsevolodovitch eut-il fait demi-tour pour s'en aller, et faire le mouvement évident de courir après lui, mais elle se ressaisit et, au lieu de courir, sortit posément, elle aussi sans dire un mot ni regarder personne, accompagnée bien entendu de Mavriki Nicolaevitch qui s'était élancée à sa suite...

Je ne dis rien du bruit et des commentaires qui se firent ce soir-là en ville. Varvara Petrovna s'enferma dans son hôtel et Nicolas Vsevolodovitch, disait-on, partit directement pour Skvorechniki sans avoir vu sa mère. Stepan Trofimovitch m'envoya le soir supplier « cette chère amie » de lui permettre d'aller la voir, mais on ne me reçut pas. Il était atterré, pleurait : « Un pareil mariage ! Un pareil mariage ! Une chose si terrible dans la famille », répétait-il à chaque instant. Pourtant il n'oubliait pas Karmazinov qu'il injuriait copieusement. Il se préparait aussi énergiquement pour la lecture du lendemain et — nature artiste — il s'y préparait devant la glace et repassait en mémoire, afin de les introduire dans sa lecture, tous les mots d'esprit et tous les calembours qu'il avait faits durant toute sa vie et qui étaient notés dans un cahier spécial.

— Mon ami, je fais cela pour la grande idée, me disait-il, évidemment pour se justifier. *Cher ami*, je me suis arraché de la place où j'ai passé vingt-cinq ans et me voilà brusquement parti, où je ne le sais, mais je suis parti...

TROISIÈME PARTIE

CHAPITRE PREMIER

LA FÊTE. PREMIÈRE PARTIE

1

La fête eut lieu malgré toutes les perplexités de la journée « des Chpigouline » de la veille. Je crois que Lembke fût-il mort dans la nuit, la fête n'en aurait pas moins eu lieu au matin, tant Julie Mikhaïlovna y attachait une signification particulière. Hélas, jusqu'au dernier moment elle persista dans son aveuglement et ne comprit pas l'état d'esprit de la société. Personne ne croyait vers la fin que le jour solennel pût se passer sans quelque incident retentissant, sans un « dénouement », comme disaient certains en se frottant d'avance les mains. Beaucoup, il est vrai, cherchaient à se donner l'air le plus sombre et le plus fin ; mais généralement parlant, toute agitation scandaleuse dans la société réjouit infiniment les Russes. Certes, il y avait chez nous quelque chose de bien plus sérieux que la seule soif de scandale : il y avait une irritation générale, quelque chose d'inextinguiblement méchant ; on eût dit que chacun était absolument excédé de tout. Une sorte de cynisme confus s'était installé partout, un cynisme forcé, comme contraint. Seules les dames tenaient bon, et encore uniquement sur un point : la haine sans merci qu'elles vouaient à Julie Mikhaïlovna. Là-dessus toutes les tendances féminines s'accordaient. Et elle, la pauvre, ne s'en doutait même pas ; jusqu'à la dernière heure elle demeura persuadée qu'elle était « entourée » et que tout le monde continuait à lui être « fanatiquement dévoué ».

J'ai déjà fait allusion à l'apparition chez nous de toute sorte de vilaines gens. Aux époques de trouble ou de transition, des vilaines gens surgissent toujours et partout. Je ne parle pas de ceux qu'on appelle « l'avant-garde », qui se hâtent toujours de devancer tous les autres (c'est là leur principal souci) et qui ont un but, très souvent on ne peut plus stupide mais tout de même plus ou moins défini. Non, je ne parle que de la racaille. En toute période de transition, on voit surgir cette racaille qui existe dans toute société et qui, elle, non seulement n'a aucun but mais est même dépourvue de toute trace d'idée et s'efforce uniquement d'exprimer l'inquiétude et l'impatience. Cependant, à son insu, cette canaille tombe presque toujours sous la coupe de la petite bande des « avancés » qui agissent dans un dessein déterminé, et c'est cette bande qui dirige toute cette poussière comme elle veut, pour peu qu'elle ne se compose pas elle-même de parfaits idiots ; ce qui au demeurant arrive aussi. On dit chez nous, maintenant que tout est passé, que Piotr Stepanovitch était aux ordres de l'Internationale, et Julie Mikhaïlovna aux ordres de Piotr Stepanovitch, Julie Mikhaïlovna à son tour dirigeant la racaille suivant les instructions de celui-ci. Les plus solides de nos têtes s'étonnent aujourd'hui d'avoir subitement pu se montrer si peu à la hauteur alors. En quoi consistait chez nous la période troublée et vers quoi il y avait transition, je l'ignore et je pense d'ailleurs que personne ne le sait, sauf peut-être certains étrangers à notre ville qui séjournent ici. Et pourtant les individus les plus abjects avaient soudain pris le dessus, s'étaient mis à critiquer ouvertement tout ce qui est sacré, alors qu'auparavant ils n'osaient même pas ouvrir la bouche, et les personnages éminents, qui jusque-là tenaient si heureusement le haut du pavé, se mirent soudain à les écouter tout en se taisant eux-mêmes ; tandis que certains riaient en approuvant de la manière la plus honteuse. Des Liamchine, des Teliatnikov, des propriétaires terriens Tentetnikov, de morveux Radistchev du cru, de petits juifs au sourire douloureux mais arrogant, des voyageurs grands rieurs, des poètes à tendance venus de la capitale, des poètes chez qui la blouse et les grosses bottes tenaient lieu de tendance et de talent, des majors et des colonels qui se moquaient de l'inanité de leur métier et, pour un rouble de plus, étaient prêts à dégrafer aussitôt leur épée et à filer pour se faire scribes aux chemins de fer ; des généraux passés avocats ; des intermédiaires évolués, des marchands en train d'évoluer, d'innombrables séminaristes, des femmes qui figuraient le problème féministe — tout cela avait soudain pris complètement le dessus chez nous, et sur qui donc ? Sur le club, sur des dignitaires, sur des généraux à jambe de bois, sur la société la plus collet monté et la plus inabordable de nos dames. Dès l'instant que Varvara Petrovna elle-même, jusqu'à la catastrophe avec son fils, fut presque aux ordres de toute cette racaille, la folie d'autres de nos Minerves est en partie excusable. A présent, comme je l'ai déjà dit, on met tout sur le compte de l'Internationale. Cette idée s'est si bien ancrée que c'est ainsi qu'on explique les choses même aux gens du dehors (venus nombreux chez nous). Récemment encore, le conseiller Koubrikov, un homme de soixante-deux ans et commandeur de Saint-Stanislas, se présenta sans aucune sollicitation aux autorités et d'une voix pénétrée déclara que, pendant trois bons mois, il avait sans aucun doute été sous l'influence de l'Internationale. Mais lorsque, avec tout le respect dû à son âge et à ses mérites, on l'invita à s'expliquer d'une façon plus satisfaisante, quoiqu'il ne pût présenter aucune preuve à l'appui de ses déclarations sauf à affirmer qu'il « l'avait senti par tous ses sens », il n'en maintint pas moins fermement ses dires, si bien qu'on cessa de l'interroger.

Je le répéterai encore une fois. Il restait chez nous un petit nombre de gens prudents qui s'étaient dès le début tenus à l'écart et même enfermés à clef chez eux. Mais quelle serrure résisterait à une loi de la nature ? Dans les familles les plus prudentes, des jeunes filles n'en continuaient pas moins à grandir à qui la danse est indispensable. Et c'est ainsi que toutes ces personnes finirent par souscrire elles aussi au profit des institutrices. Le bal s'annonçait en effet si brillant, si inouï ; on en disait merveille ; le bruit courait qu'il y aurait des princes à lorgnette, dix ordonnateurs, tous jeunes cavaliers avec un nœud de rubans à l'épaule gauche, on ne sait quels animateurs de Pétersbourg ; on disait que Karmazinov, pour augmenter la recette, avait accepté de lire « Merci » en costume d'institutrice de notre province ; qu'il y aurait un « quadrille de la littérature », également tout en costumes, et que chaque costume figurerait une tendance. Enfin, en costume aussi, danserait on ne sait quelle « honnête pensée russe » — ce qui à soi seul était une véritable nouveauté. Comment donc n'aurait-on pas souscrit ? Tout le monde souscrivit.

2

LA fête, conformément au programme, était divisée en deux parties : une matinée littéraire, de midi à quatre heures, et ensuite un bal, de dix heures jusqu'au matin. Mais ces dispositions mêmes recélaient déjà des germes de désordre. D'abord, dès le début le bruit s'était accrédité dans le public qu'il y aurait un déjeuner tout de suite après la matinée littéraire, ou même pendant celle-ci, au cours de l'entracte spécialement prévu à cet effet, un déjeuner bien entendu gratuit, compris dans le programme, et comportant du champagne. Le prix exorbitant du billet (trois roubles) contribua à accréditer ce bruit. « Autrement est-ce que j'aurais souscrit ? La fête est prévue pour durer vingt-quatre heures, eh bien, qu'on nous nourrisse. Les gens auront faim », voilà comment on résonnait chez nous. Je dois avouer que c'était Julie Mikhaïlovna elle-même qui avait par son étourderie implanté ce bruit néfaste. Un mois plus tôt, encore sous le premier charme de son grand projet, elle parlait de sa fête au premier venu et disait qu'on y porterait des toasts, elle l'avait même fait annoncer par un des journaux de la capitale. C'étaient surtout ces toasts qui la séduisaient alors : elle voulait les porter elle-même et en attendant les composait sans cesse. Ils devaient expliquer notre principal étendard (lequel ? je parie qu'en définitive la pauvrette ne trouva rien du tout), passer sous forme de correspondance dans les journaux de la capitale, attendrir et charmer les hautes autorités, et ensuite se répandre dans toutes les provinces, suscitant la surprise et l'émulation. Mais pour les toasts le champagne était indispensable, et comme on ne peut tout de même pas boire le champagne à jeun, le déjeuner s'imposa tout naturellement. Plus tard, lorsque par ses efforts le comité fut formé et que l'on examina la question plus sérieusement, il lui fut démontré aussitôt et clairement que si l'on rêvait de festins ne resterait pas grand-chose pour les institutrices, si élevée que fût la recette. La question offrit ainsi deux solutions possibles : un festin de Balthazar avec des toasts et quelque quatre-vingt-dix roubles pour les institutrices, ou une recette considérable à l'occasion d'une fête qui serait donnée pour ainsi dire uniquement pour la forme. Le comité n'entendait d'ailleurs que lui faire peur et avait naturellement trouvé lui-même une troisième solution, conciliante et raisonnable, c'est-à-dire une fête fort convenable à tous les égards mais sans champagne et devant ainsi laisser une somme très appréciable, bien supérieure à quatre-vingt-dix roubles. Mais Julie Mikhaïlovna ne fut pas d'accord ; son caractère méprisait le juste milieu mesquin. Elle décida séance tenante que si la première idée était irréalisable, il fallait sans délai et sans réserve se jeter dans l'autre extrême, c'est-à-dire faire une recette colossale à rendre jalouses toutes les autres provinces. « Il faut bien que le public comprenne à la fin, dit-elle en conclusion de son ardent discours au comité, qu'atteindre des buts humanitaires est chose incomparablement plus élevée que les fugitives jouissances du corps, que cette fête n'est au fond que la proclamation d'une grande idée et qu'on doit donc se contenter du plus économique des bals à l'allemande, uniquement à titre allégorique et si tant est qu'on ne puisse se passer tout à fait de cet insupportable bal ! » tant elle le haïssait subitement. Mais on finit par la calmer. C'est alors par exemple qu'on imagina et proposa le « quadrille de la littérature » et d'autres choses esthétiques en remplacement des jouissances du corps. C'est alors aussi que Karmazinov accepta définitivement de lire « *Merci* » (jusque-là il n'avait fait que traîner et faire languir tout le monde) et de détruire ainsi jusqu'à l'idée de nourriture dans l'esprit de notre public intempérant. De cette manière le bal redevenait une fête splendide, bien que dans un autre genre. Et pour ne pas se perdre tout à fait dans les nuages, il fut décidé qu'au début du bal on pourrait servir du thé au citron et des biscuits ronds, puis de l'orgeat et de la limonade, et même à la fin des glaces, mais rien d'autre. Quant à ceux qui ne manquent jamais et nulle part d'avoir faim et surtout soif, on pourrait organiser, à l'autre bout de l'enfilade des pièces, un buffet spécial dont serait chargé Prokhoritch (chef cuisinier du club) qui — d'ailleurs sous le plus rigoureux contrôle du comité — servirait ce que l'on voudrait, mais à titre onéreux, un avis spécialement affiché à la porte de la salle devant annoncer que les consommations n'étaient pas comprises dans le programme. Mais on résolut de ne point ouvrir le buffet pendant la matinée pour ne pas gêner la lecture, quoiqu'il fût prévu qu'il serait installé à cinq pièces de distance de la salle blanche où Karmazinov consentait à lire « *Merci* ». Il est curieux qu'à cet événement, c'est-à-dire à la lecture de « *Merci* », le comité et jusqu'aux gens les plus pratiques parussent attacher une importance par trop considérable. Quant aux personnes poétiques, la maréchale de la noblesse, par exemple, déclara à Karmazinov qu'après la lecture elle ferait aussitôt encastrer dans le mur de la salle blanche une plaque de marbre avec une inscription gravée en lettres d'or attestant que, tel jour et en telle année, l'illustre écrivain russe et européen en déposant la plume lut ici, à cet endroit, « *Merci* » et fit ainsi pour la première fois ses adieux au public russe en la personne des représentants de notre ville ; cette inscription serait lue par tout le monde dès le bal, c'est-à-dire cinq heures seulement après la lecture de « *Merci* ». Je sais de science certaine que c'était surtout Karmazinov qui avait exigé qu'il n'y eût sous aucun prétexte de buffet le matin pendant qu'il lirait, bien que certains membres du comité eussent fait remarquer que ce n'était pas tout à fait dans nos mœurs.

Les choses en étaient là alors qu'en ville on croyait toujours à un festin de Balthazar, c'est-à-dire au buffet offert par le comité ; on y crut jusqu'à la dernière heure. Même les jeunes filles rêvaient d'une profusion de bonbons et de confitures et d'autres friandises inouïes. Chacun savait que la recette était des plus considérables, que toute la ville se ruait à la fête, qu'on arrivait dès districts voisins et qu'il n'y avait pas assez de billets. On savait aussi qu'en sus du prix fixé il y avait eu des dons importants : Varvara Petrovna par exemple avait payé son billet trois cents roubles et donné pour la décoration de la salle toutes les fleurs de ses serres. La maréchale de la noblesse (membre du comité) prêtait sa maison y compris l'éclairage ; le club fournissait la musique et le service et cédait Prokhoritch pour toute la journée. Il y eut encore d'autres dons, quoique moins importants, si bien qu'on eut même l'idée de ramener le prix primitivement fixé du billet de trois roubles à deux. Le comité craignait en effet au début qu'à trois roubles les jeunes filles ne vinssent pas et avait proposé de créer des billets de famille, c'est-à-dire de faire en sorte que chaque famille ne paierait que pour une seule jeune fille et que toutes les autres appartenant à la même famille, fussent-elles au nombre de dix exemplaires, entreraient gratuitement. Mais toutes les craintes se trouvèrent être vaines : au contraire, ce furent précisément les jeunes filles qui vinrent. Même les plus pauvres des fonctionnaires amenèrent leurs filles et il n'est que trop évident que s'ils n'en avaient pas eu, ils n'auraient jamais songé à souscrire. Un tout petit secrétaire amena ses sept filles, sans compter bien entendu son épouse, et par surcroît une nièce, et chacune de ces personnes tenait à la main un billet d'entrée de trois roubles. On peut bien imaginer quelle révolution se fit en ville. Ne fût-ce que parce que la fête étant divisée en deux parties, il fallait aux dames deux toilettes, une du matin pour la lecture et une autre de bal pour danser. Beaucoup de personnes appartenant à la classe moyennne, on le sut plus tard, engagèrent à cette occasion tout ce qu'elles possédaient, jusqu'au linge familial, jusqu'aux draps, sinon jusqu'aux matelas, chez nos juifs qui, comme exprès, depuis déjà deux ans, se sont établis en très grand nombre dans notre ville et qui affluent de plus en plus nombreux. Presque tous les fonctionnaires se firent avancer leur traitement et certains propriétaires terriens vendirent du bétail dont ils avaient besoin, tout cela uniquement pour amener leurs filles vêtues comme des marquises et ne le céder en rien aux autres. La splendeur des toilettes était cette fois sans précédent chez nous. La ville avait été pendant quinze jours farcie d'anecdotes familiales que nos mauvaises langues s'empressaient de rapporter à la cour de Julie Mikhaïlovna. Des caricatures circulaient aussi. J'ai vu moi-même dans l'album de Julie Mikhaïlovna plusieurs dessins de ce genre. Tout cela fut parfaitement connu de ceux que visaient les anecdotes : voilà semble-t-il pourquoi, les tout derniers temps, les familles vouèrent tant de haine à Julie Mikhaïlovna. Aujourd'hui tout le monde fulmine et grince des dents en y pensant. Pourtant, il était évident d'avance que pour peu que le comité se montrât insuffisant en quelque chose, pour peu que le bal laissât le moins du monde à désirer, l'explosion d'indignation serait inouïe. C'est pourquoi chacun attendait à part soi un scandale ; et du moment qu'on s'y attendait à ce point, comment aurait-il pu ne pas éclater ?

A midi précis, l'orchestre retentit. Etant du nombre des ordonnateurs, c'est-à-dire du nombre des douze « jeunes gens à nœud de rubans », j'ai vu de mes yeux comment débuta cette journée de honteuse mémoire. Il y eut tout d'abord cette incroyable bousculade à l'entrée. Comment se fait-il que, d'emblée, tout le monde commit des fautes, à commencer par la police ? Je n'accuse pas le vrai public : les pères de famille non seulement ne se bousculaient pas et ne bousculaient personne, quel que fût leur grade, mais au contraire, dit-on, se montrèrent gênés avant même d'être entrés en voyant la poussée, insolite pour notre ville, de la foule qui assiégeait le perron et montait à l'assaut plus qu'elle n'entrait. Cependant les équipages arrivaient toujours et finirent par encombrer la rue. Au moment où j'écris, je possède des données formelles qui me permettent d'affirmer que parmi la canaille la plus ignoble de notre ville, il y en eut qui furent tout simplement introduits sans billet par Liamchine et Lipoutine et peut-être par certaines autres personnes faisant comme moi fonction d'ordonnateurs. A tout le moins, on vit apparaître des individus complètement inconnus, venus des districts et d'ailleurs. Tous ces malappris, à peine entrés dans la salle, s'informaient immédiatement du buffet (comme s'ils avaient reçu des instructions) et, apprenant qu'il n'y en avait pas, se mettaient à jurer sans aucune retenue et avec une insolence qui, aujourd'hui encore, reste sans autre exemple chez nous. Il est vrai qu'il y en avait parmi eux qui étaient venus ivres. Certains étaient frappés comme des sauvages par la splendeur de la salle, car ils n'avaient jamais rien vu de semblable ; en entrant, ils se calmaient un instant et regardaient bouche bée autour d'eux. Cette grande Salle Blanche, quoique de construction déjà ancienne, était en effet splendide : immense, à double rangée de fenêtres superposées, au plafond peint à l'ancienne et rehaussé de dorures, avec des tribunes, des trumeaux ornés de glaces, des draperies rouges sur fond blanc, des statues de marbre (quelles qu'elles fussent, ce n'en étaient pas moins des statues), un lourd mobilier de style Empire, blanc et or, capitonné de velours rouge. Au moment que nous décrivons, une haute estrade s'élevait au bout de la salle, destinée aux littérateurs qui devaient lire, et, à l'exemple d'un parterre de théâtre, toute la salle était entièrement garnie de chaises entre lesquelles de larges passages avaient été ménagés pour le public. Mais les premiers instants de surprise passés, commençaient les questions et les déclarations les plus ineptes. « Il se peut encore que nous ne voulions pas de leur lecture... Nous avons payé... Le public a été impudemment roulé... C'est nous les maîtres, pas les Lembke ! » Bref, on eût dit que ces gens n'avaient été introduits que pour cela. Je me souviens particulièrement d'un incident où se distingua le petit prince au col pointu et à l'air de poupée de bois qui se trouvait la veille chez Julie Mikhaïlovna. Lui aussi, à la demande instante de Julie Mikhaïlovna, avait accepté d'épingler à son épaule gauche le nœud de rubans et de devenir notre camarade ordonnateur. Il se trouva que cette muette figure de cire montée sur ressorts savait sinon parler, du moins agir à sa manière. Lorsqu'un gigantesque capitaine en retraite au visage grêle, s'appuyant sur toute une bande de voyous qui se pressaient à sa suite, s'accrocha à lui en demandant où était le buffet, il fit signe à un agent de police. L'indication fut aussitôt suivie d'exécution : malgré les invectives du capitaine qui était ivre, on le traîna hors de la salle. Pendant ce temps, le « vrai » public commençait enfin d'arriver et en trois longues files s'étirait dans les trois passages entre les chaises. Les éléments de désordre se turent peu à peu mais le public, même le plus « comme il faut », avait un air mécontent et stupéfait ; certaines dames étaient tout simplement effrayées.

Enfin on s'installa ; la musique se tut. On commença à se moucher, à regarder autour de soi. On attendait avec un air trop solennel, ce qui en soi est toujours un mauvais signe. Mais les « Lembka » n'étaient pas encore là. La soie, le velours, les diamants brillaient et étincelaient de toutes parts ; des effluves de parfum se répandaient dans l'air. Les hommes arboraient toutes leurs décorations et les vieillards étaient même en uniforme. La maréchale de la noblesse parut enfin, avec Lisa. Jamais encore Lisa n'avait été d'une beauté si éblouissante que ce matin-là et vêtue d'une toilette si somptueuse. Ses cheveux étaient coiffés en boucles, ses yeux étincelaient, un sourire rayonnait sur son visage. Elle fit visiblement sensation ; on l'examinait, on parlait d'elle en chuchotant. On disait qu'elle cherchait des yeux Stavroguine, mais ni Stavroguine ni Varvara Petrovna n'étaient là. Je ne compris pas alors l'expression de son visage : pourquoi y avait-il dans ce visage tant de bonheur, de joie, d'énergie, de force ? Je me rappelais l'incident de la veille et je ne savais plus que penser. Mais les « Lembka » cependant n'étaient toujours pas là. Cela était déjà une faute. Je sus plus tard que jusqu'au dernier moment Julie Mikhaïlovna avait attendu Piotr Stepanovitch sans qui depuis quelque temps elle ne pouvait plus faire un pas, bien qu'elle ne se l'avouât jamais elle-même. Je noterai entre parenthèses que Piotr Stepanovitch avait la veille, à la dernière séance du comité, refusé le nœud d'ordonnateur, ce qui avait fait beaucoup de peine à Julie Mikhaïlovna, jusqu'aux larmes. A la surprise de celle-ci et, plus tard, à son extrême embarras (je l'annonce d'avance), il disparut toute la matinée et n'assista point à la séance littéraire, si bien que personne ne le rencontra jusqu'au soir. Enfin, le public commença à manifester une évidente impatience. Sur l'estrade personne ne se montrait non plus. Aux derniers rangs on se mit à applaudir comme au théâtre. Les vieillards et les dames se rembrunissaient : « Les Lembke faisaient de toute évidence les importants. » Même dans la meilleure partie du public on murmura absurdement que la fête n'aurait peut-être vraiment pas lieu, que Lembke était peut-être en effet si souffrant, etc., etc. Mais, Dieu merci, les Lembke arrivèrent enfin : il lui donnait le bras ; moi-même, je l'avoue, j'appréhendais à l'extrême leur arrivée. Mais les fables tombaient par conséquent et la vérité l'emportait. Le public parut soulagé. Lembke lui-même paraissait en parfaite santé, comme, je me le rappelle, conclut chacun, car on peut imaginer combien de regards se portèrent sur lui. Je noterai pour préciser que rares étaient en général ceux qui, dans notre haute société, croyaient que Lembke souffrait de « quelque chose de semblable »; quant à sa conduite, on la trouvait parfaitement normale et cela au point même que l'histoire survenue la veille sur la place avait été accueillie avec approbation. « C'est ce qu'il aurait fallu faire depuis le début, disaient les notables, on arrive en philanthrope et l'on finit toujours par la même chose, sans s'apercevoir que la philantropie elle-même l'exige », ainsi du moins en avait-on jugé au club. On le blâmait seulement de s'être emporté à cette occasion : « Il aurait fallu faire preuve de plus de sang-froid ; enfin, c'est encore nouveau pour lui », disaient les connaisseurs. Avec la même avidité, tous les regards se portèrent sur Julie Mikhaïlovna. Certes, nul n'est en droit d'exiger de moi, en ma qualité de narrateur, des détails trop précis sur un certain point : il y va d'un secret, il y va d'une femme ; mais je sais seulement une chose : la veille au soir, elle était entrée dans le cabinet d'André Antonovitch et était restée avec lui bien après minuit. André Antonovitch fut pardonné et consolé. Les époux se mirent d'accord sur tout, tout fut oublié et lorsque, à la fin de l'explication, von Lembke se mit néanmoins à genoux, se rappelant avec horreur le principal épisode final de l'avant-dernière nuit, la charmante main de son épouse et ensuite ses lèvres arrêtèrent l'ardent flot de paroles de repentir de cet homme plein d'une délicatesse chevaleresque mais affaibli par l'émotion. Tout le monde voyait le bonheur peint sur le visage de Julie Mikhaïlovna. Elle avançait d'un air ouvert et en toilette splendide. On eût dit qu'elle était au comble de ses vœux, la fête — but et couronnement de sa politique — était devenue une réalité. En gagnant leur place, juste devant l'estrade, les deux Lembke s'inclinaient et répondaient aux saluts. Ils furent aussitôt entourés. La maréchale de la noblesse se leva pour aller au-devant d'eux... Mais alors se produisit un fâcheux malentendu : l'orchestre, sans aucune raison, attaqua non pas quelque marche ordinaire, mais tout bonnement une fanfare, comme cela se pratique à notre club, à table, lorsqu'à un banquet officiel on boit à la santé de quelqu'un. Je sais maintenant que c'était Liamchine qui y avait veillé en sa qualité d'ordonnateur, prétendument en l'honneur de l'arrivée des « Lembka ». Certes, il pouvait toujours se justifier en alléguant d'avoir agi par sottise ou par excès de zèle... Hélas, je ne savais pas encore qu'ils ne se souciaient plus d'excuses et mettaient fin à tout ce jour-là. Mais cela ne se borna pas à la fanfare : cependant qu'une contrariété perplexe et des sourires se manifestaient dans le public, soudain, du fond de la salle et des tribunes, partirent des hourras, toujours comme en l'honneur des Lembke. Les cris n'étaient pas nombreux mais, je l'avoue, ils durèrent un certain temps. Julie Mikhaïlovna rougit, ses yeux étincelèrent. Lembke s'arrêta près de sa place et se tournant vers ceux qui criaient, promena le regard sur la salle d'un air majestueux et sévère... On se hâta de le faire asseoir. De nouveau, je remarquai avec appréhension sur son visage ce sourire inquiétant qu'il avait eu la veille dans le salon de sa femme alors qu'il regardait Stepan Trofimovitch avant d'aller à lui. Il me sembla que, maintenant aussi, son visage avait une expression qui ne présageait rien de bon et, qui pis est, quelque peu comique, l'expression d'un homme qui, soit, se sacrifie pour complaire aux visées supérieures de son épouse... Julie Mikhaïlovna m'appela en hâte d'un signe et me dit dans un murmure de courir trouver Karmazinov pour le supplier de commencer. Mais à peine avais-je fait demi-tour qu'une nouvelle infamie se produisit, bien plus odieuse encore que la première. Sur l'estrade, sur l'estrade vide où jusqu'à présent avaient convergé tous les regards et toutes les attentes, et où l'on ne voyait qu'une petite table, devant la table une chaise et sur la table, un verre d'eau posé sur un petit plateau en argent — sur l'estrade vide parut soudain la colossale silhouette du capitaine Lebiadkine en frac et cravate blanche. Je fus tellement stupéfait que je n'en crus pas mes yeux. Le capitaine eut l'air gêné et s'arrêta au fond de l'estrade. Brusquement, un

cri s'éleva dans le public : « Lebiadkine ! c'est toi ? »
La stupide trogne rouge du capitaine (il était complètement ivre) s'épanouit à ce cri en un large sourire hébété.
Il leva la main, se frotta le front, secoua sa tête hirsute
puis, comme décidé à tout, fit deux pas en avant et —
subitement pouffa, d'un rire peu bruyant mais modulé,
long, heureux, qui secoua toute sa masse corpulente et
rétrécit ses yeux petits. A cette vue, la moitié du public
ou presque se mit à rire. Vingt personnes applaudirent.
Le public sérieux échangeait des regards d'un air sombre ;
le tout n'avait cependant pas duré plus de trente secondes.
Lipoutine, avec son nœud d'ordonnateur, et deux domestiques se précipitèrent soudain sur l'estrade ; ces derniers
saisirent avec précaution le capitaine sous les bras,
cependant que Lipoutine lui chuchotait quelque chose.
Le capitaine se renfrogna, grommela : « Allez, puisque
c'est comme ça », fit de la main un geste désabusé, tourna
au public son dos énorme et disparut avec son escorte.
Mais un instant après, Lipoutine sauta derechef sur
l'estrade. Il avait sur les lèvres le plus suave de ses
éternels sourires, d'ordinaire mélange de sucre et de
vinaigre, et dans ses mains il tenait une feuille de papier
à lettres. A petits pas rapides il s'avança jusqu'au bord
de l'estrade.

— Mesdames et Messieurs, dit-il en s'adressant au
public, par inadvertance un malentendu comique s'est
produit qui d'ailleurs a été écarté ; mais je me suis chargé
avec espoir d'une mission et d'une prière profondément
respectueuse d'un de nos poètes d'ici... Pénétré d'un but
humanitaire et élevé... en dépit de son aspect... de ce
même but qui nous a tous réunis ici... celui d'essuyer les
larmes des jeunes filles instruites et pauvres de notre
province... ce monsieur, je veux dire ce poète de chez
nous... qui désire garder l'incognito... souhaiterait vivement de voir sa poésie lue avant le commencement du
bal... ou plutôt je voulais dire de la lecture. Bien que
cette poésie ne figure pas au programme et n'y soit pas
prévue... parce qu'il y a une demi-heure qu'elle a été
apportée... il NOUS a semblé (qui nous ? Je cite mot à mot
ce discours saccadé et confus), il nous a semblé que par
sa remarquable naïveté de sentiment unie à sa gaieté
également remarquable, ce poème pourrait être lu, c'est-
à-dire non pas comme quelque chose de sérieux, mais
comme étant en rapport avec la fête... En un mot, avec
l'idée... D'autant plus qu'il ne s'agit que de quelques
lignes... et je voulais demander la permission du plus
bienveillant des publics...

— Lisez ! rugit une voix au fond de la salle.

— Alors il faut lire ?

— Lisez, lisez ! crièrent de nombreuses voix.

— Je vais lire, avec la permission du public, déclara Lipoutine, se dandinant avec le même sourire sucré. Il paraissait néanmoins ne pouvoir se décider, et il me semble même qu'il était ému. Si grande que soit l'audace de ces gens, il leur arrive tout de même parfois de trébucher. Au demeurant, le séminariste n'aurait pas trébuché, tandis que Lipoutine appartenait malgré tout à une autre génération.

— Je préviens, c'est-à-dire j'ai l'honneur de prévenir qu'il ne s'agit tout de même pas d'une ode comme on en écrivait autrefois à l'occasion des fêtes, que c'est presque pour ainsi dire une plaisanterie, mais d'un sentiment indéniable allié à une gaieté enjouée et, pour ainsi dire, à la plus réaliste vérité.

— Lis, lis !

Il déplia le papier. Bien entendu, personne n'eut le temps de l'arrêter. D'ailleurs il se présentait avec son nœud d'ordonnateur. D'une voix sonore il déclama :

— A notre institutrice nationale de ces régions, de la part du poète, en ce jour de fête.

> Bonjour, bonjour, institutrice !
> Tu peux rire et triompher,
> Que tu sois conservatrice
> Ou George Sand, qu'est-ce que ça fait ?

— Mais c'est de Lebiadkine ! Mais oui, c'est bien de Lebiadkine ! dirent quelques voix. Il y eut des rires et même des applaudissements, quoique peu nombreux.

> Tu enseignes la langue française
> A de petits enfants morveux,
> Prête a faire des yeux de braise
> Même au sacristain miteux.

— Hourra ! hourra !

> En ce temps de réformes nouvelles
> Même un sacristain, n'y compte pas,
> Il te faut des sous, ma belle,
> Pour dire adieu au b-a ba.

— Justement, justement, ça c'est du réalisme, rien à faire sans les sous !

MAIS PUISQUE GRACE A CETTE FÊTE
NOUS TENONS UN CAPITAL,
C'EST TA DOT, ELLE EST PRÊTE,
C'EST NOTRE DON AMICAL, —
GEORGE SAND OU CONSERVATRICE,
TU PEUX CHOISIR TON ÉPOUX,
ET CRACHER, INSTITUTRICE,
DU HAUT DE TA DOT SUR TOUT !

Je l'avoue, je n'en croyais pas mes oreilles. Il y avait
là une impudence si évidente qu'il était impossible d'excuser Lipoutine même en prétextant la bêtise. Or Lipoutine était loin d'être bête. L'intention était claire, pour
moi du moins : on se hâtait de provoquer le désordre.
Certains vers de cette poésie idiote, par exemple le tout
dernier, étaient de nature telle qu'aucune bêtise n'aurait
pu l'admettre. Lipoutine parut sentir lui-même qu'il
était allé trop loin ; son exploit accompli, il fut si décon-
tenancé par sa propre audace qu'il ne quitta même pas
l'estrade et resta là comme s'il voulait ajouter quelque
chose. Il escomptait probablement un autre résultat ;
mais même la poignée de voyous qui avaient applaudi
pendant sa lecture s'étaient soudain tus, eux aussi
comme saisis. Le plus stupide de l'histoire était que
beaucoup d'entre eux avaient pris tout l'incident pathé-
tiquement, c'est-à-dire nullement comme une pasquinade,
mais bien comme la vérité vraie sur les institutrices,
comme un poème à thèse. Mais l'excès de désinvolture
des vers les frappa enfin eux aussi. Quant au public,
la salle tout entière était non seulement scandalisée
mais visiblement offensée. Je ne me trompe pas en
décrivant l'impression produite. Julie Mikhaïlovna disait
plus tard qu'un instant encore, et elle se serait évanouie. Un des plus vénérables vieillards invita sa vieille
épouse à se lever et tous deux quittèrent la salle sous
les regards inquiets du public qui les suivait. Qui sait,
peut-être l'exemple aurait-il entraîné d'autres encore
si à ce moment Karmazinov lui-même n'était apparu
sur l'estrade en frac et cravate blanche, tenant un cahier
à la main. Julie Mikhaïlovna lui dédia un regard extasié
comme à un sauveur. Mais j'étais déjà dans les coulisses ; j'avais besoin de Lipoutine.

— Vous avez fait cela exprès ! dis-je en le saisissant
avec indignation par le bras.

— Je vous jure que je n'aurais jamais cru, répondit-il en grimaçant, commençant aussitôt à mentir et

feignant d'être malheureux ; on venait d'apporter les vers, alors j'ai pensé qu'à titre de joyeuse plaisanterie...

— Vous n'avez pas du tout pensé cela. Est-il possible que vous trouviez que cette lamentable ordure est une joyeuse plaisanterie ?

— Oui, je le trouve.

— Vous mentez tout simplement et ce n'est pas du tout à l'instant qu'on vous a apporté ces vers. Vous les avez composés vous-même avec Lebiadkine, peut-être hier déjà, pour provoquer un scandale. Le dernier vers ne peut être que de vous, au sujet du sacristain aussi. Pourquoi s'est-il présenté en frac ? Vous comptiez donc le faire lire lui-même s'il ne s'était pas soûlé ?

Lipoutine me jeta un regard froid et sarcastique.

— Qu'est-ce que cela vous fait ? demanda-t-il soudain avec un calme étrange.

— Comment ce que cela me fait ? Vous aussi vous portez le nœud de rubans... Où est Piotr Stepanovitch ?

— Je ne sais pas ; quelque part par ici ; pourquoi ?

— Parce que je vois clair maintenant. C'est tout simplement un complot contre Julie Mikhaïlovna pour couler sa fête...

Lipoutine me jeta de nouveau un regard en dessous.

— Mais qu'est-ce que ça vous fait ? dit-il avec un sourire, et haussant les épaules, il s'éloigna.

Je fus atterré. Tous mes soupçons se vérifiaient. Et moi qui espérais encore me tromper! Que devais-je faire? Je pensai un instant à consulter Stepan Trofimovitch, mais il se tenait devant le miroir, essayant des sourires, et jetait à tout instant les yeux sur le papier sur lequel il avait pris des notes. Son tour venait immédiatement après Karmazinov et il n'était plus en état de me parler. Courir auprès de Julie Mikhaïlovna ? Mais pour celle-là il était trop tôt : celle-là avait besoin d'une leçon beaucoup plus brutale pour la guérir de sa conviction d'être « entourée », d'être l'objet d'un « dévouement fanatique » général. Elle ne m'aurait pas cru et m'aurait pris pour un illuminé. Et puis comment eût-elle pu m'aider ? « Eh, pensais-je, effectivement qu'est-ce que cela me fait, j'enlèverai mon nœud et je rentrerai chez moi QUAND CELA COMMENCERA. » J'avais vraiment dit « quand cela commencera », je m'en souviens.

Mais il fallait aller écouter Karmazinov. Jetant un dernier coup d'œil dans les coulisses, je remarquai que passablement de gens qui n'avaient rien à y faire, même des femmes, y circulaient, entrant et sortant. Ces «coulisses » étaient un assez étroit espace complètement séparé du public par un rideau et qui communiquait par un couloir avec les autres pièces. Là nos lecteurs attendaient leur tour. Mais celui qui me frappa particulièrement à cet instant fut le lecteur qui devait succéder à Stepan Trofimovitch. C'était aussi une sorte de professeur (aujourd'hui encore je ne sais pas exactement qui il était), qui avait quitté volontairement je ne sais quel établissement scolaire après une histoire politique parmi les étudiants, et qui était arrivé pour une raison quelconque dans notre ville quelques jours à peine plus tôt. Lui aussi avait été recommandé à Julie Mikhaïlovna et elle l'avait accueilli avec respect. Je sais à présent qu'il n'était allé chez elle qu'à une seule soirée avant la lecture, n'avait pas ouvert la bouche, s'étant contenté de sourire d'un air ambigu aux plaisanteries et au ton de l'entourage de Julie Mikhaïlovna, et avait fait à tous une impression désagréable par son air hautain en même temps que susceptible jusqu'à en paraître craintif. C'était Julie Mikhaïlovna elle-même qui l'avait recruté pour lire. En ce moment il se promenait de long en large et comme Stepan Trofimovitch chuchotait à part lui, mais regardait à terre et non dans la glace. Il n'essayait pas des sourires, quoiqu'il sourît souvent et d'un air féroce. Il était évident qu'à lui non plus on ne pouvait parler. C'était un homme de petite taille, dans la quarantaine, chauve, avec une barbiche grisonnante, correctement vêtu. Mais le plus intéressant était qu'à chaque tournant il levait le poing droit, le brandissait au-dessus de sa tête et soudain l'abattait comme pour pulvériser quelque adversaire. Ce geste, il le répétait à chaque instant. J'eus peur. Vite je courus écouter Karmazinov.

3

DANS la salle flottait de nouveau un air de désastre. Je le déclare d'avance : je m'incline devant la grandeur du génie ; mais pourquoi donc messieurs nos génies, au déclin de leurs jours glorieux, agissent-ils parfois comme de vrais gamins ? Qu'importe qu'il fût Karmazinov et qu'il se présentât devant le public avec la prestance de cinq chambellans ? Peut-on retenir une heure entière un public comme le nôtre en lui lisant simplement un article ? J'ai observé en général que fût-on un super-génie, il est impossible, dans une réunion littéraire, d'occuper impunément le public de sa personne pendant plus de vingt minutes. Certes, l'entrée en scène du grand génie fut saluée avec un immense respect ; même les vieillards les plus stricts manifestèrent de l'approbation et de la curiosité, et les dames, quant à elles, exprimèrent un certain enthousiasme. Les applaudissements furent cependant brefs et pour ainsi dire peu unanimes, hésitants. En revanche, aux derniers rangs, il n'y eut aucune manifestation jusqu'au moment où Karmazinov prit la parole et d'ailleurs alors non plus il ne se passa rien de particulièrement fâcheux, sinon une sorte de malentendu. J'ai déjà dit qu'il avait une voix trop criarde, même un peu féminine, et avec cela un véritable zézaiement de gentilhomme. A peine eut-il prononcé quelques mots que, brusquement, quelqu'un se permit de rire tout haut, probablement quelque nigaud sans expérience qui n'avait jamais encore vu aucune réunion mondaine et qui était rieur de nature. Mais il n'y eut aucune manifestation : au contraire, on fit taire le sot et il rentra sous terre. Mais voici que M. Karmazinov, minaudant et affecté, déclare qu'il n'avait « voulu pour rien au monde tout d'abord accepter de lire » (il était bien nécessaire de l'annoncer !). «Il y a des lignes qui jaillissent comme un chant du cœur, au point qu'il est même impossible d'en parler, et qu'on ne peut en aucun cas porter une chose si sacrée devant le public » (alors pourquoi donc la portait-il ?) ; « mais comme on l'a fléchi il l'y porte et comme par surcroît il dépose sa plume pour toujours et a juré de ne plus jamais rien écrire, il a, soit, écrit cette dernière chose ; et comme il a juré de ne jamais plus rien lire en public », etc., etc., le tout dans le même genre.

Mais tout cela n'aurait été rien, et qui ne sait les préambules d'auteur ? Pourtant je ferai remarquer qu'étant donné le peu de culture de notre public et l'humeur irascible des derniers rangs, tout cela pouvait avoir son influence. N'aurait-il pas mieux valu lire un tout petit conte, un tout petit récit du genre dans lequel il écrivait jadis — c'est-à-dire ciselé et maniéré mais tout de même parfois non dépourvu d'esprit ? Cela aurait tout sauvé. Mais non, il n'en était pas question ! Ce fut un sermon qui commença ! Dieu, que n'y avait-il pas là-dedans ! Je dirai sans hésitation que même le public de la capitale en aurait été frappé de stupeur, pas seulement le nôtre. Figurez-vous près de deux feuillets imprimés du bavardage le plus maniéré et le plus inutile ; ce monsieur lisait en outre dans une attitude hautaine et affligée, comme par grâce, au point que c'en était blessant pour notre public. Le sujet... Mais qui aurait pu le démêler, ce sujet ? C'était une sorte de compte rendu de je ne sais quelles impressions, de je ne sais quels souvenirs. Mais sur quoi ? Mais à propos de quoi ? — Nos fronts provinciaux eurent beau se froncer pendant toute la première moitié de la lecture, ils ne purent rien en tirer, si bien qu'ils n'écoutèrent plus la seconde partie que par politesse. Il est vrai qu'il était beaucoup question d'amour, de l'amour du génie pour une certaine personne, mais, je l'avoue, cela était un peu gênant. A la petite silhouette dodue du génial écrivain il ne semblait guère aller, à mon avis, qu'il parlât de son premier baiser... Et ce qui, encore une fois, est vexant, ces baisers se passaient autrement que pour le reste de l'humanité. Ici, immanquablement, il y a des genêts (immanquablement des genêts ou quelque autre plante qu'il faut chercher dans un ouvrage de botanique) qui poussent alentour. Avec cela le ciel a immanquablement une nuance violette que, naturellement, personne parmi le commun des mortels n'a jamais observée, c'est-à-dire que tout le monde l'a bien vue mais n'a pas su la remarquer, tandis que « moi j'ai regardé et je vous le décris, imbéciles, comme si c'était la chose la plus ordinaire ». L'arbre sous lequel s'est assis l'intéressant couple est immanquablement d'une couleur orange. Ils sont quelque part en Allemagne. Soudain ils voient Pompée ou Cassius à la veille d'une bataille, et le froid de l'enthousiasme les transperce tous deux. Une nymphe a poussé un cri plaintif dans les buissons. Gluck a joué du violon dans les roseaux. Le morceau qu'il a joué est nommé *en toutes lettres* mais personne ne le connaît, si bien qu'on est obligé de consulter un dictionnaire musical. Pendant ce temps, le brouillard se met à tourbillonner, à tourbillonner tellement, tellement qu'il ressemble davantage à un million d'oreillers qu'à du brouillard. Et soudain tout disparaît et le grand génie, en hiver, au moment du dégel, traverse la Volga. Deux pages et demie de traversée, mais néanmoins il tombe dans un trou dans la glace. Le génie se noie — vous croyez qu'il s'est noyé ? Allons donc ; tout cela c'est pour raconter qu'alors qu'il allait définitivement se noyer et qu'il suffoquait, un petit glaçon s'est offert à sa vue, un minuscule glaçon gros comme un pois mais pur et transparent « comme une larme gelée », et dans ce glaçon s'est reflétée l'Allemagne ou, pour mieux dire, le ciel de l'Allemagne et, par son scintillement irisé, le reflet lui a rappelé cette même larme qui, « t'en souvient-il, roula de tes yeux quand nous étions assis sous l'arbre d'émeraude et que tu t'écrias joyeusement : « Il n'est pas de crime ! » — «Oui, dis-je à travers mes larmes, mais s'il en est ainsi, alors il n'est pas non plus de justes. » Nous éclatâmes en sanglots et nous séparâmes à jamais ». — Elle pour s'en aller quelque part au bord de la mer, lui dans on ne sait quelles cavernes ; et le voici qui descend, qui descend, qui, pendant trois ans, descend à Moscou sous la tour Soukharev, et soudain, dans les entrailles mêmes de la terre, il découvre dans une caverne une veilleuse et, devant la veilleuse, un ascète. L'ascète est en prière. Le génie se penche vers une minuscule fenêtre grillée, et soudain il entend un soupir. Vous croyez que c'est l'ascète qui a soupiré ? Il a bien besoin de votre ascète ! Non, tout simplement, ce soupir lui a rappelé son premier soupir à elle, trente-sept ans auparavant, quand, « t'en souvient-il, en Allemagne, nous étions assis sous l'arbre d'agate et que tu me dis : « A quoi bon aimer ? Regarde, des herbes poussent alentour, et j'aime, mais que les herbes cessent de croître et je cesserai d'aimer. » Ici, derechef, le brouillard tourbillonne, Hoffmann est apparu, une nymphe a sifflé un air de Chopin, et soudain du brouillard surgit, en couronne de lauriers, Ancus Marcius au-dessus des toits de Rome. Le frisson de l'enthousiasme nous courut dans le dos et nous nous séparâmes à jamais », etc. En un mot, il se peut que je ne le rende pas bien et que je ne sache pas le rendre, mais c'était bien le sens du bavardage. Et enfin quelle honteuse passion ont nos grands esprits pour les calembours d'un ordre supérieur ! Le grand philosophe européen, le grand savant, l'inventeur, le travailleur, le martyr, tous ces hommes qui peinent et qui portent leur fardeau ne sont proprement pour notre grand génie qu'une sorte de marmitons dans sa cuisine. Il est le seigneur, et ils se présentent devant lui le bonnet à la main et attendent ses ordres. Il est vrai que de la Russie aussi il sourit avec hauteur et rien ne lui est plus agréable que d'annoncer la faillite de la Russie à tous les égards devant les grands esprits de l'Europe, mais pour ce qui est de lui-même, non, il s'est élevé au-dessus de ces grands esprits ; à eux tous, ils ne sont que matière à ses calembours. Il prend l'idée d'autrui, lui accole son antithèse, et le calembour est prêt. Le crime existe, le crime n'existe pas ; il n'est pas de justice, il n'est pas de justes ; l'athéisme, le darwinisme, les cloches de Moscou... Mais hélas, il ne croit plus aux cloches de Moscou ; Rome, les lauriers... Mais il ne croit pas même aux lauriers... Là accès obligatoire de spleen à la Byron, grimace à la

Heine, quelque chose de Petchorine — et allez donc, allez donc, la machine se met en marche et siffle... « Du reste, louez-moi, louez-moi, j'adore cela ; je ne dis que comme ça que je dépose ma plume ; attendez, je vous ennuierai trois cents fois encore, vous serez fatigués de me lire... »

Bien entendu, cela ne finit pas particulièrement bien ; mais ce qui est fâcheux, c'est que tout commença justement par lui. Depuis longtemps déjà, on s'était mis à remuer les pieds, à se moucher, à tousser et à faire tout ce que l'on fait lorsqu'à une réunion littéraire un écrivain, quel qu'il soit, tient le public plus de vingt minutes. Mais le génial écrivain ne remarquait rien de tout cela. Il continuait de zézayer et d'ânonner, ignorant complètement le public, si bien que la perplexité commençait à gagner l'assistance. Quand tout à coup, aux derniers rangs, une voix isolée mais forte se fit entendre :

— Seigneur, quelles inepties !

Cela s'était échappé involontairement et, j'en suis convaincu, sans aucun désir de manifestation. Tout simplement, il s'agissait de quelqu'un qui était fatigué. Mais M. Karmazinov s'arrêta, regarda ironiquement le public et soudain zézaya avec l'air d'un chambellan ulcéré :

— Il semble que je vous ai passablement ennuyés, Mesdames et Messieurs ?

C'est en cela justement qu'était son tort, d'avoir parlé le premier ; car appelant ainsi une réponse, il donna par là même à toute sorte de voyous la possibilité de parler à leur tour et cela, pour ainsi dire, légitimement, alors que s'il s'était retenu on se serait borné à se moucher un moment, et cela aurait passé de façon ou d'autre... Peut-être attendait-il des applaudissements en réponse à sa question ; mais il n'y eut pas d'applaudissements ; au contraire, tout le monde parut effrayé, se fit petit et se tint coi.

— Jamais vous n'avez vu Ancus Marcius, tout cela c'est du style, lança soudain une voix irritée, presque douloureuse.

— Justement, reprit aussitôt une autre voix ; aujourd'hui il n'y a plus de fantômes, il y a les sciences naturelles. Consultez les sciences naturelles.

— Mesdames et Messieurs, la dernière chose à laquelle je m'attendais était des objections de ce genre, dit Karmazinov extrêmement surpris. Le grand génie avait complètement perdu à Karlsruhe l'habitude de sa patrie.

— A notre époque, il est honteux de venir nous lire

que le monde repose sur trois poissons, débita tout à coup une jeune fille. Vous n'avez pu, Karmazinov, descendre dans des cavernes chez l'ascète. Et puis qui parle aujourd'hui d'ascètes ?

— Mesdames et Messieurs, ce qui m'étonne le plus c'est que ce soit si sérieux. D'ailleurs... d'ailleurs vous avez parfaitement raison. Personne plus que moi ne respecte la vérité réelle.

Quoiqu'il sourît ironiquement, il était vivement frappé. Son visage disait clairement : « Je ne suis pas celui que vous croyez, je suis avec vous, seulement louez-moi, louez-moi beaucoup, le plus possible, j'adore cela... »

— Mesdames et Messieurs, cria-t-il enfin, cette fois complètement ulcéré, je vois que mon pauvre petit poème s'est fourvoyé. D'ailleurs moi aussi je me suis, je crois, fourvoyé.

— Il visait un corbeau et il a atteint une vache, cria à plein gosier un imbécile, sans doute ivre, et à celui-là, certes, il n'aurait pas fallu faire attention. Il est vrai que des rires irrespectueux fusèrent.

— Une vache, dites-vous ? reprit aussitôt Karmazinov. Sa voix était de plus en plus criarde. Au sujet des corbeaux et des vaches je me permettrai, Mesdames et Messieurs, de m'abstenir. Je respecte trop n'importe quel public pour me permettre des comparaisons, même anodines ; mais je pensais...

— Pourtant, Monsieur, vous allez fort... cria quelqu'un aux derniers rangs.

— Mais je supposais que déposant la plume et faisant mes adieux au lecteur, je serais écouté...

— Si, si, nous voulons écouter, nous le voulons, crièrent au premier rang quelques voix enfin enhardies.

— Lisez, lisez ! reprirent quelques dames enthousiastes, et enfin des applaudissements éclatèrent, rares il est vrai, maigres. Karmazinov sourit de travers et se leva.

— Croyez bien, Karmazinov, que nous tenons tous pour un honneur... ne put s'empêcher de dire la maréchale de la noblesse.

— Monsieur Karmazinov, lança soudain une fraîche voix juvénile du fond de la salle. C'était la voix d'un tout jeune maître d'école du district, un très brave garçon, calme et noble, qui était depuis peu de temps chez nous. Il alla jusqu'à se lever de sa place. Monsieur Karmazinov, si j'avais le bonheur d'aimer comme vous l'avez écrit, je n'aurais jamais mis mon amour dans un article destiné à être lu en public.

Il était même devenu tout rouge.

— Mesdames et Messieurs, cria Karmazinov, j'ai terminé. J'omets la fin et je me retire. Mais permettez-moi de lire seulement les six lignes finales :

« Oui, ami lecteur, adieu ! » commença-t-il aussitôt, lisant son manuscrit et sans reprendre place dans le fauteuil. « Adieu, lecteur, je n'insiste même pas trop pour que nous nous quittions en amis : à quoi bon en effet t'importuner ? Même, éreinte-moi, oh, éreinte-moi tant que tu voudras si cela te fait le moindre plaisir. Mais le mieux est de nous oublier à jamais l'un l'autre. Et si vous tous, lecteurs, vous aviez soudain la bonté de me supplier à genoux avec des larmes : « Ecris, oh, écris pour nous, Karmazinov, pour la patrie, pour la postérité, pour les couronnes de lauriers », même alors je vous répondrais, bien entendu après vous avoir remerciés avec toute la courtoisie voulue : « Non, vraiment, nous nous sommes assez occupés les uns des autres, chers compatriotes, *merci !* Il est temps pour nous d'aller chacun de son côté ! *Merci, merci, merci !* »

Karmazinov salua cérémonieusement et, rouge comme si on l'avait cuit, se retira dans les coulisses.

— Jamais personne n'ira se mettre à genoux ; en voilà une idée saugrenue.

— Quel amour-propre tout de même !

— Ce n'est que de l'humour, rectifia quelqu'un de plus sensé.

— Non, épargnez-nous votre humour.

— Pourtant c'est de l'insolence, Messieurs.

— Au moins, cette fois il a bien fini.

— Ce qu'on nous a écrasés d'ennui !

Mais toutes ces exclamations d'ignorants venues des derniers rangs (pas seulement d'ailleurs des derniers) furent étouffées par les applaudissements de l'autre partie du public. On réclamait Karmazinov. Plusieurs dames, avec à leur tête Julie Mikhaïlovna et la maréchale de la noblesse, s'étaient massées devant l'estrade. Dans une main de Julie Mikhaïlovna apparut une somptueuse couronne de lauriers posée sur un coussin de velours blanc, dans l'autre main une couronne de roses naturelles.

— Des lauriers ! prononça Karmazinov avec un sourire fin et légèrement caustique ; je suis certes touché et j'accepte avec une vive émotion cette couronne préparée d'avance mais qui n'a pas encore eu le temps de se flétrir ; pourtant, je vous l'assure, *Mesdames*, je suis devenu subitement si réaliste que je considère qu'à notre époque les lauriers sont beaucoup plus à leur place entre les mains d'un habile cuisinier que dans les miennes...

— Un cuisinier est certainement plus utile, cria le séminariste qui avait assisté à la « séance » chez Virguinski. L'ordre était quelque peu troublé. A de nombreux rangs on s'était levé pour voir la cérémonie de la couronne de lauriers.

— Pour un cuisinier je donnerais bien en ce moment encore trois roubles, reprit une autre voix tout haut, même trop haut, haut avec insistance.

— Moi aussi.

— Moi aussi.

— Mais est-ce qu'il n'y a vraiment pas de buffet ici ?

— Messieurs, on nous a tout simplement roulés...

Au demeurant, il faut avouer que tous ces individus débridés craignaient encore beaucoup nos dignitaires et aussi le commissaire de police qui était dans la salle. Tant bien que mal, au bout d'une dizaine de minutes, tout le monde avait repris place, mais l'ordre ne se rétablit plus. Et c'est au milieu de ce chaos naissant que tomba le pauvre Stepan Trofimovitch.

4

Je fis pourtant encore un saut dans les coulisses pour le voir et, hors de moi, j'eus le temps de l'avertir qu'à mon avis tout était par terre, qu'il ferait mieux de ne pas paraître du tout et de rentrer sur-le-champ chez lui en prenant pour prétexte fût-ce la cholérine. Il gagnait déjà à ce moment l'estrade ; il s'arrêta brusquement, me toisa avec hauteur de la tête aux pieds et prononça solennellement :

— Pourquoi donc, Monsieur, me croyez-vous capable d'une pareille bassesse ?

J'abandonnai. J'étais certain comme deux fois deux font quatre qu'il n'en sortirait pas sans catastrophe. Cependant que je restais là complètement abattu, j'aperçus derechef la silhouette du professeur qui devait succéder à Stepan Trofimovitch et qui tout à l'heure ne cessait de lever et d'abaisser à toute volée le poing. Il se promenait toujours de long en large, absorbé en lui-même et marmottant quelque chose dans sa barbe avec un sourire sardonique mais triomphant. Presque sans intention (fallait-il que je m'en mêle encore !), je l'abordai lui aussi.

— Vous savez, dis-je, d'après de nombreux exemples, si un conférencier retient le public plus de vingt minutes, celui-ci n'écoute plus. Un demi-heure, aucune célébrité ne tiendrait...

Il s'arrêta brusquement et parut frémir sous l'injure. Une incommensurable hauteur se peignit sur son visage.

— Ne vous inquiétez pas, grommela-t-il avec mépris, et il s'éloigna. A ce moment, la voix de Stepan Trofimovitch s'éleva dans la salle.

« Eh, que le diable vous emporte tous ! » pensai-je, et je courus dans la salle.

Stepan Trofimovitch s'était installé dans le fauteuil alors que le désordre ne s'était pas encore calmé. Aux premiers rangs, il avait apparemment été accueilli par des regards malveillants. (Au club, les derniers temps, on avait cessé de l'aimer et on le respectait beaucoup moins que naguère.) Au demeurant, c'était déjà heureux qu'on ne l'eût pas sifflé. J'avais depuis la veille une étrange idée : il me semblait sans cesse qu'on le sifflerait dès qu'il se montrerait. Pourtant, au milieu des restes de désordre, on n'avait même pas remarqué tout de suite sa présence. Et que pouvait espérer cet homme, du moment que Karmazinov lui-même avait été traité de la sorte ? Il était pâle; il y avait dix ans qu'il n'avait paru en public. A voir son émotion et tous les autres signes que je connaissais trop bien chez lui, il était évident pour moi que lui-même regardait son apparition sur l'estrade comme devant décider de son sort ou quelque chose de ce genre. C'était justement ce que je craignais. Il m'était cher, cet homme. Et que devins-je lorsqu'il ouvrit la bouche et que j'entendis sa première phrase !

— Mesdames et Messieurs ! prononça-t-il soudain, comme décidé à tout, et en même temps d'une voix qui se brisait presque. Mesdames et Messieurs ! Pas plus tard que ce matin, j'avais devant moi une de ces feuilles clandestines qu'on a répandues ici, et, pour la centième fois, je me posais cette question : « en quoi consiste son secret ? »

Toute la salle devint d'un coup silencieuse, tous les regards se dirigèrent vers lui, quelques-uns avec frayeur. Décidément, il avait su intéresser dès le premier mot. Des têtes se montrèrent même des coulisses ; Lipoutine et Liamchine écoutaient avec avidité. Julie Mikhaïlovna, de nouveau, me fit un signe de la main.

— Arrêtez-le, coûte que coûte arrêtez-le ! me chuchota-t-elle alarmée. Je me contentai de hausser les épaules ; pouvait-on arrêter un homme DÉCIDÉ ? Hélas, je comprenais Stepan Trofimovitch.

— Ah-ah, il s'agit des tracts, chuchota-t-on dans le public ; un mouvement se fit dans toute la salle.

— Mesdames et Messieurs, j'ai percé tout le secret. Tout le secret de l'effet qu'ils produisent est dans leur bêtise ! (Ses yeux étincelèrent.) Oui, Mesdames et Messieurs, si cette bêtise était voulue, simulée par calcul, oh ! ce serait même génial ! Mais il faut leur rendre pleinement justice : ils n'ont rien simulé. C'est la bêtise la plus nue, la plus naïve, la plus niaise — *c'est la bêtise dans son essence la plus pure, quelque chose comme un simple chimique*. Cela eût-il été exprimé d'une façon un tout petit peu plus intelligente, chacun verrait aussitôt toute la misère de cette bêtise niaise. Mais ainsi tout le monde s'arrête perplexe : personne ne croit que cela puisse être si foncièrement bête. « Il n'est pas possible qu'il n'y ait là rien d'autre », dit chacun, et l'on cherche un secret, on y voit un mystère, on veut lire entre les lignes — l'effet est atteint ! Oh, jamais encore la bêtise n'avait obtenu une si solennelle récompense, quoiqu'elle l'eût si souvent méritée... Car, *en parenthèses*, la bêtise comme le plus grand génie sont également utiles dans les destinées de l'humanité...

— Calembours des années 1840 ! fit entendre une voix, fort modeste d'ailleurs, mais à sa suite tout sembla se déchaîner ; ce fut le tumulte.

— Mesdames et Messieurs, hourra ! Je propose un toast à la bêtise ! cria Stepan Trofimovitch, en proie cette fois à un véritable délire, bravant la salle.

Je courus à lui sous prétexte de lui verser de l'eau.

— Stepan Trofimovitch, laissez, Julie Mikhaïlovna vous en supplie...

— Non, laissez-moi, vous, jeune homme vain ! me cria-t-il à pleine voix. Je m'enfuis. *Messieurs !* poursuivit-il, pourquoi cette agitation, pourquoi ces cris d'indignation que j'entends ? Je suis venu avec le rameau d'olivier. Je vous ai apporté le dernier mot, car dans cette affaire je possède le dernier mot — et nous ferons la paix.

— A bas ! criaient les uns.

— Doucement, laissez-le parler, laissez-le s'expliquer, hurlaient les autres. Particulièrement agité était le jeune instituteur qui, ayant une fois osé prendre la parole, semblait ne plus pouvoir s'arrêter.

— *Messieurs*, le dernier mot de cette affaire est le pardon général. Moi, vieillard fini, je déclare solennellement que l'esprit de vie souffle comme par le passé et que la force vive n'est pas tarie dans la jeune génération. L'enthousiasme de la jeunesse contemporaine est aussi pur et clair que de notre temps. Une chose seulement s'est produite : un déplacement des buts, la substitution à la beauté d'une autre beauté. Toute la question est seulement de savoir ce qui est plus beau : de Shakespeare ou d'une paire de bottes, de Raphaël ou du pétrole ?

— C'est une dénonciation ! grognaient les uns.

— Questions compromettantes !

— *Agent provocateur !*

— Et moi je déclare, glapit Stepan Trofimovitch au comble de la surexcitation, et moi je déclare que Shakespeare et Raphaël sont au-dessus de l'affranchissement des paysans, au-dessus de la nationalité, au-dessus de la jeune génération, au-dessus de la chimie, au-dessus de presque toute l'humanité, car ils sont déjà un fruit, le véritable fruit de l'humanité tout entière, et peut-être le plus sublime qu'il puisse y avoir ! Ils sont la forme de la beauté déjà atteinte, cette beauté sans la possession de laquelle je ne consentirais peut-être même pas à vivre... Oh, Dieu ! — il joignit les mains — il y a dix ans, je le criais exactement de même à Pétersbourg, du haut de la tribune, exactement dans les mêmes termes, et exactement de même que maintenant, on ne comprenait rien, on riait et on sifflait — gens bornés, que vous manque-t-il pour comprendre ? Savez-vous, savez-vous que sans l'Anglais l'humanité peut vivre, sans l'Allemand elle le peut aussi, sans le Russe elle ne le peut que trop, sans la science elle le peut, sans pain aussi, c'est sans la beauté seulement que cela est impossible, car il n'y aurait alors absolument plus rien à faire au monde ! Tout le secret est là, toute l'Histoire est là ! La science elle-même ne tiendrait pas une minute sans la beauté — savez-vous cela, vous qui riez — elle dégénérerait en goujaterie, elle n'inventerait même pas un simple clou !... Je ne céderai pas ! cria-t-il absurdement en guise de conclusion, et de toutes ses forces il abattit son poing sur la table.

Mais pendant qu'il criait de cette façon insensée et incohérente, l'ordre se troublait aussi dans la salle. Beaucoup de gens avaient quitté leur place, certains se portèrent en avant, plus près de l'estrade. En général, tout cela se passa plus vite que je ne le décris et l'on n'eut pas le temps de prendre des mesures. Peut-être aussi ne le voulut-on pas.

— Vous en parlez à votre aise, nourri et logé comme vous êtes, farceur ! rugit tout contre l'estrade le même séminariste, montrant avec plaisir les dents à Stepan Trofimovitch. Ce dernier s'en aperçut et bondit jusqu'au bord de l'estrade.

— N'est-ce pas moi, n'est-ce pas moi qui viens de déclarer que l'enthousiasme de la jeune génération est aussi pur et clair qu'il l'était, et qu'elle ne se perd que parce qu'elle se trompe sur les formes de la beauté ! Cela ne vous suffit pas ? Et si l'on considère que celui qui vient de proclamer cela est un père meurtri, offensé, — oh gens bornés ! — est-il possible de s'élever plus haut dans l'impartialité et la sérénité du regard ?... Ingrats... injustes... pourquoi, pourquoi ne voulez-vous pas faire la paix !...

Et soudain il éclata en sanglots hystériques. Il essuyait de ses doigts les larmes qui coulaient. Ses épaules et sa poitrine étaient secoués de sanglots... Il avait oublié tout au monde.

Un véritable effroi saisit le public, presque tous se levèrent de leur place. Julie Mikhaïlovna elle aussi sauta vivement sur ses pieds, prenant son époux sous le bras et le forçant à se lever de son fauteuil... Le scandale était inouï.

— Stepan Trofimovitch ! hurla joyeusement le séminariste. Dans la ville et dans les environs, rôde en ce moment Fedka le forçat, évadé du bagne. Il vole et, dernièrement encore, il a commis un nouvel assassinat. Permettez-moi de vous le demander : si, il y a quinze ans, vous ne l'aviez pas donné au recrutement pour régler une dette de jeu, c'est-à-dire tout simplement si vous ne l'aviez pas perdu aux cartes, dites, aurait-il échoué au bagne ? Egorgerait-il les gens comme il le fait maintenant, dans la lutte pour l'existence ? Qu'en dites-vous, Monsieur l'esthéticien ?

Je me refuse à décrire la scène qui suivit. D'abord des applaudissements frénétiques éclatèrent. Tout le monde n'applaudissait pas, peut-être une cinquième partie de la salle le faisait, mais on applaudissait frénétiquement. Tout le reste du public se porta vers la sortie, mais comme ceux qui applaudissaient se pressaient toujours en avant vers l'estrade, une confusion générale se fit. Les dames poussaient des cris, certaines jeunes filles se mirent à pleurer et demandèrent à rentrer. Lembke, debout auprès de sa place, jetait à la ronde des regards rapides et hagards. Julie Mikhaïlovna avait tout à fait perdu la tête — pour la première fois de sa carrière chez nous. Quant à Stepan Trofimovitch, sur le moment il parut littéralement écrasé par les paroles du séminariste, mais brusquement il leva les deux bras, comme s'il les étendait au-dessus du public, et hurla :

— Je secoue la poussière de mes pas et je maudis... C'est la fin... la fin...

Et se détournant, il courut dans les coulisses, agitant les bras et menaçant.

— Il a insulté la société !... Verkhovenski !... rugirent les forcenés. Ils voulaient même se précipiter à sa poursuite. Rétablir le calme était impossible, tout au moins à ce moment, et — soudain une catastrophe définitive éclata comme une bombe au milieu de l'assistance : le troisième lecteur, ce maniaque qui brandissait sans arrêt le poing dans les coulisses, fit subitement irruption sur la scène.

Il avait tout à fait l'air d'un fou. Avec un large sourire triomphant, plein d'une assurance sans borne, il regardait la salle houleuse et semblait se réjouir du désordre. Il n'était nullement troublé d'avoir à lire dans un pareil tumulte, au contraire, il en était visiblement content. C'était si évident que, d'un coup, cela attira l'attention.

— Qu'est-ce que c'est encore ? demanda-t-on ; qui est-ce encore ? Chut ! Qu'est-ce qu'il veut dire ?

— Messieurs ! cria de toutes ses forces le maniaque, debout tout au bord de l'estrade et d'une voix presque aussi aiguë et féminine que Karmazinov, mais sans le zézaiement de gentilhomme. — Messieurs ! Il y a vingt ans, à la veille de la guerre contre la moitié de l'Europe, la Russie se dressait comme un idéal aux yeux de tous les conseillers d'Etat et conseillers secrets ! La littérature était au service de la censure ; dans les universités on enseignait l'art de marcher au pas ; l'armée s'était muée en un corps de ballet, et le peuple payait les impôts et se taisait sous le knout du servage. Le patriotisme était devenu concussion sur le vif et sur le mort. Ceux qui ne prenaient pas de pots-de-vin étaient tenus pour des rebelles, car ils troublaient l'harmonie. Les bois de bouleaux étaient anéantis pour aider à maintenir l'ordre. L'Europe tremblait... Mais jamais la Russie, de tout le millénaire de son absurde existence, n'avait atteint un tel degré d'abjection...

Il leva le poing, le brandissant d'un air enthousiaste et menaçant au-dessus de sa tête, et soudain l'abaissa furieusement comme s'il pulvérisait un adversaire. Des clameurs frénétiques retentirent de toutes parts, des applaudissements assourdissants éclatèrent. Presque la moitié de la salle applaudissait maintenant ; on s'emballait en toute innocence : la Russie était publiquement bafouée, comment pouvait-on ne pas hurler d'enthousiasme ?

— Voilà qui est parler ! Voilà qui est parler ! Hourra ! Non, ça ce n'est plus de l'esthétique !

Le maniaque poursuivit avec exaltation. — Depuis lors, vingt ans ont passé. Les universités sont ouvertes et ont été multipliées. L'art de marcher au pas n'est plus qu'une légende ; les officiers manquent par milliers pour compléter les cadres. Les chemins de fer ont dévoré tous les capitaux et ont recouvert la Russie comme une toile d'araignée, de sorte que, d'ici quinze ans, on pourra peut-être bien se rendre quelque part. Les ponts ne brûlent plus que de temps à autre, et les villes brûlent selon les règles, dans l'ordre établi, chacune à son tour, pendant la saison des incendies. Les tribunaux rendent des jugements de Salomon et les jurés n'acceptent des pots-de-vin que dans la lutte pour l'existence, lorsqu'ils sont réduits à mourir de faim. Les serfs sont en liberté et se tabassent entre eux à coups de verges au lieu d'être fustigés par leurs anciens propriétaires. Des mers et des océans de vodka sont bus pour aider à équilibrer le budget, et à Novgorod, en face de l'antique et inutile Sainte-Sophie, on a solennellement érigé une colossale sphère en bronze, en souvenir du millénaire de désordre et d'absurdité. L'Europe fronce le sourcil et recommence à s'inquiéter... Quinze ans de réformes ! Et cependant jamais la Russie, même aux époques les plus caricaturales de son absurdité, n'avait atteint...

On ne put même pas entendre les derniers mots, au milieu du rugissement de la foule. On vit l'orateur lever de nouveau le bras et victorieusement l'abaisser encore une fois. L'enthousiasme dépassa toutes les bornes : on hurlait, on battait des mains, certaines des dames criaient même : « Assez ! Vous ne direz rien de plus beau ! » On était comme ivre. L'orateur promenait les yeux sur l'assistance et semblait se pâmer devant son propre triomphe. Je vis un instant Lembke, en proie à une indicible émotion, donner des indications à quelqu'un. Julie Mikhaïlovna, toute pâle, parlait hâtivement au prince accouru auprès d'elle... Mais à ce moment tout un groupe, six ou sept personnages plus ou moins officiels, s'élança des coulisses sur « l'estrade », empoigna l'orateur et l'entraîna dans les coulisses. Je ne comprends pas comment il put leur échapper, mais il s'échappa, bondit de nouveau tout au bord de l'estrade et eut encore le temps de crier de toutes ses forces en brandissant le poing :

— Mais jamais encore la Russie n'avait atteint...

Mais déjà on l'entraînait derechef. Je vis une quinzaine de personnes se ruer pour le délivrer dans les coulisses en passant non pas sur l'estrade mais de côté, brisant la légère cloison, si bien qu'elle finit par tomber... Je vis ensuite sans en croire mes yeux, surgie je ne sais d'où, sauter sur l'estrade l'étudiante (parente de Virguinski), avec le même rouleau sous le bras, habillée de la même façon, aussi rouge, aussi grassouillette, entourée de deux ou trois femmes, de deux ou trois hommes, en compagnie de son ennemi mortel le collégien. J'eus même le temps d'entendre cette phrase :

« Mesdames et Messieurs, je suis venue pour parler des souffrances des malheureux étudiants et les inciter partout à protester. »

Mais je m'enfuis. Je cachai mon ruban dans ma poche et, par une porte de derrière que je connaissais, je gagnai la rue. Avant toute chose, naturellement, j'allai chez Stepan Trofimovitch.

CHAPITRE II

1

Il ne me reçut pas. Il s'était enfermé et écrivait. Comme je frappai et appelai encore une fois, il répondit à travers la porte :

— Mon ami, j'ai tout fini, qui peut exiger de moi davantage ?

— Vous n'avez rien fini, vous avez seulement contribué à tout couler. Pour l'amour de Dieu, pas de calembours, Stepan Trofimovitch ; ouvrez. Il faut prendre des mesures ; on peut encore venir chez vous et vous offenser.

Je m'estimais en droit d'être particulièrement sévère et même exigeant. J'avais peur qu'il n'entreprît quelque chose d'encore plus insensé. Mais à ma surprise, je rencontrai une étonnante fermeté :

— Ne m'offensez donc pas le premier. Je vous remercie de tout ce que vous avez fait jusqu'à présent mais, je le répète, j'en ai tout à fait fini avec les hommes, les bons et les mauvais. J'écris une lettre à Daria Pavlovna que j'oubliais impardonnablement jusqu'à présent. Portez-la-lui demain si vous voulez, mais maintenant « *merci* ».

— Stepan Trofimovitch, je vous assure que l'affaire est plus sérieuse que vous ne pensez. Vous croyez avoir pulvérisé quelqu'un là-bas ? Vous n'avez pulvérisé personne, vous vous êtes brisé vous-même comme un flacon vide (oh, je fus grossier et impoli ; je m'en souviens avec peine !). Vous n'avez absolument pas besoin d'écrire à Daria Pavlovna... et qu'allez-vous devenir sans moi ? Qu'entendez-vous à la vie pratique ? Vous projetez sans doute encore quelque chose ? Vous courrez seulement une fois de plus à votre perte si vous projetez de nouveau quelque chose...

Il se leva et s'approcha tout contre la porte.

— Vous êtes resté peu de temps avec eux, mais vous avez pris leur langage et leur ton. *Dieu vous pardonne, mon ami, et Dieu vous garde.* Mais j'ai toujours remarqué en vous un embryon d'honnêteté, et vous vous raviserez peut-être encore, — *après le temps*, bien entendu, comme nous tous, les Russes. A propos de votre remarque sur mon manque de sens pratique, je vous rappellerai une de mes vieilles idées : chez nous en Russie, toute une foule de gens ne se soucient que d'attaquer avec le plus d'acharnement et d'une manière particulièrement obsédante, comme les mouches en été, le manque de sens pratique chez les autres, en accusant tous et chacun excepté eux-mêmes. *Cher,* souvenez-vous que je suis ému et ne me tourmentez pas. Encore une fois *merci* pour tout et quittons-nous comme Karmazinov quitte le public, c'est-à-dire oublions-nous l'un l'autre le plus généreusement possible. C'était une ruse de sa part de supplier avec tant d'insistance ses anciens lecteurs de l'oublier ; *quant à moi*, je n'ai pas tant d'amour-propre et je compte surtout sur la jeunesse de votre cœur non éprouvé : comment garderiez-vous longtemps le souvenir d'un vieillard inutile ? « Vivez davantage », mon ami, comme me l'a souhaité la dernière fois Nastassia à l'occasion de ma fête (*ces pauvres gens ont quelquefois des mots charmants et pleins de philosophie*). Je ne vous souhaite pas beaucoup de bonheur : vous vous ennuieriez ; je ne vous souhaite pas non plus de malheur ; mais à la suite de la philosophie populaire, je répète simplement : « vivez davantage » et tâchez de ne·pas trop vous ennuyer ; ce vain souhait je l'ajouterai cette fois de ma part. Eh bien, adieu, et adieu pour de bon. Et ne restez pas devant ma porte, je n'ouvrirai pas.

Il s'éloigna et je n'en tirai rien de plus. Malgré son « émotion », il parlait facilement, sans hâte, avec autorité et cherchant visiblement à convaincre. Certes, il m'en voulait un peu et se vengeait indirectement de moi, peut-être pour les « kibitkas » de la veille et les « lames de parquet qui s'écartent ». Les larmes qu'il avait versées tout à l'heure en public, en dépit de la victoire remportée en un sens, le mettaient, il le savait, dans une situation légèrement comique ; or personne ne se souciait plus que Stepan Trofimovitch de la beauté et de la rigueur des formes dans ses relations avec ses amis. Oh, je ne le blâme pas ! Mais ce qui me rassura alors fut cette délicatesse et ce penchant au sarcasme qui subsistaient chez lui malgré tous les bouleversements : un homme si peu changé, apparemment, par rapport à ce qu'il avait toujours été n'était certes pas disposé à ce moment à accomplir quelque acte tragique et extraordinaire. C'est ce que je conclus alors et, mon Dieu, comme je me trompais ! Je perdais trop de choses de vue...

Anticipant sur les événements, je citerai les premières lignes de sa lettre à Daria Pavlovna, que celle-ci reçut en effet dès le lendemain.

« *Mon enfant*, ma main tremble mais j'ai tout fini. Vous n'avez pas assisté à mon dernier engagement avec les hommes ; vous n'êtes pas venue à la « lecture » et vous avez bien fait. Mais on vous racontera que, dans notre Russie appauvrie en caractères, un homme courageux s'est dressé et, en dépit des menaces de mort qui pleuvaient de tous côtés, a dit à ces nigauds leur vérité, c'est-à-dire qu'ils sont des nigauds. *Oh, ce sont — des pauvres petits vauriens et rien de plus, des petits nigauds — voilà le mot !* Le sort en est jeté ; je quitte cette ville pour toujours et je ne sais où je vais. Tous ceux que j'aimais se sont détournés de moi. Mais vous, vous, être pur et naïf, vous, douce, dont le sort a failli s'unir au mien, par la volonté d'un cœur capricieux et despotique, vous qui, peut-être, me voyiez avec mépris verser mes larmes lâches à la veille de notre mariage qui n'a pas eu lieu ; vous qui ne pouvez, quelle que vous soyez, me regarder autrement que comme un personnage comique, oh, à vous, à vous le dernier cri de mon cœur, à vous mon dernier devoir, à vous seule ! Je ne puis vous quitter pour toujours en vous laissant penser que je suis un sot ingrat, un impoli et un égoïste, comme vous l'affirme sans doute chaque jour un cœur ingrat et cruel que, hélas, je ne puis oublier... »

Et ainsi de suite, et ainsi de suite, en tout quatre pages de grand format.

Après avoir, en réponse à son « je n'ouvrirai pas », donné trois coups de poing contre la porte et lui avoir crié qu'aujourd'hui même il enverrait trois fois Nastassia me chercher, mais que je ne viendrais pas, je le laissai et courus chez Julie Mikhaïlovna.

Ici je fus témoin d'une scène révoltante : on trompait ouvertement la pauvre femme et je n'y pouvais rien. En effet, qu'aurais-je pu lui dire ? J'étais déjà parvenu à me ressaisir un peu et à me rendre compte que je n'avais que des impressions, des pressentiments soupçonneux, et rien de plus. Je la trouvai en larmes, presque en proie à une crise hystérique, avec des compresses d'eau de Cologne, avec un verre d'eau à côté d'elle. Devant elle se tenaient Piotr Stepanovitch qui parlait sans arrêt, et le prince qui se taisait comme si on l'avait fermé à clef. Avec des larmes et des cris, elle reprochait à Piotr Stepanovitch sa « désertion ». Je fus aussitôt frappé de voir que tout l'échec, tout le scandale de cette matinée, en un mot tout ce qui s'était passé, elle ne l'attribuait qu'à l'absence de Piotr Stepanovitch.

Quant à lui, je remarquai en lui un important changement : il paraissait trop préoccupé, presque sérieux. D'habitude il n'avait jamais l'air sérieux, riait toujours, même quand il se fâchait, et il se fâchait souvent. Oh, maintenant aussi il était fâché, il parlait grossièrement, négligemment, avec dépit et impatience. Il assurait avoir été pris d'une migraine et de vomissements chez Gaganov qu'il était passé voir le matin de bonne heure. Hélas, la pauvre femme voulait tant être trompée encore ! La principale question que je trouvai sur le tapis consistait à savoir si le bal, c'est-à-dire toute la seconde moitié de la fête, devait ou non avoir lieu. Julie Mikhaïlovna refusait absolument de paraître au bal après les « insultes de tout à l'heure », en d'autres termes elle voulait passionnément y être contrainte, et précisément par lui, Piotr Stepanovitch. Elle le regardait comme un oracle et il me semble que s'il s'en était allé maintenant, elle en serait tombée malade. Mais il ne voulait pas du tout s'en aller : il avait absolument besoin lui-même que le bal eût lieu aujourd'hui et que Julie Mikhaïlovna y assistât...

— Allons, à quoi bon pleurer ! Il vous faut absolument faire une scène ? Passer votre colère sur quelqu'un ? Eh bien, passez-la sur moi, seulement dépêchez-vous, parce que le temps passe et il faut se décider. Nous avons gâté les choses par la matinée, nous nous rattraperons le bal. Tenez, le prince est aussi de cet avis. Oui, si le prince n'avait pas été là, comment cela se serait-il terminé ?

Le prince avait été au début contre le bal (c'est-à-dire

contre la présence de Julie Mikhaïlovna au bal qui, lui, devait en tout cas avoir lieu), mais après deux ou trois références à son opinion, il commença peu à peu à grogner en signe d'assentiment.

Je m'étonnai aussi du ton extraordinairement impoli de Piotr Stepanovitch. Oh, je repousse avec indignation la basse calomnie qui se répandit plus tard au sujet d'une prétendue liaison entre Julie Mikhaïlovna et Piotr Stepanovitch. Il n'y avait et il ne pouvait y avoir rien de semblable. Il n'avait pris un ascendant sur elle qu'en abondant de toutes ses forces dans son sens, dès le début, quand elle rêvait d'exercer une influence sur la société et sur le ministère, il était entré dans ses vues, dressait lui-même ses plans pour elle, agissait par la plus grossière flatterie, l'avait entortillée des pieds à la tête et lui était devenu aussi indispensable que l'air. En m'apercevant elle poussa un cri, les yeux étincelants.

— Tenez, demandez-lui, lui aussi est resté tout le temps auprès de moi, comme le prince. Dites, n'est-il pas évident que tout cela est un complot, un bas, un perfide complot pour faire tout le mal possible à moi et à André Antonovitch ? Oh, ils s'étaient entendus ! Ils avaient un plan. C'est un parti, tout un parti !

— Vous allez loin, comme toujours. Vous avez toujours un poème en tête. Je suis d'ailleurs content de voir Monsieur... (il fit semblant d'avoir oublié mon nom), il nous dira son opinion...

— Mon opinion, me hâtai-je de déclarer, est en tout point conforme à celle de Julie Mikhaïlovna. Le complot est trop évident. Je vous rapporte ces rubans, Julie Mikhaïlovna. Que le bal ait lieu ou non, ce n'est naturellement pas mon affaire car cela ne dépend pas de moi, mais mon rôle en tant qu'ordonnateur est terminé. Pardonnez-moi ma véhémence, mais je ne puis agir en dépit du bon sens et de ma conviction.

— Vous entendez, vous entendez ! elle joignit les mains.

— J'entends, et voici ce que je vais vous dire — il s'adressa à moi — je crois que vous avez mangé tous quelque chose qui vous a plongés dans le délire. Selon moi, il ne s'est rien passé, absolument rien qui ne soit déjà arrivé et qui ne pût arriver de tout temps dans cette ville. Quel complot y a-t-il ? Les choses ont pris une tournure vilaine, stupide à en être honteuse, mais où donc est le complot ? Ce serait contre Julie Mikhaï-lovna, contre celle qui les gâtait, les protégeait, qui leur pardonnait sans réserve toutes leurs polissonneries ?

Julie Mikhaïlovna ! Qu'est-ce que je vous ai répété sans arrêt pendant tout ce mois ? De quoi vous ai-je prévenue ? Qu'aviez-vous, mais qu'aviez-vous besoin de tous ces gens ? Il fallait frayer avec cette canaille ! Pourquoi, à quoi bon ? Pour unir la société ? Mais est-ce qu'ils s'uniront, de grâce !

— Quand donc m'avez-vous prévenue ? Au contraire, vous approuviez, vous exigiez même... Je suis, je l'avoue, si étonnée... Vous m'ameniez vous-même bien des gens étranges...

— Au contraire, je discutais avec vous, je n'approuvais pas, et quant à en amener, c'est exact, j'en ai amené, mais quand ils s'étaient déjà introduits par douzaines, et les derniers temps seulement, pour constituer le « quadrille de la littérature », puisqu'il était impossible de se passer de ces voyous. Seulement je parie qu'aujourd'hui on a introduit sans billet une ou deux dizaines d'autres voyous comme eux.

— Sûrement, confirmai-je.

— Vous voyez, vous en convenez déjà. Souvenez-vous quel ton régnait ici ces temps derniers, c'est-à-dire dans toute la ville. Cela tournait à la pure insolence, à l'impudence ; c'était sans interruption un scandale retentissant. Et qui encourageait cela ? Qui le couvrait de son autorité ? Qui a fait perdre tout bon sens à tout le monde ? Qui a mis en colère tout le menu fretin ? Tous les secrets de famille de la ville sont consignés dans votre album. N'est-ce pas vous qui passiez la main dans les cheveux de vos poètes et vos dessinateurs ? N'est-ce pas vous qui donniez votre main à baiser à Liamchine ? N'est-ce pas en votre présence qu'un séminariste a insulté un conseiller d'Etat et a gâché la robe de sa fille avec ses bottes pleines de goudron ? Pourquoi donc vous étonner que le public soit monté contre vous ?

— Mais tout cela c'est vous, c'est vous-même qui le vouliez ! Oh, mon Dieu !

— Non, je vous mettais en garde, nous nous disputions, entendez-vous, nous nous disputions !

— Vous mentez impudemment.

— Bien sûr, il ne vous en coûte rien de dire cela. Il vous faut vraiment une victime, quelqu'un sur qui passer votre colère ; eh bien, passez-la sur moi, je vous l'ai dit. Je vais plutôt m'adresser à vous, Monsieur... (Il ne pouvait toujours pas se rappeler mon nom.) Comptons sur les doigts : j'affirme qu'en dehors de Lipoutine il n'y a eu aucun complot, aucun ! Je le prouverai, mais analysons d'abord le cas de Lipoutine. Il s'est présenté avec les vers de cet imbécile de Lebiadkine — et alors, c'est cela, d'après vous, le complot ? Savez-vous que Lipoutine a pu tout simplement trouver cela spirituel ? Sérieusement, sérieusement spirituel. Il est simplement venu avec l'intention de faire rire et d'égayer tout le monde, à commencer par sa protectrice Julie Mikhaïlovna, voilà tout. Vous ne le croyez pas ? N'est-ce pas dans le ton de tout ce qui s'est fait ici depuis un mois ? Et voulez-vous que je vous dise toute la vérité : je vous le jure, en d'autres circonstances cela aurait peut-être passé ! La plaisanterie est grossière, mettons, raide, mais amusante, n'est-ce pas qu'elle est amusante ?

— Comment ! Vous trouvez spirituel ce qu'a fait Lipoutine ? s'écria Julie Mikhaïlovna avec une violente indignation, une telle bêtise, un tel manque de tact ; cette bassesse, cette vilenie, cette intention : oh, vous le dites exprès ! Après cela, vous êtes vous-même dans le complot avec eux !

— Certainement, j'étais derrière eux, je me cachais, je tirais les ficelles. Mais si j'avais participé au complot — comprenez donc cela au moins — cela ne se serait pas terminé avec le seul Lipoutine ! Donc, je me suis, d'après vous, entendu avec mon cher papa pour qu'il fît exprès un pareil scandale ? Voyons, à qui la faute si on a permis au paternel de lire ? Qui vous en retenait hier, hier encore, hier ?

— *Oh, hier il avait tant d'esprit*, je comptais tant sur lui, et de plus il a de bonnes manières : je pensais que lui et Karmazinov... et voilà !

— Oui, et voilà. Mais malgré *tant d'esprit* papa vous a mise dans de beaux draps et si j'avais su d'avance qu'il le ferait, puisque je fais partie de l'indiscutable complot dirigé contre votre fête, je ne vous aurais certainement pas recommandé hier de ne pas lâcher le bouc dans le potager, n'est-ce pas ? Et cependant je vous l'ai déconseillé parce que j'en avais le pressentiment. Tout prévoir n'était naturellement pas possible : il ne savait certainement pas lui-même une minute seulement auparavant quelle bombe il lancerait. Ces vieillards nerveux, est-ce qu'ils ressemblent à des hommes ! Mais on peut encore sauver la situation : envoyez chez lui dès demain, pour la satisfaction du public, par mesure administrative et avec tous les honneurs, deux médecins s'enquérir de sa santé — on pourrait le faire même aujourd'hui — et de là expédiez-le tout droit à l'hôpital pour le faire soigner par des compresses froides. Ainsi du moins tout le monde rira et verra qu'il n'y a pas de quoi être offensé.

Je l'annoncerai dès ce soir au bal puisque je suis le fils. Karmazinov c'est autre chose, il s'est montré un âne bâté et il a fait traîner son article pendant une heure entière — celui-là, sans nul doute, est dans le coup avec moi ! Allons, que moi aussi j'y mette du mien pour nuire à Julie Mikhaïlovna !

— Oh, Karmazinov, *quelle honte !* Le feu de la honte pour notre public m'a brûlée !

— Moi, je n'aurais pas brûlé, c'est lui que j'aurais brûlé. C'est le public qui a raison. Et, encore une fois, à qui la faute pour Karmazinov ? Vous l'ai-je imposé ? Ai-je pris part à l'adoration dont il était l'objet ? Enfin, que le diable l'emporte ; mais quant au troisième maniaque, le maniaque politique, ma foi, c'est une autre affaire. Là tout le monde a fait une gaffe, il ne s'agit pas seulement de mon complot.

— Ah, n'en parlez pas, c'est affreux, affreux ! En cela c'est moi, moi la seule coupable !

— Naturellement, mais là je vous acquitterai. Eh, qui pourrait se garder d'eux, de ces gens francs ! Même à Pétersbourg on ne peut s'en garder. Et puis il vous avait été recommandé ; et comment ! Convenez donc que maintenant vous êtes même obligée de paraître au bal. L'affaire est importante, vous l'avez vous-même fait monter en chaire. Vous devez justement déclarer publiquement que vous n'en êtes pas solidaire, que le gaillard est déjà aux mains de la police et que vous avez été trompée d'une façon inexplicable. Vous devez déclarer avec indignation que vous avez été victime d'un fou. Parce que c'est bien un fou et rien d'autre. C'est ainsi qu'il faut présenter la chose. Il se peut que moi-même j'en dise bien d'autres, mais tout de même pas du haut d'une tribune. Et justement on mène grand bruit en ce moment au sujet d'un sénateur.

— Au sujet de quel sénateur ? Qui mène grand bruit ?

— Voyez-vous, moi-même je n'y comprends rien. Vous n'êtes au courant de rien, Julie Mikhaïlovna, au sujet d'un sénateur quelconque ?

— Un sénateur ?

— Voyez-vous, ils sont persuadés qu'un sénateur a été nommé ici et qu'on vous révoque de Pétersbourg. Je l'ai entendu dire par beaucoup de gens.

— Moi aussi je l'ai entendu dire, confirmai-je.

— Qui a dit cela ? demanda Julie Mikhaïlovna toute rouge.

— C'est-à-dire qui en a parlé le premier ? Est-ce que je sais. C'est comme ça, on en parle. La masse en parle.

Hier surtout on en parlait. Tout le monde a l'air trop sérieux, quoiqu'il soit impossible d'y rien comprendre. Naturellement, ceux qui sont plus intelligents et plus compétents ne parlent pas ; mais parmi ceux-là aussi il y en a qui prêtent l'oreille.

— Quelle bassesse ! Et... quelle bêtise.

— Eh bien, c'est donc justement maintenant que vous devez vous montrer pour donner une leçon à ces imbéciles.

— Je l'avoue, je sens moi-même que j'y suis même obligée mais... et si un nouveau déshonneur m'attend ? Si le public ne vient pas ? Personne ne viendra, personne, personne !

— Quelle ardeur ! C'est eux qui ne viendraient pas ? Et les robes qu'on a fait faire, et les toilettes des demoiselles ? Mais après cela je vous dénie le droit de vous dire une femme. En voilà une connaissance de l'humanité !

— La maréchale de la noblesse n'y sera pas, elle n'y sera pas !

— Mais qu'est-ce qui s'est passé, à la fin ! Pourquoi ne viendrait-on pas ? s'écria-t-il enfin avec une impatience hargneuse.

— Un déshonneur, une honte, voilà ce qui s'est passé. Il s'est passé je ne sais quoi, mais c'était quelque chose après quoi il m'est impossible de me montrer.

— Pourquoi ? Mais vous, à la fin, en quoi est-ce votre faute ? Pourquoi prenez-vous les torts sur vous ? N'est-ce pas plutôt la faute du public, de vos vieillards, de vos pères de famille ? Ils auraient dû retenir les voyous et les vauriens, parce qu'il ne s'agit dans tout cela que de voyous et de vauriens, et de rien de sérieux. Dans aucune société et nulle part, on ne peut s'en remettre à la seule police. Chez nous chacun exige en entrant qu'on commette à sa garde personnelle un argousin spécial. On ne comprend pas que la société doit se garder elle-même. Et que font chez nous en pareilles circonstances les pères de famille, les dignitaires, les épouses, les pucelles ? Ils se taisent et boudent. Même pour retenir les polissons il n'y a pas assez d'initiative sociale.

— Ah, vous parlez d'or ! On se tait, on boude et... on jette des regards à la ronde.

— Et puisque c'est vrai, à vous de le dire, tout haut, fièrement, sévèrement. De montrer justement que vous n'avez pas été battue. Le montrer justement à ces vieux et aux mères de famille. Oh, vous saurez le faire, vous avez le don quand la tête est claire. Vous les grouperez et à haute voix, à haute voix... Et ensuite une correspondance à La Voix et à la Gazette de la Bourse. Attendez, je prendrai moi-même l'affaire en main, je vous arrangerai tout. Bien entendu, il faut redoubler d'attention, surveiller le buffet, prier le prince, prier Monsieur... Vous ne pouvez tout de même pas nous abandonner, *Monsieur*, quand justement tout est à recommencer. Et enfin vous paraissez au bras d'André Antonovitch. Comment va André Antonovitch ?

— Oh, de quelle façon injuste, erronée, outrageante vous avez toujours jugé cet homme angélique ! s'écria tout à coup Julie Mikhaïlovna dans un élan inattendu et presque avec des larmes, en portant le mouchoir à ses yeux. Piotr Stepanovitch, au premier instant, resta même court :

— De grâce, je... mais qu'ai-je donc fait... j'ai toujours...

— Vous, jamais, jamais ! Jamais vous ne lui avez rendu justice !

— Jamais on ne pourra comprendre une femme ! grommela Piotr Stepanovitch avec un sourire de travers.

— C'est l'homme le plus droit, le plus délicat, le plus angélique ! L'homme le meilleur !

— De grâce, mais qu'ai-je donc dit sur sa bonté... j'ai toujours rendu justice à sa bonté...

— Jamais ! Mais laissons cela. Je me suis entremise trop maladroitement. Tout à l'heure cette jésuite de maréchale de la noblesse a aussi hasardé quelques allusions sarcastiques à hier.

— Oh, elle n'a plus maintenant la tête aux allusions à hier, il s'agit pour elle d'aujourd'hui. Et qu'avez-vous donc à vous inquiéter tant qu'elle ne viendrait pas au bal ? Naturellement elle ne viendra pas puisqu'elle a trempé dans un pareil scandale. Peut-être n'y est-elle pour rien, mais il y a tout de même sa réputation ; elle a les mains sales.

— Qu'est-ce que c'est, je ne comprends pas ; pourquoi a-t-elle les mains sales ? demanda Julie Mikhaïlovna en le regardant avec perplexité.

— C'est-à-dire je n'affirme rien, mais en ville on carillonne déjà que c'est elle qui a fait l'entremetteuse entre eux.

— Qu'est-ce que c'est ? Entre qui ?

— Eh, mais ne le savez-vous donc pas encore ? s'écriat-il avec une surprise parfaitement jouée, mais entre Stavroguine et Élisabeth Nicolaevna !

— Comment ? Quoi ? nous écriâmes-nous tous.

— Se peut-il vraiment que vous ne le sachiez pas ? Pfuit ! Mais c'est qu'il s'en est passé ici des tragi-romans. Elisabeth Nicolaevna est passée directement de la calèche de la maréchale de la noblesse dans celle de Stavroguine et a filé avec « ce dernier » à Skvorechniki, en plein jour. Il y a de cela à peine une heure, même pas.

Nous demeurâmes pétrifiés. Bien entendu, nous nous empressâmes de le questionner pour plus de détails mais, à notre surprise, quoiqu'il en eût été « par hasard » témoin lui-même, il ne put rien raconter de précis. La chose se serait passée ainsi : lorsque la maréchale de la noblesse avait déposé Lisa et Mavriki Nicolaevitch, après la « lecture », chez la mère de Lisa (qui souffrait toujours des jambes), non loin du perron, à vingt-cinq pas à l'écart, attendait une voiture. Quand Lisa sauta à terre, elle courut tout droit à cette voiture ; la portière s'ouvrit, se referma ; Lisa cria à Mavriki Nicolaevitch : « Ayez pitié de moi ! » et la calèche fila à toute allure vers Skvorechniki. En réponse à nos questions hâtives : cela avait-il été convenu ? Qui était dans cette voiture ? Piotr Stepanovitch répondit qu'il n'en savait rien ; que, bien certainement, cela avait été convenu mais qu'il n'avait pas vu Stavroguine lui-même dans la voiture ; il se pouvait que le vieux valet de chambre Alexis Egoritch y fût. A la question : « Comment donc vous étiez-vous trouvé là ? Et comment savez-vous à coup sûr qu'elle est partie pour Skvorechniki ? », il répondit qu'il s'était trouvé là parce qu'il passait, qu'en apercevant Lisa il était même accouru auprès de la voiture (et pourtant il n'avait pas vu qui était à l'intérieur, cela avec sa curiosité !), et que Mavriki Nicolaevitch non seulement ne s'était pas précipité à sa poursuite mais n'avait même pas tenté d'arrêter Lisa, bien mieux, il avait retenu de sa propre main la maréchale de la noblesse qui criait à tue-tête : « Elle va chez Stavroguine, elle va chez Stavroguine ! » Ici je perdis soudain patience et avec fureur criai à Piotr Stepanovitch :

— C'est toi, gredin, qui a tout arrangé ! C'est à cela que tu as employé ta matinée. Tu as aidé Stavroguine, tu étais arrivé dans la voiture, tu l'as fait monter... toi, toi, toi ! Julie Mikhaïlovna, c'est votre ennemi, il vous perdra vous aussi ! Prenez garde !

Et je m'enfuis de la maison.

Aujourd'hui encore je ne comprends pas et je m'étonne comment j'ai pu lui crier cela. Mais j'ai deviné parfaitement juste : tout s'était passé presque exactement comme je le lui avais dit, on le sut par la suite. Surtout, le prétexte évidemment faux sous lequel il avait annoncé la nouvelle était trop apparent. Il ne l'avait pas racontée tout de suite, en arrivant, comme une nouvelle capitale et inouïe, mais avait fait semblant de croire que nous étions déjà au courant sans lui, ce qui était impossible en si peu de temps. Et même si nous avions été au courant, nous n'aurions pu nous taire jusqu'à ce qu'il en eût parlé. Il ne pouvait pas non plus avoir entendu qu'on « carillonnait » en ville au sujet de la maréchale de la noblesse, toujours à raison du peu de temps écoulé. En outre, en racontant il avait eu une ou deux fois un sourire vil et folâtre, nous tenant vraisemblablement pour des imbéciles déjà complètement bernés. Mais je n'avais plus la tête à cela ; je croyais au fait principal et je m'enfuis de chez Julie Mikhaïlovna hors de moi. La catastrophe me frappait en plein cœur. J'avais mal presque à en pleurer, peut-être pleurais-je même. Je ne savais absolument qu'entreprendre. Je me précipitai chez Stepan Trofimovitch, mais cet homme contrariant ne m'ouvrit de nouveau pas. Nastassia m'assura dans un murmure déférent qu'il s'était couché, mais je ne le crus pas. Chez Lisa je réussis à interroger les domestiques ; ils confirmèrent la fugue mais ils ne savaient rien eux-mêmes. La maison était en émoi ; la mère malade avait eu des syncopes et Mavriki Nicolaevitch se trouvait auprès d'elle. Il me parut impossible de le faire appeler. Au sujet de Piotr Stepanovitch, on me confirma en réponse à mes questions qu'il était venu dans la maison tous ces derniers temps, parfois deux fois par jour. Les domestiques étaient tristes et parlaient de Lisa avec un respect particulier ; elle était aimée. Qu'elle fût perdue, complètement perdue, je n'en doutais pas, mais je ne comprenais absolument rien au côté psychologique de l'affaire, surtout après la scène de la veille entre Stavroguine et elle. Courir la ville pour m'informer dans des maisons malveillantes que je connaissais et où la nouvelle s'était assurément déjà répandue me répugnait et d'ailleurs aurait été humiliant pour Lisa. Mais, chose étrange, je passai chez Daria Pavlovna, où d'ailleurs on ne me reçut pas (dans la maison des Stavroguine on ne recevait personne depuis la veille) ; je ne sais ce que j'aurais pu lui dire et pourquoi j'étais passé. De chez elle je me rendis chez son frère. Chatov m'écouta d'un air morose et en silence. Je noterai que je le trouvai d'une humeur plus sombre que jamais ; il était songeur et parut m'écouter avec effort.

Il ne dit presque rien et se mit à arpenter sa petite chambre en faisant plus de bruit que de coutume avec ses bottes. Mais lorsque je descendais déjà l'escalier, il me cria de passer chez Lipoutine : « Là vous saurez tout. » Mais je ne passai pas chez Lipoutine, je revins chez Chatov alors que j'étais déjà loin, entrouvrant la porte sans entrer, lui demandai laconiquement et sans aucune explication s'il n'irait pas aujourd'hui chez Maria Timofeevna ? A cela Chatov répondit par des jurons et je partis. Je note pour ne pas oublier que, le même soir, il alla tout exprès à l'autre bout de la ville chez Maria Timofeevna qu'il n'avait pas vue depuis longtemps. Il les trouva, elle en aussi bonne santé et d'aussi bonne humeur que possible, et Lebiadkine ivre mort dormant sur le divan dans la première pièce. Il était neuf heures précises. C'est ce qu'il me raconta lui-même en hâte le lendemain en me rencontrant. A neuf heures du soir passées, je me décidai à me rendre au bal, non plus en qualité de « jeune homme ordonnateur » (mon nœud était d'ailleurs resté chez Julie Mikhaïlovna), mais poussé par une curiosité insurmontable pour prêter l'oreille (sans poser de questions) à ce que l'on disait en ville de tous ces événements en général. Et puis je voulais aussi voir Julie Mikhaïlovna, fût-ce de loin. Je me reprochais vivement d'être parti si précipitamment de chez elle tout à l'heure.

3

Toute cette nuit, avec ses événements presque absurdes et son terrible « dénouement » au matin, m'apparaît aujourd'hui encore comme un hideux cauchemar et constitue — pour moi du moins — la partie la plus pénible de ma chronique. Quoique je fusse arrivé en retard au bal, j'y parvins néanmoins assez tôt pour assister à sa fin, tant il devait finir vite. Il était déjà plus de dix heures quand j'arrivai devant la maison de la maréchale de la noblesse où, malgré le peu de temps écoulé, la même Salle Blanche dans laquelle avait eu lieu tout à l'heure la matinée littéraire, avait déjà été rangée et préparée pour servir de principale salle de danse à l'intention, croyait-on, de toute la ville. Mais si prévenu que je fusse, depuis le matin, contre ce bal, je ne pressentais tout de même pas toute la vérité : pas une seule famille de la haute société n'était venue ; même les fonctionnaires tant soit peu importants s'étaient abstenus

— et cela c'était déjà un signe extrêmement grave. Quant aux dames et aux demoiselles, les prévisions de Piotr Stepanovitch (dont la perfidie était maintenant évidente) se trouvèrent être au plus haut point inexactes : l'assistance était très peu nombreuse ; pour quatre hommes c'est à peine s'il y avait une dame, et quelles dames ! « On ne sait quelles » femmes d'officiers subalternes, de postiers et de petits employés, trois femmes de médecin avec leurs filles, deux ou trois petites propriétaires terriennes sans fortune, les sept filles et une nièce de ce secrétaire dont j'ai parlé plus haut, des femmes de marchands — était-ce là ce qu'attendait Julie Mikhaïlovna ? Même des marchands la moitié n'étaient pas venus. Quant aux hommes, malgré l'absence flagrante de toute notre élite, leur masse n'en était pas moins compacte, mais elle laissait une impression équivoque et douteuse. Certes, il y avait là quelques officiers fort paisibles et respectueux venus avec leur femme, quelques pères de famille parmi les plus dociles, comme par exemple ce même secrétaire, père de ces sept filles. Tout cet humble monde se trouvait là pour ainsi dire « parce que c'était inévitable », comme dit l'un d'eux. Mais d'autre part la masse des personnages hardis et la masse des individus que Piotr Stepanovitch et moi soupçonnions d'avoir été introduits sans billet, semblaient s'être encore accrue par rapport à tout à l'heure. Pour le moment ils étaient tous installés au buffet où ils se rendaient directement en arrivant comme à un endroit convenu d'avance. C'est du moins ce qu'il me sembla. Le buffet se trouvait au bout d'une enfilade de pièces, dans une salle spacieuse dont Prokhoritch avait pris possession avec toutes les séductions de la cuisine du club et un étalage alléchant de hors-d'œuvre et de boissons. Je remarquai là quelques individus d'une mise des plus douteuses, pas du tout convenable pour un bal, tout juste si ce n'est en vestons déchirés, que l'on avait d'évidence dégrisés au prix d'immenses efforts et pour peu de temps, et qui sortaient Dieu sait d'où mais n'étaient en tout cas pas de chez nous. Je savais naturellement que, selon l'idée de Julie Mikhaïlovna, on voulait organiser un bal des plus démocratiques, « sans refuser même les petits bourgeois s'il s'en trouvait qui paieraient le billet ». Elle avait pu sans hésitation parler ainsi dans son comité, avec l'entière conviction qu'il ne viendrait à l'esprit de personne parmi les petits bourgeois de notre ville, tous gens pauvres, de prendre un billet. Je me demandais néanmoins si l'on aurait dû laisser entrer ces sombres porteurs de redingotes presque loqueteux, malgré tout le démocratisme du comité. Mais qui donc les avait laissés entrer et dans quel dessein ? Lipoutine et Liamchine avaient déjà été privés de leurs nœuds d'ordonnateurs (pourtant ils assistaient au bal puisqu'ils faisaient partie du « quadrille de la littérature ») ; mais Lipoutine avait été remplacé, à ma surprise, par ce séminariste qui, tout à l'heure, avait le plus contribué au scandale de la « Matinée » par son escarmouche avec Stepan Trofimovitch, et Liamchine par Piotr Stepanovitch lui-même ; que pouvait-on donc attendre dans ces conditions ? Je m'efforçais de saisir les conversations. Certaines opinions frappaient par leur caractère saugrenu. On affirmait par exemple dans un groupe que toute l'histoire de Stavroguine avec Lisa avait été arrangée par Julie Mikhaïlovna et qu'elle avait reçu pour cela de l'argent de Stavroguine. On citait même la somme. On affirmait que la fête elle-même avait été organisée par elle dans ce dessein ; c'est pour cela, disait-on, que la moitié de la ville n'était pas venue, apprenant de quoi il retournait ; quant à Lembke, il en avait été frappé au point que « son cerveau s'était dérangé » et c'est un fou qu'elle « promenait » maintenant. Tout cela s'accompagnait de beaucoup de rires, rauques, ineptes, sournois. Tout le monde critiquait aussi violemment le bal, et quant à Julie Mikhaïlovna, on l'injuriait sans se gêner. En général, les bavardages étaient désordonnés, incohérents, avinés et agités, si bien qu'il était difficile d'y démêler et d'en déduire quelque chose. Au buffet s'étaient également réfugiés des gens tout simplement joyeux, il y avait même quelques dames, de celles que rien ne saurait plus étonner ni effrayer, fort aimables et gaies, pour la plupart des femmes d'officiers, avec leurs maris. Ils avaient pris place par bandes à de petites tables et prenaient très gaiement le thé. Le buffet était devenu un havre de grâce pour près de la moitié du public. Et pourtant, un peu plus tard, toute cette foule devait se précipiter dans la salle ; on avait peur rien que d'y songer.

En attendant, dans la Salle Blanche, trois maigres quadrilles s'étaient formés avec l'aide du prince. Les jeunes filles dansaient et les parents se réjouissaient en les regardant. Mais là aussi beaucoup de ces personnages respectables commençaient déjà à se demander comment, après avoir distrait leurs filles, ils pourraient se retirer à temps et non « quand cela commencerait ». Tous sans exception étaient certains que cela commencerait inévitablement. Il me serait difficile de dépeindre l'état d'âme de Julie Mikhaïlovna. Je ne lui adressai pas la parole, quoique je me fusse approché assez près d'elle. Elle ne répondit pas à mon salut quand j'entrai, ne m'ayant pas remarqué (vraiment pas remarqué). Son visage était douloureux, son regard méprisant et hautain mais inquiet. Elle se surmontait avec une souffrance visible — pour quoi et pour qui ? Elle aurait dû partir et, surtout, emmener son époux, mais elle restait ! Rien qu'à son visage on pouvait voir que ses yeux s'étaient « complètement ouverts » et qu'elle n'avait plus rien à attendre. Elle n'appelait même pas auprès d'elle Piotr Stepanovitch (celui-ci semblait l'éviter lui-même ; je l'aperçus au buffet, il était gai à l'excès). Mais elle restait néanmoins au bal et ne laissait pas un instant André Antonovitch s'éloigner d'elle. Oh, jusqu'au tout dernier moment, même ce matin encore, elle aurait repoussé avec la plus sincère indignation toute allusion à la santé de celui-ci. Mais maintenant ses yeux devaient s'ouvrir à ce sujet aussi. Quant à moi, je remarquai au premier coup d'œil qu'André Antonovitch avait plus mauvaise mine que le matin. Il paraissait être dans une sorte d'état d'inconscience et ne pas bien se rendre compte de l'endroit où il se trouvait. Par moments il jetait tout à coup un regard autour de lui avec une sévérité inattendue, par exemple deux fois sur moi. Une fois il essaya de dire quelque chose, commença à haute voix et n'acheva pas, emplissant presque de frayeur un humble et vieux fonctionnaire qui se trouvait près de lui. Mais même cette humble moitié du public présent dans la Salle Blanche s'écartait d'un air sombre et craintif de Julie Mikhaïlovna, jetant en même temps des regards extrêmement étranges sur son époux, regards qui contrastaient trop, par leur fixité et leur franchise, avec la timidité habituelle de ces gens.

— C'est ce détail qui m'a transpercée et j'ai soudain commencé à deviner la vérité au sujet d'André Antonovitch, m'avoua plus tard Julie Mikhaïlovna.

Oui, elle était de nouveau coupable ! Tout à l'heure, lorsque, après ma fuite, il avait été décidé avec Piotr Stepanovitch que le bal aurait lieu et qu'elle y assisterait, elle était probablement allée de nouveau dans le cabinet d'André Antonovitch, définitivement « bouleversé » après la « lecture», elle avait de nouveau mis en œuvre toutes ses séductions et l'avait entraîné avec elle. Mais comme elle devait souffrir maintenant ! Et pourtant elle ne partait pas ! Etait-ce l'orgueil qui la tourmentait, ou avait-elle tout simplement perdu la tête, je l'ignore. En s'humiliant et en prodiguant des sourires malgré toute sa hauteur, elle essayait d'engager la conversation avec certaines dames, mais elles perdaient aussitôt tous leurs moyens, s'en tiraient par des « oui » et des « non » monosyllabiques et méfiants, et visiblement l'évitaient.

Parmi les personnalités indiscutables de notre ville, une seule assistait au bal : c'était ce même important général en retraite que j'ai déjà dépeint une fois et qui, chez la maréchale de la noblesse, après le duel entre Stavroguine et Gaganov, avait « ouvert la porte à l'impatience de la société ». Il se promenait d'un air important dans les salles, observait et prêtait l'oreille, s'efforçant de se donner l'apparence d'être venu là plutôt pour étudier les mœurs que pour y trouver un plaisir certain. Il finit par s'attacher tout à fait à Julie Mikhaïlovna et ne la quitta plus d'une semelle, cherchant visiblement à la réconforter et la tranquilliser. A n'en pas douter, c'était le meilleur des hommes, un personnage de grande prestance et si vieux que de sa part on pouvait supporter même la compassion. Mais s'avouer à soi-même que ce vieux bavard osait la plaindre et la traiter presque en protégée, conscient de lui faire honneur par sa présence, c'était très vexant. Or le général ne la lâchait pas et bavardait sans arrêt.

— Une ville, dit-on, ne peut tenir sans sept justes... sept, il me semble, je ne me souviens pas du nombre requis. Je ne sais combien de ces sept... justes incontestables de notre ville... ont eu l'honneur d'assister à votre bal, mais malgré leur présence je commence à ne pas me sentir en sécurité. *Vous me pardonnerez, charmante dame, n'est-ce pas ?* Je parle al-lé-go-ri-quement, mais je suis allé au buffet et je suis content d'en être revenu sain et sauf... Notre inappréciable Prokhoritch n'y est pas à sa place et il me semble que d'ici au matin on aura démoli sa baraque. D'ailleurs je plaisante. J'attends seulement de voir quel sera ce « quadrille de la lit-té-ra-ture », et après, au lit. Pardonnez à un vieux podagre, je me couche tôt, et à vous aussi je vous conseillerais d'aller «au dodo», comme on dit *aux enfants*. Je suis venu à vrai dire pour les jeunes beautés... que naturellement, je ne pourrais rencontrer nulle part aussi au complet... Elles sont toutes de l'autre rive et je ne vais jamais là-bas. La femme d'un officier... de chasseurs, paraît-il... n'est même pas mal du tout, du tout, et... et elle le sait bien. J'ai causé avec la petite coquine ; elle est pleine de vivacité et... ma foi, les petites filles sont fraîches aussi ; mais c'est tout, à part la fraîcheur elles n'ont rien. Du reste, je les regarde avec plaisir. Il y en a qui sont des boutons de fleur ; seulement elles ont des lèvres épaisses. En général dans la beauté russe les visages manquent de cette régularité et... et ressemblent un peu à une crêpe... *Vous me pardonnerez, n'est-ce pas*... elles ont d'ailleurs de beaux yeux... des yeux rieurs. Ces boutons de fleur, pendant deux ans de leur première jeunesse, sont ra-vis-sants, disons même trois ans... et après ils s'avachissent à jamais... faisant naître chez leur mari ce triste in-dif-fé-rentisme qui contribue tant au développement du problème féministe... si tant est que je comprenne bien ce problème... Hum. La salle est belle ; les pièces ne sont pas mal décorées. Cela pourrait être pis. La musique pourrait être bien pire... je ne dis pas qu'elle devrait l'être. Ce qui fait mauvais effet, c'est qu'il y a peu de dames en général. Je ne dis rien des toilettes. Il est fâcheux que ce monsieur en pantalon gris se permette de cancaner si franchement. Je lui pardonnerai s'il le fait de joie, et comme c'est le pharmacien d'ici... mais à onze heures c'est néanmoins trop tôt ! même pour un pharmacien... Là-bas, au buffet, deux individus en sont venus aux mains et on ne les a pas fait sortir. A onze heures on doit encore faire sortir les bagarreurs, quelles que soient les mœurs du public... vers trois heures du matin je ne dis pas, là il faut faire une concession à l'opinion publique — si seulement ce bal dure jusqu'à trois heures. Varvara Petrovna n'a pourtant pas tenu parole et n'a pas donné de fleurs. Hum ! Elle n'a pas l'esprit aux fleurs, *pauvre mère* ! Et la pauvre Lisa, vous avez entendu ? On dit que c'est une histoire mystérieuse et... et de nouveau Stavroguine est dans l'arène... Hum ! J'irais bien me coucher... je pique tout à fait du nez. Quand donc verra-t-on ce « quadrille de la lit-té-ra-ture » ?

Enfin, le « quadrille de la littérature » commença. Ces derniers temps, dès qu'il était question en ville du bal annoncé, on ne manquait jamais de détourner la conversation vers ce « quadrille de la littérature », et comme personne ne pouvait se représenter ce que c'était, il avait suscité une curiosité sans bornes. Rien ne pouvait être plus dangereux pour son succès et — quelle ne fut donc pas la déception !

La porte latérale de la Salle Blanche qui jusque-là était restée fermée s'ouvrit et soudain quelques masques parurent. Le public les entoura vivement. Tout le buffet jusqu'au dernier homme se déversa d'un seul coup dans la salle. Les masques prirent place pour danser. Je réussis à me glisser au premier plan et me plaçai juste derrière Julie Mikhaïlovna, von Lembke et le général. A ce moment Piotr Stepanovitch, qui avait disparu jusqu'alors, accourut auprès de Julie Mikhaïlovna.

— Je ne quitte pas le buffet et j'observe, chuchota-t-il avec l'air d'un écolier coupable qu'il simulait exprès pour l'exaspérer encore davantage. Elle s'empourpra de colère.

— Maintenant au moins vous pourriez ne pas me tromper, insolent ! laissa-t-elle échapper presque à haute voix, si bien qu'on l'entendit dans le public. Piotr Stepanovitch se sauva, très content de lui-même.

Il eût été difficile de se représenter une allégorie plus lamentable, plus plate, plus médiocre et plus fade que ce « quadrille de la littérature ». On n'aurait rien pu imaginer qui convînt moins à notre public ; et pourtant c'était, dit-on, Karmazinov qui l'avait imaginé. Il est vrai que Lipoutine l'avait mis au point, aidé des conseils du professeur boiteux qui avait assisté à la soirée de Virguinski. Mais c'était néanmoins Karmazinov qui avait donné l'idée et il avait même voulu, dit-on, se déguiser aussi et jouer quelque rôle spécial et indépendant. Le quadrille se composait de six couples de masques piteux qui n'étaient même presque pas des masques, car ils étaient habillés comme tout le monde. Ainsi, un monsieur d'un certain âge, de petite taille, en frac — en un mot, habillé comme s'habille chacun — nanti d'une respectable barbe grise (postiche, et en cela consistait tout son déguisement) se dandinait en dansant avec une expression grave sur le visage, faisant de petits pas rapides presque sans bouger de place. Il proférait des sons d'une basse modérée mais enrouée, et c'est cet enrouement de la voix qui devait représenter un des journaux connus. En face de ce masque dansaient deux géants X et Z, et ces lettres étaient épinglées à leur frac, mais ce que signifiait cet X et ce Z, cela demeura inexpliqué. « L'honnête pensée russe » était figurée par un monsieur d'âge moyen, avec des lunettes, un frac, des gants et — des fers aux pieds (de véritables fers). Sous le bras cette pensée avait une serviette avec quelque « dossier ». De sa poche sortait une lettre décachetée provenant de l'étranger qui était une attestation à l'intention de tous ceux qui doutaient de l'honnêteté de « l'honnête pensée russe ». Tout cela, les ordonnateurs l'ajoutaient de vive voix car on ne pouvait tout de même pas lire la lettre qui sortait de la poche. Dans sa main droite levée, «l'honnête pensée russe» tenait une coupe, comme si elle voulait porter un toast. De part et d'autre et à ses côtés avançaient à petits pas deux jeunes filles nihilistes aux cheveux coupés, et *vis-à-vis* dansait un monsieur, lui aussi d'un certain âge, en frac, mais qui avait un lourd gourdin à la main, et qui prétendait représenter une publication qui, sans être de Pétersbourg, n'en était pas moins redoutable : « Que je cogne, j'aplatis tout ! » Mais en dépit de son gourdin, il ne pouvait pas soutenir les lunettes de « l'honnête pensée russe » dirigées fixement sur lui ; il s'efforçait de regarder de côté, et quand il exécutait un *pas de deux*, il se tortillait, se retournait et ne savait où se fourrer — tant, vraisemblablement, sa conscience le tourmentait... Au demeurant, je ne me rappelle pas toutes ces intentions obtuses ; tout était du même genre, si bien qu'à la fin j'éprouvai une honte cuisante. Et voici que cette même impression de honte se refléta sur tous les visages, jusque sur les physionomies les plus rébarbatives venues du buffet. Pendant un certain temps, tout le monde garda le silence et regarda avec une perplexité irritée. L'homme qui a honte commence d'habitude à se fâcher et est enclin au cynisme. Peu à peu notre public se mit à murmurer :

— Qu'est-ce que c'est que ça ? grommela dans un groupe un des occupants du buffet.

— Une ineptie quelconque.

— On ne sait quelle littérature. On critique « La Voix ».

— Mais qu'est-ce que ça me fait à moi ?

Dans un autre groupe :

— Anes !

— Non, ce ne sont pas des ânes, les ânes c'est nous.

— Pourquoi es-tu un âne ?

— Mais je ne suis pas un âne.

— Et puisque toi tu n'es pas un âne, je le suis encore moins.

Dans un troisième groupe :

— Un bon coup de pied au derrière et qu'ils aillent au diable !

— Démolir toute la salle !

Dans un quatrième :

— Comment les Lembke n'ont-ils pas honte de regarder cela ?

— Pourquoi auraient-ils honte ? Tu n'as pas honte, toi ?

— Mais moi aussi j'ai honte, et c'est lui le gouverneur.

— Et toi un porc...

— De ma vie je n'ai vu un bal si ordinaire, prononça venimeusement une dame tout près de Julie Mikhaïlovna, visiblement avec le désir d'être entendue. C'était une dame dans la quarantaine, forte et fardée, en robe de soie voyante ; dans la ville presque tout le monde la connaissait mais personne ne la recevait. Elle était veuve d'un conseiller d'Etat qui lui avait laissé une maison en bois et une maigre pension, mais elle vivait bien et avait des chevaux. Deux mois plus tôt, elle était allée faire la première une visite à Julie Mikhaïlovna, mais celle-ci ne l'avait pas reçue.

— C'est exactement ce qu'on pouvait prévoir, ajouta-t-elle en regardant insolemment Julie Mikhaïlovna dans les yeux.

— Si vous pouviez le prévoir, pourquoi donc êtes-vous venue ? ne put s'empêcher de rétorquer celle-ci.

— Par naïveté, répondit du tac au tac la dame délurée, et elle s'agita toute (elle mourait d'envie de l'entraîner dans une bagarre); mais le général se mit entre elles :

— *Chère dame*, dit-il en se penchant vers Julie Mikhaïlovna, vous feriez vraiment mieux de partir. Nous ne faisons que les gêner et sans nous ils s'amuseront parfaitement. Vous avez tout fait, vous avez ouvert pour eux le bal, eh bien, laissez-les donc tranquilles... Et puis André Antonovitch ne paraît pas être dans un état tout à fait sa-tis-fai-sant... Pourvu qu'il n'arrive pas malheur ?

Mais il était trop tard.

André Antonovitch, pendant toute la durée du quadrille, avait regardé les danseurs avec une sorte de perplexité coléreuse, et quand des commentaires partirent du public, il se mit à jeter autour de lui des regards inquiets. Pour la première fois, certains individus venus du buffet lui sautèrent alors aux yeux; son regard exprima une extrême surprise. Brusquement de grands éclats de rire saluèrent une invention du quadrille : le directeur de la « redoutable publication qui n'était pas de Pétersbourg », celui qui dansait un gourdin à la main, sentant qu'il ne pouvait plus supporter les lunettes de « l'honnête pensée russe » fixées sur lui et ne sachant où se fourrer, avait soudain, à la dernière figure, marché à la rencontre des lunettes la tête en bas, ce qui, par la même occasion, devait représenter la constante déformation du bon sens dans la « redoutable publication qui n'était pas de Pétersbourg ». Comme seul Liamchine savait marcher sur les mains, c'était lui qui s'était chargé de représenter le directeur de journal au gourdin. Julie Mikhaïlovna ignorait complètement qu'on marcherait sur les mains. « On me l'avait caché, caché », me répétait-elle plus tard avec désespoir et indignation. Les éclats de rire de la foule saluaient naturellement non l'allégorie dont personne n'avait cure mais simplement la marche sur les mains, en frac à basques. Lembke bouillit et frémit :

— Vaurien ! cria-t-il en désignant Liamchine, qu'on saisisse ce misérable, qu'on le retourne... qu'on le retourne sur les pieds... la tête... que la tête soit en haut... en haut !

Liamchine sauta sur ses pieds. Les rires redoublèrent.

— Qu'on chasse tous les misérables qui rient ! prescrivit soudainement Lembke. La foule murmura et éclata de rire.

— Ce n'est pas permis, Excellence.

— Il n'est pas permis d'injurier le public.

— Imbécile toi-même ! lança une voix quelque part dans un coin.

— Flibustiers ! cria quelqu'un à l'autre bout de la salle.

Lembke se retourna vivement aux cris et devint tout pâle. Un sourire hébété parut sur ses lèvres, comme s'il venait soudain de comprendre et de se rappeler quelque chose.

— Mesdames et Messieurs, dit Julie Mikhaïlovna en s'adressant à la foule qui s'avançait et tout en entraînant son mari, Mesdames et Messieurs, excusez André Antonovitch, André Antonovitch est souffrant... excusez-le... pardonnez-lui, Mesdames et Messieurs !

Je l'ai entendu dire précisément : « pardonnez ». La scène avait été très rapide. Mais je me souviens parfaitement qu'à ce moment une partie du public s'était déjà, comme effrayée, précipitée hors de la salle, justement après ces paroles de Julie Mikhaïlovna. Je me souviens même d'un cri hystérique poussé par une femme à travers ses larmes :

— Ah, c'est de nouveau comme tout à l'heure !

Et brusquement, dans cette bousculade déjà commencée, vint s'abattre une nouvelle bombe, précisément « de nouveau comme tout à l'heure » :

— Au feu ! Tout le Zaretchié * brûle !

Je ne me rappelle seulement pas d'où partit d'abord ce cri terrible, si ce fut des salles ou si, comme il me semble, quelqu'un était accouru de l'escalier dans le vestibule ; mais à la suite de cela il y eut une telle panique que je ne me chargerai même pas de la décrire. Plus de la moitié du public réuni au bal était de Zaretchié, propriétaires ou locataires des maisons en bois de ce quartier. On se précipita aux fenêtres, en un clin d'œil on écarta les rideaux, on arracha les stores. Zaretchié était

* Faubourg de l'autre côté du fleuve.

en flammes. Il est vrai que l'incendie venait seulement de commencer, mais cela flambait en trois endroits tout à fait distincts — c'est là ce qui fit peur.

— On a mis le feu ! Ce sont les ouvriers de Chpigouline ! clamait-on dans la foule.

J'ai retenu quelques exclamations fort caractéristiques:

— Mon cœur pressentait qu'on mettrait le feu, tous ces jours-ci il l'a senti !

— Ce sont les ouvriers de Chpigouline, ce ne peut être personne d'autre !

— C'est exprès qu'on nous a réunis ici pour mettre le feu là-bas !

Ce dernier cri, le plus étonnant de tous, fut celui d'une femme, c'était le cri spontané, involontaire d'une Korobotchka sinistrée. Tout se rua vers la sortie. Je ne décrirai pas la bousculade dans le vestibule pendant qu'on retirait pelisses, châles et manteaux, les cris aigus des femmes effrayées, les pleurs des jeunes filles. Il est douteux qu'il y eût des vols, mais il n'est pas étonnant que, dans un pareil désordre, certains fussent partis sans avoir retrouvé leurs vêtements, ce dont on parla longtemps en ville en brodant et en enjolivant. Lembke et Julie Mikhaïlovna furent presque écrasés par la foule à la porte.

— Qu'on empêche tout le monde de s'en aller ! Qu'on n'en laisse pas sortir un seul ! hurlait Lembke en tendant un bras menaçant vers ceux qui se bousculaient, qu'on fouille rigoureusement tout le monde sans exception, immédiatement !

De violentes injures plurent de la salle.

— André Antonovitch ! André Antonovitch ! s'exclamait Julie Mikhaïlovna absolument désespérée.

— Qu'on l'arrête la première ! cria-t-il en pointant vers elle un doigt menaçant. Qu'on la fouille la première ! Le bal a été organisé dans le dessein d'allumer l'incendie...

Elle poussa un cri et s'évanouit (oh, ce fut certes un véritable évanouissement). Le prince, le général et moi nous précipitâmes à son secours ; il y en eut d'autres qui nous aidèrent dans ce moment difficile, même parmi les dames. Nous emportâmes la malheureuse de cet enfer et la mîmes dans sa calèche ; mais elle ne revint à elle qu'en arrivant à la maison, et son premier cri fut encore pour s'enquérir d'André Antonovitch. Après l'effondrement de tous ses rêves, il ne restait plus devant elle que le seul André Antonovitch. On envoya chercher un médecin. J'attendis chez elle une heure, le prince aussi ; le général, dans un accès de générosité (quoiqu'il fût très effrayé lui-même), voulait ne pas quitter de la nuit le « chevet de l'infortunée » mais au bout de cinq minutes, avant même l'arrivée du médecin, il s'endormit au salon, dans un fauteuil, où nous le laissâmes.

Le chef de police, qui avait quitté en hâte le bal pour se rendre sur le lieu de l'incendie, put faire sortir André Antonovitch après nous et voulut le faire monter dans la voiture à côté de Julie Mikhaïlovna, persuadant de toutes ses forces Son Excellence de « prendre du repos ». Mais je ne comprends pas pourquoi il n'insista pas jusqu'au bout. Bien entendu, André Antonovitch ne voulait même pas entendre parler de repos et brûlait de se précipiter à l'incendie ; mais ce n'était pas une raison. Finalement c'est encore le chef de la police qui l'emmena à l'incendie dans son drojki. Plus tard il racontait que, tout le long du chemin, Lembke gesticula et « cria des ordres si étranges qu'il était impossible de les exécuter ». Par la suite il fut officiellement établi que Son Excellence était déjà dans ces moments-là, du fait d'une « frayeur subite », en proie à la fièvre chaude.

Inutile de raconter comment finit le bal. Quelques dizaines de fêtards et même avec eux quelques dames étaient restés dans les salles. Pas de police. Ils ne laissèrent pas partir l'orchestre et rossèrent les musiciens qui s'en allaient. Au matin toute la «baraque de Prokhoritch» avait été démolie, on avait bu à en perdre la raison, on avait dansé un kamarinski obcène, on avait souillé la maison, et c'est à l'aube seulement qu'une partie de cette horde, complètement ivre, arriva sur le lieu de l'incendie qui finissait de s'éteindre, pour assister à de nouveaux désordres... Quant aux autres, ils restèrent coucher ivres morts dans les salles, avec toutes les conséquences, sur les divans de velours et par terre. Au matin, dès que ce fut possible, on les traîna par les pieds dans la rue. Ainsi se termina la fête au profit des institutrices de notre province.

4

L'INCENDIE avait effrayé notre public de Zaretchié précisément parce que l'intention criminelle était évidente. Il est remarquable qu'au premier cri « nous flambons » on avait aussitôt clamé que c'étaient les « ouvriers de Chpigouline qui avaient mis le feu ». Aujourd'hui on ne sait que trop bien que trois ouvriers des Chpigouline avaient en effet pris part à l'incendie mais — c'est tout; tous les autres ouvriers ont été complètement mis hors de cause et par l'opinion publique et officiellement. Outre ces trois vauriens-là (dont l'un, arrêté, a avoué, tandis que les deux autres courent encore), il n'est pas douteux que Fedka le bagnard n'y eût également participé. Voilà pour le moment tout ce que l'on sait de certain sur l'origine de l'incendie ; tout autre chose sont les suppositions. Quels avaient été les mobiles de ces trois vauriens, étaient-ils ou n'étaient-ils pas dirigés par quelqu'un ? A tout cela il est très difficile de répondre, même aujourd'hui.

Le feu, grâce à la force du vent, aux maisons de l'autre rive construites presque toutes en bois, et enfin au fait que l'incendie avait été allumé à trois endroits, s'étendit rapidement et embrasa tout un quartier avec une violence inouïe (il faudrait plutôt dire que le feu avait été mis de deux côtés, le troisième foyer ayant été éteint presque aussitôt allumé, ce dont il sera question plus loin). Mais dans les correspondances de presse de la capitale on exagéra néanmoins notre désastre : un quart tout au plus de Zaretchié brûla, approximativement parlant. Notre équipe de pompiers, bien que faible par rapport à la superficie et à la population de la ville, opéra néanmoins avec beaucoup de compétence et d'abnégation. Mais elle n'aurait pas pu faire grand-chose, même avec le concours unanime des habitants, si le vent n'avait pas tourné vers le matin, pour tomber brusquement juste à l'aube. Lorsque, une heure à peine après ma fuite du bal, j'arrivais à Zaretchié, le feu faisait rage. Toute une rue parallèle à la rivière était en flammes. Il faisait clair comme en plein jour. Je ne décrirai pas en détail le spectacle de l'incendie : qui ne le connaît en Russie ? Dans les ruelles les plus proches de la rue en flammes, l'agitation et la presse étaient indescriptibles. On y attendait le feu à coup sûr et les habitants déménageaient leurs biens mais sans s'éloigner encore de leur logis, ils restaient en attendant assis, chacun sous ses fenêtres, sur les coffres et les édredons traînés dehors. Une partie de la population masculine était occupée à une rude besogne, démolissant impitoyablement les clôtures et même abattant des masures entières situées plus près du feu et sous le vent. Seuls pleuraient les gosses réveillés et se lamentaient les femmes qui avaient déjà pu traîner dehors leurs maigres biens. Les autres étaient en train de sauver les leurs, pour le moment en silence et avec énergie. Des étincelles et des flammèches s'envolaient sur une grande distance ; on les éteignait dans la mesure du possible. Sur le lieu même de l'incendie se pressaient des spectateurs accourus de tous les coins de la ville. Les uns aidaient à éteindre le feu, d'autres regardaient en amateurs. Un grand incendie, la nuit, fait toujours une impression excitante et joyeuse ; c'est là-dessus que se fondent les feux d'artifice ; mais alors les feux se disposent selon de beaux dessins réguliers et, dans leur sécurité absolue, produisent une impression enjouée et légère, comme celle qu'on éprouve après une coupe de champagne. Autre chose est un véritable incendie : là l'épouvante et tout de même un certain sentiment de danger personnel, s'ajoutant à cette impression joyeuse que produit un feu nocturne, provoquent chez le spectateur (bien entendu pas chez le sinistré lui-même) une certaine commotion du cerveau et comme un appel à ses propres instincts de destruction, instincts que recèle, hélas ! l'âme de chacun, même celle du fonctionnaire le plus humble et le plus chargé de famille... Cette sombre sensation est presque toujours enivrante. « Je ne sais vraiment pas si l'on peut contempler un incendie sans un certain plaisir ? » C'est Stepan Trofimovitch qui, mot pour mot, me le dit une fois en revenant d'un incendie nocturne auquel il avait assisté par hasard, et sous le coup de la première impression du spectacle. Bien entendu, ce même amateur d'incendies nocturnes se jettera au feu pour sauver un enfant ou une vieille femme ; mais cela c'est une tout autre question.

Avançant à la suite de la foule curieuse, j'arrivai sans avoir posé de questions jusqu'au point principal et le plus dangereux, où j'aperçus enfin Lembke que je cherchais à la demande de Julie Mikhaïlovna. Il était dans une posture étrange et insolite. Il se tenait debout sur les décombres d'une clôture ; à sa gauche, à une trentaine de pas, se dressait le squelette noir d'une maison en bois à deux étages presque entièrement consumée, avec des trous à la place des fenêtres aux deux étages, le toit effondré et des flammes serpentant encore çà et là le long des poutres calcinées. Au fond de la cour, à une vingtaine de pas de la maison incendiée, un pavillon, lui aussi à deux étages, commençait à flamber et les pompiers le disputaient de toutes leurs forces aux flammes. A droite, les pompiers et les habitants s'efforçaient de sauver un assez grand bâtiment en bois qui ne flambait pas encore mais qui avait déjà pris feu plusieurs fois et était inévitablement condamné à brûler. Lembke criait et gesticulait face au pavillon et donnait des ordres que personne n'exécutait. Je pensai un instant qu'on l'avait tout bonnement abandonné ici en renonçant définitivement à s'occuper de lui. Du moins, dans la foule dense et extrêmement hétéroclite qui l'entourait, où des gens de tout acabit côtoyaient des messieurs et même le prêtre de la cathédrale, bien qu'on l'écoutât avec curiosité et surprise, personne ne lui adressait la parole et n'essayait de l'emmener. Lembke, pâle, les yeux étincelants, disait les choses les plus stupéfiantes ; pour comble, il était nu-tête, ayant depuis longtemps perdu son chapeau.

— Tout cela vient des incendiaires ! C'est le nihilisme ! Si quelque chose flambe, c'est le nihilisme ! entendis-je presque avec épouvante, et bien qu'il n'y eût plus de quoi s'étonner, la réalité qu'on voit de ses propres yeux a toujours en soi quelque chose de bouleversant.

— Excellence, dit le commissaire de police accourant auprès de lui, si vous vouliez bien prendre du repos chez vous... Il est même dangereux pour Votre Excellence de rester ici.

Ce commissaire, comme je le sus plus tard, avait été spécialement laissé auprès d'André Antonovitch par le chef de police afin de veiller sur lui et de faire son possible pour le ramener à la maison, quitte en cas de danger à user même de la force : mission de toute évidence au-dessus des forces de l'exécutant.

— On essuiera les larmes des sinistrés mais on brûlera la ville. Tout cela ce sont toujours ces quatre coquins, quatre et demi. Qu'on arrête le coquin ! Il s'insinue dans l'honneur des familles. Pour mettre le feu aux maisons on s'est servi des institutrices. C'est lâche, lâche. Aïe, qu'est-ce qu'il fait ! cria-t-il en apercevant soudain sur le toit du pavillon en flammes un pompier sous qui le toit avait déjà brûlé et autour de qui les flammes jaillissaient ; qu'on le fasse descendre, qu'on le fasse descendre, il passera à travers, il prendra feu, éteignez-le... Que fait-il là-bas ?

— Il éteint le feu, Excellence.

— C'est invraisemblable. L'incendie est dans les esprits, non sur les toits des maisons. Qu'on le fasse descendre et qu'on abandonne tout ! Il vaut mieux abandonner. Il vaut mieux abandonner ! Que cela s'arrange tout seul ! Aïe, qui pleure encore ? Une vieille femme ! La vieille crie, pourquoi a-t-on oublié la vieille ?

En effet, au rez-de-chaussée du pavillon en flammes criait une vieille femme octogénaire, parente du marchand à qui appartenait la maison en feu. Mais on ne l'avait pas oubliée, elle était elle-même revenue dans la maison incendiée pendant qu'il était encore possible, dans la folle intention de tirer son édredon de la petite chambre d'angle encore intacte. Suffoquée par la fumée et criant de chaleur car la chambre venait aussi de prendre feu, elle n'en cherchait pas moins de toute la force de ses mains séniles à faire passer son édredon par la fenêtre dont la vitre était cassée. Lembke vola à son secours. Tout le monde le vit accourir vers la fenêtre, saisir un coin de l'édredon et le tirer à lui de toutes ses forces. Comme exprès, au même instant, une planche tomba du toit et vint frapper le malheureux; elle ne le tua pas, l'un de ses bords lui ayant seulement dans sa chute effleuré le cou, mais la carrière d'André Antonovitch prit fin, du moins chez nous ; le coup lui fit perdre l'équilibre et il tomba sans connaissance.

L'aube se leva enfin, maussade, sombre. L'incendie décrut, au vent succéda brusquement le calme, puis une pluie fine, lente se mit à tomber comme à travers un tamis. J'étais déjà dans une autre partie de Zaretchié, loin de l'endroit où Lembke était tombé, et là, dans la foule, j'entendis de bien étranges conversations. Un fait singulier s'était révélé : tout au bout du quartier, dans un terrain vague, au-delà des potagers, à cinquante pas au moins des autres bâtiments, se trouvait une petite maison en bois de construction toute récente, et c'est cette maison isolée qui avait pris feu pour ainsi dire avant toutes les autres, dès le début de l'incendie. Même si elle eût brûlé, elle n'aurait pu, étant donné la distance, communiquer le feu à aucun des bâtiments de la ville, et inversement, quand même tout Zaretchié aurait brûlé, cette maison seule aurait pu rester intacte, quel que fût le vent. Donc, elle avait pris feu isolément et indépendamment, et par conséquent ce ne pouvait être sans raison. Mais ce qu'il y avait surtout, c'est qu'elle n'avait pas eu le temps de brûler et qu'à l'intérieur on avait découvert, à l'aube, des choses étonnantes. Le propriétaire de cette maison neuve, un petit bourgeois qui habitait le faubourg voisin, dès qu'il avait vu l'incendie se déclarer dans sa maison neuve, accourut et réussit à la sauver en dispersant avec l'aide de voisins des bûches enflammées qu'on avait empilées contre le mur. Mais dans la maison il y avait des locataires, un capitaine connu en ville, sa sœur et, avec eux, une servante âgée, et c'étaient ces locataires, le capitaine, sa sœur et la servante, qui tous trois avaient été égorgés cette nuit et apparemment cambriolés. (C'est précisément pour venir ici que le chef de police s'était absenté du lieu de l'incendie alors que Lembke sauvait l'édredon.) Au matin, la nouvelle s'était répandue et une énorme foule de gens de toute sorte et parmi eux même des sinistrés de Zaretchié se pressait dans le terrain vague devant la maison neuve. Il était même difficile de passer tant la cohue était grande. On me raconta aussitôt qu'on avait trouvé le capitaine la gorge tranchée, couché tout habillé sur un banc, qu'il avait sans doute été égorgé alors qu'il était ivre mort, si bien qu'il n'avait rien senti, et qu'il avait saigné « comme un bœuf »; que sa sœur Maria Timofeevna avait été « toute criblée » de coups de couteau et qu'elle gisait par terre sur le seuil, elle avait donc dû se débattre et lutter contre l'assassin une fois réveillée. La servante, qui elle aussi avait dû se réveiller, avait le crâne complètement défoncé. Au dire du propriétaire, le capitaine était venu chez lui la veille dans la matinée étant déjà ivre, s'était vanté d'avoir beaucoup d'argent, jusqu'à deux cents roubles, qu'il lui avait montrés. Le vieux portefeuille vert et tout usé du capitaine fut retrouvé vide par terre; mais on n'avait pas touché au coffre de Maria Timofeevna ni au revêtement d'argent de l'icône ; les habits du capitaine étaient aussi tous intacts. On voyait que le voleur était pressé et qu'il connaissait les affaires du capitaine, qu'il n'était venu que pour l'argent et savait où il se trouvait. Si le propriétaire n'était pas accouru au même instant, les bûches en prenant feu auraient à coup sûr incendié la maison, et « d'après des cadavres calcinés il aurait été difficile de savoir la vérité ».

C'est ainsi qu'on racontait l'affaire. On ajoutait encore un renseignement : la maison avait été louée pour le capitaine et sa sœur par M. Stavroguine Nicolas Vsevolodovitch, le fils de la générale Stavroguine, il était venu la louer lui-même, avait beaucoup insisté car le propriétaire ne voulait pas louer la maison et la destinait à un cabaret, mais Nicolas Vsevolodovitch n'avait pas regardé au prix et avait payé six mois d'avance.

— Ce n'est pas pour rien qu'ils ont brûlé, disait-on dans la foule.

Pourtant la plupart se taisaient. Les visages étaient sombres mais je ne remarquais pas de grande, de visible irritation. Tout autour cependant on continuait à raconter des histoires sur Nicolas Vsevolodovitch et le fait que l'assassinée était sa femme, on disait qu'hier il avait attiré chez lui « par un moyen déshonnête » une jeune fille de la première maison de la ville, la fille du général Drozdov, et qu'on se plaindrait de lui à Pétersbourg, et quant à sa femme, si elle avait été assassinée, c'était certainement pour qu'il pût épouser Mlle Drozdov. Skvorechniki se trouvait à deux verstes et demie de là tout au plus et je me souviens de m'être demandé si je ne devais pas y donner l'alarme. Au reste, je ne remarquai pas que quelqu'un cherchât particulièrement à exciter la foule, je ne veux pas mentir, quoique j'eusse aperçu deux ou trois trognes de certains occupants du buffet qui m'étaient déjà apparues le matin sur le lieu de l'incendie et que je reconnus aussitôt. Mais je me souviens particulièrement d'un grand garçon maigre, hâve, aux cheveux frisés, comme enduit de suie, un petit bourgeois serrurier de son métier, comme je le sus plus tard. Il n'était pas ivre mais, contrairement à la foule plongée dans un sombre silence, il paraissait être hors de lui. Il s'adressait à tout instant aux gens, bien que je ne me rappelle pas ses paroles. Tout ce qu'il disait de cohérent n'était pas plus long que ceci : « Amis, qu'est-ce que c'est ? Est-il possible que ça se passe comme ça ? » et ce disant il agitait les bras.

CHAPITRE III

1

De la grande salle de Skvorechniki (celle-là même où avait eu lieu la dernière entrevue de Varvara Petrovna et de Stepan Trofimovitch) on embrassait d'un coup d'œil tout l'incendie. A l'aube, un peu après cinq heures, Lisa se tenait debout près de la dernière fenêtre à droite et regardait fixement la rougeur du ciel qui s'éteignait. Elle était seule dans la pièce. Elle portait la même robe que la veille à la matinée littéraire, une belle robe habillée, vert clair, toute en dentelle, mais qui maintenant était fripée, mise à la hâte et avec négligence. Remarquant que son corsage était mal agrafé, elle rougit, rajusta précipitamment la robe, saisit sur un fauteuil le foulard rouge qu'elle y avait jeté la veille en entrant et le mit autour de son cou. Ses beaux cheveux aux boucles emmêlées s'échappaient du foulard sur son épaule droite. Son visage était las, soucieux, mais ses yeux brillaient sous les sourcils froncés. Elle revint auprès de la fenêtre et appuya son front brûlant contre la vitre froide. La porte s'ouvrit et Nicolas Vsevolodovitch entra.

— J'ai envoyé un homme à cheval, dit-il, dans dix minutes nous saurons tout, en attendant les gens disent qu'une partie de Zaretchié a brûlé, plus près du quai, à droite du pont. Le feu a pris à minuit ; maintenant cela se calme.

Il ne s'approcha pas de la fenêtre mais s'arrêta derrière Lisa, à trois pas ; elle ne se retourna pas vers lui.

— D'après le calendrier, il devrait faire jour depuis une heure déjà, et il fait presque nuit, dit-elle avec dépit.

— Les calendriers mentent tous, fit-il avec un sourire aimable, mais pris de honte, il se hâta d'ajouter : Vivre d'après le calendrier est ennuyeux, Lisa.

Et il se tut définitivement, s'en voulant d'avoir dit une nouvelle platitude ; Lisa eut un sourire crispé.

— Vous êtes d'humeur si triste que vous ne trouvez même pas de mots pour me parler. Mais rassurez-vous, vous avez dit cela à propos : je vis toujours d'après le calendrier, chacun de mes pas est calculé d'après le calendrier. Cela vous étonne ?

Elle se détourna vivement de la fenêtre et s'assit dans un fauteuil.

— Asseyez-vous aussi, je vous prie. Nous n'avons plus longtemps à être ensemble et je veux dire tout ce qui me plaît... Pourquoi ne diriez-vous pas aussi tout ce qui vous plaît ?

Nicolas Vsevolodovitch s'assit à côté d'elle et doucement, presque craintivement, lui prit la main.

— Que signifie ce langage, Lisa ? D'où vient-il soudain ? Que signifie « nous n'avons plus longtemps à être ensemble » ? Voilà déjà la deuxième phrase énigmatique depuis une demi-heure que tu es réveillée.

— Vous vous prenez à compter mes phrases énigmatiques ? dit-elle en riant. Et vous vous souvenez, hier, en entrant je me suis présentée à vous comme une morte ? Cela, vous avez jugé nécessaire de l'oublier. Oublier ou ne pas remarquer.

— Je ne me souviens pas, Lisa. Pourquoi comme une morte ? Il faut vivre...

— Et vous vous taisez ? Vous avez perdu toute éloquence. J'ai vécu mon heure en ce monde et cela suffit. Vous souvenez-vous de Christophore Ivanovitch ?

— Non, je ne me souviens pas, répondit-il en fronçant les sourcils.

— Christophore Ivanovitch, à Lausanne ? Il vous avait complètement excédé. Il ouvrait la porte et disait toujours : « Je viens pour un instant », et il restait toute la journée. Je ne veux pas ressembler à Christophore Ivanovitch et rester toute la journée.

Une impression douloureuse se refléta sur le visage de Stavroguine.

— Lisa, ce langage déchiré me fait mal. Cette grimace vous coûte cher à vous-même. A quoi bon ? Pourquoi ?

Ses yeux étincelèrent :

— Lisa, s'exclama-t-il, je te le jure, je t'aime davantage maintenant qu'hier quand tu es entrée chez moi.

— Quel étrange aveu ! Que viennent faire là hier et aujourd'hui et les deux mesures ?

— Tu ne me quitteras pas, poursuivit-il presque avec désespoir, nous partirons ensemble aujourd'hui même, n'est-ce pas ? N'est-ce pas ?

— Aïe, ne me serrez pas la main si fort, vous me faites mal ! Où irions-nous ensemble aujourd'hui même ? De nouveau quelque part pour « ressusciter » ? Non, assez d'essais comme cela... et puis c'est trop lent pour moi ; et puis j'en suis incapable ; c'est trop haut pour moi. S'il faut partir, que ce soit pour Moscou et que là-bas nous fassions des visites et recevions nous-mêmes, voilà mon idéal, vous le savez ; je ne vous ai pas caché, déjà en Suisse, comment je suis. Comme il nous est impossible d'aller à Moscou et de faire des visites parce que vous êtes marié, inutile d'en parler.

— Lisa ! Qu'était-ce donc hier ?

— C'était ce que c'était.

— C'est impossible ! C'est cruel !

— Qu'importe donc que ce soit cruel ! Vous n'avez qu'à le supporter si c'est cruel.

— Vous vous vengez sur moi de votre fantaisie d'hier... murmura-t-il en souriant méchamment. Lisa s'emporta.

— Quelle basse pensée !

— Alors pourquoi m'avez-vous donné... « tant de bonheur » ? Ai-je le droit de le savoir ?

— Non, passez-vous d'une façon ou d'une autre de droits, ne couronnez pas la bassesse de votre supposition par la sottise. Vous n'avez pas de chance aujourd'hui. A propos, ne craindriez-vous pas par hasard l'opinion du monde et que pour ce « tant de bonheur » on ne vous condamne ? Oh, s'il en est ainsi, pour l'amour de Dieu ne vous inquiétez pas. Vous n'êtes la cause de rien et vous n'avez de comptes à rendre à personne. Quand j'ai ouvert votre porte hier, vous ne saviez même pas qui entrait. Il n'y a là justement que ma seule fantaisie, comme vous venez de vous exprimer, et rien d'autre. Vous pouvez regarder tout le monde dans les yeux bravement et victorieusement.

— Tes paroles, ce rire, voilà une heure déjà, me donnent le frisson de l'épouvante. Ce « bonheur » dont tu parles avec tant de violence me coûte... tout. Puis-je te perdre maintenant ? Je le jure, je t'aimais moins hier... Pourquoi donc me retires-tu tout aujourd'hui ? Sais-tu ce qu'il m'a coûté, ce nouvel espoir ? Je l'ai payé de la vie.

— De la vôtre ou d'une autre ?

Il se leva vivement.

— Que signifie cela ? prononça-t-il en fixant sur elle un regard immobile.

— L'avez-vous payé de votre vie ou de la mienne, voilà ce que je voulais demander. Ou bien avez-vous complètement cessé de comprendre maintenant ? dit Lisa en s'emportant. Pourquoi vous êtes-vous levé brusquement ? Pourquoi me regardez-vous de cet air ? Vous me faites peur. Que craignez-vous tout le temps ? Il y a longtemps déjà que j'ai remarqué que vous craignez quelque chose, justement maintenant, justement en ce moment... Seigneur, comme vous pâlissez !

— Si tu sais quelque chose, Lisa, je te le jure, JE ne sais rien... et ce n'est pas du tout à propos de CELA que je viens de dire que je l'ai payé de la vie...

— Je ne vous comprends pas du tout, dit-elle en bégayant craintivement.

Enfin, un lent sourire pensif parut sur les lèvres de Stavroguine. Il s'assit doucement, posa les coudes sur ses genoux et se couvrit le visage de ses mains.

— C'est un mauvais rêve et du délire... Nous parlions de deux choses différentes.

— Je ne sais pas du tout de quoi vous parliez... Est-il possible que vous n'ayez pas su hier que je vous quitterais aujourd'hui, le saviez-vous ou non ? Ne mentez pas, le saviez-vous ou non ?

— Je le savais... dit-il à voix basse.

— Eh bien, que voulez-vous donc de plus : vous le saviez et vous vous êtes réservé « l'instant ». Quels comptes y a-t-il là ?

— Dis-moi toute la vérité, s'écria-t-il avec une profonde souffrance : quand tu as ouvert ma porte hier, savais-tu toi-même que tu ne l'ouvrais que pour une heure ?

Elle le regarda haineusement :

— Il est donc vrai que l'homme le plus sérieux peut poser les plus étonnantes questions. Pourquoi tant vous inquiéter ? Est-il possible que ce soit par amour-propre, parce qu'une femme vous a quitté la première et que ce n'est pas vous qui l'avez quittée ? Vous savez, Nicolas Vsevolodovitch, depuis que je suis chez vous j'ai constaté, entre autres choses, que vous êtes terriblement généreux avec moi et c'est cela justement que je ne puis supporter chez vous.

Il se leva et fit quelques pas dans la pièce.

— Bien, que cela finisse donc ainsi... Mais comment cela a-t-il pu arriver ?

— En voilà un souci ! Et surtout vous le savez parfaitement vous-même, vous le comprenez mieux que personne au monde et vous y comptiez vous-même. Je suis une demoiselle, mon cœur a été élevé à l'opéra, voilà comment cela a commencé, c'est toute la clef de l'énigme.

— Non.

— Il n'y a là rien qui puisse blesser votre amour-propre et tout est pure vérité. Cela a commencé par un bel instant qui a été au-dessus de mes forces. Avant-hier, quand je vous ai publiquement « offensé » et que vous m'avez répondu d'une façon si chevaleresque, je suis rentrée à la maison et j'ai aussitôt deviné que si vous me fuyiez c'était parce que vous étiez marié et nullement par mépris pour moi, ce qu'en ma qualité de jeune fille du monde je craignais le plus. J'ai compris que c'est encore moi, insensée, que vous protégiez en fuyant. Vous voyez comme j'apprécie votre générosité. A ce moment Piotr Stepanovitch est accouru et m'a aussitôt tout expliqué. Il m'a révélé que vous êtes la proie d'une grande idée à côté de laquelle lui et moi ne sommes absolument rien, mais que je suis tout de même en travers de votre chemin. Il s'est aussi compté lui-même ; il voulait absolument que nous fussions à trois et disait les choses les plus fantastiques au sujet d'une nef et de rames d'érable de je ne sais quelle chanson russe. Je l'ai complimenté, lui ai dit qu'il était un poète et il l'a pris absolument pour argent comptant. Et comme sans cela je savais depuis longtemps que je n'étais bonne que pour un instant, je me suis décidée. Eh bien, voilà tout, et assez, et je vous en prie, plus d'explications. Nous risquons encore de nous disputer. Ne craignez personne, je prends tout sur moi. Je suis mauvaise, capricieuse, je me suis laissé séduire par une nef d'opéra, je suis une demoiselle... Mais vous savez, je croyais tout de même que vous m'aimiez follement. Ne méprisez pas la sotte et ne riez pas de cette petite larme qui vient de tomber. J'adore pleurer « en me plaignant moi-même ». Allons, assez, assez. Je ne suis capable de rien et vous n'êtes capable de rien ; deux chiquenaudes des deux côtés, consolons-nous avec cela. Du moins, l'amour-propre n'en souffre pas.

— Un rêve et du délire ! s'écria Nicolas Vsevolodo-

vitch en se tordant les mains et en arpentant la pièce :
Lisa, pauvre, qu'as-tu fait de toi ?

— Je me suis brûlée à une bougie, et rien de plus.
Vous ne pleurez tout de même pas vous aussi ? Soyez
plus convenable, plus insensible...

— Pourquoi, pourquoi es-tu venue chez moi ?

— Mais vous ne comprenez donc pas enfin dans quelle
situation comique vous vous mettez vous-même devant
l'opinion du monde par de pareilles questions ?

— Pourquoi t'es-tu perdue toi-même, d'une façon si
laide et si stupide, et que faire maintenant ?

— Et c'est Stavroguine, le « vampire Stavroguine »,
comme vous appelle ici une dame qui est amoureuse de
vous ! Ecoutez, puisque je vous l'ai déjà dit : j'ai joué
ma vie sur une seule heure et je suis tranquille. Jouez
la vôtre de même... d'ailleurs, vous n'en avez pas besoin ;
vous aurez encore tant « d'heures » et « d'instants » divers.

— Autant que toi, je t'en donne ma parole solennelle,
pas une heure de plus que toi.

Il marchait toujours de long en large et ne vit pas son
rapide regard perçant qui parut soudain s'illuminer d'espoir. Mais le rayon de lumière s'éteignit au même instant.

— Si tu savais le prix de mon IMPOSSIBLE sincérité en
ce moment, Lisa, si seulement je pouvais te révéler...

— Révéler ? Vous voulez me révéler quelque chose ?
Dieu me préserve de vos révélations ! interrompit-elle
presque avec frayeur.

Il s'arrêta et attendit avec inquiétude.

— Je dois vous avouer qu'autrefois déjà, en Suisse,
l'idée s'est ancrée en moi que vous avez sur la conscience
quelque chose d'horrible, de sale et de sanglant, et... qui
en même temps vous montre sous un jour terriblement
ridicule... Gardez-vous de me le révéler si c'est vrai : je
vous accablerai de rire. Je rirai de vous toute votre vie...
Aïe, vous pâlissez de nouveau ? Je ne dirai plus rien, je
ne dirai plus rien, je vais m'en aller, et elle se leva brusquement d'un mouvement dégoûté et méprisant.

— Torture-moi, supplicie-moi, passe sur moi ta
colère, s'écria-t-il avec désespoir. Tu en as pleinement
le droit ! Je savais que je ne t'aimais pas et j'ai causé ta
perte. Oui, « je me suis réservé l'instant » ; j'avais un
espoir... depuis longtemps... le dernier... Je n'ai pu
résister à la lumière qui a illuminé mon cœur quand tu es
entrée chez moi hier, de toi-même, seule, la première.
J'ai cru soudain... Il se peut que je croie encore maintenant.

— Pour une si noble franchise je vous paierai de retour : je ne veux pas être votre sœur de charité. Il se peut que je me fasse vraiment garde-malade si je ne sais pas mourir à propos aujourd'hui ; mais quand même je le deviendrais, ce n'est pas vous que j'irais soigner, quoique vous aussi vous valiez certes n'importe quel cul-de-jatte ou manchot. Il m'a toujours semblé que vous m'emmèneriez en quelque endroit où vit une énorme et méchante araignée de la taille d'un homme, et que là toute notre vie nous la regarderions et en aurions peur. C'est à cela que se passerait notre amour. Adressez-vous à Dachenka ; celle-là ira avec vous où vous voudrez.

— Là non plus vous n'avez pas pu ne pas l'évoquer ?

— Pauvre petite chienne ! Saluez-la de ma part. Sait-elle que, déjà en Suisse, vous vous l'êtes réservée pour vos vieux jours ? Quelle sollicitude ! Quelle prévoyance ! Aïe, qui est-ce ?

Au fond de la salle, la porte venait de s'entrebâiller ; une tête apparut puis disparut précipitamment.

— C'est toi, Alexis Egoritch ? demanda Stavroguine.

— Non, ce n'est que moi, dit Piotr Stepanovitch qui se montra cette fois à moitié. Bonjour, Elisabeth Nicolaevna ; en tout cas, bonne matinée. Je savais bien que je vous trouverais tous les deux dans cette salle. Je ne viens que pour un instant, Nicolas Vsevolodovitch, je me hâtais de venir coûte que coûte vous dire deux mots... c'est absolument indispensable... deux petits mots seulement !

Stavroguine se mit en marche mais après avoir fait trois pas, revint auprès de Lisa.

— Si tu entends quelque chose maintenant, Lisa, sache-le : je suis coupable !

Elle tressaillit et le regarda craintivement ; mais il sortit en hâte.

2

La pièce d'où s'était montré Piotr Stepanovitch était une grande antichambre ovale. Avant son arrivée, Alexis Egoritch s'y trouvait mais il l'avait renvoyé. Nicolas Vsevolodovitch ferma derrière lui la porte de la salle et s'arrêta, attendant. Piotr Stepanovitch l'examina d'un regard rapide et scrutateur.

— Eh bien ?

— C'est-à-dire si vous savez déjà, commença en hâte Piotr Stepanovitch, qui semblait vouloir lui pénétrer des yeux dans l'âme, il va sans dire que personne d'entre nous n'est coupable en rien, et vous moins que tout autre, parce que c'est une telle coïncidence... un tel concours de circonstances... en un mot, juridiquement cela ne peut vous concerner, et je suis accouru pour vous mettre au courant.

— Ils ont brûlé ? On les a égorgés ?

— Egorgés mais pas brûlés, c'est ça l'ennui, mais je vous donne ma parole d'honneur que là non plus je ne suis pour rien, quelques soupçons que vous ayez contre moi — parce que vous me soupçonnez peut-être, hein ? Vous voulez savoir toute la vérité : voyez-vous, l'idée m'en venait effectivement — c'est vous-même qui me l'avez suggérée, pas sérieusement mais pour me taquiner (parce que vous n'auriez tout de même pas suggéré cela sérieusement), mais je ne me décidais pas et je ne me serais décidé à aucun prix, pas pour cent roubles — et puis il n'y a même aucun avantage à en tirer, c'est-à-dire pour moi personnellement, pour moi... (Il se hâtait terriblement et parlait avec une volubilité extrême.) Mais voyez le concours de circonstances : j'ai donné de ma poche (vous entendez, de ma poche, il n'y avait pas un rouble à vous, et, surtout, vous le savez vous-même) deux cent trente roubles à ce stupide ivrogne de Lebiadkine, avant-hier soir — vous entendez, avant-hier, pas hier après la matinée littéraire, notez cela : c'est une coïncidence très importante, car j'ignorais alors absolument si Elisabeth Nicolaevna irait ou non chez vous ; et si j'ai donné de l'argent à moi, c'est uniquement parce qu'avant-hier vous vous êtes distingué, vous vous êtes avisé de révéler votre secret à tout le monde. Ma foi, de cela je ne me mêle pas... c'est votre affaire... Vous êtes un chevalier... mais, je l'avoue, j'ai été étonné, c'était comme un coup de massue en plein front. Mais comme j'en ai assez de ces tragédies — et, notez-le bien, je parle sérieusement, quoique j'emploie des expressions slavonnes — et comme tout cela nuit à la fin à mes plans, je me suis juré d'expédier les Lebiadkine à Pétersbourg coûte que coûte et à votre insu, d'autant plus que lui-même brûlait d'y aller. Il n'y a qu'une erreur que j'ai commise : j'ai donné l'argent de votre part, est-ce ou non une erreur ? Peut-être n'est-ce pas une erreur, hein ? Ecoutez donc maintenant, écoutez comment tout cela a tourné... Dans le feu de son discours, il s'était approché tout contre Stavroguine et l'avait saisi par le revers de sa redingote (en vérité, peut-être exprès). Stavroguine, d'un geste vigoureux, lui donna un coup sur le bras.

— Voyons, qu'avez-vous... de grâce... vous pourriez me casser le bras... Le principal c'est la façon dont cela a tourné, reprit-il à toute allure, nullement surpris du coup reçu. Je lui remets l'argent le soir pour que lui et sa sœur partent le lendemain dès l'aube ; je charge de cette affaire ce saligaud de Lipoutine pour qu'il les mette lui-même dans le train et les fasse partir. Mais ce coquin de Lipoutine a éprouvé le besoin de faire une farce au public — peut-être en avez-vous entendu parler ? A la matinée ? Ecoutez donc, écoutez : tous deux boivent, composent des vers dont la moitié est de Lipoutine ; celui-ci lui fait enfiler un frac, m'affirme pendant ce temps les avoir expédiés dès le matin et le garde quelque part dans une pièce du fond pour le pousser sur l'estrade. Mais l'autre se soûle rapidement et inopinément. Ensuite c'est le scandale que l'on sait, ensuite on le ramène chez lui à demi mort, et Lipoutine lui subtilise en douce deux cents roubles laissant la monnaie. Mais malheureusement il se trouve que le matin l'autre avait déjà tiré cet argent de sa poche, s'en était vanté et l'avait montré là où il ne fallait pas. Et comme Fedka n'attendait que cela et avait entendu certaines choses chez Kirilov (vous vous souvenez de votre allusion ?), il a décidé d'en profiter. Voilà toute la vérité. Je suis content tout au moins que Fedka n'ait pas trouvé l'argent, le saligaud comptait sur mille roubles ! Il se dépêchait et l'incendie semble l'avoir effrayé lui-même. Croyez-vous, cet incendie a été pour moi comme un coup de bûche sur le front. Non mais, le diable sait ce que c'est ? C'est une telle insubordination... Vous voyez, j'attends tant de choses de vous que je ne vous cacherai rien : eh bien, oui, il y avait longtemps que cette idée de l'incendie mûrissait en moi, puisqu'elle est si nationale et populaire ; mais je la gardais pour l'heure critique, pour ce précieux instant où nous nous lèverons tous et... Et eux, subitement, ils se sont avisés d'en faire à leur tête et sans ordre, cela maintenant, en un moment où il faudrait justement se terrer et retenir son souffle ! Non, c'est encore une telle insubordination !... En un mot, je ne sais encore rien, on parle de deux ouvriers de Chpigouline... mais si quelqu'un des nôtres est dans le coup, si fût-ce un seul d'entre eux y a prêté la main, malheur à lui ! Vous voyez ce que c'est que de leur lâcher tant soit peu la bride ! Non, cette racaille démocratique avec ses groupes de cinq est un mauvais soutien ; il faut une volonté unique, splendide, despotique, une sorte d'idole, s'appuyant sur quelque chose de non fortuit et qui soit en dehors... Alors les groupes serreront servilement entre les jambes les queues de l'obéissance et pourront à l'occasion être utiles. Mais en tout cas, bien qu'on carillonne maintenant que Stavroguine avait besoin de faire brûler sa femme, que c'est pour cela que la ville a flambé...

— Alors on carillonne déjà ?

— C'est-à-dire, pas du tout, pas encore et je l'avoue, je n'ai absolument rien entendu dire, mais que faire avec les gens du peuple, surtout avec des sinistrés ? *Vox populi, vox Dei.* Faut-il longtemps pour lancer le bruit le plus stupide ?... Mais au fond vous n'avez absolument rien à craindre. Juridiquement vous êtes absolument innocent, en conscience aussi : vous ne le vouliez pas, n'est-ce pas ? Vous ne le vouliez pas ? Il n'y a aucun indice, rien qu'une coïncidence... A moins que Fedka ne se souvienne des imprudentes paroles que vous avez eues chez Kirilov (et pourquoi les avez-vous dites ?), mais vraiment cela ne prouve absolument rien, et quant à Fedka, nous le réduirons. Je le réduirai aujourd'hui même...

— Les cadavres n'ont pas brûlé du tout ?

— Pas le moins du monde ; cette canaille n'a rien su faire proprement. Mais je suis content, du moins, que vous soyez calme... parce que vous avez beau n'y être pour rien, pas même en pensée, mais tout de même... Et avec cela convenez que tout cela arrange parfaitement vos affaires : vous êtes subitement un veuf libre et vous pouvez à l'instant même épouser une belle jeune fille qui a une immense fortune et qui par surcroît est déjà entre vos mains. Voilà ce que peut faire un simple, un grossier concours de circonstances, hein ?

— Vous me menacez, tête d'imbécile ?

— Allons, allons, tout de suite tête d'imbécile, et quel est ce ton ? Au lieu de vous réjouir, vous... J'accourais tout exprès pour vous prévenir au plus vite... Et puis comment vous menacerais-je ? J'ai bien besoin de vous sous la menace ! J'ai besoin de votre bonne volonté et non que ce soit par peur. Vous êtes la lumière et le soleil... C'est moi qui ai une peur affreuse de vous et non vous qui avez peur de moi ! Je ne suis tout de même pas Mavriki Nicolaevitch... Et, figurez-vous, j'arrive à fond de train dans un drojki et Mavriki Nicolaevitch est ici, près de la grille, au bout du parc... en capote, tout trempé, il a dû y passer toute la nuit ! Prodigieux ! A quel point les gens peuvent perdre la raison !

— Mavriki Nicolaevitch ? C'est vrai ?

— C'est vrai, c'est vrai. Il est devant la grille du parc.

D'ici — d'ici à trois cents pas, je pense. Je suis passé en vitesse devant lui mais il m'a vu. Vous ne le saviez pas ? En ce cas je suis très content de n'avoir pas oublié de vous le dire. C'est quelqu'un comme lui qui est le plus dangereux s'il a un revolver sur lui, et enfin la nuit, la boue, une irascibilité naturelle, parce que quelle est donc sa situation, ha, ha ! Qu'en pensez-vous, pourquoi reste-t-il là ?

— Il attend, bien sûr, Elisabeth Nicolaevna.

— Vraiment ! Mais pourquoi irait-elle le rejoindre ? Et... sous une telle pluie... en voilà un imbécile !

— Elle ira le rejoindre tout de suite.

— E-eh ! En voilà une nouvelle ! Par conséquent... Mais, écoutez, maintenant la situation est complètement changée pour elle : qu'a-t-elle maintenant besoin de Mavriki Nicolaevitch ? Puisque vous êtes veuf et libre et que vous pouvez l'épouser dès demain ? Elle ne le sait pas encore, laissez-m'en le soin et je vous arrangerai tout en un tournemain. Où est-elle, il faut lui faire cette joie à elle aussi.

— Lui faire cette joie ?

— Je pense bien, venez.

— Vous croyez qu'elle ne devinera pas au sujet de ces cadavres ? dit Stavroguine en plissant étrangement les yeux.

— Bien sûr qu'elle ne devinera pas, reprit Piotr Stepanovitch faisant la bête, puisque juridiquement... Eh, comme vous êtes ! Et quand elle devinerait ! Chez les femmes tout cela s'efface parfaitement, vous ne connaissez pas encore les femmes ! Sans compter qu'elle a maintenant tout intérêt à vous épouser parce que tout de même elle s'est déshonorée, sans compter que je lui ai parlé de la « nef » et j'ai vu que c'est justement par la « nef » qu'on peut agir sur elle, voilà donc de quel calibre elle est, cette jeune fille. Ne vous inquiétez pas, elle vous enjambera si bien ces cadavres que c'en sera un plaisir, d'autant plus que vous êtes absolument, absolument innocent, n'est-ce pas ? Elle mettra seulement ces cadavres en réserve pour vous les ressortir plus tard, disons la deuxième année de votre mariage. Toute femme en allant devant l'autel met en réserve quelque chose de ce genre dans le passé de son mari, mais c'est que d'ici là... où en serons-nous dans un an ? Ha, ha, ha !

— Si vous êtes venu en drojki, conduisez-la auprès de Mavriki Nicolaevitch. Elle vient de dire qu'elle ne peut me souffrir et qu'elle me quittera, et naturellement elle n'accepterait pas une voiture de moi.

— Vraiment ! Est-il possible qu'elle parte pour de bon ? D'où cela pourrait-il venir ? dit Piotr Stepanovitch en le regardant d'un air hébété.

— Elle aura deviné cette nuit que je ne l'aime pas... ce que, naturellement, elle a toujours su.

— Mais vous ne l'aimez donc pas ? reprit Piotr Stepanovitch d'un air infiniment surpris. Et s'il en est ainsi, pourquoi donc hier, quand elle est entrée, l'avez-vous gardée chez vous et ne l'avez-vous pas prévenue comme un honnête homme que vous ne l'aimez pas ? C'est d'une lâcheté épouvantable de votre part ; et puis pour quel ignoble personnage vous me faites passer à ses yeux ?

Stavroguine éclata brusquement de rire.

— Je ris de mon singe, expliqua-t-il aussitôt.

— Ah ! vous avez deviné que je faisais le paillasse, dit Piotr Stepanovitch en éclatant aussi d'un rire on ne peut plus joyeux, c'est pour vous faire rire ! Figurez-vous, dès que vous êtes venu me rejoindre j'ai bien deviné à votre visage qu'un « malheur » est arrivé entre vous. Même, peut-être, un échec complet, hein ? Ma parole, je parie, s'écria-t-il presque débordant d'enthousiasme, que vous avez passé toute la nuit dans la salle côte à côte sur des chaises et que vous avez perdu tout ce temps précieux à discuter de quelque chose d'indiciblement noble... Allons, pardonnez-moi, pardonnez-moi ; que m'importe : je savais à coup sûr dès hier que cela finirait entre vous par une bêtise. Je ne vous l'ai amenée que pour vous amuser et vous prouver qu'avec moi vous ne vous ennuieriez pas ; je vous rendrai trois cents fois service dans ce genre ; j'aime en général à être agréable aux gens. Et si maintenant vous n'avez plus besoin d'elle, comme j'y comptais aussi bien, c'est pour ça que je suis venu, alors...

— Ainsi c'est uniquement pour mon amusement que vous l'aviez amenée ?

— Et pour quoi donc d'autre ?

— Ne serait-ce pas pour me forcer à tuer ma femme ?

— Allons donc, mais est-ce que vous l'avez tuée ? Quel homme tragique !

— C'est égal, c'est vous qui l'avez tuée.

— Mais est-ce que je l'ai tuée ? Je vous le dis, je n'y suis pour rien. Pourtant, vous commencez à m'inquiéter...

— Continuez, vous avez dit : « Si maintenant vous n'avez plus besoin d'elle, alors... »

— Alors, laissez-m'en le soin, bien entendu ! Je la marierai parfaitement à Mavriki Nicolaevitch, à propos, ce n'est pas du tout moi qui l'ai posté près du jardin, ne vous mettez pas cela en tête. Moi-même j'ai peur de lui maintenant. Vous parlez de drojki, mais j'ai filé à fond de train en passant près de lui... vraiment, s'il a un revolver sur lui ? Heureusement que j'ai emporté le mien. Le voici (il tira un revolver de sa poche, le montra et aussitôt le rangea de nouveau), je l'ai emporté à cause de la longueur du trajet... Du reste je vous arrangerai cela en un tournemain : c'est juste en ce moment que son petit cœur languit après Mavriki Nicolaevitch... il doit du moins languir... et, vous savez — je vous le jure, je la plains même un peu ! Que je la réunisse avec Mavriki Nicolaevitch, et aussitôt elle commencera à penser à vous — à lui faire votre éloge et à l'invectiver en face — tel est le cœur des femmes ! Allons, voilà que vous riez de nouveau ? Je suis ravi que vous soyez devenu si gai. Eh bien, allons. Je vais commencer tout de suite par Mavriki... et les autres... ceux qui ont été tués... vous savez, si pour le moment nous passions cela sous silence ? De toute façon elle l'apprendra plus tard.

— Qu'est-ce que j'apprendrai ? Qui a été tué ? Qu'avez-vous dit au sujet de Mavriki Nicolaevitch ? demanda Lisa ouvrant soudain la porte.

— Ah ! Vous écoutiez à la porte ?

— Que venez-vous de dire au sujet de Mavriki Nico-laevitch ? Il a été tué ?

— Ah ! vous n'avez donc pas bien entendu ! Rassurez-vous, Mavriki Nicolaevitch est sain et sauf, ce dont vous pourrez vous assurer immédiatement, parce qu'il est ici, près de la route, devant la grille du parc... et il semble y avoir passé toute la nuit ; il est trempé, en capote... Je passais, il m'a vu.

— Ce n'est pas vrai. Vous avez dit « tué »... Qui a été tué ? insista-t-elle avec une douloureuse méfiance.

— Il n'y a que ma femme qui a été tuée, son frère Lebiadkine et leur servante, déclara fermement Stavro-guine.

Lisa tressaillit et devint affreusement pâle.

— C'est un cas monstrueux, étrange, Elisabeth Nico-laevna, un cas stupide de cambriolage, intervint aussitôt Piotr Stepanovitch, de cambriolage seulement, on a pro-fité de l'incendie ; c'est l'œuvre du bandit Fedka le forçat et de cet imbécile de Lebiadkine qui montrait son argent à tout le monde... C'est pour cela que je suis accouru ici... comme un coup de pierre en plein front. Stavro-guine a failli tomber à la renverse quand je le lui ai dit. Nous tenions conseil ici pour savoir s'il fallait ou non vous le dire maintenant.

— Nicolas Vsevolodovitch, est-ce vrai ce qu'il dit ? articula avec peine Lisa.

— Non, ce n'est pas vrai.

— Comment ce n'est pas vrai ! Piotr Stepanovitch tressaillit. Qu'est-ce que c'est encore ?

— Seigneur, je vais perdre la raison ! s'écria Lisa.

— Mais comprenez donc au moins qu'il est fou en ce moment ! criait Piotr Stepanovitch de toutes ses forces, c'est quand même sa femme qui a été assassinée. Voyez comme il est pâle... Puisque c'est avec vous qu'il a passé toute la nuit, qu'il ne vous a pas quittée un instant, comment donc le soupçonner ?

— Nicolas Vsevolodovitch, dites-moi comme devant Dieu si vous êtes ou non coupable, et je le jure, je croirai à votre parole comme à la parole de Dieu et j'irai avec vous au bout du monde, oh, j'irai ! J'irai comme un petit chien...

— Pourquoi donc la torturez-vous, tête fantastique que vous êtes ! dit Piotr Stepanovitch pris de rage. Elisabeth Nicolaevna, je vous le jure, pilez-moi dans un mortier, il est innocent, au contraire, il en est lui-même anéanti et il délire, vous voyez. En rien, en rien, pas même en pensée il n'est coupable !... Tout n'est que l'œuvre de bandits qu'on retrouvera certainement et qu'on fusillera. C'est Fedka le forçat et les ouvriers de Chpigouline, toute la ville le crie, et donc moi aussi.

— Est-ce vrai ? Est-ce vrai ? dit Lisa qui, toute tremblante, attendait l'arrêt de son sort.

— Je n'ai pas tué et j'étais contre, mais je savais qu'ils seraient tués et je n'ai pas arrêté la main des assassins. Partez, Lisa, quittez-moi, prononça Stavroguine, et il regagna la salle.

Lisa se couvrit le visage de ses mains et sortit de la maison. Piotr Stepanovitch se précipita d'abord à sa suite, mais aussitôt revint dans la salle.

— Alors c'est comme ça que vous faites ? Alors c'est comme ça ? Vous n'avez donc peur de rien ? dit-il en s'attaquant à Stavroguine dans une véritable fureur, bredouillant, ne trouvant presque pas ses mots, l'écume aux lèvres.

Stavroguine, debout au milieu de la salle, ne répondait pas un mot. Il avait saisi légèrement de la main gauche une touffe de ses cheveux et souriait d'un air égaré. Piotr Stepanovitch le tira fortement par la manche.

— Etes-vous perdu, ou quoi ? Alors voilà à quoi vous vous attaquez ? Vous dénoncerez tout le monde et vous irez vous-même dans un monastère ou au diable... Mais je vous réglerai de toute façon votre compte, même si vous ne me craignez pas !

— Ah, c'est vous qui faites ce bruit ! dit Stavroguine le remarquant enfin. Courez, ajouta-t-il en revenant soudain à lui, courez après elle, faites atteler, ne la quittez pas... Courez, courez donc ! Reconduisez-la chez elle, pour que personne ne sache et qu'elle n'aille pas là-bas... près des cadavres... des cadavres... Faites-la monter de force dans la voiture... Alexis Egoritch ! Alexis Egoritch !

— Attendez, ne criez pas ! Elle est maintenant déjà dans les bras de Mavriki... Mavriki ne montera pas dans votre voiture... Attendez donc ! Il y va de quelque chose de plus important qu'une voiture !

Il tira de nouveau son revolver ; Stavroguine le regarda sérieusement.

— Eh bien, tuez-moi, dit-il d'une voix basse, presque conciliante.

— Pouah, que diable, dans quel mensonge un homme est capable de se fourrer ! dit Piotr Stepanovitch tout secoué de colère. Je vous le jure, il faudrait vous tuer ! En vérité, elle aurait dû vous cracher à la figure ! Quelle « nef » êtes-vous, vous êtes un vieux chaland à bois tout troué, bon pour la démolition !... Voyons, ne serait-ce que par rancune, rien que par rancune, vous devriez maintenant vous ressaisir ! E-eh ! Cela devrait bien vous être égal puisque vous demandez vous-même qu'on vous loge une balle dans le front ?

Stavroguine sourit étrangement.

— Si vous n'étiez pas un pareil bouffon, je vous dirais peut-être maintenant : oui... Si seulement vous étiez un tout petit peu plus intelligent...

— Moi, je suis un bouffon, mais je ne veux pas que vous, la principale moitié de moi-même, vous soyez un bouffon ! Me comprenez-vous ?

Stavroguine comprenait, lui seul peut-être. Chatov n'avait-il pas été stupéfait quand Stavroguine lui dit qu'il y avait chez Piotr Stepanovitch de l'enthousiasme ?

— Allez maintenant au diable et, d'ici demain, je tirerai quelque chose de moi. Venez demain.

— Oui ? Oui ?

— Est-ce que je sais !... Au diable, au diable !

Et il sortit de la salle.

— Eh bien, il se peut même que ce soit pour le mieux, murmura à part soi Piotr Stepanovitch en rangeant le revolver.

Il courut rejoindre Elisabeth Nicolaevna. Celle-ci n'était pas encore loin, à quelques pas à peine de la maison. Elle avait été retenue par Alexis Egoritch qui la suivait toujours, à un pas de distance, respectueusement incliné, en frac et sans chapeau. Il la suppliait sans désemparer d'attendre la voiture ; le vieillard était effrayé et presque en larmes.

— Va, Monsieur demande du thé, il n'y a personne pour le servir, dit Piotr Stepanovitch en le repoussant, et il prit sans façon le bras d'Elisabeth Nicolaevna.

Celle-ci ne le retira pas mais, semble-t-il, elle n'était pas en pleine possession de sa raison, ne s'était pas encore ressaisie.

— Premièrement, vous ne prenez pas le bon chemin, commença Piotr Stepanovitch, nous devons passer par ici et non pas en longeant le parc ; et deuxièmement il est en tout cas impossible d'aller à pied, il y a jusque chez vous trois verstes, et vous n'avez même pas de vêtements. Si vous attendiez un tout petit peu. Je suis venu en voiture ; le cheval est ici dans la cour, je ferai avancer la voiture en un clin d'œil, je vous ferai monter et vous ramènerai, si bien que personne ne vous verra.

— Comme vous êtes bon... dit gentiment Lisa.

— De grâce, en pareil cas tout homme de cœur ferait de même à ma place...

Lisa le regarda et s'étonna.

— Ah, mon Dieu, je croyais que c'était toujours ce vieillard qui était là.

— Ecoutez, je suis ravi que vous le preniez de cette façon, parce que tout cela n'est qu'un abominable préjugé, et puisqu'il en est ainsi, ne vaudrait-il pas mieux que je dise à ce vieillard de faire préparer la voiture, c'est l'affaire de dix minutes, et pendant ce temps nous reviendrons sur nos pas et attendrons à l'abri du perron, hein ?

— Je veux d'abord... où sont ceux qu'on a tués ?

— Ah, en voilà encore une fantaisie ! C'est bien ce que je craignais... Non, il vaut mieux que nous laissions cette saleté de côté et puis vous n'avez pas besoin de voir.

— Je sais où ils sont, je connais cette maison.

— Eh bien, qu'importe que vous le sachiez ! De grâce, par cette pluie, ce brouillard (en voilà pourtant un devoir sacré que je me suis imposé !). Ecoutez, Elisabeth Nicolaevna, de deux choses l'une : ou vous venez avec moi en drojki, alors attendez et plus un pas en avant, parce que si vous faites encore une vingtaine de pas, Mavriki Nicolaevitch ne manquera pas de nous apercevoir.

— Mavriki Nicolaevitch ? Où ? Où ?

— Et si vous voulez partir avec lui, je veux bien vous accompagner encore un peu et vous montrer où il est, et ensuite, serviteur ; je ne veux pas l'aborder en ce moment.

— Il m'attend, Dieu ! Elle s'arrêta brusquement et la rougeur envahit son visage.

— Mais voyons, si c'est un homme sans préjugés ! Vous savez, Elisabeth Nicolaena, tout cela ne me regarde et pas ; je suis tout à fait en dehors et vous le savez vous-même ; mais je vous veux tout de même du bien... Si notre « nef » n'a pas réussi, si elle s'est trouvée n'être qu'une vieille chaloupe pourrie bonne pour la démolition...

— Ah, merveilleux ! s'écria Lisa.

— C'est merveilleux, et les larmes lui coulent des yeux. Il faut ici du courage. Il ne faut le céder en rien à l'homme. A notre époque où la femme... pouah, que diable ! (Piotr Stepanovitch faillit cracher.) Et surtout, il n'y a rien à regretter : il se peut que cela s'arrange parfaitement bien. Mavriki Nicolaevitch est un homme... en un mot un homme sensible, quoique peu bavard, ce qui du reste est bien, naturellement à condition qu'il n'ait pas de préjugés.

— Merveilleux, merveilleux ! dit Lisa en éclatant d'un rire hystérique.

— Allons, que diable... Elisabeth Nicolaevna, dit Piotr Stepanovitch soudain piqué, c'est au fond de vous que je me préoccupe... peu m'importe à moi... Je vous ai rendu service hier quand vous l'avez voulu vous-même, et aujourd'hui... Eh bien, tenez, d'ici on voit Mavriki Nicolaevitch, le voilà assis là-bas, il ne nous voit pas. Vous savez, Elisabeth Nicolaevna, avez-vous lu « Pauline Sachs » ?

— Qu'est-ce que c'est ?

— Il y a un roman comme ça, « Pauline Sachs ». Je l'ai lu du temps que j'étais encore étudiant... Il s'agit d'un fonctionnaire, Sachs, une grosse fortune, qui a arrêté sa femme à la campagne pour infidélité... Enfin, que diable, peu importe ! Vous verrez que Mavriki Nicolaevitch, avant même votre retour à la maison, vous aura demandé votre main. Il ne nous voit pas encore.

— Ah, qu'il ne voie pas ! s'écria brusquement Lisa

manque de courage ! dit Piotr Stepanovitch courant comme une folle ; allons-nous-en, allons-nous-en ! Dans la forêt, dans les champs !

Et elle rebroussa chemin en courant.

— Elisabeth Nicolaevna, ça c'est vraiment un tel après elle. Et pourquoi ne voulez-vous pas qu'il vous voie ? Au contraire, regardez-le droit dans les yeux... Si vous pensez à quelque chose de CE GENRE... de virginal... c'est vraiment un tel préjugé, une chose si périmée... Mais où allez-vous donc, où allez-vous donc ? Eh, elle court ! Revenons plutôt chez Stavroguine, prenons mon drojki... Mais où allez-vous donc ? Il y a là les champs, allons bon, elle est tombée !...

Il s'arrêta. Lisa volait comme un oiseau sans savoir où elle allait, et Piotr Stepanovitch était maintenant à une cinquantaine de pas en arrière. Elle tomba butant contre une motte de terre. Au même instant, par-derrière, sur le côté, s'éleva un cri terrible, le cri de Mavriki Nicolaevitch qui l'avait vue fuir et tomber, et accourait vers elle à travers champs. Piotr Stepanovitch battit instantanément en retraite vers le portail de la maison des Stavroguine afin de monter au plus vite dans son drojki.

Cependant Mavriki Nicolaevitch, en proie à une terrible frayeur, était déjà auprès de Lisa qui s'était dressée, se penchant sur elle et tenant sa main dans les siennes. Toutes les incroyables circonstances de cette rencontre avaient ébranlé sa raison et des larmes coulaient sur son visage. Il l'avait vue, celle qu'il vénérait tant, courir éperdument à travers champs à cette heure, par ce temps, sans manteau, dans cette belle robe de la veille, maintenant fripée, salie dans sa chute... Il ne pouvait dire un mot, il enleva sa capote et, les mains tremblantes, lui en couvrit les épaules. Soudain il poussa un cri, sentant qu'elle effleurait sa main de ses lèvres.

— Lisa ! s'écria-t-il, je ne suis capable de rien, mais ne me chassez pas !

— Oh oui, partons vite d'ici, ne me quittez pas ! et le saisissant elle-même par le bras, elle l'entraîna à sa suite. Mavriki Nicolaevitch, dit-elle en baissant soudain la voix avec frayeur, j'ai fait tout le temps la brave là-bas, mais ici j'ai peur de la mort. Je vais mourir, je vais mourir très prochainement, mais j'ai peur, j'ai peur de mourir... chuchotait-elle en lui serrant fortement le bras.

— Oh, si seulement il y avait quelqu'un ! dit-il en regardant avec désespoir autour de lui, si seulement quelqu'un passait en voiture ! Vous aurez les pieds mouillés, vous... perdrez la raison !

— Cela ne fait rien, cela ne fait rien, dit-elle d'un ton encourageant, comme ça, auprès de vous, j'ai moins peur, tenez-moi par le bras, conduisez-moi... Où allons-nous maintenant, à la maison ? Non, je veux d'abord voir les cadavres. On a, dit-on, égorgé sa femme, et il dit que c'est lui-même qui l'a égorgée ; mais ce n'est pas vrai, n'est-ce pas, ce n'est pas vrai ? Je veux voir moi-même ceux qu'on a égorgés... à cause de moi... A cause d'eux cette nuit il a cessé de m'aimer... Je verrai et je saurai tout. Vite, vite, je connais cette maison... il y a là-bas un incendie... Mavriki Nicolaevitch, mon ami, ne me pardonnez pas, déshonnête que je suis ! Pourquoi me pardonner ? Pourquoi pleurez-vous ? Donnez-moi une gifle et tuez-moi ici, dans če champ, comme un chien !

— Nul ne peut vous juger maintenant, dit fermement Mavriki Nicolaevitch, que Dieu vous pardonne, et moi je suis le dernier à vous juger !

Mais il serait étrange de reproduire leur conversation. Cependant tous deux marchaient la main dans la main, vite, se hâtant, comme des fous. Ils se dirigeaient droit vers l'incendie. Mavriki Nicolaevitch ne perdait toujours pas l'espoir de rencontrer fût-ce une charrette, mais personne ne passait. Une petite pluie fine transperçait les alentours, absorbant tout reflet et toute nuance, et transformant tout en une masse fuligineuse, plombée, indifférente. Le jour était levé depuis longtemps, mais on eût dit que l'aube n'était pas encore venue. Et soudain, sur le fond de cette brume fuligineuse, froide, se découpa une silhouette, étrange et absurde, qui venait à leur rencontre. Lorsque j'imagine cela aujourd'hui, je pense que je n'en aurais pas cru mes yeux, même si j'avais été à la place d'Elisabeth Nicolaevna ; et pourtant elle poussa un cri joyeux et reconnut aussitôt celui qui approchait. C'était Stepan Trofimovitch. Comment il était parti, comment avait pu se réaliser la folle, la toute cérébrale idée de sa fuite, nous le dirons plus loin. J'indiquerai seulement que ce matin-là il était déjà en proie à la fièvre, mais même la maladie n'avait pu l'arrêter ; il marchait fermement sur le sol détrempé ; on voyait qu'il avait combiné toute l'entreprise du mieux qu'il avait pu le faire seul, avec toute son inexpérience d'intellectuel. Il était « en costume de voyage », c'est-à-dire qu'il portait une capote enfilée dans les manches et retenue par une large ceinture de cuir verni à boucle, avec cela de hautes bottes neuves dans lesquelles son pantalon était rentré. Sans doute était-ce ainsi qu'il se représentait depuis long-temps un voyageur ; et quant à la ceinture et aux hautes bottes aux tiges brillantes à la hussarde avec lesquelles il ne savait pas marcher, il les avait préparées depuis quel-ques jours déjà. Un chapeau à larges bords, une écharpe de laine étroitement enroulée autour de son cou, une canne dans la main droite et, dans la gauche, un sac de voyage minuscule mais bourré à l'excès, complétaient le costume. De surcroît, dans la même main droite, un parapluie ouvert. Ces trois objets, le parapluie, la canne et le sac de voyage, avaient été très incommodes à porter pendant la première verste, et à partir de la se-conde, ils devinrent pesants.

— Est-il possible que ce soit vraiment vous ? s'écria Lisa en l'examinant avec un étonnement affligé qui succédait à son premier élan de joie inconsciente.

— Lise ! s'écria à son tour Stepan Trofimovitch en s'élançant vers elle, lui aussi presque délirant : *Chère, chère,* est-il possible que vous aussi... dans un pareil brouillard ? Vous voyez : la lueur de l'incendie ! *Vous êtes malheureuse, n'est-ce pas ?* Je vois, je vois, ne racon-tez pas, mais ne me posez pas de questions non plus. *Nous sommes tous malheureux, mais il faut les pardon-ner tous. Pardonnons, Lise,* et soyons libres à jamais. Pour en finir avec ce monde et devenir entièrement libre, *il faut pardonner, pardonner et pardonner !*

— Mais pourquoi vous mettez-vous à genoux ?

— Parce qu'en faisant mes adieux au monde je veux, en votre personne, dire aussi adieu à tout mon passé ! Il se mit à pleurer et porta les deux mains de Lisa à ses yeux pleins de larmes. Je me mets à genoux devant tout ce qui a été beau dans ma vie, je l'embrasse et je le remercie ! Maintenant je me suis brisé, là-bas, un insensé qui rêvait de s'envoler au ciel, pendant *vingt-deux ans !* Ici, un vieillard anéanti et gelé, précepteur... *chez ce marchand, s'il existe pourtant ce marchand...* Mais comme vous êtes trempée, Lise ! s'écria-t-il en se relevant vivement, car il avait senti que sur la terre mouillée ses genoux devenaient humides, et comment est-ce possible, avec cette robe ?... et à pied, et dans ce champ... Vous pleurez ? *Vous êtes malheureuse ?* Bah, j'ai entendu dire quelque chose... Mais d'où venez-vous donc maintenant, disait-il, précipitant les questions d'un air craintif et jetant à Mavriki Nicolaevitch des regards profondément perplexes ; *mais savez-vous l'heure qu'il est ?*

— Stepan Trofimovitch, avez-vous entendu parler de gens assassinés... C'est vrai ? C'est vrai ?

— Ces gens ! J'ai vu toute la nuit le reflet rouge de leurs agissements. Ils ne pouvaient finir autrement... (Ses yeux étincelèrent de nouveau.) Je fuis un délire, un cauchemar de fièvre chaude, je cours à la recherche de la Russie, *existe-t-elle la Russie ? Bah, c'est vous, cher capitaine !* Je n'ai jamais douté que je vous rencontrerais un jour quelque part accomplissant une grande action... Mais prenez mon parapluie et — pourquoi nécessairement à pied ? Pour l'amour de Dieu, prenez au moins mon parapluie, je louerai de toute façon une voiture quelque part. Je vais à pied, parce que *Stasie* (c'est-à-dire Nastassia) aurait poussé les hauts cris si elle avait su que je partais ; alors je me suis sauvé autant que possible *incognito*. Je ne sais pas, on parle dans « La Voix » d'actes de brigandage qui se commettent partout, mais il n'est tout de même pas possible, je pense, que sitôt qu'on prend la route on tombe sur un brigand ? *Chère Lise*, vous avez dit, je crois, qu'on avait tué quelqu'un ? *Oh, mon Dieu*, vous vous trouvez mal !

— Partons, partons ! s'écria Lisa comme dans une crise d'hystérie, entraînant de nouveau Mavriki Nicolaevitch. Attendez, Stepan Trofimovitch — elle revint tout à coup auprès de celui-ci — attendez, pauvre, laissez-moi faire sur vous le signe de la croix. Peut-être vaudrait-il mieux vous ligoter, mais je préfère vous bénir. Priez vous aussi pour la « pauvre » Lisa — comme ça un peu, ne vous donnez pas trop de peine. Mavriki Nicolaevitch, rendez à cet enfant son parapluie, rendez-le-lui sans faute. C'est ça... Venez donc ! Venez donc !

Leur arrivée à la maison fatale eut lieu juste à l'instant où la foule massée là avait assez entendu parler de Stavroguine et des avantages que représentait pour lui l'assassinat de sa femme. Mais, je le répète, l'immense majorité continuait néanmoins d'écouter en silence et sans bouger. Seuls étaient déchaînés des brailleurs ivres et des gens « impulsifs », comme ce petit bourgeois gesticulant. Tout le monde le connaissait pour un homme paisible, mais on eût dit que brusquement il se déchaînait quand quelque chose le frappait d'une certaine façon. Je ne vis pas arriver Lisa et Mavriki Nicolaevitch. Je remarquai Lisa pour la première fois, pétrifié de stupeur, loin déjà de moi dans la foule, et quant à Mavriki Nicolaevitch, je ne l'aperçus même pas tout d'abord. Il semble qu'il y eut un instant où il était resté à deux pas en arrière d'elle à cause de la cohue ou parce qu'on l'avait repoussé. Lisa, qui se frayait un passage à travers la foule sans rien voir ni remarquer autour d'elle, comme en proie à la fièvre chaude, comme si elle s'était échappée de l'hôpital, n'attira bien entendu l'attention que trop vite : on se mit à parler à haute voix et brusquement à vociférer. A ce moment quelqu'un lança : « C'est celle de Stavroguine ! » Et, d'un autre côté : « Il ne leur suffit pas d'assassiner, ils viennent encore regarder ! » Brusquement, je vis au-dessus de sa tête, par-derrière, se lever et s'abaisser un bras ; Lisa tomba. On entendit le cri terrible de Mavriki Nicolaevitch qui se rua à son secours et frappa de toutes ses forces un homme qui se trouvait entre lui et Lisa. Mais au même instant le petit bourgeois le saisit par-derrière à bras-le-corps. Pendant quelque temps il fut impossible de rien distinguer dans la mêlée qui suivit. Je crois que Lisa se releva, et retomba sous un nouveau coup. Brusquement, la foule s'écarta et un petit cercle se forma autour de Lisa, à terre, tandis que Mavriki Nicolaevitch, ensanglanté, hagard, se tenait au-dessus d'elle, criant, pleurant et se tordant les mains. Je ne me souviens pas très exactement de ce qui se passa ensuite ; je sais seulement qu'on emporta soudain Lisa. Je courais derrière elle ; elle vivait encore et, peut-être, avait encore sa conscience. Dans la foule on se saisit du petit bourgeois et de trois autres individus. Ces trois-là nient jusqu'à présent toute participation au crime, affirmant obstinément avoir été arrêtés par erreur ; peut-être aussi bien ont-ils raison. Le petit bourgeois, quoique sa culpabilité soit nettement établie, ne peut jusqu'à présent, étant un homme stupide, fournir des explications circonstanciées sur ce qui s'était passé. Moi aussi, en tant que témoin, quoique indirect, je dus déposer à l'instruction : je déclarai que tout était arrivé par le plus grand des hasards, du fait de gens qui, quoique peut-être influencés, se rendaient néanmoins mal compte de ce qui se passait, étaient ivres et ne savaient plus ce qu'ils faisaient. Telle est mon opinion aujourd'hui encore.

CHAPITRE IV

DERNIÈRE RÉSOLUTION

1

Ce matin-là, beaucoup de gens rencontrèrent Piotr Stepanovitch ; ceux qui le rencontrèrent se souvenaient qu'il était dans un état de grande agitation. A deux heures de l'après-midi, il passa chez Gaganov, rentré la veille seulement de la campagne, et dont la maison était pleine de gens qui parlaient beaucoup et avec passion des récents événements. Piotr Stepanovitch parla plus que tous les autres et se fit écouter. On l'avait toujours considéré chez nous comme un « étudiant bavard à la tête fêlée », mais maintenant il parlait de Julie Mikhaïlovna et, dans l'effervescence générale, le sujet était passionnant. Il donna sur elle, en sa qualité de confident récent et des plus intimes, un grand nombre de détails très nouveaux et inattendus ; par mégarde (et, bien entendu, imprudemment) il rapporta quelques-unes des appréciations personnelles de celle-ci sur des personnages connus de toute la ville, blessant ainsi des amours-propres. Tout cela était dans sa bouche peu clair et confus, comme si l'on eût affaire à quelqu'un de peu malin mais mis, en tant qu'honnête homme, dans la douloureuse nécessité d'expliquer d'un coup toute une foule de perplexités et qui, dans sa maladresse naïve, ne sait par où commencer ni par où finir. Assez imprudemment aussi, il laissa entendre que Julie Mikhaïlovna était au courant du secret de Stavroguine et que c'était elle qui avait mené toute l'intrigue. A l'en croire, lui aussi, Piotr Stepanovitch, elle l'avait mis dans l'embarras, car il était lui-même amoureux de l'infortunée Lisa, et cependant on l'avait si bien « manœuvré » que c'était encore lui qui l'avait PRESQUE conduite en voiture à Stavroguine. « Oui, oui, vous pouvez toujours rire, Messieurs, mais si seulement j'avais su, si j'avais su comment cela finirait ! » conclut-il. En réponse à différentes questions anxieuses concernant Stavroguine, il déclara tout net que la catastrophe avec Lebiadkine était à son avis un pur hasard et que la faute en était à Lebiadkine lui-même qui avait montré son argent. Il expliqua cela particulièrement bien. L'un des auditeurs lui fit remarquer qu'il n'avait pas à « faire semblant » ; qu'après avoir mangé, bu, couché presque dans la maison de Julie Mikhaïlovna, il était maintenant le premier à la noircir, et que tout cela n'était pas si élégant qu'il croyait. Mais Piotr Stepanovitch se justifia aussitôt :

— Si j'y mangeais et buvais, ce n'est pas parce que je n'avais pas d'argent, et ce n'est pas ma faute si on m'y invitait. Permettez-moi de juger moi-même dans quelle mesure je dois en être reconnaissant.

En général l'impression lui fut favorable : « C'est peut-être un garçon absurde et, bien entendu, futile, mais en quoi est-il responsable des bêtises de Julie Mikhaïlovna ? Il apparaît au contraire que c'est encore lui qui la retenait... »

Vers deux heures, la nouvelle se répandit brusquement que Stavroguine dont on parlait tant était parti à l'improviste pour Pétersbourg par le train de midi. Cela éveilla un vif intérêt ; nombre de gens se rembrunirent. Piotr Stepanovitch en fut tellement frappé que, raconte-t-on, il changea même de visage et s'écria étrangement : « Mais qui donc a pu le laisser partir ? » Il quitta aussitôt Gaganov. Cependant on le vit encore dans deux ou trois maisons.

A la tombée de la nuit, il trouva aussi le moyen de pénétrer jusqu'à Julie Mikhaïlovna, quoique avec la plus grande difficulté, car elle refusait absolument de le recevoir. C'est seulement trois semaines plus tard que j'appris ce fait d'elle-même, avant son départ pour Pétersbourg. Elle ne me donna pas de détails mais fit remarquer en frissonnant qu'il « l'avait stupéfiée au-delà de toute mesure ». Je suppose qu'il lui avait simplement fait peur en la menaçant de la dénoncer comme complice au cas où elle s'aviserait de « parler ». Or, la nécessité de lui faire peur était étroitement liée à ses projets d'alors, projets que, bien entendu, elle ignorait, et c'est plus tard seulement, au bout de cinq ou six jours, qu'elle comprit pourquoi il avait tant douté de son silence et tant craint de nouvelles explosions de son indignation...

A sept heures passées, alors qu'il faisait déjà complètement nuit, les « nôtres » se réunirent au grand complet, à cinq, au bout de la ville, rue Fomina, dans une petite maison toute de guingois où logeait l'enseigne Erkel. Cette réunion générale avait été convoquée ici par Piotr Stepanovitch lui-même, mais il était impardonnablement en retard et les membres l'attendaient depuis déjà une heure. L'enseigne Erkel était ce jeune officier qui, à la soirée de Virguinski, était resté tout le temps assis le crayon à la main et un carnet posé devant lui. Il était arrivé récemment dans notre ville, logeait solitairement dans une ruelle déserte chez deux vieilles sœurs petites bourgeoises, et devait bientôt partir ; en se réunissant chez lui on attirerait le moins l'attention. Cet étrange garçon était étonnamment taciturne : il pouvait passer dix soirées de suite dans une société bruyante et au milieu des conversations les plus extravagantes sans dire un mot lui-même, se contentant d'observer avec une attention extrême les interlocuteurs de ses yeux d'enfant et de les écouter. Il avait un très joli visage qui paraissait même intelligent. Il ne faisait pas partie des cinq ; les nôtres le supposaient chargé par on ne savait qui d'on ne savait quelles missions spéciales, d'ordre purement exécutif. On sait aujourd'hui qu'il n'était chargé d'aucune mission, et d'ailleurs il est peu probable qu'il comprît lui-même sa situation. Il avait seulement voué une admiration sans bornes à Piotr Stepanovitch qu'il avait rencontré peu de temps auparavant. S'il eût rencontré un monstre précocement perverti qui, sous quelque prétexte romantico-social, l'eût poussé à organiser une bande de brigands et, à titre d'épreuve, lui eût ordonné de tuer et de voler le premier paysan venu, il aurait certainement obéi. Il avait quelque part une mère malade à qui il envoyait la moitié de sa maigre solde — et comme elle devait embrasser cette pauvre petite tête blonde, comme elle devait trembler pour elle, prier pour elle ! Si je m'étends tant sur lui, c'est que je le plains beaucoup.

Les nôtres étaient surexcités. Les événements de la nuit précédente les avaient frappés et ils avaient, semble-t-il, pris peur. Le scandale tout simple, quoique systématique, auquel jusqu'à présent ils avaient pris part avec tant de zèle, s'était dénoué d'une façon à laquelle ils ne s'attendaient pas. L'incendie la nuit, l'assassinat de Lebiadkine, les violences commises par la foule sur Lisa, c'était tout cela des surprises qu'ils n'avaient pas prévues dans leur programme. Ils accusaient avec feu la main qui les dirigeait de despotisme et de manque de franchise. En un mot, pendant qu'ils attendaient Piotr Stepanovitch, ils se montèrent si bien mutuellement la tête qu'ils décidèrent de nouveau d'exiger catégoriquement de lui des explications, et si, une fois de plus, comme cela était déjà arrivé, il s'y dérobait, d'aller jusqu'à dissoudre le groupe, mais afin de fonder à sa place une nouvelle société secrète pour la « propagande des idées », cette fois pour leur propre compte, selon les principes égalitaires et démocratiques. Lipoutine, Chigalev et le connaisseur du peuple soutenaient particulièrement cette idée ; Liamchine se taisait, quoique avec l'air d'approuver. Virguinski hésitait et voulait d'abord entendre Piotr Stepanovitch. On décida d'entendre Piotr Stepanovitch, mais il ne venait toujours pas ; pareille négligence versa encore de l'huile sur le feu. Erkel gardait un silence complet et commanda seulement le thé qu'il apporta lui-même de chez ses logeuses dans des verres posés sur un plateau, sans apporter le samovar ni laisser entrer la servante.

Piotr Stepanovitch n'arriva qu'à neuf heures et demie. D'un pas rapide il s'approcha de la table ronde, devant le divan autour de laquelle la compagnie avait pris place, garda son chapeau à la main et refusa le thé. Il avait un air méchant, sévère et hautain. Sans doute avait-il aussitôt remarqué aux visages des assistants qu'ils « se rebellaient ».

— Avant que j'ouvre la bouche, sortez ce que vous avez à dire, vous avez l'air de mijoter quelque chose, dit-il en promenant les yeux sur les visages avec un sourire mauvais.

Lipoutine prit la parole « au nom de tous » et, d'une voix qui tremblait tant il était offensé, déclara « que si l'on continuait ainsi, autant se fracasser le front soi-même ». Oh, ils n'avaient nullement peur de se fracasser le front, ils y étaient même prêts, mais uniquement pour la cause commune (mouvement général et approbation). C'est pourquoi il fallait être franc avec eux et les mettre toujours au courant de tout d'avance, « sinon où irait-on ? » (nouveau mouvement, quelques sons gutturaux). Agir de la sorte était humiliant et dangereux... Ce n'est pas du tout parce que nous avons peur, mais parce que si un seul agit et que les autres ne soient que des pions, il suffit que l'un parle et tout le monde se fera prendre. (Exclamations : oui, oui ! Approbation générale.)

— Le diable m'emporte, qu'est-ce donc qu'il vous faut ?

— Quel rapport avec la cause commune, dit Lipoutine qui bouillait, ont les petites intrigues de Monsieur Stavroguine ? Même en admettant que de quelque mystérieuse façon il appartienne au centre, si tant est que ce centre fantastique existe vraiment, nous ne voulons rien en savoir, quant à nous. Et cependant un assassinat a été commis, la police est alertée ; en suivant le fil on aboutira à la pelote.

— Que vous vous fassiez prendre avec Stavroguine, et nous nous ferons prendre aussi, ajouta le connaisseur du peuple.

— Et sans aucune utilité pour la cause commune, conclut Virguinski d'un air morne.

— Quelles sottises ! Cet assassinat est un hasard, il a été commis par Fedka pour voler.

— Hum ! Etrange coïncidence quand même, dit Lipoutine en grimaçant.

— Et si vous voulez, c'est par votre propre faute que c'est arrivé.

— Comment cela par notre faute ?

— Premièrement, vous, Lipoutine, vous avez participé vous-même à cette intrigue ; deuxièmement et surtout, vous aviez reçu l'ordre d'expédier Lebiadkine, on vous avait remis de l'argent, et qu'avez-vous fait ? Si vous l'aviez fait partir, il n'y aurait rien eu.

— Mais n'est-ce pas vous-même qui aviez donné l'idée qu'il serait bon de lui faire lire des vers en public ?

— Une idée n'est pas un ordre. L'ordre était de le faire partir.

— L'ordre. Un mot passablement étrange... Au contraire, vous aviez précisément ordonné d'attendre et de ne pas l'expédier.

— Vous vous êtes trompé et vous avez fait preuve de bêtise et d'insubordination. Quant à l'assassinat, c'est l'œuvre de Fedka et il a agi seul, pour voler. Vous avez entendu ce qu'on carillonne et vous l'avez cru. Vous avez pris peur. Stavroguine n'est pas si bête et la preuve en est qu'il est parti à midi, après une entrevue avec le vice-gouverneur ; s'il y avait quelque chose, on ne l'aurait pas laissé partir en plein jour pour Pétersbourg.

— Mais nous n'affirmons pas du tout que Monsieur Stavroguine ait tué lui-même, reprit Lipoutine venimeusement et sans se gêner, il a même pu ne pas le savoir, tout comme moi ; vous savez trop bien que j'ignorais tout, quoique je me sois fourré là-dedans comme un mouton dans la marmite.

— Qui accusez-vous donc ? dit Piotr Stepanovitch en le regardant d'un air sombre.

— Ceux-là qui ont besoin de brûler les villes.

— Le pis, c'est que vous essayez de vous défiler. D'ailleurs, vous plairait-il de lire ceci et de le montrer aux autres ; à titre d'information seulement.

Il tira de sa poche la lettre anonyme adressée par Lebiadkine à Lembke et la tendit à Lipoutine. Celui-ci la lut, s'étonna visiblement et la passa pensivement à son voisin ; la lettre fit rapidement le tour de l'assistance.

— Est-ce vraiment l'écriture de Lebiadkine ? demanda Chigalev.

— C'est la sienne, affirmèrent Lipoutine et Tolka-tchenko (c'est-à-dire le connaisseur du peuple).

— Je ne vous la fais lire qu'à titre d'information et sachant que vous faites tant de sentiment au sujet de Lebiadkine, répéta Piotr Stepanovitch en reprenant la lettre ; de cette façon, Messieurs, un Fedka nous débarrasse, tout à fait par hasard, d'un homme dangereux. Voilà ce que signifie parfois le hasard ! N'est-ce pas que c'est instructif !

Les membres échangèrent un rapide coup d'œil.

— Et maintenant, Messieurs, mon tour est venu de poser des questions, dit Piotr Stepanovitch en se rengorgeant. Permettez-moi de vous demander pour quelle raison vous vous êtes avisés d'incendier la ville sans permission ?

— Qu'est-ce que c'est ! Nous, c'est nous qui avons incendié la ville ? En voilà une façon de rejeter la faute sur les autres ! s'exclama-t-on.

— Je comprends que vous êtes allés trop loin, poursuivit obstinément Piotr Stepanovitch, mais il ne s'agit plus de petits scandales avec Julie Mikhaïlovna. Je vous ai réunis ici, Messieurs, pour vous expliquer l'étendue du danger que vous vous êtes si stupidement attiré et qui menace aussi trop de choses en dehors de vous.

— Permettez, c'est à vous au contraire que nous avions l'intention de représenter l'étendue de despotisme et d'inégalité avec lesquels a été prise, en dehors des membres, une mesure si grave et en même temps si étrange, déclara presque avec indignation Virguinski qui avait jusqu'alors gardé le silence.

— Ainsi donc, vous niez ? Et moi j'affirme que c'est vous qui avez mis le feu, vous et personne d'autre.

Messieurs, ne mentez pas, j'ai des renseignements précis. Par votre insubordination vous avez mis en danger la cause commune elle-même. Vous n'êtes qu'un maillon d'un réseau infini d'autres maillons et vous devez une obéissance aveugle au centre. Cependant trois d'entre vous, sans avoir reçu pour cela la moindre instruction, ont incité les ouvriers de Chpigouline à mettre le feu et l'incendie a eu lieu.

— Qui cela, trois ? Quels sont ces trois d'entre nous ?

— Avant-hier, vers quatre heures du matin, vous, Tolkatchenko, vous débauchiez Fomka Zavialov au « Myosotis ».

— Voyons, répliqua celui-ci en sursautant, j'ai à peine dit un mot, et encore sans intention, simplement comme ça, parce que le matin on lui avait donné les verges, et j'ai aussitôt abandonné, voyant qu'il était trop ivre. Si vous ne me l'aviez rappelé, je ne m'en serais même pas souvenu. Un mot n'a pas pu mettre le feu.

— Vous ressemblez à celui qui s'étonnerait qu'une minuscule étincelle fasse sauter toute une poudrerie.

— Je parlais dans un coin et à voix basse, à l'oreille, comment avez-vous pu le savoir ? demanda Tolkatchenko, s'en avisant tout à coup.

— J'étais sous la table. Soyez sans crainte, Messieurs, je sais chacun de vos pas. Vous souriez sarcastiquement, Monsieur Lipoutine ? Or je sais par exemple qu'il y a quatre jours vous avez pincé au sang votre épouse, à minuit, dans votre chambre, en vous couchant.

Lipoutine resta bouche bée et pâlit.

(Plus tard, on sut qu'il avait été informé de l'exploit de Lipoutine par Agafia, la servante des Lipoutine, qu'il payait depuis le début pour lui servir d'espion, ce qui ne devait s'expliquer que par la suite.)

— Puis-je constater un fait ? demanda Chigalev en se levant soudain.

— Constatez.

Chigalev se rassit et se ramassa.

— Autant que j'aie compris, et on ne peut pas ne pas comprendre, vous avez vous-même, au début et encore une fois ensuite, brossé très éloquemment — quoique de façon théorique — le tableau de la Russie recouverte d'un réseau infini de maillons. De son côté, chacun des groupes actifs, faisant des prosélytes et s'étendant à l'infini par des ramifications latérales, a pour tâche, par une propagande systématique de dénonciation, de saper le prestige des autorités locales, de provoquer dans la population le doute, de faire naître le cynisme et le scandale, l'incroyance absolue en toute chose, la soif d'un sort meilleur et enfin même s'il le faut, se servant de l'incendie comme d'un moyen populaire par excellence, de plonger le pays au moment prescrit dans le désespoir. Sont-ce là vos paroles que je me suis efforcé de citer textuellement ? Est-ce là votre programme d'action que vous·nous avez communiqué en votre qualité de mandataire du comité central mais qui est jusqu'à présent complètement inconnu de nous et presque mythique.

— C'est exact, seulement vous traînez trop.

— Chacun a le droit de parler comme il l'entend. Nous laissant deviner que les maillons isolés du réseau général qui recouvre déjà la Russie sont aujourd'hui au nombre de plusieurs centaines, et développant l'hypothèse que si chacun d'eux remplit sa tâche avec succès, toute la Russie, au moment voulu, sur un signal...

— Ah, le diable m'emporte, il y a assez à faire sans vous ! s'écria Piotr Stepanovitch en se retournant dans son fauteuil.

— Soit, je vais abréger et je terminerai seulement par une question : nous avons déjà vu les scandales, nous avons vu le mécontentement des populations, nous avons assisté et participé à l'effondrement de l'administration locale, et enfin nous avons vu de nos propres yeux l'incendie. De quoi donc êtes-vous mécontent ? N'est-ce pas là votre programme ? De quoi pouvez-vous nous accuser ?

— D'insubordination ! cria rageusement Piotr Stepanovitch. Tant que je suis ici, vous n'aviez pas le droit d'agir sans ma permission. Assez. Une dénonciation est prête et, demain peut-être ou cette nuit, on vous arrêtera tous. Voilà pour vous. La nouvelle est sûre.

Cette fois tout le monde resta bouche bée.

— On vous arrêtera non seulement comme instigateurs d'un incendie criminel, mais aussi comme groupe de cinq. Le dénonciateur connaît tout le secret du réseau. Voilà le résultat de vos agissements !

— C'est sûrement Stavroguine ! cria Lipoutine.

— Comment... pourquoi Stavroguine ? dit Piotr Stepanovitch qui parut rester soudain court. Eh, diable, ajouta-t-il se reprenant aussitôt, c'est Chatov ! Vous savez maintenant tous, je crois, que Chatov a appartenu en son temps à la cause. Je dois vous révéler que le faisant surveiller par des personnes qu'il ne soupçonne pas, j'ai appris avec surprise que l'organisation du réseau n'est pas non plus un secret pour lui, et... en un mot, rien. Pour se laver de l'accusation de son ancienne appartenance, il dénoncera tout le monde. Jusqu'à présent il a encore hésité, et je l'épargnais. Maintenant, par cet incendie, vous lui avez délié les mains : il est bouleversé et n'hésite plus. Dès demain nous serons arrêtés comme incendiaires et criminels politiques.

— Est-ce vrai ? Comment Chatov sait-il ?

L'émotion était indescriptible.

— Tout est absolument vrai. Je ne suis pas en droit de vous révéler mes moyens et comment je l'ai découvert, mais voici ce que je puis faire pour vous pour le moment : par l'intermédiaire d'une personne, je peux agir sur Chatov, de façon que, ne se doutant de rien, il retardera sa dénonciation, mais de vingt-quatre heures tout au plus. Je ne peux pas obtenir plus de vingt-quatre heures. Donc vous pouvez vous considérer en sécurité jusqu'après-demain matin.

Tous se taisaient.

— Qu'on l'expédie donc enfin au diable ! cria le premier Tolkatchenko.

— Il y a longtemps qu'on aurait dû le faire ! glissa méchamment Liamchine en frappant du poing sur la table.

— Mais comment le faire ! murmura Lipoutine.

Piotr Stepanovitch s'empara aussitôt de la question et exposa son plan. Il consistait à attirer Chatov le lendemain, au début de la nuit, pour remise de la presse typographique clandestine qui se trouvait entre ses mains, à l'endroit solitaire où elle était enterrée, et — « alors faire le nécessaire ». Il entra dans de nombreux détails que nous omettrons pour le moment, et expliqua d'une façon circonstanciée les véritables rapports ambigus de Chatov avec la société centrale, rapports que le lecteur sait déjà.

— Tout cela est parfait, dit Lipoutine avec hésitation, mais comme c'est encore... une nouvelle aventure du même genre... cela frappera trop les esprits.

— Ce n'est pas douteux, confirma Piotr Stepanovitch, mais cela aussi est prévu. Il y a un moyen de détourner complètement les soupçons.

Et de parler avec la même précision de Kirilov, de l'intention de celui-ci de se tuer, de la promesse qu'il avait faite d'attendre qu'on lui fît signe et, en mourant, de laisser un billet par lequel il prendrait sur lui tout ce qu'on lui dicterait. (En un mot, tout ce que le lecteur sait déjà.)

— Sa ferme intention de se donner la mort — elle est d'ordre philosophique mais, selon moi, c'est une intention de fou — a été sue LA-BAS (dit Piotr Stepanovitch, poursuivant ses explications). LA-BAS on ne laisse pas perdre un cheveu, un grain de poussière, tout sert la cause commune. Prévoyant le profit à en tirer et convaincu que son intention était tout à fait sérieuse, on lui a offert de l'argent pour rentrer en Russie (il voulait absolument, je ne sais pourquoi, mourir en Russie), on l'a chargé d'une mission qu'il s'est engagé à remplir (et qu'il a remplie), et en outre on l'a lié en lui faisant promettre, comme vous le savez déjà, de ne se tuer que lorsqu'on le lui dirait. Il promit tout. Notez qu'il appartient à la cause à des conditions spéciales et désire être utile ; je ne puis rien vous révéler de plus. Demain, APRÈS CHATOV, je lui dicterai la lettre où il dira être la cause de la mort de Chatov. Ce sera très plausible : ils étaient amis et sont allés ensemble en Amérique, là-bas ils se sont brouillés, et tout cela sera expliqué dans le billet... et... et même, selon les circonstances, on pourra encore dicter à Kirilov certaines autres choses, par exemple au sujet des tracts et, peut-être, en partie, de l'incendie. A cela, du reste, je réfléchirai encore. Ne vous inquiétez pas, il n'a pas de préjugés : il signera tout.

On manifesta des doutes. L'histoire paraissait fantastique. Tout le monde, au demeurant, avait plus ou moins entendu parler de Kirilov, et Lipoutine plus que tous les autres.

— Et si tout à coup il se ravisait et ne voulait plus, dit Chigalev, qu'on le veuille on non, il est tout de même fou, donc l'espoir n'est pas sûr.

— Soyez sans crainte, Messieurs, il voudra, coupa Piotr Stepanovitch. Selon nos conventions, je dois l'avertir la veille, donc aujourd'hui même. J'invite Lipoutine à m'accompagner sur-le-champ chez lui et à s'en assurer, et en revenant il vous dira, Messieurs, s'il le faut aujourd'hui même, si je vous ai dit la vérité. D'ailleurs, coupa-t-il brusquement avec une extrême irritation, comme s'il avait soudain senti que c'était faire trop d'honneur à des gens pareils que de les convaincre et de se donner tant de peine avec eux, d'ailleurs faites comme vous voudrez. Si vous ne vous décidez pas, notre association est rompue — mais uniquement du fait de votre désobéissance et de votre trahison. Ainsi, à partir de ce moment nous nous séparons. Mais sachez que dans ce cas vous vous attirez, outre l'ennui de la dénonciation de Chatov et ses conséquences, un autre petit ennui dont vous avez été formellement avertis lors de la formation du groupe. En ce qui me concerne, Messieurs, je n'ai pas autrement peur de vous... Ne pensez pas que je sois tellement lié à vous... D'ailleurs, peu importe.

— Non, nous sommes décidés, déclara Liamchine.

— Il n'y a pas d'autre solution, grommela Tolkatchenko, et si seulement Lipoutine confirme au sujet de Kirilov, alors...

— Je suis contre ; de toutes les forces de mon âme, je proteste contre une décision si sanglante ! dit Virguinski en se levant.

— Mais ? demanda Piotr Stepanovitch.

— Quoi mais ?

— Vous avez dit MAIS... et j'attends.

— Je ne crois pas avoir dit mais... Je voulais seulement dire que si on se décide, alors...

— Alors ?

Virguinski se tut.

— Je pense qu'on peut faire bon marché de sa propre sécurité, dit Erkel ouvrant soudain la bouche, mais si la cause commune peut en pâtir, je pense qu'on n'a pas le droit de faire bon marché de sa propre sécurité...

Il s'embrouilla et rougit. Si occupé de ses propres soucis que fût chacun, tout le monde le regarda avec surprise, tant il était inattendu que lui aussi pût prendre la parole.

— Je suis pour la cause commune, déclara tout à coup Virguinski.

Tous se levèrent. Il fut décidé de se communiquer encore une fois les nouvelles le lendemain à midi, quoique sans se réunir tous, et de s'entendre définitivement. L'endroit où était enterrée la presse fut indiqué, les rôles et les tâches distribués. Lipoutine et Piotr Stepanovitch se rendirent aussitôt ensemble chez Kirilov.

2

QUE Chatov les dénoncerait, tous les nôtres y croyaient ; mais que Piotr Stepanovitch jouait avec eux comme avec des pions, ils le croyaient aussi. Et tous savaient que, le lendemain, ils seraient néanmoins au complet sur place et que le sort de Chatov était décidé. Ils sentaient que soudain ils étaient pris comme des mouches dans la toile d'une énorme araignée ; ils s'irritaient mais tremblaient de peur.

Piotr Stepanovitch avait à n'en pas douter des torts envers eux ; tout aurait pu se passer de façon bien plus unanime et FACILE s'il s'était donné la peine d'embellir tant soit peu la réalité. Au lieu de présenter le fait sous un jour convenable, comme un acte de civisme romain ou quelque chose de ce genre, il avait seulement fait ressortir une peur grossière et une menace pour la propre peau de chacun, ce qui était tout simplement impoli. Certes, tout est lutte pour l'existence et il n'y a pas d'autre principe, chacun sait cela, mais tout de même...

Mais Piotr Stepanovitch n'avait pas le loisir de tirer parti des Romains ; il était lui-même désaxé. La fuite de Stavroguine l'avait atterré et assommé. Il avait menti en disant que Stavroguine avait vu le vice-gouverneur ; l'ennui c'est justement qu'il était parti sans avoir vu personne, pas même sa mère, et il était en effet étrange qu'il n'eût même pas été inquiété. (Dans la suite, les autorités eurent à en répondre spécialement.) Piotr Stepanovitch était allé toute la journée aux renseignements mais jusqu'à présent n'avait encore rien appris, et jamais il n'avait été si inquiet. Et puis pouvait-il, pouvait-il vraiment renoncer ainsi, d'un coup, à Stavroguine ! Voilà pourquoi il lui était impossible d'être trop tendre avec les nôtres. Au surplus ils lui liaient les mains : il avait déjà décidé de voler sans délai sur les traces de Stavroguine ; et cependant Chatov le retenait, il fallait consolider définitivement le groupe des cinq, à tout hasard. « Je ne vais tout de même pas le laisser perdre, il pourrait encore servir. » Ainsi, je suppose, raisonnait-il.

Pour ce qui est de Chatov, il était absolument certain que celui-ci dénoncerait. Tout ce qu'il avait dit aux nôtres de la dénonciation était mensonge ; il n'avait jamais vu cette dénonciation et n'en avait pas entendu parler, mais il en était certain comme deux fois deux font quatre. Il lui semblait justement que Chatov ne pourrait en aucun cas supporter le moment présent — la mort de Lisa, la mort de Maria Timofeevna — et que, précisément maintenant, il se déciderait enfin. Qui sait, peut-être avait-il des raisons de le croire. On sait aussi qu'il haïssait personnellement Chatov ; il y avait eu jadis querelle entre eux et Piotr Stepanovitch ne pardonnait jamais une offense. Je suis même persuadé que c'était là la principale raison.

Les trottoirs de briques sont très étroits chez nous, quand ce ne sont pas de simples passerelles. Piotr Stepanovitch marchait au milieu du trottoir, l'occupant tout entier, sans faire la moindre attention à Lipoutine à qui il ne restait pas de place, et qui devait soit le suivre à un pas en arrière, soit, pour marcher à côté de lui en parlant, descendre sur la chaussée dans la boue. Piotr Stepanovitch se souvint brusquement que, récemment encore, il avait trotté de même dans la boue pour ne pas rester en arrière de Stavroguine qui, comme lui en ce moment, marchait au milieu du trottoir, l'occupant tout entier. Il se remémora toute cette scène et la fureur lui coupa le souffle.

Mais Lipoutine aussi avait le souffle coupé par l'offense. Libre à Piotr Stepanovitch de traiter les nôtres comme il lui plaisait, mais lui ? N'en SAVAIT-IL pas plus long que tous les nôtres, n'était-il pas plus étroitement lié à la cause, n'y était-il pas plus intimement initié, et jusqu'à présent, quoique indirectement, il y avait participé sans interruption. Oh, il savait que Piotr Stepanovitch, même maintenant, pouvait le perdre AU BESOIN. Mais il haïssait Piotr Stepanovitch depuis longtemps, non à cause du danger mais pour son attitude hautaine. Maintenant qu'il s'agissait de se décider à une pareille chose, il enrageait plus que tous les nôtres pris ensemble. Hélas, il savait qu'il ne manquerait pas, « comme un esclave », d'être le lendemain le premier au rendez-vous, qu'il y amènerait même tous les autres, et s'il avait pu trouver le moyen, avant le lendemain, de tuer Piotr Stepanovitch, sans se perdre lui-même bien entendu, il l'aurait certainement tué.

Plongé dans ses sensations, il se taisait et trottait derrière son bourreau. Celui-ci semblait l'avoir oublié ; par instant seulement il le poussait sans ménagement et impoliment du coude. Brusquement Piotr Stepanovitch, dans la plus animée de nos rues, s'immobilisa et entra dans un cabaret.

— Où allez-vous donc ? demanda Lipoutine tout bouillonnant ; vous savez bien que c'est un cabaret.

— Je veux manger un bifteck.

— Voyons, c'est toujours plein de monde.

— Tant pis.

— Mais... nous serons en retard. Il est déjà dix heures.

— On ne peut arriver en retard là-bas.

— Mais moi je serai en retard ! Ils attendent mon retour.

— Ils n'ont qu'à attendre ; seulement ce serait stupide à vous de retourner auprès d'eux. Avec toutes vos histoires, je n'ai pas dîné aujourd'hui. Et chez Kirilov plus on vient tard, plus c'est sûr.

Piotr Stepanovitch prit un cabinet particulier. Lipoutine, d'un air furieux et vexé, s'assit dans un fauteuil à l'écart et le regarda manger. Une demi-heure se passa, et plus. Piotr Stepanovitch ne se pressait pas, mangeait avec appétit, sonnait, demandait une autre sorte de moutarde, puis de la bière, et ne disait toujours pas un mot. Il était plongé dans de profondes réflexions. Il pouvait faire deux choses à la fois, manger avec appétit et être plongé dans de profondes réflexions. Lipoutine le haït enfin au point de ne plus pouvoir le quitter des yeux. C'était quelque chose comme une crise nerveuse. Il comptait chaque morceau de bifteck que l'autre engloutissait, il le haïssait pour la façon dont il ouvrait la bouche, dont il mastiquait, dont il suçait en les savourant les morceaux gras ; il haïssait le bifteck lui-même. Enfin sa vue commença à se brouiller ; la tête se mit à lui tourner légèrement ; il avait tour à tour chaud et froid dans le dos.

— Vous ne faites rien, lisez, dit Piotr Stepanovitch en lui lançant soudain un papier. Lipoutine s'approcha de la bougie. Le papier était couvert d'une mauvaise petite écriture serrée avec des ratures à chaque ligne. Lorsqu'il en fut venu à bout, Piotr Stepanovitch avait déjà payé et partait. Dehors Lipoutine lui tendit le papier.

— Gardez-le ; je vous dirai plus tard pourquoi. Du reste, qu'en dites-vous ?

Lipoutine tressaillit de la tête aux pieds.

— A mon avis... un pareil tract... n'est qu'une ridicule absurdité.

Sa colère se déchaînait ; il se sentit comme saisi et emporté.

— Si nous nous décidons, poursuivit-il tout parcouru de petits tremblements, à répandre de tels tracts, nous nous ferons mépriser pour notre bêtise et notre incompétence.

— Hum ! Je pense autrement, dit Piotr Stepanovitch marchant fermement.

— Et moi autrement ; est-il possible que vous ayez rédigé cela vous-même ?

— Cela ne vous regarde pas.

— Je pense aussi que les vers : « Une Exaltante Personnalité » sont les plus lamentables qui puissent exister et qu'ils n'ont jamais pu être écrits par Hertzen.

— Vous mentez ; les vers sont bons.

— Je m'étonne aussi, par exemple, disait Lipoutine qui se laissait toujours porter et le bravait, qu'on nous propose de travailler pour que tout s'écroule. C'est en Europe qu'il est naturel de souhaiter que tout s'écroule, parce que là-bas il y a un prolétariat, mais nous ici nous ne sommes que des amateurs et, selon moi, nous ne faisons que de la poussière.

— Je croyais que vous étiez fouriériste.

— Chez Fourier ce n'est pas ça, pas du tout ça.

— Je sais que ce sont des bêtises.

— Non, chez Fourier ce ne sont pas des bêtises... Excusez-moi, je ne peux absolument pas croire à un soulèvement en mai.

Lipoutine se déboutonna même, tant il avait chaud.

— Allons, ça suffit, et maintenant, pour ne pas oublier, dit Piotr Stepanovitch sautant avec un extraordinaire sang-froid à un autre sujet, cette feuille, vous devrez la composer et l'imprimer de vos propres mains. Nous déterrerons la presse de Chatov et, dès demain, c'est vous qui la prendrez en charge. Dans le plus bref délai possible, composez et tirez le plus d'exemplaires que vous pourrez et ensuite il faudra les répandre pendant tout l'hiver. Les moyens vous seront indiqués. Il faut qu'il y ait le plus d'exemplaires possible parce qu'on vous en demandera d'autres endroits.

— Non, excusez-moi bien, je ne peux me charger d'une pareille... je refuse.

— Et pourtant vous vous en chargerez. J'agis selon les instructions du comité central et vous devez obéir.

— Et moi, je considère que nos centres à l'étranger ont oublié la réalité russe et ont rompu tout lien avec elle, aussi ne font-ils que divaguer... Je pense même qu'au lieu de centaines de groupes de cinq en Russie, nous sommes le seul et unique, et qu'il n'existe aucun réseau, et Lipoutine s'étrangla enfin.

— Il est d'autant plus méprisable de votre part si sans croire à la cause, vous avez couru après elle... et que vous couriez maintenant après moi comme un vil petit chien.

— Non, je ne cours pas. Nous avons parfaitement le droit de nous retirer et de former une nouvelle société.

— Im-bécile ! tonna tout à coup Piotr Stepanovitch, les yeux étincelants.

Tous deux restèrent quelque temps immobiles l'un devant l'autre. Piotr Stepanovitch se détourna et avec assurance reprit son chemin.

Un idée traversa comme un éclair l'esprit de Lipoutine : « Je vais faire demi-tour et rebrousser chemin; si je ne fais pas demi-tour maintenant, jamais je ne rebrousserai chemin. » Ainsi pensa-t-il exactement le temps de faire dix pas, mais au onzième une idée nouvelle et désespérée s'alluma dans son esprit : il ne fit pas demi-tour et ne rebroussa pas chemin.

Ils arrivèrent à la maison de Philippov mais, avant de

l'atteindre, ils prirent une ruelle ou, pour mieux dire, un sentier à peine visible qui longeait la clôture, de sorte que pendant quelque temps ils durent se glisser le long du talus abrupt d'un petit fossé où l'on pouvait à peine se tenir sur un pied sans se cramponner à la clôture. Dans le coin le plus sombre de la clôture affaissée, Piotr Stepanovitch retira une planche ; une ouverture se forma où il se glissa aussitôt. Lipoutine s'étonna mais s'y glissa à son tour ; puis la planche fut remise en place. C'était ce passage secret par lequel Fedka pénétrait chez Kirilov.

— Chatov ne doit pas savoir que nous sommes ici, souffla Piotr Stepanovitch sévèrement à Lipoutine.

3

Kirilov, comme toujours à cette heure, prenait le thé, assis sur son divan de cuir. Il ne se leva pas pour les accueillir mais parut sursauter et regarda les nouveaux venus avec inquiétude.

— Vous ne vous trompez pas, dit Piotr Stepanovitch, c'est pour cela que je viens.

— Aujourd'hui ?

— Non, non, demain... environ cette heure.

Et il s'assit vivement à la table, observant avec une certaine inquiétude Kirilov alarmé. Celui-ci, d'ailleurs, avait déjà repris son calme et son aspect de toujours.

— Ces gens-là n'y croient toujours pas. Vous ne m'en voulez pas d'avoir amené Lipoutine ?

— Aujourd'hui je ne vous en veux pas, mais demain je veux être seul.

— Mais pas avant que je vienne, donc en ma présence.

— Je voudrais que ce ne soit pas en votre présence.

— Vous vous souvenez que vous avez promis d'écrire et de signer tout ce que je vous dicterais.

— Cela m'est égal. Et maintenant vous resterez longtemps ?

— J'ai besoin de voir quelqu'un et de rester une demi-heure environ, si bien que vous ferez comme vous voudrez, mais je resterai ici cette demi-heure.

Kirilov ne dit rien. Lipoutine s'était entre-temps installé à l'écart, sous le portrait de l'évêque. La folle idée de la théorie de Kirilov et s'était toujours moqué s'emparait de plus en plus de son esprit. Kirilov le remarquait à peine. Lipoutine connaissait déjà la théorie de Kirilov et s'était toujours moqué de lui ; mais en ce moment il se taisait et regardait autour de lui d'un air sombre.

— Je prendrais volontiers du thé, dit Piotr Stepanovitch en se rapprochant, je viens de manger un bifteck et je comptais bien trouver du thé chez vous.

— Buvez si vous voulez.

— Jusqu'à présent vous l'offriez vous-même, remarqua assez acidement Piotr Stepanovitch.

— C'est égal. Lipoutine n'a qu'à en prendre aussi.

— Non, je... ne peux pas.

— Je ne veux pas ou je ne peux pas ? demanda Piotr Stepanovitch en se retournant vivement.

— Je n'en prendrai pas chez lui, refusa Lipoutine d'un ton expressif. Piotr Stepanovitch fronça le sourcil.

— Ça sent le mysticisme ; le diable sait quelles gens vous êtes tous !

Personne ne lui répondit ; le silence dura une bonne minute.

— Mais je sais une chose, ajouta-t-il soudain d'un ton tranchant, qu'aucun préjugé n'empêchera aucun de nous de faire son devoir.

— Stravroguine est parti ? demanda Kirilov.

— Oui.

— Il a bien fait.

Les yeux de Piotr Stepanovitch lancèrent un éclair, mais il se contint.

— Peu m'importe ce que vous pensez, pourvu que chacun tienne sa parole.

— Je tiendrai ma parole.

— D'ailleurs, j'ai toujours été certain que vous feriez votre devoir comme un homme indépendant et progressiste.

— Et vous, vous êtes risible.

— Je veux bien, je suis très content de vous faire rire. Je suis toujours content de pouvoir rendre service.

— Vous tenez beaucoup à ce que je me brûle la cervelle et vous avez peur que tout à coup je ne le fasse pas ?

— C'est-à-dire, voyez-vous, vous avez lié vous-même votre projet à notre action. Comptant sur votre projet, nous avons déjà entrepris certaines choses, si bien que vous ne pourriez en aucun cas refuser, parce que vous nous aurez mis dans le pétrin.

— Il n'y a aucun droit.

— Je comprends, je comprends, c'est votre entière volonté et nous ne sommes rien, mais pourvu que cette entière volonté s'accomplisse.

— Et je devrai prendre sur moi toutes vos saletés ?

— Ecoutez, Kirilov, auriez-vous peur ? Si vous voulez vous rétracter, dites-le tout de suite.

— Je n'ai pas peur.

— Je ne le dis que parce que vous posez beaucoup trop de questions.

— Vous vous en irez bientôt ?

— Vous le demandez de nouveau ?

Kirilov le toisa avec mépris.

— Voyez-vous, poursuivit Piotr Stepanovitch de plus en plus irrité et inquiet, et ne trouvant pas le ton voulu, vous voulez que je m'en aille pour être seul, pour vous concentrer, mais tout cela ce sont des signes dangereux pour vous, pour vous le premier. Vous voulez penser beaucoup. A mon avis, il vaut mieux ne pas penser, mais le faire comme ça. Et vraiment vous m'inquiétez.

— Il n'y a qu'une chose qui me dégoûte, c'est qu'à cet instant il y aura auprès de moi une vermine, comme vous.

— Ma foi, ça c'est bien égal. Je pourrai sortir à ce moment et me tenir sur le perron. Si vous êtes sur le point de mourir et que vous soyez si peu indifférent, alors... tout cela est très dangereux. J'irai sur le perron et vous n'aurez qu'à supposer que je ne comprends rien et que je vous suis infiniment inférieur.

— Non, pas infiniment ; vous avez des dons mais il y a énormément de choses que vous ne comprenez pas parce que vous êtes vil.

— Enchanté, enchanté. J'ai déjà dit que je suis enchanté de procurer une distraction... à un pareil moment.

— Vous ne comprenez rien.

— C'est-à-dire que je... en tout cas, j'écoute avec respect.

— Vous ne pouvez rien, même en ce moment vous ne pouvez cacher votre rancœur mesquine, quoiqu'il ne soit pas dans votre intérêt de la montrer. Vous me mettrez en colère et tout à coup je voudrai encore six mois.

Piotr Stepanovitch regarda encore sa montre.

— Je n'ai jamais rien compris à votre théorie, mais je sais que ce n'est pas pour nous que vous l'avez inventée, par conséquent vous le ferez même sans nous. Je sais aussi que ce n'est pas vous qui avez dévoré l'idée, donc vous ne remettrez pas à plus tard.

— Comment ? C'est moi que l'idée a dévoré ?

— Oui.

— Et non moi qui ai dévoré l'idée ? C'est bien. Vous

avez une petite intelligence. Seulement vous me défiez, et moi je suis fier d'elle.

— Et c'est parfait, et c'est parfait. C'est justement ce qu'il faut, que vous en soyez fier.

— Assez ; vous avez fini le thé, partez.

— Le diable m'emporte, il va falloir m'exécuter, dit Piotr Stepanovitch en se soulevant. Pourtant il est trop tôt. Ecoutez, Kirilov, trouverai-je cet homme, vous comprenez, chez la Bouchère ? Ou bien a-t-elle menti elle aussi ?

— Vous ne l'y trouverez pas parce qu'il est ici et non là-bas.

— Comment ici, le diable m'emporte, où ?

— A la cuisine, il mange et boit.

— Comment a-t-il osé ? s'écria Piotr Stepanovitch en rougissant de colère. Il devait attendre... sottises ! Il n'a ni passeport ni argent.

— Je ne sais pas. Il est venu pour dire adieu ; il est habillé et prêt. Il s'en va et ne reviendra plus. Il a dit que vous êtes une canaille et il ne veut pas attendre votre argent.

— A-ah ! Il a peur que je... ma foi, je le peux encore maintenant si... Où est-il, à la cuisine ?

Kirilov ouvrit une porte latérale donnant sur une minuscule pièce sombre ; de cette pièce on descendait par un escalier de trois marches dans la cuisine, directement dans le réduit qui en était séparé par une cloison et où se trouvait d'habitude le lit de la cuisinière. C'est ici dans le coin, sous les icônes, que Fedka était assis devant une table de bois blanc sans nappe. Sur la table, il y avait devant lui une demi-bouteille de vodka, du pain sur une assiette et, dans un plat en terre, un morceau de bœuf froid avec des pommes de terre. Il mangeait posément et était déjà à demi ivre, mais n'avait pas enlevé sa touloupe et apparemment était tout prêt à se mettre en route. Derrière la cloison le samovar commençait à bouillir, mais ce n'était pas pour Fedka ; c'était lui qui chaque nuit, depuis une semaine ou plus, ne manquait jamais de le préparer pour « Alexis Nilitch parce qu'il est bien habitué à avoir du thé la nuit ». Je soupçonne fortement que, faute de cuisinière, c'était Kirilov lui-même qui, dès le matin, avait fait cuire la viande et les pommes de terre pour Fedka.

— Qu'est-ce que c'est que tu as inventé ? dit Piotr Stepanovitch en dévalant l'escalier. Pourquoi n'as-tu pas attendu là où on te l'avait ordonné ?

Et à toute volée il frappa du poing sur la table.

Fedka se rengorgea.

— Attends donc, Piotr Stepanovitch, attends, commença-t-il en scandant chaque mot avec affectation, tu dois tout d'abord comprendre que tu es ici en noble visite chez monsieur Kirilov, Alexis Nilitch, dont tu pourras toujours cirer les bottes parce qu'à côté de toi il est un esprit instruit, et toi tu n'es que — pouah !

Et il lança élégamment de côté un crachat sans salive. On voyait en lui de la hauteur, de la résolution et, fort dangereuse, une certaine humeur raisonneuse affectée, tranquille jusqu'au premier éclat. Mais Piotr Stepanovitch n'avait plus le temps de remarquer les dangers, et d'ailleurs cela ne cadrait pas avec sa façon de voir. Les événements et les échecs de la journée lui avaient complètement brouillé l'esprit... Lipoutine regardait avec curiosité, du haut des trois marches, sur le seuil du réduit obscur.

— Veux-tu ou ne veux-tu pas avoir un passeport en règle et une somme rondelette pour aller où on t'a dit ? Oui ou non ?

— Vois-tu, Piotr Stepanovitch, tu as commencé depuis le commencement à me tromper, comme quoi tu es devant moi un vrai salaud. Comme un infect pou humain — voilà comment je te considère. Tu m'as promis beaucoup d'argent pour du sang innocent et, au nom de monsieur Stavroguine, tu m'as fait un serment, bien qu'il se trouve qu'il n'y avait là-dedans que ta seule impolitesse. Je n'y ai pas pris la moindre part, sans parler des quinze cents roubles, et monsieur Stavroguine t'a tout à l'heure giflé sur les deux joues, ce que nous aussi nous savons déjà. Maintenant de nouveau tu me menaces et tu me promets de l'argent, pour quelle affaire, tu ne le dis pas. Et moi je me doute dans ma cervelle que tu m'envoies à Pétersbourg pour te venger par n'importe quel moyen de monsieur Stavroguine, Nicolas Vsevolodovitch, comptant sur ma crédulité. Et à cause de cela tu te trouves être tout le premier un assassin. Et sais-tu ce que tu mérites rien que parce que, dans ta dépravation, tu as cessé de croire en Dieu lui-même, le véritable Créateur ? Tu es comme un païen et tu te trouves sur la même ligne que le Tartare ou le Mordvine. Alexis Nilitch, étant philosophe, t'a expliqué maintes fois le véritable Dieu, le Créateur, et au sujet de la création du monde, et aussi sur les destinées futures et la transfiguration de toute créature et de toute bête d'après le livre l'Apocalypse. Mais toi tu t'obstines comme une absurde idole dans ta surdité et ton mutisme, et tu as réduit l'enseigne Erkel à la même chose, comme ce même criminel séducteur qu'on nomme athée...

— Ah, gueule d'ivrogne ! Lui-même il dépouille les icônes, et ça prêche encore Dieu !

— Vois-tu, Piotr Stepanovitch, je te dis que c'est bien vrai que je les ai dépouillées ; mais j'ai seulement enlevé les perles, et comment le sais-tu, peut-être que ma larme à moi aussi s'est transfigurée à cette minute même dans le creuset du Très-Haut, pour certaine offense qui m'a été faite, parce que, trait pour trait, je suis un vrai orphelin, n'ayant même pas l'indispensable refuge. Sais-tu que, d'après les livres, au temps jadis un certain marchand a, avec exactement le même soupir et les mêmes larmes et la même prière, ravi à la Mère de Dieu une perle de son nimbe et ensuite a publiquement et à genoux rendu toute la somme en la déposant à Ses pieds ; et la Mère qui intercède pour nous l'a couvert devant tous les gens de son voile, si bien qu'à cette occasion il y a même eu en ce temps un miracle et que les autorités ont tout fait inscrire exactement dans les livres de l'Etat. Et toi, tu as lâché une souris, donc tu as bafoué le doigt même de Dieu. Et si tu n'étais pas mon maître naturel que j'ai porté dans mes bras du temps que j'étais encore un adolescent, pour sûr que je te réglerais en ce moment ton compte, sans même bouger de cette place !

Piotr Stepanovitch entra dans une violente colère.

— Parle, as-tu vu Stravroguine aujourd'hui ?

— Pour ça tu n'as pas le droit de me faire subir un interrogatoire. Monsieur Stavroguine est pour sûr en étonnement devant toi, et même d'un désir il n'y a pas participé, sans même parler par des intentions quelconques ou de l'argent. Tu as osé me rouler.

— L'argent, tu le recevras, et les deux mille roubles tu les auras aussi, à Pétersbourg sur place, intégralement, et tu en recevras encore.

— Toi, mon bien cher, tu mens, et ça me fait même rire de voir quel esprit crédule tu es. Monsieur Stavroguine est à côté de toi comme au haut d'une échelle, et toi, comme un roquet stupide, tu jappes vers lui d'en bas, alors que de cracher seulement sur toi d'en haut il considère que ce serait te faire un trop grand honneur.

— Sais-tu, s'écria Piotr Stepanovitch pris de rage, sais-tu, canaille, que je ne te laisserai pas faire un pas d'ici et que je te remettrai carrément entre les mains de la police !

Fedka sauta sur ses pieds et ses yeux lancèrent un éclair de rage. Ici se déroula une scène rapide et répugnante : avant que Piotr Stepanovitch eût pu braquer son revolver, Fedka prit immédiatement son élan et de toutes ses forces le frappa sur la joue. Au même instant retentit un autre coup terrible, puis un troisième, un quatrième, toujours sur la joue. Piotr Stepanovitch resta stupide, écarquilla les yeux, bredouilla quelque chose et brusquement s'abattit de tout son long sur le plancher.

— Voilà pour vous, prenez-le ! cria Fedka avec un geste triomphant ; en un clin d'œil il saisit sa casquette, prit sous le banc son balluchon et fut parti. Piotr Stepanovitch râlait, sans connaissance. Lipoutine pensa même qu'un assassinat avait été commis. Kirilov se précipita à la cuisine.

— De l'eau ! s'écria-t-il, et puisant de l'eau dans le seau avec une écope en fer, il la lui versa sur la tête. Piotr Stepanovitch fit un mouvement, souleva la tête, s'assit et fixa devant lui un regard hébété.

— Eh bien, comment ça va ? demanda Kirilov.

L'autre le regardait fixement et sans encore le reconnaître ; mais à la vue de Lipoutine qui observait la scène de la cuisine, il eut son vilain sourire et brusquement bondit sur ses pieds en ramassant le revolver par terre.

— Si vous vous avisez de vous enfuir demain comme ce salaud de Stavroguine, cria-t-il hors de lui, tout pâle, bégayant et articulant mal les mots, en s'adressant à Kirilov, alors à l'autre bout du monde je vous... pendrai comme une mouche... vous écraserai... vous comprenez !

Et il braqua son revolver droit sur le front de Kirilov ; mais presque au même instant, reprenant enfin complètement ses esprits, il retira sa main, fourra le revolver dans sa poche et, sans dire un mot de plus, sortit en courant de la maison. Lipoutine le suivit. Ils se glissèrent par le même passage et de nouveau longèrent le talus en se tenant à la clôture. Piotr Stepanovitch marcha rapidement dans la ruelle, si bien que Lipoutine avait peine à le suivre. Au premier carrefour, il s'arrêta brusquement.

— Eh bien ? dit-il avec défi en se tournant vers Lipoutine.

Lipoutine se souvenait du revolver et était encore tout tremblant après la scène qui venait de se dérouler, mais comme d'elle-même la réponse jaillit soudainement et irrésistiblement de sa bouche :

— Je pense... je pense que « de Smolensk à Tachkent on n'attend pas du tout l'étudiant avec tant d'impatience que cela ».

— Avez-vous vu ce que Fedka buvait dans la cuisine ?

— Ce qu'il buvait ? Il buvait de la vodka...

— Eh bien, sachez donc que c'est pour la dernière fois de sa vie qu'il a bu de la vodka. Je vous conseille de vous en souvenir pour vos réflexions ultérieures. Et maintenant allez au diable, je n'ai pas besoin de vous jusqu'à demain. Mais attention : pas de sottises !

Lipoutine courut à toutes jambes chez lui.

4

IL avait depuis longtemps en réserve un passeport établi à un faux nom. Il est même saugrenu de penser que ce petit homme méticuleux, ce menu tyran domestique, en tout cas fonctionnaire (quoique fouriériste) et enfin, avant tout, ce capitaliste et cet usurier, avait eu depuis fort longtemps la fantastique idée de tenir prêt à tout hasard ce passeport afin de pouvoir filer à l'étranger si... il admettait donc bien la possibilité de ce si ! quoique, certes, il n'eût jamais pu formuler lui-même ce que pouvait signifier au juste ce si...

Mais maintenant cela venait soudain de se formuler tout seul et de la façon la plus inattendue. Cette idée désespérée avec laquelle il était entré chez Kirilov, après « l'imbécile » dont Piotr Stepanovitch l'avait gratifié dans la rue, consistait à tout abandonner le lendemain dès l'aube et à s'expatrier à l'étranger ! Celui qui ne voudra pas croire que des choses si fantastiques arrivent encore aujourd'hui dans notre réalité quotidienne, celui-là n'aura qu'à consulter la biographie de tous les vrais émigrés russes à l'étranger. Pas un ne s'est enfui d'une façon plus intelligente et plus réaliste. C'est toujours le même règne débridé de fantômes, et rien de plus.

Quand il fut accouru chez lui, Lipoutine commença par s'enfermer à clef, prit son sac de voyage et se mit convulsivement à faire ses bagages. Son principal souci était l'argent et la question de savoir combien et comment il réussirait à en sauver. Précisément sauver car, selon lui, il n'avait plus une heure à perdre et, au point du jour, il devait être déjà en route. Il ne savait pas non plus comment il monterait dans le train ; il avait vaguement décidé de monter à la deuxième ou troisième grande gare après notre ville et d'aller jusque-là à pied. Ainsi, instinctivement et machinalement, avec tout un tourbillon de pensées dans la tête, il s'affairait autour de son sac et — brusquement il s'arrêta, laissa tout là et avec un profond gémissement s'étendit sur le divan.

Il sentit nettement et comprit soudain que quant à fuir, il fuirait peut-être, mais que résoudre la question s'il devait fuir AVANT ou APRÈS Chatov, il n'en était plus du tout capable ; que maintenant il n'était plus qu'un corps grossier, insensible, une masse inerte, qu'il était mû par une terrible force extérieure, et que bien qu'il eût un passeport pour l'étranger, bien qu'il pût fuir devant Chatov (sinon pourquoi se serait-il tant dépêché ?), il fuirait non pas avant Chatov, non pas devant Chatov, mais précisément APRÈS Chatov, et que cela était désormais décidé, signé et scellé. Dans une intolérable angoisse, tremblant à tout instant et s'étonnant de lui-même, tour à tour gémissant et retenant son souffle, il alla tant bien que mal, enfermé dans sa chambre et étendu sur le divan, jusqu'à onze heures du matin, et c'est alors que brusquement il reçut la secousse nécessaire qui orienta d'un coup sa résolution. A onze heures, à peine eut-il ouvert sa porte et rejoint les siens qu'il apprit soudain que le bandit, le forçat évadé Fedka qui plongeait tout le monde dans la terreur, le pilleur d'églises, le récent assassin et incendiaire que la police recherchait et sur qui elle ne parvenait toujours pas à mettre la main, avait été, à l'aube, trouvé assassiné, à sept verstes de la ville, au carrefour de la grande route et du chemin de Zakharino, et que toute la ville en parlait déjà. Aussitôt il se précipita à toutes jambes dehors pour savoir les détails et apprit, premièrement que Fedka, trouvé le crâne défoncé, avait été selon toute apparence dévalisé, et deuxièmement que la police avait de forts graves soupçons et même certains indices sérieux permettant de conclure que l'assassin était un ouvrier des Chpigouline, Fomka, celui-là même avec qui Fedka avait sans nul doute assassiné les Lebiadkine et mis le feu chez eux ; qu'une dispute avait dû éclater entre eux déjà en route, au sujet d'une forte somme d'argent que Fedka aurait gardée pour lui sur l'argent volé à Lebiadkine... Lipoutine courut aussi chez Piotr Stepanovitch et réussit à apprendre, par l'entrée de service, en cachette, que Piotr Stepanovitch, quoiqu'il ne fût rentré la veille que vers une heure du matin, avait paisiblement dormi chez lui toute la nuit jusqu'à huit heures du matin. Bien entendu, il n'était pas douteux que la mort du bandit Fedka n'eût absolument rien d'insolite et que de tels dénouements couronnent justement le plus souvent ce genre de carrières, mais la coïncidence entre les paroles fatidiques que « Fedka a bu ce soir de la vodka pour la dernière fois » et la réalisation immédiate de la prophétie, était à ce point significative que Lipou-tine cessa d'un coup d'hésiter. La secousse était donnée, comme si une pierre était tombée sur lui et l'avait écrasé pour toujours. Revenant chez lui, il poussa du pied son sac de voyage sous le lit, en silence, et le soir, à l'heure fixée, arriva le premier à l'endroit convenu pour ren-contrer Chatov, toujours il est vrai avec son passeport dans sa poche...

CHAPITRE V

1

La catastrophe avec Lisa et la mort de Maria Timofeevna avaient produit sur Chatov une impression accablante. J'ai déjà dit que je le rencontrai ce matin-là, il me parut ne pas avoir toute sa raison. Entre autres choses, il me dit que, la veille au soir, vers neuf heures (donc trois heures avant l'incendie), il s'était rendu chez Maria Timofeevna. Il était allé le matin jeter un coup d'œil sur les cadavres mais, à ma connaissance, il ne fit aucune déposition nulle part ce matin-là. Cependant, vers la fin de la journée, une véritable tempête se leva dans son âme et..., je crois pouvoir l'affirmer, il y eut un moment, au crépuscule, où il voulut se lever, sortir et — dire tout. Ce qu'était ce tout, il ne le savait pas lui-même. Bien entendu, il ne serait parvenu à rien et n'aurait fait que se livrer lui-même. Il ne possédait aucune preuve pour dénoncer le crime qui venait d'être commis, et puis lui-même n'avait à ce sujet que de vagues suppositions qui, pour lui seulement, équivalaient à une certitude entière. Mais il était prêt à se perdre pourvu qu'il pût « écraser les misérables », ce sont là ses propres paroles. Piotr Stepanovitch avait en partie prévu chez lui cette impulsion et savait lui-même qu'il risquait beaucoup en remettant au lendemain l'exécution de son nouveau et terrible projet. De sa part il y avait là, comme d'habitude, beaucoup de confiance en soi et de mépris pour tout ce « menu fretin » et en particulier pour Chatov. Il méprisait depuis longtemps Chatov pour son « idiotisme pleurnicheur », comme il s'exprimait à son sujet quand il était encore à l'étranger, et il comptait fermement avoir raison d'un homme si dépourvu de malice, c'est-à-dire ne pas le perdre de vue de la journée et lui barrer la route au premier danger. Et cependant les « misérables » ne furent sauvés pour peu de temps encore que par une circonstance tout à fait inattendue et qu'ils n'avaient aucunement prévue...

Vers huit heures du soir (juste au moment où les « nôtres », réunis chez Erkel, attendaient Piotr Stepanovitch, s'indignaient et s'inquiétaient), Chatov, souffrant d'un mal de tête et légèrement fiévreux, était étendu sur son lit dans l'obscurité, sans allumer de bougie ; il se tourmentait de son indécision, se fâchait, se décidait, ne parvenait pas à se décider jusqu'au bout et pressentait en se maudissant que tout cela ne mènerait néanmoins à rien. Peu à peu il s'endormit un instant d'un sommeil léger et fit un rêve qui tenait du cauchemar ; il rêva qu'il était ligoté sur son lit par des cordes, entièrement attaché et ne pouvant bouger, tandis que dans toute la maison retentissaient de terribles coups contre la clôture, contre le portail, contre sa porte, dans le pavillon de Kirilov, au point que toute la maison tremblait, et une voix lointaine, familière mais torturante pour lui, l'appelait plaintivement. Il revint brusquement à lui et se dressa sur son lit. A sa surprise, les coups contre le portail continuaient à retentir et, quoique loin d'être si forts qu'il lui avait semblé en rêve, ils n'en étaient pas moins fréquents et obstinés, tandis que la voix étrange et « torturante » qui, sans être plaintive, était au contraire impatiente et irritée, se faisait toujours entendre en bas au portail, mêlée à une autre voix, plus contenue et ordinaire. Il se leva d'un bond, ouvrit le vasistas et passa la tête au-dehors.

— Qui est là ? cria-t-il, littéralement glacé de terreur.

— Si vous êtes Chatov, répondit-on d'en bas d'un ton coupant et ferme, veuillez avoir l'obligeance de dire, nettement et honnêtement, si vous consentez ou non à me laisser entrer ?

C'était bien cela ; il avait reconnu cette voix.

— Marie !... C'est toi ?

— C'est moi, c'est moi, Maria Chatov, et je vous assure que je ne peux faire attendre le fiacre une minute de plus.

— Tout de suite... que j'allume seulement la bougie... lança faiblement Chatov. Puis il se précipita à la recherche d'allumettes. Les allumettes, comme il arrive d'habitude dans ces cas, ne se retrouvaient pas. Il laissa tomber par terre le chandelier avec la bougie, et dès que la voix impatiente parvint de nouveau d'en bas, il laissa tout là et dégringola quatre à quatre son escalier raide pour ouvrir la porte.

— Ayez l'obligeance de tenir mon sac pendant que j'en finis avec cet imbécile, lui dit en bas, en guise d'accueil, Mme Maria Chatov, et elle lui mit dans les mains un sac de voyage assez léger et bon marché, en toile, avec des clous en bronze, fabriqué à Dresde. Quant à elle, elle s'en prit avec irritation au cocher.

— Je peux vous assurer que vous demandez trop. Si vous m'avez traînée une heure de plus qu'il ne fallait par ces rues sales, c'est votre propre faute parce que vous ne saviez donc pas vous-même où se trouve cette rue stupide et cette maison idiote. Veuillez prendre vos trente kopeks et soyez certain que vous ne recevrez rien de plus.

— Eh, ma bonne dame, c'est toi-même qui me disais rue de l'Ascension et ici rue de l'Epiphanie : la rue de l'Ascension c'est à l'autre bout. On n'a fait qu'éreinter le cheval.

— Ascension, Epiphanie, tous ces noms stupides vous devriez les connaître mieux que moi puisque vous habitez ici ; et en outre vous avez tort : je vous ai indiqué dès le début la maison de Philippov et vous m'avez confirmé que vous la connaissiez. En tout cas, vous pouvez m'assigner demain en justice de paix, mais maintenant je vous prie de me laisser tranquille.

— Tenez, tenez, voici encore cinq kopeks, dit Chatov, tirant précipitamment de sa poche une pièce de cinq kopeks et la tendant au cocher.

— Ayez l'obligeance, je vous prie, ne faites pas cela ! protesta Mme Chatov, mais le cocher mit le cheval en marche et Chatov, la saisissant par le bras, l'entraîna vers la porte.

— Vite, Marie, vite... tout cela est sans importance et comme tu es trempée. Doucement, ici il faut monter — quel dommage qu'il n'y ait pas de lumière — l'escalier est raide, tiens-toi bien, bien, et voici ma petite chambre. Excuse-moi, je n'ai pas de lumière... Tout de suite !.

Il ramassa le bougeoir, mais tut longtemps encore sans trouver les allumettes. Mme Chatov se tenait debout au milieu de la pièce sans rien dire et sans bouger.

— Dieu merci, enfin ! s'écria-t-il joyeusement en donnant de la lumière. Maria Chatov parcourut la pièce d'un regard rapide.

— On m'avait dit que vous viviez mal, mais je ne pensais tout de même pas que ce fût ainsi, dit-elle avec dégoût, et elle se dirigea vers le lit.

— Oh, je suis fatiguée ! dit-elle en s'asseyant d'un air épuisé sur le lit dur. Je vous en prie, posez le sac et asseyez-vous sur une chaise. D'ailleurs, comme vous voudrez, vous vous agitez devant mes yeux. Je ne suis venue chez vous que provisoirement, jusqu'à ce que je trouve du travail, parce que je ne sais rien ici et je n'ai pas d'argent. Mais si je vous dérange, ayez l'obligeance, je vous le demande encore une fois, de le dire tout de suite; comme aussi bien il est de votre devoir de le faire si vous êtes un honnête homme. Je peux malgré tout vendre quelque chose demain et payer l'hôtel, mais vous voudrez bien me conduire à l'hôtel vous-même... Oh, seulement je suis fatiguée !

Chatov en fut tout remué.

— Inutile, Marie, inutile d'aller à l'hôtel. Qui parle d'hôtel ? A quoi bon, à quoi bon ?

Il joignit les mains d'un geste de supplication.

— Eh bien, si on peut se passer de l'hôtel, il est tout de même indispensable de mettre les choses au point. Souvenez-vous, Chatov, que nous avons vécu comme mari et femme à Genève deux semaines et quelques jours, que voilà trois ans déjà que nous nous sommes séparés, sans d'ailleurs nous être autrement querellés. Mais ne pensez pas que je sois revenue pour renouveler quelque chose des anciennes sottises. Je suis revenue pour chercher du travail et si j'ai choisi cette ville, c'est que cela m'est égal. Je ne suis pas venue pour me repentir de quelque chose ; ayez l'obligeance de ne pas penser encore cette sottise.

— Oh, Marie ! C'est inutile, tout à fait inutile ! bredouilla confusément Chatov.

— Et s'il en est ainsi, si vous êtes assez évolué pour comprendre cela aussi, je me permettrai d'ajouter que si maintenant je me suis adressée directement à vous et que je sois venue chez vous, c'est en partie parce que j'ai toujours pensé que vous étiez loin d'être un lâche et que peut-être même vous étiez bien meilleur que d'autres... gredins !

Ses yeux étincelèrent. Sans doute avait-elle eu beaucoup à souffrir d'on ne sait quels « gredins ».

— Et soyez assuré je vous prie que je ne me moque

pas de vous en vous disant que vous êtes bon. Je l'ai dit carrément, sans faire de l'éloquence, et d'ailleurs je déteste cela. Du reste, bêtises que tout cela. J'ai toujours espéré que vous aurez assez d'intelligence pour ne pas m'importuner... Oh, assez, je suis fatiguée !

Et elle posa sur lui un long regard douloureux, las. Chatov se tenait debout devant elle de l'autre côté de la pièce, à cinq pas, et l'écoutait timidement mais d'un air comme régénéré, avec une sorte de rayonnement sur le visage qu'il n'avait jamais encore eu. Cet homme fort et rugueux, toujours hérissé, s'était tout à coup adouci et éclairé. Quelque chose d'extraordinaire, de tout à fait inattendu vibrait dans son âme. Trois ans de séparation, trois ans d'un mariage rompu n'avaient rien effacé de son cœur. Et, peut-être, chaque jour de ces trois années, avait-il rêvé à elle, à cet être cher qui lui avait dit un jour : « je t'aime ». Connaissant Chatov, je dirai même avec certitude qu'il n'avait jamais pu se permettre de rêver seulement qu'une femme pourrait lui dire : « je t'aime ». Il était chaste et pudique jusqu'à la sauvagerie, se croyait horriblement laid, haïssait son visage et son caractère, se comparait à un de ces monstres qu'on ne peut que promener et exhiber dans les foires. En conséquence de tout cela, il ne plaçait rien au-dessus de l'honnêteté et se donnait à ses convictions jusqu'au fanatisme, était sombre, fier, irascible et taciturne. Mais voilà que le seul être qui l'avait aimé durant quinze jours (il le crut toujours, toujours !) ; un être qu'il plaçait infiniment au-dessus de lui-même bien qu'il comprît avec une lucidité entière ses erreurs ; un être à qui il pouvait pardonner tout, absolument TOUT (il ne pouvait avoir à cela l'ombre d'un doute, c'était même tout le contraire, de sorte qu'à ses yeux c'était lui qui avait tous les torts envers elle), cette femme, cette Maria Chatov était soudain de nouveau chez lui, de nouveau devant lui... Il était presque impossible de comprendre cela ! Il était si frappé, il y avait dans cet événement quelque chose de si effrayant pour lui et en même temps tant de bonheur que, certes, il ne pouvait et, peut-être, ne voulait se ressaisir, avait peur de le faire. C'était un rêve. Mais lorsqu'elle posa sur lui ce regard harassé, il comprit soudain que cet être tant aimé souffrait, avait peut-être été offensé. Son cœur s'arrêta de battre. Il scruta ses traits avec douleur : depuis longtemps l'éclat de la première jeunesse avait fui ce visage las. Certes, elle était toujours belle — à ses yeux, elle était comme auparavant une véritable beauté. (En réalité, c'était une femme de vingt-cinq ans, de constitution assez robuste, d'une taille au-dessus de la moyenne (plus grande que Chatov), aux magnifiques cheveux châtains, le visage allongé et pâle, de grands yeux sombres qui en ce moment brillaient d'un éclat fiévreux.) Mais l'ancienne énergie insouciante, naïve et ingénue qu'il connaissait si bien avait fait place à une irritabilité morose, à la déception, à une sorte de cynisme auquel elle n'était pas encore habituée et qui lui pesait. Mais, surtout, elle était malade, cela il le voyait clairement. Malgré toute la crainte qu'elle lui inspirait, il s'approcha soudain et lui prit les deux mains.

— Marie... tu sais... tu es peut-être très fatiguée, je t'en supplie, ne te fâche pas... Si tu consentais par exemple à prendre au moins du thé, hein ? Le thé fortifie beaucoup, n'est-ce pas ? Si tu consentais !...

— Qu'y a-t-il à consentir, bien entendu je consens, quel enfant vous êtes resté. Si vous pouvez, donnez-m'en. Comme on est à l'étroit chez vous ! Comme il fait froid chez vous !

— Oh, je vais tout se suite apporter du bois, du bois... du bois j'en ai ! s'écria Chatov tout agité ; du bois... c'est-à-dire, mais... d'ailleurs du thé aussi il y en aura tout de suite, et il fit un geste de la main, comme prêt à tout, et saisit sa casquette.

— Où allez-vous ? Il n'y a donc pas de thé chez vous ?

— Il y en aura, il y en aura, il y en aura, tout sera là tout de suite... je... Il prit son revolver sur le rayon.

— Je vais vendre tout de suite ce revolver... ou le mettre en gage...

— Quelles bêtises, et comme ce sera long ! Prenez mon argent si vous n'avez rien, il ya là quatre-vingts kopeks, je crois ; c'est tout. Chez vous c'est comme une maison de fous.

— Pas besoin, pas besoin de ton argent, tout de suite, en un clin d'œil, même sans revolver...

Et il se précipita tout droit chez Kirilov. Cela se passait sans doute deux heures avant la visite que firent à Kirilov Piotr Stepanovitch et Lipoutine. Chatov et Kirilov, qui logeaient dans la même cour, ne se voyaient presque jamais et en se rencontrant ne se saluaient pas et ne s'adressaient pas la parole : ils étaient restés trop longtemps « couchés côte à côte » en Amérique.

— Kirilov, vous avez toujours du thé ; avez-vous du thé et un samovar ?

Kirilov, qui arpentait la pièce (selon son habitude, allant et venant toute la nuit de long en large), s'arrêta brusquement et regarda fixement Chatov, sans trop de surprise d'ailleurs.

— Il y a du thé, il y a du sucre, et il y a un samovar. Mais pas besoin de samovar, le thé est chaud. Asseyez-vous et buvez tout simplement.

— Kirilov, nous avons couché côte à côte en Amérique... Ma femme est arrivée chez moi... Je... Donnez-moi du thé... Il faut le samovar.

— Si c'est pour votre femme, il faut le samovar. Mais vous prendrez le samovar plus tard. J'en ai deux. Pour le moment, prenez la théière sur la table. C'est chaud, très chaud. Prenez tout ; prenez le sucre ; tout. Le pain... Il y a beaucoup de pain ; prenez tout. Il y a du veau. En fait d'argent, un rouble.

— Donne, ami, je te le rendrai demain ! Ah, Kirilov !

— C'est votre femme qui était en Suisse ? C'est bien. Et que vous soyez accouru ainsi, cela aussi est bien.

— Kirilov ! s'écria Chatov en prenant sous le bras la théière et dans les deux mains le sucre et le pain. Kirilov ! Si... si vous pouviez renoncer à vos horribles chimères et abandonner votre délire athée... oh, quel homme vous seriez, Kirilov !

— On voit que vous aimez votre femme après la Suisse. C'est bien si c'est après la Suisse. Quand il faudra du thé, venez toute la nuit, je ne dors pas du tout. Il y aura un samovar. Prenez le rouble, tenez. Revenez auprès de votre femme, moi je resterai et je penserai à vous et à votre femme.

Maria Chatov fut visiblement contente de sa hâte et presque avec avidité but le thé, mais il fut inutile de courir chercher le samovar ; elle ne but qu'une demi-tasse et n'avala qu'un tout petit morceau de pain. Elle refusa la viande avec dégoût et irritation.

— Tu es malade, Marie, tout cela est si maladif en toi... observa timidement Chatov en s'empressant timidement auprès d'elle.

— Naturellement, je suis malade, asseyez-vous s'il vous plaît. Où avez-vous pris le thé s'il n'y en avait pas ?

Chatov parla de Kirilov, brièvement, à peine. Elle avait vaguement entendu parler de lui.

— Je sais que c'est un fou ; je vous en prie, cela suffit ; n'y a-t-il pas assez d'imbéciles ? Alors vous êtes donc allé en Amérique ? Je l'ai entendu dire, vous avez écrit.

— Oui, j'ai... écrit à Paris.

— Assez, et je vous en prie, parlons d'autre chose. Vous êtes slavophile de convictions ?

— Je... ce n'est pas que je... Dans l'impossibilité d'être Russe, je suis devenu slavophile, dit-il en souriant avec l'air contraint de qui a fait un mot d'esprit mal à propos et avec effort.

— Vous n'êtes pas Russe ?

— Non, je ne suis pas Russe.

— Ma foi, ce sont des bêtises. Asseyez-vous à la fin, je vous le demande. Qu'avez-vous à vous agiter sans arrêt ? Vous croyez que j'ai le délire ? Peut-être que j'aurai le délire. Vous dites qu'il n'y a que vous deux dans la maison ?

— Nous deux... en bas....

— Et tous les deux aussi intelligents l'un que l'autre. Quoi, en bas ? Vous avez dit en bas ?

— Non, rien.

— Quoi rien ? Je veux savoir.

— Je voulais seulement dire que nous sommes maintenant deux dans la cour, en bas logeaient auparavant les Lebiadkine...

— C'est celle qui a été assassinée cette nuit ? dit-elle, soudain animée. On m'en a parlé. Dès que je suis arrivée on m'en a parlé. Il y a eu un incendie chez vous ?

— Oui, Marie, oui, et je commets peut-être en ce moment une terrible infamie en pardonnant à ces misérables... Il se leva brusquement et se mit à arpenter la pièce, les bras levés, comme hors de lui.

Mais Marie ne le comprit pas tout à fait. Elle écoutait les réponses distraitement ; elle questionnait, elle n'écoutait pas.

— Il s'en passe du joli chez vous. Oh, comme tout est abject ! Comme tout le monde est abject ! Mais asseyez-vous donc je vous prie à la fin, oh, comme vous m'agacez ! et épuisée, elle laissa tomber sa tête sur l'oreiller.

— Marie, je ne le ferai plus... Si tu te couchais, Marie ?

Elle ne répondit pas et, à bout de forces, ferma les yeux. Son visage pâle devint pareil à celui d'une morte. Elle s'endormit presque aussitôt. Chatov regarda autour de lui, arrangea la bougie, jeta encore une fois un regard inquiet sur son visage, serra fortement les mains devant lui et, sur la pointe des pieds, sortit de la chambre. Au haut de l'escalier il appuya le visage au mur dans un coin et resta ainsi une dizaine de minutes, silencieux et immobile. Il y serait resté plus longtemps, mais soudain un bruit de pas se fit entendre en bas,

silencieux, discrets. Quelqu'un montait. Chatov se souvint d'avoir oublié de fermer la porte cochère.

— Qui est là ? demanda-t-il tout bas.

Le visiteur inconnu montait sans hâte et sans répondre. Arrivé en haut, il s'arrêta ; il était impossible de le
reconnaître dans l'obscurité ; soudain s'éleva sa question posée d'une voix contenue :

— Ivan Chatov ?

Chatov se nomma mais aussitôt tendit le bras pour
l'arrêter ; mais l'autre lui saisit lui-même les mains
et — Chatov tressaillit comme au contact de quelque
horrible reptile.

— Restez ici, chuchota-t-il rapidement, n'entrez pas,
je ne peux pas vous recevoir en ce moment. Ma femme
est revenue. Je vais apporter la bougie.

Lorsqu'il revint avec la bougie, il y avait là un tout
jeune officier ; il ne connaissait pas son nom, mais il
l'avait déjà vu quelque part.

L'autre se présenta :

— Erkel. Vous m'avez vu chez Virguinski.

— Je me souviens ; vous étiez assis et vous écriviez.
Ecoutez, ajouta-t-il s'emportant soudain, s'avançant frénétiquement vers lui mais parlant toujours dans un
murmure, vous venez de me faire le signe en me serrant la main. Mais, sachez-le, je peux me moquer de
tous ces signes ! Je ne reconnais pas... je ne veux pas...
Je peux vous jeter tout de suite en bas de l'escalier,
savez-vous cela ?

— Non, je ne sais rien de tout cela et j'ignore absolument pourquoi vous vous fâchez tant, répondit le visiteur sans colère et presque ingénument. J'ai seulement
à vous faire une commission et c'est pour cela que je
suis venu, surtout ne voulant pas perdre de temps.
Vous avez une presse à imprimer qui ne vous appartient pas et dont vous êtes tenu de rendre compte,
comme vous le savez. J'ai été chargé de vous demander
de la remettre demain, à sept heures du soir précises,
à Lipoutine. En outre on m'a chargé de vous dire qu'on
n'exigera jamais plus rien d'autre de vous.

— Rien ?

— Absolument rien. Votre demande vous a été
accordée et vous êtes dégagé de tout pour toujours. Je
suis chargé de vous en informer formellement.

— Qui vous a chargé de m'informer ?

— Ceux qui m'ont transmis le signe.

— Vous venez de l'étranger ?

— Cela... je crois que cela vous est indifférent.

— Eh, diable ! Et pourquoi n'êtes-vous pas venu plus tôt, si on vous en avait chargé ?

— Je suivais certaines instructions et je n'étais pas seul.

— Je comprends, je comprends que vous n'étiez pas seul. Eh... diable ! Et pourquoi Lipoutine n'est-il pas venu lui-même ?

— Donc, je viendrai vous chercher demain à six heures du soir précises et nous irons là-bas à pied. En dehors de nous trois il n'y aura personne.

— Verkhovenski y sera ?

— Non, il n'y sera pas. Verkhovenski quitte la ville demain matin à onze heures.

— C'est bien ce que je pensais, chuchota furieusement Chatov, et il se frappa la hanche du poing ; il a filé, la canaille !

Il réfléchit avec agitation. Erkel le regardait fixement, se taisait et attendait.

— Comment ferez-vous pour la prendre ? On ne peut pas l'enlever d'un coup dans les mains et l'emporter.

— Ce ne sera même pas nécessaire. Vous ne ferez qu'indiquer l'endroit et nous nous assurerons qu'elle est bien enterrée là. Nous savons en effet seulement où se trouve cet endroit, nous ne connaissons pas l'endroit lui-même. Mais est-ce que vous avez indiqué cet endroit à quelqu'un d'autre ?

Chatov le regarda.

— Et vous, un pareil gamin — un si stupide gamin — vous aussi vous vous y êtes fourré jusqu'au cou, comme un mouton ? Eh, mais c'est de cette jeune sève-là qu'ils ont besoin ! Eh bien, allez-vous-en ! E-eh ! Ce gredin-là vous a tous roulés et a pris le large.

Erkel avait le regard limpide et calme mais paraissait ne pas comprendre.

— Verkhovenski a pris le large, Verkhovenski ! dit Chatov avec rage en grinçant des dents.

— Mais il est encore ici, il n'est pas parti. Il ne part que demain, fit remarquer Erkel avec douceur et d'un ton persuasif. Je l'avais spécialement invité à être présent en qualité de témoin ; c'est à lui que s'adressaient toutes mes instructions (il se montrait trop jeune et trop franc comme un tout jeune garçon sans expérience). Mais, malheureusement, il n'a pas accepté en prétextant son départ ; et en effet il est pressé.

Chatov regarda encore une fois le benêt avec compassion mais soudain fit un geste de la main comme s'il pensait : « est-ce la peine de le plaindre ? »

— Bien, je viendrai, dit-il d'un ton coupant, et maintenant allez, ouste !

— Donc je viendrai à six heures précises, dit Erkel en saluant poliment, et sans hâte il descendit l'escalier.

— Nigaud ! ne put s'empêcher de lui crier Chatov du haut de l'escalier.

— Comment ? répondit l'autre qui était déjà en bas.

— Rien, allez-vous-en.

— Je croyais que vous aviez dit quelque chose.

2

ERKEL était un « nigaud » à qui il ne manquait que la vraie intelligence, l'envergure, mais il avait assez de petite intelligence de subordonné, même jusqu'à l'astuce. Fanatiquement, puérilement dévoué à la « cause commune » et, en fait, à Piotr Verkhovenski, il avait agi conformément aux instructions reçues de celui-ci au moment où, à la séance chez les « nôtres », on avait arrêté les dispositions et distribué les rôles pour le lendemain. Piotr Stepanovitch, en lui assignant le rôle de messager, eut le temps de lui parler dix minutes en particulier. Le côté exécutif était un besoin pour cette nature superficielle, peu réfléchissante, qui brûlait éternellement de se soumettre à une autre volonté — oh, certes, uniquement pour la cause « commune » ou la « grande » cause. Mais cela aussi importait peu, car les petits fanatiques dans le genre d'Erkel sont incapables de comprendre qu'on serve une idée autrement qu'en l'identifiant au personnage qui, à leurs yeux, représente cette idée. Sensible, gentil et bon, Erkel était peut-être le plus insensible des assassins qui se préparaient à agir contre Chatov, et sans aucune haine personnelle, sans sourciller, il aurait assisté à la mise à mort de celui-ci. Il avait été chargé par exemple de bien reconnaître le cadre dans lequel vivait Chatov, pendant qu'il s'acquitterait de sa mission, et lorsque Chatov, le recevant dans l'escalier, laissa échapper dans son émotion, vraisemblablement sans s'en apercevoir, que sa femme était revenue, Erkel fit aussitôt preuve d'assez de ruse instinctive pour ne manifester aucune curiosité, bien que l'idée lui vînt immédiatement que ce retour avait une grande importance pour le succès de leur entreprise...

Il en fut effectivement ainsi : seul ce fait sauva les « misérables » de l'intention de Chatov et en même temps les aida à se « débarrasser » de lui... D'abord, cela émut

Chatov, le rejeta hors de sa routine quotidienne, lui fit perdre sa perspicacité et sa prudence habituelles. L'idée de sa propre sécurité était la dernière qui pût lui venir à l'esprit, occupé qu'il était maintenant de tout autre chose. Au contraire, il crut avec passion que Verkhovenski fuirait demain : cela concordait si bien avec ses soupçons ! Rentré dans la chambre, il se rassit dans le coin, appuya les coudes sur ses genoux et se cacha le visage dans ses mains. D'amères pensées le tourmentaient...

Et voici que de nouveau il levait la tête et, sur la pointe des pieds, allait la regarder : « Seigneur ! Au matin elle aura la fièvre chaude, peut-être est-ce déjà commencé ! Naturellement, elle a pris froid. Elle n'est pas habituée à cet affreux climat, et avec le train, en troisième classe, tout autour la tempête, la pluie, et elle a un manteau si léger, elle n'est pas couverte du tout... Et c'est là dans ces conditions, qu'il faudrait la laisser, l'abandonner sans aide ! Son sac de voyage, quel sac minuscule, léger, ratatiné, il pèse dix livres ! La pauvre, comme elle est épuisée, que d'épreuves elle a dû subir ! Elle est fière, c'est pour cela qu'elle ne se plaint pas. Mais elle est irritée, irritée ! C'est la maladie : même un ange s'il était malade serait irritable. Comme son front est sec, il doit être brûlant, quels cernes elle a sous les yeux et... comme il est beau pourtant, l'ovale de ce visage, et ces cheveux magnifiques, comme... »

Et il détournait vivement les yeux, s'éloignait en hâte, comme effrayé à la seule pensée de voir en elle autre chose qu'un être malheureux et harassé qu'il fallait aider — « quels ESPOIRS peut-on donc avoir là ! Oh, comme l'homme est bas, comme il est vil ! » et il regagnait son coin, s'asseyait, se couvrait le visage de ses mains, et de nouveau il rêvait, de nouveau il se souvenait... et de nouveau des espoirs naissaient en lui.

« Oh, je suis fatiguée, oh, fatiguée ! » Il se rappelait ses exclamations, sa voix faible, brisée : « Seigneur ! L'abandonner maintenant, et elle n'a que quatre-vingts kopeks ; elle m'a tendu son porte-monnaie, tout vieux, minuscule ! Elle vient chercher une place, qu'est-ce qu'elle entend aux places, qu'est-ce qu'ils entendent à la Russie ? Ils sont comme des enfants capricieux, chez eux tout n'est que leurs propres imaginations ; et elle se fâche la pauvre, parce que la Russie ne ressemble pas aux rêves qu'ils faisaient à l'étranger ! Oh, les malheureux, oh, les innocents... Pourtant il fait vraiment froid ici... »

Il se rappela qu'elle s'en était plainte, qu'il avait promis d'allumer le poêle. « Il y a du bois ici, je peux en apporter, pourvu seulement que je ne la réveille pas. Du reste, c'est possible. Et que décider au sujet du rôti de veau ? Quand elle se lèvera, elle voudra peut-être manger... Ma foi, je verrai cela plus tard ; Kirilov ne dort pas de la nuit. Avec quoi pourrai-je la couvrir, elle dort si profondément, mais elle doit avoir froid, ah, tellement froid ! »

Et il s'approcha encore une fois pour la regarder ; sa robe s'était un peu relevée et la moitié de sa jambe droite était découverte jusqu'au genou. Il se détourna brusquement, presque avec frayeur, enleva son paletot et gardant seulement sa vieille et méchante redingote, recouvrit l'endroit dénudé en s'efforçant de ne pas regarder.

L'allumage du bois, le va-et-vient sur la pointe des pieds, la contemplation de la dormeuse, les rêves dans le coin, puis nouvelle contemplation de la dormeuse, tout cela prit beaucoup de temps. Deux ou trois heures passèrent. Et c'est précisément pendant ce temps que Verkhovenski et Lipoutine avaient pu rendre visite à Kirilov. Enfin, il s'assoupit lui aussi dans le coin. Elle poussa un gémissement ; elle s'était réveillée, elle l'appelait ; il bondit sur ses pieds comme un criminel.

— Marie ! Je m'étais endormi... Ah, quel misérable je suis, Marie !

Elle se souleva, regardant autour d'elle avec étonnement comme si elle ne comprenait pas où elle se trouvait, et soudain elle fut toute secouée d'indignation, de colère.

— J'ai pris votre lit, je me suis endormie n'en pouvant plus de fatigue ; comment avez-vous osé ne pas me réveiller ? Comment avez-vous osé croire que j'aie l'intention de vous être à charge ?

— Comment pouvais-je te réveiller, Marie ?

— Vous le pouviez, vous le deviez ! Il n'y a pas ici d'autre lit pour vous et j'ai pris le vôtre. Vous ne deviez pas me mettre dans cette fausse situation. Ou bien pensez-vous que je sois venue ici pour profiter de vos bienfaits ? Veuillez reprendre tout de suite votre lit, et moi je me coucherai dans un coin sur des chaises...

— Marie, il n'y a pas assez de chaises, et puis il n'y a rien à mettre dessus.

— Eh bien, je me mettrai alors simplement par terre. Sinon c'est vous qui seriez obligé de coucher vous-même par terre. Je veux me coucher par terre, tout de suite, tout de suite !

Elle se leva, voulut marcher, mais brusquement une

douleur spasmodique des plus violentes lui enleva toute force et résolution, et avec un profond gémissement elle se laissa retomber sur le lit. Chatov accourut vers elle, mais Marie, le visage caché dans les oreillers, lui saisit la main et de toutes ses forces se mit à la serrer et à la tordre dans la sienne. Cela dura une minute.

— Marie, ma chère, s'il le faut il y a ici le docteur Frentzel, je le connais très bien. Je pourrais courir chez lui.

— Des bêtises !

— Comment des bêtises ? Dis-moi, Marie, où as-tu mal ? Ou bien on pourrait faire des compresses... sur le ventre par exemple... Cela je le peux sans médecin... Ou encore des cataplasmes.

— Qu'est-ce que c'est ? demanda-t-elle étrangement en relevant la tête et en le regardant d'un air effrayé.

— C'est-à-dire quoi donc, Marie ? demanda Chatov qui ne comprenait pas, de quoi parles-tu ? Oh, Dieu, je m'y perds tout à fait, Marie, excuse-moi de ne rien comprendre.

— Eh, laissez, ce n'est pas votre affaire de comprendre. Et ce serait très drôle... dit-elle avec un sourire amer. Parlez-moi de quelque chose. Marchez dans la chambre et parlez. Ne restez pas devant moi et ne me regardez pas, je vous le demande tout particulièrement pour la cinq centième fois !

Chatov se mit à arpenter la pièce, les yeux à terre et faisant tous ses efforts pour ne pas la regarder.

— Il y a là — ne te fâche pas, Marie, je t'en supplie — il y a là du veau, le thé aussi n'est pas loin... Tu as si peu mangé tout à l'heure.

Elle fit de la main un geste dégoûté et irrité. Chatov se mordit la langue de désespoir.

— Ecoutez, j'ai l'intention d'ouvrir ici un atelier de reliure, organisé selon les principes rationnels de l'association. Puisque vous vivez ici, qu'en pensez-vous ? Cela marchera-t-il ou non ?

— Eh, Marie, chez nous on ne lit pas de livres et il n'y en a même pas. Et est-ce qu'il irait faire relier des livres ?

— Qui, il ?

— Le lecteur d'ici et l'habitant d'ici en général, Marie.

— Eh bien vous n'avez qu'à parler plus clairement, au lieu de dire « il », et qui est cet « il », on n'en sait rien. Vous ignorez la grammaire.

— C'est conforme au génie de la langue, Marie, bredouilla Chatov.

— Ah, laissez-moi tranquille avec votre génie, vous m'ennuyez. Pourquoi l'habitant ou le lecteur d'ici ne ferait-il pas relier ses livres ?

— Parce que lire un livre et le faire relier sont deux stades tout à fait différents de l'évolution. D'abord il s'habitue petit à petit à lire, pendant des siècles bien entendu, mais il abîme le livre et le laisse traîner, ne le considérant pas comme une chose sérieuse. Or la reliure implique déjà le respect du livre, cela implique que non seulement il a appris à aimer la lecture mais qu'il l'a reconnue pour une chose sérieuse. La Russie n'en est pas encore toute à ce stade. L'Europe relie les livres depuis longtemps.

— Ça c'est dit d'une façon pédante mais qui du moins n'est pas bête et me reporte de trois ans en arrière ; vous étiez quelquefois assez spirituel il y a trois ans.

Elle dit cela du même air dégoûté que toutes les phrases capricieuses qu'elle avait prononcées jusqu'alors.

— Marie, Marie, dit Chatov en se tournant vers elle ému, oh, Marie ! Si tu savais que d'eau a passé sous le pont en ces trois ans ! J'ai entendu dire que tu me méprisais pour avoir changé de convictions. Mais qui donc ai-je abandonné ? Des ennemis de la vie vivante, de petits libéraux arriérés, qui ont peur de leur propre indépendance ; des laquais de la pensée, des ennemis de la personnalité et de la liberté, des propagandistes décrépits de la charogne et de la pourriture ! Qu'y a-t-il chez eux : la sénilité, le juste milieu, la médiocrité la plus mesquine, la plus vile, l'égalité envieuse, une égalité sans dignité personnelle, l'égalité telle que la conçoit un laquais ou telle que la concevait un Français de 93... Et surtout, partout des canailles, des canailles et des canailles !

— Oui, il y a beaucoup de canailles, dit-elle d'un ton saccadé et douloureux. Elle était étendue un peu sur le côté et comme craignant de bouger, la tête renversée sur l'oreiller, le regard las mais ardent fixé au plafond. Son visage était pâle, ses lèvres sèches et gercées.

— Tu le reconnais, Marie tu le reconnais ! s'exclama Chatov. Elle voulut faire de la tête un signe négatif, et soudain elle fut reprise du même spasme. De nouveau, elle se cacha le visage dans l'oreiller et de nouveau de toutes ses forces, l'espace d'une minute entière, elle serra à lui faire mal la main de Chatov accouru vers elle et fou de terreur.

— Marie, Marie ! Mais c'est peut-être très sérieux, Marie !

— Taisez-vous... Je ne veux pas, je ne veux pas, je ne veux pas ! s'exclamait-elle presque avec rage en renversant de nouveau la tête sur l'oreiller ; je vous interdis de me regarder, avec votre compassion ! Promenez-vous dans la pièce, dites quelque chose, parlez...

Chatov, comme un perdu, se remit à bredouiller quelque chose.

— De quoi vous occupez-vous ici ? demanda-t-elle en l'interrompant avec une impatience dégoûtée.

— Je travaille dans un bureau, chez un marchand. Je pourrais, Marie, si je voulais vraiment, gagner beaucoup d'argent même ici.

— Tant mieux pour vous...

— Ah, ne va pas penser quelque chose, Marie, je l'ai dit comme ça...

— Et que faites-vous encore ? Que prêchez-vous ? Parce que vous ne pouvez pas ne pas prêcher ; tel est votre caractère.

— Je prêche Dieu, Marie.

— En qui vous ne croyez pas vous-même. Je n'ai jamais pu comprendre cette idée.

— Laissons, Marie, plus tard.

— Qu'est-ce qu'elle était ici, cette Maria Timofeevna ?

— De cela aussi nous parlerons plus tard, Marie.

— Je vous interdis de me faire de pareilles observations ! Est-il vrai que l'on peut attribuer cette mort au crime... de ces gens ?

— Sans aucun doute, répondit Chatov dans un grincement de dents.

Marie leva soudain la tête et cria douloureusement :

— Ne me parlez plus de cela, jamais, jamais !

Et elle se laissa retomber sur le lit dans un nouvel accès de la même douleur spasmodique ; c'était déjà la troisième fois, mais maintenant ses gémissements étaient plus forts, se transformèrent en cris.

— Oh, homme insupportable ! Oh, homme intolérable ! Elle s'agitait sans plus se ménager, repoussant Chatov qui se penchait sur elle.

— Marie, je ferai ce que tu veux... Je vais marcher, parler...

— Mais ne voyez-vous donc pas que cela a commencé ?

— Qu'est-ce qui a commencé, Marie ?

— Est-ce que je sais ! Est-ce que j'y connais quelque chose... Oh, maudite ! Oh, que tout soit maudit d'avance !

— Marie, si tu disais ce qui commence... sinon je... comment puis-je comprendre s'il en est ainsi ?

— Vous êtes un bavard abstrait, inutile. Oh, que tout au monde soit maudit !

— Marie, Marie !

Il crut sérieusement qu'elle devenait folle.

— Mais ne voyez-vous donc pas que je suis dans les douleurs de l'enfantement, s'écria-t-elle en se soulevant et en le regardant, défigurée par une terrible colère maladive. Qu'il soit maudit d'avance, cet enfant !

— Marie, s'exclama Chatov, comprenant enfin de quoi il s'agissait, Marie... Mais pourquoi donc ne l'as-tu pas dit plus tôt ? ajouta-t-il soudain, et avec une décision énergique, il saisit sa casquette.

— Est-ce que je savais en entrant ici ? Serais-je venue chez vous ? On m'a dit que ce ne serait que dans dix jours ! Où allez-vous donc, où allez-vous donc, je vous l'interdis !

— Chercher la sage-femme ! Je vais vendre le revolver ; ce qu'il faut avant tout maintenant, c'est de l'argent.

— Ne faites rien, n'amenez pas de sage-femme, simplement une bonne femme, une vieille, j'ai dans mon porte-monnaie quatre-vingts kopeks... Les paysannes accouchent bien sans sage-femme... Et si je crève, tant mieux...

— Il y aura une femme, et il y aura une vieille. Seulement comment, comment te laisser seule, Marie !

Mais comprenant qu'il valait mieux la laisser seule maintenant, malgré toute son exaltation, que sans aide plus tard, sourd à ses gémissements et à ses exclamations coléreuses et comptant sur ses jambes, il dégringola l'escalier à se rompre le cou.

3

Tout d'abord il alla chez Kirilov. Il était déjà près d'une heure du matin. Kirilov se tenait debout au milieu de la pièce.

— Kirilov, ma femme accouche !

— C'est-à-dire comment cela ?

— Elle accouche, elle accouche d'un enfant !

— Vous... ne vous trompez pas ?

— Oh, non, non, elle a des spasmes !... Il faut une femme, une vieille quelconque, tout de suite, sans faute... Peut-on en trouver une maintenant ? Vous aviez beaucoup de vieilles femmes...

— Il est bien dommage que je ne sache pas accoucher,

répondit pensivement Kirilov, c'est-à-dire non pas accoucher moi-même, mais que je ne sache faire en sorte qu'on accouche... ou... Non, je ne sais pas dire cela.

— C'est-à-dire que vous ne savez pas aider vous-même à l'accouchement ; mais je ne parle pas de cela ; une vieille, une vieille, je demande une femme, une garde-malade, une servante !

— Vous aurez une vieille, seulement pas tout de suite peut-être. Si vous voulez, à sa place je...

— Oh, c'est impossible ; je vais chez la Virguinski, la sage-femme.

— La coquine !

— Oh oui, Kirilov, oui, mais c'est la meilleure de toutes ! Oh oui, tout cela se passera sans ferveur, sans joie, avec du dégoût, des jurons, des blasphèmes — au moment d'un si grand mystère, l'apparition d'un être nouveau !... Oh, elle le maudit déjà !

— Si vous voulez, je...

— Non, non, mais pendant que je serai parti (oh, je ramènerai la Virguinski !) approchez-vous de temps en temps de mon escalier et prêtez doucement l'oreille, mais surtout n'entrez pas, vous l'effrayeriez, n'entrez à aucun prix, écoutez seulement... en cas d'un hasard terrible. Et s'il arrive quelque chose d'extrême, alors entrez...

— J'ai compris. J'ai encore un rouble. Le voici. Je voulais acheter demain un poulet, maintenant je ne veux plus. Courez vite, courez de toutes vos forces. Il y aura un samovar toute la nuit.

Kirilov ignorait tout des intentions concernant Chatov, et d'ailleurs il n'avait jamais su la gravité du danger que courait celui-ci. Il savait seulement que Chatov avait de vieux comptes à régler avec « ces gens » et bien que dans une certaine mesure il fût mêlé lui-même à cette affaire, étant donné les instructions qu'il avait reçues de l'étranger (instructions au demeurant très superficielles, car il ne participait à rien de près), les derniers temps il avait tout abandonné, toutes les missions, s'était retiré de toute activité et avant tout de la « cause commune », et s'était consacré à une vie contemplative. Quoiqu'à la séance Piotr Verkhovenski eût invité Lipoutine à l'accompagner chez Kirilov pour s'assurer que celui-ci, au moment voulu, prendrait sur lui « l'affaire Chatov », cependant, dans sa conversation avec Kirilov, il ne dit pas un mot de Chatov, n'y fit même pas allusion, estimant sans doute que ce serait maladroit et même que Kirilov était peu sûr, et laissant cela pour le lendemain, quand tout serait devenu un fait accompli et donc désormais « complètement égal » à Kirilov ; du moins, ainsi raisonnait Piotr Stepanovitch au sujet de Kirilov. Lipoutine avait parfaitement remarqué aussi que pas un mot n'avait été dit sur Chatov, malgré la promesse, mais Lipoutine était trop ému pour protester.

Comme un ouragan, Chatov courut rue des Fourmis, maudissant la distance et n'en voyant pas la fin.

Il fallut frapper longtemps chez Virguinski : tout le monde dormait déjà depuis longtemps. Mais Chatov, de toutes ses forces et sans aucun ménagement, se mit à cogner contre un volet. Le chien de garde dans la cour tira sur sa chaîne et partit d'un aboiement furieux. Les chiens de toute la rue lui firent écho ; ce fut un beau vacarme canin.

— Qu'avez-vous à frapper et que voulez-vous ? demanda enfin à la fenêtre Virguinski d'une voix douce et peu en rapport avec « l'offense ». Le volet s'entrebâilla, le vasistas s'ouvrit aussi.

— Qui est là, quel est ce saligaud ? glapit coléreusement une voix féminine qui, elle, était tout à fait en rapport avec l'offense, la voix de la vieille fille, parente de Virguinski.

— C'est Chatov, ma femme est revenue et elle est en train d'accoucher...

— Eh bien qu'elle accouche, allez-vous-en !

— Je viens chercher Arina Prokhorovna, je ne m'en irai pas sans Arina Prokhorovna !

— Elle ne peut pas aller chez n'importe qui. La nuit c'est une autre pratique... Allez chez la Makcheev et cessez ce tapage ! lança la voix hargneuse de la femme. On entendit Virguinski chercher à l'arrêter ; mais la vieille fille le repoussait et ne cédait pas.

— Je ne m'en irai pas ! cria de nouveau Chatov.

— Attendez, attendez donc ! cria enfin Virguinski qui était venu à bout de la vieille fille, je vous prie, Chatov, d'attendre cinq minutes, je vais réveiller Arina Prokhorovna, je vous en prie, ne frappez plus et ne criez pas... Oh, comme tout cela est affreux !

Au bout de cinq interminables minutes, Arina Prokhorovna parut.

— Votre femme est arrivée chez vous ? demanda-t-elle par le vasistas et, à la surprise de Chatov, sa voix n'était pas du tout fâchée, elle était seulement impérieuse à son habitude ; mais Arina Prokhorovna ne savait pas parler autrement.

— Oui, ma femme, et elle accouche.

— Maria Ignatievna ?

— Oui, Maria Ignatievna. Bien entendu, Maria Ignatievna.

Il y eut un silence. Chatov attendait. Dans la maison
on chuchotait.

— Y a-t-il longtemps qu'elle est arrivée ? demanda
de nouveau Mme Virguinski.

— Ce soir, à huit heures. Je vous en prie, faites vite.

De nouveau on chuchota, de nouveau on sembla se
concerter.

— Ecoutez, vous ne vous trompez pas ? C'est elle-
même qui vous a envoyé me chercher ?

— Non, elle ne m'a pas envoyé vous chercher, elle
veut une femme, une simple femme, pour ne pas m'oc-
casionner de frais, mais ne vous inquiétez pas, je
paierai.

— Bien, je viendrai, que vous payiez ou non. J'ai
toujours eu du respect pour les sentiments indépendants
de Maria Ignatievna, quoiqu'elle ne se souvienne peut-
être pas de moi. Avez-vous les choses indispensables ?

— Je n'ai rien, mais il y aura tout, tout, tout...

« Il y a donc de la générosité même chez ces gens ! »
pensait Chatov en se dirigeant vers la maison de
Liamchine. « Les convictions et l'homme, ce sont semble-
t-il deux choses bien différentes à bien des égards. Je
suis peut-être très coupable envers eux !... Tout le monde
est coupable, tout le monde est coupable et... si seulement tout le monde s'en convainquait !... »

Chez Liamchine il ne fallut pas frapper longtemps ; à
la surprise de Chatov, il ouvrit instantanément le vasistas, ayant sauté à bas du lit pieds nus et en chemise, au
risque de s'enrhumer ; or il était très douillet et prenait
grand soin de sa santé. Mais il y avait une raison
particulière à tant de vigilance et de précipitation :
Liamchine avait tremblé toute la soirée et n'avait pu
s'endormir tant il était ému depuis la séance chez les
nôtres ; il imaginait sans cesse que certains visiteurs
importuns et tout à fait indésirables allaient venir. La
nouvelle de la dénonciation de Chatov le tourmentait le
plus... Et voici que soudain, comme exprès, on frappait si
violemment à la fenêtre !...

Il fut si effrayé en apercevant Chatov qu'aussitôt il
referma le vasistas et courut de remettre au lit. Chatov
recommença à frapper frénétiquement et à crier.

— Comment osez-vous frapper ainsi en pleine nuit ?
cria Liamchine d'un ton menaçant mais tout en mourant
de peur ; il n'avait pu se décider à rouvrir le vasistas

qu'au bout d'au moins deux minutes et après s'être assuré que Chatov était venu seul.

— Voici votre revolver, reprenez-le, donnez-moi quinze roubles.

— Qu'est-ce qui vous prend, vous êtes ivre ? C'est du brigandage ; je vais seulement prendre froid. Attendez, je vais m'envelopper dans un plaid.

— Donnez-moi tout de suite quinze roubles. Si vous ne me les donnez pas, je frapperai et je crierai jusqu'à l'aube ; j'enfoncerai votre fenêtre.

— Et moi j'appellerai au secours et on vous emmènera au poste.

— Et moi, suis-je donc muet ? Je n'appellerai pas au secours ? Qui doit avoir peur de la police le plus, vous ou moi ?

— Et vous pouvez avoir de si lâches convictions !... Je sais à quoi vous faites allusion... Attendez, attendez, pour l'amour de Dieu ne frappez pas ! Voyons, qui a de l'argent la nuit ? Pourquoi avez-vous besoin d'argent si vous n'êtes pas ivre ?

— Ma femme est revenue. Je vous fais un rabais de dix roubles, je n'ai pas tiré une seule balle ; prenez votre revolver, prenez-le immédiatement.

Liamchine tendit machinalement la main par le vasistas et prit le revolver ; il attendit un peu et brusquement, passant vivement la tête par le vasistas, il balbutia comme s'il ne savait plus ce qu'il faisait et avec un frisson dans le dos :

— Vous mentez, votre femme n'est pas du tout revenue... C'est... tout simplement que vous voulez vous enfuir...

— Imbécile, où m'enfuirais-je ? C'est bon pour votre Piotr Verkhovenski de filer et pas à moi. Je viens de chez la sage-femme Virguinski et elle a immédiatement accepté de venir chez moi. Renseignez-vous. Ma femme souffre, il me faut de l'argent ; donnez-moi de l'argent !

Tout un feu d'artifice d'idées jaillit dans le cerveau ingénieux de Liamchine. Tout prit soudain une tournure nouvelle, mais la peur l'empêchait encore de raisonner.

— Mais comment cela... puisque vous ne vivez pas avec votre femme ?

— Je vous casserai la tête pour de pareilles questions.

— Ah, mon Dieu, pardonnez-moi, je comprends, j'étais simplement abasourdi... Mais je comprends, je comprends. Mais... mais est-il possible qu'Arina Prokhorovna vienne ? Vous disiez qu'elle a accepté ? Vous savez, ce n'est pas vrai. Vous voyez, vous voyez, vous voyez que vous mentez à chaque mot.

— Elle est certainement déjà auprès de ma femme, ne me retenez pas, ce n'est pas ma faute si vous êtes bête.

— Ce n'est pas vrai, je ne suis pas bête. Excusez-moi, je ne peux absolument pas...

Et, complètement dérouté, il voulut fermer le vasistas pour la troisième fois, mais Chatov poussa un tel hurlement qu'aussitôt il passa de nouveau la tête au-dehors.

— Mais c'est un véritable attentat contre la personne ? Qu'est-ce que vous exigez de moi, voyons, quoi, quoi, formulez-le. Et notez, notez bien, au milieu d'une telle nuit !

— J'exige quinze roubles, tête de mouton !

— Mais je ne veux peut-être pas du tout reprendre le revolver. Vous n'avez pas le droit. Vous avez acheté un objet et c'est fini, et vous n'avez pas le droit. Je ne peux en aucun cas payer une pareille somme la nuit. Où prendrais-je une pareille somme ?

— Tu as toujours de l'argent ; je t'ai fait un rabais de dix roubles, mais tu es un juif notoire.

— Revenez après-demain, vous entendez, après-demain matin, à midi juste, et je rendrai tout, tout, n'est-ce pas ?

Chatov, pour la troisième fois, cogna furieusement contre le châssis.

— Donne-moi dix roubles et cinq demain matin dès l'aube.

— Non, après-demain matin cinq roubles, et demain, par Dieu, je n'en aurai pas. Ne venez même pas, ne venez même pas.

— Donne dix roubles ; oh, salaud !

— Pourquoi donc invectiver ainsi ? Attendez, il faut que j'allume, vous avez cassé la vitre... Qui donc invective ainsi en pleine nuit. Voilà ! et il tendit par la fenêtre un billet.

Chatov le saisit ; le billet était de cinq roubles.

— Je vous le jure, je ne peux pas, tuez-moi, je ne peux pas, après-demain je pourrai vous donner tout, mais en ce moment je ne peux rien.

— Je ne m'en irai pas ! rugit Chatov.

— Eh bien, tenez, prenez encore, vous voyez, en voilà encore, mais je ne donnerai pas davantage. Hurlez à plein gosier si vous voulez, je ne donnerai rien, quoi qu'il arrive, je ne donnerai pas ; je ne donnerai rien, rien !

Il était hors de lui, désespéré, en nage. Les deux billets qu'il avait encore donnés étaient des billets d'un rouble. En tout Chatov avait réuni sept roubles.

— Eh bien, le diable t'emporte, je reviendrai demain. Je t'assommerai, Liamchine, si tu ne prépares pas huit roubles.

« Et moi je ne serai pas chez moi, imbécile ! » pensa rapidement Liamchine à part lui.

— Arrêtez, arrêtez ! cria-t-il de toutes ses forces à Chatov qui s'éloignait déjà en courant. Attendez, revenez. Dites-moi s'il vous plaît, c'est vrai ce que vous avez dit, que votre femme est revenue ?

— Imbécile ! répondit Chatov en crachant, et il courut chez lui aussi vite qu'il put.

4

Il faut dire qu'Arina Prokhorovna ne savait rien des projets arrêtés la veille à la séance. Virguinski en rentrant, frappé et abattu, n'osa pas lui faire part de la décision prise, mais ne put néanmoins y tenir et lui en révéla la moitié, c'est-à-dire la nouvelle communiquée par Verkhovenski au sujet de la ferme intention de Chatov de dénoncer ; pourtant il ajouta aussitôt qu'il n'y croyait pas tout à fait. Arina Prokhorovna avait pris sérieusement peur. Voilà pourquoi lorsque Chatov accourut pour la chercher, quoiqu'elle fût fatiguée après s'être dépensée toute la nuit précédente auprès d'une accouchée, elle décida aussitôt de venir. Elle avait toujours été convaincue qu'une « ordure comme Chatov était capable de vilenie civique » ; mais l'arrivée de Maria Ignatievna faisait apparaître l'affaire sous une jour nouveau. La peur de Chatov, le ton désespéré de sa demande, ses implorations d'aide dénotaient une véritable révolution dans les sentiments du traître : un homme décidé à se livrer lui-même uniquement pour pouvoir perdre les autres aurait, semblait-il, une autre attitude et un autre ton. En un mot, Arina Prokhorovna décida de s'assurer de tout de ses propres yeux. Virguinski fut très satisfait de son esprit de résolution ; ce fut comme si on lui avait enlevé un énorme poids ! Un espoir naquit même en lui : l'attitude de Chatov lui parut au plus haut point incompatible avec les suppositions de Verkhovenski.

Chatov ne s'était pas trompé ; en rentrant il trouva Arina Prokhorovna déjà auprès de Marie. Elle venait d'arriver, avait chassé avec mépris Kirilov qui guettait au bas de l'escalier, avait fait à la hâte connaissance avec Marie qui ne la reconnut pas pour une ancienne relation ; elle avait trouvé la patiente dans le plus « vilain état », c'est-à-dire irritée, démontée et en proie au « désespoir le plus pusillanime », et, en cinq minutes à peine, triompha nettement de toutes les objections de celle-ci.

— A quoi cela sert de rabâcher que vous ne voulez pas d'une sage-femme chère ? disait-elle au moment où Chatov entra, c'est parfaitement absurde, ce sont de fausses idées dues à votre état anormal. Avec l'aide d'une simple vieille, d'une accoucheuse du peuple, vous avez cinquante chances sur cent de mal finir ; et dans ce cas il y aurait bien plus d'ennuis et de frais qu'avec une sage-femme chère. Comment savez-vous que je suis une sage-femme chère ? Vous paierez plus tard, je ne vous prendrai pas plus qu'il ne faut et je garantis le succès ; avec moi vous ne mourrez pas, j'en ai vu d'autres. Et l'enfant, je vous l'enverrai dès demain si vous voulez dans un orphelinat et ensuite à la campagne, pour y être élevé, et ce sera fini. Et puis vous vous rétablissez, vous vous mettez à un travail raisonnable, et au bout de très peu de temps vous dédommagez Chatov pour la chambre et les frais qui ne seront pas si élevés que ça...

— Je ne parle pas de cela... Je n'ai pas le droit de lui être à charge...

— Ce sont des sentiments rationnels et civiques, mais croyez-moi, Chatov ne dépensera presque rien s'il veut cesser d'être un monsieur fantaisiste pour devenir tant soit peu un homme aux idées justes. Il suffit de ne pas faire de bêtises, de ne pas battre la grosse caisse, de ne pas courir à travers la ville la langue pendante. Si on ne le retient pas de force, d'ici demain matin il est capable de faire lever tous les médecins de la ville ; il a bien ameuté les chiens de ma rue. On n'a pas besoin de médecins, j'ai déjà dit que je me porte garante de tout. Une vieille, après tout, on peut encore en prendre une comme domestique, cela ne coûte rien. Du reste, il pourra servir lui-même à quelque chose, pas seulement à faire des bêtises. Il a des bras, il a des jambes, il courra à la pharmacie sans que vos sentiments soient blessés par ce bienfait. En voilà un bienfait, que diable ! N'est-ce pas lui qui vous a mise dans cette situation ? N'est-ce pas lui qui vous a brouillée avec la famille où vous étiez gouvernante, dans l'égoïste dessein de vous épouser ? Nous en avons entendu parler... D'ailleurs, c'est lui qui est accouru chez moi tout à l'heure comme un fou et a fait du tapage dans toute la rue. Je ne m'impose à personne et je ne suis venue que pour vous, selon ce principe que tous les nôtres se doivent d'être solidaires entre eux ; je le lui ai déclaré avant même de sortir de chez moi. Si à votre avis je suis de trop, alors adieu ; pourvu seulement qu'il n'arrive pas un malheur qu'il est si facile d'éviter.

Et elle se leva même de sa chaise.

Marie était si désemparée, elle souffrait tant et, il faut dire la vérité, elle avait si grand-peur de ce qui l'attendait, qu'elle n'osa la laisser partir. Mais cette femme lui devint soudain odieuse : elle ne parlait pas du tout de ce qu'il fallait, il se passait tout autre chose dans l'âme de Marie ! Mais la prophétie quant à sa mort possible entre les mains d'une accoucheuse inexpérimentée l'emporta sur l'aversion. En revanche, envers Chatov elle devint à partir de cet instant encore plus exigeante, encore plus impitoyable. Finalement elle alla jusqu'à lui interdire non seulement de la regarder mais même de se tourner de son côté. Les douleurs devenaient plus fortes. Les imprécations, même les injures redoublaient de violence.

— Eh, mais, nous allons le renvoyer, trancha Arina Prokhorovna, il est absolument décomposé, il ne fait que vous effrayer ; il est pâle comme un mort ! Qu'est-ce que ça vous fait à vous, dites-le-moi s'il vous plaît, drôle de corps ? En voilà une comédie !

Chatov ne répondit pas ; il avait décidé de ne rien répondre.

— J'ai vu des pères stupides en pareil cas, ils perdent aussi la tête. Mais ceux-là du moins...

— Cessez ou laissez-moi crever ! Ne dites plus un mot ! Je ne veux pas, je ne veux pas ! cria Marie.

— Il est impossible de ne pas dire un mot si vous n'avez pas perdu la raison vous-même ; c'est comme ça que je comprends votre état. En tout cas, il faut parler sérieusement : dites-moi, avez-vous préparé quelque chose ? Répondez, vous, Chatov, elle n'a pas la tête à cela.

— Dites ce qu'il faut exactement ?

— Donc rien n'a été préparé.

Elle énuméra tout ce qui était vraiment indispensable, et il faut lui rendre cette justice, elle se borna au strict nécessaire, jusqu'à l'indigence. Chatov avait certaines choses, Marie tira une clef et la lui tendit pour qu'il cherchât dans son sac de voyage. Comme ses mains tremblaient, il mit un peu plus de temps qu'il ne fallait à ouvrir la serrure qu'il ne connaissait pas. Marie se fâcha, mais lorsque Arina Prokhorovna courut à Chatov pour lui prendre la clef, elle ne voulut en aucun cas lui laisser jeter un coup d'œil dans son sac et, avec des cris et des pleurs capricieux, insista pour que Chatov fût seul à l'ouvrir.

Pour certaines choses il fallut courir chez Kirilov. À peine Chatov avait-il tourné le dos pour y aller qu'elle se mit aussitôt à l'appeler de toutes ses forces et ne se calma que lorsque, revenu à toutes jambes de l'escalier, Chatov lui expliqua qu'il ne sortait que pour un instant chercher les objets indispensables et qu'il reviendrait immédiatement.

— Eh bien, vous êtes difficile à contenter, Madame, dit en riant Arina Prokhorovna, tantôt il faut rester face au mur et ne pas vous regarder, tantôt on ne doit pas s'absenter une minute, vous pleureriez. Ça pourrait lui donner des idées. Allons, allons, ne vous frappez pas, ne faites pas la tête, je plaisante.

— Il n'a le droit de rien penser.

— Ta, ta, ta, s'il n'était pas amoureux de vous comme un bouc, il n'irait pas courir par les rues la langue pendante et n'ameuterait pas tous les chiens de la ville. Il a défoncé chez moi le châssis d'une fenêtre.

5

CHATOV trouva Kirilov se promenant toujours de long en large dans sa chambre, si distrait qu'il avait même oublié l'arrivée de la femme de Chatov, écoutait et ne comprenait pas.

— Ah oui, dit-il se souvenant soudain comme s'il s'arrachait avec effort et pour un instant seulement à une idée qui le passionnait, oui... une vieille... votre femme ou une vieille ? Attendez : et votre femme et la vieille, n'est-ce pas ? Je me souviens ; j'y suis allé ; la vieille viendra, seulement pas tout de suite. Prenez un oreiller. Quoi encore ? Oui... Attendez, vous arrive-t-il, Chatov, d'avoir des minutes d'éternelle harmonie ?

— Vous savez, Kirilov, vous ne pouvez pas continuer à ne pas dormir la nuit.

Kirilov revint à lui et — chose étrange — il parla d'une façon beaucoup plus aisée qu'il ne faisait d'habitude ; on voyait qu'il avait depuis longtemps formulé tout cela et peut-être noté :

— Il est des secondes, il en vient à la fois cinq ou six, et vous sentez soudain la présence de l'éternelle harmonie, absolument atteinte. Ce n'est pas une chose terrestre ; je ne veux pas dire qu'elle soit céleste, mais que l'homme sous sa forme terrestre ne peut le supporter. Il faut se transformer physiquement ou mourir. C'est un sentiment net et incontestable. Comme si brusquement vous sentiez la nature entière et que soudain vous disiez : oui, cela est vrai. Dieu, lorsqu'il créait le monde, disait à la fin de chaque jour de création : « oui, cela est vrai, cela est bon ». C'est... ce n'est pas de l'attendrissement mais seulement comme ça, de la joie. Vous ne pardonnez rien parce qu'il n'y a plus rien à pardonner. Non que vous aimiez, oh — c'est plus haut que l'amour ! Le plus terrible est que c'est si extraordinairement net et une telle joie. Si cela dure plus de cinq secondes, l'âme n'y résistera pas et devra disparaître. En ces cinq secondes, je vis toute une vie et pour elles je donnerais toute ma vie parce que cela en vaut la peine. Pour supporter dix secondes, il faut se transformer physiquement. Je pense que l'homme doit cesser de procréer. A quoi bon les enfants, à quoi bon l'évolution, si le but est atteint ? Dans l'Evangile il est dit que dans la résurrection on ne procréera plus et qu'on sera comme les anges de Dieu. Une allusion. Votre femme accouche ?

— Kirilov, cela vient-il souvent ?

— Une fois tous les trois jours, une fois par semaine.

— Vous n'avez pas l'épilepsie ?

— Non.

— Donc vous l'aurez. Prenez garde, Kirilov, j'ai entendu dire que c'est justement ainsi que commence l'épilepsie. Un épileptique m'a décrit en détail cette sensation qui précède cela une crise, mot pour mot comme vous ; lui aussi fixait cela à cinq secondes et disait qu'on ne peut en supporter davantage. Rappelez-vous la cruche de Mahomet qui n'eut pas le temps de se vider qu'il chevauchait autour du paradis. La cruche, ce sont ces mêmes cinq secondes : cela rappelle trop votre harmonie, or Mahomet était épileptique. Prenez garde, Kirilov, c'est le haut mal !

— Il n'aura pas le temps, dit Kirilov avec un calme sourire.

6

La nuit passait. On envoyait Chatov en courses, on l'injuriait, on l'appelait. Marie atteignit l'extrême degré de peur pour sa vie. Elle criait qu'elle voulait vivre, « absolument, absolument ! » et qu'elle avait peur de mourir : « il ne faut pas, il ne faut pas ! » répétait-elle. Sans Arina Prokhorovna les choses auraient tourné fort mal. Peu à peu elle avait pris la malade complètement en main. Celle-ci finit par obéir comme un enfant à chacun de ses mots, à chacune de ses apostrophes. Arina Prokhorovna prenait par la sévérité, non par la gentillesse, mais en revanche elle s'acquittait magistralement de sa tâche. L'aube commença à poindre. Arina Prokhorovna prétendit subitement que Chatov venait de courir dans l'escalier pour prier Dieu, et elle se mit à rire. Marie rit aussi, méchamment, sarcastiquement, comme si ce rire la soulageait. Enfin on chassa Chatov pour de bon. Le matin se leva humide, froid. Il appuya le front contre le mur, dans le coin, exactement comme la veille, quand Erkel était venu. Il tremblait comme une feuille, avait peur de penser, mais son esprit se raccrochait par la pensée à tout ce qui se présentait à lui, comme il arrive dans le sommeil. Des rêves l'entraînaient sans cesse et sans cesse se rompaient comme des fils pourris. De la chambre parvinrent enfin non plus des gémissements, mais d'horribles cris, de vrais cris de bête, intolérables, impossibles. Il voulut se boucher les oreilles mais ne le put et tomba à genoux, répétant inconsciemment : « Marie, Marie ! » Et voici que, enfin, un cri s'éleva, un cri nouveau qui fit tressaillir Chatov et le mit debout, le cri d'un bébé, faible, fêlé. Il se signa et se précipita dans la chambre. Dans les mains d'Arina Prokhorovna criait en se débattant de ses bras et de ses jambes minuscules un petit être rouge, ratatiné, désemparé, sans défense à en faire peur et comme un grain de poussière à la merci du moindre souffle, mais qui criait et affirmait son existence comme si lui aussi avait pleinement droit à la vie... Marie était sans connaissance, mais au bout d'un instant elle ouvrit les yeux et regarda étrangement Chatov : ce regard était comme tout à fait nouveau, ce qu'il signifiait au juste Chatov était incapable de le comprendre, mais jamais encore il ne lui avait connu un pareil regard.

— Un garçon ? Un garçon ? demanda-t-elle d'une voix douloureuse à Arina Prokhorovna.

— Un gamin ! cria celle-ci en emmaillotant l'enfant. Pour un instant, quand elle l'eut emmailloté et qu'elle allait le mettre en travers du lit, entre deux oreillers, elle le passa à Chatov. Marie, comme à la dérobée et comme si elle craignait Arina Prokhorovna, lui fit un signe. Il comprit aussitôt et s'approcha pour lui faire voir le bébé.

— Ce qu'il est... joli... murmura-t-elle faiblement avec un sourire.

— Pouah, comme il le regarde ! dit en riant gaiement la triomphante Arina Prokhorovna, après un regard sur le visage de Chatov ; quelle tête il fait !

— Réjouissez-vous, Arina Prokhorovna... C'est une grande joie... balbutia Chatov d'un air idiotement béat ; les deux mots dits par Marie sur l'enfant l'avaient fait rayonner.

— Qu'est-ce que c'est que votre grande joie ? s'amusait Arina Prokhorovna, s'affairant, rangeant et travaillant comme un forçat.

— Le mystère de l'apparition d'un nouvel être, le grand et inexplicable mystère, Arina Prokhorovna, et quel dommage que vous ne le compreniez pas !

Chatov bredouillait d'une façon décousue, confuse et exaltée. Comme si quelque chose vacillait dans sa tête et spontanément, malgré lui, jaillissait de son âme.

— Il y avait deux êtres et tout à coup il y en a un troisième, un nouvel esprit, complet, achevé, comme il n'en sort pas des mains humaines ; une nouvelle pensée et un nouvel amour, c'est même effrayant... Et il n'est rien de plus grand au monde !

— En voilà des histoires ! C'est simplement un nouveau développement de l'organisme, et il n'y a là rien, aucun mystère, dit Arina Prokhorovna en riant aux éclats sincèrement et gaiement. A ce compte-là chaque mouche est un mystère. Mais je vais vous dire une chose : des êtres de trop ne devraient pas naître. D'abord transformez tout de façon qu'ils ne soient pas de trop et puis mettez-les au monde. Autrement il faudra le porter après-demain à l'orphelinat... Du reste, il faut qu'il en soit ainsi.

— Jamais je ne le laisserai emporter à l'orphelinat ! dit fermement Chatov, les yeux fixés à terre.

— Vous l'adoptez ?

— Il est déjà mon fils.

— Naturellement, il est Chatov, légalement Chatov, et vous n'avez pas à vous poser en bienfaiteur du genre humain. Ils ne peuvent pas se passer de faire des phrases. Allons, allons, c'est bon, seulement, Madame et Monsieur, dit-elle ayant enfin achevé de ranger, il est temps que je parte. Je reviendrai dans la matinée et je reviendrai le soir si c'est nécessaire, mais maintenant, puisque tout s'est passé on ne peut mieux, je dois aussi faire un saut chez les autres, il y a longtemps qu'on m'attend. Vous avez, Chatov, une vieille qui m'attend quelque part ; la vieille c'est bien, mais vous non plus ne la laissez pas seule, petit mari ; restez auprès d'elle, vous pourriez être utile ; Maria Ignatievna ne vous chassera pas, je crois... allons, allons, je plaisante...

Au portail où Chatov alla l'accompagner, elle ajouta, cette fois pour lui seul :

— Vous m'avez fait rire pour le restant de mes jours ; je ne vous prendrai pas d'argent ; j'en rirai jusqu'en rêve. Je n'ai jamais rien vu de plus drôle que vous cette nuit.

Elle partit tout à fait contente. A l'air et aux paroles de Chatov, il était clair comme le jour que cet homme « se préparait à être père et était une chiffe de la plus belle espèce ». Elle passa exprès chez elle, bien qu'elle fût plus près d'une autre patiente, pour le dire à Virguinski.

— Marie, elle t'a dit de ne pas dormir pendant un certain temps, bien que, je le vois, ce soit extrêmement difficile... commença timidement Chatov. Je vais rester ici près de la fenêtre et veiller sur toi, n'est-ce pas ?

Et il s'installa près de la fenêtre derrière le divan de façon qu'elle ne pût le voir. Mais une minute ne s'était pas passée qu'elle l'appelait auprès de lui et le priait d'un air dégoûté d'arranger l'oreiller. Il se mit en devoir de le faire. Elle regardait avec irritation du côté du mur.

— Pas comme ça, oh, pas comme ça... Quelles mains !

Chatov arrangea encore l'oreiller.

— Penchez-vous vers moi, dit-elle soudain d'une voix farouche en s'efforçant de ne pas le regarder.

Il tressaillit mais se pencha.

— Encore... pas comme ça... plus près, et soudain son bras gauche lui entoura précipitamment le cou, et sur son front il sentit un baiser appuyé, humide.

— Marie !

Ses lèvres tremblaient, elle se raidissait, mais brusquement elle se souleva et, les yeux étincelants, dit :

— Nicolas Stavroguine est un misérable !

Et épuisée, comme fauchée, elle retomba, le visage dans l'oreiller, sanglotant hystériquement et serrant la main de Chatov dans la sienne.

A partir de cet instant, elle ne le laissa plus s'éloigner, elle exigeait qu'il restât assis à son chevet. Elle pouvait à peine parler, mais ne cessait de le regarder et de lui sourire comme une bienheureuse. Elle paraissait être devenue d'un coup une petite sotte. Tout était comme transfiguré. Chatov tantôt pleurait comme un petit garçon tantôt disait Dieu sait quoi, d'une façon extravagante, confuse, inspirée ; il lui baisait les mains ; elle l'écoutait avec enivrement, peut-être même sans comprendre, mais de sa main affaiblie elle lui caressait tendrement les cheveux, les lissait, les admirait. Il lui parlait de Kirilov, de l'existence de Dieu, lui disait qu'ils allaient maintenant vivre « de nouveau et à jamais », que tout le monde est bon... Avec exaltation ils prirent de nouveau le bébé pour le regarder.

— Marie, s'écria-t-il tenant l'enfant dans ses bras, c'en est fini de l'ancien délire, de la honte et de la charogne ? Veux-tu que nous travaillions et nous engagions dans une voie nouvelle à trois, oui, oui !... Ah oui, comment allons-nous l'appeler, Marie ?

— Lui ? Comment nous allons l'appeler ? répéta-t-elle avec surprise, et soudain une profonde douleur se peignit sur son visage.

Elle joignit les mains, regarda Chatov avec reproche et enfouit le visage dans l'oreiller.

— Marie, qu'as-tu ? s'écria-t-il avec une frayeur peinée.

— Et vous avez pu, vous avez pu... Oh, l'ingrat !

— Marie, pardon, Marie... J'ai seulement demandé comment nous l'appellerons. Je ne sais pas...

— Ivan, Ivan, dit-elle en levant son visage empourpré et baigné de larmes ; est-il possible que vous ayez pu penser à un autre nom HORRIBLE ?

— Marie, calme-toi, oh, comme tu es démontée !

— C'est une nouvelle grossièreté d'attribuer cela à mon état ? Je parie que si j'avais dit de lui donner... ce nom horrible, vous auriez aussitôt accepté, vous ne vous en seriez même pas aperçu ! Oh, les ingrats, les vils, tous, tous !

Un instant plus tard, ils avaient naturellement fait la paix. Chatov insista pour qu'elle dormît. Elle s'endormit mais toujours sans lâcher sa main qu'elle tenait dans la sienne, se réveillait souvent, le regardait comme si elle eût peur qu'il ne s'en allât, et se rendormait.

Kirilov envoya la vieille « présenter ses félicitations », et en outre apporter du thé chaud, des croquettes de viande qu'on venait de faire cuire et du bouillon avec du pain blanc pour Maria Ignatievna. La malade but le bouillon avec avidité, la vieille emmaillota le bébé, Marie força aussi Chatov de manger une croquette.

Le temps passait. Chatov, épuisé, s'endormit à son tour sur sa chaise, la tête posée sur l'oreiller de Marie. C'est ainsi que les trouva Arina Prokhorovna qui revint selon sa promesse, les réveilla gaiement, donna les instructions nécessaires à Marie, examina l'enfant et de nouveau défendit à Chatov de s'éloigner. Puis, après avoir plaisanté « les époux » avec une certaine nuance de mépris et de hauteur, elle s'en alla aussi satisfaite que le matin.

Il faisait déjà complètement nuit lorsque Chatov se réveilla. Il se hâta d'allumer la bougie et courut chercher la vieille ; mais à peine s'était-il engagé dans l'escalier que le pas feutré, dépourvu de hâte de quelqu'un qui montait le frappa. Erkel entra.

— N'entrez pas ! chuchota Chatov, et lui saisissant vivement le bras, il le ramena jusqu'au portail. Attendez ici, je viens tout de suite, je vous avais complètement oublié, complètement ! Oh, comme vous vous êtes rappelé à mon souvenir !

Il se hâta tellement qu'il ne passa même pas chez Kirilov mais appela seulement la vieille. Marie fut prise de désespoir et d'indignation en voyant qu'il avait « pu seulement songer à la laisser seule ».

— Mais, s'écria-t-il avec exaltation, c'est mon tout dernier pas ! Ensuite ce sera la voie nouvelle et jamais, jamais nous ne penserons plus aux horreurs passées.

Tant bien que mal, il parvint à la persuader et promit de rentrer à neuf heures précises ; il l'embrassa bien fort, embrassa l'enfant et courut rejoindre Erkel.

Tous deux se rendaient au parc des Stavroguine à Skvorechniki où, dix-huit mois plus tôt, dans un endroit solitaire, tout au bout du parc, là où commençait le bois de pins, Chatov avait enterré la presse qui lui était confiée. L'endroit était sauvage et désert, tout à fait discret, assez éloigné de la résidence de Skvorechniki. De la maison de Philippov il y avait près de trois verstes et demie, peut-être même quatre.

— Est-il possible que nous fassions tout le chemin à pied ? Je vais prendre un fiacre.

— Je vous demande instamment de ne pas le faire, objecta Erkel, on a justement insisté là-dessus. Un cocher est aussi un témoin.

— Allons... diable ! Peu importe, pourvu qu'on en finisse, qu'on en finisse !

Ils marchèrent très vite.

— Erkel, petit garçon ! s'écria Chatov, avez-vous jamais été heureux ?

— Et vous, on dirait que vous êtes très heureux en ce moment, remarqua avec curiosité Erkel.

CHAPITRE VI

UNE NUIT DIFFICILE

1

VIRGUINSKI, dans le courant de la journée, consacra
deux heures à faire le tour de tous les « nôtres » et à leur
apprendre que Chatov ne dénoncerait certainement pas
car sa femme était revenue et un enfant lui était né, et
que « connaissant le cœur humain » il était impossible de
croire qu'il pût être dangereux en ce moment. Mais, à sa
consternation, il ne trouva presque personne à la maison,
sauf Erkel et Liamchine. Erkel l'écouta en silence et en le
regardant sereinement dans les yeux ; mais à la question
directe : « irait-il ou n'irait-il pas à six heures ? », il
répondit avec le plus clair sourire que « bien entendu il
irait ».

Liamchine était au lit, la tête enfouie dans la couverture, selon toute apparence très sérieusement malade. Il
eut peur en voyant entrer Virguinski et à peine celui-ci
eut-il ouvert la bouche qu'il se mit subitement à agiter les
mains de dessous sa couverture, le suppliant de le laisser
tranquille. Cependant il écouta tout ce qui concernait
Chatov ; quant à la nouvelle que personne n'était chez soi,
il en fut on ne sait pourquoi extrêmement frappé. Il
apparut aussi qu'il était déjà au courant (par Lipoutine)
de la mort de Fedka et il en fit lui-même un récit hâtif et
décousu à Virguinski, qui à son tour en fut frappé.
Virguinski lui posant la question directe : « fallait-il ou
ne fallait-il pas y aller ? », il se remit subitement à pro-

tester, en gesticulant et en suppliant, qu'il était « en dehors, qu'il ne savait rien et qu'on le laissât en paix ».

Virguinski rentra chez lui abattu et fort inquiet ; il lui était pénible aussi de devoir tout cacher à sa famille ; il était habitué à tout dire à sa femme et si une nouvelle idée, un nouveau plan d'action propre à tout concilier n'avait pas jailli à ce moment dans son cerveau enfiévré, peut-être serait-il tombé malade comme Liamchine. Mais la nouvelle idée lui redonna des forces et, bien plus, c'est même avec impatience qu'il attendit l'heure fixée, puis se mit en route vers le lieu du rendez-vous plus tôt même qu'il ne le fallait.

C'était un endroit très maussade, au bout de l'immense parc des Stavroguine. Je suis exprès allé par la suite y jeter un coup d'œil ; comme il devait paraître sinistre en cette lugubre soirée d'automne ! Ici commençait une vieille forêt réservée ; les immenses pins centenaires formaient dans les ténèbres des taches sombres et confuses. L'obscurité était telle qu'à deux pas on pouvait à peine se voir, mais Piotr Stepanovitch, Lipoutine et, plus tard, Erkel avaient emporté des lanternes. On ne sait pourquoi ni quand en des temps immémoriaux, une sorte de grotte assez ridicule avait été aménagée ici avec des pierres brutes. La table, les bancs à l'intérieur de la grotte étaient depuis longtemps pourris et tombés en poussière. A deux cents pas environ, à droite, finissait le troisième étang du parc. Ces trois étangs qui commençaient à la maison même s'étendaient, l'un à la suite de l'autre, sur plus d'une verste jusqu'à l'extrémité du parc. Il était difficile de supposer qu'un bruit quelconque, un cri ou même un coup de feu pût parvenir aux oreilles des habitants de la maison déserte des Stavroguine. Depuis le départ de Nicolas Vsevolodovitch, la veille, et en l'absence d'Alexis Egoritch, il ne restait dans toute la maison pas plus de cinq ou six personnes, toutes pour ainsi dire de caractère invalide. En tout cas, on pouvait supposer avec une vraisemblance presque entière que même si quelqu'un de ces habitants de la maison entendait des cris ou des appels au secours, ils ne lui inspireraient que la peur, mais qu'aucun d'eux ne quitterait pour porter secours le poêle ou la couche bien chaude.

A six heures vingt, tout le monde, à l'exception d'Erkel dépêché auprès de Chatov, fut au rendez-vous. Piotr Stepanovitch n'était cette fois pas en retard ; il arriva avec Tolkatchenko. Tolkatchenko était sombre et préoccupé ; toute son audace affectée et sa vantardise effrontée avaient disparu. Il ne quittait presque pas

Piotr Stepanovitch et semblait lui être soudain devenu infiniment dévoué : souvent et d'un air affairé, il allait lui parler à voix basse ; mais l'autre lui répondait à peine ou grommelait quelque chose avec dépit pour s'en débarrasser.

Chigalev et Virguinski arrivèrent même un peu avant Piotr Stepanovitch et, à l'apparition de celui-ci, se retirèrent aussitôt à l'écart dans un silence profond et évidemment prémédité. Piotr Stepanovitch leva la lanterne et les examina avec une attention blessante et dépourvue de tout sans-gêne. « Ils ont envie de parler », pensa-t-il en un éclair.

— Liamchine n'est pas là ? demanda-t-il à Virguinski. Qui a dit qu'il était malade ?

— Je suis ici, répondit Liamchine en sortant tout à coup de derrière un arbre. Il portait un gros manteau et était étroitement emmitouflé dans un plaid, au point qu'il était difficile de distinguer sa figure même à l'aide de la lanterne.

— Donc il ne manque que Lipoutine ?

Et Lipoutine de sortir en silence de la grotte. Piotr Stepanovitch leva de nouveau sa lanterne.

— Pourquoi vous étiez-vous caché là-dedans, pourquoi ne sortiez-vous pas ?

— Je suppose que nous conservons tous le droit à la liberté... de nos mouvements, bredouilla Lipoutine sans bien savoir probablement ce qu'il voulait dire.

— Messieurs, dit Piotr Stepanovitch qui éleva la voix, rompant pour la première fois le demi-murmure, ce qui fit de l'effet. Vous comprenez bien, je pense, que nous n'avons pas à broder maintenant. Hier tout a été dit et mâché, carrément et nettement. Mais peut-être, comme je le vois à vos figures, quelqu'un veut-il déclarer quelque chose ; en ce cas je le prie de se dépêcher. Que diable, nous n'avons pas beaucoup de temps et Erkel peut l'amener d'un instant à l'autre.

— Il l'amènera certainement, glissa on ne sait pourquoi Tolkatchenko.

— Si je ne m'abuse, on procédera d'abord à la remise de la presse ? s'enquit Lipoutine qui paraissait de nouveau ne pas comprendre pourquoi il posait cette question.

— Ma foi, bien entendu, on ne va tout de même pas laisser perdre les choses, répondit Piotr Stepanovitch en levant de nouveau la lanterne jusqu'à son visage. Mais nous sommes tous convenus hier qu'il est inutile d'en prendre possession pour de bon. Il n'aura qu'à nous

610

indiquer l'endroit où il l'a enterrée ; plus tard nous la déterrerons nous-mêmes. Je sais que c'est à dix pas d'un des angles de cette grotte... Mais, le diable m'emporte, comment avez-vous pu oublier cela, Lipoutine ? Il a été convenu que vous le rencontreriez seul et que c'est ensuite que nous nous montrerions... Il est étrange que vous le demandiez, ou bien le faites-vous seulement comme ça ?

Lipoutine garda un sombre silence. Tout le monde se tut. Le vent agitait les cimes des pins.

— J'espère cependant, Messieurs, que chacun fera son devoir, trancha impatiemment Piotr Stepanovitch.

— Je sais que la femme de Chatov est revenue et qu'elle a mis au monde un enfant, commença soudain Virguinski, ému, se hâtant, articulant à peine les mots et gesticulant. Connaissant le cœur humain... on peut être certain que maintenant il ne dénoncera pas... parce qu'il nage dans le bonheur... Si bien que je suis allé chez tout le monde et n'ai trouvé personne... si bien que, peut-être, il n'est besoin de rien maintenant...

Il s'arrêta : le souffle lui manquait.

— Si vous, Monsieur Virguinski, vous étiez subitement heureux, dit Piotr Stepanovitch en faisant un pas vers celui-ci, remettriez-vous à plus tard... non pas une dénonciation, il n'en est pas question, mais quelque acte de civisme risqué dont vous auriez eu l'idée avant votre bonheur et que vous considéreriez comme votre devoir et votre obligation, malgré le risque et la perte de votre bonheur ?

— Non, je ne le remettrais pas à plus tard ! Je ne le remettrais à aucun prix ! dit Virguinski avec une sorte d'ardeur complètement absurde, et tout agité.

— Vous préféreriez redevenir malheureux plutôt que d'être un lâche ?

— Oui, oui... C'est même tout à fait le contraire... Je préférerais être un véritable lâche... c'est-à-dire non... Pas du tout un lâche, mais au contraire, tout à fait malheureux plutôt qu'un lâche.

— Eh bien, sachez donc que Chatov considère cette dénonciation comme un acte de courage civique, le plus haut selon ses convictions, et la preuve en est qu'il court lui-même un certain risque de la part du gouvernement, quand même, bien entendu, on lui pardonnerait beaucoup pour sa dénonciation. Un homme comme lui n'y renoncera jamais. Aucun bonheur ne l'emportera ; demain il se ressaisira en s'adressant des reproches et ira le faire. Et puis je ne vois aucun bonheur dans le fait que sa femme, après trois ans, soit revenue chez lui pour mettre au monde l'enfant de Stavroguine.

— Mais personne n'a vu la dénonciation, dit tout à coup Chigalev avec insistance.

— La dénonciation, je l'ai vue, moi, cria Piotr Stepanovitch, elle existe, et tout cela est affreusement stupide, Messieurs !

— Et moi, s'écria Virguinski s'emballant soudain, je proteste... je proteste de toutes mes forces... Je veux... voici ce que je veux : je veux, quand il viendra, que nous nous montrions tous et que tous nous lui posions là question, si c'est vrai qu'on lui demande de se repentir et s'il donne sa parole d'honneur qu'on le laisse partir. En tout cas, qu'on le juge ; que ce soit en vertu d'un jugement. Et non pas que nous nous cachions tous pour nous jeter ensuite sur lui.

— Sur la foi d'une parole d'honneur risquer la cause commune, c'est le comble de la bêtise ! Que diable, comme c'est stupide maintenant, Messieurs ! Et quel rôle jouez-vous au moment du danger ?

— Je proteste, je proteste, répétait obstinément Virguinski.

— Du moins, ne hurlez pas, nous n'entendrons pas le signal. Chatov, Messieurs... (Le diable m'emporte, comme c'est stupide maintenant !) Je vous ai déjà dit que Chatov est un slavophile, c'est-à-dire un des hommes les plus stupides... Du reste, que diable, c'est égal et je m'en moque ! Vous me faites seulement perdre le fil !... Chatov, Messieurs, était un homme aigri et comme il faisait tout de même partie de la société, qu'il le voulût ou non, j'ai espéré jusqu'au dernier moment qu'on pourrait se servir de lui pour la cause commune et l'utiliser justement en tant qu'homme aigri. Je le ménageais et l'épargnais, malgré les instructions les plus précises... Je l'ai ménagé cent fois plus qu'il ne méritait ! Mais il a fini par nous dénoncer ; du reste, que diable, je m'en fiche !... Et que quelqu'un d'entre vous essaie donc de filer maintenant ! Aucun de vous n'a le droit de déserter la cause ! Vous pouvez vous embrasser avec lui si vous voulez, mais trahir la cause commune sur une parole d'honneur, vous n'en avez pas le droit ! Il n'y a que des porcs et des vendus au gouvernement pour agir ainsi !

— Qui donc est ici vendu au gouvernement ? dit Lipoutine entre ses dents.

— Vous, peut-être. Vous feriez mieux de vous taire, Lipoutine, vous ne parlez que comme ça, par habitude. Sont des vendus, Messieurs, tous ceux qui ont peur au moment du danger. Par peur, il se trouvera toujours un imbécile qui se sauvera au dernier moment et criera : «Aïe, pardonnez-moi et je les vendrai tous!» Mais sachez, Messieurs, que maintenant aucune dénonciation ne vous vaudra le pardon. Même si on réduit de deux degrés la sanction juridique, c'est tout de même la Sibérie pour chacun de vous, et en outre vous n'échapperez pas non plus à un autre glaive. Et l'autre glaive est plus acéré que celui du gouvernement.

Piotr Stepanovitch était en rage et en avait trop dit. Chigalev fit fermement trois pas dans sa direction.

— Depuis hier j'ai réfléchi à l'affaire, commença-t-il avec assurance et méthode, comme toujours (et il me semble que si le sol s'était ouvert sous ses pieds, même alors il n'aurait pas accentué son intonation ni changé un iota à l'ordre méthodique de son exposition); après avoir réfléchi à l'affaire, j'ai décidé que l'assassinat projeté est non seulement la perte d'un temps précieux qui pourrait être employé d'une manière plus essentielle et plus directe, mais représente en outre une néfaste déviation de la voie normale, déviation qui a toujours nui le plus à la cause et a retardé ses succès pour des dizaines d'années en la soumettant à l'influence de gens légers et principalement de politiciens, au lieu de celle des socialistes purs. Je suis venu ici uniquement afin de protester contre l'entreprise projetée, pour l'édification générale, et ensuite de me retirer du moment présent que, je ne sais pourquoi, vous appelez le moment de votre danger. Je m'en vais — non par crainte de ce danger et non parce que je fais du sentiment au sujet de Chatov avec qui je ne veux pas du tout m'embrasser, mais uniquement parce que toute cette affaire, du commencement à la fin, est en contradiction formelle avec mon programme. Quant à une dénonciation de ma part et à être vendu au gouvernement, vous pouvez être absolument tranquilles : il n'y aura pas de dénonciation.

Il tourna les talons et s'éloigna.

— Le diable m'emporte, il se rencontrera avec eux et préviendra Chatov! s'écria Piotr Stepanovitch, et il saisit son revolver. On entendit le claquement du chien qu'il relevait.

— Vous pouvez être certain, dit Chigalev en se retournant, qu'en rencontrant Chatov en chemin, il se peut encore que je le salue, mais je ne le préviendrai pas.

— Savez-vous que vous pouvez avoir à payer cela, Monsieur Fourier ?

— Je vous prie de noter que je ne suis pas Fourier.

En me confondant avec cette chiffe doucereuse, abstraite, vous prouvez seulement que, bien que vous ayez eu mon manuscrit entre les mains, vous en ignorez tout. Quant à votre vengeance, je vous dirai que vous avez eu tort de relever le chien de votre revolver ; en ce moment ce n'est pas du tout dans votre intérêt. Mais si vous me menacez pour demain ou après-demain, encore une fois vous ne gagnerez en me tuant qu'un surcroît de soucis : vous me tuerez mais tôt ou tard vous n'en viendrez pas moins à mon système. Adieu.

A cet instant, à deux cents pas environ de là, dans le parc, du côté de l'étang, un coup de sifflet retentit. Lipoutine répondit aussitôt, comme il avait été convenu la veille, par un autre coup de sifflet (à cet effet, ne se fiant pas à sa bouche assez édentée, il avait acheté le matin même au marché pour un kopek un pipeau d'enfant en argile). Erkel avait eu le temps de prévenir Chatov en route qu'il y aurait des coups de sifflet, si bien que celui-ci ne conçut aucun soupçon.

— Ne vous inquiétez pas, je les croiserai à distance et ils ne me remarqueront même pas, prévint Chigalev dans un murmure persuasif, et puis, sans se hâter et sans presser le pas, il s'en retourna définitivement chez lui à travers le parc obscur.

Aujourd'hui on sait jusqu'aux moindres détails comment se déroula cet horrible événement. D'abord Lipoutine rencontra Erkel et Chatov près de la grotte ; Chatov ne le salua pas et ne lui tendit pas la main mais aussitôt dit hâtivement à haute voix :

— Eh bien, où est donc la pioche et n'y a-t-il pas une autre lanterne ? Mais n'ayez donc pas peur, il n'y a absolument personne, et quand on tirerait le canon ici, on n'entendrait rien à Skvorechniki. C'est là, tenez, là, juste à cet endroit...

Et il frappa du pied à dix pas en effet de l'angle arrière de la grotte, du côté de la forêt. A ce moment précis, par-derrière, Tolkatchenko se jeta sur lui, quittant l'abri d'un arbre, et Erkel, par-derrière aussi, lui saisit les coudes. Lipoutine se précipita sur lui par-devant. Tous trois lui firent aussitôt perdre l'équilibre et le plaquèrent au sol. Alors accourut Piotr Stepanovitch avec son revolver. On raconte que Chatov eut encore le temps de tourner la tête vers lui et put encore le regarder et le reconnaître. Trois lanternes éclairaient la scène. Chatov lança soudain un cri bref et désespéré ; mais on ne le laissa pas crier : Piotr Stepanovitch, soigneusement et fermement, lui appuya le revolver droit sur le front, et — pressa la détente. La détonation, semble-t-il, ne fit pas beaucoup de bruit, du moins n'entendit-on rien à Skvorechniki. Chigalev, qui n'avait guère pu s'éloigner de plus de trois cents pas, l'entendit certes, lui — il entendit et le cri, et la détonation, mais d'après la propre déposition qu'il fit plus tard, il ne se retourna pas et ne s'arrêta même pas. La mort fut presque instantanée. Le seul à conserver son entière présence d'esprit — mais non, je pense, son sang-froid — fut Piotr Stepanovitch. Accroupi sur les talons, il fouilla en hâte mais d'une main ferme les poches du mort. Il n'y avait pas d'argent (le porte-monnaie était resté sous l'oreiller de Maria Ignatievna). Il trouva deux ou trois papiers, sans intérêt : une note de service, le titre d'un livre et une vieille addition d'une auberge à l'étranger restée, Dieu sait pourquoi, deux ans dans la poche. Piotr Stepanovitch transféra les papiers dans sa propre poche et s'apercevant soudain que tous les autres s'étaient attroupés, regardaient le cadavre et ne faisaient rien, il se prit à les injurier grossièrement, avec rage, et à les houspiller. Tolkatchenko et Erkel, se ressaisissant, coururent dans la grotte et en un clin d'œil apportèrent deux pierres pesant chacune une vingtaine de livres qu'ils y avaient mises dès le matin toutes prêtes, c'est-à-dire fortement et solidement entourées de cordes. Comme il avait été décidé de transporter le cadavre vers le plus proche étang (le troisième) et de l'y immerger. on se mit en devoir d'y attacher ces pierres, aux pieds et au cou. Ce fut Piotr Stepanovitch qui les attacha tandis que Tolkatchenko et Erkel se contentaient de tenir les pierres et de les lui passer à tour de rôle. Erkel passa la sienne le premier et tandis que Piotr Stepanovitch, grommelant et sacrant, liait avec une corde les pieds du cadavre et y fixait cette première pierre, Tolkatchenko, pendant tout le temps assez long que cela dura, tint la sienne à bout de bras, penché fortement et comme respectueusement en avant de tout son corps, pour pouvoir la passer sans tarder à la première demande, et il ne songea pas une fois à déposer en attendant son fardeau à terre. Lorsque, enfin, les deux pierres eurent été attachées et que Piotr Stepanovitch se releva pour scruter les visages autour de lui, il se passa brusquement une chose étrange, absolument inattendue et qui surprit presque tout le monde.

Comme nous l'avons déjà dit, presque tous restaient là sans rien faire, sauf dans une certaine mesure Tolkatchenko et Erkel. Virguinski, bien qu'il se fût précipité lorsque tout le monde s'était jeté vers Chatov, n'avait pas saisi Chatov et n'avait pas aidé à le tenir. Quant à

Liamchine, il ne s'était joint au groupe qu'après le coup de feu. Ensuite tous, pendant cette besogne auprès du cadavre qui dura dix minutes peut-être, ils avaient comme perdu en partie conscience. Ils s'étaient groupés tout autour et, avant toute inquiétude et toute angoisse, éprouvèrent seulement comme de la surprise. Lipoutine se tenait en avant, tout contre le cadavre. Virguinski était derrière lui, regardant par-dessus son épaule avec une sorte de curiosité particulière et comme détachée, se dressant même sur la pointe des pieds pour mieux voir. Liamchine, lui, caché derrière Virguinski, se contentait de jeter par moments un coup d'œil prudent et aussitôt se cachait de nouveau. Mais lorsque les pierres furent attachées et que Piotr Stepanovitch se releva, Virguinski fut brusquement saisi d'un petit tremblement, joignit les mains et s'exclama amèrement à pleine voix :

— Ce n'est pas cela, pas cela ! Non, ce n'est pas du tout cela !

Il aurait peut-être ajouté quelque chose encore à son exclamation tardive, mais Liamchine ne le laissa pas achever ; subitement et de toutes ses forces, il le saisit à bras-le-corps, le serra par-derrière et se mit à pousser des hurlements incroyables. Il est des moments d'intense frayeur où un homme crie soudain d'une voix méconnaissable, d'une voix qu'on n'aurait jamais pu lui supposer jusqu'alors, et parfois cela peut même être très effrayant. Liamchine criait non pas d'une voix humaine mais comme d'une voix de bête. Serrant Virguinski toujours plus fort par-derrière dans ses bras, dans un élan spasmodique, il criait sans arrêt et sans reprendre haleine, les yeux écarquillés sur tout le monde et la bouche démesurément ouverte, tandis qu'il frappait le sol des pieds à petits coups répétés, comme s'il battait la charge. Virguinski eut tellement peur qu'il se mit à crier à son tour comme un dément et, dans une sorte de rage, si haineuse qu'on n'aurait jamais pu l'attendre de lui, se débattit dans les bras de Liamchine, le griffant et le frappant autant que ses mains pouvaient l'atteindre par-derrière. Erkel l'aida enfin à se débarrasser de Liamchine. Mais lorsque Virguinski, épouvanté, se fut écarté d'une dizaine de pas, Liamchine, subitement, apercevant Piotr Stepanovitch, se remit à hurler et se jeta cette fois vers lui. Butant contre le cadavre il tomba en travers de celui-ci sur Piotr Stepanovitch et le serra si fort dans ses bras, pressant la tête contre sa poitrine, qu'au premier moment ni Piotr Stepanovitch, ni Tolkatchenko, ni Lipoutine n'y purent presque rien. Piotr Stepanovitch criait, sacrait, le frappait sur la tête à coups de poing ; enfin, se dégageant tant bien que mal, il saisit son revolver et visa tout droit la bouche ouverte de Liamchine qui criait toujours et que Tolkatchenko, Erkel et Lipoutine maintenaient solidement par les bras ; mais Liamchine continuait à crier, en dépit du revolver. Enfin Erkel, roulant en boule son foulard, le lui planta adroitement dans la bouche et de cette façon les cris cessèrent. Tolkatchenko, pendant ce temps, lui lia les mains avec un morceau de corde qui restait.

— C'est très étrange, dit Piotr Stepanovitch, examinant le fou avec une surprise inquiète.

Il était vivement frappé.

— Je pensais tout autre chose de lui, ajouta-t-il pensif.

En attendant on laissa Erkel auprès de Liamchine. Il fallait se hâter avec le mort : il y avait eu tant de cris qu'on pouvait avoir entendu. Tolkatchenko et Piotr Stepanovitch ramassèrent les lanternes, empoignèrent le cadavre sous la tête ; Lipoutine et Virguinski le prirent par les pieds et on l'emporta. Avec les deux pierres, le fardeau pesait lourd et la distance était de plus de deux cents pas. Le plus fort était Tolkatchenko. Il conseilla de marcher au pas, mais personne ne lui répondit et on marcha comme cela s'était trouvé. Piotr Stepanovitch allait à droite et, tout à fait courbé, portait sur son épaule gauche la tête du mort, soutenant la pierre par en dessous de la main gauche. Comme Tolkatchenko, pendant toute une moitié du trajet, n'eut pas l'idée de l'aider à soutenir la pierre, Piotr Stepanovitch l'apostropha enfin en sacrant. Le cri fut soudain et solitaire ; tous poursuivirent leur chemin sans rien dire et, tout au bord de l'étang seulement, Virguinski, pliant sous son fardeau et comme accablé de son poids, s'exclama soudain de la même voix forte et pleine de larmes :

— Ce n'est pas cela, non, ce n'est pas du tout cela !

L'endroit où finissait ce troisième étang, assez grand, de Skvorechniki et où l'on apporta le mort était un des coins les plus déserts et les moins fréquentés du parc, surtout en cette saison avancée. L'étang, de ce côté, près du bord, était envahi d'herbes. On posa la lanterne, on balança le cadavre et on le jeta à l'eau. Il y eut un bruit sourd et prolongé. Piotr Stepanovitch leva la lanterne, tous les autres derrière lui se penchèrent en cherchant avec curiosité à voir le mort s'enfoncer dans l'eau, mais on ne voyait plus rien : le corps lesté des deux pierres avait aussitôt coulé. Les grosses rides qui avaient couru sur la surface de l'eau s'effaçaient rapidement. La besogne était achevée.

— Messieurs, dit Piotr Stepanovitch s'adressant à tous, maintenant nous allons nous séparer. Sans nul doute vous devez ressentir cette libre fierté qui accompagne l'accomplissement d'un libre devoir. Si en ce moment malheureusement vous êtes trop bouleversés pour éprouver de pareils sentiments, il n'est pas douteux que vous les éprouverez demain, quand il serait honteux de ne pas les éprouver. Je consens à regarder la trop honteuse émotion de Liamchine comme du délire, d'autant plus que, paraît-il, il est vraiment malade depuis ce matin. Et vous, Virguinski, un instant de réflexion à loisir vous montrera que, dans l'intérêt de la cause commune, il était impossible d'agir sur la foi d'une parole d'honneur et qu'il fallait faire précisément ce que nous avons fait. L'avenir vous prouvera qu'il y avait dénonciation. Je veux bien oublier vos exclamations. Quant au danger, il n'est pas à prévoir. Il ne viendra à l'idée de personne de soupçonner quelqu'un d'entre vous, surtout si vous-même vous savez vous tenir ; de sorte que le principal dépend en fin de compte de vous et de la pleine conviction dans laquelle, je l'espère, vous vous affirmerez dès demain. C'est pour cela, entre autres choses, que vous vous êtes groupés en une organisation à part, libre union d'hommes animés des mêmes idées, pour réunir vos énergies dans un travail commun, comme en ce moment-ci, et, le cas échéant, vous surveiller les uns les autres. Chacun de vous doit des comptes en haut lieu. Vous êtes appelés à rénover un état de choses décrépit et qui pue la stagnation ; ayez toujours cela devant les yeux pour entretenir votre courage. Votre seule tâche pour le moment est de faire en sorte que tout s'écroule : et l'Etat, et sa morale. Il ne restera que nous qui nous destinons d'avance à prendre le pouvoir : les intelligents, nous les rallierons à nous, et quant aux imbéciles, nous leur monterons dessus. Cela ne doit pas vous troubler. Il faut rééduquer la présente génération pour la rendre digne de la liberté. Il y aura encore des milliers de Chatov. Nous nous organiserons pour nous emparer de la direction ; ce qui traîne inutilement et s'offre de soi-même, il est honteux de ne pas tendre la main pour s'en saisir. Je vais maintenant chez Kirilov, et demain matin nous aurons le papier par lequel en mourant, sous forme d'explication au gouvernement, il prendra tout sur lui. Rien ne peut être plus vraisemblable qu'une telle combinaison. Premièrement, il était en mauvais termes avec Chatov ; ils ont vécu ensemble en Amérique, donc ils ont eu le temps de se brouiller. On sait que Chatov a changé de convictions ; donc leur hostilité avait pour cause une question de convictions et la peur d'une dénonciation, c'est-à-dire qu'il s'agissait de l'hostilité la plus irréconciliable. Tout cela sera écrit tel quel. Enfin il sera mentionné que Fedka a logé chez lui, dans la maison de Philippov. De cette façon cela écartera de vous tout soupçon parce que cela déroutera toutes ces têtes de mouton. Demain, Messieurs, nous ne nous verrons pas ; je m'absenterai pour très peu de temps pour aller dans le district. Mais après-demain vous recevrez de mes nouvelles. Je vous conseillerais à vrai dire de passer la journée de demain chez vous. Maintenant nous allons tous partir deux par deux, par des routes différentes. Vous, Tolkatchenko, je vous prie de vous occuper de Liamchine et de le ramener chez lui. Vous pouvez agir sur lui et, surtout, lui expliquer à quel point il sera le premier à pâtir de son manque de courage. De votre parent Chigalev, Monsieur Virguinski, ainsi que de vous-même je ne veux pas douter : il ne dénoncera pas. Reste à déplorer son attitude ; mais, pourtant, il n'a pas encore déclaré qu'il quittait la société, il est donc trop tôt pour l'enterrer. Eh bien, dépêchez-vous, Messieurs ; quoique nous ayons affaire à des têtes de moutons, la prudence n'est tout de même pas inutile...

— Virguinski partit avec Erkel. Erkel, en confiant Liamchine à Tolkatchenko, eut le temps de l'amener près de Piotr Stepanovitch et d'annoncer que Liamchine s'était ressaisi, se repentait et demandait pardon, et qu'il ne se souvenait même pas de ce qui lui était arrivé. Piotr Stepanovitch se mit en route seul, faisant un détour de l'autre côté des étangs en longeant le parc. Cette route était la plus longue. À sa surprise, presque à mi-chemin Lipoutine le rejoignit.

— Piotr Stepanovitch, vous savez, Liamchine dénoncera !

— Non, il reviendra à lui et comprendra qu'il sera le premier à aller en Sibérie s'il dénonce. Maintenant personne ne dénoncera. Vous non plus vous ne dénoncerez pas.

— Et vous ?

— Sans aucun doute, je vous ferais tous coffrer dès que vous aurez fait un geste pour trahir, et vous le savez. Mais vous ne trahirez pas. C'est pour cela que vous avez couru deux verstes après moi ?

— Piotr Stepanovitch, Piotr Stepanovitch, il se peut bien que nous ne nous revoyions jamais !

— Où avez-vous pris cela ?

— Dites-moi seulement une chose.

— Eh bien, qu'est-ce que c'est ? Je désire d'ailleurs que vous fichiez le camp.

— Une réponse, mais que ce soit la vérité : sommes-nous un seul groupe de cinq au monde ou est-il exact qu'il en existe plusieurs centaines ? Je le demande dans un sens élevé, Piotr Stepanovitch.

— Je le vois à votre exaltation. Mais savez-vous que vous êtes plus dangereux que Liamchine, Lipoutine ?

— Je sais, je sais, mais — la réponse, votre réponse !

— Que vous êtes stupide ! Il semble bien que maintenant il devrait vous être égal qu'il y en ait un ou mille.

— Donc, il y en a un seul ! Je le savais bien ! s'écria Lipoutine. J'ai su de tout temps qu'il y en avait un seul, jusqu'à ce moment même...

Et n'obtenant pas d'autre réponse, il se retourna et disparut rapidement dans l'obscurité.

Piotr Stepanovitch devint un peu songeur.

— Non, personne ne dénoncera, dit-il résolument, mais — le groupe doit rester un groupe et obéir, sinon je les... Quelle sale engeance tout de même que ces gens !

2

Il passa d'abord chez lui et soigneusement, sans se presser, fit sa valise. Un train express partait le matin à six heures. Ce train express matinal ne fonctionnait qu'une fois par semaine et avait été mis en circulation tout récemment, pour l'instant à titre d'essai seulement. Piotr Stepanovitch, quoiqu'il eût prévenu les « nôtres » qu'il s'éloignait pour quelque temps dans le district, avait, comme il apparut par la suite, de tout autres intentions. Lorsqu'il en eut fini avec sa valise, il régla sa logeuse qu'il avait déjà prévenue et se transporta en fiacre chez Erkel qui habitait près de la gare. C'est ensuite seulement, vers une heure du matin, qu'il alla chez Kirilov où il pénétra de nouveau par le passage secret de Fedka.

Piotr Stepanovitch était d'une humeur massacrante. En dehors d'autres sujets de mécontentement très importants pour lui (il n'avait toujours rien pu apprendre au sujet de Stavroguine), il avait été, semble-t-il, — car je ne puis l'affirmer à coup sûr — secrètement averti de quelque part (le plus vraisemblablement de Pétersbourg) dans le courant de la journée qu'un certain danger le menaçait à bref délai. Certes, sur cette période beaucoup de légendes circulent aujourd'hui dans notre ville ; mais si quelqu'un sait quelque chose de sûr, ce ne peuvent être que ceux qui doivent savoir. Quant à moi, je pense seulement, d'après mon opinion personnelle, que Piotr Stepanovitch pouvait avoir d'autres affaires en dehors de notre ville, si bien qu'il pouvait en effet recevoir des avertissements. Je suis même convaincu, en dépit du doute cynique et désespéré de Lipoutine, qu'il pouvait réellement avoir deux ou trois groupes de cinq en dehors du nôtre, par exemple dans les capitales ; et sinon des groupes de cinq, du moins des relations et des contacts — et peut-être même des plus curieux. Pas plus tard que trois jours après son départ fut reçu chez nous de la capitale l'ordre de l'arrêter immédiatement — pour quelles affaires exactement, les nôtres ou d'autres, je ne sais. Cet ordre vint juste à point pour renforcer la bouleversante impression de terreur presque mystique qui s'empara brusquement de nos autorités et de notre société, jusque-là si obstinément étourdie, à la découverte de l'assassinat mystérieux et si lourd de sens de l'étudiant Chatov — assassinat qui mit le comble à nos absurdités — et des circonstances extrêmement énigmatiques qui accompagnaient cet événement. Mais l'ordre arriva trop tard : Piotr Stepanovitch se trouvait alors déjà sous un faux nom à Pétersbourg, d'où, ayant flairé de quoi il retournait, il fila instantanément à l'étranger... D'ailleurs j'anticipe beaucoup.

Il entra chez Kirilov avec un air hargneux et agressif. On eût dit qu'outre l'affaire principale, il voulait encore passer quelque chose d'autre sur Kirilov personnellement, se venger sur lui de quelque chose. Kirilov parut content de son arrivée ; on voyait qu'il l'avait attendu très longtemps et avec une impatience maladive. Son visage était plus pâle que de coutume, le regard de ses yeux noirs lourd et immobile.

— Je pensais que vous ne viendriez pas, prononça-t-il pesamment du coin du divan, d'où d'ailleurs il ne fit pas un mouvement pour l'accueillir. Piotr Stepanovitch s'arrêta devant lui et, avant de dire un seul mot, scruta attentivement son visage.

— Donc tout est un ordre et nous ne reculerons pas devant notre intention, bravo ! dit-il en souriant d'un sourire de protection blessante. Eh bien, qu'importe si je suis en retard, ajouta-t-il avec un vilain enjouement, ce n'est pas à vous de vous en plaindre, c'est encore à vous que j'ai fait cadeau de trois heures.

— Je ne veux de vous aucun cadeau d'heures supplémentaires et tu ne peux m'en faire cadeau... imbécile !

— Comment ? fit Piotr Stepanovitch en tressaillant, mais il se domina aussitôt ; en voilà une susceptibilité ! Eh, mais nous sommes en rage ? martela-t-il avec le même air de hauteur blessante, en un pareil moment il faudrait plutôt du calme. Le mieux est pour vous de vous prendre pour Colomb et de me regarder comme une souris et de ne pas vous offenser de ce que je dis. Je vous l'avais recommandé hier.

— Je ne veux pas te regarder comme une souris.

— Qu'est-ce que c'est, un compliment ? D'ailleurs il y a aussi le thé qui est froid, donc tout est sens dessus dessous. Non, il se passe ici quelque chose de suspect. Bah ! Je crois apercevoir quelque chose là-bas sur la fenêtre, dans une assiette (il s'approcha de la fenêtre). Oh-ho, de la poule au riz !... Mais pourquoi n'a-t-elle pas encore été entamée ? C'est donc que nous nous trouvions dans un tel état d'esprit que même la poule...

— J'ai mangé, et cela ne vous regarde pas ; taisez-vous !

— Oh, naturellement, et d'ailleurs c'est égal. Mais moi cela ne m'est pas égal en ce moment : imaginez-vous, je n'ai presque pas dîné et c'est pourquoi si cette poule, comme je le suppose, est maintenant inutile... hein ?

— Mangez si vous pouvez.

— Je vous remercie, et ensuite du thé.

Il s'installa en un clin d'œil à la table, à l'autre bout du divan, et avec une extrême voracité se jeta sur la nourriture ; mais en même temps il ne cessait d'observer sa victime. Kirilov, avec un dégoût irrité, posait sur lui un regard immobile, comme s'il ne pouvait s'en détacher.

— Pourtant, s'écria soudain Piotr Stepanovitch tout en continuant à manger, pourtant, et notre affaire ? Alors nous ne reculerons pas, hein ? Et le papier ?

— J'ai décidé cette nuit que cela m'est égal. J'écrirai. Au sujet des tracts ?

— Oui, des tracts aussi. Je vous dicterai d'ailleurs. Puisque cela vous est égal. Se peut-il que le contenu puisse vous inquiéter en un tel moment ?

— Ce n'est pas ton affaire.

— Ce n'est pas mon affaire, bien sûr. D'ailleurs il ne s'agit que de quelques lignes seulement : que vous et Chatov vous répandiez des tracts, entre autres avec l'aide de Fedka qui se cachait chez vous. Ce dernier point concernant Fedka et le logement est très important, plus important même que tout. Vous voyez, je suis absolument franc avec vous.

— Chatov ? Pourquoi Chatov ? Je ne parlerai en aucun cas de Chatov.

— Allons bon, qu'est-ce que ça peut vous faire ? Vous ne pouvez plus lui nuire.

— Sa femme est revenue. Elle s'est réveillée et a envoyé me demander où il était.

— Elle a envoyé vous demander où il était ? Hum... ça ne va pas. Elle peut envoyer encore, personne ne doit savoir que je suis ici.

Piotr Stepanovitch était inquiet.

— Elle ne le saura pas, elle s'est rendormie ; la sage-femme est chez elle, Arina Prokhorovna.

— Tant mieux, et... elle n'entendra rien, je pense ? Vous savez, il vaudrait mieux fermer à clef la porte d'entrée.

— Elle n'entendra rien. Et si Chatov vient, je vous cacherai dans l'autre pièce.

— Chatov ne viendra pas ; et vous écrirez que vous vous êtes disputés par suite de trahison et de dénonciation... ce soir... et que vous êtes cause de sa mort.

— Il est mort ! s'écria Kirilov en se levant vivement du divan.

— Ce soir vers huit heures, ou plutôt hier vers huit heures du soir, puisqu'il est minuit passé.

— C'est toi qui l'as tué !... Et je le prévoyais hier !

— Comment donc ne pas le prévoir ? Avec ce revolver que voici (il tira son revolver de sa poche, apparemment pour le montrer, mais il ne le cacha plus et continua de le tenir dans la main droite, comme prêt à tirer). Quel homme étrange vous êtes tout de même, Kirilov, vous saviez bien que cela devait finir ainsi avec ce sot. Qu'y avait-il donc à prévoir ? Je vous l'ai mis plusieurs fois tout mâché dans la bouche. Chatov préparait une dénonciation : je le surveillais. Il était absolument impossible de laisser cela comme ça. Et vous aussi vous aviez reçu des instructions pour le surveiller ; vous me l'aviez dit vous-même il y a trois semaines...

— Tais-toi ! Si tu l'as fait, c'est parce qu'à Genève il t'a craché au visage !

— Et pour cela et pour autre chose encore. Pour beaucoup d'autres choses ; du reste, sans aucun ressentiment. A quoi ça sert de bondir ? A quoi ça sert de prendre des airs ? O-ho ! Alors voilà comment nous le prenons !...

Il sauta sur ses pieds et leva son revolver devant lui. En effet, Kirilov avait subitement saisi sur la fenêtre le revolver qu'il tenait prêt et chargé depuis le matin. Piotr Stepanovitch se mit en position et pointa son arme sur Kirilov. Celui-ci eut un rire méchant.

— Avoue, misérable, que tu as pris ton revolver parce que je te tuerai... Mais je ne te tuerai pas... quoique... quoique...

Et il pointa de nouveau son revolver vers Piotr Stepanovitch comme s'il s'essayait, comme s'il était incapable de renoncer au plaisir de se représenter comment il l'aurait tué. Piotr Stepanovitch, toujours en position, attendait, il attendit jusqu'au dernier moment sans presser la détente, au risque de recevoir le premier une balle dans le front : le « maniaque » en était capable. Mais le « maniaque » laissa enfin retomber son bras, haletant et tremblant et incapable de parler.

— Vous vous êtes amusé et ça suffit, dit Piotr Stepanovitch en abaissant aussi son arme. Je savais bien que vous vous amusiez ; seulement, vous savez, vous couriez un risque : j'aurais pu presser la détente.

Et il s'assit assez tranquillement sur le divan et se versa du thé, d'une main d'ailleurs légèrement tremblante. Kirilov posa le revolver sur la table et se mit à marcher de long en large.

— Je n'écrirai pas que j'ai tué Chatov, et... je n'écrirai plus rien maintenant. Il n'y aura pas de papier !

— Il n'y en aura pas ?

— Il n'y en aura pas.

— Quelle vilenie et quelle bêtise ! s'écria Piotr Stepanovitch en verdissant de colère. Je l'avais d'ailleurs pressenti. Sachez que vous ne me prenez pas au dépourvu. Comme vous voudrez, du reste. Si je pouvais vous contraindre par la force, je vous contraindrais. Vous êtes d'ailleurs un salaud. — Piotr Stepanovitch était de moins en moins capable de se contenir. — Vous nous avez demandé de l'argent et vous nous avez promis monts et merveilles... Seulement je ne sortirai tout de même pas d'ici sans résultat, je verrai à tout le moins comment vous vous ouvrirez vous-même le front.

— Je veux que tu sortes immédiatement, dit Kirilov en s'arrêtant résolument devant lui.

— Non, cela jamais de la vie, et Piotr Stepanovitch de saisir de nouveau son revolver, maintenant vous seriez bien capable, par dépit et par lâcheté, de vous aviser de tout remettre à plus tard et d'aller demain dénoncer pour vous procurer de nouveau de l'argent ; parce que pour cela on paierait. Le diable vous emporte, seulement soyez sans crainte, j'ai tout prévu : je ne m'en irai pas sans vous avoir ouvert le crâne avec ce revolver comme à ce salaud de Chatov, si vous-même vous prenez peur et retardez l'exécution de votre projet, le diable vous emporte !

— Tu veux absolument voir aussi mon sang à moi ?

— Ce n'est pas par ressentiment, comprenez-le ; cela m'est égal. C'est pour pouvoir être tranquille pour notre cause. On ne peut compter sur personne, vous le voyez vous-même. Je ne comprends rien à votre idée de vous donner la mort. Ce n'est pas moi qui l'ai inventée pour vous, c'est vous-même qui l'avez eue avant moi et vous l'avez déclaré non à moi d'abord mais aux membres à l'étranger. Et notez bien que personne d'entre eux ne vous l'a fait dire, personne même ne vous connaissait le moins du monde, c'est vous qui êtes venu faire des confidences, par sentimentalité. Eh bien, que faire si là-dessus a été fondé dès ce moment-là, avec votre propre consentement et sur votre proposition (notez bien cela : sur votre proposition !), un certain plan pour notre action ici qu'il est impossible de modifier maintenant. Vous avez fait en sorte que vous en savez beaucoup trop. Si vous faites une bêtise et que vous alliez demain faire une dénonciation, il se peut bien, n'est-ce pas, que ce ne soit pas avantageux pour nous, qu'en pensez-vous ? Non : vous vous êtes engagé, vous avez donné votre parole, vous avez accepté de l'argent. Cela il vous est impossible de le nier.

Piotr Stepanovitch s'était fortement échauffé, mais Kirilov ne l'écoutait plus depuis longtemps. Il arpentait de nouveau la pièce, plongé dans ses pensées.

— Je regrette Chatov, dit-il en s'arrêtant de nouveau devant Piotr Stepanovitch.

— Mais moi aussi je le regrette peut-être et est-il possible que...

— Tais-toi, crapule ! rugit Kirilov en faisant un geste menaçant et non équivoque, je te tuerai !

— Allons, allons, allons, j'ai menti je le reconnais, je ne le regrette nullement, allons, assez, assez ! dit Piotr Stepanovitch en bondissant avec appréhension sur sa chaise, la main tendue devant lui.

Kirilov se calma tout à coup et se remit à marcher.

— Je ne remettrai pas à plus tard ; c'est justement

maintenant que je veux me donner la mort : tous des crapules !

— Allons, ça c'est une idée ; naturellement, tous sont des crapules et comme il est odieux pour un honnête homme de vivre au monde, alors...

— Imbécile, moi aussi je suis une crapule comme toi, comme tout le monde, et non pas un honnête homme. Il n'y a jamais eu d'honnête homme nulle part.

— Enfin, il a compris. Est-il possible que jusqu'à présent vous n'ayez pas compris, Kirilov, avec votre intelligence, que tous les hommes sont pareils, qu'il n'y a ni meilleur ni pire mais seulement plus intelligent et plus bête, et que si tous sont des crapules (ce qui d'ailleurs est faux), c'est donc qu'il ne doit même pas y avoir de non-crapules ?

— Ah ! Tu ne plaisantes vraiment pas ? dit Kirilov en le regardant avec une certaine surprise. Tu parles avec ardeur et simplicité... Est-il possible que des gens comme toi aient des convictions ?

— Kirilov, je n'ai jamais pu comprendre pourquoi vous voulez vous tuer. Je sais seulement que c'est par conviction... une ferme conviction. Mais si vous éprouvez le besoin pour ainsi dire de vous épancher, je suis à votre service... Seulement il ne faut pas perdre de vue le temps...

— Quelle heure est-il ?

— O-ho, deux heures juste, dit Piotr Stepanovitch en consultant sa montre et en allumant une cigarette.

« Il semble qu'on peut encore s'entendre » pensa-t-il.

— Je n'ai rien à dire, grommela Kirilov.

— Je me souviens qu'il y est question de Dieu... Vous me l'avez expliqué une fois ; même deux fois. Si vous vous tuez, vous deviendrez je crois dieu, n'est-ce pas ?

— Oui, je deviendrai dieu.

Piotr Stepanovitch ne sourit même pas ; il attendait ; Kirilov le regarda fixement.

— Vous êtes un escroc politique et un intrigant, vous voulez m'amener à la philosophie et à l'enthousiasme, et provoquer une réconciliation pour dissiper ma colère et quand j'aurai fait la paix me faire écrire le billet disant que j'ai tué Chatov.

Piotr Stepanovitch répondit avec une franchise presque naturelle :

— Eh bien, mettons que je sois assez crapule pour cela, seulement, dans vos derniers instants, cela ne vous est-il pas égal, Kirilov ? Voyons, pourquoi nous querellons-nous, dites-le-moi s'il vous plaît : vous êtes ce que vous êtes et je suis ce que je suis, qu'est-ce que ça fait ? Et tous deux par-dessus le marché...

— Des crapules.

— Oui, peut-être bien des crapules. Vous savez bien que ce ne sont que des mots.

— Toute ma vie je n'ai pas voulu que ce soient seulement des mots. Si j'ai vécu c'est justement parce que je continuais à ne pas le vouloir. Maintenant encore, je veux chaque jour que ce ne soit pas des mots.

— Eh bien, chacun cherche où il est mieux. Le poisson... c'est-à-dire chacun cherche le confort à sa façon ; voilà tout. Il y a bien longtemps que c'est connu.

— Le confort, dis-tu ?

— Allons, est-ce la peine de chicaner sur des mots ?

— Non, tu as bien dit cela ; le confort, soit. Dieu est indispensable et par conséquent il doit exister.

— Eh bien, c'est parfait.

— Mais je sais qu'Il n'existe pas et ne peut exister.

— C'est plus probable.

— Est-il possible que tu ne comprennes pas que quelqu'un qui a ces deux pensées ne peut rester en vie ?

— Il doit donc se tuer ?

— Est-il possible que tu ne comprennes pas que rien que pour cela on peut se tuer ? Tu ne comprends pas qu'il peut y avoir un tel être, un seul être sur vos milliers de millions, un seul qui ne le voudra pas et ne le supportera pas.

— Je comprends seulement que vous paraissez hésiter... C'est très mauvais.

— Stavroguine a été aussi dévoré par l'idée, dit Kirilov sans remarquer sa réflexion et tout en marchant sombrement de long en large.

— Comment ? Piotr Stepanovitch dressa l'oreille. Quelle idée ? Il vous a dit quelque chose ?

— Non, je l'ai deviné : Stavroguine s'il croit ne croit pas qu'il croit. Et s'il ne croit pas, il ne croit pas qu'il ne croit pas.

— Ma foi, chez Stavroguine il y a aussi autre chose, quelque chose de plus intelligent que cela... grogna Piotr Stepanovitch qui suivait avec inquiétude le tour que prenait la conversation et observait le pâle Kirilov.

« Le diable m'emporte, il ne se tuera pas, pensait-il, je l'avais toujours pressenti ; c'est une contorsion cérébrale et rien d'autre ; quelles crapules que ces gens ! »

— Tu es le dernier à être avec moi : je ne voudrais pas que nous nous séparions en mauvais termes, accorda soudain Kirilov.

Piotr Stepanovitch ne répondit pas tout de suite. « Le diable m'emporte, qu'est-ce que c'est encore ? » pensa-t-il de nouveau.

— Croyez bien, Kirilov, que je n'ai rien contre vous personnellement, et j'ai toujours...

— Tu es une crapule et un esprit faux. Mais je suis comme toi et je me brûlerai la cervelle mais toi tu resteras vivant.

— C'est-à-dire vous voulez dire que je suis assez vil pour vouloir rester vivant.

Il ne pouvait encore décider s'il était ou non avantageux de poursuivre en un tel moment une semblable conversation et il résolut de « s'en remettre aux circonstances ». Mais le ton de supériorité de Kirilov et le mépris non dissimulé qu'il lui témoignait l'avaient toujours irrité et l'irritaient maintenant, il ne savait pourquoi, plus que jamais. Peut-être parce que Kirilov qui devait mourir dans une heure tout au plus (Piotr Stepanovitch ne perdait tout de même pas cela de vue) n'était plus à ses yeux qu'une sorte de demi-homme, quelqu'un à qui on ne pouvait plus permettre de se montrer hautain.

— Vous vous vantez je crois devant moi du fait que vous vous tuerez ?

— J'ai toujours été étonné que tous restent en vie, dit Kirilov qui n'avait pas entendu sa remarque.

— Hum ! mettons, c'est une idée, mais...

— Singe, tu dis comme moi pour me conquérir. Tais-toi, tu ne comprendras rien. Si Dieu n'existe pas, je suis dieu.

— Voilà bien le point que je n'ai jamais pu comprendre chez vous : pourquoi êtes-vous dieu, vous ?

— Si Dieu existe, toute là volonté est Sienne et je ne puis sortir de Sa volonté. S'Il n'existe pas, toute la volonté est mienne et j'ai le devoir d'affirmer ma propre volonté.

— Votre propre volonté ? Pourquoi en avez-vous le devoir ?

— Parce que toute la volonté est devenue mienne. Est-il possible qu'il n'y ait personne sur cette planète qui, en ayant fini avec Dieu et ayant cru en sa propre volonté, n'ose affirmer sa propre volonté sur le point le plus absolu ? C'est comme un pauvre qui a fait un héritage et a pris peur, et n'ose s'approcher du sac, se croyant trop faible pour posséder. Je veux affirmer ma volonté. Dussé-je être le seul, je le ferai.

— Et faites-le.

— J'ai le devoir de me brûler la cervelle parce que le

point le plus absolu de ma volonté est de me tuer moi-même.

— Mais vous n'êtes tout de même pas le seul à vous tuer : les suicides sont nombreux.

— Avec une raison. Mais sans aucune raison, au seul nom de la volonté individuelle, je suis le seul.

« Il ne se tuera pas », pensa de nouveau Piotr Stepanovitch en un éclair.

— Savez-vous une chose, fit-il observer avec irritation, à votre place, pour montrer ma volonté, je tuerais quelqu'un d'autre au lieu de me tuer moi-même. Vous pourriez devenir utile. Je vous indiquerai qui, si vous n'avez pas peur. Alors, après tout, vous pouvez ne pas vous suicider aujourd'hui. On peut s'entendre.

— Tuer un autre est le point le plus bas de ma volonté, et tu es là tout entier. Je ne suis pas toi : je veux le point le plus haut et c'est moi que je tuerai.

« Il a trouvé cela tout seul », grommela hargneusement Piotr Stepanovitch.

— J'ai le devoir d'affirmer mon incroyance, dit Kirilov en arpentant toujours la chambre. Pour moi il n'est rien de plus haut que l'idée que Dieu n'existe pas. J'ai pour moi l'histoire de l'humanité. L'homme n'a fait qu'inventer Dieu pour vivre sans se tuer ; toute l'histoire universelle jusqu'à présent est là. Moi seul, pour la première fois dans l'histoire universelle, je n'ai pas voulu inventer Dieu. Qu'on le sache une fois pour toutes.

« Il ne se tuera pas », s'inquiétait Piotr Stepanovitch.

— Qui le saura ? dit-il pour le défier. Il y a ici vous et moi ; Lipoutine peut-être ?

— Tous devront le savoir ; tous le sauront. Il n'est rien de secret qui ne sera dévoilé. Voilà ce qu'IL a dit.

Et de montrer avec une exaltation fiévreuse l'image du Sauveur devant laquelle brûlait une veilleuse. Piotr Stepanovitch se fâcha tout à fait.

— En Lui vous croyez donc toujours et vous avez allumé une veilleuse ; ne serait-ce pas « à tout hasard » ?

L'autre garda le silence.

— Savez-vous qu'à mon avis vous croyez peut-être plus encore qu'un pope.

— En qui ? En LUI ? Ecoute, et Kirilov s'arrêta, regardant devant lui d'un regard immobile, exalté. Ecoute la grande idée : il y eut sur terre un jour, et au milieu de la terre se dressaient trois croix. L'un sur la croix croyait si fort qu'il dit à l'autre : « Aujourd'hui tu seras avec moi au paradis. » Le jour s'acheva, tous deux moururent, s'en allèrent et ne trouvèrent ni paradis ni résurrection.

Ce qui avait été dit ne s'était pas réalisé. Ecoute : Cet homme était le plus grand de toute la terre, il constituait sa raison de vivre. Toute la planète avec tout ce qu'il y a sur elle sans cet homme n'est que folie. Il n'y eut ni avant ni après Lui son pareil, ni jamais, c'en est même miracle. C'est en cela que consiste le miracle, qu'il n'y a pas eu et qu'il n'y aura jamais son semblable. Et s'il en est ainsi, si les lois de la nature n'ont pas épargné même CELUI-LA, si elles n'ont pas même épargné leur propre miracle et l'ont fait vivre au milieu du mensonge et mourir pour le mensonge, donc la planète tout entière n'est que mensonge et repose sur le mensonge et une stupide dérision. Par conséquent, les lois mêmes de la planète sont mensonge et vaudeville du diable. A quoi bon vivre alors, réponds si tu es un homme ?

— C'est un autre aspect de la question. Il me semble que vous avez confondu deux causes différentes ; or c'est très suspect. Mais permettez, et si vous êtes dieu ? Si le mensonge est fini et si vous avez compris que tout le mensonge vient de l'ancien Dieu.

— Enfin tu as compris ! s'écria Kirilov avec enthousiasme. C'est donc qu'on peut comprendre si même quelqu'un comme toi as compris ! Tu comprends maintenant que le seul salut pour tous est de prouver cette idée à tout le monde. Qui la prouvera ? Moi ! Je ne comprends pas comment jusqu'à présent un athée pouvait savoir que Dieu n'existe pas et ne pas se tuer aussitôt. Reconnaître que Dieu n'existe pas et ne pas reconnaître du même coup qu'on est soi-même devenu dieu est une absurdité, autrement on se tuerait inévitablement. Si tu le reconnais, tu es un roi et tu ne te tueras plus mais tu vivras dans la principale gloire. Mais seul celui qui est le premier doit absolument se tuer, sinon qui commencerait et qui prouverait ? C'est moi qui me tuerai absolument, pour commencer et pour prouver. Je ne suis encore dieu que malgré moi et je suis malheureux car j'ai le DEVOIR d'affirmer ma propre volonté. Tous sont malheureux parce que tous ont peur d'affirmer leur volonté. Si l'homme a été jusqu'à présent si malheureux et pauvre, c'est justement parce qu'il avait peur d'affirmer le point capital de sa volonté et qu'il en usait furtivement comme un écolier. Je suis terriblement malheureux car j'ai terriblement peur. La peur est la malédiction de l'homme... Mais j'affirmerai ma volonté, j'ai le devoir de croire que je ne crois pas. Je commencerai, et je finirai et j'ouvrirai la porte. Et je sauverai. Cela seul sauvera tous les hommes et, dans la génération suivante, les transformera physiquement ; car dans son état physique actuel, j'y ai longtemps réfléchi, l'homme ne peut en aucun cas se passer de l'ancien Dieu. J'ai cherché trois ans l'attribut de ma divinité et j'ai trouvé : l'attribut de ma divinité est ma volonté ! C'est tout ce par quoi je puis manifester sur le point capital mon insoumission et ma terrible liberté nouvelle. Car elle est terrible. Je me tue pour manifester mon insoumission et ma terrible liberté nouvelle.

Son visage était d'une pâleur morbide, son regard intolérablement pesant. Il était comme en proie à un accès de fièvre chaude. Piotr Stepanovitch crut un instant qu'il allait tomber.

— Donne la plume ! cria tout à fait inopinément Kirilov dans une véritable inspiration ; dicte, je signerai tout. Et que j'ai tué Chatov je le signerai aussi. Dicte, tant que cela me fait rire. Je n'ai pas peur des pensées d'esclaves arrogants ! Tu verras toi-même que tout ce qui est secret sera dévoilé ! Et toi tu seras écrasé... J'ai foi ! J'ai foi !

Piotr Stepanovitch bondit de sa place et en un clin d'œil lui apporta un encrier, du papier et se mit à dicter, saisissant le moment et tremblant pour le succès.

« Moi, Alexis Kirilov, je déclare... »

— Attends ! Je ne veux pas ! Je déclare à qui ?

Kirilov tremblait comme dans un accès de fièvre. Cette déclaration et quelque idée subite qui lui était venue à ce sujet semblaient l'avoir englouti tout entier, comme une issue vers laquelle s'élançait impétueusement, fût-ce pour un instant, son esprit harassé.

— A qui est-ce que je déclare ? Je veux savoir à qui ?

— A personne, à tout le monde, au premier qui lira. A quoi bon préciser ? Au monde entier ?

— Au monde entier ? Bravo ! Et qu'il n'y ait pas de repentir. Je ne veux pas me repentir ; et je ne veux pas m'adresser aux autorités !

— Mais non, inutile, au diable les autorités ! Mais écrivez donc, si c'est sérieux !... cria hystériquement Piotr Stepanovitch.

— Arrête ! Je veux dessiner en haut une gueule qui tire la langue.

— Eh, sottises ! répondit Piotr Stepanovitch se fâchant, même sans dessin on peut exprimer tout cela par le ton.

— Par le ton ? C'est bien. Oui, par le ton ! Dicte par le ton !

« Moi, Alexis Kirilov, dictait fermement et impérieusement Piotr Stepanovitch, penché sur l'épaule de Kirilov et suivant chacune des lettres que celui-ci traçait d'une main que l'émotion faisait trembler, moi, Kirilov, je déclare avoir aujourd'hui le -- octobre, vers huit heures du soir, dans le parc, tué l'étudiant Chatov pour trahison et pour dénonciation concernant les tracts et Fedka, qui a aussi logé et couché dix jours chez nous deux, dans la maison de Philippov. Je me tue aujourd'hui d'un coup de revolver, non parce que je me repens et vous crains, mais parce que déjà à l'étranger j'avais l'intention de mettre fin à mes jours. »

— C'est tout ? s'exclama Kirilov avec étonnement et indignation.

— Pas un mot de plus ! répondit Piotr Stepanovitch avec un geste de la main, cherchant à lui arracher le billet.

— Arrête ! et Kirilov posa la main avec force sur le papier, arrête, sottises ! Je veux mettre avec qui j'ai tué. Pourquoi Fedka ? Et l'incendie ? Je veux tout et insulter encore par le ton, le ton !

— Assez, Kirilov, je vous assure que c'est assez ! dit Piotr Stepanovitch presque suppliant et tremblant qu'il ne déchirât le papier : pour qu'on croie il faut que ce soit le plus obscur possible, justement comme ça, justement rien que des allusions. Il ne faut montrer qu'un petit coin de la vérité, juste assez pour les mettre en appétit. Ils se mentiront toujours plus que nous ne leur mentirons et, naturellement, ils croiront beaucoup plus eux-mêmes que nous, et c'est bien ce qu'il y a de mieux, de mieux que tout ! Donnez ; c'est parfait comme ça ; donnez, donnez !

Et de chercher toujours à arracher le papier. Kirilov, les yeux écarquillés, écoutait et semblait s'efforcer de comprendre, mais on eût dit qu'il cessait de comprendre.

— Eh, diable ! dit Piotr Stepanovitch s'emportant soudain, il n'a même pas encore signé ! Qu'avez-vous donc à écarquiller les yeux, signez !

— Je veux insulter... bredouilla Kirilov, mais il prit néanmoins la plume et signa. Je veux insulter...

— Ajoutez : *Vive la république*, et cela suffit.

— Bravo ! rugit presque Kirilov enthousiasmé. *Vive la république démocratique, sociale et universelle ou la mort !*... Non, non, pas comme ça. *Liberté, égalité, fraternité ou la mort* — voilà qui est mieux, c'est mieux, et il l'écrivit avec délectation sous sa signature.

— Assez, assez... répétait Piotr Stepanovitch.

— Attends, encore un peu... Je vais, tu sais, signer encore une fois en français : « *de Kiriloff, gentilhomme russe et citoyen du monde* ». Ha, ha, ha ! il éclata de rire.

Non, non, non, attends, j'ai trouvé le mieux de tout, eurêka : *gentilhomme-séminariste russe et citoyen du monde civilisé !* Voilà ce qui est le mieux de tout... Il bondit du divan et soudain d'un geste rapide saisit sur la fenêtre le revolver, courut dans la chambre voisine et referma soigneusement la porte derrière lui. Piotr Stepanovitch resta un instant songeur en regardant la porte.

« Si c'est maintenant, alors il se peut qu'il tire, mais s'il commence à réfléchir, il n'y aura rien. »

Il prit en attendant le papier, s'assit et le relut. La rédaction de la déclaration lui plut de nouveau :

« Que faut-il donc pour le moment ? Il faut les dérouter complètement pour un temps et les lancer sur une fausse piste. Le parc ? Il n'y a pas de parc dans la ville, eh bien, ils finiront par deviner tout seuls qu'il s'agit de Skvorechniki. Pendant qu'ils essaieront de comprendre, du temps se passera, pendant qu'ils chercheront il se passera encore du temps, et quand ils trouveront le cadavre c'est donc que le billet disait la vérité ; donc tout est vrai, donc pour Fedka c'est vrai aussi. Or qu'est-ce que Fedka ? Fedka, c'est l'incendie, c'est les Lebiadkine : donc, aussi bien, tout est venu d'ici, de la maison de Philippov, et eux qui n'y avaient rien vu, et eux qui ne s'étaient douté de rien — cela les chavirera tout à fait ! Il ne leur viendra même pas à l'idée de penser aux « nôtres » ; il n'y a eu que Chatov et Kirilov, et Fedka, et Lebiadkine ; et pourquoi se sont-ils tués les uns les autres, voilà encore une petite question pour eux. Eh, que diable, on n'entend pas de détonation !... »

Quoiqu'il lût et admirât la rédaction du billet, il tendait à chaque instant l'oreille avec une torturante inquiétude et — brusquement il fut pris de colère. Il jeta un regard anxieux sur sa montre ; il était bien tard ; et il y avait une dizaine de minutes que l'autre était sorti... Saisissant la bougie, il se dirigea vers la porte de la chambre où Kirilov s'était enfermé. A la porte il s'aperçut que la bougie était presque consumée, que dans une vingtaine de minutes elle s'éteindrait tout à fait et qu'il n'y en avait pas d'autre. Il mit la main sur la poignée et tendit avec prudence l'oreille ; on n'entendait pas le moindre son ; il ouvrit brusquement la porte et leva la bougie : quelque chose rugit et se jeta vers lui. De toutes ses forces il claqua la porte et pesa sur elle, mais tout s'était déjà tu — de nouveau régnait un silence de mort.

Longtemps il demeura indécis, la bougie à la main. Dans l'instant où il ouvrait la porte il n'avait pu distinguer que très peu de chose, mais il avait néanmoins entrevu le visage de Kirilov qui se tenait au fond de la pièce, près de la fenêtre, et remarqué la rage animale avec laquelle celui-ci s'était soudain jeté vers lui. Piotr Stepanovitch tressaillit, posa vivement la bougie sur la table, prépara son revolver et, sur la pointe des pieds, se retira d'un bond dans le coin opposé, de sorte que si Kirilov ouvrait la porte et s'élançait avec son revolver vers la table, il aurait encore le temps de viser et de presser la détente avant lui.

Le suicide, Piotr Stepanovitch n'y croyait plus du tout ! « Il était debout au milieu de la pièce et réfléchissait. » Les pensées se succédaient en un tourbillon dans le cerveau de Piotr Stepanovitch. « Avec cela une chambre sombre, sinistre... Il a rugi et s'est précipité ; il y a deux possibilités : ou je l'ai dérangé à l'instant même où il pressait la détente, ou... ou il restait là à réfléchir comment il pourrait me tuer. Oui, c'est cela, il réfléchissait... Il sait que je ne m'en irai pas sans le tuer s'il prend peur lui-même, donc il doit me tuer avant, pour que je ne le tue pas... Et de nouveau, de nouveau, le silence là-bas ! C'est même effrayant : s'il ouvrait tout à coup la porte... La cochonnerie, c'est qu'il croit en Dieu plus ferme qu'un pope... Il ne se tuera en aucun cas !... Ces gens qui « ont trouvé cela tout seuls », il y en a beaucoup aujourd'hui. Canailles ! Diable, la bougie, la bougie ! Elle sera consumée dans un quart d'heure sans faute... Il faut en finir ; à tout prix il faut en finir... Pourquoi pas, on peut le tuer maintenant... Avec ce papier on ne pensera jamais que c'est moi qui l'ai tué. On peut l'étendre par terre et l'arranger de telle façon, le revolver déchargé dans la main, qu'on ne manquera pas de penser qu'il l'a fait lui-même... Ah, diable, comment le tuer ? Quand j'ouvrirai la porte, il se précipitera de nouveau et tirera avant moi. Eh, diable, bien entendu, il ratera son coup ! »

Ainsi se tourmentait-il, tremblant devant l'inévitabilité de son projet et de son indécision. Enfin il prit la bougie et de nouveau s'approcha de la porte, le revolver levé et prêt à faire feu ; de la main gauche qui tenait la bougie, il appuya sur la poignée de la porte. Mais il s'y prit mal : la poignée claqua, il y eut du bruit et un grincement. « Il va tirer droit sur moi ! » songea Piotr Stepanovitch en un éclair. De toutes ses forces, il poussa la porte du pied, leva la bougie et tendit le revolver devant lui ; mais il n'y eut ni détonation ni cri... Dans la chambre il n'y avait personne.

Il tressaillit. La chambre n'avait pas d'autre issue, et il était impossible de s'enfuir. Il leva la bougie encore plus haut et scruta attentivement la pièce : absolument personne. A mi-voix il appela Kirilov, puis appela encore une fois, plus fort ; personne ne répondit.

« Est-il possible qu'il se soit enfui par la fenêtre ? »

En effet, à une des fenêtres le vasistas était ouvert. « Absurde, il n'a pu se sauver par le vasistas. » Piotr Stepanovitch traversa toute la pièce et alla droit à la fenêtre. « Impossible. » Soudain il se retourna vivement et quelque chose d'extraordinaire le secoua.

Contre le mur opposé aux fenêtres, à droite de la porte, il y avait une armoire. A droite de cette armoire, dans l'angle qu'elle formait avec le mur, se tenait Kirilov, et il se tenait dans une attitude étrange, immobile, tendu, les mains le long des hanches, la tête levée et la nuque étroitement serrée contre le mur, tout au fond, semblant vouloir s'effacer et se cacher. Selon toute apparence, il se cachait mais il était, on ne sait pourquoi, impossible d'y croire. Piotr Stepanovitch se trouvait un peu en biais par rapport au coin et ne pouvait voir que les parties saillantes de la silhouette. Il n'osait pas encore se déplacer à gauche pour voir Kirilov en entier et percer l'énigme. Son cœur se mit à battre avec violence... Et soudain une véritable fureur s'empara de lui, il sortit de son immobilité, se mit à crier et tapant des pieds se précipita furieusement vers le terrible endroit.

Mais arrivé tout contre, il s'arrêta de nouveau comme cloué sur place, encore plus frappé d'épouvante. Ce qui, surtout, le frappa était que la forme, malgré ses cris et son assaut furieux, n'avait pas fait un mouvement, n'avait pas remué un seul membre, comme si elle était pétrifiée ou faite de cire. La pâleur du visage n'était pas naturelle, les yeux noirs, tout à fait immobiles, regardaient un point de l'espace. Piotr Stepanovitch promena la bougie de haut en bas et de bas en haut, éclairant ce visage sur tous les points et le scrutant. Il s'aperçut soudain que Kirilov, bien qu'il regardât quelque part devant lui, le voyait du coin de l'œil et même, peut-être, l'observait. A ce moment l'idée lui vint d'approcher la lumière tout contre le visage de « ce gredin », de le brûler et de voir ce qu'il ferait. Brusquement il eut l'impression que le menton de Kirilov remuait et que sur ses lèvres passait un sourire ironique, comme s'il avait deviné son idée. Il se mit à trembler et, ne se connaissant plus, saisit Kirilov avec force par l'épaule.

Ensuite se passa quelque chose de si hideux et si rapide que plus tard Piotr Stepanovitch ne put jamais mettre tant soit peu d'ordre dans ses souvenirs. A peine eut-il touché Kirilov que celui-ci baissa vivement la tête et, d'un coup de tête, lui fit tomber la bougie des mains ; le bougeoir roula avec fracas à terre et la bougie s'éteignit. Au même instant il ressentit une terrible douleur au petit doigt de la main gauche. Il poussa un cri et il se souvenait seulement que, hors de lui, il avait porté de toutes ses forces avec son revolver trois coups sur la tête de Kirilov qui ne lâchait pas prise et lui mordait le doigt. Enfin il dégagea son doigt et comme un perdu se précipita hors de la maison, cherchant son chemin dans l'obscurité. Dans son dos des cris terribles parvenaient de la chambre :

— Tout de suite, tout de suite, tout de suite, tout de suite !...

Une dizaine de fois. Mais il courait toujours et il était déjà dans l'entrée lorsque, soudain, retentit une bruyante détonation. Alors il s'arrêta dans l'obscurité de l'entrée et réfléchit cinq minutes ; enfin il rentra dans la maison. Mais il fallait trouver une bougie. Il suffisait de retrouver à droite, près de l'armoire, par terre, le bougeoir que Kirilov lui avait fait tomber des mains ; mais avec quoi allumer ? Un vague souvenir lui traversa soudain l'esprit : il se rappela que, la veille, quand il était descendu en courant à la cuisine pour se jeter sur Fedka, il avait remarqué dans un coin, sur un rayon, une grande boîte d'allumettes rouge. A tâtons, il se dirigea à gauche, vers la porte de la cuisine, la trouva, traversa le petit réduit et descendit l'escalier. Sur le rayon, à la place même à laquelle il venait de penser, il trouva en tâtonnant une boîte d'allumettes non entamée. Sans allumer il remonta en hâte et ce fut seulement près de l'armoire, à l'endroit même où il avait frappé avec le revolver Kirilov qui le mordait, il se souvint brusquement de son doigt mordu et au même instant y sentit une douleur presque intolérable. Serrant les dents, il alluma tant bien que mal le bout de bougie, le remit dans le chandelier et regarda autour de lui ; près de la fenêtre au vasistas ouvert, les pieds tournés vers l'angle droit de la pièce, gisait le cadavre de Kirilov. Le coup avait été tiré à la tempe droite et la balle était sortie vers le haut à gauche après avoir traversé le crâne. On voyait des éclaboussures de sang et de cervelle. Le revolver était resté dans la main du suicidé retombée sur le plancher. La mort avait dû être instantanée. Après avoir tout examiné minutieusement, Piotr Stepanovitch se releva et sortit sur la pointe des pieds, ferma la porte, posa la bougie sur la table de la première pièce, réfléchit et décida de ne pas l'éteindre, comprenant qu'elle ne pouvait provoquer d'incendie. Jetant encore un regard sur le papier qui se trouvait sur la table, il sourit machinalement et alors seulement, toujours, on ne sait pourquoi, sur la pointe des pieds, sortit de la maison. Il se glissa de nouveau par le passage de Fedka et de nouveau le referma soigneusement derrière lui.

3

A six heures moins dix exactement, Piotr Stepanovitch et Erkel allaient et venaient sur le quai de la gare, le long de la file assez longue des voitures. Piotr Stepanovitch partait et Erkel était venu lui dire adieu. Les bagages étaient déjà enregistrés, le sac de voyage déposé dans un wagon de deuxième classe, à la place choisie. Le premier coup de sonnette avait déjà retenti, on attendait le second. Piotr Stepanovitch regardait ouvertement de tous côtés, observant les voyageurs qui montaient dans le train. Mais il n'y avait personne qu'il connût intimement ; il n'eut à saluer que deux fois d'un signe de tête, un marchand qu'il connaissait vaguement et puis un jeune prêtre de village qui regagnait sa paroisse, à deux stations de là. Erkel avait visiblement envie, en ces derniers instants, de parler de quelque chose de plus important, quoiqu'il ne sût peut-être pas lui-même de quoi ; mais il n'osait commencer. Il lui semblait tout le temps que sa présence importunait Piotr Stepanovitch et que celui-ci attendait avec impatience les coups de sonnette restants.

— Vous regardez tout le monde si ouvertement, fit-il remarquer avec une certaine timidité comme pour le mettre en garde.

— Pourquoi pas ? Je ne peux pas encore me cacher. C'est trop tôt. Ne vous inquiétez pas. J'ai seulement peur que le diable ne m'envoie Lipoutine ; s'il flaire quelque chose, il accourra.

— Piotr Stepanovitch, ils ne sont pas sûrs, dit résolument Erkel.

— Lipoutine ?

— Tous, Piotr Stepanovitch.

— Sottises, maintenant ils sont tous liés par ce qui s'est passé hier. Aucun ne trahira. Qui irait courir à une perte certaine s'il n'a pas perdu la raison ?

— Piotr Stepanovitch, mais c'est qu'ils perdront la raison.

Cette idée était visiblement déjà venue à l'esprit de Piotr Stepanovitch et c'est pourquoi la remarque d'Erkel l'irrita encore davantage :

— N'auriez-vous pas peur vous aussi, Erkel ? Je compte sur vous plus que sur eux tous. J'ai vu maintenant ce que vaut chacun. Dites-leur tout de vive voix aujourd'hui même, je vous les confie. Lisez mes instructions écrites demain ou après-demain, réunis, quand ils seront capables d'écouter... mais croyez-moi que dès demain ils en seront capables parce qu'ils auront eu une peur terrible et ils deviendront dociles comme la cire... Le principal est que vous, vous ne vous laissiez pas abattre.

— Ah, Piotr Stepanovitch, il aurait mieux valu que vous ne partiez pas !

— Mais je ne pars que pour quelques jours ; je reviendrai très vite.

— Piotr Stepanovitch, prononça prudemment mais fermement Erkel, quand même vous iriez à Pétersbourg. Est-ce que je ne comprends pas que vous faites seulement ce qui est indispensable pour la cause commune.

— Je n'attendais pas moins de vous, Erkel. Si vous avez deviné que je vais à Pétersbourg, vous avez pu comprendre aussi que je ne pouvais tout de même pas leur dire hier, à ce moment-là, que je partais si loin, pour ne pas les effrayer. Vous avez vu vous-même dans quel état ils étaient. Mais vous comprenez que je le fais pour la cause, pour une cause importante, capitale, pour la cause commune, et non pour filer comme le suppose un Lipoutine.

— Piotr Stepanovitch, même si vous alliez à l'étranger je le comprendrais ; je comprendrais que vous devez sauvegarder votre personne parce que vous êtes tout et nous ne sommes rien. Je comprendrais, Piotr Stepanovitch.

La voix du pauvre garçon se mit même à trembler.

— Je vous remercie, Erkel... Aïe, vous avez touché mon doigt malade (Erkel venait de lui serrer maladroitement la main ; le doigt malade était coquettement enveloppé de taffetas noir). Mais je vous affirme encore une fois que je ne vais à Pétersbourg que pour prendre le vent, peut-être même pour vingt-quatre heures seulement, et que je reviendrai aussitôt ici. En revenant je m'installerai pour la forme à la campagne chez Gaganov. S'ils croient à un danger, j'irai le premier le partager. Et si je m'attardais à Pétersbourg, je vous le ferais savoir immédiatement... par le moyen que vous connaissez, et vous le leur diriez.

Le deuxième coup de sonnette retentit.

— Ah, il ne reste donc plus que cinq minutes jusqu'au départ. Vous savez, je ne voudrais pas que le groupe d'ici se disloque. Moi, je ne crains pas cela, ne vous inquiétez pas pour moi ; j'ai assez de ces maillons du réseau général et je n'ai pas à y tenir particulièrement ; mais un maillon de plus n'est pas un mal. D'ailleurs je suis tranquille pour vous, bien que je vous laisse presque seul avec ces monstres : soyez sans crainte, ils ne dénonceront pas, ils n'oseront pas... A-ah, vous aussi aujourd'hui ? cria-t-il d'une tout autre voix, une voix joyeuse, à un très jeune homme qui s'approchait gaiement de lui pour le saluer ; je ne savais pas que vous preniez aussi l'express. Où allez-vous, chez Madame votre mère ?

La mère du jeune homme était une très riche propriétaire terrienne de la province voisine et le jeune homme, parent éloigné de Julie Mikhaïlovna, venait de passer une quinzaine de jours dans notre ville.

— Non, je vais plus loin, à R... J'en ai pour huit heures de train. Et vous, à Pétersbourg ? dit le jeune homme en riant.

— Pourquoi supposez-vous que je vais tout de bon à Pétersbourg ? demanda Piotr Stepanovitch en riant encore plus franchement.

Le jeune homme le menaça de son doigt ganté.

— Eh bien oui, vous avez deviné, lui chuchota mystérieusement Piotr Stepanovitch, j'y vais avec des lettres de Julie Mikhaïlovna et je dois y voir trois ou quatre personnages, et quels personnages, vous savez, le diable les emporte, à parler franchement. C'est un métier de chien !

— Mais pourquoi, dites-moi, a-t-elle pris tellement peur ? chuchota à son tour le jeune homme ; même moi elle n'a pas voulu me recevoir hier ; à mon avis, elle n'a pas à craindre pour son mari ; au contraire, il est tombé en beauté à l'incendie, pour ainsi dire même en faisant le sacrifice de sa vie.

— Allez donc comprendre, dit Piotr Stepanovitch en éclatant de rire, elle a peur, voyez-vous, qu'on n'ait déjà écrit d'ici... c'est-à-dire certaines gens... En un mot, il s'agit surtout de Stavroguine ; c'est-à-dire du prince K... Eh, c'est toute une histoire ; je vous raconterai peut-être certaines choses, dans la mesure d'ailleurs où me le permettront les principes chevaleresques... C'est mon parent, l'enseigne Erkel, du district.

Le jeune homme qui regardait Erkel du coin de l'œil

porta la main à son chapeau ; Erkel lui rendit son salut.

— Savez-vous, Verkhovenski, huit heures dans le train c'est un sort affreux. Il y a là Berestov, un colonel très amusant, notre voisin de campagne, qui part avec nous en première : il est marié à une Garine (*née de Garine*) et, vous savez, il est tout à fait comme il faut. Même il a des idées. Un amateur enragé de whist ; si nous faisions une partie, hein ? J'ai déjà repéré le quatrième, Pripoukhlov, un marchand barbu de chez nous, de T., un millionnaire, un véritable millionnaire, c'est moi qui vous le dis... Je vous ferai faire sa connaissance, c'est un sac d'écus très intéressant, nous nous tordrons de rire.

— Je jouerai au whist avec le plus grand plaisir et j'adore jouer dans le train, mais je suis en seconde.

— Eh, allons donc, jamais de la vie ! Montez avec nous. Je vais vous faire passer tout de suite en première. Le chef de train m'obéit. Qu'est-ce que vous avez, un sac de voyage ? Un plaid ?

— Merveilleux, allons !

Piotr Stepanovitch prit son sac, son plaid, son livre et aussitôt passa avec la plus grande bonne volonté en première. Erkel l'aida. Le troisième coup de sonnette retentit.

— Eh bien, Erkel, dit Piotr Stepanovitch en lui tendant pour la dernière fois la main d'un air pressé et affairé, cette fois par la portière, je commence une partie avec eux.

— Mais pourquoi donc me l'expliquer, Piotr Stepanovitch, je comprendrai, je comprendrai tout, Piotr Stepanovitch !

— Eh bien alors, au revoir, dit celui-ci en se détournant brusquement, appelé par le jeune homme qui voulait le présenter aux partenaires. Et Erkel ne revit plus son Piotr Stepanovitch !

Il rentra chez lui tout triste. Non qu'il craignît que Piotr Stepanovitch ne les eût abandonnés si soudainement, mais... mais il s'était détourné si vite quand ce jeune gredin l'avait appelé et... il aurait bien pu lui dire autre chose que « au revoir » ou... ou du moins lui serrer la main plus fort.

C'est cette dernière circonstance qui l'atteignait le plus. Quelque chose d'autre commençait à ronger son pauvre petit cœur, quelque chose qu'il ne comprenait pas encore lui-même, quelque chose qui se rattachait à la soirée de la veille.

CHAPITRE VII

LE DERNIER VOYAGE DE STEPAN TROFIMOVITCH

1

JE suis convaincu que Stepan Trofimovitch eut grand-
peur en sentant approcher l'heure de sa folle entreprise.
Je suis convaincu qu'il souffrit beaucoup de la peur,
surtout la dernière nuit, cette nuit affreuse. Nastassia
racontait par la suite qu'il s'était couché tard et avait
dormi. Mais cela ne prouve rien ; les condamnés à mort
dorment, dit-on, d'un profond sommeil même la veille
de l'exécution. Quoiqu'il se fût mis en route alors qu'il
faisait déjà jour, moment où un homme nerveux reprend
toujours quelque peu courage (et le major parent de
Virguinski cessait même de croire en Dieu dès que la
nuit était passée), je n'en suis pas moins convaincu qu'il
n'aurait jamais pu auparavant se représenter sans effroi
qu'il marcherait seul sur la route et dans cette situation.
Certes, ce qu'il y avait de désespéré dans ses pensées
avait dû atténuer au début cette terrible sensation de
solitude subite qu'il éprouva dès qu'il eut quitté *Stasie*
et le coin bien chaud où il avait passé vingt ans. Mais
peu importe : même avec la conscience la plus lucide
de toutes les horreurs qui l'attendaient, il se serait néanmoins engagé sur la grande route et l'aurait suivie ! Il
y avait là quelque chose de fier et qui le ravissait en
dépit de tout. Oh, il aurait pu accepter les somptueuses
conditions offertes par Varvara Petrovna et rester à

jouir de ses bienfaits « *comme un* simple pique-assiette » ! Mais il n'avait pas accepté les bienfaits et n'était pas resté. Et voici qu'il la quitte lui-même et lève « l'étendard de la grande idée », et il s'en va mourir pour elle sur la grande route ! C'est précisément ainsi qu'il devait sentir ; précisément ainsi que devait lui apparaître son geste.

Plus d'une fois, une autre question s'est posée à moi : pourquoi s'enfuit-il, je veux dire à pied, littéralement, au lieu de partir simplement en voiture ? J'attribuai cela d'abord au manque de sens pratique dont il faisait preuve depuis cinquante ans et au fait que ses idées étaient faussées sous l'influence d'un sentiment puissant. Il me semblait que la pensée de demander une feuille de route et de louer une voiture (fût-ce avec une clochette) avait dû lui apparaître trop simple et prosaïque ; au contraire, un pèlerinage, même avec un parapluie, était beaucoup plus beau et avait une nuance de vengeance amoureuse. Mais aujourd'hui que tout est fini, je suppose que cela se fit beaucoup plus simplement : premièrement, il n'osa louer une voiture car Varvara Petrovna aurait pu l'apprendre et le retenir de force, ce qu'elle n'aurait pas manqué de faire et il se serait certainement soumis et — alors adieu à jamais la grande idée. Deuxièmement, pour prendre une feuille de route, il fallait à tout le moins savoir où l'on allait. Mais le savoir, c'était précisément là sa principale souffrance à ce moment : il n'aurait absolument pu indiquer et choisir un endroit. Car qu'il optât pour telle ville, et au même instant son entreprise serait devenue à ses propres yeux et absurde, et impossible ; il ne le pressentait que trop. En effet, que ferait-il dans telle ville plutôt que dans telle autre ? Chercher *ce marchand ?* Mais quel *marchand ?* Là, de nouveau, surgissait cette deuxième question et la plus effrayante de toutes. Au fond, rien n'était plus effrayant que *ce marchand* qu'il s'était si brusquement mis à chercher à toute force et que, bien entendu, il craignait le plus de trouver réellement. Non, mieux vaut encore simplement la grande route, s'y engager et marcher et ne penser à rien, tant qu'il est possible de ne pas penser. La grande route c'est quelque chose de long, très long, dont on ne voit pas la fin — comme la vie humaine, comme le rêve humain. Dans la grande route il y a une idée ; et dans la feuille de route quelle idée y a-t-il ? La feuille de route c'est la fin de l'idée... *Vive la grande route*, et ensuite à la grâce de Dieu.

Après sa rencontre soudaine et inattendue avec Lisa, rencontre que j'ai déjà décrite, il poursuivit son chemin dans un oubli encore plus grand de lui-même. La grand-route passait à une demi-verste de Skvorechniki et — chose étrange — il ne s'aperçut même pas tout d'abord qu'il s'y était engagé. Raisonner sérieusement ou, du moins, se rendre nettement compte de la réalité lui était à ce moment intolérable. Une pluie fine tantôt s'arrêtait, tantôt recommençait ; mais il ne remarquait pas même la pluie. Il ne remarqua pas non plus qu'il avait jeté son sac sur son épaule et que cela lui rendait la marche plus facile. Il avait dû faire ainsi une verste ou une verste et demie, lorsque soudain il s'arrêta et regarda autour de lui. La vieille route noire, creusée d'ornières s'étendait devant lui à l'infini, bordée de ses saules blancs ; à droite, une surface nue, les champs depuis longtemps moissonnés ; à gauche, des buissons, et plus loin, derrière eux, un petit bois. Et au loin — au loin la ligne à peine visible du chemin de fer qui s'en allait obliquement, et au-dessus d'elle la petite fumée d'un train dont on n'entendait pas le bruit. Stepan Trofimovitch eut un peu peur mais l'espace d'un instant seulement. Il soupira sans raison, posa son sac au pied d'un saule et s'assit pour se reposer. En faisant le mouvement de s'asseoir, il sentit un frisson et s'enveloppa dans son plaid ; s'apercevant en même temps qu'il pleuvait, il ouvrit le parapluie. Il resta assez longtemps assis, remuant de temps à autre les lèvres et crispant la main sur le manche du parapluie. Des images défilaient devant lui dans une succession fiévreuse, alternant rapidement dans son esprit. « *Lise, Lise*, pensait-il, et *ce Maurice* avec elle... Quels gens étranges... Mais quel était donc cet étrange incendie et de quoi parlait-on, et qui a été tué ? Il me semble que *Stasie* n'a rien pu apprendre encore et qu'elle m'attend encore avec le café... Aux cartes ? Est-ce que je perdais les gens aux cartes ? Hum ! chez nous en Russie, au temps du servage... Ah, mon Dieu, et Fedka ? »

Il sursauta, pris de frayeur, et regarda autour de lui : « Et si Fedka se trouvait quelque part par ici, derrière un buisson ; on dit qu'il avait toute une bande de brigands sur la grande route ? Oh, Dieu, alors je... Je lui dirai alors toute la vérité, que je suis coupable, et QUE J'AI DIX ANS souffert pour lui, plus qu'il n'a souffert lui-même étant soldat, et... et je lui donnerai mon porte-monnaie. Hum ! *j'ai en tout quarante roubles ; il prendra les roubles et il me tuera quand même.* »

De peur, il ferma sans savoir pourquoi son parapluie et le posa à côté de lui. Au loin, sur la route venant de la ville, apparut une charrette ; il l'observa avec inquiétude.

« *Grâce à Dieu,* c'est une charrette ; et — elle va au pas ; ce ne peut être dangereux. Ces pauvres haridelles fourbues d'ici... J'ai toujours parlé de la race... C'est Piotr Ilitch d'ailleurs qui a parlé au club de la race et moi je l'ai battu aux cartes, *et puis,* mais qu'y a-t-il là derrière et... je crois qu'il y a une paysanne dans la charrette. Une paysanne et un paysan — *cela commence à être rassurant.* La paysanne derrière et le paysan devant, *c'est très rassurant.* Derrière la charrette, ils ont une vache attachée par les cornes, *c'est rassurant au plus haut degré.* »

La charrette arriva à sa hauteur, une assez bonne et solide charrette de paysan. La femme était assise sur un sac bourré et l'homme à l'avant sur le siège, les jambes pendantes du côté de Stepan Trofimovitch. Derrière cheminait en effet une vache rousse attachée par les cornes. L'homme et la femme regardaient Stepan Trofimovitch en écarquillant les yeux et Stepan Trofimovitch les regardait exactement de même, mais lorsqu'il les eut laissé le dépasser d'une vingtaine de pas, il se leva soudain en hâte et alla les rejoindre. Dans le voisinage de la charrette il se sentait sans doute plus en sûreté, mais l'ayant rattrapée il oublia aussitôt tout et se replongea dans ses bribes de pensées et d'images. Il marchait et, certes, il ne se doutait pas que pour le paysan et sa femme il représentait en cet instant l'objet le plus énigmatique et le plus curieux que l'on puisse rencontrer sur une grande route.

— C'est-à-dire qui êtes-vous s'il n'est pas impoli de vous le demander ? s'enquit enfin la femme, ne pouvant plus y tenir, alors que Stepan Trofimovitch la regardait soudain distraitement. C'était une forte paysanne haute en couleur de vingt-sept ans environ, aux sourcils noirs, aux lèvres rouges qui souriaient gentiment et laissaient entrevoir l'éclat de dents blanches et régulières.

— Vous... c'est à moi que vous vous adressez ? bredouilla Stepan Trofimovitch avec un étonnement peiné.

— Ça doit être un marchand, dit le paysan avec assurance. C'était un homme de haute taille, dans la quarantaine, le visage large et pas bête, avec une barbe roussâtre bien fournie.

— Non, je ne suis pas exactement un marchand, je... je... *moi c'est autre chose,* répondit tant bien que mal

Stepan Trofimovitch, et à tout hasard il resta légèrement en arrière de la charrette, de sorte qu'il marchait maintenant à côté de la vache.

— C'est un monsieur faut croire, décida le paysan en entendant des mots qui n'étaient pas du russe, et il tira sur les guides.

— C'est pour ça que nous vous regardons, on dirait que vous êtes sorti pour une promenade ? reprit la femme, curieuse.

— C'est... c'est à moi que vous posez une question ?

— Il y a parfois ici des étrangers qui viennent en chemin de fer, on dirait que vous avez des bottes qui ne sont pas d'ici.

— Des bottes militaires, intervint le paysan avec suffisance et autorité.

— Non, je ne suis pas exactement un militaire, je...
« Quelle bonne femme curieuse, rageait à part lui Stepan Trofimovitch, et comme ils me détaillent... *mais enfin.* En un mot, c'est étrange, comme si j'étais coupable envers eux, or je ne suis aucunement coupable envers eux. »

La bonne femme se concerta en chuchotant avec son mari.

— Si vous ne dédaignez pas, nous pourrions vous emmener, si seulement ça vous est agréable.

Stepan Trofimovitch se reprit tout d'un coup.

— Oui, oui, mes amis, avec grand plaisir car je suis très fatigué, seulement comment ferai-je pour monter ?
« Comme c'est étonnant, pensa-t-il à part lui, j'ai marché si longtemps à côté de cette vache et l'idée ne m'est pas venue de leur demander à monter... Cette « vie réelle » a quelque chose de très caractéristique. »

Cependant le paysan n'arrêtait toujours pas le cheval.

— Mais où allez-vous ? s'enquit-il avec une certaine méfiance.

Stepan Trofimovitch ne comprit pas tout de suite.

— Juqu'à Khatovo faut croire ?

— Chez Khatov ? Non, pas précisément chez Khatov... Et je ne le connais pas bien ; quoique j'en aie entendu parler.

— Le village de Khatovo, le village, à neuf verstes d'ici.

— Un village ? *C'est charmant,* il me semblait aussi en avoir entendu parler...

Stepan Trofimovitch continuait de marcher et on ne le faisait toujours pas monter. Une idée géniale lui traversa l'esprit :

— Vous croyez peut-être que je... J'ai un passeport et je suis professeur d'université, c'est-à-dire, si vous voulez, instituteur... mais un instituteur principal. *Oui, c'est comme ça qu'on peut traduire.* Je voudrais beaucoup monter et je vous achèterai... Je vous achèterai en échange une demi-bouteille d'eau-de-vie.

— Ça sera cinquante kopeks, Monsieur, la route est dure.

— Autrement ce serait bien vexant pour nous, ajouta la bonne femme.

— Cinquante kopeks ? Eh bien, entendu, cinquante kopeks. *C'est encore mieux, j'ai en tout quarante roubles, mais...*

Le paysan arrêta et en conjuguant les efforts on hissa Stepan Trofimovitch dans la charrette et l'y installa à côté de la femme, sur un sac. Le tourbillon de pensées ne le quittait pas. Par moments il sentait lui-même qu'il était extrêmement distrait, qu'il pensait à tout autre chose qu'il ne fallait, et il s'en étonnait. Cette conscience de la faiblesse maladive de son esprit lui était par instant très pénible et même le contrariait.

— C'est... comment se fait-il que la vache soit derrière ? demanda-t-il soudain à la paysanne.

— Allons bon, Monsieur, comme si vous n'aviez jamais vu ça, dit en riant la femme.

— Nous l'avons achetée en ville, intervint le paysan, nos bêtes, voyez-vous, ont toutes crevé au printemps ; c'est une épidémie. Chez nous toutes les bêtes ont crevé alentour, toutes, il n'en reste pas la moitié, c'est à pleurer.

Et de fouetter encore la haridelle enlisée dans une ornière.

— Oui, cela arrive chez nous en Russie... et en général nous Russes... eh oui, cela arrive, dit Stepan Trofimovitch sans achever.

— Si vous êtes instituteur, qu'est-ce que vous allez donc faire à Khatovo ? Ou c'est-y que vous allez quelque part plus loin ?

— Je... c'est-à-dire ce n'est pas précisément que j'aille plus loin... *C'est-à-dire,* je vais chez un marchand.

— A Spassov faut croire ?

— Oui, oui, précisément à Spassov. Peu importe d'ailleurs.

— Si vous allez à Spassov, et à pied, avec vos bottes vous mettriez huit jours, dit en riant la femme.

— C'est cela, c'est cela, et peu importe, *mes amis,* peu importe, coupa impatiemment Stepan Trofimovitch.

« Des gens terriblement curieux ; la femme d'ailleurs parle mieux que lui et je m'aperçois que depuis le 19 février leur style a quelque peu changé et... et que m'importe d'aller ou de ne pas aller à Spassov ? D'ailleurs je les paierai, alors pourquoi m'importunent-ils ? »

— Si vous allez à Spassov, alors il faut prendre le bateau, dit le paysan qui ne le lâchait pas.

— Ça pour sûr c'est vrai, ajouta la femme avec animation, parce que si on y va en voiture en suivant la rive, ça fait un crochet d'une trentaine de verstes.

— Y en a bien quarante.

— Demain à deux heures vous trouverez tout juste le bateau à Oustievo, appuya la femme. Mais Stepan Trofimovitch se taisait obstinément. Les questionneurs se turent à leur tour. Le paysan tirait sur les guides ; de temps à autre la femme échangeait avec lui de brèves remarques. Stepan Trofimovitch s'assoupit. Il fut vivement surpris lorsque la femme le secoua en riant et qu'il se vit dans un assez grand village, devant le perron d'une izba à trois fenêtres.

— Vous vous êtes assoupi, Monsieur ?

— Qu'est-ce ? Où suis-je ? Ah, eh bien ! Eh bien... peu importe, soupira Stepan Trofimovitch et il descendit de la charrette.

Il regarda tristement autour de lui ; le paysage campagnard lui parut bizarre et tout à fait étranger.

— Et les cinquante kopeks, je les avais oubliés ! dit-il en s'adressant au paysan avec un geste trop précipité ; visiblement il craignait déjà de se séparer d'eux.

— Vous réglerez à l'intérieur, entrez donc, invita le paysan.

— C'est bien ici, dit la femme d'un ton encourageant.

Stepan Trofimovitch monta le perron branlant.

« Mais comment est-ce possible », murmura-t-il avec une perplexité profonde et craintive ; pourtant il entra dans l'izba. « *Elle l'a voulu* », et il sentit comme un coup de couteau se planter dans son cœur et de nouveau il oublia soudain tout, même qu'il était entré dans l'izba.

C'était une izba claire, assez propre, avec trois fenêtres et deux pièces ; et non pas précisément une auberge mais simplement une maison où, par une longue habitude, s'arrêtaient des voyageurs de connaissance. Stepan Trofimovitch, sans se troubler, alla vers le coin de devant, oublia de saluer, s'assit et se plongea dans ses pensées. Cependant une très agréable sensation de chaleur, après trois heures d'humidité sur la route, se répandit soudain dans son corps. Même le bref frisson qui lui courait par instants dans le dos, comme il arrive toujours aux gens particulièrement nerveux lorsqu'ils ont la fièvre et qu'ils passent sans transition du froid au chaud, lui devint soudain étrangement agréable. Il leva la tête et la délectable odeur des crêpes chaudes que préparait près du poêle la patronne lui chatouilla l'odorat. Souriant d'un sourire enfantin, il fit un mouvement vers la patronne et soudain balbutia :

— Qu'est-ce donc ? Ce sont des crêpes ? *Mais... c'est charmant.*

— En désirez-vous, Monsieur ? proposa aussitôt et poliment la patronne.

— J'en désire, justement, j'en désire, et... je vous demanderais aussi du thé, répondit Stepan Trofimovitch en s'animant.

— Mettre un samovar ? Avec plaisir.

Dans une grande assiette à gros dessins bleus apparurent les crêpes, les fameuses crêpes paysannes en froment, minces, arrosées de beurre frais fondu, succulentes. Stepan Trofimovitch les goûta avec délice.

— Comme c'est gras et comme c'est bon ! Et si seulement on pouvait avoir *un doigt d'eau-de-vie.*

— Ne serait-ce pas de la vodka, Monsieur, que vous désirez ?

— Justement, justement, un peu, *un tout petit rien.*

— Pour cinq kopeks alors ?

— Pour cinq — pour cinq — pour cinq — pour cinq, *un tout petit rien*, approuva Stepan Trofimovitch avec un sourire béat.

Demandez à un homme du peuple de faire quelque chose pour vous, et s'il peut et s'il veut, il vous rendra service avec zèle et cordialité ; mais demandez-lui d'aller chercher de la vodka, et l'habituelle cordialité tranquille se change soudain en une sorte de serviabilité empressée, joyeuse, en une sollicitude presque familiale. Celui qui va chercher de la vodka — quoique ce soit vous qui la boiriez et non lui, et il le sait d'avance — éprouve néanmoins comme une partie de votre satisfaction future... Au bout de trois ou quatre minutes tout au plus (le débit était à deux pas), il y avait sur la table devant Stepan Trofimovitch une bouteille et un grand verre verdâtre.

— Et tout cela pour moi ! dit-il très étonné. J'ai toujours eu de la vodka chez moi, mais je n'ai jamais su qu'on en avait tant pour cinq kopeks.

Il remplit le verre, se leva et, avec une certaine solennité, traversa la pièce se dirigeant vers l'angle opposé où avait pris place sa compagne de voyage sur le sac, la paysanne aux sourcils noirs qui l'avait tant excédé par ses questions. La paysanne, toute confuse, commença par refuser mais ayant dit tout ce qu'exigeaient les convenances, elle finit par se lever, but poliment en trois gorgées, comme boivent les femmes, et laissant paraître sur son visage une expression de vive souffrance, tendit le verre et s'inclina devant Stepan Trofimovitch. Il lui rendit gravement son salut et regagna d'un air fier sa place près de la table.

Tout cela il l'avait fait par une sorte d'inspiration ; lui-même, une seconde plus tôt, ne savait pas qu'il irait offrir à boire à la femme.

« Je sais m'y prendre à la perfection, à la perfection avec le peuple, et je le leur ai toujours dit », pensa-t-il avec suffisance en se versant le reste de la vodka ; quoiqu'il y en eût moins d'un verre, l'eau-de-vie le réchauffa et lui monta même un peu à la tête.

« Je suis malade tout à fait, mais ce n'est pas trop mauvais d'être malade. »

— Ne désirez-vous pas acheter ? dit près de lui une voix de femme.

Il leva les yeux et, à son étonnement, vit devant lui une dame — *une dame et elle en avait l'air* — qui avait dépassé la trentaine, très modeste d'aspect, vêtue comme une citadine d'une petite robe foncée avec un grand châle gris sur les épaules. Son visage avait quelque chose de très engageant qui plut aussitôt à Stepan Trofimovitch. Elle venait de rentrer dans l'izba où ses affaires étaient restées sur un banc, tout à côté de la place qu'occupait Stepan Trofimovitch, entre autres une serviette qu'il avait, il s'en souvenait, regardée avec curiosité en entrant, et un sac pas très grand en toile cirée. C'est de ce sac qu'elle tira deux livres joliment reliés avec des croix gravées sur la couverture, et les présenta à Stepan Trofimovitch.

— *Eh... mais je crois que c'est l'Evangile ;* avec le plus grand plaisir... Ah, je comprends maintenant... *Vous êtes ce qu'on appelle* une colporteuse de livres ; j'ai lu maintes fois... cinquante kopeks ?

— Trente-cinq kopeks, répondit la colporteuse.

— Avec le plus grand plaisir. *Je n'ai rien contre l'Evangile, et...* Je voulais depuis longtemps le relire...

Il se souvint à ce moment que, depuis au moins trente ans, il n'avait pas lu l'Evangile et que, sept ans auparavant, il s'en était tout au plus rappelé une toute petite partie en lisant la *Vie de Jésus* de Renan. Comme il n'avait pas de monnaie, il tira ses quatre billets de dix roubles — tout ce qu'il possédait. La patronne s'offrit à faire la monnaie et c'est alors seulement qu'il s'aperçut en y regardant de plus près que l'izba s'était passablement remplie et que toutes les personnes présentes l'observaient depuis longtemps et, semblait-il, parlaient de lui. On commentait aussi l'incendie, surtout le propriétaire de la charrette à la vache qui arrivait de la ville. On parlait de malveillance, des ouvriers des Chpigouline.

« Et pourtant à moi il ne m'a pas dit un mot de l'incendie en cours de route, bien qu'il ait parlé de tout », pensa Stepan Trofimovitch.

— Stepan Trofimovitch, est-ce vous, Monsieur, que je vois ? Si je m'y attendais !... Vous ne me reconnaissez pas ? s'écria un homme d'un certain âge, sans barbe, vêtu d'une capote à grand collet rabattu, d'apparence un domestique d'autrefois. Stepan Trofimovitch eut peur en entendant son nom.

— Excusez-moi, balbutia-t-il, je ne me souviens pas bien de vous...

— Vous avez oublié ! Je suis Anissim, Anissim Ivanov. J'ai servi chez feu Monsieur Gaganov, et que de fois, Monsieur, je vous ai vu avec Varvara Petrovna chez feu Avdotia Sergueevna. J'allais vous porter des livres de sa part, et deux fois je vous ai apporté des bonbons de Pétersbourg...

— Ah oui, je me souviens de toi, Anissim, dit Stepan Trofimovitch en souriant. Tu habites ici ?

— Près de Spassov, au monastère de V., dans le faubourg, chez Marthe Sergueevna, la sœur d'Avdotia Sergueevna, Monsieur se souvient peut-être, elle s'était cassé une jambe en sautant de voiture un jour qu'elle allait au bal. A présent elle habite près du monastère et je suis à son service et en ce moment, voyez-vous, je me rends au chef-lieu pour voir les miens...

— Mais oui, mais oui.

— En vous voyant j'ai eu une de ces joies, vous étiez bon pour moi, dit Anissim en souriant avec ravissement. Mais où allez-vous comme ça, Monsieur, on dirait tout seul... Vous ne voyagiez jamais seul il me semble ?

Stepan Trofimovitch le regarda craintivement.

— Ne serait-ce pas chez nous à Spassov ?

— Oui, je vais à Spassov. *Il me semble que tout le monde va à Spassof...*

— Ne serait-ce pas par hasard chez Fedor Matveevitch ? Ce qu'il sera content. Il estimait tant Mon-

'sieur autrefois ; même maintenant, il parle souvent de vous.

— Oui, chez Fedor Matveevitch aussi.

— C'est ça, c'est ça. C'est pour ça que les paysans s'étonnent, il paraît qu'on vous a rencontré, Monsieur, allant à pied sur la grande route. Ce sont des gens stupides.

— Je... Je... Tu sais, Anissim, j'avais parié, comme chez les Anglais de faire le trajet à pied, et je...

La sueur commençait à lui perler au front et aux tempes.

— C'est ça, c'est ça... disait Anissim qui écoutait avec une curiosité impitoyable. Mais Stepan Trofimovitch ne put en supporter davantage. Il se troubla au point qu'il voulut se lever et quitter l'izba. Mais on apporta le samovar et au même instant la colporteuse de livres qui était sortie revint. Avec le geste d'un homme qui se raccroche à une planche de salut, il s'adressa à elle et lui offrit du thé. Anissim céda et s'éloigna.

En effet, la perplexité gagnait les paysans. « Qu'est-ce c'est que cet homme ? On l'a trouvé marchant à pied sur la route, il se dit instituteur, il est habillé comme un étranger et par l'esprit il est comme un petit enfant, répond d'une façon saugrenue, comme s'il s'était sauvé de chez quelqu'un, et il a de l'argent ! » L'idée leur venait d'avertir les autorités, « puisque avec ça le calme ne règne pas en ville ». Mais Anissim arrangea les choses en un tournemain. Allant dans l'entrée, il annonça à tous ceux qui voulaient l'entendre que Stepan Trofimovitch était non pas un instituteur mais « le plus grand savant et qu'il s'occupe de hautes sciences, qu'il est lui-même un ancien propriétaire de la région et que voilà déjà vingt-deux ans qu'il habite chez la générale Stavroguine, comme le premier personnage de la maison, et que toute la ville le tient en extrême considération. Au cercle de la noblesse il lui arrivait de laisser en une soirée un billet gris et un billet irisé et comme rang il est conseiller, comme qui dirait lieutenant-colonel chez les militaires, d'un grade seulement au-dessous du colonel. Et pour ce qui est de l'argent, il en a tant qu'il veut grâce à la générale Stavroguine », etc., etc.

« *Mais c'est une dame et très comme il faut* », se disait Stepan Trofimovitch qui se reposait après l'assaut d'Anissim tout en observant avec une agréable curiosité sa voisine la colporteuse, qui d'ailleurs buvait le thé dans sa soucoupe et en croquant le sucre.

« *Ce petit morceau de sucre ce n'est rien*... Il y a en elle quelque chose de noble et d'indépendant et en même temps de doux. *Le comme il faut tout pur,* mais d'un genre légèrement différent. »

Il apprit bientôt qu'elle s'appelait Sophie Matveevna Oulitine et qu'elle habitait à K., où elle avait une sœur veuve appartenant à la petite bourgeoisie ; elle aussi était veuve ; son mari, ancien sergent-major promu sous-lieutenant pour ses services, avait été tué à Sébastopol.

— Mais vous êtes si jeune encore, *vous n'avez pas trente ans.*

— Trente-quatre, répondit Sophie Matveevna en souriant.

— Comment, vous comprenez le français ?

— Un peu ; j'ai vécu quatre ans dans une famille noble et je l'ai un peu appris des enfants.

Elle raconta que restée veuve à dix-huit ans, elle avait passé quelque temps à Sébastopol « comme sœur de charité », puis avait servi dans différentes places, et maintenant vendait l'Evangile.

— *Mais mon Dieu,* n'est-ce pas à vous qu'est arrivée dans notre ville une histoire étrange, même très étrange ?

Elle rougit ; c'était bien à elle.

— *Ces vauriens, ces malheureux !*... commença-t-il d'une voix tremblante d'indignation ; le souvenir pénible et odieux retentit douloureusement dans son cœur. Un instant il parut perdre conscience.

« Bah, mais elle est encore partie », se dit-il en remarquant que de nouveau elle n'était plus auprès de lui. « Elle sort souvent et est occupée de quelque chose ; je m'aperçois qu'elle est même inquiète... *Bah, je deviens égoïste !* »

Il leva les yeux et vit de nouveau Anissim, mais cette fois dans une atmosphère des plus menaçantes. Toute l'izba était pleine de paysans et tous avaient manifestement été amenés par Anissim. Il y avait là et le propriétaire de l'izba, et le paysan à la vache, deux autres encore (ils se trouvèrent être des cochers), et un petit homme à demi ivre, habillé comme un paysan mais rasé, qui ressemblait à un petit bourgeois perdu de boisson et qui parlait plus que tous les autres. Et tous ils s'entretenaient de lui, Stepan Trofimovitch. Le paysan à la vache soutenait toujours qu'en suivant la rive on faisait un crochet d'une quarantaine de verstes et qu'il fallait absolument prendre le bateau. Le petit bourgeois éméché et le maître de maison lui répondaient avec passion.

— Parce que, vieux, ce sera naturellement plus court pour Son Honneur de traverser le lac en bateau ; ça c'est bien vrai ; mais le bateau, à l'heure qu'il est, il se peut qu'il n'accoste pas.

— Il accoste, il accoste, il marchera pendant huit jours encore, dit Anissim, le plus échauffé de tous.

— Pour être vrai c'est vrai ! Mais il ne vient pas régulièrement parce que la saison est avancée, des fois on l'attend à Oustievo trois jours.

— Il sera là demain, demain à deux heures il arrivera ponctuellement. Vous serez à Spassov avant le soir ponctuellement, Monsieur, rétorqua Anissim plein de zèle.

« Mais qu'est-ce qu'il a cet homme », se dit Stepan Trofimovitch qui attendait en tremblant que son sort se décidât.

Les cochers s'avancèrent à leur tour, offrirent leurs services ; ils demandaient trois roubles jusqu'à Oustievo. Les autres criaient que ce n'était pas volé, que c'était bien le prix, et que d'ici à Oustievo on avait conduit tout l'été pour ce prix.

— Mais... ici c'est bien aussi... Et je ne veux pas, bredouilla Stepan Trofimovitch.

— On est bien, Monsieur, c'est juste ce que vous dites, chez nous à Spassov on est rudement bien en ce moment, et Fedor Matveevitch sera tellement content de vous voir.

— Mon Dieu, mes amis, tout cela est si inattendu pour moi.

Enfin Sophie Matveevna revint. Mais elle s'assit sur le banc très abattue et triste.

— Décidément je n'irai pas à Spassov ! dit-elle à la patronne.

— Comment, vous aussi vous allez à Spassov ? demanda Stepan Trofimovitch en s'animant.

Il apparut qu'une propriétaire terrienne, Nadejda Egorovna Svetlitsine, avait dit la veille à la colporteuse de l'attendre à Khatovo et promis de l'emmener jusqu'à Spassov mais n'était pourtant pas venue.

— Que vais-je faire maintenant ? répétait Sophie Matveevna.

— Mais, ma chère et nouvelle amie, moi aussi je peux vous emmener comme cette propriétaire dans ce... comment s'appelle-t-il donc ce village pour où j'ai loué une voiture ? et demain, eh bien, demain nous irons ensemble à Spassov.

— Mais est-ce que vous aussi vous, allez à Spassov ?

— *Mais que faire, et je suis enchanté !* Je vous emmènerai avec la plus grande joie ; ils le veulent, j'ai déjà loué... Lequel d'entre vous ai-je donc retenu ? demanda Stepan Trofimovitch qui avait subitement grande envie d'aller à Spassov.

Un quart d'heure plus tard, ils s'installaient déjà dans une britchka couverte, lui très animé et tout à fait content, elle à côté de lui avec son sac et un sourire reconnaissant. Anissim les aida à monter.

— Bon voyage, Monsieur, dit-il s'empressant tant qu'il pouvait autour de la britchka ; ce qu'on a été heureux de vous voir !

— Adieu, adieu, mon ami, adieu !

— Vous verrez Fedor Matveevitch, Monsieur...

— Oui, mon ami, oui... Fedor Petrovitch... seulement adieu.

2

— Voyez-vous, mon amie, vous me permettez de me dire votre ami, *n'est-ce pas ?* commença hâtivement Stepan Trofimovitch à peine la britchka se fut-elle mise en marche. Voyez-vous, je... *J'aime le peuple, c'est indispensable, mais il me semble que je ne l'avais jamais vu de près. Stasie... cela va sans dire qu'elle est aussi du peuple... mais le vrai peuple,* c'est-à-dire le véritable, celui qu'on rencontre sur la grande route, il me semble que la seule chose qui l'intéresse est de savoir où je vais... Mais laissons les griefs. Il me semble que je m'embrouille un peu mais cela vient je crois de ma précipitation.

— Je crois que vous êtes souffrant, dit Sophie Matveevna en l'examinant attentivement mais respectueusement.

— Non, non, il suffit de m'emmitoufler, et en général le vent est frais, même trop frais, mais... nous oublierons cela. Ce n'est pas cela que je voudrais dire surtout. *Chère et incomparable amie,* il me semble que je suis presque heureux et c'est vous qui en êtes cause. Le bonheur me désavantage parce que je me mêle immédiatement de pardonner à tous mes ennemis.

— Pourquoi pas, c'est très bien...

— Pas toujours, *chère innocente. L'Evangile... Voyez-*

vous, désormais nous le prêcherons ensemble, et je vendrai volontiers vos beaux livres. Oui, je sens que c'est peut-être une idée, *quelque chose de très nouveau dans ce genre*. Le peuple est religieux, *c'est admis*, mais il ne connaît pas encore l'Evangile. Je le lui exposerai... En exposant de vive voix on peut corriger les erreurs de ce livre admirable que je suis bien entendu prêt à traiter avec le plus grand respect. Je serai aussi utile sur la grande route. J'ai toujours été utile, je l'ai toujours dit à EUX *et à cette chère ingrate*... Oh, pardonnons, pardonnons, avant tout pardonnons à tout le monde et toujours... Espérons qu'ils nous pardonneront aussi. Oui, parce que tous et chacun sont coupables les uns envers les autres. Tous sont coupables !

— Cela, il me semble que vous l'avez très bien dit.

— Oui, oui... Je sens que je parle très bien. Je leur parlerai très bien, mais, mais que voulais-je donc dire de principal ? Je m'embrouille tout le temps et je ne me souviens plus... Me permettrez-vous de ne pas vous quitter ? Je sens que votre regard et... je m'étonne même de votre manière d'être : vous êtes naïve, vous parlez comme les petites gens et vous renversez votre tasse sur la soucoupe... avec cet affreux petit morceau de sucre ; mais il y a en vous quelque chose de charmant et je vois dans vos traits... Oh, ne rougissez pas et ne me craignez pas en tant qu'homme. *Chère et incomparable, pour moi une femme c'est tout*. Je ne peux pas ne pas vivre auprès d'une femme, mais auprès seulement... Je me suis terriblement, terriblement embrouillé... Je ne parviens absolument pas à me rappeler ce que je voulais dire. Oh, bienheureux celui à qui Dieu envoie toujours une femme et... et je pense même que je suis un peu exalté. Même sur la grande route il y a une grande idée ! Voilà — voilà ce que je voulais dire au sujet de l'idée, voilà, je me rappelle maintenant, je ne parvenais pas à mettre le doigt dessus. Et pourquoi nous emmènent-ils plus loin ? Là-bas aussi c'était bien tandis qu'ici — *cela devient trop froid. A propos, j'ai en tout quarante roubles et voilà cet argent*, prenez, prenez, je ne sais pas y faire, je le perdrai et on me le prendra, et... Il me semble que j'ai envie de dormir, j'ai quelque chose qui me tourne dans la tête. Comme ça, ça tourne, ça tourne, ça tourne. Oh, que vous êtes bonne, avec quoi me couvrez-vous ?

— Vous devez avoir une forte fièvre et j'ai mis sur vous ma couverture, seulement quant à l'argent je...

— Oh, pour l'amour de Dieu, *n'en parlons plus parce que cela me fait mal, oh, comme vous êtes bonne !*

Il cessa brusquement de parler et très vite s'endormit d'un sommeil fiévreux, parcouru de frissons. Le chemin de traverse qu'ils devaient suivre pour faire les dix-sept verstes du trajet n'était pas particulièrement plat et la voiture était durement cahotée. Stepan Trofimovitch se réveillait souvent, relevait vivement sa tête du petit oreiller que Sophie Matveevna lui avait glissé, saisissait la main de celle-ci et demandait : « Vous êtes là ? » comme s'il craignait qu'elle ne l'eût quitté. Il l'assurait aussi qu'il rêvait d'une mâchoire grande ouverte, avec ses dents et que cela lui répugnait beaucoup. Sophie Matveevna était très inquiète pour lui.

Les cochers les amenèrent devant une grande izba à quatre fenêtres, avec bâtiments d'habitation dans la cour. Stepan Trofimovitch qui s'était réveillé se hâta d'entrer et gagna directement la seconde pièce, la plus spacieuse et la plus belle. Son visage ensommeillé avait pris l'expression la plus préoccupée. Il expliqua aussitôt à la patronne, une grande et forte femme d'une quarantaine d'années, aux cheveux très noirs et avec un soupçon de moustache, qu'il voulait avoir toute la chambre pour lui « et qu'on ferme la porte et n'y laisse plus entrer personne, *parce que nous avons à parler. Oui, j'ai beaucoup à vous dire, chère amie.* Je vous paierai, je vous paierai ! » ajouta-t-il avec impatience à l'adresse de la patronne.

Quoiqu'il se dépêchât, il semblait remuer difficilement la langue. La patronne l'écouta sans bienveillance mais garda le silence en signe d'assentiment, où d'ailleurs on pressentait comme une menace. Il ne s'aperçut de rien et en hâte (il se dépêchait à l'extrême) lui ordonna de s'en aller et de servir le dîner le plus vite possible, « sans aucun retard ».

Ici la femme à la moustache ne put se retenir.

— Ce n'est pas une auberge ici, Monsieur, nous ne servons pas à dîner aux voyageurs. On peut faire cuire des écrevisses, ou mettre le samovar, mais nous n'avons rien d'autre. Il n'y aura du poisson frais que demain.

Mais Stepan Trofimovitch agita les mains, répétant avec impatience et colère : « Je paierai, seulement plus vite, plus vite. » On se mit d'accord pour une soupe de poisson et du poulet rôti ; la patronne avait commencé par déclarer que dans tout le village on ne pouvait trouver un poulet ; d'ailleurs elle consentit à aller en chercher un, mais de l'air de faire une grâce.

Dès qu'elle fut sortie, Stepan Trofimovitch s'assit sur le divan et fit asseoir Sophie Matveevna à côté de lui.

Il y avait dans la pièce et un divan et des fauteuils mais dans un état lamentable. La pièce elle-même, assez spacieuse (comprenant une alcôve derrière une cloison, où se trouvait le lit), avec son vieux papier jaune déchiré, d'horribles lithographies à sujets mythologiques aux murs, une longue rangée d'icônes et de triptyques en cuivre dans le coin en face de la porte, avec son étrange mobilier hétéroclite, présentait un peu attrayant mélange de citadin et de foncièrement campagnard. Mais il ne jeta même pas un coup d'œil sur tout cela, ne regarda même pas par la fenêtre l'immense lac qui commençait à une trentaine de pas de l'izba.

— Enfin nous sommes seuls et nous ne laisserons entrer personne ! Je veux tout vous raconter, tout depuis le début.

Sophie Matveevna l'arrêta avec une vive inquiétude.

— Savez-vous, Stepan Trofimovitch...

— *Comment, vous savez déjà mon nom ?* et il sourit joyeusement.

— Je l'ai entendu tout à l'heure d'Anissim Ivanovitch quand vous parliez avec lui. Et je me permettrai de mon côté de vous...

Et elle se mit à lui chuchoter rapidement en jetant des regards du côté de la porte fermée, de crainte que quelqu'un ne. l'écoutât, qu'ici dans le village c'était un vrai désastre. Tous les paysans, quoique pêcheurs, vivent en réalité des voyageurs à qui ils font payer chaque été ce que bon leur semble. Ce village n'est pas sur la route et l'on n'y va que parce que le bateau s'y arrête, et lorsque le bateau ne vient pas, car dès qu'il fait un peu mauvais il ne vient jamais, des voyageurs s'assemblent pendant ces quelques jours et alors toutes les izbas du village sont occupées, et les propriétaires n'attendent que cela ; car ils triplent le prix de chaque chose et le patron de cette maison est fier et arrogant, car il est très riche pour l'endroit ; son filet seul vaut mille roubles.

Stepan Trofimovitch regardait presque avec reproche le visage extrêmement animé de Sophie Matveevna et plusieurs fois il fit un geste pour l'arrêter. Mais elle tint bon et alla jusqu'au bout : à l'en croire, elle était déjà venue ici en été avec une « dame très noble » de la ville et elles y avaient aussi passé deux jours en attendant le bateau et avaient enduré de tels malheurs que rien que d'y penser elle en était encore tout effrayée. « Et vous, Stepan Trofimovitch, vous avez demandé cette chambre pour vous seul... Je n'en parle que pour vous avertir... Dans l'autre pièce il y a déjà des voyageurs, un homme d'un certain âge et un jeune, ainsi qu'une dame avec des enfants, et d'ici à demain deux heures l'izba sera pleine parce que comme le bateau n'est pas venu depuis deux jours, il viendra à coup sûr demain. De sorte que pour une chambre à part et pour le dîner que vous avez commandé tout à l'heure et pour le préjudice causé à tous les voyageurs, ils vous demanderont une somme qui serait inouïe même dans les capitales. »

Mais il souffrait, souffrait véritablement :

— *Assez, mon enfant,* je vous en supplie, *nous n'avons notre argent et après — et après le bon Dieu.* Et je m'étonne même qu'avec votre élévation d'idées vous... *Assez, assez, vous me tourmentez,* dit-il hystériquement, nous avons tout notre avenir devant nous, et vous... vous me faites peur pour l'avenir.

Il se mit aussitôt en devoir de raconter toute son histoire avec une telle hâte qu'au début il était même difficile de le comprendre. Le récit dura très longtemps. On servit la soupe de poisson, on servit le poulet, on apporta enfin le samovar, et il parlait toujours... Son récit était un peu étrange et maladif mais il était vraiment malade. C'était une soudaine tension de ses forces intellectuelles qui, certes — et Sophie Matveevna le prévoyait avec angoisse pendant le récit — devait se traduire aussitôt par un épuisement complet des forces dans son organisme déjà ébranlé. Il commença presque par son enfance, lorsque « la poitrine jeune, il courait à travers champs » ; au bout d'une heure il n'en était encore qu'à ses deux mariages et à sa vie à Berlin. Je n'oserais d'ailleurs en rire. Il y avait vraiment là pour lui quelque chose d'élevé et, pour employer le langage moderne, presque une lutte pour l'existence. Il voyait devant lui celle qu'il avait déjà choisie pour l'accompagner dans sa future route et il se hâtait pour ainsi dire de l'initier. Son génie ne devait plus être un secret pour elle... Peut-être exagérait-il fortement au sujet de Sophie Matveevna, mais il l'avait déjà élue. Il ne pouvait se passer d'une femme. Il voyait clairement à son visage qu'elle ne le comprenait presque pas, pas même ce qui était le plus important.

« *Ce n'est rien, nous attendrons,* et pour le moment elle peut comprendre par pressentiment... »

— Mon amie, tout ce dont j'ai besoin c'est votre cœur ! s'exclamait-il, interrompant son récit, et tenez, ce charmant, ce délicieux regard que vous posez sur moi en ce moment. Oh, ne rougissez pas ! Je vous l'ai déjà dit...

Ce fut particulièrement nébuleux pour la pauvre

Sophie Matveevna prise au piège lorsque le récit de Stepan Trofimovitch se changea presque en une véritable dissertation sur le fait que jamais personne n'avait pu le comprendre et comment « les talents se perdent chez nous en Russie ». « C'était trop intelligent tout cela », disait-elle plus tard avec découragement. Elle écoutait avec une visible souffrance, les yeux un peu écarquillés. Mais lorsque Stepan Trofimovitch se lança dans l'humour et décocha les pointes les plus spirituelles à l'adresse de nos « hommes d'avant-garde et dirigeants », alors de chagrin elle essaya même deux fois de sourire en réponse à son rire, mais ce fut pis que des larmes, de sorte que Stepan Trofimovitch finit lui-même par se troubler et ce fut avec d'autant plus de violence et de ressentiment qu'il attaqua les nihilistes et les hommes nouveaux. Alors il lui fit bel et bien peur et elle ne respira un peu, de la façon d'ailleurs la plus trompeuse, que lorsque commença le roman d'amour proprement dit. Une femme est toujours une femme, fût-elle nonne. Elle souriait, hochait la tête et en même temps rougissait beaucoup et baissait les yeux, jetant ainsi Stepan Trofimovitch dans un ravissement complet et l'inspirant si bien qu'il mentit même passablement. Varvara Petrovna devint dans son récit une ravissante brunette (« qui émerveillait Pétersbourg et de très nombreuses capitales d'Europe ») et son mari était tombé « fauché par une balle à Sébastopol », c'était uniquement parce qu'il se sentait indigne de l'amour de celle-ci et la cédait à son rival, c'est-à-dire toujours au même Stepan Trofimovitch... « Ne vous troublez pas, ma douce, ma chrétienne ! s'écria-t-il en s'adressant à Sophie Matveevna, croyant presque lui-même à tout ce qu'il racontait, c'était quelque chose d'élevé, quelque chose de si subtil que nous ne nous sommes même pas expliqués une fois de toute notre vie. » La cause d'un tel état de choses était, dans la suite du récit, une blonde (si ce n'était pas Daria Pavlovna, je ne sais vraiment pas à qui Stepan Trofimovitch pouvait faire allusion). Cette blonde devait tout à la brune dans la maison de qui elle avait grandi en qualité de parente éloignée. La brune, s'apercevant enfin de l'amour de la blonde pour Stepan Trofimovitch, se renferma en elle-même. La blonde de son côté, s'apercevant de l'amour de la brune pour Stepan Trofimovitch, se renferma aussi en elle-même. Et tous trois, n'en pouvant plus de leur générosité mutuelle, se turent ainsi pendant vingt ans, renfermés en eux-mêmes. « Oh, quelle passion ce fut, quelle passion ce fut ! » s'exclamait-il en pleurant, sincèrement transporté. J'ai vu le plein épanouissement de sa beauté (de la brune), je la voyais chaque jour « avec une plaie au cœur » passer devant moi comme honteuse de sa beauté. (Une fois il dit « honteuse de sa corpulence ».) Enfin il s'enfuit, abandonnant tout ce délire fiévreux de vingt ans. — *Vingt ans !* Et le voilà maintenant sur la grande route... Puis, le cerveau comme enflammé, il s'attacha à expliquer à Sophie Matveevna ce que devait signifier « leur rencontre, si fortuite et si providentielle, pour l'éternité ». Sophie Matveevna, profondément embarrassée, se leva enfin du divan ; il fit même une tentative pour se mettre à genoux devant elle, si bien qu'elle fondit en larmes. Le crépuscule s'épaississait : tous deux avaient déjà passé plusieurs heures enfermés dans la chambre...

— Non, il vaut mieux que vous me laissiez m'en aller dans l'autre pièce, balbutiait-elle, autrement que penseront les gens ?

Elle s'échappa enfin ; il la laissa partir, lui promettant de se coucher immédiatement. En prenant congé d'elle il se plaignit d'un violent mal de tête. Sophie Matveevna avait laissé en arrivant son sac et ses affaires dans la première pièce, comptant passer la nuit avec les patrons ; mais elle n'eut pas l'occasion de prendre du repos.

Pendant la nuit, Stepan Trofimovitch eut un accès de cholérine que tous ses amis et moi connaissions si bien et qui était l'issue habituelle de toutes ses tensions nerveuses et de ses bouleversements moraux. La pauvre Sophie Matveevna ne dormit pas de la nuit. Comme elle devait en soignant le malade passer par la chambre des patrons pour sortir de la maison et y rentrer, les voyageurs qui y dormaient et la patronne grommelaient et finirent même par l'injurier lorsqu'elle eut l'idée, vers le matin, d'allumer le samovar. Stepan Trofimovitch fut à demi inconscient pendant tout son accès ; par moments il avait comme l'impression qu'on allumait le samovar, qu'on lui faisait boire quelque chose (une infusion de framboise), qu'on lui mettait quelque chose de chaud sur le ventre, sur la poitrine. Mais il sentait presque à chaque instant qu'ELLE était là, auprès de lui ; que c'était elle qui allait et venait, le soulevait sur le lit et le recouchait. Vers trois heures du matin il se sentit mieux ; il se dressa, mit les pieds par terre et, sans penser à rien, se laissa tomber à genoux devant elle sur le plancher. Ce n'était plus l'agenouillement de tout à l'heure ; il était simplement tombé à ses pieds et baisait le bas de sa robe...

— Je vous en prie, je ne le mérite pas du tout, balbutiait-elle en s'efforçant de le remettre au lit.

— Mon sauveur, dit-il en joignant les mains devant elle avec ferveur. *Vous êtes noble comme une marquise !* Je — je suis un vaurien ! Oh, j'ai été toute ma vie sans honneur...

— Calmez-vous, adjurait Sophie Matveevna.

— Tout à l'heure je vous ai menti en tout — par gloriole, pour embellir, par futilité — en tout, en tout, jusqu'au dernier mot, oh, vaurien, vaurien !

La cholérine céda ainsi la place à un autre accès, un accès d'accusation hystérique de soi. J'ai déjà fait allusion à ces accès en parlant de ses lettres à Varvara Petrovna. Il se souvint subitement de Lise, de leur rencontre de la veille au matin : « C'était si terrible et — il y avait certainement là du malheur, et je ne lui ai rien demandé, je ne me suis informé de rien ! Je ne pensais qu'à moi ! Oh, que lui est-il arrivé, ne savez-vous pas ce qui lui est arrivé ? » suppliait-il Sophie Matveevna.

Puis il jura qu'il « ne changerait pas de décision », qu'il ne reviendrait pas CHEZ ELLE (c'est-à-dire Varvara Petrovna). « Nous irons chaque jour devant sa porte (c'est-à-dire toujours avec Sophie Matveevna) au moment où elle monte en voiture pour faire sa promenade matinale, et nous la regarderons en cachette... Oh, je veux qu'elle me frappe sur l'autre joue ; je le veux avec délice. Je lui tendrai mon autre joue *comme dans votre livre !* C'est maintenant, maintenant seulement, que j'ai compris ce que signifie tendre l'autre... joue. Je ne l'avais jamais compris jusqu'à présent ! »

Pour Sophie Matveevna commencèrent deux journées terribles de sa vie ; aujourd'hui encore, elle les évoque en frissonnant. Stepan Trofimovitch tomba si gravement malade qu'il ne put prendre le bateau qui arriva cette fois ponctuellement à deux heures de l'après-midi ; et elle n'eut pas le courage de le laisser seul et n'alla pas non plus à Spassov. D'après ce qu'elle racontait, il fut même enchanté d'apprendre que le bateau était parti.

— Eh bien, c'est excellent, c'est parfait, murmura-t-il de son lit, je craignais tout le temps que nous ne partions. On est si bien ici, on est ici mieux que partout ailleurs... Vous ne me quitterez pas ? Oh, vous ne m'avez pas quitté !

« Ici », cependant, cela n'allait pas si bien que cela. Il ne voulait rien savoir des difficultés de Sophie Matveevna ; il avait la tête pleine de ses seules chimères. Quant à sa maladie, il la croyait être une chose fugitive, une vétille, et il n'y pensait point, il pensait seulement qu'ils iraient vendre « ces livres ». Il la pria de lui lire l'Evangile.

— Il y a longtemps que je ne l'ai lu... dans l'original. Quelqu'un pourrait me poser une question et je me tromperais ; il faut tout de même que je me prépare aussi.

Elle s'assit auprès de lui et ouvrit le livre.

— Vous lisez admirablement, interrompit-il dès la première ligne. Je vois, je vois que je ne me suis pas trompé ! ajouta-t-il d'une façon peu claire mais exaltée. Et en général il était dans un constant état d'exaltation. Elle lut le sermon sur la montagne.

— *Assez, assez, mon enfant*, assez... Pouvez-vous croire que CELA ne suffit pas.

Et, épuisé, il ferma les yeux. Il était très faible mais ne perdait pas encore connaissance. Sophie Matveevna se leva, croyant qu'il voulait dormir. Mais il la retint.

— Mon amie, j'ai menti toute ma vie. Même quand je disais la vérité. Je n'ai jamais parlé pour la vérité mais seulement pour moi, je le savais déjà, mais c'est maintenant seulement que je le vois... Oh, où sont les amis que j'ai offensés toute ma vie par mon amitié ? Et tous, et tous ! *Savez-vous*, maintenant aussi je mens peut-être, je mens certainement maintenant aussi. Le principal c'est que je me crois moi-même quand je mens. Le plus difficile dans la vie est de vivre et de ne pas mentir... et.. et de ne pas croire ses propres mensonges, oui, oui, justement cela ! Mais attendez, nous parlerons de tout cela plus tard... Nous sommes ensemble, ensemble ! ajouta-t-il avec enthousiasme.

— Stepan Trofimovitch, demanda timidement Sophie Matveevna, ne faudrait-il pas envoyer au chef-lieu chercher un médecin ?

Il en fut profondément frappé.

— Pourquoi ? *Est-ce que je suis si malade ? Mais rien de sérieux.* Et qu'avons-nous besoin de tiers ? On pourrait apprendre et que serait-ce alors ? Non, non, aucun tiers, nous deux ensemble, ensemble !

— Vous savez, dit-il après un silence, lisez-moi encore quelque chose, comme ça, au choix, ce qui vous tombera sous les yeux.

Sophie Matveevna ouvrit le livre et commença à lire.

— Comme cela s'ouvrira, comme cela s'ouvrira par hasard, répéta-t-il.

« Ecris encore à l'ange de l'Eglise de Laodicée... »

— Qu'est-ce que c'est ? D'où est-ce ?

— C'est de l'Apocalypse.

— *Oh, je m'en souviens, oui, l'Apocalypse. Lisez, lisez,* je me suis posé une question pour notre avenir ; je veux savoir ce que cela donnera ; lisez à partir de l'ange, de l'ange...

« Écris encore à l'ange de l'Église de Laodicée. Voici ce que dit l'Amen, le Témoin fidèle et véritable, le Principe de la Création de Dieu : Je connais tes œuvres. Tu n'es ni froid ni chaud. Plût à Dieu que tu fusses froid ou chaud ! Aussi, parce que tu es tiède et que tu n'es ni froid ni chaud, je vais te vomir de ma bouche. Tu dis : Je suis riche, j'ai acquis de grands biens, je n'ai besoin de rien ; et tu ne sais pas que tu es un malheureux, un misérable, pauvre, aveugle et nu. »

— C'est... et c'est dans votre livre ! s'exclama-t-il, les yeux étincelants, en soulevant la tête ; je n'ai jamais connu ce passage sublime ! Vous entendez : plutôt froid, froid que tiède, que tiède SEULEMENT ! Oh, je le prouverai. Seulement ne me laissez pas, ne me laissez pas seul ! Nous le prouverons, nous le prouverons !

— Mais je ne vous quitterai pas, Stepan Trofimovitch, je ne vous quitterai jamais ! dit-elle, et elle lui saisit la main qu'elle serra dans les siennes en les portant à son cœur et en le regardant les larmes aux yeux. (J'avais tellement pitié de lui à ce moment, racontait-elle plus tard.) Les lèvres de Stepan Trofimovitch tremblèrent convulsivement.

— Pourtant, Stepan Trofimovitch, comment allons-nous faire ? Ne faudrait-il pas prévenir quelqu'un de vos amis ou, peut-être, de votre famille ?

Mais cette fois il se montra si effrayé qu'elle regretta d'en avoir parlé. Frissonnant et tremblant, il la supplia de ne faire venir personne, de ne rien entreprendre ; il voulut le lui faire promettre, l'adjura. « Personne, personne ! Nous deux, rien que nous deux, *nous partirons ensemble.* »

Ce qui était très grave aussi, c'était que les patrons commençaient à s'inquiéter, grommelaient et importunaient Sophie Matveevna. Elle les régla et s'arrangea pour qu'ils vissent l'argent ; cela les adoucit pour un temps ; mais le patron réclama les pièces d'identité de Stepan Trofimovitch. Le malade indiqua avec un sourire hautain son petit sac de voyage ; Sophie Matveevna y trouva le décret de sa mise à la retraite ou quelque papier de ce genre qui lui avait toute sa vie servi de pièce d'identité. Le patron ne se calma pas et disait qu'il fallait « le faire admettre quelque part parce que ce n'est pas un hôpital chez nous, et s'il meurt, il se peut bien que ça fasse des ennuis ; nous en pâtirons. » Sophie Matveevna lui parla à lui aussi d'un médecin mais il apparut que si l'on en faisait venir un du chef-lieu cela pourrait coûter si cher qu'il fallait certes en abandonner l'idée. Elle revint angoissée auprès du malade. Stepan Trofimovitch s'affaiblissait de plus en plus.

— Maintenant lisez-moi encore un passage... sur les cochons, dit-il soudain.

— Comment ? demanda Sophie Matveevna épouvantée.

— Sur les cochons... c'est aussi là-dedans... *ces cochons*... Je m'en souviens, les démons sont entrés dans les cochons et ils se sont tous noyés. Lisez-moi cela absolument, je vous dirai après pourquoi. Je veux me le rappeler textuellement. Il me le faut textuellement.

Sophie Matveevna connaissait bien l'Evangile et trouva aussitôt dans saint Luc ce même passage que j'ai mis en épigraphe à ma chronique. Je le transcris encore une fois ici.

« Or, il y avait là un assez grand troupeau de porcs qui paissaient sur la montagne ; et ils lui firent cette prière : qu'il leur permît d'entrer en eux ; et il le leur permit. Sortant de l'homme, les démons entrèrent dans les porcs ; et le troupeau, prenant sa course, se précipita par les pentes escarpées dans le lac, et s'y noya. Ceux qui le gardaient, à la vue de ce qui venait d'arriver, s'enfuirent, et ils racontèrent (la chose) dans la ville et dans la campagne. Ils sortirent pour voir ce qui était arrivé : ils vinrent à Jésus et trouvèrent l'homme de qui les démons étaient sortis, assis aux pieds de Jésus, vêtu et dans son bon sens : ils furent saisis de frayeur. Ceux qui avaient vu leur racontèrent comment avait été guéri celui qui avait été possédé du démon. »

— Mon amie, dit Stepan Trofimovitch en proie à une profonde émotion, *savez-vous*, ce passage merveilleux et... extraordinaire a toute ma vie été pour moi une pierre d'achoppement... *dans ce livre*... si bien que depuis mon enfance j'ai retenu ce passage. Mais maintenant une idée m'est venue ; *une comparaison*. Il me vient maintenant énormément d'idées : voyez-vous, c'est exactement comme notre Russie. Ces démons qui sortent d'un malade et entrent dans des porcs, ce sont toutes les plaies, tous les miasmes, toute l'impureté, tous les grands et petits démons qui se sont accumulés, pendant des siècles et des siècles, dans notre grande et chère malade, dans notre Russie ! *Oui, cette Russie que j'aimais toujours.* Mais une grande idée et une grande volonté l'éclaireront d'en haut comme ce possédé du démon, et tous ces démons en sortiront, toute l'impureté, toute cette turpitude qui suppure à la surface... et ils demanderont eux-mêmes à entrer dans des porcs. D'ailleurs peut-être y sont-ils déjà entrés ; peut-être ! C'est nous, nous, et eux, et Petroucha... *et les autres avec lui,* et moi peut-être le premier, et nous nous précipiterons, déments et enragés, du haut du rocher dans la mer et nous nous noierons tous, et ce sera bien fait pour nous parce que nous ne sommes bons qu'à cela. Mais le malade guérira et « s'assoira aux pieds de Jésus »... et tout le monde regardera avec stupeur... Chère, *vous comprendrez après,* pour le moment cela m'émeut beaucoup... *Vous comprendrez après... Nous comprendrons ensemble.*

Il fut pris de délire et enfin perdit connaissance. Il en fut de même toute la journée du lendemain. Sophie Matveevna restait assise à son chevet et pleurait, il y avait trois nuits qu'elle n'avait presque pas dormi et elle évitait de se montrer aux patrons qui, elle le pressentait, commençaient déjà à entreprendre quelque chose. La délivrance ne vint que le surlendemain. Au matin, Stepan Trofimovitch revint à lui, la reconnut et lui tendit la main. Elle se signa avec espoir. Il eut envie de regarder par la fenêtre : « *Tiens, un lac,* dit-il ; ah, mon Dieu, je ne l'avais même pas encore vu... » A ce moment, le bruit d'une voiture retentit devant le perron et une vive agitation se fit dans la maison.

3

C'ÉTAIT Varvara Petrovna en personne qui arrivait dans une voiture à quatre places, attelée de deux paires de chevaux, avec deux valets de pied et Daria Pavlovna. Le miracle s'était produit très simplement : mourant de curiosité, Anissim en arrivant en ville n'avait pu s'empêcher, le lendemain, d'aller chez Varvara Petrovna et de raconter aux domestiques qu'il avait rencontré Stepan Trofimovitch seul dans un village, que des paysans l'avaient vu sur la grande route, seul, à pied, et qu'il était parti pour Spassov, par Oustievo, cette fois en compagnie de Sophie Matveevna. Comme Varvara Petrovna de son côté était déjà très inquiète et qu'elle cherchait comme elle pouvait son ami en fuite, on l'informa aussitôt de l'arrivée d'Anissim. Lorsqu'elle eut entendu son récit et, surtout, les détails du départ de Stepan Trofimovitch pour Oustievo dans la même voiture qu'une Sophie Matveevna, elle fut prête en un clin d'œil et, s'élançant sur les traces toutes fraîches, arriva elle-même à Oustievo. Elle ignorait encore tout de sa maladie.

Sa voix dure et impérieuse se fit entendre; les patrons eux-mêmes eurent peur. Elle ne s'était arrêtée que pour se renseigner, certaine que Stepan Trofimovitch était depuis longtemps à Spassov ; mais en apprenant qu'il était là et malade, elle entra toute émue dans l'izba.

— Eh bien, où est-il ? Ah, c'est toi ! cria-t-elle à la vue de Sophie Matveevna qui, juste à ce moment, apparut sur le seuil de la seconde pièce ; j'ai deviné à ton impudent visage que c'était toi. Hors d'ici, vaurienne ! Qu'il ne reste immédiatement plus trace d'elle dans la maison ! Qu'on la chasse, autrement, ma fille, je te ferai mettre en prison pour toujours. Qu'on la surveille pour l'instant dans une autre maison. Elle a déjà fait de la prison en ville, elle y retournera. Et je t'en prie, patron, ne laisse entrer personne tant que je serai ici. Je suis la générale Stavroguine et je prends toute la maison. Et toi, ma chère, tu me rendras compte de tout.

Les accents bien connus bouleversèrent Stepan Trofimovitch. Il se mit à trembler. Mais elle avait déjà pénétré derrière la cloison. Les yeux étincelants, elle approcha du pied une chaise et se renversant sur le dossier cria à Dacha :

— Sors d'ici un moment, va chez les patrons. Qu'est-ce que cette curiosité ? Et ferme bien la porte derrière toi.

Pendant un moment elle scruta en silence et d'un regard de rapace le visage effrayé de Stepan Trofimovitch.

— Eh bien, comment allez-vous, Stepan Trofimovitch ? Vous êtes-vous bien promené ? laissa-t-elle soudain échapper avec une ironie pleine de rage.

— *Chère*, balbutia Stepan Trofimovitch ne se connaissant plus, j'ai appris à connaître la vraie vie russe... *Et je prêcherai l'Evangile*...

— Oh, homme éhonté, sans noblesse ! clama-t-elle soudain en joignant les mains. Il ne vous a pas suffi de me déshonorer, vous vous êtes lié... Oh, vieux débauché impudent !

— *Chère*...

La voix lui manqua et il ne put rien articuler mais la regardait seulement, les yeux dilatés d'épouvante.

— Qui est-ELLE ?

— C'est un ange... C'était plus qu'un ange pour moi, elle a toute la nuit... Oh, ne criez pas, ne l'effrayez pas, chère, chère...

Varvara Petrovna bondit soudain avec fracas de sa chaise ; un cri d'effroi lui échappa : « De l'eau, de l'eau ! » Quoiqu'il fût déjà revenu à lui, elle continuait à trembler de peur et, pâle, regardait son visage décomposé : c'est alors seulement que pour la première fois elle se rendit compte de la gravité de sa maladie.

— Daria, chuchota-t-elle à Daria Pavlovna, qu'on aille immédiatement chercher le médecin, Salzfisch ; qu'Egoritch parte tout de suite ; qu'il loue des chevaux ici et, pour revenir, qu'il prenne une autre voiture. Qu'il soit ici avant la nuit.

Dacha se précipita pour exécuter l'ordre. Stepan Trofimovitch avait toujours le même regard dilaté, effrayé ; ses lèvres pâlies tremblaient.

— Attends, Stepan Trofimovitch, attends, mon cher ! lui disait-elle, l'adjurant comme un enfant : allons, attends donc, attends, Daria va revenir et... Ah, mon Dieu, patronne, patronne, viens donc toi au moins, ma bonne !

Dans son impatience elle courut elle-même chercher la patronne.

— Tout de suite, à l'instant même qu'on fasse revenir L'AUTRE. Qu'on la ramène, qu'on la ramène !

Par bonheur, Sophie Matveevna n'avait pas encore eu le temps de quitter la maison et franchissait seulement la porte cochère avec son sac et son balluchon. On la fit revenir. Elle était si effrayée que ses genoux et ses mains tremblaient. Varvara Petrovna la saisit par la main comme un épervier s'empare d'un poussin et l'entraîna précipitamment chez Stepan Trofimovitch.

— Eh bien, la voilà. Je ne l'ai tout de même pas mangée. Vous pensiez que je l'avais bel et bien mangée.

Stepan Trofimovitch saisit la main de Varvara Petrovna, la porta à ses yeux et se mit à sangloter, douloureusement, convulsivement.

— Allons, calme-toi, calme-toi, allons, mon cher, allons, mon bon ! Ah, mon Dieu, mais calmez-vous donc ! cria-t-elle de toutes ses forces. Oh, bourreau, bourreau, mon éternel bourreau !

— Chère, balbutia enfin Stepan Trofimovitch en s'adressant à Sophie Matveevna, allez un peu là-bas, chère, je veux dire quelque chose ici...

Sophie Matveevna s'empressa de sortir.

— *Chérie... chérie...* dit-il en suffoquant.

— Attendez avant de parler, Stepan Trofimovitch, attendez un peu de vous être reposé. Voici de l'eau. Mais at-ten-dez donc !

Elle se rassit sur la chaise. Stepan Trofimovitch tenait fort sa main. Longtemps elle ne lui permit pas de parler. Il porta sa main à ses lèvres et se mit à la baiser. Elle serra les dents, regardant vers un coin de la pièce.

— *Je vous aimais !* laissa-t-il enfin échapper. Jamais elle n'avait entendu de lui un tel mot, prononcé ainsi.

— *Je vous aimais toute ma vie... vingt ans !*

Elle se taisait toujours ; cela dura deux ou trois minutes.

— Et quand il se préparait à aller voir Dacha, il s'était parfumé... dit-elle tout à coup dans un murmure terrible. Stepan Trofimovitch resta pétrifié.

— Il avait mis une cravate neuve...

Nouveau silence de deux minutes.

— Vous vous souvenez du cigare ?

— Mon amie, bégaya-t-il épouvanté.

— Le cigare, le soir, près de la fenêtre... il y avait clair de lune... après la tonnelle... à Skvorechniki ? T'en souviens-tu, t'en souviens-tu, et elle sauta sur ses pieds, saisit les deux coins de l'oreiller et le secoua en même temps que sa tête. T'en souviens-tu, homme futile, futile, infâme, pusillanime, éternellement, éternellement futile ! sifflait-elle dans son chuchotement plein de rage, se retenant de crier. Enfin elle le lâcha et retomba sur la chaise en se couvrant le visage de ses mains. Assez ! coupa-t-elle en se redressant. Vingt ans ont passé, on ne peut les faire revenir ; moi aussi je suis une sotte.

— *Je vous aimais*, répéta-t-il en joignant les mains.

— Mais qu'as-tu à me répéter *aimais* et *aimais* ! Assez ! elle se leva de nouveau. Et si vous ne vous endormez pas tout de suite, je... Vous avez besoin de repos ; dormez, dormez tout de suite, fermez les yeux. Ah, mon Dieu, il veut peut-être déjeuner ? Que mangez-vous ? Qu'est-ce qu'il mange ? Ah, mon Dieu, où est l'autre ? Où est-elle ?

Une agitation se fit. Mais Stepan Trofimovitch balbutia d'une voix faible qu'en effet il dormirait bien *une heure* et alors — *un bouillon, un thé... enfin il est si heureux*. Il s'allongea et en effet parut s'endormir (il fit probablement semblant). Varvara Petrovna attendit un peu et, sur la pointe des pieds, sortit de derrière la cloison.

Elle s'installa dans la chambre des patrons, en chassa

ceux-ci et dit à Dacha de lui amener L'AUTRE. Un véritable interrogatoire commença.

— Raconte-moi maintenant, ma fille, tous les détails ; assieds-toi à côté de moi, c'est cela. Eh bien ?

— J'ai rencontré Stepan Trofimovitch...

— Attends, tais-toi. Je te préviens que si tu mens ou si tu me caches quelque chose, je saurai te retrouver à l'autre bout du monde. Eh bien ?

— J'ai rencontré Stepan Trofimovitch dès mon arrivée à Khatovo... dit Sophie Matveevna presque en suffoquant.

— Arrête, tais-toi, attends ; qu'as-tu à jacasser ? Premièrement, quel oiseau es-tu toi-même ?

L'autre lui raconta comme elle put, en très peu de mots d'ailleurs, sa vie depuis Sébastopol. Varvara Petrovna écouta en silence, bien droite sur sa chaise, regardant la narratrice sévèrement et fixement dans les yeux.

— Pourquoi es-tu si apeurée ? Pourquoi regardes-tu à terre ? J'aime ceux qui me regardent en face et me tiennent tête. Continue.

Elle acheva de raconter leur rencontre, parla des livres, dit comment Stepan Trofimovitch avait offert de la vodka à la paysanne...

— C'est cela, c'est cela, n'oublie pas le moindre détail, encourageait Varvara Petrovna. Enfin Sophie Matveevna raconta comment ils s'étaient mis en route et que Stepan Trofimovitch avait parlé tout le temps, « déjà complètement malade », et qu'ici il lui avait raconté toute sa vie, depuis le début, pendant plusieurs heures.

— Raconte ce qu'il t'a dit de sa vie.

Sophie Matveevna resta soudain court et ne sut plus que dire.

— Je ne sais rien en dire, dit-elle presque en pleurant, et puis je n'ai presque rien compris.

— Tu mens ! Tu n'as pas pu ne rien comprendre du tout.

— Il a longuement parlé d'une noble dame aux cheveux noirs, dit en rougissant jusqu'à la racine des cheveux Sophie Matveevna qui avait d'ailleurs remarqué les cheveux blonds de Varvara Petrovna et l'absence de toute ressemblance entre elle et la « brune ».

— Aux cheveux noirs ? Qu'a-t-il dit au juste ? Allons, parle !

— Que cette noble dame avait été très amoureuse de lui, toute sa vie, pendant vingt ans, mais qu'elle n'avait jamais osé le lui avouer et avait honte devant lui parce qu'elle était trop grosse...

— Imbécile ! coupa Varvara Petrovna pensivement mais résolument.

Sophie Matveevna pleurait maintenant tout à fait.

— Je ne sais rien raconter de tout cela comme il faut parce que j'avais moi-même grand-peur pour lui et je ne pouvais comprendre parce qu'il est si intelligent...

— Ce n'est pas à une oie comme toi de juger son intelligence. Il t'a demandé ta main ?

La narratrice se mit à trembler.

— Il est tombé amoureux de toi ? — Parle ! T'a-t-il demandé ta main ? cria Varvara Petrovna.

— C'est presque ce qui s'est passé, dit-elle en pleurant. Seulement je n'ai tenu aucun compte de tout cela, à cause de sa maladie, ajouta-t-elle fermement en levant les yeux.

— Comment t'appelles-tu ?

— Sophie Matveevna.

— Eh bien, sache, Sophie Matveevna, que c'est l'homme le plus vilain, le plus futile... Seigneur, Seigneur ! Tu me prends pour une vaurienne ?

L'autre écarquilla les yeux.

— Pour une vaurienne, un tyran ? Tu crois que j'ai brisé sa vie ?

— Comment est-ce possible quand vous pleurez vous-même ?

Varvara Petrovna avait en effet les larmes aux yeux.

— Eh bien, assieds-toi, assieds-toi, n'aie pas peur. Regarde-moi encore une fois dans les yeux, tout droit ; pourquoi rougis-tu ? Dacha, viens ici, regarde-la : qu'en penses-tu, elle a le cœur pur...

Et à la surprise et peut-être plus encore à l'effroi de Sophie Matveevna, elle lui tapota la joue.

— Dommage, seulement qu'elle soit une sotte. Trop sotte pour son âge. Bien, ma chère, je m'occuperai de toi. Je vois que tout cela n'est que bêtises. Vis pour le moment à côté, on te louera une chambre, et de moi tu auras la nourriture et tout... jusqu'à ce que je te fasse appeler.

Sophie Matveevna se hasarda à dire dans sa frayeur qu'elle devait se hâter.

— Tu n'as pas du tout à te hâter. J'achète tous tes livres et tu n'as qu'à rester ici. Tais-toi, pas de faux-fuyants. Si je n'étais pas arrivée, tu ne l'aurais de toute façon pas quitté, n'est-ce pas ?

— Pour rien au monde je ne l'aurais quitté, dit Sophie

Matveevna d'une voix basse et ferme en s'essuyant les yeux.

On n'amena le docteur Salzfisch que tard dans la nuit. C'était un petit vieillard très respectable et un praticien assez expérimenté qui avait récemment perdu chez nous son poste officiel à la suite d'un différend avec ses chefs où il s'était montré trop intransigeant. Varvara Petrovna l'avait pris aussitôt sous sa « protection ». Il examina attentivement le malade, le questionna et déclara avec ménagement à Varvara Petrovna que l'état du patient était fort incertain en raison de l'aggravation de la maladie et qu'il fallait s'attendre « même au pire ». Varvara Petrovna, qui en vingt ans avait perdu l'habitude de penser que quelque chose de sérieux ou de décisif pût venir de Stepan Trofimovitch, fut profondément bouleversée, pâlit même :

— Est-il possible qu'il n'y ait vraiment aucun espoir, mais...

Elle ne se coucha pas de toute la nuit et put à peine tenir jusqu'au matin. Dès que le malade ouvrit les yeux et revint à lui (il était toujours pleinement conscient pour le moment bien qu'il s'affaiblît d'heure en heure), elle l'entreprit de l'air le plus résolu :

— Stepan Trofimovitch, il faut tout prévoir. J'ai envoyé chercher le prêtre. Vous devez accomplir votre devoir...

Connaissant ses idées, elle avait grand-peur d'un refus. Il la regarda avec étonnement.

— Absurde, absurde ! cria-t-elle croyant déjà qu'il refusait ; il ne s'agit plus de plaisanter. Vous avez assez fait la bête.

— Mais... est-ce que je suis si malade ?

Il accepta pensivement. Et en général j'ai appris avec un grand étonnement plus tard par Varvara Petrovna qu'il n'avait nullement eu peur de la mort. Peut-être tout simplement n'y crut-il pas et continua-t-il à considérer sa maladie comme une bagatelle.

Il se confessa et communia très volontiers. Tous, et Sophie Matveevna, et même les domestiques, vinrent le féliciter d'avoir communié aux saintes espèces. Tous sans exception pleuraient doucement en voyant son visage amaigri et épuisé, et ses lèvres blanches et tremblantes.

— *Oui, mes amis,* et je m'étonne seulement que vous... vous donniez tant de peine. Demain je me lèverai sans doute et nous... partirons... *Toute cette cérémonie...* à laquelle, bien entendu, je rends tout son dû... était...

— Je vous prie instamment, mon père, de rester auprès du malade, dit Varvara Petrovna en arrêtant vivement le prêtre qui se dévêtait déjà. Dès qu'on aura servi le thé, je vous prie d'aborder aussitôt un sujet religieux pour soutenir en lui la foi...

Le prêtre commença à parler ; tout le monde était assis ou debout près du lit du malade.

— En notre époque pécheresse, commença avec aisance le prêtre, une tasse de thé à la main, la foi en le Très-Haut est le seul refuge de l'espèce humaine dans toutes les peines et épreuves de la vie, de même que l'espoir en la félicité éternelle promise aux justes.

Stepan Trofimovitch parut tout animé ; un fin sourire glissa sur ses lèvres.

— *Mon père, je vous remercie et vous êtes bien bon, mais...*

— Il n'y a pas de *mais*, il n'y a aucun *mais* ! s'exclama Varvara Petrovna en bondissant de sa chaise. Mon père, dit-elle en s'adressant au prêtre, c'est, c'est un tel homme, c'est un tel homme... dans une heure il faudra le confesser de nouveau ! Voilà quel homme c'est.

Stepan Trofimovitch sourit avec réserve.

— Mes amis, dit-il, Dieu m'est indispensable ne serait-ce que parce que c'est l'unique être qu'on puisse aimer éternellement.

Avait-il vraiment trouvé la foi ou la majestueuse cérémonie du sacrement accompli l'avait-elle bouleversé en réveillant la sensibilité artistique de sa nature, mais ce fut, dit-on, fermement et avec beaucoup d'émotion qu'il prononça quelques mots qui étaient en contradiction formelle avec bien de ses anciennes idées.

— Mon immortalité est indispensable ne fût-ce que parce que Dieu ne voudra pas commettre une injustice et éteindre à jamais la flamme de l'amour pour Lui qui s'est allumé dans mon cœur. Et qu'y a-t-il de plus précieux que l'amour ? L'amour est au-dessus de l'existence, l'amour est le couronnement de l'existence et comment serait-il possible que l'existence ne lui soit pas subordonnée ? Si j'ai aimé Dieu et me suis réjoui de mon amour, est-il possible qu'Il nous éteigne moi et ma joie, et nous réduise à zéro ? Si Dieu existe, alors je suis immortel ! *Voilà ma profession de foi.*

— Dieu existe, Stepan Trofimovitch, je vous assure qu'il existe, suppliait Varvara Petrovna, abjurez, abandonnez toutes vos bêtises ne serait-ce qu'une fois dans votre vie ! (elle n'avait pas tout à fait compris, semble-t-il, *sa profession de foi*).

— Mon amie, dit-il de plus en plus animé, quoique la voix lui manquât souvent, mon amie, lorsque j'ai compris... cette joue qu'on tend, je... aussitôt j'ai compris quelque chose encore. *J'ai menti toute ma vie*, toute, toute ma vie ! j'aurais voulu... d'ailleurs, demain... Demain nous... nous mettrons tous en route.

Varvara Petrovna se mit à pleurer. Il cherchait quelqu'un des yeux.

— La voilà, elle est ici ! Elle saisit la main de Sophie Matveevna et la lui amena. Il eut un sourire attendri.

— Oh, j'aurais bien voulu vivre encore ! s'exclamat-il avec un extraordinaire afflux d'énergie. Chaque minute, chaque instant de sa vie doit être pour l'homme une félicité... doit, doit absolument l'être ! C'est le devoir de l'homme lui-même de faire en sorte qu'il en soit ainsi ; c'est sa loi, secrète mais qui existe certainement... Oh, j'aurais voulu voir Petroucha... et eux tous... et Chatov !

Il faut dire que personne ne savait encore rien au sujet de Chatov, ni Daria Pavlovna, ni Varvara Petrovna, ni même Salzfisch, dernier arrivé de la ville.

Stepan Trofimovitch s'agitait de plus en plus, maladivement, au-delà de ses forces.

— Rien que l'idée de toujours qu'il existe quelque chose d'infiniment plus juste et heureux que moi m'emplit tout entier moi aussi d'un attendrissement sans bornes et — de gloire — oh, quel que je sois, quoi que j'aie fait ! Bien plus que son propre bonheur, il est nécessaire à l'homme de savoir et de croire à chaque instant qu'il existe quelque part un bonheur parfait et paisible, pour tous et pour tout... Toute la loi de l'existence humaine consiste en ce que l'homme peut toujours s'incliner devant l'infiniment grand. Si l'on privait les hommes de l'infiniment grand, ils ne voudraient pas vivre et mourraient désespérés. L'incommensurable et l'infini sont aussi indispensables à l'homme que la petite planète où il vit... Mes amis, tous, tous : vive la Grande Pensée ! La Pensée éternelle, infinie ! Tout homme, quel qu'il soit, a besoin de s'incliner devant ce qui est la Grande Pensée. Même le plus sot des hommes a au moins besoin de quelque chose de grand. Petroucha... Oh, comme je voudrais les revoir tous ! Ils ne savent pas, ils ne savent pas qu'eux aussi ils renferment en eux la même Grande Pensée éternelle !

Le docteur Salzfisch n'avait pas assisté à la cérémonie. Entrant à l'improviste, il fut épouvanté et dispersa l'assemblée en insistant pour qu'on épargnât au malade les émotions.

Stepan Trofimovitch expira trois jours plus tard, mais déjà tout à fait inconscient. Il s'éteignit doucement, comme un cierge qui s'est consumé. Varvara Petrovna, après avoir fait célébrer le service funèbre, ramena le corps de son pauvre ami à Skvorechniki. Sa tombe se trouve dans l'enceinte de l'église et est déjà recouverte d'une dalle de marbre. L'inscription et la grille ont été laissées jusqu'au printemps.

L'absence de Varvara Petrovna dura en tout une huitaine de jours. Avec elle, dans sa voiture, arriva aussi Sophie Matveevna qui, semble-t-il, s'est installée pour toujours chez elle. Je noterai qu'à peine Stepan Trofimovitch avait-il perdu connaissance (le même matin) que Varvara Petrovna éloigna de nouveau Sophie Matveevna, la chassa tout à fait de l'izba et soigna le malade elle-même, seule jusqu'à la fin ; mais dès qu'il eut rendu le dernier soupir, elle la rappela immédiatement. Elle ne voulut écouter aucune des objections de Sophie Matveevna, épouvantée de la proposition (ou plutôt de l'ordre) de s'installer pour toujours chez elle à Skvorechniki.

— Bêtises que tout cela ! J'irai moi-même avec toi vendre l'Evangile. Je n'ai plus personne au monde.

— Vous avez pourtant un fils, hasarda Salzfisch.

— Je n'ai pas de fils ! coupa Varvara Petrovna et — on eût dit une prophétie.

CHAPITRE VIII

CONCLUSION

Tous les désordres et tous les crimes commis furent connus avec une extrême rapidité, bien plus rapidement que n'avait supposé Piotr Stepanovitch. Pour commencer, la malheureuse Maria Ignatievna, la nuit de l'assassinat de son mari, se réveilla avant l'aube, s'aperçut de son absence et fut saisie d'une indescriptible inquiétude en ne le voyant pas auprès d'elle. La servante engagée par Arina Prokhorovna avait passé la nuit avec elle. Elle ne parvint pas à la calmer et dès qu'il commença à faire jour, elle courut chercher Arina Prokhorovna, assurant la malade que celle-ci savait où se trouvait son mari et quand il rentrerait. Cependant Arina Prokhorovna était elle-même assez soucieuse : elle savait déjà par son mari l'exploit nocturne accompli à Skvorechniki. Virguinski était rentré vers onze heures du soir dans un état terrible ; en se tordant les mains il s'était jeté à plat ventre sur son lit et ne cessait de répéter, tout secoué de sanglots convulsifs : « Ce n'est pas cela, pas cela ; ce n'est pas du tout cela ! » Bien entendu, il finit par tout avouer à Arina Prokhorovna qui le pressait de questions, à elle seule d'ailleurs de toute la maison. Elle le laissa couché, lui représentant sévèrement que « s'il voulait pleurnicher il ferait mieux de pleurer dans son oreiller pour qu'on ne l'entendît pas, et qu'il serait un imbécile s'il laissait paraître quelque chose demain ». Tout cela lui donna à réfléchir et elle se mit aussitôt en devoir de prendre à tout hasard des précautions : les papiers compromettants, les livres, peut-être même les tracts, elle eut le temps de les cacher ou de les détruire complètement. Pendant ce temps elle décida qu'au fond elle-même, sa sœur, sa tante, l'étudiante et peut-être même son frère aux longues oreilles n'avaient pas grand-chose à craindre. Lorsque, au matin, la garde accourut, elle alla chez Maria Ignatievna sans hésiter. Elle avait au demeurant grande envie de s'assurer au plus vite s'il était vrai ce que son époux lui avait raconté hier, dans un murmure effrayé et proche du délire, des vues que, dans l'intérêt général, Piotr Stepanovitch avait sur Kirilov.

Mais elle arriva trop tard chez Maria Ignatievna : après avoir envoyé la servante, restée seule, elle n'avait pu y tenir, s'était levée et jetant sur elle les vêtements qui lui étaient tombés sous la main, très légers semble-t-il, et peu en rapport avec la saison, elle était allée elle-même dans le pavillon de Kirilov, pensant que c'était peut-être lui qui pourrait mieux que personne la renseigner sur son mari. On peut imaginer l'effet que fit sur l'accouchée ce qu'elle y vit. Il est curieux qu'elle ne lut pas la lettre laissée par Kirilov et qui était posée bien en évidence sur la table, ne l'ayant assurément pas remarquée dans sa frayeur. Elle rentra en courant dans sa chambre, prit le bébé et quitta avec lui la maison. La matinée était humide, il y avait du brouillard. Elle ne rencontra pas de passants dans une rue si peu fréquentée. Elle courait toujours, haletante, dans la boue froide et fangeuse, et enfin elle se mit à frapper aux portes ; dans une maison on n'ouvrit pas, dans une autre on fut long à venir ; elle y renonça dans son impatience et se mit à frapper à une troisième porte. C'était la maison de notre marchand Titov. Ici elle provoqua une vive émotion, cria et affirma d'une façon incohérente qu'on « avait tué son mari ». On connaissait un peu Chatov et en partie son histoire chez les Titov : on fut frappé d'effroi en apprenant qu'ayant accouché, d'après ce qu'elle disait, depuis vingt-quatre heures à peine, elle courait par les rues dans ces vêtements et par ce froid, son bébé à peine couvert dans les bras. On pensa d'abord qu'elle avait le délire, d'autant plus que l'on ne parvenait pas à tirer au clair qui avait été tué, de Kirilov ou de son mari. Se rendant compte qu'on ne la croyait pas, elle voulut courir plus loin, mais on la retint de force et, dit-on, elle cria et se débattit violemment. On alla à la maison de Philippov et, deux heures plus tard, toute la ville savait le suicide de Kirilov et la lettre qu'il avait laissée. La police interrogea l'accouchée qui avait encore toute sa conscience ; c'est alors qu'on constata qu'elle n'avait pas lu le billet de Kirilov, mais pourquoi au juste elle avait conclu que son mari avait aussi été tué, on ne put le lui faire expliquer. Elle criait seulement : « Si l'autre est tué, donc mon mari est tué aussi, ils étaient ensemble ! » Vers midi elle perdit connaissance, ne revint plus à elle et mourut trois jours plus tard. L'enfant qui avait pris froid était mort avant elle. Arina Prokhorovna, ne trouvant pas Maria Ignatievna et le bébé et comprenant que cela ne présageait rien de bon, voulait déjà rentrer en toute hâte chez elle, mais elle s'arrêta à la porte cochère et envoya la garde-malade « demander au monsieur du pavillon si Maria Ignatievna n'était pas chez lui et s'il ne savait pas ce qu'elle était devenue ». La garde revint en poussant des cris affreux. Après l'avoir persuadée de ne pas crier et de ne rien dire à personne en employant le fameux argument : « On te traînera en justice », elle s'esquiva.

Il va de soi qu'on l'inquiéta le matin même comme la sage-femme qui avait délivré l'accouchée ; mais on ne tira pas grand-chose d'elle : elle raconta de façon fort sensée et avec beaucoup de sang-froid tout ce qu'elle avait vu et entendu chez Chatov, mais répondit au sujet de ce qui s'était passé qu'elle n'en savait rien et n'y comprenait rien.

On peut imaginer quelle émotion se fit en ville. Une nouvelle « histoire », encore un assassinat ! Mais cette fois il y avait là autre chose : il devenait clair qu'il existait une société secrète d'assassins, de révolutionnaires incendiaires, d'émeutiers. La mort affreuse de Lisa, l'assassinat de la femme de Stavroguine, Stavroguine lui-même, l'incendie, le bal au profit des institutrices, le laisser-aller de l'entourage de Julie Mikhaïlovna... Même dans la disparition de Stepan Trofimovitch on voulait absolument voir une énigme. On chuchotait beaucoup, beaucoup au sujet de Nicolas Vsevolodovitch. Vers la fin de la journée on apprit aussi l'absence de Piotr Stepanovitch et, chose étrange, c'est de lui qu'on parla le moins. Mais on parlait beaucoup ce jour-là du « sénateur ». Devant la maison de Philippov il y eut foule presque toute la matinée. Les autorités furent en effet induites en erreur par la lettre de Kirilov. Elles crurent et à l'assassinat de Chatov par Kirilov et au suicide de « l'assassin ». D'ailleurs si les autorités furent déroutées, ce ne fut pas complètement. Le mot « parc » par exemple, si vaguement employé dans la lettre de Kirilov, ne dérouta personne, contrairement à ce qu'avait escompté Piotr Stepanovitch. La police se précipita aussitôt à Skvorechniki, et cela non seulement parce qu'il n'y avait d'autre parc nulle part ailleurs chez nous, mais aussi par une sorte d'instinct, car tous les horribles événements des derniers jours étaient liés directement ou en partie à Skvorechniki. C'est du moins ce que je suppose. (Je noterai que Varvara Petrovna était partie le matin de bonne heure et sans rien savoir à la recherche de Stepan Trofimovitch.) Le corps fut découvert dans l'étang le soir du même jour, d'après certains indices ; à l'endroit même du meurtre on avait trouvé la casquette de Chatov que les assassins avaient oubliée là par une incroyable étourderie. L'examen superficiel et médical du cadavre et certaines suppositions firent soupçonner dès le début que Kirilov ne pouvait pas ne pas avoir de complices. L'existence d'une société secrète Chatov-Kirilov ayant un rapport avec les tracts devint évidente. Mais quels étaient ces complices ? On ne songea même pas ce jour-là à aucun des « nôtres ». On apprit que Kirilov menait une vie très retirée et si solitaire qu'il avait pu, comme le disait sa lettre, héberger pendant tant de jours Fedka qu'on recherchait si soigneusement partout. Ce qui surtout angoissait tout le monde était que de toute cette confusion il était impossible de tirer rien de cohérent ni aucune vue d'ensemble. Il est difficile d'imaginer à quelles conclusions et à quelle anarchie de la pensée aurait finalement abouti notre société affolée jusqu'à la panique si brusquement tout ne s'était expliqué d'un coup dès le lendemain grâce à Liamchine.

Il ne put y tenir. Il lui arriva ce que Piotr Stepanovitch avait lui-même fini par pressentir. Confié à Tolkatchenko, puis à Erkel, Liamchine avait passé toute la journée du lendemain au lit, calme en apparence, tourné contre le mur et ne disant mot, répondant à peine quand on lui adressait la parole. De cette façon il resta toute la journée dans l'ignorance de ce qui se passait en ville. Mais Tolkatchenko, qui était parfaitement au courant, eut vers le soir l'idée d'abandonner le rôle que Piotr Stepanovitch lui avait assigné auprès de Liamchine et de quitter la ville pour se rendre dans le district, c'est-à-dire tout simplement de fuir : en vérité, ils avaient tous perdu la tête, comme Erkel l'avait prédit. Je signalerai à ce propos que Lipoutine disparut lui aussi de la ville le même jour, avant midi. Mais il arriva que sa disparition ne fut connue des autorités que le lendemain soir, lorsqu'on interrogea sa famille affolée par son absence mais qui de peur se taisait. Mais je continue au sujet de Liamchine. Dès qu'il fut resté seul (Erkel, comptant sur Tolkatchenko, était rentré chez lui), il s'élança aussitôt hors de la maison et, bien entendu, sut très vite où en étaient les choses. Sans même passer chez lui, il se mit lui aussi à courir droit devant lui. Mais la nuit était si sombre et son projet si terrible et si difficile qu'après avoir parcouru deux ou trois rues, il rebroussa chemin et s'enferma chez lui pour toute la nuit. Il semble qu'au matin il fit une tentative de suicide : mais il n'y réussit pas. Il resta cependant enfermé jusqu'à midi et — soudain il courut à la police. On dit qu'il se traîna à genoux, sanglota et hurla, baisa le plancher, criant qu'il était indigne de baiser même les bottes des dignitaires qu'il avait devant lui. On le calma et même le réconforta. L'interrogatoire dura, dit-on, trois heures. Il révéla tout, tout, raconta toute l'histoire, tout ce qu'il savait, tous les détails ; il prenait les devants, se hâtait d'avouer, révélait même des choses inutiles et sans qu'on les lui demandât. Il apparut qu'il savait passablement de choses et il sut assez bien exposer l'affaire : la tragédie de Chatov et de Kirilov, l'incendie, la mort des Lebiadkine, etc., passèrent au second plan. Au premier plan apparurent Piotr Stepanovitch, la société secrète, l'organisation, le réseau. A la question : pourquoi avaient été commis tant de meurtres, de scandales et d'infamies, il répondit avec une précipitation passionnée que c'était « pour l'ébranlement systématique de tous les fondements, la décomposition systématique de la société et de tous les principes ; pour décourager tout le monde, faire de tout un gâchis, et prendre soudain en main la société ainsi ébranlée, débile et amollie, cynique et incroyante, mais qui aspire ardemment à quelque idée directrice et à sa propre conservation, cela en levant l'étendard de la révolte et en s'appuyant sur tout un réseau de groupes de cinq qui pendant ce temps auraient agi, recruté des membres et cherché dans la pratique toutes les possibilités et tous les points faibles auxquels s'attaquer ». Il conclut en disant qu'ici, dans notre ville, Piotr Stepanovitch n'avait procédé qu'à un premier essai de ce désordre systématique, établissant pour ainsi dire le programme des actions ultérieures valable pour tous les groupes de cinq, et que c'était cette fois sa propre idée (à lui Liamchine), sa propre supposition, et « qu'on ne manque pas de s'en souvenir et de signaler avec quelle franchise et quelle bonne volonté il expliquait l'affaire et que par conséquent il pourrait être fort utile à l'avenir aussi ». Quand on lui demanda tout net si les groupes de cinq étaient nombreux, il répondit qu'ils étaient innombrables, que toute la Russie était recouverte d'un réseau et quoiqu'il n'en fournît pas la preuve, je pense qu'il répondait tout à fait sincèrement. Il ne put présenter que le programme de la société imprimé à l'étranger et un projet de développement du système pour l'action ultérieure, à l'état de brouillon mais écrit de la propre main de Piotr Stepanovitch. Il apparut qu'en parlant de « l'ébranlement des fondements » Liamchine avait cité mot pour mot ce papier, sans même oublier les points et les virgules, bien qu'il affirmât qu'il ne s'agissait que de ses déductions personnelles. Au sujet de Julie Mikhaïlovna, il dit d'une façon extrêmement drôle sans même qu'on le lui demandât qu'elle était « innocente et qu'on l'avait seulement bernée ». Mais il est remarquable qu'il disculpa complètement Nicolas Stavroguine de toute participation à la société secrète, de toute entente avec Piotr Stepanovitch. (Liamchine n'avait aucune idée des espoirs secrets et fort ridicules que Piotr Stepanovitch avait fondés sur Stavroguine.) L'assassinat des Lebiadkine, selon lui, avait été organisé par le seul Piotr Stepanovitch, sans aucune participation de Nicolas Vsevolodovitch, dans l'astucieux dessein d'impliquer celui-ci dans le crime et par conséquent de le mettre dans la dépendance de Piotr Stepanovitch ; mais au lieu de la reconnaissance sur laquelle il comptait incontestablement et étourdiment, il n'avait que provoqué la plus entière indignation et même le désespoir du « noble » Nicolas Vsevolodovitch. Il conclut ses déclarations au sujet de Stavroguine, toujours en se hâtant et sans qu'on le lui demandât, par une allusion visiblement intentionnelle au fait que, selon lui, celui-ci était un oiseau de très haut vol mais qu'il y avait là un secret ; qu'il avait vécu chez nous pour ainsi dire *incognito*, qu'il était chargé de missions, qu'il se pouvait fort bien qu'il revînt chez nous de Pétersbourg (Liamchine était persuadé que Stavroguine était à Pétersbourg), mais cette fois dans de tout autres conditions et dans la suite de personnalités dont on entendrait peut-être bientôt parler chez nous aussi, ajoutant qu'il avait appris tout cela de Piotr Stepanovitch, « ennemi secret de Nicolas Vsevolodovitch ».

Je ferai un *nota bene*. Deux mois plus tard, Liamchine avoua qu'il cherchait exprès à disculper Stavroguine, espérant s'assurer sa protection ; il pensait que celui-ci obtiendrait pour lui à Pétersbourg une remise de peine et lorsqu'il partirait en exil le pourvoirait d'argent et de lettres de recommandation. On voit par cet aveu qu'il se faisait vraiment une idée très exagérée de Nicolas Stavroguine.

Le même jour, bien entendu, on arrêta aussi Virguinski et, dans l'entraînement du moment, toute sa famille. (Arina Prokhorovna, sa sœur, sa tante et même l'étudiante sont aujourd'hui depuis longtemps en liberté ; on dit même que Chigalev serait certainement relâché aussi dans le plus bref délai, car il n'entre dans aucune des catégories d'inculpés ; d'ailleurs ce n'est encore qu'un bruit.) Virguinski avoua aussitôt tout : il était alité, malade et avec de la fièvre, lorsqu'on vint l'arrêter. On dit qu'il fut presque content : « J'en ai le cœur soulagé », aurait-il dit. On raconte qu'il fait maintenant ses dépositions franchement et même avec une certaine dignité, et qu'il n'abandonne aucun de ses « clairs espoirs » tout en maudissant la voie politique, par opposition à la voie sociale, dans laquelle il s'est laissé entraîner si fortuitement et si étourdiment par le « tourbillon du concours de circonstances ». Son attitude pendant l'assassinat est interprétée comme une circonstance atténuante, semble-t-il, et il peut compter lui aussi sur un certain adoucissement de son sort. C'est du moins ce qu'on affirme chez nous.

Mais il est douteux qu'il soit possible d'adoucir le sort d'Erkel. Celui-là, depuis son arrestation, garde le silence ou, dans la mesure du possible, fausse la vérité. On n'a pu jusqu'à présent tirer de lui un seul mot de repentir. Et pourtant même chez les plus sévères des juges il a éveillé une certaine sympathie — par sa jeunesse, par son manque de défense, parce qu'il est évident qu'il n'a été que la victime fanatique d'un suborneur politique ; et surtout par sa conduite aujourd'hui connue à l'égard de sa mère à qui il envoyait presque la moitié de sa maigre solde. Sa mère est maintenant chez nous ; c'est une femme faible et malade, prématurément vieillie ; elle pleure et se traîne littéralement aux pieds des autorités en implorant la grâce de son fils. On ignore comment cela finira, mais beaucoup de gens chez nous plaignent Erkel.

Lipoutine fut arrêté à Pétersbourg où il se trouvait depuis quinze jours. Il lui arriva une chose presque incroyable qu'il est même difficile d'expliquer. On dit qu'il avait et un passeport sous un faux nom, et l'entière possibilité de filer à temps à l'étranger, et une somme très importante sur lui, et pourtant il resta à Pétersbourg et n'alla nulle part. Pendant un certain temps, il chercha

Stavroguine et Piotr Stepanovitch, et brusquement il s'adonna à la boisson et à une débauche effrénée, comme un homme ayant perdu tout sens commun et toute idée de sa situation. C'est même dans une maison de tolérance et en état d'ébriété qu'il fut arrêté à Pétersbourg. Le bruit court que maintenant il ne perd nullement courage, ment dans ses dépositions et se prépare au procès avec une certaine solennité et avec espoir (?). Il a même l'intention de parler au procès. Tolkatchenko, arrêté quelque part dans le district dix jours après sa fuite, se conduit d'une façon incomparablement plus correcte, ne ment pas, ne louvoie pas, dit tout ce qu'il sait, ne cherche pas à se justifier, s'accuse en toute modestie, mais est lui aussi enclin à l'éloquence ; il parle beaucoup et volontiers, et lorsqu'on en vient à la question de la connaissance du peuple et de ses éléments révolutionnaires (?), il prend des poses et cherche l'effet à produire. Lui aussi, raconte-t-on, a l'intention de parler au procès. En général, Lipoutine et lui ne sont pas très effrayés et c'est même bien étrange.

Je le répète, cette affaire n'est pas encore terminée. Aujourd'hui, trois mois après les événements, notre société s'est reposée, ressaisie, remise, elle a sa propre opinion, et cela au point que certains considèrent même Piotr Stepanovitch sinon comme un génie, du moins comme un homme aux « dons géniaux ». « Cela c'est une organisation ! » dit-on au club en levant un doigt en l'air. D'ailleurs tout cela est très innocent et ceux qui parlent ainsi sont peu nombreux. D'autres, au contraire, ne lui dénient pas l'acuité des dons mais s'accompagnant d'une ignorance complète de la réalité, d'un esprit terriblement abstrait, d'un développement unilatéral anormal et obtus qui a pour résultat une extrême étourderie. Sur ses qualités morales tout le monde s'accorde ; de cela personne ne discute plus.

Je ne sais vraiment de qui je dois parler encore pour n'oublier personne. Mavriki Nicolaevitch est parti définitivement. La vieille Drozdov est tombée en enfance... D'ailleurs il me reste encore à raconter une très sombre histoire. Je me bornerai aux faits.

Varvara Petrovna descendit, à son retour, dans sa maison de ville. D'un coup toutes les nouvelles qui s'étaient accumulées l'assaillirent et la bouleversèrent profondément. Elle s'enferma seule chez elle. C'était le soir ; tout le monde était fatigué et se coucha de bonne heure.

Le lendemain matin, une femme de chambre remit

d'un air mystérieux à Daria Pavlovna une lettre. Cette lettre, selon elle, était arrivée la veille au soir mais tard, quand tout le monde dormait déjà, si bien qu'elle n'avait pas osé la réveiller. La lettre n'était pas arrivée par la poste mais avait été apportée à Skvorechniki par un inconnu pour Alexis Egoritch. Et Alexis Egoritch était aussitôt venu personnellement la remettre hier au soir entre ses mains à elle puis était rentré immédiatement à Skvorechniki.

Daria Pavlovna, le cœur battant, regarda longtemps la lettre sans oser la décacheter. Elle savait de qui elle venait : c'était Nicolas Stavroguine qui écrivait. Elle lut la suscription sur l'enveloppe : « A Alexis Egoritch pour remettre à Daria Pavlovna, secret. »

Voici cette lettre, mot pour mot, sans corriger la moindre faute de style de ce gentilhomme russe qui ne connaissait pas très bien la grammaire russe, malgré sa culture européenne :

« Chère Daria Pavlovna,

« Vous avez voulu un jour être ma « garde-malade » et vous m'avez fait promettre de vous envoyer chercher quand il serait nécessaire. Je pars dans deux jours et je ne reviendrai pas. Voulez-vous venir avec moi ?

« L'an dernier, à l'instar de Hertzen, je me suis fait inscrire comme citoyen du canton d'Uri, et personne ne le sait. J'y ai déjà acheté une petite maison. J'ai encore douze mille roubles ; nous irons là-bas et y vivrons éternellement. Je ne veux plus m'en aller nulle part ailleurs.

« L'endroit est très ennuyeux, un défilé, les montagnes oppressent le regard et la pensée. Très maussade. Je l'ai fait parce qu'une petite maison y était à vendre. Si elle ne vous plaît pas, je la vendrai et en achèterai une autre ailleurs.

« Je ne me porte pas très bien mais de mes hallucinations j'espère me débarrasser grâce à l'air de là-bas. Voilà pour le physique ; moralement vous savez tout ; seulement est-ce tout ?

« Je vous ai raconté beaucoup de choses de ma vie. Mais pas tout. Même à vous pas tout ! A propos, je confirme qu'en conscience je suis coupable de la mort de ma femme. Je ne vous ai pas vue après cela, c'est pourquoi je le confirme. Je suis aussi coupable envers Elisabeth Nicolaevna ; mais là vous savez ; là vous avez presque tout prédit.

« Il vaut mieux que vous ne veniez pas. Le fait que je vous appelle est une terrible bassesse. Et puis pourquoi enterreriez-vous votre vie avec moi ? Vous m'êtes chère et, dans mes moments d'angoisse, j'étais bien auprès de vous ; devant vous seule je pouvais parler à haute voix de moi. Cela ne prouve rien. Vous vous êtes engagée vous-même « comme garde-malade » — c'est votre expression ; pourquoi tant sacrifier ? Songez aussi que je n'ai pas pitié de vous si je vous appelle et que je ne vous respecte pas si je vous attends. Et pourtant je vous appelle et vous attends. En tout cas, j'ai besoin de votre réponse car il faut partir très vite. Dans ce cas je partirai seul.

« Je n'espère rien d'Uri ; je pars simplement. Je n'ai pas choisi exprès un endroit maussade. En Russie je ne suis lié par rien — tout m'y est aussi étranger que partout ailleurs. Il est vrai que plus qu'ailleurs je n'aimais y vivre ; mais même en Russie je n'ai rien pu haïr !

« J'ai essayé ma force partout. Vous me l'avez conseillé, « pour me connaître ». Dans les essais pour moi-même et pour la galerie, comme aussi toute ma vie auparavant, elle se révélait sans limite. Sous vos yeux, j'ai encaissé la gifle de votre frère ; j'ai avoué publiquement mon mariage. Mais à quoi appliquer cette force, voilà ce que je n'ai jamais vu, ce que je ne vois pas davantage maintenant, malgré les encouragements que vous m'avez donnés en Suisse et auxquels j'ai cru. Je puis encore comme je l'ai toujours pu vouloir faire le bien et j'en éprouve du plaisir ; à côté de cela je veux aussi le mal et j'en éprouve aussi du plaisir. Mais l'un et l'autre sentiment, comme par le passé, sont toujours trop superficiels et ne sont jamais forts. Mes désirs sont trop faibles ; ils ne peuvent me guider. Sur une poutre on peut traverser une rivière, on ne le peut sur un copeau. Cela pour que vous ne pensiez pas que je vais à Uri avec des espoirs quelconques.

« Comme par le passé, je n'accuse personne. J'ai essayé une grande débauche et j'y ai épuisé mes forces : mais je n'aime pas la débauche et je n'en voulais pas. Vous m'avez observé ces derniers temps. Savez-vous que même nos négateurs, je les regardais avec ressentiment, enviant leurs espoirs ? Mais vous avez eu tort d'avoir peur ; je ne pouvais être un camarade pour eux car je ne partageais rien avec eux. Et pour rire, par ressentiment, je ne le pouvais pas davantage, et non parce que j'avais peur du ridicule — je ne puis avoir peur du ridicule — mais parce que j'ai tout de même les habitudes d'un homme convenable et cela me dégoûtait. Mais si j'avais eu pour eux plus de ressentiment et d'envie, peut-être serais-je allé avec eux. Jugez comme cela m'était facile et combien l'hésitation m'a tourmenté.

« Chère amie, créature tendre et généreuse que j'ai devinée ! Peut-être rêvez-vous de me donner tant d'amour et de répandre sur moi tant de beautés de votre belle âme que vous espérez ainsi poser enfin devant moi un but ? Non, vous feriez mieux d'être plus prudente : mon amour sera aussi mesquin que je le suis moi-même et vous serez malheureuse. Votre frère me disait que celui qui perd tout lien avec son pays perd aussi ses dieux, c'est-à-dire tous ses buts. De tout on peut discuter à l'infini, mais de moi n'est sortie que la négation, sans aucune générosité et sans aucune force. Même pas la négation. Tout est toujours mesquin et mou. Le généreux Kirilov n'a pu supporter l'idée et — s'est brûlé la cervelle ; mais je vois bien qu'il était généreux parce qu'il n'avait pas toute sa raison. Je ne pourrai jamais perdre la raison et je ne pourrai jamais croire à une idée au même point que lui. Je ne pourrai même pas m'intéresser à ce point à une idée. Jamais, jamais, je ne pourrai me brûler la cervelle !

« Je sais que je devrais me tuer, me balayer de la surface de la terre comme un ignoble insecte ; mais j'ai peur du suicide car j'ai peur de manifester de la générosité. Je sais que ce serait encore une duperie — la dernière duperie dans une suite infinie de duperies. A quoi sert-il donc de se duper soi-même uniquement pour jouer à la générosité ? De l'indignation et de la honte il ne pourra jamais y en avoir en moi ; par conséquent pas de désespoir non plus.

« Pardonnez-moi d'écrire si longuement. Je me suis ressaisi et c'était involontaire. Ainsi cent pages ne sont pas assez et dix lignes suffisent. Dix lignes suffisent pour appeler une « garde-malade ».

« Depuis mon départ, je vis à la sixième station chez le chef de gare. Je me suis lié avec lui pendant une nuit de débauche il y a cinq ans, à Pétersbourg. Que je vis ici personne ne le sait. Ecrivez à son nom. Je joins l'adresse.

« Nicolas Stavroguine. »

Daria Pavlovna alla aussitôt montrer la lettre à Varvara Petrovna. Celle-ci lut et pria Dacha de sortir pour la relire seule ; mais au bout de très peu de temps elle la rappela.

— Tu iras ? demanda-t-elle presque timidement.

— J'irai, répondit Dacha.

— Prépare-toi ! Nous partons ensemble !

Dacha l'interrogea du regard.

— Qu'ai-je à faire ici maintenant? N'est-ce pas égal ? Je me ferai aussi inscrire à Uri et je vivrai dans ce défilé... Ne crains rien, je ne gênerai pas.

Elles firent rapidement leurs préparatifs pour pouvoir prendre le train de midi. Mais une demi-heure ne s'était pas écoulée qu'Alexis Egoritch arrivait de Skvorechniki. Il annonça que Nicolas Vsevolodovitch y était « brusquement » arrivé le matin de bonne heure par le train et qu'il se trouvait à Skvorechniki, mais « dans un tel état qu'il ne répondait pas aux questions, avait parcouru toutes les pièces et s'était enfermé dans son appartement »...

— J'ai décidé sans son ordre de venir vous avertir, ajouta Alexis Egoritch d'un air très concentré.

Varvara Petrovna lui jeta un regard perçant et ne lui posa pas de questions. En un clin d'œil la voiture fut avancée. Elle partit avec Dacha. En cours de route elle se signa, dit-on, souvent.

Dans l'appartement de Nicolas Vsevolodovitch, toutes les portes étaient ouvertes et il n'était nulle part.

— Ne serait-il pas dans la mezzanine ? dit prudemment Fomouchka.

Il est remarquable qu'à la suite de Varvara Petrovna plusieurs domestiques entrèrent dans l'appartement ; tandis que tous les autres attendaient dans la salle. Jamais auparavant ils n'auraient osé se permettre une telle infraction à l'étiquette. Varvara Petrovna le voyait et se taisait.

On monta à la mezzanine. Là il y avait trois pièces : mais on ne trouva personne dans aucune.

— Ne serait-il pas allé par là ? dit quelqu'un en montrant la porte de la mansarde. En effet, la petite porte toujours fermée de la mansarde était maintenant déverrouillée et grande ouverte. Il fallut monter presque sous le toit par un escalier de bois, long, très étroit et extrêmement raide. Là-haut il y avait aussi une petite chambre.

— Je n'irai pas là-bas. Pour quelle raison y serait-il monté ? dit Varvara Petrovna devenant affreusement pâle et se retournant vers les domestiques. Ceux-ci la regardaient et se taisaient. Dacha tremblait.

Varvara Petrovna s'élança dans l'escalier ; Dacha la suivit ; mais à peine entrée dans la mansarde, elle poussa un cri et tomba sans connaissance.

Le citoyen du canton d'Uri était pendu là même, derrière la porte. Sur la table il y avait un bout de papier avec ces mots : « Qu'on n'accuse personne, c'est moi-même. » Sur la même table se trouvaient un marteau, un morceau de savon et un grand clou, apparemment préparé à tout hasard. Le solide cordon de soie, certainement préparé et choisi d'avance, avec lequel Nicolas Vsevolodovitch s'était pendu était abondamment savonné. Tout dénotait la préméditation et la conscience conservée jusqu'au dernier moment.

Nos médecins, après l'autopsie du cadavre, rejetèrent entièrement et formellement l'hypothèse de l'aliénation mentale.

COMMENTAIRES

Genèse d'un chef-d'œuvre

« Parfois il faut saisir la cravache, non plus pour se défendre, mais pour attaquer le premier. » C'est dans cet état d'esprit que Dostoievski abordait, à la fin de l'année 1869, la composition des *Possédés*. L'écrivain et sa famille se trouvaient alors à Dresde, dernière étape d'un voyage à travers les pays d'Europe occidentale qui se prolongea plus de quatre ans. Dostoievski, frappé par le mal du pays dès le premier jour du voyage, était littéralement obsédé par la Russie : il se précipitait chaque jour à la salle de lecture où l'on recevait les journaux russes et en dévorait trois ; il craignait de perdre contact avec sa patrie, de ne plus sentir son « flux vital ». Ses réflexions sur le destin de la Russie le conduisaient dans deux voies différentes : d'un côté il croyait passionnément en la venue imminente d'un « homme russe nouveau », capable d'assumer pleinement l'héritage spirituel de son pays et de porter à l'Occident la parole nouvelle dont celui-ci avait besoin pour ne pas sombrer définitivement dans la décadence, d'un autre côté le développement des mouvements révolutionnaires, l'instauration progressive d'une sorte de « temps des troubles » en Russie le plongeaient dans l'angoisse et l'amertume.

Or, la prolifération de ces idées subversives pouvait d'autant moins laisser indifférent l'auteur des *Souvenirs de la maison des morts* que lui aussi avait fait partie autrefois d'une organisation clandestine, lui aussi avait connu dans sa jeunesse la tentation du socialisme. Il se sentait donc profondément concerné par tous ces courants d'opposition, voire même en partie responsable (n'appartenait-il pas à la génération des « précurseurs » ?) de leur existence. En 1873, évoquant l'époque où il fréquentait le cercle de Petrachevski, il affirmait que, dans ses années de jeunesse, il n'aurait peut-être pas pu devenir un Netchaev lui-même, mais netchaevien il aurait été à coup sûr, si on l'avait laissé faire.

Enclin à une vision apocalyptique et manichéenne de l'histoire, Dostoievski voyait donc proche le moment où allait s'ouvrir au grand jour le combat entre les forces positives de l'homme russe nouveau et les puissances ténébreuses de la révolution et de l'athéisme. Et il était bien décidé à prendre une part active à ce combat, à « saisir la cravache » et à frapper impitoyablement les démons. Tant pis s'il fallait pour cela renoncer quelque peu à la pureté et à la grandeur de l'« art », s'il était nécessaire de « baisser le ton », de descendre jusqu'au niveau de la polémique : « Je m'exprimerai coûte que coûte, même si cela ne donne qu'un pamphlet », écrivait-il au critique Strakhov. Tant pis s'il fallait aussi se mettre à dos la toute-puissante cabale de l'opposition ; « Ce que je suis en train d'écrire, confiait-il à son ami Maïkov, est une œuvre tendancieuse, mais j'ai envie de clamer tout ce que j'ai sur le cœur. Ce sont les nihilistes et les occidentalistes qui vont me traiter de rétrograde ! Que le diable les emporte, je dirai tout, jusqu'au dernier mot ! »

C'était donc une œuvre de combat, courte, rapide, violente, sans prétentions littéraires que se préparait à écrire Dostoievski.

Mais les choses allaient se passer autrement. Dès le départ, le travail sur ce roman-pamphlet, ce roman de circonstance, s'avérait beaucoup moins simple qu'il n'avait paru au premier abord ; l'écrivain ne parvenait pas à trouver le fil conducteur, le plan d'ensemble ; les brouillons, les pages raturées s'amoncelaient, l'idée restait floue, incertaine. Soudain l'inspiration visite le romancier : le projet s'éclaire d'un sens nouveau et du même coup s'élargit considérablement ; l'œuvre ainsi conçue sera beaucoup plus vaste, plus fouillée. Tout ce qui avait été écrit est jeté au panier et l'écrivain reprend le travail à zéro. À nouveau les feuillets s'accumulent, les ratures se multiplient, des plans sont élaborés, rejetés, repris... Puis une nouvelle inspiration éclaire Dostoievski. Le projet s'enrichit encore, se transforme de fond en comble : « Il fallut tout changer radicalement, écrit Dostoievski en août 1870 ; sans hésiter, j'ai rayé tout ce que j'avais écrit (près de quinze feuillets d'imprimerie) et j'ai repris tout de la première page. Le travail de toute une année était perdu. » Dès lors, l'histoire de l'élaboration du roman est une succession d'inspirations, de remises en question, de recommencements. L'œuvre naquit dans les affres d'une création douloureuse ; l'auteur était littéralement possédé par son idée qui le commandait et le menait dans les directions les plus imprévues, lui faisant découvrir des horizons inconnus, des paysages terrifiants. Les carnets de travail sur ce grand roman, parvenus jusqu'à nous dans leur intégralité, nous permettent de suivre pas à pas ce cheminement pénible, d'observer les transformations, les métamorphoses subies par les personnages au cours de l'élaboration de l'œuvre. Comme les âmes, dans la doctrine de Plotin, planent dans les limbes à la recherche du corps auquel chacune doit se fixer, ainsi les personnages de Dostoievski, avant de trouver leur image définitive dans l'œuvre achevée, se modifient sans cesse, échangent leurs rôles, apparaissent, disparaissent, errent dans les régions mystérieuses de l'esprit où s'opère le travail créateur de l'écrivain.

Le sujet initial du roman avait été fourni à Dostoievski par l'affaire de l'assassinat par le célèbre révolutionnaire Netchaev et quelques complices, d'un membre réticent de son organisation clandestine, « La Justice du peuple ». Au personnage principal « négatif » — Netchaev —, devait être opposé un héros « positif » — Goloubov — incarnant l'« homme russe nouveau » dont rêvait Dostoievski. Petit à petit le personnage de Netchaev passe néanmoins au deuxième plan, remplacé par un autre personnage, plus complexe — Stavroguine. Goloubov disparaît complètement ; à sa place, et pour faire pendant cette fois à Stavroguine, apparaît la figure du moine Tikhon. La puissance démoniaque du personnage de Stavroguine va progressivement triompher de tous les autres protagonistes du roman : Goloubov est éliminé ; Netchaev, rejeté dans un rôle secondaire ; Chatov qui, d'après les brouillons, devait avoir un rôle de première importance et s'opposer à Stavroguine, devient le disciple, voire l'émanation de celui-ci ; il n'est pas jusqu'au moine Tikhon qui ne soit éliminé — étrange fatalité — non plus par la volonté de son créateur, mais par celle de l'éditeur Katkov qui jugea le chapitre où il figure impubliable.

Contre la volonté de l'auteur, ou du moins son intention initiale, le ténébreux Stavroguine accapare donc tous les rôles, devient le centre de l'intrigue, le soleil noir d'où irradient les rayons mortels. Rien, personne pour lui faire pièce, et la vision manichéenne du combat entre Dieu et le diable disparaît pour faire place à un poème désespéré sur la toute-puissance du mal. « Stavroguine est tout », écrivait Dostoievski.

Du projet initial il resta donc bien peu de choses. Le métaphysicien, le peintre des « réalités supérieures » (comme Dostoievski aimait à se désigner lui-même), prit très tôt le dessus sur le pamphlétaire acrimonieux. Et l'œuvre achevée, Dostoievski dut reconnaître que ses intentions premières avaient été largement dépassées « car, écrivait-il, toute la question est de savoir ce que l'on doit tenir pour vrai. Et c'est pour cela que le roman a été écrit ». Le sens de l'œuvre s'éclairait après coup, après une aventure intérieure dont le héros véritable avait été Dostoievski lui-même, condamné par la logique profonde de son génie à aller directement et immanquablement à l'essentiel.

Les idées et mouvements révolutionnaires en Russie, contemporains de Dostoievski

I. — LA NAISSANCE DES MOUVEMENTS RÉVOLUTIONNAIRES

Le premier mouvement révolutionnaire en Russie au XIXe siècle prit naissance au lendemain des guerres napoléoniennes. Sous l'influence des idées libérales venues d'Europe occidentale, des organisations clandestines se constituèrent, avec pour but le renversement du pouvoir impérial et l'instauration en Russie d'un régime démocratique. Leurs membres se recrutèrent essentiellement parmi la fine fleur de l'aristocratie, en particulier les jeunes officiers des meilleurs régiments de l'Empire. L'échec d'une tentative d'insurrection armée le 14 décembre 1825 (lors de l'avènement de Nicolas Ier) et la répression qui suivit (cinq condamnations à mort, une centaine de déportations en Sibérie), ainsi que l'instauration d'un régime policier brutal privèrent l'opposition politique de ses forces vives pour plusieurs décennies. Mais le pouvoir impérial, en châtiant durement les décembristes, donna au mouvement révolutionnaire russe ses martyrs dont le souvenir et les idéaux allaient inspirer la jeunesse radicale tout au long du XIXᵉ siècle.

II. — LA PÉRIODE DE GESTATION : LES ANNÉES 40

I° Toute vie politique au grand jour étant impossible sous le règne de Nicolas Iᵉʳ, l'opposition ne pouvait s'exprimer que par des moyens détournés. C'est l'époque des « idéalistes des années 40 », où la pensée politique s'affine dans les interminables conversations de salons (controverses entre slavophiles et occidentalistes) et s'exprime de diverses manières : critique littéraire (Biélinski), travaux philosophiques et historiques (Granovski), publications venant de l'étranger et circulant en Russie sous le manteau (Herzen) ;

2° Vers la fin des années 40, un groupement clandestin — dont Dostoievski lui-même faisait partie — s'organisa autour de M. V. Petrachevski. Bien plus que d'activités révolutionnaires, il s'agissait en fait de réunions philosophiques et littéraires, centrées sur l'étude des doctrines de Fourier et Saint-Simon. Néanmoins, le pouvoir impérial, terrorisé par la vague des révolutions de 1848 dans toute l'Europe, décida de sévir. Les membres de l'organisation — Dostoievski compris — furent arrêtés, jugés, condamnés à mort, puis graciés à la dernière minute et envoyés au bagne en Sibérie.

III. — LE NIHILISME DES ANNÉES 60

L'opposition politique, mise en veilleuse par le régime policier de Nicolas Iᵉʳ, reprit de plus belle dès la mort de celui-ci. La fin des années 50 et les années 60 virent la recrudescence et le durcissement de l'action révolutionnaire. C'est l'époque du « nihilisme » (matérialisme grossier dont le prophète était Pissarev). C'est l'époque où apparaissent les premiers grands théoriciens de la révolution (Bakounine, Lavrov, plus tard Tkatchev), où circulent les premières proclamations appelant à l'action violente. A côté de cela se développe une pensée matérialiste plus approfondie et scientifique (Tchernychevski).

IV. — L'ÉLARGISSEMENT DES MOUVEMENTS RÉVOLUTIONNAIRES

A la fin des années 60 et au cours des années 70, le mouvement révolutionnaire ne cessa de s'élargir et de prendre de l'ampleur. Après l'échec du mouvement « vers le peuple » qui prônait la préparation de la révolution par la propagande dans les campagnes, les organisations révolutionnaires se tournèrent résolument vers la violence. Des actes de terrorisme éclatent alors dans tout le pays, visant les agents du pouvoir à tous les échelons, des cellules révolutionnaires jaillissent partout. Un disciple de Bakounine, Netchaev, organise un noyau révolutionnaire ; soupçonnant l'un des membres de vouloir abandonner l'organisation, il l'assassine froidement et jette le cadavre dans un étang... C'est le dossier de cette affaire, dont le retentissement fut considérable, qui fut utilisé par Dostoievski pour servir de base à l'intrigue des *Possédés*.

Un roman à clefs

Avec cette tragédie de l'homme abandonné de Dieu, nous sommes bien loin du pamphlet initialement conçu par Dostoievski. Toutefois au moins un élément important de l'orientation première de l'œuvre a subsisté dans la réalisation définitive : la plupart des protagonistes des *Possédés* sont des personnages « à clefs », correspondant à des êtres réels ou des personnages types que l'écrivain a voulu attaquer en les représentant dans le roman sous une forme caricaturale.

STAVROGUINE. Les traits du personnage central des *Possédés* ont été selon toute vraisemblance inspirés à Dostoievski par le ténébreux Nicolas Spechnev qui a donné au héros du roman son prénom, son aspect extérieur, une partie de sa biographie. Spechnev était l'un des membres les plus actifs et les plus en vue du groupe de Petrachevski : athée, partisan intransigeant d'un socialisme dur, aventurier romantique et bourreau des cœurs, il exerçait un ascendant considérable sur tout son entourage et le jeune Dostoievski n'échappa pas à son influence, quitte à se venger plus tard en faisant de lui une incarnation du diable.

P. S. VERKHOVENSKI. De Netchaev, Dostoievski a fait, sous les traits de P. S. Verkhovenski, une caricature féroce et sans doute assez peu ressemblante (le romancier en convenait d'ailleurs lui-même). Netchaev, homme d'action infatigable et volontaire, disciple de Bakounine, théoricien jusqu'au-boutiste du nihilisme et de l'anarchisme (on lui a longtemps attribué la paternité du fameux *Evangile du révolutionnaire*, dont maint propos de P. S. Verkhovenski est comme la paraphrase) n'avait somme toute pas grand-chose de commun avec le pantin hystérique décrit par le romancier.

CHIGALEV. Parmi les démons dérisoires qui s'agitent autour de P. S. Verkhovenski, le personnage de Chigalev a été inspiré par un publiciste obscur, propagandiste des idées de Tchernychevski et Dobrolioubov, V. A. Zaïtsev. Théoricien obtus et fanatique, c'était un représentant typique de cette piétaille de tous les grands mouvements d'idées, dont il est à peine nécessaire de grossir les traits pour la rendre ridicule.

LIPOUTINE. Autre diablotin dévoué à P. S. Verkhovenski, Lipoutine est la caricature d'un certain A. P. Milioukov dont l'auteur fit la connaissance aux réunions de Petrachevski. Tyran domestique, petit-bourgeois mesquin et néanmoins admirateur inconditionnel de Fourier, il se consolait dans des rêveries apocalyptiques de la médiocrité de son destin.

VIRGINSKAIA. Personnage secondaire dans le roman, la sage-femme Virginskaïa est néanmoins digne d'attention. Sous ses traits, Dostoievski a décrit l'un des nombreux représentants du mouvement populiste des années 70, de ces étudiants qui, pour être près du peuple, quittaient les bancs de l'Université et prenaient un emploi modeste (instituteur, infirmier ou sage-femme, agronome) dans une bourgade reculée de province.

S. T. VERKHOVENSKI. Les particularités physiques et morales de cet inoffensif « idéaliste des années 40 » ont été empruntées par Dostoievski à la biographie de T. N. Granovski. Occidentaliste notoire, ami de Herzen et d'Ogarev, professeur à l'université de Moscou, ce savant historien avait un penchant bien connu pour la nostalgie larmoyante.

KARMAZINOV. L'« illustre » écrivain, l'auteur de *Merci*, est une caricature féroce de l'ennemi personnel de Dostoïevski, le grand romancier I. S. Tourguéniev. De celui-ci Karmazinov a certains traits physiques (la voix nasillarde) et biographiques (les séjours fréquents et prolongés à l'étranger), la suffisance, le caractère efféminé et, surtout, défaut majeur aux yeux de Dostoïevski, des opinions occidentalistes bien connues.

CHATOV. Dans cette galerie de monstres ou de médiocrités, la figure de Chatov fait quelque peu exception. Et pour cause : cet adolescent vieilli, maladroit, gauche, mais infiniment bon et honnête, est en quelque sorte le porte-parole de Dostoïevski lui-même ; socialiste repenti, il se défend des conceptions slavophiles et nationalistes qui annoncent le ton du *Journal d'un écrivain*, et sa problématique religieuse, cette quête infatigable de Dieu nous plongent au cœur même de la réflexion de Dostoïevski.

Le roman et son public

Quelque considérable que soit la valeur littéraire du roman et sa portée générale, philosophique et religieuse, les contemporains — et, en premier lieu, ceux qui se sentaient visés — considérèrent *Les Possédés* avant tout comme une œuvre de combat, un pamphlet d'autant plus redoutable et efficace qu'il allait au fond des choses. L'accueil fut celui-là même que Dostoïevski prévoyait en prenant la plume : une levée générale de boucliers dans le camp des « progressistes », socialistes, socialisants et athées de tout poil. La vie littéraire dans la Russie du XIX⁰ siècle était le théâtre de polémiques particulièrement violentes ; la critique littéraire était en effet l'un des moyens les plus fréquemment utilisés pour exprimer des opinions politiques en déjouant la surveillance de la censure.

Le combat autour des *Possédés* fut vif. Mikhaïlovski, le maître à penser des populistes, déniait toute valeur littéraire au roman, le révolutionnaire Tkatchev n'y voyait qu'une falsification, un assemblage d'erreurs et de mensonges, la presse libérale considérait que les personnages des *Possédés* n'avaient rien de « typique », que la caricature était par trop outrée.

Comme pour presque tous les romans de Dostoievski, il faut attendre la fin du siècle et le renouveau de la pensée idéaliste pour que la valeur prophétique et la portée métaphysique des *Possédés* soient jugés à leur juste valeur. Berdiaev voyait en Nicolas Stavroguine le symbole moral de toute une époque, le précurseur et l'inspirateur de la période « décadente » de la culture russe (fin du XIX° siècle et début du XX° siècle).

A en juger par l'attitude des censeurs soviétiques, les progressistes du XIX° siècle avaient quelque peu sous-estimé la vérité de la peinture des milieux révolutionnaires par Dostoievski ; depuis la révolution, en effet, on a volontiers « oublié » de rééditer le roman et lorsqu'on s'y est résolu, on l'a accompagné de commentaires destinés à remettre les choses à leur « juste » place.

Quoi qu'il en soit, le succès du roman n'a pas cessé de s'affirmer et sa renommée de grandir, suscitant de nombreuses adaptations radiophoniques ou théâtrales, au premier rang desquelles il convient de citer celle d'Albert Camus.

Quelques pensées de Dostoievski extraites des carnets de travail sur « Les Possédés »

1. — *La foi est-elle possible ?*

« Tout se réduit à cette question pressante : est-il possible, étant civilisé, c'est-à-dire Européen, de croire en Dieu ? C'est-à-dire de croire sans arrière-pensée à la divinité du Fils de Dieu, Jésus-Christ ? (car la foi ne consiste qu'en cela). A cette question, la civilisation répond, avec des faits à l'appui, que non, il n'est pas possible de croire (Renan) et que la société n'a pas su conserver dans sa pureté l'image du Christ. »

2. — *« Croire ou brûler ».*

« C'est l'insouciance et le dépit qui nous poussent à nous occuper des biens matériels et à croire que c'est là tout ce dont nous avons besoin. D'autres s'inventent des philosophies digestives, en ce sens que pour eux le christianisme est compatible avec le développement infini de la civilisation, et pas seulement avec ce qui se passe aujourd'hui. Mais nous, nous savons bien que ce ne sont là que sottises et qu'il n'y a que deux solutions possibles : ou croire ou brûler. V. [erkhovenski] a choisi la deuxième ; il est ferme et sûr de lui. »

3. — *L'humanisme sans Dieu.*

« La source de vie et la condition *sine qua non* de la possibilité pour tout le monde d'exister se réduit à ces quelques mots et à la foi qu'on peut avoir en eux : « Le Verbe se fit chair. » Tôt ou tard tous seront d'accord là-dessus et, par conséquent, toute la question, une fois de plus, se résume à ceci : est-il possible de croire en tout ce que la religion orthodoxe commande de croire ? Si cela n'est pas possible, alors il est infiniment plus souhaitable, plus humain, de tout brûler et de se rallier à P. S. Verkhovenski. »

4. — *La science.*

« Si la nourriture vient un jour à manquer et que la science s'avère incapable de nourrir et de chauffer une humanité sans cesse croissante, il faudra alors arrêter la multiplication des hommes. La science affirme : « Tu n'es pas responsable de ce que la nature a ainsi fait les choses », et comme c'est l'instinct de conservation qui passe au premier plan, il faut donc brûler les nouveau-nés. Voilà la morale de la science. [...] La destruction des nouveau-nés deviendra alors une habitude, car tous les principes moraux de l'homme, si celui-ci est laissé à ses propres forces, sont de simple convention. »

5. — *P. S. Verkhovenski.*

« Si je fais cela, c'est parce qu'il faut le faire. Quoi que l'on entreprenne, c'est toujours par la destruction qu'il faut commencer ; je le sais et c'est donc ainsi que je procède. Pour ce qui est des résultats, ils m'importent peu ; je sais qu'il faut commencer par détruire et le reste n'est que bavardage et perte de temps. Toutes ces réformes, ces replâtrages, ces améliorations ne sont que sottises. Rien de pire que d'améliorer et de réformer, de prolonger artificiellement la vie de ce qui de toute façon doit mourir et se décomposer. Plus on ira vite, plus on commencera tôt, mieux cela vaudra. (Avant tout, détruire Dieu, la parenté, la famille, etc.) Il faut tout détruire pour élever un nouvel édifice ; essayer de replâtrer tant bien que mal une construction qui tombe en ruine, c'est dégoûtant ! »

6. — *Le moine Tikhon.*

« Je suis un rêveur. Je me représente les choses ainsi : l'âme se mettra à errer et elle verra son péché, non pas en partie seulement, comme elle fait maintenant, mais vraiment la *totalité* de son péché ; et elle verra Dieu qui lui tend les bras pour l'accueillir ; et prenant en considération toutes ses fautes, elle s'indignera et réclamera elle-même son châtiment, mais ne trouvera qu'amour en réponse, et c'est en cela que consistera l'enfer. La conscience d'un amour qui n'a pas su s'accomplir doit être pire que tout et c'est bien en cela que consiste l'enfer. — Qu'as-tu reçu en partage ? — Le bonheur éternel. — Et qu'en as-tu fait ? — Le malheur éternel... L'âme apprendra que chacun est responsable de tout... L'homme devra reconnaître que tout, absolument tout, dans l'univers entier et au cours de sa vie terrestre, ne dépendait que de lui et de lui seul. Tout ce qui s'est produit et dont il n'a jamais rien su, n'aurait pu être à l'exemple du Christ, que plénitude de son amour. »

Biobibliographie

1821 — Naissance de Fedor Mikhaïlovitch Dostoïevski à Moscou.

1825 — Affaire des décembristes : des aristocrates libéraux qui fomentaient un coup d'Etat sont arrêtés, exécutés ou déportés. C'est la première vague du mouvement démocratique en Russie au XIXᵉ siècle.

1833-1837 — Etudes de Dostoïevski dans diverses pensions moscovites.

1836 — Le *Revizor* de Gogol.

1837 — Mort de la mère de Dostoïevski. Départ pour Saint-Pétersbourg.
Mort de Pouchkine.

1838 — Dostoïevski entre à l'Ecole d'ingénieurs de Saint-Pétersbourg.

1839 — Mort du père de Dostoïevski, assassiné par ses serfs. Dostoïevski travaille à des drames : *Marie Stuart* et *Boris Godounov*.

1840 — Le critique Bielinski, dans ses articles pour *Le Contemporain*, expose et impose les canons du réalisme en matière littéraire.

1841 — Dostoïevski est nommé officier ingénieur du génie.

1842 — *Le Manteau, Les Ames mortes* de Gogol.

1843 — Dostoïevski traduit *Eugénie Grandet*.

1844 — Il demande sa retraite pour se consacrer à la littérature.
1845 — Il fait la connaissance de Nekrassov et de Bielinski.
1846 — *Les Pauvres Gens, Le Double, Monsieur Prokhartchine.*
1847 — *La Logeuse.* Au printemps, il commence à fréquenter les réunions de Petrachevski où il s'initie à la doctrine de Fourier et au socialisme utopique. *A qui la faute ?* de Herzen.
Lettre fameuse de Bielinski à Gogol dans laquelle le critique reproche à l'auteur des *Ames mortes* ses prises de position réactionnaires.
1848 — *Les Nuits blanches.*
Les révolutions qui ont éclaté un peu partout en Europe suscitent en Russie une vague de répression policière. Mort de Bielinski.
1849 — *Netotchka Nezvanova.*
Arrestation de Dostoïevski avec les membres du cercle Petrachevski. Condamné à mort, Dostoïevski est gracié après un simulacre d'exécution, puis envoyé aux travaux forcés en Sibérie.
Un Petit Héros, écrit en prison.
1850 — Arrivée au bagne d'Omsk.
1852 — *Enfance,* de Tolstoï.
Récits d'un Chasseur, de Tourguéniev.
1854 — Dostoïevski sort du bagne et est envoyé en exil à Sémipalatinsk.
Début de la guerre de Crimée.
1855 — Mort de Nicolas Ier (le « gendarme de l'Europe ») ; Alexandre II (le « libérateur ») lui succède sur le trône.
1856 — Fin de la guerre de Crimée.
1857 — Mariage de Dostoïevski avec Marie Dimitrievna Issaïeva (elle servira de modèle pour Katerina Ivanovna dans *Crime et Châtiment*).
1859 — *Le Bourg de Stepantchikovo.* Autorisation de revenir à Saint-Pétersbourg. *Le Songe de l'Oncle.*
1860 — *Souvenirs de la Maison des Morts.*
1861 — Fondation de la revue *Le Temps. Les Humiliés et les Offensés.*
Début de la liaison de Dostoïevski avec A. P. Souslova.
Pères et Fils de Tourguéniev (qui lance le terme de « nihiliste »).
Libération des serfs.

1862 — Dostoïevski rencontre Tchernychevski qui est arrêté la même année.

Il se rend à l'étranger : Paris, Londres, Allemagne, Italie. Il rencontre Herzen et Bakounine.

1863 — *Notes d'Hiver sur des Impressions d'Eté.*

Interdiction du *Temps* pour un article de Strakhov sur l'affaire polonaise.

Dostoïevski voyage à l'étranger : Suisse et Italie.

1864 — Fondation de la revue *L'Époque.*

Mort de sa femme et de son frère dont il recueille les enfants. Terribles difficultés d'argent.

Les Ecrits du Souterrain.

1865 — Voyage à l'étranger.

Crime et Châtiment. Le Joueur.

1866 — Attentat de Karakozov contre l'empereur.

1867 — Mariage avec sa sténographe, Anna Grigorievna Snitkina.

Voyage de quatre ans à l'étranger : Dresde, Bade, Bâle, Genève. Entend le discours de Bakounine au Congrès de la Paix.

1868 — *L'Idiot.*

1870 — *L'Eternel Mari.*

1872 — *Les Possédés.*

Dostoïevski prend la tête de la revue *Le Citoyen.*

1873 — *Le Journal de l'Ecrivain.*

1874 — Séjour à l'étranger.

1875 — *L'Adolescent.*

1875-1877 — *Anna Karénine* de Tolstoï.

1876 — *Le Journal de l'Ecrivain (La Douce).*

1877 — *Le Journal de l'Ecrivain (Le Songe d'un Homme ridicule).* Dostoïevski est élu membre correspondant de l'Académie des sciences.

1878 — Véra Zassoulitch tire sur le préfet de police. Dostoïevski suit son procès de très près.

1879 — *Les Frères Karamazov.*

1880 — *Discours sur Pouchkine.*

1881 — Mort de Dostoïevski.

TABLE

Préface V

LES POSSÉDÉS

PREMIÈRE PARTIE 13

DEUXIÈME PARTIE 215

TROISIÈME PARTIE 467

COMMENTAIRES

Genèse d'un chef-d'œuvre 689

Les idées et mouvements révolutionnaires en Russie, contemporains de Dostoievski 692

Un roman à clefs 694

Le roman et son public 696

Quelques pensées de Dostoievski 697

Biobibliographie 700

IMPRIMÉ EN FRANCE PAR BRODARD ET TAUPIN
7, bd Romain-Rolland - Montrouge - Usine de La Flèche.
LIBRAIRIE GÉNÉRALE FRANÇAISE - 14, rue de l'Ancienne-Comédie - Paris.

ISBN : 2 - 253 - 01825 - 2   ◈ 30/0695/4